“十三五”國家重點圖書出版規劃項目
2011—2020年國家古籍整理出版規劃項目
2020年度國家出版基金資助項目
國家社會科學基金重大項目“國家圖書館藏未刊稿整理與研究”（13&ZD107）

國家出版基金項目
NATIONAL PUBLICATION FOUNDATION

國家圖書館藏未刊稿叢書

•

日記編

主編

劉玉才 陳紅彦

黄陶樓先生日記（上）

（清）黄彭年 著
樊長遠等 整理

鳳凰出版社

圖書在版編目（ＣＩＰ）數據

黄陶樓先生日記 / （清）黄彭年著 ; 樊長遠等整理
. -- 南京 : 鳳凰出版社, 2020.12
（國家圖書館藏未刊稿叢書 / 劉玉才, 陳紅彦主編.
日記編）
ISBN 978-7-5506-3364-3

Ⅰ. ①黄… Ⅱ. ①黄… ②樊… Ⅲ. ①日記－作品集
－中國－清代 Ⅳ. ①I265

中國版本圖書館CIP數據核字(2020)第227227號

書　　名	黄陶樓先生日記
著　　者	(清)黄彭年 著　樊長遠 等 整理
責任編輯	王　劍
裝幀設計	姜　嵩
出版發行	鳳凰出版社(原江蘇古籍出版社) 發行部電話025-83223462
出版社地址	江苏省南京市中央路165號,郵編:210009
出版社網址	http://www.fhcbs.com
照　　排	南京凱建文化發展有限公司
印　　刷	金壇古籍印刷廠有限公司 江蘇省金壇市晨風路186號,郵編:213200
開　　本	718毫米×1005毫米　1/16
印　　張	60.5
字　　數	903千字
版　　次	2020年12月第1版
印　　次	2020年12月第1次印刷
標準書號	ISBN 978-7-5506-3364-3
定　　價	278.00圓(全二册)

(本書凡印裝錯誤可向承印廠調换,電話:0519-82338389)

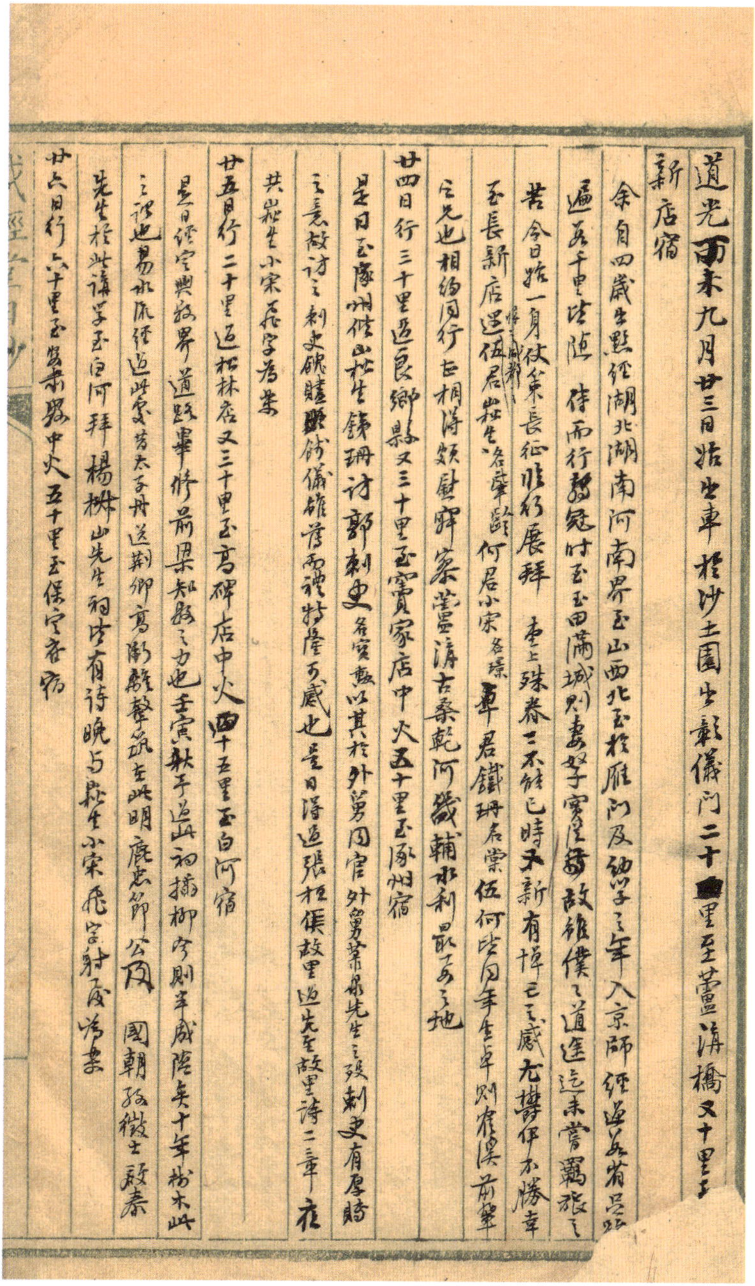

道光丙午九月廿三日偕生東從沙土園出彰儀門二十里至蘆溝橋又十里至新店宿

余自四歲出黔經湖北湖南河南界至山西北至於雁門及幼學之年入京師經燕幾省足跡遍及千里皆隨侍而行髫冠時至玉田滿城則妻孥寄居離故鄉僕僕道途迄未嘗羈旅之苦今日始一身仗策長征非行展拜重上硃春三不能已時又新有悼亡之感尤攪伊不勝幸悼亡邢邦至長新店遇伍君崧生名肇齡何君小宋名璟曹君鐵珊名棠伍何皆同年生曹則雍渠前輩之先也相約同行去桐得頗慰羇旅蘆溝古桑乾河畿輔水利最要之地

廿四日行三十里過良鄉縣又三十里至竇家店中火五十里至涿州宿

是日至涿州借山松生錄珊訪鄭刺史名寶鼒以其於外舅同官外舅茉畦先生之殁刺史有厚賻之意故訪之刺史硯驢頗備雖簡而禮特隆可感也是日過張桓侯故里過先主故里詩二章在共崧生小宋乘字為柴

廿五日行二十里過松林店又三十里至高碑店中火四十五里至白河宿

是日經定興縣界道路畢修前梁知縣之力也壬寅秋予過此初插柳今則半成陰矣十年樹木此之謂也易水流經過此即荊太子丹送荊卿高漸離擊筑在此明鹿忠節公及國朝孫徵士啟泰先生皆此講學至白河拜楊椒山先生祠皆有詩晚與崧生小宋飛字射覆為樂

廿六日行六十里至安肅縣中火五十里至保定府宿

《黄陶樓日記》第一册卷端

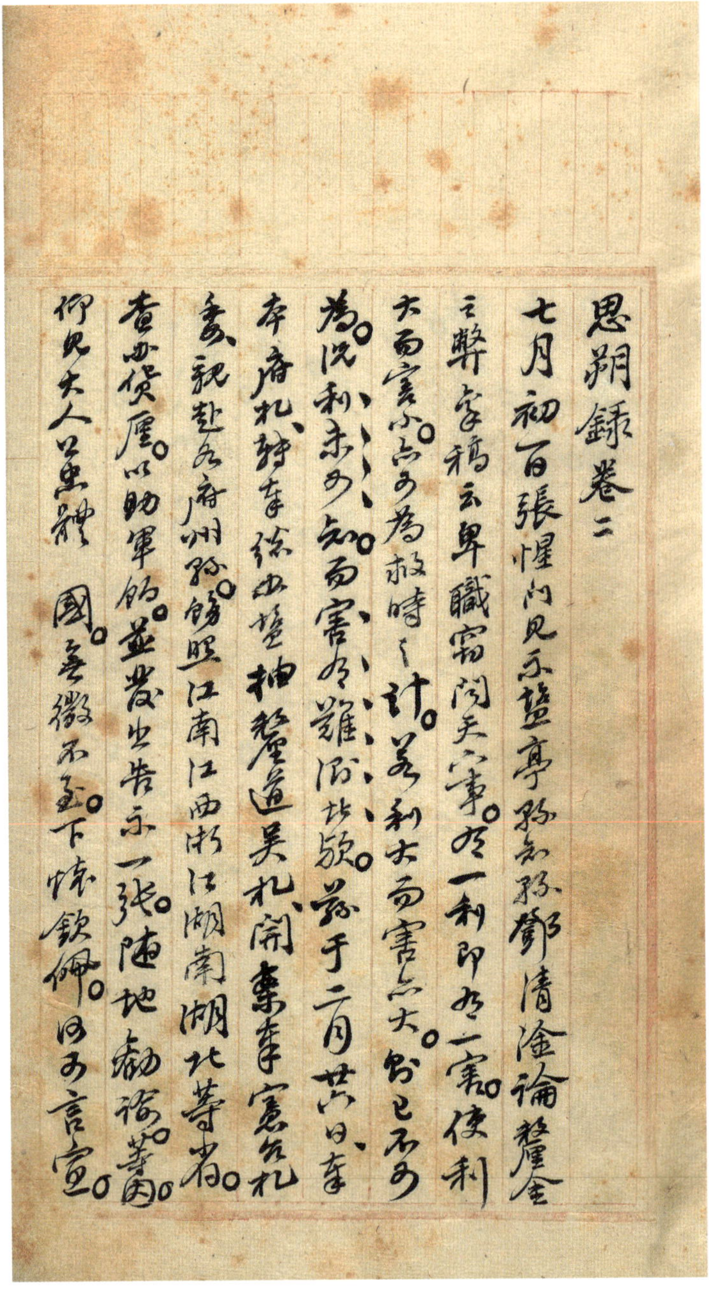
思翔錄卷二

七月初旬張惺同見示盬亭孫翁孫鄧清淦論發釐金之弊稿云：卑職竊聞天下事。有一利即有一害。使利大而害小。尚可為救時之計。若利小而害大。則已不可為。況利未可知。而害有難以枚舉。蒙于二月廿六日，奉本府札、轉奉徐中丞抽釐道吳札、開奉憲臺札委，親赴各府州縣。飭照江南江西浙江湖南湖北等省。查出貨釐。以助軍餉。並發出告示一張。隨地勸諭等因。仰見大人以崇體國。無微不至。下懷欽佩。自可言宣。

《黃陶樓日記》第五冊卷端

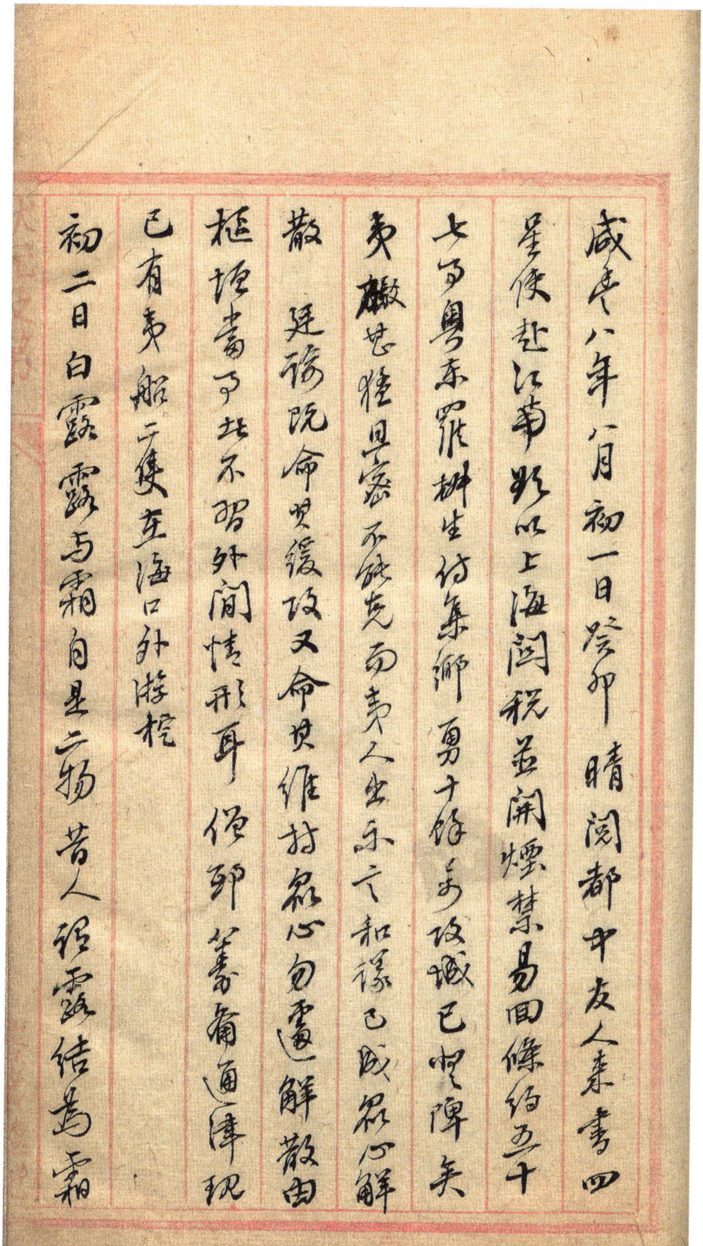
咸豐八年八月初一日癸卯　晴　閱都中友人來書四
星使赴江南將以上海關稅並開煙禁易回條約五十
七日粵東羅耕生綸集鄉勇千餘共攻城已收復矣
夷艘悉離且密不能克而夷人出示云和議已成衆心解
散　廷議既命其緩攻又命其維持衆心勿遽解散由
樞垣當事者不明外間情形耳　何卿等備通譯現
已有夷船二隻在海口外游椗
初二日白露　露與霜自是二物　昔人謂露結爲霜

《黄陶樓日記》第十四册卷端

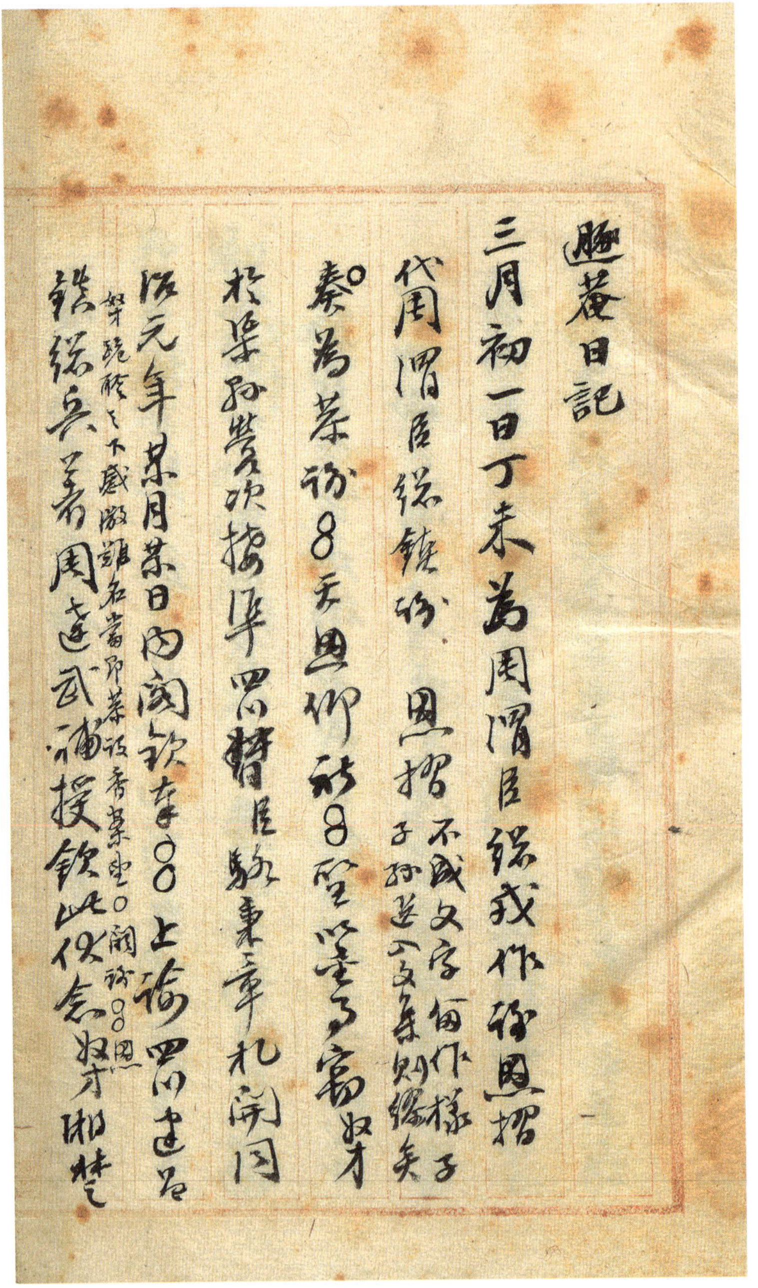
[illegible]菴日記

三月初一日丁未為周渭臣總戎作謝恩摺

代周渭臣總鎮謝恩摺 不識文字每作樣子子孫送入文案則繕矣

奏為恭謝天恩仰祈聖鑒事竊奴才於某月某日接准四川督臣駱秉章札開同治元年某月某日內閣欽奉上諭四川建昌鎮總兵著周達武補授欽此 奴才跪聆之下感激難名當即恭設香案望闕謝恩 伏念奴才湘楚

《黄陶樓日記》第二十册卷端

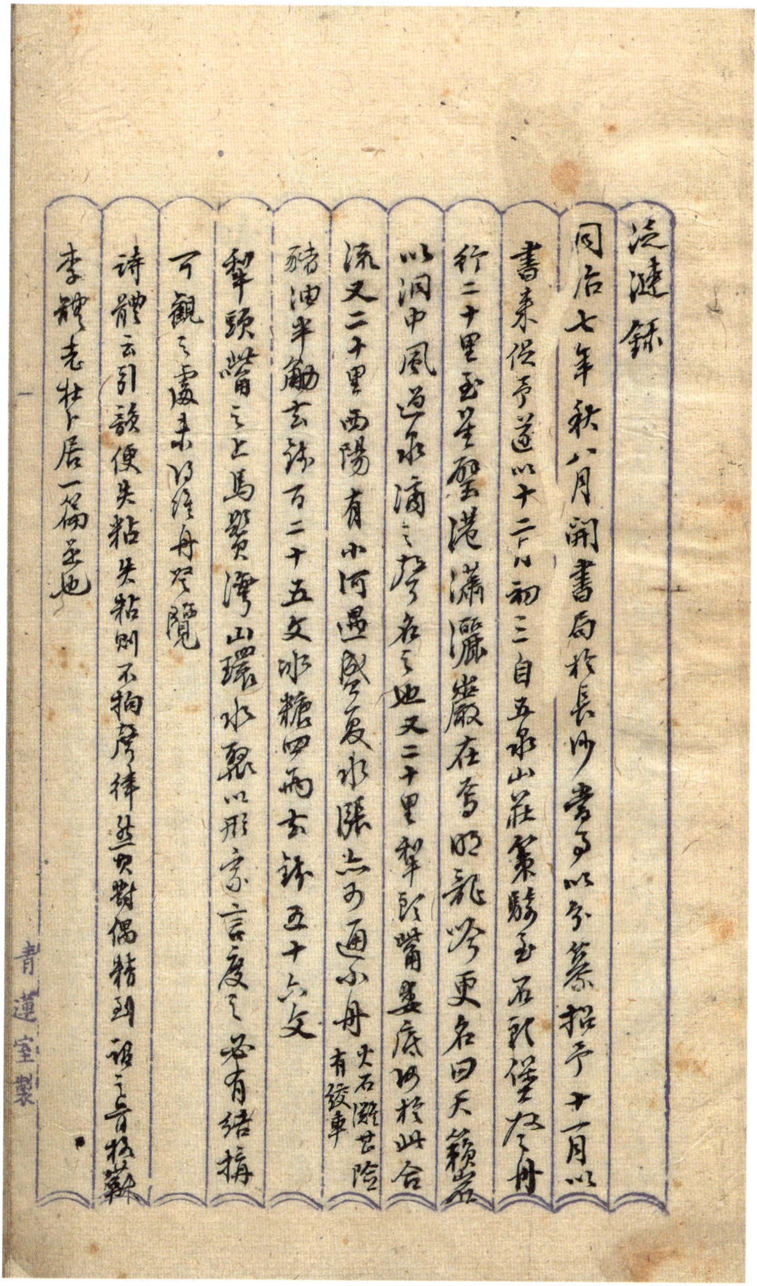

《黄陶樓日記》第二十三册卷端

紫泥日記

監臨字始見漢書朱博傳唐制天下選人試時長

吏親自監臨此考試監臨之始未設專官也

國朝初沿明制令巡按御史監臨康熙二年裁撤巡按

以巡撫為之乾隆十七年

諭改用藩臬十八年江蘇安徽仍用巡撫五十八年各省

改派布政使會同提鎮試畢巡撫覆試五十九年

停止覆試仍用巡撫監臨江蘇安徽輪流監臨此

舊例也予以光緒十五年奉

號內巷挨茶鑪均設號外茶水夫往來頗難稽察若於號內勻設雜作廚則善矣然非語閒辦不可

添下双行小注

次考生極為安靜歷科所未有也

散飯

帝為粒民隆鼎養授餐典禮起文場廚官已飭千倉供

大府先將一勺嘗每擔飯過甬道取嘗之皆可食白粲紅鮮齊入

詠吐經茹史自成章應思天下飢由己推食從茲

飯不忘

初十日是日

成廟聖誕補服如儀啟內簾門送供應進二場題紙受卷

官集至公堂收卷上江東下江西旗卷亦附於西

宣

《黃陶樓日記》第四十八冊（二）

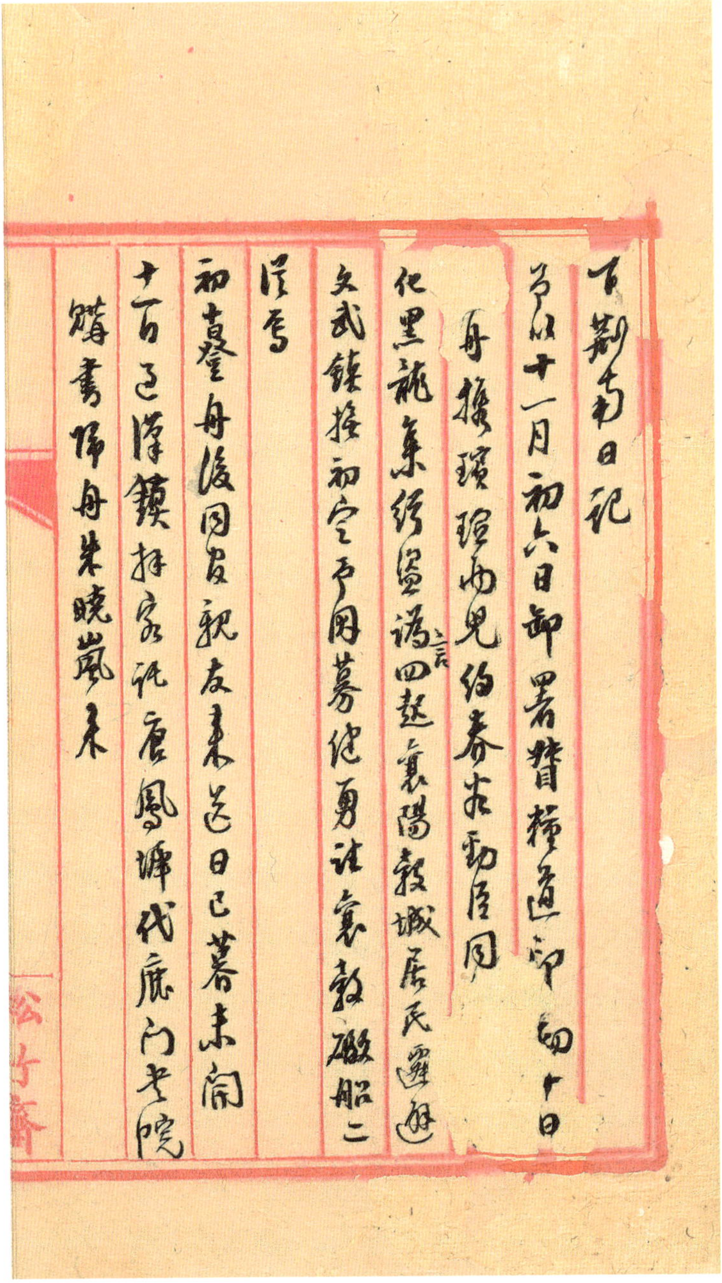
[illegible][illegible][illegible]日記
丙戌十一月初六日卸署督糧道印 初十日
舟發[illegible][illegible]而見[illegible]春來動身同
化黑龍集經盤詰四趙襄陽穀城[illegible]氏[illegible]
文武[illegible]接初[illegible][illegible]因募[illegible]勇[illegible]襄[illegible]船二
[illegible][illegible]
初十登舟後因貴親友來送日已暮未開
十一日至漢鎮拜客託唐鳳墀代鹿門書院
贈書歸舟朱曉嵐來

《黃陶樓日記》第五十一册卷端

《國家圖書館藏未刊稿叢書》編委會

序

中國國家圖書館以庋藏中國古籍善本宏富著稱，其中宋元舊槧、珍稀印本，向爲學界推重，頗獲利用。相較之下，約佔館藏善本總量三分之一的寫本類文獻，利用還遠遠不够，堪稱有待發掘的文獻寶藏。國圖藏寫本文獻以著作稿抄本爲主，兼及日記、書札、題跋、校語、文書檔案等類文字形式，因多爲唯一傳本，故有别於刊印文獻，具有獨特的文物、藝術和文獻價值。根據館方專家調查，[①]館藏宋元抄本即有十五部，明抄本則多達一千二百四十六部，其中一百七十餘部爲内府所抄。如宋仁宗親撰《洪範政鑒》，僅此一部内府抄本秘藏宫内，從無刊刻傳抄，彌足珍貴。明嘉靖間《永樂大典》抄本，世存殘卷亦以國圖收藏最夥。許多早期抄本與原本成書年代接近，而原本或有亡佚殘缺情形，抄本遂具有無可替代的校勘與輯佚價值。國圖所藏明清抄本中，著名學者、藏家抄本佔有相當比例，許多是影抄宋元舊本和珍稀本，僅毛晋汲古閣影抄本即有近八十部。在清抄本五千餘部中，還包括有盧文弨、鮑廷博、吴騫、翁方綱、陳鱣、黄丕烈、焦循、管庭芬、楊守敬、王國維等名家手稿本。著作類稿抄本之外，國家圖書館還藏有明清以至民國一百五十餘家日記稿抄本，三四百種書札文獻，數千款金石題跋，以及數量不菲的圖卷題詠、批校文字、文書檔案等類寫本文獻。上述寫本文獻，除部分著作抄本之外，大多未經刊行，均可歸爲未刊稿之列。

寫本文獻存量稀罕，往往具有孤本性質，加之多數未經整理，字迹辨識不易，閲覽亦不方便，這都成爲限制其發掘利用的重要原因。有鑒於此，我們組織國家圖書館古籍館與北京大學中文系合作的學術團隊，在對館藏寫本文獻全面調查的基礎上，首先選擇具有重要

---

① 陳紅彦《國家圖書館藏抄本述略》，《國家圖書館學刊》，2016年第4期。

學術價值、讀者利用不便的未刊文獻，予以整理刊布。並在國家社科基金申請設立“國家圖書館藏未刊稿整理研究”重大課題，以保證整理研究工作的實施。經過課題組同人的共同努力，陸續完成部分階段性成果，今擬分作日記、書札、金石題跋、題贊手卷、中法漢學研究所、著作諸編，依次予以刊布。

《日记编》整理收録顔懋价、葉鈞、張廷濟、何紹基、趙宗建、黄彭年、江標七位清人未刊稿本日記。其中如黄彭年、江標，不僅参與過重大政治活動，在學術領域亦有較高成就，屬於政學兼通的重要歷史人物。黄彭年《黄陶樓先生日記》、江標《笘誃日記》，所載均長達數十年，可稱一生行迹的詳盡記録，涉及朝章典故、交遊見聞、日常讀書生活等諸多内容，極其豐富。張廷濟《張叔未日記》、顔懋价《顔脩來日記》、葉鈞《壺中日記》、何紹基《東洲草堂日記》，雖然記述時間不長，但是内容各有所長，據之不僅可以考察日記主人的生平交遊，還可豐富清代學術史的場景。晚清藏書家趙宗建的《舊山樓日記》《非昔居士日記》《庚子非昔日記》，内容跨越清同治元年(1862)至光緒二十一年(1895)共三十多年的時間，記録了趙氏的日常生活、藏書收購及與衆多友人交遊情形，還有對圍剿太平軍的見聞記述，頗能反映江南地方士人的生活與眼界。

《書札編》從館藏各類書札文獻中選取黄彭年、趙宗建、張蔭桓、袁昶、王懿榮、吴重憙、繆荃孫、葉德輝等十餘家往還書札，予以整理刊布。因所涉人物都是晚清、民國間重要官員和學術文化界名流，書札内容豐富，且未經前人揭示，具有無可替代的文獻價值。如《黄子壽先生遺札》收録清光緒年間黄彭年在江蘇布政使任内與按察使朱之榛之間往來信件六十七通，涉及漕運與海運之流弊、來蘇流民之安置、正誼書院並藏書樓之籌建等諸多政務。黄彭年著述宏富，但大多未經刊布，本課題同時整理其日記、書札，預期將會推動學界對黄氏的深入研究。《趙宗建友朋書札》收録趙宗建光緒年間所撰詩歌、隨筆、抄經、墓志銘、祝壽帖及其友人李芝綬、季錫疇的書札共一百四十餘件，不僅内容豐富，還可與《日記編》所收趙氏三種日記互相参照，促進學界對這位重要藏書家的全面研究。《袁昶友朋書札》收録劉履芬、丁丙、馮煦、孫詒讓、楊守敬、沈曾植、戴望、張謇、李文田、孫衣言、張鳴珂、張之洞、陸潤庠、王頌蔚、王懿榮、翁同龢等人信札二百餘通，袁昶親自整理粘貼爲十二巨册，涉及歷史人物衆多，堪稱是晚清學者的群體資料。《王懿榮往還書札》收録王懿榮與師友、親屬往還書札數百通，基本可以反映其後半生的主要經歷與交遊關係。王懿榮光緒年間授翰林院編修，三任國子監祭酒，博覽書史，精於鑒藏，與當世金石學者來往密切。書札所涉人物包括潘祖蔭、陳介祺、繆荃孫、吴大澂、盛昱、汪鳴鑾、孫汝梅、黄紹箕、吴重憙諸名流，以及女兒女婿等家人。書札内容多爲討論金石碑拓釋讀、古籍收藏、科舉學問，以及時務政治、爲人處世、家務瑣事，據之可以考察同光時期精英士大夫鑒藏金石之風尚，以及業餘生活趣味的豐富細節。《藝風堂同人尺牘》是晚清著名學者繆荃孫的友朋書札稿本集，收録惲祖翼、繆朝荃、劉炳照、吴慶坻、陳慶年等人致繆荃孫書札一百餘通。書札的撰寫時間多在光緒時期，内容比較廣泛，除家常瑣事之外，還涉及刻書、詩詞交往、方志編纂等方面，是研究繆荃孫學術交遊、晚清政治與文化教育的重要資料。葉德輝致松崎鶴雄書札(《郎園手札》)是著名學者葉德輝 1910 年至 1920 年間致日本學者松崎鶴雄的書信，涉及研治經學、小學等多方面内容，可稱現代中日學術交流史的重要文獻。

《書札編》收録書札出自名家之手，書法用箋考究，文獻價值之外，兼具有藝術觀賞價值，故採取録文整理與選擇影印結合的方式予以刊布。此外，我們還特邀白謙慎先生、薛龍春先生精選館藏十餘種名家尺牘，製作法書字帖，集爲《國家圖書館藏清代名家尺牘法書選刊》，以饗書法愛好者。

國圖收藏金石拓本豐富，題跋數量衆多。如宋元合璧拓本《廣政石經》即有名家題跋、批校百餘款，宋拓《嘉祐石經》亦有吴昌碩、丁晏、葉昌熾、沈曾植、羅振玉、陳寶琛、楊守敬、曹元忠、繆荃孫、柯劭忞等多人題跋和批校。《金石題跋編》甄選館藏金石題跋七十餘種，以拓本爲單位，撰寫提要，著録題名、拓本、裝幀、行款、書體、責任者、遞藏源流等項信息，並對題跋文字進行輯録整理，可爲金石證史、拓本源流研究、金石學者交遊研究提供全新的資料。

《題贊手卷編》率先刊布長達十六餘米的《明渤海孫氏積善堂題贊手卷》,該手卷是河北滄州孫楷第家族世守之寶,彙集明代前期朝廷重臣、翰苑侍從、書法名家四十三人的題贊墨迹,爲明代文化史、文學史、書法史研究的重要實物與文獻。諸家題贊,書法風格各異,可稱難得的藝術珍品。其中如明代第一大和尚姚廣孝的題贊,可能是其唯一的傳世手迹;而明初賢相"三楊"(楊士奇、楊榮、楊溥)和書法大家"二沈"(沈粲、沈度)的墨迹傳世甚罕,手卷所存可謂吉光片羽,彌足珍貴。此次刊布改卷裝爲經折裝,採用原版影印與題贊釋文相結合的整理方式,前半部分展示手卷原貌,後半部分爲題贊釋文、印章釋讀及題贊者小傳,既能滿足學術界對此珍貴文獻的研究需求,又可據之勾勒明初京師文化圈的面貌。

中法漢學研究所是法國中法教育基金委員會 1941 年在北京資助成立的漢學研究機構,設有民俗學組、語言歷史組、通檢組、圖書館、法文研究班等部門,開展文獻搜集整理和研究、翻譯工作。該研究所 1953 年撤離中國時,部分申請出關的圖書資料被中國政府徵購或没收,輾轉存藏於國家圖書館。《中法漢學研究所編》對其中曾毅公《五十年來之甲骨學》、陸翔《敦煌學著述考》、傅惜華《漢代畫像全集》三編、徐宗元《古今本竹書紀年合校》、柯昌泗《漢晋石刻略録》、羅常培《蒙古字韻跋》、魏建功《完全本王仁昫刊謬補缺切韻初次的討論》等未刊論著稿本以及神禡相關資料,進行整理研究,以求揭示這批珍貴稿本資料的學術價值,豐富敦煌學、甲骨學、民俗學等專題學術史,爲深入瞭解中法漢學研究所的學術活動,探究現代漢學研究史,提供文獻幫助。

著作稿抄本在國圖館藏寫本文獻中數量居多,近年頗有影印出版,加之閱覽方便,已漸爲學界所關注,因此未列爲本課題重點對象。不過考慮到有些著作稿抄本學術價值很高,甚至關涉重要學術論争,有必要予以刊布揭示,更便利學界研究,我們選擇方邁、王鳴盛、周廣業、孔廣栻、吴騫、王念孫、王引之、姚文田、李鋭、李文田等清代學者稿抄本予以影印,并分别撰寫研究解題。其中如李鋭《周易注疏校勘記》殘稿,是阮元主持纂修《十三經注疏校勘記》的重要文獻見證，有助於釐清當年校勘工作的緣起與修訂過程。《經義述聞》，涉及王念孫、王引之父子著作權的争議，是清學研究界關注的熱門問題。爲便於展開深入研究，我們將國圖館藏《經義述聞》初刻、二刻、三刻所據稿本及《校書録》稿本合併影印。其餘諸家稿抄本，亦精彩紛呈，各有可觀。

以上未刊文獻，雖然形式有别，但是日記、書札、題跋及著作稿抄本内容多有關聯，甚至可以相互印證，子課題實際都是總課題的有機組成部分。我們希望通過對這批未刊文獻的發掘整理，爲學界提供第一手的資料，以推動明清以至近現代學術史研究的深入。在整理過程中，根據文獻樣式的不同，我們分别採取釋讀、點校、輯録、影印、解題、小傳等整理研究形式，以期最大限度地發揮未刊文獻的功用。因爲未刊文獻的隨意書寫特性，文字辨識、内容整理難度很高，整理成果想必仍有不少訛誤，期待學界同人不吝指正。此項整理研究工作得到國家圖書館古籍館、北京大學中文系的大力支持，浙江大學文化遺産研究院白謙慎先生、薛龍春教授在文字釋讀方面給予無私的幫助，鳳凰出版社慨允出版，謹表衷心感謝。

北京大學中文系、中國古文獻研究中心　劉玉才

二〇一八年五月

目　録

上　册

下 册

整理説明

黄彭年(1823—1890),字子壽,號陶樓,晚號更生、遯翁,貴州貴筑(今貴陽市)人。出身書香門第,其父黄輔辰官至吏部郎中、陝西鳳邠鹽法道,爲一代循吏。黄彭年克承父風,勤勉力學,十九歲時撰《選將論》一篇,名動京城。道光二十三年(1843)中舉人,二十七年成進士,選翰林院庶吉士,散館授編修。咸豐初,隨父在籍辦團練。同治元年(1862)入四川總督駱秉章幕府,參贊軍機,助駱平定石達開所部太平軍。次年,陝西巡撫劉蓉延聘主講關中書院。旋應直隸總督李鴻章聘,赴保定纂輯《畿輔通志》,歷時十六年,成書三百卷。修志之餘,兼主講保定蓮池書院,造就人才甚多。光緒八年(1882),授湖北襄鄖荆道,兼署糧道。十一年,任陝西按察使、權布政使,尋改江蘇布政使。十六年,調湖北布政使,隨遷巡撫,到職兩月,即病逝於任所。黄彭年爲官清廉,拒絶饋贈,嚴禁胥吏勒索,懲辦貪官污吏,減輕百姓負擔,賑濟災荒,興修水利,發展教育事業,立功立業,可稱一代名宦。

黄彭年著述較多,除纂修《畿輔通志》三百卷外,另著有《陶樓文鈔》十四卷、《陶樓詩鈔》四卷外二卷、《陶樓雜著》四種等,均已刊刻行世。其稿本存世者尚有不少。《黄陶樓先生日記》收藏於國家圖書館(索書號 837。)共五十四册,曾經其孫襄成保存、整理(詳見第一册、第五十二册題記。)多册扉頁貼有襄成所寫題記,提點本册時間起訖及主要内容。《日記》起自道光二十七年九月,訖於光緒十六年九月,中間頻有作輟,合計大約有二十三年的内容。各册自擬標題有《思朔録》《趨庭録》《潞河紀程》《白雲編》《遯庵日記》《黎雅紀行》《耻無藝齋日記》《泛漣録》《翔鵠録》《元甲録》《海行日記》《下荆南日記》《入秦記》《秦藩日記》《入吴記》《默化堂日記》《蘇藩日記》《紫泥日記》《遊山記》各目,其中《紫泥日記》已刊行,此處所收爲付梓前的校樣稿。《日記》雖不完整,但已有七十五萬字之多,内容豐富,是其數十年行迹的詳盡記録,是研究黄彭年爲宦、治學、交遊的原始資料。

此次將《黄陶樓先生日記》予以整理標點,原空之字用"○";暫未識出之字用"□",原稿殘缺或漫漶不清之字用"■",殘缺較多處用"……"表示;原稿確定爲誤字者,用圓括號"()"括出誤字,後繼以方括號"[ ]"括出改字;原稿殘損或脱字,據其他資料校補者,所補字用方括號"[ ]"括出;天頭地脚文字移入脚注;原稿有雙行小字夾注,在正文之後用圓括號"()"括出;原稿中有個别夾葉,録於正文相應位置;原避清諱"玄""弘""曆"等字,徑改回本字。

全稿由國家圖書館古籍館十八位同仁分頭整理,並由樊長遠、袁媛、杜萌、張曉天、劉毅超覆校,由樊長遠統一全稿體例。整理時參考了黄彭年已刊著作《陶樓文鈔》及黄益整理的《陶樓詩文輯校》(齊魯書社 2015 年版)等書。《日記》時間跨度大,各時期字迹工整程度不一,辨字較難。整理者水平有限,誤認及標點錯誤必仍有不少,祈請方家指正。

第一册　道光二十七年九月

【題記】

先大父日記，兹所見者，自道光丁未年起，中間頻有作輟，以光緒庚寅年《游山記》爲之殿，蓋是歲秋冬之際奉詔移鄂藩，受事未幾旋棄賓客矣。是本舊藏長沙寓次，中遘辛壬之變，湘城亂亟，書畫多見毁損，伯母傅太夫人乃挈劫餘避之海上。未幾濟甫弟歿於京師，而傅太夫人旋亦殂謝，亶心先兄又饑驅走京國遼瀋間，舊物存亡蓋無可問。己巳冬，襄自贛至滬，濟甫弟婦舉殘破書篋相屬，篇帙零亂，其時迫於生事，日憧憧衢市赴期會，未加檢點也。壬申冬，奉調舊京，此殘帙敝簏亦遂携與俱北。治事之餘，漸得啓視，則此數十册委積諸篋中，鼠蠹所傷，有不復可辨者。先人手澤藎落至此，可媿也已。於是陳君蕤衷助其次第，俾存百一，至可感念。按，日記都四十七册，時歷四朝，雖有殘闕，然先人出處以及朝章掌故略可考見。己丑所寫《紫泥日記》本有專刊，兹編中手稿及諸遲鞠先生校定本皆併存之。時丙子首夏，記于舊都毋近名齋，襄成。（首鈐朱文方印“五芝/堂”、末鈐白文方印“黄印/襄成”）

須帶物件單[①]：

一號箱：

金銀勝狐皮袍、貂褂、貂腿褂、狐腿馬褂、灰鼠褂、羔皮紫綫縐袍、二毛湖縐一裹圓、珍珠毛袍、褂，共九件。

二號箱：

羊皮珍珠毛褂、花灰鼠馬褂、珍珠毛羊皮馬褂、甘尖大褂、狐皮卧龍袋、紡紬羅漢衫、羊皮軍機馬褂、甯紬二藍棉褂、藍春紬綿大褂、紫縐一裹元棉袍、白甯紬棉缺襟、天青緞棉馬褂、夾呢軍機馬褂、月白絨領、軍機

---

① 此五字題於是頁書口處，據文意移於此。

帶、扇套荷包、棉卧龍袋、夾韈三對、棉領褂、汗衫小衣、女皮襖(在衣包外)

三號箱：

卷子、扇對、黄瀛臺託帶衣包、大哥託帶壽屏對、媽寄各姨母物、帽簷、皮袖、書、孫芸翁託帶壽屏

包袱：

玉包厚棉褲、舊棉褲、棉小襖、棉韈、褲小衣、狐皮卧龍袋、花灰鼠馬褂、羊皮缺襟袍、皮褂

紅氊包：

紅呢雨帽、補褂、飯單、紅氊(此件在保定買。)

書篋

卷板

荇農託如意

伯香託皮包(已交)

凌紫巘交黄瀛臺信物,擬仍帶还瀛翁。

【道光二十七年九月】

道光丁未九月廿三日,始出車於沙土園,出彰儀門。二十里,至蘆溝橋。又十里,至新店宿。

余自四歲出黔,經湖北、湖南、河南界至山西,北至於雁門。及幼學之年入京師,經過數省,足迹遍數千里,皆隨侍而行。弱冠時至玉田、滿城,則妻孥實從,故雖僕僕道途,迄未嘗羈旅之苦。今日始一身仗策長征,臨行展拜堂上,殊眷眷不能已。時又新有悼亡之感,尤鬱伊不勝。幸至長新店遇將之成都之伍君崧生、(名肇齡。)何君小宋、(名璟。)卓君鐵珊,(名棠。)伍、何皆同年生,卓則雀溪前輩之兄也,相約同行,甚相得,頗慰寂寥。蘆溝,古桑乾河,畿輔水利最要之地。

廿四日,行三十里,過良鄉縣。又三十里,至竇家店,中火。五十里,至涿州宿。

是日至涿州,偕崧生、銕珊訪郭刺史,(名寶勳。)以其於外舅同官。外舅菉泉先生之殁,刺史有厚賻之意,故訪之。刺史餽贐,■錢儀雖薄,而禮特隆,可感也。是日得過張桓侯故里。過先聖故里,詩二章。夜共

崧生、小宋飛字爲樂。

廿五日，行二十里，過松林店。又三十里，至高碑店，中火。四十五里，至白河宿。

是日經定興縣界，道路畢修，前梁知縣之力也。壬寅秋，予過此，初插柳，今則半成陰矣。十年樹木，此之謂也。易水流經過此處，昔太子丹送荆卿，高漸離擊筑在此，明鹿忠節公及國朝孫徵士啓泰先生於此講學。至白河，拜楊椒山先生祠。皆有詩。晚與崧生、小宋飛字射覆爲樂。

廿六日，行六十里，至安肅縣，中火。五十里，至保定府宿。

過田光故里，有詩。是日到已晚，未入城。保定以北，年歲尚稱豐收。

廿七日，在保定城。

是日，早起訪内兄惺吾、内弟石生，見外姑，叙久别之意。拜外舅柩前，不勝悲楚。外舅於彭年愛之篤、知之深、禮之重，不可多得。今幸得一官，外舅已不及見，且陶孺人相隨五載，適於宦成之日唐花遽謝，每一念及，痛迫於中。況外家因事牽涉，未得歸黔，困苦之形，觸目心惻，幸見劉午峰丈允爲調停，差慰萬一。訪李藻丹年丈，假車拜總督以下官，地主也。夜宿城内，作家書。

廿八日，在保定。

是日，主人餽贐，因往辭行。晚飲午峰丈署中，見其侄文庵兄，精潔人也。夜與小宋、崧生聯句。

廿九日，行六十里，至方順橋，中火。六十里，至清風店宿。

方順橋，滿城縣屬，外舅舊治也。憶壬寅秋偕室人同至滿城，道中、店中情景如在目前。壁間見舊時題句，有"妻孥共形役"之語，不勝室在人亡之感。清風店中時聞竹銃聲。

三十日，行三十里，過定州。又三十里，至明月店，中火。二十里，過新樂縣，又三十里，至阜城驛。

是日，小宋入定州訪其友，晚在阜城驛候之不至，明日將分道而馳，竟不得話别，殊黯然。

【道光二十七年十月】

十月初一日，行五里，過沙河。又四十里，過正定府。又五里，過滹沱河。又五里,至十里鋪,中火。五十里,至欒縣宿。

伍、卓兩君候小宋,予以須合夥先行,獨行踽踽,曠野蕭條,自此始有離家之感矣。夜宿欒城,聞縣城五里外武公車火牌車被劫,彌覺心惕。

初二日,行五十里,至趙州,中火。五十里,至柏鄉宿。

至趙州,遇入都人,託帶家信。入柏鄉境,過古鄗城。柏人,高祖所忌也,余至此,亦覺迫人矣。

初三日,行六十里,至金提店,中火。五十里,至順德府宿。

柏鄉南關外道分三叉:東通唐山,西爲至順德正道,應過内邱城,正南道無車轍,亦通順德。緣沙土深,車難行,故皆從西道而行,其實南道較近十里,西道遠十里也。余車始誤入東道,後改轍南行。緣道途多警,晚行可畏,重賜御者疾驅,日未落而至順德,人馬俱疲憊矣。金提,緣漢郭巨獲金以名。巨,孝子也。余以遠遊虧定省,愧殊深矣。順德(府治即邢國)至京千里。自河南報災後,大雨十六日,自開封至順德,頃麥苗皆肥秀矣。

初四日,行三十里,過沙河縣。又二十里,至褡褳店,中火。二十里,過臨洺關。又四十里,至邯鄲縣宿。

沙河久旱而涸,轍深難行。臨洺關屬永年縣,倚山面河,正定爲畿南保障,此又正定門户也。宋文貞墓在沙河縣北十里,冉伯牛墓在臨洺關外,關内有冉廟,盧生廟在邯鄲城北二十里。是日誦《文選》至吴質"西望邯鄲,懷廉、藺之風"之語。又見道旁盈車載小兒,問之,土人皆曰年饑不能自育而賣之也,感生於中,不覺涕下。過盧生廟,見壁間詩皆談夢幻,非余志也,率賦詩一首,别録。

初五日,行五十里,過車騎關,至杜村鋪,中火。二十里,過磁州。又三十里,過漳水,至豐樂鎮宿,入河南界。

車騎關雄峻過於臨洺,然谿徑多,利於攻戰而不利於守,知地利者當駐兵於臨洺,而以車騎委之敵人,則全勝之策也。盛時無俟談兵,聊爲守土者陳有備無患之意。靖康中宗澤守磁州,繕城壁極堅固,今極凋敝,誰之責歟?漳水自河南林縣流入,河南、直隸於此分界。自出都來,墩鋪修整,定興之外惟邯鄲,然定興更鋪尚不若邯鄲更鋪之嚴肅。方出車時,武弁督兵役護送至天明而返,守土者之賢可知矣。道中見橋旁石碑題云"重修石橋碑記",文云"道光二十六年六月重修石橋成,是爲記",又見墓碑題“進士第河南知縣單君神道”，此二碑真絶妙好詞也，不覺失笑。是日大風。

初六日，行四十里，過安陽縣。又十五里，至魏家營，中火。三十五里，過湯陰縣。又二十里，至宜溝鎮宿。

安陽，古相州地，車騎輻湊，人物蕃昌，雖當大旱之後，不形凋敝，中州一大都會也。安陽城外河蓋亦漳衛之支流，記不詳，俟考。湯陰城外則衛水自淇縣流入也。湯陰城外石碑崗，曠土也，廣衍十餘里，無居民，地不可耕，盜賊往往寇攘於此。此中不設更鋪，僅一墩臺耳，守土之罪也。在安陽拜韓魏公墓，湯陰拜岳武穆廟。經羑里故城，在湯陰城北八里。河陽古寺在安陽城南。路中遇童子，鄧姓，名成兒，年十五，與之食，不食，歸遺其母，孝子也。

初七日，行三十五里，過淇水。又二十五里，至淇縣，中火。五十里，至衛輝府宿。

淇水在輝縣西北，接彰德府界，經湯陰縣，復南流，經淇縣入衛河，《詩》“淇水在右”是也。淇縣地方雄闊，水深土厚，殷故都。蓋自漢以後建都始取雄險，周以前則不尚險也。自此入汲縣，遥望蒼峪，逶迤數十里，秀色迎人。自過漳水後始有山水之樂。在衛輝城外遥拜箕子廟、比干墓。衛郡軍屯地勢低窪，每大雨後西南北三方水積，往往成災。道光四年，士人梁君名濟川倡捐田爲渠，名永濟渠，幸免水患，惜衹三岡外有此耳，若處處如此，豈非大利乎？三岡在汲縣北，龍岡、鳳岡、龜岡也，俗名黄土岡。是日路遇湖北同鄉魯君雲泉，談及沙河土雖瘠，然民去山居者甚富。磁州城壞，則因章丘地震。方知前日所記未盡得實。學問之難如此。到衛輝，訪麋太守，（名宣楚。）家君世交也。少君桐階來謝並餽贐，談及道途。近日清静，緣麋太守八月統兵在滑縣與捻匪接仗，生禽十六名，中有賊渠四名，斃賊十一名，餘賊悉逃散，故行旅得免戒心，賢守也。淇縣城外有碑云“殷六七賢聖君故都”，殊可笑。

淇縣舊多資，自漢已然，蓋衛鄭之間風氣使然。今湯陰、淇縣、安陽居民多佩牛帶犢，惜無良有司如龔、虞者耳。衛河源出輝縣西蘇門山搠力泉，經府治、新鄉、汲、淇、濬、滑各縣，會漕河。

初八日，行七十里，至延津縣，中火。四十里，至東堰堤宿。

延津，古酸棗地。（杜預《左傳注》：“廩延，鄭邑，陳留酸棗縣北有延津。")河故道，黄沙汙積數十里，曠無居民，幾同不毛之地。道遇菜色之民，形容慘澹。地瘠民貧，加以水旱，守此土者有何長策？行至店中，見壁間童謡四首云："十里八里黄河，一處兩處人家。不見有青艸，何處得桑麻。"(其一)"天高飛鳥絶，車行不見轍。夢裏何人唤哥哥，一聲一聲行不得。"(其二)"萬帑金，賜賑恤，讀罷詔書聞鬼泣。不怨阿爺入告遲，(俗呼官長爲爺。)怨民早死不得被恩澤。"(其三)"天子仁慈動天地，旱魃既死秋雨至。今年種麥明年收，門前又到催租吏。"(其四)詞雖近俚，較剜肉醫瘡尤道得親切矣。過延津界，田畝麥苗亦秀擢。河南黄粱向二千五百錢壹石，今不僅倍之也，奈之何哉？此處梨價賤而味美，古所稱"河陽千樹梨"，信然。欲多食，恐致疾。夜間購得孫徵君《中州人物考》《書經近指》《讀易大指》，李二曲先生《四書反身録》，見徵君九世孫，名世希、世琛，爲商賈。

初九日，行七十里，過河，至開封宿。

開封城外沙積，可歎。是日謁唐觀察子仙先生，父執也。目中所見，半皆菜色之民，可歎。

初十日，在開封。

是日拜客，惟吴子苾年丈雅好博古，談甚相得，贈予《經苑》《筠青館金石》兩書，皆可寶也。

十一日，在開封。

是日餽贐者至。仲香學使之太翁春畹先生招飲，見其二孫焉。蕭氏多才，可喜。

十二日，在開封。

是日辭行。寫信寄陳珊山年丈、周蓉帆世丈、仲香督學，並寄家書。晚仲香督學之[世]兄鹿坡來談。

十三日，行四十五里，至朱仙鎮，中火。四十五里，至尉氏宿。

開封城外河道極多，紆曲而行，蓋皆二十五年開引河故道也。宋岳忠武破金人於郾城，進軍朱仙鎮，後爲水陸舟車會集之所，亦一大都會。自河決之後，悉成荒沙，數十里沙磧中往往露屋脊，滄海桑田，變幻無定，睹此殊悵然。尉氏東北一里有蓬池舊迹，阮籍詩"徘徊蓬池上，回首望大梁"。是日大風揚沙，奴子得風疾，余新病後猶能勝此，可慰親心矣。

十四日，行六十里，至丁家橋，中火。六十里，至許州宿。

丁家橋屬洧川縣，（杜預："潁川長杜縣有長葛城。"）自此出，過長葛縣界，始至許州界。許州土田肥沃，操之謀都許非失地利。是日上半日風。

十五日，行五十里，至潁橋，中火。四十里，過汝水，至襄城縣宿。

許州南四十里地名葚澗，緣漢蔡孝子獲葚得名，有蔡孝子祠。過此即爲襄城縣界。潁水自河南府登封縣流入，經禹州、新鄭、長葛、許城、臨潁各境，俗名石梁河。有考叔祠。緣潁濱遺老之稱，有潁濱書院。人物繁湊，亦大都會也。過潁橋，土田沃衍，麥苗秀擢，異於他處。此地有延甯塘、蔣家塘、平安渠、保安渠，皆所以備水患。襄城北七里汜水所出，俗名七里河。城南河即汝河，通周家口。山名首山，《史記》申公曰："天下名山八，三在蠻夷，五在中國。"此其一也。李元禮墓在潁谷南，登龍鳳裁，今不復見矣。初出車時見道斃男子，不禁淚落。

汝水自河南府嵩縣東北流入伊陽縣界，經汝州城南寶豐縣北、郟縣南流入襄城南。（襄城豐收。）

十六日，行四十五里，過首山，至汝墳，中火。十五里，過葉縣城，又三十里，至舊縣宿。

首山出磨石，山上泉名聖泉，居民引以溉田。汝墳隸葉縣，《詩》所謂"遵彼汝墳"也。葉縣北十里山谷名卧羊山，山上石磧歷歷，遥望如群羊偃卧其上，故名。《左傳》成公十五年"楚遷許於葉"，昭公十八年"又遷於析，以葉封沈諸梁"，即今縣城南舊縣地。黄城山俗名花山，与方城山相連。《水經注》："南陽葉縣黄城山是長沮桀溺耦耕之所。有東流水，則子路問津處。"舊縣城下水即汝水支流也。二日三渡汝水，自過開封後，見鄉間牛車，始悟古人兩驂之制、轅端横木之制，蓋猶存其仿佛也。兩日奴病加劇，終日呻吟，意頗不懌。

十七日，行五十里，至龍泉鎮，中火。四十里，至裕州宿。

出行二里許，過巍岡，即黄（成）［城］山麓也。自此迤迤而南，皆方城也。俗有大丁山、小丁山之名。杜預《左傳注》："方城山在南陽葉縣南，山勢雄峻，峨延數十里，如城形，宜屈完之誇齊侯矣。"龍泉鎮依黄石山，有昇仙閣，葛仙翁修真之所，在保安驛之南。保安驛，葉、裕分界處也。入裕州，遥望舞陽山色，夕陽罨映，大快人意。奴病仍未愈。開封衛輝極旱荒，飢民不及襄、葉、裕之多，知流亡之多也。朝廷費百萬賑恤，而待賑不下二千萬,其能有濟耶? 龍泉至京二千里。

十八日,行三十六里,至趙河,中火。三十里,過博望驛。又二十里,至新店宿。

趙河店中見吾鄉翟丈讓溪先生題句、唐丈子方先生跋語,又見傅青餘、劉■山、楊劍潭諸什,皆吾鄉之俊傑也。趙河未詳,或即趙渠耶? 過博望驛,思古人功成一炬,不禁起舞。淯水自河南府嵩縣東南流入,經南陽、南召、新野各縣,合潦河、湍水。[①] 是日奴病加劇。數日因奴病使人焦心勞神,夜不能寐。

新野黄(梁)[粱]二十錢壹升,載米之車魚貫於道間,旅人不復有戒心矣。

至新店,遥望龍崗,即卧龍崗也,俗名杜山,又名陰山,在南陽西南,起自嵩山之南,綿亘數百里,至此截然而止,回旋盤繞,相傳諸葛草廬在焉。

十九日,行三十里,至南陽府宿。

南陽,宛城也。東關外有召杜祠。(杜預《表》曰:"所領部曲,皆居南鄉界,所近鉗盧大陂,下有良田。")自入襄城至此,土田沃衍,溝渠修整,召杜遺澤遠矣。是日見顧湘坡前輩、蕭仲香督學。

二十日,行六十里,至瓦店宿。

自南陽渡淯水後,皆沿水滸而行,(《後漢書》"白水真人"、《東京賦》"龍飛白水",注:"白水謂南陽白水縣也。"[②])俗名白河。[③] 白河(新野)滸有蔓荆山焉,不知瓦店於古人爲何地。路遇新入泮者,詢之,曰即瓦屋也。予曰:"會于温,盟于瓦屋,兩地相隔數百而遥,有是耶?"其人不能答。瓦店隸南陽林水驛丞,分巡丞李君善緝盗,且有治才。

二十一日,行六十里,至新野縣,中火。三十里,至新店宿。

新野渡河即湍水也,在新野北三十里。新野有湍陽驛,古漢廣是此。(《山海經》曰:"翼望之山,湍水出焉。"郭璞注:"今湍水逕南陽縣而入淯也。")來歙、鄧禹、曹景宗皆此間人,古來名將多矣。舟中聞水聲,如聽鼓

---

① 眉批:《山海經》曰:"攻離之山,淯水出焉。南流注於漢。"郭璞曰:"今淯水在淯陽縣西。"

② 眉批:《東觀漢記》:"考侯仁徙居南陽白水鄉。"

③ 眉批:今淯、湍諸水統名白河,不知古白水專指河水,抑統言之否也。

鞶焉。豫省旱，南、汝、光豐收，新野尤甲於南郡。道中逢米車皆自新野糴，之河南府糶，問之，曰利倍又有餘焉。是日雨。

二十二日，行二十五里，入湖北界。五十里，至吕堰驛，宿。

陰雨不止，泥濘難行，至吕堰宿焉，主人甚惡。

二十三日，行六十里，至樊城宿。

是日雨更密，兼雨雹，不爲災。行泥淖中，甚苦。高岡之上，土田沃衍，信如南征所云。古襄陽隸南陽也。至店中，見史樓師暨儲、劉、周三君。

二十四日，在樊城。

是日史樓師至湖南會館上匾，余同往，祀神周濂溪先生。

二十五日，在樊城。

渡江拜單地山前輩、熊茗齋年丈、繡振之同年。

二十六日，在樊城。

單前輩來答拜，談甚洽。繡君來談襄陽難治情形甚悉。熊年丈遣使送船。是日聞女樂。

二十七日，在樊城。

是日遣僕看船。熊年丈來答拜。遇朱研軒同年。

二十八日，在樊城。

原定廿七日上船，因船過小换船。是日大風，船在大江，不能到關，又延一日，仍未起行。

二十九日，登舟行十里，泊唐家營。①

樊城旅店萬不可住，雇覓車船皆須受其勒措。又此地多妓，有所謂"門户籃子""蕩子籃子"，"蕩子"尤足傾人，或云當禁逐，亦非策也。商賈輻輳之地，利之所在，禁之愈嚴，則行人愈受其害，聽之可也。特行路之人宜自慎耳。此間私鹽充斥，大夥私梟無人敢問，窮民偷賣，官則捕之，鹽捕同知及營弁皆仰給於此。舟中望峴山。

三十日，在唐家營。

舟子負債，艙爲人持去，不能開船，遣僕代爲取還。

---

① 眉批：自樊城至漢口水路一千零貳十里。

【道光二十七年十一月】

十一月初一日,行二十里,泊鄧家灣。行四十里,泊三官廟,過此入小河,即宜城縣界。

鳳凰山、望家山兩岸對峙,風景殊勝,泊舟後上坡閑步,信足樂也。余居北方久,又慣食京城老米,過樊後日食稻,頗不相宜,可笑。

初二日,行六十里,至宜城伍家營泊舟。

下水極速,而逆風,亦難行也。入宜城,見振垣同年。(自襄陽至宜城一百二十里。)

初三日,行一百五十里,泊龔家井。

過回龍關,(□桊河。)山麓汝河口。上半日逆風,下半日順風,張帆而行如駛,殊可樂也。殷家集与馬梁對岸,由宜城至馬梁二百三十里。

初四日,行百餘里,泊殷家集。

上半日順風而微,午未間風浪大作,簸蕩於百波之中,亦生平初經,壯觀也。申酉間,風稍定,問舟子道里遠近,輒不答,俗忌可笑。

初五日,行百三十里,泊多寶灣。又行五十里,泊聶家灣。

多寶灣隸京山。寄楊欽雲刺史信。(殷家集至多寶灣八十里。)

初六日,行百餘里,泊彭口河。

過潛江、天門,彭口隸天門。多寶灣至彭口河二百五里。(古彭口北一百五里澤口通潛江。)連日問舟子道里,不得實數,今日檢路程書得之,快極。

初七日,行二百十里,泊蔡店。

初八日,行六十里,至武昌。

武昌晉謁子方父執,承招寓署中,視猶子侄,難得也。

初九日,在武昌。

是日拜裕宫保、程霽亭前輩、趙静山年伯、劉太守、張仲遠同年,見二伯母以下。

初十日,在武昌。

是日作家書。夜題岳忠武王書《滿江紅》詞,撰賦一首。得家書。

忠武王墨迹登黄鶴樓有感,調寄滿江紅

遥望中原,蒼煙外,許多城郭。想當年、花遮柳護,鳳樓龍闕。萬歲山前珠翠繞,蓬壺殿裏笙歌作。到而今、鐵騎滿郊畿,風塵惡。

兵安在？膏鋒鍔；民安在？填溝壑。歎江山如故，千村寥落。何日請纓提鋭旅，一鞭直渡清河洛？卻歸來、再續漢陽遊，騎黄鶴。

唐子方丈題

慷慨悲歌，迸滿紙，英雄淚血。憑弔久、爲公感憤，爲公悽絶。已據中原基本地，黄龍直搗非無力。奈孱王、自擁小朝廷，嗟何及。

忠孝志，炯秋月，君父耻，淪朔雪。聽滔滔江漢，聲猶嗚咽。定有英雪來岳鄂，趣將詞翰重摹泐。指高樓，待我一登臨，空陳迹。

十一日，在武昌。

是日謁曉川年伯、陶堯卿前輩、何丈、王味蓮年伯，拜祁子儒世叔、鄒欽雲先生、董雲舟老丈、喻壽銘同年、龔蓮舫嫺伯、劉子敬前輩。

十二日，武昌。

是日裕制府生日，賜壽，往拜。終日酬應，生平第一次，苦事也。

十三日，在武昌。

是日陶堯卿前輩來，談甚洽，教以博必求專，至言也。又贈《紅豆樹館詞》。此老皭然靈光，而奬勵後進，諄諄不怠。午間同劉孝長老伯赴陶查仙小飲，座間有李司馬，名炳奎，字石筠，四川人，甚豪舉。張仲遠同年談年伯治館陶事甚悉。方山東災欠時，大吏遍問座上客，無敢應允去者，漢峰年伯慨然應之，至則報十萬口。大吏驚咤曰："地廣於館陶者多矣，不及是，張君真書癡耶?"東昌府書太守令更減，公曰："上官出示喻民，可減則減之矣。"太守曰："若如此，吾身家無地矣。"公曰："吾亦有身家，不敢承教。"遂不減帑金。至易錢放賑，民心遂定。方其報災時，即親赴鄉村數日，而户口册具，視今之星使臨境始行查户口者何止倍徙哉！初，大吏不悦公報災過重，後有以山東災爲朝廷言者，嚴旨下問，大吏始出巡所守，飢民至有以小兒投肩輿中者，大吏受其詬病，及至館陶，乃大喜。余素不喜飲，聞此，浮大白焉。歸，唐四伯談及人才所許可，第一爲陝西令李君煒，其經理災、匡治荒政亦善。方陝西災時，唐丈權陝西布政使，以某縣災尤甚，飭李君往，三日而户口册具，十日而賑務條理具。其始到則入四鄉訪察，後乃傳保長至，諭曰：汝所管村堡各具圖，圖依地形作，廣袤隨之，其中極貧、次貧及富户、平日善良之鄉紳，各具書于册，毋僞，我已訪大半，有不合者，當治而罪。于是圖具。乃議條理，若冬雪當如何，若冬無雪當如何，某富户可出錢，某富户可出米，官與紳若何經理之，於是條理具。又稱張仲遠有文武材。又稱隨州牧金雲門,安徽休寧人,任崇陽令時得民心。

十四日至廿八日,在武昌。

十餘日困於酒食,無可記者。廿八夜,唐四伯談及爲監利縣令時辦水災,收養嬰孩至四五百人,次年無來領回者,因出示有願領爲兒女者,給印領,本家父母不得過問,數日而悉散歸。又水災後奸民乘以爲盜,四鄉來告急,城内紳官皆勸縣宰毋出城。公奮然往,至一所,去城三十餘里,命紳士聚衆得百餘人,各持繩棍,獲數十人,餘悉奔竄。周遣人各處搜捕,共得百餘人,一境以安。又言吾鄉王愛園先生(名廷葵)以選拔官福建甌寧縣,禁花會,會匪槍械林立,公獨身往喻,令撤會栅,立遣散打令者數百人。又曾官莆田縣,去任後,陸徠莊成宰其地,民間婦孺出觀曰:"此陸太爺,非王太爺也。即似我王太爺好麽?"即此二語,足見其得民矣。又王香湖前輩之尊人久也。先生(名恒。)官浙江平湖縣。平湖故劇縣,賦税甲於他邑,而水旱不時,率催科不足,前縣令六人爲官租祛職,稽留不得返。[1] 公至,則悉遣之去,曰:"君等歸,虧項盡屬我矣。"乃與民議開泖湖,引水灌民田數万頃,二年其邑大穫。乃聚父老,告曰:"吾爲爾民開此數百世之利,顧忍令我遽縶囹圄邪?"於是民間相率代完虧項。其權術類此。夜得王子壽同年與方四伯書,論修志事。略云:向於郡邑志乘"賦税"一門厭其勾稽瑣屑,多未涉目。近始取黄岡邑乘所載賦税詳閲再三,初亦不甚解,久之乃不禁慨然廢書歎也。志載明時賦額,每夏秋糧一石外,有正米麥若干,耗米麥若干。所謂正者,蓋每石外之加派也,其加派則相沿至今未之除也。税額則有絲、絹、麻、鐵、乾魚、麂鹿、藥料、顔料及解南北京與各部院寺等費,其爲名目凡數十百種,後皆改爲折色,併入地丁銀内,亦相沿至今未之除也。初但税其土之所出,且多爲其名者,欲人主取民有制,觸目警心,時存修養撙節之心耳。其後變而爲徵銀,取民之所無,上與下但樂其簡易,前之所爲名目者皆忘之矣。夫地丁者,兼古之庸調,按税名取之,猶曰土之所出,變而爲銀,則非土之所出也。又專以地丁派之田糧,總數十百種之税,一徵之農,而商賈百工士大夫游惰者皆不與焉,其厲農毋太甚乎!嗟乎!此農之所以日困、銀之所以日昂、賦

---

① 眉批:平湖民謡云:"堂上三錘鼓,跳出王老虎。官司不要錢,錢糧加一五。"

之所以日虧、吏之所以日偷也！其弊始於丁隨糧派，一概徵銀，誰爲變此法者，其禍不在高君、楊炎下矣！今民間但知有糧與銀耳，其加派與總派諸名目，惟于各郡邑志乘中略存原委而已。鐙下偶感，縱論及此，未知吾兄與孝翁、子壽同年均以鄙見爲然否。

廿九日，在武昌。

是日與蕭師、孫璥丹、張友榆、駱斗間同集曉川年伯處，散後同孫、張二君登黄鶴樓玩雪。

【道光二十七年十二月】

初一日，在武昌。

是日在劉相波世叔處小飲，同坐蕭師、孫、張同年及孫筱石、陳古堂之令郎。論周敬修在湖北時酷刑可畏。

初二日，在武昌。

是日作《夢硯齋詩册書後》一篇，唐四伯、陶查仙年伯大見稱賞。

初三日，在武昌。

是日早至張友榆旅邸暢談，晚至龍翰臣前輩處小飲，晤粟冬蓀同年。讀翰臣初到任告示，卓然有名臣風。

初四日，在武昌。

趙静山年伯、何左卿丈招飲，同坐吴樸山，山尊前輩之侄也。問《山尊全集》，尚未刻。何君，山右人；成君，正白旗人。晚至陶查仙年伯處小飲，見其孫頭角峥嶸，屬對工，記性强，甫八歲，一日能誦二三千言，可異也。

初五日，在武昌。

主人讌客，予作陪。

初六日，在武昌。

無可記。

初七日，在武昌。

無可記。是日夏翰翁招飲。

初八日，在武昌。

是日過江。

初九日，在武昌。

是日在蕭史師處。

初十日,在武昌。

無可記。翰臣來談。

十一日,在武昌。

無可記。

十二日,在武昌。

是日至四哥處,始知二伯父初九日已到,項偏之症,見之殊深感痛。又家庭之間多以權術相待,彌可慘也。

十三日,在武昌。

是日飲陳子宣家。晚歸,則王君子壽到矣。數載相逢,曷勝拳拳。

十四日,在武昌。

偕子壽至翰臣處。是日晤筠仙,飲味之處,得子宣贈詩。

十五日,在武昌。

偕子壽飲夏秋丞家。秋丞名成業,乙酉拔萃。其兄宗山,甲午同年也。又有楊君瑞山、彭君味之、稷臣、雷君寶田、尚君、周卿,九人爲消寒小集。晚至筠仙處。

十六日,在武昌。

早偕子壽飲筠仙處。晚飲楊君瑞山處,周卿未至,以筠仙補之。

十七日,在武昌。

各處辭行。晚飲常蘭陔前輩處。得子壽贈行序。

十八日,在武昌。

是日飲寶田處、查仙年伯處。

十九日,在武昌。

是日主人約翰臣、筠仙、子壽暨余飲夢硯齋,劇談甚樂。出觀岩野遺研,信可樂也。

二十日,在武昌。

是日起行已,返至筠仙處劇談片刻,天晚不能登舟,即寓筠仙處,抵足而談。是日晤湖南孝廉張曉峰,名開霽,知兵,然不免喜事也。

二十一日,登舟。

船泊唐鄂,風大不能開行。

二十二日,舟行百二十里,泊新洲口。

新洲口，黄州界。

二十三日，舟行六十里，泊武昌。

行至黄(洲)[州]，泊舟，遊赤壁，拜東坡于清端祠，遥望快哉亭。晤朱伯韓年丈，於舟中談片刻。復移舟向武昌，泊樊口。訪張仲遠同年，同遊樊山。山在城西二里許。山下有溪，曰寒溪。有寺，寺中丹桂一株，蓋數百年物也。逶迤而上，道路蟠曲。山半有亭，曰九曲亭，蘇長公故址也。有子由《九曲亭記》。登山頂，則東坡所謂普陀泉在焉，惜已湮没。四圍皆山，茂林森立，夏秋之交，蓋勝景也。歸與仲遠縱談一晝夜，讀其詩集，直登作者之堂，信不可及。今日之遊可謂壯矣。

二十四日，泊黄州。

早，仲遠以令姊婉紃夫人書相贈，以予曾爲題《肆書圖》也。令愛畫扇、令甥畫斗方並皆佳妙。别仲遠，登舟，仲遠送至河干，殷勤屬寄書。因風大，不能開行，移舟對岸。

二十五日，行六十里，泊艾家洲。

二十六日，舟行百二十里，泊田家港。

過西塞山，一名道士洑磯，在大冶縣東九十里。《江表傳》："劉勳聞孫策等已克皖，乃投西塞。"即此地也。《水經注》："山連延江側，東山偏高，謂之西塞，東對黄公九磯，所謂九圻者也。於行、小難兩山之間，爲闕塞也。"《入蜀記》："石壁數百丈，色正青，了無竅穴，而竹樹迸根交絡其上，蒼翠可愛。"張耒詩："危磯插江生，石色擘青玉。"顧景星："岧嶢勢不群，百丈起江濆。"蓋奇險爲大江扼要之地也。又過蘄州，泊田家港，興國州地。舟行萬山中，左右應接不暇，江行至此漸入佳境矣。

二十七日，行百三十里，泊二套口。

二套口去九江府治十二里。舟中見小舟倡誦太傅潯陽《琵琶行》。

二十八日，行十二里，至九江關。

關税貳兩伍錢，作錢八千肆百。太守孟藥代乞，因孟翁之無禮，餽贐未受，受其木炭一事而已。仍折回二套口泊舟。

二十九日，行七十里，至湖口。

過廬山，入湖口，即彭蠡也。泊石鐘山下。入城，見彭小山丈，留署中度歲，暢談。湖口都司陶得壽行軍有紀律，待士卒有恩，常以死自誓，恨不得與夷人一搏。此小山丈爲余言之也。見彭二哥，號以耕。

三十日,在湖口。

彭翁幕中汪友松、楊三、袁大,皆吾鄉人也,六博之戲爲樂。

【道光二十八年一月】

戊申正月初一,在湖口。

自子至卯,徹夜聞爆竹聲不絶,始有羈愁。此時堂上念遊子作何境也。

早起,行世俗賀年禮畢,仍亦六博。

初二日,行七十里,泊小孤山。

是日,小山丈同遊石鐘山,即於山下(攝)[揖]别。携翁覃溪所書《石鐘山記》歸。小孤特立江中,峭壁摩天,惜到已晚,不能登望。按小孤、大孤,以山之孤峭得名,而世俗附會爲小姑。《名勝志》:“小孤山西小孤廟,對岸爲澎浪港,俗訛爲彭郎,遂有小姑嫁彭郎之説。”後人又建梳妝亭附會,殊可笑也。

初三日,行百里,泊東流縣西十里。

地名問土人,舟子或云周林磯,或云黑石磯,石得其真。上半日順風,下半日逆。

初四日,行七十里,泊安慶城外古牌樓下。

是日到已晚,遣僕入城。是日作《大别山考》一篇,寄龍翰臣。

初五日,在安慶。

是日拜蔣蔚亭、張勱弇兩丈,皆余未往而先施者,可感也。拜同年武、馬、成、宋、邵五君,年丈張、(名元鈞。)李(名鈞策。),惟馬君晤。歸舟,邵、成兩君來。邵來,余尚未登舟,不及見。宋君來,見之。作家書並湖北書。

初六日,在安慶。

馬、武兩君來。蔣君饋食,張年丈勱翁招飲。又寄孔馥園年伯、沈和齋信。雷君曉峰來,其子子明、侄實鄉先後來。張銑齋年丈來。

初七日,在安慶。

各處辭行,饋贐者至。晚飲銑齋年丈處,晤同年邵君佑人、同鄉馮君元霍字濂溪、王君、胡君。馮君屬見但運使,提及館事。見吴年丈,提及近況。

在安慶時,謁余忠宣公祠,拜公墓。登大觀亭,又拜韓忠公祠。韓忠公名建，与余忠宣公同殉難者。又登迎江寺塔頂，望大龍山、龍眠山。

初八日，在安慶。

本擬是日啓行，緣風大，不得開行，遂入城，飲馮蓮溪家。

初九日，行九十里，泊樅陽。

樅陽古城在桐城東南。《左傳》文公十二年："楚子孔執舒子及宗子，遂圍巢。"杜注："宗，國名，群舒之屬。"即樅陽也。《漢書・武帝紀》："元封五年，自潯陽浮江。"薄樅陽而出。《晋書・陶侃傳》云："初領樅陽令。"而《志》無此縣。蓋嘗復而尋廢也。今有樅陽上下鎮，攔江磯在樅陽西，至此始有江潮，俗云"潮不過(楊)[陽]"。

初十日，在樅陽。

行十餘里，遇逆風而返，乃泊樅陽。見飢民流離者，皆淮安人也。

十一日，在樅陽。

雨大而風逆，不開舟。雨後望樅陽山色，蒼翠可愛。

十二日，在樅陽。

風大，仍不能開行。鄰舟莊君，浙江甯波人也，來訪。談前歲奉化之役，始終皆李承霖一人之罪。緣奉化漕粮向折銀，銀又折錢，向來錢價率不過制錢千貳叁百至千伍百不等。而近銀價日昂，李任奉化令時，銀價至錢柒捌百，故向來錢二千折銀壹兩，李令加至二千叁，後又加至二千五。李去後，銀價又昂至二千。後任乃李門生，李教以加至二千七百，而民間譁然矣。時李任甯波府，助其門人爲虐，同寧紹臺道馳往，脅以威。不逞之徒，遂執道府，縛置城隍廟楹柱中。有畏法者來解縱之去。歸，遂以叛聞。巡撫奏調兵進剿，而奉化民亦入叩閽。上諭巡撫查辦，誅其不法，安其善良，削李及後任官，而獄始成。是役也，微聖人慈愛，大吏必苛嚴，變將不可測矣。

十三日，行四十五里，泊池口驛。

池口驛河通池州府。是日風亦勁，折搶而行。舟子觀天色曰："風暴且至。"急維舟池口。舟甫定而狂風震發，水黑雲黯。遥望舟未泊者，簸蕩百波之中，信可畏也。幸無覆溺者。風未起之先，江豬出水面，俗云"拜風"。其色黑者，風尚小；至色白，背有□翅而胸乳及腹及陰似婦人者,俗名"白鯕",出則風厲浪愈大。①

十四日,行四十五里,泊大通。

是日亦風,不甚暴。大通隸銅陵。遥望銅宿山、九華山,亦一都會也。銅官産銅。九華隸青陽縣,高一千丈,延袤二百里,北俯大江,南連黄海,東鄰勾曲,西接匡盧。舊名九子山,李白更名九華。昔人有云:"九華之勝,不在山中。"從江上望之,透逸清遠,夕波落日,邈然於懷,爲得此山之妙矣。山上有地藏寺,每歲進香者甚衆,惟五、六及十二月差尟,春秋尤盛。余在大通肆中坐,則負囊往來者絡繹於道,頃刻之間幾數百人,各執一旗,書"進香"字,夜則執燈,亦書"進香"。問之土人,曰:進香人衆,其來也遠,有自江寧、六合、揚州、通州來者。其中亦往往有奸宄之徒,假進香名,什百成群,潛爲寇盜。蓋莫得而稽之也。進香之船亦到處皆有,一小舟載十數人,男女雜處,風俗之壞,至斯而極焉,可不嚴禁哉?大通對岸洲曰落葉(州)[洲],余泊舟其上。夜与姚彦士同年遇。彦士尊人之官江西,自吴中買舟西下,相晤握叙,殊慰旅懷。晚登彦士舟,重至大通觀燈,夜深始返,非好遊觀,亦聊破岑寂耳。

十五日,行百里,泊鯉魚套。

鯉魚套,無爲州界。皓月初昇,鳳凰山上嵐光晻映,秀色迎人。水光接天,一白無際。回憶十載京華,上元佳節塵俗甚囂,得此乃不負佳日也,然思歸之心亦更切矣。

十六日,行十里,泊板子磯。

風大,折搶行至板子磯,不得進,泊舟少許,又開船,仍不得進,復折回磯旁宿焉。登岸,行半里許,登磯,逶迤而上,脩竹林立。行竹徑中,有黄公祠,明靖南伯黄得功也。考《明史稿》,得功駐師荻港,破夢庚兵于銅陵,時大清兵已渡江,福王奔潛入其營,得功死戰。戰荻港時,傷臂幾墜,衣葛衣,以帛絡臂。佩刀,坐小舟迎敵,飛矢中喉,知不可爲,擲刀,拾所拔劍刺吭死。其妻聞之,亦自經。古所謂能死社稷則祀之,宜也。自此折而上,則祀水神。又上爲觀音堂。堂旁迂曲,行竹中。緣坡登磯之極

① 眉批:池口河府西五里即貴池水也。唐以此名州,亦稱貴口,亦稱饋口,宋時始稱池口。沈仲玉至貴口不敢進。《齊書》云:"沈仲玉至饋口,欲渡江,李安民進軍破之。"胡三省《通鑒注》:"即今之池州貴池口也。其源五:一出石埭,一出古源,一出滸溪,一出石嶺,一出東源,匯於秋浦,由杜塢入池口以達於江。"

頂,有塔。登塔上望長江,去來可數十百里遠。遥望鳳凰山,則翠屏丹嶂羅列。山下有田,時春雨方至,田中蓄水數泓,麥際青青,遥相晻映。塔上所見誠極清曠。下至堂上少憩。至岸,岸上土山與磯對峙,俗名螺獅山。考《安徽通志》:"大陽山在鳳凰山之北,接小陽山。山之西麓盡於江,曰板子磯。"今觀土山与磯相連,或即是大陽山也。板子磯上有萬曆間人題碑,曰"鵲起磯",碑旁小字云"江曰鵲江,山曰鵲磯",又有萬曆年號,其人名及年月則漫滅不可考識矣。《輿地志》:"銅陵鵲頭山爲鵲頭,至三山爲鵲尾,因名鵲江,繁昌諸水注之,鵲起之名因此而設。"《寰宇記》:"一名返秦磯。"磯上寺僧以種竹爲業,故竹極密而修美,在竹徑中行,固極幽邃。登大陽山之巔而望,尤清妙也。鳳凰山在繁昌縣西北,山頂有鳳池鳳穴,下臨荻港,在繁昌縣西南四十里。水出南陵,由馬仁山西入繁昌縣界,至鳳凰山下爲荻港,入于江;又源出南陵大湧澗之黄滸港,亦入荻港。由荻港至磯四里。是日雨。

十七日,行八十里,泊蕪湖。

過三山即所謂鵲尾也,去繁昌東北三十五里。三峰秀起,曰老子,曰方丈,曰秦望。山有九蓮洞,東即三山磯,宋陳堯佐泊磯下,見江神告以避風,即此。又行過魯港,一名魯明江,源出宣城縣西陸大江。《一統志》云:"昔有魯明仲者居此。"《十二國紀年》:"孫瑞與楊行密戰,行密於魯港作五堰,以輕舟給軍食。"即此。又有石硊河,在縣西南四十里,合於魯港。魯港去蕪湖十五里。蕪湖對岸曰蟂磯。蟂,老蛟也。磯有石穴,廣一丈,深不可測。《圖經》云:"寧淵廟舊在其上。明建靈澤夫人祠。世傳蜀先主妃即孫權妹,歸吴,聞先主崩,哀殞,葬此。"顧亭林云:"按《蜀志》:'先主既定益州,而孫夫人還吴。'又裴松之注引《趙雲列傳》曰:'先主入益州,雲領留營司馬。時孫夫人以權妹驕豪,多將吴吏兵,縱横不法。先主以雲嚴重,必能整齊,特任掌内事。權聞備西征,大遣舟船迎妹,而夫人欲將後主還吴,雲與張飛勒兵截江,乃得後主還。'是孫夫人自荆州復歸於吴,而後不知所終也,殉蜀之説未知何據。"磯在北岸,本隸濡須。登磯止見蕪湖,故明高啓詩有"蟂磯煙鏁在蕪湖"之句。蕪湖源出丹陽湖,過黄池合五丈湖、路西湖諸水,至縣入江,蓄水不深而多生蕪藻,故名。丹陽湖在太平府東北,周迴三百餘里。白岸湖在縣東南五十里。五丈湖在縣東南七十里。江中(州)[洲]曰鼊(州)[洲],與蕪湖相接。《縣志》:

“在縣河入江之口,與蟂磯相對。”余舟泊(州)[洲]旁。

十八日,在蕪湖。

風不順,舟子買物,因此未能開行。上岸遊鄧氏園,緣陶塘岸旁爲屋,夏日荷花盛開,蓋勝景也。屋不多,而結構頗曲折閑雅。中有小飛雲館,以庭中蓄石形頗類吾黔飛雲澗也。其云“東山别墅”者,臨水對山,尤勝。東山之名始見明《王文恪集》。鄧氏名其園曰“怡園”,蓋取“兄弟怡怡”之意,太白所謂“叙天倫之樂事”,斯有之矣。鄧君名廷彩,字竹颿,簳筠尚書之弟也。塘旁又有陳氏園、王氏園,並佳。午間復偕莊怡堂字石生者重遊,飲于酒肆。

十九日,行五十里,入姑熟溪。十里,泊當塗縣。

西北行十五里,過七磯山。《南史》:“周文育襲彭城,徐嗣徽引齊人渡江,據蕪湖,列船於青墩,至七磯以斷文育歸路。”即此。一名磧磯。姑熟溪因縣南二里姑熟城而名,一名姑溪,一名姑浦。《寰宇記》:“姑浦口南岸立津,以譏行旅。”即此。源出丹陽湖,北股西行經陳圩北受横望港水,又西過武山南受武山港,又西過青山北,又西過白紵、凌家山,山南是爲姑溪。《水經(記)[注]》“沔水與江合流,東過彭蠡”下云:“東北出居巢縣南,(今巢縣。)又東過牛渚縣南,(今當塗。)又東至石城縣。(今貴池。)”今江道由貴池流三百餘里乃至當塗,《水經》乃先牛渚而後石城,與江道不合。登岸,謁羅椒生年丈,談頗相得。余謂漢人家法必習專經,且必專守一先生之言,今之所謂“漢學”者,毛舉細故,號爲博通百家,實不若古人專經之適用也。又謂讀書當取古人嘉言往事,反覆辯論,異日雖忘其詞,猶可得其意,若僅記醜而博,不可久也。先生皆然余言,又勉予以治史爲要。孔子之時所治者史,後人尊之,高名曰經。此論極當。晚邀余飲,同坐者:夏君,江蘇江陰人;胡君,廣東番禺人;孫君,湖州人。孫君能古文,甲午同年生也,字柳君。

二十日,行二十里,泊牛渚。又行四十里,泊通津河口。

既出太平府城,西北行二十里曰“牛渚”,一名“采石”。“江自天門而下,奔湍急瀉,惟磯足以束之。宋樊若水以小舟載絲維南岸,鼓櫂北岸,以度江之廣狹,造舟爲梁,及師行,如履平地。”即其處。登岸,東登望夫山。山高百丈,正對和州城,山頂有地藏庵,庵有樓,登樓憑眺,則高山平原形勢畢見。張家(州)[洲]、陳家(州)[洲]、魚家(州)[洲]出江中,綿延數十里。於樓上見江流合抱，因思江水爲患，固由上流開山沙石衝流而下，海門圩塞不暢，以致江身日高，江水日溢，亦緣(州)[洲]灘過多，江流不暢所致也。沙性雖堅，然水勢尚能挾之以行，一經種樹則愈固矣。此(州)[洲]課、蘆課之設，爲見小利而忘大害也。初自山旁斜上，後自山陽下，過寶積寺，經采石鎮，過采石新河，越翠螺，而至太白樓憩焉。山上萬松森立，風至颯然有聲，山勢矗立，出望夫山之上，至半山回顧輒心動，然兹遊之奇快則莫可方狀矣。登太白樓，則青山在望，故昔人云"謝眺青山太白樓"也。"胡季瀛守太平，日慕蕪湖蕭尺木能畫，三訪，俱辭不見。時新修采石磯，太白樓成，遂於案牘中入蕭名，攝之至，即送入樓，令曰：'畫壁成，當釋汝。'尺木生萬曆間，至是年七十餘，方抱病，不得已爲畫，匡廬、峨眉、衡岳、泰岱四大名山，凡七日而就，遂絶筆。"今年久漸剥落，其存者蒼翠奇古可愛，别有摹本，遜此萬矣。余因連陟二山，偃息於樓。樓中諸名士集賦詩皆當塗人。王君爲稱首。余假寐方醒，王君者呼余曰："能詩乎?"余視諸君作，則皆詠謫仙事也，率成一絶，書以付之。其詞曰："江水自東流，遊人自來去。登臨亦偶然，不誦青蓮句。"諸名士共相詫笑，遂别而去。登然犀亭，温嶠故事也。磯中屋數椽，有路可達，以其臨江勢甚危險，未竟遊而返。望夫山亦名小九華山，香火之勝，略同九華云。通津河水極清澈，沈休文句云"百丈見遊鱗"，此境仿佛似之。入江寧界。

二十一日，行六十里，至江寧，泊西門外。

過巴斗山、兔子磯，至江寧泊焉。憶昨日泊舟後步岸上，溯通津入江之路，迷不知所向，見道旁壯士年可三十，問之不答，則曰："异哉，相也。"余曰："君善相人乎?"壯士曰："三十年後君當任艱難，幸自愛。君子先擇而後交，請以此贈。"余拜謝，問壯士何姓，則曰："但記余言，勿問姓名也。"夜半思之，懔然起坐。

二十二日，在江寧。

是日拜李石梧年丈，親極。魁梧，宜其坐鎮江南也。聞舒蘇樵前輩、唐鏡海前輩在，皆往投帖。午間謁包年丈世臣字慎伯，談及治河、治江、鹽務。言治河有法而治江無法，江之爲患矣無所底止，其始不過由有司書吏見沙坩數里，輒竹圍之，名曰簖盧，且沙州横亘數十里，亦日甚一日。包君年七十五，其幼时見江寧城外江面可三十里，今纔數里耳。又言鹽務,若當日通行票,不致有此。陶文毅於淮北鹽務有功,於淮南鹽政則未免遷就。當今大臣徒庇鹽商以自利,而不肯通行票以便民。而又言生平見大人先生百數十輩,其真爲國家求人才、有天良者,前則朱文正珪,後則岳布政齡安,二人而已。又言自古叔季之世,人才不在朝而在野,往往國家患無人。及至喪亂,皆起於草澤。英雄之士困而在下,非國之福。又言天下之事徒患無人耳,誠開特科以求之,彼其鬱積既久,益思一展其才,功當倍於往时,何事不集?包君又贈余以《安吴四種》。信乎,通人之言也!

二十三日,在江寧。

是日辭行。李年丈招飲,同坐即唐、舒兩前輩也。遊報恩寺,登寶塔,僅登第五層,六層則不可上矣。按古《誌》:"金陵聚寶門外浮圖一基,古來一刹,内有阿育王塔,由來已久。孫吴大帝赤烏三年始建寺院,重修阿育王塔,名建初寺。後孫皓毁棄,廟宇荒涼。而晋太康時,有梵僧劉薩訶大師得舍利子於長干里,貯於寺内。晋簡文帝改建,初于集慶路,曰長干寺,重修阿育王塔,高三層,以舍利子貯于塔内。後大唐高宗顯慶年廣修廟宇,改曰天禧,宋太祖乾德年改爲慈恩旌忠寺,元順帝时火毁。殆至大明永樂十年北遷,因報高皇帝后深恩,於六月十五日午时起工,至宣德六年八月初一日完工,共十九年。勅工部侍郎黄立泰依大内圖式造九級五色琉璃寶塔一座,曰第一塔,以揚先皇、太后之德。其塔僅高三十二丈九尺四寸九分,而頂以黄金鳳波鍍之,以存久遠。其色不晦,上九霄龍頭掛鐵孛八條,垂鈴七十二個,上下八角垂鐵鈴八十個,通共鈴數一百五十二個,而九層外面鈴計一百二十八盞。下八方殿内及塔心有琉璃燈十二盞,共然油六十四斤。頂上銅鍋兩口,重九百斤,天盤一個,計重四百五十斤。東至俞通海公神道,南至大米行郭府園,西至來賓橋,北至大河下,週圍九里十三步。"以此考之,而寺宇廣矣。國朝有御書"不二法門""赤烏靈梵"匾。嘉慶五年五月十五日寅时,雷擊三方,九層損傷,督撫於奏請發帑修理,於嘉慶七年二月初六日開工,六月初二日告成,較明修此塔用錢糧銀二百四十八萬兩,五千四百八十四兩,其奢儉相去遠矣。出報恩寺,至三藏殿,有肉身裝金和尚,俗呼"人根"。入城至秦淮,舊聞河房之勝,試一觀之,有彩仙者,麗人也,兼善談工詩,河房中一人而已,觀之頗心動,强制而歸。夜,舒前輩來談,老成人也。

二十四日，在江寧。

是日李年丈、舒前輩餽𩞁。遣僕以硯、墨餉包年丈，而爲書别之曰："日昨備承訓誨，並賜大集，發蒙指迷，頓開塵錮。彭年幼承父兄之訓，究心當世之務，而質既愚魯，又少未更事，幸得一親函丈，有所折衷。後此請業請益，望惠書時詳教告之。昨檢尊撰，乃知戊辰與伯父同鄉舉，忝在年家也。即日啓行，不得告别，悵然於懷，伏惟爲道自衛，時惠德音。附呈硯、墨二事，知塵俗不足當大雅，聊將依慕之忱耳。"包年丈復深蒙獎誘，其書存，不録。晚飲妓者彩仙家，豪侈無逾於此，亦見余之不能自持也，書以誌過。彩仙贈余詩，頗不惡，坐間口占酬之，不存稿。

二十五日，行十里，泊下關。

開舟，風大，而潮水適至，水溜汛急，上水者不得上，以致擁塞。余舟以十餘人自後牽之，始得定樁，不然隨流而下，舟必磕破矣，危哉。是日雨。下關在儀鳳門外。

二十六日，在下關。

雨大而風不順。

二十七日，行二十里，泊燕子磯。

出下關，過獅子山，至江口，風大不得行，折回燕子磯泊焉。上岸，登燕子磯，以其突出江中，形如飛燕，故名。磯頭有御書亭，有關帝廟，守燕子磯即所以守觀音門也。江正身尚在東北。江中横亘八卦州、七里州，磯下則江之别流也。下磯，過韓橋，有明崇禎中"禁開鑿碑"。又西行，入觀音門，折歸，遊永濟寺，小憩，懸崖之下清風宜人。逶緣登樓上，雖非壯觀，亦頗幽峭。出寺，緣山麓行，亦永濟寺之别所，有小樓懸於山半，用鐵索貫山石中圍繞之，使不墜，俗所傳"鐵索鍊孤舟"是也。出寺，登觀音山，則江寧形勢畢見。往嘗彭小山丈爲言江寧山間有特矗，必無輔佐，正合形家所謂"降旗"，故自來居此者不能多上人也。今日觀之，信然。歸舟少憩，復携僕往遊三臺洞。由永濟寺旁更西行里許，曰"上臺勝境"。有洞一，時已落暮，秉燭而入，深廣可四五丈。上有一洞，螺旋而出，可至玉山頂。更行里許，曰"仙洞勝境"，則所謂"仙人洞"，在山半，無甚奇。山下數武有泉水出焉，其清若鏡，苔藻鮮潔可玩。又里許，曰"天臺洞"。初入洞則觀音堂，供觀音像，及供具皆檀香，城中胡氏所施也。下有小池承巖泉，不盈亦不涸，俗呼"小南海"是也。池東緣石磴而上，穴中見天，北折而梯升，則一洞而下，其深不可測。又西折而梯升，又一穴見天。更東行數武，則天臺洞在焉，其奇峭不能如觀音堂，特半山之中有此，爲極宏敞矣。[①] 更上則有樓數楹，開窗遠眺，时正夜静，星斗寒徹，月猶未升，但見江浦山色隱約在塵霧中，長江白纔如練，人聲四寂，惟聞風觸山洞爲鏜鎝之音。玆遊之幽雋，雖蘇子之暮夜扁舟不能過此矣。出寺，命僧人秉燭送歸，以山谿地濕，緣坡上行，黄昏中怪石森立，較日間見之尤奇絶可畏。坡上纔可容足，下視則深不可測。歸舟坐定，回思猶心惕惕也。觀音堂對屋爲正殿，中有陳提督像，見之三拜。前度夷人爲城下之盟，聞即屯兵於此山下。余觀觀音山，兩山合抱，中爲大路，若誘夷人居此，可一炬焚之，不獨斷其江路可使片帆不返也。當事諸人見陳像當作何顔。

二十八日，行十餘里，泊江口。

黄天蕩非平風静浪不敢過，仍就江口泊焉。征程遲滯，不勝思親之念。未知堂上屈指計算如何設想也。晚與山東聊城李君鍾華字蓮芬者並舟。李君出觀廣東士民檄文，慨然縱談當今人才得失，明知失言，聊舒憤懣耳。聞李君言，貂皮入水不沈，去歲舒前輩在板子磯，舟破落水，因衣貂得不沈。黄天蕩有礮臺。

二十九日，行百里，泊老古井。

過儀徵，有懷阮相國。泊舟後，上岸閑步，至舊江觀劇，歸見競渡者，甚可樂。

【道光二十八年二月】

二月初一日，行五十里，泊金山。

遊金山，見宋芷灣太夫子題壁句云："江風貼水皺微寒，江露粘天溼未乾。一椀茶甘邀我到，六朝山在幾人看。"字大徑五六寸，雄勁飛動，有不可一世之概。又見關侯画竹墨刻。金山引淮泗，踞吴會之勝，與北固、蒜山、焦山互相犄角，而金、焦突起江中，尤爲險要。江天寺極闊壯，近亦頽壞矣，登塔望，尤可瞭遠。

初二日，在金山。

入城買膏藥。鎮江，江南一大都會也。

① 眉批：俗傳"仙山十二洞"，此僅觀其三也。山即石頭城。

初三日，在金山。

登北固山，甘露寺在焉。又登俗所謂“銀山”“金山”，見江流形勝，而北固則鎮江盡在目中矣。前臨大江，後倚萬山，土田沃衍，足資戰守。江南全省咽喉重地，有險可阨，乃至爲夷人所據，信乎在人和不在地利也，痛哭而返。

初四日，行三十里，泊小沙州。

過焦山，有礮臺。又經圌山，亦有礮臺。當英夷滋事之時，包慎伯移書當路，極称圌之險要，云四峰插雲，横截江身，六五之五，其小峰排過江心，距對岸沙灘不過二里，大炮、火箭力皆可及此，深明形勢之言也。惜當時大僚皆懵懂不曉軍務耳。包慎伯又言，磯溜峻急，溯流而上，即乘風亦必遲緩，炮箭易为對準，則不盡然。此間去海僅百里，潮汐至則水皆西流，潮退乃順而東之耳，若乘風上，不見遲緩也。

初五日，行四十里，泊南沙。

南沙隸泰興，在圌山對岸，小沙州尚在圌山之西，今日始過圌山也。圌山麓爲鄭家灘，地廣可屯駐。湖北庚子孝廉張次徽同年名聯璧者見訪，談頗相洽。

初六日，行八十里，入孟河。又行十餘里，泊小石。

早間無風，午後風作，折搶行。遥望江陰，山色纔如眉黛，江面寬闊數十里，浪頭躍過船頭，亦壯觀也。孟河窄纔二三丈。過蘇松關水閘。此間水淺，俟潮至乃得行。又上下水互競，以至擁擠，蹋蹐舟中，但聞舟子互詬之聲而已。（《明史稿・地理志》：“武進西有孟瀆，北入江曰孟瀆口。”）

初七日，行三十五里，泊常州。

開行二十里，出孟河，至奔流汛，又十五里，至連江橋。過橋不及里許，遇粮艘，泊舟讓其行。去常州咫尺耳。

初八日，行九十里，泊江尖。

江尖隸金匱，對岸隸無錫，無錫、金匱二令分治一邑。周泰伯始居此，築梅李城，吴王僚以前竝都此，戰國時爲楚春申君邑。西有慧山，山上寺多尼，實則倡也。裕魯山巡撫蘇州，曾毁其寺，使尼還俗，今年久又復然矣。去江尖半里許，有亭在水中，俗呼“小金山”，頗閒雅。是夜作寄兄書云：“别已半載，積想爲勞，一日增三秋之思，出門有思存之感。況於骨肉，其爲親愛，何以得堪。前者放舟鄂渚，屈指計程，謂春仲當息轍京華，每誦靈運‘儻若果歸言，共陶暮春時’之句以自慰藉。不謂名尤阻我，動轍經旬，二月七日始泊常州，俟抵蘇杭返棹，當在三月矣。草長如常，鳥語啁啁，舟子皆楚人，操南音，而歌爲離別愁苦之詞，使人心腹攪愁，夜不成寐。兼以狂風密雨著舟，颯然有聲，憶此時老親在堂，兩兄在側，翦燭爲長夜之談，小兒女依依痴笑，其樂靡涯。若使念及征人，又未知吾親如何惆悵。遠遊之戒，豈不至哉！大兄待銓，當得實除，若夏初成行，尚可相晤。去年舊恙當已復元，其於藥食深宜尚慎。賤軀自改歲，益堅實耐勞，惟居北方，既彌年載，性耽餅餌，不習稻粱，每遇鄉人輒相姍笑，諒家人聞之亦復一粲耳。客中得閒，惟以書自娱，有五箱書籍解旅思。幸告吾親稍寬慈念。誠恐白門少暇，燈下艸此，聊攄遠懷。伏乞起居珍衛。”又與劉蕉雲書云：“去冬抵鄂，閣下信物均交左甫兄矣。在鄂月餘，僅兩度漢陽，左甫故只一見，詢知堂上康健勝常，閣下自可安處都門。近閉户鉤究，益當宏富無涯，其勝于道途奔走，何可道里計耶。彭年自豫而楚、而吴，道經數千里，所謂賢士大夫半識之矣。方今民心非不古，事勢非盡不可爲，特有司以因循爲安分，以善事上官爲盡職，爲大僚者率喜諛而善佞，凡事務爲調停术，苟且一日而已。其負才望、思立功名者亦未嘗無人，而既多掣肘之虞，復有投鼠之忌，風氣已成，孰使至此？水旱不時，夷氛甚惡，然不過感時疫、患癰疽之類，獨廉耻道衰，士氣不振，如人病痿痺，此其爲患孰重孰輕？此時而不急求人才，元氣終不可復。求人才而惟科第捐資，譬有經年沈錮，欲以杯水起之也，其可得哉！且人才不萃于朝而萃于野，其才而有學則伏處山林，終身高尚耳，若使智勇絶人，急于自見，而長遭屈抑，其能安然恬退否耶？閣下心存康濟，其謂之何？珂鄉江水爲患，在都時閣下曾爲述及。此行扁舟數千里，所過登山攬其去來之勢，正得大略。荆州雖未至，亦可想見矣。其病由上游開山，沙石雜下，沙州壅積，長至百數千里，兼兩岸偶有沙汙，地方有司胥吏以竹木圍之，名曰‘谿盧’，以至江流不暢，江身日高，江面日仄。彭年過江甯，訪包慎伯先生，爲言幼時見江甯城外江面可三十里，今只數里耳。包年七十餘，所見如此。此江面日仄之驗也。過湖口時，湖口令彭小山先生爲言前數日沈鹽船一隻，桅出水尚丈餘，雖江身不必盡如此，江身之高可見也。包君言治河有法而治江無法，初不過數千殃民耳，有司胥吏爲之貽害，至今莫可救挽，楚吴皆受其害，而楚尤甚。王子壽同年有濬虎渡口歸洞庭之議，彭年初頗壯其説，體察形勢，實有未然。此譬如河工之決南岸以救北岸，不免以鄰爲壑也。珂鄉如陳子宣、關海雲，皆後起之秀，而海雲尤沈厚有智略。孝長先生則負老成之望者，然無過子壽刑部也。近與相聚十日，益深淳粹美，其豐裁高峻而與人以可近。又陽湖張仲遠同年，兼文武才。包慎伯先生周知世務，仲遠屈于百里，而包君沈淪老矣。朱伯韓年丈相遇于鄂渚舟中，風采如故，天相我國家，此老終當復出。去歲九日，集亭林祠爲年丈餞别，詩至鄂渚相遇始成之，録乞大教，並轉呈石舟先生。又《大别山考》一首，舟中潦艸之作，以應翰臣之屬，並録請正其譌謬。計在蘇小有耽擱，春暮夏初定當息轍都中，良晤匪遥。見梅言翁、邵位翁、潘星農同年，乞先爲道賤名問安好無恙。少隺年丈當亦至都矣。匆匆率佈，書不盡言，惟道體珍衛，勿過煩勞是望。”

初九日，行六十里，泊滸墅關。

是日密雨。

初十日，行三十里，泊蘇州府胥門。

遣僕看店。晤龐寶生同年。

十一日，移居蘇州府城内道前街。

往拜潘順之，談甚洽。

十二日，在蘇州。

謁立夫前輩，未晤。拜陰小隺、劉雨村同年。順之來談。

十三日，在蘇州。

雨村來談。謁立夫前輩，談甚洽。拜周丈文之，並晤朗山。遇丁子吉。作家書。

十四日，在蘇州。

立翁來答拜。至朗山處，未晤。

十五日，在蘇州。

陰小隺遣使來。得舊本《爾雅》，至足珍也。

十六日，在蘇州。

各處辭行。立翁挽留。晤朗山，見所藏丁氏《萬山清曉圖》，甚佳；又謝康樂書《於陵子》，寶物也。

十七日，在蘇州。

向朗山借《於陵子》觀之。晚至雨村處談。

十八日,在蘇州。

見立夫前輩。余擬赴上海,立翁留緩數日再往,上海正有事之秋也。吴中民力已竭,海運實便民之政,而行之不得其法,反至官民交困,且於國體有關,經濟可輕談哉!

十九日,在蘇州。

是日,陰小霍招飲,同坐者豐潤張大令、榆次史君、仁和韓君。

二十日,在蘇州。

遊獅子林倪雲林故址,頗玲瓏。

二十一日,在蘇州。

劉雨村招飲。

二十二日,在蘇州。

各處辭行。周文之來。立夫先生招飲。晤東漁及舒伯魯,問羅訏庭,至晚出城訪之。

二十三日,在蘇州。

周文之招飲。晚餽贐者至,僅肆拾餘元耳。

二十四日,在蘇州。

文之遣使送船。

二十五日,在蘇州。

是日船始發。

二十六日,登舟,移泊太子馬頭。

登舟已迫,船不得開。

二十七日,行百里,泊無錫。

遥望錫山,思往遊,因念其地穢惡,故遠之。虎丘殊無足觀也。

二十八日,行七十里,泊王營。

是日雨。

二十八日,行七十里,泊奔牛汛。

是日雨。

二十九日,行百里,泊丹徒。

三十日,行四十里,泊瓜州。

過鎮江,訪沈濂溪年丈,不遇。過江,至瓜州泊焉。

【道光二十八年二月】

初一日，至揚州。

是日到揚，已晚。

初二日，在揚州。

移入内城，主周怡生家。得家書，致樂，所謂“家書抵萬金”也。

初三日，在揚州。

謁雲湖年丈，相待極厚。謁徐松泉老伯，未晤。

初四日，在揚州。

拜童石塘、謝默卿、許小琴、洪上庠及各相知，俱未晤。聞周朗元來，徐松丈來。

初五日，在揚州。

拜各處。謁魏默深年丈，談極洽。

初六日，在揚州。

魏丈來答拜，並賜所著書。至雲丈處辭行。

初七日，在揚州。

至徐松丈處辭行，晤其侄炳堂。歸，偕怡生小吾遊平山堂、東園、桃花庵。

初八日，在揚州。

雲翁太夫人壽，往賀。本欲今日起行，雲翁遣人固留，因再住一日。訪姜世叔，名鎮，字玉山，石芙太夫子之子也。

初九日，在揚州。

趙竹坪來，怡生之子博州拜余，命名曰世思。

初十日，登舟，行四十里，泊召北。

別怡生。過朗元震廷。舟開行。

十一日，行百四十里，泊六安閘。

十二日，行百二十里，泊二鋪。

過寶應縣城。

十三日，行五十里，泊袁浦。

是日雨。

十四日，移寓袁浦。

是日雨，雨後始移寓。拜河帥潘芸閣、陳春餘、周聽松兩觀察。

十五日,在清江。

是日拜各相識。陳年丈來。

十六日,在清江。

周聽松來答。飲陳年丈處。見吴殅舫師之世兄,名清彦,字小舫。

十七日,在清江。

遣僕過河覓車。大雨,行泥淖中,羈旅之苦極矣。車店勒掯,略同樊城。

十八日,在清江。

阻雨。

十九日,至王營。

劉蘅州前輩來送。

二十日,在王營。

車未至,不得行。晚雨達旦。

二十一日,在王營。

泥濘不能行。是日吾父生日,不得上堂稱觴,率兩僕向北叩祝。徒以飢貧故,奔走道塗,久虧定省,殊歉然。

二十二日,行九十五里,至衆興。

正站應由漁溝至衆興,僅七十里,因久雨泥濘,由運河堤上紆道而行。

二十三日,行百里,至順河集宿。

五十里,至養化集,屬桃源,過此屬宿遷。

二十四日,行五十里,至皂河宿。

自順河集出,有湖路,有山路,有中河南路。湖路由盆湖而行,春夏水漲,不能走。山路由沂州一帶出泰山下,車馬過于勞苦。因過運河,由中[河]南路行黄河堤上。正站應住邳州,馬憊,只行半站。

二十五日,行五十里,至邳州,中火。五十里,至順河宿。

順河屬銅山縣。中河南路由曹八集行,其道亦泥濘,因由邳州至順河,是謂大河。南路過邳州,不勝蕭條徐泗之感。

二十六日,行四十里,至小唐山,中火。四五十里,至大泉宿。

大泉在茱萸山中,四面皆山環繞,中有三十里土田肥沃,半屬銅山,半屬滕縣,爲江南、山東交界之地,盜賊出没之區,有司宜時加意巡查也。

大泉因泉水得名，其水味極佳。余往觀，因伏就澗中飲之，誠妙品也。

二十七日，行五十里，至斗溝社，中火。又行六十里，至臨潼驛宿。

斗溝屬嶧縣，遥望臨山。臨(成)[城]屬滕縣。

二十八日，行五十里，至南沙河，中火。五十五里，至玉界河宿。

南沙旅舍壁見陳小錢書程伯專詩，不勝停雲之想。過十五里，經滕縣城。滕文公廟上宫館基俱在。南門大路泥濘，小路紆曲行，夜静始到店。名百一十里，實有百三四十里也。

二十九日，行五十里，至東灘，中火。五十里，至兖州府宿。

是日應住高吴橋，因趕不上，至兖州府宿。晤陶七兄。

【道光二十八年三月】

初一日，行三十里，至高吴橋，中火。六十里，至汶上縣宿。

汶上民風甚古。城外通和橋即泗水也。出汶上時，地方官遣兵役護送。

初二日，行六十五里，至東平州，中火。六十五里，至舊縣宿。

舊縣，東河舊縣也，曹子建封地，項羽墓在焉。四面皆山，中惟一徑，土田沃衍，可戰可守之地。今縣治移於山外西北，蓋扼其咽喉，亦可謂得形勝。

初三日，行六十里，至通城驛，中[火]。六十里，至茌平縣宿。

主人爲言茌平令黄君之賢。自王營至舊縣麥大熟，茌平不過三四分收。

初四日，行五十里，至新店，中火。六十里，至腰站宿。

新店隸高唐州，州治去新店二十里。腰站隸平遠縣。是日大風揚沙，困不能支。有歌者，年十二，聰慧可喜。

初五日，行六十里，至苦水驛，中火。七十里，至劉知廟宿。

出腰站十餘里，屬恩縣。苦水驛屬德州。五十二里，經州治。劉知廟爲山東直隸交界處，南屬德州，北屬景州。憶去歲庚子仙先生家遣車入都，於此被劫，心甚惕然。五更開車，至天明，心始帖然也。德州恩縣爲兖、燕、豫三省交界，故盜匪充斥，此拿彼竄，蓋相沿已久矣。是日午間風起，旋息。

初六日，行七十里，至漫河，中火。六十里，至富莊驛宿。

漫河屬阜城縣。富莊驛屬交河縣。因天明開車,出店已迫,命車夫疾驅,天未晚而至,人馬俱憊矣。

初七日,行七十里,至商家林,中火。五十里,至河間二十里鋪宿。

商家林屬獻縣。入直隸界即旱荒,麥收不返十分之一,而河間尤甚。

初八日,行五十里,至任丘縣,中火。七十里,至雄縣宿。

任丘南二十里,爲齊石門地,即仲夫子止宿處也。任丘北四十里,鄚州庄,河間一大都會也。四月爲金期,四方商賈雲集。過此則十二連橋,任丘、雄縣分界。雄縣趙北口亦水陸衝要之地。望家逾近,心愈迫切,不解何故也。是日大熱,風。

○風寒咳嗽氣滯

焦术三錢,陳皮九分,法半夏一錢半,雲苓三錢,大杏仁八分,蘇梗八分。

頭疼鼻塞加川芎八分、蔓荊子二錢。兩太陽有熱加柴胡數分。額前有熱加白芷數分。

○飲食留滯,胸膈脹悶

焦术三錢,(根殼水炒。)半夏麯一錢半,麥芽一錢(炒焦。)

○氣逆脹滿

[**託帶**][①]

陳小鋏信一封,交保定清苑(交)

孫芸房、周苻農信各一封,外壽屏一座,如意一柄,交裕制軍(交)

又芸房信一封,交裕署内陳花農(交)

蕭伯香皮衣包一個,交河南學院(交)

家瀛臺扇一柄,交醴陵縣;衣包一個,交渠家中;又信二封,均轉交筠仙帶去

劉蕉雲朝珠一包、書一包、燕窩一匣、信一封,交漢陽令兄左甫(交)

鄒先生信物一包,交草場門外河街梁萬泰糧行(交筠仙)

鍾三爺託帶二嫂帽合(交)

---

① 據是葉版心所題增入。

劉午峰託帶有信一封，張起翰住落星田（交篘仙）

[**善友録直隸**]①

周　灝　子淳，行六，貴州貴筑

衛東陽　監泉，行一，山西陽城

謝蘭省　渠閣，行一，韶州

楊本厚　立齋，行一，雲南昆明

陳　崑　淇園，行五，四川開縣

李朝儀　藻舟，行五，貴筑

楊子儀　坦齋，行四，河南内鄉

姚玉田　鏡澂，行三，安徽懷遠

張　和　理堂，行一，甘肅河州

車汝震　雨春，行四，貴筑

劉體中　竹虚，行三，雲南崑明

黄開泰　訒齋，行一又行三，福建詔安

胡啓文　英蓉，河南汝陽

以上乙巳

成　山　霸昌道

姚承恩　知縣

圖　璧　熱河道

奎　綬　坐糧廳

何　俊　大順廣道

張佑安　樂亭縣

葛之鏞　長垣縣

王　巽　河間府

劉德求　三水縣

張元杰　乙未，知州

高　午　南路廳

① 據是葉版心所題增入。

陳稼生　冀州
以上壬午

劉克邁　乙徽
侯瑩光　東園
許夢蘭　芝田
劉夢熊　磻溪
戴澤長　仙臞
錢炘和　自山
古　韻　又希
易炳晃　筆山
曹　笏　石樵
周若棠　清芬
莫蒼棨　戟門
孫翹江　湘舲

[**善友録河南**][1]
陳光前　昀堂,行七,陜西商州
路　璜　漁濱,行二,貴筑
張鍾彦　仲昇,行二,瓊州
王萬齡　一軒,行二,涿州
[**以上**]乙巳
沈　墉　崇如,行二,順天
陳貽樞　翼堂
蕭秀棠　子珊,通許
陳祚康　福林
錢世瑞　榆皋
馬秀儒　藝林
李　柏　宜陽縣

---

①　據是葉版心所題增入。

陳彦泳　珊山，汝州

王希旦　賫笙

錢文錦　靈寶縣

[**湖北善友録**][1]

祝　祜　仲伸，行二，光州

鍾榮光　行一，贛州

[以上]乙巳

王毓濂　味蓮

馬德昭　名園

祁爾誠　祝崖

許虎拜　小山

徐奏鈞　棠孫

羅遵殿　澹邨

魏文翰　春塘

劉源濬　曉川

毛鴻順　少溪

郭望安　米山

趙德轍　静山

[**善友録湖南**][2]

陳應臺　薇垣，行一，廣西荔浦人

閻海林　潤泉，行一，山西解州人

劉興桓　九桓，行九，沔陽人

梁汝弼　直卿，行五，廣東三水人

朱國賓　雁坪，楚雄府人

趙潤芳　雨蕉，行一，南昌人

王者詔　西橋，行二，山東濟陽人

---

① 據是葉版心所題增入。

② 據是葉版心所題增入。

吴冠群　養軒,行一,鄱陽人
以上乙巳

劉　瀟　武岡州
陳錫麟　乙未,長沙縣,秉初
趙光裕　瀏陽縣,笛人
郭世昌　寧鄉縣
張　琴　岳常澧道
[以上]壬午
胡廷槐　蔚堂
胡禮藏　雪門
葉爲珪　玉叔
何鳴章　文舫

[善友録江西浙江][1]
潘毓瑞　果齋,行二,山西滎河
李　珣　琴山,行二,雲南蒙自
池劍波　秋如,行二,福建閩縣
于醇儒　前峰,行三,山東平度
張大觀　里谷,行一,安徽池州
莫廷蕃　堯蓂,行一,南海
蔡廷蘭　秋園,行四,澎湖
李廷楷　竹生,行六,山陰
楊照藜　敏齋,行一,直隸定縣
慶　雲　南昌縣
朱　鼐
陳　圩　九江府
[以上]壬午
王嘉麟　金澤

① 據是葉版心所題增入。

張維模　雪湄
邱建猷　迪甫
王青熙　見吾
銘　岳　東屏
周秉讓　藹人
沈衍慶　槐卿

世昌
任殿選
寧雲路
李維箸
黄汝梅
邊厚慶
[以上]乙巳
黄樂之　道
楊　霈　糧道
李枚青　仁和縣
徐　瀛　温州府
[以上]壬午
王武曾　號珊樵
李道融　檢齋
秦淳熙　蓮溪
余士憬　菊農
郭永錫　蘭軒
[以上]乙未
[善友録江蘇]①
乙巳
高長紳　子佩，篙漁，行一，米脂
蔡世佑　忠州，行三，四川西陽

① 據是葉版心所題增入。

任輝第　秋嵐，行二，南陽
顧鴻逵　儀吉，行一，紹興
冷嘉植　梅生，行一，雲夢
黄廷瓚　麓西，行一，長沙
施瓊芳　星陛，行五，臺灣
唐守道　和齋，廣西
任秩五　芝田，行一，太原

壬午

查文經　淮徐道
張　銑　金華縣
陳　爔　河庫道
譚祖同　南河山圩廳
何森林　知府
沈　濂　鎮江府
曹程桂　同知
陳遇隆　石浦同知

[**山東善友録安徽**][①]

乙巳

文　穎　魯齋，行一
莫　熾　廣西荔浦

壬午

楊　景　銅陵縣，安徽
姜宫綬　泰安縣

乙未

王以潔　最，號芝音

---

① 據是葉版心所題增入。

王　政　續堂，博平縣
沈　湘　福山縣
孫慧惇　小平
李鍾泰　春塢
陳　鑣　鐵庵
陶慶增　吟�
景　霖　星橋
何根雲

乙巳
王書勛　小沂，行一，湖州
趙桂芳　小山，行二，鳳翔
宋維屏　建侯，廣東花縣
邵啓元　佑人，行九，閩縣
成　福　五齋，行七

乙未
齊秉震　東生
晏淳一　心田
張元鈞　銳齋
張雲藻　勵莽
李鈞策　惺原
羅惇衍　椒生
孔傳籐　馥園

（謝非整理）

第二册　咸豐六年正月

【扉頁浮簽】

起咸豐六年正月至二月十五

起咸豐六年三月至三月初十

凡二册

此卷起咸豐六年正月至二月十五日，係在貴筑助守辦團時所記。《古樂府》数十首，紀當時黔中戰况，足裨志乘。《蕭孝子詩》一首尤足風時勵俗。文有《祭枯骨文》《章庶常機聲燈影圖頌》《新建改毛關記》。

【咸豐六年正月】

大清咸豐六年，歲在柔兆執徐，余年三十有四，時告歸，居貴筑城東門。

正月元日，己未。

是時賊蹤去貴筑遠者百餘里、近者六七十里，未得解嚴，除夕率甲長查街城守，達旦始歸。少卧片時，起祀先人，拜嚴君。飯後出東門，謁十二墓祖塋。入南門，至大姊郭氏、三姊周氏、四世母及各兄處拜賀。晚訪唐鄂生，爲骰子戲。三鼓閱城。賈迪之刺史、沈秋帆太守送閱鎮遠周漁舫大令與張春潭書。鎮、思、石數郡聯團八十有三，下游自舉人徐廷杰、梅際鼎、夏𥙿作亂，連失郡縣，旋失旋復，皆鄉團之力也。漁舫去年十一月來省。得張觀察札，去不兩月，而聯絡衆團豪傑響應，豈得謂黔無人，又豈得謂人心不古哉？惜當事者不知察吏返躬耳。是日晴。

元旦試筆雜詩

勞勞不覺曙，献歲又新春。爆竹雜鼓角，雷動喧城闉。道逢遊俠兒，中有龕衣人，（練勇喜爲異服，有著赭衣者，亦服妖也。）頭巾各異色，醉側目對瞋。將軍正高眠，壯士多苦辛。

奉親出東門，敬謁先祖墓。小子前鼓詞，豐碑猶未樹。老人再三歎，此理汝未怪。東西南北人，屬籍等寄寓。矧鎮天步艱，念之心愴懼。吁嗟葬者藏，古訓安可捂。

入門語吉祥，親故各歡喜。盡道去年來，群賊多於螘。長子何蘇蘇，匕鬯止百里。暫時相往還，盈塗半青紫。安得活國術，一洒平生耻。

故人頗好事，博齒何玲瓏。（“博齒”見《類篇》。“玲瓏骰子安紅豆”，唐人句。）官仕有黜陟，（京師以官職圖爲投子戲，載官職升降甚詳。）争較紛相訌。擲罷各大笑，澹然歸大空。世事盡如此，安用長夢夢。

庚申。爲鐵生講張楊園語數則。鈔《鄭公論治道疏》一篇。是日晴。

爲鐵生講《張楊園先生訓子語》，書以示之

兄弟譬手足，斯義世所昧。偏廢必弗安，駢枝必兩礙。行持与病通，罕譬爲汝誨。念昔就傅時，同氣頗親愛。弱齡構家難，九人惟我在。踽踽賦獨行，一室有餘慨。去歲寒霜冽，祖母偶病欬。吾侍爾祖游，嘗藥尠人代。世路多荆榛，急難期共載。形影相弔歎，一身不可再。鬩墻一何黑，親心將毋痗。枝槁由根傷，楊園語當佩。（篇中“駢枝”“偏廢”“行持”“病適”“枝稿”“根傷”皆楊園語。）

辛酉。吾鄉土俗以新正二三日具楮（弊）［幣］奠親友前年新没者，謂之然燭，雖非古禮，而睦婣之意可尚也。早至陳用皆、但小雲、張小江家，皆去年奉諱者。花金三先生丁内艱，往唁之。歸，同諸兄暨甥輩晚飯，歡酌春酒，天倫樂事。丁稺璜、章子和兩庶常來，言將以初九出征，氣甚壯而餉不裕。是日陰，晚微雨。

醉後試高提舉馬閲城口占即事

三杯落口吾欲仙，本不須愁休問天。涑水看書聊復爾，方山落杖殊茫然。英雄漂泊人如海，羈勒閒抛馬似船。何事老兵語將泣，告君且去吾當眠。

壬戌。侍家君暨三兄、十一兄謁祖母墓。返過大慈庵，入東門。唐鄂生、高秀東丈以和予元旦雜詩見示。鄂生來，同訪秀東丈，不值。晤心泉丈。是日晴，和風至，桃華開矣。

酬唐鄂生見和元旦雜詩集淵明句

興言在兹春，偃息得所親。貧賤有交娱，壺觴勞近鄰。衛生每

苦拙,校書亦已勤。(時鄂生校《荀子》。)奇文共欣賞,時賴好事人。

癸亥。家君以去年寇難,民多失業,春耕若廢,穀價必騰,上蔣中丞書,亟言利害,請奏免被難地方條糧,招集流亡,分别有主、無主田業,課民耕種,潛寓屯田之意(法詳具書中。)今日沈秋帆來,言當事頗有難色。蓋可使國家失地方,不可使州縣少苛斂。數十萬百姓之性命不足以當一懦將貪吏之官職也。早至三兄家飲,晚始歸。是日雨,雷始發聲。

始聞春雷慨然有作

寒冬苦陰雨,陽氣鬱不舒。開歲得晴霽,萬物森昭蘇。我聞春雷殷,未語心先瘏。自從事鄉守,餘粟空轉輸。春作苟失時,中澤皆萑苻。所以通識人,慷慨陳訏謨。奈何牧牛羊,不爲求其芻。劬勞咎安宅,震厲憯嗟吁。

甲子。早,唐鄂生示鎮遠守吴公記魚異事,作《記》一首。因憶及前年貴定縣有赤鳥二集縣署,飛入雲霄,半天皆赤。去年下游焚燒慘烈,非其驗歟?去冬隨家嚴君至杜官,有白雞三足,從人咸駭怪,余曰:"是亦猶人身之駢枝、木之寄生耳。"家君韙之。《傳》曰:"妖由人興。"今時牧民者不務修政,或且述怪異,驚相告語,皆由於視學、仕爲兩途,不讀書故也。晚至唐鄂生、高心泉丈家,歸已三鼓矣。是日大雪。

記鱼孽

咸豐五年冬十有二月癸卯,去鎮遠六十里曰施洞,有白鱼與黑魚鬥,自朝及夕,黑魚死,里人張起鰲以告知府吴登甲曰:"苗尚黑。白,金也。苗其亡乎?"黄彭年聞而歎曰:"侵邊竟,輕百姓,金不從革,又焉能克?夫政猶水也,民猶鱼也,水失其性,魚失其養,於是乎不鬥之物而相鬥焉。《易傳》曰:'白黑烏鬥於國。'白黑之祥,其又何常?吏務養民,孽不自作。"

乙丑。錛兒讀蘇文,抑揚開合未得其意,語氣若不相續者,連日爲之講論。凡文中實字是義理,虛字是精神,須將古人文字作俗語講説一遍,再爲逐句講説,逐句朗誦,指定某虛字是今人説話某樣聲響,然後古人之精神出焉。朱子謂昌黎讀書只是學得古人聲響,余謂即此已是難事。學古文而不求聲響則皆俗調也,學聲響而不通俗情則如牧豬兒嚼橄欖,豈知味哉?陳亮堡團長蕭芬守高坡、落掌,團總宋顯廷守羊角坉,皆有書至,代家君答之。徐華野太守自落掌來書言兵事,甚得要略。午間招朱子餘、杜蔭堂、高榘卿、過輯堂、景湘泉、朱桂堂、王小湘飲，朱子復未至。是日晴，夜月色頗佳。

向高教諭乞蜀箋

表光金屑蜀中傳，知是曾從錦里旋。書笥已饒綿竹頌，奚囊應貯浣花箋。頻研新墨議春色，爲取殷紅向日邊。（楊巨源《謝崔駙馬惠牋》詩：“殷紅應自日邊來。”）不免向君求此物，（唐人句。）一苫一韻料欣然。

丙寅。新東門外沙坡，高幾與城齊，不可不去。坡舊爲叢葬之所，枯骨四百餘具，見者莫不涕下。然城守至重，工不可止，家君命工人移葬。胡孝廉慶倫聞之，乃拾骨叢瘞象寶山下。古人葬避城郭道路，即慮及此。若胡孝廉者，可謂好行其德者矣。今事畢，家人命召僧諷經、施食、焚楮幣，余爲文祭之。武人程占祥自高坡來書，言陳亮堡花猺猪及高坡謝土司團擊甲定賊，焚其二營，生擒十餘人。晚至丁穉璜、章子和兩庶常送行。始庶常將自高坡出師，今日聞孝提督佟鎮自擺京過，爲賊襲擊，及改由青巖出擺京赴援。是日陰。

祭枯骨文

咸豐五年冬十有二月，賊犯清水江、高坡，貴陽戒嚴。山西候補道黄公治城守事，新東門外沙阜，高與城埒，使工開治，得枯骨四五百具，乃为大冢叢葬之。舉人胡慶倫以爲去城郭猶近也，遷之象寶山下。六年正月癸亥，事已越三日，丙寅，黄公以清酌庶羞鏹幣之屬，命子翰林院編修黄彭年爲文祭之。詞曰：

嗚呼哀哉！天禍我黔，苗頑豕突。揭竿弄兵，如毛如髮。生民流離，死者暴骨。鬼哭天陰，悲聲不歇。嗚呼哀哉！會垣戒嚴，爰治城守。沙阜連城，伏奸之藪。開之除之，畚鍤恐後。工人告余曰：此叢冢也，有枯髏焉。塗地膏原，糜肉成土。骸析支分，齏然斮剖。随畚而落，十十五五。嗚呼哀哉！《葬經》有言：“葬之言藏，城郭道路，避之必詳。”池深城高，爰浚其隍。矧兹戕戕，兵家所妨。葬失其所，奚悔而傷。嗚呼哀哉！爲異鄉客，爲窶人子。或以夭殤，或以横死。或殍於途，或尸於市。親族不知，友朋已矣。窮無所之，始葬於此。生也可悲，死乃身毁。嗚呼哀哉！蠢兹氛恶，上將摧衄。刳孕刲腸，擲兒洞腹。騈首一揮，血噴川谷。亦有流亡，道旁顛扑。侁侁豺狼，蓁蓁蛇蝮。浩劫同歸,但區遲速。冥漠增悲,千里共哭。嗚呼哀哉!澤及枯骨,西伯称賢。洸洸孝廉,聞善必先。象寶之旁,樹之新阡。不知姓氏,何論後先。嗚呼哀哉!鳥鳶何薄,螻螘何親。形軀大同,古称達人。旨酒既酌,楮幣斯陳。魂兮歸來,歆此苾芬。嗚呼哀哉!人怒神恫,患胡有極。灑涕陳詞,悲號氣塞。鬼如有知,为厲殺賊。嗚呼哀哉!尚饗。

丁卯。新正九日,黔俗謂之上九,祀神慶賀,元旦無殊。巳刻,觀兩庶常軍,巡撫率百官送之東门,亂次以出,心竊憂之。四川張都司正倫自大平司馳書告捷,家君得書大喜。此番克復大平司,殲賊渠羅川(僞靠山王。)、錢江,(僞帥。)斬首級四十有六,耳級八十有六,焚賊營五,殺賊七八百,獲牛馬軍械無算,差快人意。晚唐鄂生來。是日早陰,午晴。

得川兵捷書

年來度支絀,耗餉已如山。但見郊增壘,頻聞賊叩關。至尊垂詔問,諸將棄師還。賴爾平司捷,馳書轉聖顔。

戊辰。鈔鄭公疏三篇。午,家君招孔丈叙五、王丈夢湘、高丈心泉、秀東、李貢齋、傅步堂、唐鄂生爲竟日之談,三鼓始散,且訂螺山之約。是日早陰,午微晴,夜雨。

胡老黄(思良守也)

胡君林翼守鎮遠,治革夷苗有聲,黄平、甕安之變皆君戡定。自君去而黔始有失城下邑之事。“老黄”者,苗語官長也,作《胡老黄》。

胡老黄,武洸洸,死字遍泐几與牀。逐惡似雀鷹目張,草屨提刀走絶壁,苗人憚之不敢出。自從老黄去荆州,城狐夜叫姜女愁。

己巳。鈔鄭公疏一首。侍家君飲孔丈叙五家,同座者昨日九人,增陳丈秋谷。二鼓自城上歸,遥望觀風臺,燈火瑩然,詢之從人,曰清醮會也。黔俗畏鬼,動輒招僧道清醮,亦此意。鄉人比户祓除,有儺祭之遺制。是日陰。

二龍冠(紀楊元寶之亂也)

楊元寶之亂,以紙翦二龍冠戴之。作《二龍冠》。

二龍冠,飾鬼魅,潢池弄兵等兒戲。吏之槵,旴其痛,以少擊衆如拉枯。(徐君河清以三十人擊賊。)兩書生,印挂肘,(徐君與韓君超由是知名。)元戎帳飲花雕酒。

黑虎去(傷良將也)

都司楊君廷柱,(金鰲。)年七十餘,勇健罕儔。樹黑旗,賊望見輒避去,呼曰"黑虎至矣"。八寨之陷,食盡見危。作《黑虎去》。

黑虎去,廣馬來,(粵呼賊爲馬。)驚雷翳日驅塵埃。黑虎來,廣馬去,一嘯風生萬山曙。虎兮虎兮,爾來何倏,百獸聞之皆觳觫,一朝餓倒寒山涯,神物翻被螻蟻欺。

庚午。早侍家君同王丈夢湘、高丈心泉、傅步堂、唐鄂生踐螺山之約。銕兒暨唐生、蜀君隨行。拜王文成象。王丈索觀余所撰《畫象記》。歸則城將閉矣。是日陰。徐華野來。

樓山關(播始亂也)

楊鳳叛,陷桐梓、遵義,協副將遷延不出,遂度樓山圍郡城。作《樓山關》。

樓山關,高插天,路如衣縫行蝨緣。昔者劉將軍,從兹到九盤。一夫荷戈守,猿猱愁攀援。關門蕩闢,過師枕席,誰歟守者賣丝客。(協營兵籍半虧,多是丝客掛名。)

辛未。延張厚庵先生課銕生、祖艾兩兒及女璧徵,午刻入學。晚邀靳小峰、楊棨波、高怡樓陪飲,五兄亦在座,談劇樂甚。聞鄭子尹丈自遵義至。是日陰。

戰龍山(失猛將也)

游擊保山,勇而善鬥。龍山之役,陶府經履誠以新募之士往,墮賊計遇伏,游擊馳救,與俱陷,而賊始熾。作《戰龍山》。

戰龍山,師寡制,市之驅,醜之計。文臣尚捐軀,武臣何惜死。將軍聞之怒決眥,駿馬頹,寶刀折,將星落,霜威烈。

壬申。家君再致書中丞,言招集流亡、解散脅從、免糧勸耕事,中丞意行之矣。廉訪桑年丈屬家君定章程,具示稿二,脱藁後,命余繕録送廉訪處。廉訪復書,言十三日孝提督收复大塘,勇哉!申叔呈、李雲舫來。晚,家君招李嗣郇、鄭子尹、徐楚生、唐鄂生飲,周際樓震初期而未至。是日晴,夜月皎然。步月至高提舉宅,觀胡蘇農《懷兄七律》八首,饒有古意。蘇農之兄幕於八寨,城陷,未卜存亡也。

紅花岡(爭隘也)

遵義丁字口既焚,以紅花岡爲鄉米入城要隘,又俯瞰城中。故徐、韓兩君力争之,勝負雖殊,忠算則一。作《紅花岡》。

紅花岡,南之逵。奮厥武,公侯仇。一麾扑,帥折足,(徐太守傷足。)壯士憤激夫子勖。(韓君嘗箕坐謂總督曰:公大官也,超小吏也。公自視無過大,超自視亦不敢小。超壯士也,總督惡之。)冒矢石,忘崚嶒,偉哉小卒旗先登。(韓君攻紅花岡,一小卒执旗先登,遂克之。)

癸酉。黔俗,上元龍燈極盛,四郊多坟,民力艱難,久不作此劇矣。早起祀先。過鄭丈,見所撰《寄弟詩》。午,侍家君饮李貢齋家,同坐者孔丈叙五、陳丈秋谷、高丈心泉、秀東、周蓮浦、唐鄂生。歸已三鼓。所覓輿夫,曾得勝老兵也,新自清平遁還,言陸滋秀府經之死甚惨,自滋秀死而清平軍益不振。是日晴,晚微雨。

烏江水(譏孱帥也)

提督趙萬春營螺堰,賊來攻,擊却之,賊自是不敢南渡。提督宵遁,過烏江焉。作《烏江水》。

烏江水,何瀰漫,昨日纔濟師,賊聞心胆寒。忽列炬,呼開關,萬山紅處將軍還。

甲戌。賈迪之來,出觀佟鎮攀梅克大塘捷書。先是佟鎮至大塘,投誠之賊六七千名,賊势已孤。十二日三鼓大霧,兵練施火罐火箭,城中火起,自亂,遂乘勢登城,克之,殲賊渠劉貴生、張老德、陸開明、石老長、白老大、陳招弟、岑阿奶、羅阿官、韋阿揚、羅阿雙、郎阿紅、王阿贵、黄阿順、陸剛。賊辟西南門遁,丁稺璜太史、孝提督截殺各數百人。佟鎮自去年統兵駐貴定舊縣,匿不見賊,之定番,又不敢營城外,今隨孝提督乃勇健若此。吾於此見提督不惟有勇,且能將將,信大將材也。午飲高榘卿家,同坐者王丈、孔丈、李貢齋、過輯堂,二鼓歸。過鄭丈,鄭不耐官職,欲辭貴山監院。是日晴,夜月。

鄭廣文辭官,詩以賀之

一官羈絆纔抛去,又荷書囊出播州。大府求賢頻聞訊,先生出處合深籌。莫悲遲暮逢兵燹,贏得清閒容白頭。仕隱於吾兩無分,友朋慚愧是兹游。(時余將北行。)

乙亥。莫子森、鄭子尹、朱聯奎、蕭芳來。蕭言陳亮堡團事,用縣札付去。晚,家君招華野、秋帆兩同年飲,賈迪之世丈期而未至。是日陰,夜大雷雨。

烽子呼(遁師也)

趙萬春既入遵義,夜辟南門遁,司號火者謼呼賊至,盡棄軍械火藥而奔。作《烽子呼》。

烽子呼,嚴刁斗,但恐賊來侵,不料將軍走。將軍走,南門啓,但恐賊來侵,不料驚烽子。將軍北,士屏息,平明坐帳點軍籍,大旗慘淡日無色。

丙子。讀杜詩十餘首。過鄂生,晤鄭丈、莫六、王个峰談。晚,宋春芳來,揮涕而談,詐泣也。是日早雨,忽晴,又雷雨,午陰。

龍坪老(始挫賊也)

賊苗李七分徇龍坪,鄉老持牛酒款之水口寺,潛遣人糾鄉團迎官軍合圍,火之,盡殲焉。作《龍坪老》。

龍坪老,皤且良,從容戒子弟,賊至勿倉皇。持牛酒,峙芻茭,酒將給爾醉,芻將焚爾巢。功一炬,謀暇豫,將吏從兹得大官,老人一笑歸田去。

丁丑。[1] 鄧春亭來言貓洞團事,給諭單去。龍洞鋪于、邵二生來,欲附大南門團。以貓洞方勸輸,規而避之耳。周虞陔孝廉(名景濂)自鎮遠至,乞兵餉,家君爲致書。廉訪、鄭丈以和韻詩來過訪,則方與鄂生疊石爲假山,手把酒壺,諦審指視,奚奴三四負石往來,此景殆可畫也。晚過高教諭飲。是日陰,夜雨。

金錢山(賊始潰也)

官軍既敗賊於櫻桃埡,賊據金錢山寺,爲雷臺山犄角,引渠灌田,水環繞,獨一塍容往來。軍士束草而涉,火其寺,賊始棄雷臺山奔。作《金錢山》。

金錢山,峙高閣,嵎之負,圖犄角。水滔滔,自爲牢,束草夜渡光燭霄,死者枕籍生悲號。驚虎狼,走倉皇。礮聲隱隱旗飛揚,偵來已越千重岡。

戊寅。周漁陔來,宋春芳保團長,爲自保計,卻之。虎場楊秀拔言,劉冬生是光棍,去年過虎場曾詰誡,並請官懲治者。又言烏乍、谷旺同爲

[1] 浮簽:講學居夷句落一字。

省城門户,烏乍有虎場、永樂、烏當、洛灣四團守卡,而谷旺空虚。宋春芳來,即以詢,而春芳無詞以對。晚過五兄暨周漁陔、趙定庵談,鎮遠難民十餘萬頗難安置。杜蔭堂召飲,至則座客已盈。余又病欬,遂歸。夜過唐鄂生、鄭丈、莫六、楊大談,二鼓,自城上歸。是日陰,晚微雨。賈刺史來言緝姦事。

己卯。川營張都司自銕山堡書來,言自初四至江者,至十三日四戰皆捷,十六日追賊過老密河,十七日破賊於常寨、老密窩、大沖口,焚賊營三、棚二百、關隘一,斃千餘,又出示解散脅從,獲賊渠陳必華,使招諸酋,既有兵威,乘兹剿撫兼施,成功較易。家君爲當事屢言示已刊矣,及今尚未發。仁政卓識乃出武夫,吾謀不用,豈得謂秦無人?周漁陔來,家君詢以鎮遠時事兵機,凡發八問,所對悉有條理,信通材也。舒拔貢世琛亦鎮遠人,偕漁陔來者。是日陰雨。

雷臺山(播平也)

楊鳳據雷臺山,官軍失機者三:會期進攻,韓軍出,而萬春失期,一;韓軍已薄賊壘,而威寧裨將矯令撤兵,萬春不能誅,二;千總高君天澤先登,而萬春督後隊不進,三;及龍坪、金錢之捷,而鳳始敗。作《雷臺山》。

雷臺山,獸之巢,豈無鋭頭兒,猛獸猶在郊。士馬環,噉厥姦,大袒高驤向前去,忽傳令箭曳兵還。戈什哈,好身手,長臂捷於猿,賭命不回首。軍中箇箇誇神武,恨不令爾提將鼓。(高君舊爲總督戈什哈。)

庚辰。黄河來,以文相質。高提舉來,言烏當團事。伍斌、方廷瑶來,言守烏乍事。傅冬生來,言已得監院事。周漁陔來,言招撫苗民事。徐華野書來,言賊復犯洛白,督團防剿事。是日陰,夜微雨。

漫　興

千腋一裘成豈易,二桃三士死何愚。羊亡始覺牢宜補,狗猛空嗟酒不沽。若爲憚犧悲寶鼎,那堪有語注金壺。於今寸管真無當,況是無能類蔍苴。

辛巳。趙定庵來,言請餉事。王國陞來,言團事。飲周丈霽樓家。過鄭丈,讀其《喫哑酒》。觀鄂生《種梅》二詩,鄂生《謝夏秋塍》詩。於鄭丈座晤承子久觀察之子,字少尊,名恩溥,無紈綺習。是日微雪嚴寒,盎碗皆冰，黔地不常有也，夜行風撲面如削。

檢家君舊畫贈張君厚庵

篋中餘舊幀，頗似家鄉山。石骨隱丹翠，陰崖漬苔斑。老樹八九株，茅屋三兩間。小亭峙山頂，翼然不可攀。中有避俗翁，緲若遺塵寰。一翁矯首白雲顛，一翁趺坐如石頑。張子脱洒我所愛，扶筇策蹇同闤闠。指畫聊語君，行將去鄉關。記取圖中兩老翁，暫别萬里仍當還。

壬午。周虞陔、李貢齋、袁月波來。過高教諭，飲酒，食柴胡葉羹，黔俗所謂"姨媽菜"也。《夏小正》云："仲春之月，芸始生。"《倉頡解》云："芸，蒿也，似邪蒿，可食。"黔人多用醃肉汁煮食。余謂蒿性香美，清肫水煮少加鹽醯者較勝。是日積雪未消，祁寒如昨。

牛角鳴（黔西平也）

王三痄疤叛，徐君河清討之，敗於小關，退守鴨池河。潛使狆家苗攻其後，官軍攻其前，至期，聞牛角聲，曰"狆家來矣"，遂舉兵渡河，復小關。趙萬春與王觀察承璐兵至，而黔西定。作《牛角鳴》。

牛角鳴，狆家來，前日棄關走，今日奪關回。矢奔星，火飛電，撣臂提鎗尋賊戰，勝則前驅奔則殿。（先是徐君營小關，賊圍之数重，高君天澤以强矢縛火罐，射中賊酋，賊始卻。）士（■）［兵］折，河前横，（閃電游擊之敗，長寨兵撲河死者甚衆。）花門將軍髯如戟，不堪提起哈元生。

癸未。李貢齋、孔丈來，言養練餉絀。周虞陔來，言已得餉。袁月波、程期松、邵成均言團事。訪鄭丈，病卧未起。晤鄂生。榮波丐作梅，爲余影鈔《荀子》一紙。飲周振初家。是日晴明，夜有星光。

石如雨（籠始亂也）

涂令衡、李林春叛入新城，飛石如雨，莫能當，遂連陷。安南、普安知縣朱君右賢、于君崇璟死之。作《石如雨》。

石如雨，醜跳梁，使者走匿魂飛揚。一朝陷三城，偉哉兩縣令。婦婢知忠臧獲殉，（朱君夫婦同殉，崇君女婢八人同殉。）十八先生無愧詞。（興義有十八先生祠，明季同時死難者。崇君《絶命詞》有云："他年附入先生祠，我與秋翁二十人。"秋翁謂朱君，字秋田也。）守土義如斯,逋逃安所之。

甲申。侍家君同沈秋帆、高心泉、唐鄂生、申叔呈試礮於南廠。去年家君治城守事,集貲鑄礮,凡得百斤重大礮二十四,六七十斤者二十,三十斤者百。製礮有三:一曰鎔鑄,以土爲模,鎔生鐵鑄之;二曰合瓦,鍊鐵爲瓦,錘而合之;三曰盤絲,鍊鐵如絲,環而成之。鎔鑄爲上,盤絲次之,合瓦不可用也。封督欲嚴,火門欲齊,藥堂欲光。鋼鑽爲上,火錯次之。是日試,不合用者二十,飭鍈工改作。徐華野書來,言蔣建恩、龍丹山、宋春芳各以團丁至,高天澤以練勇至,助防洛白,乞餉不得。家君爲致書賈刺史,使達於大吏。是日晴,夜有星。

民勞止(籠平也)

賊陷普安、安南,遂圍興義,太守張君鍈知糧重之爲民累也,盡蠲之,民大悦,從之討賊,不旬日而事定。作《民勞止》。

民勞止,訖小憩,今年卻少下鄉隸。往歲開櫃時,穀賤翻折輸。責得十石穀,難完一石租。守布德,歡無極,奮臂齊聲呼殺賊。恩洋洋,覃八方,中州有詔散聯莊,(近讀邸鈔,以河南河工加價重爲民累,特詔蠲除,聯莊會遂散。)誰宣德意綏巖疆。

乙酉。周漁陔、郭鼎臣來,晚飲高提舉家。緣查城甲長不到,遣人促之,四鼓始歸。是日晴。

台拱圍(苗始亂也)

播逆方平,苗頑遂作。作《台拱圍》。

台拱圍,韓之旗,勒兵不得戰,蜀帥望雲霓。仰膏雨,將西歸,荒城一片成焦土,大府從容舞干羽。

丙戌。高提舉招飲,未往。周虞陔、胡星槎來,過趙定庵,見星槎贈虞陔七律二首,有唐音。是日晴。

虎狼穴(巖門陷也)

彭君汝瑋、陳君毓書馳入巖門,苗大至,乞兵、乞餉皆不得,城陷死之。千總邢連芳闔門殉節,軍民無譙遺焉。[①] 作《虎狼穴》。

虎狼穴,險且邃,拋伴禽生入重地。手無一寸兵,如何當猛摯?

---

① 浮簽:此咸豐乙卯年六月初三日,先曾王父殉難事。連芳,"芳"字誤,先曾王父諱連科。從死之僕有諶年有及女傭玉蘭等。

欲哭萬重圍，譬若驅羊餌。食盡援絶，壯士飲血，忠那可皤，（事後有譌言彭君逸出者，其弟汝琮得邢氏僕周朝元，始盡悉死事狀，爲書告同人。）傷哉誤入虎狼穴。

丁亥。賈迪之、葛鶴汀、蕭訪南、周際樓、何孟伯來。賈言徐華野已得餉，葛言趙定庵事，蕭言陳亮堡團事，周言青岩捐事，何言形家看地法。華野書言洛白防守。鄂生示五律四首。同鄂生過高氏夏秋丞談。是日晴，夜聞雷，無雨。

贈周虞陔孝廉

十萬窮黎淚，淒然送爾行。重門多暴客，天意惜孤城。剿撫紆籌策，艱危見性情。繞朝謀果用，何以慰群生。

戊子。朱振榮來，欲以其子爲余乾兒，作書止之曰："義子之説，古所不取，幼時不過從俗作戲，長大後若遽改稱謂，則殊覺契然，若仍保父之稱，則稍有人心豈肯出此？凡爲父母，最宜審慎。賢郎遠到之器，愛之當逾尋常，勿效世俗所爲也。"予生平最惡换帖、拜乾兒二事，而世俗最重此二事，以爲交情最深莫過於此，究竟賣友逆兒，多出其中。時亦有不能違俗者，惡之實深也。早飲朱子餘家，同坐者高教諭叔侄、李貢齋、過輯堂、周霽樓，酒多且旨醉矣。顧南金來，言團事。是日晴，夜有星。

新城阨（哀新城也）

吴大成及把總李瀛守新城，大小數十戰，斬級數千，餉絶煮馬鞍及履革食，城陷死之。夷我城郭，焚我廬舍，屠我人民，其倦殺也，則迫而入之河，蠢兹氛惡，莫斯爲甚。作《新城阨》。

新城阨，餐朽革。兩少年，血成碧。城郭夷，靡孑遺。殺人手已倦，驅納長河湄。我聞此語心憂癙，天之所禍誰能去，乃有剸仇王氏女。（王氏女父母被害，女紿苗，言濰城有積金，使薙髮，同入城，大呼曰"此殺吾親者賊也"，鳴諸官，寘之法。）

正月凡作文二首、詩三十一首。

【咸豐六年二月】

二月朔，己丑。周虞陔來，言促餉事。蕭芳來，言捐穀事。孔叙五丈來，言雲督勸捐事。大定生員單師江來，言白泥團事，不知果生員否。謝維垣來，言貓洞團事，不知果詐索否。王寬團衆來交團册，劉家、王武二寨有侵欺,斥之去。索書者積紙已多,以半日之力了此積債,亦一樂也。是日早微雨,午晴,去裘衣。

夏秋丞以唐子方先生絶命書十六字拓本裝册,因題其後

先皇隆養士,報禮豈不重。每歎智術疏,徒死一何蠢。讀公絶命書,始知失其統。陰陽固殊時,薪霜器難共。兵頭鮮知愛,搆難方聚訟。有才如朝者,吾謀適不用。所以士殉名,先後紛相從。請告守壘吏,期言日三誦。

予以丁未冬至武昌,主子方先生方伯署,始識秋丞,爲消寒之會,今九年矣。撫今返昔,良用慨然

憶昔陪嘉讌,倉皇歷幾春。天涯非往日,老輩失斯人。我歎身無著,君嗟死屢頻。干戈甯養拙,但覺酒杯親。

庚寅。蘇吉人自滇來勸輸。賈迪之來,留行。聞韓太守自臺拱突圍,已至勝秉,真豪傑之士也。過鄭丈談,聞銅仁收复。是日早微雨,午陰,夜大雷雨。

鼓樓坪(師敗績也)

鼓樓坪,通新城、施洞要隘。總兵佘瑞麟兵潰,軍重盡以濟賊,鎮遠大震,遂失新城。作《鼓樓坪》。

鼓樓坪,樓鼓鳴,毋假仇斧借寇兵,仇伐我兮寇薄城。

辛卯。蘇吉人來,言捐事,家君答以不與聞。沈秋帆來,言留行事,家君答以欲得咨。蕭芳來,言抗捐事,答以請官傳進。顧南金、周植三來,言存穀事,答以先擇地。夏秋丞以七律二首、樂府二首見詒。飲張厚庵家,同坐者張漢濤、陳春波,寇副車、申叔呈、楊輯五及江西張某。是日晴,夜雷雨。

語　小

鼠矢小於粟,可以臭鼎羹。蠹蟻亦云微,梁木爲之傾。況以蜂蠆毒,而作青蠅營。形體縱幺麽,禍福由兹生。孰是深識人,察微得其情。毋輕錙與銖,慎重持權衡。

寸管粟難供,寸煙薪易竭。積畚山陵移,蟻蟄江河決。盤盂各有當,一縫那可缺。所以古賢達,塗隙塞其穴。毫末甯敢欺,周身抱吾拙。

螳螂死車轍,奮臂不自量。飛蛾喪其生,趨此頃刻光。蚤蝨苟不嚚，捫捉聊可忘。抱此貪競姿，焉能逃死亡。至人觀物化，念之心慘傷。非關天運盡，稟性難久長。

壬辰。過鄭丈、高教諭談。讀柳州詩一卷。是日陰，夜雨達旦。

次韻和夏秋丞刺史

豪情無復十年前，寂處蓬門坐井天。乘興每如王訪戴，過書時類郢遺燕。（寂居寡儔，偶遺友朋，書多譌字。）忽然開徑來三益，況有寬懷納百川。詩稿近來盈柏櫃，一斑已見更窺全。

癸巳。莫子偲書來，言桐邑賊首藏在落水洞者尚未獲，而王安國竟發團民與仁懷令爲難，幸仁懷江君擊殺其數十人，又禽其數人，安國之氣已奪。遵境向之私附其團者皆已陰相解散，不復應之。以江令之力制一安國甚易，而遵守遵令遂欲上游撤去江令。果爾，則正墮安國術中，遵人之禍方始。江令決不可遽撤，能以密札責其相機慎不動聲色，渠辦此有餘矣。遵令須更飭其整理官團，則安國羽翼盡翦，旦夕可禽矣。馬子貞書言江介侯性剛，顧賦亭性柔，剛以制之於外，柔以調之於内，二書皆代達當事，如其所言。丁稺璜書來，言自夾浪擺金繞出銕場堡，斬捡甚衆，脅從者大半投誠，而地方有司一員不至，誰善其後，豈盡責之紳邪？初二日與川兵合攻谷幾窑，克之，貴定之賊漸可清理。章子和書來，言當事諸君避賊而行，殃民而去，剜肉醫瘡，不至潰敗決裂不止。又促代撰《機聲鐙影圖叙》。夏秋丞書來，以全集屬余審定，卷將盈尺，皆手自精楷。胡廷佑、高瑜來言團事。高矩卿來，言城上更棚倒塌事。是日陰。

示銕兒

閲世譬長途，豈能無差跌。但恐不自覺，後車墮前轍。汝作悔過詩，即是良知説。人事紛萬端，操持固有訣。守此徑寸心，沛若江河決。惡小不可爲，保身尚明哲。願汝童子佩，從今至耄耋。

甲午。陳瑋、陳必達、鄧春亭、顧南金來，各言團事。周虞陔來，請代促餉。周蓮浦來，持邱一峰自都勻來書，言勻城自去年重陽日，賊去城二里，搭草棚數百間俯瞰城中，難民居城脚，尤爲慘懼。一峰率練出城破賊營，焚其棚，次日即督難民築土城以衛之，又勸留者輸穀養之，臨敵亦頗助聲勢。而疫氣大作，死亡過半，生者又皆鳩形鵠面。十二月初四一戰，賊甚猖狂，逼至城脚，燒難民棚數百。太守鹿丕宗自城觀之破膽，即欲自盡。一峰復督練擊退,而太守自是惽不治事,餉又告匱,兵練噪甚。前陝西布政使陶公及南河觀察周公各輸二千金,始能度歲。現在錢價千值銀七錢,鹽兩值錢百有二十,油米漸無買處。疫死者始猶有棺,繼則草裹,今則並草亦無矣。兵練日得數分,猶有菜色,何況難民?近有飢餓不堪,去而從賊者。八寨、都江已失之,脚定且早亡,荔波危急同於匀郡,獨山稍好,全仗士民團練。然春工不興,團練終不可靠,都匀不保,獨山亦難存。深悔不應來匀辦此兒戲之軍。又言冬月朔八寨失守,楊游戎金鰲戰死於大登,高馬廳官楊又軒、教官劉琅殉節於文廟。扒城止三賊,以有内奸也。荔波縣蔣小雲戰没于久迂之豬場。來書數千言,皆是血淚,撮其事有關係者存之。一峰名樹桐,舉孝廉方正,以功授知縣,豪傑之士也。徐華野書來言團防事。晚過鄂生談。是日早晚陰,午微晴。

章庶常《機聲鐙影圖》頌

章諶慈母者,大定章氏二子之母也。初,首乾先生娶於陳,曰陳安人,生永孚。陳安人卒,母來歸,久而無子,側室以謝安人,生永康。永康生而孤,期年而謝安人死。永孚之幼也,母鞠育調衛,教誨成立,及謝安人死,育永康亦如之。入塾就傅,不使嬉於内,夜篝鐙率諸女織,坐永康紡車,右執卷就鐙,誦至夜半,以爲常。後永孚舉於鄉,以武功官知縣。永康爲童子,以文顯拔萃,貢于朝,弱冠官翰林。黔亂,募鄉兵討賊,黔人稱焉。二子非母生,教養若己子,揚名於時。母卒,永康使工圖其事,若顧愷之畫《列女》,闡母之德。君子謂慈母一心扶養假子。《詩》曰:"尸鳩在桑,其子七兮。淑人君子,其儀一兮。"此之謂也。

頌曰:首乾之妻,二子之母。元妻箎室,死遺繈子。若鳥覆翼,克成世美。機聲鐙景,姜姒法此。

乙未。鄭丈和余《語小》詩:"赤冠大蟻居巍巍,頤指小隊扛衆肥。螳螂怒起臂斧揮,布地千里皆臭蜚。蜘蛛張網密復稀,緑蛢突之裂其圍。蜉蝣采采衣服輝,出卵不知即死機。獨憐螅蝂氣力微,喘竭身僕魂無依。哀哉蚊蟎薨薨飛,婦子逃嚐待曉歸。群蝗蔽天若鬼鸗,西南漆黑日不暉。百蟲將軍宣赫威,一蚤捷足預指麾。蝸殼緊閉蟬又饑,絡緯雖巧何所晞。風多蛈蝶慎莫違,同花共樹福可祈。蟣蝨臣仝知是非,小心附耳言天扉。"信奇搆也。飲鄂生家,增壽上學,治酒款師,余與王个峰陪,鄭丈笑比之“配享崇聖祠”云。是日陰，夜微雨。

古　意

嬖色不斂席，寵臣不避軒。餘桃生愛憎，庭樹求繫援。昨日承美珥，今朝委長門。蓐蟻復何爲，自言懷舊恩。

丙申。錤兒作詩論頗佳。早過鄭丈，高心丈在焉。午復過鄭丈，拉同唐鄂生及增壽、作霖二童子、錤兒出東門看花，席地而飲，甚可樂也。晚又過鄭丈，拉鄂生行城上。月明如晝，萬山寂然，城上燈火若舞，龍鐙亦可樂也。歸坐草堂松亭下，談少頃，遂還家，三更矣。是日晴。

步出城東門

獨坐意不適，萬慮紛煩冤。草堂尋主人，步出城東門。山柴寫詩稿，低首默不言。强請起撰杖，呼兒取壺樽。出城三四武，豁若離籠樊。清風起林端，山館留斜暄。園花競新好，遠望仝雲屯。傳杯坐草茵，斟酌還歡言。全生兵燹中，養拙聊自存。野外罕人至，暫得遺塵喧。日入愁閉關，趿履謀歸飧。撒手各還家，餘興仍翻翻。明日早來游，從朝至黄昏。

丁酉。前青岩趙國澍來，言苗衆投誠，將吏索金，晤賈刺史乃知戈什哈、商錦彪果受王野瓜金百有九十，銀數錠件，及過付人皆克供出。制苗之法不外剿撫二端，剿則退縮不前，撫又索賄無止，事曷由濟哉！郎岱張主政仁政來，言郎岱、永寧漢夷雜處，而狆最强，累經背叛。説者以爲漢强夷弱，夷産均被漢侵，不知田主屢易，且漢少夷多，自大岩及定南數百里，夷寨數百，每寨以二人爲魁，率衆焚掠漢民，受害數百寨，死萬餘人，甚至殺夫淫妻、殺父淫女，斷手足、掘冢墓。而王觀察撫夷無術，賊名爲投誠，焚掠如故，夷人入營赴訴如家人往來，漢人則不能赴訴夷人燒殺漢寨。正月廿八日攻板梅坉，殺鄭老二等數人，反以報功邀獎，而漢人反受殺良苗之罪。又夷人縛送賊首，口不能言，給筆使書，乃擄漢人而割舌。練勇合圍拿獲夷匪，反貫耳示衆。又札示嗣後如有團攻夷即以反叛論；又札示勿庸齊團，今大兵便欲凱撤；又令漢人散團。是令漢人束手延頸以待苗也，是黔患終無已時也！同鄂生邀夏秋丞、鄭子尹、莫莛升、舒文泉爲螺山之游，錤兒從行。是日晴，夜月，同高椝卿步月。

游螺山（并序）

丙辰二月九日，天氣晴和，草樹鮮美，與唐鄂生邀同鄭丈子尹、夏丈秋丞、高丈秀東、莫君莛升、舒君文泉同游螺山,長子國賓從。憑高樓,俯城闉,金鯽躍池,群鳥繞樹,山光適性,欣然有懷。淵明不云乎:"悲日月之遂往,悼吾年之不留。"輒用游斜川詩韻,並依其例各疏年紀鄉里以記時日,乞鄭丈爲之圖。

連日天氣晴,游山興不休。昨飲城東隅,預計今朝游。侍騎有童子,招尋皆勝流。閲世江湖深,聚散同浮鷗。高樓多悲風,荒冢盈山丘。寂寞正如此,生時誰與儔。念之感人懷,滿酌更唱酬。及今不行樂,知有來歲不。談諧破愁顔,域大奚獨憂。但得飽看山,舍是吾何求?

山柴古畸士,抽綫行歸休。莫子從之來,更擬去年游。二君楚國材,非同時世流。教諭滑稽者,嬉狎如閒鷗。各抱磊落姿,慷慨憑高丘。俯視城闕中,此局誰可儔。放浪遺形骸,主客忘獻酬。借問癡笑僧,頗知此樂不。入山恐不深,出世胡更憂。爾福吾不如,而爾又何求。

昔者陽明子,身謫心自休。黔士聞其賢,負笈争從游。彬彬何陋軒,請益多名流。一朝被朝命,網羅及沙鷗。勳伐垂旗常,偉烈銘山丘。當時天下士,顧瞻難與儔。讒言由之興,論功無可酬。講學居夷日,①意甯及此不。汙隆信無常,從兹消百憂。石椁吾欲師,好爵非所求。

日入相與還,歸騎何休休。柴翁老畫師,拈毫寫兹游。莫以無水嫌,遥指南明流。小池躍金麟,野田翻白鷗。夕陽映高閣,點綴成丹丘。蘭亭繪群賢,少長相爲儔。圖成各題誌,詩來增唱酬。出城百里間,得復如此不。南嶽相主人,忽抱采薪憂。乃知游是福,天運難强求。(高丈約游南嶽,以疾不果。)

戊戌。約陳芸陔來寫辦團呈子。高心泉、王夢湘兩丈、杜蔭堂、過輯堂來。夜侍家大人過鄭丈談。是日晴,夜月遜前二日。

蕭孝子詩(孝子字榮齊,販布爲業,割臂療父疾,里人稱之)

蕭子好男兒,棄書託負販。日賣百錢歸,擊鮮未覺溷。一朝過我門,抱肘類委頓。再詰得其故,起敬肅方寸。刲臂療其親,割肉裹

---

① "日"字原爲"時",塗改爲"日"。有浮簽:"講學居夷"句落一字。

藥獻。一服親疾瘳，解帶始廢困。我讀宋儒言，刻深大可悶。如此云毀傷，乃作《非孝論》。奇行古所難，士夫或多遜。摳衣向爾拜，勖世亦自勸。

己亥。飲王个峰家，同坐者徐楚生、楊榮波、鄭丈父子及鄂生。李雲卿者，遵義人。訪个峰，因留共飲。侍家大人同高心丈、過輯堂、申叔呈出東門游九華宫。是日晴，夜月皎然。

新建改毛關記（代家大人）

貴陽之南稱險地，成都聚者曰"谷脚"、曰"青岩"，介其間者曰"高坡"。谷脚前倚龍里，青岩堅城可憑，獨高坡無所憑倚，而以高名。自苦蒿坪戊己關迄於樓梯、順德，横亘數十里，皆陡峻懸絶，俯視新添、平伐，如高屋建瓴。自高坡而入，達於會垣，則曠衍坦易，道紛且歧，而改毛關當其衝。"關"之云者，黔俗謂嶺路兩峡者也。咸豐五年八月，予治鄉守事，自盂官入擺郎苗，道經改毛，屬耆老而告之曰：此可垣而守矣。鄧君修和以爲然，遂與張君秉忠伐石中峡，爲垣三十丈，廣三尺、高七尺，爲竇二，以洩水，爲門一，裹以銕。垣以内依山麓爲廬二。恐行旅之濡濘也，爲石衢二十有四丈。邑侯沈公先後省視董勸。創功於五年十月，迄六年正月丙戌落成。二君乞予文記之。予惟《易》曰："王公設險，以守其國。"又曰："重門擊柝，以待暴客。"又曰："説以使民，民忘其勞。説以犯難，民忘其死。"皆言地利人和不可失也。予自治鄉守，與里人言守望之義，指畫形勢，靡不奮躍從事，故環會垣百里，賊屢犯不得入。去年賊犯高坡，南鄉之聚而守者數千人。即兹關之設，官不費一錢，事不過百日，而工成屹然，會垣得重門焉。然則民之自衛以衛其上，固未嘗恡財與力，亦其鄉有老成俊偉之士倡乎而利導之，民情乃大可見。吾既歎吾黔風氣之厚，又嘉二君之能，相與有成也，因樂爲之記。

庚子。賈刺史來，言修文糧事。修文令戴君鹿芝，余丁未同年也。去年治修文有聲，減糧價，民感其惠，積欠争輸焉。今年聽其戚某及書吏韓姓言，更肆加征，舉人譚象乾遂率衆抗糧，欲納本色，而委員吴守鈐者妄不曉事，遽請發兵剿。家君告刺史曰："果爾，則必反矣！"乃請寇小衡太史致書爲和解之。寇，修文人也。是日晴，有月。

贈　内

八年彈指送居諸，笑爾春容我不如。詩詠泥中知婢黠，鐙挑牀側課兒書。南船北馬隨漂泊，鶉服牛衣甯感噓。近日百人惟一事，常將斗酒隔宵儲。

辛丑。侍家大人游紫林庵，與高提舉並馬出東門，經新東門、紅邊門、六廣門、威清門，沿途桃紅李白、花韻方濃。九華宫玉蘭高聳，如朵雲在空。紫林庵之望嶽亭，面城背山，竹樹蔭蔚，遥望東山，夕陽掩映，花紅葉緑中旗旆飄揚，信足娱目。同遊王丈夢湘、高丈心泉、寇君小蘅、過君輯堂、文君鑑堂、吴君某、胡君蘇農，皆精音律，絲竹管弦以佐觴詠，幼子楚翹從，嬉游竟日，入城已上燈矣。晚復同唐子、鄭丈、伯庚同步月城上。是日晴。

壬寅。侍家君飲芥圃，與鄭丈聯騎自東門出，入新東門。過王丈家，鄂生、輯堂先後至。觀借閒軒石，李友芝故物也。王丈言鄰人馬氏凝暉館所得尤多，因同往觀。十餘石皆玲瓏瘦削，每石皆有題字，年月或先或後，皆嘉慶年號，或題“伯苓”，或題“柏齡”，皆友芝名也。館中結構不宏，而前小池，後菜圃，時花數株，虎茨十餘盆，皆森然古幹，垂實如天竹，鮮紅可玩。出馬氏園，過闌肆至芥圃，陝西會館也。茶花極佳，海棠一株，尤黔中不多見者。高心泉、寇小蘅、李清泉、文鑑堂至，鳴彈清吹，高唱入雲。唐生治酒，肴饞五品，精潔腴美。二鼓歸。是日晴。

次韻鄂生兼示蜀君甥

與君伯仲交，識面各先後。伯子殂京華，望雲思父母。（汝交之殁，同人爲繪《望雲思雁圖》。）忽已十四年，遺孤一編守。因憶同學時，相期何其厚。

豚兒似叔綱，鼻涕尺許長。昨作悔過詩，歡然慰我腸。善積乃成名，惡小甯無傷。孺子請事斯，每動先審量。

女婿近乘龍，況是故人兒。習之享盛名，昌黎爲之師。於詞必己出，非笑甯隨時。刻畫金與石，自稱臣能爲。隨處成文章，怒罵與笑嬉。根柢在六經，此言非予欺。他日當豁然，誨汝吾不辭。

立誠先去欺，欲發心早困。憂患出尊榮，所以尚貧賤。古來賢達士，不與斗筲筭。堪笑相者言，門貴非我願。

癸卯。是日爲花生日，楚俗每花樹下然燭一支，謂可照蟲蟻。同張厚庵出東門，過文昌閣小憩。陳夢實言初九日川兵及丁穉璜練皆敗於賊，川兵死者五六十人，亡裨將潘君，丁練死者亦三十餘人，爲之氣奪。旋出城看花。連日晴和，花開齊矣。晚飯，鄂生同夏秋丞、鄭丈坐池亭玩月。是日晴。

（謝非整理）

第三册　咸豐六年二月

【扉頁浮簽】

此册与前册銜接，由咸豐六年二月十六日至初十日。所記團防情勢，足備志乘。《説文逸文考叙》一篇，亦有關於黔中之藝文。

以上兩册始可作一單行本。

【咸豐六年二月十六日起】

甲辰。過鄭丈，出所撰《説文逸字考》屬予爲叙。飯後同鄂生、鄭丈出東門，經東山觀風臺下，行花徑中，至校場演礮畢，登南嶽，俯視城郭。南明之水紆回曲折，奔赴眼底，百花齊放，或紅如繚垣，或白如綴雲，菜花香氣，隨風撲鼻。入山則古寺幽閒，池水清澈，游人罕至，頗有荒涼景象，雅與余性相近。三人聯句飲酒。日落入城，飲高秀東丈家，坐甫定而雨至矣。雨過，星月彌朗。

咸豐六年花生翼日同游南嶽聯句

五嶽似衡山，（柴翁。）乃在城南隅。紆徑入雲霄，（子壽。）插脚紛田廬。江影出復没，（鄂生。）城聲有若無。浩浩花勝海，（柴翁。）蒼蒼雲亦腴。古刹窈幽翠，（子壽。）群鳥含清臞。虚明動方沼，（鄂生。）俗慮澂道區。回老去不返，（柴翁。）黄石今豈徂。緒風蕩酒醒，（子壽。）斜景追詩逋。此樂難可再，（鄂生。）梗泥休浪塗。（柴翁。）（柴翁書大字題壁上。）

乙巳。訪鄭丈、鄂生不遇。仁懷令江介侯來，言遵、桐、仁兵事，慷慨豪雄，亦傑士也。閲鄭丈所撰《説文逸考》。是日晴，夜大雷雨。

丙午。早閲《説文逸考》。飯後至爛垻謁祖母墓。詢知昨日雨雹盈寸，小春不收矣。宋顯廷自落掌遣人書，言自猶場至永樂堡，雹有如酒杯大者。既逢兵燹，又罹天災，何吾民之不幸乎！顯廷書言清水江敵樓被賊焚毁者現在重修。是日晴。

丁未。閲《説文逸考》。是日晴，夜月。是日訪寇小蘅，言到修文事。拜鮑學使、章子和，談甚劇。訪穉璜不晤。飲杜映堂家。

練　勇

莫道士無譁，餘威肆爪牙。劍揮庭際樹，巾裹鬢前花。誰享睢陽宴，空量道濟沙。阿奴錢是命，見錢命能賒。（賒命之説出於練勇之口，官無如何，而富翁不知懼也。）

戊申。賈迪之書來，言當事欲以印票貸民錢。吴鼎臣太守書言楊遊擊進至勝秉，韓南溪在五柞擊苗，皆獲勝。楊錦堂自烏乍來函，言彼處可危，乞添團防守。是日晴，祭祖墓歸，閤族飲於螺山。

説文逸考叙

治《説文》之學，必先能正其譌、補其缺，而後説可通。然因疑求證，因證知譌，尚有塗徑可循，至於脱簡逸文散見群籍，譬若遺金於山、失珠於淵，雖善走善没，未易得而反之也。小徐疑義肇舉七文，大徐所增十有九文，段氏爲注，遞有增補。吾鄉鄭子尹先生復廣爲蒐輯審定，若“希”“其”之類得之偏旁，“逌”“廿”之類得之注義，“詔”“僭”之類得之叙例，又見於二徐及宋以前書所引《説文》，統一百八十字，推勘互證，鈎析剖斷。意有不盡，令子伯庚引而申之。仿范甯子弟列名之例，附語加按。其它足證今本之失。非《説文》逸文者，伯庚别爲附録，使讀者袪詬病焉。予常怪近代治是學者，本書譌闕，考之不詳，尋義不通，輒以假借文其説，假借固不悖古，豈有本文尚存而别求假借，射禽之景而謂爲獲，不亦誣乎！披讀既竣，爰書數語，質之先生。

己酉。過鄭丈不遇。同鄂生飲過輯堂，晚騎歸。是日晴，夜無月。

聞十七日虎場、永樂雨雹爲災，大如雞子

沈陰鬱不開，硬雨（俗呼雹爲硬雨。）竟成災。屋瓦亦已震，麥苗爲之摧。況令封豕突，而致嗷鴻哀。目慘極千里，天心何可回。

庚戌。飲唐鄂生家。是日晴。

贈賈刺史

公子參帷幄，飄然迥出群。不期逢世難，何以張吾軍。幕府無留札，窮邊多惡氛。誰能雨天下，遥指泰山雲。

太傅有奇策，厝薪懷隱憂。不逢今日難，豈識古人愁。莫小六百石，當爲萬户侯。知君輕肉食，多是未能謀①。

辛亥。南門外團來言，練勇有向米店、錢店滋擾之意，恐至罷市，以原禀達之當事。前日練勇趙飛與項姓鬥，死於南門。今日鹿少君之練頭押縣署，爲練勇攫去，若不早圖，患在蕭牆之内矣。晚偕高心泉丈至各街催收城上經費。是日晴。

壬子。洛灣團來具結，無抗粮事。高心、秋谷兩丈及但雲翁來，晚坐高心泉丈家。是日陰，寒甚。

癸丑。沈秋帆携張觀察捷書並僞天明王示，把總鄔仲祥陣亡。宋顯廷書來，言江外洞内賊匪於廿三夜燈火喧鬨，廿四日遂至江畔，承觀察聞風奔逃，練潰，團亦潰。賊遂由改排三莊團長陳起壽所守之紅岩卡入江，焚落邦。楊秀拔、姜象乾來書同。宋發書時承尚在小谷隴，楊發書時遂至虎場，何其走之速也。家大人調守烏乍之虎場，永樂、烏當、洛灣各團由虎場以前相機扼守，或高栗木、苦李井，或太子山。又致書宋使，堅守以待官軍；致書楊使，探進兵路徑；又致書當事，請得賈玉美練四百；又恐賊由牛場以窺東北鄉，致書唐鄂生使爲備；又致書當事，言練在城，城守難辦，請亟籌遣散調撥；又請叔呈來代鄂生鑄礮子，又致書但小雲丈促繳經費，半日之間勞憊極矣。是日陰，嚴寒，余衣裘焉。

聞紅巖兵潰賊犯江内

天塹長江險，屯防計有餘。何期鳥獸散，竟作虎狼居。蠢爾稱戈日，于思棄甲初。逍遥語河上，百步笑何如。

甲寅。華野書來，言兩宋亡匿，其團皆散；又言所部練勇逃亡，收合僅得五十人；又言尖山、巴香、夾灣一帶俱已投賊，辛勤數月，一旦成空，省城屏障去矣。鄂生書來，言欲出剿，書以止之，使畫境而守，緣戰則力不足，徒損威望也。永樂堡書來，言截留子藥事。貓場團信言承練大爲害，不知何以使去也。是日早微雨，午陰，夜雷雨。鄭柴翁自水田垻至，言鄉間昨日至今早大雪將盈尺。

乙卯。永樂堡團書來，言賊勢逼近，乞速赴援。虎場書來，整軍出剿。唐鄂生書來，言布置要隘。晤丁稺璜，言調練移剿。是日闔城保甲集市，主官沈秋翁亦至，議城守事，言及經費，鬨然而散。李貢齋輸金五

① 此詩末的旁書“慘愴何日埽，更獻治安謀”，似爲末句之備選。

百，王夢翁輸金四百，合計共得千餘金耳。晚廉訪來，亦輸金二百。夜草札貳拾餘通，遍諭鄉團籌備候調。是日晴，夜微雨。

無詩。

丙辰。得鄂生已揀得五百人，擬出牛場進剿，缺子藥，請秋帆代請。今日發各團札調札佐協防省河。家君爲中丞擬示云："團首立功，奏請優獎。團民殺賊，蠲免秋糧。踴躍者賞，退縮者罰。從逆者誅，改悔者赦。"又札馬當、洛灣、永樂各團，云："賊匪早一日殲除，江内早一日肅清，吾民亦得早一日耕作。"程期松、袁月波之子、方廷瑶之子屢來涕泣，言團民無肯往者，促之歸，更作札，剴切示諭。王丈及諸老來議城守事，有持分辦之説者，答云："譬如桶盛水，破一塊板，能盛得住否？"家君視城上可置炮臺處，歸已晚，議未定而散。是日晴。

無詩。

丁巳。鄂生書來，言牛場垻被焚，擬由谷定場進，因爲致書華野及各團，約同時大舉。華野書來，言賈練鬧餉不得進，宋春芳子弟招集百餘人，依華野在小若隴。家大人視外城砲臺。是日晴。

無詩。

二月詩貳拾壹首、文三篇。

【咸豐六年三月】

三月初一日戊午。札沙子哨、平山出防。得華野書，廿九日午刻賊至，率賈練滇兵整隊而出，賊大潰敗，殺死四百餘人，山梁上賊立而不動，知是新脅從者。武弁楊標率四十人趨之，有裹黄巾、穿紅戰裙、乘白馬者，則龍生丹山也。呼標字欲與語，標趨而前，遂反奔。蓋始脅從，知罪無可逃，遂爲賊用矣。是日大勝，賊始挫。唐鄂生書來，言初二始能出谷定垻。是日晴。

無詩。

己未。得華野書，初一日賊自小路鈔襲，華野整隊自小路進，僅隔一河，遥見龍逆，呼之不應，賊復敗去。稺璜練今日起程。是日晴，夜雨。

無詩。

庚申。探回言，新莊賊已焚狗場等處，狆民皆有欲從賊之意。大約賊至爲賊，兵至爲民。近日各州縣村寨皆然，而苗狆尤甚。渠本非我族類,但畏兵威耳。是日晴。

無詩。

辛酉。白泥單生者,人言其通賊,留之三日矣。今各團皆來保,遂釋令去,仍使辦團,又使楊弁鳳和陰制之。徐華野、丁稺璜、唐鄂生書相繼至,言賊已出江,從之去者二十有餘家。移書促稺璜攻其江外之洞。是日晴。

無詩。

壬戌。連日團衆御鄰爲團守城守事絡繹到門,官之來者亦絡繹不絕,實皆空空如也。今日信息稍佳,又皆大度置之矣。其忙也可憐,其不忙也尤可憐,居此危城果何謂哉!是日晴。

無詩。

癸亥。丁、徐、唐書來,皆言今日分三路進。丁、徐由洗馬河、落掌進,唐率烏當、洛灣團由牛場垻,楊率虎場、永樂團由新莊進,同抵巴香。是日晴。

無詩。

甲子。接韋正祥、蔣遇恩等來稟,稱團民甚望前往,即日雇夫覓練,將以明日啓行。晚忽得丁稺璜書,言約期同抵巴香,丁到而各路均不到。鄉團不到不足怪,兵練不到又何説?豈非以稺璜試敵邪?吾與華野交久,不知其氣餒而計巧若此也!家大人起程之説亦中止矣。是日晴。

無詩。

乙丑。稺璜來書,言將以初八日剿紅岩。華野書言初七日直趨落尾掌、貴定北,挑攻其上,華野攻其下,所調滇兵、賈練皆徑趨巴香,不應華野之調。華野本與諸軍約同抵巴香者也,己則無信而欲使下信其令,庸可得乎!是日晴,夜微雨。

無詩。

丙寅。華野、稺璜書來,兵、練、團合攻落尾洞,六洞已破其五。沈文顯、龍顯廷、龍陽廷、龍賀廷已獲,龍丹山藏老洞,稺璜已遣王澤洋及丹山之舅項老虫誘降江外之賊,計日可除。鄂生書來,言乾垻、牛場一帶多半習教之人,留住二日,以清餘孽,數日後即散隊歸農。聞有以記功之語餌鄂生者,鄂生答書言“視我爲何如人”,真豪傑之士也!家君致書迪之,言吴練宜速遣,又言巴香辦善後不宜輕縱,又言速鑄錢以濟軍餉,又言蘇鴻達單開富户，人人憤恨，欲臚陳貲力，以有傷大局，力止之。是日陰，夜雨。

無詩。

丁卯。近日練勇爲害，招之者不擇所由來，養之者不籌及後日，以練爲利，上下相蒙，故前月高廷瑛練圍中丞於武侯祠。昨秋帆獲練二名，去其包頭，乃是和尚；今日迪之書來，又有女練之説，可謂妖異矣。伍斌書來，言獲韋正祥，是賊首，團民貪功獲已降，謂之擒渠，甚無謂也。家君婉覆之。是日陰，夜雨。

（謝非整理）

第四册　思朔録(咸豐六年五月)

【扉頁浮簽】

此册紀由黔至蜀里程綦詳，每至一地多繫以詩，所紀秦良玉事及所摘録《瀘水》一篇、《〈雅州府志〉蔡蒙旅平辯》一篇，謂蔡山即峨眉，引證頗精，均關故實。

思朔録

《蘇州擬古》首二篇皆逐臣戀主之詞，首篇云“已謂道里遠，如何中險艱”，次篇云“思逐朔風翔，一去千里道”。余三齡離鄉，生長晋國，京華覊侍廿有一年。弱冠登朝，壯年脱繡，方謂怡情林壑，老死黔靈，人事不常，四方多故，山居之士有簿書軍旅之勞。孟子云“人病舍其田而芸人之田”，又云“古之人未嘗不欲仕也”。家君時有山右之行，遂隨侍北游，將定省太原，委身京闕。時事方艱，仗劍萬里，三復韋語，於吾心戚戚焉。乃排日書事，用誌行蹤，名曰“思朔録”云爾。

【咸豐六年五月】

咸豐六年，余年三十有四，侍父母、携妻奴以五月朔日自貴陽起程。五里，至頭橋，王丈夢湘、孔丈叙五、但丈小雲、高丈心泉、秀東、周丈霽樓、朱君子餘、李君貢齋、過君輯堂、杜君蔭堂、傅君冬生、傅君步堂、陳君用皆、周君振初、高君榘卿、楊君輯五、趙君定安，飲餞於溪山一曲亭。又二十三里，至湯飽哨，停輿少憩。有王二和尚者，詈其母，擲石擊焉，幸其母避之速也。呼從人縛之，將以鳴諸官，其母泣求釋之。天下有不孝之子孫，從無不慈之父母，爲人子者可不猛省乎！五里，狗場。二十三里，清鎮縣。至店，則家母先至，失跌傷足。又天氣炎熱感受暑氣，先服藿香正氣丸，煩悶稍解，旋化黎硐丸飲之，兼塗患處，痛亦稍止。余兄華三、甥鼎臣及申君叔徵、張君厚庵來送。夜爲五哥、九哥、十哥、十三弟撰四伯父哀啓。伯父自乙巳成進士,官粵西始終,兵間經數百戰,以二月二十五日被執,罵賊不屈,絶飲食五日,二十九日申刻殉難。撰哀啓,僅述用兵大略已數千言,尚未能詳悉也。今日五兄於二橋側泣語及此,感傷已極,抑哀成之,脱藁天已曙矣。

初二日。母足未愈,遣人入城買藥。又天雨路滑,羈留未行。

初三日。與華三、鼎臣暨張君、申君别。五里,康濟橋。十里,鈔紙鋪。五里,老王冲。十里,乾溝塘,中火。十五里,擺隨塘。十五里,鎮西衛,宿。旅店因昭通鎮眷屬占住,借古刹宿。詢寺僧清鎮鬧糧事,釁起於書差,禍結於狆民,不盡關何生事也。黔省糧輕而折色重,每米一石不過值銀八九錢,而完納率在三兩以外,若經書差截粟,則計利償完,幾於十(陪)[倍],其弊由於州縣本任少而署事多,正塗少而佐雜多。委署州縣名曰"過冬","過冬"者,收糧之别名也。九月開征,收米不過數日,每日不及一時便已封倉。積米盈倉門謂之誤期。封倉之後則開櫃折色,遲月餘則其價遞加,至年終則書差先爲墊交,而民間不知。官樂其速,書差樂其利,而民受其害。每上控則斥爲刁健,聯名乞恩則以爲聚衆,或且臨以兵威,動指爲抗糧,實則欺君而虐其民。黔自甕安之役,鬧糧者紛紛,固由刁生劣監漁利煽惑,官吏亦有以召之。余去歲隨家君赴鄉辦團,深悉其故,且極知民情之淳厚,但官少加德澤,無不知感。即如修文之事,屬寇君小蘅數語了之,沈君秋帆深明利害,家君一爲陳説,而貴筑鄉間頑梗之村無從借口起事,其明效也。率筆記之,以爲吾鄉父母勸。是日雨。

初四日。行十五里,至家莊,中火。十五里,歹蘇田,山坡路。十五里,鴨池河,下坡路。徐華野前年剿王三痄疤,敗於小關,退守此地,賊欲渡河,華野於河畔禦之,隔河相擊。河干有石纍纍,兵練借以藏身,因而獲勝。後得隔河狆民爲内應,遂克小關。是日早雨,晚陰。

初五日。渡鴨池河。冒雨登陟,輿夫加縴尚蹩躄不堪。小關極爲陡險,如蟻緣壁上,大關較紆曲寬衍。初在河畔,仰視絶壁,雲氣瀰漫,及至山頂,則出雲表,唐人"疾行穿雨過,卻立視雲背"之句,今始親歷此境。自山麓至山巔約五六里,又五里,至濫泥溝,被賊焚燒之屋漸修葺矣。又十里,四方井。又十里,空桐樹,中火。又十五里,打鼓寨。又十五里,黔西州城宿。詢土人兵事,皆言四年十二月朔,徐太守自小關敗退鴨池河,十六日謝、楊、熊三姓之團自關内攻賊獲勝。十七日復有閃游擊大關之敗,賊追至河畔,馬松柏率三十人御之,閔始得渡河,懦夫也,而屢遷其官矣。州城缺水,福觀察引水入城,州人德之,建祠樹碑表其績焉。是日雨。

雨中登大關

岸旁矗立萬丈垣,猿猱悲泣愁攀援。清晨競過鴨池渡,雲氣漫空雨如注。須臾疾行穿雨過,下視雲背如翻波。脚疲力盡始得上,乃覺天宇真浩蕩。回頭又有上坡人,誰皆援手同艱辛。

初六日。早大雨,不得行。札芝舫來,言其祖香亭刺史疾。答拜,坐香海棠巢談片刻歸。香海棠巢者,吴蘭雪刺史(嵩梁)顏廳事,姚伯山太守所書也。官廨香海棠二株,百餘年古物,童雲逵刺史治州時樹枯補種,余爲詩記之。晚香亭公祖贈畫,亦余討乞之也。是日早大雨,晚陰。

道出黔西,香亭刺史除舍授餐,賦詩酬之,兼索其畫

霢霂連朝長刺梨,看花一路到黔西。山程漸可忘烽燧,刺史猶能静鼓鼙。每憶舊鄰春滿座,故留羈客雨平谿。錦囊乞得香翁畫,更擬題詩付小奚。

香海棠詩贈芝舫(有序)

黔西州廨香海棠二株,百年古物也。吴蘭雪刺史顔其廳事,曰“香海棠巢”。蘭雪既没,姚伯山太守爲書其額,童雲逵刺史治屯州時樹殭補種,然無香矣。

海棠無香空有姿,譬曾子固不能詩。古人往往稱恨事,豈知造化多神奇。水西官廨兩株樹,香蘇珍重曾題句。詩人已殁樹已枯,一段相思向誰訴。長白山人老畫師,公孫文采今見之。百年韻事誰傳出,畫筆騷壇憑主持。

初七日。行十里,以那壩,城外有王觀察承璐平賊碑。十里,新鋪塘。十里,楊家海,中火。五里,龍場,煙户頗整齊。十五里,西溪塘,下坡路。過西溪橋,上坡。十里,長坡。十里,乾堰塘。宿西溪橋,風景頗佳。乾堰塘在荒山之中,王三善墓在黔西城西,李恭勤墓在城東。是日早微雨,午陰,晚大雨。

黔西道旁碑

道旁豐碑何隆隆,大字丹書某某公。旁列細書數百字,紀德銘勳美且備。下輿讀罷欲拜之,一叟在旁泣致詞。前年賊始起安底,

大關小關旗盡靡。督師大人不肯來，■砼大憝通雷臺。鄉團擊賊賊方卻，兵來搜剔官徵索。大人傳令誅在緣，（習教者謂之“在緣”。）罪魁逃逸徒株連。罰鍰助餉金無數，吏又下鄉討逋賦。斂錢樹碑博官歡，團頭逼迫猛於官。賣妻鬻子不敢惜，脂膏凝結一片石。吁嗟乎！碑已樹兮脂膏竭，君試鞭之應見血。

初八日。行二十里，至烏西，下坡路。烏西兩面高峰，險隘可扼，柴三妹及王逆趨大府，時兵練三百守烏西關，賊蹤在五里外，遂遁，地利不如人和，信然。中火後過烏西橋，上坡路。十里，至羊場垻，行山澗路。十餘里，至頭塘。又十里，至大定府，宿章子敬、子和家，款留甚洽。歐陽履初來。是日晴片刻，陰，無雨。

烏西水（卻寄黔中同事諸君）

烏西水，流不住，經過萬重山，流向西川去。莫道西流留不住，灌田已活人無數。

癸丑歲在京師，子和同校《淵明集》。今過大定，子和出示所校，增數百事，用淵明丙辰歲詩韻記之

戢影歸田園，賃居東城隈。手此淵明詩，悠然念無懷。麋鹿全其生，木石相與諧。羈絆爲人役，乃似憚犧雞。一朝脱樊籠，遠舉不復迴。南鳥向北飛，去鄉聲鳴哀。素心愜所遇，荒徑爲之開。欣賞正爲此，志願焉可頹。而我今遠遊，常恐時事乖。無言謝微生，何爲長栖栖。

初九日。行十里，下坡路至擱鴉。十里，行山梁下坡至落脚河，過橋上坡陡險。十里，至雙山。自落脚至此皆險要可扼，新修關隘尚得地形。中火後，十里，老塘關。十里，沙子哨。宿旅店，見唐鄂生五日過此詩二首。是日雨。

和鄂生壁間韻

陰雨動經旬，不復辨朝午。山顛霧忽斂，下視人如黍。老親忘辛疲，顧惜小兒女。時時問前途，艱難不可數。

初十日。行十里，歸化塘。十里，栗樹坪，中火。五里，二鋪。十里，頭鋪。自二鋪至頭鋪多泥路，晴便而雨滑。十里，畢節縣宿。土人言前年楊瀧喜至城外十餘日，山長徐公約鄉團至，賊遁，官兵尾追不敢近，實則賊已窮蹙，在畢節即可撲滅，不必使紛竄郡縣。賊畏大人，大人亦畏賊,故城得不破,而賊亦不得擒。此確論也,録之。是日雨。

十一日。行二十里,至茅雞廠,中火。二十里,巴折坪。雨大,輿夫不肯行。旅容狹不能容,假館於土司安氏,始入其門,言語不通,嗜欲不同,曉以主客之誼,贈以食物財幣,始相款洽。前年楊隆喜至大定,土目安超倫應之,巴折坪土司亦其族也。其侄自言爲人所誣,又言其寨林某者與舉人劉某同爲盜藪,而縣令以爲差頭。林某固非善類,或縣令借以制安氏,未可知也。土人呼土司爲"官",其家人皆加"官"字,如婢稱爲"官大婆",極可笑也。男女以百數,似非善良,皆戴白巾、操刀劍。是日大雨,晚晴,夜月光皎然。從人頗有戒心,皆坐以待旦,余亦數起視之。

十二日。行十五里,至金銀山,上坡路。十五里,至孫家鋪,亦上下坡路。未至孫家鋪五里母豬箐,道旁山洞頗幽邃。自母豬箐望孫家鋪,不過隔坡,而紆曲行數里始達。中火後輿夫又欲住,呼夫頭斥之始行。十里,大哨塘。(坡。)五里,小鋪塘。(坡。)五里,波羅蜜。(坡。)道左田壩寬廠,中孤立一峰,樹木寺宇,遥望頗似金山、小孤,但水陸殊耳。五里,環秀橋,四面山圍,一水紆曲,青緑相映,灘聲鏘然。橋名"環秀",斯稱其實。十五里,白岩(坡)宿。[①] 携銕兒遊龍山,即松山也。楊升庵過此有龍山之稱。山石皆白,兩旁皆深溝,溝旁有洞,赤水至洞,伏流洞口,奔鞫鏜鎝之音悠然入耳。山上古杉五株,皆圍二丈五六尺,高二三十丈,文理直緻,枝葉蒼然。一株已枯而老幹直立,高入雲霄,如忠臣義士,雖身死而名不衰氣不奪也。題詩寺門。歸已薄暮,飲棗酒少許。旅店倚河岸,灘聲到枕,魂夢俱清。是日雨。

題龍山寺壁

龍山緲幽翠,勝擅黔西隅。古木森參天,深洞潛清渠。地偏佛亦静,風高詩更癯。道人老龍鍾,拄杖瞳模糊。問我來何因,此間曾到無。

龍山五杉樹歌

落落五杉森可仰,樹如手指山如掌。不知栽種始何年,大五六抱高卅丈。勁直頗類古臣工,正己立朝絶援黨。一株楷立似烈士,身死氣更衝霄上。五松齷齪那並稱,五柳高蹤差足倣。幸不生當大

① 眉批:自孫家鋪至白岩皆山坡路,四上四下。

路旁，風雨空山自培養。不夭扎，不尺枉，不被兵燹災，不邀匠石賞。千秋萬古柱南天，落落五杉森可仰。

十三日。出白岩回望，山白杉青，道旁小石頗玲瓏。行下坡路，十里，石門塘。欲入白岩，此爲門户，岩石亦白。十里，清水鋪，中火。行山梁上十里，遥望對岸諸山，晴光照耀，金碧爛然。下陡坡六七里，至赤水河，渡河即蜀境，去鄉遠矣。上陡陂八里，至判官老宿。是日晴，薄暮雨數點。

自清水鋪至赤水河道中

山頂新霽清似洗，鏡霞倒映秧水泚。十里五里花氣香，千重萬重金碧光。遠山瀅沱晴空裏，瞥眼看山去如駛。斜日纔過赤水河，回首家鄉雲樹多。(過河即蜀境。)

恭和大人元韻

每憶橋亭别，羈懷那可禁。故鄉從此遠，何日話離襟。(省門諸君餞别頭橋。)赤水河邊路，行人幾度過。不知家國感，只道旅愁多。

十四日。行上坡十里，涼水井。五里，雪山關。曉雨濛濛，雲霧四塞，時於雲缺處見山頭纔數點而已。立關頭俯視，則萬重羅列，雲擁其間，如絮如煙，長風浩浩。雨益大。土人云：山陰積雪，經夏不消。萬仞接天，真雄隘也。下陂十五里，分水嶺，中火。行山梁三里，下坡十七里，摩泥宿。壁間鄂生五月十日過此留詩，家君暨余與銕兒皆有詩。是日雨。

雨登雪山關

浩瀚真如雪滿關，捫蘿躡屩百梯攀。天低欲壓濛濛樹，雲缺時看點點山。萬里咽喉争咫尺，半生戎馬得蕭閒。故鄉惆悵音書杳，多少征閨望凱還。(時蜀師在黔。)

十五日。行下坡復上坡，十里，黑泥哨，五里石關。十里，上坡空筒樹，道左大木一株，蒼古可愛。五里，營盤山，中火。十里，火鲊坪。五里，九義。五里，泥封坳。俯視衆山羅列，煙户點綴，田壩開朗。下陡坡仄路加以泥滑紆曲，延緣而行，步步有顛隊之虞。五里，站頂。五里，普市宿。輿夫有攘雞者，送汛官責之。是日早陰，晚晴，夜星月皎皎，山光樹影，横列窗前。今夕風景半月來初得見也。

山月懷鄂老

蒼龍挾雨千里走,夜夜層雲黑如黝。今夕清光何處來,隔牖青山了可數。地上横斜寫樹枝,天邊疏朗挑星斗。松風謖謖三尺琴,蘸露盈盈百花酒。太虚清淨本無心,山鬼招邀齊拍手。幾曾夜氣識金銀,卻笑人聲雜雞狗。晶域光明殊坦然,塵垢粃糠復何有。遥知此月照瀘州,發興拈毫定堪偶。

十六日,行五里,貓兒關。未至關里許,瘦石削立如雙闕然。五里,雙井,則林立如獅子林。五里,黑岩。五里,高坡。五里,高頭牌。十里,落窩。五里,得窩。十里,滴水,中火。五里,關爺廟。雙石壁立,頗似貓兒關,未若貓兒關之重門疊嶂也。五里,金銀坳,柚樹古幹大數圍。五里,茶堂寺。五里,乾磯。五里,釣臺。十里,至永寧縣城宿。自茶堂寺至城皆沿河行。今日所過,山石秀削,如雲、如林、如獅象、如馬牛,峙山岡者,遠望或如雉堞、如瓦屋、如荷瓣、如垂葉,石色皆青,而直紋上達,骨立森然,蓋得乾坤清氣尤多者,宜多骨骾清節之士也。自茶堂寺下河岸,道旁人家門首石高丈餘,擊之有聲,土人稱爲"敲梆石",蓋中空耳。自出黔以來,大定、畢節皆商賈所湊,未若永寧之富,由販鹽也。關隘則黔西之大小關、西谿橋,大定之烏西、畢節之雙山,險雖在黔,實皆蜀之藩籬。入蜀則雪山關爲第一險要,而泥封坳、貓兒關皆其次也。過滴水後地氣較早,包穀已成熟,秧田已尺餘,吾黔則初插秧耳。是日晴,晚微雨。

十七日。阻雨,感寒疾。

恭和家君買魚元韻

水是池塘山是臺,崚嶒瘦石長青苔。買魚沽酒磯頭坐,大好園林自往來。(自貓兒關至茶堂寺瘦石林立。)

江湖覓食諒非難,況有波濤萬頃寬。不知何事貪微餌,銜著漁鉤上釣竿。

雨中感懷疊前韻

芒鞋草笠混輿臺,攀磴捫岩破碧苔。野鳥不曾識行客,山花何意向人來。山似青天上本難,上來眼界似天寬。江南江北在何處,群盜紛紛多揭竿。

十八日。行四十里,老軍營,中火。三十里,馬嶺宿。寒疾不可以風,垂簾悶坐輿中,時時欲睡,無暇流連光景。是日小雨。

病頭風

平生飽憂患，未病心已瘋。何來曰蒙風，中人如毒蠱。寒抱齊宣疾，腦夢楚子盬。不寐願言嚏，一飯歆欲吐。四體思折枝，捫胸時擗拊。因知元首尊，是爲百骸主。所主苟不安，百骸並其苦。古人戒叢脞，先期絶二豎。但得草藥嘗，不待陳檄愈。

十九日。母親及錬兒、艾兒俱患寒疾，午始起程。二十里，送江橋。十里，江門宿。自分水嶺，一水經落岩河、九司、瀘衛達瀘州，一水經唐家灣、永寧達瀘州，皆於江門合流，兩峽高峙如門户然，故曰"江門"。是日陰，熱悶過甚，殆作雨也。

送江橋(自分水嶺經瀘衛入瀘水)

江門看咫尺，橋影見山阿。路轉灘聲急，雲低雨氣多。行人攜笠去，立馬望船過。最勝吾鄉處，青青兩岸禾。

江樓晚眺懷鄂生

旅館蕭條瀘水邊，憑欄晚眺思悠然。群飛惟愛歸林鳥，聲沸遥憐上水船。百里行程因病阻，半江風景結詩緣。故人況是多豪興，日暮長吟何處天。

二十日。行十五里，翦草鋪，中火。初登山，即見對岸叢林古刹自麓達巔。又過曹公祠，去翦草鋪里許，飛流界道，人家住石巇間，飛流掛其窗外，如匹練然。往昔余家藏九龍山人畫有此奇境，謂是意造，今乃親見。中火後行十五里，至上馬場，中間極高處下視，舟纔如葉，人纔如豆耳。自江門至此，皆沿河岸。又十五里，至大洲驛宿。是日早微雨，晚陰。

江門道中

丹嶂中分亦壯哉，重門急溜勢如隤。泉飛石屋當窗下，風挾銀濤捲樹來。脚馬聽從千磴過，金牛誰遣五丁開。畏塗不盡蕭蕭感，猿鶴聲悲萬壑哀。

二十一日。行河岸，十里，灣灘。十五里，三層鋪。十五里，渠壩驛，中火。騎行十五里，龍頭鋪。三里，茶亭。翻坡俯視，坡坨無數，雜峙田壩中。一碧萬頃，滔滔瀘水自左環繞而右，水外群峰圍抱，氣佳哉！鬱鬱蔥蔥，極可愛玩。下馬憩樹下良久，錬兒輿過，出一對令其屬對，云："日落茶亭歇馬壩前剛歇馬"，歇馬壩即坡下田壩也，兒應聲云："星觀草舍牽牛人至問牽牛”，頗有慧心，書以志喜。十二里，至納谿縣，宿對河旅館。先是劉大令慶元字春覃者，聞家君至，即除舍城中，遣紀來迎，家君遣人辭之。家君到店，又來謁，饋酒食甚殷勤，家君命駕將往謝，而大令赴鄉去矣，遣人持刺謝之。是日晴，熱而不悶。蓋五月來，此一日是真晴矣。

曉發大舟驛有以趕船來勸者口占謝之

一川如畫雨初晴，妓舫漁舟趁客行。未肯相隨逐波去，綠陰貪聽早蟬聲。

二十二日。行過渡，經納谿縣城，十五里，歇塘。十五里，瀘州宿。水陸通衢，商賈輻湊，雖不及常德、漢口、重慶，然富庶過吾黔矣。是日早大霧，午晴。

納溪道中大霧

輿人促宵征，昏昏墮霾霧。天地同混茫，置身向何處。聞聲識人來，影撲知觸樹。灘急耳旁鳴，步窘脚底懼。譬如涉江湖，波濤紛吼怒。又若御空行，天風競奔湊。不辨險與夷，安知朝與暮。逦年南朔游，賊蹤先後去。任運委自然，所向瞇前路。豹隱奚駭怪，孤疑乃乖悮。廓清會有期，大道安若故。

二十三日。出瀘州西門過渡，此省河入瀘水處。海觀亭翼然廓然，舟中望之，以不得登覽爲恨。既渡至小市口，輿夫與家人交鬨。出市口，金鳳橋旁有小塘，荷葉田田，白荷花數百朵。想見月朗風清，無情有恨，朗吟皮日休句數過。十五里，雙林鋪。十五里，澄谿口，中火。十五里，中火鋪。十五里，林坎。十里，石龍場。十里，福集場宿。自石龍場至福集場，翻玉蟾山，坡長六七里，登玉蟾山頂，憩黃果樹下。四眺，左則平疇萬頃，右則山遠水清，樹蒼禾綠。福集兩場對峙江岸，亘以長虹，村落數十，如星碁點綴。玉蟾古剎在道左二里許，輿人極言其勝。時已薄暮，老親先已到店，恐倚門而望，遂未往游，然山水之勝，盡在目中矣。對面橫亘遠山，約遠數十里，輿人指丫口曰：此昨日所過界牌山也。是日陰。

金鳳橋白荷花用皮日休韻

寄語紅蕖莫妬欺，此花曾記在瑶池。澹然多是素心侶，清白何嫌不入時。

不受塵汙一點欺，孤芳落落寄溝池。錯疑鷗鷺纔飛下，正是風來月上時。

綺語紅情只是欺，波光月色映芳池。百花深處歌聲出，仙子停橈曳紵時。

别艷何能素藹欺，(日休句“素藹多蒙别艷欺”。)相遭澹泊鳳橋池。看山須瘦花須素，看到梅花須幾時。

二十四日。昨夜大雨，至朝不止，聞山水發，又羈留一日。是日早大雨，午陰。

登玉蟾山歌

赤水西來瀘水東，黔山迫促蜀山空。平疇萬頃緑野秀，中有巍峨巀嵲之高峰。虚閣淩青雲，古木鳴天風。村落分明似星布，修橋百丈垂長虹。身臨絶頂不覺險，儼然坐我天當中。開口忽大嘯，舉手捫蒼穹。南征昔有漢丞相，太守當年魏了翁。今人古人不相見，今時古時自不同。聖朝西陲幸無事，乃得使我遨游開心胸。

二十五日。雷雨大作，自夜達旦，遣人視平橋水，過橋丈餘矣，又不得行。

旅店阻雨

久客纔歸又去鄉，連宵谿漲漫橋梁。少年那解羈人緒，不問征程問趕場。(是日場期，從人皆趕場去矣。)

蛩語蕭蕭夜氣涼，烹茶翦燭侍高堂。閒提三十年前事，到處悽然歎海桑。

二十六日。夜雨更大，窗外小谿已成巨浸，直是淫雨爲災矣。

旅店久雨感懷

窗外波濤枕畔雷，(窗外小谿已成巨浸。)青蛙鳴鼓寒螿衰。空陛起立雲尚黑，茅屋已破悲風來。山靈告我不須愁，河伯殷勤遮道留。兩師於我尤繾綣，相伴相尋無日休。吾生天地直梯米，席地幕天盡吾邸。千秋萬古迹已陳，當其未至皆茫昧。吾聞古有揮戈之魯陽，又有羲和叱馭迴龍光。何不手持赤羽上天去，爲掃陰霾開大荒。

二十七日。仍阻水未行。場上平糶，蓋已荒旱三年矣。居人云此雨不利於行，田禾則慶豐盈也。

旅　店

谿漲平橋幾丈尋，玉蟾山下夜沈沈。都無雞犬驚羈夢，(年荒穀貴,畜雞犬者鮮。)定有魚龍聽夜吟。(窗外谿漲成川。)書劍濕殘苔繡長,兒童戲倦睡魔深。天涯此際難爲客,況是淹留傷客心。

二十八日。行二里許,至獺水橋,水高於橋尚六七尺,只一小舟過渡。鄉人趕場,行人趕路,對岸坌集,自天明渡至午初始畢。又十七里,大田角,谿水已落。十里,佛岩鋪。十五里,嘉明鎮,谿水亦落,中火。經永嘉橋,灘聲如雷。十五里,蔡家鋪。十里,雲峰閣。東自重慶,西自瀘州,至此合路入錦城。積雨初晴,炎蒸如熾,午後微有清風。一路平衍,無可留意,惟雲峰閣差可觀覽。輿中讀《荀子》一册,頗似清涼散也。五里,至隆昌縣城外宿。

二十九日。過隆橋,經隆昌縣城,行二十里,下馬鋪。土人云下有四十八岩洞。十里,銀匠街。正值趕場,頗爲繁庶。十五里,太平鋪。十五里,雙鳳驛,中火。十里,石梯鋪。十五里,長堰鋪。十里,椑木鎮。渡江十五里,樂賢鋪。二里,萬里坡。五里,鹽井。七里,内江縣城宿。是日陰,有風颯然,晚微雨,夜半大風雨。

曉發隆昌

隆橋侵曉促征程,西指迢遥錦里城。澍雨三旬消宛暍,膏腴萬頃望縱横。偶逢驛使探鄉信,時展圖經問地名。[1] 倦卧籃輿驚夢醒,緑蔭深處鳥啼聲。

萬里坡

菰蒲夜戰芰荷喧,碧稻高低似浪翻。萬里坡前雙塔寺,一川風雨近黄昏。

【咸豐六年六月】

六月初一日。行五里雲龍山,山顛飛仙閣雖小,書聲朗朗。十五里,三堆鋪。十里,史家街。二里,壽溪橋。八里,石谿鋪。十里,銀山鋪,中火。銀山、椑木皆水陸通衢,商賈輻輳,亦小都會也。出銀山,大佛寺石壁磨岩鐫詩,匆匆未讀。十里,金紫鋪,水漲没橋,小舟過渡。十里,蓮池鋪。十里,唐明渡。過渡,水漲没官道,繞路經高岸上行,遥望資州江城如畫,夕陽欲下,雲影波光,頗堪娱目。十里,至州城,假驛館宿。亭臺竹

---

① 眉批:滇黔驛道近改由蜀。

樹蕭然有致,恒刺史保集唐人句爲亭聯“偶到東園看山色,每依北斗望京華”,頗有意致。是日早陰,晚晴。

江岸望資州城

江城高閣晚煙中,雲影波光相映紅。彷彿金焦好風景,不堪回憶大江東。

初二日。行二十里,雙石鋪。十里,跳磴鋪。十里,金帶鋪,中火。二十里,石橋鋪。十里,白佛鋪。十里,涷青鋪。二十里,南津驛宿。炎蒸煩渴,頗不可耐。是日晴。

初三日。行十里,老君鋪。大霧,過迎仙橋,風景頗佳。上坡十里,飛虹鋪。十里,拱宸鋪。十里,資陽縣,中火。城中有書肆四五處,足見士人向學者多。三賢故里坊書“西周萇弘、西漢王褒、東漢董鈞”十二字,明人書,筆力縱恣,名賢奇筆,增潤山川。出城行十里,石梯鋪。十里,青泉鋪。十里,楊柳鋪。十里,臨江寺,亦小鎮集。十里,石翁鋪。十里,楊家街宿。是日早霧,午晴,晚陰,頗涼爽。

三賢詩

萇　弘

天壞胡然不可支,彪傒著論亦何卑。可憐化碧忠臣血,無異逢干授命時。

王　褒

頗笑當年王子淵,諛言主聖得臣賢。惠文豸繡祠金馬,慙愧相如諫獵篇。

董　鈞[①]

初四日。行十里,花鹿鋪。十里,新市。十里,龍橋。十里,簡州城,中火。簡州本漢牛鞞縣,以西蜀簡雍曾治此州,隋始改今名,明爲陽安縣,出城即萬安橋,風景頗佳。五里,石橋井。道旁鹽井甚多,繁富過於州城。岩上多磨崖大字,無佳者。五里,九曲鋪。十里,赤水鋪。十里,石盤鋪。十里,南山鋪。十里,茶店子宿。自石盤至茶店皆上坡路。是日早陰,晚雷雨。

---

① 原稿有題無篇。

簡 州

地以人增重，吾懷簡憲和。片言雖近戲，萬户得除苛。

初五日。行十里，柳溝。十里，山泉。高岩緑柳，聳翠摇青，四山水發，飛流百道，溝澗皆盈。石滑不受脚，力盡始登山巔。下坡行十里，至龍泉驛。重關叠巘，轉灣眼界忽開，平疇萬頃，一望無際。惜雨中煙霧瀰漫，尚不能及遠也。中火後，行十里，界牌。十里，大麵鋪。十里，紅門。十里，沙河。十里，成都城。泥路無石板，積雨已久，泥濘難行，加以大雨大風，輿人數步一蹶，日暮始達會垣，衣履皆濕，亦疲倦極矣，幸老人未感風寒。入城居，沈吟樵同年代覓西二街居宅。晚鄂生、吟樵、松樵皆來，談二鼓始去。清風時至，舊雨重逢，樂甚。

初六日。早至吟樵、鄂生處，見管夫人臨褚河南書《莊子》内七篇，有王元美、董思翁題跋。管書輕盈超逸，董跋尤秀絶。午間再訪鄂生、吟樵，同至宣少甫刺史家，[①]觀所藏字畫，天已晚，不能盡觀壁間所掛。錢南園臨《争坐帖》屏六幅，雄勁奇秀，如對古賢。復至吟樵所，暢談至二鼓歸。是日陰。晤張惺門明府，談頗洽，讀書君子也。其言以爲，聖王治天下公而已，今之言利者歸諸官謂之公，歸諸民則謂之私，茶鹽錢弊，民生日用所必需，與布帛菽粟等耳，與金銀等耳，布帛聽民織，菽粟聽民賣，而茶鹽歸官，金銀聽民傾銷，而鑄錢歸官，不經官者，官不獲其利則謂之私，於是乎有私鑄之禁，有私鹽、私茶之禁。天子以天下爲家，其於民也如父母之於子也，子有貲財，父母取而用之可也，若父母專其利而子弟餓莩，可乎？欲利天下，當弛禁私，弛禁私然後爲公。陳義甚高，今之良臣不能行也。

初七日。唐鄂生、靳小峰、程小松來。家君言昨訪楊方伯，見黔江縣禀報，五月初八辰巳時地震，城中屋瓦俱有損壞。晚間即報後壩村山崩，地形本兩山對峙，中有河道，山石崩裂，亘塞二十餘里，已崩之石有高十百餘丈者，河道阻塞泛濫，約計壓溺死者共百餘户，田禾被災，地有下陷者，有翻轉者。山崩川竭，大災也，蜀其危乎！

楊方伯批黔江縣同書禀地震一案，略云：該縣五月初八日辰刻陡遭地震，以致縣屬後壩鄉自堰塘坪起至榛子壩止山崖崩塌，該處居民房屋

---

① 眉批：少甫賃屋玉帶橋，爲張船山故宅，其鄰爲楊升庵故宅。

田土均被震壓無存，益將山下小河塞斷，上游水蓄不流，兩岸田地亦被淹没。又云：該處崩崖積高至三十餘丈，長約二十里，寬六七里，盡爲大石填封，自非人力所能開扼。惟堰塘坪谿河現已隔斷，積聚溪水至有五六丈之深。田地悉被淹没，自應設法導引，俾谿水改道順流，庶免漫溢爲患。又云：據稟尾聲稱，湖北咸豐縣地方地震更甚。

初八日。過吟樵、鄂生談，啖鮮荔枝，嘉定産也。川中出荔枝者，嘉定爲上，叙永次之，眉州又次之。談及四月二十九日安縣水災，綿州濮刺史據丁從九稱，安縣是夜發水之際，雷電大作，風雨交加，電光之下見群蛟正撲東城，即被迅雷轟擊，縣城獲免於厄，現在斃蛟尚在距縣六里之淤泥中。稟上，總督黄公大悦，發藏香一匣，使布政使交委員孫定揚代交毛大令，詣雷神廟拈香。吟樵晤濮刺史，當面詢之，刺史言無雷擊蛟之事，人姑妄言之，亦姑(忘)[妄]稟之耳。且龍安一府在安縣上游，皆已被災，是蛟亦不起安縣大災也。而上下相蒙，如同兒戲，天事垂警，人心無憂。“曰狂，恒雨若”，無怪積雨月餘，幾致成災矣。是日陰。

初九日。早過鄂生，約入市，行已倦矣，腹已飢矣，未買一物而還。在吟樵處早飯，歸晚，吟樵、鄂生復來。假邸鈔，得讀兵部侍郎王茂蔭疏，云：“爲天時人事，危迫日深，敬竭愚忱，恭摺奉祈聖鑒事。竊臣伏見天象，今年以來，雨雪陰霾爲日既多，即見晴霽，日旁亦著有雲氣，精彩非復如常，而二月初十與三月二十五日黎明時天色尤異。臣雖不識天文，然私心過慮，竊以爲此殆天之所以垂警也。又讀日抄，見盛京奏上年臘月金州地震四十四次。金州雖近海濱，實近根本之地，震動至此，竊又過慮，以爲此殆天之所以告警也。京城銀價貴至八吊以外，百貨轉運不來，旗民日起欲愁歎，苦不聊生，此内之危迫也。各路賊勢有增無減，警報日至，勇將被傷，餉或待發年餘，兵或時聞潰散，此外之危急也。復以天時人事至於如此，而欲起而挽救之，亦幾無從措手矣。然臣以爲此皆天之降亂而未有轉也。誠得天心一轉，賊匪自滅，天下自平。是此時致力之方，惟在求天早轉矣。然而欲轉天心，必求力盡人事，欲盡人事，必求務協民心。何則？‘天視自我民視，天聽自我民聽’也。夫民之視聽果何在哉？臣以爲一在省己，一在用人，二者皆本乎一心，而其樞則繫乎聽言。伏見粤匪竄擾以來，皇上軫念民生，勤求治術，以期仰慰郊壇大祀，致敬竭誠，虎尾春冰，常存謹畏，應天以實不以文，夕惕朝乾，天下共見，而效願未著者何也？昔者太戊修德而妖孽消，宋君一言而熒惑退，感應之機，捷於影響，豈至今而有異哉？臣以爲天之愛人主如父母之愛子，人主事天亦如子事父母，親意未回，維咎孝敬有未至，天心未轉，惟念修省有未盡。願願皇上之更益深思而内省也。今日之民苦至極矣！苦賊，苦兵，苦水災，捻匪轉徙無常，存亡莫保，流離窮迫，莫罄形容。皇上誠憫民生之苦，念切痌瘝，至誠惻怛，自咎實深，隨時隨事皆視民若同胞，而有灼艾與爲分痛之意，使民聞之而感泣，則天聽之而意回，此其一也。若魯君以民服爲問，而孔子對以舉直錯枉。夫舉直錯枉何關夫民，乃一直舉而民快然若所親，一枉錯而民快然若所仇，豈必常有德怨哉！蓋斯民也，三代之所以直道而行也，故《大學》言平天下、公好惡。漢高祖封雍齒而斬丁公，於當貴者，雖素所不善亦用，當罪者，雖素所甚善亦誅，並以收人心也。皇上誠察民之所好者好之，則好一人可得千萬人之心，察民之所惡者惡之，則惡一人亦可得千萬人之心。斯人心翕然順應，即天心因之以感格者，又其一也。顧臣以爲二者皆本乎一心，而其樞則在聽言。何也？舜，古大聖人也，而群臣進戒，一則曰罔游於逸，罔淫於樂，再則曰無若丹朱傲，唯慢游是好，非舜深見人心之惟危而不以爲過，安能有此？則知人則哲，自古爲難。《虞書》紀'闢四門'必繼以明目達聽，蓋誠慮耳目有未周，即用人有未當，而欲合天下之聰明爲一人之聰明也，是省己與用人非虚表，聽言不爲功。且不獨此也。苗民逆命，以不矜不伐之禹，而益贊之言，但曰'滿招損，謙受益'。齊威王命群臣吏民能面刺過者受上賞，上書受中賞，謗譏以文者受下賞，諸國聞之皆來朝，當時謂之'戰勝於朝廷'。則凡所以平逆命而求戰勝者亦在是矣。皇上御極以來，屢詔求言，並有言不逆耳不可謂諫之諭。凡有裨於用人行政之言，無不仰邀採納。既而言或無當，乃有奉旨明斥者，斥之第以其無當，初非禁之使勿言也。然前之言者則見多，今之言者則見少，蓋人臣敬畏天威，非誘之使言，即多有不敢言者。今無論其他，即如各路軍營，某也將必勝，某也將必敗，道路傳聞，往往應驗，而無敢以爲言者。或則慮其無實據也，或則慮有實據查時化爲子虚也，或則言之不行而徒招怨也，或則爲權衡自在聖心也，是以皆不敢言也。倘傳聞將敗之軍人早言之而去之，何致有敗壞之事？至於敗壞而後加罪，所失多矣。是以孔子稱舜大知，不獨好問好察，必曰'隱惡揚善'。蓋非好問察而人不敢言，即問察而惡不爲隱，猶恐善不敢言也。且用人進退之際,臣子有難言之隱,蓋懼干聖怒而見斥者意猶淺,懼激聖心而難回者意實深。進言獻納之際,臣子又有難言之隱,蓋獲聽則人皆翕然而歸美於上者喜固深,不獲聽則人將譁然而歸美於下者懼尤深。用人聽言者,視聽至微,而關夫民心者至大,往往有因不用而民愈望之,因不聽而民愈稱之者。誠查夫此,而所以得民心者可知矣。皇上披覽奏章,纖悉有誤,必行批示,天下臣民無不仰邀聰明之天亶、宵旰之勤勞,然臣以爲精力之用貴乎不紛,竊願務其遠大而舍其近小。各督撫軍帥之奏,務在察其才之能否與心之誠僞,倘有見爲不能而多僞者,預爲去之,不待僨事之既見,則所保實多。且去一當去之督撫,而全省之人心皆感動,去一當去之軍帥,而合營之軍心皆感動,所以見人心者猶大也。臣抑聞明主勞於求賢而逸於用人,故堯以不得舜爲憂,舜以不得禹、皋陶爲憂,楚莊王見群臣之不若己而有憂色。今天下才實不足,諒久在聖明洞鑒之中,此誠可憂之事也。然莫謂天下無才也,天生才以供世用,不在上則在下。如羅澤南者,今皆知爲將才矣,初則一歲貢耳。湖南一省有江忠源兄弟,又有羅澤南師弟,則他省可知,第少有留意人才如曾國藩、駱秉章者。比惟賢知賢,惟才愛才。皇上嘗諭令各督撫廣爲諮訪矣,誠恐各督撫有見而不能用者,嘉言罔伏,斯野無遺賢,是尤全賴聖心之誠求耳。收一良將之才而人心感奮,收一良吏之才而人心尤感奮,所以收人心者亦甚大矣。天下以人心爲主,臣之所陳皆欲得人心之大者,冀天心之速轉。現在武昌未下而江西又復危急,向聞該二處之人皆力與賊爲仇,而近聞賊衆甚多,恐從之者亦不少,此人心轉移之故,宜深思也!列聖深仁厚澤,人心斷不能遽忘,然不於此時急設法以維繫之,任賊出其假仁假義以爲市,則人心恐遂爲其所移而難挽。伏見宸衷淵密,不顯爲德,有定静而安之神,必有能思而得之妙,非淺識所能窺測。臣心迫憂危,遂不禁言之難已。自顧一身毫無可念,第念受恩高厚無可爲報,是用竭其區區之愚忱,敬行陳奏,是否有當,伏乞聖鑒訓示。謹奏。"疏入,上嘉納之,詔曰:"朕綜理庶務,恪遵列聖成憲,無日不兢兢業業,以敬天愛民爲心。因思知人安民,垂於古訓,凡文武各員如果才猷素裕,著有成效者,未嘗不破格録用;即大小臣工條奏事件,苟有益於國計民生,亦無不虚心採擇,見諸施行。所冀嘉言罔伏,野無遺賢,庶可以上漸臻上理。況近年以來粤匪未平,河流未浚,各省地方亦間有偏災,赤子何辜,遭此慘毒。

朕痌瘝在抱，軫念民依尤勤，惕厲之衷，諒中外臣民所當共喻。本日據侍郎王茂蔭奏稱‘天時人事，危迫日深，致力之方，惟在天心之早轉’，又謂‘民之視聽，一在省己，一在用人，二者皆本乎一心，而其樞則繫乎聽言’等語，持論切當，與朕心適相符合。當此時事多艱，力圖補救，朕惟省躬克己，於用人行政之間慎益加慎，以期默邀天眷，海宇敉安，中外臣工所當夙夜靖共，交相警惕，以副朕孜孜求治之心，實爲厚望焉！欽此。”

又湖北巡撫胡林翼片奏：“再查布政使銜浙江寧紹台道羅澤南，以諸生講學，宗法程朱，其所著《小學韻語》《西銘講義》《周易附説》《方(隅)[輿]要覽》諸書，體用兼備，洵堪輔翼名教。咸豐二年賊犯長沙，即日倡率生徒辦理湘鄉團練，忠義感動鄉閭，遂率其鄉人轉戰湖南、江西、湖北，克城二十，大小二百餘戰，當經奏悉，在案。羅澤南每言賊踞金陵則武漢爲必争之地，南北樞紐以武漢爲最要。自上年圍剿以來，力攻九十餘日，督催至嚴，雖水陸弁勇中傷已逾三千人，而忠毅之氣不容稍懈。初二日帶傷甚重，血沾衣帶均濕，指畫戰狀，以未能尾賊入城爲恨。且言武漢自古用武之地，賊必死守不戰，恐荆襄岳鼎均無乾净土矣。初六、初七日臣駐其營中，見其神散氣喘，汗出如洗，臣爲痛哭，羅澤南握臣手言：‘危急時站得實，才筭有用之學。今武漢未克，江西復危，力薄兵單，不能兩顧，死何足惜，事未了耳。其與李續賓好爲撑持。’言未畢而目瞑。蓋其心術學術不愧名儒，故臨危不亂，言不及私，而臨陣勇敢，馭兵嚴明，猶其餘事。該員之父羅嘉旦年八十一歲，長子羅兆作、羅兆陞，讀書應童試，其身後事宜由臣妥爲經理，委員護送回籍。合無仰懇天恩，照二品陣亡例加等賜恤，出自逾格鴻施，該員功績最著，並請於湖北、江西設立專祠。其湖南湘鄉縣本籍，自侍郎臣曾國藩倡義以來，臨陣捐軀之士最多，現經本籍紳耆擬請建祠入祀，應請即爲羅澤南設本籍專祠，以士民弁勇附入祠内，以慰忠魂。謹將該員歷著戰績開單恭呈御覽，理合附片陳奏。”奉硃批另有旨：“羅澤南屢著偉績，不意受傷殞命，深堪憫惻。欽此。”又三月廿一日上諭：“胡林翼奏道員力戰，受傷殞命，懇恩加等賜恤等語。布政使銜浙江寧紹台道羅澤南以在籍生員倡率生徒辦理團練，嗣因楚省賊氛猖獗，率其鄉人自效戎行，轉戰湖南、江西、湖北等省，大小二百餘戰，克城二十餘處。朕嘉其忠義奮發，屢著偉績，由訓導超擢道員加布政使銜，方冀其攻復武漢，殄滅逆氛，克膺懋賞。兹因攻剿武昌，乘勝追賊，直逼城下，受傷殞命，覽奏之餘，深堪憫惻。羅澤南著加恩照巡撫陣亡例賜恤，伊父羅嘉旦著賞加頭品頂戴，伊子羅兆作、羅兆（升）［陞］均著賞給舉人，一體會試，以示朕褒恤藎臣至意。並著於湖南本籍及湖北、江西地方建立專祠，其湖南湘鄉縣士民弁勇打仗陣亡著一並附入羅澤南本籍專祠，以慰忠魂。欽此。”又聞此間探報稱，江蘇巡撫吉爾杭阿陣亡，未見邸鈔，不悉年月及戰陣情形，信如王侍郎疏所云，各路賊勢有增無減，警報日至，勇將被傷，危急至矣，痛哉！①

初十日。吟樵約同鄂生出南門，過萬里橋西二里許，謁漢昭烈皇帝惠陵。甫入寺門，慈竹垂陰，夾道青蔥，院中古柏森森，祀昭烈象，象左少卻祀北地王，左右夾室祀關、張，兩廡祀有功諸臣，獨以孫乾、趙子龍、龐統、簡雍祀如四配，不知何義。若以功則孫、簡不應與順平並，若以近臣則少糜竺，若以謀議則少法孝直，且臣主同端坐而受享祀，義亦不安。據周琬碑記，此宋觀察所爲，（觀察忘其名。）蓋好事而不學者也。後殿爲丞相祠，右爲玉皇閣，有荷池，殘荷數朵而已。自池右行竹逕至惠陵，碑題無足觀者，惟陶文毅公“有蜀以來此真帝，使君而後無漢陵”二語頗切。由池左廊過隔葉聽鸝之館，花木幽勝，致足移人。出寺門西行五六里，過浣谿橋入草堂寺，至杜公祠。祀子美而以劍南配之，其中如“獨立樓”“花徑藥欄”“水檻草亭”“春風啜茗臺”，皆取杜集語爲額而集杜句爲聯。是日久雨新晴，游客甚衆。予與吟樵、鄂生就草亭飲，臨流對竹，頗得閒趣。出寺又西行二里許，至二仙庵。庵後小谿，谿上有橋，橋上有亭，三面皆竹，一面開朗，望村舍草樹，有桑者閒閒之意。坐亭中食綿州桃，涼爽浸胸膈。夕陽欲墮，乃入西門，飲吟樵宅。是日晴。

十一日。與鄂生同訪楊方伯、白司馬、支學士、徐廉訪。是日午雨，晚晴。

十二日。閒坐無事，看書數卷。是日早晴，夜大雨達旦。

十三日。雨中假吟樵所藏《詩龕圖》讀之。詩龕者，法梧門先生聚古今人詩於一室而題之也。第一册顧子餘鶴慶、萬承紀廉山、張船山問陶、吴南薌文徵、高泖漁顧淇、朱閒泉壬、徐西澗鉽畫圖，是爲前七家；《詩龕

① 眉批：閱邸鈔，五月初九奉上諭，吉爾杭阿因剿賊煙墩山，登高瞭望，中槍殉難。又批：吉公由郎中揀發江蘇道員，出都時携僕三人，纔四騎耳。

圖》則有陳碩士用光、陳玉方希祖、顧春陔皋、李雲華翃、葉韻潭紹本、王曇、孫昭文原湘、趙春樗文楷、初頤園彭齡、吴蘭雪嵩梁題詞。第二册顧子餘、吴南薌、高泖漁、瑛夢禪寶、朱素人本、孫玉峰銓、笪繩齋立樞畫圖,是爲後七家;《詩龕圖》則有吴山尊鼒、白小山鎔、湯敦甫金釗、張皋文惠言、鮑覺生桂星、王伯申引之題詞。二圖皆南薌題額,跋尾詩皆遜齋(遜齋者,梧門别字也。)撰、馮學浩書,作圖題詞皆嘉慶己未、庚申以後事。遜齋補題在嘉慶十七年壬申。題名不多,皆嘉慶中文學之士。就中張皋文一賦尤修絜有古意,字法右軍,落筆不苟。此二册足與陳其年《填詞圖》並稱韻事,展閱竟日,不忍釋手。是日雨,晚晴。

十四日。過吟樵觀畫。沈石田長卷皴點極簡,老樹幹圓勁,無一側筆,(惟所畫房舍筆力殊稺。)頗類江寧城外風景。黄端木大幅,高嶺長松,巖花笑日,一叟趺坐,横琴弄風,蕭然有泉石間意。錢南園行楷書二幅,行書尤勝。明彭襄毅公自書像贊,自爲生員至入相歸田,每事一贊,或自撰,或其友、或其門生撰,皆襄毅自書。幸庵理學名臣,其於科第名位若欣然不能忘者。姚石甫丈謂古者天爵、人爵並重,後乃專重天爵而輕人爵,其實可以不必也。余謂此正古人爲學誠樸處,若近時學者,心慕榮利,口談高尚,自欺欺人,莫此爲甚。又吟樵出所藏殘册,劉餘祐跋一篇,缺其端,吕纘、武艾、元徵、王永吉、張端、喬映伍、宋學洙、杜篤祜、傅景星詩八篇,皆頌揚相業及子弟科第之文,或疑是東海徐氏舊物。余考公肅順治十一年舉於鄉,十八年成進士,而劉跋署順治壬辰,吕詩署辛卯,彼時公肅尚諸生,公肅父僅一太學生,不應有"弼亮調燮"語。玩跋中"龍圖忠宣詩中,小范甲兵與數萬胸中"等句,決知爲范忠貞公家物。忠貞爲文程次子,故劉跋稱次君。忠貞初爲侍衛,順治八年更定八旗漢軍考試之例,中式舉人,亦與劉、吕詩文年月相應,以此決知爲忠貞中式後賀章無疑。忠貞父子世濟其美,文程尤老成謹厚,未嘗專擅威福,而當時士夫諂競之風,亦不能禁。詩跋多其門生作,傅景星署款至書"通政使司通政使傅景星拜獻",通政位躋九卿,非屬官而具銜名。稱"拜獻",《春秋》"齊侯來獻戎捷",杜預以爲"獻者,奉上之詞,故《春秋》譏之"。文士貢諛,何所不至,譬猶青蠅污白璧,何損於璧?於范氏固無嫌,終當拂而去之耳。書此質之,吟樵以爲然否?是日陰,午微雨數點,夜月色大佳。

十五日。復向吟樵叚沈卷呈家君閲之,定爲臨摹之本。吟樵、鄂生、小峰來與家君手談,晚留諸君及松樵飲。松樵得白魚盈二尺,蒸熟携來,余割一臠奉母,鮮腴異常,吟樵云此間亦不多得也。是日晴,夜月明如晝。

十六日。松樵、吟樵邀家君游薛濤井,余從焉。乘馬出東門,又東行河岸過安順橋,橋左右皆賈人,頗類沅州橋。過橋復行岸上,經白塔寺,舊有塔,燬於張獻忠之難,基址猶存。遥望緑竹成林,酒旗飄蕩,從人指曰:此間是矣。入竹徑爲雷神祠,祠左有屋三楹,屋旁有亭,其上有樓,皆依水。望對岸,林木缺處,平疇一碧無際。飲酒樓上,上下舟往來如織,桅纜時時隱見窗際,飲而醉,醉而歌,倦而酣睡,醒而欲歸則雨至,乃以輿代馬,循舊路歸。井在廳屋後院中,周厚轅書濤詩頗韻。樓上李堯棟書"吟詩樓"額並跋。何紹基聯云"花牋茗椀香千載,雲影波光活一樓",亦不俗。餘碑題聯額多不足觀。某大官於院後建風神祠,朱柱畫梁,不可以坐。是日早晴,午陰,晚微雨,夜月色矇睡,半夜又雨,達旦。是日同游者周通參治安,其二子子容、子疆,程茂才小松、宣刺史少甫、靳童子小峰、唐孝廉鄂生、顧△△幼耕、吴别駕△△。

十七日。過吟樵,觀所藏九龍山人畫及石田斷卷,皆真。宣少府携畫數幅來,余獨喜張季奇山水。是日吟樵祭先,飲福食胙,夜譚狐鬼事,頗開胸臆。吟樵又述濮少霞刺史言安縣水自東門入,南門出,城外房屋蕩析無存,獨草房一間未壞,七孀婦避居其中,亦不知何以得活也。又東門外節婦坊於洪流奔激中巋然獨存,似皆有鬼神呵護。又張惺門出示彰明縣某生祭溺文,言有處子十五六,經舟人救起,赤體舟中,恐被戲謔,復躍入水。此二事皆不可不記。吟樵又言,幕友莊生者,道光中常隨王同知槐齡入老林辦神木,誉絶壁下,望山半一老猿往來,臂負一囊,若黄帛裹者,意其中必奇寶,而銃矢俱不能及。營卒有善緣走者攀援而上,伺猿至,發銃一擊而殞,趣視其囊,則殘葉樹枝裹一小死猴,臭極,不可鄉邇。衆乃大笑。余謂猿之愛其子,愚至於此,然此間絶無似此愛母之小猿也。慈多孝少,獨人乎哉!是日大雨,衢將成小溪矣。

次鄂生韻

畫幀携來酒不賖,渾忘漂泊向天涯。不求仙佛惟耽睡,何必園林方是家。踏雪留鴻羈錦里,輕塵飛馬憶京華。軍書今日無消息,惆悵蠻雲萬嶺遮。

十八日。悶坐無聊，復向吟樵假九龍山人畫閱之。爲兩兒講王昶傳。高心翁書來，言黔中索捐甚厲，城守局捐項悉提解軍營，都匀因無食拼命殺出，適張叙齋兵至，圍遂解，蔣軍未能得手。陳得功居貴定，日報勝仗，團民前奉免糧告示，擊巴香賊，迨事定而官復催征，恐無益於錢糧而釀成事端，官民兩害。家君致書秋帆，陳其利害，然既去之人作局外之議論，恐不能見聽也。是日大雨數陣，官始設壇祈晴。

十九日。吟樵邀至少甫家看畫。吴梅村横幅、沈石田小品手卷、李流芳詩卷、張船山《南臺飲酒圖》、沈畫慈烏、張雪鴻册，皆佳品。飲少甫家。是日早雨，晚晴，夜半又雨。

二十日。爲八兄忌日，距兄殁十九年矣。恐傷親志，未敢設祭，悲甚。何小宋來，同年舊友，别五年，忽相聚於異鄉，人生聚散其何常邪？晚過松樵談，松樵言：道光廿七年隆昌縣令劉君，衙門二門被雷擊，輿夫五人雷擊四人，其一人驅跪頭門外。問其故，則一輿夫有老母，其三人勸令嫁之，得值錢六千，娶一寡婦爲室，是日治酒。驅跪門外者初未同謀，而同飲啖者也。方被雷驅時，昏眩中但聞此饕，須付榮昌縣責二十。此人本重慶人，後聞親病歸，道經榮昌，憩城隍廟，適典使於君至，怒其倨，笞二十。此人被笞，乃泣言其故。時松樵宰榮昌，親見其事，且言雷擊四人時，一節孝坊“節孝”二字擊去其半，亦可不解也。松樵又言：渠縣葉氏女者，烈女也。父母殁，集親朋賣田宅葬之。女許字王氏，在大竹縣王家莊。女既窮無依，遂隻身走訪，欲依夫家。既至大竹，遇丐夫婦於橋上，年皆四十餘。女向問王家莊，婦問何爲，女告之故，婦言送女往，女遂拜呼丐夫婦爲父母。時已暮，宿富家屋簷下，婦置女簷左而以身介其間。夜半丐就女欲淫之，女以死拒，丐刃女喉及胸死。丐婦覺救，傷頭及臂，丐脅之行。時丁君楷爲縣令，聞女死，不知殺人爲誰，方往驗，而丐夫婦行一日夜，尚緣橋旁。丁君至，見婦首有創，執訊之，具服。丁君乃置丐於法，而祀女於節孝祠。此二事皆關風化，不可不記。是日早雨，午晴。

二十一日。過吟樵談，出觀所藏周仲駒父敦，有銘十八字，右行：“录旁仲駒父作仲姜敦，子子孫孫永寶用享孝。”按錢塘倪濤《六藝之一·金器款識》云：“仲駒父，其國氏及世次皆未詳。《功臣表》有騏候駒，《左傳》有駒伯，爲郤克軍佐，則駒其姓也。若曰‘齊景公卒，冬十月，公子駒奔衛’,則駒其名也。豈非公子駒以伯仲稱,而曰仲駒父也?《檀弓》:‘幼名冠字,五十以伯仲稱,周道也。’‘子生三月,父名之,二十而冠。’尊其名而立其字,五十爲大夫,則尊其字而呼以伯仲。仲姜者,蓋仲駒父之母或祖也。或以爲仲駒父妻,則夫不祭妻,是以知爲母或祖也。按《春秋》凡婦人皆以字配姓,伯姬、仲子、季姜之類是也。仲姜亦字配姓也。齊、申、許、吕皆姜姓,此則未詳其何國。器有用器、有祭器,銘有享孝、追孝、祀禪者,皆祭器。《九嬪職》云:‘凡祭祀,贊玉齍。’而玉齍之制,不見於傳注,今宗廟中乃與瑚璉,遂爲闕器。豈鄭玄所謂敦、瑚璉、簠,皆黍稷之器歟?’”吟樵言初於成都肆得蓋,後之打箭鑪年餘,返成都,復得器,乃完璧焉,亦可異也。又觀蕭尺木畫册,六開:一摹王叔明《仙島藏書圖》,山勢玲瓏,長虹迤邐,蒼松翠竹,懸瀑流波,綺室三楹,貯書萬卷,有客携琴自外而至。尺木自題云:“原作長卷,蓋本李錦奴《赤城仙館圖》,而筆法圓秀過之。”一摹黄鶴山樵,依山臨流,數家籬落,琴書滿架,古木當窗。過山徑有小橋,一老人立橋上凝眸遠眺,頗有世外之意。過橋,山徑陡狹,山頂有屋數椽,屋旁松樹凌霄聳翠。尺木自題云:“黄鶴山樵有此大幅,用筆蒼健,近攝作小册,參之北苑氣韻,如費長房縮蓬壺於半褱,而更饒雲水耳。”一摹郭河陽《關山車馬圖》,山石秀潔,皴法簡净,枯樹一株尤蒼勁,人物精美,車尚是古制,駕兩馬而立乘者也。一摹大癡,山村古木,飛瀑成谿,布景不奇而氣韻蕭遠。尺木自題云:“大癡墨瀋,得李成惜墨如金之意,非任氣者所爲。大癡飲量勝百斗王,作畫深密如枯禪然,今酒人寫山,便曰學大癡法,豈不冤哉!”一摹勾龍爽《仙儔采花圖》,海波浩蕩,兩島對峙,枯籐勾連,二女荷花籃行其上。尺木自題云:“勾龍爽作《仙儔采花圖》,飛行於枯籐之上,想其下視滄海,不知幾揚塵矣。癸巳夏寫存邗江,見古今同抱此感也。”一學河陽,自題云:“五代時高士避迹霅霅間,放艇讀書,蒼巘碧水,照映哦吟,其事可圖也,乃學郭河陽法。癸巳六月望識。”按尺木書“癸巳”,順治十年也。有明遺老淪入國朝,故有“下視滄波”之感、“避迹霅霅”之詞。其但書甲子而不書年號,殆靖節詩題書甲子例也。題識或篆,或行,或楷,皆精潔不苟。是日晴。

二十二日。至燕畫堂訪何小宋,談頗洽。歸飲酒,翹兒侍飲,皆醉,鋳兒賦七律一首,中二句云“蜀日果能驚犬吠,黔山猶是報蛇横”,造語奇而寄意深,切可喜也。是日晴。

題蕭尺木畫

余以道光戊申正月至太白樓觀尺木畫壁,迺年太平兩陷於賊,名迹存亡未可知矣。

下視滄波寄慨深,也思避迹恣高吟。蒼崖碧水知多少,不辨仙源何處尋。

戢影邗江作畫時,斜行細字偶題詞。但書甲子無年號,此例應摹靖節詩。

牛渚扁舟不十年,遥聞幾度换滄田。酒樓畫壁知何似,追溯游踪殊喟然。(余以戊申春至太白樓觀尺本畫《四大名山圖》。)

二十三日。閲邸鈔。特旨爲吉爾杭阿建立專祠,有"凛然大節,不愧滿州"之諭。副都統綳闊、江蘇候補道江寧府知府劉存厚同時殉難,並附祀。劉,余丁未同年,亦猛士也,惜哉!家君見徐錫金探報,言張正倫率川兵入都匀,賊復至,斷餉道,初五六遣健卒六人入都匀,一人亡歸,其五人死於賊矣。蔣玉龍軍在鎮遠,餉道亦斷,銅仁之賊復起,而貴定羅大文尤猖獗。陳得功受降中計,清水江又有賊,制軍、撫軍焦愁無策。此六月十五發自黔中也。沈秋帆與家君書大略相同,且以城守捐費提解、團事懈弛爲慮,家君作書爲言鄉城數事。過松樵談,松樵言昔爲石柱廳同知時,觀秦良玉平臺召對所賜錦袍,乾隆四十二年爲人盜去,割去立水,尚長五尺餘。又觀馬氏藏良玉詩云:"未解征鞍數十秋,兒童血戰不曾收。當時不聽承平計,猶自喃喃説女流。"又松樵重修學宫、文昌祠、武廟,舊棟上皆書"崇禎二年宣慰司秦良玉建"。一蠻女耳,武功如彼,節義如彼,而重文教、修祀典,又類儒者所爲,此正史所不載,亦當記之志乘者也。吟樵出觀馬守貞畫蘭梅册,卷首有陸時化所書馬守貞傳、穉登挽守貞詩、穉登傳,皆佳,餘皆近人題詠,惟陳鳳孫明經作略可觀耳。又李頑石畫册。頑石不知何時人,而蒼古精潤,不類宋以後畫。又宣少甫所藏石濤畫,亦蒼古奇恣。是日晴,夜大雨。

題馬湘蘭畫册

梅華高格悟清空,蘭韻無言心事同。料得拈毫雙黛蹙,託根無地怨東風。(湘蘭欲委身百穀,不果。)

接迹衡山亦勝流,可憐青眼付青樓。劉翁數道楊梅句,謡詠遂應一筆勾。(《明史》盛稱伯穀風義,而寬翁外舅執楊梅蘿蔔之句疵之，殊不韻也。)

二十四日。吟樵贈方正學、張南軒先生集，家君敬摹兩先像。是日晴。

二十五日。閲吟樵所著《瀘水》一篇，(附鶴樵《魚通紀程》。)蓋嘗至打箭鑪親探其源，爲古今書籍所未載，輒録之：

瀘水有三源：一自打箭鑪西四十里之哲多山，東北流；一自打箭鑪南，魚鱗宫後，大雪山下，北流，至十餘里，與哲多山來之水合，徑流入鑪城；一自打箭鑪西北百五十里之海子山頂海子内流出，爲雅喇溝河，流至打箭鑪北關下，與城内之河合而東流，七十里至瓦斯溝，大渡河自魚通北來會之，東流，經瀘定橋下，故賜名“瀘定”也。黄宗羲《今水經》：“瀘水源出吐蕃，南流，經建昌城西，又南流，經會川衛境西，入於金沙江。”陶雲亭《蜀輶日記》：“瀘水源出漢沈黎郡之西旄牛徼外西番境，謂之可跋海。周七十餘里，東流，至越巂廳，舊建昌司之南十里。其地有瀘山、瀘沽，古烏蠻所居。又南流，至會理州東，接武定州境，與金沙江會。”按，黄云“源出吐蕃”，固遊移無據之詞，然打箭鑪西接衛藏，即唐吐蕃之地。陶云“源出沈黎郡西旄牛徼外西番境”，沈黎，即今清溪縣，打箭鑪正直清溪之西，即古旄牛徼外地。海子山又在鑪城西北番部之地，山頂有大海子。番人不知名，當即是可跋海。夷語“黑”爲“喇”，“喇”音與“雅喇”相近。據此，自打箭鑪海子山頂海子内流出之雅喇河當是瀘水正流，哲多雪山二水乃瀘水别源。黄、陶皆云瀘水至會理州入金沙江，按瀘水自打箭鑪東流，七十里至瓦斯溝，已入大渡河，雖流經清溪之南、越巂之北，然無從入會理州之境。陶云“舊建昌司之南十里有瀘山、瀘沽，古烏蠻所居”，今按大渡河與瀘水合流，經清溪之南、越巂之北，入鬼皮落野夷界，兩岸皆羌蠻雜處，有番名黑骨頭，非烏蠻而何？《山海經》“黑水之間，若水出焉”，盧，黑色，夷語“黑”音近“雅喇”，是瀘水即黑水，大渡河與瀘水會即若水也。且流經沈邊黎州，又謂之沈黎江。雖以地名，而黎亦訓“黑”也。瀘水之源，余既得之目覩，況自清溪西來，親見大渡河波濤洶湧，浪皆黑色，即輿臺肩販亦皆呼爲“黑河”。且邛州以西，武侯南征遺迹，在在可名。如邛州之望軍頂，傳爲武侯屯兵處；雅州之平羌江，因武侯平羌得名；滎經之七縱渡，傳爲武侯初禽孟獲處；清溪之安静城，乃武侯戰場；其尤著者，邛崍爲川南第一大山，相嶺之名，自唐至今無異稱也，是武侯南征實取道黎雅渡瀘者，即清溪南之大渡河也。據余所見，瀘水實入大渡，未嘗入金沙江。大渡河雖爲《禹貢》所不載，然大渡自入中國，過郡三，行二千餘里，始至嘉定，與岷江合，包有蜀西南之境，其源本與大江同而復會，不應禹迹不到。按，黎雅乃《禹貢》梁州之域，大渡既與瀘水會，且其色黑，雖謂即《禹貢》梁州之黑水可也。徒以打箭鑪自古爲蠻荒之地，士大夫無由親至，自國朝始隸版圖，又爲入藏要隘，來往其地者，大抵于役天涯，勞人草草，誰復暇於蠻煙瘴雨之中披荆榛以尋瀘水之源？記述之家徒得諸想像，而以馬湖江當瀘水，並强牽武侯南征之迹於馬邊、屏山以就之也，豈非千古之大謬哉！

又《大渡河》篇略云："黄宗羲《今水經》云：'大渡河源出吐蕃，南流爲若水，東流，經黎州城南九十里爲沈黎江，過越嶲衛城至夾江縣，沫水入之。'按，此蓋不知大渡河源出羊膞嶺，而以吐蕃地遠，含混指之。至謂大渡河爲若水，石甫姚先生亦以大渡河爲若水之幹流。獨陶雲亭《蜀輶日記》引酈注云：'馬湖，古若水。'並引《山海經》：'黑水之間，若水出焉。'遂謂'瀘'者，黑色，加水爲'瀘'；而金沙稱'麗'，'麗'同'驪'，亦黑也，源出犂石，犂亦黑也。然則瀘與金沙皆古黑水，打冲河界其間，則若水也。按，此徒知瀘水入金沙江，與打冲河合三水爲馬湖江，故指打冲河爲若水，不知瀘水實入大渡河，以《山海經》證之，大渡河正若水也，黄、姚兩家之説爲長。"

彭年按，此與所論瀘水互相發明，故撮録之。此外尚有《青衣水》《沫水》兩篇，考證皆詳，文繁不録。午間過宣少甫，看高西園畫石，左腕作畫，蒼古生動乃爾。每幅題字與石錯落紙上，章法不繆。而頑石一幅，大旨以無用爲用，誌語尤超然拔俗。少甫留晚飯。歸，張惺門送酉陽州凌刺史探報來，言五月二十二日巳刻，松桃廳恩彬率苗勇並王四、王七弟兄約千餘人至孟溪，焚包三，並吴、李、敖、黄四姓房屋，擒十餘人。苗勇又乘勢奪良民男婦衣飾牛馬糧食，慘不可言。百姓怨恨，均起變心，並有邀合三元屯土團，定於二十七日，名爲合團，實欲滋事云云。恩彬於銅匪起事，即棄城遁，迨廳城失守，則以先期出防爲詞，賊去又以收復具報，而巡撫不能劾也。今觀凌刺史所言，刻薄無民，至於如此,欲無反,得乎?是日晴,夜大雨。

練勇陳得勝死,葬之成都城東,詩以悼之

猶憶昔年忠烈寺,金槍法獨喜陰符。(余得陰符槍法,教師多不解,指示少年,纔得十數人,得勝其一也。)幾人陷陣摧大敵,(舊練死者甚衆,如李如熊死於清平,林金科死於岩門,胡殿燦死於紅岩,皆壯士尤驍黠者也。)嗟爾饑驅死半途。那復勝身如健鶻,(得勝解縱躍擊刺法,一躍丈餘,如飛鳥攫食。)空令正首類丘狐。感相從意重吁歎,陟彼長吟我僕痡。(山行久雨,從人多病。)

二十六日。閲鶴樵《魚通紀程》,附吟樵七律十二首、歌曲四首、七絶四首、鶴樵《竹枝詞》十二首,以韻語紀山川風俗,附誌考證,足資史乘采擇。就中吟樵《鍋莊曲》尤典麗,其詞:“碉樓夜半傳銀箭,紅纖香團開曲宴。鳳紙先釜鞠部頭,雉羹雜進花門膳。誰家嬌女貌盈盈,生長紅樓未識名。阿帕承官親唤起,瓊梯欲下故逡巡。流蘇雙綰慵難整,明鏡臨裝花笑影。緋錦新裁蛺蝶衣,珊珠艷簇蝤蠐領。裝成扶上柘枝臺,桃葉桃根逐隊來。箇裏星眸剛一擲,幾重紅暈上輕顋。輕韡窄裹更番進,羯鼓頻催驚蝶陣。不辨啾啁鳥語歌,乍看踝躞花枝映。舞罷纖腰柳様柔,闌干獨倚尚含羞。可憐初試魚鱗水,浣盡臙脂不浣愁。兩行紅粉應相妒,按曲筵前人屢顧。仙娥自昔有青琴,蠻部於今傳絳樹。由來此地莽風沙,倩影憑誰問若耶。瘴雨黏天春不到,妙蓮别有未開花。花開花落悲何極,有客停樽長太息。絶塞清歌不可聞,長安舊事遂相憶。蕊珠淪落最消魂,檢點青衫認淚痕。五萬春花如夢裏,惱人題句睡崑崙。”吟樵詩注云:“夷人大族所居謂之鍋莊。”又云:“明正土司有大燕會則跳鍋莊,集夷女數十,衣錦衣,繫銀絡索,佩箴管、金燧諸物,以珊瑚或星月菩提子記珠三串,交互纏掛於左右肩及胸前。雜佩丁當,聯袂踏歌,雖頭人妻女亦備傳呼。”其長律如:“密攏光圓分菊蕊,酪酥香釃射蓮燈。(夷女以銀盤嵌珊瑚松石狀如洋菊爲首飾,戴髮前者名“熱不達”,覆髮後者名“密攏”。喇嘛以銅鐙注蘇油,然之供佛。)骷髏影泣天無色,虎豹皮蹲夜有聲。(佛殿前豎高竿,以骷髏一具,丹其七竅置竿頂,周懸鹿角若人身然,梁間懸虎豹熊羆諸獸之皮,爪面悉具,塗目以金,腹實以草,懔然如生。)黑獄自從嚴雀鼠,紅絲不許繫鴛鴦。(有以夷女娶漢人者,明正土司禁置黑室,土司處土民極刑,投之河,其次置黑室中,絶其飲食,名“黑房子”。)風輪自轉藏經閣,雷斧争轟載鬼車。(喇嘛寺、明正土司宅及各頭人鍋莊皆有經堂,繚以迴廊,梁棟間密懸梵夾,繞檻以圓木爲桶,内實經咒,上下活其機軸,每誦經繞廊一周,以手扳筩,如風輪,謂之“轉經”。每月逢九日,喇嘛置法器、鳴鐃礮、持雷楔魔杵,遍繞街市,謂之“撻鬼”。)玉面間如秋月滿,金碉閒倚夕陽中。紅粉自携仙眷屬,緑茸新廠錦屏幃。林深吹角騉駼怒,草淺彎弓雉兔肥。(明正土司每歲六月間携眷屬休沐於魚鱗宫,或宿毳幕,逐禽左右山中,月餘方歸。)煙埋矗碣奇魈讀,雨打龍湫老魅聽。五色鬠雲蒸海氣,百泉甘露瀉山靈。(山徑叠石成堆,皆刻梵字,東南大山頂有海眼五區,水分五色,去城百餘里。山頂草坪有温泉數十,能療百病。昔人於池旁各樹一碑,能療何疾者,以夷字標識之,投試輒驗。後叠蓋一醫者恶其阻己之術,潛磨去之。今唯總樹一碑,臚列其效,至某池療某疾,不復能辨。)”皆造語奇麗,采録數聯,竝摘原注附録其下,亦足以廣異聞也。是日晴,夜大雨。

二十七日。鄂生來,同訪張惺門,觀張桓侯像,尊嚴沈毅,是從閬中縣銕柱像摹出者。又壯繆書十數篇,郭鑑庚所刊,其爲僞託無疑也。惺門言:“嚴布政良訓之弟嚴四既亡,其家小婢見神附語,聲音與嚴四絶類,語家事甚悉,旋道冥間窮餓狀,家人爲施食焚楮幣。久而不去,布政及兄良裘乃斥言幽明殊途,久擾非理。鬼言:‘吾非汝弟,特冥中與汝弟善,向我言家中瑣屑事,故借以求食耳。’遣之不去,乃召巫。鬼言:‘巫所諷吾悉曉,吾生亦爲道士,此無益,但攫人財。’布政乃端坐誦《周易》。鬼言:‘非但《易》能驅邪,凡聖賢之書皆足以驅邪。但視誦書之人,其人無愧聖賢,即目不識丁,吾望其氣而避之;若非其人,與巫僧之誦經呪何異?’遂朗誦《乾》《坤》二卦畢。曰:‘此兒時爛熟,豈畏之邪?’布政無可奈何,其僕韓升者飲醉,含酒噀之,鬼大笑言:‘極耽此味,盍更噀乎?’月餘亦遂去,無他異。”家君時過楊方伯,聞京朝達官有奏請辦團以節餉者,其大旨在籍辦團紳士者皆先加升銜,辦團地方概免繇役,團衆可備徵調,則兵餉可省。此耳食團之利而未盡悉團之害,見團成之易而未知辦團之難,知官之病民而未知官之不得不資於民,蓋未親閲歷其事而道聽塗説者也。辦團必須公正紳士,有成效之後,無保舉不足以示鼓勵,若先爲保舉而來,其人必不足爲一鄉之望,其所援引可想而知,此先給升銜之弊也。錢糧浮收,繇役苛派,固是今日大病,然供給夫馬等項必不能借資於民,官項無出,仍是另出名目。且糧價繇役之減必使地方官斟酌遞減,則民知恩而官亦不至掣肘。若一概蠲免,官不能操權,鬧糧滋事在所不免。此盡免差繇之弊也。團民自衛身家,出數十里則裹糧、運糧、換班皆屬不易,再令遠出必不肯聽。若肯遠出者,則游民借擄掠爲生計,所謂輕去其鄉安望其死者也。此又征調必不能行之勢也。邇來京官回籍借團得保舉者,衆必鋪張團之大利,而達官遂惑之。夫團誠有利,然其得利不若是之易也。《孟子》"守望相助",必死徙無出鄉也,必出入相友也,必疾病相扶持也。今無是數者而責以相助,豈可得哉!是賢士大夫之事非急功近名之人所能爲也。是日晴夜雨。

廿八日。讀《遜志齋集·正統論》,筆力橫恣,不亞髯蘇。其言晋與莽同爲篡弒,與晋而黜莽,若光武不興,而莽之子孫襲其位,論正統者亦將與之,何其戾也!大是快論。其論天下有正統、有變統,詞嚴義正,獨謂元不得與中國正統比,斯蓋所見之未宏也。凡言"中國"者,對夷狄言之也。古時開疆未廣,舜、文王尚指爲東夷、西夷之人,今得不謂之中國乎?南越、巴蜀,皆周漢所謂蠻荒之地,今又得不謂之中國乎?今中國尚只神州十州之一,安知再入中國版圖者不皆謂之中國乎?其自人視之,則曰此華也、此夷也,自天視之,統在此覆冒之下也。天子者,代天子萬民者也,其德足以代天而子萬民,則民歸之、天與之。夫民歸之、天與之矣,得不謂之正統乎!且《春秋》之義,夷而進於中國,則中國之,何得與女主篡弒同日語哉!聖人之惡戎狄,爲其亂華也,若其治也,惡在其惡之也。是日拜翁次竹太守前輩、李明府同年。是日晴,夜大風雨。又閱乾隆中雅州府知府曹掄彬修《雅州府志》,著《蔡蒙旅平辨》,以峩眉當蔡山,謂有可信者三:峩眉在蒙山之東,禹治梁自東北而西南,先蔡後蒙,地望相符,一也;蔡蒙之區,禹所治者,青衣、沫水耳,二水自蒙山下合流,東經峩眉山下,入渽水,二也;蒙山之東,惟峩眉高大與之匹,旅平豈獨遺此,三也。徒以此山之名《漢志》不載,後人但以其山形名之曰"峩眉",卒莫有知蔡山之所在者。其義甚新。① 又曹掄彬,貴筑人也,録以備考。(又

① 眉批:《史記集解》引鄭豸曰:"《地理志》:'蔡蒙在漢嘉縣。'漢嘉即青衣。"今按《志》有蒙無蔡,而鄭云蓋以蔡蒙爲一山。閻百詩曰:"蔡山,班《志》、酈《注》並闕,唐孔穎達、司馬貞並言不知所在。而宋政和中歐陽忞《輿地廣記》乃云在嚴道縣,同時葉少蘊傳《禹貢》遂指縣東五里周公山以當之,其可乎?"

吟樵云，雅州府城東十里有地名旅平，俗呼爲“落平”，謂禹治水成功旅祭於此，《志》雖列入古迹，而曹掄彬以爲無稽之言。）

廿九日。過吟樵看宋畫山水，魄力沈厚，皴法渾老，上有“宣和殿寶”“明昌御寶”兩璽，下有“鄒子寄園圖書”，蓋收藏家印也。羅兩峰爲董小池畫《北上圖》，人馬俱精彩有生趣，大棚車尤工緻，而御者居右，此小悮耳。沈子居畫《谿山清秀圖》、倪文正畫松、查二瞻畫山水，俱佳品。晚食燒鴨、新菌，頗似故鄉風味。是日晴，夜雨。

三十日。張惺門贈所刊《兵經百篇》《寒支文集》選本。晚侍家君過松樵談。是日晴。

（謝非整理）

第五册　思朔録二(咸豐六年七月)

【扉頁浮簽】思朔二

咸豐六年七月一日起至八月十七　思朔二

思朔録卷二

【咸豐六年七月】

七月初一日。張惺門見示鹽亭縣知縣鄧清淦論釐金之弊禀稿,云:卑職竊聞天下事,有一利即有一害,使利大而害小,亦可爲救時之計,若利大而害亦大,則已不可爲,况利未可知而害有難測者歟?兹于二月廿六日奉本府札,轉奉總辦鹽抽釐道吴札,開案奉憲台札委,親赴各府州縣,飭照江南、江西、浙江、湖南、湖北等省,查辦貨釐,以助軍餉,並發出告示一張,隨地勸諭。等因。仰見大人公忠體國,無微不至,下懷欽佩,何可言宣。卑職雖位居末僚,亦沐朝廷豢養,具有天良,何敢不竭力奉行?然卑職竊慮抽釐之利,有名無實,而抽釐之害,有不可勝言者,敢爲覼縷陳之。伏讀札内有曰"潼郡所屬地方出産棉花、蠶絲頗廣,並間有栽紅花之處,牲畜行市,生計較多,城鄉鎮市,每逢場期,客約首士經紀,向有抽取用錢,歷久相安,竟無異説。現在軍餉支絀,籌項維艱,儘可按照各處舊規,酌量抽取"等語。一府如此,自必各府亦然。卑職竊查城鄉場期,抽取用錢,大約米糧居多,原非各物皆取。其所以抽取者,或由興場之日地主捐出地基,任修房屋街道,故衆論於米糧内,每斗抽取數文,付之地主,以酬其值。其平日貿易上場,擺攤擱擔,即不另出地租。或由一方神廟,招留住村,奉侍香燈,作爲衣單之費。及遇神會,凡供獻演戲之用,亦出其中,即不另派錢文。或由各處設立鄉學、義學,每年于此項内抽出若干,以作塾師修金,其貧民子弟上學者,即不另出學俸。是雖抽諸衆人之身,實以供衆人之用,故民易從而事易行也。今以鄰省軍需抽取釐金,究與百姓自抽自用者有間。雖云鄰氛不靖,川民亦不得安,而愚民無知,何有遠見,狃于目前之安,惜其分文之費,非若江湖諸省身受逆匪之害者爲易曉也。即諭以國恩之当報、逆匪之當剿、籌餉之當寬及一切急公好義等語,而連年辦理捐輸津貼,此等文告民已習見習聞,不過以爲老生常談耳,否則以爲官常誑語耳。若云所出無幾,可以踴躍遵辦。然貧若小民一文爲命,川民重利尤爲至極,往往有因數文、數十文而釀成命案者,倘不樂從,不在乎多與少也。且川省貨物,惟繁富水次馬頭,間有行商,其餘皆由鄉民村貨入場,自行買賣,州縣之大者,或百餘場,次者數十場,最小者亦數場,散漫無稽,何從查考。況民間貨物,有並不上場者。即以川北而論,如鹽南等處之絲觔,蓬射等處之綿花,往往各在其家自相貿易,地方官即耐煩經理,亦斷不能有千萬化身逐場而查之、按人而取之,則偷漏不抽,或以多抽少之弊,勢必不免,而利之歸公者能有幾哉?札内又曰"辦理之法,惟有由地方官訂定日期,傳集鄉場市鎮貿易紳首、場頭、客約、經紀人等,齊訪縣城,開誠布公,反覆開導,第章程務期盡善,防弊宜嚴,庶不致有名無實,徒爲乾没侵漁"等語。竊思地方官既不能親歷各場,眼同抽取,書差之不可任用尤不待言。若逢場設局,令紳董經收,又須給以經費,而所抽者不足供所用,亦難保其無乾没侵漁之弊,勢必責成場頭客總按貨抽釐,繳官申解。在潔己奉公不爲利動者,以大正人君子之事,而稍有私心者不能也。場頭客長豈能皆正人君子乎?其平日誠樸良善者,必不能以不干己之事結怨於衆,則推諉而不肯承辦。其樂於承辦者,大抵皆思从中漁利而已。蓋就各地方所出貨物,民間自相買賣,既無一定之數,又無一定之行,若輩舞弊,官斷難以查出,名曰抽查,而利實歸於若輩。且借端搕詐,遇事生波,必至民間紛紛多事。倘遇有偷漏未抽,必遂指爲私貨,送官祈究,官若不究,則謂官不作主,貨釐難抽而藉口推辭,實心存挾制。官差將漏抽之人稍加懲處,則若輩更借此而愈肆其惡,嚇唬鄉愚,訛詐財賄,以致人人抱怨,民不聊生者有之。況有無聊刁徒,平空詐索,或假差嚇嗑,遇有持貨之人,硬指为未抽私貨,聲言送官,愚懦之民一聞此言即生畏懼,必有忍氣吞聲,送以錢財者;即不甘受詐,一同到官,迨至官爲審明,而曠業失時,已拖累不淺矣。此其弊真有防之不勝防者,爲害匪淺鮮也。札内又曰"再四參酌,似應由縣釘制官秤,散給城鄉行市使用,將來即憑此秤徵收,方有把握,否則毫無稽考,難以責收實效"等語。原亦慮及弊端。夫作弊在人,而秤以無言之物能禁制之乎？其每日秤貨若干，秤上能有記號乎？以此防弊，所謂有把握者安在？亦同于無秤而已矣。卑職更有慮者。川省民情輕喜易怒，設有奸惡之徒借此布散流言，擾亂人心，激成禍患，爲害尤烈，事變一生，不可猝解，宜爲之早慮。近年按糧津貼，以川省地丁極輕，所出幾何，即或辦理未能妥善，亦不至十分擾害，尚有借端生事，致釀巨案者。況抽釐之舉，其擾累百姓甚於津貼數倍哉？在建斯議者，豈果徒思其利而未計及其害，不過謂行之而利，則其功不小，行之而害，則當歸其過於州縣，曰："此非法之不可行，由辦理之不善也。"夫州縣辦理不善，誠屬咎無可辭，而至於事變已生，雖参之殺之，亦復何補？此蘇子瞻上神宗書，首以固人心爲重，而極言新法之失也。貴州逆匪滋事，卑職聞諸道路，謂由借徵地丁起釁。夫統計貴州數年以來地丁所入，不過數十萬，釀成大患，遂糜國家帑藏數百萬，而其事尚不能平。孰利孰害，彰明較著，取鑒不在遠也。[①]卑職之客有自楚來者，詢以抽釐一事，據言于民怨已甚，而于軍需實無大益，且甚至鴉片煙館、娼妓青樓，每日亦抽錢數十文，此等錢文其不作正開銷可知也。到處人心因此解體，不助官軍，而土匪愈多，是利歸於奸徒，而害實在于國家，豈不惜哉！卑職賦性迂拙，不合時宜，識見庸愚，不達時務，而于抽釐之利害，實有私憂竊慮不能自已者。因思人入川以來，時時以愛民爲心，事事以安民爲務，百姓疾苦，極意勤求，德政仁風，有加無已，凡遇不便於民之事，雖小必除。貨釐之舉，必有非出大人本意者。用敢不揣冒昧，上瀆憲聽，伏惟不棄芻蕘而垂覽焉。幸甚幸甚。

鄧君陝西長安人，以主事改官知縣，余丁未同年生也。早吟樵約啖荷葉餅，同吟樵、鄂生游市上，觀骨董，遇雨返。晚陰。

初二日，閱南軒先生《論語孟子解》，檢朱子《集注》參閲，書示銕兒云："朱子《論語集注》引六事，《孟子集注》引一事，文字詳略互異。'中人以上'章引八十二文，與此本同者纔二十餘文；'佛肸召'章引增'聖人體道之大權也'一則、'生物之仁'一則、'知人之知也'三句；'齊宣王問交鄰國'章，先生解凡數百言，而《集注》隱括以四十九文。一則是增省文字，

---

① 眉批：獨山之變起於捐輸，台拱之變起於采買，謂借徵地丁則非事實也。且亦無數十萬，不過數千兩銀，且非朝廷正供，不過州縣出息耳。今費帑如山不能止息，豈不更可痛哉！

使己書成一副筆墨;一則文意求其適當,稍有未盡,須爲更定。既已更定,仍繫立説之人,不掠美也。《集注》全書大率如此,不獨先生一家也。於其增益、删節處細意玩索,當有所得。”家君晤壽臣制府,聞五月向軍失利,退保丹陽。向軍與賊相持,賊之不敢窺蘇杭者,懼向軍尾其後也。五年於兹,莫能相助,孤軍久懸,固慮其不能支,今蘇杭危矣,即幸保無虞,明年海運必不能辦。向軍每月浙餉六萬、蘇餉四萬,今自顧不暇,則軍餉必不能供。賊若得蘇杭財賦之區,則長沙亦賊必争之地,長沙危則川亦危矣。制府言及此,輒墮淚。家君乃從容言,賊之不即北者,畏我馬隊,欲罷我使我自困也。今西北數省以川爲屏障,西南雲貴以川爲咽喉,東南楚吴以川爲内府,是天下大局,全繫於川。欲顧大局,則以人心爲根本,請停貨物抽釐之令。制府言蜀中錢糧六十萬,鹽茶三十餘萬,每年兵餉所出、廉俸所出統百一十餘萬,向須外撥協餉二十餘萬。今外無協餉,[①]又增湖北軍餉出項三十六萬,京餉出項三十萬,雲貴近在肘腋,不能不豫籌,每年亦約計三十萬,此從何處得來?向來津貼,每糧壹兩,津貼壹兩,雖有成案,不能年年辦理,即能辦理,而錢糧收數不過九成,津貼亦不過八九成,出項仍是不敷,不計貨物抽釐,何以支應?家君度不可止,乃曰:“只取貨物大宗,而勿擾零販小商,可乎?今成都、華陽尚未舉行,而鄉村城市肩挑背負,無不擾及,此何説?”制府乃言:“吾急禁之。”此僅治其標病之急者,而本病仍在也。家君歸,述及,猶哽咽不能成聲云。晚同松樵、吟樵、鄂生飲少甫家,餚饌甚精,所言皆官常語。是日晴。

初三日。閲《浙江海運全案初編》《續編》,浙江巡撫黄宗漢《初編》序云:“元年兑漕較遲,當起運而天旱,逡巡旱甚,運河舟膠,不得進。時部臣因豐工決口,有咨令南糧變價之議,而齊魯嗚鴻嗷嗷以待,詔下截南糧賑。時漕臣擬截浙漕,而兩江督臣則欲截湖廣漕。今浙漕水次變價,意見各歧久不決,至議定北行,天亦雨,運道稍通,時已七月,湖漕尚未離次。先是,護撫臣奏請湖漕變價,藉湖幫各船以濟新漕,乃因價絀,部議不行,於是湖漕仍當起運。伏思國家漕東南糧以實通倉,官俸、兵糈胥於是給,歲額不可缺。湖漕即起運,必不能渡黄。杭、嘉兩幫即渡黄抵津,而潞河冰凍,必不能回空濟運。況豐工一決再決,徽湖水没百餘里,漕船

① 眉批:楊布政言近年蜀中外餉不來,而多撥出五百餘萬,民力拮据亦已極矣。

即入東境,阻于水,必不能如期抵浙。若不早圖,舊漕既誤,勢將貽誤新漕。亟籌變通之法,爲補救之方,莫如試行海運。惟浙省雖屬海疆,乍浦鐵板沙運米商船憚于停泊,寧郡中隔三江五壩,轉運愈艱,既無出海之口,辦理漕務又與江省懸殊,故前人屢議海運而輒止。乃博採旁詢,得其要領,揆時度勢,握其樞機,成算在胸,遂飛章入告,仰賴宸衷獨斷,諭旨准行,而浙省海運之役以興。於是遴委屬吏,條議章程,海道則仍由滬瀆,而以浙省漕糧往附之;船隻則儘僱寧波,而以沙衛各船協濟之;經費則支銷河運,而以州縣幫費津貼之。與蘇省往復咨商,率各局僚採集,議既和且洽,剋期舉行。十二月起運,正月開兑,衆情咸奮。事方及半而安慶被陷之報至,不數旬而江寧、鎮江被陷之報又至,閭閻惶駭,漕事頓廢。不旬日而上海訛言商船星散,漕事又幾廢。維時外籌防堵,内辦海運,漕糧不足,先採買以備充,經費不敷,豫籌款以墊用,並力一心,無懼無惑,以堅厥成,至四月而放洋蕆事。荷聖天子威靈,海若翊順,屏翳宣勞,軸艫飛於之罘,帆檣萃於析津,迄六月下旬,全數抵倉,交兑無缺,此則臣宗漢所不敢預爲計料于意中者也。是役也,援江省之成案,定浙省之新章,創而因,同而異,自始事以迄終事,公牘鱗積。因仿江省《海運全案》之刻,爲《浙江海運全案初編》。"自道光六年,江蘇巡撫陶澍倡行海運,二十八年,巡撫陸建瀛仿其法行之,遂歲以爲常。浙江雖有乍浦、寧波兩處海口,乍浦中隔石塘,塘外又係鐵板沙塗,商船難以停泊,寧波海口相距三江五壩,盤費甚鉅,巡撫程含章曾奏起運漕糧,均處窒礙。宗漢既奏浙江試行海運,遂奏請由上海裝兑。上命江蘇布政使倪良耀總司浙江、江蘇海運事宜。自上海至寶山,出吴淞口,(此内漲有暗沙,若遇有風水搏激,雖諳習之船,難保無淺擱之失。海運漕船各認標桿行走,自吴淞口往北繞東南,又繞東北,至(佘)[佘]山放洋。)經(佘)[佘]山、(即南槎,一名蛇山,與山東鐵槎子午正對。)吕泗外洋、(水深十丈,可寄椗。)大沙、(古云萬里長沙,自西至東,横亘甚長,南北約寬五十里,水深九丈。行至沙南,針用偏東,過此五十里,至沙北,水深二十丈,針用正北,又行二百里,水深二十餘丈,係黑水洋面,宜三面南風。大沙東有沙頭山,如舟行見此山,則直北,必見高麗,諸又須偏西方對成山。)黑水大洋、小沙(水深十五托)、芘芭島、鐵槎山、(鐵山一名北槎,與江南(佘)[佘]山遥對,謂之南槎、北槎。自(佘)[佘]山至此約而二千里,始見涯岸。)石島、(石島以北爲緑水洋。此島可以寄椗,惟口門正對東南,春令不宜收泊,恐遇風則易入難出也。)倭島、裏島、成山、(石島北行至倭島可以收泊,至成山,宜三面南風。)劉公島、雙島、之罘島、沙門島、煙臺、廟島、(轉成山正西至威海衛,宜東三面風。沿途島口多可寄椗,煙臺、廟島、之罘島尤便。)直沽口。(自廟島西北水深十四五丈,漸至七八丈,緑水轉黄,即望見天津直沽口。)統計水程,自十滧出外洋,正東過(余)[佘]山,向北偏東行,過大沙轉正北,趨成山又轉西偏北,至廟島達于天津,洋面四千餘里,自吴淞放洋到津,三十餘日至四十日不等。是年江蘇運糧米八十二萬三千餘石,浙江運糧米並沙船耗米、撥船食米六十四萬三千餘石,統計米一百三十餘萬石。浙江糧道周起濱,而海運局勢則繆梓、楊裕深也。其章程悉依江苏成案,具詳宗漢原書。

宗漢《續編》序云:"咸豐三年六月海運葳事,粤匪猶踞金陵、揚、鎮二城,久爲犄角之勢,江路梗阻,杭、嘉兩幫漕船仍留滯黄河以北,部議咸豐四年起運三年漕糧,仍由海道抵津。而八月五日上海縣匪徒起事,城陷,旬日間蹂躪及嘉定、寶山、南匯、青浦諸縣,迨官兵收復嘉定諸縣,直抵滬城,賊匪跧伏城内,倚城東江岸,列礮臺數重,以死拒,滬瀆之運道不通。紹興府知府繆梓持諮上洋紳商,旁詢海船耆舵,進劉河出運之議,恭疏以闻,得所請。按劉河古爲劉家港。元《海運記》云:'至元二十九年,朱清等建言,命千户殷明略踏開生路,自劉家港開洋,至崇明三沙放洋,望東行,入黑水大洋,取成山轉至劉家島,聚䑸到登州沙門島,於萊州放大洋,入界河。'其顛末皆有可稽。明代以來海運不行,港久淤塞,江省前疆吏迭經濬治,隨濬隨淤,復有欄門沙,舟行不便。幸近年沙漸退,僅存險沙一片,伏水中。而内河淺狹,不可不治。遂咨商兩江督撫,委員會勘,由浙省籌借銀萬餘兩,備疏濬,太倉州知州蔡映斗、鎮洋縣知縣李翰文實司其事,匝月工竣。於是江浙漕運改道劉河起運,自三月開運,至七月而抵津畢兑。又代粤東採辦十萬餘石,自六月開運,至九月而抵津畢兑。斯役也,凡運務事宜率皆循舊,惟改道劉河,自咸豐四年起運咸豐三年漕糧始。先是,周起滬、楊裕深在天津時,議改乍浦出運之説,嗣因上海失守,部咨促行,復有中旨嚴飭,宗漢乃奏言乍浦海口有鐵板沙,大船委難停泊。從前截漕運閩,由此出口不過數萬石,船少,隨兑隨開,停泊不過二三日,尚不聞有擱損。今以七十萬石之數,較之從前十倍有餘,用船既多,久聚候兑,則風水可虞。先後兑開,則閲時逾久,必致有悮風汛。且該處密邇上海,匪既未滅,正須嚴防,何敢以數十萬銀米置諸危險之地?蘇省寶山縣所屬之蘊草濱河面深闊,近日沙衛各船皆泊於此,太倉州所屬之劉河口本係海運故道,二處均堪起運漕糧,請飭兩江督撫委勘。兩江總督怡良、江蘇巡撫徐乃釗奏言,蕰草濱切近上海,未敢以百餘萬銀米運赴裝載。其劉河口外半里許,從前曾有欄門沙阻礙,現已逐漸消減,僅存險沙一道,潮長時,裝載千餘担之沙船可以出入。自口門至新鎮三四里,河面寬闊,約有沙船四五百號可停,雇覓亦便。惟從太倉下渡橋至劉河舊牐鎮,計二十四里,河面曲折,水勢稍浅,候潮而行,此外别無阻礙,而劉河出運之議始定。遂挑濬内河,自小普陀至石家塘,凡六千二百三十丈,而剥運劉河之路始通。自劉河口放洋,(元千户殷明略開新道,從劉河至崇明三沙洪放洋,向東入黑水大洋北上。元初海運從劉河至海門轉蓼角北行。)經戲臺河、大安河至(余)[佘]山,鍼路與吴淞口放洋,鍼路始合。運船之未放洋也,宗漢以渡河之匪尚踞静海獨流,請敕直隸總督量移善地,迨奉旨以賊竄河間,距津較遠,仍照舊辦理。期以三月初十放洋,而上海賊以初七日焚北營數座,獨臬司吉爾杭阿之營尚存,漕事幾廢。自初八至初十,連撲南營。南營者,浙江知府石景芬、副将豫祺之營也。時江浙兵合圍滬城,浙江兵營東南,江蘇兵營西北,故稱南北營云。賊連撲南營,石景芬三戰皆捷,贼復退閉城中,漕船乃以二十日放洋,至五月十五全數畢放,七月二十日到津畢兑,運米七十五萬石。又代廣東採買運京米十萬餘石,九月畢兑。是年江蘇改徵折色,獨浙漕至京師。(崇明縣孫豐議請由江陰口出江放洋,怡良以該處外有淤沙,内多淺阻,向年曾有僅就常、鎮二屬漕糧由此海運以省盤費之議,嗣因窒礙多端,不能如願,格不行。)”建瀏河之議者繆梓、楊裕深,而御賊獲漕者石景芬也。欲觀其備,宗漢全書具在,謹撮録大略,記之如此。是日晴。

初四日。侍家君飲吟樵、松樵家,同坐白詩樵太守、宣少府刺史、唐鄂生孝廉。是日晴,夜風雨。

初五日。閲舊邸鈔。湖北巡撫胡林翼爲羅澤南請給三代封典,李續賓請給祖父封典,詔從其請。侍郎曾國藩奏言,軍營自勇目得官至參游、文員,自佐雜至道員,皆未得有實缺,(故事,外官實缺始准請封。)請擇尤爲出力者代爲奏請封典,其曾經告假者概不准給,使曉然於戰陣無勇之非。《孝傳》曰:"子之能事父,教之忠。"胡、曾二公之請爲得之矣。羅澤南死,上賜其父羅嘉旦頭品頂戴,此何異先主拜龐統父爲諫議大夫、天啓加張五典爲兵部尚書?獎孝勸忠,優於死政之老,不可以常格論也。偶閱《日知録》數卷。夜二鼓,唐鄂生以詩至,依韻和之。夜大風震撼,雷雨交作。

次鄂生獨卧詩韻

世事真同水上紋,一時澂澈一時紛。不期山石危如卵,(黔江山崩。)卻有樓臺幻似雲。(六月廿日晡時,雲氣中層樓複閣,密樹叢岩,如海市蜃樓,移時始散,市人皆見。)蛺蝶能爲賓客詠,蝸牛猶戴觸蠻軍。可憐俱是悠悠者,獨卧高吟誰與群。

初六日。過吟樵,觀所藏方方壺畫《竹裹館圖》,古木一株,生氣遠出,石亦遒秀,亭竹稍稺。又恽壽平山水花卉册。壽平最自許者花卉,余獨嗜其山水,秀潤蕭散有遠致。此册《江山送遠圖》,臨唐解元本,余見凡三四,此幅尤韻。摹米元章畫風聲雨氣、煙雲往來,蓋自澄江歸棹,三山道中遇雨,興到而作,故無摹仿之迹也。一幅枯木蕭疎,枝條瘦潤,蒼然如在煙霧中。一幅繪紫荆一株,秀氣出於骨髓。花卉數幅,則不盡可觀。唐鄂生向周子容借《通鑑紀事本末》,其過筆處皆中款要,是能讀書人。吟樵書示"𩑈(音翁)啊嗎啦吧咱那底"八字言,此是將軍樂斌赴藏時得之[①]班禪,以告俞觀察文詔。將軍自言,成皇帝召對時詢見班禪得何語,斌以八字對,上爲改容曰:"此全《藏》總經也,毋褻。"又書"齕麒齯齞",吟樵言是杭人治鬼狐咒,記之以廣異聞。是日晴。

初七日。張惺門贈所刻龍泉周篤甫先生耿光《示兒編》《私省録》《涕泣言》三書。《示兒編》定延師、課程及待奴婢條規,皆切近緊要。延师有三不請:一學問不正,(如喜造傳奇小説、笑話謡言、怪誕詩文、淫詞艷曲之類。)一品行不端,(如把持公事、交接匪類、鬻賣詞狀、趨承權貴、嫖賭酗酒、唱曲傭中、好管閒事之類。)一身有惡疾。(凡内外惡疾之能傳染人者。)十必辭:一拋荒館課,二代作詩文,三夤緣關節,四籠絡生徒,五性情粗暴,六沉湎於酒,七文過遂非,八志趣卑鄙,九便佞無耻,十侮慢不恭。

① 眉批:蒙古最畏喇嘛,國朝重黄教,制蒙古也。馭蕃設教神武妙用,非俗儒所能窺測。

待奴婢當打而必須緩者六：一酒醉後當緩，一盛怒時當緩，一喜慶、壽誕、年節當緩，一本人生日或有疾當緩，一他人告訴、是非未及探聽明白當緩。其語之最警切，如云：取不義之財以貽子孫，此毒藥也，他日食之未有不死人者。又云：焉知來日不有大難且死，則有待之念可亡而偷安之悔免矣。又云：虚心實意，察言觀色，問事必切近，應對勿含糊，此親君子之法；正襟危坐，雙目炯炯，聞言思而後答，無事絶不開口，此遠小人之法。（以上《示兒編》。）又云：入山遇虎，航海遇暴，行澤遇雷電，妄念起時思此三事，可以立止，若能刻刻不忘，並可以絶妄念。又云：正人君子一代不過數人，若以孤立爲疑，是自棄也。又云：和是生機，急乃盡氣，故古今無一躁人成事。又云：臨財可獨爲君子，處困莫暫作小人。又云：圓是餒之極，方是剛之漸。又云：明知故犯即無忌憚，此所謂安其危而利其器，樂其所以亡者。又云：遇吉兆而喜，此是凶機，心先蕩也。又云：閒時工夫即是急時本領。又云：待小人而疏忽，所謂開門揖盜、引水入牆也。（以上《私省録》。）又云：志學但喜看書，此懶徵也，志不在行矣。又云：愚莫愚於異端，而聰明人往往有入之者。吾道尚中，聰明過處即是愚。又云：陽虎之言，孟子曾取之，不以人廢言。又云：湯敦甫先生謂因果之説，即五經四子亦未嘗廢。又云：福建安溪學教諭謝金鑾，侯官人，著《教諭經》一書，其品學似明儒吕司寇。麗水縣學廩生王尚賡從善如流，蓋有志於行者。（以上《涕泣言》。）篤甫先生蓋躬行實踐之學，故言皆篤實警動如此。是日早晴，午雨，晚陰。（棄同即異，是謂離德。今人密外姻而疏宗族，往往至於鬩牆，其亦離德之甚也已，豈能久存。）

初八日。吟樵出示詩稿，格律雅近温李。如《送蘇古臣入都》：“風雪鍊成詩骨瘦，河山迸入酒腸寬。”《題雷鴻集》：“杜陵作客依巴郡，賀監無家乞鏡湖。”《感懷詩》：“謗紙先聞騰薏頌，禍根真見起芙蓉（林文忠公。）君恩未報思殲賊，祖烈堪傳更繼孫。（裕靖節公，祖烈謂其祖班第。）登壇孰是楊無敵，投筆終慚李不侯。”《武侯祠》：“俎豆不隨炎祚盡，祠堂終傍惠陵開。”《薛濤井》：“枇杷暮雨鴛鴦經，楊柳春風牡蠣牆。”《丁未出都》：“公卿幾輩争頭黑，姓字何年到汗青。”《沔縣道中》：“馬頭路接雲多處，牛背人歸飯熟時。”皆名句也。閲邸鈔。向軍失利，（張國樑受傷。）乃五月十七日事。詔奪職，仍留欽差大臣之任。聞蔣玉龍士卒多病，乞整旅還，蓋畏黔事之難也。果爾，則鎮遠危矣。又滇中遍誅回民，回豈可盡乎？

國家兵力不足而邊臣專爲朝廷生事[1],譬如病已深而更耗其氣,瘡未愈而更割其肉也。貴撫之優柔與雲撫之昏暴同是國家罪人,而雲撫更甚。是日早晴,午雷雨,晚晴,夜星月朗朗,月有暈。

初九日。閲舊邸鈔。倭什琿穆特思奏,喀什葛爾所屬巴爾昌山所出銅礦,每百斤僅煉銅一斤上下,較之阿克蘇所屬賽里木拜城所出銅礦每百斤煉銅十數餘斤,大相懸殊。咸豐五年正月,鑄當百錢,每個重六錢五分;當五十錢,每個重四錢二分;當十錢,每個重一錢五分。聞總督平反合州民鞠姓案,初八日,司道委員會審於總督署,供、賍、證俱得。此案被盜之家已死父子二命,而合州刺史諱盜爲姦,復使被害之寡認姦。迨提省後,委員護同官,乃至責十餘齡女子,使認其母之姦。烏呼慘哉!自條例繁密,官吏欲避處分,往往强犯人之供,使就條例,威嚇誘套,無所不至。蓋一獄之成,真情十無二三,流毒乃至如合州案之慘。誰秉國鈞,可不思所以轉移哉!又邸鈔。兩江總督管理鹽政怡良奏,湖廣督臣官文奏請改淮南運道,可以船歷清江浦、洪澤湖並安徽之正陽、臨淮及河南之周家口、舞陽登陸,至裕州所屬之賒旗店,復由水道徑入襄河,較長江轉運爲遥,而較湖南由浙轉運爲近。查淮鹽繞道浙江至樟樹鎮,二千餘里,其陸路僅止常玉山八十里,然聞商販計盡此八十里,盤脚每引必須制錢六千,運本已嫌過重。今舞陽至賒旗店陸運二百八十里,核計每引須制錢二十一千,其由場下運至舞陽,再由賒旗店襄荆一帶,水運船脚、商夥辛工以及應納之錢糧鹽價尚不在内,所需成本較之浙江繞道不啻加至一倍。現在揚州失守,十室九空,亦無從招來。近年以來,各省舉行團練,法固善矣,然言團練之利者,諱言團練之害。賊倡亂於粵西,粵西團練創于博白横州,皆吾伯父斗南府君所治也。伯父始終用團練,而與家君書,屢言團練之害,經理失人,禍不減於盜賊。今日讀《寒支文集·呈郭令君詳免衛官書》,云:"團練一款,不便多端。邨民嘻嘻耕鑿,無故聚談兵甲,習不仁之器,商殺人之事,名既不祥,機似倡亂,其不便一;衛官既無家兵,又鮮公役,勢必召募親隨以壯觀瞻,凡應募非游惰之最,必奸黠之尤,

---

① 眉批:昔林文公總督雲南時示民曰"但論良莠,不分漢回"。今雲南治回,貴州治苗種,皆宜用此法。

一附兵籍,百肆狐威,於是逆奴脇主,狂子背父,名曰從兵,[1]實乃逋逃淵藪,其不便二;衛官不能躬親步伍,手自教習,勢必檢點練總以長十伍,十夫之長,必僉殷實之户,[2]餽謝主將練總,必有常儀,取償細民,練總必多科派,蠶食紛紛,將何紀極,[3]其不便三;既稱奉上操演,必須編民供給,聽練者失業,幫練者竭財,其不便四;[4]設或操演成營,勢必自爲黨類,氣習漸驕,望門坐食,侵漁剋剥,挾私報怨,宗老鄉耆,睨不散問,公差長吏,抗不得拘,空拳群狼,白噬乳赤,其不便五;[5]且鄉鄉相接,隊隊相穿,狡猾之雄從中復自爲頭目,一卒通報,群鄉應響,把持武斷,勢侔郡縣,圖治不足,釀亂有餘,其不便六。"案寒支此論,皆團練中必有之弊。伯父與家君書,自言辦團練時,流轉鄉間,與民共寢處飲食,小善細惡辨析分明,尺布斗粟無不清澈,然後免于過。[6] 昔侍家君在鄉,謹事斯語,鋤抑豪强,扶植善類,亦幸免於過。然家君每語當事,則言斯不可久。大吏、有司欲辦團練,自度能耐勞苦、廣耳目、别良莠、持大權則爲之,或得人焉能如是而任之,則爲之,否則不如守寒支之言也。寒支者,黄石齋之弟子李世熊,入國朝爲僧。今日言團練可行,言團練不可行,俱非也。非常之原,黎民所懼,豪傑之士乃能爲之,樸誠之士乃能爲之,故曰治天下者在於得人。晚過鄂生彈棋。是日晴。

初十日,閲張惺門《管見偶存·願紓漕困説》:往者十畝之家,以春花麥收爲耕種工本,秋獲得米二十餘石。每畝額完冬漕一斗九升七合,以三斗納之,足矣,條銀再以一斗抵之,是十畝共需四石,餘米二十石,以供終歲所需。此往日常情也。自道光三年、九年及十二三等年,疊被水患,户鮮蓋藏。近年春花失收,麥收失望,已須借本工作。至秋,十畝所獲,不及十四五石,而完漕視昔加倍,額米二石,必得五石七八斗,始敷上納。條銀又因銀貴,須米一石五斗,方足易銀完納。則十畝之賦已去米七石,

① 眉批:今日招練即是如此,如黔省偶缺練餉,至圍巡撫於武侯祠也。

② 眉批:團總團長必擇殷實户亦然。

③ 眉批:團頭科派,禁之不易。

④ 眉批:分班教練,富户捐資,可免此弊。

⑤ 眉批:未辦團時先除强暴,去年家君至鄉,送省正法者一人,送縣懲治者數人,具結悔過者數十人,故數月以來,無敢横行滋事者。

⑥ 眉批:去團之害,先自分别良莠始。

其餘七八石烏足抵工本而償欠負?此猶指自田自種者而言。若城内之召佃收租者,無怪其任比不完,累業賠糧,有田之户,日形困乏,則累在業户,今且兼累於官。蓋糧户疲乏,輸將不前,致累地方官挪新掩舊,民欠積累,一經豁免,官墊無著,勢將彌縫,清查舊虧,又將彌補,惟有取給漕餘,謂以公辦公。始也不爲已甚,民力能供,繼則逐漸加增,積久逾倍。士之黠者,持其短長,偶言上訴,官吏怯其糾纏,歲餌以金,稱之曰白頸,以比鴉鳴之無好音也,又謂之白衿,名其歲給曰白規。蘇省以常熟爲最,他縣類此,而各有等差,要皆分潤於浮收。更有鄉民恃强,運米交倉,書役畏其人衆滋事,將就收納,米不及揀,數難劃一。凡絀於頑户者,皆取盈於良懦之民,謂之淳户,歲抱剥膚之戚,愁苦莫訴,皮骨僅存矣。司漕之吏方將擇懦而噬,里巷常談,好米三石,完糧一石,非誣也。吴中民風柔弱,守分居多,然挺而走險,效尤頑户所爲,安保其久爲馴雉也耶?百姓受無底之害,州縣受不韙之名,而運丁之百般揞勒,層出不窮,難猶未已,螳螂在前,自鳴得意,不知黄雀已在其後,勢使然也。官既自決其藩,民遂敢越厥畔。上官以其源不易清,陽申履冰之戒,陰慮燎原之火,姑聽遁詞,遑恤民隱。民之撓法日衆,丁之横索日甚,丁肆民驕,習爲故常,卒致漕餘盡填運丁欲壑,捐攤籌補仍託空言。大漕州縣如元和等邑,人人視爲畏途,虚席以待,慰以笑詞,許以調劑,而後可。漕務甫竣,即量移優缺。是以近年繁劇各邑,莫不一歲一官,席不暇暖。書吏皆知五日京兆,秉其隙而百弊叢生,利盡歸吏,害盡歸官,皆浮收之流弊也。是往時州縣樂於浮收,此時州縣累於浮收;往時獨累於民,今且官民交困,事勢至目前而窮矣。窮則變,蓋非變不能通也。查南漕爲國計民生之大政,賦重事繁,不能久而無弊,故自明迄今,征運情形弛張屢見。始也民與丁交,繼以丁强民弱,改爲官收官兑,以期便民,各邑於水次建立漕倉,稱爲便民倉。嗣以收兑,經費無出,不免浮收,議請革浮收而加征漕費,俗所稱水脚錢是也。久之仍有浮收,遂有清漕名目。乾隆五十七年、嘉慶四年,辦有成效,迨二十二年及道光二年,疊有剔釐積弊之議,其實弊未除也。詳繹歷次中外條奏,皆言欲禁浮收,先禁幫費,欲革幫費,先革沿途陋規。明知勢難驟辦,姑作是説爲因循之計。竊謂無窮之需索,兑費也;虚名之利藪,浮收也。欲除需索逆而難,欲棄利藪順而易,利去而索自止。其難易利害之理,豈不判然?自應先禁浮收,則澄本清源,應收實效。此時之急不容緩者,莫先於蘇民困。欲蘇民困,但去浮收。州縣官洗擁資之冤名,杜群蜂之攢聚,更當以收清漕爲第一要義矣。嘉慶二十二年,偏聽運丁一面之詞,以每船勒索之數指作搬運不敷之數,率以入告,有松屬每船不敷四百餘兩,蘇、太二屬三百餘兩,常鎮二三百兩不等之語。試問同一道塗,何以費有多寡?若謂幫丁貧富不一,則幫船受兑之邑,按照三年一輪,非如浙幫之坐兑可比,何以甲年受兑於松屬則費多,乙年受兑於常鎮則費少?此實未可理解者。特以向時勒取之多寡,捏稱爲辦運之不敷,遽爾上陳,以違例婪索之贓,爲奏明應得之款,遂敢明目張膽,年增一年,無可限制。又如道光元年曾有剔釐之議,不遽請革費者,慮其誤運挾制,依回莫決,不事深求,益增藐玩。殊不知軍船既有屯田以贍其家,又有船耗貼增,加以行糧、月糧米石,應領漕截經費、輕賫、灰石、苫蓋各項錢糧,爲數甚巨,又有撥給漕費錢文,足敷辦運。總因州縣浮收,有所挾持,從而籍掯分肥,乃有兑費名目。定例幫出好米通關,縣具並無需索印結,互有所制,法本周備。今兑費形之奏牘,自變其例,既寬運丁勒索之罪,且置米色於不問,是浮收之害,甚於加賦,有識者自能權其輕重矣。乾隆五十七年,蘇松糧道汪志伊請辦清槽,上司不奪其權,下屬悉遵其令,慎選米色,照例平收,士民額手,幫丁帖服。嘉慶四年,兩江總督費淳、江蘇巡撫岳超、浙江巡撫阮元均奏明征收清漕,罔敢勿遵,兑開悉遵例限,米色一律純潔,回空迅速,丁民兩便,未聞有兑費,未聞誤運也。又如前河督吴璥於奏覆漕運情形摺内,有"州縣既無浮收,幫丁自難需索"之語,仰蒙仁宗睿皇帝有"澄本清源"之獎,是聖明洞燭,誠爲不易良法,應請仿照辦有成效章程,一律征收清漕,民困蘇而官亦無累。若慮丁少津貼,辦運爲難,即前所謂黄雀螳螂之喻,不待知者知之。南少兑費之索,北少規例之求,無悖入,自無悖出。如嘉慶四年以前,縣有浮收,即幫有兑費。自四年以後,縣幫相安、官民稱便者,幾及十年。其後漕吏故知復萌,幫丁仍前勒掯,縣以費多而益加浮收,幫以浮收而益加需索,層層效尤,節節相因,弊且由南而北,遂成官民交困,至於斯極。其害有關吏治民生,不僅在漕糧一端。迴淵砥柱,不能不仰望於體國公忠之名賢,出東南萬民於水火,登之衽席。此日政事之烈,莫有大於此者。其他恤丁之法亦當善籌,特未可損民以益丁,必期行之無弊。如糧艘之造,違式加長,但圖裝貨,不計抵通之遲速,不顧沿途之起駁,滯漕運,防關税,擾沿途,貽害綦重。嗣後輪應改造之年,更定造式,如湖廣客船受載米二千石者,船身不及糧船之半,行駛便捷。今浙幫每船受兑米九百餘石,蘇幫僅兑米六七百石,應先酌議,分别加裝洒帶,費可撙節。輪造之期十年而周,則船可大減,丁可少簽,此恤丁節費之一端也。其餘應如何改酌舊章,以節浮費,正復不少。俟清槽得行,其流既截,其源易清,再圖籌議。所望當事者堅持定識,不事畏難,令在必行,考其實政,更得事權分任,責有攸歸。各州縣征收不足額,米色不純,責在督撫;幫丁掯兑,借端求疵,及沿途過壩堤閘到淮驗放,仍有陋規名目,責在總漕;河水不足浮送,責在總河;催攢不力,逗遛遷延,責在沿途督撫;通倉再索規費,責在倉場。法立而弊自除,將見漕政肅清,官民一體,蘇東南之重困,垂悠久之良圖,其在斯歟!

案惺門此書,論浮收之弊,儘透徹,而杜幫丁之勒索,則仍迂談也。往者臺諫言閘官需索之害,部議令運官出並無需索印結,迺運官既送規費,送結又須增費,人心之詐,事變之奇,何丈子敬爲蘇幫總運時告余如此,則幫丁之勒索豈能因清漕而少減耶?利去而索自止,必幫丁皆廉士而後可也。然則如之何?曰:《易》"窮則變,變則通",變而難通,不如仍舊。此兩江總督李星沅之説也。江浙改海運,江湖幫改小糧艘,此知州魏源之説也。今有漕之區咸被兵燹,江湖不能徵,蘇松改徵折色,浙江海運亦朝不及夕,豐工已決,不能濟運,何暇深籌長策?將來事定,惟用魏源説可。

又惺門《散盗迂談》:向來辦一罪囚,起解時做赭衣需工料費,派兵役需飯食費,沿途寄監卡需看守費,發回時沿途又需費;決不待時之重囚,留省監又需費;斬候已下之囚回監後,又需給口糧鹽菜之費;夏間賞藥料需費,冬間給衣褲需費,秋審時又當解費、册費;若犯一翻供,或發審、或發回復審,則守候與往返更添一番費用。其中所費,有有定者,有無定者,有出於差者,有出於官者,口糧鹽菜等項則出於庫者也。出於庫,庫已多耗;出於官,官不能支;出於差,差即借端而取於民,是以民間未受捕盗之益,已受辦盗之累。何不情實者即決,應緩者速結,招審之後,即由督撫准情減等,由督撫定地,由省城發配?即以四川一省而論,每年省出養囚並解犯回縣等費,總在十萬兩以外,以此爲賞捕緝賊之需,則盗黨散矣。

案惺門此條論招解糜費極詳盡,惟云以此爲緝捕之需,則此項由何人彙收,何人經理?若由各州縣自爲經理,其出於官者,不過潤囊耳,其出於差而借端取於民者,不將追比緝捕費爲民間增一苛政耶?余謂省費可也,不必取之。

鄂生以爲余題《山居讀書圖》詩來。是日早晴,巳刻日烈,而雨簷溜矣,而日始陰,日在東方而雲自西來也,雨止復晴。夜月朦曈。

十一日。在吟樵處與董叔純同年飲,談雷以誠殺錢江事甚悉。錢江者,湖州人,工詩古文詞,倜儻不羈。咸豐三年正月,粵賊將東下,江走京師,思言兵事以自見。會副都御史雷以誠奉巡河之命,遂以江偕至河。江爲以誠畫策,言巡河權輕而責重,易得罪,難見功,今揚州陷鹽商及紳民之饒於財者,皆遷泰州,若往,因其貲財以召幕,自成一軍,富貴可立致也。以誠以爲然,遂特疏以聞,而急趨泰州。江故與鹽埠習處,爲反覆開説,果輸金巨萬計。張翊國者,埠丁之尤梟黠者也,衆丁畏之如虎,號張小虎。江既得金,乃用翊國募勇,得三千人,營於萬福橋。以誠既以是擢侍郎,屢被恩命,常恐人言功不自己出,忌江欲去之。江既得志,頗自矜異,所募勇或呼錢大人,江不辭,以誠益不能堪。沈某者,亦湖州人,與江故姻也。江薦之以誠,使典書記。至是以誠與沈謀去江,沈故思奪江柄,又懼事定江讐之,乃教以誠殺江:餌翊國,匿沈室中,召江。時江居水營,以誠館岸上。江疾,聞召至,以誠延之廳事,語良久,復以手摩其頭曰:"猶病熱乎?吾命沈書摺子,曷共商?"遂之沈室。江據几觀奏稿,翊國率十餘人自帳後躍擊,江被十餘創死,遂斬其首而以叛聞。後沈及翊國皆假他事保舉。以誠先後勸餉百萬,皆江爲之,偶或以爲有所乾没,欲殺江以弭口。事無左證,不敢紀爲實事。叔純又言趙巡撫德轍能戰,喬觀察松年能謀,石觀察景芬、瑛方伯桂(改名啓)皆能任事,布衣周弢甫、管晏皆奇士。叔純本名孝貽,改名貽清,方立先生遺腹子,癸卯舉人,以常州團練保知縣,今官青神縣,議論慷慨,豪傑之士也。官蜀中者,余所見若董貽清之豪俊、張邦佐之謹厚,所聞若鄧清淦之通達、濮瑗之循良,皆良有司也。[①]

---

① 眉批:李漸鴻官秀山,單騎入苗寨綏定鎮撫,率以擊賊,故賊破銅仁松桃,不敢犯川界。

觀少甫所藏劉完庵珏畫山水十册，筆意在吴、倪之間。款署“成化丁亥伯器索畫”。後有孫岳頒跋云：“吴仲圭《風雨歸舟圖》，余向見之於金陵寓中，此册彷彿近之，氣韻高古，不易及也。書法香光，亦極有筆趣。”吟樵所藏董東山邦達畫山水十册，氣韻深秀，其摹雲林、元章、子久數册，尤有生氣。末署“臣董邦達恭畫”，前後有“萬壽山清漪園”大璽，蓋東山供奏内廷應詔所作，不知何時流傳市中。吟樵于京師博古齋得之，致足寶也。是日早晴，午雷不雨，晚陰。

十二日。有以倪濤《六藝之一[録]》求售者，録其凡例如左。是日晴。

●第一集《金器款識》二十四卷。金器篆古見于《宣和博古圖》及《鐘鼎款識法帖》二書，但二書所載字畫行列頗有不同。蓋《博古》全著其象，而《法帖》惟仿其文耳。玆所橅者，多本《法帖》，而于字畫之過大、行列之太斜者，則影取而整齊之。雖因限於紙幅，然于筆法未嘗改易。而二書所未載，如[illegible]鼎、焦山鼎之類，亦各依本文，附于其下。至於題跋，悉以《集古録》《金石録》《博古圖》《紹興古器評》《東觀餘論》《廣川書跋》《款識》《法帖》爲主，而雜見諸家説部者，亦備列焉(詳見目録。)其餘但考形製、無銘識者，題跋雖極詳核，以無關書法，概置不録。△吕氏《考古圖》得之最後，其銘識題跋，不能分列諸器之下，别録爲一卷，以補未備。△次列虞荔《鼎録》、陶弘景《刀劍録》《博古圖鑑銘》、洪遵《泉志》，亦同前例。闕其無銘識者。△漢魏至六朝官私諸印，皆金刻也，但篆多白文，不能橅仿，僅録《顧氏印譜》所載文字、諸家印譜序文與《吾子行印説》及諸書之言印者。

●第二集《石刻文字》一百六卷。碑碣則《集古録》《金石録》《東觀餘論》《廣川書跋》《隸釋》《隸續》《金薤琳瑯》《玄牘記》《石墨鐫華》《金石史》《墨林快事》《金石文字記》《求古録》，所有碑刻題跋，俱備録焉。其碑目則間取《水經注》《天下碑録》、歐陽棐《集古録目》、朱長文《墨池編》、鄭樵《金石略》、陳思《寶刻叢編》、曹明仲《格古要論》、林侗《碑帖考》、趙均《寒山金石林》以附益之。續得陳鑑《碑藪》、孫退翁《庚子消夏記》所載歷代碑刻題跋。顧南原《漢碑考》因行列已定，不能參入諸碑之下，各自爲卷，補録于後。△王象之《輿地碑目》援引廣博，榜牘兼收，不可删節，備録全文，以見東南半壁之地,其碑版之富有已如此,設西北不淪于金,其搜羅又不知幾許矣。△武林磨崖諸刻,乃城南丁君敬身攀蘿捫葛,窮幽涉險而摸得之者。向從趙氏小山借得拓本,爲之尋繹舊文,較量尺寸,注明處所,録成八卷。友人借閲,遂至浮沈。今則手鈍目昏,不能再輯。然會城文獻不可闕也,因以西湖所載者録之(蓋誌館諸公亦借丁君藏本而補輯之者也。)然而遺漏亦多矣。△《漢魏石經》,則備列《東觀餘論》《廣川書跋》、洪丞相《隸釋》諸本及《水經注》《金石録》諸書之説,而益以顧甯人先生之《金石考》。其言唐宋石經者,則析而載於唐宋兩朝之下。近日杭太史世駿《石經考異》及諸序跋,俱足以補顧氏之所未備,亦全載入。又方密之《通雅》、顧南原《漢碑考》俱有《石經説》,已載於本文,兹不重録。(《通雅》説見二百五十九卷,《碑考》説見一百十三卷。)△石鼓文則橅《鐘鼎款識》《日下舊聞》之本,而益以《廣川書跋》《金薤琳瑯》《荆川稗編》所載者。其詩歌論説,則于朱竹垞先生所收之外,凡有所見,悉皆入録。△周之琥、秦之璽、漢之剛卯及王公璽印,皆刻於玉,玉亦石之類也,故列於石刻之次。△漢唐以下之硯銘、宋元以來之名印,類皆刻於石者,亦録爲一帙,以備石刻之事。△法書亦多刻於石者,因詳録于法帖中,此不備録。

●第三集《法帖論述》三十八卷。《淳化閣帖》則劉次莊《法帖釋文》、頁長睿《法帖刊誤》、曹士冕《法帖譜系》、曾宏父《石刻鋪叙》、姜堯章《絳帖評》,皆依原本而書,又米元章《秘閣法帖》、蘇東坡《辨法帖》、黄山谷《法帖題跋》及明時王世貞《法帖題跋》,具備録。其皇朝王澍《淳化秘閣法帖考正》及《古今法帖考》,亦俱備録全文。至於宋元以來,諸家評論法帖者,或分列于諸刻,或補遺于卷末,凡有見聞,悉皆抄集,而二王法書、六朝諸帖,俱同此例。《蘭亭叙》者,右軍得意之書,爲後世真行之祖,遂成古今一大議論。其于《禊帖》之始終、定刻之顯晦傳聞不一,遂致論説多歧。此鄭裕齋所謂"疑以傳疑,信以傳信"者,而古人所云《蘭亭》如聚訟,又不止字畫之肥瘦已也。今生千載後,而欲取一説以爲的,則爲大妄。故於何延之《蘭亭記》、曾宏父《石刻鋪叙》、桑世昌《蘭亭考》、俞松《蘭亭續考》及宋元以來諸家諸書之題跋,悉取而臚列之,不敢抉擇,亦毋庸抉擇也。夫亦求備焉而已矣。《(座)[瘞]鶴銘》向傳王右軍書,或云顧況,一爲黄、董諸君考訂,知其爲陶貞白書,可無疑矣。至於碑文,今經張力臣著辨,真所謂毫髮無遺憾者,宜顧甯人亟稱之。然從前諸家所述頗多舛謬,亦竝列之,以見向來傳聞有不可遽信者類如此。△古來名書,自智永而下,多有《千文》,大概以字無重複,爲後來臨摹便益。今彙爲一卷,以列於法帖之後。

●第四集《古今書體》一百二卷。首列皇朝清書,尊王制也。次則《小學》一編,全鈔《玉海》,《十體書論》備采諸家,庶可以見法度之所傳,師古有自矣。△次則許氏《説文》,檃栝《倉》《雅》,演替六書,字學博精,莫過於是,徐鉉更加釐訂,加以音切,此不刊之書也。而僅録字母者,①畏篆法之峻而難摹,幸稗編之簡而有例也。至宋則有張有《復古編》、葛剛正《重續千文》,元則有吴均增修《復古編》、周伯琦《説文字原》,皆《説文》之羽翼也。宋鄭樵之《六書略》,元戴侗之《六書故》、周伯琦《六書正譌》,明趙古則《六書本義》、魏子才《六書精蘊》,皆六書之義疏也。(雖間有不存,並存可以互證。)至於《説文》所載古籀,郭忠恕《汗簡》、吾丘衍《續古篆韻》集録皆古文,亦俱仿摹,以爲好古者助。史籀氏之書,如銅盤石鼓,已見前金石刻矣,而其目莫詳於翟耆年之《籀史》,今所見雖非全本,而書法傳流可想而知也。漢碑隸書,楷法之本也。宋洪丞相有《隸釋》,婁參政有《字原》,備録原文,最爲賅博。而《隸釋》則田汝耕析爲《分韻》,顧氏譏其字乖迹醜者。《字原》則所見抄本,筆畫多訛。二書雖佳,亦從節略,(《字原》則樵其通借諸字及字形之奇異者,《分韻》則録其漢隸精華。隸書緣起、通借分韻耳。)雖非足本,而漢隸梗概已見於斯。△皇朝顧藹吉别爲《隸辨》,更覺精工,但卷帙繁多,不能備録,但樵其"通借字辨",(又于其中模成漢碑五道。)亦可知其大概。至於顧藹吉之《隸法偏旁五百四十部》、朱易期之《隸原附字》、梁文泓之《古隸怪奇録》《隸文日習》,皆隸體也,亦並樵入。未能執斧,妄意伐柯,雖極跙跒,終乖繩墨,昔人所謂壽陵匍匐,非復邯鄲之步,里醜捧心,無關西施之顰者,每一展卷,不覺失笑。△《周官》教士,先以六書,曰象形,曰指事,曰會意,曰諧聲,曰轉注,曰假借。是六者爲制作之始

---

① 眉批:《説文解字》謂之部目,無所謂字母也,言字母者皆晋以後人語。

基,經籍之原本。徐騎省曰:"非文字無以見聖人之心,非篆籀無以究文字之義。"則六書之義,顧不重乎?昔賢著書立説,如林罕、鄭樵、戴侗、熊朋來、周伯琦、趙撝謙、魏子才、王應電諸家,類皆論議詳明,有典有則,雖其意亦爲楷書,而其形專疏古篆。至其原本六書以明楷法者,於點畫則顔元孫之《干禄字書》、郭忠恕之《佩觿》、李文仲《字鑑》,於音義則賈(朝昌)[昌朝]之《群經音辨》、王柏之《正始之音》,類皆理明辭達,言簡意該。近世則有顧迴瀾之《音義總略》、朱謙甫《字學指南》、李元祉《字學訂譌》、方密之《通雅》及近日汪重闓《小學偶拈》,莫不考訂精核,亦可以匡俗而糾繆者也。△古來相傳,篆隸行草之外,又有庾元威之百體、韋續之五十六體、唐元度之十體、釋夢英之十八體,著其源流,列爲篇目,極龍魚蟲鳥之奇,備垂露懸鍼之妙,雖非傳習,諒不虚言,故並録焉,以廣閲見。而其字畫之尤怪者,如《石墨鐫華》所載之《金都統郎君行略記》《元聖旨碑》,《荆川稗編》所載之《元百家姓》,《書史會要》所載之《西域書》、畏吾兒字、回回字、日本字數種字,雖於書法無關,亦可見天地之大,無奇不有也,因備録之。△别有道家之二十八種,釋氏之六十四書,以及裔夷荒之文,雷神鬼怪之作,雖恍惚而難憑,亦傳聞之有據,向來既有其名,兹亦並存其目。

●第五集《歷朝書論》四十六卷。古人論書者多矣,有書法、有書品、有書論、有書評,運用之妙,存乎一心,議論之精,足昭千古。兹於張懷瓘《(書法)[法書]要録》、周越《法書苑》、朱長文《墨池編》、陳思《書苑精華》所載諸編及孫過庭《書譜》、宋高宗《翰墨志》、米元章《海嶽名言》、姜白石《續書譜》、趙子固《論書法》、鄭杓《衍極》、王元美《藝苑卮言》、楊升庵《墨池瑣録》、湯臨初《書指》,連編屢牘,悉皆抄集。而于自宋至明名人所論,或見於説部,或見於文集,凡有所得,悉録於編,縱有缺遺,然亦足爲學者之津梁舟楫矣。至于釋適之《金壺記》、陶南村《書法》、王弇州《墨迹跋》、姜立綱《書法》、汪珂玉《書旨》《書品》《墨雨碎金》《墨花閣雜志》、宋嗇《書法綸貫》、倪蘇門《書法論》、王虚舟《論書賸語》及《離鈎》所載《書訣》,雖其采取好尚各有意見,要之皆書家之事也,故亦不敢棄遺。若夫永字之八法、撥鐙之七訣以及八十四法、七十二例等,雖語之過繁,亦爲備述,君子節取焉可也。△時代屢遷,質文互易,然其書法遞有師承。唐賢惟法度是遵,宋賢則才情兼尚,後來名世各有步趨,雖論説不同,而鑒識自具,上宗魏晋,殊塗同歸,陋劣之人,安敢肊爲采擇,故並録之,以候高明之取舍焉。△外此則楮墨精良,善事利器,昔人所重,安可忽諸,故附録蘇易簡《文房四譜》(前依《墨池編》節本,後依原本,每項各增録數條)、陳槱《負暄野録》、胡仔《苕溪漁隱詩話》、方密之《通雅》諸家之説於《書論》之後,以備後人引用焉。

●第六集《歷朝書譜》九十六卷。在昔以書名家者,或四體俱精,或一長獨擅,載於史傳,著于詩文,有名公鉅卿焉,有文人墨士焉,爵里姓名,班班可考。欲知其書,不知其人,可乎? 況《法書要録》《宣和書譜》《墨池編》《書史會要》諸書,有其文矣,故於是集,悉爲臚列,而前書所未載者,則從《皇朝書家傳》及《式古堂彙考》録出以足之。而又以其人傳世之書有名人題跋者,或見於書譜,或見於文集,悉依原文,附録於諸賢之下,則不特其人其書一繙閲而可見,而知人論世之道,端在於是矣。△又前賢墨迹傳於世,郁逢慶《書畫題跋記》、朱存理《鐵網珊瑚》、汪珂玉《珊瑚網》、卞永譽《式古堂彙考》諸書所載,極爲詳備,但文賦甚繁,不能悉紀,今僅摘其詩歌啓札及題畫詩詞,録於《書譜》之後。雖吉光片羽,亦足以見昔賢之風尚矣。△諸家論書各有主見,或始褒而終貶,或先抑而後揚,或考究其異同,或詳列其顛末,必見全文,方知意旨。編纂之家,過爲删節,每于古人議論,與己相合者引之,與己不相合者去之,是古人之説雖存,而古人之意反晦,且使後之覽者,知其一説,而不知其又有一説矣。今之所述,有異於是,寧詳毋略,寧備無專,欲使古人立意不埋没於今時,而顯見於後世。但寡見謏聞,尚多缺略,惟俟博雅君子再爲補足焉。(此一條六集皆同,不止《書譜》而已。)△前賢墨妙得傳於今者,皆屬鑒藏者之力。真賞者謂之鑒,好事者謂之藏,自唐以降,代不乏人。今於諸譜所載鑒者、藏者,悉依原文,續於《書譜》,俾真賞者與好事者並垂不朽,而法書名籍得藉以永傳矣。

倪先生,濤其名,崑渠其字,錢塘人。乾隆五年成此書,凡六集四百二十卷。自叙之,年七十有二矣。其言曰:“編纂之家于古人議論,與己相合皆引之,與己不相合皆去之。”又曰:“生千載後而欲取一説爲的,則是大妄。”故其爲書,徵引浩博,失之詳,不肯失之略。樊榭稱其杖國之年,不假門生子弟之助,閲市借人,晨書暝寫,數易寒暑,以成書學之巨觀。耄而好學,孰有如先生者哉？顧以卷帙浩繁,未有刊本,即傳鈔亦復不易。賈人索重資,而行囊過乏,因録其凡例而歸之。(第一集《鐘鼎》,潘伯子校。)汪思韓序云:“在皖桐胡襲參司業示以所著《同文聲形故》一書,嘗陳言,欲聯清漢之字,上下呼而聲同。”師韓粗通國書,意頗齟齬,然其所圖四十二音,古未有也,至欲盡補無字之音四百四十字,奇矣。

十三日。連日鐵兒、艾兒患時疾,艾兒尤劇。時丐宋曉邨治之,無效。今日又丐孫子甘治之,脈轉洪壯,殊深焦灼。是日晴,薄暮有星隕於西南,流光細碎如火研。今年至今日燥熱極矣。

古人行狀傳志,書子孫,但書子某某、孫某某,或書幾人。其書孫也,不分别某子之子。今多書某出,此俗見也。余昔與章庶常書嘗論及之,且云凡言“出”者,婦人之詞。《爾雅》:“姑姊妹之子謂之出。”《左傳》“康公我之自出”,秦穆夫人,康公母,晋女也。“晋平公,杞出也”,悼夫人,平公母,杞女也。《周語》“我姬氏出自天元黿”注:“天黿即玄枵,[齊]之分野也。周之皇妣,王季之母大姜者,逢伯陵之後,齊女也,故言出於天黿。”此婦人言“出”之證也。①

十四日。吟樵、鄂生來視兩兒疾,共家君擬方,專以養陰清散爲主。艾兒較時日似略平和,鐵兒病微增。家君云總未得把握。是日早晴,午大風,雷,不雨,晚陰。

十五日。兩兒疾仍未愈。五鼓時艾兒煩躁異常,急投犀角地黄湯,稍解。鐵兒疾漸由外入裏,服犀角,未愈。吟樵、鄂生、小松來視疾。鄂生將以十七日之長安矣。閲邸鈔。毛旭初補江南道御史,余同年好友也。袁午橋年丈亦用剿雉河集賊巢功起爲三品京堂矣。安徽巡撫福濟請病假,命布政史畢承昭代辦,與向軍門師敗事,先後數日耳。前福建按察使徐宗翰奉命安徽幫辦防剿。徐任臺灣道時有政聲。是日陰。

十六日。吟樵來視疾處方,兩兒疾未見減,家君用心苦矣。鄂生來辭行,出吟樵爲畫《江山送遠圖》,上有小松題《百字令》云:

---

① 整理者按:此段被墨圍圈去。

留君不住，便留君住久、依然淒惻。又見秋來芳草緑，誰問王孫消息。巢燕餘生，啼鵑舊恨，苦奮雲霄翼。而今行矣，東風何事相識。　從此攬轡澂清，黄河遠上，放眼乾坤窄。莫忘蓉城山色好，那日吟詩樓側，送客都江，求官勾漏，我亦愁如織。羨他新雁，可能同向天北。

余亦率題長歌，同賦遄征而憒乏道滯，疾病頻仍，蓋不能無感云。日晡，過吟樵酌，方叔純、少甫、小松俱在，留飯，余頭眩不能久坐，歸。午叔純來。晚鄂生、吟樵、小松同唐仲漁來。

題《江山送遠圖》送鄂生

寒雞膠膠啼不已，越石聞之中夜起。海内倉黄已如此，祖生先我著鞭矣。男兒仗劍走萬里，時危只合我輩死。況復出入千軍裏，一向傾心拜吾子。江山送爾去如駛，掉頭閉目不肯視。無數好山作戎壘，那得澂清似江水。投袂大笑肉食鄙，聞是春明競羅淩，悲歌莫向長安市。

十七日。至吟樵家，送鄂生、叔純行。叔純言陸立夫以學陶文毅而敗，陶有真才識，而陸則浮誇也；某達官近學吴文節而亦必敗，吴有真性情，而某則乖張也。又言今督撫之賢當推王雁汀、吴仲昀兩侍郎、葉崑臣尚書。余曰，王春崖尚書亦賢者也。叔純又言，怡尚書良雖短於才，然其鎮定謙約不可及也。常駐節常州，民間不知有總督，則其從官之不多事可見矣。午吟樵來視疾。兩兒早間病俱減，而婢誤投艾兒生梨，腹痛作，熱亦加劇，蓋引動舊日積滯，家君與吟樵酌進消導之劑。是日晴。李占鰲自黔携家書及高心泉書來，黔事將壞矣，後來事直不可問。

十八日。鐵兒似隔日瘧，然較前略減。艾兒腹滿，慮成疳疾。家君消息治之，心過勞，又兼食滯氣痛。是日晴，連夜好月色，惜滿屋藥爐，殊少佳趣。

十九日。鐵兒疾漸愈，而艾兒加劇。吟翁來視疾。是日晴。久不雨，秋躁殊厲。

二十日。爲家母生日，以客中，又兼兩兒疾病，未得奉觴稱壽。艾兒與母生同日，故母心彌戚。今日飲復脈湯，少舒。家君以通陽易燥，養陰多寒，然不養陰則恐增灼爍，不通陽則難消膨脹，擬於其晝涼時服通陽之劑，夜熱時服養陰之劑。鐵兒瘧似止，但便澁擬，爲養陰導滯。夜過吟樵酌，方少甫携畫至，談二鼓歸。閲邸鈔。曾侍郎同文中丞奏饒州之捷。[①]是日晴。

二十一日。何小宋同年來，聞吟樵病痢，往視之。艾兒服兩方，頗平静，鐵兒神較爽利。是日晴。

二十二日。送張惺門之任廬山。僕趙容以時疫死，葬之城東。日燥心煩，余亦病憊，食生梨愈。鐵兒疾瘳，艾兒得汗，飲生术杏仁，腫脹略消。遣人視吟樵，患痢亦愈矣。是日晴。家君至東城，聞昨日城東大風，幾欲拔木，而城西殊不覺也。

二十三日。艾兒發汗後脈息較平。聞伍松生同年自嘉定至，往吟樵家省之。松生詞館之雋，近乃學識大進，涵養益深。江西新城陳廣尃溥游蜀中，所如不合，蜚語中傷者甚衆，松生力排衆議，親若友于，奉若嚴師，大有古人風。廣尃兄鳳昌官貴州，廣尃從之，流寓玉屏。廣尃客久不歸，其弟學受字藝叔者寄詩云："伯仲聯翩尺素催，懸知客思久徘徊。花憐阿玖同予意，不勸君來只望來。"玖，廣尃女也。近廣尃與松生謀貸金刻《通鑑》，吟樵止之。松生言得曾樞垣編修書，今年會試第三房，同考官陳泰初見，見頭大如輪，遂病，一僕驚死，亦異事也。陳字見田，官編修，乙巳同年生。是日晴。

二十四日。艾兒病，心緒煩劣。偶閲《古文所見集》，借以解憂。是日晴。自十一日以來，日烈秋燥，天無片雲，今夜始見微雲起於西南，俄而閃電，俄而起風，俄而聞雷，以爲得雨，燥可止矣，矇瞳睡覺，雨意寂然，而燥熱如故。

二十五日。艾兒便閉，服養血導滯之劑始通，而脈息熱俱不減。自病暑以來，戰汗可解，溲利可解，矢利可解，而皆不能解，邪氣深入，正氣全虧，對之殊增焦灼。閲《方玄遺書》遣悶。是日晴，夜雷電交作，雨數點而已，頗涼爽，又不能安睡。

二十六日。閲邸鈔。編修宋夢蘭母祁氏，年八十一，逮事祖公姑暨公姑，子六人，孫十八人，曾孫十二人，玄孫一人，親見七代五世同堂，奉詔禮部旌表。直隸鉅鹿縣匪徒楊進榜等聚衆抗糧，劫放監犯，燒毁監屋，

---

① 眉批：侍郎以賊犯饒州，遣都司畢金科統帶水陸及兵防剿，自童子渡進，殺賊六百餘名，生擒二十四名。詔以畢金科以少擊衆，賞呼圖察巴圖魯名號。

楊進榜並其子楊黄毛皆伏誅。高心泉文來書,陳得功尚駐去匀二十里之文德街,總督尚駐貴定,截糧之賊已退。賊去來無常,路亦通塞不定。賈迪之書,羅解岑逆五父子,解省正法,提督孝公之功也。是日晴,夜半大雨不久,燥略平矣。艾兒復得大解,亦似少減,居然安睡半夜。

二十七日。艾兒膨脹總未見消。家君遍檢醫書,證以脈,確系邪陷下焦,肝腎受傷。《温病條辨》有以鱉甲、青蒿搜沈伏之邪者,謂蒿不能入,甲引之入,甲不能出,蒿引之出。[①] 家君用此法。又兼用橘白、冬瓜肉治臟腑之外,以通其氣,又用古人椒鹽熨腹法自外治之,而沈痼已深,急不能奏效。悶極。閲《張宣公集》,心稍定。是日晴,雨後無燥氣矣。

《蘭臺軌範》載:九蟲,一曰伏蟲,群蟲之主也,長四分;二曰蚘蟲,貫心則殺人,長一尺;三曰白蟲,長一寸。白蟲桐生,子孫轉大,長至可四五尺,亦能殺人;四曰肉蟲,狀如爛杏,令人煩滿;五曰肺蟲,狀如蠶,令人咳嗽;六曰胃蟲,狀如蝦蟆,令人嘔逆,喜吐穢;七曰弱蟲,又名腸蟲,狀如瓜瓣,令人多睡;八曰赤蟲,狀如生肉,令人腸鳴;九曰蟯蟲,至細微,形如菜蟲,居胴腸,多則爲痔,極則爲癩,因人瘡處以生諸癰、疽、癬、瘻、病、疥、齲。蟲無所不爲,人亦不必盡有,有亦不必盡多或偏無者。此諸蟲依腸胃之間,腑臟氣實,則不爲害,若虛則能侵蝕,隨其蟲之動而變諸患。(徐靈胎,字回溪,吴江人,著《蘭臺軌範》,其門人姜桂萼校刊。)

二十八日。艾兒疾如故,仍用前治法,導滯養陰兼固脾胃,如不變他症,百劑或可瘳也。侍家君談古文,歷舉文章體例。家君言,古人先有文章而後體例出,後人但有體例,而文章之真亡矣。爾學古文,先求其真,而後言體例可爾,非謂體例可紊也。退而識之。是日晴,夜風雨涼甚。總督恒春奏撥川餉十萬,此間議解四萬,近聞以敗仗諉過於川督,川督怒不解餉。果爾,則吾黔更危矣。

廿九日。程小松爲余題《山居讀書圖》詩云:“中壘傳家學,長沙伏闕書。感時空自奮,作計未全疏。揮手蓬萊島,盟心松菊廬。聞雞中夜起,褱抱定何如。”“出處惟親意,入山還出山。功名青史外,心事白雲間。萬卷不能讀,百年難自閒。回看釣游處,烽火照鄉關。”“錦里周旋處,題詩

① 眉批:《靈脹論》:“夫脹者皆在於臟腑之外,排臟腑而廓胸脇、脹皮膚。”

暫倚樓。江魚聊舉酒,汾雁若先秋。上策惟高隱,承歡屬壯游。何時復歸去,燈火照清幽。”三詩皆雅談,第二首尤當鄙人心事,真知己也。午間吟樵來,①言去邛州百餘里曰唐旺蕩者,大箐也,古木茂密,姚大令寶銘議墾治之,以箐中木作貲本可得田數萬頃,嘗使松生編修之父往度量之,以數邑交界,議不畫一,不果行。晚侍家君過松樵晚飯,小松、②少甫咸在,言成都府翁君祖烈任寧遠府時去邛海苛税一事。邛海者,大浸也,海旁田故豐腴,近數十年水長,田淪於海,賦税無著,責居海旁者代納,民患苦之,有棄田地挈妻子而逃者。翁君乃捐貲並約同官相助,買田若干,存成華兩邑,每歲所入,當邛海之賦,民至今德焉。閲邸鈔。向軍門奏大通之捷,然聞賊犯東壩,果爾,則蘇州可慮也。艾兒外症減,而腹脹及脈息俱未減。是日晴,夜雨。

【咸豐六年八月】

八月初一日。向吟樵假《内閣志》録存之。是日大風,寒甚,易葛而綿,夜風定。四鼓,偷兒見顧,穴板屋,剖革笥,攫朝珠、手鐲、衣物各數事,約值白銀十餘兩。

初二日。吟樵、松樵來。吟樵言,周治安通參得家書,涪州大風,壞屋拔木甚衆。又言雲南回匪益猖獗,談海珊太守樹琪陣亡。又言今禮部尚書徐公澤醇總督四川時,號爲廉平。家君言徐公同官吏部時事。文選司按月分發官員,向爲籤二桶,一桶書官名,一桶書省分,即分發一人而省分應分發者籤必備,皆書籤而緘縢之,置吏部大堂案上。一吏掣官名唱名,一吏掣省分,拆封書於策,謂之掣籤。如分發一人,掣省分一籤,其未掣者謂之餘籤,餘籤向不拆封。一日,徐公上堂白事,掣籤方畢,徐公顧吏毋持餘籤去,因白堂官悉拆視之,則數籤皆一省也。自是改堂官自

---

① 眉批:吟樵言松生近患水腫,廣敷輿麻黄九錢,細辛五錢服之愈,奇方也。

② 眉批:小松言,嘗至文殊寺,見老僧年八十餘矣,自言昔爲兵,隨朱將軍射斗,親見將軍殉難,遂棄家爲僧。出足上創痕數十示小松曰,此從將軍殺賊時被創也。不意將軍死,事死於敵,實死於大帥,故決然爲僧,無復壯往勳名之念。因問將軍子孫。小松爲言,將軍子昔爲漕運總督,孫今權四川蕃庫大使朱謹信是也。僧合手頌曰:“善哉。”傳將軍雲亦從朱將軍戰達州,身被十餘創,後官至竹山協副將,今四川知縣有霖其子也。

掣,掣畢悉拆封,而餘籤之弊革。省城多香會,皆無賴群聚,拈香結盟,横行街市,紈褲子弟借以自衛,爲挾邪賭博,亦納名其中,世爵大家、名臣後裔有爲之者。前年蒲江逆匪幾及於禍,幸當事念乃祖勳德,曲爲解脱,而仍不知悛。聞近來香會之散聚者合聚而爲會,名曰“金錢”,蓋以金錢爲符記云。當事者不早除之,深可慮也。是日晴。

初三日。《内閣志》鈔畢。書“大學士入閣禮節”條後云:“彭年見大學士得除,無論由翰林院起家或否,皆先于翰林院受任。學士以下官,先集清祕堂,俟大學士大堂受任畢,迎入,皆升堂揖,離坐答揖,坐,學士同坐,送迎不出清祕堂門。惟典簿以下官,執稿侍立。無先集午門及升堂揖、庭揖之分,亦無逕赴閣中者。或志所考未詳耶,抑官之昧於掌故耶?官各有守,内閣在内廷,故先集午門,翰林署在外,若伺候午門,爲失其官,當時果有此,臺諫必有彈章,不應舉朝默然,是《志》妄也。”賈人以劉文清公書來售,贋鼎也。是日晴。

初四日。閲邸鈔。四月初四日,湖南候送道江忠濟剿賊于湖北通城縣,軍敗死之。江公駐守岳州堵剿崇陽之賊,斬僞將軍謝國俊,克通城,遂移駐之,以扼江楚二省要衝,賊大至,力竭遇害。詔以公賦性忠勇,屢著戰功,越境剿賊死事,視按察使例賜恤,入祀江忠源祠,隨同死事之千總徐以祥並附祀。和提督春、福巡撫濟奏三河之捷。聞市人江南行信,言賊犯宜興,蘇杭移徙一空。同吟樵、松樵飲少甫家。艾兒今日脚力稍健,脅下脹似略減。是日晴,夜微雨。

初五日。閲川糧臺探報。七月初九日苗匪僞爲運米夫役,陷勝秉,縣丞、守備死之。十一日凱里陷,清平、平越、施康皆告警,蔣玉龍、韓趙帶兵勇進攻。陳得功自文德至麻哈州之螺螄殼,賊來圍撲,師潰,提督孝公距都匀十餘里爲營。恒春命張正倫移師谷孟寨,張故與丁寶禎會師。恒命丁歸省,張軍僅七百人,疾病死傷將半,勢益孤。蔣蔚遠欲調李錦春兵三百與張合,恒春不可。恒春駐貴定,餉尚有十餘萬,護衛兵不滿二百。調度如此,黔其危哉。是日晴。

初六日。閲邸鈔。向榮以四川川北右營把總李桂芳殺良冒功,斬以徇。桂芳故向所薦舉,擢守備、賜花翎者也。有功而薦之,當罪而殺之,不回護,不曲詞,大將之法也。向又劾協領德昌不遵軍令,私帶馬隊渡江而北,詔褫德昌職而責其南渡。又給事中仙保奏劾直隸清苑縣未出大錢鈔票按成塔解錢糧之示，以致商民無所取信，詔飭查。是日晴。

簡沈松樵

忽漫相逢錦里城，壺觴兒女感君誠。無多親舊偶團聚，幸脱兵戎各再生。日月催人難可歇，江山如許不勝情。懸知郭伋重來日，到處郫童竹馬迎。

初七日。閱雲南探報。省城回子街焚毁殆盡，白龍橋尚有回匪三千餘；入省之白龍橋、宜良兩路皆梗；彌勒、蒙自、霑益、武定皆有回匪，或數千、或數百，而東川之亂日甚一日，尤屬可慮；去省城或二十里或三四十里，皆有回據；去城三十里之山柞，經紳民招重慶客民唐振明等四十八人同土練三百人剿平，又馬龍州人何玉寶帶練一千助剿，最得力者惟臨安人三千；巡撫撥四百人救曲靖，戰勝於白龍橋，又爲宜良截留，曲靖湯池被焚，楚雄之回亦猖獗矣。亂之既成，不可復弭，非痛剿不能綏定矣。護迤東道曲靖府賈洪詔論回匪書頗痛切，詳盡録之。是日晴。

●竊查禍患之萌，由於姑息，大亂將作，宜定人心。況當危急之秋，安可復蹈故轍，今日之回患是也。回之爲患，今昔有輕重之異；辦理回患，今昔亦有難易之殊也。昔之漢回，止於一州一縣，即仇報復，其脅從無多，可以解散，其首要著名，可以緝拿；今之回匪，蔓延通都大邑，横行焚掠，其脅從甚衆，雖解散而陽奉陰違，其首要過多，欲緝捕而練單差弱。昔之漢民，受害不過一隅，旋起旋止；今之漢民，受害擾及三迤，愈蔓愈多。即以曲靖一府而論，起衅之初，由於尋甸。前道潘臬司以爲附郭仇淺，戚里仇深，是以燒殺之害大小不同。乃無何而党里構禍矣，猶以爲仇也。又無何而石羊起釁矣，亦以爲仇也。查馬龍並未聞有宿怨，而燒殺一空。南寧尚未齊團而焚掠先及，以致宣威之梨山疊起燒劏，平彝之馬頭聞風蠢動。此而猶謂之仇，則護道所不解也。況解散之術，本非善策。施於尋甸，則勉强可行，以强回多而漢民素受其鉗制也；施於南霑、宣馬平等處，則窒礙難行，以回强而漢不安於弱，漢抵回不足，而抗官有餘也。竊查回匪害漢之深，燒人房屋，殺人性命，姦人婦女，掠人財物，擄人牛馬，踏人秧苗，剥人衣物，毁人器具，使數十萬生靈絶衣絶食，死者拋屍於道路，生者轉徙於溝壑，目不忍睹，耳不忍聞，守土者惟有痛哭耳。解散之法，屢試不效，若視其燒殺而莫之救，漢人之變可立而待,兵能終不用乎?彼時用兵,將剿回乎,抑剿漢乎?而或者謂仍宜解散,尤護道所不解也。至酌量撫恤之説,無論此時經費難籌,即使發帑銀十數萬兩,亦無可著手。霑馬兩邑,焚掠將盡,南宣平三屬,波及亦多,現在尋甸之隆風里,又有回匪大肆焚燒,哀鴻滿野,兼誤春耕,無窮之禍,不堪設想。猶有稟請獎勵漢回頭人者,尤護道所不解也。伏查回匪現在蹂躪曲郡各州縣,俱係通衢大邑,商賈不行,文報漸阻,非春初尋甸之亂止於一邑可比。護道前與潘臬司商辦撫恤,原擬補救偏隅瘡痍,再行查拿首要。然洗卡里之撫恤,李升丞親歷其事,今日招歸漢民,按户給予撫恤,明日回匪麕至,劫搶一空,撫恤一項,付諸流水,是不剿回匪而徒撫漢民,終無益而有損也,豈可復蹈故轍乎?護道以爲與其縱回而失漢心,並受其禍,不若剿回而收漢心,兩持其平;與其費無益之撫恤,而漢不見恩,不若費正辦之要需,而漢猶戴德。即使兵力不足,亦當加調以懲。設使回勝兵敗,則是天意助回,亦捐軀盡命,庶可以答彼蒼而對君父、質後世而光史策矣。護道薦蒙委任,深恐貽誤地方。倘再狃於解散,致啓滇省無窮之禍,則迤東州縣必有大變,處之可虞,護道惟有見危授命而已。伏思亂機業已先見,不得不爲大人痛哭陳之,敢乞鑒納,以救生靈,迤東幸甚,全滇幸甚。

初八日。揀書,收拾行囊。艾兒脈息微有起色,膨脹亦減,小腹有皺痕矣。是日晴,夜微雨。

初九日。閱邸鈔。石景芬起家往廣信,交廉侍郎差委。向軍門以游擊扎拉芬,千總宋玉、黄武略、劉鎮揚、郭銘勳、白天眷、龍騰高,把總楊再松、高遇春、張屏藩、馬成勳、許光輝、楊奮興、黄鷹揚,外委蕭高翔、鍾清亮、鄭宜科、羅洪順、彭永和、楊國思、廖學漢,陸路千總阮導,把總謝恩光、許金榜、張英傑、陳世後、楊大得、從九、李馨叢,武生蕭嘉賓先後在金陵寧國死事請恤,詔可。駱中丞以曾侍郎召鄉兵駐衡州,克武漢四鎮,擊賊湘潭,連年越境剿賊,捐貲數逾鉅萬,請加湘鄉縣學額,詔加文武學額各三名。駱中丞又議咸豐三年粤賊竄楚後,苗備弁隨征剿賊,屢著戰功,請撥入緑營,苗守備補營千總,苗千總補營把總,升至都司止,不得至三品,此次事竣保舉,後不得援以爲例,苗備弁均距苗疆原籍五百里以外,各營學習序補。程小松來,言川中朱鑑成、汪香祖皆績學之士,朱能詞章而汪能考證。是日晴。聞賊酋羅大綱以三萬人致書胡中丞請決戰。吟樵又言探報稱是僞翼王石(大)[達]開。

初十日。艾兒日有起色,熱退將盡,腹亦鬆活。鐵兒以食不慎,又患陰虚血熱之症,鼻衄發熱。是日晴,夜微雨。

十一日。艾兒連日藥有地膚子,溺臭而濃如米汁,午後微嫌頻數。檢《本草求真》,地膚專走膀胱,能引熱從小溲出,多服恐成淋瀉。家君以其熱既退,中痛即止,命去之。此兒病之加劇,因誤服香薷而減以地膚子。余丁未病暑,亦誤服香薷加劇而減以石斛。香薷遇香散服之,多變症,而醫者喜用之,非家君深於醫,余與艾兒皆誤於時醫手中矣。晚過吟樵。吟樵談,熊老典者,潘庫吏也,五年買有夫之婦爲妻,婦翁及母家叔爲媒者訴諸官,官笞老典而斷婦發賣,老典復多方謀得婦,而原訴二人死,人固疑老典爲之,而未能實指也。本年老典捐同知,自京師歸,與新捐四川通判陳延傑同行入川境,忽屏騶從,向陳言:“吾何如人而官五品?”陳心訝之。至昭化,又向陳言:“吾何故而受笞於昭化縣?”陳益訝其妄。夜閉門,跪乞陳援救。問其故,因備述前事,且言二人訴於陰司。陳曰:“吾非陰曹官,何能救爾?”遂斥去。次日陳早起先行,俄而老典輿人追至,則已自戕矣。老典爲吏、捐官,名皆不顯,蜀中官民畏之,聞呼老典,則相顧咋舌云。是日晴。

十二日。高式甫、靳小峰、沈吟樵來。吟樵出示湖北武昌府嚴樹森致周執庵通參書,論軍事頗詳,録之。嚴字渭春,陝西人,寄籍四川,由舉人捐中書,改捐知縣,今權武昌府知府。是日晴,午陰。(嚴以七月朔日發書,八月丨日到蜀。)

●再啓者。湖北於去冬,德安復,沔、漢以次平,賊退守武漢兩府,堅備異常。官節帥統諸路大軍,環駐漢陽境,攻漢陽。李臬臺率中路各勇數人,巴都護揚阿率馬隊,王鎮軍國才率步隊,俱駐三山境,距漢陽城西十餘里。顔協戎朝斌駐沌口,防江岸上游,均在漢南。孔廣順、訥欽兩軍門率兵駐漢口後湖,均在漢北。都將軍興阿率馬軍駐沙口,在漢口東下三十里。凡此皆節帥所統者,謂之北營。

胡撫臺統勇攻武昌,壁于省南門外,列營八座,分李都轉一隊壁于省東門外洪山,亦列營八座,均壁城下。鲇魚套通江汊小河,賊所集礮船處,以防江也,撫臺營枕之。洪山爲下游賊援餉要衝也,李都轉扼之。楊軍門載福水師泊沌口,以防賊泝江。凡此皆撫臺節制者,謂之南營。

南岸賊遍地,各營在賊藪中,賊所必争,地極危,非善將者萬萬不能一朝駐也。撫臺自立營迄今,大小九十餘戰,戰皆捷,賊腹背衝,晝夜突,不能動也,而更夷困之。

撫臺勤愨沈毅,有范文正、陶士行之風,事無大小必躬親之,慨然以澄清江漢爲務,當代偉人也,每手函示屬員,皆憂憤自責,激勵辦公,情真語摯,忠藎如揭,讀之莫不感泣。論功以傷重輕,爲賞厚薄,無敢冒,無敢滯。每戰皆袒裸出,前者交仗,次者憩,後者食,食畢以次出接敵。有傷者、歿者,必奪而負之還,仍以次隊補其闕,無敢囂,無敢退。所部多奇傑士,如楊軍門,起行伍,二三年官極品,羅方伯澤南、李都轉續賓,皆以諸生,年餘至大員,此俱身經數百戰,忠勇勞瘁,勳名威望,寒賊膽而擊人心,軍民所倚以爲安危者也。又劉司馬騰鴻、蔣司馬益澧、唐太守訓方、丁訓導等武職驍勇者尤夥。撫臺誠能任人能將將矣。五月間,撫臺令上自白雲橋起,開溝引江水入,穿南湖,貫青林湖,疏至石嘴下,復達江,凡數十里,環我各營,後注江水滿之,列炮船溝中。蓋以各營在危地,又以援江西分去精鋭四千人,軍益單,慮爲賊算,故以此圍城,即以此自衛,固我壘而後可以制賊命。以整以暇,此之謂夫。

至南營戰功之尤鉅者,則如三月初四日湖南運大炮至,軍士往迎,賊乘隙出,大股撲營。守營者百餘人耳,奮以剿,賊益壓。羅方伯自洪山趕出隊,倉卒率勇不滿二百,鈔賊尾,砍賊腹,呼殺聲徹前後,賊大披靡遁,撫臺從旁截之,羅方伯中鎗,猶掩擊至城下,賊入城始收隊。以三百人敵賊數千,而營以固,而斃賊且千百。所惜者,羅方伯殞耳。初十日,賊乘羅喪撲其營,時李都轉新代領其衆,即督戰,又大破之。五月十二日,賊黨木十二將軍羅姓,糾數千人,由武昌縣華容驛來突圍。撫臺分兩營,洪山分三營,迎四十里,擊之于油房巔,斬千人,俘百人,餘賊遁,軍還洪山。李都轉以所獲賊衣幟令軍士張之被之,分一隊陽與之鬥,城内賊果大出接應。撫臺先伏軍城壕邊,絶其歸路,洪山軍合而夾殲之。撫臺又製賊衣幟二千件裝軍士以誘賊,復斃賊無數。此南營之陸戰也。

水師初屯沌口十營。四月初六日，楊軍門先撥三營當江擊下，穿武漢兩城間，越賊水栅，東抵沙口，遏賊糧艘。廿八日，楊軍門躬率三營，擊江下，左右開炮，衝鸚鵡州賊木城，掠武漢岸上栅，燔漢陽東門外民房，城幾率入矣，而北營陸軍不至。遂下剿至黄州府，至蘄州，入其城。復下船擊至九江，對城轟炮，賊不出，始收隊，于五月初七日回泊沙口。江面爲賊據，經年餘，水中舳艫，岸上栅欄，皆賊也。楊軍門于數百里鯨窟鼉穴中，乘風飛炬，煙焰蔽江，燔舟千百，馘獲無算，經年惡氛，得此一洗。往來凡八日，飛行破浪，横掃自如，士卒少所損。楊無敵真福將哉！楊福將真無敵哉！遂以五營駐沙口，賊之餉運，從此斷矣。又遣李參戎一營，由内河游而上，至北營之蔡店，官節帥留之，助北營攻漢陽。李參戎遂於五月十五日順漢下剿。焚賊舟，奪賊卡，將賊半年來渡漢口之浮橋二座悉毁之。李參戎手心穿炮子，猶奮擊，又幾幾乎入矣，而北營兵仍未至。李參戎遂於十八日率其一營泝江擊，仍上還沌口泊處，完上游五營原數，洵爲勇哉！凡水師十營(皆湖南人)各長，忠勇大都如是。此南營水戰也。

賊之自南來援者，爲江西義寧、湖北崇、通、蒲、咸等處。前于四月間，撫臺遣援江西師，沿途掃蕩而往，統軍者以劉司馬、普參戎爲最驍，所向賊披靡，遂清咸、蒲。賊分遁湖南、江西，各軍勇直剿入江西境，賊之南援斷矣。

賊之自東來援者，爲江西九江、湖北蘄、黄、興國、大冶、武昌縣等處。油房嶺戰後，賊黨古隆賢等復糾合八千衆上犯。六月初二日，撫臺派蔣司馬率衆二千人迎剿於葛店，李都轉派湘勇八百人鈔賊尾，大破之，遂燔葛店。初三日，蔣司馬會沙口水師，攻樊口，焚之。先是，賊屯多船於樊口，以拖罟船闊二丈、長十餘丈、數丈等大戰艦多隻蔽外，以舢板炮船多隻護後，屯賊于高阜以瞭我軍，散舟于梁子湖，游行裝運。梁子湖、周興、大、武、通、江、咸境數百里巨浸也，我軍向攻樊口不得入。至是楊軍門募勇潛登高阜，襲賊後，列炮船於前以牽賊。正開仗，而蔣司馬陸勇至，由賊後登其剟，奪其護船之舢板，即開其舢板船之炮，向前轟賊，驚顧不能回，悉落水。斬者、燒者、溺者，斃五六千人，獲拖罟三，舢板卅餘，藥百餘桶，大小炮位百七十尊。樊口開，遂復武昌縣，悉縱舟于梁子湖大搜。初十日，渡江北,攻黄州。自葛店、樊口連日水陸大戰,皆大捷,不特爲南營用力之役,實湖北頻年僅有之戰也,賊之東援斷矣。

其漢陽之賊,亦爲北營所圍困,欲突竄,俱經馬隊擊卻之。而南營既斷其餉,又斷其援,復日攻其城,賊至此始真蹙也。

刻下江寧賊肆出滋擾,蘇、常震動。江西全省被賊所未陷者,南昌數郡耳。煙氛滿地,我撫臺力過江漢,障蔽西南,功在垂成,所關甚鉅。其可慮者,軍餉多不敷耳。現南北兩營,每月需餉銀二十餘萬兩,本省蹂躪之餘,畝費、釐金、鹽課、牙税各項,總計月不及十萬,短絀太多。所望鄰省慨肯接濟,源源而來,助成大功,共享安枕耳。此現在南北兩營實在情形也。知念,特縷陳之。弟森又泐。

十三日。侍家君飲松樵、吟樵家,同坐者小松、小峰。是日晴。(寄夏諧平親家書,託代擇師。)

十四日。聞向星使以七月初九歿於軍營,果然,則又弱一个矣。吟樵誦王幼海(名志瀜)《題楊忠武公壽册》"百戰功超諸將上,十年頭白亂山中",名句也。是日晴。

十五日。遣嚴炳先、周義農同騾二十頭送行李先行。賀松樵移居,因致各親友處取别。夜侍家君游街市,見數人執燈導引,鼓樂隨之,一童子持瓜,衣冠隨者又數人,謂之送瓜。吾鄉亦有此風,蓋瓜取多子之義,中秋取成熟之時也。又小兒以柚子插香數十然之,跳舞嬉戲,亦辟邪之意。歸寓,侍家君談。家君言:"我近來得力,只是看《大學衍義》。"又言:"我每事前後都要慮到,爾看我行事有極快便處,非是敏捷,都是早經思慮過。"又言:"竇南泉(竇丈名垿,字南泉,與家君同官吏部。)常説我失在緩,只是肯用心。"又言:"爾讀書論事只是口上過去,口快則心苟,氣動則心浮,爾自後只定心去想。"退而謹識之。是日陰。

十六日。讀《左傳》,語鐵生曰:季札高節,行聘列國,所談皆政也。後人稱高士,輒云絶口不談時政,避禍可也,以此爲高則未也。孫文子不畏國刑,不畏盟主,聞季札片言,而終身不聽琴瑟。世衰道微,國法所不能治者,時賴清議足以維持,並此而無之,亂臣賊子何所懼?人道幾乎熄矣。是日早晚陰,午晴。

代家大人贈白詩橋太守五律二首

昔年鴻踏雪,幾度雁鳴秋。離緒不堪説,長貧如此游。周旋羈錦里，吟眺倚江樓。最喜《蘭亭》字，斜行書扇頭。（君爲余縮臨《褉帖》於摺疊扇，繩頭細書。）

為問使君名，停興禾利城。頗如談故事，即此足循聲。作官有家學，因貧知吏清。願同羊舌賀，珍重別離情。

十七日。聞總督以章疏久缺，奉詔切責，召入都，繼之者吴公振棫。料理隨身行李。至吟樵處談，三鼓始返，好友難爲别也。是日晴，夜好月色。

琴字七号、八号、九号

岫字八号

此四号随行未上馱①

八月十五日起程行李

第一：岫字二號，琴字十一號，福字三號，福字一號，琴字十二號，塢字十九號，共六件

第二：琴字五號，瑜字號、塢字壹號，岫字四號，瑜字五號，共五件

第三：瑜字一號，壽字二號，岫字五號，瑜字三號，季字三號，塢字廿號，共六件

第四：琴三號，塢字十號，琴字十號，老公捲，共四件

第五：福字二號，瑜字九號，家佛，瑜字零號，書箱壹個，方字壹號，共六件

第六：琴字四號，子字三號，琴字補二號，岫字九號，錢字號，共五件

第七：瑜字八號，琴補一號，琴字六號，王字號，共四件

第八：壽字一號，塢字五號，書色十六號，岫字六七共號，琴字補二號，王字號，共六件

第九：幼字一号，岫字三号，塢字十四號，瑜字七號，塢字八號，季字一號，共六件

第十：琴字一號，塢字九號，塢字十三號，共三件

第十一：瑜字二號，塢字四號，塢字三十一號，瑜字四號，塢字六號，

---

①　整理者按：此三行爲浮簽。

塢字廿八、卅共號,共六件

第十二:塢字十二號,塢字卅二號,塢字七號,書又一號,共四件

第十三:壽字三號,書十五號,塢二三共號,共三件

第十四:琴字二號,塢字十五號,塢字廿一號,岫字一號,塢字十八號,塢字廿六號,共六件

第十五:季字二號,書三號,書十四號,書一號,書八號,共五件

第十六:琴字書一號,琴字書三號,帽合無號,琴字書二號,書十二號,共五件

第十七:塢字廿五號,書七號,書九號,錢書一號,書八號,共五件

第十八:書四號,書十號,帽合無號,書五號,書十一號,共五件

第十九:塢十七號,余字號,書三號,共三件

第二十:琴字書四號,琴字書五號,共二件

總共九十五件

（沈艷麗整理）

第六册　思朔録三(咸豐六年八月)

【扉頁浮簽】

思朔三　咸豐六年八月十八起至十月廿四

此卷紀自成都至西安行程，自八月十八至九月十九，行程計一月零一日。于沿途形勢風景紀載頗詳，且各附以詩，並雜録題壁及碑記。

思朔録卷三

八月十八日。自成都起程，吟樵、小峰來送，各親友遣使送行。出北門，經駟馬橋。十里，歡喜庵。十里，天回鎮。唐玄宗幸蜀，至此回鑾，故名。[①] 出天回鎮，即沿河岸行。水聲、蟬聲、風吹竹樹聲，使人煩暍消散。稻孫滿田，黄碧相間。十里，毘河橋，一名三河橋，湔水支流，從灌縣流入。又舊《志》："懷安軍有中江，從漢州彌牟水、雒水、毘橋水會爲一江，蓋即雒江也。"十里，至新都北門外，宿。入城遊桂湖。舊《志》：漢邑令衛公所濬，本名衛湖，楊升庵先生緣湖種桂，始有桂湖之名。[②] 久汙成田，邑侯楊君重濬，道光二十年張君奉書踵成之。湖廣數十畝，桂三百株，柳竹成陰，岸徑幽邃，殘荷數朵，約綽輕盈。惜匆匆未得待月上時泛舟浮觴，飽領清趣也。是日晴，夜雨數點。

小峰屬寄書述桂湖之勝，兼簡吟樵、少甫諸君

扶老携兒來衛湖，柳陰竹徑周四隅。剩殘荷蓋八九朵，開遍桂花三百株。明月斂景助幽邃，清風不到增踟躕。平生未解荆關畫，却寄新詩當畫圖。

---

① 此處原作"傳明皇聞鈴聲在此"，後圈去。此行上有眉批：玄宗未至成都，安得在此聞鈴聲邪？

② 眉批：武連驛店壁嚴緇生孝廉《遊桂湖》四絶，録其一，云："狀元遺象瓣香存，九死南荒亦主恩。異代忠魂堪把臂，一丘分作謝公墩。"湖祀升庵先生象，近謝忠愍公子澄殉節天津，詔建專祠，亦祀湖内。

十九日。自新都,十里,獨橋河。七里,唐家寺。三里,向陽場,即藍家寺。十里,堯金橋。十里,至漢州,中火。將及漢州,遥望陂陁數重,横亘東南,蓋銅官山也。自昔争成都,必争廣漢,以居成都上游而據雒江之險,且鹿頭已過,平衍無要可扼耳。出州北一里,過金雁橋,長虹修亘,飛甍翼然。跨雁水之上,故以雁名。又一里,石犀橋。十里,白益河。十里,小漢鎮。十里,大漢鎮。兩過渡。十里,竹林鋪。十里,德陽縣,宿。《方輿紀要》:"德陽,在漢州東北六十里,至羅江縣九十里。"今皆五十里。蓋方志譌,或今昔道路又有更改也。成都沃野千里,水泉修治,橋堰極多。今日過橋二十有五,昨日過橋十六,大都完整,略可見矣。是日早陰,午晴,煩熱異常,恐多秋燥之疾。

二十日。行十里,牛耳鋪。十里,孟家店。十里,林坎鎮。出孟家店二里許,有鎮集,今名黄水鎮,即鹿頭關。《方(隅)[輿]紀要》列之重險,蓋倚落鳳坡爲險也。過鎮里許,有河灘二,秋冬可涉,盛漲時渡子殊惡,爲行旅之病。自林坎遥望山岡,繚垣如城,蒼然林密,即落鳳坡也,今名白馬關。行十里,始至山,有龐靖侯墓。後殿祀靖侯像,前殿祀武侯、靖侯像,又名龍鳳祠。康熙中,僧智廣創葺。周文麟輓智廣詩有云:"法參龍鳳妙,祠葺鳳雛雄。"嘉慶元年,武進劉印全知綿州,重建棲鳳亭,即後殿也。明代及國朝碑誌題詠頗衆,不暇記録。道光中,綿州營把總江萬森,武夫也,詩句不俗,録之。詩云:"白馬關猶在,先生亦壯哉。千年長此節,百里信非才。忠氣餘青冢,霜痕上緑苔。至今留血食,端合卧龍陪。"格韻不高而意到詞圓,字亦如其詩。又李承露,貴陽人也,萬曆中知綿州,有詩云:"偉矣鹿門士,方駕伏龍儔。遭遘中山主,言借西川籌。兼弱非爲富,所志在宗周。鼓行緘懷沛,揚戈無益州。的驢竟爲讖,落鳳豈先謀。兵機歸箭簇,遺蜕委山丘。漢月心隨住,天壤譽同流。青青發簷蔔,絡絡𠮧鈎輈。往者幾何時,空餘鳥樹幽。異代仍蕭條,怛焉與我愁。"款署"萬(歷)[曆]辛卯知綿州事貴陽李承露題,知羅江事馬稱良立石,邑庠生丁安國書"。時吾鄉莫子偲五丈方輯《黔詩紀事》,故備録李詩並款識,將以寄之。行十里,至羅江縣城,宿。羅江者,以水紋如羅得名。是日晴。

謁龐靖侯墓

重關近接鹿頭峰,血戰何曾識讖凶。古柏從來多勁色,空山終古肅遺容。平生知己惟司馬,未了勳名付卧龍。却歎連年將星隕,祇今祠宇荷恩醲。(近年殉節諸臣奉詔建祠者甚衆。)

二十一日。行十五里,大井鋪。十五里,金山鋪,中火。行山坡路十里,雞鳴橋。十里,新鋪。十里,皂角鋪,小憩。行山梁上十五里,石橋鋪。行河岸十五里,過渡至綿州城,宿。綿州頗富庶,川北一大都會也。是日晴。

道中雜景

得得征鞍傍水涯,寥寥村落草編籬。船横淺渡依樁石,人立斜陽理釣丝。荒澗有花蜂未老,野田遺粒雀先知。紛紛荷擔長歌去,正是人家飯熟時。

二十二日。出綿州南門,過渡。十五里,瀊泥溝。十里,杭香鋪。十里,蔡家橋。十里,沉香鋪,中火。十里,銅瓦鋪。十里,魏城驛。魏城,廢縣也。十里,萱花鋪。廿里,石牛鋪,宿。途中得"馬蹄催趁月千里,山脚未收雲一畦"之句,未成篇。是日陰,早晚微雨。

二十三日。行十里,石橋鋪。二十里,梓潼縣,中火。[①] 一路皆磽瘠。至城外,田壩頗寬。過橋有坊云"雲棧來青",從此入棧道矣。出北門十里,水觀音。[②] 山上有泉極清冽,土人於其上修觀音象。今名送險亭,蓋比來棧道之險,至此而止。十里,吉陽鋪,即七曲山。[③] 山腹有路,盤轉七

---

① 眉批:梓潼,漢廣漢郡地,北倚梓林,西臨潼水,故元鼎中改名,王莽改子同。

② 眉批:以地志道里證之,山即五婦山,泉即五婦水也。

③ 眉批:七曲山即五婦山,以梓潼神著名,《朱子語類》所言"梓潼與灌口二郎兩個神,幾乎割據了西川也"。常璩《華陽國志》:"梓潼善版祠,一名惡子。"李膺《益州記》:"梓潼有鳴湍折碑祠,西臨潼水,湍迅激流。俗呼張君祠,亦呼爲石碑。"然則梓潼之祀張君,自漢已然矣。魏鶴山《梓潼廟詩》:"神爲斯人扶正學。"則知有宋大儒已以斯文稱神。明嘉靖中,倪岳《疏》言:"梓潼神於景泰五年始勅賜文昌宫,文昌之星與梓潼無涉,合而爲一,誠出附會。宜祀於蜀,罷京師祀典。"其論與周洪謨略同。然神之加封"輔元開化文昌司禄宏仁帝君",見于萬曆《總志》,始自元仁宗延祐三年,不俟景泰中始稱文昌也。其所以附會之故,雖出道家言,亦似有所本。《史記》文昌六星,有司禄。《化書》稱帝君在晋爲書生謝艾,而謝嘗封福禄伯,見於《晋書·張重華傳》。道書所言掌文昌府事、司禄籍者,殆因此。按,《明史·禮志》:"梓潼帝君姓張,名惡子,居蜀七曲山,仕晋,戰没。人爲立廟。"(李膺記漢時已祀,不得謂仕晋之張惡子又明矣。)又《蜀輶日記》云:"古來以人祀星,如實沈、閼伯之主參商,王良之主天駟,不一而足。何獨於神而疑之。神以戰没,忠于所事,生而爲英,没而爲靈,本無可疑。其所以致疑於道家者,皆《化書》之爲害也。"

曲,山頂盤陀石,俗傳爲文昌化身處。文昌本星名,今附會於十七世大夫身,以爲生於梓潼,有出山碑,有化身處。神道設教,聖人不廢,惟其軌於正耳。世俗重文昌,事之極誠,非盡以其文也。上者畏感應之機,次者求科第之速。惟意期於向善,是可取耳。盤陀石旁古柏一株,大可數圍,幹如鏐鐵,無柯葉,文理密緻,頗類頑石。相傳爲晋時物。有董生者,頗好事,爲臺環其下,使游人可望而不可即。白玉藻爲記,引東坡詩"醉翁吟眺處,草木皆可敬",少陵詩"君臣已與時際會,樹木猶爲人愛惜",例此柏之可愛敬。記文頗潔,惟必以樹附會文昌,猶不免世俗之見。行山梁上,下視百頃壖,一望平衍,兼之水道紆回,不虞旱涸,極爲膏腴。廿里,上亭鋪,即琅璫驛,明皇聞鈴聲處。廿里,演武鋪,相傳姚萇寇蜀,嘗衍兵於此。廿里,瓦子丫,至此始下坡。十里,至武連驛,宿。下輿即訪魏文貞故宅,爲時已晚,寺門已閉,不得入。道逢花思白丈歸黔,與家君談兩時。是日晴,夜星朗,熱甚,至夜不解。店壁詩滿堂滿室,惟繆集甫詩"高閣崢嶸俯九闤,重巖叠壑絶躋攀。險開一徑通秦棧,危聳雙崖鎮蜀關。自使晋軍踰嶺上,遂無王氣屬行間。途旁剩有姜維廟,忠憤長教滿碧山",又寅臣句云"鳴泉隨澗曲,飛鳥盪雲圓",燈峰居士句"樹老皮俱古,碑真字不圓",又荷峰和詩全首"蜀道崎嶇甚,垂鞭幾折旋。層崖偏障日,老樹半參天。别路風初緊,何時月又圓。幸餘同伴在,杯酒暫留連",徐東生詩"埜屋炊煙波,梯田水汊分",皆佳,録之。

二十四日。出店門,過鎮,見紫荆一株,鮮葩紅欲然。上武侯坡,十里,至垂泉鋪。行山梁上,遥望遠峰如屏,數峰插屏外,如削成。輿人遥指曰:此劍關也。廿里,柳池溝,中火。[①] 過橋又上坡、下坡,十里,講書臺。[②] 十里,凉山鋪,有凉山寺。十里,清凉橋。過橋行山脊上,五里,至觀音閣。遥望劍閣,俯視劍州。逶迤下五里,至劍州城,宿。是日晴。自武連驛至劍州,萬柏夾道,皆千百年古物,黛色參天,緑陰滿地。余乘馬行樹陰中,雖日烈,不覺苦。至清凉橋,柏稍稀,即炎蒸口苦,飲水酒二碗,始胸次開利。嘉慶中,川、楚教匪既平,四川總督李恭勤公修棧道,自七盤關至武侯坡,今碑石尚存。

---

① 眉批:柳池即跨鶴山之柳溪驛。

② 眉批:宋黄兼山先生講書處,劍陽八景"書崖夕照"是也。(黄裳。)

二十五日。出劍州東門，過橋即學街。有節孝祠，祀王三姐，州民王安仁之女也。嘉慶三年，教匪擾及劍境，女抗賊殉難，節烈可風。過學街，上山坡，回視劍州，信如《方(隅)[輿]紀要》所謂“前臨巨澗，後倚高山，人民多在山上遏要之地”也。昨侍家君登觀音閣俯視，竊疑建城非地，今自北南望，乃知古人擇建非苟然也。行山梁十里，土門寺，山丫可營。十里，抄手鋪。十里，上石洞鋪，下陡陂，過橋。道旁有石，形如蝦蟆。好事者於頷下題“蝦蟆石”三字，字大兩尺許，結體圓實。旁有小字數行，可辨識者，“河南舍人張乂張衍王海何”十一字，餘悉漫漶不可辨。行上坡路十里，漢源驛。王宏贇自白衛嶺從小劍路出漢源驛，倒入劍門，即此坡也。柏樹繁密，有大六七抱者，有大數抱而分榦奇古如鹿角者。過此，柏漸少。過橋十里，上坡，下至天然橋，一名天生橋，一名長虹卧坡。兩旁田垻，坡亘中央，平直如砥，中間微起，如橋梁然。五里，上青樹子。十里，下坡至劍閣，宿。山東西二百餘里，延亘相向如城郭，峰頂參差如雉堞，下有隘路，是爲劍門，古稱天險。別有小路二，一至誌公寺合路，一自弔岩出入，皆山僻小徑，談輿地者未之及也。日暮遊鉢盂寺，拜姜維像。讀陶文毅公詩：“北伐頻年戰鬥勞，紛紛被敕倒旌旄。猶聞死後将军膽，空拔營中壯士刀。往事竟成蛇畫足，天心已定馬同槽。當歸遠志皆虛願，歲歲祠前劍水號。”又道光中鐵嶺毓慶《劍陽八景詩》刻石二，已壞其一，又字多磨滅，恐其久而湮也，録存之。《劍閣天險詩》：“長空倚劍插雲中，飛閣層巒矗峙雄。地險都從天險設，一夫能敵萬夫攻。石城千丈蠶叢入，鐵華重關鳥道通。南與夔門爲鎖鑰，門△[①]曾籍五丁功。”《鶴鳴古劍詩》：“天寶賢臣述聖功，磨崖千古石玲瓏。龍興紀頌推元結，鴻印遺文誌魯公。雨濟殘碑苔蘚緑，山鳴野鶴日光紅。重陽亭畔唐風緲，舊刻經年惜未工。”《聞溪水雷詩》：“狂瀾起處大風催，兩岸蒼茫點緑苔。水勢奔騰天助雨，波濤翻湧地鳴雷。魚驚石鼓聲飛急，龍伏花△捲浪來。歸入嘉陵江萬里，清流△向劍南開。”《五峰晴嵐詩》：“新晴點染嵐光活，記得華山似此山。日向東隅烘蜀樹，峰疑西嶽鎮秦關。一拳石展仙人掌，五子雲△玉笋班。地接劍門多峻秀，天然指畫翠屏環。”《嘉陵月色詩》：“峩眉分得半輪秋，照入嘉陵一色浮。水到三巴江是錦，峰回兩劍

---

① 此卷中黄彭年以“△”標示文字漫漶難識者，悉照録。

月如鈎。石溪影落隨波轉,玉兔光摇逐浪流。此去渡頭人唱晚,萬重山過放輕舟。"《龍洞靈湫詩》:"卧龍山側景清幽,别有洞天水一湫。石壘灘頭隨浪轉,苔侵溪口任雲遊。風雷端自聞溪發,霖雨先從蜀嶺浮。神物還疑雙劍化,乘△△向大江流。"《漢陽霞綺詩》:"漢陽日射夕陽斜,界畫山村△△家。紫劍雙峰收宿雨,赤城千丈散朝霞。鳳文絢綺藍天襯,虹氣飛騰△△遮。遥望彩雲流不盡,輕風吹△到三巴。"《書崖夕照詩》:"第一流人第一功,空崖猶自説黄公。松排千樹深秋裏,屋列三間峓望中。荒逕尚榮新草緑,衡廬相對夕陽紅。講書臺側餘暉在,景仰兼山道興隆。"凡△處皆石刻缺滅也。是日晴。

二十六日。早起,大風雨,行劍閣。碑嵌崖中,未得下輿捫讀。昨晚寺僧贈六拓本,皆明以來物,非古刻。出劍閣,行峽中。下坡十里,誌公寺。上七里坡,回環曲折,如蟻旋磨。上十里,至山顛,回望劍峰,如孔雀開屏,於山陂上起脊,森然卓立,兩旁峰頂未起尖者,亦似有躍活之意。乃歎造化洪鑪,至奇極巧。行山梁上,大風吹輿欲墮,輿夫立脚不住,同行有輿頂爲風吹去者。十里,至高廟鋪,下陡坡。又曲折下五里,過小橋,名松甯橋。碑有"地當孔道"語,俗呼爲"孔道新",極可姗笑。仰視小劍,數峰插天。上坡至大木樹,宿。大木樹即白衛嶺,與劍山相接。王元贇自此入劍門。道旁二碑,一書"白衛嶺"三字,一刻"唐天寶十五年李嶠詩",皆乾隆中刻石。主人談熊老典事,即余所寓隣店也。是日早,大風雨,至午止。晚陰,夜有星。

送險亭

險夷與窮通,此理將毋同。若教險可送,送窮胡更窮?賢者不受命,吾笑昌黎公。

七曲山古柏

七曲山巔有老柏,幹曲如鈎質如石。老秃還同矍鑠翁,鬢髮雖凋飽精澤。萬柏夾道森參天,陰陰百里雲相連。(自石牛至劍門,夾道皆古柏。)俱是千年百年樹,老柏視之如曾玄。董生卓犖頗好事,築臺護惜有深意。勿翦勿敗比甘棠,鄭重白生爲作記。記言位置近盤陀,種植年當晋永和。文昌遺迹起愛敬,杜詩蘇句重吟哦。豈知獨立蒼崖裏,不生不滅枯禪耳。不須依傍蘄流傳,那復向人論甲子。空山寂歷天地春,無用爲用全其真。心如槁木乃非槁,請語山居學道人。

二十七日。行下坡，過橋，上坡，十里，竹丫子。左望小劍排立，人頭山與之相接，王宏贇力争此山，蓋俯瞰白衛，進據竹[丫]子，形勢之地也。五里，空樹子。五里，新鋪。俱行山梁上，道左臨高下視，田壩萬頃，遠山若屏，白水江界其間。上坡里許，即牛頭山，今名牛滚蕩，與人頭山皆以形似得名。又三四里，梅青埡。五里，天雄關，即葭萌關也。關頂有關帝祠，關右有臨崖閣，右倚峻嶺，左是陡坡，大河出其下，若結營，當在關右坡上。自昭化仰視，高入雲霄。自關逶迤下五六里，新栽柏樹緑陰蔚然。又曲折下，俯視群巒，望見白水江，使人心意開朗。十里，至昭化縣城外，有費敬侯祠。入城，中火。出城，三里，過桔柏津渡，即白水、嘉陵二江合流處，地多桔柏，因名。《志》云："嘉陵江渡處有益昌驛，驛有古柏，土人謂之桔柏，亦名桔柏潭。"白水出臨洮西南西傾山，經陝西文縣東流，經龍安府青川，歷劍州境而入縣界，東南流至此。嘉陵江自廣元西南來，與之合。五里，廣埏壩。五里，榆錢樹。皆沿江岸。小舟十數點綴江中，臨流慨然。轉山丫，行亂山中。五里，孫家灣，一名張家灣。又行江岸，遥岸兩山缺處，河流相通。五里，皂角樹。十五里，自山梁涉淺水，行沙壩中，至廣元縣城外河街驛舍宿。自白衛至昭化，西望有山綿亘，略如劍峰，即《天台志》所云"環拱九十九峰，如劍戟排列"之九峰山也。昭化城極小。廣元城闊而介在兩山之間，前臨大河，水陸交衝，商賈輻湊，於形勢爲極要，於縣缺爲肥區，可以有爲者也。前令朱君鳳標、今吾鄉孫君濂皆有政聲。是日陰，晚微雨數點。

自白衛至廣元道中

雄關高聳碧摩空，遠近分明一望中。此日居然成驛道，（近雲貴驛站改由川陝。）當年誰與闢蠶叢。兩山缺處河流合，萬畝開時水潦通。莫道地形天下險，從來籌筆老英雄。

二十八日。行緣城脚玉帶隄，十五里，千佛巖。巖鑿佛龕，龕鑿佛象，金碧相映。山半有洞，洞外有石欄，自麓及巔。五里，史家河。十里，蒲桃灣。出蒲桃灣里許，下坡，過橋，别江岸。入飛仙嶺，陟頂，十里，爲飛仙關。下坡即江岸。十里，沙河驛，中火。驛舊日頗繁富，數年屢被水衝，人户亦稀少矣。七里，新店子。三里，望雲鋪。至此，望見朝天嶺。三里，金鰲嶺。飛仙、金鰲道旁皆有明代祭山神碑石。一里，樓房鋪。自此登山，五里，龍蟠溝。十里，朝天關。緣坡而上，雖不及北來之陡峻，然層累曲折,備極辛疲。關爲全蜀門户,萬仞峥嶸。憑高據河,視天雄險要百倍。停輿少憩,下坡行。陡峻回環,倒輿而下,步步有欲墜之勢。轉旋處逼窄陡險,幸有石欄遮蔽,然已目眩神駭。前人於轉旋處刻石云"小心移步"。下坡如此,則上坡之難於上青天,可知也。自韋皋治蜀,陸暢已謂如履平地。三省教匪平定後,李恭勤公更加修治。道光以來,邑令曹君遴吉、范君徠清、朱君鳳橒先後修補,幸無磽确崚嶒不堪下足處。然謂如履平地,則太易矣。十里,至江畔朝天鎮,宿。是日陰,微雨。

朝天嶺

天高不可上,仰首望嵯峩。人影微於蟻,山形旋似螺。籃輿頻轉折,懸磴恐蹉跎。行到最高處,峰回又一坡。

逢驛騎

羽騎去如飛,故鄉音信稀。關心無處問,客淚滿征衣。

二十九日。行别嘉陵江,東行,涉潛水,上坡。十里,雞角鋪。七里,顧家屯。峨延曲折,多土路,幸未遇雨。三里,龍洞背。《元和郡縣志》:"龍洞在利州北百二十里。"《方(隅)[輿]紀要》:"潛水在縣北八十里,源出縣北百三十餘里之木寨山,經神宣驛,又南二十里,經龍洞口,至朝天驛北,穿穴而出,入嘉陵江。"即此洞也。洞中深可二里許,自山上翻坡,至兩洞口,則有十餘里。洞産石燕,未若吾黔大風洞所産之奇肖。下陡陂,十里,濛濛微雨,幸未至泥滑。此處若遇雨雪,時防顛撲。至神宣驛,中火。《志》云:"此爲秦蜀之要衝,西夷朝貢之通道。"此處河有旋沙,未可輕涉,好善者刻碑石以告行人。自龍洞下坡畢,翻山丫,梯田數百區,穀黄遍隴,綺錯繡交。山水清潤,頗似王石谷畫。過驛,行河壩。十里,紙房鋪。十里,中子鋪。翻山陂,復至河垻。十里,轉斗鋪。路皆在山麓,水涸,多行河壩。涉潛水六七過,出轉斗鋪,上坡至木寨山頂。道右遠山排立,如插戟,如列屏,如天半横霞,如風前舒錦。惜余不解六法,不能圖也。下坡,十里,至教場壩,宿。壁間題詠甚多。郫筒徐東生《龍洞背詩》:"五夜星斗寒,水摇山影動。深湫氣欝盤,上下碧無縫。江聲駭龍聽,癡雲落幽洞。石燕飛盤渦,老蛟破險夢。赤日凋孔生,曉光羲取控。空白晴雪霽,遠霜凝翠重。泠泠御風行,絶壁直飛縱。揮手舞崖巔,引導呼鸞鳳。"成都向積堂《龍洞背詩》:"絶壑深無際,潺湲咽水聲。龍嘘雲氣湧,燕掠石紋生。懸嶺徑逾折,出山泉自清。蒼茫煙靄外,樹杪夕陽晴。"

惜花主人《集句寄内詩》:"旅館誰相問,徘徊衹自知。今春看又過,雙淚望鄉垂。客坐思何窮,迢迢聽漏終。永懷然不寐,音信若爲通。分手自依依,年年春更歸。還愁獨宿夜,蝴蝶夢中飛。鄉山何處是,雨雪出漫漫。若念客衣薄,寒衣不要寬。明月長相憶,夙昔夢見之。入門且一笑,不恨歸來遲。"梅燮《初冬日途次即事詩》:"鈎月水簾掛,刀風山口吹。曉遲雞唱早,寒重蝶魂癡。記里三巴近,還家一夢癡。挑燈憶兒女,夜夜卜歸期。昨夜雪如掌,銀山嵌四圍。輿輕穩路滑,馬壯敵霜威。之字籀人迹,空林絶鳥飛。晨征多霽色,爰日送人歸。"中南山居士《過七盤關詩》(八分書絶佳):"七曲盤空一綫開,寒雲擁馬上關來。山如蓮瓣層層裹,雪作楊華處處堆。蜀地秦關分劇險,唐碑漢畤半成灰。而今衹有關前水,流韵悠悠繞古臺。"江津李春甫《過七盤關詩》:"今朝纔見故鄉山,聊解羈然半晌間。一路子規聲不斷,隨雲飛下七盤關。途長客倦頗難支,雖説還鄉亦暫時。欲吐奇愁化奇石,將山塞斷免奔馳。"又李春甫《詠樹中山水詩》:"行行目眩更心摇,絶壑憑陵氣不驕。倘使地天通未絶,捫參歷井到層霄。枯林蕭瑟晚啼鵶,樵徑遥通水一涯。時見斷柴浮水上,不知何處有人家。山頭無路繞谿心,細石平鋪似布金。莫怪鞋鞋愁踏破,驊騮難騁轡駸駸。澗底穿行笑納溝,四山屹立瀑分流。須知平地神仙好,何必飛昇最上頭。年來客路出寧羌,雨雪連番引恨長。何不再晴三兩日,讓人安穩到江鄉。(時擬至廣元買舟東下。)石磴崎嶇苦不平,雨餘拾級倍難行。阮孚漫恃登山屐,滿路新泥滑似餳。林壑參差被霧埋,山容欝欝望難開。一峰忽向當前立,無數煙巒接尾來。旁行斜上嶺崔巍,急雨何堪更撲衣。回首七盤山下路,驚魂猶繞濕雲飛。"徐新齋詩:"簇簇峰巒斧鑿痕,八年涸迹莫重論。天公位置原無錯,例合詩人守劍門。當官猶憶讀書時,白髮盈頭事可知。放眼伊誰憐范叔,囊中零落劍南詩。"寶善《李赤城明府並馬入都,至此欲趕路前進,詩以阻之》:"説到身閒竟未閒,剛離蜀道又秦關。揚鞭且緩催行路,入棧何妨飽看山。勒馬盤空紅日外,此身疑在白雲間。眼前多少真詩料,收貯奚囊共往還。"又寶善《過七盤關詩》:"高低層叠景回環,幾步梯連幾步灣。石窖開成三岔路,山坳繞上七盤關。界交秦蜀分前後,客感程途計險艱。竹杖芒鞋學仙佛,往來踏遍小塵寰。"又寶善詩:"樹壘連雲應接忙,亂山堆裏入陳倉。要知此日難行路,都是當年大戰場。泉下斷崖流去急,風從高處過來狂。

書生跨慣長安馬,道縱崎嶇也不妨。”中南山人《過龍洞詩》:“去水疑無路,居然地敞扉。龍穿山竟透,燕化石能飛。浪雪和雲噴,陰風捲霧歸。凌空鰲背上,古寺鎖寒暉。”軍山海鶴散人《過龍洞詩》:“來往有雲氣,洞天波影中。燕雖石知雨,龍吸水生風。橋到嶺頭曲,海成山腹空。潛流出何所,倚樹問樵翁。”巴西蓉叟《乙卯仲春歸自軍營途中述事》:“中朝人望近如何,紙上微聞議論多。痛哭有時同賈誼,引車無地避廉頗。杯中見影心原悮,局外彈棋意總苛。各有恩仇思報復,年來將相几曾和。”又無名氏《和蓉叟詩》:“年來天亦喚如何,惆悵江南戰骨多。欲使恩威能並濟,先求刑賞不偏頗。局中下子原非易,事後談人便近苛。早挽銀河洗兵甲,疾舒陰慘變陽和。”古滇彭韻谷《過七盤嶺詩》:“天垂大野如海碧,山如萬魚海中積。天遣巨靈網魚去,擘破魚鱗露魚蹐。魚鱗化山田,魚蹐化山石。我行魚腹中,中有書盈尺。尺幅捲冰綃,疑是鮫人織。織成一字一相思,相思何必曾相識。何當化作比目魚,情天情海此情無終極。”又:“七盤盤到萬山巔,山欲争强不讓天。我向白雲深處去,更從山頂聳詩肩。”又:“到此秦山盡,前途蜀棧多。七盤關下水,一曲小黄河。”又:“世路秦關險,名場蜀道難。家貧偏作客,才拙誤求官。自笑頭銜冷,誰憐骨相寒。古今同一夢,何地不邯鄲。”卧雲居士《籌筆驛詩》:“三分定局已難移,討賊猶勤百萬師。神算早深籌筆處,天心莫問隕星時。於今驛路垂官柳,當日邊臺列將旗。匹馬經過斜照裏,徘徊欲去裊鞭絲。”凡此皆可誦也,是以録之。是日陰,時時微雨。

曉　行

錦城纔過夏,匹馬又秋風。片片莜花白,垂垂柿子紅。雲騰同甗甑,山語似聞鐘。何處尋中火,途詢簑笠翁。

三十日。别潛水行,登七盤嶺。五里,至巔,曰七盤關,一名五盤嶺,自昔爲秦蜀分界處。山半有乾隆元年四川巡撫楊馥所立碑石,書“小心移步”四字。相傳楊眷屬至此,有墜岩者,故立石以戒後人,朝天嶺蓋仿此而作也。下坡至山麓,即陝西界。有漢中營、黄壩汛塘房。復上陡坡,螺旋而上。自山下仰視,先登者如蟻附磨旁,不覺其有路也。及延緣而登,則蝨緣衣縫,亦頗寬展。下視萬峰森立,路則惟此一綫可達。十里,至閔家坡。有市罐肉者,每罐十二錢,輿人至此争買,啖之實非佳品也。又上坡行里許,曲折下至黄壩驛。四面山環繞,中間是水田,産香稻極佳。停輿嘗粥一盂而去。上坡十里,牢固關。雖在山頂,而道右山坡攀援可上,未若七盤之峻絶也。下坡,十里,回水鋪,中火。自黄壩至牢固,道本崎嶇,加以雨淋,泥滑如漿如餳,舉足輒防顛撲。山丫風寒刺人,幾感寒疾。回水河經寧羌州龍洞流至此,湍急灘環,遂成回流水,蓋即白水也。出回水鋪,越黄家嶺,雖陡險而坡不長。又越牌义子山,坡較長,而不甚陡險。下坡十里,即界牌。又五里,越界牌山,至磨盤石,過此行河壩中,涉水六七道。十里,金家屯。五里,寧羌州城外,對河宿。遠山横空,或如蝙蝠,或如魚脊,或如蓮瓣,或如鋸齒,綿延相連,終日在目。時遇雲脚斬齊,則如錦綃。小雨新霽,則如冰紋。真應接不暇。是日雨,晚陰,夜有星。

店壁有千翁《詠肩輿詩》:"四面蝦鬚罩碧油,疏簾不捲好風柔。竿頭報路能呼應,鏡里看山是卧游。縱使奔馳同僕馬,可知安穩勝車舟。那堪仙骨年來重,(詞曹改官後,體覺稍肥。)累汝肩夫汗雨流。"

度七盤關至寧羌州

盤紆鳥道雨縱横,曲折回環一綫縈。却擬上邊無路去,儼從空際御風行。河心踏過水頭到,雲脚鋪齊峰頂平。入夜趨庭商畫稿,每逢佳處更分明。(時家君畫《棧道圖》,日之所過,夜輒圖畫,率至夜半。)

【咸豐六年九月】

九月初一日。行田壩五六里,又涉水行河岸七八里,浣石鋪。五里,五里坡,一名白石鋪,小有坡坎。十里,滴水鋪,中火。越五丁關,雖不甚陡,而路在山腰,下臨深澗,仄僅容一輿。初上坡,有懸瀑在道左,即山澗水懸蹬而下。又巖右有泉,自巔而出,涓涓細流,巖上有磨崖題"懸泉飛雲"及"天清風雨"字。至巔有關口,門已壞矣,塘房已無人矣。又循澗逆溯而上,新建關口有雉朵、有人煙。又行山澗旁,十五里,寬川驛。寬川驛前數里,觀音巖。兩山壁立千仞,峽廣僅數丈。人行澗旁,遠望山勢環抱,不見路徑,必至山脚轉灣始見,較劍閣、朝天、七盤更爲險阻,可塞而守也。十里,烈金鋪,有漢源書院。嶓冢山去此不遠。五里,大安驛,宿。大安即故三泉廢縣,以宋置大安軍得今名。大安水出普明山,自五丁峽北行,所涉水凡數十,峽南亦一二十處,俗所謂"七十二道脚不乾"也。峽南水流入保寧府境内,入嘉陵江。峽北水流入漢中府,皆山谿之入漢水者也。漢水自大安南之嶓冢山來,至大安合大安水,而水較闊;至沮水鋪合沮水,而小舟可通;至沔縣城北合沔水,而成巨川矣。是日早雨,午陰,晚晴。

山 行

溪聲鎮日不聒耳,柳色迎人來送愁。笑我年年此時節,荒山破笠度深秋。(去年九月隨侍在鄉,所歷皆深山荒徑。)

鞦 韆

不知人世有烽烟,收穀今年勝去年。吏不到門租早上,家家兒女打鞦韆。(今年秦中大熟。)

初二日。行田壩路,十五里,石窩居。五里,金堆鋪。《方(隅)[輿]紀要》:"普明山,東接金堆,西連嶓冢。"則金堆亦山名也。又行田壩路十里,青羊驛。① 驛前有水自南來,注於漢水。《方(隅)[輿]紀要》:"容裘水在縣西南。《水經注》:'源自巴嶺,西北流逕西樂城東而注於漢水。'"則此水蓋容裘水也。行十里小土坡路,過山丫,忽見水壩,寬廠可五六里,漢水環其下,是爲蔡壩。中火。行田壩及河壩路十五里,沮水鋪。《水經注》:"沮水出沮縣東狼谷中,又東南流經沮水戍西而東南流注漢,亦曰沮口。"今沮水經略陽縣南而入沔縣,至此合漢水。過渡少憩,觀對岸紅廟山,有泉自山巔流至山脚,懸蹬而瀉。十里,土關鋪。(有古槐一株在道旁,土人於樹脚建小土地祠。)過此即上坡,高岸臨水,窄纔容足,又滑泥似餳。岸路有被河水沖塌者,則繞行河壩。亂石窄徑,稍失足則有落水之虞。將至縣城,遥望遠水回環,沙堤明净,真所謂江城如畫裏也。十五里,至沔縣城,入西門,出東門,宿蔡壩。店壁間見鄂生留示《籌筆驛詩》:"萬山昂頭如列戟,中有葛君籌筆驛。我生亦是好男兒,限不同時受驅策。秋風蕭蕭水嗚咽,雲中慘淡來靈魄。想見風流羽扇揮,百二秦關入胸肊。方今神州慮陸沈,獨使聖躬勞日昃。隱憂未艾蕭牆内,他人鼾睡卧榻側。安得再起我公歸,威弧復弦狼走匿。皇恩浩蕩六宙合,天子萬年世千億。嗚呼!天子萬年世千億,我獨窮餓死亦直。"沔縣店壁左綿心如(《自寧羌至大安驛口號》)詩:"竹樹濃陰六月涼,曉煙點畫龍山蒼。峽

① 眉批:青羊驛道左有小石山,有寺及人家,出驛半里,有木橋,上有閣樓。

中雨暗金牛出,石立雲生鐵獺忙。(鐵獺,梅聖俞馬名,見劍南詩自注。)一束奔流縈漢水,萬峰回互控陳倉。古來戰守爭天險,衹在時平早預防。"是日陰。

曉　望

雲氣欝重重,横霞百道紅。扶桑一片景,從此破鴻濛。

淘　沙

漢岸碧石差可異,(大安驛沮水河岸,沙石皆是碧色。)云是沙中金銀氣。淘沙童子兩三人,下輿詢之皆走避。急呼童子爾且前,我非官吏來偶然。借問得金日幾許,何不引類同批煎。童子欲語先太息,以金償工每不直。細人所計僅錙銖,隻身往往缺衣食。傳聞朝議尋礦苗,吏來口説新科條。捉人輸金得錢放,今日得放愁明朝。向時淘沙人如織,自聞吏來皆避匿。弱者轉死知何方,强者或聚爲盜賊。童子欲行不得行,淘沙苟且全餘生。常恐捉去見官府,逢人便覺心先驚。我聞此言淚如雨,天子何仁吏何武。疊臣司牧牧者誰,何不爲民紓疾苦。方今國家患多事,應代朝廷宣德意。豈容如虎吏横行,重爲天下生民累。

初三日。行出街口,謁武侯祠,正殿祀侯像。[①] 按嚴櫟園先生《重修諸葛忠武侯祠正殿拜殿碑記》,蜀漢景耀六年,步兵校尉習隆、中書郎向充等表就侯塋立祠奉祀,以從民望,詔從之,沔陽有侯祠自兹始。唐貞元十一年,元至元六年,明永樂六年,成化十九年、二十一年,守臣相繼補葺。正德八年,都御史藍璋奏立侯祠沔城東,春秋致祭,距侯墓十里,即今祠也。嘉慶十九年,制府長將軍賽會師剿廂匪,營沔郭外,謁侯祠,飭守土修治正殿。後爲啓聖祠,祀侯之先人,道光中楊名颺巡撫陜西時所建,楊有碑記。"啓聖"二字,不典亦不當也。題詠甚多,惟果親王詩:"遭逢魚水自南陽,將相才兼管樂長。羽扇風流看節制,草廬雲卧裕籌量。丹心一片安炎鼎,浩氣千秋壯蜀疆。廟貌嵯峩沔水側,入門瞻拜肅冠裳。"又明人喬壁星句:"卧龍不作岡頭雨,流馬猶疑谷口雲。"又江朝宗長古有云:"最憐先主知遇深,託孤自取胡爲齒。豈是後世多權術,知臣謹

---

① 眉批:諸葛祠戲臺聯云:"弦管有情何異石琴銅鼓,衣冠猶古居然羽扇綸巾。"又批:祠有石琴,上刻"章武元年"四字,徽、柱皆石。《諸葛集》有《石琴記》,侯檢閲。

愼猶虚矣。”皆有意致。對聯亦衆,惟“日月高懸出師表,風雲長護定軍山”一聯佳也。行河埧路,十里,何家營,即菜園子。十里,舊州。先主北定漢中,始立壇,即漢王位於此。出舊州,涉舊州河。《志》云:“河在沔縣北二十五里,引爲石刺塔堰。”即此水也。至此入漢水,故名。大路泥濘,繞河岸行,柳陰蓮池,借消渴暍。二十五里,至黄沙馹,(武侯出祁山十年,勸農於黄沙,爲持久計,作木牛流馬以利轉運。)中火。店壁楊立生益豫詩:“沔水東歸送客輿,邨莊落落柳疏疏。砂連城郭雲山際,夢入鄉園水竹居。鴻雁遠親遊子影,鸕鷀饑趁白沙魚。成都消息憑誰問,爲報家人早寄書。”頗得佳趣。出黄沙鋪,涉黄沙水。水自沔縣東北四十里之雲濛山發源,下流入漢水。行田壖路,五里,界牌,爲褒、沔接壤。五里,新店子。十里,紀寨。入漢中府,至此分路。十里,老道寺,自此去漢中府僅二十里。遥望云樹蒼茫,輿人遥指曰:“此即漢中也。”二十里,過柴寨、紅廟寨,涉褒水,至褒城縣,入南門,宿。褒水在縣城東,自鳳縣流入境,一名黑龍江,一名紫金水。《水經注》:“褒水西北出衙嶺山東南,逕大石門,歷故棧道下谷。又東南逕三交城,又東南得丙穴水,又東南歷小石門,又南經褒縣故城,東南流入漢。”《勝覽》云:“褒水出太白山,流經鳳南,出褒谷,入漢江。”按《水經注》所云“大石門”者,當即斜谷之口,而小石門在箕山,近褒谷,所謂褒水歷大、小石門者也。自沔至褒,寬廣數百里,延袤百里,平疇曠野,河流交通,塘堰之利,自古稱饒。南北棧萬山之中,忽得如許寬廠,行旅至此,心目爲止頓豁。是日晴。

自沔至褒道中

暫得夷途騁轡過,平原吟眺興如何。山横遠處偏多麗,水落潭時不見波。此地中分南北棧,行人頻發短長歌。況聞插羽催飛騎,撫枕空摩待旦戈。(舟人謂水險處曰“灘”,平處曰“潭”。)

自褒城而東至鳳縣,今之北棧,古之褒斜道。自沔縣而西至大劍關,今之南棧,古之金牛道。論形勢,則北棧宜及寶雞,南棧宜至梓潼。故家君作《棧道圖》,自梓潼始,至寶雞終。

初四日,家君遣人致書漢中太守畢春亭年丈。放篷一日。放篷者,舟人住宿不開行之詞,謂落船篷也。夫役亦沿此稱。是日晴。

初五日,出褒城,行里許,登雞頭山,即古七盤嶺也。初登山,有坊額題“連雲初級”四字。山麓向皆泥路,遇雨難行,濮少霞刺史捐貲修治。

山半有白石土地祠，因對岸山半白石狀如老人，遂附會以爲漢高與羽相持，樵汲道絶，老人來，供給不乏。祠左右萬碑林立，皆祈佑報恩語，妄誕不經，極可姍笑。延緣登至雞頭關。八里，有碑書唐沈雲卿《夜宿七盤嶺》詩。又果親王詩："不送千門晚，昂頭七曲山。何如鸚鵡語，伴客過重關。"又胡軍門超《閲兵至七盤嶺》詩："縈行△△曲盤西，俯視群山萬木低。亂落松花晴帶雨，分流石乳水還溪。北瞻燕闕星辰近，右界渝州峭塹齊。駐馬雞頭雄顧盼，漢江楓樹鎖長堤。"又党崇雅詩："聽説從來蜀道難，憑虛直上入雲端。似緣似息猿回顧，旋集旋翔鳥刷翰。磴石如何火化燼，懸巖又見斧隨刊。不知△△參莨墜，一轉横開萬里寬。"過關門曲折下，過廩餘橋、天心橋，皆徐公澤醇總督四川過此時勸修。十里，至將軍鋪天心橋。岩上有康熙中于霈書"古漢清流"四字，有溪流自山峽歸褒水。自將軍鋪行三里，土關。四里，麻平寺。五里，駱駝坪。皆行岸旁巖腹間。過駱駝坪，行澗邊，五里，褒姒鋪。過麻平寺里許，有水自峽中來，横入褒水。有橋已斷，涉水而過。蓋即丙穴水也。古褒國，秦爲褒縣，漢曰褒中，以地在褒谷中而名。又《紀要》云："古褒國城在今縣東三里駱駝坪。"道里遠近，容或差異，其在縣東谷中無疑。今駱駝俗訛"老土"，褒姒俗謁"寶寺"，秦人方言聲近而謁耳。《紀要》："箕山在縣北十五里，有秦王獵池及丙穴道人谷。"《水經注》："褒水又東南得丙穴水。"以今所涉及數書證之，其爲丙穴水無疑。又行巖半，八里，觀音岩。二里，虎家鋪。過虎家鋪，有大槐一株，根若虬龍，土人於其上立祠，就樹根飾爲龍形，頭角、鱗甲畢具，因號其地曰"龍樹灣"。五里，青橋驛，中火。出驛過橋，樹石柱、絙鐵索、横木板而爲橋跨水上，淺處可涉。此亦山澗之入褒水者，即青泉也。五里，青泉鋪。又過小橋一。五里，青橋鋪。五里，五里橋灣。五里，青岡嘴。山之突出轉折處，謂之嘴。過此即二十里鋪。十三里，七里鋪。二里，凉水井。五里，馬道驛，宿。馬道去縣九十里，而《志》云"青橋在縣北五十里，馬道在縣南二十五里"，遠近、方向俱誤。至馬道，涉馬道湖，水源出馬道山。是日皆沿河岸，行山腰間。山巔、山半或山麓皆有方穴，大尺許，是当時棧閣嵌木柱者。近鑿岩砌石，皆履平地。今日所過，僅駱駝坪前有支木二間，皆因下有谿流，如小橋然，亦非險阻凌虛跨閣也。鎮日灘聲，如怒雷，如疾風，如鼎沸，如千萬人嘈叫，而意境清澈，殊不聒人。旅店依岸旁，灘聲到枕頭，轉覺清快。到處山泉下流，或懸岩匹練,或如楊枝滴露。或自巔及麓,轉折回環,僅見其巔而不見其入河,或見其入河處而不見其來源。或懸蹬而下,注石板上,而石板下尚有人家。或山麓有石穴承飛泉,而更瀉出者。紀不勝紀。是日晴。馬道店壁壬子冬漁江青霞君甫《感事詩》:“早閃寒芒太白高,南征將帥正弓刀。江山百尺龍蛇氣,劍印雙懸虎豹韜。尚食何人讀李牧,飛書從古用牧皋。臨軒△擬平戎策,△△天狼歎二毛。巴節星符大將壇,鞾刀帕首擁千官。九霄儀仗金精板,萬里封章鐵柱冠。殿上側聞三約法,軍中何幸一膽韓。紅旌好奏雷捆曲,打叠鄉愁注月看。”閬池卧雲居士《五丁關詩》:“雄關遥傍隴雲開,石壁巉巇勢欲催。此地難容飛鳥度,當年曾爲獻牛來。頓教蜀道忘天險,狂使秦峰化劫灰。力士岩前重勒馬,猶疑空際吼風雷。”又《由山頭望漢中一帶,原田似繡,邨舍如鱗,不禁思田家之樂,因賦》:“峰頭立馬屬秦域,一帶郊原錦繡明。綠繞新田邨水足,青濃埜店曉煙生。雲中不辨鳴雞韻,雨後唯聞叱犢聲。景象恬熙連萬井,欲携藜杖看春耕。”又《曉度雞頭關》:“石棧縈紆處,褒斜一徑通。地連秦塞遠,關接劍門雄。鳳嘴朝迎日,雞頭曉度風。時教回首望,煙霧但空濛。”漢中入關中之道有三,曰褒斜,曰儻駱,曰子午。今所歷褒斜道。褒在褒城縣北十里,是爲南口。斜在鳳翔府郿縣西南三十里,是爲北口。今所歷南口也。褒水湍石不可漕,自漢已然。雞頭關頗險峻,諺云:“望見雞頭關,行人淚不乾。望見漢中壩,行人笑啞啞。”言登陟之艱也。

初六日。出馬道,過樊橋,下即馬道湖水,相傳樊噲所創。二十里,武曲鋪,《褒中志》所謂“武曲鋪棧”也。山勢環抱,如武夷九曲。五里,飛仙溝,《褒中志》所謂“飛仙關”也。隔河有飛仙嶺,一小阜耳。五里,焦巖鋪。五里,鐵佛寺,中火。五里,過武關渡,即古武休關。劉子羽謀截金將於此,不及。嘉定中,金人攻武休,遂連破興元、大安軍、洋州。紹定中,蒙古攻武休關,截焦岩,出武休東南,遂圍興元。自古形勝之地,其山形中峙,四面水環,環水又皆山岡。行人盤旋山上下,目相見,聲相聞,而行必逾時始能相及。望武關水,旋繞而入褒水,《紀要》所稱“石溝水歷武曲棧閣旁,至武關驛棧,而東注於褒水”是也。五里,武關驛,古三交城,地頗開朗。五里,二河口,宋李文子考定以爲褒斜二口交合處。土人指褒水來處曰:自此泝流陸行而北,可至鳳翔府,即斜谷道矣。別褒水,循河岸而上。此水發源於廟臺諸山,經畫眉關而入褒水,土人呼爲留河。

行三里，至八里鋪，蓋自三交故城計里得名，其來舊矣。二里，青龍寺。五里，磨盤鋪。五里，新開嶺，《褒中志》所謂"新開嶺棧"也。五里，青陽棧。十里，畫眉關。喬木夾道，諸峰屏列。關上有關帝祠，額云"鏡裏山川"，蓋取"秦地山川似鏡中"之語，亟爲雅切。五里，大灘。峽中行兩日，忽見寬壩，胸襟頓豁。大河前横，田壩數千頃，近樹蕭疏，遠樹蒼蔚。四面皆山，對面兩山環拱，中間蒼茫，一望無際。遠山層層環裹，山勢皆横延，石紋参差，金碧相映。緩轡而行，飽看山色。五里，至留垻廳，宿。雖到店後河東大吼，而雅韻清思不爲少減。是日經過木棧共十一間，武關、新開嶺、畫眉關皆上下坡，餘亦時有突起處。雖非大坡，而輿人上下頗爲吃力，俗所謂"二十四道馬鞍橋"也。是日陰。

青陽鋪小憩，不覺酣睡，醒登畫眉關，口占即事

據梧偶識此鄉甜，無數好山清夢添。更向畫眉關上去，萬重山色到眉尖。

留　垻

停鞭頻問路，更度武休東。歷盡關河險，飄然心眼空。人煙深樹外，秋色亂山中。虎嘯餘風在，相期訪赤松。

初七日。過留壩城。三省教匪滋事，此最爲秦蜀要路，舊設巡司，隸鳳縣，國朝始割褒、鳳之地，建城設營，居然扼險，疆吏平日亟宜留意也。十里，小留壩。十里，亂石鋪。十里，桃源鋪。七里，棗木欄。八里，廟臺子，中火。廟臺即紫柏山，有留侯祠。入門有橋，曰"進履橋"，正殿爲三清殿，後殿祀留侯。其東爲東堂，堂西有亭，曰"拜石"。自亭側延緣升山岡，有亭曰"攬勝"。更拾級而上，至巔，有樓曰"授書"，祀黄石公，旁有子房奉書侍立象。登樓四望，萬山環拱，蒼翠圍天，林木之秀致足移人。柳子厚云："據天之中，在都之南，西至於褒斜。"今紫柏峰亘數十里，山勢綿延且數百里，蓋終南山一大結穴處。仰視峰頂，常若雲霧。詢之土人，言其上有洞數十，蓋即《紀要》所稱"七十二洞"也，少晴多雨，水氣自此而瀉。祠東堂庭中有泉孔二，泉自孔涌突而出，流入方池，出寺，歸山澗。山澗諸水在柴關嶺南者，爲留河，自褒入沔；在柴關嶺北者，爲野羊河，入嘉陵江。譬之人然，山，骨也，水，血也，人身骨節巨而爲血流轉聚會處則謂之穴道，若紫柏之類是也。寺中碑題佳什頗多。蔣中甫前輩（琦淳）詩序略云："留垻紫柏山，相傳是張子房辟穀處，書無可考。高祖之南鄭，道蝕中,其出由故道。唯子房東還經褒中,燒絶所過棧道。今紫柏山之路,古雖無聞,地與褒谷相連,當即子房所經處也。”詩六首,録二首,云:“子房昔遇主,如以石投水。運籌無重瞳,虎嘯失餘耳。還山古無考,妙境足投止。封留亦何爲,得此願足矣。此間進履橋,有叟呼孺子。”又:“神仙原渺茫,辟穀特虚語。胡爲柏山下,遺象若好女。惜哉名父子,失計將諸吕。盍不舉家從,雲山此中處。徒令葬黄石,祠墓今何許。”张詩舲中丞(祥河)詩云:“陳留食邑漢時功,紫柏連山廟祀崇。師石友松全學識,報韓事沛出英雄。仙遊晚辟人間穀,武曲高懸鳥盡弓。第一名區林木秀,畫眉關裏動秋風。”又《留壩詩》:“急景趨留垻,先焚紫柏香。市喧争岔路,山峻失斜陽。箐竹圍天碧,籬花連客黄。神仙何處是,夜夢落青羊。”又明趙文肅公貞吉詩:“紫柏山前車馬道,道上紅塵滅飛鳥。塵裏行人不知老,朅來幾度懷山好。年少懷山心不了,年老懷山悔不早。君不見京洛紅塵多更深,英雄著地皆平沈。”又江曉楓句云:“四皓衰頹新主少,英雄未許作神仙。”皆隨筆録之,餘匆匆不暇遍鈔也。道人頗曉事,治齋具飯,精潔可啖。行上坡,七里,紫關嶺。[1] 下坡,六里,松林驛。十里,榆林鋪。茂林流水,清氣挹人。松林驛岩上鐫“紫柏神峰”大字,頗勁好。十里,連雲寺。道左自山坡斜轉而下,即古陳倉道也。漢王從故道出陳倉,必由散關。自桑平鋪來,至此趨散關,即此是漢王出陳倉道矣。十里,南星鎮,宿。過紫關嶺,皆順流行河岸,即野羊水。是日陰,午晴。

山行雜記

千間棧閣想玲瓏,平地今看驛路通。(明棧閣尚二千二百七十五間,今鑿岩砌石,如履平地,棧僅數十間耳。)谷口人來懸瘤紫,(谷中人多瘿瘤。)天心米長遍坡紅。(地多赤黎。)漫將樵汲驅靈石,(七盤山半,白石狀如老人,土人傅會言“供漢高祖樵汲”,誇其神異。)時有文書付溜筒。(驛站恐水漲,文報不得達,以繩横峽中半嶺,上穿竹筒。遇水漲,文報至,則置筒中傳遞,謂之“溜筒”。)蜀犬由來多吠日,(少晴多雨。)怕聽脚馬響丁東。(脚馬以鐵爲之,形如環而微長,錘鐵如柳葉,下附四足,兩旁微小而曲,如兩耳。繫繩著草屨外,遇

---

① 眉批:紫關嶺坡脚有連理亭,以亭東連理樹而作。近樹已無,而亭亦將傾圮矣。

雨不滑。相傳王三槐叛時所作,官軍效之。今秦、隴、滇、黔遍有此制。又金川打箭鑪,冬日行冰山上,有凌爪,一名凌齒,形如脚馬,而四足鋭,有穎,長半寸許。)

初八日。行二十五里,至廢丘關,多緣仄徑于巖半。櫃子巖灣尤爲奇險。將至廢丘,有木橋,爲岔水合流處。故廢丘南皆順流而行,廢丘北皆泝流而行。民多穴處土窑,門窗有極整齊修潔者。山半石巖洞門數十,詢之土人,近無人居矣。廢丘河壖頗寬,山勢亦頗開。行十餘里,漸逼仄。上坡行三四里,入心紅峽。山石青紫瘦潔,尖峰奇峭,森然卓立。峽中寬廣不過十數丈,下臨深澗。路在山腰,僅數尺,延緣而升,仰視層巒,如在天半。石至瘦而有清光,峰至奇而有俊氣,路至狹而有遠勢,水至淺而有幽韻。昔人題云"雲棧第一佳處",又乾隆中朱閑聖題云"幽麗奇",信能狀此峽之佳境矣。十里,至心紅鋪,中火。復上坡,行十里,至馬嶺,今名鳳嶺。至山巔,登分水嶺脊上,俯視諸峰罗列,皆如兒孫。山勢南北環繞,各有奇姿峭骨,秀色遠光。分水嶺横貫其中,非立脊上不能左右顧盼、兼收並取也。遥望小峰鋭穎孤立,下有深洞,即小岐山。自分水嶺横行山梁,至關門,心紅諸山不能復見,而坡陀綿亘,梯田如畫,麥苗荒草,碧碧黄黄,相映於岡阜間,亦足豁人心目。關門有碑,紀康熙中賈中丞煆石闢路德政。又張中丞祥河聯云:"萬山争地立,千騎送人行。"過關門,復行山梁。五里,至煙洞溝。下陡坡,十五里,至鳳縣城外,宿。分水嶺,分水南北流而皆注嘉陵江。鳳縣城臨嘉陵江,依馬嶺,前有大散之險,自古形勝之地也。是日陰,所過棧閣統四十二間。

夜卧不寐,憶道中所歷,倣唐人三韻詩例,率成四章

紫柏山

紫柏有叢祠,林木鬱蘢葱。空庭敞華月,靈泉涌其中。飲此俗慮湔,寧須黄石公。

連雲寺

古來秦蜀通,最重連雲棧。豈知陳倉道,别入英雄眼。地利本無常,天授安可限。

心紅峽

窈窈心紅峽,重關天削成。峰鋭石更瘦,谿深流益清。但憐往來人,路狹多囂争。

馬 嶺

昔者李將軍,登壇印挂肘。周師入唐倉,馬嶺已不守。是孰使之然,高吟重回首。

初九日。行十五里,柳樹灣,一名白石鋪。五里,金沙鋪。十里,王家臺。過石門關,亦小關隘。十里,白家店,中火。十五里,五星臺。十五里,草凉驛。舊爲草凉樓驛,唐玄宗西幸嘗駐蹕處也。十五里,紅花鋪。十里,長橋,宋楊巨源與金人戰處也。十五里,黄牛堡,宿。此處與鞏昌徽州及鳳翔隴州相近,自古視爲戰地。蓋道路歧出,介大散、武休兩關之間,地勢險峻寬敞,水泉不乏,可以久營。故吴璘守大散,必援黄牛,而吴政死黄牛,遂失武休也。今日皆溯嘉陵江岸而行。自王家臺輿人繞道河壖,行桃林中,地名桃源。桃樹數萬株,緑陰四五里,自樹間穿越而行。將至長橋,柳陰夾道,緣田坎種植者,其比如櫛,碧連數里,亦可數萬株,如海如雲,皆妙境也。大路在山半及山梁,秋深水涸,多繞道河壖,輿人免上下之苦。所過棧及在河壖仰視可見者百四十餘間。是日陰,晚微雨。

九日長橋道中

迢迢雲棧馬蹄霜,鎮日看山未是忙。萬柳秋風千澗雨,助人佳興過重陽。

鳳縣嘉陵江岸行桃林中,慨然有作

憶昔武陵遊,無處尋桃源。今來嘉陵側,斯境恍惚存。夾岸千萬株,成蹊默不言。頻年苦兵革,海内江波翻。漁人舊遊處,乃是盗之門。向時檢軍書,聞之心煩冤。自從蜀中來,此事無人論。矧兹蔚嘉美,而可忘塵喧。即事足自欣,何必懷湘沅。

初十日。自昨夜陰雨不止,及曉,騾夫欲行,輿夫欲住,叫囂兩時,爲調停,行半站而議始定。行十五里,石窑鋪。五里,江龍溝。石窑鋪皆行河灘中,尚不大苦。江龍溝則泥路,下足輒入泥寸許,躑躅踉蹌,時防顛撲。大雨如注,輿人衣盡濕,寒風刺人。尋郵舍人家,得火烘片刻。雨微細,復行十里,東河橋驛。仰視山頂,雲氣瀰漫,撥雲而行。十里,翦茶坪,一白無際,輿夫以前一人拄杖,如瞽人循途,自山麓達巔,上下轉折,至爲艱險,亦姑聽之。行五里,下至半坡塘,聞水聲淙淙,知是山澗水發。又下十里,觀音堂,宿。按:嘉陵江出大散關東之嘉陵谷,西流經鳳縣。

今早所涉諸水,當是嘉陵江。過煎茶坪則水東流,非江源矣。江龍溝,或以江源經此得名耶?觀音堂旅店面山而居,蒼翠接天,萬柯杈枒,濃蔭下垂,煙雨迷漫。得此一段佳境,頗忘羈苦。是日雨,至夜彌密。

鳳縣民多穴居,賦此紀之

戶牖何玲瓏,窈窕雲崖邊。借問穴居者,開鑿從何年。子子復孫孫,棲息於此間。門外嘉陵江,屋上千頃田。食飲得所欲,俯仰心悠然。於世無所求,支石常安眠。(窑居多以石爲枕。)而我今遠遊,作宦同播遷。爾福吾不如,欲去還流連。

十一日。行十里上坡路,二里關。關上巖石有"古大散關"四大字。《紀要》云:"關在高嶺上,嵓崒盤折,長亘二里,因名。"十里,軍陽灣,有古和尚原碑。五里,濮家灣。岡巒疏秀,林木清華,溪聲淙淙,香草撲鼻。五里,大灣鋪。十里,益門鎮。山巖險阻,有事梁、益,必取道於此,故曰益門。元末李思齊築城,以備川蜀,設屯軍據守。軍陽之名,亦由此得也。自益門至寶雞縣十五里。出益門五里許,緑陰夾道。自山巖仄徑出,忽覺山脚陡住,左右開朗。河壖平沙如抹,大河前横。遠山坡阜不峻,頂齊如刀切。人家田罫,如梯如櫛。土垣横亘,其下即寶雞縣城也。溪流在道旁,滔滔沸沸,即《紀要》所稱出煎茶坪山之清澗水"東北流而入於渭"者也。行河壖,渡渭水,舟中四望,雲山蒼莽,煙雨迷離。上岸行河壖,至城外沙隄,是道光中知縣宫爾錫勸築者。隄上即大街。至旅店宿。是日雨,自昨夜至今,連宵達旦。過寶雞後,泥淖難行,輿人乞明日放篷。

雨過益門山

策馬過清澗,蕭然林木妍。半天含宿雨,百道響飛泉。此地連梁益,何人控矢弦。昔年屯戍處,亭堠起蒼煙。

山中雜詩

春官送牛日,野老始知年。(春官畫《春牛圖》並刻月建節氣於上,挨户致送,貼門上。)引水舂山碓,緣山鑿石田。(土人呼山坡瘠土爲石田。)戍荒墩上草,(亭堠空虚,千里不見一卒。)洞老穴中天。(穴居者極多。)最喜餘三粟,纍纍掛屋前。(民俗至淳,山糧皆繩繫掛户外,無竊盜者。)

十二日。放篷。詢土人,縣城倚林原之下,其上皆肥田。縣屬五十二里皆沃壤。舟車交通,商賈雲集。西安府屬,此邑最爲饒裕。又民俗淳弱,官吏多飽槖而去。陝西以此爲調劑之缺,任此缺者多不能久,故以大可有爲之區依山面水,形勢可據,而土城單薄破壞,與鳳縣同,甚可惜也。是日雨,至夜不止。

旅店阻雨

咫尺長安近,重陽雨勢催。屋如懸甕處,窗喜面河開。人語棲鑪火,羈愁落酒杯。萬山憐我去,不住送青來。

十三日。放篷。雨至日中止。

十四日。行過寶雞城北。五里,山水陡發,重犒輿人,行急溜中,水去輿底僅半寸許。此水土人呼爲箕牛水,《紀要》所載箕谷水"出東南四十里之箕谷山,北流入渭"者也。十里,祀雞臺,有陳寶夫人祠,是乾隆中邑令徐文博所修。按《漢書·郊祀志》,秦文公獲若石於陳坂,祀之。其神來,聲殷殷如野雞夜雊,因命曰陳寶祠。不言神爲女子也。自世俗好色,本其汙濁之心而擬山澤之神,如以小孤爲小姑,以蟂磯爲徼姬,甚至泰山而有夫人,城隍而有夫人,瀆其稱,竝造其象。若斯之類,殆難枚舉,又何怪陳寶夫人之有祠邪?十五里,底店,皆行泥淖中,日中始達。度至岐山尚八十里,必不能到。又聞汧水盛漲,無橋梁舟楫,徒涉水,没腰腹,上肩輿亦不能過。遂宿。自出寶雞涉水後,皆車道,寬坦平易。回望雲棧諸山,排列如屏風,亂插如劍戟,遠山明白如新雨雪者,若拱若揖,煙雲往來,又若别緒離愁,唏嘘不勝者,余亦流連繾綣而不忍去也。至底店飯後,乘馬觀汧水。自汧陽縣流入寶雞境,經城北至此,合於渭。《志》曰"縣居汧渭之間",是也。水淺沙寬,平時徒步可涉,遇盛漲則水勢漫衍,不宜於橋梁。惟以通衢往來,不設渡舟,聽奸黠之徒私挖深溝,陷行旅而索揹重貲,是有司之過也。是日晴。

曉發寶雞,四望雲樹諸山,慨然有作

青山不世情,於我要平生。日夕此山中,山上我獨行。谿漲平明來,遮道留行旌。我行不可留,但聞嗚咽鳴。幾峰劍戟森,欝勃頗不平。或抱冰雪姿,冷落開微明。感之更淹遲,此意難爲名。渭水河滔滔,混濁不敢清。出山長不歸,下流多惡聲。去去行復還,排闥仍相迎。

十五日。行至汧水旁,水勢稍落,尚可没腹。水夫數十,劫以威,啗以利,始肯送過。余一輿當先,以四人肩負輿竿,横流而渡水。凡八道,深處不過三尺，而第三道波翻湍急，負者幾撲。幸對岸一水夫至，扶之而起。過東岸，促水夫皆過河負輿，自嚴、慈以下畢渡。此河水勢急而沙性鬆，急溜多而無定所，寬約二里，橋梁既不能立，渡舟亦不能置，故置水夫。水夫之費，多於渡舟，而私挖陷坑勒索行旅。土人云："冬日搭浮橋後，尚勒索商賈，始准過橋。"余昨日所記尚未盡得其實。一事如此，凡事可類推矣。五里，余家岩，有《利民渠碑》，土人云渠去此四五十里。十里，有禮村。十里，油坊村，中火。十五里，第五村。易輿策蹇，行十里，又輿行十里，紅廟鋪。過安家渠橋，考《紀要》："寶雞縣有昇原渠，在縣東。《唐志》：縣有昇原渠，引汧水注之，東至咸陽。垂拱初，開運岐隴木入京城。又咸通三年，復開昇原渠，引渭水注焉，通長安故城。"殆即是此渠矣。二十里，至岐山縣城，宿。自有禮村後，村寨皆有堡牆、有望樓、有雉朵，多半破壞，皆三省教匪時用龔景瀚議修築者，迄今聲勢尚聯絡，盜賊頗少，蓋數世之利也。小民可與樂成，豈不信哉？縣城在山麓，所謂邑於岐山之下也。出油坊即見岐山。天氣新晴，山容如繪，蒼秀濃淡，石骨稜稜。輿夫云："過此遇陰雨則煙霧迷漫，久晴則塵埃障蔽。如此山色不常得見也。"是日晴。安家渠一帶土窑有極修整精潔者，外繚土垣，内嵌木窗，土人言此富民之窑居也。

十六日。别岐山，行十里，硯窩溝，産研石，乾燥麤礪，匠人又不善作，惡俗不堪入送。溝舊有橋，今圮，橋址尚存。十里，龍泥溝，古龍尾坡。唐武德中，移岐山縣治於此。姚弼擒夏赫連建，鄭畋敗黄巢。其地高原深溝，頗具形勢。春夏山漲，亦阻行旅。舊亦有橋。又乾隆中，邑令林筆封曾建亭坡上，碑記猶存而基址泯然矣。十里，禮店。大路泥淖，繞小路。行三十里，扶風縣，中火。唐貞觀中所置。扶風縣，周之岐陽城。東所涉水，自岐山漳谷流出，之漳河，《漢・溝洫志》所謂"漳渠"也。過扶風，行小路。十五里，菩薩臺，有良峪寺。寺有高臺，登臺而望，麥苗葱葱，萬頃一碧，田無阡陌，莜老而赤，稷老而黄，界畫於麥田中，若隴斷然。秦嶺雲横，若連若斷。北山則煙霧迷漠，若有若無。柿子經霜，遍坡紅葉。秋風蕭瑟，鴉噪新晴，不覺秋思之何以深也。十五里，杏林鋪，合大路，以地多杏樹得名。十五里，新寨鋪。十五里，武功城外，宿。武功，后稷所封之邰國也。自出岐山，望見山巔，明潔如雪，即終南山之太白山，柳子厚所謂"其地寒，冰雪積之未嘗已也"。地皆高平，《詩》所謂"周原膴膴”也。民多穴居,《詩》所謂“陶復陶穴”也,是日晴。

登良峪寺臺

十載遍天涯,餘生託舟馬。高望愁更寬,蒼茫落平野。紅葉下秋林,摘之不盈把。莫道秋風悲,兹懷一傾灑。

十七日。出武功,涉漆水,水自扶風縣流入縣南,合漳水,以入於渭。去此不遠,有沮村,蓋沮入漆而入渭,《詩》所謂“自土沮漆”也。二十里,貞元鎮,今名小飯店。二十五里,東扶風,中火。按,漢置右扶風,晋置扶風郡,此皆其屬地。謂之東者,以今扶風縣在武功西耳。十五里,馬嵬坡。舊有城,今土城或即其遺址。烟户頗繁。馬嵬西里許,有楊貴妃墓。按,顧聲雷撰《重修馬嵬故冢記》云:“《唐書》載馬嵬之難,帝與妃引訣,縊路祠下,以紫茵瘞道側。帝自蜀道還,過其所。欲改葬,恐人反側自疑,密遣中使具棺槨它葬。其地無可考,而是冢獨存。”又云:“燕昵之私,情好之篤,蔑以加兹,而竟割愛忍恩,委棄中道,卒能恢復社稷。杜甫詩曰:‘幾見夏殷衰,中自誅褒妲。’是宜表而出之者。”又云:“畢大中丞修諸陵墓,以次及之,題碑冢上。又於冢西隙地構亭子,彙唐以後名人詩,勒石龕之壁。”畢公當乾隆中年,提唱風雅,即此可見。亦見國家全盛,封疆大吏猶得優游閒暇,爲此風流韻事。向看冢人買得墨刻搨本。近時使臣流宦、逸士騷人,琳瑯滿壁,亦或浪塗可嗤。行色匆匆,亦無暇遍讀。楹聯頗多,如范仲趙集唐句:“鶯花尚戀霓裳影,環佩空明月夜魂。”又李夢星聯云:“往昔紅顔何處,可憐他一曲霓裳,撐不住漁陽鼙鼓;於今白粉猶存,幸虧這半阡松韻,權且抵蜀道鈴聲。”皆極佳韻。亭畔有井,深可數丈,底有泉穴,泉濆涌而出上,白光如鏡,俗遂譌言其下有鏡。《紀要》云:“馬嵬泉流入白渠,其泉久涸。洪武中,忽涌一泉於舊泉之旁,行役者資焉。”即此泉也。涓涓流經馬嵬城而東,土人資以灌田,不獨行役之利矣。十里,湯臺鋪。二十里,興平縣城外,宿。入城觀覽,城門樓極壯麗,土城身亦堅厚,壕亦寬。人家場壩群兒擊毬爲戲,一跛兒拋擊神速,丸手環轉,不可端倪。乃歎痀瘻承蜩、瞽人辨響,技之精者,不以形體拘病也。是日晴。三夜月明如晝,而霜寒甚冽。

馬　嵬

姚符此地迭稱雄,好是將軍正挽弓。殺却楊妃應返轡,莫令胡騎到關中。

將帥原多肉眼人，紛紛倒旆帝蒙塵。更無一箇男兒氣，争把興亡罪太真。

当年遺檥恨難收，久涸寒泉不瀉愁。積得相思淚如許，一千年後更重流。(馬嵬泉久涸，明洪武中，於舊泉外别湧一泉，即今亭畔井是。)

十八日。過興平城。二十五里，馬跑泉。圓池廣丈餘，深七八尺，清可見底。泉源噴出，浮於水面，約數十道，每道如大珠小珠輕翻錯落，光彩鮮潔。圓池外更爲方池，承水瀉入溝中，資以灌田。酌而飲之，味甘如醴。池西娘娘寺外别有一泉，味亦甘而混濁不耐觀覽。二十五里，咸陽縣，中火。渡渭河，河面寬約里許。貨船鋭首方尾，面寬底淺，船弦深可蔽人，倉如人字，有事時可安礟作戰艘也。渭西臨渭堡三里橋，即灃水。橋支木柱、鋪板、實土，長百餘丈。水至清潔，自長安來此入渭。渭濁而灃清，遂呼爲清渭，建清渭樓。橋上坊二，聯云"東歸渭溪同三水，西出陽關第一橋"，又聯云"渭樹浮青迎馬首，秦山聳翠壓虹腰"，皆韻。額云"灃水收同""在渭之涘"，尤切合自然。邑令李定南所撰也。過橋二十里，三橋。《志》云"中渭橋與東西渭並爲三橋。興元初，李晟復京師，車駕還長安，晟等謁見於三橋"，是也。十五里，過金勝寺。以數日後之醴泉，當復過此，留作再來遊。遥望佳氣鬱葱，樓臺高聳，城垣如帶，不減京師。海内城外氣象闊大，唯北京及金陵、長安也。五里，入長安城，寓西糧食街之明月店。是日晴，大風。

十九日。訪鄂生，出示途中所作。

再啓者：舍親陳謙山，家貧嗜學，(家世孝友，最爲難得。)偶作爲詩，殊清雅。人極樸實厚道，丝毫不苟。昨歲徒步數千里而來，爲負米養親計也。孫霽翁到省，達翁曾薦管理關務，(東北兩關。)霽翁已欣然應允。兄與年伯晤時，并乞一言及之。曩魁蔭庭廉訪官寶慶時，延丁果臣(吾湘學者。)學博經理關務，甚有益，可見賢者之與衆殊也。謹又及。(廿八)[1]

二十日。同鄂生之醴泉，出安定門，遊金勝寺。按碑記，隋高帝子秦孝王施宅建寺，曰濟度。唐貞觀中，建寺曰靈寶。儀封二年，並二寺曰崇聖。明秦藩重修，改曰崇仁。秦愍王重修睡佛殿。睡佛長數十丈。乾隆

---

① 整理者按：此書札爲夾頁。

四十九年,巡撫畢沅修五百羅漢,裝飾宏麗。近復於睡佛殿前建千佛閣、林公祠。林公,文忠公則徐也。撫陜時有惠政,陜人德之,不獨服其忠誠勳業也。寺有《唐景教流行中國頌碑》。景教即天主教,碑文判十字以定四方,即天主教所奉十字架也。近時搨本,但搨碑文。文旁有梵字百餘,當是西秦字。又有經幢,題"唐故龍化寺内外臨壇大德比丘尼尊勝經陁羅尼等幢記,從祖弟朝議郎守都水使者上柱國同元撰,元和十三年七月三日"。按:記稱比丘尼諱契義,俗姓韋,同元蓋其族也。比丘尼既已出家,而同元乃署款云從祖弟,媚佛而不依佛典,亦可笑也。又,王九思《義祀感鶴記》:秦王承奉正張沂,字鳳岡,祀全陜軍民之死而無祀者。設醮之日,有雙鶴盤空而下,親狎有若素馴,久而後去。好事者繪圖題詠,亦韻事也。佛殿南爲雙爪槐廳,爪槐二株,長條䙓地,翠蓋圓鮮。廳後小亭,蒔花數十種。薔薇數株,鮮紅可愛。牡丹開華,紫艷逾常,尚有含蕊四五,亦綻紅矣。牡丹華非其時,亦妖異事。富貴非時,霜雪將至,可鑒戒也。行至三里橋,泥淖深數尺,車幾陷。下車步行,過泥坑,渡渭已三鼓,始至咸陽城。是日晚,微雨。

二十一日。四十里,至底張驛,中火。興平縣北境也。過興北堡,五里,入醴泉界。二十五里,至醴泉縣署。晤王蓮生兄,談至四鼓,始就寢。是日陰。

二十二日。蓮生出示所藏劉松年畫《養正圖》,每圖魏了翁書事,雖非真迹,亦不惡。祝枝山卷子亦僞而佳。朱子書手卷,吴匏庵跋,海内希有之品也。是日晴。

二十三日。同鄂生、王瑞軒遊學宫。碑刊聖祖《御製訓飭士子文》,是磨唐碑刻者。碑頭尚有"大唐△△王君之墓"篆文未磨去,既不敬亦不雅。秦中唐石極多,磨毁者亦不少。學中《題名碑》一通,亦似唐石磨刻。老檜古柏蔭蔚森然。出南門,謁唐太宗祠,祀唐太宗石刻象,是明范文光摹刻。上有文光記,語頗佶曲。其所稱配享同事之十四人頗有漏略,同功之二人亦未確。至以汾陽從祀,云"雖不同時,而同葬于(阝)[陵]"。按,子儀墓在同州,今舍昭陵旁而遠求之,亦太無謂。其廟前碑刻文光詩尤不通,是磨前人《過唐論碑》而刻者。文光好事而不學,不足深怪。乾隆中,畢沅重修祠宇,孫星衍、錢坫爲書碑記,數君博學宏識,不鐫而正之,不可解也。是日陰,微雨,夜大雨。

九嵏山，昭陵在焉，去城四十里，欲往游，未果。昭陵碑甚多，屬蓮生代拓。

二十四日。别蓮生，同鄂生歸。大雨之後，繞道而行，亦復泥濘。自朝至暮，始達咸陽。是日陰。

二十五日。泥濘尤甚，竭一日之力，人馬俱憊，始達長安。是日晴。

二十六日。同鄂生游薦福寺。出南門可二三里，蕭條平野，遥望南山。明天順中倪謙撰碑記，云："隋煬帝在藩之舊宅，唐京城内開化坊之舊地，龍德中以賜尚書蕭瑀，瑀子鋭尚襄平公主，不欲異居，詔取宅西園地以充主第。襄平薨後，官市爲英王宅。武后始立爲大薦福寺。"宋政和中李壄撰碑記，云："長安城西南三里，有寺曰大薦福。自唐高宗立爲獻福寺，天授元年始改薦福，並御書飛白額，中宗大加營飾。"又《兩京記》："西北有薦福寺浮屠院，實景龍中宫人率錢造，立浮屠，凡一十五級，高三百尺，爲祈福之地。"至政和二年重修，已三百八十九年。今塔已破裂。塔門鐫游人題詠姓字，多嘉靖中人。明天順、國朝康熙中皆經修葺，有倪謙、裴憲度、李因篤所撰碑石可考。俗呼慈恩寺塔爲大雁塔，此爲小雁塔。武鄉試舉人皆於寺内題名，於是選佛之場易爲較射之圃。寺旁多武舉中人，畜馬百數，塔門之外，馬溲狼藉，亦大煞風景矣。將遊慈恩，御者以稍遠，恐日暮城閉，乃入城。過關中書院外，入府學，遊碑林，一名碑洞，即唐石經臺。惟唐玄宗《御書孝經》尚完好，石經多斷損，另石補文。《孟子》是山西賈公漢復巡撫秦中始刻建者。[①] 唐宋碑石移入者甚衆，賈人硾搨無虚日，或秉燭繼之。筆法損壞，又淘挖之，如《顔氏家廟碑》、《玄秘塔》、智永《千字文》，購者益多，則損壞益甚，古人筆法精神盡失。碑洞向歸糧道經管，十月始行封洞，若再嚴立限制，一年只令數十日硾搨，餘悉禁止，則古迹或不盡亡於俗儈之手。然府學官吏稍失微利，必謡言四起矣，覩之三歎。歸已上鐙矣，是日晴。

二十七日。花滋園來，是日晴。

二十八日。答花滋園拜。至鄂生，同遊城隍廟。是日晴。

二十九日。閲邸鈔。和春奏三河之捷。詔以和春爲欽差大臣，領向榮軍，安徽軍務以總兵鄭魁士代之。恒春、蔣霨遠奏都匀、施秉幾失陷。

---

① 眉批：陸德明《經典釋文》亦無《孟子音義》，唐時《孟子》未列於經也。

都匀自八月被圍,餉乏援斷。前布政使陶公廷杰捐貲,邱徵君樹桐督戰,大小二三百戰,力保危城。非總督、巡撫意見各殊,督帥輕信陳得功,既到匀城外文德街,又遁麻哈之螺獅山,師潰賊至,或不致遂失陷也。黔省府、廳、州、縣失陷一二十處,已是司空見慣。惟邱徵君下落不知如何,若失此人,國家失一將材,深可惜也。王侍郎茂蔭舉循聲素著之府縣胡啓文、鄭元善、孫濂、李載文、盧朝安、田福謙、黄良楷、葛致遠、倪印垣、傅獻、韓超、林鶚十二員,詔督撫府尹確查。恒春奏劾代理銅仁府王敬烈、副將圖塔納,詔革職拿問。又八月十九日,詔曰:“前桂良奏省南州縣得雨稀少,聞有蝗蝻,朕心方深軫念。昨日親見飛蝗成陣,蔽空往來,雖節逾白露,禾稼漸次登場,尚有未經收穫之處,京畿一帶,農田被災,諒必不少。該地方官迅即撲捕,以除民害。並將成災輕重查明,速奏。”給事中伍輔祥奏治蝗諸法,並請行祭蠟之禮,以消蝗害。是日陰。

二十九日。閲邸鈔。雷以諴奉詔發新疆効力贖罪。張亮基奉詔發往安徽,隨同福濟辦理軍務。英桂劾郝光甲、明山不候調遣,詔革職。又詔三品京堂袁甲三現已至潁州,距英桂大營較遠,各路帶兵將弁即著袁甲三就近調遣,倘有藉詞規避、不遵調度者,著會同英桂據實參奏。通政龍啓瑞、給事張修育、汪元方各條捐備倉米事。是日晴,夜雨達旦。

三十日,雨,晚乃止。飲花滋園家。初一日食,十六月食,記中皆未及,入長安城始知也。

【咸豐六年十月】

十月初一日,陰,夜有星。侍家君訪鄂生、江龍門談。

初二日,陰。楊布政、程小松自蜀至。

初三日,早陰,午晴。侍家君同小松、鄂生重遊金勝寺。牡丹已殘,月季花尚好。

初四日,晴。偶遊城隍廟。明秦藩所建,香爐、寶鼎皆有秦藩府官名及天順年號。鐵獅嵌銅錢,皆嘉靖錢。廟廣數十畝,今爲市集之所。三巷形如川字,板屋鱗比。後院茶肆歌兒,雜陳百戲。是日有賣口技者,始爲牛聲、馬聲、犬聲,後爲互鬥聲,哄然而起,雜然人聲與群獸聲並出;已又爲胡琴琵琶絲絃聲、歌聲;後又演雜曲歌聲,與諸樂器並作。其音嫋嫋如十三四女兒,實一黑蠢鄉人手持一竹筒爲之,别無他物也。善哉,技至此乎！是日晴。

初五日。閲鄂生日記，論採買米石事，云："自蜀至秦，一馬負二百斤，是京斗一石，價需六七兩不等，賤時有至三四兩者。自秦至京師，一車載千斤，是京斗五石，價需十六兩，時有至廿餘兩者。蜀中連年荒旱，米一石需錢八千，以京斗計之，合需六千。是蜀米一石至京師，以平價計之，直須十二兩。京師通一年須米四百萬石，計銀須四千八百萬兩。國家支絀，勢不能不取資民力。蜀中除地丁錢糧正額外，每年有津貼六十餘萬。自黄公總制籍貨抽厘，每年亦不過十萬，而民已紛然，此外更何措辦？秦自軍興以來，勒捐至再、至三，而鹽課地丁復拖欠纍纍，加以逆匪未平，滇黔多事，軍餉所需應付爲艱，更何處得數千萬採買費邪？蜀多田而山成不熟，已不足支本省一年之食。秦平地皆種麥，産稻者衹南山耳，倉穀又居其半，無論無此經費，又何處得此四百萬石米邪？而況書吏之騷擾、州縣之乾没、上官之使費，層層剥削。民力有幾？豈能堪命。"所論至爲詳切。是日晴。

初六日。訪花壽山、唐鄂生。同鄂生飲酒肆，乘驢子出東門，至火巷，興慶宫舊址也。花局菊盛開，天竹盈畝，大足勝觀。梅椿數株，亦疏落可玩。過八仙庵。舊碣云：宋有鄭生者，遇八道士，後大貴顯。元明以來，代有增飾。嘉慶中，葉世倬重葺之。坐落數處皆雅静，小廳牆上薜荔斕斑，外院黄楊兩株，大可百圍，高不過四五尺。張詩舲中丞題壁句云"虬枝踞地兩黄楊"，蓋紀實也。晚小松來談。是日晴。寺有長白相公松筠書"養静"二大字，清雄圓秀。

初七日。鄂生贈詩：

"蹤迹年來頗自奇，如何旋合又旋離。也知聚散都無定，此後悲歡不敢思。落日秦關途正遠，秋風汾水雁初飛。茫茫那是千秋業，慙愧楊朱歎路歧。

知君豪氣未除盡，此去封章定幾篇。諸道豈無劉晏使，中流應著祖生鞭。即開廣路多聽納，詔下求才有歲年。更説繁華逾往日，莫將流涕對皇天。

黔山如雪羽書飛，驚絶都匀又失機。時勢即看何日定，天涯多是未能歸。極知偕隱終同盡，深愧兹遊計却非。更有輸君斷腸事，亂離阿母定誰依。

等閒平地起波瀾,(温飛卿句。)世事都將一例看。題遍江山詩得好,走窮天地我無端。烟收霸上瀟瀟雨,秋老終南淰淰寒。想到前途定回首,故應説著遠遊難。”

鄂生長於古詩,近體稍遜。邇來所詣益深,四詩格律純熟,虚寔兼到,語悲而婉。家君與小松丈亟賞之。小松又誦朱飯石先生《游山詩》“漸於天近心都大,似有仙來草亦香”,《感懷詩》“鴉頭兒女今都嫁,猿臂將軍老不侯”,皆名句也。是日陰,大風。

初八日。寅刻室人生子,家君命名秦生。改議家嚴、家慈率眷先行,余俟産婦調理月餘起行。是日陰。

初九日。家大人起行,獨坐頗寂。鄂生、小松來談。是日陰,夜霏雪數點。

初十日。拜毛季海、朱士廉兩年丈、花滋園昆仲。至鄂生處。早飯食蟹,飲玫瑰酒。晚鄂生、小松來談。是日午間微雪。

十一日,晴。鄂生來談。小松同方伯行矣。

十二日。至鄂生處觀劇。是日陰,寒甚。念老人途中甚切。

十三日。鄂生來談。是日陰。

十四日。同鄂生遊南院門書肆、北院門骨董鋪。長安書肆極陋,惟南院門三味堂有綫訂書十數种。北院者,巡撫衙門。南院者,舊總督衙門也。是日晴,夜月光大好。鄂生三鼓始去。計家嚴、家慈出潼關矣。

十五日。鄂生之醴泉。獨坐無聊,讀張子《正蒙》二篇,心神頗静。是日晴。

十六日。讀《二程全書》。晴,連夜皆好月色。病不能寐。

十七日。得家君自潼關來書,車行尚在繞路。十日不雨,可成坦途。又諭彭年云:“爾年過三十,事事以脱略處之,持身涉世,兩不相宜。有時經理一事,又無涵蓄。須知心裏是要明白的,外面是要平和的,言語是要檢點的。高興時不要將平日講求一切都忘却了。”又諭謝毛季海年丈,即遣人去。家君頻行,季海丈以彭年貲斧恐缺,可以接濟數十金。此次家函,猶諭往通,那豈知此老勢利之徒,固不可與通有無也。是日晴。李占鰲行至興平,寓東門外李姓店内,夜被藥迷,衣袋解拆。家君所給路費,皆用鋁塊换過。占鰲行至武功始知。此《聊齋》所謂“念秧”,吾鄉臺上新橋所謂“打秋番”也。託花滋園懇首縣致函興平令治之。擬更給占鰲路費。數千里相隨,不忍見其流落耳。

十八日。秦兒生赤游丹,依夏禹鑄方治之。偶過街市,覓土人,談此間利弊。民俗淳朴强悍,官吏魚肉視爲当然。獄訟枉決,怯不敢辯。商賈富厚,輸貲再三。此其淳朴之可喜也。鄉鄰争鬥,動輒釀命。回漢雜處,釁隙易生。南山之紙廠、木廠,商南一帶河南之捻匪,鳳斜一帶甘肅四川之刀匪,隱伏而未動。興平、三原、富平、渭南、隴州、武功、汧縣、寧羌動輒聚衆抗官。此其强悍之可憂也。然各處滋事,皆上官縱容不肖之州縣刻薄其民,激成事端。如咸豐四年,王公巡陜,改鹽課歸地丁,每畝只合攤錢十餘文,而武功縣鄭慶松浮收至六十餘文。富平縣李煒當縣民聚衆懇恩,方升臺彈壓曉諭,縣民亦在跪地籲求,其子突於署内,率練數十,撲出擊殺。在縣民聚衆而來,未必無要挾之意,而李煒之不能約束子弟,幾致激成民變,罪亦巨矣。然李煒調長安,鄭慶松之官固無恙也。汧縣杜防經鄉民剥去衣服,浸水中送省,稟請更换。隴州衛緒焕浮收勒索,致激民變。知府王炳勳馳往彈壓,緝獲鄉民,皆令供認財户主使,其意何居?地方官動言民之無良,夫民果無良,何以興平縣李壽民激變之後,前任興平縣龔君某馳往,民一見而歡欣鼓舞散去也?何以三原縣滋事,前三原縣余君長庚馳往,民遂香燭跪道以迎也?何以武功縣圍城,岐山縣王君澤春路過曉譬,而踴躍交納鹽課惟恐後也?何以富平之官殺鄉民,民返自認死罪也?何以巡撫吴公停征鹽課,遂不復滋事也?至此間錢法,大錢先本暢行,後因私鑄過多,官錢鋪指官爲私,民間譁然。藩司乃於署内收買大錢,一時官私錢蜂湧而至,遂不能辨别真僞,而大錢從此不行,鐵錢今已暢行。官局銅錢,小如鵝眼。聞庫本十餘萬,已歸烏有矣。大吏惟武觀察訪疇方正有聲,州縣則江君開、周君汝霖皆緩急可恃,邵君黼、牛君樹梅、余君長庚、龔君皆長者有惠政。李煒才大而滑黠,隨上官爲轉移,林文忠用之則爲能吏,今日諸君用之則小人而已。方今東南不支,西北數省惟秦蜀地形、民力爲恢復全局根本,所願封疆大吏爲國家通籌大計,勿僅爲身家苟且目前計也。是日陰,夜大風自北來,知明日當晴矣。

十九日。給李占鰲路費,遣之。作書致高心泉丈。聞江龍門來省,遣僕往詢數四,欲往一談,皆被上官傳宣去。以不世出之才,而僕僕給事上官,不可終日,此才亦消磨於無用之地矣。然不如是,不能一朝居其位也。天下多事,常患乏才。然司官之隨堂畫稿,翰林之白摺試帖,耗人才於内;司道之瑣屑周旋,州縣之供給奔走,耗人才於外;武營之夤緣奔競,殆又甚焉。雖有豪傑之士,不能隨俗苟同,則群起而攻之矣。幾見公忠體國如古純臣者一矯此習哉! 是日晴。

二十日。同鄂生過江龍門談。龍門出示鄭女史詠勝克齋、曾滌生、向軍門、張小浦四君事,詩、序、注均有法度,不獨詩句雅健也。是日晴。

二十一日。江龍門來,言將以彭年達於某帥。辭之。龍門言帥有聲威,可與共事。答以養親情切,未敢以身許人。蓮生自醴泉至,往訪之,且告之曰:“此所謂獨子留養也。”蓮生大笑。是夜同鄂生飲蓮生寓。鄂生賦詩云:“鄉書竟不到,烽火定愈紛。對酒强成達,故交翻似新。劇憐生晚季,同是不如人。早晚尋歸計,山林任我真。”是以知心情之懊惱矣。然山林歸計,果可尋邪? 是日晴。

二十二日。花次江丈自涿州歸黔至此。蓮生以余近日治庖,促具酒。方治具,而蕭伯香丈、周瑞生兄、顏鶴臣同年自京師先後至。晚花滋園來談。旅舍寂寥,一日之間,鄉親咸集,大是快事。是日晴。勝克齋奉詔入關,今日起程赴京。

二十三日。走辭各親友,收拾行囊,將以廿五日行矣。是日陰。聞鄧州失守,襄陽危急,商南防堵吃緊。此事聞警已數十日。藩司主剿,臬司主防。舊撫推諉,俟新撫至始調兵防剿,又延數日而札始下。今調兵六百尚未齊集也,而賊日熾矣。

二十四日。飲王蓮生旅寓。是日晴。

自成都至新都四十里,漢州四十里,德陽五十里,罗江縣四十里,金山鋪三十里,綿州六十里,沈香鋪四十五里,石牛鋪五十里,梓潼縣三十里。

(劉毅超整理)

第七册　思朔録四(咸豐六年十月)

【扉頁浮簽】

紀由西安至太原行程

思朔四　咸豐六年十月廿五日至七年正月

末數頁殘缺。《梅花詩八首集古》可覓詩集,或原文補録;《胡文忠奏議》可覓原集補;七年一月所紀恐無法補矣。

思朔録卷四

十月二十五日,午刻自西安起行,出東門,王蓮生兄來送,坐茶肆談片刻。行十里過滻橋,《漢志》:滻與灞同源而異流,經藍田縣白鹿原西,又北至霸陵城南合於霸水。《舊志》云,在府東十五里,源亦出南山谷中,隋開皇三年引滻水北■爲滻渠。今道旁溝渠舊迹猶間有存者,而淤塞既■,地方官復無意及此。橋上坊題"輞川勝境"。按,輞谷在藍田縣南八里,乃驪山、藍田山相接處,水如車輞環輳,自南而北,圍地二十里,過此則豁然開朗,■■相望,又西北注于霸水,亦謂■輞川。又十里霸橋,楊柳夾[道],敗荷枯竹,風景蕭然。回廊■間勝覽無盡,橋上集唐聯云:"請君試問東流水,何事名爲[情]盡橋。"極有韻致。二十里,穴口。遥望繡嶺,惜已暮,不能停覽。■十里,臨潼縣。縣西横潦盈途,涓涓不絶,頗患行旅,若引以爲渠,亦不竭之源也。時已昏夜,不能訪温泉,展篋中《温泉頌》拓本觀之,聊以遣愁。與鄂生聯床促席,共説平生,頗似前歲出都時。是日晴。

二十六日,四鼓起行,黎明經鴻門坂至新豐,行已二十里矣。《[紀]要》云:"《里道記》自新豐古城西至霸城五十里,又西十里則霸水。《史記》云'鴻門去霸上四十里',蓋約言之也。"今按,霸橋至鴻門坂實十里,《史記》不悮。又十里,戲河鋪,過戲河橋,水源出驪山鴻谷中,東經戲亭,北入渭。十里,零口鎮。《水經注》:"泠水出肺浮山,徑陰盤、新豐兩原之間,亦謂之陰盤水,又北流絶漕盤溝,注於渭,入渭處謂之零口。”四十里,渭南縣。城西湭水,《水經注》謂之首水,源出石樓山,東北流注於渭。渭水在縣城北,遠樹蒼茫,平沙■抹。道旁枯荷叢葦,紅葉稻孫,皆蕭疏入畫。遠望藍田諸山,人家林樹,梯田高下,鄂生吟句云“屋下秋林屋上田”,非親歷不能道也。又二十里至赤水鎮,宿。唐天復朱全忠入關,次於赤水,進至零口是也。赤水爲渭南、華州接壤,商賈繁富。是日晴。

二十七日,四鼓行,黎明行二十里至華州城,頗廣。西城煙户繁■,東城空曠無居民。城外有郭汾陽故里,■■■汾陽祠■■■■際祠僅……華州連■水患■渠堰不修之故。十五里……始升。望太華,聳然雲際。十里,柳子里,中火……紀信祠。余賦七律一首,惟“論事略同齊丑父,相形時有楚丁公”一聯可存。十五里,敷水鋪。■出華州東南敷水谷,東北流入渭,一名敷水渠。唐開元中姜師渡鑿之以洩水害,刺史樊忱復鑿之以通渭漕。今道旁碑坊半埋沙際,蓋利去而害存,何古今人之不相及若是耶。■十里,華陰縣。五里,華陰廟,宿。偕鄂生携艾兒同遊華陰廟,是乾隆四十二年發帑十二萬勑巡撫畢沅建者。周廣五六里,繚以城垣四隅,及正南五欞爲五鳳樓,正北嚮離爲萬壽閣。自正南樓升步城上,雉堞皆壯麗。甎上有造甎人姓名,或刻四圍如圖印,惟“蘇可法”三字如晋魏人書。後■得之,安知不與日華君子同爲珍玩耶?北望黄河,爲霧所蔽,但見樹影如帶,微茫萬頃而已。登萬壽閣,仰視太華,俱如《山海經》所云“削成而四方,遠而望之若華”然者。三峰并峙,《華嶽志》:“中峰曰蓮華,東峰曰仙人掌,西峰曰巨靈足,諸峰皆出其下。”羅列如兒孫迤逶東去,一望無際。惜日出後,霧氣瀰漫,不能盡覩。閣下屏方廣數丈,書明太祖夢遊西岳文■圖,其後其前爲嶽游坊。又前爲御書樓,刊高宗宸翰。其側爲放生池,明天啓中建。又前爲嶽神殿,古柏數百株,有屈如鉤者,有森如劍戟者,有斜倚而交柯者,有蒼皮脱[落]如刻蟲鳥書者,有抱槐■■生者,有抱槐而槐又抱柏者,■綴木牌書周秦漢■古■■指爲唐太宗掛甲,或指爲[老]子繫青牛,皆不可考。而斑駮陸離,要都是千年古物■。廟有後周天和時碑及顔魯公書,惜日暮不及尋覓。是日晴。

二十八日,三鼓行,黎明達潼關,已四十里。《古桃林塞志》云:“入關有三道,潼[入關]之正道也。武關,入關之別道也,昔漢祖破秦,由此入咸陽。朝邑,古臨晋地,自夏陽至關,平曠百里,大河易渡,漢祖往來關中,嘗由臨晋,而七國謀反亦欲兵由此入,是又入關之隙道也。"五泉先生云:"一方不戒,三險俱失。誠哉是言也。然武關萬山險阻,一將(遍)[偏]師可以無虞。朝邑雖平曠百里,命將建營於[中]路,設巨礮各十,南北巡守,則大河即天塹也。至潼關之守,則禁溝最爲要地。昔黄巢從禁坑破關,明李自成亦由禁坑陷關,豈非一方不戒而失三險之明驗乎?蓋疏忽地理之要,而十二連城之廢也。古設十二連城於禁溝之西,由南郊以抵山麓,計三十里,而十二城是三里一城也,每城設兵百人,而於中城益其兵,多設火器矢砮連絡呼應,疾若風雨,[雖]百萬之衆,豈能超越而飛渡耶?故守關而不守禁溝者,守猶弗守也;[守]禁溝而不建十二連城者,守猶未善也。"[1]此段論守潼關頗得要領。國朝始建廳城駐道同知協鎮,居然重鎮矣。(《志》論武關朝邑失之太易矣。)中火後,謁蔡小石年丈託……晤。出關向東行,趨靈寶爲□禁坑,出函谷路■北行過河即山西界。[2] 渡河,水急舟滯,移時始得登岸岸旁行。四望■■面■■山,城郭壯固,太華出其後,較昨登萬壽閣仰視尤覺奇麗。過河即覺寒風刺人,氣候■殊如此,逶邐過雷■山,山上有夷齊廟。行十五里,遥河鎮宿。(與鄂生晚眺望中條山色,甚佳。)是日晴。

二十九日,循中條山麓行五十五里,過蒲州府城外至坡底中火,即古蒲阪地也。永濟縣塘汛皆有旗幟器械,雖空虚無人,然視他邑可謂餼羊猶存矣。五十五里,至七級,宿。半夜聞鎗礮聲,鄉人之備盜者也。是日晴。(是日沿途柿林極多。)

三十日,開車行二十五里,樊橋。天明又十五[里],至祁任中火。榆氏縣地去縣城■十里。又行二十里,至游杜村,臨晋縣地。居民引涑水灌田,渠流通暢,道旁涓涓如鏡新拭。北方得此,大爽心目。十里,李漢鎮。十里,喬陽,入安邑界。十里,北相村,宿。李漢鎮至北相,棗樹緣塍而植,雖葉已盡脱,而[枝]幹槎枒,煙光羃䍥,數十里一望無際。去北相二里許,有虞舜陵坊。北相者,以民多相姓而名。南相去此三里許。是

---

① 整理者按:此段殘缺字皆據《清經世文編》卷七十九兵政十《潼關縣志》條補。

② 眉批:風陵渡河畔沙堆■■即風■■。

日晴。中條山綿亘太華、太行之間，狹而長，故名。歷山行已兩日，尚蜿蜒，道南時遠時近。北望一小山峙原外者，名曰孤山。斜日掩映叢林外，頗有景致。

【咸豐六年十一月】

十一月初一日，行三十里，王范村，天明。二十里，夏縣之水頭寨中火。涑水源出垣曲，東南流經蒲州入河寨，外橋即涑水橋也。二十里，郭店。郭景純是此間人。或以郭氏族居得名耶？二十里，聞喜縣西門外，宿。是日天色晴明，……七十里，稷山在道西約三四十里，輝嵐相映，■■山色，不覺……土人談前年賊自豫入晋，垣曲山險，僅容一夫，下臨大河。道員駐縣城防守，賊至而不知，故垣曲、曲沃、绛縣、晋陽相繼失陷。郝公、託公敗賊於高河橋，賊始屠平陽遁。時勝帥督師，尾賊後而已。曲沃、平陽屠戮最慘，而平陽尤甚。平陽府何公殉節，[1]州縣多遁逃。惟黎城縣知縣某，盡遣居民出洞，開四門，朝服坐■皇以俟。賊入城，城已空，覩街市置鐵裹木柱，以爲礮也，疑中伏，大駭，此城得完。惜土人不得道縣令姓名也，當更訪之。

初二日，行三十里，董店。《左傳》所謂董澤尖站也。天未明。又十里，至閂店，中火，曲沃縣地。十五里，入絳山。上緣高坡，下臨深塹，回環曲折，道狹而長。前明萬曆中建設關隘，名曰“隘口鎮”，今關牆半圮矣。絳山産銅，色如金，故又名金溝。十里出山，行坦路十五里，過澮水橋。澮水源出翼、絳之間，而入於汾，《傳》所謂“汾澮以流其惡”也。至侯馬，宿。澮水橋前有明世襲錦衣衛馬公殉節碑，馬公名獻圖，寧、陜等處經略馬世襲之長子。李自成陷寧州，馬公被捡，不■，賊械至侯馬殺之。弟負圖、呈圖亦殉節。寧州裴晋公祠在山坡■在道旁。晋公後分河東、河南，皆大族，河南多貴而河東多富焉。[侯]馬商賈輻凑，人煙繁富，河東一都會也。裴氏售字畫多佳者，鄂生買得戴進、吴文中山水，予得鄭板橋字畫十二幅，香光長幅……一幅，皆名雋，而板橋尤可珍玩。行囊罄矣。鄂生[笑謂]予明日尖宿，但一展玩足矣。予笑曰：“令從人各啗畫

---

① 眉批：……春圻權黎……家君……陸公……微著……皆被焚掠。令某公逸去……眷屬被害……知道路傳言……盡信也。

餅,可以充飯也。”是日晴。

初三日,三十里過高縣,行山道顛簸不堪。十里,辛店,望見汾水。十里,又入山坡,至太平縣之蒙城鎮,中火。蒙城高踞山巔,四面深塹,天然險阻。二十里,史村。緣汾河岸行,稍北有巢父洗耳處。有義士橋,因豫讓[得名]。遥望姑射山,嵐光四映,惜寒風刺人,飛塵撲鼻,跼蹐車箱,不能流覽也。二十里,襄陵縣之趙曲鎮,宿。去縣城二十里。是日晴,大風。

聞雁有感,約鄂生同賦

烽火纔經後,(癸丑賊陷曲沃、平陽,經過高縣、趙曲。)人家笑語時。此邦多俠氣,何事少男兒。驛騎迎烏帽,煙塵望赤眉。鄉關情更切,況是雁聲悲。

鄂生和韻

羽檄交馳處,鄉書不到時。深慚謀肉食,卻愧稱[redacted]。慷慨誰嘗膽,從容有畫眉(時故帥有挾姬馳傳而過者。)因君聞雁過,回首得無悲。

鄂生豫讓橋詩

生無智果[redacted],[redacted]國士待若人。自應無遺種行[redacted],田横[redacted]載[redacted]。

初四日,行三十里,堯廟村。廟甚宏壯,正殿已被賊焚。自輿中遥望,敗垣枯木而已。賊實天主教,祀耶蘇,歸其功於一大神天,故有天父、天母、天兄之稱。見廟輒毁,即吾黔所謂“無爲教”“燈花教”,屢變其名,實皆一教。今歲三月,予侍家君至巴鄉洛掌,駐[redacted]廟,神象亦劈毁,是其證也。十里,平陽府城,極宏壯完固。① 賊至而不能守,不備故也。城中房舍荒陋,人民稀少,蓋陶唐遺風,兵燹之餘,屠戮極慘,近來益荒涼矣。兵法云“城大人少難守”,有司所宜預籌者。出城東望堯陵。十里,高河店,中火。高河即古高梁河,橋亦故址。前歲賊陷曲沃,去侯馬僅數十里,不暇西掠,而自高縣、蒙城急趨平陽,蓋以晉中大富多居汾、平、介、谷之間,欲東掠而北耳。高河一戰而敗,乃返屠平陽,而出潞安。土人嘖嘖稱道所謂郝大人者,或郝或霍,余數年來荒陬匿影,久不閲邸鈔,亦無

---

① 眉批:……敝,平陽城内有張氏[祠]。

由記其姓名也。二十里，陽曲鎮。汾流澮澮，居民引以爲渠。地多以曲名，如秦■、■曲、杜曲，皆係以姓，今亦雜居，非復聚族而處矣。二十里，洪洞縣，城外宿。縣南有洪厓，亦名洪洞，縣因以名。是日晴。日色陰晴，午後西南風作，雖塵沙撲漲，卻無北風之涼。店壁戎州舊守題句有云："慘殺天難■，■■■■■。"蓋詠癸丑事，將指某大帥也。

車箱謡[和]鄂生[原]韻

虎奴馬上横兩股，一咤令人面如土。問爾胡爲伏如鼠，碧雞坊外回回來。烽火連雲撥不開，何不縱突千軍排。狼貪狐假鳶鴟嚇，一例荒榛埋道側。

附鄂生原作

車箱偪仄屈兩股，刺面寒風塞鼻土。以被蒙首縮如鼠，朱輪峨峨貴人來。道旁引避殢不開，前騎呵叱後跨排。老奴見慣初不嚇，笑指中天田輪側。

初五日，行五六里，前有覆車，復折回行小路。路未開，御人用鋤治轍，數武轍，停鞭以俟。五鼓開車，天明，回顧縣城，仍在咫尺。顛簸太甚，乃下車行。霜風刺骨，寒沙瞇眸，輿人鬚冰，瑟縮如痀。遥望北橋寺，飛簷如翼。行數里始登車，過榆灣，粉牆枯樹，掩映朝暾。去洪洞始十里，過此即趙城縣界，踰上閣老山。二十五里，過趙城縣城北，五里，腰店，中火。道光乙未四月，曹順之亂，纔二百餘人，戕害■署，逕趨霍州，圍三日。一軍犯鎗中撲城之賊，賊遂遁散。巡撫聞賊■，乃督兵往。平陽鎮總兵聞變，不即往。所遣統兵游擊聞賊過，巡撫至，乃進日擒行路之人殺之。予時方幼，居平遥，聞平遥販布十三人，十■■因官■■■一人馳歸，惟號泣而無所籲訴也。偶憶及輒■■五里，■■■廟■坡嶺，行山峽中十五里，益昌汛，入霍州界。山峽中逶里狹窄，時上時下，不能方軌■■臨河。行十里，至辛置鎮。汾流在左，霍太在右。一小阜有寺，遠望林木蔚秀。及至阜前，亦殊索然。五里，南坡■翻坡。上坡入谷中，曲折行數里後，陡下十餘里。兩山如截，高數十仞，道寬不及丈，中有關門極得形勢，然趙城之役霍州■扼也。十五里，至霍州城南。東望霍太山，迤邐一帶，斜陽返■，紫氣殷然。過州城，已上鐙矣。至北關，宿。是日晴。早間奇■披裘擁被，尚不能耐。車中聞水聲淙淙，蓋引汾水爲渠。道旁風景絶佳，不能流覽。午後風稍息，乃得卷簾瞻眺。

道中紀事

輕裝小騎逐飛車,奴似侏儒解唤爺。鞭指前途向奴語,是誰持版接阿媽。(國語謂父爲阿媽,奴稱主曰爺。)

初六日,翻青石坡,又名北坡。霍州居萬山之中,而南北兩坡,首尾鈐束,皆極險要。逶迤行山梁,回環曲折。東望群峰羅列,煙霧迷漫,或隱或現,如磯如島,湧現於波瀾中。至老張灣已四十五里矣。中火後,行山梁上。俯視群山,土多五色,蓋銅銕之礦苗。山溪色亦紫緑。二十里,過仁義河,亦山溪之入汾者。至仁義鎮,靈石縣地,駐分防巡撿。上陡坡十五里,至韓侯嶺,宿。① 下車偕鄂生謁韓侯祠,祠前平臺堪以遠眺,山銜落日,萬頃風沙,■■蒼茫可數百里。嶺當秦豫之衝,踞萬峰之上,水泉不乏,可以列營。■原西南第一形勝也。祠建自金明昌中,元明以來代有增葺。祠後有韓侯墓,據康熙中錢萬選碑記,相傳侯死鍾室,後函首送代,途遇高祖,遂命葬此嶺上。乾隆中■■■■云,或謂侯實葬此,或謂侯曾駐兵於此。按,葬……定河東下趙■侯,因其過兵處祀之,宜也。葬之真僞,何足辯耶!刻詩甚多,惟吴逢聖"十年成敗一知己,七尺存亡兩婦人"一聯,陶父毅公亟賞之。是日晴。

初七日,下陡坡,路仄而滑,多大石。車後縛横木制輪,使不得迅轉,以■仆蹶,謂之掛木。尚有顛墜之虞,逐步使人窘懼。鄂生車使二僕■■後倒引之,幾不能留。余欲下車行,麻二告余曰,昏黑崎嶇,小人仆跌者■矣。麻二者,鄂生之僕,善走者也。二十里,至靈石縣。過城外五里,水頭鎮。靈石諸山之水自此入汾。五里,玉女村。緣河岸植桃萬株,■桃數百架,山光水色,寒枝嘵煙,凍雀猶拳,河冰未合。余往見謝時臣《古木寒鴉圖》,彷彿似之。五里,張家峪。十五里,兩渡鎮,中火。二十里,入介休界。出山谷,皆坦途矣。三十里,至介休縣北關,宿。同鄂生謁[介之推]祠。祠名已不通,而荒陋特甚。此邦富饒雄於全晋,居屋皆■■■,而介之推祠如此。祠旁有三結義廟,廟中碑記云,廟蓋文潞公建,以袄神[祀]。讀之大駭怪。袄神是今天主教,潞公何爲祀之?齊東

---

① 眉批:……錦爲家■■奉中丞命相■韓侯嶺一帶地形坡陀,高下大小路徑無不遍歷,■僅一坡耳。道■處乃車馬拖踏而成。其實山路處處可通,不必盡由嶺上,惟深坑難以車折耳。中丞意欲移靈石營於嶺上,曾具圖説,力言其不可。蓋靈石可以策應諸路,而嶺只一路。又,嶺上只有二井,亦不能供數千人汲飲也。

語乃■■至此。是日晴。大風。

初八日，四十五[里]，至張蘭鎮，中火。鎮有城，富商大賈多輻輳，其■亦晋中一大都會也。駐通判。三十五里，經平遥縣城。余二伯父舊治，予幼時依■■此■■■■猶略能記憶。城垛近已加高，■是新浚。此邑■■誕■■■■如城隍廟夫人一事。廟後寢殿祀兩夫人像。一朝服端坐者，是本邑城隍元妻；一衣短褻衣，一手持髮，一手握梳者，是小妻。云是介休城隍與平遥城隍■■償博債者，鄉間無賴子所爲而以誣神，且每至八月會期，■邑婦人尚有持香火來祀者，極可噱也。二十里，洪善村，宿。往■■■君往來都中，余送迎皆在此住店，即舊游處。是日晴。風沙尤■。

初九日，三十里，祁縣。城外堡牆有近城者，臨事可用，惟■■■，否則急宜拆去也。二十里，賈令鋪，中火。鋪南十餘里曰■■■枯樹，頗有疏越之致。輿人云，每至夏雨暴漲，須繞越而行。鋪中屋舍宏整，多武學中人，而購食品維艱。蓋富而吝嗇，晋人性然，不獨一處也。二十里，堯城鎮。有帝堯祠。二十里，徐溝縣。二十里，■■鎮，宿。是日晴。

初十日，三鼓行黎明，二十五里，小店子。車須换軸■■馬先■。三十里，至太原府城南開化寺南校武營公舍。入門拜見雙■■■吾母病足，尚不能步履，不能親隨侍奉，以致途中失跌。予■有虧，寸心如割。少頃，室人携子女至，老人始有歡。鄂生亦到。是日晴。

十一日，閲邸鈔。……終喪。又有鄒侍御師疏，有云，君有優旨……必固辭，乃心安而理得。詔稱持論正大，此一事也。宰相之守禮，臺諫之風節，聖主之仁至義盡，胥得之矣。湖北、江西皆報捷。何中丞桂清、廉學使，■■■引疾去浙江巡撫晏端書、江西學政龍啓瑞。龍舊識■，能文章，誠篤君子也。是日奉家嚴諭，同鄂生游崇善■■元白馬寺，明晋恭王報高皇后恩更修葺之。■■■頗■麗，柏樹數百株，有寄生榆木成抱者，近頽敗矣。■■■■官居寺旁小寺，寺中一老人看守，土人稱曰“善游”。出寺行■■■小五臺，登樓四望，山環如垣，西南城煙户稠密，東北頗空曠。又里許，吕仙祠。傅青主聯云：“騎鶴翔空一瞬玄黄新甲子，裹龍混迹旁求忠孝作神仙。”青主先生勝朝遺老，■■國朝隱居不仕，聯蓋其自道也，字亦奇縱秀逸。歸，日落■■■。是日晴。母足未愈。

十二日，作書致陶愷吾、陳抱潛、李葆舟、夏階平、劉■■，託鄂生帶。

是日晴。

十三日，鄂生行。午後訪馮小滄刑部、司和庵通判、花■圃大令。是日晴。寅刻地微震。(按《開元占經》，地以十一月動，其邑有兵喪及民饑[亡]。)

十四日，晴。

十五日，晴。

十六日，晴。

十七日，晴。連日檢點書籍，回憶出都時賣書，此時■■■幾，正如良朋星散，偶遇一二友，不覺欣慨交心也。是日晴。

十八日至廿二日，皆晴。

代家大人和謙子榆年丈福詠梅元韻(并[序])

往昔讀汪聖來《梅花集句》四百首，集腋[成裘]■鍼綫之迹，惜皆絶句，未極妃儷。月川方伯同年出示子榆同年和張船山先生詠梅元韻長律八章，因用聖來例，集句次韻，譬羅浮山中翠羽啁嘲，聊助詩■■■爾。

詩翁徹骨愛煙霞，留取園中數畝賒。素艷乍開珠蓓蕾，濕雲黯淡雪横斜。從來絶勝皆離俗，更愛丰標澹有華。天下無花堪伯仲，此花真是[鐵心花]。

元遺山、張宣公、劉秉中、無名氏(見《蔗亭集》)、梅宛陵、陸深、趙青山、王梅溪

花不禁寒太瘦生，十分香氣襲人清。疏疏籬落娟娟月，皎皎仙姿脉脉情。雪柏霜篁期晚歲，酒徒詩伴舊知名。衝寒有客尋春去，■■■■■水聲。

張……晁君成、吴草■、王敬仲、陳衆仲、黄晋卿

開教探早落教遲，除卻詩翁世不知。今日看花還自笑，明年把酒又相思。不隨艷冶縈千■，偶洩春光此一枝。歲晚山空誰是伴，梅花偏與野人宜。

張澤民、張道洽、趙子昂、張宣公、朱之藩、廖明略、丁鶴年、張伯雨

君築茅堂底處邨，不堪搔首對醽尊。團■■■■■雪，夾道短籬猶閉門。(子榆閉户寡交，同人希得見其面。)落日孤[煙寒不度]，

横窗瘦影玉無痕。請君行試調羹手,散作桑麻雨露恩。

謝幼槃、周少隱、陸放翁、饒德操、利登、張淑厚、鄭性之、方正學

愛閒多結住山緣,一衲冰霜二十年。折寄遥憐人似玉,放懷全藉酒能仙。只今步雪堪乘興,未展幽香已可憐。驛使不來羌管歇,不知妙句自誰傳?(乙未迄今二十餘年,余……里居,同譜諸君音書間……)

吴菊潭、仝上、朱子、陳幾叟、李流芳、元遺山、張榮、吴菊潭

試拂塵衣訪遠蹤,更堪煙嶺隔千重。無情短笛[休輕]弄,前度逋仙不再逢。夜深把酒問明月,午歇就陰依古松。到處一般香影色,疏枝澹澹與濃濃。

彭鄱陽、毛元白、項蘭貞、葉景南、方正學、薛師石、仇仁近、歐陽元

風亭[小立夢初殘,琴上遺音]久不彈。白玉梢頭千點韻,紅塵深處■■■。■■■玩多寥寂,自負孤高伴歲寒。誰似丈人能好事,絳紗籠燭夜深看。

胡澹庵、蘇東坡、楊萬里、葉景南、孫時名、盧梅坡、王伯穀、薩都剌

攀條頻認去年枝,天與清香似有私。車馬紛紛寧如■,冰心皎皎竟誰知。直疑天上神仙侣,自續■湖處■■(和韻甚衆。)歲律又殘還見此,通宵吟到雪殘時。

尤延之、林和靖、高季迪、張澤■、無名氏(見《蔗亭集》)、趙義若、楊萬里、陸放翁

二十三日至廿九日,晴。廿九日大風,日曀。

【咸豐六年十二月】

十二月初一日,讀《揚子法言》畢。晴。母足未愈,扶掖可行矣。

初二日,晴。夜訪司和庵通守,聞廣東省城■■■司之説已化險爲夷。夷船至天津,(初六日聞人言此是僞傳。)直隸留察哈爾兵一■■■河南鄧州雖報收復,而湖北隨州旋陷。鄧州、裕州■■■■■城皆有賊,此股又蔓延矣。御史李培祜疏言民間■■■兩得錢鋪私票錢陸千五百文,得大錢柒千餘文。是私票重[於]大錢,[大]錢漸行壅滯。

讀《揚子法言》書後(李軌注本)

《問道篇》:“[惟聖人爲可以開明,他則]苓。”按《唐風·采苓》,刺晋獻公聽讒説。況因……亦不明之義,不必引通零靈之説爲之附會。

《孝至篇》:“漢興二百一十載。”平帝元始二年也。莽號安漢公,官微稱功[德]者何獨子雲,注乃謂是箴規之切,至言忠教,悖矣。■知天禄閣何不早寂寞哉!

《太平御覽》:“揚子恬淡寡營,以賣文自贍。文不[虚美,人多惡之。]及卒,怨家取《法言》援筆益之曰:‘自周公以來,未[有如安漢公之]懿也,勤勞則過於阿衡云云。繕寫多行於[世,至今無]有白其心迹者。”《論衡》:“揚子雲作《法言》,蜀富人齎錢十萬,願載於書。子雲不聽。”彭年按,《御覽》之説,無以解於美新。《論衡》之説,吾有取焉。《抱朴子》言揚子雲確然忠貞之節■■■信。

子曰:“不以人廢言。”韓昌黎曰:“荀與楊,大醇而[小疵]。”■■揚雄之書,取其言而已。温公是也。爲莽大夫而廢其……書而必曲爲解。若以臣莽爲詘形者,謬。

初三日至初六日,晴。初六日,大風。初七日,晴。

初八日,聞十月廿五日武漢同時收復。先是,詔書切責官文,胡[林]翼言江寧洪逆、韋逆殺楊逆,石逆不服,逃出,洪逆懸賞購石逆……該督撫諒有所聞,亟宜乘此機會收復……至是果報捷。廟算洪謨,偉績壯矣哉。晚司和庵來,饋藥。是日晴。閱邸鈔。宣少黼、僕少需、周子■皆以蒲江案保舉。聞和庵言江南探報,官軍失利,句容■■■傷張■■僅以身免。

書顧千里重刻吴元恭本《爾雅》後

吴元恭刻,是依南宋高宗時槧本重刊者。……宗、高宗嫌名缺筆,而“慎”“惇”二字不缺,知之。咸豐■■■■八日讀畢,竝取《禮部韻略》審定。因題。

初九至十二日,晴。連日看《國語》,雜取《文選》《史記》考定,竝録賈唐注之逸文散見《御覽》《初學記》《一切經音義》諸書,録於上方,凡將百餘事。是正舊文,考察譌異,昔人謂“思誤書,亦是一適”。連日頭疾,得此■■■患苦。母足得司和庵代覓蘇姓藥塗之,覺有效。父頭■■■尚不劇。閱邸鈔。貴州銅仁境内賊漸肅清,湖南巡撫駱秉章……州、都匀克復,提督孝順之捷也。駱以連克江西、廣東……賜花■。孝自入黔以來,忠勇冠時,視黔撫之畏葸柔懦、■督之■■浮淺,奚啻百倍過之。吾黔不即亡,尚得沐天子恩澤,■此人耳。

十三日,閲邸鈔。■■■■病,乞開缺。侍郎文章老輩,巋然靈光,宏奬……不早耳。是日晴。

十四日,閲邸鈔。禮臣奉詔議文昌帝君升入中祀。訪嚴紂生同年,談甚久■生明日入都。是日晴。聞人自澤潞來者,蝗種已出土。按,《漢[書・五行志》]曰:"《春秋》魯哀公十二年十二月,螟。十三年九月,螟。十二月,螟。劉向以爲春用田賦,冬而螟。此三螟皆虐取民之效。"彭年按,連年捐……錢糧之平餘火耗,差繇攤派,民力已竭。或謂晋省究屬完善,五……不知,官民隔絶,下情不能上通,故上天降災而祥雪不降。此示警■■■吏使恤民也。去立春不及月得雪,尚不爲災。不政之修,而以■■■■萬人之呼籲,天豈不聞,而獨鑒爾一二人之誠而降之雪乎?況設心未必誠而具文是行也。

十五日,聞大吏牌示設壇祈雪。是日晴。得楊心畬……唐鄂生、趙心梅、惲次山書。心翁專是索債,家君此時實無以■■■。閲邸鈔。德興[阿]、翁同書奏瓜州之捷,扼北竄之賊也。

十六日至二十日,晴。閲邸鈔。胡中丞奏收復黄州府。武昌……

廿一日,陰。■太守送探報,家君命閲,因撮記大略:南召縣屬[大]邱山■■數十里,層巒疊嶂,人迹罕至,通裕州魯山南三縣。向有匪徒潛踞,崔姓僧覺明爲之首,將以十月十八日叛。馬氏坪鄭氏約郙民以初十日捕……衆千餘人。十六日,遂焚馬氏坪。南召知縣張君十八日……橋灘戰勝,賊遁入山。張君好■大掠,馱載而還。裕州、桐柏、葉縣群盗四起。隨州武舉趙光畢者,(或言趙光畢係僧王遣回之毛勇,去年曾投官帥大營,今春遣回,售屋得八百金,僞稱招募義兵往樊城投效,得二千人,遂叛。)富人也,捐■■矣,吏復蹴之捐,不聽,縶之,乃捐而還,遂招集飢民萬人,■■■營於大[邱]山。十一月初十日,陷隨州。二十一日,陷安陸府鍾祥縣。光畢狡獪,僞稱楚王。其僞將軍周玉峰、僞丞相黄春霆等皆文生(黄春霆十一月初十■■山被捡。)■■■如云:"富者田連阡陌,尊若侯王;貧者地無立錐,賤同奴…… 自今以後,行均田法。"又云,今戰争累年,民不聊生,兼之饑■■■■上不賑恤之及,而暴征之,何以爲民父母？吾起義兵，專殺貪■■■■爲民除害。凡吾兵所到之處，秋毫無犯，如有假冒搜鄉者，格殺無論。士農工商，安堵無恐。”又云：“蓋聞國家恃賢以立功，恃賢以强戰。凡天下賢士大夫，願與吾共立功名，吾爲尊顯之。及有武勇技藝之(文)[人]，吾爲量力録用，宜■■■■進。”凡光畢僞示，皆足聳惑愚民。今其衆已二萬餘人。唐縣■■■■捻首也。十一月廿三日，竄湖陽太平鎮一帶，其黨約三四千人。四……賊■回回其焚掠與賊同。襄陽馮三典、高二先者，皆……煽惑■民，又糾合逃兵潰勇，九月初三陷樊城■■■襄樊■爲官軍所敗。十一月初十，馮二典率其黨乞降於常觀察，自言■逆是高二先生、王士旺、王士杰、馮三典等六人。觀察釋二典，使勸降。二典使十八人歸賊巢……人者率衆撲營，官軍擊敗之，後又連敗之。今襄……皆竄房縣，尚二萬餘人。房縣入武當山，路徑紛岐，通四川、陝西。南召之賊已竄歸山。均州亦近陝界，襄樊路■通，而餘賊標掠如故，甚或撲擊官營。此種■■，皆本地■■■，帶紅巾，不時突出，官軍至則去紅巾，稱良民。■■■■又四起。■湖■補劉丞復山西坐探委員胡君書，頗得大略，録之。書云：……典，皆襄陽人，於七八月間，借兵焚歲歉之年，巖催科……心，陰謀悖逆，不過數十人。漸次糾合四方無賴逃散兵勇，■■■■焚掠■鎮尚不足千數。奈防禦之勇反爲先路之賊。時因兵■■■■捕無方，關門固守，幸保危城。至十八日，二次竄擾樊城，圍撲襄陽。烏合之衆，動以萬計。迨援兵趕到，該逆又句連楚豫遠近匪徒，東至隨州，西至均州，北連秦豫，接踵而起。數百里内，如聲相應，或三五千人，或……數百數十人，持戈樹幟，一時蜂起數十餘股，意圖窺伺荆襄■■■■洛，竄越秦川，此該逆之蓄謀已久。現在襄陽共集大兵兩萬，乃……剿■形單薄，實在勁鋭之師。惟唐太守之南勇……川勇，■月以來獲捷十數次，斃賊四五千。目下■■■襄樊遠唐[太]守返剿上游，王恭人進攻北路。若得宛南荆關竭力堵禦，■命兜剿，庶不免蔓延難圖也。惟是餉糈日缺，以刻下兵勇計之，月非六萬不能了事……餘日之多，是以兵勇間有創掠者，亦只得掩耳。……徵調曾經累戰之南陽勇二百名，因■糧不敷，諭令回繳軍裝器械遣散。王恭人劉氏者，四川宦家女也。募鄉■隨官軍擊賊，敗賊於吕堰驛，又敗賊於紅陵浦。趙光畢■■恭人之■兵赴援。賊聞恭人名輒慴竄，所到有功■■邱鎮聯因■邱老虎之名。閱邸鈔。刑部奏山西民人賈定本年七月在……

陳昌言係江南人,曾任甘肅岷州知州,因揭告上司犯案,發……改姓名,潛至江南投賊,現往河南公幹,賈定三問其賊營……賊匪■在商議,或進京,或在各省捐官,藉探消息,並爲内應。……受此苦,況不如跟伊潛往河南。倘欲往江南,伊亦可寫信引薦等語。賈定三假意應允,意欲將賊匪捐官各情到京呈訴,圖得好處,即於次早由漢口起程,沿途寫就呈詞,求請改議捐例:凡由俊秀捐官者,應不准報捐,以杜賊匪……十九日赴提督衙門報遞。查陳昌言在甘肅岷州任内,揭告總督布彦泰……疆。於咸豐三年八月在甘肅山丹縣地方串通安徽六安州發往軍……賊將■犯中途劫奪,曾有逃往河南周家口地方之語,嗣後嚴……言業■投賊,并往河南欲作奸細,合與原案吻合。

二十二日,晴。保太守續送探報:房縣、均州之賊皆被民團擊■。■吕賊已解■■,惟匪首崔四、崔狗娃,南召謝姓,桐柏范姓皆逸。段四麻子率衆投趙光畢,未收,現竄隨、桐、唐交界。……南勇,王恭人川勇克復安陸府城。趙光畢陣殲焉……通而餘匪四出摽掠。裕州南三十里之趙■村,十二月初三被賊焚掠。[鄧]州構林關、白洛堰一帶,仍有嘯聚匪衆。襄光交界■■如五户余老户齊。又如吕堰附近之張官橋,源水■■州之太■■■■賊藪■■乘此兵威勒■抽獻而猝難安静。又兼……三分■■■米、大麥,均已缺市,民情荒亂,飢民易於煽動。且此次……黨,生、監、舉、貢頗多,士心如此,尤爲可慮。而兵餉支絀,猶取給……雖通,而隱憂未已也。又探言馮三典、范二娃子皆獲,檻送……

二十三日,陰。聞沁州已得雪。

二十四日,陰。武昌、漢陽收復後,胡中丞林翼疏陳兵政吏治之要,詔如所請行。(中丞此疏痛切指陳,有毅然之氣,方今督撫罕見其儔,惟所舉魁君則未必果賢,或惟中丞能用之耳。散勇爲害,是魁之責也。)

胡中丞陳湖北兵政吏治之要疏[①]

臣查湖北軍務,[不飭已歷]五年,無論賊匪之多寡强弱,而聞警先驚、接仗即潰者,比比[皆是。上下]相蒙,恬不知耻。推求其故,則以將領不得人、紀綱不立,而是非不明[也。深思紀綱所以不立,是]非所以不明之故,則誤於使貪使詐之説。不知[己則先爲貪詐所

① 整理者按,此疏殘缺較多,據《胡文忠公遺集》卷十四校補。

使，而曰吾]能使[貪使]詐也，豈不[謬哉。]本省既無得力之兵將，[而川]楚河[南勇目之黠]桀者，糾合無賴，隨營報效，以一報百，以百報千，冒領口糧，交[綏即潰]退。所投不合，又顧之他。國家之帑項至爲艱難，而徒以供無賴之欲壑，以此殺賊，[猶北轍而南轅，]勢必不可至。遣散不得其方，則相聚爲盜耳。此近[三四年楚北募勇之]大患，其流毒將有不可思議者矣。古之治兵者，先求將而後選兵。今之言兵者，先招兵而並不擇將。譬之振衣者不提其領，結綱者不挈其綱，是棼之也，將自[斃]矣。督[臣官文書上]年[受事]以來，收集[兵]勇，力加整頓，得力尤在[馬隊之]忠勇，[能]使[三軍]之士風氣爲之一變。查有前任湖南臬司[可降補知縣魁，]久任寶慶、衡州、岳州等處，捐解私囊，養士募勇，已[歷十年，其志趣]公忠，迥非庸俗可及。經督臣官文派令總理營務，抗[直明決，知無不]言，釐剔弊端，獨任勞怨，實爲湖北軍務必不[可少之員。目]下力疾從公，尚難羈以職守，唯馬隊及各營之精鋭，必應迅速進取。而湖北本省餉少勇多，冗雜不治，不戢自焚。後患方大，急應裁汰浮僞，簡練精鋭，可否敕下。魁聯幫辦湖北(湖)[南北]兩岸[水陸營]務事宜，責成一例簡汰。該員曾任三品大員，應否賞給三品[卿銜以重]事[權]之處，伏候聖裁，非臣所敢擬請。至湖北緑營兵丁[怯懦若性，正額虚浮，]軍政營制，蕩然無存，而其虚糜錢糧如[故也。現署提督楊載福]之才識嚴[明，如可]假以二年，[必]能整飭。惟東征事[急，水師無可專委之員，容]臣再行詳思訪舉，另摺奏聞。此爲兵[事]急應[整飭之要。]武漢形勢壯闊，自古用武之地。荆襄爲南北之關鍵，而武漢爲荆襄之咽喉。武漢[有警，則鄰疆]震驚。南服均阻，控制無術，本根既揺，四年之中武[昌三陷，漢陽四陷，]國帑因而虚糜，民生因而凋敝。東南數省，受害之烈，亦惟武漢爲尤甚矣。昔周室征淮，師出江漢；晋代平吴，久謀荆襄；王濬造船，循江而下；陶侃之勳，鎮守[武昌；]宋臣[岳飛、李綱之]謀畫[岳鄂]，均以此爲高屋建瓴之勢。控制長[江，惟鄂]爲[要]，固[東南]一大都會矣。夫善鬥者，必搤其吭；善兵者[，必審其勢。今於武]漢設立重鎮，則水陸東征之師恃武漢爲根本，大[營有據險之勢，軍]士無返顧之虞，軍火米糧委輸不絶，傷痍疾病休[休養得所，是則]平吴之策，必先謀保鄂郡矣。保鄂之不失,必須[先顧漢陽]。蓋漢陽爲江漢總匯,武昌僅南岸一府,而漢陽則可通八府也。臣查歷年湖北之失,在於漢陽並不設備,江面無一水師。下游小挫,賊遂長驅直入,束手待斃,莫可如何。前車之覆,殷鑒不遠。應請於武漢[設陸師]八千人,水師二千人,此萬餘人者,日夜訓練,則平時有藜藿不[採之威,臨]事有折衝千里之勢。本境亂民,隨時征討,固可消除隱慝。[且東征之師孤軍]下[剿],善戰者必傷,久役者必疲,傷病之人留於軍[中,不僅誤戰,亦且誤餉。若]以武漢[之防]兵更番[替代],彌縫其闕,則士氣[常新,軍行必利。]至水師[以]炮爲利器,炮聲震疊,無半年不修之船,無一年不[大]修之船,更番迭戰,以武漢爲歸宿,則我兵常處其安而不處其危矣。或疑武漢兩城[廨私廬百不存]一,城周二十里,設守爲難。臣愚以爲非是。蚡冒藍縷以[啓山林,衛文作都訓]農通商,是在行之以儉而訓之以勤耳。[苟]此而不能守,去之他處,何益?此武漢急宜設防練兵之要。湖北莠民[之從]賊者,以興國、崇陽、通城、通山、大冶、廣濟、黄梅[爲]最多。[臣於臬司]任内由[岳州駐]崇陽一月,[以保]甲之法勤令户守緝[斬三千]餘人。[未]及[畢事],而馳往九江矣。兵至爲民,賊來從逆,及今不治,[終必爲亂。治之之]法,兵勇搜捕不僅徒滋擾害,亦且事久無成,惟有[保甲清查、户族緝]獻、分别斬釋之法。然而牧令不得其人,則法不能行,害且[滋甚。其已被賊]擾之三十餘州縣,吏惰民驕,其未被賊擾之三十餘州[縣官仇民而]民且仇官。夫吏治之不修,兵禍之所由起也;士氣之不振,民心之所由變也。官吏之舉動,爲士民之所趨向;士紳之舉動,又爲愚民之所趨向。未有不養士而能致民,亦未有不察吏而能安民者。臣恐湖北之民,揭竿而起[者不必粤]匪之再至,而將盜弄潢池矣。即如五年大熟,州縣乃或報災,[臣駁斥在案];六年大饑,州縣轉不報災,又經臣迭次駁斥在案。[以豐爲歉是病國計,以]歉爲豐是害民,而終必害國計。又查[積年以來每遇歉歲,官吏]私收[而]恩旨蠲緩[者],實惠不及於民。則有所[謂"挖征"名目,又]有所謂["急公"]名目,無一非蠹國病民,飽丁胥之欲壑,[而肥]官吏之[私囊,實堪]髮指。凡下與上交接之事,諉之幕友而官不問;凡官與民交接之事,諉之門丁而[官]不問;[詞訟案牘],病在積壓;盜賊奸宄,弊在因循。

州縣之小事即[百姓之大事,今日所謂]小賊即異日之大賊,厝火積薪,更切[隱憂]。又如軍餉浩繁,不得不取給於捐輸、牙帖、釐金,以資小補。報捐則有[踩堂]贄見之費,牙帖則有勒索之費,釐金則有[私設]之費,其[所繳於公]者[薄,其所]取於民者[厚。臣]受事以來,迭次特[參,均蒙恩旨俞允。]在國[自]有刑章,在臣亦甘爲怨府。惟深思[利弊之原,劾貪]非難而求才爲難,前者劾去,後者踵事而巧避其[名,則其弊將有]不可勝言者矣。且賊擾之地,官缺久懸,觀望不前,所[在皆是。臣愚以]爲必應嚴禁官場應酬陋習,與群吏更始,崇[尚敦樸,屏]退浮華,行之數年,或可觀改。人情固欲自便其私,上無所求,則下可自贍,即責以廉潔而無詞,風尚必使先趨于正。大官所好,群吏所瞻,即不董戒而自變。目下情形,州縣尚懸缺待人,可否敕下部[臣,暫勿拘]泥文法資格,地方吏治,是臣專責,容臣次第清理,分别委署。[如果試驗有效,才]具出衆,即行奏請試署,以期實濟而利民生。此吏[治急應整飭之要。以上三事,是湖北]之先務,其餘應辦事,宜容臣隨[時奏請恩訓。刻下武漢甫經收復],人或以爲[已治已]安矣,而臣之所憂[方大。如以]爲[已治]已安,[則前]此固已收復二次矣。況江西腹地七府尚淪[於賊],與四[年之僅失]九江者情形迥異。江西[之]腹内,均與武漢唇齒相依,旁軼横出,又不僅九江、安慶[爲足憑也。未收復]之先,事勢極難,而文武尚有懼心;既收復之[後,布置尚易,而特恐文武均]蒙肆志。外省粉飾之習久[在]聖明[洞鑒]之中,不揣愚昧,直陳於聖主之前,可否,敕下廷臣核議準行。理[合繕]摺附驛以聞。伏乞皇上聖鑒,訓示施行。■■奏。

……來家君■■間利弊甚悉。自入晉……齊,重利輕義,無事難於聯絡,有事……言■■■■晉人之病。然三年之役,鳳臺令李薌……歷山險,與紳民開誠布公,民知官之真爲己也,相率輸……慶,踰山即鳳臺,不敢出此,而迂道垣曲。李公以勞致……祀之。孰謂人心不齊乎?連年捐輸,抽絲見蛹,官貪吏擾,上下相蒙。即如榆次、太谷勸捐者李某也,富人多食鴉片煙,李某召之至署,供饌甚盛,而拘留不遣,至其癮發,然後書捐,遂得巨萬。富人不得保其財……其餘,虐取以病之,而曰重利輕義也,孰謂然乎?夫克嗇堅忍,晉人……亦晉人性然,然官未嘗教化之也。

每一缺出,則計其肥瘠……誰肯無因而至,其至者皆可想而知。如……其言至■■■切。是日晴。

……廖子■得家書,言都勻失守後,紳民自陶子俊……圍麻哈。都勻自去年冬■被圍……督戰皆紳士也。民以死守,米■俱絶……至招賊■練而城遂陷,豈不痛哉!

……事平日景仰■心廢然。徐從九慎安解■■餉還……營兵練皆■■志獨張國梁一軍……喬觀察■年通上下之情,總督……能■■■■。是日晴。

二十九日,晴。

三十日,檢點到晋後課程,看書凡三十五本……餘事,尚不爲飽食終日無所用心。除夕祀先。吾母足雖漸能行步,尚不能起跪,中心怒然。是日晴。有微風,日色曀曀。

【咸豐七年一月】

咸豐七年强圉大荒落正月甲寅,余年三十五歲。黎明隨親祀先,率銕兒等祀先聖。是日早……塵瞇不見人。晚風定,星光皎然。

元旦■筆

> ……曰余矢歸■。不謂動之微,介然成玆■。……鵬息欲■■,狐死懷首丘。去年■■■■寢……兢俎謝。(都■■陷,先輩陶子俊■■以下皆殉節。)後進誰同■,■首增……楸。
>
> ……騫■羸負其書,七駕游■■。時……繼■蹤殫洽窮本元……齊既■没。大雅久不存,空抱千歲憂。獨寐儔……
>
> ……兢道春明■。遂令山居士,冰炭滿……誓將■■車,邁言臻遠道。……酒還自斟,相期此中老。

初二日乙巳,保太守送探報來,趙光畢……竄荆……殲者,誤也。河南、淅川防堵吃緊。均州……賊已解散者,誤也。方今軍務偵探不明誤事,匪■即此可見。是日晴。

初三日,作書寄唐鄂生、夏階平兩親家,命銕兒分纂《四書》字義。是日陰,至夜似有雪意,三鼓雲散星出。

初四日,晴,而日光微曀,晋中風高……

初五日,[北人]尚五,謂之破五。南人尚九,謂之上九。商賈以此日……動之,義或■。天數五,地數五。五者……日。是日晴。■■家君見中丞以賈年丈……心一篇。

[《古今注》云:"一日]雞,二日狗,三日豬,四日羊,五日牛,六日馬,七日爲人。"[《魏書·自序傳》《北齊書·魏收傳》]亦引[之]。《荆楚歲時記》言:"一日[不殺雞,二日不殺狗,三日不殺豬,四日不殺羊],五日[不殺]牛,六日不殺馬,[七日不刑。"又見一道書云:"天地先生雞,]次狗,次豬,次羊,次牛,次馬,次人,次穀,次粟,次麥[也,故曰一雞、二狗、三豬、]四羊、五牛、六馬、七人、八穀、九粟、十麥。[正月]此十[日晴明十者,豐順也。"《拾遺]記》云:"堯[時衹支]國貢重明鳥,如雞,[能使妖災群惡不能爲害。今人]每歲元旦[或]刻木鑄金,或圖畫爲[雞於牖上,此之遺象也。"按雞取一日]爲雞,又得吉音,非堯時遺象。渾天家[言天地形如雞卵],故宜先有雞,爲歲之首日。《事物紀原》[云:"東方朔始置人日。"汪君文臺云:"周]必大《二老堂詩話》云洪興祖引[東方朔《占書》,歲首八日,一雞、二犬、三豕]、四羊、五牛、六馬、七人、八穀,其日晴,則所主物育,陰則[災]。(《開元占經》引京房説同)

此録俞正燮《癸巳存稿》。[①] 是日晴。

初八日,上辛。先是,欽天監擇以此……[嘉]慶中詔以祈穀典禮應在……是日迎春過門,土牛芒神鼓樂前導,復……遍歷衙署,衆觀如堵,舉國若……郊造■■■一牛。屆立春日,吏設……案前布■■通贊執事者於席■右立……丞■■■■報畢,詣東郊。立春時至通贊……就■■贊跪叩興酹酒復……所各官執采杖……伶嬉戲,非禮也。或以禮有先……詣之天子謂■期耳,非遂迎春也。時■■兩兒……子弟知■■也。是日晴。或言先……者也。(迎貓之象、迎遞之象,蘇氏尚譏其近於倡……)■■戲動折跌傷人官所……

初九日,保太守送探報來(……十二月十九所發。)南路西路鄧……五户地方……爲名,意圖復叛。首匪余六在其……合圍,令傅獻[從逆]諸賊,殲二十餘人,而余六未……八九。又淅川之厚坡,自馬四黑子死,餘黨之……合圖討之。■■■■兵自李官橋……千餘人。南陽東路、南

① 此段文字殘缺特甚,據《癸巳存稿》卷十一《正月十日》條校補。

路,飢民遍野……旅往來。南陽城守防兵已徹,勇亦遣散……[趙]光畢竄■山,經鮑釗、舒洪元迫敗……半死■■光畢也。而忽死忽生……鈔官文,胡林翼奏克復黄梅■■黄梅……池口與九江對岸賊營趣官……夜月暈。

……河南、山東得雪……月七八日事,竹山縣失守。失守是十二月……辨云如■成以先嗇,司嗇、農嗇■■畷貓……虎■■■肅分貓虎爲二。無……報功。祭■種以報嗇。即釋主……言仁至義盡。統承饗郵表畷禽……爲仁義下及禽獸爲仁至義盡。……乃貓虎……乃農事■■及日事也。昆蟲……屬爲害於■功之有。正義云:昆蟲不爲……《大田》詩云:"去其螟螣,及其蟊賊,無……害方且焚■■■■從而祭之……昆蟲應祭,何不類叙於上文,乃與草……災云爾。涵詠白文。其義自見。山西八蠟祠……聞必有■捕蝗而祀蝗者,是不可……興。陳■■■禮書增百種,無昆蟲……其除昆蟲■有功於我者,如火田之■■■子禽……曰昆蟲。朱彝尊《蚄蝗廟碑》……於前代而主民……屬也。神以是名……道皆無昆蟲,程氏則有昆蟲……祭之説也■■牲云:蠟也者索也■■■合聚……先王■■■《大戴禮》易……蟲各巡■■然,則昆蟲不止八日[①]而……蟲鮮■倮蟲解乃爲得其義不……害而言唐人達於禮經。貞觀開元……羸毛介■■■合聚萬物……在其中。若以其害而不祭,則虎亦害人……厲祭,厲亦害人者。聖人仁心廣大,欲其必……驅之。如……殊淺隘。祀蝗……昆蟲之説不得而附會,除昆蟲者亦……一篇……宰盂化盂縣慶豐都。咸豐三年……課不■所令收禁二人拘繫……歷■■■■遣書吏王繩宗……宗諄■■諭曉以利害,不……是時陽……之李……已得……夜霏■達旦,作釋志……

……送探報來。委負黄炳奎率……房縣之賊竄保康已入……又稱土匪,仍踞洪山。踞洪山,固趙……光畢死其……可信。又■■復斬黄事……攻破銅仁■■兩關,是十月二十四五日事……東道楊書奎手足皆被拘繫背負……賊匪……石城生擒……百四十五名,獲僞木印九顆,是十……等■■洋溪■德旺等處……其■■場狗牙場瀘溪……尚……宗隆田宗蕃非……(三角■■■五十餘里,平日人迹■■極險要。)所有銅

---

① 眉批:……民命及■■虞■■走之■■稱■■若……

仁……過司……歡笑……

……莊家(……年穀……好)又聽街頭……鐙■■正紅花(繁華曰紅花,亦晋人語)……霞■(街左右樹紅竿,曲尺繫■綵勝■■簷柱皆綴紗■■■然鐙)■道高棚錦百層……■歌■古踏揺娘……象人戲……漢皇■祀倒昏明,權火留遺……(《學記》謂今人正月望夜游觀鐙是其遺……即■■■制,顔師古《漢書注》云……此望火之■■■■來也)誰知此……(……子祠祀所用自隋伐東都百戲大……其■■■由來久矣。晋人謂……見《方言》……)……欒朱(龍鐙或九■■■到十二三節,以……鐙如珠,屈曲回環,蜿蜒……)競■(旱船之戲始於唐代窟……傀儡通考云古喪樂……)……蔦……

……紅星繁■紫煙■看……面……

……俞謂……存稿牢凡必……是……庵筆記是……見山……志■■■明日陌郎尋……

騎馬■看幾時(袁中郎集……馬看年對……)……憶……例傳……夕……(酒杯未冷,頗切事情,語亦韻。)

十六日,陰寒甚。何孟臚來。孟臚……

十七……日

十八日,晴。保太守送河南坐……謂珍擒獲。又十二日……逆首■■之弟僞二王……多……爲前隊……城……現在河■布……錢店……君晤……諸……詢以口■據云與直隸■■饑民遍■和順一大口六小口時時……

十九日……釋■■一篇

二十日,晴。鍈兒看《名臣言行録》。偶出……

二十一日,晴。閲探報,湖北房竹間新起……驍黠……

二十二至二十五日,晴。作釋出……

……廢比案繁陽事……得豈……是日晴,

二十八日,早北風,至午乃定,陰。作釋……

二十九日,陰。夜大雪,閲邸鈔。十八日……是何……

……記行取舊……

(劉贇整理)

第八册　思朔録五(咸豐七年二月)

【扉頁浮簽】

思朔録五(咸豐七年二月初一日至三月十九)

多載邸鈔時事。附録《富察公家傳》及《庶母慈己不得同慈母服制對》各一篇,又説詩,均精當。

思朔録卷五

【咸豐七年二月】

二月初一日,早起猶雪,午微晴。戈刺史濟榮爲家君言,僧王之攻連鎮,賊來投降者三千人,以甯立誠統之。王時微服入其營,道家人事。時或遣戈什哈至某營召其卒,至曰:"汝欺我。"或教之,或笞之,或斬之。蓋賦性精敏,互相鉤校而得其情,即一卒而前後語不類者,王悉識之。又慮立誠得衆不可制,則使言其下之不能命者,召至,皆斬。立誠跪請涕泣,不少貸。故降卒人人畏懾,無敢有異志,後竟得其死力。復就三千人中揀得八百人,甯立誠及鄧某者,尤梟黠。王奉詔還京,八百人交西都護凌阿。都護不能用,復爲盜。又潮勇二十餘人來乞降,王語之曰:"勇之降賊,與本爲賊者不同。彼愚民無知者耳。若勇則既食國餉,宜知大義,去而從賊,有誅無赦。吾不殺降,亟去,得林鳳祥首乃可來。"揮之去。數日復來,曰:"鳳祥不可得,得其衣物矣。"又揮之去。數日又復來,曰:"鳳祥不可得,得其親近左右首矣。"王怒,令持首去,曰:"不得鳳祥,毋來見也。"數日又來,持一印,曰:"此鳳祥印也。"王乃悉召至,語之曰:"賊營頗有號令,豈容爾持人頭往來耶?"悉斬之,留一人使還語曰:"鬼蜮技倆,吾盡識破也。"陳州倅步瀛爲家君言,丁稺璜編修樤木寨之戰,賊據高阜,礮中稺璜左右,衆勸少退,稺璜曰:"退則齏粉矣。"急趨而前,至山麓,仰而攻,賊石下如雨。練勇載牀而進,遇大石皆碎。稺璜以刀背擊其衆曰:"毋卻! 卻之且死!"相持數時。步瀛睨旁有小阜,白稺璜盍據此,稺璜不移足,呼左右舁大礮於上,向賊皁發二礮而賊陣動,乃急趨而前,遂克樠木哨。稺璜,吾癸卯同年,向知其慷慨持重,不知其膽略如是也。

初二日。飲廖子厚大令家。子厚言,周文忠初至粤西,悉賊情,即言慓悍不及闖、獻,而沈毅過之。又言莫若以廣西委賊而徐圖之。當時莫不駭怪其言。今日觀之,果何如也? 是日晴。

初三日。閲邸鈔。孝順蔣霨遠奏,黔兵會合楚兵攻破銅仁匪巢,生擒首犯黑灣回香坪。貝江、源溝、樟角皂賊巢悉平,生擒僞元帥劉世美、趙子瀊,僞將軍嚴占鰲,餘賊自中壩竄梵浄山,亦爲鄉團所敗。又孝順蔣霨遠奏,上年秋間,古州、都匀、黄平三城先後失守,文武官紳或力竭陣亡、全家被害,或駡賊受傷,同時自盡,大節凛然。古州鎮總兵桂林、都匀府知府鹿丕宗、前陝西布政使陶廷杰、署黄平州知州楊承照、候選中書科中書周官皆奉詔從優賜恤。同知石均、署經歷穆承春、教授周玉德、黄平州學正鄧福照、署都匀協守備陳玉恩、把總張列順、外委王世忠、守備高殿選、都司劉朝勇、恩騎尉王世榮、龍應貴、把總石明發、教諭陶廷襄、貢生陶慶陞、監生陶煜升、廪生陶佩琳、武生周樹棠皆奉詔議恤。都匀縣知縣高得善及無下落之通判周湜、訓導丁堯錫、教諭熊廷堅、典史孫嘉猷皆奉詔革職,嚴緝逮訊。又官文保奏,實心任事之知縣湖北潛江縣知縣龔焕枝在任年久,悃愊無華,連年修築堤工,保衛田廬,辦理團防,地方賴以安謐,徵糧濟餉較他屬尤爲踴躍;荆門直隸州同[知]熊登瀛潔己愛民,實心辦團。奉詔褒美龔焕枝,擢知府;熊登瀛擢知州。是日晴。邸鈔言圜法、鈔法、捐餉、捐輸、平糶事甚衆,不暇録。

作《釋情》一篇。

初四日,晴。作《釋情》下篇。邸鈔:御史李培祜請由河南懷慶府設鑪鑄造銕錢運京,飭部議奏。沈雲巢前輩得河南所鑄銕錢,頗精好。家君見之,云勝秦晋數倍也。又,邸鈔:上以河南巡撫英桂剿匪無功革職留任已數月,株守亳州,匪衆肆出,調度無方,交部議處。察哈爾都統西凌阿所帶皆勁旅,屢次敗退,並交部議處。河北鎮總兵崇安駐兵雉河,被匪撲陷,姬家橋之敗縱賊西竄陳州,至臨涣集復爲賊所乘,恇怯無能,交部嚴議。西凌阿、崇安並召還京,以穆騰代西凌阿,勝保代崇安,飭英桂與勝保、袁甲三勠力同心,迅圖蕆事。又御史方濬頤以京師米價日昂,南糧短絀,請招來商捐採買洋米,給粟抵税,以廣招來。聞京師米一斤京錢五百。大學士彭藴章等議請户部撥款平糶。

初五日。上丁致祭先師孔子。家君與分獻,歸語彭年曰:"禮之簡陋也。編鐘、編磬其音孤,佾舞與樂章不相應,司尊酌酒無其人,盥洗所無其地,尚不及黔之備物。"是日晴,早大風。

初六日。戊祀社稷壇。胡委員探報:南陽之東泌陽、桐柏、唐縣北、南召、裕州西、鎮平、淅川飢民遍野,千百成群,間行劫掠。目擊其形容枯槁,白叟黄童,撫固無方,捕又不可。何太守親赴各鄉,勸諭大户平糶,並示買糧限以三升爲率,先給買條,赴糧行糴取,仍無糧出糶。南陽首要各犯尚未伏誅,新野之南仍不時有匪徒,或三五百、七八百,嘯聚滋事,一經兵勇掩捕,即時逃散。均州賊匪分爲三股,一由竹山攻陷竹谿,一攻陷保康,一仍踞房縣。竹谿逼近陝西平利百里,保康毗連南漳,距襄陽百廿里。副將閻丕敏駐鄖陽,總兵龍澤厚駐鄖之花果園,總兵邱聯恩駐構林關,陝西商南道常瀚駐商南,陝安道白淮清駐興安。河州鎮兵五百名出商南没川關,二百名守函谷關。十一月廿五日蘄水縣知縣克復縣城,大軍現紮瑞昌縣及小姑山。九江城内賊堅守不出。瓜州、鎮江賊糧將盡,意圖他竄,官軍正月焚其望樓七八座,賊仍堅守不出。又聞江南大營缺餉,湖北欠兵勇餉至八十餘萬。是日晴。

昨大甯縣杜大令棠來謁家君,言欲借穀五百石,與民作籽種,禀本州不批,欲更禀大吏。家君語之曰:"事苟便民,便宜出之可也。若禀上官,則上官當爲擔當。我輩作官,上不愧國家,下不愧百姓,何必求人擔當。且大甯行已三年,皆春借秋還,民無重息之累,官得易新之益,官民相信已久,何煩作此一篇案牘。若入案牘,則必不能行矣。"沈雲巢前輩亦以家君言爲然。王中丞示家君胡中丞來書,略云:九江東下之師破壘攻堅,頗爲得手。惟宿松援賊踵來,江皖尚多淪陷,兼之襄樊殘匪勾結游勇,連陷房竹、興山等縣,鎮道追剿遲誤,縱賊入山,幾如嘉慶初年川楚匪徒之禍。現又於正月十七日竄陷宜昌,荆州大震。林翼才質庸劣,懦忍未決,罪無可辭,現已飛調留防襄陽之唐守訓方、唐令協和入山搜剿,又派寶、義二營,益以馬隊三百人,並水師左光陪率領礟船水陸並進,直趨荆、宜,會合兜擊。惟該府地踞上游,爲川楚門户,賊蹤蔓延,道路中梗,不獨川餉、川鹽斷絶失望,即川中撥定之款亦難直達,且百物停滯,商賈裹足,本省之鹽課釐金更無所出,自貽伊戚,夫復何尤。現今東征之師,九江兩岸水陸馬步及各處分防分剿約共四萬餘人，興師日費，庚癸頻呼，前者未清，後者復積，忍飢而鬥强寇，豈可爲常哉？楚中自鄂垣三陷，漢陽四陷，此外三十餘州縣被擾者多至數十次，兵燹未息，加以旱蝗，十室九虚，民生憔悴。彼方自顧之不遑，安望其有壺漿之奉？征兵既已久匱，善後更無所資，刻下滁帥一軍，已與鄂師會合，其支絀之狀，同出一轍。又云：楚事誤于將吏皆無才；招勇則一招之外無餘事，故不可戰；散勇則一散之外又無餘事，名爲散而實驅爲盜耳。又云：厲守向爲滁帥司度支，結實可靠。

初七日。閲邸鈔。諭京師行用銅鍈大錢，總由直隸省未能設法疏通，以致情形壅滯。順天、直隸各屬錢糧即自本年上忙爲始，以實銀四成、寶鈔二成當銅鍈大錢三成，按成搭交，其零星小户應交錢糧不足寶鈔之數者，准以大錢抵交。一切用項，亦照成數搭放。如敢仍前疲玩，不收大錢寶鈔，勒令交銀，或經民間呈控，或令人參奏，定將州縣照枉法例從重治罪。其私鑄大錢罪名，無分首從，均于訊明後就地正法。甲長、隣居隱瞞不報，分别徒流治罪。至捐銅局搭收大錢，每銀兩搭收大錢六百文，其崇文門税務，税如何分成搭收大錢，監督迅速酌换，如有囤積制錢、收買私鑄，步軍統領、順天府五城一體嚴拿。似此詳加整頓，錢法既可疏通，糧價自然平減。給事中宗稷辰奏，發往東河例不開缺，請仍遇事陳奏，諭以體制不合，不准行。是日晴。

初八日。閲邸鈔。御史李培祜疏言，爲政之道，如醫者之視疾，緩則治其本，急則治其標。今人有患虚弱之證，不得不用滋補之劑，以培其本；而或偶感風寒，見諸外症，則必先投峻厲之品，以攻其表，而後可用滋補也。若因其體弱，不敢治其標，而仍培其本，其變證有不可勝言者。今日至大錢不行，必須嚴刑峻法以懲奸商，此急則治標之説也。議收納，均出入，一切流通章程，皆緩則治本之説也。現所鑄當十銅鍈大錢，原與制錢相輔而行，並無區分。即銅鐵大錢，質雖異，而用之亦無區分。乃近日市中交易，概不行使鍈錢。數日之間，翕然一變。此雖爲之厲禁，而使之賤棄如此者，推原其故，由于小民持錢買銀，銀價過昂，持票買銀，銀價稍平。重票輕錢，已分軒輊。其繼由于空立銀號，煽造浮言，以惑人心，欲使其票日見寶貴，以爲空中樓閣之計。其終則奸商陰爲把持，概不肯收見錢以市銀，復欲借買票以肥己。前尚重票輕錢，後復重銅輕鍈，以致國家泉貨之大權,一旦轉移于奸商蠹賈,而上與下通受其患。此豈可以滋補之劑治之哉?蓋不嚴懲一二奸商以昭炯戒,雖百計流通,彼必陰爲阻撓,終歸不行而後已也。爲今之計,應先嚴定重票輕錢罪名,令民間持錢赴市易銀,無論銅鐵大錢、制錢與各鋪私票,不得區分價值、稍有輕重。是日晴。

初九日。録留保《名臣言行録》載尹文端言煙袋費銅事。或曰:"此事太瑣屑,故當時不行。"余曰:"天下事正由瑣屑處浩費耳。宋永初二年,禁喪事用銅釘,孰謂其瑣哉?"讀《宋武帝紀》,桓玄篡逆,晋祚淪亡,裕無齊晋之强,一旅之衆,不浹旬而夷凶翦暴。若誅玄而正位,不幾于湯武之事乎?惜也,名翼晋室而志存非望,篡奪之罪,何所逃之?以唐繼隋,雖敢置喙,貽後人口實,亦與裕同。蓋假名以繫人望,自劉、項之奉義帝始,項不弑義帝,亦高祖之事矣。何孟臚來,談及大錢,言私鑄不可不挐,私錢斷不可挑。[1] 既已成泉,正可助官泉之不及。一經挑選,則官泉皆難取信。如治水然,於其泛溢處一杯一勺而酌之,能止泛溢之害乎?其言近理。孟臚又述終南净業寺清泉白石之勝,使人胸膈清爽。《南史·宋文帝紀》稱帝性存儉約,又書築北堤,立玄武湖於樂游苑北,興景陽山于華林園,役重人怨。儉約之主殆不如是。竹篷皮緣,奚足稱焉?元嘉二十七年以軍興減百官奉禄三分之一,淮南太守諸葛闡求減奉禄同内百官,於是諸州縣丞尉並悉同減。《名臣言行録》:吕夷簡在中書,奏令宋綬編次《中書總例》,謂人曰:"自吾有此《例》,使一庸夫執之,皆可以爲相矣。"然則《例》爲庸人設也。國家所用,不必皆賢,無《例》以範之,何所不至?《祭鱷魚文》不獨昌黎,宋陳堯佐通判潮州,有鱷魚食人,捕得,鳴鼓于市,以文告而戲之,鱷魚永息。是日晴。

初十日。南陽坐探委員探報:南陽東南兩路荒歉尤甚,舞陽、桐柏、泌一帶餓死者十居四五,西路略有收成,鄧州又被賊焚,居民食樹皮、草根、草紙、蘆葦,賣妻鬻子,苦無受主,餓死者日常數百。邱鎮所統兵千弍百名,日給大錢百文,(麵斤七十文,菜斤卅餘文。)口糧不敷,怨聲載道。正月初八日,因口糧未到,幾至兵變。幸邱鎮素能馭衆,當時喝止,鄧州未失守。時姚牧乞援不得,乃招無賴少年與賊戰,戰潰,姚牧不知下落,

[1] 夾批:前歲陝西省城坐挑選私泉之病,至大泉不行。

而所募少年散爲盜。近聯莊會綑送八百餘名楚匪至鄧者,捡斬亦五六百名,邱鎮軍威頗振。十二月廿一日,袁京卿敗賊于雉河集,元旦又敗之。竹谿之賊回竄房縣。陜西戒嚴。竹山、竹谿、房縣、宜昌、鄖陽、南漳、保康處處有賊,各踞險負拒,圖老我師。現惟楚軍剿賊,兵單餉絀,勢難得手。豫之邱鎮、陜之龍鎮皆守而不戰,各防邊要。餘與前所見探報同。是日家君與祭恒嶽廟,謹拾舊籍脞録以進。晴,夜雪。

記恒嶽廟祀

北嶽之山在渾源,而祠北嶽於曲陽,顧炎武所謂"肆覲諸侯、考正風俗,必於大山之陽、平易廣衍之地,而不在險遠曠絶之區"也。漢祠上曲陽,在今曲陽縣治西。唐祠曲陽,即今曲陽縣治。治既移,則祠亦移,相去數十里,未足爲更革也。謂漢末喪亂,山道不通,望祭於此,《水經注》之臆説也。謂石晋之後,稍遷近裹,《夢溪筆談》之淺言也。宋始有恒山,没於遼。從曲陽望祀之説,不知望祀曲陽不自宋始也。岳祀之不據都以改也,《詩正義》之説也,金世宗大定間,太常卿范拱援以止改祀者也。明馬文升請改祀渾源,駁正者,倪岳也。胡來貢請改祀渾源,駁正者,沈鯉也。自唐以上,徵於史;自唐以下,得於碑。爲之辨者,顧炎武也;引申其説者,閻若璩也。是皆持曲陽之説者也。後魏泰常三年建岳瀆,祠於灅陰,即今渾源。巡幸偶舉,未爲典要也。用科臣粘本盛奏,改岳祭於渾源州,我朝順治十七年也。曰大茂之爲恒山,猶霍山之爲衡山。曰霍、衡,二山也。大茂者,恒之支麓也。然則渾源之祀,猶衡山乎?曰:彼以非衡山爲衡山,此至恒山祠恒山。彼之改祀者妄,此之改祀者誠也。制非古也,意則不悖古也。何譏焉?譏之,太原之祀恒嶽廟爾。

十一日。閲邸鈔。御史李培祜劾陳得功素習邪教,黨與衆多,彌戕縣官,匪犯即其黨羽。該革員縱令逃逸,並爲首犯,寅緣贖罪。入黔以後,于郎岱地方殺投誠苗民冒功,以致都匀等處城池失陷。革職以後,黨羽散布開化、邱北等處。詔即發新疆,不得留雲南效力,即日起解。德興阿奏劾江蘇留防之候補道温紹源。詔從寬革職,免其治罪,仍留六合地方帶勇防堵。紹源以六合縣令得士民心,特擢知府道員,仍留六合,從民望也。爲將士論功,而德帥以十損保舉劾奏,非遇聖明燭照,禍且不測矣。家君與趙心梅御史書,言都中士大夫奢侈。與楊心畬京堂書,言河南飢民宜截漕賑濟。是日晴。

十二日。閱邸鈔。正月十六日,賊陷廬江縣。副將鮑雲、都司彭萬鎰、守備洪鍾死之。諭賜恤從優。知縣何輝級赴鄉籌糧免,諭革職留任。又諭:湖南自曾國藩統師東下,即籌備炮船,接濟大軍,甚資利用,其經費均由在局紳士捐辦,業經駱秉章奏請獎叙,降旨加恩。玆據胡林翼奏,上年春初,水師回駐武昌,漢陽戰艦無多,經駱秉章督率炮船各局設法補救,水師得以復振。其接濟胡林翼軍營有戰艦三百餘隻,並運解火藥炮子及一切軍械爲數甚多,均係該官紳董辦,實能盡力籌謀,不分畛域。所有湖南總局司道大員並紳局委員,前次未經保奏者,著駱秉章再行擇尤保奏,以獎勤勞。欽此。愛仁奏:查户部出定行使錢鈔銀鈔章程,旗民若用錢鈔,以銀鈔一兩换錢鈔四千,若用銀鈔,以錢鈔四千换銀鈔一兩,行使甚便。今不准錢鈔、銀鈔互易,兩項價直懸遠,一切買賣,收用錢鈔與錢票同,而銀鈔除捐項、交項,買賣無從使用,請仍照初定章程。是日陰。

十三日。巡撫祀文昌,始用樂,升中祀也。家君與陪祀,故記之。閱邸鈔。怡良奏江蘇軍餉需銀四百數十萬兩。上年江海關夷税幸有二百萬,司庫錢糧截漕連捐輸抽釐僅止百餘萬,以入抵出,實少一百數十萬兩。如果廣東、浙江兩省每月協餉十六萬如數如期,自可將就敷衍。即山東、河南兩省專案指撥之款,亦僅解十分之一。總計上年軍餉仍欠發二三四箇月不等。連年蘇松太等處捐輸抽釐雖不下數百萬串,邇來捐款未見踴躍,抽釐亦因米糧議停,致有短少。釐捐之款,有按船抽捐者,有按貨抽捐者。絲茶兩項,係屬大宗,各項貨厘,實已搜索無遺。至紳富捐款,實因軍務曠日持久,捐至數次,力難爲繼。又怡良、趙德轍請截漕濟餉。諭准截留二十五萬石。是日晴。

十四日,晴。

武昌府知府富察公家傳(代家大人作)

嗚呼!粵賊倡亂,武昌陷而東南數行省潰,忠臣志士相率犯難授命。俗所傳《咸豐二年武昌殉節諸臣録》深文揜陋,不足以傳,然大較多事實。其於當時諸公有微詞,無者自布政使梁公而下不十數人,武昌知府富察公其一也。

公諱明善,初名賡繼善,字熙仲,一字韞田。先世盛京齊賓哈達人,太祖時,以族來歸,隸滿州鑲藍旗。父昌宜泰,河南開封知府,濬貫魯河以利民,道光元年,詔祀名宦祠。公自筆帖式歷官步軍統領衙門筆帖式、司務至郎中。京察一等,出守湖北荆州府,以廉潔薦。召見養心殿。調武昌府,履任未數月而武昌陷。

其爲郎也,軍校多假鉤緝,横恣婪索,公一裁以法,人稱廉明。其治江隄也,首輸金錢,爲民先,數旬而萬城大隄工畢。詔加道銜。逾年,道光戊申,江水泛溢,自武昌迄金陵,患潦者幾千里,而萬城大隄屹然。荆民益德公,相率醵錢製衣蓋爲公壽,公謝卻之。其守武昌也,築土城,濬壕。先是,大吏倚岳州爲障衛,及岳州陷,提督遁,倉卒登陴,公既位卑,事權不屬,又國家治平久,大吏罕習兵事,咸豐二年十有二月初四日城破,賊自文昌門入。出隨大吏,率衆巷戰死。事聞,上震悼,詔加等賜恤,特贈中議大夫,祀昭忠祠,湖北建專祠,賜騎都尉世職。次年七月,天子愀然恤死事之臣,賜公子慶純官郎中,慶紳官同知。嗚呼烈哉!

余昔至武昌,土人或言公刎頸死,或言戰死。今讀紳所爲狀,獲公尸,首創四,頦下刃創,蓋戰而創甚而伏劍死也。

年五十八。妻蒙古阿蘇特氏,先公卒。妾葉氏,聞城陷,自經死。子慶純,郎中,卒。慶紳,湖南長沙同知,今山西知州。孫恩寶,襲騎都尉。恩壽,官學生。恩厚、恩濤、恩茂。余喜與公從子岳同官吏部,今又與紳同官山西,嘗及見公,故叙次行狀及余所聞於楚人者,爲之傳,俾藏于家。

黄△△曰:公少好李衛、田文鏡、汪輝祖所爲書,以爲切於時用,常刊以詒人。在荆州時,爲《明倫堂解》示諸生,以明倫爲實學。又謂王刑部柏心爲諸生矜式,聘主講書院,用文章行誼相切磋。公歿後,而有林生天直者,刑部弟子也,起諸生號召鄉兵擊賊,名聞於朝,亦以戰死。嗚呼!觀公所自立與其所成就者若此,孰謂學可已哉!

十五日,晴。孫雲溪前輩爲家君言,其祖名大山,令河南嵩縣,時教匪齊二寡婦、張漢潮竄嵩縣,方勸居民爲城守計,俄傳賊至營城外二十里。縣城人少,器械未備,公環視縣城倚山,其在山半者,賊瞭望可及,乃掎木傅草,爲人其上,盡出居民絮衣蘸油然之,火光燭天。次日鄉民遯難者千餘,審而納之。夜復然火如故,賊以爲大軍至,遂遁,縣城得完。後官至山西渾源知州。

十六日,晴,午未間大風,夜月光如晝。聞京師買米,銅制錢拾捌千百斤,鐵制錢三倍。又聞僧王買蒙古米至京平糶,未知確否。

十七日,晴,風。有寒疾。

十八日,晴,風。夜臬署不戒於火,家君馳視,同城文武軍畢至。

十九日。閲邸鈔。李續賓克小池口,劉于淳克新淦,九江可冀收復。過何孟臚談。訪花金圃。是日晴。

二十日。沈雲巢前輩爲家君言,劉中丞鴻翺任太湖廳時,調充同考官。放榜後内外簾官團拜夾河妓館中,江南舊習也。劉懵然不知,公服往。坐頃,妓至,劉問何事,同官以向例告。劉曰:"榜發,士來謁,而所爲如此,何以示教?"呼僕從,已失所在,遂步行歸寓。市人見劉盛服徒行,莫不笑其迂。陶文毅公時督兩江,遂特薦之。是科爲道光戊子,解首潘德輿,亦有學行。沈丈又言,劉公嘗欲均江南漕糧,竟不果行。江南漕大户輕而小户重,紳士完漕者少,包漕者多,均漕則小民得蘇其困,而世家大族必百計沮之。是日陰,午微日。

二十一日,陰。市人求書聯册,竟日腕痛欲死。

二十二日。僕嚴炳先、王懋勳、周玉春不率教,家君厚遣之歸。閲王大令爲家君京師言,京師肉一斤制錢三百文,燒餅一枚制錢數十文。或是傳聞太過也。黄儷雲來。儷雲,姻家也,故余見之。此公大有官氣。是日晴。率鋏兒晚步文瀛湖。

二十三日。閲邸鈔。戴增奏克復宜昌,賊竄當陽。是日陰,夜微雨。僕人中煤毒,幾死,以酸湯灌之愈。

二十四日。慶刺史爲家君言,京師報房胡同有一家三口同時自經,虎坊橋一家自盡,皆因大錢不能賣食。聞之惻然。閲邸鈔,諭旨:關聖大帝神碑,改寫"關聖帝君"清書,關字、帝君字均還音,聖字繙清。文昌帝君神碑,清書文昌字繙清,帝君字還音。又盛京將軍慶祺劾永陵總管慶安嗜酒任性。上年四月慶安家内畜養小狗被酒匠葉守貴家大狗咬斃,將葉守貴竝其侄小二一併拿去,重責數十棍,令葉守貴將咬斃小犬具棺裝斂,扶抬埋葬。詔革職。[1] 又勝保奏剿匪出省,請將所署河北另派署理,

---

① 眉批:何孟臚云,鶴固帶牌,犬不識字,禽獸相傷,不干人事,惜無援此告慶安者。可謂雅謔。

詔如所請。又鄭魁士在桐城剿匪獲咎,詔毋庸會剿捻匪。是日陰,微風。

二十五日,晴。携銕兒游市上,以錢三百買得《畿輔水利四案》《北堂書鈔》。閲邸鈔。編修劉其年請禁用錢票,諭斷不可行。①

二十六日。陰,午微晴,大風撼窗櫺,格格有聲。作《釋氣》一篇。賈人以册頁乞書,爲書《荀子·勸學篇》訖,志其後曰:《荀子》源於禮,故其論學曰"始於誦經,終於讀禮"。《大戴禮記·勸學篇》取《荀子》此篇,而以《宥坐篇》末"見大水"一則附之,文字小異,各從其本,不煩改就也。"人而無禮,胡不遄死?"故孔子告顔淵以克己復禮。孟子論堯舜湯武,不過動容周旋中禮。荀子其知道矣。世儒讀東坡論一篇,語録數則,竊其唾餘,遂相詆訿,實則讀《荀子》未曾終卷,亦可謂人而無禮者也。余酷嗜《荀子》,暇輒書之。此録《勸學》一篇,譌脱至十數事,亦用心躁之一端矣。書以志過。

某觀察子婦病,某知事醫治,方用龍骨牡蠣。婦夢數人自外入,内骨婦口,俄二人突出,與之搏,遂覺。以語家人,知事曰:"内骨口中者,龍骨也。二人突出者與鬼搏者,五藏之神也。"聞者莫不失笑。屬吏貢諛,達官好諂,大率如此。

邸鈔:順天府奏採買平糶。

二十七日。聞曹銕香前輩死,往唁其子西鄉,並輓聯云:"乞養去官,又依人作客,傷哉貧也,只這滿腔熱血灑向天涯,知永夜啼鵑,惆悵江南春易老;狂吟潦倒,憶珥筆從容,逝者如斯,早將未了名心付之兒輩,但寄書歸雁,悽涼堂北淚頻揮。"鐵香,余乙巳同年,庶常改官工部,母老乞養,橐筆遠遊,束修取入以奉甘旨。廿二日喀血,次日遂死,深可悲也。過司和庵通守、何孟臚孝廉談。是日陰,寒甚。武觀察訪疇爲家君言,前歲陝西鹽歸地丁,渭南奸民傳單,不准争先完納。知縣某執傳單二人,一斃于獄,遂聚衆二三萬人,隔渭而營。相持數日,奪商船欲渡。知縣將開礮,差役黄秀曰:"開礮則亂成,請往説之。"會觀察馳至,秀偕父老數十人來謁,曉以利害,革知縣浮收之數,民遂盡輸鹽課,衆亦解散。觀察又廉知邨民洪元柱者,攘臂一呼,輒數千人,年未三十,藉其衣兒,語知縣以計捕

① 眉批:柏葰、翁心存劾其年疏云:設欲盡收商賈之利權,恐無此政體;立置違令者于極典,亦無此刑章。果如所定,必致市肆沸騰。

誅之。知縣不能用,觀察亦以憂去。邇來得陝西信,洪元柱誘黄秀殺之,官不敢問,恐不久亂作,必此人矣。此知縣所謂召禍有餘,弭禍不足,貪庸之尤也。

二十八日。武觀察以崞縣布衣任克秀僊樵所繪《長夏江邨圖》示家君,畫法王石谷而參以宋元人筆意,書亦圓秀有法。觀察云任君能詩,不習科舉業,亦拔俗之士也。是日晴。

二十九日。閱南陽坐探委員探報,竹山之賊竄四川之大甯、陝西之平利。房縣之賊,德鎮、常道兜擊,未能得手。保康之賊有回竄谷城之意,邱鎮仍駐構林關,周道撤防回省矣。(正月廿五日所發。)又探稱,竹山賊竄入川、陝,官兵餉乏,不能戰,惟唐太守之訓勇自保康抵南漳,三捷。保康之賊有回竄老河口之意,穀城先告急,河南巡撫英桂乃欲撤防,邱鎮言不可遽撤,並遣程參將往固始防剿。鄧州南有土匪,何太守率勇三百往殷凹率民團剿辦。英桂與周道函,周道與邱鎮函,(皆言南陽肅清。)皆欲全撤防兵。(正月廿九日所發。)楚境匪結合散勇、飢民,不下五六萬人。邱鎮所轄兵不滿千。廿七日賊陷穀城,湖北參將帶兵七八百迎戰失利,去光化僅千餘里。南陽戒嚴。(二月初四日所發。)穀城賊初一日竄擾茨河,距襄陽六十里,羅道(遵獻)遣炮船禦之,仍竄穀城。初六日陷光化,擾及老河口,另股通淅川、荆關。邱鎮駐孟樓,何太守駐鄧州。因前次賞罰不公,並誣良爲盜,民不爲用,南陽郡城空虚。宜昌之賊竄宜都,陷當陽縣、荆門州,荆州告急。楚師盡趨荆州,不暇他顧。陝兵防頗嚴密,獨豫疆空乏。英桂調邱鎮移兵固始,何太守請留。(二月初十日所發。)十三日巳刻,賊至淅川屬之李官橋,邱鎮督兵迎敵,傷亡壹百餘名,餘悉潰散。百游擊亦退守厚坡。邱鎮走鄧州,招潰軍卒,爲固守計。淅川危甚。李官橋在鄧州東南、淅川西南、光化北,去淅、鄧各百廿里,去光化四十里。厚坡在淅川西、鄧州東,去鄧九十里。郡城兵餉兩缺,慶鍥亦茫無措手,連日勸捐,亦無應者。(二月十五日所發。)又袁鴻籌探稱,潁上縣江口集有運赴皖省糧船五十隻,貨船數百隻,經過本地,飢民用磚石塞河,欲掠米糧。官兵至,與戰,斃五六百人。二十日,張、宮賊匪(張樂行、宮瞎子)竄江口集,於沙河南北岸忽來忽往,既得渡河,難保不繞往周家口一帶地方。又探勝鎮二月初九日在亳接印,即督帶兵勇直搗三河尖,並乞英桂移營潁州,以爲後路策應。嗟我兄弟,邦人諸友,莫肯念亂,誰無父母。京師錢荒可念也。隣有喪，舂不相。河南兵荒可念也。陶大令（汝霖）爲家君言，鎮江半石十千，較平時值增五倍。邊大令（浴仁）爲家君言，南汝光麪斤錢肆拾，較平時值亦五倍。陶字商巖，余登癸卯同年，江蘇人。邊字心巢，其弟袖石亦余癸卯同年，今官南汝光道。四伯父周年，家君率家人上祭。既傷忠臣之死，又未知骸骨是否已歸，舉家感泣。晴。

三十日。知縣聯英新自京師至，言正月初十突然不用銕大錢，一二日間事也。近發帑十萬，可得鐵錢七十萬，又益以鉛錢三十萬，共百萬，交四路廳採買平糴，専濟窮民，凡中上户及有錢糧者均不得買食。然兵丁皆食錢糧，所領皆鐵大錢，令其目擊貧民食賤價之米，亦恐别滋事端。且此次發銀，將來僅收錢，亦未知能否周轉也。近來油條燒餅等鋪均已關閉，米價仍是大錢百八十文一斤，百物昂貴，買賣多用當五當十錢，亦無一二文制錢之賤值者。聯公自福建鹽大使改捐，言福建鹽壞，民不納課，官恐激變，不敢過問。所有鹽務、俸廉、雜項均扣抵課，尚不足額，鹽官惟販鹽自給，與私販同。上官明知之，亦不能禁也。仙遊、興化之亂，雖報肅清，亂實未已，賊渠林俊未獲，今尚九十餘郉落不納錢糧。是日陰，夜微雨數點。

【咸豐七年三月】

三月初一日。語銕、艾兩兒曰：惡猶水也。望見水即回顧者，上也。近水則泥淖，難拔脚矣。再進則溺死矣。小人謂惡無傷，猶没泅者之於水，死者常七八。又曰：菑，不耕田也，古借爲灾害之灾。足見不務勤本業，必有禍殃。李大令必貴，家君舊識也。向詢昔年宦晋諸相識，有女爲人婢、子爲人奴者，有子孫爲更夫賤役者，更有不忍形諸言語者，皆當時所稱能吏也。或身爲貪酷，積欠煩多，或驕縱子弟，皆可爲殷鑒也。聞庭訓，因舉以告兩兒。是日時陰時晴，午後微風。聞鳳臺掘糧種得七八石，大吏通飭各屬。

初二日，晴。

初三日。爲兩兒講小學，至柳玭《戒子［弟］書》論，當世而解頤語，惕然猛省，災己辱先，常從此始，自今以後，切宜警戒。玭又云："浸漬頗僻，銷刻德義。"語最有味。頗僻，陰柔也，故象水，入其中而求無浸漬，不可得也。德義,陽剛也,故象金石,堅如金石,尚有銷刻之者。以此見善之難而惡之易也。爲艾兒講《詩》,至《我行其野》篇,曰:“此與《桃夭》同,取春時之物,以興起婚姻,而樗、蓫、葍皆惡木惡菜。惡惡善善,其旨嚴矣。”大雪連宵,春麥可望豐收。

初四日,陰,寒甚。

初五日。今外官但資級稍優,雖不相屬,必具手版,書銜名,親舊交遊,皆所不論,固禮制當然,亦畏人情叵測也。漢馬援以梁松爲故人子,卒受其謗。《南史·向靖傳》,柳與顔竣友善,及竣貴,柳猶以素情自許,不推先之。順陽范璩誡柳曰:“名位不同,禮有異數,何得作曩時意耶?”柳曰:“我與士遜心期久矣,豈可一旦以勢利處之。”及柳爲南康郡,涉義宣事,敗繫建康獄,密求竣相申救,竟不助之。柳遂伏法。然則達官之故人致敬於達官,爲達官者當猛省曰:“是殆以梁松、顔竣處我乎?”則抑然自下矣。聞李官橋之賊陷内鄉,邱鎮馳至,賊遁。又勝帥、英撫、袁京卿皆趨潁亳剿賊,三河尖爲皖豫交界,過此則與南陽之賊易於鉤聯,開封四面受敵矣。此間大吏遣知州俞鎔閲黄河渡口。俞於晋省牧令差爲英傑、留心時務者。吉蘭泰、鄂爾多斯、蘇呢特並産鹽,所謂蒙鹽也。鹽歸蒙古,向例只准駝運,不准船載。今蒙私多用皮囊,自河倫運,俗名爲皮餛飩。侵灌河東,滯銷官引,惟蘇呢特鹽間有張家口入晋者,又有由邊牆缺處偷入者,故口税亦絀。陰,午微晴,風。

初六日。筆帖式富山新自都中來,爲家君言,京師米價仍昂,大錢利歸錢局,而國與民受其害。局鑄卯錢,送庫後,仍買回,以當下卯之鑄。每鑄錢一千,浮開銕本工食火耗,買錢交錢,則侵漁益多,而錢日少。近言官條陳自懷慶鑄錢運京,議格不行。王中丞欲自晋運銕制錢入京,又奉文停止,緣自外鑄運,則局失利也。筆政又言僧王畜橐駝數百,運米入京平糶,不經吏胥之手,民甚德之。僧王,藩部也。滿漢諸臣,得無慚乎?

閲南陽坐探委員胡倅探報,二月十六日,邱鎮自鄧州起身,進李官橋剿賊。賊自李官橋分股竄至淅川屬之清塘、蒿坪、土地嶺等,被民團炮斃賊五名,並將山路挖斷,不能竄越,又竄回白山關,約千餘人。又另股竄均州之馬家坡、清泉、香岩寺等處屯踞。又另股竄均屬之火龍觀、中嶺、大竹園、黄岡等處。李官橋亦仍有賊,距荆關七十餘里,距淅川四十餘里。淅川無兵無餉,逃徙一空。南陽府城兵不滿千,餉亦缺乏,南陽縣王君集紳士按户派丁登陴,出橐金六百兩並典質衣飾以供口糧,又遣其子率勇三百駐鎮平,民心乃定。

自李官橋至内鄉百餘里皆賊,每十一人爲一隊,共八九百隊。邱鎮所帶兵不滿千,團衆裹糧而行,不出鄧州境。十七日内鄉陷,地方官不知下落。淅川不知如何守。自鄧返南陽守城。吕堰馹路不通。十六日樊城失守,襄陽被圍,宜城則十二日已失守。此股賊匪自宜昌竄當陽,分三路攻撲,一竄荆州,一竄襄陽,一竄南陽。荆、襄兩股約萬餘人。邱鎮馳抵,去内鄉四十里地方,遇賊接仗,殺賊甚多,獲賊偵,供匪衆欲由内鄉、鎮平、南召勾結土匪、捻匪,再攻南陽,並欲奔竄山西。

又河南坐探委員袁鴻籌探報,南照集土匪陶三瞎子嘯聚滋擾,續有土匪由北南竄,恐是陶逆勾結宫逆,由(穎)[潁]竄。又固始縣奉英撫軍札,以督師進剿,攻破趙旗屯賊巢,張、宫二逆向東南竄。飭扼要堵截。二月初九日,賊圍固始。

又探稱,張樂行大股逆匪多已蓄髮,現自江口集截斷河路,横由六十里鋪至曹家集八九十里,皆捻盤踞。大營餉乏,而逆捻勾通長髮賊之勢日盛,英撫駐潁郡,勝帥自太康進兵,駐太和縣,京卿駐亳州。

楚師東下,則防賊北竄。又有張逆勾引,張、宫二逆向固始,則與南陽之賊必有勾聯。賊日衆而兵日分,籌國者當早備西北以固根本也。備之如何?飭大吏擇良有司,使官民聯爲一氣而已。

邸鈔:捻匪分股竄踞方家集,勝保派穆騰、額樂善分帶馬步隊攻擊,並親督兵勇齊進。前隊擊賊,賊沿河東西奔竄,勝保督諸軍分路剿殺。匪衆渡淮南竄,復令穆騰、額等追殺二十餘里。匪向烏龍集逃遁。

貴州提督孝順卒於軍。諭曰:孝順由健鋭營副將前鋒參領揀發雲南游擊,薦陞提督,歷剿安順、郎岱、鎮甯、歸化狆匪,羅斛夷匪,貴定、都匀、麻哈首教各匪,均能親歷戎行,戰功屢著。方冀其督率將弁廓清邊圉,遽聞溘逝,悼惜殊深。孝順著加恩照提督軍營病故例賜邺,伊孫特爾歡太著以知縣即用。

侍郎曾國藩丁父曾麟書憂。諭曰:現在江西督師,軍務正當吃緊,古人墨絰從戎,原可奪情,不令回籍。惟念該侍郎素性拘謹,前因母喪未終,授以官職,具摺力辭。今丁父憂,若不令其奔喪回籍,非所以遂其孝恩。著賞假三個月,回籍治喪,並賞銀四百兩經理喪事,假滿再赴江西,督辦軍務。①

花沙納等奏:臣等恭査盛京皇史宬尊藏列朝實録,凡遇廟諱、御名貼黄,俱用硃筆于黄綾上照本字恭填,並無缺筆避寫之處,誠以義昭法祖,禮重臨文,上遵定制于先朝,下示顯名于萬古,典綦隆焉。

又户部奏:官票之散布京外者已九百餘萬兩。

是日晴,夜大風,如江河洪濤巨浪,窗紙當風者多碎。

初七日。作《釋命》一篇。晴,早風,晚息。

初八日。沈雲巢丈出王憲來書示家君。近有蓄髮逆捻李兆壽,陷六安,欲與張樂行合。兆壽黨僅八百人,而驍勇壯健,勝於諸捻,若與張合,恐成燎原之勢。家君因爲沈丈言,内鄉距安邑四百餘里,不可謂遠,尚能晏然無恙乎?沈言賊至内鄉,過師耳。家君曰:"賊過可無憂乎?即旋過旋復,一城百姓焚掠姦淫,殺戮之慘尚可言乎?"因顧太原保太守曰:"此時多言則爲張皇,此時尚不辦,亦是因循。"廖子厚大令赴防澤州。是日晴,夜月色甚好。

初九日。閲邸鈔。趙心梅御史以江北米價騰貴,請嚴禁過糴,暫免抽釐,又請申明銅禁。② 英桂、勝保剿賊於功立橋、安家樓,擒斬千計。諭迅解固始城圍。

户部奏,浙江頭批米船正月廿六日開抵十溵,候風放洋,江蘇米石亦擬三月内一律抵津。

德興阿、翁同書奏,進攻瓜州獲勝。

御史保恒奏,大興縣附生俞楨生之妻崔氏聞夫殉難,服毒盡節,請旌表。飭部議行。③

英桂奏,歸德府柘城縣生員解錫恒,咸豐五年十二月二十八日捻匪

---

① 眉批:詔楊載福、彭玉麟、曾國華代統其衆,俟假滿即赴營。

② 眉批:趙疏有云:"貧民乏食,至取樹皮、挖泥土,俗名觀音粉,以資生。"

③ 眉批:楨父揀發湖北知縣。俞恒淳,咸豐四年六月隨漢黄德道延志守漢陽門,城陷,罵賊不屈,被賊支解焚尸。楨同時遇害。御史張守岱疏言父子殉難,請卹。楨叔父俞恒治户部,以楨祖母年高,祕不以聞。六年十二月,祖母死,乃具以楨死事告崔。崔以十八日服毒死。保恒、葉俊蘭兩御史疏云"忠義萃于一門,節烈垂于千古",誠哉是言也。

竄入柘境,該生守城。賊至,該生家内伊祖父指賊厲駡,賊持刃行凶,伊伯母李氏以身遮蔽,致傷左肩。捻匪威逼,李氏駡不絶口,與伊妻楊氏、妹叢、姐僕、女新梅不肯受辱,同時盡節。諭議卹。

是日晴。

家君爲方伯籌,以晋省邊防緊要,庫款支絀情形,請撫軍入告,並致函司農翁協揆,言其大略。往返函商,尚未定局。

家君在方伯處閲安徽巡撫奏,年來欠發軍餉已二百餘萬,去年大旱,赤地千里,石米須大錢廿餘千。山陜每月協餉,即能解到,每名所得不過數日口糧,不能一飽。兵丁始則掘草剥樹,繼則殺馬而食,今且掠人而食矣。以鳩形鵠面之殘兵,當虎視狼吞之巨寇,時時虞其潰散,何能望其出力? 賊匪知我虚實,圍逼愈緊。廬州一帶,危在旦夕。潰爛將及中原,若復拘於忌諱,不以上聞,死有餘辜。家君歸,述其大略如此,可爲痛哭也。家君得中丞手書,防分三段:東一段,以潞澤張參將爲總巡;西一段,以蒲協福參將爲總巡;中段茅津爲平垣營游擊駐札之所,對岸會興鎮乃陜州地面,可以帶巡。咸豐七年甘肅咨開各省欠解甘餉數目,山東二百一十五萬二千餘兩,河南一百八十一萬四千一百餘兩,江蘇六十萬兩,浙江六十八萬四千九百餘兩,兩淮二百一十五萬三百七十餘兩,山西一百四萬兩,總共欠解八百八十三萬七千七十餘兩。

初十日。巡撫延家君同司道議邊防事。家君述巡撫言,頗有忠懇老成之見,在今督撫爲賢者也。是日晴。得唐鄂生書,將出都矣。

十一日。巡撫有疾,委藩司代行耕耤禮。家君與有執事。是日晴。

庶母慈己不得同慈母服制對

某大夫,妾出子也。三歲生母死,育於祖母。十歲祖母死,育於父之别妾,未嘗受父命爲母子也。大夫欲以慈母之服服之,問禮於家君。彭年承庭命,檢禮經、律例以對曰:《禮》"慈母如母",傳曰:"父命妾曰:'女以爲子。'命子曰:'女以爲母。'若是則生養之,終其身如母,死則喪之如母,貴父之命也。"疏云:"《小記》云'慈母不世祭',見輕之義也。一非骨血之屬,亦[非]配父之尊,但惟貴父之命故也。"《禮》又云:"士爲庶母緦麻。"傳:"何以緦也? 以名服之也。大夫以上,爲庶母無服。"又云:"君子子,爲庶母慈己者,小功。"傳曰:"爲庶母何以小功也? 以慈加也。"又《通典》引譙周説云:"妾不得有繼母名。慈母但慈己，無父命也，不過小功也。”是慈母之服所以三年，爲父命，不爲慈己。慈己之庶母自有服制，不得比於父命之慈母明矣。國朝律例：庶母謂父妾有子女者，嫡子、衆子齊衰杖期；慈母謂所生母死，父命别妾撫育者，斬衰三年。曰父命者，亦明非父命不得謂之慈母也。稽勳司例，官員慈母病故，准離任丁憂二十七個月。又云：如有假捏，照例議處。丁憂而防其假捏，是教人重父命而抑私恩，非獨防作僞也。范氏説《穀梁》，謂以妾體君則上下無别，雖尊其母，實卑其父。彼僖公於生己之母當有尊母卑父之譏，況於慈己而無父命者哉。或曰：士爲庶母緦麻，君子子爲庶母之慈己者小功，古人爲慈己者則有加矣。今律庶母已加至齊衰杖期，則慈己者宜有加也。曰：禮無貳斬，故期服以下有加，至期則無可加也。然則慈恩之篤者宜如何？曰：先王制禮，不敢過也，是所謂“厭於尊而絀於服”。絀於服者，心喪可也。心喪何如？曰：期服不去，官例也。心喪則解官可也。期服，終三年不飲酒食肉，不處内，不聽樂，如是而已矣。必變國家之定制而伸一己之私恩，亦非敬父事君之道也。若夫八旗官員，則庶母出殯後七日，剃頭當差；撫養庶母，兩月後，剃頭當差。自有制度，不得援古以請也。大夫曰：諾。

十二日。廖子厚來，言邊防事，並述在绛州時山脚寨民柴成倫率鄉民萬餘人入城乞免糧，勢將爲亂。子厚意一鄉民而號召萬人，必有過人者，因延至，導以大義，立爲團首，遂率鄉民盡輸租賦。柴亦遂爲善人，年六十餘矣。何孟臚來談，文字議論甚豪，可稱快談也。

邸鈔：駱秉章奏留帶兵之候補道王鑫分駐岳州團練搜匪。綿洵奏剿匪獲勝，首犯劉尚義投誠，知府唐訓方、副都統銜巴揚阿之功也。官文、胡林翼奏四川廪生張于銘募勇報效，打仗出力，詔以知縣發山西，賞花翎。又奏吉林協領德廉克復漢陽，奮勇進剿，因傷身故，詔照陣亡例賜卹。何根青侍郎銜恤回滇，道過來拜，送《學漁贈翁行述》。贈翁少穎悟，初入塾，師使屬對，曰：“人分三等上中下”，翁應聲曰：“天有七政日月星。”塾師大異之。根青貳司農，贈翁以書戒之曰：“今時興利，有利無害者寡矣。利與害相因，惟在權其輕重而已。有大害，雖大利不可爲，況小利乎？汝佐天子，慎毋不顧國體而與民争利。”此名言也。贈翁名運泰，字遇午，一字學漁，雲南姚州學正。根青前輩，予癸卯同年。

爲艾兒講《詩》，至《正月》篇。“哀今之人，胡爲虺蜴”，箋：“虺蜴見人輒走。”今民見官輒避，其故可思也。而官且言人心不古，緩急難持，豈不悖哉？《斯干》篇，“式相好矣，無相猶矣。”傳訓猶爲道，箋訓爲瘉，朱子訓猶爲謀，皆不如張横渠先生訓猶爲似，言兄弟宜相好，不要相學猶似也。人情大抵患在施之不見報則輟，故恩不能終。不要相學已施之而已，於人情最爲切至。朱子采其語入《小學》。是日晴，風，夜三鼓月暈青赤二重。檢《開元占經》，青爲飢與憂，赤爲争與兵，是日甲子，驗甲乙當百二十日。讖緯之説不足信也，聊記之以俟考驗。

十三日。“載輸爾載，將伯助予。”“雖有善者，亦無如之何矣。”“潛雖伏矣，亦孔之炤。”“焉往而不三黜也。”“哿矣富人，哀此惸獨。”哀之至也。“誠不以富，亦祇以異。”則哀之至而思其反也。《小雅》之賢人，其見遠矣。

探報：河南坐探委員袁鴻籌報稱，賊去光州城五十餘里，固始文報不通已數日，因派差改扮乞丐出，報云賊匪四面圍攻，萬分緊急。二月十三日固始城中調出兵勇千餘名，與匪巷戰失利，傷亡甚多，仍迫入縣城防守。光州亦四面受敵，兵食俱乏。息縣烏龍集又有捻匪竪旗，聲言欲攻，息縣城内飢民亦恐乘機爲患。湖北荆門州二月十四日失陷。賊竄石橋麗陽驛一帶。六安失守後，敗兵潰勇陸續東來商丘縣。探至六安之金家寨，見有數百人，似廣西、貴州口音，器械旗幟頗鮮明，有李兆受之黨曹光林、陳繼傳、馬新明在内。沁源令黄家楨爲家君言，咸豐六年六月沁州西北鄉大雨雹，如拳如首者，袤延二三里。近山一段，其雹如甎石，大皆徑尺，有至大如榻者。不知如何飛揚鼓盪也。土人云，山陰深澗，有終年不化之冰，遇暴熱震雷，則乘風而起，如鑿而及泉，不能爲災。蓋積陰之氣得洩耳。《詩》“鑿冰冲冲”，藏冰之道即禦雹之法。今有司豈知此哉？黄君親勘災，目所親見，語當不妄。是日晴，午雷風雨雹，不災。晚月色大好。

十四日。閲邸鈔。陝西陝安鎮總兵郝光甲以援應桐城孤軍遇賊，力竭陣[亡]，詔賜卹。[①] 安徽巡撫福濟以微疾請開缺，詔不許。家君上中丞

① 眉批：光甲，一甲一名武進士，洊擢專閫，勇力過人，熟諳營務，出征數載，屢著戰功。去年在懷遠剿賊，河南巡撫英桂劾罷。本年調回廬郡，往援桐城，營城外三十里鋪，附城各營先潰，賊悉數來攻，光甲死之。

書,言四事:一曰選人才,二曰簡軍實,三曰重偵探,四曰行保甲。是日晴,午陰。探報:勝帥大獲勝仗,已駐烏龍集,固始圍可解。

十五日。講《詩》至"曰予不戕,禮則然矣",喟然歎曰:漕糧折色浮收,有倍收者,有數倍者,有至十倍者。予里居時,見黔省折米,石至銀三四兩,而穀賤僅銀三四錢一石。嘗從容爲官長言之,彼亦言不傷民,是向來舊章也。"噂沓背憎",小人之常技也,然非至明者,孰能察哉?"四方有羨",果羨乎?"民莫不逸",果逸乎?俗語云:"這山望那山高。""蹙蹙靡所騁""適彼樂郊""于誰之屋",困而思哀,其詞異,其音同也。

午率兒輩觀城隍廟會場,牲畜以千計,代北之馬趨市於此。

中丞答家君書,虚衷采納。又以家君所陳示兩司,期共勉焉。

近日僚屬見當事推重家君,有因邊防緊要來求辦團章程者,欲捐貲爲刊所爲書,又語次及貲用。家君婉謝之,仍備考以辦法。今日忽有某大令來,欲以八百金爲壽。[1] 家君語來告者曰:"爾是初次向我言,我不爾罪。爾本不知我也。後復敢言者,送縣矣。"因念家君爲部郎時,内閣某君爲其父某捐復事,歲盡餽百金,家君卻之。又堂派修藍靛廠營房,工頭餽八百金,云向例工程如是,家君亦卻之。皆值艱窘之時,而不苟一錢,正與今日之事一律也。是日晴,午風。

邸鈔:户部奏,今年江浙漕糧統計不過數十萬石。

十六日。語兩兒以家君卻金事:"爾祖清恐人知,吾與爾等若稍不自愛,是辱親忘祖也。勉之。妻妾滿前,能拒私奔,非所難也,難在獨居時。金珠盈笥,能卻賄賂,非所難也,難在貧窶時。是在平日學問矣。讀書人受贓,猶婦人犯淫。因貧失節,亦可耻也。"

孫大令(汝霖)爲家君言,京師士大夫酒食徵逐之盛,罕有憂及兵事、民力之艱難者。是日陰,時有微雨。

十七日。"戎成不退,飢成不遂。"傳訓遂爲安;箋謂兵成而不退,飢成而不安;朱子以爲爲惡不退,爲善不遂,引《易》"不能退,不能遂"爲證。彭年按:《易》言"羝羊觸藩",蓋即進退維谷之義,箋説是也。如朱子説,義殊迂曲。

"哀哉不能言,匪舌是出。惟躬是瘁,哿矣能言。巧言如流,俾躬處

---

① 眉批:某今因事撤任,營求復任。

休。"孔子所謂"不有祝佗之佞",難免于今之世也。疾世之好佞而惡直,非謂佞之可爲也。康成言亂世之言,順説爲上,則直以巧言爲貴矣。吾從朱子。

"曾我暬御,憯憯日瘁。"箋云:"小臣憂之,大臣無念之者。""聽言則答,譖言則退。"①箋云:"有可聽用之言,則共以辭距而韙之。有譖毁之言,則共爲排退之。"大臣無憂國之心,則必閉塞言路,鄭箋較朱子説爲勝。

何盂臚來。

南陽坐探委員胡探報,二月十九日克復内鄉,賊分股,一竄内鄉北馬山口,約五六百人,一竄内鄉東賈宋一帶,約千餘人。邱鎮兵勇無多,不能分追分進,現進逼賈宋大股。何太守致王令書,内鄉股匪經邱鎮剿敗,由賈宋一竄北黑龍集,至白屋住曹邱山,一竄内鄉北馬山口,路過王梁店一帶燒殺。查北黑龍集距鎮平不遠,王梁店北與南召李青店交界,南召又與鎮屬之石佛手毗連,緊接南陽青化、穰東一帶,郡城亦應嚴加防堵。邱鎮致慶鎮信,二十一日未刻至白牛鋪,匪衆已於是早由急灘南竄,逼近鄧州,赴鄧救援,匪等已由梅林關回竄楚境之南黑龍集老巢。臨近皆其黨羽,急應乘其喘息未定,刻即進剿。二十三日,南召縣連次八百里加緊告急,賊匪竄至魯山之回棵樹地方,距李青店止七十里,其勢定必來到。李青店爲召邑咽喉。賊一股竄構林關,一股逼李青店。二十四日亥刻,新野縣八百里告急。賊匪由黑龍集東竄,距新野僅三十餘里。南召匪徒匪僧覺明、遺孽雀四等聚衆二千餘人,現在魯山、嵩縣一帶滋擾。又唐縣、桐柏、泌陽三縣紳民聯名呈稱,各該地方向稱賊藪,捻股衆多,不時竊發。本年正月以來聚衆焚搶之事,日常二三十起。歸德捻匪竄距三河尖,距各縣較[近],難免無勾結乘隙起事。又保安、駟東亦有土匪,爲首姓王,聚集二千餘人。葉、裕連日告急。襄陽一股竄距南陽屬之武安、駟,分股竄距宜城,均各萬餘人。南召匪徒攔入嵩縣滋擾,將孫家店守備衙門焚燒。南陽各屬無處無賊,惟邱鎮一人勢難分剿。英中丞十九日發六百里調邱鎮仍赴固始會剿。(以上二月二十五六日自南陽發來。)三月

① 眉批:傳以言進退人也,以進釋答。"答"字本當作"對"。《大雅・桑柔》"聽言則對",正與此同。

初十日接河内縣探報,大營改赴沈,邱因勝營在驛口橋與賊相持,不能不在彼暫扼西竄之路,迨前軍獲勝,逕趨方集。英中丞馳抵新蔡。二十三日兩帥在會亭面晤,面定機宜。勝帥二十五日廓清期思集,攻陽家集。二十六日即可移兵駐彼。二十七日馬隊可先抵固城。勝帥因老觀集外委探匪不寔立斬以狥,軍威大振,無不聞風而懼。(穎)[潁]州陸太守由廬回任,道出(穎)[潁]上,見捻衆已於沙河連搭大橋三座,(穎)[潁]上附近各賊屯探有回竄老巢之信,三河尖賊衆已有挪動情形。是固圍一解,即可直搗三河。中丞大營尚應仍赴太和扼剿。三月十三日,河内縣寄來探報,二月十五日嵩縣屬黑峪鎮、白峪鎮、下馬河、黄土嶺、汝源鎮皆有匪徒焚掠,現竄魯山。知府馳至,親比捐輸。三月十四日淮河内縣寄來探報,勝帥廿七日親督馬步,立解固始城圍,餘匪折竄三河尖麕聚,又將三河尖輜重運向西北,恐被剿窮迫,仍回蒙亳老巢。安省桐營兵勇缺食,大爲失利,文自道員、武自總兵而下殉難者多,秦提督、鄭總兵均退守廬州,賊勢甚猖。江南北賊情如故。(俱三月十六日到探報。)是日陰。嵩縣盧氏與陝州靈寶接界,距晋漸近矣。

十八日。《小閔》,鄭箋:所刺列於《十月之交》《雨無正》爲小,故曰“小閔”。胡承珙《後箋·小宛》云:“疏云:《小宛》者,王才知卑小,如小鳥然。又當篇取義,二篇相連,而彼此參差,殊爲穿鑿。朱子謂《小宛》《小弁》《小明》皆以别其爲小雅。其在大雅謂之《召閔》《大明》,獨《宛》《弁》闕焉,孔子所删。”郝仲輿駁之曰:“凡篇目皆作者自命,或太史記之,太師目之。未有二雅,先有篇目。如前説,是先有小雅,而後以此詩從之,非也。若然,《大東》名‘小東’正宜,反以‘大’名,何耶? 至《大宛》《大弁》夫子删,則頌有《小毖》,又焉得有《大毖》乎?”然則名篇之義,闕疑爲是。

“如彼泉流,無淪胥以敗。”箋云:“如泉源之流,行則清,無相牽率爲惡,以致于敗。”朱子:“如泉流之不反,而淪胥以至於敗。”如朱子説,是江河日下之意也。如鄭説,是投清流于濁流之意也。胡承珙曰:“《毛詩》三言‘淪胥’。‘淪胥以鋪’,謂類相與,受其病。‘淪胥以敗’‘淪胥以亡’,謂類相與,入于敗亡。淪胥猶言類相,必當時成語。”如此説是鄭説長也。近教兩兒以紙糊錢,書各行省及四夷國名,别以紙書四方四隅,使按圖分布,如圍棋然,以爲戲樂。俟其熟,則易郡、易縣,不過期年,天下郡國瞭如指掌,小兒又復樂爲之。是日陰,午晴片刻。

十九日。“念昔先人。”傳:“先人,文、武也。”《祭義》:“《詩》云:‘明發不寐,有懷二人。’文王之詩也。”是毛所本。故《正月》“父母生我”傳亦云:“父母謂文武也。”“我日斯邁,而月斯征。”鄭箋:“日視朝,月視朔。”亦古義。毛、鄭之言,必有傳授,決非穿鑿肊説也。“壹醉日富”,朱子同毛傳,鄭箋卻是傅會。是日陰,微雨。

(樊長遠整理)

第九册　思朔録六(咸豐七年三月)

【扉頁浮簽】

思朔六 自咸豐七年三月廿日起至五月卅日

多紀探報邸鈔。紀京師鑄錢事。有《銅礮陣圖序》。紀唐際虞殉節始末,並有唐鄂生詩,紀周升事一篇。

思朔録卷六

咸豐七年三月廿日。閲邸鈔。和春奏溧水之捷,奪賊壘二十六座,斃賊三千餘人,斬六百餘級,生擒八十餘,斃僞靠天侯馮德昌。福濟奏賊犯壽州,署盧鳳道金光筯嬰城固守。二月十九日,賊自西北來撲。(三)[二]十日,賊攻南門,金光筯遣知州黄元吉自西城出擊賊營,斬級二十餘,平賊營二座。二十一日,賊攻東門,復擊殺賊數十人。他賊攻北門,署鳳臺縣李霖使勇目朱在國縋城擊退。二十二日以後,賊攻愈急,金光筯等定議出城力戰,並令鄉團放火接應。二十五日初更後潛出東門衝殺,賊棄營遁,追擊二十餘里,斃賊千餘,斬級數百,城圍遂解。諭曰:該署道等于賊匪猝至之時,激厲軍民,同心守禦,遂能出賊不意,大挫賊鋒,立解重圍。金光筯加按察使銜,黄元吉賜花翎,李霖賜藍翎,餘出力員弁諭福濟查明保奏。諭:秦定三統帶貴州官兵赴江南大營,隨和春攻剿句容、溧水之賊。是日陰雨。

二十一日,家慶,得鄂生書,由豫達秦,不來並垣矣,執函涕下。時勢如斯,不知何時復得相見也。書中言福建黄公子霽川,名貽楫,胸次開拓,無貴介氣;蜀人朱秀才眉君,名鑒誠,旁薄有氣,詩文皆具苦心;李駕部眉生,名鴻裔,有雋才,風度超逸;正定王助教午橋,名蔭昌,庚子孝廉,攻詞書,書亦可觀,在《世説》中亦雅量人也。佗日入都,當必識之。過何孟臚[1]談。是日早晴午陰。

二十二日。“誰能亨魚，溉之釜鬵。”傳云：“亨魚煩則碎，治民煩則散，知亨魚則知治民矣。”疏言：“治民貴安静而已。”《老子》“治大國若亨小鮮”，正與傳同。“安静之吏，悃愊無華，日計不足，月計有餘”，曹參之“勿擾獄市”，深得此意。安静者，守法不失，非因循怠玩之謂也。朱子《集傳》取《説苑》，於亨魚實義未爲發明。得沈丈子忽[2]書。丈，余妻之母之弟也，嗜古能詩，以直隸教官選山西定襄縣。是日陰，時有微日。

二十三日。“君子不惠，不舒究之。”蓋緩則讒人之情可得，急則被讒者無以自明。漢武之於思太子是也，雖誅充等，何益？“予之佗矣。”傳：“佗，加也。”《方言》：“凡以驢馬橐駝載物者謂之負佗，亦謂之賀。”今俗謂委罪於人曰佗，古義也。“莫高匪山，莫浚匪泉。”《後箋》云：“山高泉深，莫能窮測，以喻人心之險猶夫山川。”與鄭箋、朱《傳》異。戴氏《讀詩記》與《後箋》同。《南史》謝朏“所生母郭氏疾，朏晨昏温凊，勤容戚顔，未嘗暫改。恐僕役營疾懈倦，躬自執勞。母爲疾畏驚，而微賤過甚，一家尊卑，感朏至性，咸納履行，屏氣語，如此者十餘年。”凡庶出之子當以此爲法。謝僑素貴，嘗一朝無食，其子啓欲以班史質錢，答曰：“甯餓死，豈可以此充食乎？”余癸丑賣書出都，迄今回思，輒用内愧。兒輩當以僑爲法，勿再蹈此惡也。過何孟廬，代方伯送聘書。是日晴。家君患腹痛，服藥愈。

二十四日。《巧言》：“僭始既涵。”傳：“僭，數。”“數”同“愬”，是毛以僭爲譖之借也。余不信也。朱子音同毛而義從鄭。余謂僭即依本字作僭踰解。當時師尹赫赫，至使人不敢戲談；皇父孔聖，至不憖遺一老，其僭侈逾分可知。王既涵而容之，至使盗竊國柄，殺戮無辜，故下章直斥曰“君子信盗”，又曰“盗言孔甘”。“《詩》亡然後《春秋》作”，豈非以此哉！《韓詩外傳》引此詩“匪其止共，惟王之邛”，有云：“不恤乎公道之達義，偷合苟同，以持禄養者，是謂國賊。”賊猶盗也。《抑》：“不僭不賊，鮮不爲則。”僭則同賊，古之通義也。邸鈔：安徽候補知府李元華克復太湖縣城，詔加按察使銜。詔直隸、山東、河南捕掘蝗種。聞人言吾鄉提督孝順以缺餉兵鬨

---

① “臚”字後文多作“廬”。

② 子忽，後又作“子勿”。

自裁。果爾,則吾黔事更不可問矣,悵然久之。是日晴,夜細雨。

二十五日。閱探報:捻匪李兆壽與長髮賊通,陷六安,復連陷霍丘縣、鎮陽關。勝帥在河南連得大捷。嵩縣、魯山尚有匪徒劫掠。"往來行言,心焉數之。"箋云:"此言君子樹善木,如人心思數善言而(行)[出]之。善言者,往亦可行,來亦可行,於彼亦可,於己亦可,是之謂行也。"彭年按:箋義甚精,惟釋"往來"字尚澀。往來謂心思往來,猶云反復思之也。如此説與箋"心數善言而出之"訓尤合。《集傳》以"行言"爲"行路之言",與上下文詞旨不合。鄭以"碩言"爲"大言,不顧其行",朱子以"碩言"爲"善言",鄭義較長。是日晴。

二十六日。"出此三物,以詛爾斯。"箋云:"出此三物,以詛女之行事。"謂詛譖人。《集傳》:"刺其血以詛盟。言誠不我知,則出此三物以詛之可也。"細味之,朱《傳》得風人之旨,深怪其不入而望其壹來,君子絶交,不出惡聲也。邸鈔:總兵周天壽、知縣楊裕仁、游擊王夢齡、吴偉奇、參將師長鏕克復婺源縣城,師長鏕陣亡。勝帥奏調火器營,伊昌阿、成禄、雙興、斌升、德勝額特賀。是日晴,邀同何孟廬率兒輩出西門,循汾堤而北,至千壽寺登塔。柳條初放,杏雨飛殘,天氣晴和,塵霧不起,放懷舒眺。日暮,入北門歸。千壽寺者,本净因寺。《志》:净因禪院,萬曆二十三年僧融盤創建,名十方海會禪林,晋藩額曰千壽。康熙中,巡撫噶禮增葺前殿,以祝慈母萬壽。寺有旃檀像。王都司澄官浙江時,夢僧落水,遣視,惟檀木一株,漂流河側。舁歸,刻佛像奉祀,有碑記。夜風。

二十七日。周忠武墓在甯武城東三里,南向,灰水出其前。嘉慶中,水北徙,墓東西起沙阜二,障之。咸豐六年七月,水漲,嚙東阜,墓前成沙灘。縣令鄧君琛馳視,沙灘當水衝,足以禦水,惟嫌灘北小流澌澌,恐爲墓患。不旬日而沙長,小流亦斷。鄧君親爲家君言之。按《明史稿》及《明名臣言行録》,皆言賊縛公高竿,射之,共臠其肉。《紀事本末》則稱賊葬公尸,墓之爲遺骸或衣冠,均不可考。[1] 觀土人奉祀之篤,及灘阜擁護之奇,忠義之心可以油然而生矣。是日陰,時有微日,風,夜微雨。

---

① 眉批:王瑦、胡天游皆言:李自成急攻城,語守陴以周遇(志)[吉]獻,否且屠。遇吉聞之,乃使人縋己城下,見自成大駡,竟爲賊磔殺。以近世傳遇吉徒步巷戰,被矢若蝟,懸竿射死爲妄。

題湯雨生將軍畫（代家大人）

雨生將軍，書畫擅名一時。咸豐三年，江寧陷，賦詩殉節。有“平生積罪尤”之句，蓋深於道家之言。道光丙戌，余於夏慈仲大令齋中一見公，時公自大同總兵告歸，迄今三十二年。重來山右，距公没已四年。慈仲亦蜕去矣。此幅是周怡生孝廉所贈。每展閲輒用喟然，率題絶句，並紀其事。

名將名儒老畫師，此年常憶舊威儀。等閒筆墨消塵熱，想見從容授命時。

二十八日。胡委員涵探報：二月廿二，邱鎮自黑龍集進剿，賊自都司衎、辛店鋪、吕堰馹、雙溝焚掠襄脅，廿三日至棗陽，廿四日，棗陽陷。廿七日，邱鎮兵追及湖北，舒都護、唐太守皆至，夾擊，斃賊四五百，餘匪四散，仍由西北竄新鄧。邱鎮亦折回救援。南召另股匪徒崔四二月廿三日竄李青店焚燒，旋竄魯山一帶，約千餘人。保安馹、博望馹並南陽左近土匪劫富户，所在多有。南陽王令命其子帶勇剿捕。湖北武安堰宜城一帶賊匪多半遣散川勇，該匪等亦各有區别，土匪紅巾，川勇藍巾，各不相轄。川勇頗强，土匪不敢與較。起叛之首逆范二娃、馮三典、高二先均投誠。唐太守部下當時收用，賞軍功頂戴，後假他事誅之。現在土匪無頭目，四散奔突，不難蕩平。鳳臺縣劉端報稱河北三府安静，河南懷慶、衛輝、彰德三府並無土匪；又稱趙家郇捻匪三百餘人焚掠魯山，訊把總徐春芳往捕，兵勇死者十餘人，傷者十餘人。又勝帥二月廿六日至固始，二十八日至河口，二十九日至蔣家集，賊萬餘來迎，兵勇敗退。馬隊繼進，賊大敗，我兵不傷一人。三月初一，勝帥率兵男自方家集向潁州進剿。是日晴，風沙頗劇。

二十九日，晴，風沙，晚風定星明。京師節候較南方遲，此間節候更遲。司馬温公有《太原三月尚無春意》詩，今已春盡，柳條初舒，草未全緑，人猶衣絮，蟲鳥都稀。在吾黔花事都已爛姍，即京師亦開遍牡丹矣。惟地居山中，時覺春陰淡漠，若風沙少減，亦佳日也。

【咸豐七年四月】

四月初一日。许大令亦崧爲家君言，哈芬撫山西時，粤賊在懷慶、澤、絳戒嚴，屢稟請，哈不出，李大令薌草書稟函，八百里告急，始出省，至子洪即駐師,迨奉嚴旨,乃至鳳臺,聞賊自風門口竄入,即命駕,衆以爲之平陽也,乃之潞安。李君叩馬,言潞安無賊。哈云:奉廷寄潞安有賊。李請出觀,哈言:廷寄何可示人?李言:潞安果有賊,則僚屬皆往擊賊。巡捕某乃斥言曰:李君願欲送大人入賊窩乎?李乃釋轡令去。而省城公文往返,不得巡撫駐扎之所,州縣亦莫知巡撫所在。哈自潞安繞道至介休,則平陽已失守,司道紳士參奏已發矣。哈本武人,見科甲出身官友,必云我通曉漢文,甚可噱也。許又言:時總兵烏勒清泰及同知王藹如帶兵至回車山,見山下有黄旗賊衆,遂潰,烏匿民舍,王賦絶命詩,待賊至,自盡。次日,河南境民人送還所遺軍裝器械。言昨有賣餅者,手執黄油紙扇上山,實非賊,不虞軍之驚也。此較八公山草木尤勝矣。記之以當笑談。何孟盧來言,言司和庵得家信,黔省正月川滇兵鬨於大興寺,居民爲之罷市。邸鈔:都察院奏,河南職員戴堯天控直隸臨城縣知縣戴澤遠係河南羅山縣僧人慶月,於道光二十三年改名,朦捐縣丞,後又改發直隸,升補知縣。諭:僧人朦捐職官,從前辦有成案,戴澤遠革職,交譚廷襄審辦。胡林翼奏襄樊肅清,匪首高二先等均已生擒正法。是日晴。孟臚以《游十方禪院·念奴嬌》詞來。

初二日。探報:豫省南宛餘賊仍竄楚境,邱鎮與陝楚官兵合擊。捻匪現踞六霍一帶。英撫移營(穎)[潁]上縣之驛口橋。勝帥移營阜陽之柴家集。兩帥會商夾擊。泌陽尚有零捻,現在查擊。遇何孟盧談。是日晴,風沙。

初三日。"誰適與謀",鄭訓爲往,讀如字;朱子訓爲主,用王、徐説,讀都歷反。按:谗臣當國,結黨構陷,青蠅營營,非一聲也,居徒幾何,非一人也,如鄭所訓,尤能極小人之形狀。鐵兒温《左傳》,命以《公羊》《穀梁》二傳參看。鄭伯寘母,豈復有人理?考叔若如茅焦之諫,鄭伯必自護其失,故因黄泉相見一語,而婉導之。往時論考叔,頗怪其不以正告,是迂淺之見也。是日晴。

初四日。邸鈔:蔣蔚遠奏,都匀、麻哈賊匪竄擾谷洞、包揚,護提督巴揚阿、遊擊燕升雲擊敗之;麻哈賊攻古州,提督佟攀梅擊敗之;清平、平越賊竄江都,平越州知州高本仁擊敗之;古州賊圍獨山,鄉團擊敗之。陣亡之楊和先、岑芝元、何人功等,皆團民也。恒春奏,雲南景東廳同知鄭白曜、遊擊特通阿勦匪戰敗,死之。恒春奏,遊擊吕盛元敗回匪於平坝,又敗之於紅岩,把總唐肇烈、都司何保有功最,詔迅復大理,並剿蛀夷别寨。兵部參奏盛京調赴直隸,聽候調遣,官兵千兵領馬一千二十三匹,未一月全行倒斃,詔勒限賠補。是日早晚午曀,風沙。

初五日。探報:九江久攻不下,而金陵、太湖、宿松援賊皆至,約十餘萬窺伺武漢。又黄州府報,王鎮軍二月初一日拔營前進,不意賊由太湖大隊陡至,踞我糧臺,我兵三日不食,全師退英山。僞王楊國宗、僞丞相楊四,皆楊秀清派援之賊,分股來犯,一自圻州界彌陀寺繞出廣濟之後,一自二郎河扼我進剿宿松之路。又有遣散川勇在黄梅擾害,又陷宣城。踞荆門之散勇土匪至巴鎮營乞降。所有從賊之南勇奉令撤回樊鎮帶下九江。胡中丞責令保其不變,現奉中丞八百里來文,改令襄樊各軍,交舒都護、唐太守尊辦。其添來寶義二字之勇,改歸唐太守節制,不令巴鎮統帶。此實襄樊之福。至由内鄉回竄之賊,經唐太守、舒都護馬隊剿殺數百,均已星散。此時總望麥熟之後,飢民得食,方能無事。又淅川有三江逃難男婦大小百餘人,經地方官並守卡紳士盤詰得實,係被荒難民經過地方,給與印信路引。適陝龍鎮帶兵到淅,恐係爲賊作奸細,不由分説,正法二十餘人,其餘難民連日用炮烙嚴刑審訊,難民負屈呈控,淅川李丞通詳。是日陰雨。作李子和、毛旭初、張奉山、張貽山、夏階平諸友書。

初六日。得鄂生自武陟來書,言過彰水雨澤連綿,麥苗暢茂,綿亦下種,大是豐年,天殆以補去年之缺。民情安帖,惟近畿一帶蝗蝻已現,雨澤無多。又云勝帥到河南頗樹威聲,布置聞亦合宜,但安徽總不助剿,恐終難了。又録寄所作《書欒城縣知縣危公死事詩》(過欒城謁公祠作。)

先生我同姓,家世居山右。奉檄來欒城,民望若父母。甲寅八月秋,臨洺關不守。官軍星散歸,賊騎席捲後。城壞勢既單,食盡力何有。冠帶坐堂皇,從容諭賊首。若無傷我民,我乃爲若守。賊謂公實降,悉遣老幼走。公度民去遠,謾罵不絶口。賊怒前戕公,懸頭係兩肘。其時正炎燠,越日又以九。公面竟如生,公身毫未朽。哭弔來他州,棺斂無不厚。更約建公祠,過者酹以酒。從祀及陳君,吏胥復某某。我來下馬拜,一一聞老叟。公死幾二年,説公淚成綹。嗟彼百寮長,齷齪蒙穢垢。而公七品官,浩落驚牛斗。以彼易公生,公萬死不受。世間誰百年,如公真老壽。何人埜獲編,斯言當有取。

是詩直是傳體,當抗衡昌黎,惜來書未道唐公及陳君、吏胥某某名也。是日晴。

三家分晋

誰將韓魏趙,振筆繼書麟。七國争方起,三家罪首陳。大名稽卜兆,初命出王綸。峙鼎河山壯,頒圭黼黻新。桐封應數典,瓜剖竟分畛。殷事慚周德,雍歌勝魯臣。史遷惟紀世,《通鑒》重明倫。義士同忘晋,何曾異衆人。

初七日。沈子忽丈至,往省之,談及親友有得意者,有不得意者,信富貴之不可常,而立身教子之不可苟也,爲之慨然。聞松樵、小松將至。是日陰,夜雨。邸鈔:安徽布政使畢承昭以兵丁索餉,出堂彈壓,被擠傷腰骨,引疾歸,帶兵官奉旨摘頂,以李孟群爲安徽布政使,羅遵殿爲湖北按察使。

秦併六國

不謂三秦險,能當六國師。開關延敵日,割地請和時。牛後慚雞口,羊驅畏虎欺。連横從散易,交遠近攻奇。反間誰誅牧,道名總誤儀。齊燕賢早棄,韓魏勢先危。遂改商周正,而成郡縣規。可憐蘇季子,肘下印空垂。

初八日。沈子忽丈來,言唐公殉節始末甚詳。唐公諱盛,際虞其字,山西解州人,官欒城縣知縣。咸豐三年八月,粤賊自河南北竄,直隸總督訥爾經額守臨洺關,不戰而潰,賊長驅入,連下郡縣。公守欒城,城陷,公朝服坐堂皇,紿賊曰:"若開城縱吾民,吾爲若守。"賊信之。公度民已盡出城,乃大駡,賊環刃刺九十餘創,駡益甚,乃縛公柱上射,射一矢,輒問公,公駡不少挫,凡三矢,洞胸死,懸首牌樓。時九月初三日也,猶盛熱,越九日,面色如生,衙署血肉狼藉,蠅飛成陣,當公尸處無一蠅。居民具棺衾,未即斂,聞總督過,遮道邀使拜公尸,乃斂,曰:"使若知吾父母死苦也。"欒城九月舊有市場,至是建公祠,以公殉難日市於祠側,曰唐公會。喪之歸也,縣民争舁送,出直隸界,公子力辭,始哭而返。沈丈又言,爲贊皇校官時,見公來讞獄,反覆勸諭,不聽,則曰:姑退思之。已而復勸諭如初。三晝夜,不加呵斥,而訟息。其宰欒城聽訟率如此。嘗有某達官過境,奴以鞭笞民,公奮髯詆某達官,使謝而後去。其愛民若慈父母,出於天性,故民德之。又言周子淳丈宰真定,虚樹帳棚旗幟,賊探見繞道而去,其膽識過人,當時直隸州縣無與倫比。今已罷官,而正定民德之,聘主正定書院。周丈名灝,吾鄉人也。是日陰。

初九日,閱探報:捻匪李兆壽竄光州東七十里,勝帥追至潁州,欲搗三河集老巢,兵單賊衆,未能得手。皖豫交界道路不通。是日陰。

初十日,陰。鐵兒作《石碏論》,頗有識力,爲之大快。

十一日。邸鈔:胡林翼奏,江蘇按察司司獄陳惟和於咸豐二年因公回至寄籍武昌府,適值粤匪圍撲省城,該員督勇守御,城陷後巷戰受傷,隨母朱氏駡賊不屈,並率領男婦、親戚、僕婢二十五名口一並自焚殉難。諭:一門忠義,甚屬可嘉,飭部從優議恤。馬介樵司業來言,京師官錢鋪有四天、(如天元之類。)四乾、(如乾元之類。)五宇(如宇謙、宇恒之類。)之目,而五宇尤甚。重票輕錢之弊,五宇倡而私票和之。京師錢價、銀價之低昂,以錢市爲的,以票易銀則值輕,以錢易銀則值重,輕重相懸,民間遂不用錢而用票。持票至錢鋪,則照票取錢,持票至他市,則一千之票,當銕大錢若干,當銅大錢若干,當制錢若干,或加十分之二三,或加十分之四五,而票遂不復還鋪,空中樓閣之計成矣。官錢鋪領本出票,額不敢過浮,則有十三家互票之説,如天元應出萬千之票,則得十三萬,他鋪亦如之,每月得銀,則户部歸之官錢鋪,而官錢鋪以票抵發,甚至收捐所得官錢鋪之票抵還官錢鋪,而官錢鋪不受。每卯鑄錢,亦歸之官錢鋪,而錢局私市以歸,省工本而冒開銷,錢遂日少。每歲運銕至千二百萬,較從前運銅增倍,不鑄鐵制錢,而鑄大錢,是官錢鋪之奸商與錢局若出一手。户部以五宇之票,借抵兵餉,不得不極力袒護。不知五宇之票是虚,而國家之銀是實。以實易虚,所以利歸錢鋪、錢局,而害在國與民也。今年友朋自京師來者,言錢荒之弊,惟介樵言之甚悉。至沈丈子忽處看病。是日陰,微雨。

十二日。至沈丈子忽、馬前輩介樵處談。是日晴。

十三日,晴。

十四日。程小松丈、沈松樵兄自京之蜀至此。是日晴。

十五日。同兩松翁談。過沈子忽丈,未晤。是日晴,風沙。

十六日。同小松丈游静因寺,牡丹尚未開。過子忽丈晚飯。是日大風,早陰午晴。寄鄂生、吟樵書。

同程丈小松游静因寺(小松言釋家由虚入實,道家由實入虚)

小聚亦前因,游蹤憶蜀秦。半年常閉户,四月始知春。歷歷簷前語,茫茫眼底塵。寄聲唐季子,同護後凋身。

十七日。送兩松翁行。早晴,晚濃陰欲雨,風作雲散。

十八日,風沙。聞京師達官有戲狎拳毆於文昌館者。

十九日,晴。馮魯川刑部來,談及梅伯言先生老年顛沛之狀。又聞何願船刑部自軍營歸里後,傳説其死。果死,則石舟《蒙古遊牧記》《補北魏地形志》稿本均不知何往矣。天之阨文人,何若是耶?

二十日。參將福瑞設防蒲州府六事,大要以與陝西潼關相接之風陵渡,與河南閿鄉相接之永樂渡,與河南靈寶相接之大禹、太安、曲里等渡爲要路,分派弁兵巡視河干;又以大禹、曲里二渡距芮城東三五十里,山路崎嶇,有不能乘騎之處,添派外委巡防;又揀練精兵三百名,自將二百,以都司丁汝楫將一百,有警則赴永樂渡,丁别將赴風陵渡;芮城有警,則運城營都司劉福星與文員之地丁當之;蒲州營兵出隊,則以太原鎮兵補之,以備應援而資城守。武員布置如此,亦可謂能矣。然芮城較永濟尤吃重,諉之運城都司,預爲謝過之地矣。湖北户部主事丁君鹿鳴來,談及湖北軍務,言官總督貪而待下寬,且能撥餉先儘力戰之士,是其善也;胡中丞正而待下嚴,又其取於民以供餉者名目過多,是其過也。又言湖北之患不僅在賊而在兵勇,勇之害又甚於兵,今日爲勇,明日爲賊,今日爲賊,明日又爲勇,倏去倏來,野戰劫掠,鼓譟反復,挾持將帥,如王劉氏皆勇目之黠者,特以楊霈敗逃時擁護之力得入營耳,非真如娘子軍也。是日晴。

二十一日。訪馮魯川刑部、丁革原户部,不遇。過司通判。沈子忽丈談。是日晴。

二十二日。訪馮魯川,不遇。是日晴,夜風,熱。

二十三日。過魯川談,借《大雲山房文集》讀之。是日早晴,晚濃陰欲雨,風霾大作。魯川言曲沃諸生張子特字伯超者有學行。

二十四日,陰。大寒,衣重綿。夜細雨。馮魯川悼梅伯言先生詩云:“杖履追陪記昔曾,譚詩説劍典飛騰。還山寂寞同王式,避迹蒼黄似杜陵。天地生才甯有意,文章傳世政難憑。十年小别成終古,南望長干涕滿纓。”

伯言先生文章老宿,陷賊得出,没於清江浦。余昔在京時,先生及朱伯韓年丈、邵位西、劉蕉雲、龍翰臣、王少鶴、何願船及魯川爲文讌,蕉雲早死，位西罷官，願船音耗杳然，少鶴官京師，翰臣官江右，伯韓年丈亦候銓都下，魯川行亦入都矣。回思昔日太平無事，遊宴從容，不數年而出處聚散，生死存亡，變易如此，悵然久之。

二十五日。游市肆。過沈子忽丈談。是日陰，微雨初過，天氣尚寒，無塵土，差可行也。閲邸鈔：福建邵武府光澤縣二城陷於賊。又聞浙江紹興有變，不知確否。兩江總督怡良引疾歸，以何桂清代之。

二十六日，晴。

二十七日，早晴，午大風沙。晚雲，雷雨，地未濕也。夜，雲散星朗。沈子忽丈來。閲探報：南陽、襄樊匪雖撲滅，而解散回籍之匪仍不免樹旗搶奪。巴都護招降之川勇護送回川，至穀城已反復，幸都護馳至彈壓，終難保其安靖也。英桂、勝帥咨調邱鎮赴光剿辦，南陽男婦老幼攀轅號泣，紳民有赴府請留者，有赴阜陽大營請留者，有欲赴京師請留者。邱，武人也，而得民心至於此極，孰謂民之無良哉？邱名聯恩，字偉堂，提督邱良功第三子也。捻匪張樂行、葛二山有衆七八千人，馬三四百匹，踞三河尖爲老營。龔瞎子、蘇添福攻潁州，薛老小、楊老小、刘餓狼攻潁上，賊意攻潁上不克則趋光、固、商城，又分遣他賊掠食沙邱、固始。勝帥于柳溝橋以上之倪新莊扎營，英撫于以西之驛口橋扎營。皖境自六安失陷以後，連陷霍丘，(潁)[潁]上被圍，情形緊急。李兆受勾結粤匪竄擾固始，於三月廿五日撲攻光州，鄭知州營退駐州城二十里之鄧家集。英撫、勝帥合攻柳溝之賊，兩營馬步不及四千，勢難分顧，嚴咨催邱鎮移緩就急。而巴都護招撫之賊有張瞎子者，鏖聚均州，淅川李丞又六百里告急。俞刺史鎔禀報陳州府布置聯絡，城内有連街會，城外有連莊會，頗得聲勢。捻匪不能北竄，去年攻破雉河集捻巢，連莊之力居多。然連莊只能就近堵剿，不能遠調。捻匪亦只在皖豫交界數百里之内往返焚搶，不能遠離出没之地，且利在搶奪，凶在焚燒，恃衆裹脅，不善攻城。至于交通長髮一層，似是而非，惟李兆受往來長髮之間，助之吠而已。上年九月間，捻匪焚搶淮邑東路，連莊會合力欲往殺捻，郡中因兵力單薄，保令出東門外十里諭連莊百姓不可輕動，抽佩劍脅之，死於亂，今案尚未結。

二十八日，晴，早大風。閲胡涵探報：江西臨江兵潰後，劉峙衡司馬招集潰兵，屢戰皆捷，三月十一日收復九江。襄樊巴都護招降之勇，搶掠姦淫，遊奕無定。均州之張瞎子，楚師剿辦連捷。淅川廳後坡又有匪徒。邱鎮與柏遊擊英奉調赴光。南陽團民解散,固始三月廿九日失陷,[1]屠戮極慘。南陽陰雨經月,米糧闕乏,有錢無市,麥麩至每斤四十文,尚不可得,不拘貧富皆呼庚癸。汝州土匪七八百名擾魯山之攘河郀,並無兵勇追捕。三月廿八日,張逆統率多賊撲勝營,勝帥以少敵衆,鏖戰四時,殺敵無算。逆捻大股仍踞三河尖、烏龍集一帶。固始並未失守。禹州神垕地方有匪徒數千,褭人勒贖,已竄汝境。

二十九日。爲兩兒講小學全部畢。是日晴,夜大風,怒號之聲使人怖慄。銕兒問"浮靡"二字如何講。曰:浮是沉不下去,靡是豎不起來。

【咸豐七年五月】

五月初一日辛亥。閱邸鈔。英撫、勝帥四月初一日平柳溝賊巢,竄撲固始逆匪亦經官軍擊退。是日早晴,午晴、雨、風、雷一時並見,沈霾竟日,雲色蒼黄,使人氣悶。夜,天清星朗,爲之快然。

初二日。勝帥遣德克吉布援潁上,圍解,遂進攻克黄岡[寺]、中心岡,焚其巢。英撫别遣蘇克金克吴老莊,逼近三河尖老巢。四月初十前後事也。諭在京各局增鑄銕制錢,與銅錢大錢相輔而行。徐新齋前輩入都陛見,道出于此,來談,甚暢。是日晴。"五月猶衣重,絮細葛香羅",此間端午無此佳句也。

初三日。何孟臚來。過子忽丈談。司和庵生日,訪之未晤。是日晴,偶感寒疾。

初四日。得蓮生信,家鄉兵事未見起色,川滇兵鬨是正月廿九日事。二月初十,兵丁起程,省城人心始安。凡死滇兵三人,川兵練二人,受傷各十數人,誤殺算命一人。統川兵之張正倫、李春錦皆奏請褫職。孝提督緣謁傳昭通失守,餉又不繼,滇軍一夜潰散,用鎗自斃。穉璜雖甚出力,而練過單弱。省城又勸捐穀,民力已憊,而更擾之。黔亡不亡于無兵無餉,亡于封疆大吏也,其罪可勝誅哉?惟當白之朝廷,救此荒陬哉。是日晴,晚雨。家君得賀節某遊擊書,誤"觀察"爲"關查",此與"糟運總督"同一可粲也。邀沈子忽丈、司和庵丈、何孟廬飲,司、何未至。得鄂生自西安來書。

---

① 夾批:此探未確。

初五日。聞當事得京華要人書，言安徽巡撫退軍全椒，廬州一字不提，殊不可解。九江收復之説似屬不確。江南和、張兩帥不和，須何督至爲調停。時事方殷，而無事之區方呴呴然燕賀也。是日陰。山東蝗蝻遍野，直隸大順廣亦然，此間黎城、潞城現在買掘。

初六日，早晴，午風，曀。腹疾大作。

初七日，早晴，晚陰。夜腹疾加劇。

初八日，晴。得四兄自武昌來書。腹疾至夜乃瘥。

初九日，晴。閲胡涵、黄文炳探報：張瞎子滋擾均州、房县、竹山，竄逼陝西興安府界，曾巡撫飭龍鎮馳剿，留閻協、應敏防鄧州投誠川勇。張絡七在光化等處滋擾。巴都護所帶投誠之川勇赴九江，行至武安堰下遊，亦滋事，唐道訓方帶兵往捕，舒都護駐老河口防其北竄。粵東去秋曾有洋匪滋鬧，今春退去。粵西千總黄金亮叛踞柳州、興靈等處，省城被圍已兩月。長沙因江西賊犯醴陵，又復戒嚴。河南南召、葉縣土匪不時蠢動。南陽麵每斤六十文，米每(千)[斤]八百文。郡城糧行無糧，城關居民聚集萬餘，幾致生變。又胡涵探報載鄧州紳士公呈，録之：爲公留本鎮，懇轉詳以護殘黎、以防狡寇事。竊以教匪雖起於湖北，其巢穴多在太山廟、黑龍集一帶，與豫省鄧州、新野、南鄉各部相距或數里，或數十里，名爲隔省，實係緊鄰。上年九、十月間滋事之初，舉步即至。彼時破鄧州，窺新野，惡匪在邨莊燒殺奸淫，詐索擄掠，大小男女横遭荼毒，甚有婦孺不留、人煙斷絶者，哭聲遍野，慘不可言。萬姓皇皇盼兵，而兵難速至，恃勇，而勇亦無多，然猶於瘡痍之中恪遵垂諭，勸集鄉團互相保衛。幸而南鎮邱大人於十一月初統兵來鄧。某某等約齊團練，隨同大營，克復州城，搶斬賊衆，得以稍抒積忿。嗣復屢隨大兵協拿逆匪，解蒙訊明正法。本年二月，内鄉失守，隨同邱憲復城殺賊甚多。某等民團，火器不嫻，且無紀律，所以尚能得力者，全仗邱憲之威名，官兵之統率也。伏冀各股逆匪指日可平。某等雖廢時失業，率三五萬衆鄉團，自備資斧，協助兵力，悉數剿除，一勞永逸，誠所甚願。詎聞湖北忽將該匪概准投誠，並不呈繳器械，仍前擁衆結營，飽挾厚資，揚揚得意，而歸者不下二三千人。凡有攻城陷邑、焚掠著名首惡之大旗頭張瞎子、余六、張六、顧三標子、張添佑等多在其内，與廟灘叛勇千餘聲勢相通，帶領拳匪横行襄北，晝則劫掠商旅，夜則奸佔婦女，非道路傳聞，實確有可據，可見狼子野心，凶狡如故，某等與之不共戴天。疊經捕殺,其人難保不乘間報復。況時届青黄不接、兵荒飢火之餘,弱者轉於溝壑,所望二麥在地,收成有冀,活此生靈。而强寇相鄰,眈眈虎視,幾於防不勝防。某等今日如處積薪之上,真有累卵之危。不得已仰求邱憲,統兵駐紮邊境,巡防鎮壓,俾惡等不致遽啓戎心,百姓若赤子之依慈母,庶幾有所恃而無恐。若又將邱憲全軍調往他處,則哀此遺黎,直該匪等几上肉耳。人心一散,斷不能如上年之聯絡成團。與其但戀故居,盡入虎狼之口,曷若群遷安土,希全螻螘之生。想仁天體國憂民,不忍此一方爲棄地。況目今均、房疊聞警報,襄匪聚而不散,深恐其内外勾連,一呼而起。邱憲以本境之兵保本境之民,於理正,於情順。爲此匍匐來郡,合辭公呈,伏乞轉顲欽憲大人,俯念民生爲重,准留邱憲統兵,仍駐宛南數月,救民水火。俟麥後果能安靖,再行酌調他往,云云。

初十日。邸鈔:四月初四,李孟群與署蘄州知州兼署羅田縣知縣彭應鯉敗賊于安徽英山縣,克縣城。詔彭應鯉以知府用。賊犯景德鎮,都司畢金科禦之,中伏死。訓導沈其秀、把總朱政平、外委王典泰、毛繼緒、唐福星同時殉難,詔照例賜恤,金科照遊擊從憂賜恤。是日早晴,午後時晴時雨,風甚涼。

十一日。閲委員黄炳奎探報(四月廿九日發):鮑副將剑三月十七日夜扒城受傷。九江賊食紅芋,不過二旬之糧,克復之機即在指頭。英、霍、宿、太一帶賊匪雖多,不敢與官軍抗敵。沿江下游(到)賊匪甚多,聲言救小池口。又抄曾侍郎丁憂解兵回籍一疏録之。是日早晴,午後時雨時晴。

●丁憂兵部侍郎臣曾國藩跪奏,爲微臣現丁父憂,恭摺馳報,仰祈聖鑒事。竊臣於正月十七日自省河拜摺後,即馳至奉新,督帶候補知府吴坤修一軍同赴瑞州,四面合圍,開掘長壕,斷賊接濟。二月初四日,回省一次,與西安將軍臣福興、巡撫臣文俊晤商大局。初九日,仍來瑞州。十一日接到家信。臣父誥授光禄大夫麟書於二月初四日病故。臣係長子,例應丁憂。溯查臣自咸豐二年,奉命典試江西,奏蒙恩准,假歸省親,行至太湖縣,聞訃丁母憂,即由九江奔喪回籍。甫經百日,奉旨飭辦團練。時值武昌失守,數省震動,臣出而襄事。摺内聲明,俟大局稍轉,即當回籍終制,具奏在案。咸豐三年冬間,迭奉援鄂、援皖、肅清江面之命。四年八月,摺内聲明,臣係丁憂人員,如稍立戰績,無論何項褒榮,何項議叙,微臣概不敢受。辦理稍有起色,即當奉明回籍,補行心喪,等因,具奏亦在案。五年九月,蒙恩補授兵部右侍郎,維時臣雖已服闋,而臣之私,常以未得在家守制爲隱恨。今又遽丁父憂,計微臣服官二十年,未得一日侍養親闈。前此母喪,未能妥辦葬事。今玆父喪,未能躬親含殮,而軍營數載,又過多而功寡。在國爲一毫無補之人,在家有百身莫贖之罪,拊胸自責,抱痛何極。瑞州去臣家,不過十日程途。即日遵制丁憂奔喪回籍,一面由驛馳奏,恭候諭旨。臣之胞弟曾國華,出繼叔父爲嗣,現在瑞州軍營。即日交卸回里,丁本生降服憂。胞弟曾國荃,現在吉安軍營,亦應奔喪回籍。惟撫建大股賊匪二萬餘人赴援吉安,連日與官軍大戰,雖迭獲勝仗,而我軍亦有傷亡。國荃能否遄歸,尚未可知。伏查微臣經手事件,以水師爲一大端。署提督楊載福駐紮九江,所統水師十五營。道員彭玉麟,駐紮吴城,所統内湖水師八營。合計船隻五百餘號,砲位至二千餘尊之多。此非臣一人所能爲力。臣在衡州時,僅奏明造船一百六十號,岳州以下雖陸續增添,而九江敗挫之後,則水師中衰,其時回援湖北者,僅船百餘號。賴彭玉麟力支危局,胡林翼、楊載福重廓規模,而又有廣東督臣購運洋炮,湖南撫臣督率官紳,廣置船隻子藥,于是外江之水師始振。陷入鄱湖者,亦僅船百餘號。賴江西撫臣及總局司道竭力維持,增修船礮,籌備子藥,於是内湖之水師亦振。合四省之物力,各督撫之經營,楊載福等數年之戰功,乃克成此一枝水軍。臣不過因人成事,豈敢無其實而居其名?惟臣因事離營,内外水軍或分歧而不定,相應奏明請旨特派署提督楊載福總統外江内湖水師事務,惠潮嘉道彭玉麟協理外江内湖水師事務,庶幾號令歸一,名實相符。楊載福戰功最偉,才識遠勝于臣。彭玉麟備歷險艱,有烈士之風。伏乞聖恩,時加訓勵,該二人必能了肅清江面之局。仍請旨飭下湖北撫臣胡林翼,月籌銀三萬兩,江西撫臣文俊,月籌銀二萬兩,解交楊載福、彭玉麟水師營,俾此軍不以飢疲致潰,則不特爲攻剿九江、湖口所必需,即將來圍攻金陵,巡防長江,亦必多所稗益。此臣經手事件之大端也。自水師而外,惟湘勇係同縣之人,寶勇係久從之卒,於臣略有關係。現在李續賓之湘勇,駐扎九江,精勁樸實,隱然巨鎮,久在聖明洞鑒之中。劉騰鴻之湘勇、普承堯之寶勇,駐紮瑞州,嚴明勤謹,足當大敵。但使餉項稍敷,必可樹立功績。臣在軍中,亦無所益,即不在軍中,亦無所損。此外江西水陸諸軍及各省援師,自近歲以來,皆由撫臣文俊與臣會商調遣。今臣丁憂開缺,應由西安將軍福興與撫臣會商辦理。近日洪楊内亂,武漢肅清。袁州、奉新等處,克復數城。江西局勢,似有旋轉之機。惟臣猝遭喪父,苫塊昏迷,不復能料理營務。合無籲懇天恩,准臣在籍守制,稍盡人子之心,而廣教孝之典,合家感戴皇仁,實無既極。抑或賞假數月,仍赴軍營效力之處,聽候諭旨遵行。現在函商將軍福興、巡撫文俊兩臣,酌請一人前來瑞州,撫循各營將士。臣拜摺後,即由瑞州奔喪回里。除候抵家後再行呈報外,所有微臣丁憂開缺緣由,理合由六百里馳奏。伏乞聖明鑒訓示施行。

十二日,閱邸鈔。直隸總督奏,保定、永平、河間、天津、正定、順德、廣平、宣化、遵化、易州、冀州、深州、定州等府州屬之清苑等五十九州縣,用錢用米收買蝻子自數十石至數百石不等,均用石灰水薰熟掩埋。此外各州縣嚴飭一律收買,需費較鉅。瘠苦州縣准其動用倉穀,無穀可動者照例報銷。分别勤惰,嚴參議叙。巡撫閱兵於精營之大教場,老陣無可觀,新添精兵所衍新陣,進退離合,頗有法度。銅礮輕利致遠,制勝之器也。滿營太不成事,緑營詐馬,尤爲兒戲。《齊書·禮志》論晋中朝元會:設臥騎、倒騎、顛騎,亦角抵雜技之流。《通考》:唐時衛士,富者販繒綵,食粱肉,壯者爲角抵、拔河之戲。禄山之變,遂不能受甲。是軍士馬戲,自古已然。馬戲爲害,亦自古已然。此亟宜裁革者也。[1] 是日早晴,午大雷雨,晚晴。

精營觀治兵(精營在城東)

千官迤逦向城東,節度尊嚴自古同。銅礮雷轟塵氣瞑,錦旗雲擁日光紅。傳聞海内軍書急,猶喜壇前顧盼雄。馳道忽看顛倒騎,

① 眉批:謹案高宗純皇帝御製詩注,詐馬,蒙古舊俗,今漢語似所謂“跑等”者也。然元人“詐馬”實“咱馬”之誤。蒙古語謂掌食之人爲咱馬,蓋呈馬戲之後則治筵以賜食耳。

一時歡笑遍兒童。

十三日，閱俞刺史（鎔）探報。張樂行係亳州雉河集人，家本小康，向來结交賭博疏財光棍。龔瞎子係阜陽龔家集人，素本無賴，竊劫爲生。二人爲捻中大頭目。其次蘇天幅、王貫三，係河南永城縣人，韓浪子係蒙城縣人，侯四偉係亳州人。捻黨及裹脅飢民共二三萬人，能打仗者約有萬餘。阜陽東南北三鄉被焚燒擄者十居七八。極南邨莊無人煙者長四五十里。自勝帥追剿紮營倪新莊，捻匪踞柳溝集抗拒，一帶不聞雞犬之聲。屢次被剿，捻匪棄寨分竄。官兵入柳溝集，只見病匪數十人，女人百餘口。四月十七日，該捻匪攻破方家集，前任沈丘縣丁令帶勇八百名並本處鄉勇潰散，避亂民人男女大小被殺、擠落河淹斃者共二三千人。捻匪即在方家集紮營，分股西竄新蔡地方。勝帥移營高家堰對面攻剿，間日打仗，官兵屢有小勝。其竄新蔡之捻股，被河南新蔡一帶連莊會擊退，全回方家集，往返三河尖。四月十九日，捻匪用蒸饅頭哄小兒送紅紙僞示一張到三塔集官兵營盤，僞銜寫“真天命太平興國丁巳七年，殿左七十一檢點龔■■爲剀切曉諭團練鄉民”云云，其詞悖逆，語句在通不通之間，看來光景，捻匪已勾長髮爲退步無疑。其搶掠婦女姦淫及到處全燒房屋各情，又與長髮不同，似是而非者此也。四月二十二、三、四日，勝帥出小隊誘擊，該匪堅匿不出，至二十五日巳時，捻匪分三路大隊而出，官兵前營趕上，先擊失利退回，勝帥親督排隊擋住，捻匪亦不敢追。至二十六日，捻匪又在近營邨莊放火燒房，官兵馬隊趕上截殺，生捡一十四名，皆穿號衣，胸前寫“太平”二字。訊供即行正法。每日營盤及連莊會捉獲捻匪十數名、二三十名不等，頭髮約二寸許，訊供已曾打仗、殺人放火、甘心從賊者，即時斬梟，若被裹脅設法逃出者，即行剃髮釋放。自三河尖老巢至方家集八九十里，河旁均是捻匪往來之所。官兵力量不厚，擊首不能顧尾，以致半月有餘，相持不下。現在勝帥调度布置，兵力不足，壯勇助之，勇力不足，連莊鄉團助之。計在五月初十前後，脅從之人，有父母妻子田地者不少，收麥之時，乘機攻剿，或可成功未定。惟以前未團練邨莊不能隨營攻剿，至被裹脅，飢民已設法解散，未知能逃出否也。總之，捻匪所行燒搶姦淫，鄉民怨恨，而匪皆阜陽、蒙城、霍丘、亳州、壽州、河南之固始、永城、息縣等處之人，有眷屬土地者不少，只能在數百里内往返劫殺，斷不能遠出千里之外。捻匪之名由來久（未）［矣］，亦難一時剿盡也。長髮逆賊乘官兵糧餉不足,由桐城攻破鄭、郝、秦、鮑四營盤,一路破至六安及正陽關,踞守各處賊匪力亦不足,難以遠出。雖盧州兵勇鼓噪,燒福中丞節帳,已失關防,畢方伯受傷開缺,情形不堪,賊匪尚無力向撲。又聞賊匪年分久者娶婦成室,各懷内顧之心,而咸豐三年北擾之賊,已經全軍覆没,斷無北擾之慮,賊匪亦無北擾之力也。

南陽坐探委員胡涵探稱:南召之馬山口有崔四聚匪六七百人。與鄧州交界之楊家山有張瞎子之侄、余六之弟聚匪五六百人。舞陽縣之墳臺地方,聚捻千餘人。桐泌西遂接界之角子山,捻首李太華亦聚集徒衆。周道、何守、慶鎮無兵勇,無糧餉,民心皇皇。光州捻匪趙國樑、王天民,匪踪飄忽不定。李兆受已通長髮,其羽黨薛小帶領長髮捻八百餘名,四月初一圍攻固始縣,現退石佛店。外委蔣鳳岐、何振聲帶兵四十二名往勦,陣亡,同時盡難之兵三名。保安胡駟丞在舞陽後王郙與捻接仗,鄉勇在西平窪、張與捻接仗,皆互有殺傷。

河南坐探委員吴文溎探稱:汝陽萬金店、新蔡秦橋等處,捻首徐景彦聚集八九百人。確山劉莊、新正交界之許家埠俱有捻匪蠢動。西平捻匪由臨(穎)[潁]西北奔至許州之小樊城。許州知州迎敵潰敗,捻匪進至椹澗堡。知州再迎敵,又潰敗,知州受傷,帶勇員弁皆受傷,王把總無下落,兵勇陣亡甚衆,州城危急。是日晴。

十四日,晴。馬介樵前輩來,談及近日錢價自貳千貳百易銀一兩落至千七百文,省外無大錢者至千五百文,皆富人買空賣空,奸商從而抑揚其間。此與粤東、福建之花會異名而同患者也。是日晴。

十五日,晴。天氣漸炎熱矣,麥田望雨甚切。司和庵丈來。

十六日,晴。家君感寒疾,腰痛。

十七日,晴。閲邸鈔:賊自安徽桐城竄湖北蕲州,李景湖、都興阿擊敗之,毁賊壘二十,斃賊二千餘。知縣李景湖、千總張鵬、高楊、高桂、把總胡開禮、軍功朱大倫没於陣,詔賜恤。

十八日,早陰,午風,夜半好月色。家君腰疾以煮熱黑豆熨之,漸瘥。庭訓述慶午喬守尉言大内膳房進膳,用黄紙簽書膳人姓名,貼食器下。至宫門,以授内監,内監嘗而後受。或有不鮮不潔,則膳房驗簽而治膳人之罪。若進御時有不鮮潔者,但責内監,不罪膳房也。即一小事而立法周至如此。因憶《二林居集》,聖祖幸江南時,有惡陳鵬年者,置蚯蚓糞御膳中。蓋奄寺伎倆,不外胙毒蜜矢,防之之法,亦久而愈備。然非我朝家法之嚴,安能度越前古如此哉?退而謹誌之。

十九日,晴。

銅礮陣圖叙(代参將文禄作)

撫帥王公之蒞晋也,請於朝,益標兵千人,曰精兵。人授之器,器授之技,技成而教之戰。爲鴛鴦之陣,寓十三變法,而進退出入疾徐不愆焉。陣成,既圖而叙之。又爲銅礮之陣。其器,大礮四,銅礮三十,抬礮八十,抬鎗百八十。其用,先大礮,次銅礮,次抬礮,次抬鎗。其步隊,環繞横列而遞進,翼張而踵接,四擊而中爲之應。其及也遠,其守也堅,更番層出,整暇而不竭。陣成,部將某復爲之圖,而謹識其後曰:火器入中國久矣,自明以發熕狼機快鎗置軍中,逮我朝而益備。然或見敵而施速,敵近而銃熱,臨敵而次失,敵薄而陣動,正實而旁虚,敵得伺吾隙,前奮而後懈,敵得乘吾衰。我撫帥知其然,與方伯恒公、廉訪沈公、觀察瑞公倡輸金錢,製礮銃若干,朝夕命文禄訓將士而肄習焉。大礮居先,聲其威也;抬鎗在後,静其志也;成而四方,密其應也;進而更叠,暇其力也。聲以張之,静以待之,密以備之,暇以養之。紀律練心,旗幟練目,金鼓練耳。不動如山嶽,迅烈如風雷。雖遇大敵,胡不克哉?方今國家多事,宵旰憂勞,撫帥用是製器增兵,拊循訓戒。我將士其何以使器不虚製,兵不虚增,無負經畫教練之意,願與諸君子共勉焉。

二十日,閲探報:五月初六,捻匪竄至二道河,固始縣令同王京堂分起堵禦。匪仍竄石佛店、三河尖、烏龍集,勢尚披猖。李兆受竄霍丘之河口集。聞鎮陽關收復。勝帥紮調齊團會擊。(吴文淦自河南省探。)南陽自邱鎮去後,龍鎮又經調赴竹山、内鄉。土匪崔四三四百人起内鄉之大頭坪。鄖陽土匪五六百竄武當山。南召之匪經團民擊敗,尚有五六百人竄陝西之商南山中。周道擬撤防,何守請撤任,慶鎮告病未準。(胡涵南陽探報。)四月十七、十八、十九、二十二等日,英撫、勝帥與賊接仗,皆未能得手。(外委田兆豐探。)是日晴,家君腰疾愈。余感寒疾。

二十一日,晴。

書周升事

奉天王君淮成曰:周升者,江寧鹽法道死事陳公克讓奴也。金陵之難,公死之,公弟死之,公妻與妾與女與子皆從死。始賊之順江東下也,總督敗匿,巡撫假他事行,民驚潰。公從人稍散去,升慨然曰:"平日所爲委身而事者,今患難顧相棄耶?"及城陷,公授升印,使達于朝。公死,賊突至,倉遽埋印。遂見執,三日逸。迹公尸,出印,枕公首埋之。又遍求公家人尸,獨公妾及女死水中,不可得。封瘞畢,賊邏者至,又見执。月餘又逸,乞食走奉天,遍告公族里,具牒府尹,闻于朝,得建專祠。將復之金陵,出公尸,族里沮之。錢塘許尚書高其義,爲納貲得千總。升年未壯,王君見諸鄉,向人述公死事狀,猶涕泣搶咽云。

二十二日,晴。閱邸鈔。京師停止平糶。袁甲三奏,自四月十一日至五月初三日,迭敗姚圩、郲圩、王圩之賊,擒斬甚衆。銀價壹兩易制錢千五百文。(搭大銅銕錢各百。)聞土人云,不盡由買空賣空,蓋自河南軍營来。

二十三日。得友人書,江南迭報:句容、溧水、鎮江勝仗,瓜州、江浦亦有捷奏,而總未十分得手。小丹陽、塘溝一帶聚有賊船,欲由高淳東垻内犯,現在添兵扼堵。楚北兵於小池口大勝,斬殺萬计,沼山賊壘盡行掃蕩。而皖賊分竄蕲州、羅田等縣邊界,圖截大營後路,並阻楚北援皖之兵。新皖藩李公孟群以六千兵在交界剿擊,正得手,而糧已盡,尚不知何時能赴皖省任也。江右近報,贛南軍克崇義縣,破潭口巢。瑞郡之濠圍甚緊,楚南新到之王鑫等軍會劉蕭等軍環攻臨江,聲勢甚盛,必當得手。現擬將楚之軍、新軍直搗新淦,以孤撫建之勢,亦甚得策。江西賊陷閩省邵武、光澤後,旋陷建陽、崇安、泰寧、建寧四縣,圍攻建寧府城。近復報糾約會匪,匪分陷寧化、清流、歸化及汀州府城。其泉州府現被烏白旗匪糾衆圍攻。王制軍已赴延平,慶中丞在省,又無兵可派赴援,現雖於粤東调兵三千,然該省吏務亦久無報,未知能接應否。三河捻匪句结長毛,竄踞方家集,欲圖北竄,克翁移營高家堰,催兵會剿。袁午翁近攻亳境、三圩賊巢,頗有斬獲。惟蒙、亳一帶,民賊不分,現辦聯邨築堡,使家自爲戰,亦一辦法。唐縣、沖陽等處有匪徒出没,竄入禹州。經派兵搜捕,尚無捷信。滇省近有蕩平红岩賊壘之捷,其賓居、彌勒、開化、昭通亦已分投剿辦。京師當十銅錢,民間又漸生厭棄。前日令御前樞堂會譚公議流通大錢之法,大致直隸止能令民間實搭二成銅當十及加鑄鐵制,以冀逐漸流通。地丁仍不能搭收也。御史吴公焯言,江南糧臺委員百餘荒淫醉飽,公館廣置姬妾。翰林吕耀斗呈閲。

又友人書言豫省軍務,自柳溝大勝、潁上解圍後,皖北大局已有起色。昨復據福中丞報稱,正陽關克復,金光筯大獲全勝,戮賊七八千。廬州大局想可保全。廬州兵譁,搶掠撫軍公館,元翁被褥印信失去,墜馬受傷,連夜赴城外之渠園鎮,名爲疏通餉道,實則避囂也。秦定三提軍以飢兵紮臨淮關。淮安運米濟廬營時,秦之飢軍先行搶留些須果腹,因此元翁大參秦提軍,謂其居心險詐,實不可問,一飽之難如此。粤西有靈川匪徒履没官軍,圍撲省城。柳州失守後,潯郡匪徒上竄,去桂林不遠,一片燎原,無從著手。粤東夷務已可完結。夷酋吧嘎禮燒毁夷館,各國貨物俱被焚毁。吧酋兵船爲兵勇擊焚多隻,不敢停黄浦,又不敢回香港,恐各國向其索貨本。現停船於海口内外洋之交,進退維谷,大快人意。恒督力保陳得功,恐不能取信,邀同滇紳黄菊翁及御史竇垿一並列銜。現在迤东一路經得功攻克匪寨多處,漸望平静矣。早陰午晴,晚雷雨,雨未透,仍恐旱。

二十四日,晴。

二十五日。何孟臚来,聞司通守之弟自黔至,往訪之。始知鼎臣甥及十一兄皆同花輯五、彭禹賡出黔,鼎臣在蜀,十一兄尚在陝西,不久骨肉又可相聚。惟鼎臣有奉諱之説,果爾,則吾姊亡矣。痛哉!是日晴。

二十六日,晴。作家書及鄂生書,交陳蓬仙州倅帶。

二十七日,晴。三月以来未得透雨,連日亢熱,麥已不收,秋糧亦難下種,米糧價俱長矣,再不得雨,定成旱荒。同鄉吴香谷舍人自京帥至,聞吴竹言同年卒。竹言以舉人官中書,入直軍機,成一甲三名進士,致編修,擢至學士,入直上書房。厚重謹訥人也。至是,乙巳一甲三人皆亡矣。余與竹言爲亞,尤悲之云。

二十八日,陰,晚微雨。連日大熱,得此涼憇,大快大快。午間答吴香谷拜。夏容甫自長沙至,得二伯母處及各親友近狀,雖皆窮窘而安平無恙,亂離中得此,亦可慰也。聞銀價自楚豫至晋,皆銀壹兩易錢千五百文,蓋鼓鑄少而軍營用錢多,是此間錢價亦不盡由打虎也。(俗呼買空賣空爲打虎。)

二十九日,陰,午微晴。吴香谷来,司和庵來。閱邸鈔:英桂、勝保擊

(敗)[賊]於方家集，敗之。初，賊據方家集，爲三河尖犄角。五月朔，勝保使穆騰阿、樂善攻其西，敗之。初八日夜，邱聯恩伏南岸。初九日，勝保率諸軍攻北岸，賊皆趨北岸。邱聯恩襲南岸，焚其巢及洪河橋，賊殺傷及溺死者三千，人尸蔽河，賊遁而東，勝保又敗之。詔迅克方家集，毋使更竄。得王蓮生信，言巴鎮探得民心，亦能奮勇擊賊，團首平越人劉文魁尤爲奮厲，二月十七率團丁解獨山之圍，三月十七、十八率團丁擊賊于雞場，平賊壘十有九，獲賊印十，殲僞大王賀姓及僞將軍數人，自清平進攻馬廠坪，黄絲之賊亦潰。苗首九老遣子爲質，投誠軍前。吾黔军事亦大有轉機。

三十日，早晴，晚陰，微雨數點。作書復王蓮生，論桃椿木先生所送《國朝文録》，論文則體未盡純，存事則紀或失實，但搜羅繁富，可采處多，余著《徵獻録》多采録之。兩日錢鋪歇業，數家緣錢價長時出錢收銀，日来錢價復落，取錢者紛至，而錢已空也，奸商亦小吃虧。“人皆曰予知”，此類是矣。

(徐慧整理)

第十册　思朔録七(咸豐七年閏五月)

思朔録卷七

【咸豐七年閏五月】

咸豐七年閏五月初一日辛巳。閲吴文淦探報：襄城之閻寨、禹州之神垕鎮，郟縣之高橋及寶豐、魯山各處均有土匪。信陽州、正陽縣交界捻匪張大安，息縣捻匪趙國樑、趙聾子起事，即經俘斬。新蔡、正陽交界之捻首房旺揚竄息縣，經官兵擊敗。王中丞與家君談及前歲委員解餉，赴連鎮，提督桂明不肯接收，令委員在營房看守。及賊來撲營，提督遁，餉亦失去。乃致書中丞言此餉未經接收，不■［報］銷，如須報［銷］則照所開各款報部(别紙開報銷款項。)如不照所開報銷■，［中］丞亦有■■不■■咎。中丞以其書進呈，詔革提督職。武人愚懦可笑如此。是日早晴午陰，聞府縣設壇祈雨。

初二日。王子潔觀察爲家君言，宛南書院本天齊廟莊田，甚富，寺僧爲奸，多置複壁。知府莊有信禽治之，没其寺爲書院，設仁、義、禮、智四齋，而顔其中堂曰“信以成之”。莊多廉政，没後，南陽人建七賢祠祀諸葛忠武侯以下六人，而以莊配焉。道光中某山長猥屑親利，自四齋及七賢祠庭中皆種菜，士人争論。山長奴詬士人，兼及莊，遂大譁。(按《培遠堂存稿・與莊未齋書》言宛南書院别後時以爲念；又云創始已艱，樂成較易；又云此舉規模闊大。蓋莊置書院時，陳文恭公署河南巡撫，其云創始之艱，則修脯膏火之富亦必賴衆力而成，不盡出天齊莊田也。觀士人祀莊之誠，服教畏神之語爲不虚矣。)是日晴，聞豫、秦皆大熟。

初三日，早、晚、午風雷欲雨。閲胡涵探報：内鄉文武官剿匪千總張大信陣亡，軍裝火藥盡失，賊竄五垛山。禹州文武剿匪外委姚中有道受傷，賊由汝州竄確山一帶。裕、葉、舞、泌等處皆有匪擾，閻協戎堵剿不能得力。(南陽各屬豐收而匪不靖，麥多竊割，王令遣其子熾帶勇防捕，不能止也。)五月二十五日,捻匪傾巢而出,勝帥督戰小挫。守營之參將賽沙布、都司戴世熙聞警先潰,勝帥撤隊後欲誅此兩人,合營跪求始免,奏參革職。捻匪仍踞三河尖至方家集一帶。聞匪衆均思歸家收麥,頗有離心。江西賊踞撫、建、吉、臨、來、瑞、南、九八府,以九江爲首,每縣設僞官,有監軍、軍帥、師帥、旅帥名目,開科取士,收納■■■官皆迫■■本地■■■舉爲之。錢漕悉依舊制,每銀一兩折錢二千■■。賊師過■■户斂■■酒飯,紳商家貲十分抽一鳌,民慘不可言。官軍又屢戰屢北。(四月廿八日五垛山有龍在空,鄉民用鎗擊之,遂雨,雹大如斗,斃五六人,亦胡涵探報中語也。)

初四日。閱王麓臺畫卷,筆法全師子久而雄秀蒼潤,兼半癲、石田之勝,自題云:"古人作畫,先定龍脈,後審起伏開闔,總以氣行乎其間。畫中行雲流水皆舒之法也。今人效顰,每多爲識者所誚,然精神工力,非巨幅長編,無由施展。余故於子久一家,苦心經營,所自愧者,未必匠心耳。"款題"康熙戊寅年冬日",卷首有"乾隆御覽之寶"及"石渠寶笈圖書"。玩麓臺題語,似非進御之作,當由畫成後流傳入大内耳。又蕭雲從長卷,摹黄一峰、王叔明,寫秋林之勝、石骨之奇秀、草樹之疏勁、山勢之空闊、人物點綴之精緻,皆有遠致。而卷首江波浩渺,卷末沙壖尤極蕭曠。自題云:"昔見黄一峰《秋林圖》,王叔明《秋樹圖》,各擅其勝,第恨其未盡變也。寫萬物彫骍,一草一木盡見精采,妙在設色繁茂,令見者歎薄寒之中有人爾。此卷作自壬辰,距今丁酉六年矣。復睹之清華齋几,因携歸續成。回思停車霜葉間,如昨日也。蕭森之感,豈待杜陵耶?"雲從身經喪亂,寄意遥深,玩其題識,不徒悲秋之作矣。兩卷皆藏太原通判完顔氏■熙■。閲邸鈔。户部奏■商■■自開局至本年四月■將捐錢七千五■■八千八百■■■以■■■■價計之,亦千萬兩之數也。是日陰,午大雷雨雹,不爲災。寄沈壽翁書。

初五日,早陰,午晴,晚微雨。得夏階平、張貽山書。

初六日,早晴,夜月,午大雷雨,微有雹。閲邸鈔。大臣扎拉芬泰言新疆遣犯壅滯,請設法調劑一疏,略云:新疆幅員遼闊,向例將内地軍流情重各犯發往伊犁、烏魯木齊等處,分别種地、當差、爲奴。道光三年,伊黎將軍慶祥以遣犯人衆,奏,經刑部議,分别到配久暫,解回内地安置。道光六年,直隸總督那彦成奏,經軍機大臣會同部議,酌量改發。此等遣犯强悍性成,愍不畏法,沿途遞解,或於所過地方恣意刁難,或於所過旅店肆行滋擾,人咸念係罪囚,畏其凶焰,隱忍緘默,莫敢誰何。及抵配所,則又各省分立黨援,聯絡聲氣。新疆近日生計蕭條,似此頑梗之徒,率多遊手,更難望其枵腹安居。如咸豐四年遣犯會匪段光前、吴六等糾約肆搶一案,其明驗也。查新疆遣犯,除烏魯木齊及各城不計外,即伊犁現在各項遣犯,並奉文釋回。無資回籍者,通記約計萬民之多。當外夷窺伺之秋,又值[redacted]絀之際,[redacted]雜[redacted]其中倘有一衅可乘,難保不先發爲患。每擬[redacted]疏通之策,[redacted]未得善[redacted]之方,正深焦慮。上年冬月,接奉部文,擬發黑龍江各犯,現經奏准,改發新疆。自因根本重地,不得不設法[redacted]。新疆現存遣犯爲數已多,照例發解,源源而來,又添黑龍江改發之犯,愈積愈多,管束難周。且各省距新疆路程遥遠,各犯例支車船脚費,一名抵戍,約需銀百餘兩。以道光年間計之,每年約千餘名至二千餘名,統計新疆遣犯一項,每年所費不下一二十萬兩,經過州縣之賠墊,護送兵役之開銷,更無論已。查向例,擬遣新疆各犯,遇有改發者,或酌撥黑龍江,或實發極邊足四千里及雲貴、兩廣極邊煙瘴充軍,惟黑龍江已經停止,即雲貴等省煙瘴州縣無多,各省軍務未完,勢不能將新疆遣犯全行發往。伏念政治大體固不可輕議更張,而因時制宜亦不敢遇事拘泥。兹口外各犯既有擁擠之虞,而各省極邊又乏安插之所。每同寮屬悉心酌議,與其戢亂于已著,不若弭患于未萌。相應籲懇天恩敕下刑部,通融籌畫,將各省例應發遣新疆人犯,暫行停解,另籌改發。爲一時無合例改發省分,或留于原犯之處,永遠枷號;或即于獄成之後暫行監禁;或援古人全作贖刑之樣,于該犯中之有力而情節[redacted]申明捐[redacted]舊章,姑准納鍰免罪;或仿照民人罰充軍[redacted]于該犯[redacted]無力而桀驁異常者,取具切實保結,酌予帶罪從軍。其有情狀極凶,怙終顯著,或酌衡于刑罰世輕世重之條,即于犯事地方盡法懲治,俾其成廢,免致別滋事端,並令匪徒觸目驚心,咸知炯戒。至各省軍流、徒罪各犯,可否敕部一並妥議。董爲變通,庶遣犯無虞壅滯,邊境可期肅清,至經費亦大有撙節,猶其餘事也。硃批:大學士會同刑部議奏,欽此。

初七日。家君從方伯借閲河南彰德戴太守禀,頃接驛口橋大營來信,日來王家壩地勢易守難攻,仍慮曠日持久。經勝帥於廿一日親帶馬隊赴黄岡寺一帶察看三河尖地勢,爲搗其腹心、攻其必救之計,正在旋轡閒,探馬飛報該逆出馬賊來撲中興岡新營,我軍馬隊分三路迎擊,並調火器營施放火箭,傷斃賊衆二三百名,追殺廿餘里,奪獲旗械槍馬無算。生擒領馬隊賊執紅旗者,認係十四日在方集裸體執旗,率衆圍裹官兵最爲凶悍之賊。當時將該逆盡法處死。廿二日,又派馬隊攻王家壩,賊衆多向三河尖紛[竄],經我兵在小曹集向前衝殺紅巾紅衣賊二三百名,奪獲手車、槍礮、旗幟多件。餘賊多從淮河■■■入河中。■■來馬隊數百,賊一見我軍,即往三河尖狂竄,■■■叠獲[大勝],軍威益振,賊膽愈寒,自以直擣三河尖爲當前急務。但該力全股麕聚,並力死守。洪淮交漲,水勢回環,大兵進攻亦殊不易。現飭邱、蒯、廖三軍於南岸進薄,一面踩探賊情,嚴飭各營將領,但遇分股賊出,悉數斬捡,仍當蓄鋭養精,以期一鼓而下。並擬俟王家壩逆匪全竄三河尖,則西路可以撤防,中丞大營即應向倪新莊一帶前進,以爲會勦。三河尖應援前軍之舉,大約總在二十五以後也。今早勝帥來信,以該逆屢受痛勦,畏威思散,不獨裹脅者乘閒奔逃,即髮長數寸,賊中所謂捻悍,亦多剃髮卷旗,四路潛逸。日來麥田之中,每見新剃之髮散滿田塍閒,其各守卡官兵捆送潰匪,或三十,或五十,絡繹於道,鄉團獲送者亦復不少。訊據各供稱,連日潰逃已有五六千之數。廿二日傍晚至二更,復聞得賊營,槍炮之聲不絶。竊謂官軍逼近,該逆自相驚擾。今據稱是白旗黨匪因搶藍旗食物,並前在方集屢敗不救之嫌,自相殘殺,復經張樂川爲之排解而止同室操戈。各不相能,已可概見。兵法云,攻心爲上。今賊中情形如此,其亡可立待矣。查三河之西童家樓、劉家店等均有賊壘,擬即由此兩路進攻,其邱、蒯、廖三軍並固■■■飭令■■在唐家岡分佈。該處去尖十八里,定期夾擊,庶可借■■如能得■■地纖■固屬快事。倘該逆畏攻東竄,彼時即當跟蹤追勦,不及奉商進止等語。廿九日又接來信云,廿六日接中心岡大營來信,知官兵攻破方家集後,旬日以來屢次接仗,捡斬不可勝數,軍威愈振,賊膽愈寒,實有望風而靡之勢。刻又接勝帥來信,已於廿五日直擣三河尖西岸,並調船隻派勇設法進勦。該逆勢窮力竭,率其死黨奪路向東奔逃。經勝帥揮軍分股勦殺,立將三河尖克復。現派步隊在尖鎮搜殺餘匪,飭馬隊向東跟定飛追,務期净絶根株,不留餘孽等語。現在大營撥派各路截勦、抄殺應援之兵未回,所餘無幾,一二日方能移營前進也。又黄炳奎探報,龍鎮軍於四月二十八日攻太子坡,懸崖陡峭,石級天梯,上縋鐵鏈,寸步艱難。該逆處最險之地，懷必死之心，矢石如雨，我兵奮勇直前，頭頂木板，鎗炮齊施。初三日，一晝一夜連破四卡，登時刺死賊七八百人，墮崖死者不計其數，賊勢大潰，退入金頂，窮迫投誠，皆已誘出正法。龍鎮軍即日拔營赴均州，禀請撤兵。

初八日。閲邸鈔。户部以銅斤未能充裕，請寶泉局現鑄一卯半制錢均改鑄■■錢。王■■以守固始功賞三品卿銜。論克方家集功，總兵■■賞提督銜，■■邱聯恩賞圖薩蘭巴圖魯名號，游擊格洪額賞副將銜，同知直隸州廖慶謀賞花翎，已革知縣余壁成開復原官。

初九日，晴，夜風。

初十日。閲邸鈔。户部奏河南懷慶試鑄鐵錢，已越兩年。該處毗連山西，鐵斤易於採辦，若能添鑪加鑄鐵制錢，由衛河運京，甚爲便捷，請飭撫臣將每月現鑄錢文若干，除工本別計，獲餘息若干，並運京需費若干，詳查報部。自外鑄鐵錢運京，省鐵價而節運費，人人知其便也。然河底鎮是户部分局，部文責問工本餘息，又責以錢易銀，並稱寶泉、寶源兩局鑄錢積存，毋需運錢進京。然則部臣請外省鑄錢正以困苦外省，而塞言者之口也。是日早晴，午陰，夜雨達旦。今年得此透雨，麥秋雖減，而秋成可望。潞安一帶，麥秋豐熟，麵斤十四錢。

書雲巢廉訪《蓬窗録》後(代家大人)①

《蓬窗録》者，雲巢廉訪官江安糧道時，輯録前人奏疏、詞章、嘉言、善行以及[藥方]書畫[之屬]，皆有關於國計民生、持身涉世、舊聞掌故。書[中體例]及作書[時日]，廉訪自叙及蔡君叙詳矣。昔沈起元序王君《督運圖》，言圖其逸，不圖其勞，廉訪自叙，亦言運舟之逸。余竊意國朝漕政，承明季之弊，長運久困。自來官漕運，若蔡公士英、楊勤慤、朱莊恪數公者，當世所稱賢能君子，皆不勝病苦。廉訪獨從容暇豫，瀟灑著書，豈其才出數公上，或勞于前而逸于後，抑久焉而習其事，得以逸而忘勞者耶？故事，糧道督運舟至京師，三運，則部臣以積勞引覲，率不久遷去。而廉訪自庚子迄辛亥督運凡十二年，昔人所稱居位久而受任專，其效略可覩矣。夫以文學禮義爲官遷留滯，此爲百石卒史言，非所論于繡衣直指承天子命督諸道

① 整理者按：文中殘缺處據《篷窗隨録》卷首所載是文補。

者也。譬工人之操器,騏驥之就途,熟而安焉。不然。廉訪曰:"以勤訓屬吏而顧斤斤焉。"自詡其逸哉!余官晋,始識廉訪,每議論述前人事,必悉本末。於屬吏,喜悃愊無華之士。其論刑法,折衷于儒術。治事之暇,端坐誦書,未嘗少輟。益歎無時而逸者,乃終身不見其勞也。書以質之廉訪,且以諗世之讀是書者。

十一日。聞人談[redacted]擢兩湖[總督]時,藍正樽之變初定,有劾前總督言藍正樽實未伏誅者,上以問公。公奏言實知正樽蹤迹,捕而誅之,宣示中外可也,不然恐有假正樽名以惑衆者,死灰復然矣。上韙之。是日早陰,午晴。

題章石泉大令烟波釣徒小照(代)

世途翻覆似春波,幾度抽簪逐櫂歌。碧水青山無限恨,不知何處著魚蓑。

知君心迹寄江湖,收取聲名不爲鱸。便侶漁樵應未得,中流還作濟川桴。

十二日。閱邸鈔。五月二十二日袁甲三克王圩賊巢。五月初十等日,總兵傅振邦、李習和、周天培克溧水縣城。王懿德奏邵武、光澤殉難各員:糧道王訓,知府婁浩、毛健,知縣孫翹江、蔣仁瑞,均奉詔優恤,並於邵武及各員原籍建立專祠。是日陰,早微晴。

十三日,晴。家君奉檄擢冀寧道。

十四日,晴甚。閱邸鈔。上諭曾國藩奏瀝情懇請終制一摺:曾國藩江西軍營聞丁父憂,前降旨賞假三個月回籍治喪,假滿時再赴江西督辦軍務,以示體恤。兹據該侍郎奏稱假期將滿,葬事未畢,籲准在籍終制。曾國藩本以母憂守制在籍,奉諭幫辦團練。當賊氛肆擾皖鄂,即能統帶湖南船勇,墨絰從容。數載以來,戰功懋著,忠誠耿耿,朝野皆知。伊父曾麟書因聞水師偶挫,又令伊子曾國華帶勇遠來援應,尤屬一門忠義,朕心實深嘉。尚今該侍郎以假期將滿,陳請終制,並援上年賈楨奏請終制蒙允之例,覽其情詞懇切,原屬人子不得已之苦心。惟現在江西軍務未竣,該侍郎所帶楚勇素能指揮,兹當剿賊吃緊,亟應假滿回營,力圖報效。曾國藩身膺督兵重任,更非賈楨可比。著仍遵前旨,假滿後即赴江西督辦軍務,並署理兵部侍郎以資統率。俟九江克復,江面肅清,朕必賞假,令其回籍營葬,俾得忠孝兩全,毫無餘憾。該侍郎殫心事主,即以[redacted]伊父忠心報國之誠,當爲天下後世所共諒也。欽此。[自]軍興以[來],丁憂奏留者衆矣,未必悉出帥意,亦未必真有關係之人,貪禄忘親,比比皆是,如滌生侍郎者,真不可少之人也。觀其奏懇之誠與詔書諭留之切,彼乞恩大帥奏留辦事者可以愧矣。

十五日,晴。聞子勿丈事,使人氣索。

十六日。閱邸鈔。勝帥克三河尖,平毁王家壩等處賊巢,詔賞送花翎。小暑。

十七日,晴。聞人言直隸總督譚公議大錢事,盡陳無隱,大有功德于民。即此一事,其人已可傳。惜不能詳其奏記也。

十八日,晴。閱探報。四月廿四日鮑參戎都將軍大敗安慶上竄之賊於黄梅。水師克吉安、廬陵,江面肅清,新諭、臨江皆捷。大軍圍賊于九江,爲長濠以困之。而北岸皖賊麕至,又旁出蘄州之張家旁,竄黄梅之亭。前駰胡中丞聚兵黄州以待之,敗賊于陰岡嶺,而瑞州援賊之路始斷。王觀察鑫及江余諸君自袁州進,以守爲戰。現在舒參領馬隊、楊軍門水師皆分駐黄州,李廉訪寶義勇分駐■口,都將軍、王鎮軍、鮑參戎各營移師黄梅之前都■■,自蘄繞■美山,連破宿松之賊,胡中丞將親赴蘄州、武漢,人心大定。

十九日,陰。家君接道篆視事。故事,每上官到任,縣令供酒饌三日,家人從中婪索,州縣聽差之家人又從中浮開,每巡撫到任,縣令約費銀在三百兩外,兩司不下三百兩,道署至簡,亦須錢三四百千。家君諭章君裁撤。姚刺史慶布言,即此一端,亦數十年未見也。官場之難如此。

二十日,閱邸鈔。吾黔撫軍奏報陣亡將士,有邱君樹桐名,不勝悲惋。陰,午晴,初伏。

●丁憂兵部右侍郎曾國藩懇請終制疏

爲瀝陳下情,懇請終制,仰祈聖鑒事。咸豐七年二月二十七日奉上諭,駱秉章奏統兵大員,現丁父憂一摺等因,欽此。三月初一日奉上諭,曾國藩奏丁憂回籍,請派員督辦軍務一摺等因,欽此。仰見我皇上深仁渥澤,既俯鑒臣子之隱,曲示矜憐;復不棄駑下之材,曲加器使。凡屬旁觀,尤爲感泣,矧在身受,能無興奮。惟微臣下情,有不敢不瀝陳於聖主之前者。臣通籍時,祖父母、父母皆無[恙]。在京十四年,在軍五年,堂上四人先後見背,生前未伸一日之養,没後又[不]克守三年之制,存心愧負,實爲難安。前代及我朝奪情之案,被人彈劾者,層見叠出。兩次奪情,則從古所無。臣到籍以來,輾轉思維:欲終制則無以報吾君高厚生成之德,欲奪情則無以報吾親恩勤鞠育之懷,欲再出從軍則無以謝後世之清議,欲不出則無以謝患難相從之軍士。進退狼狽,不知所裁。復查近日軍務,我皇上不動聲色,芟夷大難,潛移默運,實已挽回十分之七八。以大局言之,河北蕩平,洪楊内亂,武漢肅清,水師精勁,非咸豐二三年氣象可比。以江西言之,西路克復十餘州縣,潯、瑞、吉、臨皆駐重兵,亦迥非上年春夏情形可比。自臣出營而後,又聞瑞州長濠甚固,臨江四面合圍,吉安賊船焚燒一空。東路貴溪屢獲大勝,江西軍事漸有起色。得將軍、巡撫兩臣辦理裕如,添臣一人未必有益,少臣一人不見其損。臣恭閲邸鈔,上年大學士賈楨丁憂,皇上賞假六個月,令其回籍治喪。因賈楨奏請終制,又蒙諭旨允其所請,並指明御史鄒俊杰傳聞之誤。臣假期將滿,葬事未畢,合無籲懇天恩,援照賈楨之例,准臣在籍終喪,感激嗚咽,永無既極。微臣報國心長,治軍才短,守制[之]日[有]限,事君[之日]無窮。瞻望北闕,惶恐待命。所有瀝陳下情,懇請終制緣由,恭摺由驛五百里馳奏,伏乞皇上訓示遵行,謹奏。

廿一日,早晴,晚大雷,雨不能透。聞文水一帶蝗蝻生矣。

二十二日。閲邸鈔。安徽巡撫福濟奏,陳奏事件未奉硃批者四十餘件,詔飭查沿途驛站。閲黄炳奎探報:皖省吴山又有另股賊匪竄入羅田。我軍在羅田、蘄水、蘄州、黄岡一帶扎營。李方伯(孟群)仍駐扎羅田,堵禦曹家河等處。官軍於五月十三日拔營進剿九江,有賊船四隻在江面往來誘敵,我軍出戰船三十餘隻追剿,賊見官船即揚帆下駛,風順水溜,直抵湖口賊巢。突出賊船二百餘隻,鈔截我師船隻,寡不敵衆,被賊略去長龍五隻,舢板十二隻,哨官船十七隻,水勇二百餘名,洋炮大小數十尊。又湖北下游之匪勾結河南捻匪並各處飢民,有四五萬之衆,由宿松、太湖竄擾廣濟、黄梅,勢甚猖獗。是日早晴,午雷雨,復晴,晚雷雨大風。久旱不雨,雨皆不透,河水枯涸,魚子成蝗。文水蝗已大若蠶繭,■縣令報稱■盡遣員往查。家君促即出城,並告方伯通飭各屬(■■督■■佐■■掩捕有……)■一報委員……各雨少處踏勘。又聞平陸蝗爲鴉食將盡,土人呼爲神鴉,此可謂有功德于民矣。家君爲中丞言,八蜡祀昆蟲,此似可祀也。夜,家君命比較各屬所報得雨分寸,自微雨及二三四寸以至深透,報深透者僅沁源、高平二縣而已。

二十三日,晴,晚雷不雨。聞徐溝、榆次俱得透雨,大吏分遣州縣十三員查各處有無蝗蝻。

書郭氏妾事

郭太守樟病,語其妾曰:"女少無子,且及我至未死,其行乎!"弗從。召妾父至,使挈之去。父曰:"未也。"太守病益篤,更語父,父諾。語妾,妾曰:"父已許主乎?"時歲暮,乃佯應曰:"諾。度歲朝去耳。"咸豐七年正月元日,易衣服拜太守,遍拜其家人,入室,飲藥死。逾月,太守卒。詩曰:"德音莫違,及爾同死。"其郭氏妾之謂乎!

二十四日,晴,熱甚。閱探報。捻匪李太春爲首,糾合另股捻首李中顯、王二光並湖北遣散練勇,黨聚煽惑。以角子山爲巢穴,肆出紛擾許、襄、葉、舞、西、確、郾、裕、禹、汝■州縣,焚燒搶掠,捉人勒贖。大兵遠在皖境,勢難■顧。而此股匪■逼近省垣,自許州牧金梁剿捕失利,守備程金升等受傷,千總王聰明陣亡,賊烽益熾。若不及早翦除,恐爲心腹大患。英撫、勝帥奏調邱聯恩赴許、禹一帶地方剿辦,復派直隸州李徵松募勇助之。至内鄉、南召、鎮平交界之大坪頭有土匪,現飭民團會剿。又請陝撫飭龍鎮(澤厚)之兵調回宛郡剿辦,南陽何守馳抵嵩縣之蕉園。萬山之中,路徑紛歧,捻匪崔四、崔狗即去年獲辦匪僧覺明餘黨,嘯聚嵩魯一帶,深悉路徑,北通河陜,南通宛境,西連秦界,東達許禹,現在四面進剿。

二十五日。唁廖子厚大令,晤一峰之侄,聞一峰以二月廿八日殉節於荔波之水荔,被害慘毒,不勝慨然。歸致書屬開明一峰先世里居、生平梗概,將爲作傳。是日晴。

二十六日,晴。中丞示家君翁協揆來書,略有關係,録存之:

●翁協揆與王中丞書●

月之望日,手肅一緘,交李尉(壎)齎呈。聞渠於二十日起程,計須於季夏初旬方能抵省也。昨日酉刻奏到手教,純摯殷拳,即審台侯安和,快符私肊。餉員劉府經尚未到都,前書尚未捧讀也。承以楊文定公語相期,自顧何人,敢符斯願。■■誠所哉!下愚與上聖同功。其未能轉移者,終由誠之未至耳。謹書諸紳,以自刻勵。大疏續勸捐輸以供楚餉,尚未見閣鈔。楚北地據上游,實關東南大局,揆時度勢,機會可乘。儲軍實而壯聲威,仰見名臣顧畫,部中豈有異言?至淝水、邗江早信在運量之内也。晋省試鑄鐵製錢一節,行之本地則銀貴,運之京師則費多,弟早慮其難行。是以前書屢經陳説,今閲局員節略,皆切中事情,此事竟可毋庸再議。弟前此於議鑄錢時,所以不敢提及山西省垣一字者,正以此也。至平定分局,自上年秋季起,已將局錢作鑄本,不復取之晋省。此時若再由官捐加鑄,恐彼處亦有壅閼之虞。(北宋鐵錢至有以鐵十而當銅一者。現在閩省物之昂,亦鐵錢所致。)無它,少則貴,多則賤矣。矧都中諸公方欲令其易銀解京,似不必更爲此舉。(此時京中正患乏錢,而轉欲其易銀解來,真不可解。懷慶一層被沮,極可惜。)惟已集議官捐,竟作采買米石報效,似最爲合體。采買米石,晋省雖未接奉部文,(上年部中未議及晋省者,同以解款已多之故。)而陝省現正舉行。(亦係官捐而欲照京師銅局辦法,即官捐比民捐便宜多矣,部中■■■■也。)亦可仿照■海運關額。近畿旱蝗,上年采買曾奉明旨通行,■■據以入奏。(毋庸雙請。)鄙見如是,未識可否,(惟議叙官須與民一律方爲公允。)伏希裁奪。庫中采買米石銀已動用三萬,今年弟所儲八萬餘金僅留一萬,然終須按月歸還。惟上年欠發察哈爾、熱河、密雲軍兵餉,實銀至廿餘萬之多,陸續點綴,已屬不支,而内務府及各衙門紛紛皆取給於户部,豈知户部但有理財之方,而非生財之地乎?日日回覆,舌敝唇焦,而奏請者方興未艾,不得不據實直陳,未知能蒙聖恩俞允否。近畿旱蝗,江左瀋陽蝝緣生戢戢。今年若再無麥無禾,吾不知所税駕矣。誦變風變雅諸篇,未嘗不痛哭流涕也。外則河上逍遥,内則需雲宴樂,狂夫之言,勿爲外人道耳。劉雨亭一事,上年夏秋間在朝房偶閲户部諸公文,以此錢如何安放(銀錢一萬串也)?維時弟未到户部,即直言:"何不將此奸商管押,問其何處聚此私錢鉅萬,先治其罪,然後議之。"諸公皆默然,弟旋深悔其戇直。總之,此等奸商京師如恒河沙數,不獨熙揢雲爲劉、白二人所紿也。今年雖有二事似此者,已嚴行駁斥■■王中丞與■■書。頃得翁協揆復書,於日前寄呈略■,甚以爲然。既謂運京費多,亦知門檻部局種種弊端致包者廣也。平定易銀一節,此老甚爲不平,足見此議不由農部發之,同朝會議尚不能主持正論,外省之議更格不行。讀此祇有浩歎。又以爲捐輸鑄本不如捐買米石,其論自確當不易,可以遵辦矣。

二十七日,晴。閲黄炳奎探報:皖匪竄楚,經郝將軍痛剿之後,倚山築壘,自渡河橋起亘二十餘里,現已紮至離大河鋪四五里之遠,意在抄襲我軍,並遏我由龍坪運糧至營必須經過之鄭公塔。賊若自大河鋪竄出,則直達廣濟,我兵又單,不能分遏。又探李兆受率其夥黨勾結長髮,由英霍竄羅田、黄安、廣濟等處,意圖上竄。飢民裹脅,號稱十萬,實亦五六萬。經署蘄州彭牧率鄉團堵剿,又得都將軍馬隊會同南勇血戰三晝夜,殲賊七八千,彭牧馳抵張家旁痛剿,自五月二十至二十六等日屢獲大勝。現在李方伯駐羅田,都將軍、王鎮軍駐蘄州、唐家河一帶,巴都護駐廣濟城外。皖賊無糧,所有舒桐、六安、英霍各匪全踞張家旁。黔省古州■■苗匱黎平,官軍克復錦屏,湖南官軍也。河東道黄觀察咨報銷局■■盧氏縣嵐山鎮突有捻匪,擬移茅津渡防兵駐觀音堂,保陜州之會興鎮,旋得平陸縣丞詹淇文禀經盧氏縣令擊散。

廿八日,晴。閲文水縣高松年詳道署文,有金雀食蝗之事,蝗已净盡。

廿九日,晴。閲邸鈔。袁午橋丈授太僕卿。聞俄羅斯船至天津,口稱欲代中國擊英吉利,意實叵測。其來也,經過混同江、鴨緑江,沿江遍蓋房屋,意將何爲?又聞英吉沙爾、葉爾羌回民滋事,調兵七千,又須晋省籌餉十萬解甘肅口外。

【咸豐七年六月】

咸豐七年六月初一日庚戌。閲澤州府申文,獲奸細周玉舒,河南洛陽縣白樹溝邨人,是僞西王遣赴角子山糾約捻匪李梁者,李梁遣至河南北探各路兵馬情形。郭泳常,平陽府臨汾縣人,是李梁遣爲周玉舒帶路者。李江濱是安徽壽州夏陽集人,僞翼王遣探北路兵馬情形,自太平經直隸、河南至鳳臺被獲。中丞皆命就地正法。是日晴,亢旱,極熱,夜不能寐。因許鶴亭大令入都之使,寄輓吴竹言聯云:“恩語垂詢内殿,畀連歲皇華出使,編采風■,更温樹言希,詞館共推遭際盛;衆仙同詠霓羅,記當時及第傳宣，遽嗟雲散，到探花人去，春明回憶夢痕殘。"乙巳一甲三人，至竹言而俱亡矣，故聯語有慨乎言之也。

初二日，早陰，晚晴。

初三日。家君隨中丞祈雨於關帝廟，先期遣員至太原縣請水，屆期水至，跪迎於道旁，乃入壇行禮。閱探報。河南南陽府何渭珍剿魯縣、嵩山一帶土匪，克黄莊。黄莊西瀕河，東南北三面皆通大路。何守分胡家莊、李青店爲一路，黄白溝爲一路，謝家嶺爲一路，遣員弁分路進攻，而駐重兵於瓦屋、趙村以待之，辦理頗有方略。英中丞移駐潁州府。騰帥扎營潁上縣，攻正陽關北，廬鳳道金光筯攻關南。北軍獲勝，南軍因浮橋未堅，金觀察落水陣亡。瘟疫大行，兵勇多病，邱鎮軍亦染時疫。袁京堂因陰雨連日，道路被淹，攻圩既難得力，巡哨亦難行走。周廉察統兵千五百自省起程，由臨堰一帶逕擣角子山。閱邸鈔。福濟、鄭魁士奏，捻匪竄陷霍丘，典史張耀、候補從九藍書田死，知縣王啓秀革職。諭以湖北襄陽縣紳民守城剿匪，■明大義，文武學額永遠加廣二名。諭議恤■■水師小挫，陣亡■■。探報稱僞翼王遣賊援助九江者萬餘人。

初四日。聞理事同知有掌責参領者，可謂小加大矣。是日早晴晚陰，夜雨達旦。

初五日。聞李方伯孟群轉戰吴山、羅田間，大捷，斬首兩萬餘級。夜雨。

初六日，雨。

初七日，早陰，午陰，晚陰。閱各州縣報，自榆次、太谷至遼沁皆得透雨。河南探報，大股賊仍踞正陽關，賊匪回竄雉河集，袁京堂告急。

初八日，閱河南坐探吴文淦探報，盧氏、嵩縣、高丘土匪皆經地方官擊散。傅、虎二鎮率副將虎坤、元連踏賊營五十餘座，五月廿三日克復溧水縣城，餘匪竄小丹陽一帶。揚州大營連[日]安静如常，瓜賊亦無動静。

初九日，晴，午陰。

●直隸總督譚廷襄籌辦水利疏●

竊照畿輔水利，前於雍正三年，乾隆四年、九年、二十■年暨道光四年，均經奏蒙欽派大臣會同修辦，自道光四年以後二十餘載未經修濬。至咸豐元年，臣在清河道任内，因任丘一帶駰路被水淹，堤工殘缺，詳經前督臣委員查勘，將急不可緩之工籌款奏明修築。軍興以後,堤埝更多殘缺,河流逐處淤塞,水勢稍大即被浸淹,其低窪之處竟有一年被水,數年未能涸復者。接連災歉,小民困苦堪憐,而蠲緩仍虧帑亦復不少。此時不敢遽言興利,惟以除害爲先務之急。臣到任後,查知新城縣青凌邨衝口未塞,爲患下游,已飭該縣等捐廉借款堵築,趕緊完工。其安州、高陽、雄縣、任丘等處,積水瀰漫,節經委員勘得。白洋淀積水全恃大港引河及馬道河爲去路,議將大港引河、馬道河挑淤挖洩,逐將下游大清河如静海縣之獨流、天津縣之楊柳青、文安縣之富官營、保定縣之鷹嘴壩、雄縣之毛兒灣等處一律挑挖深通,淀水暢消,期群河歸壑而患可漸去。伏思農田關係至要,未便因經費不出,遂置水利於不問,再事遷延。現擬挑濬馬道河,估需實銀三千四百八十餘兩。已由司道各庫借款墊發,委員前[往],[克]日興工。大港[河工]需實銀五千一百三十餘兩,係鹽船經由之處,現飭運司■議捐款,尚未集數解到,未能即辦。其静海、天津、文安、保定、雄縣境内大清淤淺段落,責成各該縣分段承挑。籌議稟辦者,不過目前最要之處,其餘各河道尚須統計全局,接續勘辦,經費無出,承應設法豫籌。臣與司道再四熟商,近來如永定河、大境門等工皆係給捐資,現尚未報工竣,礙難續勸。惟空名執照一項,就近填發,尚屬簡便。前擬設立水利局勸捐,請即照依永定河、石景山等工勸捐章程,核計請獎。查咸豐三年籌餉案内,曾經由部頒發空名執照,自五品以下京外文武職銜及封典、花翎、藍翎、貢生等項,分别搭配,繕照頒發。合無仰懇天恩,俯念河工緊要,敕部查照咸豐三年成案,頒發五品以下職銜暨封典、花翎、藍翎、貢生等項空名執照並空名監照,共六百張,俾得分交各州縣隨時勸捐填給,以期踴躍呈報。捐實在官階者,仍分别奏咨,由部核明給照。此外有工各州縣,義倉可動,即以本地民捐之穀辦本地民修之工,仍應變通成案,酌量穀價,核給土方工價,俾貧民借資援濟。其官民有能獨認工■捐貲辦理者,另行■■,從優奏獎。各屬應挑河道及應築堤埝■道甚多,經費未能■■,祇可捐一處辦一處,擇其緊要之工,次遞舉行。估計工需並飭委員撙節核實,斷不敢任稍浮冒。如有未盡事宜,隨時奏明辦理。所有籌辦大概情形,理合恭摺具奏,伏乞皇上聖鑒。謹奏。

初十日,晴。家君札各屬查水利並刊佈章程。又命擬策問試諸生童。

擬試晉陽書院生童詢水利策

問:晉省州縣有水利者三十有八,向有河渠堤堰以資蓄洩、溉農田,利甚溥也。今河流或遷徙,渠道多淤塞,堤堰汕刷殘缺,旱潦皆足爲憂,可不講歟?夫求水之利在來源,而除水之害在去路。孰爲幹河,孰爲支河,孰爲故道宜復,孰爲新河可疏,能詳其經過村寨、道里遠近、利害所在歟?灘以蓄水流,壩以減水怒,閘以時消長,橋以通往來。河渠堤堰之變通盡利,無逾此數者,能確指其地之所宜歟?夫小民但解爲己,而儒者貴能通知。籌一鄉利者,必兼利於各鄉;除一邑害者,無貽害于鄰邑。爾生■■生長是邦,宜知切近之災,共圖久遠之計。其各攄[己]見,詳悉縷陳。或有囿于方隅未能遍及,則各以里居所近見聞最確者著于篇,毋存私見,毋摭空言,毋牽涉詞訟。官斯土者,將有所採擇焉。

十一日,晴。洪右垣庶常(調緯)來。

十二日,晴。閱邸鈔。索取者甚急,僅録尹御史一疏。

●湖廣道監察御史尹耕雲請收回成命以嚴賞罰疏●

爲大員獲咎太重,難以復行起用,請旨收回成命,以嚴賞罰而重紀綱事。本月十五日,奉上諭,訥爾經額著以四品京堂候補,欽此。跪聆之下,仰見我皇上人惟求舊之至意。夫栽培傾覆,大造本無成心,威則雷霆,恩則雨露,棄瑕録用,所以開愧悔之門,收桑榆之勸效。抑爲候補京堂,並無職任,矜憐衰老,予以頭銜。聖意高深,臣下何由窺測。惟查咸豐三年八九月間,賊由懷慶竄擾平陽,皇上因山西、直隸兩境毗連,特命訥爾經額嚴防要隘。臨洺關素稱險塞,使其先事預籌,布置周妥,固守旬餘,以待勝保返兵之至,前後夾擊,聚而殲旃。近畿安堵無驚,訥爾經額■可銘諸鐘鼎矣。■乃棄甲曳兵,望風奔潰,廣平一帶州縣紛然瓦解,城守■■草間偷活。狼奔豕突,如入無人之境。皇上所及見者,奏報之情形耳。其自正定以東,至於獨流、連鎮,旁及高唐、臨清、馮官屯等處,千餘里之地,村市蹦爲坵墟,膏體塗於原野,其老弱委諸溝壑,其丁壯脅爲壘囚。晨號夜哭之聲,決肊陷脰之狀,暴骨如莽,積血成渠。忠藎死事之臣如玉衛、周憲曾、修鑑、謝子澄、張積功等力戰死綏，裹尸馬革，含冤茹憤，忠志不伸。京師簡命親王辦理巡防事宜，羽檄星符，軍書旁午，偵諜之奸，搜捕殆無虚日。風聲鶴唳，一夕數驚。百姓離居，商賈歇業。流離震恐，誰寔爲之？天威赫然，將訥爾經額逮交刑部，定爲斬監候罪名，大小臣工莫不讋慄。是以將帥同心，軍士用命，芟夷禍亂，河北肅清，然已勞師三年，糜餉鉅萬矣。上年恩旨赦諸獄中，賞給六品頂戴，前往西陵當差。臣愚以爲皇上聖意，當爲訥爾經額先朝舊臣，使其瞻橋山之松柏，想鼎湖之弓劍，自問負國之罪，當知萬死猶輕，大法誅心，嚴于斧鉞。且自差回，得蒙召見，■復命以四品京堂候補。皇上進退人才，乾綱獨運；小臣微意，何敢妄言。《記》曰："爵人於朝，與衆共之；刑人於市，與衆棄之。"訥爾經額之罪幾于中棄者，天下共聞而共見之，特未喻其所以復行起用也。方今江淮楚豫軍務未清，秉戉之臣星羅棋布，所以奮不顧身，必欲滅此朝食者，固屬篤于忠義，亦由我國家信賞必罰，畏服其心。使聞訥爾經額，萬一效尤解體，其患何可勝言？夫賞一人而天下勸，罰一人而天下懲，惟其當也。臣不敢謂復用訥爾經額，即爲賞罰之未當，特念該臣負釁至深，幸邀末減，載瞻闕廷，得盡餘齒，隆天重地之恩，已非該臣生生世世所能報，何必錫之鞶帶，令其復列冠賞。若再假以事權，竊恐復蹈故轍。昔宣宗成皇帝起用琦善，因陳慶鏞之言收回成命，神聖貽謀，炳垂典策。先聖後聖，一道同揆。伏願我皇上嚴飭紀綱，收回成命，天下萬世咸仰大公，非臣之愚所敢擬議。不勝戰慄僭越之至。謹奏。

十三日。閲邸鈔。福建建寧解圍，汀州收復。江南句容、瓜州皆報捷，雲南亦有彌勒之捷，■■亦有青陽、貴池之捷，獨李孟群殲陷■徽霍邱■援賊首級二萬餘，厥功尤偉。又河南探報言正陽關形勢兵機甚詳，别有曾侍郎致胡中丞書及粤東夷船擾東莞等處行信，家君採入日記，不重載。是日晴。

陽曲縣知縣靳廷鈺請入祀名宦咨文（代）

查得已故前任奉天新民廳同知、山西陽曲縣知縣靳廷鈺，凰石名家，龍泉右姓。科膺拔萃，分貢樹之珊瑚；書預賢升，競榜花之璀璨。乃屈驥才於百里，遂揚鶴聞於九皋。十六條聖諭重宣，象懸月吉；卅餘里神祠步禱，龍應雲興。趙帥行臺，特減前驅之騎；元饒秩米，代輸歉歲之租。出入任勞，何異鳴琴而治；灌浸如約，居然讓畔成風。能折獄以片言，行勸農之上策。訟庭草積，芨舍棠甘。固不獨龎參拔薤，豪吏畏其强明；宗就灌瓜，鄰邑歌其恩澤矣。若乃晉接紳儒，敦崇庠序。選學官之僮子，豈僅蟲雕；按試院之諸生，總教魚貫。更復儉同三弋，清懔四■。察吴興■餌■■，王珍國還裝最■。方彼侯霸攀轅，徵萬姓之思；還■耿君特簡，下九重之詔。凡兹宦迹，無愧名賢。兹據該府縣儒學轉據紳耆人等追念前徽，備陳遺愛。有功德于民，宜昭祀典；表循良之吏，允協輿情。理合將該府縣選到事實册結，備文移知，爲此合咨貴司，希即查照轉詳施行。

十四日，晴。洪右垣來。家君得平定稟，蝗自直隸井陘入平定九龍關，在樂平鄉之王得郇停落。中丞委州縣十員捕蝗。

十五日，晴，夜雨。寄王蓮生書。（來書言寄有《惜陰軒叢書》，未收到，寄書詢之。）近以蝗災議祠猛將軍於八蜡祠前，巡撫遣家君告祭。按猛將軍者，元指揮劉承忠，能驅蝗，元亡自沉於河。雍正二年敕各省州縣祠祀，載在祀典。今祠祀闕然，有蝗之區始議及之，正俗語所謂"閑時不燒香"也。

十六日，晴，夜雨。連日雨皆未能入土，亦未能止熱。

容齋銘（爲夏容甫作）

宀兮黝其中，谷兮窈其空。萬物並作復其通，和光同塵用其盅。谷王善下卑其躬，守雌默默無爲雄。躁勝大富終將窮，去情忘欲知乃容。銘之户牖開吾侗。

十七日，早晴晚雨，夜涼，有秋意。

十八日，陰，午晴。家君[試晋]陽書院，詩文鮮佳者，策賦只……

十九日，陰，夜雨。檢猛將軍[祀]，載《大清通禮》，稱元指揮劉承忠，而《元史》不見。惟《良吏傳》："劉秉直，字清臣，至正八年爲衛輝路總管。七月蟲螟生，秉直禱於八蜡祠，蟲皆自死。"又《忠義傳》："劉天孚，字裕民，知許州時，歲大旱，天孚禱即雨。野有蝗，天孚令全民出捕，俄群鳥來啄，蝗爲盡。明年麥熟時，有青蟲如蠶食麥，人無可奈何，忽生大花蟲盡嚙之，許人立碑頌焉。"按《通禮》云："神能驅蝗。"又云："世稱劉猛將軍元亡自沉於河。"史稱劉秉直以親老無官，無沉河事。惟《天孚傳》稱阿思罕之亂，謂幕僚王從善等曰："吾家本微賤，荷朝命至此，今不幸遭大變，吾何忍從之，而負上恩哉！且與其辱於阿思罕之手，吾寧蹈河以死！”遂拂衣出。時天寒，河水方堅，天孚拔所佩刀斫冰開，北望爲國語若祝謝者，再拜已，脱衣帽岸滸，乃投水中。似與沉河事合，然是時元尚未亡也。沈舜卿前輩謂當祀天孚，家君謂雍正二年列入祀典、載在《通禮》，當時亦必有所據。陶文毅在江南時，常請祠祀，惜無書可檢，《天孚傳》事不盡合，又無猛將軍之稱。■先遵《通禮》所載，更詳考可耳。中丞亦以爲然。是日家君得平[定]禀報，停落之蝗均已撲净，惟直隸獲鹿等處蝗災甚重，平定介處其間，難保不再飛入也。閲邸鈔。以克復句容、溧水功，和春賞太子太保，張國樑賞黄馬褂。

二十日，閲楚北探報，五月廿日失守，隨即收復，賊仍踞張家旁一帶。彭守在蕲州甚爲得力。望天畈、汪家壩等處賊匪亦衆。河南南召典史陣亡。角子山捻匪周臯司兜剿，不難撲滅。沈雲巢廉訪自定州寄司道書，言井陘迤西，蝗始飛入，不食禾，間食葉，不爲災。正定、獲鹿、新樂皆有蝗。正定府修劉猛將軍祠，禱之頗靈。成絶句云：“蝗飛落地競紛紛，微雨東來暑氣熏。垂穎嘉禾無害處，始知猛力仗將軍。”神像少年，立而不坐。是日早雨，午晴片刻。

●兩江總督何桂清言兵事疏●

臣前撫浙江，嘗督辦皖南軍務，此次周歷鎮江、句容兩營，與和春、張國樑等面商攻缴機宜，近日軍情略知大概，請爲我皇上陳之。金陵爲賊之老巢，盤踞數年，根深蒂固，非首斷長江接濟而從鎮江、句容、太平三路進兵，斷難置其死[地]。前大臣向榮紮營紫金山相持日久，從未成功，職是之故。現■■之精鋭聚於句容，城小而堅，最不易拔，惟溧水四面受圍，賊已大困。十四、十七、十八等日我軍又連獲大勝仗，將郇山、博望逆壘一掃而空。外援四萬餘賊驅除略盡。總兵銜儘先、副將虎坤元帶傷力戰，手斬逆首僞連天侯一名，餘皆披靡。城内之賊豈能久存？兹據探報，已於二十三日克復，大局更有轉機，深爲慶幸。至鎮江賊勢，亦頗衰微。初四日，臣親赴京峴山，晤總兵余萬清，知城中止有首逆吴如孝與廣西老賊數十人堅守。其兩湖被脅已久者均欲投誠，逃出者接踵。惟余萬清營中良將精兵大半調赴句容，止有忠義勇一軍，每戰必先，最爲用命，皆係投誠中挑出精壮，爲數不及千人，尚難得手。今聞溧水之捷，賊膽益寒，自必勢如破竹。臣謂溧水既復,宜併力以圖句容;句容既復,即併力以圖鎮江。或先鎮復句,亦得古人攻瑕不攻堅之意。蓋鎮城一破,非但瓜州之賊不能久踞,即句容之賊亦不能久踞矣。其不急取金陵者,以上下游皆爲賊守,我攻其東,則上游之賊應之;我攻其西,則下游之賊應之。雖得鎮江,不得太平,而金陵猶不能破也。蕪湖又爲太平之上游,長江[之]鎖鑰,我與賊皆[所]必争。當寧國克復後,其不能徑取蕪湖者,以溧水未復,■■可虞。恐賊由定埠、梅渚等處一走東壩,一犯建平耳。今幸溧水已平,臣擬將溧水之兵分紮博望鎮,東壩之兵進紮固城鎮,宣城之兵進紮老鴉山。固城、博望俱可直取太平。聞太平城内守賊無多,取之甚易。至老鴉山一路尤爲内保宣城、外取蕪湖扼要之地,亦可會同吴全美等水師肅清江面,斷賊往來。近日鄧紹良、吴全美均有此議。臣嘗謂江浙之兵宜合辦,不宜分辦,當即函商和春、張國樑、鄧紹良、晏端書等酌量施行。如幸而蕪湖、太平盡爲我有,則金陵一城已成孤注,直吾掌握中物耳。傳聞本月十一日,翼逆石達開已由銅陵渡江,逃往江北,洪逆令蒙賊、禾賊追之,禾逆亦乘勢逃去。足見該逆等自相殘害、衆畔親離,駢首受誅,自不在遠,此真不可失之機會也。臣韜略未嫻,且軍務非其專責,而苟有所知,亦必與督師諸臣反覆籌商,共維大局,斷不敢萌邀功之念,亦不敢存諉卸之心。惟有竭力運籌,接濟軍餉,俾得馬騰士飽,早奏膚功,則區區報主之愚忱也。所有近日剿辦情形,謹附片具奏。是否有當,伏乞聖鑒訓示。謹奏。(五月廿五日奏)

江南來信云,前聞石逆投誠■■充是訛傳,近聞石逆已招集黨羽及流亡之民,詐稱十餘萬,日内即往徽郡。此信得自寧國,他處尚無探報。又云,江南來信,(此尚是未收復句容前事。)知傅鎮十七日攻破湖墅賊巢,殺賊甚多,直追賊至淳化。

二十一日,陰。閱晋陽書院賦策卷。賦有數卷佳者,策亦各陳本邑水道,有數卷佳者。陽曲童生李成林抒論尤明白曉暢,加以學力,信通才也。

二十二日,晴,熱甚,雖在初秋,尚是末伏也。家君與府縣論蚆蚄廟,命檢查,得朱竹垞(蚆蚄廟碑)、王石和(《書田子方廟壁》)兩先生二篇。朱以八蜡祀昆蟲爲解,王則因廟舊有三賢祠字,指爲田子方之訛。家君云,秦人祀蚆蚄,仿張子房辟穀像作道士裝,正與汾人指爲田子方同,以訛傳訛,竹坨説爲可行用也,命鈔付府縣。

二十三日,晴。家君得平定州報,又有北來飛蝗,自白城口飛入,在嵩亭一帶停落。家人王福,順天通州人,聞有自其鄉來者,言蝗食禾苗,枝葉俱盡。

二十四日。■定晉陽書院■等第,王範金時文佳,范國泰賦[佳]。忻州拔貢王錫綸讀書博洽,與童生李成林皆佳士也。是日晴。

二十五日。洪庶常來。晴,午雷,未雨。

二十六日,陰,午晴。聞晉祠荷花盛開,擬携銕兒往游。已部署車僕矣,俄而大雨如注,自申至戌三時之久,横潦盈塗,游蹤頓沮,何緣之慳也!

二十七日,晴。

二十八日,晴,酷熱。

二十九日,晴。閲邸鈔。諭准侍郎曾國藩之請,先開兵部侍郎之缺,暫行在籍守制。陝西巡撫曾望顔劾副將龍澤厚株守内鄉,遷延觀望。貴州巡撫《奏緩錢糧奏銷疏》云,現因苗教各匪尚未殲滅,士民人等無不看團防堵,未能及時完,且被擾之區民力未紓,追呼過急,恐致别滋事端。轉瞬即届奏銷之期,體察情形,勢難依限辦理。懇將咸豐四、五兩年及六年分地丁耗羡奏銷充■軍務■■查明應留支實解各數目並應分别蠲免之處,分年造册,[具]摺奏報。晉省完糧有納錢者,有以錢折銀者,各屬雖參差不齊,然如潞安各屬完納,皆不過二千二三四百文折銀一兩,而黎城折銀一兩至三千二白八十文。家君風聞,飭府查明,實係如此,密告藩司,而藩司以爲舊章,實非舊章也。付之一歎而已。

三十日,晴。

(張偉麗整理)

第十一册　思朔録八(咸豐七年七月)

【扉頁浮簽】

思朔缺七[1]

思朔八　咸豐七年七月初一日至

内載《封門設關隘碑記》《洪西林傳》《辭張星使見召啓》(缺)、《劉猛將軍廟碑》。

思朔録卷八

【咸豐七年七月】

咸豐七年七月初一日庚辰,晴。中丞屬撰《(風)[封]門口[關]隘碑記》,因得檢閲全案,撮録大凡如右:

先是咸豐三年秋七月,粤賊林鳳祥自懷慶逾[太]行,入封門口,遂連陷垣曲、絳州、曲沃、平陽,經潞安,陷黎城,而東入直隸界。五年冬,中丞王公來撫山西,念封門爲入晋要隘,而隸河南濟源縣,乃移咨河南巡撫,議設營汛……距濟源縣五十[里]……與陽城交界,六十里,爲濟源縣至山西垣曲縣必經之路。至陽城縣,則尚有縣東北之五龍口,山路可通,不以封門爲扼要。該處山勢陡峻,地面偪隘,並無安營基址,惟迤西北山坡下二里許,名清虚宫,地勢平衍,堪以修建衙署,蓋造兵房,與封門形勢緊接,洵足以■■。其自(風)[封]門西四十五里,至邵元鎮,爲濟源巡檢分防外委駐■地,村鎮亦頗寛展。而山口樵徑錯雜,處處通行。■西自邵元至西陽二十里,至蒲掌一十里,至聖佛寺十五里,■■■濟源縣轄地面。其聖佛頭則向設垣邑、卡房,派兵輪■■■■西二十里鋪,與山西垣曲交界。計自封門至與垣曲交界處,所共一百一十里,悉屬山重嶺複,山口紛出,皆無扼要之地,只距■■五十里之封門口爲進山必由之道。但

① 按,"思朔七"實不缺,見前。

與晋省垣曲交界■■百餘里之遠,中隔濟源縣分防巡檢外委及分設汛卡處所。誠恐兩省公事或有窒障牽制。又議言,封門設營一事,親歷履勘,確訪情形,博採輿論,似有難行之處,不得……在兩■交界之處……在山西平定州固關地方設營,乃是山西平定州與直隸井陘縣緊相交界處所,有事則不分畛域,無事仍各顧藩籬,彼此無所窒礙。今封門雖爲要口,但只係自濟源至垣曲、陽城兩處必經之路,而陽城一處仍尚有濟源之五龍口山路可通,不必■由封門行走。此外,河内之通鳳臺、修武之通陵川、濟源■通沁水,就懷慶府屬而言,晋豫接壤之口,不僅封[門口]處爲入晋之要道。況是口東距濟源只五十[里],■■■源交界,則尚有一百一十里,中隔邵元一鎮,有濟……守,并有豫省汛兵卡房,分設邵元迤西九十里之聖■■等處,相安已久。今於距晋省界一百餘里之處設■■省營汛,公事恐難於聯絡。且兵丁不能在遠道招■■以山西之營招濟源之兵,在隔省之將備,約束綦難。而兵丁一經晋省管帶,必致倚恃隔省官兵,不服本官教令。既立專管,至少亦須設兵數百名,應募之人頑劣居……徒■濟源於道中■……人,於地方實有掣肘。至於封門寔係濟源要口,其可通出入之處,寬止一丈。若僅爲山西垣曲門户起見,則只須設大礮兩尊,再設一卡房,派守兵五十名,即足以資捍禦。濟源本設城守把總一員,分防邵元外委一員,請酌派汛兵,在封門卡房,专司■守,則事半功倍。議上,河南巡撫咨覆山西,設營之議遂罷。中丞又以封門究係晋省門户,而設礮派防,又隸豫營,未便,遣安邑知縣俞鎔、候補知縣吴師祁■■勘。鎔、師祁上言:出絳縣肆拾里,横……來路,山脚居民店户二十餘家。上坡蜿蜒■■■許,全■嶺脊,東西分水。東下二三里,新砌石牆,高丈,長七八丈,■既單薄,關門方矮,兩面夾山,不甚高險。隨溝下坡貳拾里,即垣曲之風山鎮,可以擇要據守,内重門户。此■绛縣赴垣曲之形勢也。由風山行二十里,至皋落鎮,居民鋪户五六百家。由皋落三十餘里,平坦河路,至垣曲縣城。垣境毗連九縣,南城外五里,黄河口東灘渡,對口界豫省之澠……濟源。西北界本省絳縣,聞……東■■■,正東陽城縣。垣曲外界濟源、澠池兩縣,内界陽城等柒縣,陽城與垣曲皆接濟源,而濟源之封門實爲總路,守(風)[封]門,則垣曲、陽城一帶均扼其内矣。出垣曲北門五里五根村,入濟源境。行六十里,至邵元鎮。四山低矮,地勢如盤,鋪户居民三四百家,並無關隘■扼,且山勢叢雜,路徑散漫,據高則遺低,守此則失彼。此邵元鎮不能建關之情形也。由邵元三十里,至王屋,地勢亦如盤,四面斜坡。王屋拾五里,至山腰,有城址,寬■■餘。城門下有斷石額"劍河天塹"四字,係嘉靖二十■■■撫李宗樞所建,似係防西來之寇。所以建在封門之西,猶之守封門也。又上坡五里,東至封門口,兩山壁立,中夾一門,土人云此豫入垣總路。自垣曲至此,經過岡坡十數處,擇一天險總隘■不可得,惟(風)[封]門顯有關門牆址,誠爲平、蒲、解、絳天險咽喉、晋省之藩籬也。且前人於此建關,一切工程循其舊而完固之,亦爲甚便。卑職等道經濟源,先與花令熟商,行抵懷郡……莫善於封門口。而守險尤……在垣曲■里之外,兩省公事日久恐有牽制。高守所慮,不爲無見。卑職等與高守酌中籌議,將關牆門洞循舊修建堅固。常時請派千總一員,帶兵肆伍拾名,駐紮換防,使關内百姓知要隘,弁兵有所依倚。緩急之際,兵民合力,則聲息聯而軍威壯。師祁又與候補知縣史錦堂上言,封門山名秦嶺,舊洞石額鐫此兩字。《濟源縣志》注:"秦嶺在天壇山東,縣西五十里,端嚴尊重,爲邑鎮山,一名齊子嶺。■■宇文泰争戰之界,因伐齊,遣韓明守此。《[讀史]方輿紀要》:'齊子嶺,[縣]西六十[里。杜佑曰:在王屋縣東二十里,周齊分界處也。西]魏大統十二年,高歡圍玉壁,别使侯景將兵趨齊子[嶺。又,周建德五年,周主]攻齊晋州,分遣韓明守齊子嶺,是也。'當時戍壘猶[存]。"■■其所謂戍壘,即今之封門。又《志》中於"新城址"下注:"在今封門鎮南。""封門"字衹此一見。新城址即前稟額"劍河天塹"之處,距封門五里。依《志》考證,封門即是秦嶺,今關門東額,擬將舊題"秦嶺"亦懸於■,復鐫"封門天險"四字,以誌近今封門之名。至"風門"兩字,《志》於古迹"懸泉"下(《濟源縣志》:"懸泉在枋口之北,左金櫃,右玉峰,前箭括,後風門,中其地也。")有"前箭括,後風門"一語。細與濟邑人考證,懸泉之云風門,在縣之東(《方輿紀要》……)……封門,■縣之西,則今封……設防■議始定。乃築關■高■丈有奇,廣捌十丈有奇,爲門一。門之上爲樓,爲七星池,旁爲礮臺二,爲雉四十。牆南北山巔又爲礮臺、瞭臺各一。關門北城下,爲營署一,爲兵房若干,因舊址而加擴焉。事興於咸豐六年五月二十八日,落成於九月廿五日,費金七千兩有奇。置■總一,兵二十名。太原鎮輪選换防。司建關之役者,吴師祁、史錦堂,未入流李宗遣、州判王希淳、巡檢宋福山,聞於朝,獎勵有差。同時議修建者,壺關縣則大河

[郇],■石縣則逍遥嶺,大河郇既修,逍遥嶺尚未舉行。而封門口之工爲鉅,故特詳焉。(入……壺……百四十里,與河南林縣嘴則上村接壤,南臨河灘,北倚峭壁,路徑甚窄。在崖頂斜築矮牆一道,上立垛口,内設炮臺。而崖下大路,北倚峭壁,南臨源溝,立關口,通行旅往來,關内買民房作營署、兵房。)

初二日,晴。聞楚北蘄州、廣濟連陷,胡中丞駐節巴河防堵。

初三日,陰。塘報,雲貴總督恒春因澂江、臨江等處回匪竄至城外,焚殺堵勦無術,與其妻同時自盡。吴振棫調雲貴總督,王中丞擢川督,恒方伯擢晋撫。

……

初六日,晴。■。

初七日,晴。

新建封門口關隘記(代王中丞)①

山西東倚太行,自絳而澤,②達於大同。羊腸險道,不獨八陘,而封門爲尤著。史所稱齊子嶺是也。《通典》:"齊子嶺,在王屋縣東,周齊交界處。"此封門之名所自來歟。咸豐三年秋,粤賊林鳳祥自懷慶逾[太行],[入]封門,遂連陷垣曲、绛縣、③曲沃、平陽、洪洞,④經潞安,陷黎[城而]東,至[連]鎮乃滅。逾年,余奉命來撫是邦,簡屬吏,履邊隅,察形勢。封門隸河南濟源,或謂宜置戍封門,隸邵源汛。議者以爲邵源處四山中,如盤盂然。而封門者,兩山壁立,廣不盈丈,平、蒲、解、絳之咽喉、晋之藩籬也。余考之輿圖,稽之前史,信然。自豫而西,則以邵源爲要地,故春秋齊人戍郫邵,魏楊擲扼邵郡以拒齊。自晋而[東,則以封門爲天險,故高歡攻玉壁,]遣[别將]趨齊子嶺,宇[文氏先守邵郡,及入晋州,亦遣將]守齊子嶺,今關門基址猶存。是設險守國,由來久矣。迺式廓舊規,爲牆八十丈有奇,爲雉四

① 此《記》有朱筆修改。篇題下朱筆批云:"中丞改易處存原簽,並以朱别之。"以下依照修改過的文字整理。凡修改處,均出校説明。凡殘缺字據《陶樓文鈔》卷三補,《文鈔》與此不同之處,不再出校。

② 自絳而澤,原作"自澤絳"。

③ 绛縣,原作"絳州"。

④ 原無"洪洞"。

十,爲門一。門之上爲樓,爲七星池。旁爲礮臺二。牆南北訖山巔,爲礮臺、瞭臺各一,計用石四千三百餘丈。[1] 山麓爲營署,爲兵房。事興於咸豐六年五月二十八日,落成於九月二十五日,置兵戍守焉。既聞於朝,[2]屬吏請余[文]紀其事。余惟《孟子》有言,“地利不如人和”,《周書》曰“慎固封守”,蔡氏以爲疆域障塞,世平則易玩,時緝而屢省之。今朝廷以守土責疆臣,疆臣所倚者將吏,將吏所倚者民與■■■。往者戍在懷慶,逾山即鳳臺,畏其守之固,迂途而犯■■■和之■略可覩矣。語曰“前事不忘,後事之師也”,豈獨封門乎哉!遂書之以爲記。[3]

劉猛將軍廟碑(代王中丞)

謹案《大清通禮》:“直省禦災、捍患諸神,有功德於民者,加封號,立專祠。”雍正二年,詔府、廳、州、縣祭猛將軍元指揮劉承忠。次年,復詔兩江總督廟[祀]以神,[爲民驅蝗,載在《會典》],垂爲掌故。而山西會[垣暨諸郡縣,廟祀闕然]。咸豐七年,文水、平陸、榆次有蝗,不爲災。平定、遼州有蝗,自井陘飛入,亦捕除將盡。感神之惠,乃建祠省治之南。考《會典》,神能驅蝗,元亡自沈於河,世稱劉猛將軍。《一統志》亦言神吴川人。而《元史》無承忠傳,惟《忠義傳》:“劉天孚知許州時,野有蝗,天孚令民出捕,俄群鳥來啄蝗爲盡。知河中府時,值阿思罕之亂,投水死。”與《會典》《一統志》所載驅蝗、沈河事合。謂天孚、承忠或一人名與字,而《史》《志》俱闕其一,[然則]《史》言[天]孚字裕民矣。且《志》言神吴川人,而《史》言天孚大名[人,

---

① 原無“計用石四千三百餘丈”。

② 原無“既聞於朝”。

③ 此葉後夾有殘文三片,與《新建封門口關隘記》有關,録之於此(殘缺字據《陶樓文鈔》卷三補):“[予聞]賊之據懷慶也,大兵三面合圍,賊乃西[遁,過濟源,踉蹌入封門,留]餘賊以守。官兵追之,不得入,而賊亦自殺[其嚮]導[者,謂陷之於]絶地也。方賊出懷慶,逾山即鳳臺,以碗子城内外[守備甚設,遂]紆而西。險之可恃而不可恃也如此。今平、绛、潞、黎之[郊,兵燹之]跡復爲田廬者十九矣。抑《書》曰‘慎固封守’,語曰‘前事[不忘,後]事之師’也,獨封門乎哉! 遂書之以爲記。”“……直隸固關,借地立營之制以建關之議,謀之河南中丞英……可,迺式廓舊觀。”“……卒乃殲滅。其年冬,余入秦,過平陽,諸旁[縣瘡痍]滿目,愴[然久之。逾年]冬,奉命來撫是邦,簡屬吏,履邊隅,察封[域],蓋封門舊[隸垣]縣,自分垣置王屋,而王屋又入濟源、垣曲東境,五里而止。封[門久隸]濟源。”

又]不著猛將軍之稱。余固疑之。謂神即承忠，而非天孚耶？則驅蝗之烈，被及生民，沈河之忠，光於日月。且猛將軍非官名，而赫然著稱，《元史》何以不爲立傳？又何年代、姓氏與驅蝗、沈河事之適相類也。夫神之功德在民者，匪獨民不能忘，即神之靈爽，亦若眷戀遲徊而不能去。河中，晋地也。天孚官於斯，殉節於斯，豈其神亦憑依於斯耶？《詩》之言治螟螣蟊賊也，曰"田[祖]有神，秉[畀炎火]"，[以烈]山、[后土之例推]之，當亦祀。古昔治蝗之人，[特代遠難稽耳。道光中，江南患]蝗，總督陶文毅公禱於猛將軍，有群鴉食蝗之應。請於朝，御書"神參秉畀"之額，以彰神功。今平陸亦有鴉來食蝗，如《天孚傳》所紀者。祠既成，乃恭摹賜額，述明詔，且紀所聞之異，以諗有司之勤民事者。[1]（此作頗不愜意。）

初八日，陰。閱邸鈔，張亮基以五品頂戴幫辦雲南軍務。

初九日，閱邸鈔。許乃釗以三品頂戴在和春營幫辦軍務，聞何制軍清理釐金、船稅等項，每歲可得三四百萬，從■■中飽。

初十日，晴。聞俄羅斯至天津，意在通商，而詞不遜。

十一日，晴。夜二鼓，南方雲氣沈黑，如江水波澄，北方白雲明如晴絮，交縫處如刀切齊，大可觀覽。

十二、三、四日，晴。十五日，大雨，有雹。

十六日，晴。得劉石卿信，湖南親友俱平吉。閱邸鈔。貴州威寧回匪未清。

十七日，晴。先是河南角子山土匪肆擾，邱鎮未回，周廉訪不能得……河南■屬新中丞，欲……兵，家君……鎮出防，有警則移省標補南鎮，移北鎮補省標。舊中丞意同。本日復得澤州五百里來稟，言賊向登封、永寧，與晋省垣曲僅隔一河。家君致書新中丞，請移調就近文員能事者，赴垣曲、平陸協防。舊中丞調南鎮留防之殺虎官兵三百名移駐絳縣左近，如澠池有警，則進扎東灘渡，若賊犯濟源，則以百名添防封。

十八日，晴。家君與當事籌畫布置邊防。晚得河陝汝道夏雲岫來書，言周臬司靠不住，又言山西茅津渡之防兵宜■■硤石■，欲自行統帶，當與新舊兩中丞稟商。王中丞■■■石之議■是而撤茅津之防則不

① 整理者按：殘缺字據《陶樓文輯》卷十補。

可,欲自行統帶則不自量耳。晋省自行酌辦則可。

十九日,晴。閱探報,張國樑攻鎮江大爲出力,北岸兵不能得力。俄羅斯船已去,約七日内來津。滇圍甚急,黔事亦不佳。

二十日,晴。連日家君假得王中丞所紀本朝方策,凡十數篇,五萬餘言,命鈔存之。

……六月後連得大捷,已自黄……

二十二日,晴。閱邸鈔。御史曹登庸劾河南學政俞樾舉止輕浮,性情乖謬,點名升座,往往以足加公案之上。其出題試陜州"然則文王不足法歟",文童以"易然"二字難於割裂,合場譁然。始行改試他題。試武陟文童題係"苟爲無本七",試修武縣文童題係"王知夫苗乎七",試林縣文童題係"户求水",如此類題,不可枚舉。得旨革職,交河南巡撫訊辦。又聞出題有"子子",係從"子見南子,子路不悦"割裂;"門門",係從"奚爲於某之門,門人不敬子路"割裂。又聞有"出令反",係從"王速出令"割[裂],則幾于悖逆之詞矣。辱使命而輕士林,詞館之羞也。與右■■常談,因憶某御史督學湖南時,出題亦割裂不通。如"水曲",係從"飯蔬食,飲水,曲肱而枕之"割裂;"若是",係從"亦允若是爲父不得而子也"割裂;"羊父",係從"牛羊父母"割裂。其"羊父"一題,一童生文破題云:"繼牛而陳羊,又自陳其父焉。"陳,学政姓也。夫人必自侮而後人侮之,在學政咎由自取,此童亦可謂惡作劇矣。聞徐心齋廉訪過境,家君遣□迎之。

二十三日,晴。某大令先丐人來言,欲爲家君門生,以君子懷刑之……教以立身、行己、服官之道。某令慚而退。

二十五日,晴。

二十六日,晴,夜大風。和順縣禀,邢臺飢民千百成群,肆行劫掠。

二十七日,陰,微雨。

二十八日,晴。聞直隸飢民聚而爲盜,劫廣平縣庫,傷官。

二十九日,晴。

【咸豐七年八月】

咸豐七年八月初一日己酉,日有食之。山西太原府■分二十■秒。午初二刻十分初虧,午正二刻十一分食正,未初二刻十二分復圓。

初二日至初七日,晴。

洪西林傳[1]

洪君調翰,字西林,湖北江夏人也。武昌始陷之明年,貴筑唐公奉詔起家撫輯楚邦,專意延訪豪俊,號召鄉兵擊[賊。應辟而起者雲附]景[從,君與]荆州林君天直最知名。唐[公既失意,大府掎扼之至死,天下]聞而悲之。未幾而君與林君相繼死難,聞者益歎唐公之賢,而多二君忠節無愧於公,爲可悲也。

先是,賊自長沙東下,君從城中父老治守備,度不可守,乃秘爲儲畫。城陷,置家人複室中,脱身走蔡甸。比賊去,洪氏别居死者十九人,而居複室者獲全,人故奇君。君益自諱匿,挈家之漢陽槠山湖上。唐公迹得君,檄君團練。君感其義,爲禦賊,以功授州同。賊再犯武昌,君督鄉兵守薛、禮二堡,禽馘甚衆。賊忌之,攻益急。巡撫遣參將烏[齡]阿率兵三百援君。賊及蔡甸,參將遁,賊乘勢焚掠。君[奔告]巡撫,乃更遣守備鄭寶泉率兵二百與君偕,招集潰亡,仍屯薛峰堡。賊自黄陵磯據槠山,分軍爲二以拒之,而賊潛渡出山下,鄉勇驚潰,官軍亦潰。君猶奮呼力戰,重創死。咸豐四年五月十三日也。

自粤賊興,朝廷屢詔直省舉行團練,助官兵。紳衿黠者或借以干進,大率忠義慷慨之士爲多。而牽掣敗壞於貪吏、懦將者,往往事未及成,或假他事去,或憤激死[若君者蓋衆矣。君]死時年二十有八,距唐公[之死僅]百餘[日云]。

黄彭年曰:余讀君弟調緯所爲狀,言君孝友、儉約、好施與,嘗捐千金不惜,急人之難。唐公之知君,豈偶然哉?士未有不立行於平日而能遂志者也。故撮舉殉節始末,著於篇,而它善行不詳。

初八日至十八日,晴,惟十六日大風。晋境軍事詳家君日記。

十九日。閲邸鈔。河南學政俞樾呈遞《易原圖》,謂由《欽定周易折衷》河洛未分之先推闡而得,有兩儀、四象、八卦、六十四卦■■。詔以穿鑿傅會,訾議之論尤爲率意妄陳,擲還原圖。■哉皇言!黜邪説,崇正學,經學昌明,未有過於我朝者也。餘皆軍事。福建全省未清,湖北黄梅大捷,河南禹密土匪日熾,英撫回兵督剿三省。剿匪事宜以勝帥督辦,而

① 整理者按:《傳》中殘缺字據《陶樓文輯》卷六補。

袁京堂幫辦。勝帥乞病,詔給一月假,在營養病。

二十日,晴。

二十一日。得治跌打損傷藥酒方:五加皮三錢、千年健二錢、當歸四錢……熟地……牛膝五六分下■■用、砂仁一錢、党参■……■糖■元肉二兩、虎脛骨一錢半、地風一錢五分,每科燒酒不論斤兩,外加蜂蜜。又方用鹽四兩、酒四兩,煎湯以布煮熱,頻熨患處。

二十二日,早晴午陰,夜微雨。

二十三日,陰,微雨。

二十四日,陰,夜雨。寄王蓮生書,託轉寄家書。

二十五日,雨。閱邸鈔。勝帥論淮南鹽法暫由淮北引地經過、運赴湖廣銷售一疏,尹御史耕雲論宗室忠能死罪一疏,令童子別紙鈔存之。閱探報,豫匪日熾,英撫回師,至許州■辦,八月初可到。

二十六日,晴。

二十七日,晴。家君得張石卿星使自咸陽來書,有誤以彭年經濟文章具有根柢之語相告者,星使有見招之意。深愧不能閉户斂聲,浮名爲累也。作書辭之。

辭張星使見召啓[①]

彭年頓首再拜,奉書星使大人執事。讀惠家君[書,以]若渴[之盛心,辱蒙詢及]。下走趨庭奉誦,既感[且慚。彭年本無學術,濫廁詞垣,乞假侍親],奔馳數載,[衹以]年少嗜書,謬多談論,遂使友朋浮譽,上達長者之聽聞。竊念時值艱難,正士人投筆戎軒之日。況執事推誠下士,家君昔邀薦辟,彭年又荷垂詢,兩世見知,彭年即才質駑下,豈不願供驅策,借附驥尾,以致青雲?而區區愚昧之忱,有不得不上陳者。彭年自去年五月,奉侍北行。甫至清鎮,慈親即失跌傷足。在蜀調理兩月,甫得就痊。十月,行至祁縣,又復失跌。彭年侍奉不謹,内疚已深。現在調理將及一年,慈親雖痛楚稍[紓,而]步履仍須扶掖。彭年别無兄弟,未能遠離。是以今年夏間,即將在黔所領赴京供職咨文,請晋省中丞代爲咨繳。辱承下問,既感知己之深,而烏哺私情,不能自釋。謹附家君函尾瀆陳。仍望長者見原,

---

① 整理者按:殘缺字據《陶樓文輯》卷三補。

不勝愧悚感激之至。彭年謹上。

二十八日。閲《國朝文録》，載李穆堂先生《無怒軒記》："怒爲七情之一，人所不能無。事固有宜怒者，《詩》曰'君子如怒，亂庶遄已'是也。顧情之發也，中節爲難，[而怒爲甚。血氣蔽之，克伐怨欲之私乘之，如川]決防，如火燎原，其爲禍也烈[矣。吾年逾四十，無涵養性情之學，無變化氣質之功，]因怒得過，旋悔旋犯，懼終於忿戾而已。因以'無怒'名軒，不必果無怒也。有怒之心，無怒之色；有怒之事，無怒之言，蓋所怒未必中節也。心藏於中，可以徐悟，色則見於面矣；事未即行，猶可中止，言則不可追矣。怒不可無，而曰無怒者，矯枉者必過其正。無怒猶恐其過怒也。軒無定在，吾所恒止之地，即以是牓之。"①其言切中余病，因備録之。是日晴。

二十九日。閲探報，湖北大捷，破賊壘百餘，捡斬過萬，悉獲其輜重器械，三四年來未有之戰功也。河南土匪日熾，大壞於臬司周士■，而豫人官御史無彈章，可怪也。是日晴。（何懷珍敗於南陽，王■■衆將及萬人，周臬司又激民變於舞陽。見賊則怯，見民則威，孰知可畏者民也。）

三十日，晴。中丞擬裁汛歸營訓練，家君止之。先是恒公春撫晋，奏酌量汛地繁要偏僻，裁撤汛兵，歸營訓練，迄未舉行。至是中丞欲舉行，使軍需局員沈珂清爲書達南北鎮。家君言，今日之書函，異時之奏稿也。汛地之設，即古者封壝亭候之制。但彼責之鄉老，今責之武營。今裁汛兵而用鄉人，其必須食官禄一也，是增耗費矣。兵部則例，自盜案以至緝私……管此。一一裁撤，則處分悉……偏僻地方，裁撤尤有關係。宵小嘯聚，必不在繁富衝要之區。既爲行旅所不經，耳目所難及，全資汛弁通報消息。一經裁撤，則更肆無忌憚矣。且國家直省兵六十餘萬，而分汛者二十餘萬，星羅棋布，具有深意。一省如此，則各省必一律更張。且兵者散則易制，聚則難防，徒長其驕悍嚚譁之習，而所謂操演者仍有名無實，多開銷火藥、鉛子、火繩經費而已。中丞聞家君言，議遂止。

（袁媛整理）

---

① 整理者按：殘缺字據《國朝文録》卷四十八補。

第十二册　思朔録九（咸豐七年九月）

【扉頁浮簽】

此册紀鄒清淦大令論釐金之弊禀稿，雖與後來之情勢迥異，然猶見當年釐金之政不合於人心。

紀川督所談川省之收支，足見當時川中之財政，以今日較之，奚啻十百倍矣。

紀雷以諴殺錢江事頗詳。

紀倪濤字崑渠，錢塘人，乾隆時人，著《六藝之一[録]》一書，凡六集四百二十卷。此册録其凡例，末有跋語，云"此書實乃書學之巨觀，惜卷帙浩繁，未有刊本"云云，未諗此書其後究已刊行否。

内有鈔鄂藩嚴樹森函，論林文忠在鄂戰績甚詳。

【咸豐七年九月】

咸豐七年九月初一日己卯。閱探報，南陽賊竄賒旗鎮，河南商賈精華去矣。賒鎮七十二大街商賈輻輳，房舍宏整。年來楚北多事，賒鎮、老河口尤極富盛。去年老河口被焚，今年及賒鎮，地方官愈難辦事。聞年來賒鎮捐銀二萬餘兩辦練，盡爲南陽王令乾没，名爲養練，臨時並無一名，可歎。晴。

初二日。常太守文遴爲家君言，家在登州，去海濱十數里，養漁船爲業。每歲出登洋至遼洋，經理漁税，常遇盜艘，被……贖，常紿至登洋，夜半縱……乃捐金……盜艘■至，遣水勇探所遇盜舟，率漁船水勇擊之，擒二百人送官。盜首馮天宜，閩人也。常又爲家君言日出蜃樓之狀甚悉。是日晴。章子敬來。

初三日，晴。作函唁王蓮生。回思湘丈德氣和厚，使人不能忘也，涕下久之。

初四日，陰。過王子恒談，假得雁翁《兵額底稿》一卷，鈔録。

初五日，早微雨，晚陰。

初六日,陰,霜降。

初七日,晴,霜降纔過,清晨便寒沁入骨。某大令介某太史欲爲家君門生,卻之。

初八日,晴。某通判持門生帖入門,見家君,即下拜,卻之不可。俟其歸也,使人還其帖而諭之。閱探報,勝帥克正陽關。

初九日,晴。司壽民來。

初十日,晴。爲子敬餞别,約子厚、金圃、壽民同飲。得貴州巡撫蔣公與家君書,賊匪連撲甕安,鄉團解散,黄雲正熟,反資盜糧。匀越未清,鎮遠當無下手處。聞湖南克復貴州永從縣。

……山東。

十三日,晴。胡中丞克小池口。

代家大人擬祭王夢湘先生文

咸豐七年九月癸未,章子敬至自黔,聞亡友夢湘王君之喪。越五日丁亥,君子蓮生小湘以赴至,蓋君以此月戊子卒。故人某爲位於寢門外而哭之,録其詞寄蓮生,使讀於筵几之側,而申哀悃焉。詞曰:

予童而幘,就傅貴山。君與予師,酒往詩還。謂予可友,不棄予孱。道光丙戌,應禮部試。旅宿群遊,凡十餘輩。惟君與予,豁然一致。君登上第,翱翔木天。予困公車,北馬南船。出入離合,彈指十年。逮予通籍,觀政考功。君自詞垣,擢居臺中。當時宣皇,戡定西戎。天下無事,民和年豐。春明故人,騁轡調驄。相與宴樂,以彰皇風。惟予與君,時際其隆。及君豸衣,觀察江左。方期建牙,遽理歸柁。終養情申,遂初志果。咸豐癸丑,予歸去來。扶笻戴笠,山巔水涯。琴歌唱荅,童冠與偕。君時顧予,欷歔徘徊。人事不常,白衣變幻。……豈曰■哉,仕非得已。■適并州,言辭……君曰歸哉。我能待子,孰謂君喪。逾■已矣,嗚呼哀哉。舊雨飄零,管弦銷歇。境閲滄桑,人懷冰雪。或以疾亡,或以夭折。或死困窮,或殉忠節。平昔知交,殞如秋葉。至君而盡,腸迴氣結。德量沖融,若君蓋寡。無賢與愚,思君涕下。矧四十年,交如予者。元伯有待,巨卿願違。死而有知,其鑒斯詞。哀哉!尚饗!

十四日,早微晴,午陰,夜微雨。

十五日,陰。閲《續增科場條例》加增學額事,輒摘記之。

咸豐二年,部議准湖南巡撫駱秉章題請裁減安鄉縣學額三名,撥增瀏陽縣。因瀏陽人文日盛,應試童生數在二千内外。自壬辰至辛亥十一科,中式舉人二十三名,副榜五名。而安鄉童試僅二百餘人,實係額多人少、文風稍遜之邑。

咸豐元年三月,因廣東舉人何鯤等倡議罷考,准總督徐廣縉、巡撫葉名琛■■許乃釗奏,將南海縣西湖書院肄業生……准其一體鄉試。

咸豐……常寺■■雷以誠疏,言各省州縣衛廳衛學■[1]請■各紳富,趁此需用孔亟,及時輸誠,酌定銀數加額。諭大學士軍機大臣■卿會議。奏:學額定自國初。邊遠地方新設學校者,一體酌給進額。如原定進額較少,人文日盛,均經奏明請加。或一省内有文風較盛之區,亦祇準於該省文風少遜州縣中,酌撥一二名,以示限制。惟恭遇恩詔,各學均特加進額一次。恭逢巡幸,於所經地方,恩加學額一次。從未有因捐輸而加學額例案。若如該少卿所奏,酌計■數加額,永著爲例,實與定例未符。且以學分之大小,定銀數之多■,設有地方富庶,而應試人數無多;或應試人多,而地方不皆殷實。既不能胥州縣廳衛而概令捐輸,又不能强富厚者捨一己資財爲衆人功名地步,恐於經費終無裨益。至各府州縣取進武額,自國初以來,立■定額,從未輕有更張,亦未有因捐輸而加學額例案。各省州縣廳衛恭遇恩詔、并恭逢巡幸,原有恩加學額之條。即恭逢臨■盛典,亦有廣國子監鄉試中額恩典。均係出自特恩,非臣下所■……三年……諭,紳士商民,因軍務未■切同……加恩……較多之省,酌加鄉試中額。捐銀■多之各府州縣,酌加學額。[2] 户部、禮部、大學士等先後議:各省捐銀十萬兩,加鄉試中額一名。所捐遞增,■數遞加,即捐至數百萬兩以上亦不得過恩詔廣額大省三十名、■省二十名、小省十名之數。各學之額,捐銀至二千兩,加學額一名,即所捐遞增,多■數萬兩以上,亦不

① 此處原有“皆國初所定。其時應試者少,故額不多。今則額滿,見遺者多”,後經墨筆圈删。

② 此處原有“三月,大學士等議奏,一省按十萬之數,一州、一縣二千之數。先是”,後經朱筆圈删。

得過各該學原額取進之數。[1] 如所捐銀數,核計浮於前議應加之額,即歸下次按數加廣。或因捐銀■多,逐次加廣,尚需多時。按一省捐銀三十萬兩,加文武鄉試定額一名,一廳、一州、一縣捐銀一萬兩,加文武學定額一名,均以十名爲限。[2]

四年五月,户部左侍郎羅惇衍疏:請凡合族一姓,捐銀至萬兩者,將歲試永遠取加文武學額各一名,仍歸本縣,至■試永遠取加學額,則歸其本姓。學臣於科試時,設末場,將捐輸一萬兩之各族,另行加額考取。禮部議奏:言以多士進身之路爲一家世及之常,設以素非業儒之族恃有定額,坐致青衿,名爲考取,實同捐納。況學臣憑文取録,果其文理通順,一族可進多人。若因正場不能入彀,另■末場考試,必致降格相從,濫竽充數。倘學臣按臨所屬,捐輸■只一二姓,專設一場,既覺無此體制,設使捐輸之族,異日並無■考之……更張。該■■所請,應毋庸議。

咸豐……將近兩月,竟能力捍危城,■■河北。固由守土官吏激勵有方,亦由該郡士民深明大義。懷慶府學額酌量加增,以爲紳民固守者勸。至開封之擊追賊匪,許州■全城邑,民心堅定,均屬可嘉,一並賞加學額。又諭:廣西桂林、湖南長沙先後被圍日久,均能竭力捍禦,轉危爲安,該處士民志切同仇,深明大義,一並查明加額。部議加額名數:懷慶府學五,縣學三;開封府三,祥符縣二;許州三;桂林府三,臨桂縣二;長沙府三,長沙縣、善化縣各二,均作爲永遠定額。四年三月,兩江總督怡良、江蘇巡撫許乃釗疏言:江寧府屬之[六合]縣,爲南北扼要之區,亦四面受敵之地。該縣紳董捐資團練,協力同心,隨官堵剿,以彈丸一邑,遏揚州逆匪之北竄滁州、浦口,截金陵逆匪之應援揚州、儀徵,爲時將及一年,四面皆已失守,而危城獨保無虞,請將六合縣學額永遠加增。諭禮部議。議上,加六合縣學額二。八月,諭:江西南昌府城被圍日久,省會紳民嬰城固守,至三■有餘。賊匪竄擾天津,紳士捐餉集團,力捍凶焰。均屬義勇可■。所有……隸■■府縣學額,查明加增,以作士氣■■民……額

---

① "先是"至"亦不得過各該學原額取進之數"一段原爲雙行小字,天頭處有朱筆批語云"此改大字接寫",今録文從之。

② 此處原有"諭如所請",後經墨筆圈删。

■■昌、新建縣各三,天津府五,天津■■三。九月,詔允怡良、福濟奏,以安徽英山、霍山紳民剿賊克城,加■文武學定額各一,科考加文學定額一。十二月,湖南巡撫駱秉章奏,以平■練勇守界,屏蔽省垣,出境殺賊,轉危爲安,捐貲數逾鉅萬。歷届錢漕,均無蒂欠。部議加永遠學額三。

咸豐三年十二月,禮部侍郎陶樑奏[①]言,康熙年間,三藩不靖,曾開報捐事例。文生每名壹百兩,武生每名伍拾兩。丁巳、戊午歲科兩■,每學僅録取四名,餘歸捐納,不限額,行之六年,事載■南人蕭奭齡《永憲録》,似尚可據。惟當時先將各學原額減去,近來各省士子數倍於前,應請毋庸議減。此外仍許報捐,不限以額。各省府州縣學一百六十餘處,每處每年報捐文武生十餘人計算,歲可得銀百六十餘萬。禮部議言:今文生一律援例報捐,是以士子出正途等於捐生,既■常捐之例,復隳寒畯之心,未見其益,先形其弊。且■輸……上年■■,奉旨不准行。本年……舉人,又甫經議駁,更未■■同一考取之階,致有兩歧。至所引成案,並未載入成例,■從稽覈,勢難援照辦理。

咸豐四年正月,盛京兵部侍郎書元奏:驛丁人等捐輸助餉,懇同漢軍考試。禮部議言:例載盛京兵部所屬驛丁,係吴三桂户下逃丁及僞官子孫,承■不准捐考。詳覈例文,立意深遠,今爲數千餘兩之微資,隳二百餘年之大防,實非臣下所敢擬。

十六日,雨。

十七日。過沈子勿丈談,送王子恒,未晤。謁沈舜卿前輩,年七十餘矣,談論猶健,手不釋書,老輩風流,不多得也。南陽坐探委員胡涵論角子山賊匪事頗詳,全録之:

胡涵探報●角子山又名確山,與天目、桐柏、台簪、天中諸山相聯絡,層巒疊嶂,路徑紛歧,周廣四百餘里,東界確山、(汝寧府屬。)桐柏,(南陽府屬。)[西]界泌陽唐縣,(南陽屬。)南界信陽、(汝寧屬。)棗陽,(湖北襄陽屬。)北界遂平、(汝寧屬。)舞陽、(南陽屬。)……八縣■■早年開挖煤廠窑洞,■■■陰道……十里■百餘里不等,其中穴屋而居■■大厦,素稱盜藪。桐、泌之民半皆耕山,一遇歉收,百什成群,結黨■匪,以强悍狡

① 此處原有"請報捐生",後經墨筆圈删。

詐者推爲捻首,劫掠大户過客,以之爲生,甚有紳富入捻記名,以全身家。二三年來武昌被陷,桐、泌之捻日益狂猘,時有蠢動,千百成群,肆行無憚,其勢大有甚於今日。經前任南陽郡守顧湘坡太尊親自勘歷諸處,察看地輿情形,力圖芟除■類,捐貲募勇,團練壯士二千人,督率搜捕,計擒斬首夥四千餘人,幾無遺類,僅有李太春著未獲,竄匿角子山。王■之流皆李之羽翼也,其時尚不甚著。惜顧君中道而去,後之來者未能繼其志,二千壯士亦皆散去,多半入捻爲匪,嘯聚角子山中,糾合四方無賴,愈聚愈多,不時出掠,捉人勒贖,已非一日。地方官互相推諉,皆置不問,亦無敢深入者。如胡安甫、任子鈺之宰泌陽、唐縣,力圖芟除。然一縣之力無幾,又爲疆域所限,此擊彼竄,難期盡絶根株。且該捻所捉勒贖之人,多有地方紳富,事後諱不敢言,竊恐官吏問以通賊之罪而魚肉之。是以日甚一日,釀成巨患。此捻匪嘯聚角子山之原委也。上年■■滋事……匪,實則豫捻居多,經楚■■■襄匪盡殲,而……之捻■■未芟除。時邱鎮軍駐節鄧■,巡捕搜殺,■清西路,正擬乘此聲威,旌旗東指,次第搜除,乃■帥疊檄飛調,一再至三,不容稍緩。邱鎮軍去後,移交周春門觀察督辦。乃觀察坐鎮宛南先後半年,並未出城十里,一味彌縫了事。何圓溪太守與閻勵齋協戎,雖尋踪躡迹,馳擊嵩廬■帶,未嘗遇賊,遽凱唱班師,實不知賊之去向也。該匪因民團兩次擊敗,潰散零落,不過二三百人,官兵不圖絶其根株,縱令遠颺,以致死灰復然。今日之賊并非另股,即去年襄匪之餘孽也。周■民廉訪督兵進剿,擁衆四千,半皆未練之師、疲勞之卒,餉糈不接,常經月不給口糧,無衣無食,豈能臨敵戰鬥?民團雖然可恃,屢獲勝仗,僅能於本境出力,不能躡迹追剿。賒鎮未失之前,有南陽縣役郭威者,爲賊通消息,并稱講和。賒鎮向有公舉一人爲行頭,凡出入公門閤鎮之事皆決之於行頭。郭威曾向行頭四萬,許不騷擾。彼時賒鎮之民,因恃圓溪太守有勇六千,是以不從郭威之説。詎圓翁一戰而北,六千之師剩止數百人。奔至賒鎮猶可再振,乃不圖剿堵,不安民心,黄夜而遁,以致居■鋪户逃……也■■商民二百餘名,皆厚貲往贖■■■耳。孰……實在僅有四百七十餘名疲■■堪之卒。如此霜威,尚止單衣一領,肌膚消瘦,形容枯槁,幾如餓■。日行卅里,一聞賊至,望風而靡。圓溪太守王莊　敗之後,不敢復出。自八月十二日至今兩旬,該匪竄擾唐、泌大小村莊卅餘處,殺人累萬,焚燒淫虜不可言狀,而竟無一卒追擊,其後亦無一旅迎截其前,任其■之縱横無忌。民團奮擊者有之、樂從者有之,貢黄白而乞命者亦有之。或好名之士藉團練奔公庭爲進身之階,或無賴之徒藉團練劫奪於鄉里。凡實在有身家者,皆進銀錢粟帛,爲一家免難計。地方官勸其集團,奬勵激奮,説以利害,雖陽奉而陰違。此團練之未足恃也。官兵練勇,均因餉糈不濟,疲困不堪,難期得力。賊之狡詐,專務劫掠,往來奔突,裹脅之人,十居八九,實在角子山老賊不過數百,自三月以來,五次回山,計所得不下數十百萬,此次又滿載矣。現在大股■屯泌陽之西,以拒官軍,前隊輜重已入山卸載。何圓溪太守經撫憲嚴飭、紳民瀆請,於廿八日帶勇四百名進剿,龍閻二軍亦相機■發,皆不就捷徑,由羊册赴泌僅百卅里,而繞行唐縣,計程四百餘■十日……之,民無不怨憤。

十八日,陰。……竄■北,胡中丞仍駐黄州。夜大風。

十九日,晴。中丞邀家君代覆徐太僕書。太僕自福建巡撫降■■罷職,咸豐三年帶兵坊堵,恩賞五品頂戴,至是具兩疏,一請運■化城、寧夏米濟京師,一自陳病狀。運米疏欲設總局,調京外文武滿漢多員,并以從前巡撫任内呈繳參價銀兩,未領官參,牽引内務府大臣作證,又自言此疏不過紙上空談。其言病狀一疏瑣屑尤甚,家庭無謂閒話無不叙入。中丞閲其寄來副本,未敢輕率代奏,冒瀆天威。太僕素稱有學行者,乃荒謬如此,殆天奪其魄,死無日矣。是日奇寒,九九不是過也。夜五鼓,候補知府李汝霖自祁縣發六百里,家君急披衣起讀,則報捐輸銀數也。其不知輕重如此。次早告廉訪,已申飭矣。李本以勸捐擢知府,在絳州酷虐勒捐,今又擅發六百里,豈尚欲以見好冀超擢耶?無耻甚矣。

二十日。沈舜卿丈來。司和庵歸自京師。

二十一日,晴。洪右垣來。閲探報,河南格副都統敗賊于確山。

二十二日,晴。王子衡來辭。向舜卿丈假得《一統志》。

二十三日,晴。先……鹽梟滋事,擾及河南、山西……既經■昔直隸■■■■■爲聯縣之法,計州縣相去道■■近,一縣有警,鄰縣救之,後至者罰重於被賊之縣。至是,復爲■團助賑之法,以部頒空名執照捐納銀錢,挑選壯丁巡防盜賊,由董事經理按期散放,可裕民食而靖地方,以清河道董醇司其事。

廿四日,陰。徐太僕再致中丞書,又有奏稿三件。其致中丞書有

“孤臣孽子”之語,殆有怨望之意。從古大臣廢棄,因此召哭者不少,此老殆耄及之矣。家君復爲中丞作答。兩日心氣不屬,似病非病,心失養也。

廿五日至廿九日,晴。

(袁媛整理)

第十三册　思朔録十(咸豐八年三月)

思朔録

【咸豐八年三月】

咸豐八年三月[1]丁丑朔,晴。閱邸鈔。和、張兩帥克[redacted]形勢既得,金陵可復矣。和晋太子太保,張賞换雙眼花翎,總兵李若珠擢提督。

初二日,陰,大風。閱邸鈔。河南沈邱、項城教匪遠竄[redacted]。總管德楞額等晋秩有差。固始圍尚未解,[redacted]勝,當無虞矣。知[redacted]以守城功,賜霍……

……日,風沙。閱勝帥咨[redacted]底,固始圍尚未解……大捷,親督諸軍,期先解一面之圍,通城中消息。而固始……亳等處髮捻處處相通,賊日聚日多,急切未能得手。……皖境千有餘里,髮捻合一,或十餘萬,或數萬。史榮……俱各不能兼顧,勝帥亦兵力過單,不能分兵。又餉銀久缺,變……每兵練一名日給米一斤,近日米麵亦缺乏,時時有飢潰之……衆兵單,萬分棘手,脱有不虞,大局何堪設想,深爲慨……。

初五日,晴。家君奉檄權冀寧道,屢辭不獲。某觀……巡撫署,巡撫欲彈劾,家君隨司道爲(暖)[緩]頰,移……捐輸貲輕而得高位,流品太雜,關係大局,甚可歎也。閱勝帥致當事書,固始廿三日圍解,快甚。

初六日,晴。閱邸鈔。張石卿星使剿辦宣威回匪,大……保安輯漢回之知縣陳萱椿云上年回衆滋……回民安静,諭以同[redacted]州儘先補用,并賞……

[初七日],[redacted]微曀……

[初八日],晴,盛熱。夜大風。[redacted]勝保以解固始城[redacted]都統,賞還黄馬褂、霍鑾巴圖魯名號。樂善記名[redacted]督,賞黄馬褂。其餘將

---

① “三月”旁書小字“丙辰”。

士賞賚有差。

初九日，晴，凉甚。探報言粤東事，家君日記已詳。

初十至十二日，晴。

十三日，陰晴、雨雪、風霾一日並見……苦熱，至是乃甚寒，土人競燒土炕矣。

十四日，陰，午晴。閱邸鈔。國瑞珠勒亨阿帶京兵（赴……壓……）

十五日，晴。閱邸鈔。德興阿攻江浦縣城。二月二十九日……

十六日，晴。閱邸鈔。浙江巡撫奏克復黄池灣址■■竄寧國之賊也。

十七日，晴。閱《益聞散録》引朱坤《靈泉筆記》云：宋景定四年封劉錡爲揚威侯天曹猛將，勑書除蝗■■■軍，爲中興四將之一。檢《宋史》《名臣言行録》皆無……之沈舜卿前輩■■■不足據。《散録》又言俗……宋紹……録早……

[十八]日，晴，風。

十九日，大風。

二十日，晴。

二十一日，晴。閱邸鈔。官軍進逼雨花臺。

二十二日，晴。閱邸鈔。江北九伏洲大捷。安徽收復和州。

二十三日，大風。是日立夏，陽曲缺雨，春麥尚未布種。[閱]邸鈔。貴州都匀重陷，陳用皆效西賈索債，頗精……

二十四日。家君隨各當事分禱。

二十五日，晴。

二十六日■■■天陰矣。是夜，風大作。閱探報，貴州省城危急，調■■■赴援。蔣軍門玉龍奉命征思南。周太守夔自■■至思南，轉戰三百餘里，二十三戰皆捷，正在得手，皆■■師，援省下游，益不可問矣。回念桑梓，松楸潛……大吏調度失宜，患錐心腹，恐驟難救藥也。津門■■■不擾及海運亦恐■■■■制江皖則捷音……耳。

……閱探……再三勸諭始開……

二十八日，大風。

二十九日，晴。檢點家書，交餉差帶黔。

【咸豐八年四月】

四月初一日丙午。閱邸鈔。四川石柱、涪州土匪■■■即剿平,數月以来會理及石柱、涪州蠢動■■辦甚速,然機已兆矣。治蜀者其有憂乎?是日,■聞貴陽三月十五所發六百里過境,又不知是何局■矣。

初二日,陰。閱邸鈔。浙江江山縣城失陷,刼防堵……群破賊於商……

【咸豐八年五月】

……貧之累人。廿一日■■■廿三日用皆行,乃……至五月初四日,遂校得《老子》一册。雜采諸本,■《韓非》《釋文》諸書證之。繕寫刻成,當爲善■■。晋省亢旱,至五月初十乃雨,尚未透。所聞之事■■■賊退過清水江,九江克復。山東滕嶧之賊退還■■,此可喜者也。夷船駛至天津,竄踞炮臺,此可……者,其詳載家君日記中。余至四月初四日至……十二日闕載日記,深恨志氣昏惰,亦見人事之……。初十日,雨二寸餘。粟米尚可種。

[五]月十三日。閱邸鈔。特詔遞問耆侍郎英爲……事也。聖上引咎自責,並以王大臣贊襄無術……薄懲,邊陬小臣聞之,竊擬於漢文之爲匈奴而……是日微雨,早晚晴。

■■日檢家藏百種唐……辨識以年代先後……可稽……

……題曰……以家藏他帖……裝池者不能合式……此百種秦貫所集,意在足百卷之數,故雜取……諸碑,復不能別白真僞。然搜羅亦云富矣。

[十四日],晴。午間欲雨未成。夜聞賊竄浙江,自江山縣失陷後,處州府常山……永康連陷。

十五日,天氣晴明,毫無雨意矣。閱沿海圖,取他書……注其上,自吴越達直沽,海運針路,水色島嶼頗加詳……

十六日至二十日。檢家藏各帖,以真、行、篆、隸分別……時代編次,偶有尋檢,舉手可得,致足樂也。十八日……雨。先是春麥無收,夏又缺雨,鄉民聚府縣求借倉……不果,復攀藩臬輿籲懇,許以二十日不雨即爲代■■。今連得透雨,民情安堵矣。鄉民之借米穀爲報災■■■聞欲辦捐輸之謡慫恿之耳。然抽絲見蛹之患,……憂未弭,外侮復至……晋民其何堪乎?

[二十一日],晴。爲……

……得陳小鐵自保■■■寄示泰安,道……之作,云:“白髮朝傳膳,青鐙夜著書。嗟余思■■,羨爾樂何如。小雅風人作,清吟意有餘。■■應有待,莫便老蟲魚。”晴。

二十三日、二十四日,晴。檢陳迦陵填詞圖,裝存之。圖■■題詞七十家,兩鴻博諸老之作多萃其中■■■寶貴。前歲携之入黔,爲鼠嚙,可惜。

二十五日,晴。向萬泉暢生懷茂借■牛痘書■■■之。

痘何以曰“牛”? 痘之種自牛來也,外洋初無此疾,[後]由他處傳染,患亦滋多。惟畜牛取乳之家獨不[沾]染,醫人欲窮其故,見牛乳旁有青藍小疱,[形與]痘類,因悟牛之患痘必輕。按古鍼刺法,取牛[痘之]漿,種人兩臂消[爍、清冷淵]二穴(消爍穴去肩頭■清冷淵■在……圖尺寸……宜以此。)[旬日果於所刺之處隨出數顆,按日灌水,按日滿漿,按日結痂落靨,無一損傷,無一復初。蓋牛]土畜也。人之脾[屬土,以土引土,]同氣相感,同類[相生],故能取效若此。痘種自牛而來,故曰牛痘也。

其曰“引”,何也? 曰:痘之爲毒,受於先天,感於時氣,散於[經絡]。男女交感之會,先天胎毒既有淺深,感時行之氣,復[有善]惡,而散於經絡,分配五臟,又有輕重。正痘有發熱即[現]點者,腎經之毒也。由腎而肝、而心、而肺、而脾,傳經[既多],其症亦遞減。故痘之發毒,腎最重,脾最輕。按[古痘]苗塞鼻孔法,亦必五臟傳遍,始能[發熱。緣]鼻[者],[肺]之外竅也。苗塞鼻中,其氣先傳於肺,肺主皮毛;肺[傳於]心,心主血脈;心傳於脾,脾主肌肉;脾傳於肝,肝主筋;肝傳於腎,腎主骨。痘毒藏於骨髓之内,感苗氣而發其毒。[自]骨髓盡達於筋,腎臟之毒解矣;自筋盡達於肌肉,[肝臟]之毒解矣;自肌肉盡達於血脈,脾臟之毒解矣;自血[脈]盡達於皮毛,心臟之毒解矣;自皮毛盡達於顆[粒,肺藏之]毒解矣。[苗氣必歷五]臟層遞[而入,内毒亦必歷五臟層遞而出。此傳送之次序也。今種牛痘法,擇於兩臂中]消爍、清冷淵二穴[上下交連]之處種之,似與塞[鼻孔]法有異,殊不知二穴部位,乃手少陽三焦經也。[三焦]者,人身最關要之府,如天地之三元,總領五臟六腑,[營]衛經絡,通内外、左右、上下之氣。三焦通,則内外[左右]上下皆通。得其關要之處引之，直從皮毛、血脈、肌肉、筋絡同時直傳而入，使縱有胎毒深藏於腎，亦自[然同]時引掣而出。如引路然，引諸坦途，[則]無顛躓[之患]；如引絲然，引其端緒，則無棼亂之憂。《金鑑》所[謂"引]其毒於未發之先"者，即此意。張遜玉《種痘新書》所謂"以佳苗而引胎毒，斯毒不横而症自順"者，亦此意。[故]凡種痘，皆用引法，而引毒從皮毛、血脈、肌肉、筋骨同時而出，則牛痘爲最捷也。

痘爲小兒一大病。當天行時，人人尚思遠避。今[無故取]嬰孩而與之以[病，可乎？]曰：非也。譬之捕盗，乘[其羽翼未]成就[而擒之，甚易矣；譬之去莠，及其滋蔓未延及]而除[之，甚易矣。人家小兒出痘，如遇險症，延]醫服藥，舉家[日夕守視]，多少酸辛，問卜求[神，多]少驚恐。其輕者亦須多方調護。今牛痘則止種[四]顆，或六顆，小兒嬉笑飲食一切如常。旬日之外，告[厥成]功，無災無害，不惟省卻疾苦，即育子者亦省卻憂勞。法誠善也。

牛痘法全在養苗。此苗始自外洋，後[以]人傳人，貴[乎連]綿不絶。痘不種則漿無從取，漿不[取則苗]無以繼。[春]秋冬夏，不揀天氣，不擇良時，不避風，[不禁忌，不分]男[女，不拘]大小，自小兒生百日後，但現在無瘡癩，無[瘰癧]，無胎毒[及皮]膚血熱、疳積諸疾病，便可隨時引種。(粤東地勢卑[濕，不無]麻瘋。誤取其漿，傳[之無疾小兒，]爲害不淺，曾經洋行呈明有司，令養濟院認識瘋疾之人，具結存案。逢期到局，凡來種者，先令驗過，然後取苗，故無貽誤。)牛痘[灌]漿滿足，總在八九日，故種痘之期，大都以八九日爲率。[太早則]漿無力，遲則漿老無功。至期，於先一期所種漿水滿足[之孩童擇]其痘頂不尖，脚不[斜、不皺、不]黄、不暗、不破，要如紅綫[圍纏，收束緊]實，色[若珍珠寶光者。又察此童現在無瘡癩、瘰癧、胎毒、皮]膚血熱、[疳積諸疾病等症者，是謂佳苗。若其痘色淡白，暗]而無寶光，頂雖平[而脚斜，似鬆]，中央無一點焦硬[者，不]宜用。世有射利之徒，自作聰明，竟將天行痘漿與人■，及遇發時，渾身俱出。先天毒輕者，出痘少，尚無妨。■重者，出痘必多，更須醫治。(此種人直是喪心昧良，世間亦不多見。)若依牛痘■法，則引一顆即出一顆，斷無多出之理。種此穴即出此穴，亦[無]横出别位之理。

苗既佳矣。取苗時，用刀尖向其痘面四[圍輕輕]剔[破]，將[痘面]中間一點焦硬小靨微揭，其漿清亮[者可用。若]見漿[水濁]白或黄，即使刀尖三兩次點去濁漿,俟[其流]出清漿,[如圓]珠一粒不流散者爲貴。種時,左手執定孩童之臂,勿令[伸]縮,右手將刀尖點取佳苗,向兩臂消爍、清冷淵穴,每臂[每]穴各種一顆(男先左,女先右。)如孩童年至八九歲以上,日啗腥[膩五]味,恐或有後天之毒,則於兩穴上下相連之處,中間更各[種一]顆,不宜出四顆六顆[數外。其刺]法,用刀不宜直豎,宜[輕巧將點苗]刀尖輕[輕平刺皮膜,如一紙之薄,刺處約寬一分,以微見血]爲度,將[刀尖之漿輾轉拉拭,同其微血注于所刺穴中],使漿與血調和,其[氣達于]三焦之經,血氣[自然取]效。斷不宜手重,恐深刺入肉,出血略多,反將苗漿帶去。如[法]種畢,其兩臂微血,勿令衣衫拭去,(如拭去,可將漿補種原處。)俟血點[既乾,徐]將衣袖垂下,不必用紬包裹束扎,反令血氣不行。貼身之衣宜用柔軟絲紬,若衣服漿洗粗硬者,恐致擦損。

遠處難取鮮漿,可尋佳苗之靨,(如前式者。)罐藏密封,帶[在身]旁,日夜不離,可留十日半月。倘不能即[用,逢]痘[期之]日,[將其靨]背鋪在鮮漿之上,使氣息沾潤,或用刀尖[沾鮮血漿抹過靨背]亦可。凡用靨時,取人乳少許,將刀尖刮取靨[中]之肉,(即[痘痂向]肉一[面,膿所結成者。)放磁器上,以乳滴入,令濕潤,然後用刀尖研刮乳漿[照]法刺臂上,亦可取效。又有乾苗法,將象牙小簪二枝,各就滿漿[之]孩童痘上,兩三次刮取痘漿。俟乾,藏鵝毛筒内,用蠟密[密封],可留三兩日。用時,取清水一碗,煎滚,以牙簪在滚水氣[上熏潤],互相刮(乳)[浮]其漿,[推聚于簪尖]上,即用刀[如前法刺破孩童]皮膜,隨[將簪插入所破皮膜孔裏,輾轉略爲摇動,得其微]血,洗此漿[於肌膚内,亦可。或將有漿之簪插入滚水内],立即提起,摇去滚[水,如法用]之。但乾苗有引出,有引[不出者],不如用痘靨,更不如用鮮漿,得氣較全,自然之理也。

自刺引之後,並不發熱。起初一二日,所刺處常如蟻[咬然]。第三四日,始露形影,發出痘尖,頂脱血迹。第五六日,起如小[疱],周圍灌水。第六七日,水足灌漿,微微覺癢。第八九日,灌漿滿足,兩腋底微疼,略似結核。頭額掌心[俱]見微熱。此[週身]毒由此出,毒發則火動,正要其元陽[運化]也。[其]痘[灌漿]滿足,有如菉豆大,有如白豆大者。第九[日十日,脚外紅暈隨]散,微熱必退,漿轉黄蠟色。先從痘心焦硬[處變]蒼而結[靨],半月之外,靨落有疤。其靨光澤堅厚,捲邊如小香

[菰]樣,看疤内更有幾點小疤居其中,可以告成功矣。(邱氏■書有[分]真痘假痘一條,以如前式者爲真痘,無水、無漿、無紅綫。或有灌水而[不上漿],或灌漿爲黄白膿,痘頂尖而不平,脚斜而皺,不收束,色淡白,黯而[無寶]光,結靨黄而薄,中央厚而邊薄,皆爲假痘。真痘既出之後,天行永不[復出]。假痘仍要再種,恐遇天行復出。又云:八九日灌漿如藍紫色。此係胎毒極[深],須次年補種。又有種一次[一顆不出],至種第三次後出者,由小兒先天[毒氣太盛],根深蒂固,一時難[於引拔,尤須隨期]復種,倘不再[引,恐毒已微動,不得其苗]引發,必[然惹出天花。雖有痘科醫治,亦無]牛痘[之從容自在也。)種痘之]初四五日,[宜食火腿、臘鴨、瘦豬肉、鮮魚、素菜、豆腐、冬筍、元]荽、荸薺、甘蔗、清[湯、粥飯,一切清]淡各物。(肚瀉[則不宜食魚腥],灌漿後亦不宜食冬筍及豆腐、甘蔗、荸薺諸涼物。)到灌水時,觀其似弱,則稍食鮮蝦鮮蟹,催[助漿]水。壯旺者不食亦可。忌食生雞、鯉魚、牛肉(誤食恐痘破成[坑,不能]合口,又恐結痂後[痂旁]紅腫如類痘疱。)及一切煎炒、熱毒、麵食凝滯之物。放苗之初,太[酸太]鹹各物不宜食。豆腐食多,亦恐致癢。

種痘後斷不再出,間有出者,名曰小痘,[非真]天花。後之[水痘],必發熱一兩日,然後發出,灌水結靨,[靨薄如紙,萬無妨礙,]不可認爲再出。或有先天毒盛,發泄[未清,出痳疹]者。[延醫用一二]發表之劑疏解之,即安然無事。又間有結痂後,臂[上痘]痂之旁紅腫,略類痘疱,此固萬中無一。宜用豆腐渣、[或]三豆散、紫花地丁、芙蓉膏,四周敷之。留頂勿敷,使其[毒]由頂出。或腠理氣血凝滯,致枝節生瘡,用綿繭[散敷]之。無論諸瘡,如濕爛,用金華散摻之,瘡乾則以豬[油調]敷;若生瘢癬,[燒乾陳牛]糞敷之。遇有[抓破者,係在]第七日以[前,仍必灌復漿水。如在八九日以後,則不能灌復],然其毒[已引動,洩破亦無妨礙。或有隨而結痂者。倘]成膿不乾,用武夷[茶煎濃洗之,或]黄豆皮煎水洗之,或[胭脂]膏、或鯽魚膏、臘梅油貼之。若成膿血不能合口,[用生]肌散摻之。

右八條,自邱熺《引痘略》纂輯,牛痘緣起、功效悉■具矣。熺字浩川,南海人。嘉慶十年,歐羅巴醫■拿,自小吕宋,舟載嬰兒,爲人種痘。熺■洋買,時■■澳門,年三十餘,猶未出痘,乃以身試……友,遍及鄉閭。邇來京師暨各直……傳益廣矣。溯自馬援征蠻,進兵壺■染痘疾,

■傳中國，爲害滋深。自宋相王旦子素有天姥種痘■事，醫家競言種痘術，大率不外塞鼻吹苗法，然功效稍殊■十全莫保，孰若牛痘之爲法簡、爲效捷哉。黎■■史光曙言，醫書中載嬰兒生數日，刺臂上汙血，終■免出痘，後穴道……今之點痘……撰引……蓉毒……省稍將兒壽補■■■■■西洋毒中國人之■■■片煙，毒中國人之心有天主教，此丹所補蓋不敵。■文達詩，不禁廢書三歎云。萬泉暢懷茂，爲■種牛痘，携此書，余從借閲，因撮録附記於此。

附吴珍儒《經驗諸方》(牛痘平穩，向不輕用藥。存此[以]備不虞，勿謂藥可輕試也。)

宣提痘毒散：防風三錢，升麻一錢半，蘇葉三錢，荆芥穗二[錢]，連翹一錢半，枳三錢，桔梗三錢，羌活三錢，白■■■，甲■■■，川芎三錢，前胡三錢，乾葛三錢，牛子……，姜一片、燈草三莖引。(治痘色淡不圓，起■■快，發■■恐過多，分兩過重，恐■小兒元氣，宜酌用)。

托漿滿頂散：生蓍六錢，秦歸五錢，酒芍四錢生，皮■，党参五錢，條風四錢，川芎四錢，甲珠三片，連翹一錢，白■三錢，炙草一錢，黄豆二十粒，引糯米酒一鍾兑服。

參歸鹿茸湯：蜜綿蓍六錢，党参六錢蜜炙，鹿角膠四[錢]蒸■，■山桂二錢去粗皮，秦歸■■■■，■■一錢，姜一片……原有人……適於用……

■金内托散：秦歸■[錢]，■■■錢，党参五[錢]……白芷尖四錢，生蓍六錢，木香五分，川芎四錢，老山桂一錢，山■■■，厚朴七分，炙草一錢，姜　片引酒兑服。

元參解毒湯：元參四錢，生地四錢，赤芍一錢半，秦全歸四錢，連翹四錢，牛子四錢，地骨一錢，荆芥四錢，防風四錢，木通■■，淡竹葉八分，石膏燈心引。

綿繭散：取出蠶蛾繭不拘多少，[將生明礬爲末填]入繭内，燒煅成灰，研細末，摻痘損破……[每繭]入礬五分，共礬一兩，加陀僧五錢、白芷一錢爲[末，以]蜜調敷。

捲舒散：菉豆一兩，茶葉六錢，雄黄三分，冰片二分，[共]爲細末。如痘乾，用芙蓉花油或臘梅花油開擦；若痘[濕]，則用末摻之。又方，松花粉三錢，黄丹二錢，研匀。又方，[用武]夷茶煎濃，水洗清膿，拭乾，以京都胭脂膏貼之,或用[鯽魚膏]貼之,或臘梅花[油潤紙]貼之。

[治痘]潰爛。灰[草散:荔枝殼、草紙、多年陳茅草三味,共爲細末,摻于爛處,即收水結痂。白龍散:用陳久乾牛]糞燒過,取中間[白者研末]敷之。豆灰散:黄[豆燒灰]研細。

治痘潰爛流血不止。敗毒散:取多年蓋牆[屋之]爛草或稻草,洗净泥垢,曬乾爲末,此久經風雨[之滋]而感天地陰陽之氣,善解瘡毒,收濕氣。

治痘破成坑不能合口。生肌散:黄連三錢,黄柏二錢,甘草四錢(上三味俱生用。)地骨皮三錢,五[棓子二錢,枯礬二錢,共爲]細末。

治痘後諸瘡。金華散:黄連、黄柏、[黄]芩、黄丹、大黄(以上俱生用)、輕粉(各等分)、麝香,(少許。)共爲末,瘡乾則[用]豬油調敷。

治痘疔。拔毒膏:雄黄、輕粉共爲細末,胭[脂水]調敷。

[治]痘風癬。黄[豆衣殼煎水]洗之。

[治餘]毒紅腫。[三痘散:菉豆、黑小豆、赤小豆,共爲末,調醋敷之。或以七夕水調敷。又方,用豆]心渣。又方,[日嚼爛白豆敷之。又方,用紫花地丁搗爛]外敷。又方,用芙[蓉]花、或葉、或皮、或根,黄[荆子各]等分,搗爛,用雞蛋白調敷。又方,馬齒莧搗汁、[豬膏]、蜜糖,共熬膏敷之。又方,黄豆、姜、葱搗敷。[如意]膏:南星八錢,半夏壹兩,大黄壹兩,(以上俱生用。)白[芷]六錢,鬱金六錢,姜黄六錢,蒼朮六錢,共爲末,用[醋]調敷。①

二十六日,陰,悶熱。閱邸鈔。雲南回民就……後漢回可以久安。

二十七日,雨。閱邸鈔。李續賓克黄安。和■奏金陵賊圖■竄,截剿大勝。耆英奉詔自盡於宗人府空室,■■承昭權廣東巡撫。龍翰臣方伯書:江右自九江克復後,■聲頗壯,浙江得福將軍扼衢州,假按察砲船護■■,可保無虞。直隸錢大令萬青來書:津門夷務暫事羈縻■■■此後正宜吃緊。■■■■書:鴻荃以福建……民滋事横……

[二十八日],雨聲竟夜……兒女輩爲鐵■■■■時文兒時囈語……年,今復爲之,亦自大慙,大好也。記此可發一噱。

二十九日,晴。容甫屬查"蛕"字出典,遍檢《説文》《玉篇》《廣[韵]》

---

①　整理者按:以上殘缺嚴重,用道光刻本《引痘略》校補。

《集韻》皆不載此字,惟《通考》宋建隆後屢書蝻蟲■■,承用已久,但不得其權輿耳。《通考》惟蝗言飛,■■但言食苗,無言飛者,則爲未翼之蝗■知。要之,蝗■之名見於《爾雅》《説文》《玉篇》。“蝻”字既唐以前字書……所增俗字無疑也。(《爾雅》《廣雅》……《蠕範》有“其子曰蝝曰蝻”之語……)

三十日,陰。鐵兒巳前陡然痰壅氣閉,搐掣[不止],急用通關散吹鼻孔,灌薑汁,嘔出食物血水,旋復搐掣,喉閉不能下藥。延請源鄉人劉華庭連城,於兩手彎及腹臍、上胸■鍼刺。良久,痰稍緩,乃灌以半夏、陳皮、薤白、青皮諸藥,■■■血膠痰。蓋積氣傷肝,積食傷脾,胃火消爍,痰氣入肺,觸冷■■耳。家君投以清■■■肺平肝之劑……正如行……心悸也,夜……綱目娓娓不倦,余則心瘁神疲矣。

【咸豐八年六月】

六月初一日,晴。申刻,鐵兒復患痰壅,急以藥熨胸背處,時即蘇。

初二、三日,晴。夜以繼日,身不覺勞,而心神驚瘁矣。

[初]四日,陰,微雨。閱友人會課詩卷,間有佳者。鐵兒■■肝散氣化痰之劑,疾已漸愈。夜眠■安,而肝■猶未盡平,告以省氣省心,忌寒忌……

[初]五日。昨日雨連宵達旦,至午乃少止。

初六日、七日,夜雨,日晴。閱探報,天津款■成,夷船五月廿八日全數退出。英吉利條約五十六事,他國尚未鈔■。兵單餉絀,逼近神京,不得不暫事羈縻。所請五十[六]事中實有令人憤懣者,宜御史尹耕雲痛哭於■房也。條約之外給英吉兵費四百萬,佛朗西二百■■,米利堅六十萬,皆■粤東議給俄羅斯……假俄夷……然夷情鬼……

[初八日],晴。家君奉旨加■司銜。

初九日,晴。

初十日,早雨,午晴。

十一日至十六日,晴。連日病耳痛目,腹滿不■■瀉肝降火導滯之劑,上焦熱減,而便秘如故,■■大黄、牽牛,不能下。爲鐵兒日講《呻吟語·存[心]》篇,魂夢略見清爽,學之益人如此。■疾亦漸復元矣。十六日,家君問沈舜卿前輩……視之精力猶健,肌膚潤澤。沈丈……間一二日不食，五十以後嘗五六日不食，■二十日亦■苦，日來略進鮮味，服補脾之品。七十六老翁如此，■異也。丈因言英大令勛之祖母八十不食，至八十五乃■，皆異事。（艾兒讀《孟子》至“莊暴”章，問“曰好樂何如”，“曰”字■衍文否。此兒讀書頗有慧心，差足樂也。）

十七、十八、十九日，晴，暑熱鬱悶。課讀之暇，揮汗作■。■■十九夜，大雷雨。鐵兒疾愈，仍使伴祖父……之樂。連日……緩步文瀛……（……云勝地樓……）……已，乃復携三兒輩登純陽觀高閣■■■■遠，胸際爲之浩蕩。然炎日照耀，山光有金碧之■，不似朝來清潤矣。復之小五臺，後院封閉，少■■房，飲茶而歸。禪院所養時花數種，皆鮮艷可愛，■荷尤勝。鐵、艾兩兒賦詩，皆有佳句。

二十一日，晴。

店甲有以紈扇索書者，戲題一■

人海茫茫小結廬，當門頻攬■■■。■■■落雞聲月，催促蘇卿早負書（■挽一促曲書甲情狀。）

二十二日，陰。爲鐵兒講《存心》篇畢。

兒輩削瓜作燈戲詠

生成自具清涼意，雕鏤翻多的皪形。本以虛■■受月，卻因吐焰擬懸星。空庭設處仙應迓，禪■■■佛有靈。從此囊螢梯月後，教■■■■書燈。

二十三至廿五日，爲鐵兒■■■■理■■■刺史■布，姬傳先生之從曾孫也。爲家君言姬傳■生以司員屢掌文衡，入史館書局，蓋異數也。後以■《貳臣傳》，列姚文然於《貳臣傳》，遂告歸，終身不復出，亦終身不■。予觀《惜抱軒集》及太乙舟所撰傳，似皆因與于■■不和而歸者，難言之隱，又天下公義，不可以私廢。先生■■深痛焉。故雖高弟如陳公，有■不喻也。刺史所言當不繆，記之。廿四日，雨，餘皆清……

二十六日，早晴，午後大雷雨。閱……《潘好禮傳》，其子請歸鄉預明經舉，好禮■曰：國法須■■，若經業未精，則不可妄求也。乃自試其子，經義未■。好禮大怒，集州寮笞而枷之，立於州門，以徇於衆。好禮■■事，誠爲責善傷恩，然以視交通關節爲子弟覓■者，則可謂卓然自立矣。予嘗謂事例之開，名未善而實有不可已者，以軍餉雖急，尚不至加賦■病民也，必並此而止之，則非加賦……以來，列聖屢停而不……固有權衡也。獨孔廟執事官銜不關■■■宜停止。今由衍聖公收捐給照,部臣不得而稽之,悖法亦甚矣。《新唐書·循吏·韋丹傳》:"新羅國君死,詔拜司封郎中往弔。故事,使外國,賜州縣十官,賣以取貲,號'私覿官'。丹曰:'使外國,不足于貲,宜上請。安有貿官受錢?'[即]具疏所宜費,帝命有司與之,因著令。"彼于使外國尚不可,況以祀聖廟乎？況名爲聖■祀■■實以供衍聖公之豪侈乎？

二十七、八日,晴。

二十九日,陰。是日立秋。

克揚州紀事(代恒中丞)

往歲從琦文襄公治軍江北,以揚州爲賊據,駐軍■■攻,久之乃克。時咸豐三年十一月　日也。予入城後,■視城上下,觀賊所爲守禦狀。其置木竿垛口,覆以木■,上積甎石灰包,防我攀附梯登者。略如■■■■之制,又依城牆架屋於内……城,人皆坐■下……不勞。銃礮矢石不能及,故守者常定而不擾■■■■下,無火焚驚衆之慮,故守堅,猝不易克也。先是淮■軍門來,督隊攻城,命軍士用巨礮,指一處連擊不已,五月……擊處圮,將士争先登。先登者忽創而呼,衆反奔■■壓而出,軍門麾後軍繼進,賊始退守,我軍幸■■獲全。蓋賊先知擊處必圮,預於兩旁築短牆,■施銃礮,又於圮處横布柴葦,卒然■發,■我■■遂創,其譎計大率類此。……知彼之長技而圖之,知彼之長技而■之,皆勝。■故備記所見,以爲謀攻守者將有取焉。

【咸豐八年七月】

七月初一日甲戌,晴。

初二日,雨。初三日至初六日,晴。連日心緒■惡,夜■■寐,日輒怔忡,殆非久於人世者。時念雙親,皤然强■排遣耳。得《名山勝概》一書,差足散悶。又得宋槧《[施]注蘇詩》,是一快心事。家君從熊太守啓楚敬借憲廟潛邸時御書册頁,謹録論書語及印章款識如左:

第一幅仿米海岳書。御……米海岳……之,志與神會,少得一二■■■■■及如此。卷……一章,末"學書草堂""疏嬾荇"二章。

第二幅仿勵静海書。御跋云:勵静海書聳秀特立,有老成正士之風,信夫字如其人也。卷首“草聖樓”一章,末“塵外散人”“任運”二章。(臣彭年謹案:勵静海謂勵杜訥。)

第三幅仿顔魯公書。御跋云:顔魯公筆似鏤金鐫■,精彩動人,而自饒風態。著意倣之,曾得其萬一。[卷]首“閑雲道人”一章,末“六和齋”“自在禪”[二章]。

第四幅仿王右軍書。御跋云:王右軍■龍■■卧鳳閣,余學之將及廿年,不能仿佛,此■■勉効■意,腕力綿弱,終有愧於古人也。卷首“芝蘭居”一章,■■“清磐山館”“煮字亭”二章。

第五幅仿黄山谷書。御跋云:山谷老人書法清勁而氣韻娟秀,未見有能及。適弄筆學之,以遣三餘。卷首“■歌”一章,末“佛香廬”“得妙”二章。

第六幅仿懷素書。御跋[云:懷]素學書如……威鳳騰空摩霄■■■■物,此效其意……佛一章,末“友塵居士”“醉月軒”。

第七幅仿褚河南書。御跋:褚河南書如飛雲出谷,玉樹成行,乘虚入空,游行自喜,而光華照灼,不可即視。■二王之精微者也。太歲癸巳九月重陽前一日作書,因師■■意。卷首“澹如”一章,末“妙香書室”“冰壺秋白”二章。

第八幅仿東坡書。御跋:坡仙書法天姿高越,頓挫……骨矯然,塵土自遠。卷首“别有洞天”一章,[卷]末“静觀”“高山流水”二章。

第九幅仿智永書。御跋:永禪師爲王逸少後人,■■陳去晋不遠,能承其家學,故筆墨規矩,法■■妙。嘗聞師集舊刻《千文》八百本,散諸南土以廣■傳,則知其親習於此有素也。歲在昭陽大荒落■近重九,鞠有黄華,氣清天朗,書此遣閑,學步效■之誚,亦何敢辭。卷首“朗吟閣”一章,末“泉石雲■”“■吟”二章。

第十幅仿松雪書。■■■松雪書入王逸少■■■而縱横變化,能自開生面。所謂不隨人轉移■■■■字效其法書。卷首“松柏室”一章,末“清可”“好古”二章。

第十一幅仿華庭書。御跋:董宗伯書出於二王,一種生動之趣,如天外游龍,可望而不可即。余日摹一過■去人自遠。卷首“妙來堂”一章,末“洗洞山房”“■園”二章。

第十二幅仿陳香泉書。御跋:書家■以姿態■■者,陳香泉是也。

今仿其法。卷首“禪■”一章,末“■安”“竹梅精室”二章。

御製跋尾云:古人書法皆自成一家,各出杼機,■■蹊徑,不相蹈襲,此其所以能卓絶一時,垂聲後■。然當其功力既至之候,搦管點筆,偶一臨摹,必得其■髓,所謂閉門造車自然合轍者。覩虞永興、褚河南之臨《蘭亭》,幾不能别其出於誰手,始歎前賢之不可及也。■■吴興董華亭突過唐宋■■■人之室,其臨……體幾遍,無不神似,殆■氣■■■。余自幼喜■■■羅名帖真迹,不遺餘力。每春秋佳日,焚香滌硯,磨墨濡毫,臨仿數紙,亦時有會心處,特囿于昔人尺度,不能别開生面耳。兹以暇時檢閲古今人書,偶得十二家,因各效其法,爲之優孟衣冠,庶幾形似,至於神理之間■■幾何,必有能辨之者。時康熙五十三年甲午七夕書■師子園之妙高堂,雍親王。卷首“■齋”一章,[末]“御賜朗吟閣室”“和碩雍親王寶”二章。

卷中用十二家筆法書唐宋人……

初七日,晴。携兩兒游開化寺。省城書賈■■每至■■■年歲,則太谷、祁縣書賈輻湊省城,頗有可觀。余所■■■(塹)[槧]《蘇詩》即從寺中購得者也。閲邸鈔。兵科給事中■■■煒劾京營積弊疏,略云:京城巡捕五營之設,所以捕盜■■捕不致廢弛,故額設萬人,相沿至今,未嘗裁減。其各官占■用之兵,副將例得占用兵丁十名,參、游而下以次遞減,■■■僅予占用二名,俱係隨營■■■准在外自便……占用多至數倍,而所占[用]兵[丁],■■包攬,令其自便,名■■■差,即將該兵每月所得之錢糧一半入己。如有■■■■將馬乾銀二兩五錢入己,錢糧銀二兩給本兵。無馬之■兵署差,將錢糧入己,僅給該兵京錢二千五百文。戰兵署差,將錢糧入己,僅給該兵京錢一千八百文。守兵署差,將[錢]糧入己,並不與一錢,該兵僅得兩季米石。如有不願署[差]者,必多方抑勒,使之求生而不得,求退而不能,勢必■■■自告署差而後已。所有包攬署差之人……轅門官經手,都守衙門俱係■差頭……委,所得俱係都守分給,所有給兵之錢,名爲找京■■■守備微官,每月可得署差錢八百千,則其他可知。除各■■用侵吞外,實在隨營當差者不過三四千人。其署■■■兵僅於查閲時應名一至,實終歲不曾當差。該兵亦樂■,稍有所得,思可在外自謀生理,故俯首從命,不敢訐告,即■有查閲,實未見其缺額,厥弊亦無從發覺,上下相蒙……破,京營猶且如此,其外省尚可

■■■。此等積弊,幾……倘有不虞,何以■■■■■頗切中時弊。

初八日,晴。初九日夜大雷雨,至初十日天明■■■雨也。蔡眉歙前輩來,晚過談,移時乃歸。

十一、十二兩日,晴。檢書。十二日早患白痢,急投消滯之藥,夜遂止。鐵兒兩日胸臆稍開,漸可放心。■他病人加劇,隨兩老人守夜,頗覺難支。

十三、十四,晴。十五日,陰。是日處暑。山西貢西■■日起解。榆次産瓜,有皮、瓤、子皆白者,■■■瓜■交瓜縣官以蔑作圈,如式者始收,收必■熟者,■熟則到京已壞,不可復食也。正貢二百枚,副貢四百枚,(紅瓤白■■半不盡……。)■巡撫送遺京朝官二百枚,備挑换二百枚。每騾一頭■■六枚,騾價銀二兩五分,並交納使費,縣官須用銀八百■■,自民間出之耳。

十六日,陰。亥刻月蝕,子正復圓。閱邸鈔。閩督王懿德病,閩事孔急,慶端督兵防剿。浙事有起色矣。

十七至十九,晴。聞友人談■■■事。數年以來……盜賊充斥,練勇無■■■,官不能制。練目徑入巡撫署白事,巡捕家丁無敢阻者,紳衿中劣者類■勞中丞隱忍,優容羈縻,使不爲變而已。潛遣■邀蔣觀察益澧。觀察自湖南率鄉兵三千,由平樂轉戰,徑達省城,至則中丞悉以兵事■之。蔣軍方强,乃以計次第誅練目、劣衿之■賊者百餘人,皆中丞所符記者也。省城既定,■■剿,潯梧大捷,粤西士民得重見天日。■■有■■■中丞之謂也。

二十日。家慈生日。先是先蘊山兄生,與家慈同日。■■六月,兄没後,每遇是日,家慈心不樂。甲辰,從兄■■又以是日没。彌不樂矣。幸艾兒生亦同是日。而鐵兒■■蘊山兄後,近已長成,乃得稱觴,稍舒慈念。并爲蘊山兄設祭,使鐵兒主之。此子將來或能竟所後未竟之志,成兩世盼望之苦心,是在其自奮也。是[日]晴,偶校《陶集》,得十數事。

二十一日,晴。校《陶集》。夜蔡■庵來,談刊詩集,以■而所談不出阿堵物,鄙哉。

二十二至廿四日,晴。連日(較)[校]《陶集》,日十數事。(二十四日艾兒鼻衄不止,以滿蘿蔔汁滴鼻中,遂止。)

二十五日,晴。游開化寺,見傅徵君草書一幅。筆勢飛翥,亦復沈勁。所書詩云:"漸次書難讀,■■背已疼。红燈教□恕,日日愧間容。性不■生喜,時何策士逢。忽然雙淚墮,吾道竟■從?""揣摩非記誦,挾册看流雲。老■安■備,■殊異博閲。古來多治亂,時至尚紛紜。行■■■鄙,高才豈不文?""冀望多傷氣,知名大累■。■身不打料,反手忽如神。史册生精彩,龍蛇■■伸。躭躭豎寒脊,擲筆先酸辛。"三詩《霜[紅龕]詩集》不載,劉稼莊輯先生詩多采自真迹絹素,此幅應未見耳。款署"傅山圖書""傅山之印"。末有"皇十一子鑒賞"之章。成邸精於書,賞■故應不誤。賈人索■■■■■不能購,録其詩而還之。鐵生兒作《■亂■■■人論》,用顧亭林説引伸之,仿柳子厚《晋文公問守原議》,格調頗可觀。■十日以來,連得明刻荀悦《漢紀》、袁宏《後漢紀》《伊川易傳》《二程粹言》《二程經説》《月川先生遺書》《草堂詩餘》《通鑑會纂》,皆善本也。

二十六日、二十七日、二十八日,晴。是日祈雨。二十九日■■雨,苗將槁矣。閲邸鈔。廬州失守,署巡撫李■■革職,以勝保爲欽差大臣督辦安■省■■■■撫,翁同書副之。賈人以方椿年[《蟠桃圖》]求■■圖高二尺許,長二丈許,海波浩渺,山木奇■,■■如豆,龍馬魚鳥狀極纖細,而形狀畢肖,設采■■彩,信巨觀也。款署"畫院待詔方椿年造",(小篆書絶佳。)題■■皆臨本,補録如左:

神區何處有此山,盤迴聳峙如髫鬟。安期曾于此鍊液,瓊柯鬱[秀]非塵寰。白雲擁户不須掩,紫霧臨窗未許閑。朱樓飄渺[足]舒眺,虚亭幽絶時躋攀。珠簾雅揭青鸞舞,[畫]舫徐牽白鶴還。[溪]迴時有飛瓊度,橋迴常憑弄玉扳。絳桃[亂]落無人掃,瑶草叢生若箇删。山中勝概何可數,流泉瀰瀰空潺湲。誰能摹寫長圖好,椿年方子筆自閑。固知作者有深意,展卷情馳未擬還。先生痞疾何時已,晴窗對閲娱心顔。陶貞白,在何處,胡不[同]來此中住?僊家自昔忘歲年,長嘯拂衣自來[去]。①

至大三年夏四月巴西鄧文原■■(行[書])

結廬當翠樹,峰影半天垂。石駭奔■■,■■■■危。朱霞冰畫棟,古檜蔭層榱。路近桃花洞,香風■■吹。山静水悠悠,青天杖獨留。樹深雲忽聚,峰冷日■■。花影迎橋合,谿芡抱竹流。偶逢仙侣至,相與話綢■。

① 殘缺字據柯九思《丹丘生集》補。

蜀郡虞集書。(隸書)

上清羽客方壺偕張伯雨、俞紫芝觀于青桐院中。(行書)

休誇曼倩已三偷,莫遣飛瓊度十洲。一自露華凝筆底,絶勝春色在■■。宴想瑶池柱想■,■時已歷九千秋。恰如■■壺■■,瞬息應添海屋籌。

右題方椿年《蟠桃圖》。吴郡陸行直書,時年七十有五。

層臺縹緲護雲煙,仙客過橋隔世緣。海上蟠桃千歲熟,山中甲子自年年。萬疊蒼崖接太虚,餐霞仙谷步徐徐。久知服液尋常事,他日飛昇入畫圖。雲林生倪瓚書于清[閟閣]。(楷書)

畫院待詔方椿年深得六法之妙,但世遠代■,真迹流傳人間絶少。此畫《蟠桃圖》,布置清■,■麗幽邃,展閱一過,若登蓬萊■■身……也。若夫筆法精神,久已繪林稱勝……一詞成,藏者當與連城照乘同珍可耳。

閒閒道人吴主節識。(草書)

仲山喬簣成觀于密庸齋中。(楷書)

建民胡布得觀於玉山高處。(草書)

(袁媛整理)

第十四册　咸豐八年八月

【題記】

黄彭年，字子壽，晚號陶廔，貴筑人。道光進士，官至湖北布政使，生平以整飭風化、扶植士類爲己任，掌教保定蓮池書院，成就尤衆。有《陶廔文集》等書行於世。其父輔辰亦道光進士，累擢吏部郎中，晚年回籍，墾田十餘萬畝，有《小酉山房文集》《黄氏家乘》《營田輯要》等書。

丁丑孟春，高奭識。

【咸豐八年八月】

咸豐八年八月初一日癸卯，晴。閲都中友人來書，四星使赴江南，欲以上海關税並開煙禁易回條約五十七事。粤東羅椒生侍集鄉勇十餘萬攻城，已登陴矣。夷礮甚猛且密，不能克。而夷人出示，言和議已成，衆心解散。廷諭既命其緩攻，又命其維持衆心，勿遽解散，由樞垣當事者不習外間情形耳。僧邸籌備通津，現已有夷船二隻在海口外游椗。

初二日，白露。露與霜自是二物，昔人謂露結爲霜者，誤也。是日初瞑時，地微動。

初三、四日，晴。賈人以書畫來觀，如袁江山水、謝時臣山水，皆真。

初五日，晴。看錢維城山水大幅，高五尺，寬丈餘，筆力雄壯。李鱓花卉大幅稱是，亦超絶凡俗，惟兩芝丹色過重，是小疵耳。陶石生内弟來，多年不得音問，忽見之，喜可知也。

初六日，晴。送家君入闈。同石生游開化寺，遇何夢廬、馮小滄，書肆坐談片刻歸，得零書數種。

初七日。寅刻地震，窗欞摇撼有聲。得十一兄來函，其病漸愈。大兄調擢靈山縣。

初八日。同石生率鐵兒觀考場士人，欲小子輩知讀書人艱苦也。歸校《陶集》第三卷，得十數事。

初九日,晴。校《陶集》。

初十日,晴。首場題"君子尊賢而容衆"至"何所不容",次題"車同軌",三題"他日由鄒"至"不見儲子";詩題"山色朝晴翠染衣",得"晴"字。家君論場中士子甚諄。[1]

十一日,晴。

十二日,陰。校《陶集》。夜大雨,自四鼓至十三日曉未止。

自十三日起,俗冗病人,意興蕭索,中間惟校閲《列子》八卷、《鬼谷子》三卷、《康熙輿圖》十六卷。喬鶴儕亞年丈以九月廿五日入省,廿八日同往游晋祠,數事可記,餘皆瑣瑣,偶有應俗文字,亦不足傳,然兩月來怠荒,可懲矣。十月廿九日記。

【咸豐八年十一月】

十一月初一日。章子和至,每日論文談舊,或同遊書肆,或登眺賦詩。

十七日,大雪初霽,偕登純陽宫高閣,至爲快事。

十八日冬至,聞李續賓兵敗於三河,死之。李字迪庵,湖南湘鄉人,羅澤南弟子也。以諸生從征,積功至布政使,加巡撫銜,幫辦軍務。羅歿於武昌,李代領其衆,克武昌,後遂專將,克九江,進圖皖南,連克太湖、潛江、桐城、舒城,深入重地,兵敗死難。身在行間,《小學》《近思録》未嘗去手,忠勇果毅,臨機決策,古名將無以過也。他所聞尚衆,已詳大人日記者不復贅。

十九日,晴。得鄂生書,所爲公牘文字、詩字皆大進。又彭丈于蕃自瀘州來書,程丈小松自成都來書,皆可傳誦,存之,亦足備後人考論時事也。

飛雪滿群山(與子和同登純陽宫高閣看雪)

夢醒梅花,凉生重幙,雪深遮遍群山。故人天末,侵晨把袂,相邀共叩禪關。怎憑欄話舊,游蹤杳、滄桑慨然。酒杯誰送,詩懷未減,猶作那時看。須記取、危樓閑倚處,便雪泥留迹,風雨無邊。流光若駛,塵氛未息,彈指又是經年。問仙人玉宇,恐高處、還應更寒。

---

① 整理者按:以下十三行涂去。

路長雲遠，鸞飄鳳泊何處天。

買陂塘（子和作）

問城南、危樓百尺，朝來誰踏游屐。凌寒相約衝寒去，千頃白波如席。狂按幘，便詩骨、清涼沁入玻瓈魄。清游憶昔，（往歲與君在都，曾以大雪登陶然亭。）悵幾載滄桑，頻年兵燹，難問舊鴻迹。相逢意，且把金貂醉擲。倚欄放眼空闊，縞衣空切三更夢，翠羽一枝同惜。（太原無梅花。）誰擫笛，怕鶴背仙人，也歎瓊樓寂，寒山自碧，拾繡幕珠簾，香凝夢煖，多少未醒客。

二十日，晴。章子和向卞問樵假得所抄近時奏疏，擇其可法、有關係者録存之。問樵，卞雅堂觀察斌之子也。

●内閣覆奏議禁臺灣六社番地疏●奏爲遵旨會議具奏事。九月十六日，閩浙總督臣劉韻珂奏，履勘臺灣水沙連六番地，體察各社番情，據實覆奏一摺。奉硃批：大學士軍機大臣會同該部悉心核議，務期久遠無弊，妥議具奏，欽此。臣等復查臺灣六社番地，既經該督履勘地勢，體察情形，以該生番輸誠獻地，固由不諳耕種，謀食維艱，欲求内附，以爲自全之策。等情。核奏前來。謹遵旨，悉心核議，公同商酌。竊以番民之投誠，此時不患其不真，患其始真而久且漸漓。番地之開墾，此時不慮其不利，慮在有利而適以滋害。統核該督原奏，六社番地墾田，每年雖可徵正穀三萬餘石，但耗費甚繁，久恐不敷，何裨積貯。一旦有事，倍數十年之所入，一朝而用之。況胥役侵蝕，兵弁欺凌，戕削其生，難保不激而生變。犬羊之俗，不知禮義，易啓争端。生番熟番，合壤而居，不能不與漢民交易。既有官吏，必爲平其争訟。又接壤凶番，種類甚夥，平昔嗜殺，常出擾害。六社番地既沃，倘被侵壓，既有官吏，更當力爲平護。争訟不平，必相挺鬥，保護未固，必相仇敵。始則番與番戕，繼以番與官抗。理論之不可，則治以法，法禁之不能，必繼以兵。一番不安，全番騷動，匪徒乘之而起，外洋從此窺衅。此尤不可不深慮也。國家開闢邊境，計畫必周，不徒取悦於目前，實宜遠慮於事後。勿以番丁蠢愚，絶無機巧，各省苗疆猺崗之俗，滋事不少，其始未嘗不榛榛狉狉、一無知識之平民也。社番雖懦於猺匪猓夷，而反覆無常之性則同。據奏内官役禀稱，前此生番，殺人每歲多至百餘名，近雖遵約束，而後盡無足慮乎？

此時衆番挾技,原無足恃,迨疆土既開,種落日聚,奸民勾引,日至横强,偶有煽動,而勞師糜餉之事紛紛無常,則又難以逆料。至謂匪徒向與番類不洽,安知佃耕既久,匪徒必不潛通?又謂外夷相距番地生産甚遠,安知生産既足,外夷定不垂涎?總之,利之所在,日久弊生,邊防切要之圖,動關國計。該督封疆大吏,渥受聖恩,斷無依違牽制,自係爲國籌思,惟當局者深恐附循之不周,而議政者自宜久遠之是務。況番地舊以土牛爲界,乾隆年間,復立石碑,例禁綦嚴。此時輒請開邊,究失杜漸防微之意。相應請旨,責成該督,妥爲開導,慎重從事,與其輕議開關而貽患於後,不若遵例封禁而遏利於先。以臣等愚昧之見,一切仍應從舊,無事更張,似覺妥協。是否有當,伏乞皇上訓示。再此摺係内閣之稿,合併聲明。謹奏。

●塔齊布曾國藩克復武漢摺子●爲官軍水陸大捷,踏平賊營十九座,燒船一千餘号,武昌、漢陽兩城同日克復,恭摺馳奏,仰慰聖懷事。竊水師自抵金口,陸軍進扎(紫)[紙]坊,逼近武昌,各六十里,定議進兵先後次第,業經馳奏在案。八月二十一日,臣塔齊布由油(防)[坊]嶺進發,扼東北洪山總匯之區。臣曾國藩在金口,定沿江三路齊下之策。湖南陸軍羅澤南等三千人,及荆州派來李光榮川勇千人,攻東岸花園賊營;魁玉、楊昌泗四千三百人,攻西岸蝦蟆磯賊營;而水師從大江中冲擊,使賊兩岸不能相顧。

從來此賊守城之法,不守陴而守險,其精悍者不聚於城内,而堵於城外,往往扼險築壘,堅不可破。花園外瀕大江,内枕青林湖,該逆立大營三座,外掘深溝,寬廣三丈,長約三里,自江水以達於湖。溝内周立木城,實以土泥,中開炮眼。溝外植二尺許木樁,交互連釘。樁外密布竹簽,環以荆棘。木城之内,又有磚城,内濠之層層抗拒,其堅固幾與金川之石碉相等。安砲百餘尊,向江者阻我水師,向南者阻我陸軍。西岸蝦蟆磯賊營,其堅固亦幾與花園相等。賊船泊守兩營之下,水陸依護。臣等深慮此關不破,則各路均無可施手也,因與李孟群等熟商,將水師各營,分爲前後兩班。前班戰船,飛駛從中流衝過鹽關之下,直至鸚鵡洲。該逆不意我軍之猝出其後也,即回船下救,我軍分兩翼,自下抄繞而上,分班戰船復上,排轟而下,賊勢不支,紛紛落水。其悍賊數舟,風篷五彩,每戰冒死向前。臣國藩先懸賞曰：奪五彩篷者，賞錢百千。至是，争前奪取。秦國禄、鄭沐等六人，各得其一，餘賊撲水登岸。楊載福等縱火延燒，頃刻之間，鹽關二百餘号賊船，焚毁盡矣。東岸花園賊船，見西岸已敗，相率鼠逃。我軍攢攻悍者數舟，餘亦悉數燒毁。羅澤南等攻花園之陸營，分三路同進。賊自城上開砲，子如雨點。我軍習戰已久，炮將發則伏地以避，子既落則蛇形以進。凡三伏三進，直逼賊營。候選知縣李績賓攻江邊之營，從竹籤木樁，逾溝直入。羅澤南攻湖邊之營，先燒營外賊划百餘，且又斷賊之抄尾，隨奮力直入。李光榮及教諭唐訓方攻中路之營，同時躍入，諸勇或越高牆，或穿炮眼而入，賊衆大潰，縱火焚其營壘。而是時西岸魁玉、楊昌泗率兵攻蝦蟆磯賊營，亦恰衝過土城，縱火焚之。賊衆逾牆四竄，竄出江沿者，被炮船轟擊，竄入裹湖者，被魁玉、沈口伙兵圍剿，屍横遍野。兩岸焚營之火與江中三百餘船之火煙焰相合，天爲之赤。楊昌泗窮追直下，與水軍夾擊，復破鸚鵡洲賊營。計東岸陸軍殺斃千餘名，生擒四十七名，割首級四百餘顆；西岸陸軍生擒百餘名，江中擊斃者百餘名，搶登賊舟殺斃者六十餘名；焚死溺死者不在此數。日已西墜，李孟群尚不肯收隊，復督同楊載福等，乘勝直下。凡沿江木栅，悉用大炮轟擊，多放火箭。又攻破漢關賊營一座，白沙洲、金沙洲賊營二座，遂攻鮎魚套口，縱火燒賊舟數十。叫殺之聲與該逆號哭之聲相雜，江水爲沸。忽延燒其火藥大船，霹靂一聲，衆船皆飛，賊屍有自半空落下者，我軍亦傷亡十七人，遂收隊回泊沌口屯。[此]二十一日連破賊營九座，焚船五百餘號之實在情形也。

前此七月十六象骨之役，因賊划圍繞太多，我軍眩亂致敗。自後臣國藩遂陸續招募小划五十號，以敵賊之所長，而輔我炮船之不足。是夜大軍收隊後，王策勳小划二十餘号，前往劫營，連環放鎗。雖僅焚賊舟十餘號，而該逆時泊時開，群炮亂轟，徹夜不得休息。二十二日辰刻，三路進攻仍如昨日之舊。李孟群率前營先發，攻燒鮎魚套未盡之船，旋即西渡攻漢陽朝宗門土城。楊載福、蕭捷三、秦國禄等，仍衝過賊營，直下塘角。何越珽亦衝過賊營，直攻漢口。兩城賊砲群子，亂落江心，各哨官争先逞長，以低頭避子爲耻，又以火毬不中賊船爲耻。數舟既燃，火勢遂熾，其桀黠之賊，一面開炮抵拒，一面揚帆下竄。楊載福等急槳馳追,翻出下竄賊船之前,曾不片刻,已近清山,又將該處輜重賊船焚燒,北風甚勁,挂帆歸來,見塘角三百餘號賊舟,火焰正般,因傍西岸而上,又隨李孟群入漢,焚口内之船,兩岸火光上薄。紅衣黄旗,餘燼漂流,斷破賊屍,與豬雞半死之畜,叫號沈浮,蔽江而下,腥臭不可復聞。李孟群回軍攻擊漢陽,該逆於木栅内開炮拒敵,我軍轟擊愈緊。魁玉、楊昌泗之土兵,自上游轉戰而下,會合夾擊,將晴川閣下木栅、大别山下木壘悉數攻毁,殺賊數十名,生擒十二名。東岸之賊,自花園既破以後,又有鮎魚套近湖一營、傍江街口一營。我軍分兩路進剿,賊從中路迎敵。四川義勇、湖南鮑勇、新田勇稍欲退奔里許,李績賓帶勇由江邊折回急援。鮎魚套賊營兩座,縱火焚之,斃三百餘名,生擒四十二名。義勇、親勇等亦轉敗爲勝,焚毁附城賊營四座。此二十二日,焚盡漢口、塘角逆船,踏平賊營兩座之實在情形也。

自有此兩日大戰,省河上下無一賊船,武漢城外無一賊營。臣等知其萬無可守之理,不日當棄城他遁矣。二十三日卯刻,水陸各營預備攻城。武昌之賊已於四更後潛開東北門逃竄,猶留悍賊數百,在西南城摇旗放炮,故作堅守之狀,漢陽城上亦然。我水上軍及東路陸軍,用大炮向漢陽望山門轟擊,而别道壯士從僻處攀堞而登,舉火爲號。各營擁入,衆賊狂竄,截殺百餘人,生擒二十餘人。内有僞將軍陳昌貴、僞總制丁履之,立予正法。李孟群自保安門城而入,徑奔其父李卿谷殉節之所,痛哭收骨,軍士爲之感泣。西岸漢陽以上之賊,方與水師連炮對擊。楊昌泗之兵勇,已自南門梯繩而入。魁玉督兵各營,在於西門外月湖隄一帶埋伏。該逆由西門奔赴蔡店,被我伏兵截剿,殲斃無數,生擒二百餘名。午未之間,兩城同時克復。臣塔齊布從油坊嶺而來,知武昌東北洪山一帶爲陸路竄賊必由之地,預飭大隊西路埋伏。該逆不料我軍之猝至,前臨大敵,後逼危城,左近梁子湖,右隔陽縣湖,無路逃生,因分三路,拼死抗拒。我軍亦分三路迎擊。臣塔齊布自當中路,指黄袍賊目數人,與親兵分刺取之,餘匪稍卻。兩路之賊皆退,遂向洪山之背大奔。我軍搶登山脊,乘勢追北,殲賊約千六百人。餘衆圍逼沙湖、塘角灣地方,紛紛赴水,紅巾浮波,頃臾即没。湖汊淺處,賊屍塞滿。後至者踐屍而逃，行至中流，亦皆漂溺，計溺斃一千餘人。我軍喊殺愈厲，聲振林谷，耳不忍聞。中有兒童數百人，先後奔投湖水，臣塔齊布目睹心傷，不覺泣下，因飭將弁大呼救小兒，不許投水，凡救活二百餘人。衆賊見小兒得救，遂長跪乞命，亦帶回七百餘人，分别斬決、釋放。小兒則分置各營棚中，將查明籍貫而咨遣之。此二十三日克復兩城，大剿洪山竄賊之實在情形也。

二十四日，臣等二人先後入城，履勘街道，撫綏子黎。該逆於大宅多置火藥，燃香其上，入者觸之，輒被轟燒。二十三日，城内發地雷火炮三次，震斃數十人。二十四、五，皆數處火起，市上門木器，片片擲碎。所擄各處幼童數千，酷刑虐使，戰敗之後，大加殺戮洩其憤，其慘毒如此。僞國宗丞相所居之署，折神廟以興修，梱木狼藉，一床之費，可值千金。水陸兩軍奪黄傘三百餘柄，金冠龍袍各百餘件，鏤錫簽筒、筆架至二千餘具之多。其僭侈如此。該逆爲神人所共憤。二城收復，大股破滅，本屬意中之事。惟三日之内，焚舟千餘，蹋盡堅壘。每次縱火，輒遇順風。殺敵數千，而官軍傷亡，不滿二百人。湖南陸軍極薄，恰有北省兵勇助剿。西岸大隊阨洪山要路，不先不後，恰痛殲東北之竄匪。事機之順，處處湊泊，此則全仗我皇上威福，天心篤佑，不特非臣等籌謀所能到，亦非臣等夢想所敢期也。

現已飛咨湖北巡撫兼署督臣楊霈，請其迅速渡江，鎮撫會城。一面妥籌分路進剿事宜。廣西升用道李孟群，忠孝鬱積，戰必身先，沈毅有謀，應請加臬司銜，並賞加勇號。候選知府羅澤南、候選知縣李續賓，自岳州拔營東下，常在各營之前，途中力戰，七次七勝，攻克花園堅壘，制賊之命。羅澤南請記名以道員用，李續賓請以直隸州升用，並賞换花翎。升用游擊楊載福、永綏營守備蕭捷三，廉明愛士，膽力堅定，從下逆擊而上，甚合機宜。楊載福請以參將補用，並加副將銜。蕭捷三請以都司升用，並賞换花翎。候補都司彭三元、守備唐得升，力截洪山要隘，殺賊尤多。彭三元請以游擊補用，唐得升請以都司升用，並賞换花翎。同知銜文生李光榮，練勇殺賊，果敢有爲，應請以府經歷縣縣丞歸部，遇缺即選。已革涼州副都統魁玉、高州鎮總兵楊昌泗，身先士卒，克復郡城，實屬出力，可否開復原官，出自天恩。其餘出力員弁兵勇,容臣等核明勞績,開單保奏,仰候恩施。所有官軍克復武漢緣由,謹會同荆州將軍官文、湖北巡撫兼署督臣楊霈,恭摺由六百里馳奏,仰慰宸廑。伏乞皇上訓示遵行。謹奏。奉硃批:覽奏感慰實深,獲此大勝,殊非意料所及。朕惟兢業自持,叩天速救民刦也。另有旨。(咸豐四年九月十七日。)(問樵所集奏疏十二卷又續集十二卷,家君選録統爲十六卷,覓書手寫之,故記中不復録云。)

二十一日,晴。偕子和游肆市,得影宋《爾雅音圖》一部。時翹兒讀《爾雅》,方出痘,約得此書即不啼,因遂與之。賈人以傅青主册頁來售,審是贋作。又种明逸書會真館詩,書法紙墨皆真,題跋則多僞作,亦必元明人手也。有以亡友張石洲小楷售者,索值三十金。石洲好古篤學,其没後身名之重,足慰人意。

●楊霈薦李孟群片疏●再湖北布政使岳興阿於城陷後,騎馬下城,遇賊被害,其家丁逃出具報。内應坐探職員楊衍桐於次日入城,見岳興阿之屍,衣冠猶具,卧府署牆下,後爲賊匪所毁。奴才訪查確實合行附奏,請旨敕部議恤。署湖北按察使糧儲道李卿(穀)[谷]攖陴半載,備極勤勞,城破後回寓,與揀發知縣俞恒淳相約殉節,投寓所門外池中,均爲居民撈救,未死。李卿谷復登小樓自縊,家丁樊升隨縊於旁,居民尋至,業已氣絶,遂解放樓中。俞恒淳在寓外遇賊,戟手大駡,爲賊支解,焚毁屍骸,最爲慘烈。李卿谷之子升用道李孟群忠孝鬱發,誓與賊不共戴天,奮不顧身,親冒矢石,故能每戰必克,所向無前。攻克武昌,該道奮力先登,縋城而入,逕赴寓所,尋覓屍骸,及登小樓,見兩屍並在樓中。家丁之屍則已僅餘枯骨,李卿谷之屍則顔色如生,鬚眉畢見,莫不駭異。僉謂酷暑屍骸經百餘日之久,竟能蠅蚋不侵,肌肉未化,殆忠義之氣歷劫不磨,精魄堅剛,鬼神呵護。事雖罕見,理或宜然。查該署臬司平日居官謹慎,貞介不撓,故能臨難捐軀,從容就義。其子李孟群墨衰殺賊,親執巨魁,剖心致祭。忠孝義烈,萃於一門,臣民共仰,應請敕部從優議恤,並請於武昌省城敕建專祠,將揀發知縣俞恒淳、僕樊升一併從祀,以勵臣節而正人心。其可否賜謚之處,出自逾格鴻恩。李孟群前在廣西歷著戰功,此次督帶水師炮船,奮力轉戰,屢獲大勝,省城迅速收復,該道之力爲多,實屬謀勇兼著,膽識過人。且至性純篤,觀其以忠成孝,定能移孝作忠。似此人才,不可多得。伏乞皇上破格擢用,必能盡力報效,克濟時艱。奴才爲激勵忠孝,薦達人才起見,合併附陳所有。臬司曹楙堅前聞殉節,尚未查有實在情形。其餘各官均經委員遍加查訪。此次賊匪入城,居民之在城者,多遭殺戮,餘俱驅逐出城,難於查訪,容俟查明,另行一併具奏。

二十二日,晴。子和題余《山居讀書圖》水調歌頭一闋,云:

萬卷幾人讀?泉石是生平。黟靈峰下茆屋,煙翠繞樓青。與子記、曾携手,衹有白雲閒笑,清詠野猿聽,慷慨對樽酒,憶舊若爲情。

鑑湖乞,草堂築,趁歸耕。無端踏輭,塵去、揮手愧山靈。故國斜陽鵑淚,莽莽金風鐵雨,難問白鷗盟,天地感蕭瑟,愁絶庾蘭成。

二十三日,晴。當事以庫帑不足,欲抽釐金。家君力陳其害,云所得有限,所損實多。數次進謁,皆力言之,今可止矣。亦晋民之福也。與子和遊市上,購得《廿二史文鈔》,常安所選,尚有不盡愜意者。抽釐在漢爲筭緡,在明爲抽分。湖南苗匪之役,鄉民多借資釐金。近年釐金之議,倡於兩江總督怡良、侍郎雷以諴,盛行於湖南、北。今河南、陝西亦抽釐矣。鄉團有市集處抽釐,無市集處税畝,大率不外此兩法。然鄉民自辦,則取之公,用之便。官辦,則浮收而中飽。雖鄉人亦賢否不一,大較勝於官也。

二十四日,晴。閲邸鈔。河南報一律肅清。傅振邦賞提督,袁保恒賞巴圖魯,然考城探報,又有賊至矣。

二十五日,晴。賈人携書畫百餘事,皆自桐城陷後得來者,張氏物尤夥,值甚昂,閲竟還之。内閣學士爲詞臣榮秩,乾隆中,張壽雪若渟,不由科目,自副憲擢授,亦異數也。壽雪《紀恩詩》云:"弟兄先後擢綸扉,陋質叨榮遇益稀。方懔西臺依黼座,更趨東閣傍宸扉。芳名慙聽稱株樹,(晴嵐、鏡壑皆由詞垣除閣學,時人以三株樹目之。)嘉蔭重吟舊省薇。姓字未能題雁塔,天恩特許繼前徽。"(上賜文和公詩云"便將翰苑登瀛譜,喚作卿家世系圖",館閣傳爲盛事。)先是,壽雪少時探籤,有"終須還我舊青氊"之句,至是始驗。當時賀詩有云:"兄弟一門三閣學,祖孫四代七薇垣。"莊侍郎存與賀詩有云:"唐室相才非藍榜,君家仙骨是蘅薇。"(李衛公不以進士登朝,仙骨句用天師事。)皆極切當。此條從張壽雪《紀恩詩》

二卷内輯録。是日巡撫閲兵於精營,中軍以下甲胄參堂,終日不免披執,衆論駭然。彭年聞之,曰禮也。

二十六日,晴。評跋《板橋集》。

二十七日,晴。聞人談京師科場獄。

二十八日,晴,寒甚。爲趙生覲恩評閲時文試帖一卷,作書勉之。晋省抽釐之議不可止,民之病也。

二十九日,晴,大風,寒極。校《陶集》,得十數事。

三十日,晴。澤潞産鐵,鐵器轉販江浙、湖廣、山東,名曰黑標。每標銀約五十萬,歲約五標。粤賊事起,江、湖標不至,歲不過一標。近湖北道通,歲可三標。標銀至河内縣清化鎮,鐵工就山開鑪,有方鑪、炒鑪之分,炒爐又有大小之分。澤潞無行店,而有經紀。上黨人參每歲約值四五萬兩。

【咸豐八年十二月】

十二月初一日至初十日,晴。僅校增《陶集》五十八事、《國語》十餘事而已。同子和數遊市上,得書數種,中有《巖野集》一部,將以貽鄂生,因其家有夢硯故事也。得喬鶴儕年丈書,言京師科場案,柏相、程楞香不免遠行,朱桐軒不過失察,同官房考浦安及舉人羅姓恐須擬斬,其餘牽連黜革約有數十人。俄羅斯人被彼國衣冠遊行街市,並在燕喜堂搭席宴會,真同鬼怪。此尚是其學生也。彼國移文理藩院,言來年有公使大臣帶隨員八人來駐京師,未知彼時是何舉動。夷船二隻,駛入漢口,上海四星使亦未知作何了此公案也。閲邸鈔。鄧紹良赴援甯國府,力竭陣亡。詔曰:浙江提督鄧紹良由湖南備弁帶兵剿賊,洊歷專閫,自桂林、長沙,力保危城,戰功卓著。前因江南大營分兵赴援徽浙,督辦甯國防剿。五載以來,迭復郡,功績茂昭。兹據和春奏,該員於灣沚地方,與賊接仗,力竭陣亡,深堪憫,著加恩,照提督例從優賜恤,並於殉難地方建立專祠,以慰忠魂。伊子有幾人,有無官職,著查明具奏。又詔曰:直隸通永鎮總兵戴文英由行伍從征數載,洊升專閫,所向有功。本年十月克復溧水縣城,力遏逆援,掃蕩賊壘,勞績尤著。兹據和春奏稱,該員帶兵赴援甯國,至灣沚地方,力戰陣亡,著照總兵例從優議恤,並於殉難地方建立專祠,以慰忠魂。雲貴總督吴振棫以病免,以張亮基代之。徐之銘自按察使授雲南巡撫,姚錫華授按察使,花詠春授雲南督糧道,夏家泰授福建興泉永遺缺道。又兵部尚書陳孚恩薦編修郭嵩燾、刑部主事何秋濤,通曉時務,歷練戎行,堪備謀士之選。詔傳郭嵩燾預備召見,何秋濤現有服,先令將所纂輯之書進呈。

十一日,晴。閱邸鈔。郭嵩燾入直南書房。郭,余丁未同選庶吉士,能文章,善謀畫。王子壽常稱爲張子房,今將驗王君觀人之得失矣。十一兄祺年奉詔揀發安徽,以知縣差遣委用。

十二日,晴。閱探報,鈔李世忠招孫葵心書。李世忠者,本名昭壽,故捻首也,降於袁甲三。袁以事去官,復叛,降於何桂珍。何不能馭,又殺何以叛,附長髮,授僞封。後見僞北王殺僞東王,僞翼王殺僞北王,僞天王復圖僞翼王,知不足有爲。時勝保獲昭壽母妻子,善視之,使其母爲書遺昭壽,昭壽遂降,獻滁州三城。詔更名世忠,賜参將、花翎,領其衆,滁州三城捐貲聽世忠收用。孫葵心者,龔瞎子党,世忠遺書招之。得毛煦初京兆書,慨然有懷。

心君篇

心爲君,不能自君,輔强則君。

人之病也,有因有感,有漸有猝。其受之也,在肌膚,在筋骨,在藏府。其證,爲創痏,爲寒熱,爲瘻痺不仁。其生死決乎心。人之生也,氣也,心存則氣存,心亡則氣亡。氣能殺心,心不能殺氣。夫人鬥很隕墜,至折支、解節、潰腸、洞腹,撫其心而怦然,則猶有不死者,故曰心爲之君。

心爲君矣,顧不能自君,何也?心之上有如膏、如血、如絡者,蔽其竅而奪之才。是物也,於心爲近,依心爲生,死心之死,是物未有能生者也。然是物也,冥而不靈,不知其所以死、所以生。其爲病也,能使心揺,能使心悸,能使心情,能使心狂,故曰不能自君。

然則心終不能君乎?曰:心之君,藏府爲之輔,筋骨肌膚其小臣也。心虛其竅以受藏府之氣,藏府虛其竅以受筋骨肌膚之氣,筋骨肌膚虛其竅以受天地之氣,是以肌膚得其澤,筋得其舒,骨得其堅,藏府得其用,以佐乎心而全乎生。彼如膏、如血、如絡者,固與心而俱生。藏府得其用,從之而衛心,藏府失其用,從之而病心,故夫習勞養獨,皆所以虛其竅而去其病也。故曰輔强則君。

十三日。晴。閲探報,山東城武陷,豫省考城戒嚴。

元氣篇

耳目口鼻尻朊,物也,氣所爲出入也。旁出焉,則創矣。物有九,不厭多,一創焉而病,非其地也。飲食、言語、視聽、呼吸、矢溲,事也,氣所爲宣節也,過節焉則耗矣。事有百,不厭多,一耗焉而病,非其時也。心也者,主宰是氣者也。知乎?不知乎?不知而暴之,是謂盲;知而縱之,是謂狂;知而嗇之,是謂慳。孰知夫本?孰知夫幾裏乎?藏而藏者,本也;表乎府而化者,幾也。取之不盡,用之不竭,而旋轉乎無窮,猶夫財之在民也。過怒病肝,過思病脾,過憂病肺,過恐病腎,過喜病心,猶夫取之無制而用之無節也。藏府病矣,而過者加厲,猶夫虐取而妄用也。氣周乎身。氣所不至,膚脱節弛而不察;氣所不通,壅潰號悖而不可解。元氣,正氣也。其病,邪氣也。邪氣常有餘,正氣常不足,是邪氣者非他,固正氣之失養而變焉者也。是故君子默而體之,慎而持之,疏而達之,調而劑之。非其地,無創也;非其時,無耗也,夫然後藏府足以供吾用,則元氣固矣。

瑟廬記

瑟之爲義遠矣。《旱麓》取潔,《淇澳》取莊,其於時爲秋,其聲悽且厲。宋熊與可作《瑟譜》,謂悲壯歌笑之聲,有不可入譜①者。果如是也,鄉飲燕射,奚獨取乎瑟哉?夫漆其弦,疏其孔,其有取於重且遲者,君子之道②也。天下之物重則見多,輕則見少,遲者常有餘,而急者常不足。其流而至於悽厲,殆矯輕與急之弊而過之。或乃别之曰頌、曰雅,吾未聞雅之和而頌之厲也。章子曰:瑟不異也,與點而屏仲,存乎其人歟?因顔其廬以自箴。其友黄彭年述其意,爲之記。

十四日,晴。餘杭陳爾士,字煒卿,嘉興錢儀吉室,著《聽松樓集》四卷。婦女集多尚詩詞,爾士獨潛心經學。《集》中第一卷《授經偶筆》,説《易》九事、《詩》九事、《禮記》十七事、《論語》二事、《程子》一事、《張子》一事,大要先述經旨,折衷舊説,參以家庭先世見聞,歸之躬行實踐,故所論婦女之事爲多。錢文端公太夫人陳氏,廉江先生室。廉江父鶴庵先生,

① “可入譜”後被朱筆圈改作“適於用”。
② “道”後被朱筆圈改作“常”。

官西安教諭。廉江奉祀事家居，聞母病，渡江省視。時文端兄弟三人，文端最長，年僅十歲。太夫人手録《朱子讀書法》，篝燈夜課。太夫人躬自紡績，晨遣蒼頭入市易米，而先世所遺義田、祭田，歲按所入給族人，以本身及文端公兄弟應食米數，積之以周貧乏。十指不給，時至斷炊，借鄰人粟作飯，家人指囷中公田所入米，曰是不可借也。比月，輒録所授課寄衢州，屬廉江壹意親側，毋以兒輩失業爲念。後三十年，雍正戊申，文端官翰林，屬同里鄭君爲《夜紡授經圖》。又後三十餘年，乾隆庚午，高宗特詔進呈，賜題有云："嘉禾若續賢媛傳，不愧當年畫荻人。"太夫人工繪事，乾隆丙戌進呈仿古畫册，御題"清芬世守"四字於卷端，賜詩有"子昂題句仲姬畫，頗有今人似昔人"之句。雍正十三年，文端以學士督學畿輔，太夫人方里居，特旨賜人葠一斤及緞紬各二匹。名媛奇榮，古罕有也。自《聽松樓集》及《錢梠硃卷履歷》采輯。

十五日，晴。閲邸鈔。河南試卷挖補至四十卷，又河南、山東、山西各一卷，或筆迹不符，或添注塗改不符，交各省督撫查辦。又詔改歸德營爲歸德鎮。邸鈔存。

十六至廿日，晴。連日舉家皆患風寒，余與老母尤劇，幸皆愈。子和患頭風，亦瘥矣。是近日天氣不寒，久晴無雪之故。廿日山西省城抽釐局開。

陰陽篇

治病必求其本，陰陽是已。陽爲火，爲神，爲魂，爲動，爲生，爲熱，爲清。其於病也，爲痛，爲燥，爲乾，爲喘，爲碩冤，爲狂悸。陰爲水，爲精，爲魄，爲静，爲養，爲寒，爲濁。其於病也，爲腫，爲濕，爲痿，爲濡寫，爲戰慄，爲逆厥。陽勝傷陰，陰勝傷陽，厥病偏重；陽反陰升，陰反陽降，厥病中逆；陽極似陰，陰極似陽，厥病懵蒙；陽重及陰，陰重及陽，厥病争擾。偏重者，有所毗也，化其偏，劑使平，乃不迷；中逆者，有所忤也，調其中，命以順，乃不紊；懵蒙者，有所蔽也，祛厥蒙，牖之覺，乃不瞙；争擾者，有所侵也，解厥争，安爾常，乃不凌。審證而後知象，診脈而後知本。夫應而成象者，病也；感而後應者，本也。不知象，不知部分；不知本，不知能始，無爲事調治矣。病陽者暴而易見，病陰者隱而難知。然則至人尤惡大陰柔者歟？

廿一日，晴。閲邸鈔。用江蘇巡撫趙德轍言，以宋臣陸秀夫從祀聖廟,位在文天祥之次。御史李培祜言六合縣城破時,内閣學士葉覲儀之母蔡氏年已九十,率孫媳洪氏,孫女翠姑、玲姑、義姑,曾孫和官,並僕婦人等投水死。其孫附生葉珏、從九品葉玉成充團練董事,率衆巷戰死。得何孟臚書,言恒月川中丞欲奏停河南捐釐,善哉。釐本弊政,從前勝帥奏請普律抽釐,部議未用兵省分不得率請辦理,致滋紛擾而失人心。近日部臣計利,毫髪無遺,而斤斤於此,是猶知其不可爲也。乃用兵省分奏停而未用兵省分奏辦,人之賢不肖相去何其遠乎?家君閲書,歎息而已。

廿二日,晴,大風。山西冬多大風,宣鬱導滯,則無地震之患。今年風特少。聞錢市因釐罷市,縣令私而委員燥,有以致之也。民情大可見矣。當事者宜知懼。

内外篇

内邪,七情之過;外邪,六氣之淫。内邪,我也;外邪,非我也。烏知内邪之召外邪,烏知外邪之乘内邪?人之壯也,履冰雪而不知寒,暴烈日而不知熱。其羸也,旃裘重幕,寒中之,廣廈陰居,熱侵之。强弱盛衰,其在氣血乎?夫氣血者,吾身之兵食,而腠理,其城郭也。七情者,吾身之政事,而六淫,其外侮也。和七情,所以修政事;調氣血,所以完兵食;實腠理,所以繕城郭;防六淫,所以禦外侮。是故,欲治外先治内,治未病不治已病,善之善者也。且夫盛必衰,强必弱,自然之理也。六氣自在天地間。吾身氣血衰弱,不足以當之,則慎吾起居,節吾飲食,早夜而爲之防。既乘吾虚而入矣,及其未久,勢可散也,清吾内情,應可絶也。氣血大衰弱,則補益其内,正氣足而邪氣自除。若曰:吾力不足以除,姑聽其往來於吾身。彼外邪者,本非吾身所有,入而據其内,其能一息晏然乎?因是而朘削其内,其能有瘳乎?治病者致審於内外之間,可以決幾矣。

廿三至廿五日,晴。閲邸鈔。勝帥奏安徽南北路賊皆甚熾,皖軍難支,張瀧與張落刑構釁,乘此欲招降張瀧。

積漸篇

寸煙之木,可以燎原;濫觴之水,可以泛溢;膚末之疾,可以亡生,其積漸然也。積漸之故有二,曰玩疾,曰誤醫。病心者三日而傳肝,病肝者三日而傳脾,病脾者三日而傳腎,由陽入陰,由表入裏,由淺入深,由小入大,其終難治,其初易治。於其易治也,不思其將不可治。於其難治也，不思其尚有可治。不思則不知，不知則不治。玩疾之漸，名曰因循。醫道至微，有解而未能別、別而未能明、明而未能彰者矣。故曰醫不三世，不服其藥。今也不度醫之能否，而以病授之，爲之醫者不度己之能否，而授而治之，及其弊也，盧、扁束手焉。誤醫之漸，名曰苟且。矯因循苟且之弊，宜莫如以驟。曰：補之則不受補矣，攻之則不堪攻矣，奚以驟爲？夫病以漸，治以漸，致沈痼者非一朝之故，起廢疾者，無欲速之功，補之不受，攻之不堪，則莫如杜其蔓，養其源，而徐殺其勢。病在藏矣，不有未病之藏乎？懼其相克，則先扶其氣；懼其遞及，則早絶其幾，是謂杜其蔓。子病者補母，是謂養其源；母病者泄子，是謂殺其勢。苟爲不然，施竣猛之品，極朘削之方，謂收功旦夕之間，吾恐已病之藏不可復完，未病之藏從而俱敗也矣。

廿六日，晴。子和留别词："高楼痛飲黄壚酒，行踪那堪重說。庾信悲来，虞翻老去，身世可怜蕭瑟。銀蟾易缺，況如此江山，相逢又別。斫地哀吟，隴頭流水聽嗚咽。觚棱重尋冷夢，怕秋巢燕子，也嗟冰雪。殘月蘆溝，斜陽燕市，此後相思空結。孤懷信鐵，問人世春風，幾曾相識。莫唱陽關，竹聲吹又裂。"悲壯蒼涼，不勝身世之感。

蔽惑篇

凡治病有四蔽、二惑，而醫藥不與焉。何謂四蔽？一曰妾婦。侍起居，供食飲，非不親狎也，然述夢譫之語以效其勤，稱顔色之澤以獻其忠，承燕處之歡以遂其昵。使吾忘吾病者，則親狎之爲也。二曰廝僕。伺奔走，窺意旨，非不小忠也，然畏吾之勢，苦口之藥不敢陳，希吾之惠，嗜欲之端不敢絶，逢吾之惡，規誨之語不敢入。使吾飾吾病者，則小忠之爲也。三曰世俗。舉近似之證，陳不切之方，使吾不知病所從生與病所終極，則愚之爲也。四曰異端。炫僧巫之術，祈鬼神之恩，使吾不知病之常理與病之怪誕，則妄之爲也。四蔽不除，乃生二惑。一曰急。急生遽。小創而以爲鉅，微疾而以爲深。病表也，引之入裏；病標也，治之及本。本傷裏重，有旁皇失措而雜投重劑者矣。二曰遲。遲生疑。始起待其自愈，久疾謂爲難醫，一夕之間，寒熱異形，數朝之後，强弱殊勢。形見勢劇，有徘徊瞻顧而坐以待斃者矣。祛四蔽、二惑而去之，然後神志清明，神志清明然後識見堅定,親狎不得暱,小忠不得干,愚不得蒙,妄不得逞。病起倉猝,主持而不亂;病有本末,詳審而不淆。夫然後進醫而用藥,乃可言治病。

廿七、八日,晴。得京師友人[信],俄夷將以十三日起行,因所遞條約未得回報。而肅順、瑞常見俄夷,允爲上請,肅議嚴詞拒絶,瑞不以爲然。書元欲邀之口外,僧王力主戰議,欲自備軍馬,以東三盟當之。彭藴章力闢戰議。余竊意言戰者毋謂必勝,當思不勝更有何策。且海濱株守,我撤防而彼至,我兵至而彼退,又將何如?此言戰之難也。言款者當知夷情無厭,當思如何而後安受吾款,如何而吾中國不被其害。此言款之難也。廟堂鉅公正得難題目耳。胡中丞奪情而出,將率兵援都將軍。聞俄夷至京,理藩院掌印郎中派皂吏察伺,兼爲料理食物。皂吏以俄夷桀驁,願革役而不願役於夷。掌印乃回堂,改派四司員,伺俄夷之出而尾其後,亦莫敢阻其所之也。此皂吏可謂佼佼者矣。

禮部議宋臣陸秀夫從祀疏●爲遵旨議奏事。禮科鈔出江蘇巡撫趙德轍等題請宋儒陸秀夫從祀文廟一疏。奉旨,該部議奏,欽此。查原題内,稱陸丞相秀夫,精研性理,素篤忠貞。初辟幕僚,已著澄清之志;繼登樞密,益彰輔弼之才。進講書《大學》十章,無間軍旅;正譌《跋孝經》一册,有裨儒林。可寄命,可託孤,不可奪節;能正心,能誠意,即能致身。洵堪羽翼聖經,佐持名教;允宜追蹤信國,從祀黌宫等語。臣等伏讀道光九年宣宗成皇帝上諭:先儒升祔學宫,祀典至鉅,必其人學術精純,經綸卓越,方可俎豆馨香,用昭崇報。欽此,欽遵,在案。兹查陸秀夫,仕宋歷官端明殿大學士,至左丞相。其在李庭芝幕府時,沈静寡言,不求希合,雖雍容樽俎,亦終日矜莊。此則敬以直内,義以方外之學也。其時君臣播越海濱,庶事疏闊,秀夫儼然正笏,無異治朝。或時在行中,淒然泣下,左右莫不悲慟。此則事君盡禮,誠能動物之理也。匆遽流離之中,猶日書《大學章句》以勸講,此則引君當道,必至于仁之義也。生平著述,原題内稱有《跋孝經刊誤》一册,本傳内載有《二王記事》一書。遷徙之餘,簡編半佚,然見諸實事,不必更藉空言。崎嶇兵燹之間,事皆與聖賢相吻合。揆之聖訓所云"學術精純"者,蓋無愧矣。當益王之時,正群臣欲散之日,秀夫正名定位,擁立衛王,此則西蜀有君,仍存漢鼎,東周應器，尚繫姬宗，以灰燼之偏安，昭春秋之大統。藐孫猶在，望墜緒之僅延；一旅可乘，冀中興之有日。宋祚之不絕，賴有數年。迨至力屈勢窮，負王入海，矢死靡他，既不使其君貽北狩之羞，又不忍其君作降王之長。主持國是，績炳日星，功未成而事皆不朽。揆之聖訓所云"經綸卓越"者，亦無忝矣。稽其學術如彼，經綸如此，即使聖人復起，亦許進之門牆。況以聖世教忠，自當隆其俎豆。謹照道光二十三年奉旨准以宋臣文天祥從祀之典，應如該撫所請，准陸秀夫從祀文廟，位在文天祥之次。所有臣等遵議緣由，是否有當，謹奏。

二十九日，晴。閲邸鈔。貴州鎮遠之難，署知府吴登甲，署知縣張准，鎮甯州知州段志伸，署府經歷張炳，訓道陳嘉霖，巡檢周瀛，從九黎允中、李廷瑜，從九銜楊春圃、張必榮，外委羅先，七品軍功方廷槐、吴占元、陳洪興死之。吴登甲妾陳氏與其二女，及其兄之妾鄧氏，使女二人，僕婦于氏、周氏，家人孫義、王福、田祥；張准家人洪林、周陞、李榮、魏貴、張炳，妻包氏與其二子；署典吏吴延曾妾彭氏，使女二人，家人胡林、周福；委員李振荃之庶母王氏，妻吴氏，弟李益荃、李復荃，妹二人，子李森，家人孫洪、單貴；段志伸家人張玉、皮貴、徐升；陳嘉霖、黎允中家屬，同時遇害。詔從優旌恤。聞章子和言，孝提督喪之至省城，巡撫不使入城，又不率屬迎其喪。學政鮑君獨出城迎而哭之痛，省城父老出奠於道旁者無不涕下。鮑君輓聯云："功未成功已非常，仗隻身保障黔疆，魂魄竟何歸，猶想見勇冠三軍，威宣百戰；死雖激死亦不朽，了一片孤忠丹悃，重輕姑勿論，且博得婦孺隕涕，父老含悲。"鮑君之激詞，人有同心，巡撫者直全無心肝也。本日迎春，向來迎春皆先立春一日，今年緣除日、元日不得暇，遂先三日，轉合於古。

三十日，晴。檢點今歲所學，未有大進，日月易逝，名業罔成，泛泛悠悠，良可慨惜耳。作寄陳抱潛、陶惺吾、毛煦初、夏階平、岳莘農、吕九霞書。

（袁媛整理）

第十五册　趨庭録(咸豐九年正月)

趨庭録

【咸豐九年正月】

咸豐九年,歲在屠維協洽,正月元日壬申。五鼓起,隨堂上祀先。集《易林》語爲桃符,云:“景風升上年茂歲熟,和氣所居喜至慶來。”是日晴和。子和以除夕感懷詩來。

元旦試筆

虔供先祀侍高堂,紅燭輝騰繞屋光。白髮雙親垂笑看,啞啞學拜也成行。

老人盛服入朝端,萬壽宫前氣象寬。一點救民好心思,君門迢遞曉風寒。(時釐政興,家君力争不得。)

爆竹烘烘萬户喧,一聲震動入雲煙。似將無限嗷鴻語,呼籲從兹到九天。

初二日,晴。復夏階平親家書,交子和帶去。是日立春。

初三日,陰。閲邸鈔。以李續賓之敗,逮總兵李續燾等治之。

西齋課讀圖贊(敬代家大人課)

鏡秋大令幼隨橋府贈翁之山西。贈翁佐俞岱青學使校試,卒於大同。鏡秋幕而官,三十年未嘗去晋。新令幕游者不得官其地,鏡秋始愀然以去。乞余爲《西齋課讀圖》志其慨。西齋者,學使試院之西偏,鏡秋隨贈翁讀書處也。圖成,並系以贊。

懷文詞美,傳師議敷。不鳴閟鳳,乃瞻屋烏。載辭越水,鼻祖汾隅。約也孤賤,乾蔭早彫。滅油默誦,參幕聲超。奉檄懷親,林木蕭蕭。太行白雲,瞻望冥漠。駒隙馳光,魚銜蠹索。丹青式傳,孝思永託。

初四日,晴。送子和行。良朋偶聚,相逢又别,歸至書齋,不覺涕下。

身世之感係焉,不獨惜别。

初五日,晴。章石泉刺史京師引覲歸,言俄夷事,令人頭髮上指。

題沈鏡秋《西齋課讀圖》,調寄西地錦

卅載年華飄疾,感歎成蕭瑟,白雲眇眇太行巔。攬轡將安出?提起髫齡佔畢,無限事、增伊鬱,披圖展拜定泫然,似西齋當日。

初六、初七日,晴。閲邸鈔。知府銜署酉陽州李漸鴻、知府銜越巂同知凌樹棠均照升銜議恤,恤死事也。知府儘先知州苗沛霖賞噶爾薩巴圖魯名號,其部下得官戴羽者數十人,賞有功也。河南回竄捻匪過安徽,太和知縣侯樞臣敗之棗林莊蔡家廟,又敗之淝河口,斬捻首劉寅、李光勤,詔以太和無一旅之師,竟能激厲團練併力擊賊,録樞臣功,擢同知,賞花翎,並詔查紳民練勇請獎。已革大學士柏葰解交刑部,自金吾始逮法司,又請刑訊副主考程庭桂,承審官爲怡親王、鄭親王、陳孚恩。閲邸鈔。瑞麟授大學[士],管禮部事務。

初八至初十,晴。桑白齋年丈過王湖驛。家君往爲竟夕之談,言及滇黔事,頗爲慨然。

十一至十三日,晴。十一日,致書夏階平親家,言婚期。閲邸鈔。萬壽特開恩科。景劍泉編修督學陜西。

贈通奉大夫直隸候補直隸州知州喬公墓志銘

公諱邦哲,初名溥,後易今名,乃字溥泉。山西徐溝人。曾大父國興,監生,考授縣丞。大父玠,縣學生員。父人傑,湖北按察使。公,按察第五子也。按察既没,公與同母兄邦憲方幼,依母朱太夫人居京師。家貧,就史館傭書。叙功得府經歷,分直隸,權清苑縣丞、冀州州判,除滄州吏目。道光二十三年,海事起,積功擢大城縣知縣,移寧河縣,遷通州知州。左遷,引見,復原官,權滄州知州、海防同知,除延慶州。時有寧河巡檢許令事,語連公,解職聽勘。事白,再復原官,再權海防同知。咸豐三年,粤賊北竄,以防禦功,進直隸州知州,賜藍翎。七年,奉檄天津,佐治海事。夷船退,而公病。上官謂夷船明年且復來,留公養疴天津待之。八年正月,夷船未至而公卒。

公自爲尉、官刺史,與海事相終始。總督琦善之備夷天津也,遣公出海偵夷,得實歸報。又遣往夷船傳語,再往。察總督專意款撫,

遂謝不能,乃改遣武人白含章。後總督被譴,白至逮問,人始服公先見。嘗以意制水雷炸礮,會粤東亦進水雷火器,詔試之天津海上。所制遠勝粤器,總督大喜,令制數百具置大沽協營。然始終言款,率未一用。公之卒也,以留辦海事。卒未久,而夷船果復至,當事者不能當,上意更遣重臣治之上海。如公尚在,官不過丞牧,所設施未可知,然以公往日事觀之,其毅然有所不爲者無疑也。

公爲人性伉爽,意所不可,雖上官乃叱折之無所畏。然惡衣粗食,習勞苦,受託急難,不避艱險。[①] 方率勇防賊,時聚列曠野,大雪深數尺,間日得一粥,與卒伍更番遠哨,意氣彌勵。其出海,則飄風烈日,浮小舟驚濤巨浪中,酷暑毒濕,侵入肌骨。若是者數矣,卒以海風致疾死。

死後,總督、布政使議爲請恤於朝,會皆罷去,不果。年六十二。夫人蘇氏先卒,繼室李夫人。子松年,蘇夫人出,江蘇常鎮通海道。初,公以松年爲兄後,及李夫人所生子夭,松年遂祧兩宗。公卒後,請於朝,以松年官,贈公通奉大夫。某年月日,歸,祔葬公及蘇夫人於某鄉某原先塋之次。具狀來請銘。公自滄州尉有廉直聲,及爲牧令,所治皆繁劇濱海之地,治迹多可傳,略不著,著其大者。銘曰:

時不逢,心則雄。任不隆,名則豐。不阿不撓慊其風,不變其初於其終,是宜有後昌其宗。

十四日,晴。得陳用皆書,以軍功保知縣、五品藍翎。吾鄉正月初九謂之上九。按王棠《知新録》云:“方秋崖詩‘上七日爲人,雲蒸潤壑春’,‘上七’二字吾郡人日稱之,見詩者獨此。吾郡正月初九謂之‘上九’。古樂府云‘初七及下九,嬉戲莫相忘’,可知‘上九’字當亦有來歷。”棠豐山人所記如此,是上九之稱,不獨吾鄉爲然。

十五日,風。酉戌刻月食十七分。燈火稍減於往年,官民尚有畏天之意。秦兒瘄,服連翹消毒飲,兼人參、當歸,助其正氣。瑜女喉癰頗急,投以涼散之劑。家君診脈,謂是格陽之症,服鎮陰煎,晚鍼刺出膿血,始少解,仍以荆芥殭蠶嗽之。大小便不利,用蒜兩瓣,青鹽五錢,梔

① 以下原稿墨筆删去“凡人世可危之境,人所不能堪、不敢往者,輒疾趨之。若馬蹶車僨船破,皆屢經,終無所畏”數句。

子三錢，木通五錢，研末敷臍上，乃得通利。去冬無雪，故今春瘟氣特甚也。

十六日，晴。瑜女喉癰愈，秦兒瘡膿透矣。聞黔省飛章六百里加緊，連過同渦騆而去，殊堪驚。系捻匪張樂行據三河尖，又犯河南固始之七里河。袁太僕以督師無功，詔解兵柄入都，其子袁保恒亦内召。太僕向有膽氣，初在鳳潁得士心，追罷官再起，保恒用事，頗失人望，又與將帥畺吏不協。上謂其是己非人，切中其病矣。

十七日，晴。家君察貪吏，密揭巡撫，巡撫飭布政使查辦。是夜有燈。案《七修類稿》，三夜放燈起自唐玄宗，謂"天官好樂，地官好人，水官好燈"，上元乃三官下降之日。宋乾德五年增十七、十八。江鄰幾《雜記》："京師放燈三夕，錢氏納土，進錢買兩夜。今十七、十八燈因錢而起。"

十八日至廿五日，連日檢書，共二十一箱，竹簍二。檢點行裝，料理鐵兒姻事所需物事。廿四日，得唐鄂生書，附莫子偲五丈書，言纂集名臣言行，並寄鄉先輩朱副憲、李恭勤傳志，甚可感也。閲邸鈔。彭端揆請查舉孝廉用舉優貢法，秩同舉人，爲萬壽恩科。用兵省分仍不能舉行鄉試，而察舉之法可兼及耳，亦收拾人心之一端也。疏别存。

廿六、七日，檢行裝。

潞河紀程

長兒國賓聘夏階平同年女。階平奉命觀察閩中，將卸坐糧廳監督事，以書來告。嚴君念世事艱難，山川悠阻，閩中去晋七千餘里，一朝遠適，迎娶維難，遂令余携國賓就婚通州。國賓年十七，夏氏女年十八，考之於古，嫁娶太早，而時事所迫，禮貴權宜，亦足徵世變也。井陘道，余兒時從慈親兩過，今猶記憶，恍惚如温舊書，逐日所經略記如左。

咸豐九年正月廿八日，携國賓拜别雙親。時慈親足疾未痊，寒嗽猶劇。兩小兒女患時毒瘡甚重。匆遽遠行，高堂倚門泣下，叮屬歸期，游子心何以安耶？出南門，十里，狄邨，梁公故里。梁公過并州時，遥望太行山，曰"白雲下，吾親所居也"，徘徊久之乃去。念及此，彌用悵然。廿里，太原縣之趙邨，即使趙南堡。十里，甎井堡。二堡皆明嘉靖時築，今趙堡尚有舊基,甎井無復垣址,寥寥數家而已。十里,鳴謙驛,宿。甎井、鳴謙皆榆次境,春秋石言晋魏榆即此,戰國屬趙,曰榆次,漢始置榆次縣。是日大風,塵沙蔽天,甫出城,從行諸人皆如土偶矣。

鷓鴣天

莽莽風沙蕩作團,惱人情緒太無端。小時行處今猶識,踏破芒鞋幾十年。　憶白髪,送門前,丁寧去後那時還。爺娘各有思兒淚,相慰中庭不忍彈。

廿九日,早行,清寒徹骨。五里,劉橋。十五里,龍白堡,堡中多康姓,蓋富族也。十里,三岔汛,自秦入燕之路會於此,故名。十里,什貼鎮,中火。十里,瓦子坪,入壽陽縣界。十里,要羅鎮,山行詰屈,幾於車輪爲摧矣。以圖經考之,或當即是渦山。下坡十里,太安驛。驛旁有石亭,刻韓昌黎絶句云:"風光纔動别長安,及到邊城特地寒。不見園桃兼囿杏,馬前惟有月團團。"公奉使諭王庭湊時作也。道旁巨石峭立,雍正中知縣銘曰"立峰"。過太安,涉水凡七,即同過水,自樂平、壽陽至此合流,而入榆次。《魏書·地形志》:"同過水,一出木瓜嶺,一出沾嶺,一出大廉山,一出原過祠下,四水合道,故曰同過。"《水經注》作"洞渦",對音字耳。今陽曲有同戈驛,訛"過"爲"戈",則無意義矣。王漁洋謂是徐溝同戈邨,唐高祖起兵處。十里,清平鎮,宿。入壽陽界後,田野闢治,有荷鍤者,沃土之民信不如瘠土也。

三十日,早行,晴日無風,塵沙不起。行河灘中。二十里,黄門鎮,陶文毅公謂即古狄那邨。按《一統志》云:"大安郡首領狄那縣,今有大安鎮及狄那寨,在縣西南。"陶説是也。十里,壽陽縣,陶記謂是春秋晋馬首邑,魏獻子使韓固爲馬首大夫是也。按《元和志》:馬首城在縣東十五里。《縣志》:今爲馬首邨。壽陽西門外所涉即壽水,合黑水入洞渦水。二十里,七嶺,俗名土西嶺,中火。層級而下五里,芹泉驛。芹泉有二源,出鵶兒峪者曰南芹泉,出太平峪者曰北芹泉,合流名太平河,入平定,曰桃河,《水經注》所謂"綿蔓水,上承桃水,流至井陘關"者。出芹泉,即平定界。復層級而下,亂石歷落,車顛簸,時防摧折。輪鐵與石相擊,時時有火星迸出。王、陶皆奉使乘肩輿,未歷此苦,故記中皆不及也。二十里,張净鎮。十里,側石驛。十五里,新興堡,宿。道中雖極崎嶇,然芹泉水瀌瀌,自石罅流入冰下,清越可聽。芹泉碧霞宫對面坡坨,松林鬱然,新興桃林，雖未作花，俟予歸時當開遍矣，亦快心事。

【咸豐九年二月】

二月初一日。早行。十里，賽魚，古受州城地。十里，平潭。《城冢記》:平潭故城，世傳趙簡子所築。舊有驛，今廢。十里，義井，中火。五里，黑沙嶺，亦名黑煞嶺，俗所謂南天門山也。山半雙林寺，高臺宏敞，松林蔚然，延佇久之，心神俱曠。予四歲隨母入晋，十三歲家君官京師，復隨母出晋。四歲時隨母步行至石坊下少憩，其況猶歷歷在目也。山勢雖高，尚不及黔蜀十分之一。予與鐵兒覓驢騎之，差免顛簸之苦。五里，平定州城。城中有湧雲樓，遺山詩所謂"莫笑山城如斗大，他州誰有湧雲樓"也。十里，壍石鋪。十里，西郊鋪。十里，石門，石潤而峭，山半有齊天保六年趙郡李文静公憲、李文簡公希宗造像摩崖記，燕州釋仙書，銘詞古艷，字體整秀，已開唐人風氣。旁有周長壽三年郝氏兄弟造像記，字亦秀逸。記言石艾縣、石艾鄉、榆交郕，可爲談輿地者添一左證。寺中三角石峭立，高數丈，淺俗人鐫詩其上，此石受汙矣。十里，橋頭，宿。作家書，慰兩親倚閭之望。

登南天門山(即黑沙嶺)

頻年局促不看山，顏汙眼濁神都頑。昨過要羅小坡耳，陡覺峥嶸方寸起。行行策蹇來天門，去天咫尺天可捫。禪關松徑窈幽翠，高臺悲風颯然至。崎嶇詰曲僕馬疲，第一峰頭能幾時。仰首問天天不語，低頭插脚塵中去。

初二日。出橋頭。十里，柏井驛。柏井，《宋史》《金史》皆作"百井"。石級高徑尺，石子如斗大，車行顛蕩，能令繩結自解。過柏井七里，八里橋徑，俗所謂西天門者，小坡耳。道亦修治，面覆石板，車輪環轉甚易，不爲險也。過此俗所謂閻王臺、小鬼殿者，不過極言其險。王、陶兩記皆言沿溪行，謂夏秋時也，今則皆涸，即甘桃河亦不見涓滴。二十二里，槐水鋪，時時有覆車折軸之虞，道狹處僅容一車，信可守也。中火後仍覓驢騎之。七里，固關，本平定州地，直隸借地設營。重巖疊嶂，峭壁摩天，危樓雉堞，横亘山麓，達於山顛。三里，舊關，即故關，昔人置關處。自東視之，則舊關爲險，自西視之，則今固關爲勝矣。固關參將所轄，關口凡三十有六，其責至重，今則勒索商賈而已。予立馬關門候查，見商人大呼

"我已費錢,可行矣",守關者顧余似有難色,曰"且往"。其平日爲暴可知。五里,固關鎮,過俗所謂北天門山。十里,核桃園,入直隸界。五里,龍窩寺,石壁峭立,山脈回結,如水之有旋,故以窩名耳。十里,板橋,宿。是日晴,入井陘界,河冰解,麥苗青。氣候之不同如此。

初三日。出板橋,十里至井陘縣。綿水繞城而流,清澈見底,源出山西平定州,東流入境,合甘淘河後又名冶河,東北徑平山縣境入滹沱河。陳餘聚兵井陘口,當在縣東。固關則李佐車所謂"井陘之道,車不得方軌、騎不得成列者"也。韓信背水而陣,即背此綿水。今以獲鹿之土門鎮爲井陘口,則所謂背水者不能確指其地矣。十五里,張郵,行綿水旁,石岩上石欄修整,俯臨清流,對岸山光晴麗,麥隴摇青,頗怡心目。五里,横口。五里,長生口,復行河岸,有嘉慶中州人張鉞所撰碑文。五里,微水鋪,中火。一名洪水源,出平定州之樂平鄉,入甘淘河。十里,白石嶺,俗謂東天門。二十里,下安鋪。五里,土門。杜詩"土門壁甚堅",蘇詩"谽谺土門口,突兀太行頂",《元和郡縣志》謂即古井陘口。余以《淮陰列傳》考之,井陘口當在今井陘縣治,自固關至土門口統名陘山,太行八陘之第五陘也。土門山勢壁立環抱,亦云險要。五里,至獲鹿縣,宿。出山矣,作家書。是日午後大風,揚沙蔽日。

初四日。早發獲鹿。二十五里,趙陵鋪,趙佗先冢也。佗,正定人,漢文帝爲其先人置守冢。《舊志》:"趙王冢在趙陵鋪東,大冢六,小冢二十三。"過此五里,即正定界,遥望郡城,如在咫尺。繞越滹沱河橋,遂二十餘里,始至郡城。滹沱即《禮記》所謂"惡池",源出山西代州繁峙縣太戲山,由平定州盂縣流入,逕平山縣北流入縣南。《古今注》:"後漢永平十年作常山滹[沱河]蒲吾渠,通漕。"《元史・河渠志》:"延祐七年,正定路言正定縣城南滹沱河其源本微,與冶河不相通,後二水和,其勢遂猛,屢壞大堤。本路達魯花赤哈散於至元三十年引闢治河,自作一流,滹沱河水十退三四。至大元年,冶河口塞,復入滹沱。"《明一統志》:"成化八年,由正定出晋州紫城口,南入寧晋泊。十三年大水,堤潰,逼府城西南隅。知府田濟修築郡西北曹馬口,又於舊河數里外鑿新河十餘里,分殺其流,復築隄以禦舊河之水,於是水有所歸。正德十三年,晋州紫城口淤,分爲二,一仍由寧晋泊,一東溢,由束鹿鴉兒河入深州界,乃就涅槃集迤東築隄障,東溢之水歸寧晋故道。工甫畢,秋水泛漲,仍併南流而東,入東鹿界。嘉靖十一年,太僕卿何棟桐視奏言晋州地形東下,水性趨下,遂失故道,議於藁城張邨起至晋州故壩築隄障歸故道,不果。"《大清一統志》:"順治十二年,水南徙,由藁城南彭邨徑晋州西南州頭邨,入東鹿縣百尺口,至冀州歸清水河。今在平山縣北八里,靈壽縣南五里,正定縣南八里,繞藁城縣北,過晋州西南,達東鹿縣。《通志》:雍正三年,滹沱河又東徙,決州頭邨,直衝東鹿,環城而流,瀰漫四野。時官民咸請障歸故道,仍入寧晋泊。怡賢親王以泊乃三郡衆(入)[水]匯歸之地,不可復令濁流淤塞,乃親行相度,得舊河一道,由木邱南至焦岡入滏陽河,遂遣官疏濬,導水由此南流。又於州頭邨築壩障其東下,自是東流無衝潰之虞,泊水亦免淤填之患。"郡城倚河,周二十四里,本唐宋故址,明及本朝因之重修。咸豐三年粤賊北犯,吾鄉周君灝宰正定,賊憚之不敢犯,繞河趨深州。周君竟緣杖一兵罷官,正定人德之,爲建生祠云。城内浮屠極多,大佛寺尤著,隋開皇六年建,本名龍藏寺,一名龍興寺,又名隆興寺,内有隋張公禮《龍藏寺碑》。中有大悲閣,後毁,宋開寶中於寺北重建,閣中有太祖像及元趙孟頫《本命長生碑》。後有天寧閣,九間五層,高十三丈,中有銅佛像,高七丈三尺。本朝康熙四十八年重修,御製碑文以紀。寺内御書榜額凡十有九,乾隆、嘉慶中復發帑修葺。由北關達南關,十里,中火。後四十五里,至伏城驛,宿,藁城縣之新城鎮也。是日,早晴,晚陰。

初五日。行二十五里,入新樂界,過浮橋,即木刀溝。《元和志》:"木刀溝在新樂縣東南二十四里,溝旁人姓木名刀,因名。"《明一統志》:"新樂縣西三十五里,接行唐縣,地卑下,行唐諸山水匯於此,南流爲柨河,至縣西二十里長林橋,會関泉水。又南折東經縣南三汊河口,合浴河水,又東南入無極縣界。此木刀故道也。明萬曆中知縣趙璿嘗濬之,因名趙澤河。"本朝順治中知縣林華皖重濬,又名林河,今俗訛爲牧道溝。其下流已湮,餘水與沙河相通。二十四里,過沙河水浮橋。《一統志》:"派河即沙河,自山西繁峙縣流入,逕阜平縣南,又東歷曲陽,逕行唐縣東,又東南逕新樂縣,東過定州界,至祁州,合滋河。魏主珪進軍新市,慕容麟退阻派水,郭子儀擊史思明敗之沙河,范成大《北使録》'自正定府七十里,過沙河,至新樂',即此水也。"一里,新樂縣城。新樂本西樂。漢成帝時,中山孝王爲其母作樓閣於此,名西樂里,後訛"西"爲"新"也。廿里,入定州。十里,明月店,中火。三十里,定州西關,宿。古中山國(《一統志》:"中山即城内土阜,今鐘鼓樓。")、慕容垂都此,唐宋皆爲重鎮。城周二十六里,有奇壕,廣十丈,亦舊址也。是日晴,所行路多沙少泥,車行頗滯。州城内閲古堂、養真亭,漁洋出使經過時訪之已不可得。東坡雪浪齋在州學内,陳香泉官深澤時,摩《雪浪齋銘》刻之,余昔在劉子重家見搨本。連日詢米糧價,甚賤,咸云丁巳蝗災,戊午豐收,約有八成。

初六日。發定州。十里,過唐河浮橋,即滱水,今俗名木河。《水經注》:"滱水,又東經唐縣故城,南唐水注之,自下通,得唐川之兼稱。"西望曲陽縣,嘉山聳拔雲表,蜿蜒數里。廿里,清風店,入望都縣界。三十里,望都縣東關,中火。縣南門外水曰清泉,一曰清水河,源出縣西南一里,東北流入隍,經南門,又東流三里與灞龍河合,東入清苑界,曰界河,流經縣七十里與方順河合。灞龍河,即古博水也。望都名縣始於漢,即戰國趙慶都邑,後代或名望都,或名慶都。本朝因明舊名慶都,今改名望都。東關有帝堯廟,堯母陵在城中,丹朱墓在東門外。中火後行三十里,至方順橋,宿。大道漸已化凍,遲數日則不可行,須繞道矣。《水經注》:"博水出望都,逕縣故城南,潛入地下,又東南重源湧發。"又云:"博水經陽城縣,散爲澤渚,渚水瀦漲方數里。"《元和志》:"陽城故城在望都縣東南七里,今名陽城淀,周迴三十里。"蓋望都地本汙下,又水脈所經,故道常有水,不可行也。方順橋屬滿城縣,外舅陶翁舊治也,頌聲猶在民間,於其去任二十年矣。橋建於隋開皇中,《志》稱其石欄修整,今半傾圮,寺僧真明者募貲重修,當未舉工。方順河自完縣發源,曰祁,流逕滿城,爲方順河。又東至清苑,曰石橋河,與清苑河合,即古濡水。《漢書·地理志》"曲逆縣"注,張晏曰:"濡水於城北曲而西流,故曰曲逆,因其名不美,故改曲爲方、改逆爲順耳。"《一統志》:"今方順河上流有二派,一在完縣,流逕縣東,一在完縣西,流經縣南,至縣東南會爲一。在北者即古蒲水。在西者有五雲、石臼二泉合流而東,蓋即古濡水之源。石臼泉即古蘇水也。古濡水有二,方順河爲南濡,其北濡即北易,在今易州界,下流爲定興縣之沙河。《明統志》混而爲一,誤。"明月清風,方順橋白河皆多土娼,王刺史榕吉治定州有聲。明月清風不用一錢買矣,驅流娼即所以清窩盜,孰謂此爲迂見乎?

野　望

策馬平沙際,風光二月春。遠煙明似水,孤樹立如人。空對寒山色,長驅落日塵。半生羈旅慣,炊飯識勞薪。

初七日,五鼓行。十五里,陘陽驛。二十里,大吉店,入清苑界。二十五里,至保定府。清苑縣城西關,中火。縣以滿城之清苑河得名,源出一畝、雞距二泉,東南流,繞府城南,又東與方順河合,古之盧水。過大吉店,所經數橋下涓涓細流,即此水也。有西閘、東上閘、東下閘,啓閉蓄洩。天津賈舶直抵南城下焦家莊一帶,非車道所經。西關外張忠烈祠,祀明光禄少卿張羅彦兄弟,同守清苑城,因李建泰賺城應賊,城陷死難,事詳王、陶兩記。二十五里,曹河,道旁有慈航寺、方恪敏公祠。方微時流寓寺中,後總督直隸,遂大其寺。寺内盤松一株,蜿蜒屈曲,護以朱欄。禪室頗精潔。曹河一名漕河。《水經注》:"曹水出西北朔寧縣曹河澤,東南流,左合岐山之水,又東南逕北新城縣故城南,又東入於徐水。"《高陽記》:"漕水出釜山南,東流逕羊角淀,北新城西有伏龍泉入焉。"《安州志》:"曹河自安肅之高橋邨,至城西李家莊三十餘里,每遇水溢,漫澇民田,因築長堤二,束水使東入依城河。"按,依城河即今安肅城外河也。二十五里,安肅縣,宿。是日,早大風揚塵,奇寒徹骨,午稍晴和。柳黄麥緑,春色撩人,西望易州諸山,若隱若現,時起時伏,已而夕陽西下,平野蒼煙,戴星登車,上鐙入店,風景屢易,得詩遂多。

車　塵

南箕揚埃壓車斗,眼不得開沙滿口。以被蒙頭縮兩手,如聞隱隱春雷吼。波濤掀翻蛟龍走,平生涉歷江湖久。飄泊東西復何有,衹疑浩蕩臨天牖。白雲爲徒風作友,取月置懷星掛肘。不然亦當置身太華峨眉首,豈知仍逐車塵後。

謁方恪敏祠

憶昔純皇帝,人才際盛時。百年餘德澤,萬口尚歌思。流寓嗟蓬累,尊榮秉節麾。河聲松色裏,墮淚讀遺碑。

春　色

麥苗舒緑柳梢黄,冉冉晴光趁夕陽。争似吾鄉春色早,山村無處不花香。

雁 字

纔聞歸雁路迢迢，又見長征北塞遥。萬里雲程來往熟，數行文字幾層抛。

初八日。三十五里，入定興界。又五里，固邨。三十里，北河鋪，中火。北河即淶水，逕定興縣，至縣南，名白溝河。以宋遼分界，又名界河，即九河中之巨馬河也，俗名爲北河。過大溝邨浮橋，向東北行(進京驛路在西北。)三十里，交河鋪。宋何承矩闢斗門，興水利，所謂斗門河(其水南入白溝河。)也。十里，過城河橋，至新城縣北關，宿。《一統志》:“紫泉河在新城縣西，源出縣西北十五里龍堂邨，有泉數派，合而爲一。舊南流繞縣入高橋窪，今改入琉璃河。明胡廣《過新城詩》‘南接(雄州)[新城]北涿州，紫泉出郭向西流’，即此。”縣中去煤山遠，居民多事樵採，邨鋪林木茂密。雖尚未舒葉，而生趣盎然，非復冬樹之枯寂。過此河後，道坦無沙，惜余病酒，輾轉車茵，不得快意瞻眺。到城下，逢縣令騶從前呼，市人指而目之曰:“此固京師酒肆跑堂者也。”是日，早晴晚陰，微寒。

車上口占示國賓

養得源頭盎盎春，埽除浮氣等沙塵。常將山水淘吾性，多歷風霜鍊此身。心本似輪應利轉，學原如路孰知津。眼横平野天懷闊，經過艱難始是真。

過平定懷亡友張石洲(補録)

補魏收書證《水經》，遺編殘簡半飄零。看書早入瑯嬛地，問字曾勞鍜瓴亭。文讌追陪思往日，故人寥落數晨星。顧祠松色今何似，惆悵天門草色青。

初九日。東北行十八里，薛家營。五里，永固橋，一名新橋。自河西循河而北者，爲平定橋，亦至固安大道。河即易水，俗名鮑河，一名雹河，經新城合白溝、范陽諸水，經雄縣、保定縣、霸州、文安縣界，至天津三角淀入海。新橋下小舟環集，即由清苑達津之賈舶也。風物清美，頗似南方。三十里，史閣莊，中火。二十五里，固安縣北關，宿。縣令李君有賢聲。若新城令者，邨人皆呼爲楊掌櫃，民望可知矣。何君蘭馨前爲新城令，禁賭博、緝盜賊、結詞訟，民至今猶懷思之。是日，早陰，晚微雨數點。聞渾河水漲，明日過渡頗艱。渾河故道，舊自固安分流入新城東，即自新橋至史閣莊所經沙道也。《一統志》:“康熙三十七年，永定河功成，不復入縣境。"今土人云渾水甚溢,則浸灌清河,平定橋須拆,而新橋一帶亦沙淤矣。

初十日。發固安。五里,新南莊,渡永定河。按《一統志》:"渾河,舊自宛平縣東流,經大興縣南,至東安、武清,入白河,即桑乾故道也。元時,自宛平分流爲二。後舊渠湮塞,其南出者,永樂後改西南流,經固安新城、雄縣至霸州,嘉靖初徙於固安縣北十餘里,東流入永清縣界,經霸州東北境,達信安入海。萬曆中又徙固安縣西十餘里,尋徙城南,泛溢固安、永清之境,後又徙固安之北。本朝順治十一年復改流縣西,與清水合流,南入新城縣境,至霸州城南,溢爲巨浸。我聖祖軫念郊圻,周覽河道,以河流無定,皆由上流淤塞,南趨保定與諸水會合,勢不能容,自致泛溢。康熙三十七年,特命撫臣于成龍等疏濬,起良鄉之張客莊至東安之郎城河,重開一道,遷流於東,由固安、永清之北引流直出柳岔口、三角淀,達於西沽,築長堤捍之。賜名永定河,設分司管理。三十年來河無遷徙,而下流之入淀者積漸填淤。雍正四年,怡賢親王遵旨於郭家務開渠七十里,改河東行;又開下流長淘河三十餘里,引渾河之水,遶王慶坨東北,入三角淀;自柳岔口至韓家村三十餘里,築堤以防其衝;改永定分司爲道員,專司修濬。由是渾河下流不復南注清河,沿河州縣永慶安瀾矣。"過河向東北行(向北爲東南諸行省進京驛道)十里,宛平縣屬之南各莊,中火。直隸村莊多以"各"名,方志或作"各",或作"閣",或作"哥",土音無定字也。自河隄至南各莊皆沙,是咸豐三年決口所淤。其過南各莊東北數里復有沙,則嘉慶中決口處也。二十五里,大興縣屬之禮賢鎮,市集頗豐,縣丞分駐於此。是日過渡,值水漲初退,渡夫索貲,給以錢七百,全河灘復延擱不上船,將鳴之官,乃得渡。顧視商賈貨車有費錢三四千者,有費錢一二千者,負戴之人亦非數百錢不得濟。有自五鼓守至日中不得渡者,有驅車而返迂道他渡者。余過黄河諸渡,向稱横索,未有若此渡之甚者。昔年兩過此渡,亦未有如今日之甚者。聞縣署每歲索渡船規費錢貳百千,李君號爲賢令,此蓋其家人差役所爲也,然行旅窘苦矣。昔年有錢君者(不知其名)令正定,知滹沱河渡夫之横,兩岸各懸牌"每渡夫給錢叁拾而止",有横索者許其喊告。又恐行客趕程,不能至縣,特設印花瓦片懸兩岸,五日一换,示諭行客但將瓦片擊碎一片,查驗時即知是渡夫横索,行旅便之,視今固安何如也?是日晴,風大而不寒,夜,月色甚佳。聞通州一帶初九日雨,故土皆含潤。

十一日。五十里,至通州屬馬駒橋,中火。南苑水源二,北源爲團河,其南源出苑牆,合右安門外之鳳泉,至馬駒而漫流奔駛。明舊有橋,久圮,乾隆三十八年重修,橋上碧霞宫,亦奉詔修葺者,有御製《馬駒橋落成碑記》、《碧霞宫落成碑記》、御製詩碑。碧霞元君祀,泰山岱宗秩祀,伊古所崇,而廟稱則出道書,當以東方色碧而坤元資生,故名耳。出馬駒,道中隱隱見天寧寺塔,湧桐林間。三十五里,至通州牛市,通達店。

十二日。晤階平及其令子厚存,飯李藻舟太守署。多年舊雨,快然相逢。送聘儀至階平家。

十三日。階平喬梓以程期過促,余歷陳悃款,乃定以三月三日率新郎新婦起行。晚過藻舟談。

十四日。入京城,行至雙橋,聞柏桐及(普)[浦]安、羅(洪)[鴻](墿)[繹]、李鶴齡昨日棄市,到城始知始末,案尚未結也。至沙土園,謁外舅劉寬夫先生,談論精爽猶昔,特足不能輕步耳。子重已改刑部,爲養親計,甚得。其諸郎皆長大矣,相别幾時,回憶增慨。晚子重拉飲酒肆。過馬介樵前輩家。到喬鶴儕年丈處,晤淑采夫人,始知鶴丈以初十日先行矣。十一兄尚未之皖,骨肉團聚,良慰。

十五日。過沙土園溝東舊居,林木猶存,牆户悉傾壞矣,喟然久之。至琉璃廠書肆,惟實文堂徐姓有宋槧《左傳》《儀禮》《荀子》《楚辭》《三禮圖》《咸淳臨安志》,皆精美。《左傳》有文衡山題字,《三禮圖》有錢牧齋題字,《咸淳臨安志》有傅王露題字,信可寶貴。訪梅夫人,送書數種,借消旅愁。有朝鮮李尚迪惠吉《恩誦堂集》,文體秀澤,詩亦雅。余尤喜其《秋懷》句云:“幽泉入夜琴心作,怒筍横秋劍氣來。詩境漸佳如噉蔗,道心無隱似聞花。”《示兼叟》句云:“大開酒户迎秋氣,高擁書城送夕陽。石亦與人同老醜,花因留客更芬芳。”《懷人》句云:“孤懷日暮頻澆酒,往事雲消一據梧。”可以想見其胸次也。至老君地,省亡室幼雲及先藴山兄權厝之墓。作家書。

十六日。游廠肆。入城,至吕祖閣。訪章子和。晤楊吉甫孝廉。過十一兄寓晚飯。晤彭禹賡孝廉。

十七日。重至老君地,視墓上土,並爲王益之父夢雄整理墓磚。先兄及亡室兩棺權厝又七年矣,不能歸葬,深用惘然。行年三十有七,上不能竭力以養雙親,下不能庇死婦,可哀可愧。子重借讀《瓶水齋詩集》。舒位字立人,又字鐵雲,大興人,嘉慶中孝廉。七言如《邯鄲道上作》"未熟黄粱唐小説,已埋青草趙叢臺";《豐臺即事》云"養花天氣紅簾卷,傍水人家緑鏡開";《松南草堂》云"蘿徑笛聲吹月坐,藤床秋色借雲眠";《遥夜》云"鐘魚遠近湖邊寺,鐙火高低水上樓";《書壯悔堂文集後》云"南部煙花歌伎扇,東林姓氏黨人碑";《玉鉤斜》云"十圍汴水餘殘柳,一畝雷塘有落花";《唐花》云"隔歲春愁行市上,當筵人影落杯中";《鷓鴣畫扇》云"湘人門巷當秋聽,越女衣裳恰畫看";《詠史》云"誰憐去國紀侯大,遂見登壇小白余";《歲暮歸舟》云"人到還家貧亦好,母皆愛子老尤賢";《雨夜懷唐稚川》云"折殘樂府水楊柳,啼殺澤家山鷓鴣";《出青駝寺喜晴》云"煙開古柳萬條碧,日出春山四面青。麥子田分高下岸,野花香鬧短長亭";《别張尚之》云"一夕秦觀逢把酒,三年韓綽記吹簫";《送人之秦淮》云"湖山青峭詩人壘,絲竹黄昏蕩婦樓";《與沈小如話舊》云"三生舊雨如流水,兩點春星各鬢絲","平生肯作彈棋局,回首難尋記事珠";《曉雨荆州渡江》云"潮打沙聲衝岸急,鳥飛山影隔江盤";《洪江洞庭宫作》云"神絃曲奏紅絲瑟,龍女花開白練裙";《吉祥寺弔甘尚書文焜》云"稱王莊蹻終無賴,殺妾張巡更有情。白練至今飛破寺,蠟丸空憶下孤城";《在興義作家書》云"自感將軍容揖客,浪傳夫婿覓封侯","萬竈貔貅前出塞,一床蝴蝶夜還家";《落花詩》云"珠玉九天殘咳唾,江湖滿地舊文章";《折梅》云"入懷自比前身月,彈指難忘昨夜星";皆名句也。他體佳者甚多,不暇録。鐵雲常隨王觀察朝梧治軍吾黔,故集中黔中有紀行之作及黔苗竹枝詞。今苗氛甚惡,集中所詠鎮遠、思州諸地皆陷於賊,讀竟不禁憮然。

十八日。用白侹拉赴茶園觀演雙奎部,真覺大千秋在肩頭也。飲東興居,同座者許七。

十九日。别寬翁外舅,返通州。在京買物,用銀易錢,數浮於京外■倍,而易銅制錢則同。蓋重票輕錢,重銅輕鐵,重制錢而輕大錢。雖奸商低昂其間,亦民情所趨,不可强耳。新令所布,中外一律,而行使則各處不同。京師内城,尚間搭鐵錢,南城則分文不用,所用皆銅大錢。每銀一兩,易錢票、京錢十四五千,謂之票錢。以票易錢,則每千增數貳百(京錢);以錢易票,則減數貳百(京錢。)皆大錢也。以大錢之票,準銅制錢,每千合京錢貳百,是仍與外間每兩銀易銅制錢千五百者同。凡買賣以是爲準,故大賈不苦,所苦者小販,以本微而價重,本微則不能周轉,價重則駭人聽聞也。富人用銀者不苦,所苦者細民,以所得皆大錢,不能以市之所賤而易貴耳。旗人尤苦,則所得大錢較多也。一餅動需當十錢一文,得之官者當十錢,用之市者僅值一及十分一之七。大興、宛平鄉間,銅大錢與制錢雜用,亦準京師算法,但無票而已。此外惟固安,銅大錢、制錢、鐵錢三者搭用,制錢四成,餘皆三成。别無用大錢者。保定銅、鐵各半,每銀一兩,易銅制錢與他處大略相同,易鐵錢則增數京錢五六百,用票則增數亦京錢二百。其弊與京師同,但不至如京師之甚耳。井陘三鐵七銅,獲鹿二成半鐵、七成半銅,此外如通州、滿城、定興、安肅、望都皆净銅制錢,無用鐵錢者。凡用鐵錢之處,其物價皆昂。與以銅制錢,則仍不甚相遠。非錢糧收鐵,則令不能行。民間亦只完糧稱便,買賣仍不願。同以不可衣、不可食之物,而民情所向不可解如此。山西平定,對成銅鐵,壽、盂亦然。然河底鎮錢質粗糙,字畫模糊,又在直隸鐵錢之下。宜民情之閧然也。

二十日。携鐵兒循大通河岸出東門,至大王廟,觀大通河水。子重以所得驢屋驢《梅花》屬題。飯後無事,展閲,劍氣縱横,森然可敬。上題三詩,其一云:"分付梅花吴道人,幽幽翟翟莫相親。南山之南北山北,老得焚魚掃△塵。"款署"驢屋驢",印文"字曰秃";其二云:"得本還時末也非,曾無地瘦與天肥。梅花畫裏思思肖,和尚如何如采薇。"款署"壬小春又題",印文"驢";其三序云:"前二未稱走筆之妙,再爲《易馬吟》。"詩云:"夫婿殊如昨,何爲不笛牀。如花語劍器,愛馬作商量。苦淚交千點,青春事適王。曾云午橋外,更買墨花莊。"款"夫婿殊驢"。子重以邵青門《八大山人傳》證"驢屋驢"爲山人别號,宜其詩畫皆含悲憤之意。余爲題《三字令》紀之,不足續《易馬吟》也。夜訪階平談。是日大風。

三字令

休哭笑,孫爲驢,祖忌豬。埋姓字,死生徒。鳥獸群,心是佛,證文殊。僧作壻,我之逋,同心乎。森劍氣,梅山枯。淚成花,秃其榻,了其初。

還京樂(叔采夫人,余妻姊也,集其家人姻串所書。開卷兩札,則妻母沈恭人;其次三札、一詩、一畫扇,則妻父劉寬翁;其次一札、兩帖、一畫扇,則妻兄子重;其次芍藥畫扇,則子重之妻馬仿梅;其次一札,又後一花果畫扇,則妻姊仲陔;其次畫扇,則仲陔之婿吴竹言;其次詩三幅,則叔采之婿喬鶴儕;其次畫扇一,則叔采自作;其次畫扇一,則余妻季瑜。憶戊申余娶季瑜時,家君官吏部,外舅官御史,竹言與余官翰林,鶴儕官工部,時當閒暇,文讌從容,姻亞往還,殆無虚日。癸丑春,予乞假侍親歸里,時外舅方守辰州,竹言視學粤西,鶴儕之官江左,一時風流雲散。比余以事至都,則外舅已謝病歸,子重官刑部,叔采亦暫寓京師,鶴儕先期歸晋,而竹言則已早逝,仲陔南歸,余妻季瑜亦奉親居山右,未得相隨歸寧。每追思昔年情話,共相慰歎。叔采出卷子屬題,率填《還京樂》詞,並記其事云。)

憶當日,簪紱東華、騁轡調驄馬。正綺羅時候。一家梅福,六親王謝,浪傳稱都下,佳名巧合真堪訝。(吴、喬兩亞丈與余名皆年字,一時有“三年”之目。)十載矣,雲影聚散,神仙姻亞。文章瀟灑。有班姬才識,管彤貽煒,玉臺收拾韻雅。殷勤珍重裝池,燦琳瑯、風流堪把。劇多情、侍月下琴邊,高樓曲榭。展卷低迴處,似團圞昔年者。

憶舊遊(茆灘拾研,余癸丑歸黔時事。時外舅寬翁方守辰州,因屬季瑜摹圖卻寄。頻年轉徙,近復隨侍并州,以事入都,則外舅亦以養疴歸矣。重題志慨。)

憶浮家溯潟,椎髻山妻,混雜漁嫗。指灘頭文石,有天然雲影,堪供書廚。臨風酌酒顛拜,呼丈共緘魚。轉眼不多時,江波浩渺,千里蘼蕪。故園訪松菊,便抱石支頭,覽世蘧蘧。記那時相約,向飛雲峰下,結箇茆廬。少年回首一夢,烽火照鄉閭。更對此何堪。京塵如霧歸願虚。

二十一日,大風,震撼林屋,增人愁思,作家書,托藻舟官封寄晋。游肆上,得文衡山大幅字。

二十二日。藻舟來談。展閲子重君子館甎拓本卷子。《三輔黄圖》:河間獻王置客館二十餘區,以待學者,君子館其一也。八甎皆子重爲肅寧教官時所得,顔其居曰“專祖樓”,又爲聯曰“君子館甎館,孫公園後園”。所居爲北海舊宅,今稱後孫公園者是也。早間風息,晚復作,旅寓白楊蕭蕭,其聲甚悲。(武進劉達喜題二十八字云:“君子只今因瓦礫,賢王當日自風流。從來不數黄金館,駿骨都由死後求。”特爲奇警。)

題劉子重所藏君子館甎拓本卷

步八甎,不值錢,對君展卷一泣然。君子館,昔招賢,頽垣壞壁埋蒼煙。知君搜羅愛惜有深意,此意默默誰當傳。

二十三日。過藻舟,小飲,共何孟寅兄弟爲葉子戲,談諧竟日,二鼓始歸。聞陳抱潛權南皮,作書寄之。余欲訪抱潛於保陽,至是知其不果也,悵惘久之。

二十四日,晴。作時務策,脱稿不當意,焚棄之,可知心塞,深足戒也。子佩吏部自京師至,急趨談,至三鼓乃歸。九載闊别,促席平生,致足樂,亦足悲耳。

二十五日。爲鐵生舉婚禮,嚴告誡之。是晚,余亦移主階平家,與子佩連床共話,歡若一家。爲子佩、階平兩君子女執柯。

二十六日。夜,共子佩談至雞鳴始睡。廣西解元周君某,子佩族弟也。道光甲辰六月歸,過洞庭。忽一日枕畔卧青蛇二,某呼舟子撲殺之。次日舟泊華容,舟子二人雷擊死。船頭上某亦跪,同人前掖之,則已死矣。死後眉間有小孔,如緑豆大,通體骨節皆軟,亦異事也。先是,前兩科解元某者爲子佩叔,無子,硃卷虚刻子某名。某本吴人,寄籍於楚,冒其名,遂占籍粤西,或以是歟?彼舟子又何罪?疑當是龍怪,何古來屠龍者不聞雷擊也?藻舟之大沽軍營。

二十七日。子佩爲其幼子聘階平幼女,余爲執柯。禮成,燕飲,同坐者兩坐糧廳監督柏貴、吴紹吉也。夜共子佩談至雞鳴乃寢。

二十八日。子佩入城去。作書别十一兄、劉子重。又餽張孝廉偶藻錢叁拾千。連日晴,熱極。諟吾自保定至,亦八年闊别矣,情話甚樂。

●湖北巡撫胡林翼請恤死事疏●署理湖北巡撫臣胡林翼跪奏，爲續行查明節年帶勇打仗陣亡、守城遇害、殉難尤烈之官紳士庶，開單請旨，飭部分别優恤，仰祈聖鑒事。竊查咸豐三年二月二十日奉上諭，向榮奏，查明安徽省城殉難官員，等因，欽此。又十月二十三日奉上諭，太僕寺卿王茂蔭奏請旌表殉難士民一摺，等因，欽此，欽遵。各在案。臣查楚北節年陣亡殉難官紳、士庶、婦人等，前飭藩司督同武昌府設立節義局，行令各屬查報。臣等先後九次奏請恩恤，在案。兹據節義局查報，各屬陣亡殉難文武員弁、紳民婦女共四千九百二十三名口，由藩司羅遵殿詳請核奏前來。臣查候補知縣俞恒澤等五百八十二名，或攖鋒刃而力竭捐軀，或率闔門而見危授命，實屬大義昭著，節烈堪嘉，且覈與歷奉諭旨準其奏明請旨分别賜恤之例相符相應，繕具事實清單，仰懇聖恩，飭部從優議恤，並分别旌表。其餘例應議恤之陣亡傷故兵勇紳民陳相等二千八百九十四名、因公遇害之楊景和等三十七名口、軍營病故之楊正鳳等三十八名口、例應旌表之遇賊死節紳民婦女陳詩興等一千三百七十二名口，舍生取義，先後同情。除飭藩司造册送部外，並懇飭部照例分别議恤議旌，以慰忠魂而勵臣節。此外尚有未經查辦各起，容俟續催趕緊查報，另行奏懇恩施。理合會同湖廣總督官文恭摺具奏。

二十九日。同階平過諟吾談，三鼓乃歸。階平言雲津令廣通時，邑人有争田訟者，僞爲洪武二年契事，更數令不能決。雲津對衆以朱塗契上作“銷”字，訟者大譁。雲津徐語之曰:“沐英以洪武八年平雲南，是時始隸版圖，安所得洪武二年契耶?”訟者詞屈。羅蘇溪時爲總督，稱雲津爲儒吏。

(袁媛整理)

第十六册　潞河紀程卷下(咸豐九年三月)

潞河紀程卷下

【咸豐九年三月】

三月初一日。余主階平所僦屋,曰壽杞軒。庭中枸杞一株,丁丹峰謂是數百年物,詳所譔《壽杞軒記》。本周圍徑尺,高丈餘。"壽杞"云者,取《南山》詩也。孫枝放葉,旁海棠二株亦漸舒紅蕊矣。前夕共諟吾談棲隱處,諟吾述西山之勝,使人心曠。頃以子畬所畫便面屬題,因書二十八字其上,云:"茅屋一間數株樹,山中可是幽棲處。憶君昨夜話西山,似此那能抛得去。"相與慨然久之。諟吾是日得邸鈔,晋知州銜。聞宋薌賓士心殉節粤西。昔年舊好,事更兩年,余始聞之,不勝慨佩。

初二日。同階平、紹庵諸君飲諟吾家。

初三日。携國賓夫婦起程。不獨嫁女之家思離可慨,即予與階平同年至戚,遠别亦難爲懷。出西門二十里,余家衛,少憩。二十里,京師左安門,依城西南行。七里,永定門。五里,右安門,將宿彰儀門。忽税局巡役叩馬右安門外,謂當自齊化門入、彰儀門出。從人與争論,曰:"自通州之晋,出馬駒橋達固安,出余家衛徑達盧溝橋,出京、出通之車皆無税,何必繞越都城始得避税乎?"余亟斥之曰:"去去,非事君父之義也。"遂還車,宿右安門外。靖卿來送其妹,琴南來送其姐,情意甚摯。靖卿文采茂美,氣宇恬静,夜談甚樂。

初四日。遣車至税局,開箱檢視可税者,僅銀三錢餘,十倍其罰,亦僅三兩餘。而書吏婪索,則共十二兩餘矣。關之爲暴,可勝慨耶。不受其婪索,則羈滯不得行。而律,則與受同科。因此悟天下事,爲理所不能不禁、而情所不得不原者甚多也。章子和聞余旅費告竭,值此苦阨,慨然將三十金來。握手涕下,良友厚誼,不多得矣。夜與靖卿談。

己未上巳攜國賓夫婦行赴并州

三十稱翁我已經,(顧亭林謂年甫三十便已稱翁爲明季惡習,余則實已翁也。)依然瞻望到雲并。喜看御馬輪初展,正是懸弧客滿庭。(嚴親三月廿一日壽。)佳節最欣逢上巳,高堂應又望添丁。看他琴瑟同觴詠,須念春暉寸草青。(國賓入都,得謁其母陶安人權厝之墓。)

是日,同靖卿、琴南及子國賓游花之寺。正殿海棠二株尚堅植如舊,花蕊吐紅,風沙不得掩其艷。東院三株已枯其一,西院倚牆一株則并根蒂而無之矣。西院“花之寺”三字是道光中曾燠賓谷所題,今人惟知“三官廟”也。院屋門皆鍵閉,几案坐塵。問之寺僧,則年來游人甚稀,故荒涼特甚耳。慨然久之。不因税局横截,無此一番游眺也。

率國賓同夏靖卿茂才琴南童子花之寺看海棠慨然有作

旅館如獄城南隅,風沙蔽日意不舒。忽然掉頭發清興,童冠春服來何都。穿籬過圃菜香出,探園闢窖花事疏。一點微紅藏萬緑,海棠欲笑春風俱。昔年冠蓋恣游蕩,今日破履争揶揄。古寺荒涼佛亦瘦,夢痕回首增蜘蟵。

初五日。行過彰儀門。三十里盧溝橋。《金史·河渠志》:“大定二十九年以盧溝河流湍急,命建石橋。明昌三年成,名曰廣利。”明正統九年重修。長二百餘步,石欄刻獅形。每早,波光曉月,上下蕩漾,爲京師八景之一,曰“盧溝曉月”。本朝康熙元年發帑修築橋,東有城西路同知駐守。五里,長新店,宿。是日大風揚沙,天地易色,行曠野中如涉洪濤,使人心慄。

初六日。十五里,塔灣郙。浮屠矗立,朝日初升,柳漾和風,麥摇細浪,鮮緑如濯,風景宜人。未幾而風沙又作矣。八里,良鄉縣。二十五里,竇店,中火。竇店醬菜絶佳,買數簍歸,佐菽水。十五里,琉璃河,源出房山,流入新城,即古聖水也。《范成大集》:“琉璃河,又名劉李河。”《金史》亦名劉李河。宋敏求《入蕃録》謂之六里河。《一統志》:“俗名蘆村河,入良鄉界始名琉璃河。一名清河。”自琉璃橋東行可四五里,折而東南可二三里得侠河口,又東南可二十里得巨馬河口,又東南可七八里为茨郙,正西去涿州三十里,東岸有渾河決入之口。土人云:舊時渾河從固安之故城郙決而西南,至茨郙東北合琉璃河,遂直南衝茨郙分爲二。

後渾河漸徙而東，至康熙戊辰始盡淹塞，不復相通，而琉璃河遂南入新城縣界。其故道由涿州東逕固安、永清、東安、霸州界，今皆爲渾河所奪。橋側有仁惠寺，門外平敞，俯臨清河，水極清泚，茂林環之。余曾七過此，未嘗不緩步瞻眺也。五里，俠河橋，世謂挾括河，一名韓郈河。十里，胡良河，與俠河皆入聖水。十里，永濟橋，即巨馬河橋，方恪敏公重修疏請賜名永濟。橋長二百餘丈，整齊玲瓏。橋北有延清樓、攬翠亭、維摩院、關帝廟，中峙茶亭九間，幽窈虛豁。小憩其下，觀張和所撰碑記。是咸豐七年重修茶亭所建，叙述頗詳，文氣不俗。惟橋南坊上題“皇澗風清”四字，皆以巨馬近繞京畿，不知《公劉》詩“皇澗”實有其地，未可假用也。巨馬即古桃水。《一統志》:“《漢志》:桃水，首受涞水，東至安次入河。安次，在今東安縣界。《水經注》於下流已但言聖水，今更爲渾河所奪。”今東安縣南五十里有桃河泊，當猶以桃水得名也。又按，古巨馬水至涞水縣北折而南，其東分者爲桃水。今拒馬河直至州北涞水之故瀆，絶而不續，亦與古不同矣。五里過涿州城，遇花丈次江於途，至其家，登堂而拜。出城至南關，宿。風沙甚惡，口鼻濁氣淤塞，得梨食之，清脆佳品也，頓愈所苦。

初七日。早行，三十里，松林店。二十里，新城縣西高碑店，中火。五里，馬郈河。柳林環繞，杏花數百株雜廁其間，如火如荼，如揩如濯，園林小景，不足方也。二十里，過定興縣東關，與土人談及完糧，大約以京錢肆千貳叁百文，(時銀價每兩京錢三千二三百文。)完銀一兩。鄉民之黠者，折錢略少三四百文。咸豐三、四年，縣中行使鐵錢，民間不願，定以鐵錢完糧。民間用銅易鐵，納糧而外，仍不行使。官於每千錢，賠墊過半，遂罷不用。今涿州每鐵錢五文不足當一銅之值，保定則銅錢六文買鐵錢盈把，聽售者自取，名曰一把抓。皆重銅輕鐵，有意軒輊耳。土人又言，屢歲蝗災，貸粟而食，及去年豐收穀賤，約計前貸時五倍其價，農民不勝困苦。又縣中當典歇業，周轉尤艱矣。十里，過白河橋。此橋十一月朔成，五月五日拆，歲以爲常，可通小舟。前月過此，未及詳也。三十里，固郈驛，宿。月明如晝，星斗爛然。聽館人談汛官瑣事，可當京師鼓兒詞。

初八日。安肅縣中火，保定宿。率兒婦謁外姑陶劉宜人。自亡室陶安人没，迄今十有三年，其子業經長成娶婦，可慰劬勞之心於地下矣。陶劉宜人三女皆早亡,惟余亡室有出,今見外孫男婦,亦可慰老人痛女之心也。石生來旅館,抵足而眠。談及家事,使人心楚。石生又言在天津見僧邸演水雷,以舟載瓦石數萬斤,別舟牽引,故觸水雷,機發火出,瓦石飛隕數十里外,經夕始息。連日過松林店南張桓侯廟、定興城外鹿忠節公祠、白河楊椒山先生墓、保定西關張忠烈公祠,皆使人聞風興起,有頑廉懦立之慨。是日病。

初九日。方順橋中火,清風店宿。望都道中林木繁茂,鮮緑濃潤。梨花如雪,櫛比百十株,如白練橫空。桃蕊舒紅,霞蒸綺簇。間有枯樹杈枒,正如連茹拔茅,人才集進之時,一二高士自甘枯槁,待時而動,乃彌增人遠思。靳文襄墓在方順橋東。

初十日。明月店中火,新樂縣宿。出明月店里許,梨花一株高出雲表,道旁桃林茂密。新樂棗極佳而價極賤,梨亦味美而細。久旱不雨,麥苗欲槁矣。

十一日。伏城驛中火,正定府宿。登正定城,彌望黄沙無際,煙樹微茫,對此不覺百端交集矣。

十二日。趙陵堡中火,獲鹿縣宿。迂道游龍藏寺,觀大佛。適遇搨手,因使搨隋碑,並碑陰、碑頭,携歸。碑陰嚮少搨者,字畫尤完好可愛。趙陵堡民舍牆壁嵌石一方,遥望古色爛然。下輿視之,則宋人墓石也。字亦秀整,頗類小唐碑。大佛寺祈雨,作八蒼龍,祀共工神位,用《春秋繁露》求雨法也。

十三日。微水鋪中火,板橋宿。早出獲鹿,山色朝晴,樹緑花紅,罨靄如畫。午後騎驢出洪口,別來時舊迹,循綿水南岸而行。浣女擣衣,行人策蹇,桃花映水,水鳥掠波。入徑登坡,下視北張邨,廬舍如鱗,高低田樹,歷歷在目,四圍嵐繞,一水縈洄,信一幅好畫圖也。過南張邨,與北張對岸,又過棗林吴家落塔塾,遥望井陘縣城及城南山顛佛寺,風景殊勝。行烈日中,曬胸如灼,意致則甚佳矣。旅店壁上詩云:"字妖莫問鄭濰縣,雜記空求余澹心。一路輕霜認行迹,三娘子去不須尋。"又《微水感懷淮陰侯詞》云:"立馬萬峰尖,大好山川。中州千里萬峰煙。我有龍淵三尺劍,待倚青天。世正急豪賢,大將登壇。英雄終要待因緣,不遇蕭侯知國士,歸把漁竿。"款署"劍客",審字迹,或即是喬鶴儕人書也。聞途中有代御人執轡車壓墮指者,可爲行路輕佻者戒。

十四日。槐水鋪中火,橋頭宿。早乘蹇驢,至長生口墜地。午後遂覓肩輿乘之。過此則車中顛簸均可耐矣。沿途山花巖草,春景暄妍。去固關不遠,桃花數十株與山徑迴環,仰望紅霞一帶,尤極奇麗。自西天門俯瞰群山,夕陽如掛,牛羊下來,撲面和風,塵沙不作,深足樂也。過柏井驛里許,巖半書"翠蛟潭"。又里許,爲西澗,皆謂山水發時景也。途中聞舊關釐局滋事,暫停。又聞平定州城鐵鑪數千人聚集,已罷市數日。釐捐本非善政,奉行者又不能斟酌盡善。如一騾負鐵,僅值二百餘文,而抽收已百餘文,騾馬短載,日獲錢不過二三百文,而抽收百文,直將及半,何止分釐? 且固關向來訛索,民間久以爲苦。忽增舊關一局,以爲數里之地,而兩税並興。又騾夫載貨,客人多不跟隨,遽然開包納税,騾夫到站後難於交代。是以三月初間,有鬨鬧之事。聞委員入省請示。此事急則生變,不辦則法不能行,愈長刁風,頗爲棘手。其實壞自數吏役家丁而已。槐水鋪店壁題云:"予初返鄉里,過故關時,道旁有虎,若相伺者。詢之居人云:地向無虎。此虎來已三日,夜去晨來,不爲暴也。豈山靈遣以迓予者耶? 以一詩紀之:'家鄉已近少逢迎,何意山君亦有情。深谷風雷先覺異,荒郵父老漫相驚。知無蛟馬能調伏,或是騶虞兆泰平。願借爪牙爲我用,驅除狗盜答神明。'"款署"聽鶯主人題"。玩其字迹,亦是鶴儕丈作也。

十五日。義井中火,新興堡宿。過石門,重訪寺僧,北齋碑已爲搨出,惜未搨唐碑也。過平定,市尚閉户。家君遣田魁來,奉庭諭,詢家人清吉,深慰所念。庭諭詢平定情形,縷悉稟聞。是日風霾,然道旁花事甚韻,頗忘其苦。自入山以後,梨桃正開,或紅艷全舒,灼如火齊,或春光半吐,潤若珠圓,或數點微呈,一枝斜出,或高出雲表,餘霞散空,或巖畔一株,或牆頭半樹,或回環山半,或錯雜隴間,或遠隔數峰,或近臨道左,或疏或密,或淡或濃,或掩映緑天,或延緣碧水,或紆徐相引,轉入山丫,或轉盼忽逢,待人谷口。而義井平原十數里,四圍繚若紅垣。自平潭至新興,行河灘中,二十里紅連不斷,又值迷離煙霧,宛然天半虹橋,尤極奇麗。行年三十,蓋未曾覩此巨觀。斯地斯時,行踪巧合。聞土人云:往年花事,須春盡夏初,今年較煖,花事獨早。憶余去時,有待予歸時笑口全開之約。今來幸花神先期踐約,不知是何因緣,得此福分矣。

十六日。遣田魁先歸,慰老親倚閭之望。余至七嶺中火,清平宿。

是日微雪。自七嶺以東,樹緑花紅。七嶺以西,則林木依然蕭索。坐擁狐裘,道旁微雪,半日尚未得釋。語云"熱平定,冷壽陽",蓋不虚云。

十七日。什貼中火,鳴謙驛宿。

十八日。余三鼓覓輕車先行,及明到家。鐵兒夫婦後至,告於祖先,叩謁雙親,家人以次禮見。畢,詢家事,始知吾母二月中寒疾已愈。游子安得知耶?此聖人所以戒遠游也。十九日以後别詳《趨庭録》。

趨庭録

三月十八日歸自潞河。廿六日而母患寒疾,侵尋兩月餘,日夜侍湯藥。六月廿一日乃酬神、祀先,舉家稱慶。余始重與兒輩課誦,排日記之如左。

【咸豐三年六月】

咸豐三年六月廿四日。爲鐵兒點《左傳》、艾兒點《四書》、翹兒點《詩經》《爾雅》。賈人以書畫來閲,内劉松年《商巖訪賢圖》寫審象築巖情事,殊有神理。仇實父《赤壁圖》山水亦工麗。余嘗考東坡守黄州所游赤壁,斷指黄州城外之山,後人因坡賦用曹公困于周郎事,稍涉傅會,遂欲移坡老之游以就之,豈不大謬?赤壁既是黄州城外之山,則圖赤壁必須畫城,以有雪堂在其上也。仇畫雖贋而筆韻不俗,若論畫理,則尚未足語及此耳。又奚鐵生白荷花卷子,題"洛浦僊裳",款署"擬清曜老人畫,己未(嘉慶己未)秋日蒙泉外史奚岡",神韻天然,烘托鮮潔。卷中題詠甚夥。仁和胡以莊敬賦曰:"爾乃竹軒逭暑,水榭招涼。人臨雪海,花滿銀塘。高潔成性,鉛華洗妝。跗含澹緑,心綴微黄。月過無影,風來即香。略約横邊,闌干繞外。璀粲明璫,襹褷翠蓋。不施膏沐,微渲粉黛。翦江練以成衣,紉雨絲而爲帶。霧鬢風鬟,柔情綽態。浣紗人逢,苧蘿村中。徘徊臨水,婀娜隨風。半規瀉碧,雙頰消紅。流光遠被,倒影涵空。霧穀千疊,梨雲一叢。悵採香之何處,追昔夢以無從。纖腰束素,花生步步。裁金貼地,雕瓊成樹。玉兒韻致,窅娘風度。一捻春趺,四圍香霧。雲裾曜華,璧月掩嫭。微飄羅襪之塵,暗濕金盤之露。人液池頭,周遭四圍。霓裳按罷,瑶篴横吹。卯飲剛醒,晨涼乍歸。合沉丹靨,澹掃修眉。語真能解,浴未容窺。指鴛央而雙喚,驚鸚鵡之飛回。寶帳重重,一雙影共。皓質横陳,幽芬暗送。屋須金貯,田憑玉種。翠羽紛披,明珠俯弄。心苦長含,體輕易縱。仙裙餘縐,天衣滅縫。把紈扇以斜遮,曳鮫綃而訝重。寡去愁多,眉峰斂娥。翩如卓如,濯又■於江波。遠望近察,容光照灼,朗若虙妃,泛緑波而成削。月曉風清,煙斜霧横。低徊弄玉,飄渺飛瓊。相逢解佩,有約吹笙。莫不挺仙質,散芳塵,展高躅,揚素英。抱深情之脈脈,隔一水之盈盈。至若蘭棹催歸,池塘寂静。長漏迢迢,明河耿耿。幾點霜飛,一枝秋冷。幽恨空牽,孤悰誰省。風摇則白羽千片,波漾則銀沙萬頃。禁來瑟瑟之寒,立盡亭亭之影。素影兮裴徊,倚秋風兮參差開。玉作骨兮珠爲胎,載采采兮水一涯。白鷗兮飛來,姿皎潔兮真吾儕。"李白樓方湛《水龍吟》詞曰:"夜深露下金盤,鬧紅一霎迷湘渚。蘋開波冷十分澹,到秋無尋處。玉井胎冰,瑶池孕月,誰知心素。正水香初浴,憑欄不寐,窺羅襪、凌波去。三十六陂煙雨。記扁舟、雪兒偕渡,玉纖攀折,花光人面,粉痕交誤。皆江皋、舊盟何在,前歡無據。任滿奩涼影,斷魂都付,雪鷗沙侶。"蔡茗南廷弼《沁園春》詞云:"簇簇蓮根,茁自泥塗,仙子凌波。向煙皋微步,身心清净,銀塘小立,葉葉猗那。露重頻翻,風清欲墮,屬玉飛來莫辦他。輕波蘸,愛墨痕都化,冷浸嫦娥。姝娘倚棹而過,恐素面、當花認欲訛。是月卿待飲,玉山將倒,仙姝作隊,錦纜徐拖。傅粉何郎,黛描虢國,玉立亭亭影不頗。秋風緊,倩鐵生老子,添柄殘荷。"朱春山瑞椿仿初唐體詩云:"西泠橋畔草芊芊,西子湖光映日鮮。霧縠當風看淡冶,冰綃著體想便娟。冰綃霧縠隨舒卷,織就龍梭裁玉翦。翦出空明一片花,仙裳綽約波輕淺。綽約臨流太瘦生,香融粉膩更盈盈。若教解語寧無限,即此含嬌似有情。有情脈脈迎風立,秋水溶溶承笑靨。近侍還應笑雪兒,渡江不用歌桃葉。何處看花趁水嬉,何時臨水見芳姿。銀塘珠露天明候,璧月金風夜静時。采蓮采蓮歌宛轉,花光皎潔分人面。亭亭翠蓋映羅裳,冉冉冰絲搴玉腕。凌波微步襪生塵,翠羽明珠憶洛神。雲母窗前空即色,水晶簾外影隨身。陳思賦就心縈繫,今日披圖如寫意。玉貌仙姿想像間,茫茫煙水渾無際。"陳雲伯文述詩云:"迴文白石塘,亞字红闌曲。春波澹連空,秋水明於玉。雪鷺立雙雙,素鱗游六六。香中胡蝶飛,鏡面鴛央宿。楚楚白荷花,涼波飛素露。香泥生藕小,碧羅裁葉遮。瑟瑟瀉珠露,亭亭隐玉沙。仙人縞素裳,掩抑昔邪房。艷態嬌鬟飾,羞顔紅粉妝。流紋蕩華帔,璧月裁明璫。臨風如欲語,水佩翩翩舞。根分連理枝,蕊簇同心縷。小隊立霓裳,一行飛翠羽。采采獨含愁,嬌嬈出畫樓。銀塘水無際,碧波花亂流。迢遞蓼花渚,浩蕩木蘭舟。秋風吹夢斷,明月滿西洲。"張蓮濱國裕詩云:"橋外玲瓏透夕陽,藕花無際白於霜。消除塵滓持完璧,脱盡鉛華學淡妝。半畝曉煙惟見葉,一湖秋水但聞香。如來示我西方色,玉井分栽到野塘。"陸堯春詩云:"妙手移來太液池,臨風綽約現冰姿。脩成净業維摩界,洗盡鉛華康樂詩。君子之花真拔俗,此心若水可通辭。玉環一笑誰持贈,沅芷湘蘭有所思。"邗江濮子畊士鈐詩云:"雲景波光望裏通,描來三十六陂空。纖塵隔蓋清殊絶,香粉如衣亦亦融。雲母屏移紅躑躅,水晶簾動玉玲瓏。宣和舊有崔师譜,減画雙鵝稚更工。"沈崇齋敦禮詩云:"秋容澹澹照波平,暮雨朝煙寄此生。只道月光浮一水,不知露氣已三更。鷺飛葉底尋難著,魚跳珠來認未明。白紵歌殘誰解冷,采蓮人换袷衣輕。"許柳浦柯詩云:"諸品蓮臺悟幻真,一從洗鍊見精神。底須太華峰頭住,會作廬山社裏人。冰玉壺中微有影,琉璃障外絶無塵。空潭秋水爲明鏡,照出如來不染身。粉本從頭未易描,何郎年少六郎嬌。綸巾揮扇風流歇,羅襪凌波昔夢遥。侵曉露濃珠彩朗,半塘月冷玉煙消。阿誰逸興乘時發,十里西湖譜洞簫。"沈謙山晋詩云:"不染繁華不染塵,珊珊仙骨是前身。清芬端合稱君子,深致原宜配雅人。月滿金塘施粉淡,露飄玉井吐香勻。幽姿豈逐秋風落,一幅常留十丈春。"盧秋槎炳濤詩:"東路如歸洛水濱,銀塘素影净無塵。恰從月染風裁後,宛對冰姿玉質人。曲院煙深衣莫辨,小池露重粉初勻。凌波但寫芝田樣,不比才高賦感甄。"潘德園庭筠詩云:"水佩風裳夢洛神,凌波微步不生塵。幽情誰解陳王賦,只恐調鉛寫未真。雨過秋湖菡萏香,吟懷無限滿横塘。風清露曉亭亭影,妙手何須付趙昌。"童冼橋人傑詩云:"翠葯勻圓剥紫房,酒船傷處月微黄。輕鷗飛過秋無影,不辨風香與水香。四色光中品最奇,銀臺捧出净琉璃。鵝溪展處塵心歇,也算神遊七寶池。玉容扶起酒初消,一舸涼颸泊畫橋。三十六陂秋思淡,月輪低下水迢迢。"吴潤尊曾貫跋云:"敬亭二兄先生,神含秋水,筆掃春雲,不染鉛華,惟耽淡泊。披南薰兮十里,游西湖者四年,一片空明,時停畫舫,四圍煙靄,閒策吟鞭。濂溪愛君子之花,陳國歌美人之什。爰倩寫生妙手,繪成出水新姿。聯芳則國號衆香,比潔則山稱姑射。風清月白,形隨影而影隨形;几净窗明,色即空而空即色。從此霜清湖鏡,疑來白傅堤前;露冷蓮房,恍到水仙祠畔。聰明似雪,寧誇舌底之青;澹遠宜秋,不羡峰頭之碧。”又僧埜嵐履素山水册,著墨不多而自饒逸韻,每葉題絶句數首。家君云:“詩、字、畫皆有僧氣。乾隆己未春作,亦百餘年物矣。”又張輻花鳥册,設色妍細,疏密有致,季於摹稿存之。每葉都有題詠,其可存者,如《梅枝上棲黄鳥》,張遺題《點絳唇》詞云:“開到南枝,莫教雪壓冰肌皺。峭寒時候,香氣侵懷袖。小鳥何來,也似憐花瘦。花知否。夢入羅浮,酒醒人依舊。”《櫻桃枝上棲喜兒》,歐陽均題七律云:“珠蕊頒來第幾宫,嬌啼于此漾春風。晶盤未列花間熟,玉掌先分蒂裹空。直是佳人探耐可,肯教游子踏雞籠。一年一度酬新飽,不道金錢買得供。”《枇杷上棲綬帶雀》,而淳題云:“吾家洞庭兩山,枇杷甲天下。當其熟時,累累垂枝間,若黄金子。主人恐其雀之啄也,每以長竿驚逐。覩此風韻,甚矣守園奴之俗哉。”《柏枝上棲秦吉了》,洞庭陸鳴時題云:“昔人有作水賦者,閣舌不成語。或曰:何勿于水之上下四旁求之?於是其人覃思極渺,選義考詞,立致萬言。而霜毫濡沐,已覺潰潦湁湒,灩瀩堆埋,豈非得諸題外者多也。余愛此圖,以爲撑然一榦,勢便參天,鵠然一羽,氣已壓雲,故賞心會意,正不在其枝其葉、其飛其鳴之間。”《梧桐枝上棲沙和尚》,江左周士先題云:“匝歲中四序,春麗、秋爽,冬日净好,唯是候届三伏,炎歊逼人,滂沱汗下,謂宜閉門斷足,不酬一切事,而生人多勞,卒復不免,魏曉呈所由熱客嘲也。覩此梧陰濃密,曦馭罕侵,有鳥倦飛,融爾泛想,處非内懼,馴非外假,豈不媿殺人間褦襶子耶?”六月亢旱,炎熱逾於往年,是日得雨,復以暇展閲圖畫,愉快何似。

廿五日,與賈人議以錢六千買得奚鐵生荷花卷子,又觀祝枝山草書梅花詩卷子,録之:“入城僻處獨精神,鐵石心腸自有春。鼎鼐久虚應有待,調羹還許是何人。讀罷《離騷》月上紗,澹痕疏影自横斜。清香夜半浮雲館,夢落西湖處士家。鍊盡冰霜野草空,百花頭上飲春風。不知鼎鼐調元日,四海准尚第一功。銀河淡蕩漏沈沈,玉質瓊姿坐夜深。一曲霓裳海天月,可知一刻是千金。淡痕疏瘦月横斜,玉骨冰肌沁露華。歲晚雪殘春好在,莫教長笛起鄰家。曾至孤山處士家,六橋飛影入晴霞。東風未放間桃李,先發江南第一花。江邊無復有樓室,種得梅花恣意開。兩岸清香兩堆雪,定知魂夢爲君來。一樹寒梅白玉條,回臨邨路傍溪橋。

應緣近水花先發,疑是經春雪未消。”前題《梅華詩》三字,後款:“正德己卯仲春望日遊草堂,見殘梅數枝,清香馥馥。適有老僧煎雲持紙索書,漫録一過,草率而成,不計筆底巧拙也。枝山允明。”卷首有“敬齋”二字,引章末“允明”“晞哲”兩印。字大如鵝卵,頓折屈曲,沈勁有致。又錢舜舉《西旅獻獒圖卷》,檇李姚公綬跋云:“右《西旅獻獒圖》,乃吴興錢舜舉作。昔武王克商,遂通道于九夷八蠻,西旅乃貢厥獒,太保乃作《旅獒圖》用訓武王,此圖蓋出於是。按,獒,犬類,能如人意者。《爾雅》謂四尺爲獒,今所畫類獅,青色,而首尾則犬類。使者共七人,其前者特偉麗,被服似王者,餘六人各有所執,不知舜舉何所本作此。按古之閻立本有《貢獒圖》,神妙非常,豈亦源流者與?”錢畫是贋本,姚跋語佳,録之。趙昌花鳥卷雖僞,亦佳。是日雨。聞咪利堅以六月廿二日入都城。先是,僧邸治兵天津海口。五月十七日夷船至,泊攔江沙外,聲言入京换約,廷議令其自北塘入,不從,欲登岸買糧,天津饋以糧,禁其登岸,不可,則毁我木筏,拔我木樁,駛舟攔入,擊我礮臺。僧邸始命開礮,擊沉其火輪舟四,毁其火輪舟九。其乘舢板船登岸,撲攻炮臺者,我軍以馬隊迎敵,所擊殺數百人,獲十三人,夷舟卻,而我亦殞提督史榮椿。此廿五日事也。夷既被創,咪利堅則倒填廿四日照會,遵用北塘進口之議。六月初九日,直隸總督恒福接見咪夷使臣,於北塘約以入京不得過三十人,且當俟上海星使歸。皆聽命。問以英、佛兩國,則言已往上海,僅船數隻泊攔江沙外。總督語以兩國之來直是尋釁,並非脩好,若此後改約,中國亦不計較,若仍前肆志,難以再言和好。蓋咪夷欲爲兩國作説客,而未肯遽言,故總督答之如此,可謂德威並用矣。而廷議遽許其入城,且爲作夷館,故咪夷以六月廿一日入,英、佛兩國尚無消息。又俄羅斯照會言有使臣到京,請沿途照料。其照會稱本大哦羅斯國使臣一品大臣總督軍務黑龍江大臣泰刺約甫,末署一千八百五十九年有理月初二日,文内言現有使臣某某隨帶章京至貴大清國,與駐京大臣有商辦之件云云,官制大略與中國同。俄夷向來遣子入學,故習用中國文字,其抗傲亦殊令人氣懣也。

二十六日,晴。

二十七日。閲《歐陽四門集》。

書《歐陽四門集》後

唐文依緣六朝,尚事纂組,昌黎始振滌之。行周文參訓詁,多引用《説文》《釋名》。蓋唐人治經,根柢《正義》。其文雖不逮昌黎,而漸滌六朝之習,故昌黎亟稱爾。行周行義,韓、李表章於前,馬、真辨正於後。可證《閩川名士傳》之謬。按,黄璞與行周齊名,同鄉里。璞弟滔《莆山靈巖寺碑文》有云:"歐陽垂四門之號,與韓文公齊名,得非山水之靈秀乎?"其於行周推許甚至,不應璞獨詆毁。行周文抒藻用韻處拙澀可笑,而朗暢質實處可學,當分别觀之。

廿八日,晴。閲邸鈔。桂、花、段三星使自上海歸,十八日到京。

廿九日,晴。炎歊如熾,晋省近年所無。閲探報。咪夷以廿二日進口,英、佛兩國兵船揚帆而去,將圖報復。不獨天津未能撤防,沿海皆宜加意。

三十日,晴。酷暑無風,夜不得卧。閲邸鈔。段承寔撤銷五品卿銜。聞都中得直隸捷音,時人心大快。俄夷有告假逃去者。又聞御史方濬頤諸人連銜封奏,論夷務宜尊國體。又聞御史尹耕耘疏彈三王。不得謂朝無人也。小臣歡欣鼓舞,敬記之。

【咸豐九年七月】

七月初一日,久暍得雨,神爲稍蘇。閲《黄御史集》畢。

書《黄御史集》後

文江工詞賦,不幸而殿唐進士科,虞淵沈後,歸棹涵江。其與人書云:"迢遞一名,進取則大朝有難;零丁數口,退休則故國無家。"所遇亦云蹇矣。五七律情韻悱然,不獨誠齋摘句可傳。賦亦皆可誦,不獨容齋、升庵所賞乃佳也。散文稍弱,亦時有别趣。獨溺浮屠説,以金聖人、魯聖人並稱,殊爲謬妄。又滔不事朱梁,依王審知。審知據全閩,而終身節將,滔規正之力爲多。然《祭南海南平王》文所稱"天子",果何指乎? 馬融草奏,徐渭作書,(文長爲胡忠憲上嚴相書至以父事。)文士捉刀之文往往違其素守,一則迫於勢力,一則漫謂與己無與爾。趙在翰從而爲之詞,殊無謂哉。

初二日,新晴,不大熱。患腹疾。閲《林邵州集》畢。

書《林邵州集》後

邵州拒闢規皋,諭滄海將,忠義炳然。遺文數篇,照灼史乘。如邵州者,固不以文傳,又何取多也? 然陳、王兩先生綴緝之勤,表章之力,亦可謂百世之下聞風興起者矣。

謝蒲州李太守贈石刻蒲席啓(代家大人)

文江發煙霞之詠,懷想方勤;長吉吟秋玉之篇,炎歊頓卻。分簟紋於白角,錫寶刻於青箱。對使拜嘉,開函審睇。首山六搨,自宋代而溯隋朝;魯郡一碑,以真書而存隸法。脱文濡紙,白黑初分;飛札侑緘,綺觥并重。非雅人無此深致,惟好古乃有同心。兼以銀薄雙文,牙編十錫;含風卷送琉璃,則一府傳看,迎露斜鋪灑落,而九秋不異。爲除煩暍,共證清虚。北牖迎涼,人在羲皇以上;東封續録,文補秦漢而還。《張黑女碑》可尋,未免得隴望蜀;李青蓮詩無敵,重歌渭樹江雲。篆德不忘,裁牋志感,附完手版,莫罄心言。

初三日,晴。閱《徐正字集》畢。

書《徐正字集》後

昭夢七律,韻逸手柔,不獨以賦名也。覃谿鈔七律,不録其詩,當由寄興不高,多傷貧語耳。"千年漢將神符,一眼胡奴膽落",工作媚詞。而"三皇五帝,不死何歸",獨吝不肯改,其對梁祖云:"可無官,不可改賦。"乃不改賦而改節,亦昧於輕重哉。昭夢詩云"世亂耻登科",是未嘗不自悔也。

初四日,午大風,夜大雷雨。閱《麟角集》。

初五日,早大雨,晚晴。閱《麟角集》畢。聞定遠失守,翁中丞退守壽州。又聞天津之戰,有議欲令僧邸具疏請罪者。

書《麟角集》後

《一賦》末云:"幸麟角以成功,庶桂枝而在手。"斯集用"麟角"名,非其義歟?唐人律賦,前李後王。應奉之體,固與專家不同也。唐賦惟此集完好,存賦爲多。國朝衡裁必以集諸選,論律體最精,皆推此集,誠學者玉律金科矣。時將課兒賦,遂徧加評點。(評語甚多,録稍有所見者數則於此。)

集中"不"字限韻凡五見,皆作上聲。今承用入聲。委積"積"字,集中作入聲,今承用去聲。

《四皓從漢太子賦》《詔遣軒轅先生歸羅浮舊山賦》《闕里諸生望東封賦》《沈碑賦》《延州獻白鵲賦》《耕弄田賦》《貧賦》《端午日獻尚書爲壽賦》《樵夫笑士不談王道賦》《沛父老留漢高祖賦》,凡有情致可叙述者,或設問答,或用曰字叙述,即時文中所謂代字訣也。不惟題情易達,亦展局法。文人各有用熟機杼、頻頻用之不厭者,此類是也。

《一賦》取裁宏富,鍛煉整齊,但段落層次,未盡分明。所謂詞勝於意者耳。

《鳥求友聲賦》得鸚鵡之流言不信,見靈鳥而白首如新,詞意新穎。不如"夕陽橋畔人人增感別之愁,曉色樓前處處動傷春之思"語意渾然也。

《夢爲魚賦》"腹上之松俯映,在藻雖殊;懷中之日旁明,銜珠稍似",切夢切魚,比附工巧。

《迴雁峰賦》稍類乎"王子乘舟,已盡山陰之興;曾參命駕,因問勝母之名"。刻畫"迴"字,殊嫌呆滯,不如"亦猶鴝鵒,踰清濟以無因;何異鷓鴣,渡澄江而不得"比例工切。

《燭籠子賦》末段云"内熱之情斯在",通篇時露此意,言以見志也。然亦猶"春晝而花藏縠霧,秋宵而月在羅雲",工於寫狀,自是名句。

《琉璃窗賦》,按琉璃窗見《西京雜記》,此賦不定指昭陽殿事,惟末段規諫,似用其説。賦句云"滿榻琴書,杳若冰壺之内;盈庭花木,依然瓊鏡之中",就窗内外互寫"琉璃"二字,十分玲瓏。與《燭籠子賦》"花藏縠霧""月在羅雲"之句同工。

《手署三劍賜名臣賦》,乃署推誠之字。《後漢書》作"椎成",又云"寵敦樸,善不見外,故得椎成"。賢注漢官"椎成"作"錐成",惠《補注》:謝承《書》、袁宏《紀》皆作"鍛成",《蒼頡書》曰"鍛,椎也"。按《漢書·周勃傳》"樸椎少文",又云"椎"字爲是,"推"字誤。

《黄鐘宫爲律本賦》"皇上"與"明庭"對,唐人多類此。今應奉文字,則"皇上"二字,皆敬置對句之上,至尊無對也。

《牛羊勿踐行葦賦》:近王夢樓賦此題,中段儘力翻騰,遂成名作,膾炙人口百年矣,不知其從此脱胎也。

《多稼如雲賦》:此種題,近館閣諸公爲之,遠勝唐人矣。然唐人妙處正在著墨不多,此又近人所遠遜也。

《盛德日新賦》:唐人限韻,大約取四平四仄,聽作者先後,不盡依原限次第也。近来館閣應制，必依次押去，此賦已開其先矣。

初六日，晴。閱韓偓《翰林集》《香奩集》。

初七日，早大雨，晚晴。閱韓偓兩集畢。遊開化寺，市上見陳香泉字卷。賈人以卷中有趙文敏名，遂截去香泉款識，而僞作趙印及“墨林鑒賞”之印。猾儈常技如此。亟購歸。並得黄左田畫，均可珍也。

跋陳香泉書殘卷(代家大人)

香泉行書，以姿態取勝，而轉輕重按，深得古法。小楷結密妍潤，尤不輕作。裘文達公以醜怪斥之，予所不解。此卷確是香泉筆，賈人以卷中有趙文敏名，遂截去香泉款識，僞作“文敏”及“墨林鑒藏”諸印。臨獻之帖後，跋語不完，亦截毁者。獨卷首“松泉室”小印，是香泉印耳。余藏香泉行草卷册，獨缺楷書。頃兒子彭年自市購歸，中有臨虞、楊兩帖，信可珍矣。

書《韓翰林集》後

“報國危曾捋虎須”，致光抗節，見於吟詠者累矣。其詠雷公云“必若有蘇天下意，何如驚起武侯龍”，則志存恢復。惜任事之無人也。翁覃谿論晚唐詩云：“韓致光哀音怨亂，不礙其爲丹山雛鳳。”

淵明《閒情》一賦，昭明指爲白璧微瑕。或曲爲之説，傅會史事，謂是微詞譎諫。皆非通人之論。《三百篇》中多男女之詞，聖人何嘗盡删哉？此篇有無，正不關淵明高節耳。於致光《香奩集》亦然。

初八日，晴。閱邸鈔。有以侵虧寶源局公項事發自縊者，其人貪鄙驕侈，早知有今日也，可畏哉！連日邸鈔，勝帥劾逃潰將弁，連章累牘，其軍律可知。和帥奏派鄭魁士駐防高淳。

初九日，晴。聞咪夷廿二日進口，欲徑乘大船入口，不許，遣小舟迎之。隨從只十二人，僅許帶刀，不許擁仗。總督甚得體。閱邸鈔。廿九日，桂良等代奏密勒尖廿七日到京，即咪利堅也，使臣華其翰、衛之文，從三十人，甚守法度。聞僧邸疏言夷務終歸於款，但“愈遲愈固”四字旁奉硃筆圈出。又恒制軍與咪夷照會，内有“將來英、佛兩國如果進京，亦由北塘行走”之語，奉廷寄申飭。仰見宸斷聰嚴，外間盡屬摹擬之詞，不識廟謨機密也。

初十日，晴。向書肆假《金陵朱氏家集》讀之。

朱廷佐,字南仲,手寫《古今書目》,爲黃俞邰所得,《千頃堂書目》即參取南仲書目而成者,而原書不可得矣。《春雨堂詩集》一卷,《題秦淮長吟閣》云"秦淮之水向西流,秦淮歌舞不知愁。西流之水不可挽,朝歌暮舞無時休。六朝轉瞬猶旦夕,辱井胭脂凝石脈。江月愛向酒人圓,江月主人酒人客。後人莫爲前人哀,前人曾此邀醉來。長江若使可西注,瓊樹花新終古開。"《瓜步用太白韻》:"六代如飛鳥,往來無定雲。我尋瓜步碣,空憶鮑參軍。帆葉凌空亂,風柯到岸聞。隔江看山色,夕照正糾紛。"《石帆山》句云:"江聲摇石走,帆影帶山飛。"《示門人語》云:"古之讀書責己,今之讀書售人。古之從政益人,今之從政利己。"又云:"鄭康成注經解禮,王肅多非議之。南北朝儒者互有主奴。吾謂康成有體有用,非僅空言著書也。諸葛武侯論治世以大德、不以小惠,述昭烈帝語曰:'吾嘗周旋鄭康成間,啓告治亂之道悉矣,不曾語赦也。'是知昭烈存漢,武侯治蜀,多有得於康成之學,豈非漢末大儒乎?彼王肅者,魏時漢獻帝崩,肅議去帝號,止稱一皇字以輕之。魏明帝不從其説,其識尚優於肅。肅又以女妻司馬昭,直(纂)[篡]賊之黨耳。肅而知禮,孰不知禮!"

朱應昌,字嗣宗,本名允,避廟諱改。樂隱不仕,以教授生徒爲事。李侍郎敬退庵、湯獲聖宏、湯沐天邑、葉副使灼棠函公、葉礽、葉召棠右公、葉芾,當時名宿,皆出其門。李即漁洋所稱"論詩甚精,極愛其'酒醒亭午後,人憶秣陵西''瓜步新添水,清明遠送行'等句,不減古人,録二十餘章於《感舊集》"者。嘗以書與嗣宗,謂"將迓申公以蒲輪,進桓榮於帷幄"。嗣宗答書曰:"青溪之曲,月可以釣;冶城之麓,雲可以樵。終老甕牖而已。"李得書不敢復言。卒,門人私謚"貞孝先生",六合沈希孟有《朱貞孝先生謚議》。《洗影樓集》五卷,《雜詩》"堅於高松心,潔於孤鶴情。彼美居空谷,不聞車馬聲。愚巾有餘樂,野簌有餘清。力田無罪歲,力學無近名。願出南畝耕,夜讀掩柴荆。"《聞砧曲》:"風露清,刀尺驚,愁人搗素散秋聲。此聲不出杵,亦復非石鳴。絲絲縷縷皆秋緒,萬户聲傳一片情。韻斷魂孤往,恩重手還輕。箭乾腕脱人語歇,搗碎關山月不明。獨怪驚棲鳥,流影繞簷楹。並宿連枝人弗妬,何事聞聲夢不成。"《和黄陶庵野人三首》:"野人歎息禾不登,寒燠無節雨暘恒。黄蒿如人虎齦齒,蔽天蚜蚄飛滿塍。鬻兒急上捕蝗錢,哀告官吏免下田。東郡少年死刀鋸,馬上挾將新婦去。野人歎息賊不掃,將軍自知養賊好。度支坐耗百萬軍,截鹹良民劫金寶。暴吏加科溝瘠哭,不死兵鋒死敲朴。赤子驅弄潢池兵,罷軍弛賦賊自平。野人歎息天將崩,朝中醉眼猶瞢騰。公卿諱富僞乞貸,郿塢金積如山陵。天子枚卜思賢臣,宵旰分憂無一人。司閽怒鎖天門鑰,上書昨日陳東縛。"《過徐氏東園》:"舞衣碎擘蝴蝶飛,破籬穿出紅薔薇。紫鳦尋巢迷去住,芳草不管王孫歸。板橋月落青谿黑,血盡鵑聲啼不得。風吹蘆荻響孤邨,欲訪張南誤周北。"《讀〈鄭所南集〉》:"白雁一飛天下裂,硇洲波湧忠臣血。少帝金牌擁北行,獻壽稱觴忽必烈。東籬有人破膽叫,手擎日月天地照。一幅幽蘭空谷香,大宋孤臣鄭思肖。錦錢零落悲家國,天外鶴書招不得。南吴北許兩名儒,視此布衣有愧色。"《山居八首》:"但愜入山性,未知深不深。紅塵如可隔,白髮任相侵。雪卧偶然事,雲耕今日心。采薇吾豈敢,聊寄采蕁吟。　往者高深意,兹焉愧未移。石間宜倚醉,花笑欲酬詩。騏驥空千里,鷦鷯且一枝。鍾山峰頂月,照見我鬚眉。　師古事晞髮,影删林下風。投懷峰勢幻,過眼浪雲空。卒歲務已畢,問天心不同。驚鷗如有見,銜照徙湖東。

久欲絶塵去,其如胸有心。不能生羽翼,且與共浮沉。地僻梅花老,花繁鶴影深。片青湖上立,頓欲洗煩襟。　湖煙促山暝,翳翳見歸人。數里穿雲曲,孤邨藏水濱。桑麻難税足,衣服閲時新。賴有耦耕者,花晨未減春。　只此澹相悦,何知寂獨行。影扶黄葉路,心蓄素琴聲。樹借僧邊種,文成酒後名。繙經兼煉藥,近日亦忘情。　幽懷暫得寬,即此谷名盤。問字何須酒,吟詩不築壇。牛歌消夜旦,鳳食寄琅玕。日日胥濤蹴,雲根何處安。　愁寄雲天上,茫茫今若何。殘陽且西昃,毒霧欲宵過。得酒聊爲夢,無行不敢過。蒼蒼太古色,僅有此岩阿。"《曉起》:"朝光入叢薄,山色出層陰。鳥寤交新語,蟲藏作網音。露晞餘夜氣,月落眷疏林。獨坐循絲鬢,鬖鬖渾可簪。"《感事》:"鬼蜮乘危倒太阿,中興社稷付滄波。强藩自擅專征鉞,降將争操入室戈。北寺心寒鉤黨獄,南冠腸斷教坊歌。江頭野老吞聲笑,目極愁雲殺氣多。"《燕子磯晚眺漢關壯繆廟次吴不官韻》:"歸鳥催人薄暮游,穿煙一杖觸殘秋。山依舊國當關立,江東狂瀾入峽流。蘆骨未寒頭颭雪,雲心欲卷脚垂舟。登臨不盡興亡慨,落日西風拜故侯。"《王鍾淑先生名芝瑞,崇禎辛未進士,督學四川,聞國變,掛冠游交趾,歸,卒於粤之瑞州梅庵。子馮,字杲青,徒跣走嶺南,扶其櫬,並載同里潘滄予侍御柩同歸,葬鍾淑先生於太平門外仙鶴觀側。王元倬賦詩以美之,余亦同作》:"孤臣萬里病呼天,旅舍遊魂阻九泉。金馬碧雞悲蜀藻,龍川象郡泣蠻煙。棘冠哀感扶歸櫬,梓里情深伴祭筵。忠孝君家真不忝,更兼高義邁前賢。"《會葬汪文烈公(公名偉,官檢討)及夫人耿氏于射烏岩庵》:"先皇先后殉神京,地下攀髯痛小臣。同日同時同死節,並飛並宿並捐生。絶無豹虎林中擾,豈獨鴛鴦冢上鳴。毅魄貞魂俱不朽,定教連理化芝英。"《旅懷》句云:"雨送愁中報,風催病外悲。"《葛城道中》句云:"厓懸人影黑,花映客衣紅。"《龍江早發》句云:"旅人删半夢,宿鷺曲孤峰。"《歸思》句云:"路迷衣帶水,人隔女蘿雲。"《即事》句云:"雲影活到水,苔痕嫩過牆。"《逼歲》句云:"雪痕僵客騎,風力刺征衣。"《漫題》句云:"歸人兼路進,饑雀抱枝愁。"《秋海棠》句云:"獨立支秋冷,相偎護晚煙。瘦來宜抱石,愁絶不知年。"《寒晚》句云:"殘照疲驢去,寒煙老鶴癯。"《尋梅張果灘飲陳處士花下》句云:"杖孤扶笠影,溪折抱郇灣。"《山齋五詠》句云:"護風抽紫籜,穿石瀉紅泉。(蒔筍。)貪多刺傷手,歸晚浪驚心。(采菱。)貧家聊代食,豳俗不催租。(剥棗。)品以高宜淡,心緣愛轉奇。(芟菊。)客來談夜雨,圃老刈荒煙。(翦韭。)"《齋居十詠》句云:"銘篆同碑泐,文章陋瓦全。(破硯。)欲享千金帚,難同半段槍。(退筆。)舊交墳欲圮,健僕髮將皤。(故劍。)胠篋窺探易,披蒲補葺俱。(敝簏。)膠久沈龍髓,丸乾隱豹囊。百年金聚采,一笏璧浮光。(陳墨。)盤拆安難穩,臺欹置易傾。(廢檠。)飽真憐蠹拙,鑽亦笑蠅癡。(殘楮。)豈因安道碎,不是伯喈焦。(斷琴。)斫劍何須斷,横肱不厭長。雕從予也木,穿近管公牀。(朽案。)龜支偏耐冷,鶴怨不勝哀。陰覆雲常濕,秋深華自堆。"《驚蟄日尋春於陳氏山莊》句云:"遲梅斜點石,稚柳半匀門。"《久旱細雨》句云:"欲驚病葉聊爲冷,纔響殘荷不助秋。"《雲影》句云:"遠心忽共鐘聲去,浪迹還從花片飛。"《閒居即事》句云:"酒價但從魚課出,花租不向蜜房加。"《紙帳》句云:"翦楮不遮三徑月,擣藤疑覆一身霜。"《梅花》句云:"鍊成鐵骨能穿石,冷抱冬心自著花。澹含冰柱琴誰弄,冷壓霜花劍不鳴。孤郇小築癯仙窟,破屋深藏太古春。千里隔江空有影,六朝如水覓無痕。只合茅茨安拙樸,縱無雪月亦光明。"嗣宗又有《廠衛》一詩,譏弘光設廠衛事;《五思詠》,舉自古中興之佐,伯靡、范少伯、諸葛武侯、王茂弘、岳鄂王,規諷當時馬、阮諸人;《木介吟》,紀崇禎十年冬南都晝晦大霧,山中夜聞鬼嘯戰鬥聲,樹上冰雪如甲胄旗旛鎗戟之狀;《又贈胡星卿詩》自注云:南康公主裔也,與弟君偓,構茅屋於公主園寢,不入城市;《訪笑峰》詩自注云:原姓倪,字篤之,官户科給事中,爲僧,後名大然。皆足資讀史考證。

(袁媛整理)

第十七册　趨庭録(咸豐九年七月)

趨庭録

咸豐九年七月十一日。閲《金陵朱氏家集》。

朱墉,字鹿岡,廷佐子。俶儻有文武才,豪於詩文。便習弓馬,射輒貫札。儒服游郊外,見數輩擊劍,笑之,衆怒,求鬥,鹿岡指路旁大石,舉以相向,衆乃慚駭,勇名冠一時。文試不售,遂應武試,督學李石臺先生壯其才,首拔焉。命作《安將論》,文成,大驚曰:“名將才也。”出遊皖城,主將禦軍無律,亂卒數百人劫掠郡民,鹿岡突出稠人中,禽其渠,走謁主將,數其罪。主將謝而斬之。和州有警,州牧王纘緒延之,助爲城守。匝月,計出奇兵鈔賊後,賊敗走。蔡將軍毓榮聞其名,聘之幕中。蔡公嘗怒一將,問鹿岡:“昔穰苴斬莊賈,衛青不斬蘇尚,孰是?”對曰:“處列國之勢,當立法以示威;居一統之朝,當尊君以事上。然則穰苴濟其變,衛青守其經也。”乃釋不誅,後卒得其力。蔡公嘗曰:“我延士多矣,然教我不矜伐者,朱鹿岡先生也。”屢欲奏以職,遂辭去。授徒瓦官寺,又移於攝山雪浪庵中。著《毛詩春秋通論》《孫吴六韜注疏》《廣百將傳》。弟子江朝宗、周天成、朱仕履、王喆、邱湛、周宗旦、楊粹、林濬、施■俊,登文榜者並嫻騎射,拔武科者兼富詞藻。有《雪浪集》一卷。《張大風先生畫松歌》:“先生畫松不在松,脱去形迹求神工。非雲非雨亦非霧,但見夭矯變化撐天空。爪甲乍現欲飛動,枝葉不辨望葱蘢。少陵題詩稱韋偃,此筆洵可追前蹤。豈以尺寸受拘迫,要在精神相貫通。想其興酣落筆候,置身絶壑陰崖中。雷雨蒼茫赤日翳,黑氣化作洪濤風。圖成擲筆詫奇絶,鬚眉張視心膽雄。非惟貌出千尋之遠勢,萬古之蒼容。從來古松如隱逸,性情特立將毋同。聽風但愛高士撫,避雨不受大夫封。開覽此圖動嗟歎,掛君緑綺之堂東。蜿蜒盤旋不可捉,會看風雨破壁化蛟龍。”《山齋》句云:“田欲裁陶秫,溪常飽翰蓴。”《初夏月下納涼》句云:“蝶醉尋花影,漁歸帶櫓聲。"《乙丑除夕》句云:"短衣思射虎,險句快探驪。"《中秋日值白露》句云:"關山醒鶴夢,身世閱蟾輝。"《止酒》句云:"性放歲多疏禮檢,時艱未許負狂名。省卻杖頭錢一載,買花遍植滿柴荆。暮春香有伸腰飯,夕釣鮮餘縮項鯿。"《佛國寺尋春吟示僧南音》句云:"草上苔階陰已厚,馬驚松罄夢猶清。"《紀事》句云:"花邨犬卧無催課,酒社人歡看赦書。"《貧老》句云:"關河暮日驅疲馬,雨雪荒邨擁敝裘。"《偶作》句云:"飲戒新開今社伴,吟期不入舊名場。"《偶題讀書處》句云:"良友每遺招隱賦,道家常寄養生書。"《客感》句云:"叫罷提壺雲作釀,啼殘布穀硯爲田。"《贈維默》句云:"石坐散花歸苑鹿,雪峰送影落山雞。"《江上重九》句云:"菰米進餐簪菊女,蟹錢買醉唱漁蠻。"《偶成》句云:"一庭種竹留須補,兩月鈔詩尚待删。風月任教閒處領,詩文翻悔俗間傳。"《江洲》句云:"遥天白影下群鷺,曠野蒼波没小畦。"《閒閒會和馬雲驤》句云:"邀僧静坐評詩格,約叟偕游用晝義。"《題紅蓮》句云:"溪邊鷺下探魚立,葉底鴛藏睡月遲。"

朱圻,字次郊,延佐子。工詩文,書宗平原,行楷遒勁,得其手迹者如拱璧。周勳膚公《詩經論旨》,次郊參訂之力爲多。著有《夏雲堂稿》。《自祝禧至崇因寺》:"出門盡秋色,夕陽千萬峰。偶携竹杖去,適與老僧逢。幾處林間鹿,數聲煙際鐘。相招到蘭若,煮茗話從容。"

朱堂,字季升,延佐子。上元庠生。歲除糴米,見鬻古書法帖者,以米錢易之,不足,解身所著綈袍。天雨雪,市人慄栗,季升且誦且吟,不知其寒也。歸而家人問米安在,持書曰:"膏粱安及此?"嘗數日屋無炊煙,鄰人訝其徙居,竊視之,歌嘯自若。于清端公爲兩江總督,聞其名,微行訪焉,欲延講虹橋書院,固辭。于公歎息而去。嘗遇鬻女者,傾囊助之贖,不足,急歸,罄家所有,典十數金與之。是歲幾無衣食。其高誼如此。《吉光集》一卷。《過徐太傅東園》:"猶有桃花莫認門,只餘芳草憶王孫。無多縹瓦新籬落,不斷青谿舊漲痕。夜雨漬苔銷鐵券,夕陽鉏菜拾金尊。游人休問江家宅,近事淒涼不可論。"

朱元英,字師晦,一字荔裳,圻子。康熙己丑二甲一名進士,翰林院編修。學以朱子爲歸,躬行實踐,文章不爲藻繪。著《左傳拾遺》,《四庫提要》采入,又有《牧民通考》《治河要略》,俱有關實用。《虹城子集》四卷。《石鼓詩》(序:自唐宋來,或曰成王,或曰宣王,余從宋程文簡公大昌《雍録》,主成王。其辨雜見于篇):"成王蒐岐陽,石鼓乃實録。椒舉有明徵,講武威侯服。昭考陟九天,小子渺孚獨。鴟鴞屋上飛,鳳凰東山哭。皇天降靈鑒,盛怒風拔木。旦來作歸禾,重秉蒼姬籙。戮力輔嗣王,朝會整方幅。赤旂墠上張,黑髯階前暴。白民門外趨,玄貝几邊掬。具來大小侯,並至遠近輻。陳琥向乾隅,鞭龍走西陸。吉日惟丙申,蒐於岐之麓。峩峩亶父功,元氣正亭毒。高峰聳鼻祖,兒孫森羅屬。或起若鵬翻,或仆若羊伏。或直若總干,或皺若疊縠。刈蘭止縱横,除道斬柞樸。九斿雲起遲,七萃電迴速。靈雨昨夜來,高原遍淺緑。游騎忽分馳,毛蟲乍奔趣。縱火陰陽驚,鳴弦牝牡逐。日華團繡弓,禽血飲金鏃。天王殺其醜,降者釋不戮。左驂既旝旝,右驂還遫遫。方見大綏抗,又見小綏束。天子有嘉顔,虞人無觳觳。效命及川后,投罟得陰畜。揚鬐波底升,立尾罾中蹴。鰋鯉鮞鱮鯊,雉兔麀麋鹿。良庖刀若飛,并作豆間肉。饗神紛有餘,賓客飽且祝。我武今維揚,誰敢侮予屋。猗猗楊與柳,委與春風曲。舫舟自西歸,青雲覆河瀆。射獸即射方,萬國奉軌軸。洪號渡越裳,明威卻獯鬻。曰害不予及,允康天子福。礱石成十枚,有若鼓無足。詩體類《皇矣》,篇閎氣雍穆。噩噩周初文,《車攻》異機軸。山勢壓豐程,星光摇郲鄏。妖褩中葉逃,流彘衰王辱。戎馬滿西郊,秦人聚五椉。此石誰護持,留落陳倉牧。搬弄鬼跳梁,砰磕牛抵觸。卧野烘寒燒,鑿臼擣秋穀。荒忽如沈灰,莫或加釁沐。周史未能收,孔傳無從續。茫茫漢晋隋,幽幽風暘燠。石鼓豈無知,興亡長在目。自唐多文人,搜出駭衆矚。高皮鳳翔學,韓愈不能讀。宋帝輦至京,愛惜情尤酷。鎔金細彌縫,黄虵互盤縮。北狩竟蕭條,閣中空積蓄。金源棄泥中,玉櫬苦撈摝。道園薦膠宫,夾漈注通俗。文章照盛世,典寶鎮京轂。戊寅仲冬月,東方初見朒。摳衣造太學,羅列儼門塾。赫然騰古光,左四右置六。頭角殊渾淪,經緯在胸腹。隱雷茁蒸菌,滋雨溜寒玉。欲摸先濯盥,欲誦先踟躕。字形或有無,句讀久斷斸。深刺長戟撞,輕剟短劍築。蛟角動陰湫,龜背閣平澳。風轉薤苗披,露垂玉筯秃。枯樹交冰枝,敗葉結蜎蠋。鸞叫羽苞分,虎怒拳爪撲。此中不可測,對人生恭肅。熒熒夜有光,上與箕尾矗。永奠魯叟廟,精英共親睦。帝車運中央,𥡴養散華燭。九鼎秦莫扛,十鼓今在匵。龍旗臨辟雍,有鼓奏笙柷。璆磬激清商,金鐘叶峒竹。幽響暗鳴和,神聽潛往復。納郜不足稱,鑄象此無恧。文字所權輿,在昔有羲頊。史皇抉形容,鬼魅盡窘促。天地喜文章,所以雨嘉粟。螺書記禹功,作自宅四隩。至周六書備,制度信郁郁。史官詎一人,減損避繁數。籒也稍參差,古文非伊俶。何據爲宣詩,嘵嘵無定局。允矣成周製,主此爲論篤。博古貴會意,聚訟堪頻顣。高文洵煒煌,奇磧真歷碌。峄碑殊未工,寶鼎何能淑。推倒秦李斯,驚走漢梁鵠。金盤泣癡仙,銅駝杜郇犢。神物尚巋然,西周變陵谷。摩挲重歎息,願留十日宿。賦詩志所欽,聊以當虔告。呵護在神祇,勿致愧公餗。奎璧餘靈輝,賴此助烜熇。天地同老壽,萬鎰罔敢鬻。請爲削銅鯨,擊之震百族。"《山東趙中丞請謚統軍襄勤公恭賦長句》:"康熙天子歲乙酉,山奠河清太平久。興慶池上黄龍飛,未央殿前白雉走。雲成五色罩東華,文臣武將朱輪車。左邊麒麟右鵷鵲,題名畫像人相誇。惟帝念功開故府,彤弓兹矢森如羽。長簡大策記鷹揚,削竹鐫金書召虎。當年衛霍早從軍,滿月彎弓射陣雲。十人之一定九鼎,三十登壇還立勳。朱絲已系蠻王入,鐵戟重翻狐兔窟。夜郎自大真可憐,伏波笑殺公孫述。戈船將軍灘水來,瘴氛妖雨登時開。六詔星羅拜稽首,孤巢鳥墮無遺胎。是時天兵連萬里,熊羆江漢差堪擬。錦算遥從九殿傳,鼓聲偏向六師起。大將横矛雷獨鳴,就中先破天女城。螳螂川上風揚斾,金馬山頭雨洗兵。世修降表題門楔,那有男兒衣喋血。封狼生貙貙生豚,鼠子梟雛一時滅。將軍封卻鴈翎刀,同乘萬騎迴天朝。有星西落大於斗,馬革從容裹戰袍。壬戌之春明堂啓,冕旒向日坐天子。司馬論功誰最多,都統熊韜成聚米。太平無事二十年,中丞建節泰山前。師飽人安變齊魯,排門編户聞歌弦。帝巡東方嘉乃績,復念先臣冒鋒鏑。請謚於帝帝曰俞,易名襄勤自天錫。丹書金檢函十重,加礪之盟償大功。忠臣孝子一門事,鎮撫王室華與嵩。天子萬年無終極,俾爾眉壽强飲食。"《自亭前驛至廣濟縣道中絶句》(十八首録十二):"驛路聞殘雞,霧分日已曙。鞭勢破輕風,衆山自來去。""游目遣旅情,道旁虎風吹。怪石如鬼搏,幽花静嫵媚。""振策入蒼翠,山光逼相襲。高松如群賢,森然各拱立。""樵人出深路,芰棘得青柴。鳥啣魚上樹,猿弄果垂厓。""驟雨急飛鳥,奔湍到游鱗。插禾笠成菌,穿樹虹垂紳。""路細山益深,石静水彌怒。牧童和靈禽,邨女駡饞虎。""前騎踏石去,後騎策相及。入雲昏不知,下山衣盡濕。""雲來冒高岑,崛强出孤頂。仰面貪看山,墜驢下水町。""磴危馬色戰,岩破樹根穩。容與並翔禽,逍遥拾朝菌。""石斷路逕絶,飛閣度行人。頗想夔蜀道,拿雲聊問津。""空山無行人,日暮正孤往。衆木不知名,一鳥葉裏響。"《淮濱書事八首》:"七十二峰河共匯,三千里路海東趨。濁流阻住清江口,逼爾彭亨甓社湖。""一滴清源桐柏山,黄河分派距相關。無端汴水東南合,海道輸他久不還。""漭漭長淮漲域東,治河今日倚元龍。若教穀洛從兹解,便是當年禹益功。""乘檣三到大河邊,袖裏岣嶁祕不傳。分遣夔龍應有意,神功收效定誰先。""分淮别泗有歸仁,還想當年潘季馴。合黄自是攻黄策,高堰如山空苦辛。""治河無狀即支祁,死後還應錮水湄。抛散金錢成白浪,吹嘘官爵盡黄兒。""淮弱黄强本不齊,黄高況又使淮低。而今不是沈牛事,愁殺咽喉有老坭。""臨淮欲渡只躊躇,東去湯湯合五湖。賈讓陳言人不信,龍宫深處有誰呼。"《楚游草自序》:"南紀之勝,洞庭、瀟湘、九疑。游者必盛爲人道之,而未游者思焉。辛巳孟夏之月,余有楚之游,以爲洞庭、瀟湘、九疑落吾手矣。去以陸路,北渡江,由歷陽、含山、巢湖入龍眠、灊山。過天柱峰下,略黄梅而西,入東天門,出西天門,經廣濟縣,涉蘄水,望見蘄山。渡巴河,並江上走黄州赤壁,下穿陽邏,及漢口。南渡江至黄鶴樓,息黄鵠山下。閲一月,放舟東迴。再經赤壁,由黄石港入鄔家穴。絶九江,登石鐘,望廬山諸峰。過小孤,下馬當。浩然縱帆,自江上見九子,一日五百里。而北經采石磯,落三山,抵石頭城,以歸。三夏載途,所得止此。而洞庭、九疑所謂南紀之勝,卒未至焉。號曰'楚游',而遺其勝者,其亦可憾矣。則不知何日乃得卒以遊,而慰余之思也。其所已經,詩以志之。然又有遺於詩者,甚矣余之陋也。或有詩,或無詩,若有數存焉,而不能自爲,況於遊耶?姑存之,以志余憾。"

朱元璧,字位子,圻子。《錦囊集》僅存兩詩。《寶華山中讀書》:"夜夕雨聲寂,僧房螢亂飛。讀難三食化,吟入一燈微。寶刹芥中納,泥丸天外歸。文成肝血嘔,長歎壯心違。阮眼青難遇,顔頭白早生。病中依短枕,夢裏請長纓。悶絶耽書味,愁多識雨聲。古人不可見,展卷契吾情。"

朱元會,又名琤,字紹先,墉子。《紹前集》僅存三詩。《牧童詞》:"朝牧牛,暮牧牛,萋萋碧草南山頭。笑指杏花十餘里,連群把臂歌聲起。青莎作笠葦作鞭,滿頭亂插野花眠。"

朱頖,初名元度,字景略,堂子。占大興籍,官武岡州州同。《武岡集》一卷。

朱元擢,字季芳,墉子。通三命消息。元英官京師,季芳命弟夔聲省之,約五月十九日至,元英竟以是日卒。又預書己卒年月日時,皆驗。《繼芳集》僅存三詩。《盧龍山居詠懷》(五仄五平體):"落葉没屐迹,秋風生柴門。手執一素卷,長吟青松根。志潔月共皎,心清雲無痕。古道既已邈,遺徽何人存。"

朱元律,字竹坡,圻子。晚號嶰谷老人。《嶰谷集》一卷。《冬日雨中遣懷》(純用疊字):"悶悶沈沈處處天,風風雨雨晝綿綿。猩猩狒狒山山出,燕燕鶯鶯日日眠。恰恰小春春寂寂,看看泂水水濺濺。言言語語煢煢客,切切淒淒黯黯前。"

朱元象,字文安,堂子,署天門縣丞。《月峰集》。僅存五詩。《新亭路》句云:"高隴雲飛停遠騎,滿林霜落宿征鴻。六朝遺恨今無限,只有秋蟬唱晚風。"

朱玉芝,圻女,袁芳林室。芳林早逝,守志撫孤。《霜筠集》一卷。《憶舊園》句云:"入柳逐鶯衣映緑,穿花撲蝶額分紅。"《閒詠》句:"登閣未彈新製曲,放簾先撥古罏香。"《登再一層樓》句云:"晚炊迷遠樹,夕照染林花。"

朱松年,字眉長,元英子。《江郵集》僅存詩五首、箴一首。《江郵圖》句云:"雨霽插秧看戴笠,月明携酒快登樓。窗中列岫嵐光滿,天外帆飛樹影浮。心從競處都無用,機到忘時始不猜。"

朱鶴年,字皋聞,又字睫人,元英子。占粤商籍,官訓導。《朱雀橋邊野草》二卷。《度嶺卻寄》句云:"幾夜舞風盈櫂雪,一朝湧日滿輿晴。"《九日泛觴蒲澗》句云:"風雨氣收人迹冷,茱萸香湛酒花渾。"《九日瀧西登高》句云:"詩興争豪題冷字,頂光白露脱危冠。松欹玉枕秋聲静,鳥息雲窩夕照寒。(玉枕山、雲窩寺,瀧西勝地。)"《山齋雨後》句云:"樓高常見山雲下,門静能教谷鳥忙。蕉葉弄聲清夢裏,荔枝含味沁詩腸。"《羅定舟中》句云:"箐嶺障天迷客路,藤溪飛雨入漁竿。"《和宋晃叔用追昔詩》句云:"滿樓雲氣葳蕤籥,小院風光豆蔻花。"《廢營》句云:"笳聲夜散風聲在,劍氣秋沈雨氣來。"《殘陽》句云:"戈戟雲酣三舍赤,桑榆煙擁半樓紅。誰家妝晚春山外,一馬嘶驕野驛中。"《下灘》句云:"滿船落花雨,無處聽蘆蝦。險借開山力,神如貫斗楂。"《上杭下灘》句云:"自從諸澗合,直下半天來。盤折淩山骨,争鳴響夏雷。"《聞閬華罷官清況詩以寄之》:"擇蔬防莠口,飲水漱詩喉。膳有高堂問,家徒四壁留。"《野吏亭觀漲》句云:

“雲根轆遠泊,香草認迷汀。遶寺鐘聲濕,吹門魚沫腥。浪花漁父網,帆影蜑家風。”《燕子磯》句云:“一拳吞海日,萬里豁江天。今古晚潮水,陰晴冷社煙。”《分船》句云:“衰晚相依影,江湖不定煙。”《楓嶺》句云:“諸山飛鳥銜人下,萬壑噴雲作海看。父老鬚眉秋木古,將軍甲冑曉風寒。”《上黯淡灘》句云:“怪石千堆磨劍鍔,奔湍百折滚珠盤。鬬鼉叢險穿篙隙,撥蜃雲開曳縴端。”《贈清遠張閬華明府》句云:“月過滄海珠光滿,風入蠻方草木清。”

朱延年,字萬斯。《懸磬集》。僅[存]二詩。《衡陽寺》句云:“鼠嚙神鬚斷,蛇盤佛髻腥。壁昏苔作繪,紙掛樹通靈。”《覆舟山行》句云:“白雲招我至,山月送我歸。”

朱遐年,字敬聞,元律子。《州居集》一卷。《明故宫》句云:“青絲白馬兒童讖,紫蓋黄旗帝子家。野老自耕宫寢地,樵人時刈御園花。”

朱逢年,字大有,一字雲圃,潁子。《雲圃集》。僅[存]二詩。

朱瀾,字安齋,松年子。官直隸清河道。淀河溢,魚葦課附以災請。純廟東巡,詢災賑各事,曰:“魚葦皆利於水,何以災爲?”奏曰:“水小則魚聚於塘,葦出水面,民獲其利。水大則魚溢四出,無能網取;葦没水底,無能刈獲,是以報災。”上喜曰:“朱瀾似方觀承。”後蘆課得以災請,自此始也。《待潮集》一卷。《二月初旬盤山即事》句云:“雲從峰半起,花向石中生。山高餘臘雪,鈴響動春風。”《登長城嶺龍泉關》句云:“三關鎮地千巖拱,一嶺朝天萬壑低。”

朱濬,字見虞。《倦游集》一卷。《冬日正定道》句云:“柳經霜後無青眼,蘆爲寒催易白頭。”

朱漣,字文若,鶴年子。《居敬集》。僅七詩。

朱濤,字錦江,逢年子。《楹書集》一卷。《記聞》:“吾家以禮法相傳。吾少侍伯父希賢公,不命坐,不敢坐也。吾從兄安齋自直隸歸里,其長子紹曾官知府,次子續曾官通判,盛夏時皆衣冠侍側。安齋兄讌客,兩子旁立行酒、進羹飯,終席惟謹,其僕人皆立户外。又吾父出遊直隸,家無儋石,吾母紡績度日,嘗天雨斷炊,鄰媪以所棄菜根來餉,母謝受之。俟鄰媪去,曰:‘菜根可飽,然人之所棄,不可食也。’仍送鄰家牆隅。鄰媪歎服。次日,伯父希賢公亦歎異。”

朱蘭皋,廩生汪鼇室。《葛覃集》一卷。《閨中即事》:“繡户低垂一院香,喃喃紫燕話雕梁。生憎窗外瀟瀟雨,不種芭蕉種海棠。”

朱紹曾,字魯門,瀾子。官至湖南布政使,擢太常寺卿。爲雲南通判時,值牛肩山野猓搶掠,督兵往。官兵但持鳥鎗,賊多仰卧貼地,搬弩,俟鎗子過,發弩,傷官兵。紹曾每伍設火兵一人,司鎗筒,其四人空身持矛,入箐追殺,遂破其砦,凶魁札那死。又廣西苗匪自混水掠師宗,自清水逼五嶆,腹背受敵。紹曾乃躬率鋭勦黑耳嶆羊街之匪,大捷。復統兵之羅平,會鶴麗鎮總兵於金雞山,分兵三路夾攻,復馳回師宗至五洛河魯克嶆。三鼓,乘雨進攻,破三十餘寨。總督勒保復檄解捧鮓之圍,遂自羅平之魯布革江造船,乘夜渡江,亟攫鶯歌嘴山梁要隘,且戰且進,直抵捧鮓,圍立解。《華峰集》二卷。《瑞芝》:“舄履趨螭陛,仙芝出粉廊。夜光凝碧檻,紫氣靄青箱。北闕恩殊渥,南山頌引長。餘輝成宅相,合榜瑞芝堂。”(原注:瀘州王東亭牧伯入覲,而署中廊下生芝,甚夥,其甥沈漁邨爲徵詩,故末語及之。)《自安南旋師宿燕子硐》:“硐門深鎖暮雲飛,冒雨尋幽夜叩扉。屏燭莫嫌驚燕寢,好傳清夢到江磯。　危垣曲磴幾盤旋,老樹凌雲偃蓋圓。自笑吾生如坐井,杳然别見井中天。(洞中有圓隙,上透天光,有樹覆其頂如蓋。)　萬斛泉聲萬馬馳,(洞中泉聲澎湃。)壯心驚起出關時。(兵向安南出白馬關。)丈夫不具封侯骨,燕頷還貽肉食嗤。烏衣巷口是吾家,小别於今幾歲華。不信宣光歸路遠,卻憐燕子客天涯。

喃喃細雨似留人,天朗雲輕正晚春。馬首不須重顧盼,倚門萬里是雙親。”《軍中偶記》:“火器爲今日軍中最要,雖賁、育之勇,萬不能當一小礮子。然亦時有不中用者。須看其形勢地利行之。往時督兵征猓,至山箐,賊多伏大樹或石旁,彀弩以待。鎗中其樹或石,子不能穿,而彼自樹旁石隙發弩,我兵即多爲所中。又賊衆遍山漫野,不拘數目,隨處散布,遇官兵放鎗炮,即於山凹仰卧貼地,手中搬所持之弩,扣弦搭箭,一俟鎗炮子過,即應聲發弩。其弩鏃或竹或骨,皆施毒,其鋭傷人甚烈。又鳥鎗利於攻守,而於追亡逐北,頗多不便。今以一鎗兵所配帶計之,鎗一、刀一、鉛藥九龍袋、發藥筒及裹帶乾糧,至少不下三十餘觔。賊敗必走險岩仄徑,我兵肩鎗胯刀,以一身配帶起而往逐,斷不能及賊,只有看其奔逃。即勇者奮而追逐,亦不能及空身人之輕捷。是以往往戰勝而賊逃,職是故也。余嘗閲前人兵法,五人爲伍,每伍有一火兵。余謂今之鎗兵,當依法行之。如每伍設火兵一名,五兵皆持火鎗,其火兵則惟備一刀,背負五長矛,並各兵多備之鎗藥,以聽取用。遇賊敗,五人即取火鎗,俱付火兵收管。各持一矛而往,既輕且捷,較之負重逐賊,其功可倍。此法即用隨帶之餘丁行之,火兵亦不須外募。如未備餘丁者,則臨時於五人中,不妨留一人收管火鎗,四人輕身而出,亦無不可。在相機應變耳。(此第一條。其第二條訓練須將弁相習,第三條齊心,第四條號令須簡明,第五條兵不可預言,第六條誠信,皆切實用,文繁不録。)是日晴。

十二日。閱《朱氏家集》。

朱續曾,字序之,瀾子。《璞疑集》一卷。《寓泉郡開元寺》句云:"砌草承風緑,巖花帶雨青。"《冬日晚行》句云:"晚郛千樹合,荒戍一燈明。"《喜雨》句云:"緑樹蜂營蜜,青樓燕結巢。"《過蓮花灘舟幾覆而獲濟有感》:"一官如繫籠中翅,萬死纔餘浪裏身。投筆空慙班定遠,乘風幾效楚靈均。"《巴戎格竹枝》注:"番俗性喜械鬥,動輒數百人。凡糾鬥者,或牛或羊,第饋肉一方,即捨命争先。事畢計死傷多寡,勝者出九九,或九七,罰給負者,不過牛羊驢馬之類。遂已了結,不須問抵也。番人有善弭雹者,將此莊之雹移他處,名爲本卜。番婦髮俱分披,惟中結一辮,綴以寬寸餘韋革一具。項後如尾然,飾以明珠瑪瑙等物,頗稱貴重,名曰噶木。番謂白絹手幅曰哈達。女未婚生子,名天賜兒,即不另議嫁。"

朱丞曾,字毅堂。有《毅堂集》,僅存九詩。《金陵懷古》句云:"嗚咽五龍橋下水,故宫春盡帶花流。椒閣何心求故劍,泉鳩有恨泣王孫。大將扶衰思郭李,一時黨惡笑汪黄。"《秋柳》句云:"何堪旖旎常臨水,不住流鶯卻帶蟬。"

朱緒曾,字述之,濤子,浙江知縣。《北山集》三卷。《金陵小樂府》(十首録四):"鍾山龍,石頭虎,長隴不開王氣阻。秦皇解事川原通,黄旗紫蓋生英雄,猘兒宜頌祖龍功。""青衣行酒耻未雪,祖逖胸中一斗血。武昌兵叛歷陽兵,丞相慙持蘇武節。晏然江左管夷吾,朝廷九錫加何如,長柄麈尾短轅車。""梁昭明,賢太子,葬貴殯,讒言起。華容公黜臨賀狂,吹脣浴鐵沸建康。吁嗟此禍非侯景,廢嫡立庶今爲梗。臺城索蜜唤奈何,七官骨肉紛干戈,千秋遺恨付臘鵝。""燕子飛飛,入金川門,利嘴啄皇孫。貂璫内應火光起,袞龍暈翟煙中死。何人盂缽隱披緇,百官空詠烏朝詩。不向東陵修祔祭,卻向西山哭大師。"(原注:建文死於火。《南京太常志》載少卿劉曰梧請祔祭於懿文太子陵,不允。又,西山大師乃元僧墓也。

《致身録》諸書僞不足信。)《雷鴨行》:(序:癸巳秋,江水大漲,農田漫没。其地勢稍高者,禾頭撈取。水中忽有水鳥蔽日而飛,轟聲如雷,田中禾無孑遺,郇人謂之雷鴨。按羅願《爾雅翼》引陸龜蒙稱,夜間有聲類暴雨,一夕數四,明詢其甿,曰鳧鷖也。其曹蔽天而來,必竭禾穗而■,江南不能弋,羅常藥而得之,即此是也。)"白晝雷轟日光黑,合郇面上無人色。老幼喧呼雷鴨來,枉矢陰弓驅不得。千百群飛江之涯,陡驚風雨聲沙沙。須臾禾秃鴨未飫,東郇霹靂西郇去。"《雨花臺尋明洪武二年葬宋理宗頂骨處》:(序:《貝清江文集·穆陵行》序云:"至元中,西僧楊璉真伽利宋諸陵寶玉,因倡妖言惑主,盡發殯宫之在會稽者,斷理宗頂骨爲飲器。璉敗,歸内府,九十年矣。洪武二年正月,詔宣國公李善長求之,得於僧汝訥所,乃命葬金陵聚寶山,立石以表之。"詩云"百年枯骨卻南返,雨花臺下開幽宫"。今志乘不載。《宋學士集》云"後仍歸葬會稽"。)"萬騎虬鬚擁白雁,三宫泣别昭陽殿。木波老禪去不歸,六陵花落空如霰。貪酷何物妖僧楊,發冢校尉摸金郎。龍頭瀉酒漆光爛,灌頂呼吸葡萄漿。白石樵夫收不得,唐潛義士空悽惻。智伯餧魂怨趙襄,昭明遺骸殘杜崱。明祖金陵乘龍飛,搜求特詔宣國公。枯骨獻自僧汝訥,梅岡石碣封穹窿。紀事吟憶清江子,洪武二年親見此。穆陵志乘誰補亡,聊賦一章備詩史。"《燕子磯》:"石齒齧江天,危崖一綫懸。風馳帆影直,雲盪樹光圓。燕欲飛空去,孤亭壓其巔。安得吹玉笛,驚起蛟龍眠。"《秦淮燈船歌》:"秦淮岸上冶遊里,秦淮橋下繁華子。鏡裏斜陽沸晚潮,樓頭香霧蒸沈水。桃葉渡口玉爲砂,桐樹灣西錦作霞。萬頃琉璃交火齊,千層金碧蘸煙花。青雀黄龍互催發,掉尾昂頭争出没。只疑銀漢墜繁星,欲向虹橋掩明月。炙手炎炎氣最雄,鼓鬐烈烈坐當中。烏衣子弟王曇首,黄閣詞人江令公。風流貴介乘青翰,豪盛將軍吞絳灌。但願燈光晝不如,豈知燈謎春全换。别有財傾石季倫,由來權借魯褒神。減將鶴焰三分影,活得鴻哀幾户貧。温歧抛卻黄槐册,羅虬争闖紅兒席。無賴火攻札繡郎,不平拳飽黄衫客。此時如電飛輕橈,此時如蟻觀長橋。蛺蝶裙飄張静婉,鳳凰釵插董嬌嬈。芙蓉艷吐珠眸活,茉莉香吹雲鬢抹。千情醉勸金叵羅,一笑歡拖玉跳脱。刻燭高吟句唾珠,繞牀大喝子投盧。分曹射覆心思巧,袒臂喧争拇戰呼。玳筵玉落鵾弦整,麴部雷轟羯鼓打。但聞歌聲無水聲,但窺燈影無船影。一醉自傾百萬錢,一樂自恃幾千年。豈知烏兔催華髮,旋見凫魚照墓田。紀瞻甲第池空竹,孫瑒大宅門頹屋。庭花玉樹只傷心,結綺臨春豈在目。寂寥惟有鹿牀生,坐擁如臨百雉城。陸居無屋舟無水,風風雨雨一書檠。"《雄縣十二橋》:"鷺影銜煙漲拍空,春流夾鏡瀉芙蓉。隄分西子千重緑,橋借揚州一半紅。射鴨陂喧蒲葉雨,賣魚人立柳絲風。我行忘卻燕南路,景物江鄉約略同。"

朱莊恪公,名桂楨,字幹臣,一字樸庵,瀾孫,芝園子。(名闕。)幼不好弄,容止肅然,居祖父安齋先生署中。時演劇歡笑,獨閉户讀書不出。寓京師隆福寺,不窺廟市。竇朱武曹彬歎曰:"此人於世味淡如,殆不可量。"乾隆戊申,中順天鄉試榜舉人。從邵二雲晋涵遊,學益進。嘉慶己未,成進士,授吏部主事,累遷郎中。在吏部先後十七年,無所瞻徇,掌文選司印,堂官服其正。丙子,遷山東道御史。授貴州鎮遠府知府,教民織布,歲旱出糶,活民數萬。鎮江寺有木龍爲祟,嘗溺殺人,叱鋸之,血出,害遂除。思南民變,總督白鱗欲用兵,勸令撫諭。總督始不從,繼乃大服。道光辛巳,遷潼商道。壬午,遷浙江按察使。親行海南,勘南田。八月,遷甘肅布政使,飭州縣掘井以供民飲。癸未,調山東布政使。甲申,遷山西巡撫。丁父憂,歸,服闋,署禮部右侍郎。丁亥,授倉場總督。己丑,授漕運總督。庚寅,授廣東巡撫。粤東風俗奢靡,香山、東莞多悍族跋扈,示以恩信,有法必行。紅夷建埠樓,私侵馬頭地,立毁之。在粤三年,不受一錢,悉皆讋服。癸巳,積勞乞病歸里。道光己亥年卒,年七十三。加總督銜,葬神策門外清真寺側。生平持身廉潔,服食如寒士,接物和易,無厓岸。然義所不行,雖三軍不能奪。少精漢儒注疏,晚喜吕新吾《呻吟語》。束身名教,無玷行。長子昭麟,先卒。次子鎮,賜舉人。奏議不以示人,忠信讜論,不欲表箸,尤得大臣之體云。《莊恪集》一卷。《讀吕子呻吟語》:"古者民三疾,良醫在治心。一篇常往復,終日自呻吟。理向鍼膏悟,功期易簣深。儒門真藥石,至味此中尋。"《題湯與竹先生小照》:"憶昔歡承炙硯時,孤城螳螳禍方滋。君親到此真無愧,忠孝如公始不虧。鯨海波飛流戰血,鳳山雲起擁靈旗。科頭飲讀神猶昨,想見軒渠正賦詩。追隨琴鶴自風流,破浪還驚宦海游。卞眕忠魂從父食,杜陵詩學作孫謀。蒼涼兵燹重洋險,零落珠璣一幅收。欲下巫陽歌楚調,長虹吐氣亘千秋。"《重刻吕新吾先生節録序》:"明吕新吾先生《呻吟語》,國初陳文恭公節録爲四卷。余以此書自治二十年,夙疾愧未能去,尤樂同志者共治其疾,乃校而刻之,並以先生二圖附焉。蓋聞治術猶醫術也。善醫者必察病之所從來,善治者必察俗之所由變。古之善醫者,審血脈,分陰陽,别虚實,後乃施鐵石湯劑,疏之泄之,攻之養之,去其害生而益其所以生,以底於平,故民氣和而夭枉者寡矣。古之善治者,因土宜,辨風氣,度時勢,乃施政教法令,道之翼之,誅之賞之,去其害生而益其所以生,以底於平,故民志定而罹罪者寡矣。今之爲治者則不然。不察俗之所由變,而色然怒之,民有不罹罪者乎?是猶醫者不察病之所從來,而冒然攻之,民有不夭枉者乎?是故方今之病有三,曰蒙昧、曰狂躁、曰不仁。其究也,上下痞隔,陰陽離決,將成痼疾,而方且諱之,雖有盧、扁,望而卻走,可不哀乎?夫人葠丹砂,藥之良也。今以贋者治人不效,則曰人葠丹砂古之藥,不足用於今,可乎?先生此書,人葠丹砂之善者也。養元氣、定心神,自治三病,以治民之病,痼疾立起,是謂國公。”

《雪泥鴻爪記》:“第一圖鎮遠江寺。右幅爲鎮遠西關外鎮江寺風景也。余於嘉慶丙子出守貴州鎮遠府,在任五載。己卯、庚辰歲,值大旱,民間素鮮蓋藏,流離載道。遂與紳士楊煦、謝寶樹、龍和靈等謀,勸富民出粟,分濟其鄉。余于城中平糶,而老弱及極貧者仍無錢買米。余患之,遂於郡城西關鎮江寺設廠施粥。自庚辰年二月開廠,至八月底止。又自辛巳二月至六月止。蓋是歲麥收稍稔,夏間雨水調匀,穀大賤,粥廠可以止矣。余於二年中,往來鎮江寺,親督其役,備嘗辛苦。每於旭日甫出、斜月欲落之時,見其山水清佳奇峭,欲稍爲留連而不可得。今者,事已往矣,而風景猶在吾胸中,遂圖之以誌其事。

第二圖革夷山寨。右圖爲黄平州屬革夷苗寨山景也。黄平爲镇遠郡屬。革夷凡三寨,每寨約四五百家。苗性蠻悍,極易動亦易感。有阿豹者,黠桀過人,誘脅其衆,往往出爲盗,無敢問者。先是余涖郡,廉得苗人每爲漢奸所欺,而胥役又從而魚肉之。余亟繩之以法。凡苗人以訟事来者,不数日輒斷結令歸。至戊寅春,土司以革夷苗變告,余聞信迅帶捕役十餘人,單騎前往。總鎮哈公豐阿大驚,命把總率兵二百前往衛余。至寨外,令曰:‘爾等俱嚴器械以俟,否則無得進寨。’余命役持阿豹等五人名,揚言於衆曰:‘官捕衹此五人,餘皆勿問。如抗則兵一入寨,無完卵矣。’苗相顧曰:‘我輩平日受其虐使,至今官至,若不自全,詎可與之俱死?’遂領役圍其門。五人皆就擒。余令土司押犯先行,至廿里外之重安

城駐宿。余故遲遲，至次日始行。蓋慮其黨衆或有中途劫奪也。次日黎明，回顧寨外，山勢陡峻，俯臨大江，樹木蓊鬱，實向所未覩者。以事亟，遂匆促回郡。五人皆擬遣戍，苗境自是獲安。

第三圖南田禁山。南田，海島名山，以田而得名也。自明初禁民耕種，後遂因之。自乾隆以來，生齒日繁，沿海貧民，每私自入山偷種雜糧。定例間一二歲，輒派道府大員會營而往，巡察驅逐。道光壬午，余奉督撫奏委前往相度，蓋重其事也。余於七月望後，率同委員、州縣佐貳凡八員，由象山縣之石浦渡海，數十里即抵麓島。長約一百四五十里，寬平之地，其土頗厚。私墾者皆搭篷以棲，或數十人，或百餘人，相聚處所，多苞穀黍粟，身無完衣。余見而憫之，詢其疾苦，僉曰：'民等此來偷種，特救死耳。每秋成時，輒有强暴暨兵役勾結，搶其糧去。以奉封禁，不敢聲張。'余尤憫之，遂揆度形勢。凡島内高下險夷之處，無不親至。擬請開南田，議設府同知一員、都司一員、兵四百名以衛之。雖不封禁，而無後患矣。會余升任甘肅藩司，不果竣事。督撫意見不合，格之而止。後方伯賀公長齡見其議，歎曰'此民生利病，不可廢也'，遂採入《皇清經世文編》。是役也，余始由陸路渡石浦渡海，歸則放大洋，半日而抵寧波。舟中望見海内島嶼，如杯盤之在几案。一目數千里，舟爲浪湧，高下輒數十百丈，危極亦快極也。因追而記之。

第四圖甘肅會寧縣二十里鋪。余於道光壬午八月，由浙江臬司陞甘肅藩司。有僕王貴，皋蘭人。余詢該省情形，貴曰：'其地土瘠民貧，等苦也。而會寧、安定兩邑，夏間逃水荒尤甚。蓋甘肅跬步皆山，居民仰溪以食。會寧、安定山産硝，水帶紅色，食者往往病。是以富者多築深坑蓄天落水，節嗇以度。貧者逃在四方就水，夏旱多不得歸者。'余心識之。入甘境，道會寧，日未晡，宿館。語會寧令曰：'此地有紳士知義理能任事者乎？'則以孝廉周西範對。余延見之，告以開井以濟水荒事，渠慨諾。畀以五百金，聽其自爲謀。至安定，詢其令，則以無人對。不得已，以金付令辦。余於癸未五月，調任山東。過會、安兩邑，士民惜其去也，相率送之。晤西範，曰：'公雖去，井事不可廢。地方必有繼者。'余詢其故。曰：'去縣六十里爲五原，土沃民稠，井屢開屢止，心不能堅故也。吾先其難者，於該處開井四，閱月而終不息工，竟得水。以此合縣皆感動，思效之。'余笑且疑之。次日，至廿里鋪。士民攔輿謂曰：'此有地，可開井。

惜公去,無主之者。公肯爲民一言乎?'余下輿相其地,頗平坦,山環水抱。謂其令曰:'以是託君,幸勿阻之。'後余至山東之次年,接西範信,果得水,其他處亦相率效尤焉。是爲記。

圖共四幅。余於乙酉歲屬畫工吴君寫,不過取其形似耳。嗣因奔走職事,鞅掌不遑。至乙未秋請假在里,病中稍暇,始得追而識之。勞人形狀,亦可見矣。閣筆憮然。"

《請告歸里留别廣東士民》(八首録二):"花樓燈市鬧繁華,都士年年競自誇。到底此風留不得,從今勤儉作人家。""回首浮雲五十年,功名炙手亦徒然。誰知天網恢恢甚,幾箇英雄得保全。"

朱桂森,字翰臣,朱繼曾子。湖州廣濟縣龍坪司巡檢。《澹持集》一卷。《讀項羽本紀》:"項羽弑義帝,范增實爲助。《春秋》審幾微,刑書匪枉鑄。高帝入關時,羽也未改步。奪項王天下,此語何其誤。國焉置兩君,不殺將奚措。江南放弑謀,勿徒咎英布。(李象鵾《棣懷堂隨筆・范增論》已如是立論。)"《讀桃花源記》:"魏晋尚狙力,人未忘漢德。繫託楚元交,寄奴計良得。桃源有隱士,傳自避秦來。漢尚吾不知,漢後何有哉?我家紫陽翁,一眼覷此意。所以陶潛卒,大書晋處士。"《黄鶴樓》:"城頭傑閣面江開,我輩登臨自快哉。玉笛縱隨仙化去,長天終有鶴飛來。岷峨導遠思明德,天塹圖空感霸才。幾欲凌風還未得,俯看塵世暫徘徊。"《春園即事》句云:"曲檻喜臨前渡水,屏風權借隔江山。窗因待月寬留格,門爲藏花漫啓關。鳥不避人能識主,花偏當路解留賓。分泉引瀑流還久,磊石成峰看更真。添種芭蕉貪聽雨,分栽桃柳怕遮山。籬疏竹槿牽蘿補,水淺池塘仗雨添。"(緒曾跋《澹持集》云:在楚時爲《黄鶴樓詩》,嘗屈其坐客。)

朱氏家集凡廿九人,道光庚子緒曾編。每集後有緒曾跋,叙述生平,頗爲簡要。閲竟撮録如左。

是日晴。焚楮供先。三兒讀書,獨翹兒完工課耳。悶極,股際患瘡,坐立頗苦楚,今夜愈矣。

十三日,晴。閲探報。暎、佛兩夷六月十二、三日帶火輪船七隻至上海,向各商聲稱此番打了敗仗,竟想不到共斃夷四百六十七人,水師提督一,官員七,受傷者二十一,極言礮臺堅固、兵利,將現在設防形勢繪圖,分遣火輪船至廣東、五印度等處。屬上海夷商不必生理,毋庸納稅。該商已將寄存各行店銀兩收回。並云欲驅出金陵賊匪,先占踞彼處,再作修怨之計。現由兩江總督飛咨直隸總督矣。夷情狡獪,其必來修怨,是意中事。江浙海防畺臣所當留意也。

題自畫障子(敬代家大人)

筆勾墨搶那知閒,暫卻塵囂静掩關。只爲蓴鱸歸思切,時時寫出故鄉山。

蒼煙杳靄水潺湲,山上亭臺山下邨。何必癡如劉子驥,更從漁父覓桃源。

水鳥山禽款款飛,有人携榼待雲歸。年來常誦忝官引,嚴信慙予心事違。

官貧莫辦買山錢,筆底能開萬頃田。笑語兒孫此中住,看他雞犬盡登仙。

十四日,晴。買得《國朝畫識》,采摭頗富。

十五日,晴。得郭筠仙同年書。月食。

十六日,早晴,晚雨。龍皡臣大令(名汝霖)來談,磊落讀書君子也。談悉楚中諸相識蹤迹。孫芝房已於三月死矣。生平執友也,悲哉！聞咪夷入城,和約悉如舊約。咈郎西將至,獨英夷尚負固耳。竊願此是傳聞不確之詞,則我國家幸甚。又聞桂、花兩星使在上海,使人憒懣。花是吾鄉試座師也,不得爲之諱矣。

十七日,早雨,晚晴。校夢英《篆書目録偏旁字源碑》,缺丨部,增孑部,部次前後亦與諸本《説文》互有異同,篆法亦小有出入。悉記於卷之四方。是日食蟹。

十八日,早晚晴,夜半雨。閱邸鈔。山東巡撫崇恩奏藥庫失火,被轟三營火藥一萬三千餘觔、軍需局寄存火藥一萬六千七百餘觔,延燒民房二十餘間,城垣貢院均有震塌。領解火藥之委員未入流高炳、監秤委員縣丞黄林及兵役遣作、附近居民皆有死於火者。又五月十五日,俄國人徹卜勒幅自黑河口駛至三姓,二十九日入民人王義會家,與王高氏戲,民人劉有殺之。上以三姓非俄人所應到,且捨船登岸,圖姦斃命,咎由自取。辠看守不慎之參領巴彦布以下有差。又御史吴祖昌爲殉難學政沈炳垣乞恩一疏,讀之懍然,如對吾紫卿端坐静譚時也。疏别存。是日腹疾愈。翹兒瘡破。鐵兒夜半尚誦書,朗朗可聽,有志上進矣。

十九日,早晚晴,午雷雨。閲邸鈔。袁績懋守順昌,城陷披執,駡賊殉節。詔追贈按察使,照按察使例恤典。袁字厚庵,丁未一甲二名進士,授編修,散館名次稍後,引見告假,爲言者中傷。考試試差,詔改刑部主事。捐道,分福建。此其署延邵道時事也。過龍皡臣,言論有關文獻者,有中時病者,娓娓竟日,坐久忘歸,半年來無此樂也。皡臣言沈、李兩忠事。江西圍急,江忠烈公與張中丞芾守省城,調鄱陽知縣沈衍慶,而以樂平知縣李仁元代之。賊船蔽江而近,鄱陽一面不通大道,不虞沈之赴援也,不設備。沈以油漬葦柴置舟,遣卒入城,約城中出隊相應,以夜半焚賊舟。江忠烈公謂沈公兵單,又諗知沈公之賢,慮徒死無益。沈以機不可失,自誓必死,預以鄱陽印印衣上,謂其下曰:“吾以死戰,不解圍不歸矣。”復遣人上書,約以夜半舉事。遂移舟師,去賊舟僅十餘里,而城中無應者,日出乃入城,面數張公曰:“衍慶舟去賊近而賊不知,失此機可惜。”江公、張公欲留共守,不可,遂引兵歸鄱陽。比歸,而賊始覺,則分股寇鄱陽。張公終惜兩忠,爲檄告之曰:“賊至毋株守,當擇險扼要。”兩忠爲書答曰:“擇險云者,惜我死,謂我去耳,但知城存與存,城亡與亡,義不他適。”鄱故無城,賊至先犯沈營,營潰,沈死之。李聞沈死,持戟立橋上,連刺數賊。賊繞出其後,遂死。李死後,賊寇樂平,李之父母妻妾皆死。沈,吾乙未年丈張公所舉。李,乙巳同年,自中書改知縣。先是,明季宰樂平有張彦方者,亦河南人。自主事改官,靖難兵起,殉難。與李同河南人,同十九歲成進士,同以京員改官,同官樂平,同一家殉節,若合符契,亦一奇也。縣署有井,是彦方死處。李初到樂平,便繞井旁數周,不忍去,説者謂是前生云。皡臣又言,鄒寶勳叔績之隨江忠烈守廬州也,城陷,忠烈投水死。鄒仗劍下城,一卒負之而趨。鄒言:“去將安之?”則曰:“出城耳。”鄒言:“江公死,吾不可生。”以劍擊負者臂,乃釋之去。賊至,鬥而死。皡臣又言江西道府唯帥遠燡、沈寶楨兩人。帥字逸齋,爲編修時,抗疏論將相之失人。前年以某副將紿使進兵,援不至,死矣。沈守廣信,功甚偉。兩君皆余丁未同年。

●江南道御史福寬請禁旗人票戲疏●爲請禁止旗人演唱票戲,以端風化,恭摺奏祈聖鑒事。竊照八旗世僕,受熙朝豢養之恩,蒙皇上教育之德,風俗素稱淳厚,從不甘置身卑賤。間有寡廉鮮耻者,即予銷除旗檔,不使有玷素風,法至良也。從前有所謂子弟書者,不過編作詩篇,遊戲消遣,不致有傷雅道。然無益之害,識者每以爲非。侵假而唱崑曲矣,侵假而唱亂彈矣,近年來竟至抹粉涂脂,登台演戲,恬不知耻,名曰頑票。先猶自知諱匿,必其同類邀請,借慶祝爲名,始一爲之。自本年二月内,懲辦科場案件之後,因原摺内有"演唱票戲例無治罪明文"一語,遂爾明目張膽,肆無忌憚。風聞近來竟有粘貼報單,直書某戲園於某日請子弟演唱某戲之事,并編有"三湘逸韻""三湘雅集""永樂鈞天"等名目。雖其班内,未必盡屬旗人,而其中旗人正恐不少。更有所謂"子弟八鼓""子弟十不閑"者,匪語冶容,醜態百出,尤爲喪盡廉耻。竊思身隸旗籍,進身之途較廣,其中難保無應試、報捐、候補、候選之人。此等不顧行止之徒,一旦置身仕宦,安望其謹飭持躬,端嚴辦事。即挑食錢糧,原以備干城之選,豈容虛縻糧餉,任其遊手好閑?况品行既喪,凡卑污下賤之行,何不可爲?若不早示明禁,誠恐日趨日下,風化大有攸關。且既登臺演戲,即與優伶何異?科以寡廉鮮耻,亦復何辭?似未便借口不受錢財,聽其欺飾,曲爲寬解。况場案原摺,似因平齡已故,簡便議結。並非事所應爲,何得援爲口實?相應縷悉上陳,請旨飭下刑部,明定科條,以遏其漸。如蒙俞允,請嗣後宗室、覺羅、满蒙漢軍凡隸旗籍之人,凡有演唱票戲及演子弟八鼓、十不閑者,責成該管参領、佐領及領催、族長先行剴切曉諭,令其痛自改悔,以圖上進。倘奉旨之後,仍敢怙惡不悛,即由該管官揭送,審寔照新例科辦,免該管官從前失察處分。訓迪不嚴,别經發覺,并將該管官分别徇庇、失察,交部議處。如此寬其既往,惕以將來,庶自愛者知所儆懼,風氣日返於淳,以昭我皇上於變時雍之化。至漢人演戲,原所不禁,然亦無業細民,借以謀生則可,凡列紳衿者,亦不當爲,應請一併禁止。倘敢故犯,即以行止有虧論,不准與身清家之列。奴才爲端品勵俗起見,是否有當,伏乞皇上聖鑒。謹奏。●爲遵旨覆奏事。竊思奴才條奏請禁止旗人演唱票戲一摺,昨蒙軍機大臣傳見,面告欽奉諭旨,著奴才指實其人覆奏,欽此。欽遵。聞命之下,感悚難名。竊奴才前風聞雖有袁復堂、恒秀峰、戴二等名,因未得確實憑據,又恐非其的名,是以不敢冒昧上聞。訪聞袁復堂係繙書房筆帖式,恒秀峰係養育兵,本名毓山,其餘仍未得實。惟各街巷口,多貼有各戲園演唱票戲報單,如崇文、宣武、朝陽、阜城、得勝各門外,戲園均曾經演唱。若向其逐一根究,自不能再爲避飾。是否有當,伏乞皇上聖鑒。謹奏。

●恒制軍與瑞五園觀察書略云:夷人自敗退後,先無消息,嗣有咪利堅夷酋投遞照會。情願就撫經兄奏准於六月廿二日由北塘起旱,至天津之北倉地方上船,直達通州,再行登岸。已於前月杪到京,其夷館設於老君堂,公所設於嘉興。桂、花兩星使業已到都,正可接辦撫局矣。至英、佛兩國船隻駛回上海後,聲稱欲回本國,搬取援兵來津報復。刻下曾否起椗,尚未可知。根雲制軍令華商、夷商從中調處,亦未識能否就此轉圜耳。前月十六日忽有俄羅斯夷船駛近北塘海口,借乘咪夷小火輪船入口,欲遣夷官及跟隨四人進京,爲其本國公使之在京者遞送信件。細詢來由,知其欲赴日本國争佔馬頭,順便來此。亦經奏明,准其入都。日昨送信入都之人回,至北塘上船後,即揚帆而去。現在大沽海口外,惟有咪夷船隻停泊,尚屬安静。而山東及山海關洋面時有夷船往來游駛,夷情叵測,其意甚不可知。是以大沽防務尤不得不倍加嚴密,以虞復逞。(七月十一日發)

二十日,晴。正《説文部目》音讀。

二十一日,早晴,晚雨。

家大人己未監試山西鄉試寄呈月川制府之作

重啓龍門際盛時,更居蓬島忝監司。(東坡監試詩"況我官居似蓬島"。)求才詔下開恩榜,應舉人猶守舊規。簪紱聯翩誰領袖,吟懷磊落想襟期。(公去年監臨晋闈,有"襟懷期磊落,領袖照分明"之句。)人生會合古難必,(東坡監試詩句。)東望長吟坡老詩。

去年鎖院奉天章,犀節熊軒徙大梁。纔聽中原提將鼓,更問横海翦吞航。聖心久倚長城重,偉烈能爲一代强。慚愧𤓰尊無用處,壯心歸興兩茫茫。

二十二日,晴。安徽巡撫翁同書疏言:"安徽定遠縣知縣周佩濂官聲素好,前次逆匪攻撲縣城,登陴守禦,城圍遂解。六月初八日,捻逆勾引廬逆,合衆數萬,復攻定遠,該員晝夜巡城,嚙指出血,激勵衆心,誓以死守。十七日夜,賊用地雷轟塌城垣,該員率勇巷戰,頂受矛傷,猶復挺刃迎擊賊衆,攢刺力竭捐軀。詔以佩濂,洵不愧守土之吏,殊堪憫惻,追贈道銜,從優照道員陣亡例議恤,并于死事地方建立專祠。其親族幕友同時殉難之藍翎外委周汝諧、六品軍功周炳濂、廩生沈文登、文童沈樑、候選從九品舒習謙、廩生沈仁普、文童賴文光、藍翎守備蔣有龍、附生金福鴻、從九品章懋、文童宋錫祥及家丁王炳等十餘名一並議恤附祀。佩濂之兄舉人揀送知縣周景濂前次協同守城,尤爲出力,城陷之時,受傷跌撲,經兵勇救出得生,以知縣留安徽補用。"佩濂,字漁坊,貴州鎮遠人,辛亥舉人,癸丑揀發安徽補南寧縣,甫至任而城陷,自經於城隍廟,不絶,賊退,紳民救之得生,復收合潰團,進擊賊於境外。大吏奇其才,不科失守罪。奉諱歸,值苗變,與其兄景濂集鄉人爲守,屢戰勝。親至苗寨分别良苗,安撫勸諭,又覓綫招降,皆有端緒。而總兵閔雲屢失利,又縱兵辱知府、擾民團,事遂不果。兄弟先後去省城告之大吏,大吏僅與功牌數十張,空札數十道,使辦團勸輸而已。丙辰,余隨家大人去鄉,遂無復左右。佩濂兄弟者勢遂不支,乃去之,官安徽。五月,賊撲定遠,巡撫退守壽州,而佩濂以守土官不可去,矢城存與存、城亡與亡之義激勵鄉團,連敗賊,賊始退。巡撫不能赴援,勝帥亦引兵向盱眙,所遣援兵又不即至,城遂陷。嗚呼烈哉!誠如詔書,不愧守土者矣!

二十三日,晴。以錢三百得漢元延尺,準今工部營造尺七寸一分强、今裁尺六寸二分强,準孔氏所藏建初尺弱二分强。兩頭有磨刓處,不關制度長短也。文曰"長安銅尺卌枚第廿,元延二年八月十八日造"。式與建初尺同,而多"卌枚第廿"四字,"長"作"","安"作"","尺"作"","延"作"",篆與《説文》小異。考之印文、碑文則多相合。銅質、朱沙文頗似贋鼎,亦必依式造作者,用作鎮紙亦不惡也。邸鈔。恭讀上諭:上年嘆吉利國船隻駛至天津海口,首先開炮,傷我將弁,是以命科爾沁親王在大沽海口嚴行設防。此次各該國换約,業經桂良、花沙納在上海告以大沽設防,須由北塘海口行走。乃本年五月嘆國、俄羅斯到津,不遵桂良等原約,竟欲大沽闖入口内,毁我防具。五月二十四日,駛進雞心灘,用炸炮轟斷鐵鍊。我兵仍未與較。二十五日,火輪船十餘隻,拉倒鐵創十餘架,皆豎紅旗,志在決戰。經直隸總督恒福等派員轉送天津道照會前往,嘆國并不接收,竟敢先行開炮,轟擊炮臺。我軍始行開炮回擊,沈毁該國戰船多隻,擊斃上岸步隊數百名。嘆兵挫敗,實由自取,並非中國失信。其時咪唎㗎國使臣華若翰仍依桂良等原約駛至北塘海口,求准進京,呈

遞國書。經恒福等具奏,該國照會情詞恭順,是以朕准令進京呈遞國書。本日據桂良、花沙納將咪國使臣華若翰照會該大臣等公文呈閱,見其詞意甚屬恭敬,出於至誠,所有該國使臣齎來國書準其進呈,即派桂良等接收。至换約一節,本應回至上海互换。朕念其航海遠來,特準將合約用寶,發交恒福,即在北塘海口與該國使臣互换。自换約之後,永遠和好通商,以示朕懷柔遠人、敦崇信義至意。此旨即著桂良、花沙納宣示咪唎𠲎使臣華若翰知之。欽此。周起濱擢廣東布政使,吾黔人也。賀御史壽慈請崇節儉一疏,有功世道之文。疏别存。

二十四日,晴。

二十五日,晴,暮微雨。僕余堃死,葬之東門外義地。堃父故儒生,幕於蜀。其母改嫁張,携堃及弟二人。張不能容。乃奴於張惺門大令、余麟士觀察家,稍識家君。過蜀,堃來從。方十六歲,余教之書,頗解用筆,小楷書甚秀雅。數年來,代司書記,循循如書生,無長隨習氣。今年春,嗽血,至是死。年二十歲。過夏容甫、龍皞臣談,出觀《李伯元詩》一卷。

二十六日,晴。

二十七日,晴。

二十八日,晴。聞咪夷十九日出京。

二十九日,晴。連日了應俗文字,作寄京外各函札。游開化寺,購國朝人文集數種。閲字畫,多贋者。傅松僑《獨游閣詩》十二幅,大字長幅,雄偉逼人,索值貳百金,三歎置之。又《韻纂》一書,稿本,頗佳。

(袁媛整理)

第十八册　白雲編(咸豐十一年正月)

白雲編

【咸豐十一年正月】

咸豐十一年正月元日,晴。將以明日起行,省家君於太原,聞家君引疾也。彭君麗生來别。年前閱鄭之僑《鵝湖講學會編》未竟,竭一日之力點看畢。此書於朱子、陸子學問源流雖異實同處辨之最悉。

初二日。五鼓起,收拾行囊,黎明就道,自轉樓南閻村七十里達明月店。自唐邑至正定路凡三:一至清風店,三十里合路;一至定州,六十里合路;此不經定州,徑西南趨明月,小路也。積雪未融,茫茫銀海,單車歷碌,如涉洪濤。二十五里至新樂,夕日西沉,枯林蕭颯,旅愁頓增。逆旅無人,買食不得,幸囊有乾飯,覓火煮之,亦得一飽。讀《易·乾卦》。

鄭康成説有"易簡""不易""變易"三義。(崔覲、劉貞簡同。)朱子但取"交易""變易"二義。

朱子解下爻爲初,本莊氏説。"九老""七少",本張氏説。

九二,"利見大人"。大人指九二,程子所謂大德之臣,朱子所謂在下之大人也。鄭康成解爲利見九五之大人,程、朱兼采其説。

荀爽解"終日乾乾":"日以喻君,三居下體之終而爲之君;承乾行乾,故曰乾乾。""終日"二字如此解,甚泥。又以"日"喻君,"夕惕"喻臣,《困學紀聞》嘗辨之。

乾取象龍,六龍即六爻之龍也。侯果以天地四時爲六位,鑿甚。

阮文達謂有韻者爲《文言》,殊不然,《易》用韻多矣,不獨《文言》也。

周氏以元亨利貞配四時,何妥配五常之仁義禮信,李鼎祚以貞配智而謂信屬土,寄旺四時。朱子取周、李説。

"確",鄭訓堅高。不堅不高,不可以潛。

"閑邪",宋衷解:"二在非其位,故以閑邪言之。"剛而得中,可曰非其位乎？不如程《傳》"既處無過之地，唯在閑邪"義長。

《文言》爻詞九二稱"易曰"，虞翻以爲地數始二，故稱"易曰"。則《坤》初、(五)[四]《文言》皆稱"易曰"，何説？《繫詞》亦言"易曰"。此隨文舉詞，本無意義也。

在上、在下，王輔嗣謂：居下體之上，在上體之下。程《傳》用之。虞翻謂下爲初，以"憂則違之"訓"不憂"，泥而難通。

何妥以"見龍在田"爲夫子洙泗之日，取象人事，最爲切合。玩下"天下文明"學聚問辨，寬居仁行，爻本有此象也。

用九"不可爲首"，王弼注："天下治也。"乃云"全用剛直"，於義未協。朱子"剛而能柔"之説爲勝。

君子疑懼之時，非一味畏縮，不妄動耳。"終日乾乾"，行事非無事也。"或躍在淵"，自試非不試也。昌黎《原道》云："正心誠意，將以有爲也。"

"下也"至"天下治也"，何妥謂以人事釋爻詞；"陽氣潛藏"至"乃見天則"，何妥謂以天事釋爻詞。王弼同。程《傳》以爲聖人之事，聖法天，一也。

"六爻發揮，旁通情也"，"旁通"猶言錯綜，以卦爻之變動言之，陸績、虞翻説，在諸卦皆可類推。

"其唯聖人乎"四句，李鼎祚以爲釋"用九"之義，最當。

干寶以文在羑里釋"潛龍"，文免羑里釋"見龍"，文王反國釐政釋"乾惕"，武王孟津觀釁釋"或躍"，武王克紂正位釋"飛龍"。以人事證爻詞，舉一事終始，以譬六爻，最爲顯易。程子以舜耕漁釋"潛龍"，何妥以舜歷試諸艱釋"或躍"，意同。干氏釋"自强不息"，以堯舜一日萬幾、文王日昃不暇食、仲尼終夜不寢、顔子欲罷不能。由此類推，讀經讀史，皆可證《易》。諸家以人事證《易》甚衆，不遍録。(近代有《爻徵》一書，每爻引事。)

干以《乾》六爻爲十一月至四月，《坤》六爻爲五月至十月，用《復》《臨》《泰》《大壯》《夬》《乾》《姤》《遯》《否》《觀》《剥》《坤》十二卦卦氣之説，康成注《乾鑿度》所謂"每月譬一卦"也。何妥説《乾》初爲十一月，二正月，三三月，四五月，五七月，上九月，以一爻譬兩月，六爻一歲也，卻無意理。

《文言》分節,朱子六節,與周氏合。然周氏以“乾元者”至末,統作第六節(説見《周易集解》。)朱子卻自“乾元者”至“天下平也”爲第五節,與周不同。周氏前五節如何分次已不可考。朱子以“行此四德”以上爲第一節,何妥卻自“初九日”以下至“有悔也”爲第一節,其爲次亦不同。

初三日。行四十五里,至伏城驛中火,四十五里正定宿。去年自晉西來,途中考輿地頗詳。見《潞河紀程》。後閲近人輿圖數種,則予於滹沱遷徙尚未盡悉也,别識於《潞河紀程》後,不復贅。因歎學問之無窮,一得自封,殊可愧矣。戒之戒之。讀《易·坤卦》。

“主利萬物,坤所以爲”至“不言所利,乾所以爲大”。

《乾》曰不息,以天行言。《坤》曰無疆,以地勢言。然德合無疆,則天本無疆,而坤德合之,《乾》統《坤》也。

程《傳》:“《乾》健《坤》順,《坤》亦健乎?曰:非健何以配《乾》,未有《乾》行而《坤》止也。其動也剛,不害其爲柔也。柔順而利貞,乃《坤》德也,君子之所行也。”彭年按:坤,臣道也。臣之爲道順乎乾,未有不健而能順者也。自古嚴氣正性之君子,無不忠於所事。便僻側媚之小人,狠賊横暴,終於篡弑。卦詞兩言“貞”,旨深哉!

虞翻以納甲之説解“西南得朋,東北喪朋”,謂爲陰陽消息之大要。朱子注魏伯陽《參同契》“三日出爲爽,震庚受西方”至“坤乙三十日,東北喪其朋”,言納甲甚詳,而《本義》不及。其謹嚴如此。今人取朱子所棄而自謂絶學。

“喪朋”“有慶”,謂陰離其朋以從陽也。學聖人之道,而因失其親,陽順陰性,馴至堅冰,君子不取也。

天以行言,曆算之學在其中矣。(六日七分,《易》之一端耳,不足以盡《易》。)地以勢言,輿圖之學在其中矣,故曰:《易》義至大,無所不包。

干寶曰:“藏器於身,貴其俟時,故陽在潛龍,戒以勿用。防禍之原,欲其先幾,故陰在三泉,而顯以履霜。”三復斯語,可以守身矣。

“小人之使爲國家,菑害并至”,“馴至其道,至堅冰也”,“唯仁人放流之,屏諸四夷,不與同中國。”去小人者,戒因循。(程子訓“馴”爲習,習爲因循。)

荀爽訓“大”爲陽,“二應五”“直,布陽於四方”。望文生義,與《文言》不相應。

“不習無不利”,王輔弼解“不習”爲任其自然,程《傳》取之,朱子“不待學習”亦是此義。干寶説“君子道成於我,而用之於彼,不妨以仕學爲政,不妨以嫁學爲婦”,訓“習”爲學,同而義微别。荀爽説“不敢先有所習”,謂陽唱而後陰和,與“先迷後得”之旨有合。

宋衷訓“無成”爲不敢有所成名。程《傳》“不敢當成功”,義同。朱子云“始雖無成,後必有終”,就事成敗上説,與《文言》“弗敢成”之義不相應。(《訟》六三,王注亦作“不敢成”解。)

“含章可貞,以時發也”,有不爲而後可以有爲也。“或從王事,知光大也”,其知可及也,其愚不可及也。

程《傳》:“‘黄裳’既‘元吉’,則居尊爲天下大凶可知。”又曰:“以陰居尊,非常之變。”人臣知此,則無羿、莽之僭矣。婦人知此,則無武、韋之亂矣。鄭康成比之舜試天子、周公攝政,取象雖似,啓小人覬覦之心。干寶以“龍戰”比之武王伐紂,尤悖。朱子之説曰:“陰盛之極,至與陽争,兩敗俱傷,其凶可知。”可爲龜鑑。

陰,承陽者也。“用六永貞,以大終也”,大謂陽,永守乎貞,所以終陽之事也。“地道無成而代有終”,代天終物也。(參取侯果説。)

“蓋言順也”,朱子:“古字‘順’‘慎’通用,此當作‘慎’。”彭年按:“順”字與《象詞》“馴”義相應,不煩改字。程《傳》:“霜而至於冰,小惡而至於大,皆事勢之順長也。”(荀爽釋“順”爲臣順君命,以霜爲乾之命,令坤下有伏乾,乾氣加於坤而冰堅,象臣順君也。與上文積漸義不合。)

旅店壁間告示廣西巡撫勞崇光札,載密流高知縣往大灣址掘逆匪楊秀清、馮雲山、石達開各賊首祖墳四十七座,悉挫骨揚骸,惟楊秀清祖墳内有緑毛龜,腹現“耶穌”兩字,亦剖焚之。黄巢、李闖祖墓事頗相類。楊逆已爲其黨所殺,故知賊焰之將熄也。

初四日。行三十里,至趙陵鋪中火。邑《志》載邑中八景,有“趙陵煙樹”,以陵爲佗墓。嘉慶中邑令徐配,粤人也,考佗墓在粤。此乃漢文帝遣人脩佗先人墓也,在鋪南二里許,《潞河紀程》所記不詳,今補志之。宋左屯衛劉將軍墓石猶在三官廟牆脚,余欲移置廟中,邨人衆論不一,竟不果。對之三歎。又三十里至獲鹿。四山晴雪,佳境娱人。晴已六日,道旁積雪尚四五寸,詢之土人,山中雪尤大。邑令胡君如山字芝卿,豫人。余同年胡君啓文猶子也。作家書託遞唐縣。讀《屯》《需》《蒙》三卦。

屯者,盈也,又難也。盈則生難,故土滿人滿,足以爲患。

"宜建侯而不寧",鄭讀"而"爲"能",能猶安也。語未協。虞翻:"不寧,猶寧也。"干寶、王弼同。荀爽説遇險故不寧。惟程子"不遑寧處",得宏濟艱難之意。朱子從之。

朱子以治絲譬"經綸",極有味。荀爽訓經爲常,綸爲理,言君子經綸,不失常道,亦有精義。烈風雷雨弗迷,陳蔡之阸歌詩不輟,皆變而不失常者也。

"匪寇婚媾",王輔嗣:"寇謂初。"程、朱從之。虞以五爲寇,緣《坎》爲寇盜也。漢魏人説《易》有定例,有定象,不可强同。

虞訓"字"爲妊娠,九家訓長養,意同。朱子引"女子許嫁,笄而字"禮,文義較長。

"鹿",王肅、虞翻皆作"麓"。

"君子上交不諂,下交不瀆,其知幾乎。"凡諂與瀆者,皆有所不能舍也。不能舍則患得患失,摇惑其心,安能知幾? 故曰"君子幾不如舍"。

六二乘初九,上六乘九五,皆乘剛也,六四以柔乘柔,虞翻謂三變成坎爲馬。

爲政之始尚嚴,其後寬一分,民見一分之德。若始之以寬,則稍嚴而生怨矣。故發蒙之初,法不可不正。

"行不順也",朱子作"慎",程子如字。

順巽之義,朱子不注,程《傳》備也。朱子不注之例有三:或文義顯明,不煩解説,一也;或上下文、或經與傳,别已發明,二也;或程《傳》已備,三也。

程《傳》:"治人之蒙,乃禦寇也,肆爲剛暴,乃爲寇也。"分析最明。

"以往吝",《説文》引作"以往遴"。遴,行難也,與悔吝義殊,卻有意味。《説文》又引作"以往吝"者,"吝""遴"本同聲字,孫星衍遂謂作"吝"者後人所增,好新惡常,學人通病。

"包蒙",鄭康成曰:"'包'當作'彪'。彪,文也。"剛中養正,有文之象。又初以刑教,二以文治,陽德陰刑,義或然也。

"需",或爲"䨲",鄭讀爲"秀",皆聲之轉。

程《傳》:"剛健之人,其動必躁,乃能需待而動,處之至善者也。"朱子:"以剛遇險,而不遽進以陷於險,待之義也。"與程《傳》合。侯果云:

“乾體剛健,遇險能通。”此程子所謂躁也,意義淺薄。

程子解“飲食宴樂”爲居易俟命,朱子大意相同。王輔嗣云:“盛德光亨,飲食宴樂,其在兹乎?”直作功成宴亨,與需待之義不合。

“敬慎不敗”,不敬則輕敵,不慎則寡謀,何不敗之有?

殺傷之地、險陷之所,需而不進,乃終得出。逆來而順受之,可轉逆爲順,故曰“順以聽也”。

“陰止於六”爲安其處,故爻曰“入於穴”;“陰居陽上”爲非其處,故《象》曰“不當位”。朱子云:“以陰居上爲當位。云‘不當位’,未詳。”不用程《傳》説。

初五日,陰。舍車而騎,自郗家莊山道(俗謂寡婦坡,以山上石欄,汾州楊寡婦修也。)徑趨下安郇小憩,由小路趨白石嶺。古白皮關,有趙守將白面馬將軍墓祠,額云“將軍趙之干城”。登嶺上,望四山雪林,蒼莽蕭瑟。四十里濲水鎮宿。讀《訟》《師》兩卦。

《釋文》“有孚窒”爲一句,“惕中吉”爲一句,朱子從之。虞翻“有孚”爲一句,“窒惕”爲一句,“中吉”爲一句,程子從之。(王輔嗣亦以“窒惕”斷句。)

“天水違行”,諸家皆作天上水下,荀爽解天勢西轉,水性東流,亦有理。

《需》九二之“小有言”也,陽剛而近險也。寬衍則吉,非是則過剛矣。《訟》初六之“小有言”也,陰柔而居下也。明辨則吉,非是則過柔矣。過剛則亢,過柔則諂。

訟不可成,訟不可長,聖人戒民之争也。

訟上掇患,從上得吉,聖人防民之亂也。

虞翻、王輔嗣皆“食舊德”句、“貞厲”句、“終吉”句,與《象詞》合。程《傳》云:“‘食舊德’謂處其素分,‘貞’謂堅固自守,‘厲終吉’謂能知危懼,終必獲吉。”則“食舊德”句、“貞”句、“厲終吉”句。朱子云“守舊居正”,則“食舊德貞”句、“厲終吉”句。

陽剛中正,陰險之人見之自沮,此之謂大人所以元吉。

程子以《書》《孟子》“方命”證“即命”,一得一失,意義顯明。

鄭本“褫”作“拕”,注“三拕”。三,加之也。按:《象詞》但言受服不足敬,無褫奪義,當從之。

李鼎祚謂:“丈人”當從《子夏傳》作“大人”;王氏曲解“大人”爲“丈人”,臆云“巖莊之稱”,學不師古,誤違經旨。彭年按:鼎祚説非也。《周禮疏》引鄭康成注“丈之言長,能御衆,有正人之德,以法度爲人之長,吉而無咎”,“謂天子、諸侯主軍者”,是解作“丈人”不自王氏始也。《詩》云“方叔元老,克壯其猶”,《書》云“皤皤良士,旅力既愆,我尚有之”,趙充國曰“無踰老臣”,孰謂少不更事可爲將哉!

朱子用晁氏説,直以“否藏”爲“不藏”,解較直捷。

崔憬解“左次”:偏將軍居左,左次,常備師也。王輔嗣曰:行師之法,欲右背高,故左次之。程子、朱子解爲退舍。三説不同。按古人尚右,以黜爲左遷,程、朱訓字義最善。吾取崔説,似於《象詞》尤合也。

古者田獵以講武事,“田有禽”不必做譬喻取象解。

程《傳》“執”言奉詞也,朱子言詞也,義異。

《易》爲君子占也,故曰“小人勿用”。

自古無小人亂邦而大將能立功於外者,《易》爲大君戒之至矣。

初六日,陰。① 昨夜就寢,門前槖駝鈴聲不絶,不能安卧。天明行,經井陘縣城,河東坡涉泜水,水碾甚多,不知作水車灌田,甚可惜也。昨逆旅人爲言井陘自咸豐七八年蝗災後,又苦旱,粟米至十四千一石,石四十桶,(北方升斗不一而桶則一,故問升斗輒問桶若干。)較保定蓋不僅倍之。民之逃亡者甚多。爲民牧者,應接兵差,不暇謀民之瘼矣。過龍窩寺,登山寺,尋所謂龍洞,已封閉,僅留小隙耳。樓毁於水,其寺在山半者,又俗僧所葺,無可留覽,惟松數株尚含微雪,而峰回嶺複如玉,視前歲經過,又一境趣。五十五里,核桃園中火。又二十五里,過故關,至槐水鋪宿。石道冰堅,馬蹄步步顛滑,馬上不暇思索,旅舍始展卷,讀《比》《小畜》兩卦。

“行險而順”,非無險也。“毒天下而民從”,非無毒也。“師之憂也”,先天下而憂也。“原筮”,猶待筮也。“不甯方來”,猶未來也。“比之樂也”,後天下而樂也。

干寶以《周禮》“三卜,一曰原兆”,釋“原筮”。

虞翻“艮爲背,上位在背後,無應乘陽”,釋“後夫凶”,極有味。

---

① 眉批:霏塵如雪花而色黄,天色曉赤。

六二與九五爲正應,《象》猶云"不自失也",《小畜》九二《象詞》亦然。君子難進易退,不敢妄與人比;居中守仁,不妄爲人畜。

馬融以乾豆、賓客、君庖釋"三驅"。程《傳》取褚氏"天子不合圍"之義。

"顯比",程《傳》"顯明其比",朱子"其比已顯",義小異。

無首則無終,是以君子慎終于始。

"自我西郊",漢魏諸家皆以四互兑,居西方。程《傳》:"東北陽方,西南陰方,陰畜陽,據四而言,故曰我。"朱子:"我,文王。自我文王演《易》羑里,故謂岐爲西。"説各不同。

初與四爲正應,當爲所畜,猶必由其道。陽,君子也,陰,小人也。君子之自遠於小人也,重道也。故朱子曰"自守以正,不爲所畜"。

馬融以乾爲車,虞翻以坤爲車。馬就内卦本體言,虞以至三成乾而坤象不見,則消息之義也。王輔嗣但就三四兩爻取義,程、朱從之。

《易》言"月幾望"者三:《歸妹》之吉也,陰得中也;《中孚》之無咎也,陰得正也;《小畜》之凶也,陰加於陽也。陰,妻道也,臣道也。陽,夫也,君也。爲妻爲臣言,則欲其盛也;爲夫與君言,則懼相抗也。幾者動之微,於其微也而審之,猶可以有爲也。偏信專任而無所疑,其不亡國敗家者幾希。

初七日,晴。自柏木井,經閻王臺,讀張鉞摩崖碑記。鉞,平定人。嘉慶十八年修白石嶺後,復修此路,好行其德者也。《潞河紀程》誤以吾楚之詩人字度西者當之。過分水嶺、柏井驛至橋頭中火。經石門鎮登長風寺,重讀天保六年釋汕所書摩崖碑。又天保四年及周長壽三年兩造象,昔年未曾搨得,屬寺僧爲搨之。釋汕所書一碑,向少搨者,自余屢爲人言及,寺僧云近日過客多見索,但達官耳食,名士好奇,嚮搨既多,必至缺壞,是余言適爲此碑之阨矣。僕人何忠見余好碑,則爲言河東道署大堂嵌碑是從鹽池掘獲者,夜嘗有光,或石光耳。俗人誕傳可笑如此。過黑煞嶺,至坡底宿。讀《履》卦。

荀爽解"柔履剛"爲乾履兑,程、朱從之。虞翻詆履兑之説爲俗儒,謂兑剛鹵,非柔,而以坤履乾爲解。蓋用旁通《謙》卦象。彭年按:《彖》云"説而應乎《乾》",程、朱説是也。

"獨行愿也",史家立《獨行傳》,義本於此。

諸家解“幽人”,皆作幽獨解。虞翻作幽獄,亦通。如虞説,則羑里演《易》,爲履道坦坦而得貞吉矣。

諸家解“武人爲于大君”,皆謂以武人爲君。朱子證以秦政、項籍。彭年按:此義非也。如此説,則直作“爲大君”,不加“于”字,加“于”字則是以武人有爲於大君之側,得君而專,直擬于君。不讀古書,不親端人,不聞正論,一志用剛,宜其咥人而凶也。三非君位,故知諸家所説,未合經旨。

鄭氏釋“考祥”云考正詳備。“詳”“祥”古字通用。朱子:“視履之終,以考其祥。”似同鄭説。

位雖不當,愬則吉,位雖當,夬則厲,畏天者保國,自用者亡身。

初八日,晴。行數里,即大風,至賽魚。遇喀什喀爾辦事大臣回京,篷車十五輛,轎車八輛,號馬十餘匹,坐馬數匹,未鞍者復十五六匹,中一菊花青者,名駿也。朝廷得此輩何益邊事,但多取金帛供其貪緣揮霍之資耳。朝右薦一人,不啻買田一區。此輩皆朝右田莊也,誰爲聖人言之哉,可勝長歎。新店中火,風愈大,寒徹骨,至土七嶺(行八十里)宿。過測石後,山脚雪有深尺許者,新舊相間凡四層,蓋前雪未融而後復積也。土七嶺、天生橋一段,風景頗似蜀道,余每過此,輒流連不置。雪景尤勝,惜風勁不能久立。下騎行嶺上,被囊爲風揭去,可知風力矣。晋人有畜兩犬者,其一貪而黠,其一愚。黠者,閣之珍、廚之餌、廁之穢,無不嗜也,無不盜也。常盜臧獲食餘不得,齦齦而怒。或與群犬奪,嗾愚者使噬。愚者之爲體巨,顧常爲役焉。主人有妾,黠者知其寵也,摇尾而事之。妾日譽黠者於主人,未幾逐愚者而增黠者禄。逆旅主人爲談犬事,率記之以資談笑。讀《泰》《否》兩卦。

鄭氏以四時證“輔相”,程子從之。

朱子引郭璞《洞林》,讀至“彙”字絶句。彭年按:虞氏《易》義已然,蓋先儒舊説,不自郭始也。玩《象詞》,自以“征吉”爲句爲是,鄭氏、王氏皆“征”字斷句,程子從之。程子以“包荒,用馮河,不遐遺,朋亡”分作四項解析,極明。朱子從之。王氏云“包含荒穢,受納馮河”,解“用馮河”句,異。荀爽云“欲馮河而上,自地升天,道雖遼遠,三陽俱上”,解“不遐遺”,竝異。

程子謂,古者帝女皆下嫁,至帝乙然後制爲禮法。義無所本。館甥、釐降,何常無禮法也?不如朱子以古人爲言,如高宗、箕子之類,其説不滯。

"自邑告命",虞氏"命逆不順"之説近之。《易》言"邑"者屢矣,《謙》以邑、國對稱,則邑之卑小可知。(程子王都、國都之説未可據。)

命不出自大君而出自邑,故《象》曰"其命亂也"。

程《傳》曰:"始以内君子外小人爲《否》之義,復以初六否而在下爲君子之道。《易》隨時取義,變動無常。否之時,在下者君子也。"朱子云:"三陰在下,當否之時,小人連類而進之。"《象》義與程《傳》異。玩"征吉""貞吉亨"兩句,程《傳》義長。

知《否》之爲亨,則不可榮以禄矣。知群之不可亂,則不之於匪人矣。

王氏釋"有命"爲有命於人,程子以爲有君命,朱子以爲有天命。天命之説於義爲長。

鄭注:"否世之人,不知聖人有命,咸曰其將亡矣,其將亡矣,而聖乃自繫於植桑,不亡也。"程《傳》:"當深慮遠戒,常虞否之復來,曰'其亡矣,其亡矣'。其'繫於苞桑',謂爲安固之道,如維繫於苞桑。"解各不同,而再三誦之,皆能使讀者得經傳言外之旨,是之謂説經。

初九日,晴。經壽陽,途之人三三五[五]交相語者,皆言縣令高侯之賢。問之,則以其新去官也。廿四都紳耆保留不得,邑人若失慈父母焉。余問高侯何德而思之若此?則曰聽訟明也,愛民也。余又問曰,聽訟明則聞命矣。敢問其愛民何如?一老人曰,吾不知其所以然,但前之令乎此常擾,而高侯不擾。余又曰,兵差站差,抽釐勸捐,高侯不能止也,其能不擾乎?老人曰,是固然,然民固知不能止也,高侯之役吾民,取吾民,常若有不得已者焉。高,大津人,以舉人選壽陽令,官此兩年,飢者易爲食,渴者易爲飲。今日作好官,蓋非難事,肯作好官卻非易事。余自七嶺至清平數十里間所聞,大略相同,輒記於此,俟更訪之。清平中火後,行王强山梁,東望遠峰最高,雲樹迷茫。土人告余曰,此方山也,去王强七十里,去壽陽四十里,山上多松,有泉有池,蓋勝景也。凡看山有大略看者,有細緻看者。如看雪山,當雪勢迷漫,或雪初晴,此當大略看,取其煙霧晴靄之氣而已。久晴之後,則雪之向陽處皆消,於此觀山之陰陽向背,則石骨山脈皆了然界畫。如壽陽多土山,墾田如梯,七嶺、王强、要羅皆在高處,下視尤爲分顯,此須細緻看。行九十五里,至什貼宿。夜不成寐,枕上口占:"雪騎蕭蕭度萬山,危途纔過覺身閒。尚餘一枕思親夢,百里須臾數往還。板輿昔日此經過,黑煞山頭感慨多。慈母携兒兒侍母,重來惟有淚滂沱。"憶四歲隨母入晋,車經南天門,母下車步行,婢喜音携彭年從。戊午冬,彭年送母之保定,單騎隨肩輿至南天門。母呼彭年,指牌樓曰,此昔受磨折處也。今復經此,而吾母逝將一載矣。觸目生痛,百感交集,不能讀書。

初十日。四十五里,甎井中火,四十里至太原。叩謁嚴親,泣下不能語。少頃,乃細述近事,蓋爲小人所排擠,無復餘地。又念彭年甚切,飲食减少,齒牙動摇,今得見,乃悲喜交集也。

十一日,晴。晤皞臣。家君以病呈示曰,呈中論正氣邪氣好。

十二日,晴。晤吉甫。

十三日,有人以某觀察貪迹呈家君,家君不納,哂之。

十四日。聞有以蜚語中傷家君者,蓋余姻家,又余翰林後輩也。家君一笑置之。

十五日,晴。皞臣、吉甫來。

十六日,有來述大府欲以家君權缺,而某學使代某乞恩,至伏大府苫塊側移時。方伯聞之甚憤,使語家君曰:此論公道,吾不畏權勢,猶能主持。家君屬轉答曰:無煩大力主持,已決計引退矣。

十七日,晴。家君乞病假。

十八日,晴。移居橋頭。

十九日,晴。大府語家君曰:君欲雁平,明日即定。家君笑曰:去志已決,若復戀戀,可耻孰甚。大府又曰:吾行入都,將爲君覘聖人意向。家君曰:君子難進易退。其將進也,上意不可不審也,不審上意,是輕進也;若將退,則惟義所在,何問上意哉!大府又以時艱,非退休之時。家君曰:山西乃無事,又官場争競過甚,宜示退讓。大府默然。

二十日。在皞臣寓晤和甫。連日大府使廉訪留行,家君辭之甚力。大雪,諺云"九九見雪,平地開裂",今八九皆見雪矣。吉甫言,聞解州刺史葉君桂芬言中條山鳴。

二十一日,陰,雪。吉甫、皞臣來取别。

二十二日,陰。家君作《留别晋陽詩》二十首。

二十三日,晴。拜辭家君,先之保陽。家君以故鄉兵燹,道途梗塞,欲暫居畿輔耳。出城泥濘,夜深始達什貼,買騾轎乘之。連日侍親側,未暇披覽,旅館寂坐,乃讀《同人》卦。

二爲同人之主,而不敢自專,故曰乾行。王弼注:"所以能同人于野,亨,利涉大川,非二之所能爲也,是乾之所行,故特曰'同人曰'。"深有所見,不必泥程、朱衍文之説。

虞氏:"震爲夫,巽爲婦。所謂二人同心。故不稱君臣、父子、兄弟、朋友而言人。"穿鑿可笑。至其解《象詞》曰:"方以類聚,物以群分。孔子曰'君子和而不同',故於《同人·象》見'以類族辨物'也。"則析義甚精。彭年按:《同人》言類族辨物,見君子不苟同;《睽》言同而異,見君子不立異。

陸希聲解:"門者,出入之正道。不由斯道則有咎。"濫交者宜三復斯言。以"郊野"例推之,"出門"自以所同廣博爲正解。

《同人》之象,以二得位而成,而二爻乃有吝道。程子以"私""狹"兩字釋之,不私不狹,可爲大臣矣。

"伏戎不興"者,有所畏而不敢動也。"乘墉弗攻"者,有所畏而能自改也。聖人欲人改過,故於四爻言吉。

"言相克"也,諸家皆解言能相克,以"言"爲語詞,惟侯果解以言相克。師直爲壯,詞直者勝。兵出無名,事故不成。侯説亦有理。《集解》引《九家易》曰,乾爲言,蓋亦漢人相傳古義也。

二十四日,晴。出太安驛後,北經黎莊,沿童子河河岸行,仰望王强,少十里陟降之苦。至清平中火,黄門宿,行七十里。大樹堙楊樹上碧葉紅實數十叢,土人或云樹老則生,或云是寄生。逆旅人言晋省連歲荒歉,汾平一帶,鬻男賣女,以完賦入,富民商賈折本,而勸輸不已,貧則爲盜,晋亂指日可候。壽陽差有收成,而轉販出境甚多,糧食亦貴。陽曲以南,地畝賤賣,無有售者。向來上田賣十五六千一畝,今三四千不值也。可勝慨然。讀《大有》卦。

程《傳》:"諸卦具元亨利貞,則《彖》皆釋爲大亨,恐疑與《乾》《坤》同也;不兼利貞,則釋爲元亨,盡元義也,元有大善之義。有元亨者四卦:《大有》《蠱》《升》《鼎》也。唯《升》之《彖》誤隨他卦作大亨。"彭年按:《鼎·彖》先言大亨,後乃言元亨。"大哉乾元",元取大義,曰元、曰大,蓋亦隨文舉詞耳。

天下所以不治者,善氣不伸也。善氣不伸,由惡人之當路。惡人易進,遏者防其進而止之也。善人自藏,揚者懼其藏而顯之也。君子小人,不能並立,豈得以賢奸並進,包容荒穢,謂之大有哉?王注包容之義、《口訣義》好生惡殺之説未是。朱子"所有既大,無以治之,則釁蘗萌於其間",探本之論。

王弼以"無交"句、"害"句、"匪咎"句、"艱則無咎"句,諸家皆以"無交害"爲句,意義各别,王義爲長。

程《傳》:"九二以陽剛居二,爲六五之君所倚任,剛健則才勝,居柔則謙順,得中則無過,所以能勝大有之任。"彭年按:有才之人,難得謙順寡過。"如有周公之才之美,使驕且吝,其餘不足觀也矣。"任重行遠,豈一剛暴之人所能勝?無交而取害,禍及其身,而害於國家。

"匪其彭",王弼作"旁";王肅釋"彭"爲壯;干寶釋彭"亨,驕盛貌",皆與程《傳》"盛貌"義近。惟虞作"尪",釋體行不正,意義迥殊。虞以作"彭"、作"旁"爲聲字之譌。朱子取程《傳》,又云未詳,亦以舊説多不同耳。《口訣義》棄三旁而歸於五,不作旁大解,又一説。

"易而無備",程《傳》謂"若無威嚴,則下易慢而無戒備",朱子從之。吾取侯果"唯行簡易,無所防備"之説,以"備"爲威,馬援所謂井蛙也。

二十五日,晴。四十五里,張净鎮中火。三十里,新興灘宿。騾轎摇蕩,較車箱顛簸,尤不可耐。飯後易騎,遇童子王玉禄,武安人,自言咸豐三年八月廿六日賊破武安,磔縣令於砲臺。童子父王英,生員也,與同族五人被掠至臨洺關,英酒醉駡賊見害。童子時方九歲,賊以一馬負三小兒,稍長者騎馬背上,而索絡兩幼者掛左右,童子在絡中也。至深州遇鄉人,挈之逃,賣於朔州李氏,今請於李,歸覓其母。過甯武,爲盜所劫,余略助其川資數百文。讀《謙》卦。

虞引蔡景君説"《剥》上來之三",侯果説同,朱子《卦變圖》"五陰五陽之卦,皆自《剥》《夬》而來",即此義。

"天道下濟",程《傳》:"濟"當作"際",用上蟠下際説。按諸家作"濟",文義自明,不煩改字,故朱子不用程《傳》。

小人得志未必不快意一時,故君子以有終爲吉。

王引之釋"謙尊"二字爲撙節之撙,最佳。

程《傳》引《詩》"自牧歸荑"釋"自牧",曰"自牧,自處也"。按:《九家易》、鄭康成、王弼皆釋爲"養",《釋文》云"牧養之牧"。養義較長。

程《傳》:"凡貞吉,有爲貞且吉者,有爲得貞則吉者。"按程《傳》發凡散見諸卦傳中,當撮爲一卷,補所未備,爲《略例》之類。

程、朱云"有功勞而能謙",説本《繫詞》。王弼"上乘下接,勞謙匪懈",是作勞於謙解,非。

"撝",《釋文》"與麾同",王弼"指撝",程《傳》"如人手之撝",朱子"發揮",義並同。荀爽釋爲舉,鄭康成讀爲宣,義亦相近。惟馬融釋爲離,義異。按:離之言麗,即《象詞》"不違"意。

謙者惡盈處卑,而五"利用侵伐"、上"利用行師"。程《傳》云:防其過柔,以剛武自治也。吾取王弼"以謙順而征伐"之説,得以柔克剛之意。

二十六日,晴。午後風吹面不寒,柳條黄嫩,草已勾萌,河流活活,皆春景也。翠蛟潭、青玉峽值此晴明,積雪初融,石氣猶潤。行六十里,西郊鋪中火。又四十五里,柏木井宿。作書寄慰家君。過石門寺,詢所搨碑,未得,殊悵悵。自石門徑南爲往樂平、和順道,自平潭康南由娘子關至北張郕合路,亦馱載往來之道。平定州城外某氏塋多松,一株蟠曲,不減京師慈恩雙松也。晋俗多祔葬,甚至幼子鰥夫,必買人家幼女老婦同葬,取爲冥姻。貧家貪利,往往青春弱女未字而有夫,白首嫠居已死而更嫁,傷風亂倫,莫斯爲甚,從未聞有司示禁也。讀《豫》卦。

"雷出地奮豫",諸家皆從"奮"字絶句。崔憬曰:震在坤上,故言雷出地。又曰:雷聲之疾,有龍奮迅豫躍之象,故曰奮豫。以"雷出地"爲一句,"奮豫"爲一句。

有大能謙,然後能豫,豫然後利行師。氣小易盈,志驕輕敵,衆情不協,必敗之道也。

鳴謙者心得而吉,鳴豫者志窮而凶。謙可鳴也,豫不可鳴也。且初六非能自豫,援四而豫。在下能自立者不鳴,在下而援上者必鳴,小人之情,不畏凶也。六二與初六相比,故"介於石,不終日,貞吉",知幾其神乎。

"介"訓堅,與《繫詞》始合。虞訓爲纖;馬作"扴",訓觸小石聲;鄭作"砎",訓磨砎,皆非。程《傳》、朱《義》説得極警動,士君子三復斯言,出處進退裕如矣。

"盱",子夏作"紆",京作"汙",姚作"盱",文各不同。向訓喜悦優媚之貌,鄭訓誇,王訓大,姚訓日始出,(引《詩》"盱旦始思"。)義各不同。

程、朱並訓上視,四爲卦主,三上視於四,善狀小人側媚攀援情狀。

"遲有悔",朱子曰"事當速悔,若悔之遲則必有悔",垂戒深切。程《傳》"遲遲而不前,則見棄絶",蓋本王注引伸之,非聖人垂戒之意。

"簪"字,諸家文字、音義各不同。朱子取聚、速兩義。訓聚者,侯果、虞翻説;訓速者,《子夏傳》、鄭康成、蜀才、陸希聲、王弼説。

乘剛,不剛也。未亡,將亡也。知致疾之由,求不死之法,則無溺於《豫》矣。

程《傳》用王注,以"冥豫成"爲句,"有渝無咎"爲句。朱子以"冥豫"爲句,"成有渝"爲句。

二十七日。山有薄霧,日曀光微,風寒。行五十里,至板橋中火。又四十五里,微水宿。冰消雪釋,河流湯湯,麥苗回青,微風蕩漾,微水春景,甚娱旅懷。讀《隨》卦。

"隨時",朱子從王肅本竝作"隨之"。按:虞云"時行則行,故天下隨時"。蜀才、王弼云"得時則天下隨之"。程《傳》云"天下所隨者,時也",又云"此贊隨時之義大,與《豫》等諸卦不同。諸卦時與義是兩事"。作"隨時"亦有精義。《象詞》"嚮晦入宴息",《雜卦》"隨無故也",即變通"趣時"之義。孔子聖之時,故《易傳》言時處最多。

王弼釋《象詞》,動而"説隨可以無爲,不勞明鑒,故君子嚮晦入宴息",此老氏之言。侯果"欲君民者,晦德息物",亦附會。惟翟元云"雷者,陽氣,春夏用事。今在澤中,秋冬時也。(《九家易》説同。)故君子象之。日出視事,其將晦冥,退入宴寢休息",得隨時之義。

鄭釋"出門交有功",謂"是臣出君門,與四方賢人交,有成功之象",引"四門穆穆"爲證,與上文"官"字意義相洽。程、朱但作不私暱解,取《同人》"出門"義也。

初爲小子,五爲丈夫,舊説相傳如此。虞以兑爲少,小子謂五,非是。兑是少女,不得言子。虞又云"丈夫謂四,體大過,與老婦、士夫同義",尤爲牽附。果爾,則六三《象詞》"志舍下"何説?

知有獲之爲凶,乃爲明哲,是不難。惟在思義,故《象》曰"其義凶"矣。

"上窮",程、朱釋"窮"爲極,謂"隨之極"。虞謂"乘剛無應,故上窮"。王弼謂"處於上極,故窮",義異。

虞翻、王弼釋“亨”爲通，惟陸云“許兩反，祭也”，程、朱從陸説。

二十八日，晴。行四十里至獲鹿，拜胡芸卿大令，託寄晋信。獲鹿正月尾兩日，張燈鼓樂，晦日演劇，名曰送年。東南百貨入晋，自獲鹿起載入山，亦大都會也。胡君云，連年兵差、大差勸捐抽釐，近僧邸、大府並發功牌勸捐，又派協濟大差銀兩千，又派車輛，每車五十日芻秣，亦數千緡，民力蓋不支矣。是日方請紳賈勸輸也。讀《蠱》卦。

《左傳》“女惑男，風落山，謂之蠱”，伏曼容引伸其義，程《傳》取之。

鄭説：“先甲三日，謂辛。後甲三日，謂丁。”褚氏、何氏、周氏同，朱子從之。《子夏傳》：“先甲三日，辛、壬、癸。後甲三日，乙、丙、丁。”後世三奇之説所由昉也。按：馬云先後各三日，程云一日二日至三日。三，語之常也。《易》云“三驅”“三狐”“三品”“三就”“三人”“三歲”“三年”，未必定以三爲義。即言日者，“先甲三日”“後甲三日”“先庚三日”“後庚三日”“三日不食”，亦不定泥“三”字爲説。

《釋文》：“‘有子考無咎’絶句。周依馬。王肅以‘考’絶句。”按虞翻説亦“考”字絶句。王弼注、程《傳》、朱子《本義》皆“有子”絶句，“考無咎”爲句。

蠱必有事，事尚可爲，君子不敢諉其任，故曰“利涉大川，往有事也”。事無可爲，君子不敢貪其禄，故曰“不事王侯，志可則也”。天地閉，賢人隱，《蠱》之終言，此可慨已。

二十九日，晴。易車，行三十里，趙陵鋪中火。詢店主人郝姓邨人不肯移三官廟牆脚劉公碑之故。郝云，牆脚深溝，大雨溝盈，適當其衝，土人懼易之不能堅固，不足禦水也。過滹沱，冰盡釋矣。五十里，北二十里鋪宿。讀《臨》卦。

“至於八月有凶”，虞仲翔、何氏皆自建子之月至建未爲八月，消《遯》。李鼎祚：自建丑之月至建申爲八月，成《否》。褚氏：自建寅之月至建酉爲八月，反《觀》。程、朱皆取建子之説，朱子兼取建寅之説。按：程、朱言子至未，自《復》卦起，合八月之數。鄭康成亦用建丑之月，而八月則指周八月，謂“見周改殷正之數”，説又與諸家異。荀公又以《兑》爲八月，則仲翔辨其失矣。

十二卦言消長之理，《否》《泰》最明。《剥》總言消息盈虚，示戒也。《乾》《坤》不言消長，其道至大，不待言也。《大壯》《觀》不言消長，陰陽方盛也。《姤》不言消長,幸陰之尚微也。《復》言剛長,喜陽之來復也。《臨》言長而即言消,將盛而戒其衰也。玩《臨》《遯》兩"浸而長",八月自以消《遯》之説爲長。

荀爽以陽當居五,陰當順從,今尚在二,故曰"未順命"。程《傳》:"五順體而二説體,又陰陽相應,故《象》特明其非由説順。"朱子曰未詳,不用舊説。

艱則無咎,憂之無咎。生於憂患,死於安樂。故曰"無咎"者,善補過也。

【咸豐十一年二月】

二月初一日。行七十里,新樂縣東關中火。訪蘇虚谷大令,在保定未歸。店主人趙秋兒訴其叔趙老清凌虐之狀,已賣其寡居伯母趙趙氏,復將賣其寡母趙侯氏。秋兒不可,遂尋釁端。時方横詈,余勸秋兒詈則忍之,欲小利則讓之,至欲售其母則勸沮之,勸沮不得則告族里長者公論,無遽興訟也。又行二十五里,明月店宿。新樂人水車汲井灌田,其法:鑿井方廣丈餘,上置木架如井字,横木爲桔橰,居中掛木斗數十,鐵聯之。架安兩輪,輪皆有齒,立輪居前,横木爲軸,横輪在後而稍上。馬挽横輪,則兩齒鈎連,立輪轉動,而木斗上下,木箕承木斗之水,以箕舌向溝而出之。一車灌田可百畝。訥爾經額總督直隷,曾頒其製於各邑,彷行者甚少,以鑿井製車費重耳。吾鄉水車不過竹數十竿可製,惜其法不傳於北方。是日晴,午後大風塵起,須臾即息。

初二日。自西板集循甎樓舊路,七十里至唐。

初三日,晴。訪陳杏江年丈。彭麗生來,聞張仲紳病,往視之,尚未能見客。拜陳仁齋。

初四日,料理家事,作家書寄晋。牛芸陔來。

初五日,晴。杏江年丈、麗生、仁齋來。答芸陔拜。檢點書籍。

初六日,自馬莊、趙莊、董莊、王家莊宿頭至方順橋中火,又六十里至保定,晤鏡秋。

初七日,晴。拜吴竹如廉訪、錫子受觀察、徐孟卿太守、姚朗山大令、詹曉齋、(錦堂丁未同年。)李星園、(光璧,采臣兄,辛卯同年。)崔也魯、崔季馭、(宜枋,其兄與華三兄庚子同年。)四廣文、汪艮山前輩。黄静軒來。

晚訪陶惺吾、盧雨初。

初八日。方生達甫、沈心梅兄來。拜黄静軒、古又希年丈、王子範大令。訪蘇虚谷,則已之新樂矣。得存之書。

初九日。移居永甯寺,俗所稱南大寺也。北大寺在北門外。姚朗山、蔡嶽屏來。諸當事來。作家書,託鏡秋寄晋。

初十日,晴。圈《史記·晋世家》一卷。得二月初二嚴親諭。

十一日。李君士英字偉卿來。得陸眉生給諫書。

十二日。方生及門。作家書,託子受觀察寄晋。

十三日,晴。閲《史記》楚、越、鄭《世家》。

十四日,風。閲《史記·趙世家》未畢。過黄静軒,觀所作方存之《志學録序》。閲達甫所作《微服過宋論》《子重子反論》。寄孫琴泉、陳抱潛、蘇虚谷、陳采臣、陳息凡、陳仁齋、陳杏江年丈及唐縣家書。得銕兒書,多訛字,意甚不快。讀《觀》卦。

“盥而不薦”,諸家皆作祭祀盥手進爵、灌鬯薦牲解,以《象》云“神道設教”也。惟鄭云:“諸侯貢士於天子,卿大夫貢士於其君,必以禮賓之。唯主人盥而獻賓,賓盥而酢主人,設薦俎則弟子也。”按:作貢士解與爻詞相應,即《象詞》“下觀而化”,亦舉錯得宜,則民服之意,其説並通。

“有”字,若《本義》“或曰”一解,舊説也,以“下觀而化”語證之,舊説爲長。

“設教”原包得有刑在内。《九家易》專以刑言,則非。程子國奢示儉、國儉示禮之類爲當。

小人之道,君子之吝也。爲君子者,當學問閲歷,勿爲無知之童觀。女子之貞,丈夫之羞也。爲丈夫者,當磊落光明,勿爲少見之闚觀。

君子之窮也,一身之進退在我。其既達也,天下之治亂在我。窮不失我,則不失道。達不失我,則不失民。六三、九五皆曰“觀我生”,旨深哉!

十五日,晴。古又希年丈來。得唐鄂生書,言川中辦賊事甚詳。蓋轉戰千里,屢瀕於危,又爲懦帥排擠,小人構陷,幸曾公督川能察耳。陶惺吾、歸稼軒來。讀《噬嗑》。

四之爲物也,間也,小人也,則何以陽也?曰:不中不正。且小人者,莫不有剛狠之才以濟其惡也。噬之而後合,其在初上兩爻乎?然以剛治剛,或猶未必勝也,六五以柔勝之。

盧氏釋"剛柔分",云本《否》卦,《乾》九五分降《坤》初,《坤》初六分升《乾》五。不如程《傳》剛柔爻相間之説簡當。

侯果釋"上行",仍用《坤》初六上升《乾》五之説。程子謂六五居尊。朱子以卦變自《益》來,六四之柔上行至五爲解。

王弼、侯果釋"滅鼻"爲嚴刑,程《傳》從之。朱子云:"以柔乘剛,故雖甚易,亦不免於傷滅其鼻。"程《傳》屬人説,朱子屬己説。

去小人者,在位之事也,無位而用刑,猶噬腊而遇毒也。何以處之?曰:待時而動。

王肅曰:"君子於味,必思其毒;於利,必思其難。"程《傳》:"九四剛而明,體陽而居柔。剛明則傷於果,故戒以知難;居柔則守不固,故戒以堅貞。凡失剛者皆不貞也。"皆持身涉世名言。

程《傳》"金剛""矢直"用王注也。朱子引《周禮》"鈞金束矢"義,較有依據。("鈞金束矢"何異今州縣鋪堂禮,豈聖人尚廉之治哉?)

十六日。課生讀《四書》:舉貢生監《皆所以明人倫也》,童生《篤行之》,詩題"學古入官",得"官"字。故事,每歲大府甄别舉貢生監,取超等十名、特等二十名、壹等叁十名,附課六十名,童生上取四名,次取六名,又次取拾名,附課十名。仲春齋課之日,清河道率百卅人至書院,清河道拜聖人,三跪九叩首,次首府、次山長,率諸生祭畢,清河道與山長交拜,諸生謁山長,謝送學儀畢。清河道府縣去,乃點名考試。向來廢弛已久,諸生接卷後,即紛紛散。余扃門試坐至三鼓,候交卷乃歸。收卷八十六本。點名時諭諸生:彭年年少學淺,不足爲師,顧既承當事見招,與諸君砥礪課試,不過一日短長。諸君平日讀經讀史,疑義札記,可以相質於彭年,亦有益。士人以植行爲本,文章以經書爲本,願與諸君共勉之。

十七日。答拜數日來客,晚閲課卷。

十八日。

十九日。

廿日。三日均閲課卷,逐卷詳細批點,故每日只二十卷也。一語之佳者,雖通篇皆疵,必爲圈出。一語之謬者,雖通篇皆佳,必爲指出。惟安州廩生張濟衆一卷,直欲援吾道入天主教,抹之涂之,其語之悖理,以程、朱正之,置之附課之末。嗟乎!異端邪説充塞仁義,吾爲此懼,閑先聖之道，孟子豈得已哉？龔按察自吾黔至，來訪，未晤。晤陳息凡刺史，所刻詩文集頗韻。夜過黄静軒談。

廿二日。作唐鄂生書。

廿三日。閲《史記》。陳息凡來。

廿四日。上墳，回憶去年此時，尚侍吾母側也，痛哉！

廿五日。龔按察自閎來，談黔事甚悉。

廿六日。回唐孫。未至唐邑五里，過果園，杏花、櫻桃盛開。到家，聞城内有錢店被劫之事。

廿七日。訪杏江年伯、牛芸陔太史、彭麗生、張仲紳、陳仁齋。

廿八日。

廿九日。到南大寺。

三十日，張生清元、陳生壽昌、張生瀚、李生書林、冉生增翰來見。

【咸豐十一年三月】

三月初一日。閲《史記》。作家書寄晋。耿生洵來見。

初二日。出南門，游花局，是日徐太守代布政使課。

初三日，課：舉貢生監題《友直、友諒、友多聞》，童生題《子路，人告之以有過則喜》，詩題“春水桃花滿禊潭”，得“潭”字，《〈易〉“用九用六”説》，《昌黎〈原道〉引〈大學〉不及“格物致知”論》，《擬對朱子同安縣學策問第七條》，《保陽懷古八首》：蓮花池、藻西莊、大人圃、萬卷樓、不改亭、御史井、孝子柏、君子亭。收課卷一百十八本。

初四日。張生煬翼來，忠烈裔孫也。

初五至初十。閲課卷。

《皇華紀聞》載今上甲子幸魯謁廟，禮成，嗣衍聖公毓圻進上古物六事，最後二者宋(榻)[搨]《聖教序》法帖二本。

(杜萌整理)

第十九册　遯庵日記(同治二年正月)

【扉頁浮簽】

遯庵日記

同治二年正月

是年在蜀，朝旨召取未赴，有辭摺。

《鴞鳥》詩二章未知何指。

遯庵日記

【同治二年正月】

余以同治元年侍家君，應駱尚書、劉方伯之招入蜀。歲律又更，歸期未卜，溯真宰而無眹，姑曼衍以窮年。椿蔭則鶴算長綿，薇垣之鷦枝可借。聊排時日，以備遺忘云爾。

同治二年春正月元日，戊申。早起，祀先、賀年。視庭中，芍藥、牡丹新芽競發，瓶梅粲然，不知寰宇之有鋒鏑也。出視，衢人亦復嬉嬉而樂。閲《漳浦集》奏疏一卷，悄然而卧。忽傳唐君鄂生至，驚覺，已日晡矣。家君同吟樵入節署，返亦睡。是日晴。

和次兒國瑾韻懷亡室劉安人

他鄉何事久羈連，歸釣湘江夢未圓。賦到蜀都今夕飲，騷魂猶自惜專專。

重開花朵蒂相連，寫入春風箇箇圓。十五年前碧桃館，一枝彩筆倩誰專。(道光己酉，余居京師，盆中碧桃重開，花皆並蒂，結實二十四雙，安人寫圖賦詩，余爲題齋額曰“二十四並蒂碧桃花館”。)

珠蠟枯枝巧綴連，梅花影裏鏡花圓。記得宛虹亭子畔，挑燈同撫漢人專。(清苑無臘梅，安人鎔蠟爲之。壬戌元日，余居蓮池時事也。宛虹亭在蓮池橋上。)

無端西去棧雲連，曾於長安月影圓。悵望慈雲痛回首，萱堂依奉讓君專。(壬戌入蜀,安人道卒,適值寇警,與先淑人同厝西安城外。)

千里烽煙一夕連,亂中骨肉幸團圓。有語告君應會笑,嚴親馨膳我能專。

能文稚子興翩連,脱口詩成語亦圓。慰母更須常努力,讀書惟取一經專。

己酉,雨水節,晴。彭于蕃丈見過,談及某公爲永昌守,以捐修萬家回墳,弭漢回之釁。又遣土弁左必雄救出被擄漢人男婦三千餘名,爲林文忠公所賞,特薦於朝。及彭丈至永昌,詢之土人,則皆子虚烏有也。文忠勳名滿天下,汲引人才如不及,然但論才而不論心,故所得半,所失亦半耳。

庚戌,晴。諸生來,講書畢,携之遊陳氏花園,登東城,買紫荆一株植庭中。

辛亥,晴,夜雨。延江安楊君奎榮字又星課三兒讀。張薊雲以賀鄂生移居詩相示。

壬子,晴。家君自節署歸,約彭丈、鄂生、松樵晚酌。看《春秋左傳注疏》。

癸丑,早沉陰,暮微雨。張星使以雲南改貴州,來成都,與崇將軍、駱尚書議事。蓋黔事,兩公實主持之也。外夷内奸與驕帥悍卒相忤,計關宗社,又須存國體,此主憂臣辱時矣,念之愴然。夜,鄂生來。

甲寅,人日,早陰,午晴,入夜微雨。過鄂生,聞其游草堂。歸,語諸兒,艾兒賦詩二首,略能成句。子遠書來,索所著《聽雷詩稿》去。葆芝岑來,張蓋乘肩輿,材官前導,而余破帽立門前候之。芝岑謂余,若石公許告歸,盡屏此屬,則快然矣。穀生爲購得《黄勉齋集》。

乙卯,晴。早起入滿城,人家梅華都已殘落。過鄂生,爲其五郎上學。鄂生以《人日獨遊草堂尋梅》二詩見示。其一七古:"先生不出春風惱,草堂梅華爲誰好。今年開早去年時,自擷孤芳向晴昊。似傷美人遇遲暮,更恐修名立不早。我來人日欲題詩,南北枝頭寂如掃。風光流轉又一時,人影衣香夢未曉。將毋林下淡丰容,不共衆女争妍巧。人生有情豈終極,獨立斜陽愁絶倒。"其二七律:"東西南北鬢成絲,自是平生每後時。如此花開渾不見,卻來日暮欲何之。叩門漫擬羅浮夢,動興還吟官閣詩。我亦草堂春正好，待歸無計得歸期。”自注：“先大夫待歸草堂緑萼數株，甲於貴陽，蓋百餘年物也。”余謂二詩律勝，鄂生意不謂然。適劉方伯，看所居幕室。晚飲張藥農家，爲梧郵壽。同坐顧幼耕、孔羲亭、唐鄂生。孔羲亭與藥農彈棊，飲罷，縱談當世事，二鼓散。歸則家君已自節署歸，方與諸孫爲博塞戲也。今日答某拜，坐間以鼻煙相讓，予未食而返其壺。某談次輒言近增嗜好如鼻煙，何足任天下事？蓋某昔自内閣出守，擢巡撫，入都，適内閣後輩有讓以鼻煙者。某厲色言：幸蒙天子擢大吏，稍有所嗜，則屬吏伺隙而投，自出守即絶此嗜也。後輩投袂起，責之曰：讓君，禮也，何遽援屬吏阿諛相例耶？如公等所謂色莊矯廉，内實多欲耳。某色沮而出，京師傳爲笑談。意余悉其前事，故借此自解。烏呼，嗜鼻煙無礙於任事，如某之虚詐，乃真不足當天下事，而竊虚名、居大位、膺艱鉅，國事其庸有濟乎？今日所見達官齷齪之狀、鄙譎之謀甚多，此事尤關風氣，故記之。彭于丈辭張星使而歸，極可敬。

丙辰，陰，午後微晴。飲蹇子振家，觀奎耀山副將與馮杏郵府經彈棊，二君皆能手，下子頗有意理。晚歸，病。

丁巳，陰。霞仙方伯見過，論及世事，謂天下事非不可爲，無如爲之者心不在事。慨然久之。張星使見詢黔事，晚約鄂生、子振共商覆之。

戊午，晴。家君書致張星使，言黔事：一擇吏，二招種，三釐金，四釐谷，五勸捐。比年黔民憔悴於虐政，冀少蘇之。明知張未能行，盡心而已。張又詢黔中官紳，人才難得，所舉中材而已。晚約玉泉、魯生、子振共家君手談，二鼓散。看《越絶書》。《吴内傳》載勾踐欲伐吴，“於是維甲”，(治甲系。)“方舟航買儀塵”，(往如江。)“治須慮”，(治船。)“亟怒紛紛”，(怒貌。)“怒至士擊高文”，(躍勇士。)“習夷”，(習海戰。)“宿莱”，(宿野。)“致單”，(堵。)皆越人方言也。懼吴人知其謀，故以方言隱語爲軍令耳。“鳥田”“覆釜”“禹井”皆方言。《紀策考》“諛心自納，操獨斷之利”，“知往而不知來”。又《内傳》“知前而不知後，順君之過以安其私”，曲盡小人情狀。《請糴内傳》“希須臾之名而不顧後患”，《内傳・陳成恒篇》“貪功名而不知利害”，可爲急功近名者戒。近代一種違道干譽人，誤天下事，亦由無遠慮也。《計倪篇》：“官位財幣，王之所輕；死者，士之所重。君王愛所輕，責士所重，豈不艱哉？”近日治軍旅者，多坐此病。不能官人而空言延攬，不能峙糧而輕事召募，或不惜官位財幣矣，而所與非人，猶泥沙棄之也。《吴内傳篇》:"天道盈而不溢,盛而不驕者也;地道施而不德,勞而不矜其功者也。"《紀策考》:"狂夫多賢士,衆賤有君子。"《記范伯篇》:"《易》曰:有高世之材,必有負俗之累;有至智之明者,必破庶衆之議。成大功者不拘於俗,論大道者不合於衆。"《計倪篇》:"正身之道,謹選左右。非君子至誠之士,無與居家,使邪僻之氣無漸以生,仁義之行有階。"又云:"苦藥利病,忠言利行。"又云:"進有退之義,存有亡之機,得有喪之理。"《記吴王占夢篇》:"好船者溺,好騎者墮,君子各以所好爲禍。"《内經・九術篇》:"晝書不倦,夜誦竟旦。"《外傳・記軍氣篇》:"義合乃動,見可乃取。"《外傳・枕中篇》:"道者,天地先生,不知老,曲成萬物,不名巧。"又云:"穀能生人,能殺人。"又云:"爲不可爲之行,不惡人之謗己;爲足舉之德,不德人之稱己。"又云:"民衆則主安,穀多則兵强。"又云:"見物不疑,是謂知時。"又云:"人之將死,惡聞酒肉之味;邦之將亡,惡聞忠臣之氣。"《叙外傳記》:"空社易爲福,危民易爲德。"又云:"至誠感人,矯枉過直,乳狗哺虎,不計禍福。"又云:"著善爲誠,譏惡爲誡。"皆精理名言也。《計倪内經》:"慧種生聖,癡種生狂,桂實生桂,桐實生桐。先生者未必能知,後生者未必不能明。"措語絶妙。《越絶》託之子胥,猶《離騷》汨羅也,大約忠臣智士憂憤而作。

己未,晴。早起爲人作壽叙。瓶梅已殘,掃瘞籬側,爲詞吊之。鄂生、叔呈見過,同游會府,遂同過鄂生手談。

瑞鶴仙

瓶梅數百枝,落英滿地。藎然傷之,瘞之籬側,酹以杯酒,吊以斯詞。

這清癯老叟。記對月爲鄰,伴松爲友。無端出林藪。問誰歟搜采,百花稱首。嫣然笑口,占風光、窺人户牖。未幾時、玉碎珠零,有鶴何曾能守?　我獨巡簷淒立,爲斂殘英,瘞之籬右。酹之以酒,我今吊爾知否?向深山、深到無人到處,莫把春光洩漏。任婆娑、古雪寒霜,天長地久。

庚申,早晴,午陰。謁竇蘭泉先生。携所著《銖寸録》及《讀小學》稿本以歸。省家君,過鄂生,飲阮魯生家。(借王□銀,連前共廿七兩四錢。)

辛酉,早陰,午晴。竇丈來,言優孟之登場也,衣帝王之衣,則帝王矣;衣乞丐之衣,則乞丐矣,陳戲既畢,依然優也,無帝王、乞丐於其胸中也。仕宦若此,斯可矣。錢賈之考金也,高者不能抑,低潮者不能昂,不以來者之富貴、貧賤、親疏分高低也。觀人若此,斯可矣。彭年曰然。竇丈又言,情恕君子,法繩小人。彭年曰,此即律設大法、禮順人情之意。但小人亦有不能盡繩以法者。竇丈又言,昔有人問某何爲理學,某答以自上天之載,下至土娼流妓,都是理學。其人甚詫。某謂此中有一件不明,遇事措置不下,子壽謂然否?彭年曰,如丈言,但恐世人都只去明白土倡流妓事也。竇丈又言,其人問作令,某答以先去十八賊。問何爲十八賊?某言身内六根六賊,兄弟至幕友家丁六賊,同城官紳至胥吏鄉約六賊。治此十八賊,乃能問及民事。彭年曰,但與民相親,則十八賊自治矣。唐鄂生之宰南溪,日游街市鄉里,與其耆老相見,而獄訟衰息,南溪以治。其明驗也。竇丈又言,我輩讀書,與前人後人争此眼光。彭年曰,眼光不定,立身必敗,誠如丈言。竇丈論及出處之義。彭年曰,丈所處與彭年不同。彭年嚴父在堂,更無兄弟可任侍奉,母喪旅葬未返。丈則妻子之累耳。竇丈首肯。言我只五歲兒,設我死,召我奴僕不至,人謂此奴何如?彭年曰,許魯山召則未嘗不至,至則未嘗不辭。竇丈然彭年言。遂去。晚過雲波,手談。座中皆鄉人。陳懿叔來。黄彝封鼎來。(竇丈言廣元梁嘉麟端方有才,可用。又言喻信芳所學博大,楊君𤅪有學人。)

壬戌,元宵,雨。祀先,後飲吟樵家。

癸亥,陰。又星到館,收檢書籍,得程小松丈、竇丈題《先慈事略》詩,均寫入《賢母録》中。夜,鄂生過談。

甲子,自子至丑,雨兼有微雪,午微晴。移入薇垣,同坐竇丈,蔣少元、彭小舫、唐鄂生三太守,陳懿老,皆有學行人。竇丈與霞老談述往事,考覈人才,議論尤楚楚可聽。驚蟄節,甲子,雨,豐年之象。近日朝廷寄諭多前後參差,此軍機章京不得其人,亦由無法以治之也。使章京不分班而分省,以領班二人總理之,則責有專司,前後照應,安得舛錯?竇丈言,宣廟初年倚任曹文正公,而文正建議,謂治天下不可用有才人,自古天下之亂,皆有才人誤之也。當時盧相蔭溥曰,再過三十年,天下無辦事人矣。文正又謂,言官言事,即是,亦當寢其奏,而徐以中旨行之,則臣下無敢多言亂政者。今日事勢甚艱,而人才甚絀,文正不能辭其咎也。

記唐敬亭

吾黔自咸豐四年遵義楊漋作亂,逾年始平。而苗變起,教匪繼之,蔓延遍數十州縣,失城喪師者屢矣。而田興恕率楚師,自銅仁轉戰數百里達貴陽,興恕始顯名於時。未幾,而以驕敗。興恕敗而唐敬亭之名乃大著。敬亭者,湖南澧州人,舊事辰沅道王葆生。興恕,故葆生部卒也,敬亭識之。興恕以副將入黔,延敬亭與俱。事無大小,取決於敬亭。敬亭畫策多奇中,才思敏贍,爲興恕治官私文字,皆可傳誦。興恕既擢專閫,被朝命,爲欽差大臣,權巡撫事,乃引用宵人,恣意聲色。敬亭屢規之,不聽。則封興恕向所與金,及所爲捐監生執照,留書責之而去。曰:吾不忍見若死也。時興恕已薦敬亭知府,不顧。追及鴨池河,餽贐五千金,亦不受。楚黔之間聞者,莫不高其義。

乙丑,晴。拜署中諸友,湘鄉彭海庵、李喬友,大理張鼎臣,丹徒何蔭亭,歸安吴信卿、陳玉田。惟范聞珊未晤。過亦園,房櫳頹敗,林竹摧折,及時修治,猶可爲也。

丙寅,陰。回寓,家君亦歸,約竇丈及少元、鄂生飲。爲生讀講《大學衍義》,引《洪範》"皇極"之義。皇訓大,極訓中,仍取孔氏之説。因及《洪範》"五行",曰:此生人物之本,即性命之原,如《中庸》開首説天命,《大學》開首説明德。諸君但從淺近處理會,不須講到災祥。"五福""六極"之理,卻自在裏頭。竇丈言,雲南咸豐七年圍城,食盡援絶,一瓜至銀一兩三錢,斗米赤金二兩不可得,肉一斤錢千八百。至八月十四將不支矣。章源自楚雄率練勇赴援,遣何有保、趙德昌以二百人突賊營,入省城,糧道始通。章平日浮薄貪鄙,余所不取,乃能勇決如此。何亦健將,用之不得當,死于雲南矣。

丁卯,晴。爲諸生講"克己復禮"章。入署,陳懿老示吴綮禹司馬葆臨及其夫人王漪芬亯溥聯句《頤園送壽詞》。懿老評云,取景不生不熟,下筆不輕不重,有蜻蜓點水之妙。予謂漪芬作似尤韻,其行書亦秀潤有致。寒疾,服散劑。

戊辰,晴寒。疾愈。家君來論,言興安之賊破漢陰,圍石泉,曹逆已與之合,若再合藍逆,則漢中必不能守。賊既得漢中,北窺秦,東走楚,西入蜀,唯其所向。而蜀自大甯、城口、太平,延緣數百里,防不勝防。近調振武軍駐綏定,合嚮導、武字、裕字三營,將及萬人,以進剿則力厚,以分防則勢分,莫若一軍出平利,一軍援漢中,首尾疊擊,而以竹谿委之,則漢中之圍解,而平利、興安之賊必遁,從而擊之,定漢南即以固川北也。方伯意謂石逆尚踞東川、昭通,窺伺敘甯,宜先並力以清石逆,否則滇中散練飢民日集日多,大舉來寇,川南門户必不能固,蜀事將不可問。議尚未定。方伯出示李雨蒼員外自彝陵來書,意將往山東就閻丹初撫軍,尚未知此間調取也。其言丹初才短而好善,才短能不妄作,好善出於誠心。又謂某帥好爲不測之喜怒,而舉措不得其宜。又言楚北兩帥不和,軍事日壞。又言鮑提督軍敗,寧國復陷,賊窺廬州。

己巳,晴。閱《朱子年譜》。作篆。同懿老過子遠談。家君來訪方伯,商榷軍事。梅小山來談,年未三十,而氣象老成,遇事頗有膽識。其父芳三,即去年齊窑頭郜團以擊賊者也。聞多帥入秦,軍威頗振。

示艾兒書

《春秋左傳注疏》隱元年點完,汝可細看。注中尖圍者,經傳例也;疏中尖圍者,經傳例及杜、它書,與先儒舊説也。(古書多亡,隨處留心,尚可拾遺守缺。)圓圍者,精義所在;大圓點者,各國始末及大典禮也。卷上方圓點者,二《傳》異義;圓圈則其同者也。凡讀書須有定見、有通識。如《疏》一再言明《春秋》例,又云《傳》無其事,不宜妄説。此定見也。如劉、賈、潁爲傳文生義,《疏》謂其博據傳詞,殊多不通。此無定見也。如注云:《春秋傳》引《詩》,不皆與今説《詩》者同;《釋例》曰:《禮記》是後人所作,不與《春秋》同。此通識也。如《疏》解"有蜚"以臭蟲,及杜云"既葬除服,心喪終制",傅會經文,以徇時君。此非通識也。定見、通識所争,不在眼光,而在心力。用得百分心力,眼光長得一二分。我下筆總要求汝明白,不可粗心看過。鐵兒與艾兒同看,細心推究,有不得解者,問之師,或畜疑候我歸相質,均可。但記清義法,看去亦易曉也。《公羊》《穀梁》隱元年點畢,再來换《左傳》。

庚午,陰。未申間風甚涼,似欲雨者,竟不雨。予欲種花,未得透雨,不能種也。早爲主人作書,看《注疏》,作篆,偶然作詩。鄂生書來,言玉蘭盛開,明日往看。

晝聞百舌,夜聽鴞音而惡之,慨然有作

鳳皇百鳥王,甯學百鳥語。微禽愛景光,弄舌還自苦。氣溢聲漸張,迎風妙吞吐。風氣之所趨,變幻杳無主。爲我告鳳皇,高岡翽其羽。朝陽胡不鳴,昏昏過日午。

日午忽西傾,卷舌棲蒼煙。耳旁暫休歇,撫枕將安眠。安眠不可期,鴞鳴枯樹顛。居東何翛翛,集泮何翩翩。奚斯大謬妄,讚頌盈詩篇。我歎鳳德衰,百舌開其先。遂令惡聲來,中夜起皇然。矰繳思蒲且,挾彈呼韓嫣。平明競馳逐,且可施鷹鸇。

辛未,微晴。歸寓,爲生徒讀講"忠恕一貫"之義。過鄂生看玉蘭,遂留晚酌。讀邸鈔。上諭:前因陜西軍情吃緊,多隆阿由廬州節節前進,未能即到。特命勝保爲欽差大臣,督辦陜西軍務。方期丕振軍威,迅速底定。乃勝保自督軍入陜以後,節經光禄寺卿潘祖蔭奏參,勝保在陜省有冒餉納賄,縱兵殃民,順天府府丞卞寶第、御史丁紹周、華祝三先後奏參勝保擁兵縱寇,聲名惡劣。諭令僧格林沁查明覆奏。復據嚴樹森迭次參奏勝保到陜以後欺罔貽悞各摺片,並抄録陜省親友紳耆歷叙情形各信函及紳耆禀訴勝保情詞呈覽。多隆阿奏稱,接據陜省紳士耆民信函公禀各件,歷訴勝保諱飾貪冒妄爲情形呈覽,續經僧格林沁將勝保被參欺冒貪污各款查覆具奏,兹據瑛棨、德興阿奏參該大臣剋扣軍餉等情各款。勝保前在皖豫督兵時,節經嚴樹森、袁甲三迭次奏劾其貪淫荒縱,朝廷以軍務方殷,人才難得,暫緩查辦,且擢任統帥,令其督兵剿賊,宜如何感激奮勉,力圖報稱。乃竟任性驕縱,於督辦北路及皖豫軍務時,供帳華侈,濫耗軍餉,糧臺設立雜支局,靡費浮於正項;收受劣員金安清賂賄,代爲奏請獎勵,丁憂回京時,令金安清於沿途代索奠儀;又令劣員汪曜奎攬捐分肥,侵吞隱匿;軍營保舉各員,俱令拜認門生,饋送贄敬;並携帶姬妾赴皖,到處携妓隨營,令知縣李連芳代爲招往,委員秦姓由揚州買婢送往潁州,汪曜奎、李連芳均因買送民女得有保舉;復任聽委員濫賣功牌,縱容家人丁姓捐納道員三品銜,委用私人張仙保等在周家口設局抽釐,不准地方官過問,便於肥己,該處匪徒殺害兵勇,因其饋送,代爲消弭;由河南赴陜西時,經過州縣,到處向地方官需索多金,並任聽隨營員弁索賄。入關以後,濫索過站銀兩供應;經過華陰縣地方,被匪擱去軍裝器械,並諱敗爲勝,捏報大捷多次,藉以請獎;納賄及虛冒勇糧,縱兵奸擄,任用劣員

戴鸞翔、竇型等,收受奉旨革拿之營員施鵬等饋送,札給差使,將拿獲從逆之馬承恩索銀釋罪;又於營中雜蓄優伶,並於西安、潼關等處收留回婦及各處民間婦女,其尤甚者,認逆首張瀶之妻張劉氏爲義女,任赴陜營並收納逆首陳玉成之婦爲妾,陳玉成之弟二人因饋送銀兩,擅將伊免死留營,給與翎頂;至兵勇餉糈,關係緊要,勝保輒敢按月提銀三千兩入己,並將不敷分散之各營勇糧令其挪借,折作八成發出,十成扣還;其優伶之冒充親軍者,則按月支放,均無拖欠,以至各營兵勇枵腹荷戈,迭經挫失。種種膽大妄爲,寔出情理之外。以上各款,迭據中外臣工臚列參劾,並陜省紳耆士民信函呈詞申訴,各情形大略相同,是其劣迹昭著,已無疑義。前因勝保在北路剿辦各股逆匪,曾著戰功,且平素帶兵,尚稱勇往,此次督軍抵陜時,特經寄諭該大臣,飭令改過自新,力求湔洗。迭次諄諄訓誡,至再至三,冀其立功贖罪,保全勳名。乃竟視若弁髦,毫無畏懼,且驕恣情形日甚一日,豈可再事姑容?惟因陜省軍務需員接統,督率所部兵勇馳往接辦。續因多隆阿兩次剿辦楚豫髮捻各匪,正形吃緊,未能剋期前往,特將勝保暫緩革拿懲辦,且迭催多隆阿速赴陜西。復因楚豫賊匪未平,日久未能抵陜。現在該省軍務已鬆,多隆阿據報已抵潼關,著該將軍即行傳旨,將勝保撤去欽差大臣關防,革職拿問,即日派委妥員押解來京,交刑部治罪。並派步軍統領存誠、總兵崇綸、西拉布將該革員京寓貲產查抄。其陜西軍營侵吞餉項及寄頓各處貲財,即著多隆阿嚴密查抄,並著直隸、河南、山東、安徽各督撫查明該革員有無寄頓貲財,一並查抄。該革員跋扈貪污,欺罔無忌,寔屬辜恩負職,罪由自取,若不嚴行懲辦,何以肅軍律而振紀綱。多隆阿既授爲欽差大臣,所有勝保統率各營兵勇,亦著併歸多隆阿節制調遣。除金安清業經另案革職查辦外,其汪曜[奎]、李連芳、委員秦姓並勝保家人丁祥,均著多隆阿查明,現在如尚隨營,即著一併提訊究辦,著安徽、江蘇各巡撫一體查拿,送至多隆軍營歸案審辦。其周家口設局抽釐之張仙保及説事人李興太、李耀邦,並送銀之何天佑、李應章,均著張之萬分别查拿審辦。戴鸞翔、竇型、施鵬、馬承恩等均在陜省,著多隆阿即行提營歸案訊辦,定擬具奏。勝保所部兵勇,因侵扣兵餉,以至困苦飢寒,朝廷深加廑念,並著多隆阿將查抄勝保所留貲財分給勝保所部欠扣銀餉兵勇,以示優加體恤、澤普大公至意。其所部將士,如有能隨同多隆阿奮勇剿賊,恪守軍律,卓著戰功者,仍著該將軍一體秉公保奏,毋稍歧視,朝廷亦必立予獎叙,不靳恩施也。欽此。山東冠縣降賊張錫珠作亂,大順廣道秦聚奎率師剿擊,至桑河鎮遇伏,墜馬死之。秦字奎三,奉天人,爲顔李之學,敦行誼,勇於有爲。余主蓮池書院時,奎三過余講學,余固知其必爲忠臣也。(元年十一月事。)

壬申,陰,夜雨。過竇丈入節署,省家君。還至幕齋,所植時花數種皆活。得幼耕和鄂生詩七首。

癸酉,陰。早歸,爲生徒講《中庸》。侍家君,約彭漁帆丈、少甫、松樵、吟樵、鄂生飲。聞小人之謀,歎士大夫之無耻,羞朝廷而輕中國,乃歎前史所載蓋不誣也。觀此輩與看《鬼趣圖》何異。

甲戌,朝雨,晚陰。作篆。看《朱子年譜》《公羊注疏》。得陳懿老《浣溪沙》詞,詠劉安人繪並蒂碧桃事。

乙亥,陰,午間欲晴。歸視籬畔,分菊已活。翹兒瘧疾漸愈。看《公羊注疏》。作篆。爲主人作通飭札,言保舉冒濫事。

丙子,陰,晚微晴。飲王石臣觀察處,同坐竇蘭泉丈、林勿邨前輩、蕭香泉方及懿老。爲諸生講《大學衍義》"誠"字意義。

【同治二年二月】

二月丁丑朔,陰。唐氏來納吉,邀吟樵爲媒。聞小人之謀,見小人之色,聽小人之言,可爲憤懣。觀君子之爲小人所弄而不知,尤堪憤懣。吾不恨小人,而恨君子之用小人,且深信小人也。知之於賢者也,命也。家君入節署後,予亦入薇署,與主人談半日,知川東道吴公有自請撤參事,主人相約歸楚,結鄰於板溪、蕉溪。

戊寅,日朗風和,而煩愁特甚。憂人類之將絶,而鬼祟之日深也。懿老約食牛炙,絶精。過鄂生彈棋。

己卯,早陰,午晴。看《公羊疏》。阮壽卿來。鼎臣約過寓齋看花圃。春分。

庚辰,晴。回寓,將之新繁,適程丈遣人至,謂搜訪碑文、家乘尚未齊,請以三月赴脩志之約遂止。侍家君過鄂生,晚酌,同坐彭丈、竇丈暨唐澤陂總戎。澤陂字友耕,雲南人,初陷於賊,自拔來歸,以功授重慶鎮總兵。年二丨餘,機警有略,膽氣亦壯,與周總戎達武皆美材也。張薊雲至自川北。

辛巳,晴。入署,閲《楊園集》,楊大令曛新刻本。楊字剛峰,亦雲南人,踐履篤實,有學人。

壬午,晴。仍閲《楊園集》。聞崇侍郎厚總督直隸。霞仙出筠仙書,約卜居於安化、益陽之交,蕉溪、版溪之間。筠仙書謂,避地以僻不以險,恃吾無可欲,不恃吾之能自保也。惟處故鄉必不可圖存。合一邑之人皆仰望之,窮其所至而皆在人耳目。古人避地必出國都,非身涉亂離不能知也。筠仙書中又言,史稱王安石屢辭館閣之命,及知制誥,遂不復辭。近沈幼丹中丞亦略似之。士亦各行其志耳。幼丹被命爲道而不起,豈非至光明磊落者哉?安石之辭館職,爲有所挾而要君,則君子所必不屑爲。幼丹決然以辭,無他望也。後人效之則斷不可。筠仙進退之際審慎如此,故幡然就蘇松糧道之命,非得已也。同懿老、鄂生觀亦園古榴,懿老有詞記之。

癸未,陰,夜雨。與懿老移亦園竹數十竿,置所居小院中。得鄭丈子尹書,言遵義沈宏富及于鍾岳所部練勇四出掠食,鄉民避入砦,則攻砦。此勝於賊也。

甲申,晴。歸寓。諸生來聽講,發問使條對,然後語之。侍家君談,聞述近事,惟調李雨蒼員外差快人意。遣老楊入署,補種竹子。鄂生來談,示所作病中詩,有“鬼趣都如人趣深”之句。余爲作一轉語,曰“人趣都緣鬼趣深”,相與大笑。

問:孔子論仁,自《論語》外見於《坊記》《表記》者尤詳,謂子罕言仁,信歟?令尹子文、陳文子不許其仁,季路、冉有、公西華、仲弓、原思亦不許其仁,而以仁許管仲,何歟?管仲之去三仁、夷、齊何如,而同以仁稱;仲弓之德行,而曰“不知其仁”。此皆可疑者。其詳辨之。真西山《大學衍義》引《孟子》論仁甚詳,而《論語》惟及“顔淵問仁”一章,尚有當補者否?引《論語》論仁,與《孟子》論仁不相連屬,中間間以言“一貫”“言誠”“言中”數條,編次得毋誤歟?此又近日講肄之尤可疑者也。其更詳之。

乙酉,晴。往節署,謝駱宫保爲代奏事。晤賈金門方伯談滇事。昭通府申據權布政司岑毓英檄言,正月十三有武定協馬榮率練數千,詭稱將往臨安,馬街之楊先知亦率練相繼入雲南省城,十五日縱掠戕害官員。金門謂此必杜文秀之謀也。歸,入薇署,主人示曾節相來書,言去年春夏事機頗順,秋冬以來,奇險環生,至今尚在驚濤駭浪之中。尤可慟者,疾疫物故萬有餘人，其中良將循吏有裨時艱者實折十餘人，而賊中廣購洋鎗炸礮之類，我軍傷亡殊衆，亦視昔日局勢一變。看來東南浩劫，洎無了日，良增歎惋。又以江皖衆近十萬，米價增長，兩湖、江西飢荒阻境，欲於蜀中辦米，官爲督運，而貿遷濟窮，以荆州爲坐局，如劉晏轉運之法。聞有道署府、府署道者，笑謂薊雲、鼎臣曰：昔有夫死而妻嫁爲人妾、妾嫁爲人妻，妻謂妾得寵、妾謂妻位尊也，天下事大率類此。相與大噱。

請四川總督據情代奏呈子

具呈翰林院編修黄彭年爲呈請據情代奏事。竊彭年恭閲邸鈔，同治元年九月二十七日内閣欽奉上諭：編修黄彭年著吏部迅即行知該員原籍督撫，給咨調取來京引見。等因。欽此。伏念彭年邊隅下士，忝列詞垣，恩光常切，夫就瞻宣召，尤驚夫異數。矧國家多事之日，正臣子致身之時，應即遵旨，請咨起程赴部。惟彭年於咸豐三年二月告假，送母左氏回籍，六年五月，由貴州本籍請咨入都，七年三月行至山西，患病，九年十月病痊，復由山西請咨入都供職，奉母北上，行至直隸清苑縣，親母左氏於十年三月二十八日在寓病故，彭年當即報明丁憂，旋於同治元年二月，由清苑起程，扶柩回籍，亦經報明，在案。本年四月，行至陝西西安府地方，適值髪捻回匪滋擾，道路梗塞，即於西安城外擇地，將母柩權葬，隨侍親父入川，扣至同治元年六月二十八日彭年母憂服滿。竊念母喪未歸，負咎方重，現在暫寓成都，一俟秦隴肅清，道路通暢，即當馳往遷取母柩回籍安厝。伏惟朝廷以孝治天下，凡人子難言之隱，皆得直陳於聖主之前，理合據實呈請代奏，仰懇天恩，俯准彭年歸葬親母事畢，再行呈請給咨，起程赴部。伏乞德便施行。爲此謹呈。

丙戌，晴。看《漢書》，録五事。月下與薊雲至亦園。

丁亥，早晴，晚陰。作高心泉丈五十壽序。聞雲南戕官事確，又聞土匪長髪繞越甯遠，窺越嶲，使唐總戎往禦之。午過鄂生，慨談時事，悵然久之。歸與主人談進退之義，有官守者不得其職，義固當去。

戊子，晴。早起出南門，至二仙庵。彭于蕃姻丈早移榻庵内，即坐其齋中。讀所著《記講學》《記語録》《記文體》三篇，大旨與講學人爲難，亦深中近日講學家之病。彭丈學宗蘇氏，故立論如此。少頃，家君至。飯後，鄂生携添壽、恩壽亦至。家君述駱公意，欲彭丈治滇事，答云歸志已决,亦無善策可陳。滇事破壞至此,本無可著手耳。侍家君觀花市,時花雜樹夾道羅列,牡丹最貴,蘭花最賤,百錢可得數斤,重富貴而輕國香。蘭比君子,固不蘄賞於市人也。特恨不使得終天年於深山窮谷中耳。花樹之外,木器農器最多,以在花朝,謂之花會,亦蠶市、藥市之類也。歸寓,約鄂生談至夜分,月色微明,間步籬側。鄂生去,侍家君談數刻,寢。

己丑,晴。入署,偕懿老觀亦園,藤花盛開矣。遇蔣少元,知其病新愈。薊雲同又星及兒輩遊花市,未入署。蕭薌泉來,言將之昭通。家君夜至,出青溪高縣令告急文書,賊去青溪僅二十五里,以程途考之,賊一日行百三十里,蓋孤軍深入,畏我截之山中,故倍道急趨耳。唐總戎軍已向叙永,計四軍迎剿,須二十三四始能到,先遣護軍營往扼之。雲南省城事,據昭通申文,則正月十五文武各官全行遇害。岑毓英力戰不勝,退歸衙署,十六日被焚而死。此一説也。又有探稟言,獨岑毓英叛降回逆,餘皆殉難。此又一説也。又有探稟録杜文秀僞示大略,言總督潘鐸抗拒已殺,其巡撫徐之銘、布政使岑毓英、按察花詠春、鹽道宋延春、糧道張同登以下皆具甘結投誠,居民秋毫無犯。此又一説也。以三説考之,總督潘公之死,確然無疑。岑毓英之降與死,則未可定。若巡撫以下苟且偷死,甘事叛逆,則國家養士二百年,或尚不至此,果至此,則益可痛心矣。

庚寅,晴,午後陰。偕鄂生、蜀君、穀生、韓笠舫出城,聯騎而行,較之肩輿中眺望更清曠也。花市花樹增多,遊人亦衆。少甫已移住二仙庵,與彭丈同院落。留晚飯後,坐橋亭竹陰中,望菜畦黄花碧草,暮色炊煙,隔牆人聲沸然,不覺塵雜,此境不易得也。歸,種花畢,入署,主人促作翊丞書,言卜居事。傷風,一藥而愈。

辛卯,陰。閲薊雲令兄所著書。

壬辰,晴。

癸巳,陰,夜微雨。

甲午,陰。清明回寓,侍家君供先。姚亮臣新自馬邊還,往訪之,即約其同鄂生飲福,期吟樵不至。

乙未,微雨。賓丈來,論《大學》“其本亂而末治者否矣”。否,謂非其道也,與下文“未之有也”義别。三代而下,原有本亂末治之事,如唐太宗是也,其事未必無,特非《大學》之道耳。此解頗有意致,他説多自文其過。

丙申,晴。艾兒逸出,尋歸,責之。過鄂生,同彭丈、懿老、幼耕至余氏園看牡丹一株、高六七尺者,丹景山物,圖南宰彭時所得也。園中花木甚繁,而位置毫無條理。出園,登東城,望龍泉諸山,心境頗曠。歸,飲鄂生家。

丁酉,晴。飲少元家。同坐竇丈、鄂生、懿老、吴大令培棠。携艾兒入署,督課之。

和霞仙方伯元韻

舉世勤修魑魅職,幾人能厭綺羅腥。春風盎盎公孫閣,湘水迢迢處士亭。跌宕千秋歸白社,抛除萬事付蒼冥。鵬飛卻被蜩鳩笑,渺爾安知南北溟。

戊戌,晴。閲邸鈔。山東文童傅景唐呈,言賊渠宋斌攻陷蘭山西河頭圩,傅秀蘭、秀芝、秀山一門男婦十四人死之。御史王蘭谷奏,賊陷溧陽,徐明志男婦十四人死之。御史高延祜奏,賊陷餘姚,光禄寺署正邵元煦被執不屈,附貢生蔣坤、從九品鍾寶樹,戰敗赴水。監生蔣春煦、蔣吴氏、蔣鳳姑,鍾慶節婦陳鍾氏、鍾金氏、鍾蔣氏、鍾二姑皆死之。賊至蕭山長巷邨,同知沈兆桂之妻高氏赴水死之。陝西幼童李佛佑呈,回匪竄大荔,佛佑之母李氏駡賊死之。浙江舉人徐作梅呈,賊陷上虞縣,前江西龍泉縣丞徐光清、從九品徐宇立、節婦張兆元之妻徐氏死之。江蘇貢生丁紹基呈,賊至常州,丁壽桂、丁壽椿、丁壽松、陳丁氏、丁阿蘭死之。陝西同州府知府吕儁孫呈稱,賊陷常州,節婦吕兆熊之妻戴氏、僕婦李董氏死之。皆督撫奏報所不及而請恤者也。曾國藩奏,僞忠王李秀成合僞王十三人號六十萬援金陵。曾國荃苦守力戰四十六日,大捷解圍,亦奇績也。湖北學政賈瑚以前學政俞奎於武、漢、黄三府避難生員欠考,斥革至一千餘名,情有可憫,才有可惜,法有可原,請旨開復。曾國藩、李鴻章、左宗棠皆今所稱偉人也。而江浙用外國兵,有法國人授中國總兵,如勒伯勒東者,中國其果無人乎! 覽之憤極。

己亥,晴,夜雨。讀邸鈔。上諭:翰林爲儲才之地,膺斯選者必須經術淹通,于古聖賢性理精義講明而切究之,確有心得,將來敭歷中外,本其平日所身體而力行者,發爲經濟,著爲事功,方能名實相符。至詩賦一事,亦係古雅頌之流,庶吉士從事於此,原以備鼓吹休明之用,非此外遂無實學也。乃近來積習相沿,專以此爲揣摩進身之階,敝精勞神,無裨實用,將經史性理等書,束之高閣,殊非我國家芸館培英、造就人才之意。自應將庶常館課程及散館舊章量爲變通,以求寔濟。著自明年癸亥科起,新進士引見,分别録用後,教習庶吉士務當課以實學,治經、治史、治事,及濂洛關閩諸儒等書,隨時赴館與庶吉士次第講求,辨别義利,期於精研力踐,總歸爲己之學。其有餘力及於詩古文詞,聽之。除課期照舊舉行外,其課題及散館,改詩賦爲論策,論用經史性理等書,策用時事,皆準直攄所見,暢所欲言,教習及閲卷大臣其各破除積習,毋避忌諱,毋以小疵而累大體。俾士風蒸蒸日上,賢才輩出,共濟時艱,有厚望焉。至各部院堂司各官皆有公事,日相接見,因以知其人之才具,惟翰林院掌院學士經年不與諸翰林相見,奚由辨其賢否,考其優劣也?嗣後各編檢、講讀各官除内廷行走外,每十人爲一班,每十日進署一次,掌院相與接見,講論正學,藉得窺其人之底藴,以備洊舉。其有無故不到者,著掌院學士據實奏聞。欽此。又詔各省學政整躬率屬,督飭教官,讀書立品,毋爲士子所輕。平時訓導諸生以躬行實踐爲歸,勿崇尚浮華,勿虚應故事。又詔國子監於應課詩文外,兼課論策,以經史性理諸書命題,用覘實學。祭酒等督飭助教、學正、學録分月講説,獎勵精勤,懲戒遊惰,斥華崇寔,以端趨向。如有留心時務,亦當隨時獎拔,以勸多士。又詔四品以上大員及直省督、撫、學政,無論紳士布衣,有寔在堪膺孝廉、方正之選者,各舉所知,以躬行寔踐爲先,不准專取文詞藻麗者濫膺盛典,送部引見,候旨録用。其有年登耄耋,或誠樸無華,足爲里閭矜式,不愿來京者,地方官歲時存問,賜以酒米,俾後進知所則效。臣彭年讀之,竊喜我國家崇正學、培人才、正風俗,甚盛事也。抑《傳》有之曰“有治人,無治法”,又曰“徒法不能以自行”,又曰“其人存則其政舉”。朝廷之所諭者,法也;遵而行之者,掌院、祭酒、四品以上大員及督、撫、學政也。臣克艱厥,臣急國家之急者,幾人哉! 修撰鍾駿聲呈,賊陷浙江省城,駿聲之父、員外郎銜兵部主事鍾世耀絶粒殉節。給事中王憲成奏,江蘇常州府荆溪縣監生潘光錫勦賊戰死,中岸邨童生潘光旭駡賊死,童生張蘭芷禦賊張諸鎮,戰敗死,附貢生張錦雲之女三妹在白石嶺、徐敬承之女三美在嶺下界,皆駡賊不屈死,使女顧采芹亦死。内閣侍讀學士倪杰奏,紹興殉難紳民婦女一百八十一名。湖北巡撫嚴樹森奏,咸豐十一年九月黔匪陷采鳳,知縣王頌三禦賊戰没,忠義懔然,請建專祠。

庚子,晴。家君回寓,歸省。仍至署,聞賊自滎經陷後,竄天全州。

辛丑,早晴,夜雨。携艾兒歸,侍家君。同鄂生至彭丈住宅看花。晚,家君約彭丈、鄂生及竇丈聚酌,三君皆當遠行,借以取别。聞竇丈論君子無才不可用,小人有才亦可用。此昔日庸相謬論,殊不類講學人語。

壬寅,晴,晚微雨。鄂生來,與霞老論及竇丈講學,頗趨圓融一路,且有援引小人之意,若果入都,必誤國家,爲之慨然。

癸卯,晴,午微雨。家君來,鄂生招飲。

甲辰,晴。王月帆來。書子方先生遺迹後。

乙巳。

丙午,陰,夜雨。侍家君約彭丈、鄂生、亮臣飲。

(杜萌整理)

第二十册　遯庵日記(同治二年三月)

遯庵日記

【同治二年三月】

三月初一日,丁未,爲周渭臣總戎作謝恩摺。

代周渭臣總鎮謝恩摺(不成文字,留作樣子,子孫選入文集則繆矣)

奏爲恭謝〇〇天恩,仰祈〇〇聖鑒事。竊(奴才)於渠縣營次,接準四川督(臣)駱秉章札開:同治元年某月某日内閣欽奉〇〇上諭四川建昌鎮總兵著周達武補授,欽此。奴才跪聆之下,感激難名,當即恭設香案,望〇闕謝〇〇恩。伏念(奴才)湘楚庸材,行間下士,荷戈東下十年,轉戰於江湖,奉檄西馳,一旅徑趨於巴蜀,方愧無勞之可録,敢希非分之殊榮勇號,承〇〇天語褒揚,〇〇訓嚴質實,加銜至武臣極品,報乏涓埃,兹復仰承〇〇簡命,畀以真除。建昌本邊防重鎮,總兵爲專閫大員,未嫻將略,難酬〇〇特達之知,屬荷〇〇聖慈,益切同仇之志。現在逆匪竄逼漢中,圖窺川北。(奴才)奉督(臣)檄調,移駐廣元。惟有激勵士心,誓殲群醜,以仰答〇〇高原鴻慈於萬一。所有(奴才)感激下忱,理合繕摺恭謝〇〇天恩,伏乞〇〇皇上聖鑒。謹〇奏。

初二日,戊申,晴,晚微雨。唐鄂生來。夜偕薊雲至鄂生宅。

書唐子方先生手迹後

彭年既銘子方先生墓,爲叙其奏稿,於先生進退出處、生死大節著矣。後游燕晋,見桐城徐宗亮撰其父徐公豐玉行狀,及江南人所傳文字,間有異詞。徐公者,官漢黄德道,先先生殉田家鎮之難者也。先生以咸豐三年春奉詔起家,撫輯楚北。時賊踞金陵,圍南昌。先生建議,謂當駐兵湖口,因言田鎮倚半邊山,賊水陸並進,指畫形勢,具道所以不可守狀。已而果如所言。其率師援田鎮也,三日夜馳水陸四百三十里,至廣濟,大吏乃檄使專防江北。及田鎮事急,馳救已無及。先生軍亦少挫,武人羅士勝者死之。宗亮謂先生託言防陸路,實無一賊,卒不赴援。宗亮當徐公死時,方家居,得諸傳聞者,非事實也。又言江公忠源來援,見事不可支,欲退保武昌,先率兵奪路去。夫人臣效忠,各有其所。徐公與張公汝瀛奉朝命守田鎮,則死田鎮。先生與江公豈得然哉?徐公死逾年,先生死金口,而江公亦死廬州。君子審義度時,見危遂志,固必有道。先生猶謂未能殺賊,徒以身殉,且復匆匆草草,深自哀也。咸豐三年,彭年官翰林,應詔言事,間論襄陽形勢。是年解官歸,遇先生鄂渚舟中,爲言練兵荆襄之便。先生謀諸大吏,鋭自任,不果,則對僚屬慨惜,時時言之。而江南人傳廣濟知縣陳肖儀死事者,謂田鎮破時,先生欲引兵守荆襄,陳公斥責之,意乃沮。此又傳聞先後之誤。先生收集田鎮潰卒,與江公向武昌,不得渡,聞德安圍急,往援德安,解其圍,又援漢陽,遂自武昌趨黄州,奔命急難之不暇,此時欲遁之荆襄,稍有志氣知識者不爲,謂先生之賢之以死自誓者而爲之耶!吴公堵城之敗,先生走武昌。巡撫故與吴公不睦,屢齮齕之,因及先生。至是,聞吴公死,則撫掌大笑。先生遂去,與賊戰,死金口。而巡撫卒亦以棄城當誅,自經死。先生性伉爽,與人交無所隱愫。嘗語彭年,有德於吾者,簿記而報之。其誠篤類此。讀書不事章句,爲文章操筆立就,然不以措意。臨死,書絶命詞,用筆端峭不苟。草遺疏付子炯,始從容就義。炯嘗刻所書絶命詞十六字硯石上,拓以遺人。彭年以宋謝文節公卜卦硯及先生所藏明陳忠愍公雪聲堂硯拓本,合之爲三忠硯云。

初三日,己酉,出北門,至金繩寺。門臨碧水,修竹夾道,行緑陰中,頗有幽静之致。寺中駐定武營,楚勇也,多作蜀語。俗謂制錢中雜小薄錢爲"毛錢",因謂蜀勇之僞楚勇者爲"毛勇",趣甚。過駟馬橋,向東北,過昭覺寺,叢林耳,無可游覽。更東北行,至新店子,五十里。途中阿芙蓉花綺錯原野,其臭則惡,其華則麗。余先至旅店,鄂生與其次子恩壽至,挑鐙話别,聯床説詩,不殊昆季也。是日穀雨節,晴。

題王虚舟篆字對聯(上聯:獨寢不愧衾,獨行不愧景;下聯:晝坐當惜陰,夜坐當惜鐙。鄂生以下卷贈予,屬予題上卷誌别)

此王虚舟先生篆聯。下卷爲"晝坐當惜陰,夜坐當惜鐙"十字。舊藏遵義鄭子尹家,後歸鄂生。余屢乞不得。今鄂生之官綏定,余亦方謀歸楚,鄂生乃分下卷遺余,而屬余題此。余惟不愧兩言,即君子慎獨之義。鄂生介然自持,内省非所難也,特恐自信爲不愧而用以律人,將無所容焉。昔吕伯恭讀《論語》,至"躬自厚而薄責於人",朱子謂能變化氣質,請爲鄂生勖之。異日相逢,共證所學,仍期不愧云爾。

初四日,庚戌,晴。早送鄂生登程,遂返,途中遇帶刀游騎六七輩,是勇是賊,頗難辯識,人心頗惶。歸寓,奉家君諭,乃知賊已出山,距省百餘里耳。又聞鬼將祟人,而人之爲鬼所使,挾鬼以自重者,復逞鬼蜮之技射人,忿極忿極。語霞老云,吾父歸志已決,特有師命,不可以請耳。范雲吉至,述所見聞,論及理財之法,似尚有實在見地,非空言可比。論及鬼事,亦相與拊膺歎息也。

初五日,辛亥。范雲吉來署,主人留共晚飯。又往葆芝舫家,陪彭丈飲。夜歸寓。

初六日,壬子。入署。至鄂生家,代陪張九峰先生,蜀君時文師,我墉從授讀者,鄠縣人,頗端謹。

初七日,癸丑。檢《漢書》畢,所采凡十四事。賊自河壩場竄花園場。晴,夜微雨。

初八日,甲寅,大風。

書王子壽刑部疏稿後

咸豐三年春,粤賊自湖北陷金陵。彭年謂東南已壞,當備西北。時直隸、山東、山西、河南、陝甘兵未調者尚二十萬,收汛卒,使聚爲重鎮,召兵事有成績如江公忠源者,使統馭而訓練之,爲疏與蕭御史時馥以聞。六年,又以書告毛御史昶熙,使言於朝,急簡督撫、擇守令以固西北。今讀螺洲疏中早備秦豫一事,與往日所見略同,因觀秦中之變,不能無太息痛恨於疊臣之誤國而去之不早。秦事已然,又將及晋,而疊臣之沓見如故也。庚申八月之變,中外言幸長安者屢矣,晋撫疏三利尤詳。詔入京師會議,家君與其事,陳便宜十事。已而譚廷襄爲三難之説,事乃中寢。秦亂既作,世人競稱道以爲幸而未徙。豈知天子所居,兵衛森嚴,百廢具舉,固可弭秦亂於未萌哉!因疏中有不早建遷都之議,忿島夷之居我卧側也,輒及之。

初九日,乙卯,早晴,夜微雨。至梅芳珊(錦堂)處談,芳珊慷慨廉直,在西安率團擊賊,與石蒼共領窑頭勇者也。其子小珊(震煦)亦明白謹慎,有膽略。又過范雲吉,論時事,欷歔久之。至節署省家君,歸與主人言兵事,賊已竄李家坪,大約逕趨川北矣。晝夜狂奔,諸軍追者不能及,不知武字營能阻截否。閲徐之銘奏摺,言雲貴總督潘公死於五華書院,雲南府黄培林、昆明縣翟怡曾同時殉難,與前所得探報同。惟徐甚稱馬如龍忠勇,又頌回衆有人作中流之砥柱,自請兼署總督,以馬如龍署提督,直似全無心肝人語。其猶請命於朝,則以雲南全省未盡歸回也。聞昭通亦遣回官來矣,朝廷外患内憂,且當置此子度外耳。

初十日,丙辰,晴。聞又星將歸江安,往送之,晤東生,薊雲之侄,又星欲使代館者也。蜀人師道不立,非古人民生於三之義,可歎。過彭丈,論雲南事,或謂朝廷既不能聲罪致討,則莫若授馬如龍土司之職,使自爲守,而誅徐之銘以下諸黨惡者。余謂祖宗之地,尺寸不可棄,以官羈縻之,不得已之計耳,若以封之,則儼然敵國矣,非常之原,黎民所懼。且秦隴回患方熾,若見此而生覬覦,秦據天下之險,腹心之地,豈復可以與人?又國家刑賞欲以服人,徐之銘罪固當誅,若既已封馬如龍,則誅徐無名。近年投誠得官,識者隱痛爲長天下爲亂之心也,矧叛逆而得封乎!或曰,今封之,則爲我用。不然,能禁其不自取也。余曰,彼自取之,吾失土地而名義固在,猶冀國家有餘力得以討之。名義一失,人心去矣。彼知我之不能制而與之也,又安肯爲我用哉!歸署,與主人言團練事,約范雲吉來共議,未至。

十一日,丁巳,晴。范雲吉、唐澤波來。

十二日,戊午,晴。送雲吉行,不遇。雲吉將之湖北安徽。作書寄方存之及其侄達甫。答唐澤波拜,亦不遇。至總督署閲書院課卷。

十三日,己未,晴。至總督署閲卷,畢,歸藩署。范雲吉來取别。

致竇蘭泉先生書

比來每聞講論,輒隨筆疏記,用證所學,以祛夙疑。所獲既多,深以自慶。但有一事須相質者。先生瀕行之日,唐子鄂生述先生言君子無才不如小人有才,此咸豐初庸相之言,不謂先生有取於此。又聞劉公霞軒稱述名論,與鄂生所述略同。又舉某尚書之才,若理財裕軍,非此人不可者。謂非先生言,則兩君非妄語之人;謂先生周旋世人,則默足容,何至顛倒是非,以爲言遜。謂先生真以某尚書爲足任天下事,則此人見棄於君子久矣。先生講學數十年,於君子小人之界,尚含混遷就若此,彭年竊爲不取也。且先生之稱之也,以爲才乎?某相當國,嘗用之矣;三凶用事,又用之矣。以爲未竟其用乎?則樹黨援,興大獄,非不足以有爲也。其理財之效安在?裕軍之術安在?其於天下事何如也?往者,先生嘗疏劾某相矣,某相之惡,某尚書實濟之。然某相援之於奸邪未露之時,先生稱之於奸邪既露之後,以是爲特識乎?恐識又出某相下也。前讀先生與吾父書,謂艮峰、文園皆講學舊友,將出而贊中興之業。是二公者,視某尚書不待言矣。其肯援與共事乎?是亦奚足與講學,亦奚足佐中興?如其不肯而先生言之,又不足贊二公矣。先生論天下事,謂親疾雖病,不可以不進藥。此忠誠悲痛之言也。然進藥以毒之,何如不進?某尚書,國家之毒藥也。病者知畏藥矣,美其酖而進之,是尚爲欲起其親之疾也乎?聞先生出而贊中興者,愚者笑之,識者望之。若出而進宵人以促國家之脈,則誠不如其勿出。先生謂彭年,吾輩讀書做人,當與千秋後世争此眼光。若某尚書果用,若果由先生之薦,後世必有能辨其是非者。彭年此言不驗,此書可以不存。若不幸而言中,則將存此書集中,與先生争此眼光矣。一時空言,不煩辨論。但恐見之行事,則辨已無及。用敢不避讒言之罪,惟長者恕其愚妄而采納之,幸甚。

十四日,庚申。歸寓种花,得微雨。過彭于丈,送行,入署。

十五日,辛酉,歸侍家君。訪熊君運昇,不遇。金銀花盛開,香氣撲人。

十六日,壬戌,晴。飲蕭薌泉方伯行館,同坐林勿邨前輩、陳懿叔丈。薊雲爲先慈作飯桃詩成。月色甚好。

十七日,癸亥,晴。

十八日,甲子,早陰,午晴。聞護軍經武敗退,蕭軍力戰,陣亡副將、百長各一員。霞老作《書賢母録後》一篇,文氣質實,懿老謂近曾子固。

十九日,乙丑,立夏,晴。霞老示筠仙詩文,録之。

●郭嵩燾撰陳恭人墓碣●恭人陳氏,名隆瑞,祖遠熊,父興塏,所稱杜卿先生者也。其家世居城西,距予家數武。兩家相得懽,世相婚也。先生始以女字予,長於恭人。既卒,更爲恭人受幣。予家故不甚貧,自辛卯壬辰六七年大潦,至不能舉餐。予兄弟補弟子員,恭人來歸,生事漸裕,然時苦乏,歲暮責負者至,相聚愁歎,恭人視之怡然。予赴陳太守館江西,恭人涉贛江,東出豫章,從予信州,還渡鄱湖,浮大江徜徉而歸。歸遂病。明年,予成進士,粗能自贍。恭人病歲加篤,食之稍豐腆者未嘗入口,衣之稍鮮飾者未嘗一被其身也。咸豐二年,遭亂,徙家玉池山。又避寇湘潭之石潭,奔走流離,日暮就旅舍,恭人輒遣從婢規視池井溪渠遠近,曰有急以訖吾事。再從予游數千百里,相呴相濡,私咻咻然悲相泣也。比予游宦京師,顧以病不能偕,洎引疾歸。恭人病憊甚,卧起需人,然竟能有身,生女,未逾月而卒。恭人性淳慤,約己厚施,與人無怨惡。予性褊多怒,遇人有過差,恭人一意揜護彌縫,無敢聲言。及久覺露,予輒徙怒恭人。家人習恭人之畏事也,更相與咎過恭人,洩言語以恐之,恭人吶言短氣自懟,所以蔽護之益勤,一不出語自明。予嘗笑恭人慎而葸,又益勞,然無以易其性也。初,吾母張太恭人病革,詔恭人曰:若善事我,吾視若順也,天其有以報若。嗚呼,孰知其病且死若是遽也,可哀也已。恭人生於嘉慶二十四年二月十五日,卒於咸豐十一年五月初六日,年四十三。所生兒霙也,今尚幼。女四人。予爲恭人營窆某山之陽,刻石爲銘,銘曰:

孰曳之輪,而行次且。孰張之弧,而居睢盱。恭人宛宛,何吐何茹。不喻其誠,而反怒爲。日月斯逝,其庸可追。嗚呼恭人,苟有過,而誰吾規!

阮魯生來,聞蕭嶸從李迪庵中丞收復通城,年十七,執戟先登。

文宗顯皇帝挽詞(南書房翰林臣郭嵩燾恭撰 臣黄彭年敬録)

●一税崆峒駕,濡河即鼎湖。翠華天北極,黄屋海東隅。寂寞含章殿,倉皇負扆圖。兵端登陴始,虚望補桑榆。●海外條支國,招延總禍胎。深謀無魏相,詐敵有王恢。荒服羈縻意,先皇駕馭才。

徒傷元圃狩,誰挽六龍回。●異讖軒轅紀,旄頭彗紫微。早憂侵帝座,猶望轉戎機。今日謳思永,前星物望歸。紛紜齊趙勢,咫尺盡天威。●宿昔袁安淚,攀號阻澗河。壯心消鐵騎,老眼泣銅駝。道路人逢少,江淮鬼哭多。吞聲仍引望,重整舊山河。

二十日,丙寅。

二十一日,丁卯。

二十二日,戊[辰]。

二十三日,己巳。

二十四日,庚午。

二十五日,辛未。

二十六日,壬申。

二十七日,癸酉。連日大晴,是夜雨,至五鼓,簷溜如注,田不憂旱矣。惟春盡尚未聞雷耳。

二十八日,甲戌。母親忌日。刻《賢母録》成。

二十九日,乙亥。家君與方伯書,籌漢中兵事,舉李君雲麟。又函商松潘軍事。

三十日,晴,丙子,夜雨。

(李林芳整理)

第二十一册　黎雅紀行(同治二年四月)

【扉頁浮簽】

黎雅紀行

同治二年四月廿九日至五月初十

紀擒石達開之事,惜不詳。

黎雅紀行

【同治二年四月】

同治二年四月二十九日,四川布政使劉公蓉發自成都,將治兵於大渡河。先是,粵賊石達開自金陵竄安徽、湖北、湖南,復還廣西,自貴州復趨湖南,北而窺川東,不得志,則之川南,入雲南。又分其黨李福猷自貴州窺叙永,而自率大股自甯遠入,過越嶲,至大渡河。雅州知府蔡君(步鐘)、總兵唐君(友耕)堅守,不得渡。越嶲猓夷斷其後,王千户(應元)扼其左,嶺土司(承恩)扼其右,總督駱公秉章既檄提督胡君中和扼瀘定橋,使總兵何君必勝、蕭君漢忠會王千户,唐君會嶺土司,聚逆匪而聚殲之。既而聞賊勢益蹙,將縛石達開來降。駱公慮其僞降以緩我師,乘懈而逸,又慮諸將之不能善其後也,於是檄劉公往。時家君居駱公幕府,部署已定,劉公邀余同行,出南門,四十[里]至雙流縣中火,五十里新津縣宿。新津城外兩渡,一由灌縣流入之堰水,一卭水,所謂三江上下渡也。岸旁小山蒼翠,寺塔巍然,風景頗勝。日暮得雅州書,謂賊窮乞降,將過河審其虚實。因檢《新津圖經》,南詔阻新穿水,不得渡,乃僞請和,橋成而遁。今日賊勢,正與咸通往事相類。

五月初一日,三十里羊場中火,過卭河渡,六十里至卭州宿,卭州團練郊迎劉公,旗幟鮮明,鎗炮喇叭,聲響聯絡。伍崧生同年來談,至三鼓乃去。卭爲魏文靖公故里,候館舊爲鶴山祠,後改爲鶴鳴書院,今别建祠與書院,而以舊祠作考棚,即今候館也。横榜“雲吟山”隸書三字,相傳爲文靖書,展轉摹刻,筆意殊失真。劉公牒唐總兵、建昌道,檄雅州王千户、嶺土司,言善後事。以得駱公檄,石逆果已就擒耳。

初二日,出卬州,過南河橋,俯瞰清流,遥望古城,山寺塔踈聳,曉煙欲明,惜團練夾道旁電發雷震,不得聽鳥聲耳。四十里蒲江,屬之大塘鋪中火。四十里百丈山下宿。農人正插秧,適得雨。梅小山來借懿丈評陸放翁七律詩去。采之輿論,王千户之功爲多。吾家文節公詩云:"蝴蝶雙飛得意,偶然畢命網羅。群蟻争銜墜羽,策勳歸去南柯。"熟透世情之言也。

初三日,澍雨達旦,雨住即行。陟百丈山,衆緑濯鮮,晴光猶嫩,鳥聲清樂。輿中得句:"雲開漸放青山出,水闊時來白鳥翻。"欲足成之,貪看山色,不暇思索也。三十里名山縣中火。縣城本狹陋,邑人何某爲盜,踞城月餘,悉毁圮之,今已數年,尚未修。舉人樊苞,字鐵吟,死之難。劉公言其忠毅之氣,溢於詞色。初受帶勇之檄印,以死自誓,今詢其專祠,亦尚未建也。十里高橋,二十里金雞關,山勢回環,前臨雅河,然路既叢雜,又不陡險。二月石逆前隊陷滎經,諸將奉檄援雅,有欲扼金雞關者,直是畏入雅州城,預爲退避計耳。二十里過雅河,(即平羌江。)至雅州府宿。府城前倚嚴道山,後臨平羌江,川西雄鎮也。府東蔡山,或以名山縣西十五里之蒙山配之。吾鄉曹君著論(見《雅州府志》)以爲名山縣之蒙山甚小,不足當《禹貢》所記,當以峩眉當之。雅安縣秦君象曾,字繼賢,小峴先生之子也,有循聲。予昔聞之鄂生、吟樵諸君,劉公亦謂其樸實,無官場習氣,因其權越嶲廳時,與嶺、王兩土司相洽,劉公挈之偕行。廬山縣燈花教盛行,建昌道招作捷勇,而其黨勢漸張,他日又費當事籌畫矣。

初四日,四十里觀音鋪中火。晤蕭提督慶高、何提督必勝,軍容甚壯。飯後陟飛龍關,即卬僰山,未至九折坂,而山勢險峻,已覺陟降維艱。四十里過滎經水,至縣城宿。縣城狹小,兩經殘破,元氣未復,治之不易矣。聞唐總兵同嶺土司解石逆將至,途中遇遣散之賊黨,詢知大樹堡尚有二千餘人未繳軍器,其僞周宰輔領之。

初五日,唐總兵解石逆到。劉公傳訊,梟傑之氣見於詞色,其於天下將帥獨服曾公,亦但稱其忠勤爲國而已。劉公奉大府檄,了辦餘黨。因命唐總兵折回大渡河,而别遣將解石逆到省。行三十五里,至界牌宿。

初六日,十里黄泥鋪,十五里小關,十里大關,十五里張望寨中火。

十里草鞋坪。自小關至草鞋坪,坡勢陡峻,延緣而上,輿夫屢躓。衆緑中野花叢發,景色幽麗。登山顛,左右顧盼,心境開豁,自此逶邐下即九折坂,後人因山過陡直,斜鑿之,益復詰曲,俗所謂二十四拐三大灣。碎石滿坡,尤爲窘步。又名忠孝坂,由於二王。今名大相公嶺,由於諸葛丞相。小相公嶺在越嶲界,亦南征所經也。十五里至清谿縣城宿。劉公得蔡太守牘,石逆餘黨盡誅矣。清谿城低山高,敵踞山可以俯瞰,有事不當守城,而當守險,大相嶺之險狹,石逆中旗之賊,二月間飛越而過,滎經知縣之罪也。守國者不在形勢,而在人材,吾不能不服膺胡中丞之言。

初七日,二十五里漢源街中火。一片瓦礫,中旗賊所焚也。十五[里]唐家垻,三十五里富林營宿,去大渡河數里耳。

初八日,移住羊字營王千總屋。

初九日,方伯椎牛饗士,頒賞各營。

初十日,早與唐澤波登獅子山。山巔有舊壘,或云是武侯屯兵處,廣可容千家,疑是土人築以避難,因無泉而棄之也。俯臨大渡河,望小舟如葉,舟中人如豆,上下於奔流急浪中,知大渡之險易守,而石逆之自投絶地,誠爲愚獃矣。四望眼界頗闊,澤波爲指戰守地,意氣甚壯。少間日上,畏熱,復與澤波並馬而下。

(錢伊諾整理)

第二十二册　耻無藝齋日記(同治三年六月)

耻無藝齋日記

【同治三年六月】

鄧伯昭曰:“時之速也,君乃不覺四十二年矣。”吾聞而矍然惕然,愧且懼焉。孔子曰:“年四十而見惡,其終也已。”又曰:“四十無聞,斯不足畏。”曾子曰:“四十而無藝,則無藝矣。”聖人、賢人諄諄言之,至於再,至於三,不憚其煩,不勝其痛者,豈非以四十爲成德之時,欲人及時勉學歟?孔子不惑,孟子不動心,皆在四十,吾又益二焉。顔子之卒也,三十有二,學幾於聖人,名垂於萬世,吾又益十焉。德之不進,業之不脩,而食人之食,衣人之衣,居人之居,其與禽獸也奚以異乎?雖然,蘧大夫行年五十而知四十九年之非,往者不可諫,來者猶可追。孔子不云乎:“朝聞道,夕死可矣。”矧幸而不死,而所聞日積焉,於道不猶庶乎?朱子年四十二時,答林擇之書云:“比因朋友講論,深究學者之病,只欠持敬工夫,所以事事滅裂。”又云:“前日不知於此用力,徒以口耳浪費光陰。人欲横流,天理幾滅,今而思之,怛然震慄,不知所以措其躬也。”朱子大賢,所以資乎友、責乎躬者若此,況中人以下哉?吾父召伯昭飲,使吾侍側而聞善言焉,吾猶是怠惰,猶是苟且,是違吾父之訓,忘吾友之規,自棄於古人而甘即於禽獸也已。同治三年六月旬有一日黄彭年記。

十二日,早起,送吾父入節署。暑疾初愈,肝疾猶未瘳,脇下仍作痛。吾父以爲人謀軍,不宜久居家中,又所輯《論屯田書》未就,遂力疾往也。吾出謝客,見鄧子伯昭、吴君信卿、鮑君餘豐、蹇丈儀軒、其子子振。蹇丈以遵義蕭君光遠所著《漢書彙輯》見貽。歸課兒輩讀,翹兒惰,怒責之。

十三日,入節署,省家君。出,過唐澤坡軍門。出南門,至草堂。是日彭丈曉杭招葛丈藕生、鄧丈伯昭、陳君謙山及予話别也。天雨,無鬱蒸之氣,彭、葛兩叟話四五十年前事,聽之忘倦。飲罷,葛丈謂不可無詩紀之。散歸,過宣少甫,觀書畫,至家已暮。察諸兒功課皆完。得鄂生書竝和詩,又寄《羅公記事録》,屬予删潤。

十四日,書《黄忠端公明誠堂札疏證》,蕭薌泉年丈家藏此札,余爲檢《明史》《漳浦集》諸書作《疏證》,薌翁屬書之。家君歸,肝疾未愈,意頗不舒。嚴菶雲來。

十五日,鼎臣招飲,未赴,投以詩。沈朗山觀察以詩來,和之。家君入節署,肝疾擦丁香油略減,方加肉桂。

十六日,和朗山詩。鄧伯昭以和詩來。

十七日,久雨得晴,甚快。彭曉杭太守來取别,林勿邨前輩來。作書寄伯專、存之、子偲。家君示晚晴詩,老懷舒暢,借吟詠以解肝疾也。仍服肉桂方。

十八日,家君歸。伯昭來書言陜事,余復書言劉、李兩公皆賢豪,因此而去固可惜。關中危矣,關中事壞而西北大局將不可問。不獨關中,畺圉之憂,大臣與國同休戚,正於此等處見眼光心腸。伯昭深以爲然。是日事有逆於心,克治良久,心氣始平。又良久,而渣滓始净,難哉難哉。吾輩去道太遠矣。羅子秋、陳玉田自陜西至。亟見子秋,知吾母權葬墓尚完好。

十九日,家君入署,聞達川方伯欲爲陜籌餉,君子人也,書以志快。晤陳玉田,詢陜事,甚悉。聞霞老得鄢友石,健將也。大雨如注,幸尚不致爲災。

廿日。是日爲先藴山兄忌日。吾兄以戊戌殁於京師,至是二十有七年矣。以鐵兒嗣,今年得孫,吾兄其少慰乎?

二十一日,伯昭、鼎臣、子振、蜀君至寓,早麵。同至滿城看荷,僅開一朵,旋落。因憶去年七月朔日,家君招霞仙、懿叔、薊雲、吟樵觀荷於此。今薊雲已逝,而霞仙撫秦,懿叔游楚,一仕一隱,皆極屯艱。人事不常,良可浩歎,所幸老親體健,至可喜也。出滿城,同伯昭子振訪譚石門布衣,年六十六矣,杜門謝客,作隸撫琴,所居翠微山館,竹石最勝,幽人幽境,對之忘歸。歸則家君已回寓,因爲堂上述之。

二十二日,得鄂生書,屬爲校刊子方丈疏稿、狀志之屬,來詩感慨至深。毛揖青、陳玉田來,補昨日賞荷訪隱詩,録送蹇、鄧諸君。

二十三日,作詩三首。奴有得罪去者,怒之,不免遷怒,書以志過。

鄂生寄詩,極佳,次韻和之,意有所指,不覺詞激。《節南山》《正月》諸篇亦此意耳。

二十四日,伯昭和詩,有"忽憶秦中老元帥"之句,以去年霞老亦於滿城譏集耳,因疊前韵寄霞老,鄧子亦有詩去。

二十五日,顧幼耕自理番廳歸,以所撰《理番志叙》見示,極有體要。蕭薌泉方伯、宣少甫觀察來。家君自節署還,肝疾少減矣。

二十六日,程小松丈書至,言東湖荷華甚開,約顧幼耕明日同往。檢點《新繁志稿》弟一卷,將與松老商榷也。

二十七日,曉起出北門,沿河岸行,清流深樹,人家住屋多以竹圍繞編之成垣。稻田蔚然澤秀,頓忘塵俗,始覺久處城中之鬱鬱也,賦詩志慨。過龍橋。橋去年圮,程丈葺而新之,有詩紀事。至新繁晤程丈,年餘契闊,坐清白江樓下談。久之,幼耕亦至。所謂東湖者,有樓有臺,有亭有廊,有山有石,假山有木,假山有樹,有竹有花,而荷花爲最盛。界一湖爲三,而諸景錯出其中,其結構之妙在曲廊,而勝處則見山亭,望見青城、九隴諸山,尤使人意遠也。談至三鼓始寢。

二十八日,在東湖聞小松丈談貞女事,肅然起敬。大熱。

二十九日,同幼耕及楊軼才、余牧之游龍藏寺。寺在新繁治東南十里,或以爲唐元宗避難得名,殊爲附會。晤樊景麟。有碑記,蓋古刹也。寺近滋水,依卧龍橋堰,竹林廣三十畝。雪堂近於竹林盡處,臨流架閣,背負緑陰,遠觀碧巘,灘聲蟬韻,熱暑全捐。雪堂能詩,遮留竟日。有詩紀事。

【同治三年七月】

七月初一日,别小松丈歸。禾已穗矣。

初二日,大雨,在東湖荷池望雨,聽荷聲不得,今乃得之。回憶納凉光景,如在荷喧雨到時也。補作東湖各詩。

初三日。是日爲祖母忌日,又劉安人自元年四月初三日没,及今廿七月滿。艾、翹、秦三兒及諸女以是日除服,艾兒哭泣甚哀。日月如流,旅櫬未返,余既傷安人,又念吾母,亦不自知哀之深也。

初四日至初十日,酷熱,又心中鬱鬱,一事未作,無可書。

十一日,夜得雨,甚快。讀《鬼谷子》終篇。偶與人談及楊公岳斌以提督攉總督事,本朝漢人以武人任封圻,前有岳襄勤,後有楊忠武,最爲著稱。楊公名應二公,而斌字合文武兩字,可徵佳話也。

十二日,家君歸寓。幼耕詩來,極清脆。

十三日,家祭。中元盂蘭之説,儒者不道,而春露秋霜之感則不能已者,人有同心也,況彭年之戚有甚於他人者乎?左君雋爲吾母族侄孫,因約飲福。吾母知母家有能讀書光顯者,當亦稍慰矣。

十四日,得鄂生書和詩。翹兒不率教,責之。

十五日,寄小松丈書。過幼耕、吟樵。書《輿圖目例》。得海琴所拓任山和尚淡岩關詩刻,甚有逸趣。授翹兒《孟子》已畢,爲講《書經》。羅子秋甫自秦歸,即聞母喪,爲撰輓聯云:"孝思能錫類,歎樹閣馳還,慈靈已渺,痛戒青年游子,自今休賦從軍行(上);偏侍最難娱,幸椿庭健在,愛日方長,歸慰白髮高堂,莫使劇傷[垂]老别(下)。"是夜月明如晝,作拜月詞。

十六日,家君歸寓。鐵兒生日,賦詩甚念其母。此子漸解事,其悲烏能已也。是夜大雨,熱可除矣。

十八、九日,鈔書,成《新繁志·食貨記》。

廿日,家君歸寓,飲少甫家。是日爲先母左淑人生日,吾兄藴山亦同是日生。自戊戌吾兄歿後,吾母生日輒不樂。後艾兒當吾母五十時亦以是日生,吾母心乃少慰。今吾母之卒又五年矣。艾兒值是日,又近者新除其母之喪,其容有蹙,益增余悲矣。是日聞金陵以六月十六日克復,又聞吾黔定廣糧道梗阻,省城乏食,危殆之狀,不堪設想。唐鄂生之太夫人出城遇盜,幸無他故。

二十一日,作書。高秀東丈,屬書楹聯相勖,因集《左傳》"聖人與衆同欲,是以濟事。君子能知其過,必有令圖"語爲聯贈之。得鄂生書,寄詩甚多,詩境亦進,尚未知其太夫人被劫事也。艾兒賦《喜聞金陵克復》詩,頗佳。

二十二日,飲雲波家,同坐兩傖,大不快。

二十三日,病以瀉,服六君子湯加減,愈。

二十四日,家君歸寓。薌泉方伯來。飲吟樵家,得漢碑,觀名畫,頗快。夜大雨。

左楚瑛出示其六世祖歲貢生圃叟公行狀,謂大外王父諱本有者,於圃叟公爲孫。撰行述者，爲大外王父之從昆弟，諱本乾，楚瑛之高祖也。楚瑛所携行述本不完，今撮録大略如左。

> 王父諱之翰，字嵩質，號圃叟。先世居長郡黄道門。迨明季，族衆星散，大、二伯曾祖早逝，四伯曾祖居善化，王大父行五，遷居長邑大賢都，今四叔祖居其舊廬也。王大父以忠厚肇基，舉丈夫子五，王父長，二佑商，三早卒，四成文，五在田。王父生而器宇莊重，英敏過人。王大父暨四伯曾祖伯政公，嘗以光宗期之。十四齡與二叔祖從學於胡先生彝章。迨丙寅年十八，補弟子員，王大父即命授諸弟讀。逾年，二叔祖亦遊泮，自是互相摩勵，爲學益力。書楹聯有“同心兄弟真師友，得意文章祇性情”之句。孝於王大父，凡勞心之事，一身任之，不以煩親心也。而晨昏定省，出告反面，進御必親嘗，侍疾不解帶，悉盡其分而不遺餘力。享堂祀田爲豪家所占，王大父愍然憂之，即重價贖歸，其純篤善體親心如此。戊寅，二叔祖殁，王父傷之。己卯，王大母亦寢幃，王父哀毁成禮，水漿不入口者數日。是時四、五叔祖年幼，而二房之諸父正孤，王大父亦以中年倦勤矣。王父乃内課叔祖，外禦憂患，勞瘁頻仍，勵志不怠，所爲時藝不下數千首，類以化治。啓、禎爲宗，學使董公、戴公、熊公皆重之。嘗以公事至中丞■公所，限以時刻，使爲文，王父操筆立就，其事遂解。衡州王君曾讀王父所刊試卷，因來訪謁，曰：“昔讀其文，今何幸見其人乎?”遂令子弟受業。王父常教學者曰：“學者須先變化氣質，凡舉止安詳、言辭不苟者，必是將來有福之器；讀書尤貴絜掃心地，凡記誦得穩，思路易通者，必是胸中無物之人。”故一時出其門下者，類皆實行克敦，即私淑其教而成就者，亦不可枚舉。兩躓北(圍)[闈]，遂絶意仕進，遷居泉港塘，作學圃草堂，題其柱云：“愧我無爲當學圃，教兒有志莫窺園。”至今池柳園杏之間，猶見先人之遺業焉。　　己亥以後事脱缺不完。

【同治四年六月】

去年在蜀，復爲日記，未半月而病。病已，遂罷廢不復記，今又一年矣。計一歲所得無幾，惟爲家君校勘《營田輯要》一書，爲唐鄂生校刊其尊人《子方先生遺集》及《弟子職集注》二書，他所作古文十數篇而已，然皆在蜀時作也。去年九月劉霞仙中丞以關中書院講席相召,書辭之。已而家君奉分巡鳳邠之命,乞病不獲,乃以四月二日自成都首途,五月四日達西安。家君既履任,余亦辭講席,不獲可,以是月十二日入院課諸生,自時文外兼及經史古文辭,來者日衆,而吾之所以教者,不足以爲人師也。所幸者,去吾母權厝墓,出城不過數里,得以時展視,又可乘間謀歸葬耳。此則彭年數年來未嘗一日忘秦,而天假之緣,得以至此者也。六月十一,感於去年之事,復排日記之,而序其緣起如此,以誌吾過云。同治四年六月十一日記。

六月十一日,早起,出南門至草場壩,謁母左淑人墓。同治元年五月權厝於此,繼妻劉氏祔葬,今將千日矣。卜宅湘中,將圖歸葬,尚未得,遂負罪滋甚。歸署祀先,拜父,未至書院。

十二日,早至書院,課《四書》,題"歲寒,然後知松柏之後彫也";詩題"此蔭獨不衰",得"松"字;賦題"泰山松不受秦封",賦以題爲韻;七律六首,長松、甘松、水松、石松、瓦松、塋松。

十三日至十八日,閱時文卷八十七本。(楊鼎昌第一)

十九日,閱詩賦卷。七律六首,意指非松而冒爲松者言,諸卷無解此者,張豫泰卷詞句差勝,取之冠首。聞有小人傾君子者。

二十日,先藴山兄忌日,率兒輩拜祭。是日雨,農民望澤久矣,真時雨也。聞雷營敗績,退保威州,又有譌言軍門無下落者。作書寄王定甫銀臺。時左遷,將歸粤西。

二十一日,雨。林穎老爲歐陽文忠作生日,家君往,携名迹十卷共賞。

沁春園(題李鏡軒小照)

告華嶽文,上荆州書,罷矣歸歟。有隨身卷軸,堪消永晝;同心伴侶,來造吾廬。客倦須還,名浮何用,打掃胸中一事無。從今後,龍蛇我蟄,牛馬人呼。　　我言君定壺盧,怎一翣添香有繡襦。問大名諸葛,醜妻占了;經神詩學,小婢能乎?(圖畫侍者貌寢,故戲及之。)我笑君來,君邀我去,泛宅湘波雙釣徒,休管是英雄兒女,磊落蟲魚。

二十二日,書院課《四書》文"非禮之禮"三句;詩題"雲鶴有奇翼",得"雲"字;《〈樂記〉篇次考》《伊洛以前〈大學〉〈中庸〉單行本及荀孟諸家考》

《關中上游形勢在朔方論》《鄭康成、孔穎達論》;擬陶詠二疏、三良、荆軻三詩。

二十三至二十六日,閲時文課卷六十八本。(薩焜第一)

二十七日,從穎老借觀歐陽文忠像。

二十八日,閲魯敬元、吕申經古卷,皆有本源。

與監院書

頃承見告,謂甲乙兩生遺物,疑爲丙生所得,指前日茶肆失壺,丙生償錢爲證。竊以盜同舍金,不疑受枉,度上宫屨,從者被誣,曖昧難明,伊古所有。今則聞詬解囊,中情似怯,捕風捉影,左證猶虚,意鄰子之竊鈇,究何人之胠篋。平心以論,厥咎惟鈞。得謗有因,丙生固當責己;慢藏而誨,甲乙亦合返躬。既慚教術之疏,猶冀悔過之速,咸指舊惡,各懋前修。如其兩造争持,則吾末如何已。難以一堂共處,請子歸而求之。敢煩監院,遍示諸生。

廿九日,檢《鄭學録》。先是,唐鄂生書來,以《鄭康成傳注》《年譜》《書目》《弟子目》屬爲叙,將刊而行之。予爲題曰《鄭學録》,檢《漢紀》、群史補正凡三十事。

【同治四年七月】

七月初一日。

答劉中丞書

昨得報,書送穎老,就中爲次公表暴之説,老人及穎老皆不謂然,鄙見亦同。《困》卦繇詞:"貞大人吉以剛中也,有言不信,尚口乃窮也。"君子所處亦極困之時矣。剛中之吉,静以俟之,何煩多言,更招疑忌。聖人於《蹇》之初六,訓以有待,惟賢者留意。

初二日,中丞劉公課《四書》,詩題外,有《宋學異同論》。聞劉正高所部海字營潰,劫固原軍火車。

初三日,爲祖母匡太淑人忌日,家祭,未至書院。

初四至十一日,間閲小課卷,爲兒輩講《易》。

十二日,課《四書》,題"富貴不能淫,貧賤不能移,威武不能屈,此之謂大丈夫";詩題"志意多所耻",得"耻"字;《關中九先生贊並叙》,文簡吕涇野先生,恭簡韓苑洛先生,端毅王石渠先生,忠介楊斛山先生,忠憲馬伯循先生，恭定馮少墟先生，布衣李二曲先生，檢討李天生先生，徵君王豐川先生。

謂諸生曰，諸君即不作序贊，鄉先生事迹著述亦應考究。聞風興起，足以增長志識。諸生問"志意多所耻"題，解曰：淵明詩"疇昔長苦飢，投來去學仕。將養不得節，諫餒固纏己。是時向立年，志意多所耻。遂盡介然分，終死歸田里。"此句不過自述其壯年志操耳，最重耻字，惟其知耻，所以能盡介然之分。顧亭林一生學問，只"有耻"二字，遂冠本朝儒林，此吾與諸君交相勉厲之心也。

劉軍潰勇自隴州、汧陽、鳳翔、寶雞、岐山趨郿縣，巡撫遣副將彭體道自盩、鄠邀擊之。

十三日，祀先。約司和庵、彭海巖、李鏡軒、魏春農飲福。

十四、五日，腹疾。

十六日，腹疾加劇。

十七、八日，閲課卷訖，楊生鼎昌第一，吕生申作《關中九先生贊》，較勝。

十九日至廿一日，雨。聞彭體道擊潰勇於鄠，降之。

廿二日，課《四書》，題"長沮、桀溺耦而耕"；詩題"悠然見南山"，得"然"字；恭擬經筵講義二章。

君子喻於義，小人喻於利。君子上達，小人下達。君子求諸己，小人求諸人。君子周而不比，小人比而不周。君子泰而不驕，小人驕而不泰。君子和而不同，小人同而不和。

小大之臣，咸懷忠良，其侍御僕，罔匪正人，以旦夕承弼厥辟，出入起居，罔有不欽，發號施令，罔有不臧。

廿三至廿七，閲課卷七十一本，强列第一。聞回回逆竄隴州之長川，巡撫遣英毅軍擊之，星使協辦大學士瑞常、户部尚書羅惇衍十三日至廿七日行。自十四日後，巡撫將軍司道有事無事以次傳見，家君見兩星使，責以此來爲治亂所關，當爲朝廷維持大■，■頓紀綱，愛惜人才。他所侃侃論者甚衆，大意不出此數語。語秘，予亦不敢記也。梁熙初以健庵年伯之喪來赴，稱健庵先生自壬戌花門之亂，家人殉難者二十三人，遂成心痛之症。爲輓聯云："浩劫太蒼茫，看二十三人同摧勁草，歎老懷棖觸，時艱家難，久令伊鬱抱沈痾；辭官成孝養，冀百千萬載長護靄椿，況至性篤誠,行道立身,自有顯揚光舊德。”熙初家居侍養,遭家多難,克盡孝思。聯語蓋紀實也。

【同治四年八月】

八月初二日,林方伯課題“有秦”,問諸生,未知體裁,檢柳子厚《晋問》及汪容甫《廣陵對》示之,一用韻,一不用韻也。

初三日,爲先曾祖及祖母生日、祖父忌日。是日聞劉中丞鐫級,代之者趙公長齡。

十二日,課《四書》,題“知者樂”;詩題“吾亦愛吾廬”,得“陶”字;《智爲衆事之幹論》。中秋玩月,賦以“古人作詩始於杜甫”爲韻,擬杜子美[秋]野五首。

十三至二十一,閱課卷,李寅第一,古作無佳者。

二十二日,課《四書》,題“君子之道孰先傳焉”九句;詩題“帶月荷鋤歸”,得“歸”字;《朱子〈周易本義〉原本説並論朱注程傳異同》《秦得蜀而後强論》。

二十五、六日,經營啓先慈權厝之壙,爲歸楚計。二十七日,突聞雷正綰叛,犯涇州,急掩覆吾母壙,不敢不慎也。

廿八、九日,閱課卷,王炳文第一,李寅第二,楊鼎昌第三,皆佳。魯生敬元兩論經義、時事,皆極透澈,美才也。

【同治四年九月】

九月初二,爲官廉訪課。連日得涇州信,雷營周軍門顯承自涇州應正綰,調往平凉,道遇兵變,馳還涇州,招叛卒反正者十三營。正綰氣奪,折而歸,而所部降回仍犯涇州,邊防戒嚴。

初六、七日,連得探信,涇州軍聲大起,邊防無虞。

初八日,家君聞劉中丞奪職,林方伯鐫級,遂定乞病歸楚之計。

十二日,課子曰“不降其志”三節;詩題“採菊東籬下”,得“東”字;經義《治事論》;擬陶淵明《九日閒居》詩《菊影》七律。

百字令(題吕清溪《餐菊撫松圖》)

君懷澄定,況浮雲世態,觀之熟矣。借取靈均餐菊意,更有陶松堪倚。古貌輪囷,秋心冷淡,幾箇人如此,肅然起敬,此情非世人比。

笑我半世棲皇，天涯飄泊，那有安身計？近擬誅茅湘水側，去訪桃花源裏。昨夜秋風，庭前命酒，提起田家事，曰歸歟也，高堂含笑稱是。

（錢伊諾整理）

第二十三册　泛漣録(同治七年十二月)

【扉頁浮簽】

泛漣録

起同治七年十(一)[二]月至翌年六月。

自湘鄉至長沙,卻修書局聘,張文襄在鄂,延主講書院,亦未就。(鈐朱文長方印:"緗丞所守/先世手澤")

泛漣録

【同治七年十二月】

同治七年秋八月,開書局於長沙,當事以分纂招予。十一月以書來促予,遂以十二月初三,自五泉山莊策騎至石頭堡登舟,行二十里,至星璧港,瀟灑巖在焉。明龍吟更名曰天籟岩,以洞中風過泉滴之聲名之也。又二十里,犁頭嘴,婁底河於此合流。又二十里,西陽,有小河,遇盛夏水漲,亦可通小舟。(火石灘甚險,有絞車。)

豬油半觔,去錢百二十五文。冰糖四兩,去錢五十六文。

犁頭嘴之上馬鬃灣,山環水聚,以形象言。度之必有結構可觀之處。未得離舟登覽。

詩體云:引韻便失粘,失粘則不拘聲律。然則對偶精到,謂之首格。蘇李體、老杜《卜居》一篇是也。

杜《卜居》詩:"東行萬里堪乘興,須向山陰買小舟。"《賓至》詩:"百年麤糲腐儒餐。"皆詩人乘興率真語。張上若注《卜居》云:"方卜居而欲遊吴,裴冕之待公可知。"注《賓至》云:"相待之薄。"所見殊鄙。

初五日,五鼓,北風大作。天明放舟,廿里谷水,湘鄉市集之所。自永豐、婁底外,則楊家灘、谷水稱繁富焉。卅里楊果塘,廿里溪口,出佳石,可爲硯。里許,風化灘。亂石林立,舟行石罅中,誤觸輒壞。昔人立石水中,以表水道。去年七月過此,土人語予曰:石上刻"對我來莫怕我,不對我來莫怪我”十三字，予頗訝之。及八月再過，則水涸可涉，審視石上，乃“南無阿彌陀佛”六字，及刻石年月耳。凡事不親見，其能不爲無稽之談所惑者鮮矣。十里，泊斗印。自犁頭嘴合珍、漣水後，水尚不涸。爲北風所遏，故行遲，傍晚風始息，乃敢下風化灘也。

肉十兩，去錢七十文。糖一封，卅文。白糖包子十枚，廿文。

張上若注嚴、杜寄答詩，引《舊唐書》辯嚴武無欲殺子美事，甚有見。《新書》據甫傳，非事實也。

《北鄰》詩：“青錢買野竹。”趙注：“青錢，蜀人語，謂貝錢也。”予謂當是用青蚨事。如“點溪荷葉疊青錢”，可謂疊貝錢乎？可發一噱。

陶詩：“聞多素心人，樂与数晨夕。”杜诗：“野外貧家遠，村中好客稀。”離索之感，鄉居最甚。俗客之擾，亦鄉居最甚。懷人厭俗，古今同情。然陶於“鄰曲時來”，頗有油油然與偕之意。杜《遭田父》，則甚憤其混飲矣。胸次廣狹固不同也。

陶詩於榮枯之理，見之甚透，故言之甚切。杜加一“厭”字，非知陶者矣。《命子》《責子》，人情之常，本乎人情，而安乎天運，乃達道之言。若賢愚不掛懷抱，豈所謂道哉？山谷謂：“是子美解嘲，觀題云‘遣興’可知。”余終不取。

《歸燕》詩：“不獨避霜雪，其如儔侶稀。”自古賢人去國，多因孤立之艱，道未得行，而禍將不測。君子見幾而作，不終日，貞吉。

“空外一鷙鳥，河間雙白鷗。飄飖搏擊便，容易往來遊。”説姦人肆毒，賢者率真，尚冀脱然事外也。“湔鷗防碎首，霜鶻不空拳。”則貝錦之織，直無停時，而朱絲之弦，有必斷者矣。憂畏之甚，詞更險迫。

初六日，天陰，微雨。十五里江口，側水來會。《一統志》“側水在縣西南百六十里”，《湖南舊志》“水源出寶慶府邵陽縣定勝寺東，下至十竹山，合何公橋水，抵江口入漣，今謂之永豐河”。漣水至此，岸漸平，水漸闊，灘漸少，而筒車壩較密，舟行亦不能暢。四十里潭寺。彭葆初以其父曉杭太守文六篇來投，屬送研老選入《湖南文徵》。十五里石獅港，三十里樟樹蕩。(觀音石在江口下里許，潭寺無確。潭寺樓可眺遠，惜太狹。)

燭去錢廿一文，包子十文，豆豉四文，切麵五十六文。

彭洋中書十三世族祖齒録後一首。○嗚呼！此一門八人同死寇難者也，而國棟公竟以此無遺種，豈不悲哉？自明季流寇亡國，金陵繼覆，既而桂藩稱號,粤楚滇黔,騷焉糜爛。湘鄉介長、寶二郡間,而吾族又適當其衝,焚掠驅殺之慘,固可想見。其幸而免者,必有避寇之地,與所以禦寇之方。余嘗採訪其事,思欲彙輯一編,以爲族中掌故而不可得。蓋世遠年湮,當日父老驚喘之餘,未暇記載。承平以來,房譜兩修,亦不復采録舊聞。故今遂無有能道之者,爲可慨也。國棟公舊廬在黄泥塘,距今祖祠二里許。其被禍也,以順治戊子十一月十三日。族黨流傳,爲家奴叛去從軍,既敗,引其黨一洩舊忿,按其時必王進才、馬進忠潰黨。死者爲公及夫人,公之子明德,明昇之妻黄夫人,公弟國樑妻胡夫人。當時以奴犯順,必不肯緘口就死。而國樑公子婦蕭氏,孫登傳之妻劉氏何以獨免?或曰逸,或曰先以事適姻家,故不及難,得有後。皆流傳如此,而譜皆不載,且若重諱其事。頃因合族修譜,得讀合頭房雲魁公李夫人家傳,詳載其避兵溪田,遭寇,守節自刎。因據其傳,以烈婦呈請旌表。國棟公一門之死,僅先李夫人三日,而其禍尤烈,例得請旌於朝,顧以流傳無據,未敢率焉以請,即族譜亦不能爲之作傳。然則義士烈婦,慷慨就死,不幸不遇能言之士,湮滅而不彰者,可勝道哉?余懼夫傳世日遠,今所傳國棟公家禍事,他日並其語亦泯焉以盡也,故識其略如此。

"商山猶入楚,渭水不離秦。""綿谷元通漢,沱江不入秦。""何時一樽酒,重與細論文。""把酒宜深酌,題詩好細論。""宿雁起圓沙","宿鷺起圓沙","江船火獨明","野船明細火"。使事鍊句,皆有用慣杼柚,古作者類然,不以爲嫌也。《王子安集》中複句尤多。

六朝人以有韻爲文,無韻爲筆。蜀人以釜爲銼。鮭,吴人魚菜之總名。"白也詩無敵",注家謂用《戴記》"白也"現成字,則"甫也諸侯老賓客",又從何處得"甫也"現成字乎?《雙松圖歌》"松根胡僧憩寂寞",此言松根狀類僧趺,其偏袒右肩,正形容蘚皮半脱耳。注云"此山僧得之所見",豈不呆相?

陶詩:"路若經商山,爲我少躊躇。"杜詩:"君行射洪縣,爲我一潸然。"韓文:"爲我吊望諸君之墓。"懷古寄慨,深情如揭,讀之使人興起。

初七日,雨,午後始能放舟。十里朱津渡,十里湘鄉縣,十里銅錢灣,十里泊東臺山下。《縣志》東臺山一名鳳凰山,一名望嶽峰。有石若臺,宋王汾詩"未必龍山勝鳳山",是鳳凰山之名由來久矣。往年在蜀,讀霞谷所撰《東臺山記》,心嚮往之。今泊此,已薄暮,又爲雨阻,因與山靈約,來年仲春過訪,當開霽迓我也。夜雪。

麵一觔五十文。包子八枚廿四文。

彭洋中都尉汪文瀾家傳一首。○君諱定安,初名慶安,字文瀾,别字静堂,桐城人也。系出唐越國公,世爲官族。祖某,父某。君生而魁梧,角豐起,齒如瓠中。少時家貧廢學,力田自給。已輟耕,歎曰:“男兒當自奮爲世用,安能鬱鬱久田間乎?”會族兄稼門尚書巡撫江蘇,往依之。數月,尚書喜曰:“若非長貧賤者,幸自愛。”迺資遣之。遂遊江北,籍河營伍中,習河防事。以積勞,官至江南銅沛河營守備,加都司銜。君爲人明練沈毅,遇事有方略。河工木龍,每歲撤舊易新,費不貲,古城汛四工,歲萬餘金。君曰:“是可省也。”議迎溜改建圓壩,壩外抛填碎石,費千金。同知趙大赤持不可。會河帥黎世序臨工,君面陳,世序韙君言,大赤固諍,令出保固結。君曰:“既建議,敢不任保乎?”及盛漲至,君所建壩下均新淤,險工皆閑,世序於是通飭南河皆仿行之。後御史馬步蟾奏南河碎石埽壩滋弊,世序復奏其略曰,臣講求堤工,見徐州近山堤埽,抛護碎石,工堅費省,其無碎石之處,溜勢趨刷,廂墊頓仍,險工疊生,因仿行各廳。數年以來,藉資牢固。凡已抛石,其本段既無蟄塌,即上下無石之埽,或至朽塌,補廂亦易,斷不至有脱胎搶險之虞。南河大廳,從前歲用銀二十五六萬,近年僅十二三萬,工簡務閒,人得從容措手,河防久安長治之策,無逾此者。其策實自君發之也。

徐州北門,河道逼隘,溜勢沖刷,堤根埽工櫛比,歲生不已。法宜挑溜北趨,而北岸市廛瀕河,君曰:“此與水争地也。”請於河道吴君著德,令移市上游南岸,建挑水壩十餘丈,由是北門埽工閑不復生,而徐城益固,徐人德之。

灌塘法者,始道光四年。因河身淤高,倒灌清口,禦壩不能啓,乃作臨淮、臨黄二堰,中爲三塘。塘設閘,遞啓引清灌之,放以運送,由是無盤壩之累。改河之勞,其法亦自君始。先是,正月,君奉委查運河閘壩既畢,至浦,適糧艘阻不前。江督魏、漕督某、河督張,皆駐浦規挽,渡不可得。参將張景豐以訪,君曰:“惟灌塘便。”與景豐周歷指視,言之鑿工可行。景豐以告,三督皆歎服,行之至今。凡君之敏而能斷,皆此類也。

南河既以拋石著成效,戊戌,栗公毓美帥東河,亦奏行之。而請飭南河之臣,揀諳練河務官一員,赴東規畫,麟慶公特以君往。今東河安瀾,歲節省十數萬,亦君力也。君嘗自謂官無大小文武,皆當以實心任事自矢。常爲人述稼門尚書所以訓誡之詞,首以不愛錢爲兢兢。故自效力河干,求所以固工節費,雖與同官論諍不少顧。至勢所不可省者,必先事以啓上官,或上官有未察,必力陳之,得請而後已。丙戌,挑重營引河,同事以備累自盡者已數人,君獨請借帑濟工,主者有難色,君慨然曰:"即不得請,下寮命不足惜。奈前工盡廢,數十萬帑金皆歸虛擲何?"乃許。工員皆得借帑蕆事,卒奉旨免其歸帑。

庚子霜降後,因郭汛九里溝堤單工險,溜勢袖出。袖出者,水回旋也,法最忌。君請歲料外添購三四十垛,備不虞,麟慶公疑不許,君力争得請。已,君以勞得疾,於十一月初十日卒於官。明年桃汛,大溜沖擊,段埽蟄走,竭三日夜捆廂摟廂搶獲,歲料盡,並君所添購過半,僅以獲免。於是麟慶公謂其廳同知晏曙東曰:"此工轉危爲安,乃故都閫汪某之力也。"一時聞者莫不感泣。

君善恤兵力,汛工歲額外,積羨數百金或千金,皆以資兵緩急。已,又爲貸商生息,歲終得益分贍,故兵不困而益用命。堤旁曠隙,招藝雜糧,至冬以分給兵及近民之無告者。又捐貲賠修卑河夾堤内及徐州校場義冢,惠慈之頌,兵民翕然。

君篤於内行,方協銅汛,即迎養封君與繼母董太孺人,能得其歡。先世遺産及俸入所置,悉以讓兄弟,而於諸從貧者贍其生計。歲歉,振其乏;死,資其喪葬;不能娶,娶之;娶無子者,皆爲買妾;又嘗葬舅氏吴及舅王氏累世之喪,且立王氏後。里中大水,寄貲平糶,又設局青山寺煮粥以振。聞者皆曰:庶幾世族之風。

河工官制,文武相資,每多齟齬,而曙東獨推伏君,相得如兄弟。君之卒也,曙東哭之慟,所以經紀其喪、恤其孥者甚至。九里溝之役,曙東望溜而號曰:"即汪静堂在,何至此?"嗚呼,是可以知君矣。

君卒,年六十有一。娶王氏,側室張氏。子二,長术,官湖南邵陽知縣;次正筠。彭洋中曰,國家慎重河防,不惜帑金。南河歲修搶修,舊例不得過五十萬。自嘉慶丙寅奏加例價,歲用至百四十餘萬,其後遞加無已,至逾二百萬。雖料價誠非昔比,然論者謂,費省之時,河必稍安;糜費之時,河必多事,亦痛乎其言之矣。夫豈獨偷減浮冒不可不杜,抑豈一概苟簡塞責,但期費省爲稱其職也?蓋必明夫全河遠近險夷深淺寬隘紆直急緩之勢,以求致病之源,何以用費少而成功多,使險減而工不生,則工既固而費亦省,此誠朝廷所深望於河帥。但今在工文武,常得有如君者經營其間,而爲帥者能知其材而用其言,則事亦庶幾其有濟矣。故事,天然閘水深二丈五尺,廳營稟河帥,奉札飭,始鳴鉦聲礮,啓閘洩水。壬辰夏,水一日驟漲,勢洶涌。君曰:"是泥守例,已無及。"不待報至,徑啓閘,得無事。嗚呼,此古大臣倉猝定變之略也。事訖,河帥飭備修閘,且入奏。奉旨:汪定安不拘成見,甚堪機宜,無庸令備。聖人周知萬物,不其然哉!不其然哉!然則君豈獨治河之才,而又不竟其才,爲可慨也已。

初八日,微雨。十里掛榜山,十里文家灘,入湘潭界。二十里石潭,江中有巨石,石上有舊廟,爲洪流所毁。十里雞子灘,雲湖水來會。按《一統志》,雲湖在縣西,舊名沼湖,受烏石等四十八泉之水,四山環繞,瀦水不洩。明萬曆中,隄潰水涸,遂爲良田。今通小舟,可載二十石。過雞子灘以下,河身漸闊,不復有壩車矣。十五里江平,二十里袁家河,煙户頗盛。十里湘河口。入湘以後,波濤洶湧,小舟無桅,不能折戧,盪槳頗遲。水程只八里,經兩時久始抵窑灣,泊焉。過金鳳街,訪何君廉峰,談黔事,甚有起色。

"文章開奥窔,遷擢潤朝廷。"潤字極有味。富潤屋,德潤身,河潤千里,惟其充然有餘,是以所至輒潤。苟中無所有,先自枯矣,焉能爲朝廷之潤哉?

《新安吏》五詩,是九節度師潰,各還本鎮,子儀留守東都時事。則《垂老别》所云"土門",定指井陘之土門,"杏園"定指在汲之杏園。夢弼注以長安之杏園、土門當之,蓋誤讀"何以守王城"之句耳。王城自指東都,不指長安也。

肉二觔半,去錢百八十文。(文家灘肉價賤,每觔七十二文,上下船於此神福。)轎錢六十文。豆腐十文。

"罷官亦由人",此語真灑落。注云:"罷官乃能自由耶?"此段心事割捨不得,毋乃令少陵嗤笑。凡人要官做,便不自由,若要罷官,終無不自由者也，其不自由者定是不肯罷。

鄭虔以禄山之汙貶，不可謂朝廷失刑也。少陵憐其才，憐其老，皆私情也。純廟御論王維“凝碧池頭奏管弦”直是從賊，奉此義以論詩，得詩之正旨矣。

人知孔明之爲卧龍，不知嵇康亦有卧龍之稱。《晋書·嵇康傳》鍾會以舊憾“言於文帝，曰：‘嵇康卧龍也，不可起。公無憂天下，但以康爲慮耳。’”

《遣興》二首，或以爲爲僕固懷恩反叛而發，非也。杜詩激揚忠義，懷恩叛賊，何至比之以龍，稱以英雄，致歎真宰，若代爲不平者乎？當是爲君子不遇者言耳。

初九日，何廉峰來話，片刻去。遂命舟子放舟，過十八總湘潭縣城。二十里鷂子巖。細雨迷濛，煙波無際，雲沉岸遠，類南宫華庭潑墨山水，至其疏曠蕭瑟之處，又當本之倪高士也。五里易家灣，出湮。五里昭潭。善化、湘潭接界。昭山截江而起，仄立萬仞。去年登覽，視潭城近在咫尺。昭潭爲湘水最深處，諺云“昭潭無底橘洲浮”，皆在善化境。《水經注》言昭山下有旋泉，《元和志》謂潭州之得名以此。漁舟往來如織，杜句“漁人網集澂潭下”，蓋潛有多魚也。三十里平塘，十里浦石，蔡江門嘗載酒登臨。五里猴子石。聳峙江邊，望之如猿，然不及浦石之使人流連。地以人重，信矣。十里，泊長沙城南西湖橋下。

魚去錢一百十文，白菜十六文，包子十八文。

初十日，入長沙城，至松陽，客晤李次青同年，知郭筠仙年丈待予不至，先一日返荷葉塘。詢志事，已於初一日開局。訪吴南屏丈，别十載，鬢眉盡白，而沖和之氣盎然可親。談及志事，頗以事增文省爲難。過羅研老，《文徵》尚有十餘卷未刊就。留飯。至趙家坪，晤子壽、子恒、子襄昆仲，子恒新自蜀歸，因留寓宛園。晚飯適沈吟樵同年之子過此，同席。夜訪陳貽珊太守。是日早雨晚晴。

脚錢二百六十八文，橋錢四百十四文，燈籠夫錢四十文，又脚錢一百四文。

十一日，陰。腹疾。子恒以黄氏法治之，有效。夜大風。换銀四兩零二分，入錢六千七百八十八文。又銀五兩五錢，入錢九千貳百八十二文。

一都藍布一匹足六丈〧〢,青洋布一丈二尺〧〢,月藍洋布一丈〥〢,共去錢五千七百零四文。大烏貳斤〩□油魚三斤〤〢,黄花三斤〡二〨,耳子三斤〤三,蜇皮貳斤〡〧 〦,共去錢伍千零八十八文。周建武船用錢二千文,轎錢二百四十文,蛋糕百六十文,藥錢五十六文,紙一百一十一文,帽子四百五十文,補子一千六百文。

十二日,雨。仍服子恒藥。拜何貞老、李仲雲昆仲,皆未晤。

十三日,晴。朱子餘來談滇黔事甚悉,其言治滇當分迤西、迤東、迤南爲三段,先南而次東,然後及西。余謂當先西,西定而後治南,則東不待治也。晤張力臣,言志局宜先定體例,詢繪圖,已得鄒、晏兩君專是。致函醴陵族中詢譜事。

借陳貽珊太守五十金。寄醴陵十六金,購祭器十金。

購《臨症指南》去錢千文,《古文類選》六百文,胰子錢六百文,轎錢三百文,零用五十五文。

十四日,晴。出小吴門,五里渡瀏水。《一統志》:“瀏水經瀏陽縣西南楓林浦,折而至長沙縣界,至駱駝嘴入湘。”五里鴨子鋪,二十里石子鋪,渡水渡河。《一統志》:“水渡河一名湠塘河,源出瀏陽縣石柱峰,名黄泥港,西流至長沙縣北,又西流入湘。”二十里龍華嶺,過小溪河,至寒波坳,訪郭筠仙年丈於家。丈去年撰鳳邠公墓表,今始拜謝,縱談甚快,問及志局事,論甚通達。夜雨達旦。

十五日,雨止。筠丈挽留,予以歲暮還家爲期已迫,遂行。至鴨子鋪,天已晚,宿旅店豬圈旁,臭不可當。夜半聞殺豬聲絡繹。徹夜不能寐。夜雨。

十六日,微雨。入城拜客,至志局,晤委員何仁翁、同局舒棠階茂才。夜雨達旦。

買祭器五千七百文,給夫價四千文,酒杯八百文。至寒波塘路費四百六十文,轎錢三百文。還借錢二千文。(周船户用錢二千文。)

十七日,雨。遣人至黄塘李家老屋問兩嫂好。

送嫂用銀拾陸兩,换錢去銀捌兩。

换入錢十三千三百四十文。(除清十六日用項十三千二百六十文,餘錢捌拾文。)

十八日,雨。

借陳銀拾兩,换錢拾陸千九百文。又銀六兩,换錢十千零廿文。買書九千六百文。賞趙坪家人四千,廚子二千文。買青果二百五十六文,糟蟹一千零四十文,羊油燭百卅文,酒三百八十四文,檳榔百八十文,野鴨錢九百文,皮紙三百文,竹箱三百一十文,紙卅六文。

十九日,陰。登舟。累日陰雨,水長丈餘,西湖橋港可入船矣。(上船脚錢六百廿文。)

廿日,雨。至湘潭,泊城下。

易家灣買酒五十斤,去錢二千一百廿文。

廿一日,陰。訪何廉峰、李觀國,爲阿堵物度歲計,日暮始就緒。開舟入漣水,牽纜行五六里,泊,去袁家河尚二里許。水勢漲急,縴路泥淖不能到也。

换銀二兩四錢,合錢〡〦二三千八百八十四文。周船户支錢二千文。灰麵〣〦卅斤,去錢一千一百六十文。醋〢〨五斤半,去錢一百廿八文。茶碗三百文,點心一百卅文,醬菜八十八文,豬油百四十文,紅蘿蔔九十文,藥一百五十文,燒餅三十文,鱖魚六十文,轎錢二百六十文。

廿二日,早、晚雨。逆風行過江車,張帆至石潭,落帆泊文家灘。蓋湘水須北風,入湘河口則須東南風,由江車至石潭須東北風,至文家灘又須東南風也。筒車半没水中,不復轉動,灘壩俱不見矣。

《往在》詩"冗官各復業,土著還力農。"蓋軍興則爵輕,爵輕則民棄本業以從軍者衆。及軍罷,皆爲冗官,不使復業力農則聚而爲亂,若今之哥老會,大抵皆不復業之冗官爲之魁也。

舟中阻雨

浮湘復泛漣,久雨滯歸船。爆竹鳴春意,筒車攪客眠。檢書燈將燼,煮藥竈增煙。借問生衣楫,何時取路便。

廿三日,早雨雪,午微晴,旋復雨雪。立春節陽氣微伸,無如陰凝已久,陽不能勝也。因此悟《坤》上六龍戰之義,又悟《剥》上六碩果之義。君子處此,在上則思有以轉移世變,在下則思有以抱璞完貞,可不慎哉。冒雨張帆,行至東臺山,落帆縴行至銅錢灣,由文家灘至東臺須東北風,至銅錢灣又須東南風也。下水有破舟,上水有破帆,皆緣水漲流急耳。

杜詩"冥冥甲子雨,已過立春時。輕箑頻相向,纖絺恐自疑。"蓋是年春早,偶然可箑。張注謂楚地暖,故立春時可用箑服絺,若以爲常然者,非也。杜又云“南楚青春異,喧寒早早分。”此自言夔府,若錦城冬不閉寒,草木殞落,不過數日旋復發生,南楚遠不逮矣。

神福去錢百八十文。

“飲子頻通汗”,猶今之藥引也。飲子對懷君,纖巧假借,唐人已開其先,今日館閣諸公數見不鮮矣。

“青蠅紛營營,風雨秋一葉。内省未入朝,死淚終映睫。”所謂直筆也。司徒之罪不可諱,司徒之心有可原,真足洗箱篋於將來矣。

舟中書所見

下水望長水,水長疾如矢。回頭失去岸,瞥眼就所指。上水望順風,風順帆可駛。衝濤百尺魚,噴沫揚鬣起。去來各有願,稱心無過此。筒車倚壩旁,森列比牙齒。順流偶失柁,觸石嚙其底。蓬索或掛牽,紛飛等片紙。方其快意時,瞬息論千里。物理固難測,禍福常伏倚。壩水灌桑田,浥注功靡涘。胡爲舟人語,怨尤生詆毀。忘其利於人,但憎害於己。篤哉古賢達,面色無愠喜。天運幾無常,淡泊相遭耳。破舟豈悖爲,達哉范夫子。

廿四日,早陰,午後黄綿襖子出矣。遥望褒忠山晴雪,粲然雲端。乘北風至梅子灣,落帆行,泊潭市之五里亭。

廿五日,晴。由潭市舍舟登陸。二十里普安塘,二十里洋果塘中火。十里冷水洞宿。晝則躑躅泥淖,備極艱辛。夜宿野店,以草爲褥,疊瓦作枕,張破蓋障窗,亦能酣睡。

廿六日。五里花亭子,五里石山坳,山石青瘦,饒有秀氣。五里茶園山,丨里抵家。

廿七日,雨,夜雷始有聲。

廿八日,午後雨。

廿九日,早陰,夜微雨。索債者五鼓不絶於途。

【同治八年一月】

同治八年,歲在祝犁大荒落。元日癸酉,大雨一晝夜,塘水盡滿。率家人祀先。

初二日,晴,夜霜。湘俗謂嚴霜爲白霜,謂露氣爲水霜,以此卜陰晴。白霜則大晴,水霜則陰晴不定,無霜則必雨。

初三日,晴。

初四日,早陰,謁墓。晚微雨,享佃。

初五日,陰,暮微雨。閱李勇毅公奏稿畢。

初六日,晴,晚微雨。陳洛君、劉伯固來。予得寒疾。

初七日,雨,是夜大風。

初八日,晴。李省徐(炳)來言謝家橋昨日霏雪,望龍山猶積雪也。

初九日,晴,夜雨。有以殪虎來售者,審之,豹也。虎骨入藥,而豹骨無用。

初十日,陰。洛君遣送方存之寄書至。

十一日,陰。檢存之所寄游文肅及方植之、唐魯泉文集,兩日夜閱畢。

十二日,晴。戴星園炳奎來。(伯固饋豹肉,檢《本草》,正月不可食,以鹽漬之。)

十三日,晴。夜月如銀,寒疾新瘥。獨坐竹林中,幽懷頗適,因憶昔年同鄂生縱馬招寶山看月。今鄂生以督師還黔,不知駐節何所,而予則栖遲異地。人生蹤迹豈有常耶?爲之慨然。

十四日,微雨,晚風。

十五日,晴,夜有月。俗以去年中秋陰晴卜元宵月色,驗之信然。吾鄉歲首祀先,朝暮上食,至元宵祭止。

十六日,陰,雨數點,不能濕衣也。夜月亦明。

十七日,陰。過訪霞老,談至夜分。

十八日,晴,午陰。長婦夏氏以是日移柩範慈堂山。

十九日,晴,午陰,熱甚。夜雲起,爲風所散。長婦下窆。

二十日,陰,夜雷雨。

二十一日,早晴,午間大雨,未久復晴,晚雲黑,南風旋作。讀《儀衛堂集》"三年之喪二十五月而畢"一篇,謂當以三十六月爲三年。其以二十五月畢者,秦漢以來,諸儒言禮者誤記也。合乎天理,當乎人心,考之古聖而不謬,俟諸百世而不裁,真不朽之言。

二十二日,夜雨。月帆村族人書送譜自醴陵至。

二十三日,校譜。

二十四日,校譜,夜雷雨。

二十五日，校譜。

二十六日，校譜。李俊齋(光英)、彭玉江(緒瞻)來。

二十七日，校譜，夜雷雨。視范慈堂築墳平坑矣。

二十八日，校譜，夜雷雨。

二十九日，校譜。彭海岩、劉春洲來。

三十日，校譜畢。凡校正應修改者百餘處。雨。

致族人書略。○大凡修譜之所慮，約有三端。一則支派之譌亂，二則人名之遺漏，三則字體之違礙。三者有其一，皆足滋口實而召訟端。支派人名，彭年未見底稿，無從核對。其字體違礙，如醴山公名同……御名一字，書作古體，考雍乾間，諱……至聖諱爲丠，諱……聖祖諱下一字爲曄，皆奉……旨指示，謂與未嘗迴避無異，此必當更正者也。依古人諱轍爲蒯通，諱淵爲泉明，當以同聲同義字恭代，……國朝修書，如鄭元、牛宏之類皆是也。惟定例有"命名在……御極以前，遵照……諭旨缺筆書寫"之條，自當遵改作水旁言字。至……聖視廟諱上一字有偏旁者，與本字應避寫作元字者有別，遵乾隆二十八年部議，敬缺一點，其率、衒等字，遵乾隆三十年……諭旨，與本字全無關涉，無庸迴避。……高宗諱上一字，遵例用宏字恭代，其宏字則遵乾隆三十四年……諭旨，不須缺筆。

【同治八年二月】

二月初一日，早雨，旋晴。陳洛君、曾小承、劉康侯來。

次彭曉杭遺詩原韻題詩册後

憶昔錦官城，雙梧約送行。歸舟期共理，買笠話平生。(君自成都之官潼郡，予與鄧君伯昭餞别草堂，談次及葆初寄笠促歸。)

朱邑桐鄉祀，(君卒於潼郡官舍。)靈均湘水清。(伯昭没於水。)三人惟我在，潦倒竟何成。

往在霞公幕，曾聞妙論持。與戎君已老，相見我嫌遲。(予始識君霞公幕中，時霞公督師漢南，予謂君偕行，君笑曰，六十不與服戎矣。相與論文甚洽。)

歷數文章伯，評量大小知。老成夫不憖，撫簡有餘悲。

西蜀號難治，之官未及期。政都從學出，人惜用公遲。

痛哭遺詩在，淒涼宦轍移。茫茫天上月，誰與驗盈虧。

郇老歸舟日，攜君遺集行。飄流已無著，搜采更多方。

有子承先志，同人悲友喪。琳瑯待傳播，萬丈光芒長。(君遺藁隨伯昭没於水，哲嗣葆初復搜集成十二卷，研老將采入《湖南文徵》。)

初二日，晴。周雲墅、劉巨卿來。

初三日，大雨。園丁報筍生大如碗，俄而報竊筍者遍掘竹林土起，因誦杜詩"南邨群童欺我老無力，忍能對面爲盜賊，公然抱茅入竹去，脣焦口燥呼不得，歸來倚杖自歎息"，不覺失笑。少陵是時客成都，寓公情狀大率類然，不足怪也。夜雨。

初四日，雷雨達旦，田水盡滿，聲若洪濤。遣迓朱鐵老，不能至。俄而李梅臣策騎雨中見訪，壯哉。

書《游文肅公集》後〇吾友方君存之爲和州知州，游君智開子岱考訂宋《游文肅公集》，證譌補缺，爲書六卷。雜録傳志譜論於卷首尾，各爲一卷，較文肅裔孫文遠本加詳，中如《論》《孟》《中庸》諸條，皆録朱子論難之言於各條之下，使承學之士有所折衷。刻既成，以貽彭年。嘗考朱子之書，於文肅諸書解義，既取其説之精者，入《精義》《集注》《章句》《輯略》，其説之未盡善者，則或當或否，詳剖而細論之，雜見於《或問》《語類》之中。至其近於老莊，流於釋氏，尤不少爲假借，以辨異端之誤，而大吾道之防，可謂嚴矣。及觀朱子作《文肅祠記》，稱文肅德、學之盛，欲學者考師友之淵源，訪其書而讀之，以求文肅之所學，引《詩》"仰止""景行"之詞，又幾如太史公之贊孔子。何哉？蓋大賢衛道之切、論道之精，與夫信而好古之心，莫非順乎好惡之本性，而折衷於大中至正之途。其用心明通公溥，未嘗有成見膠於其先，而苛論參於其後也。今之學者，挾其褊心，濟以偏識，一語之誤，輒詆全書，既詆其書，遂誣其學，既誣其學，旋謗其人。門户之習深，而攻擊之患起，論學如此，不啻市人之囂，醉夫之詈，豈復存儒者氣象乎？吾友録朱子語於文肅集，其設心可謂勤，其爲教甚遠且大矣。

卷首諸儒論述中，"自太學歸，過扶溝，見伊川問試期"一條，考《二程遺書》卷四，乃文肅所録，中記"人有習他經，舍而習《戴記》"一條,下注"别本載謝顯道將歸,過扶溝事",正與此類。此本當因文肅所録,遂譌爲文肅事耳。《粹言》記程子言謝良佐因論求舉於方州與就試於太學得失無以異,遂不復計較科舉。觀程子語,足證非定夫事也。

初五日,陰。朱銕老來,聞援黔楚軍敗退江口,甚念吾鄂生蜀軍也。夜雨。

初六日,陰。服滿除服,念自違侍,倏忽二十七月,如白駒之過隙,曷勝慘痛。誦王元感、方植之三十六月之説,庶幾伸哀慕之思焉。然國家定制不敢過也,悲夫。

初七日,早陰,午晴。同朱、李兩君過訪婁公。

初八日,陰。范慈堂葬事畢。叩謁先壟於大塘沖,因過石山崙莊屋,桃十餘株,紅英爛然。

初九日,雨。夜大雷雨。過訪東岩。

初十日,陰。陳洛君來送行。夜大雨,有雪,寒甚。

十一日,候李梅臣,至未刻始來。飯後登舟,已暮矣,泊石頭埠。夜大雷雨。

十二日,舟過富公車,訪李紹吾廳事。蓄花十餘盆,頗静雅。紹吾同其子亦粹、元溪送登舟。過火石灘,彭海岩設教於岸旁周氏山莊,維舟談片刻。過溪口,取石數方,泊王家洲。夾岸花紅草緑,差足賞心,間有數處可入圖畫。梅臣病寒,蓋遲約之報耳。轉謂予言爲口過,豈不謬哉?夜月色甚佳。

十三日,陰,北風甚涼。午間過東臺山,山靈踐開霽之約,而我以畏風負約,悵歉久之。行百四十里至文家灘,泊兩日。舟行不見灘壩,甚快。

十四日,陰。舟抵湘潭,同梅臣訪芝生不遇,得高秀東丈自蜀寄書。夜有月,爲國璪講《北溪字義》。

十五日,黎明微雨,即止。率國璪同梅臣遊天后宫,閩人會館也。假山尚玲瓏,花徑曲折,海棠紅蕊正艷。三官殿,江南會館也。忍冬藤籬,幽翠環轉。小樓近玩群芳,遠眺湘山。嶺南會館則方池古樹,牡丹高五六尺,茶花高丈餘,花塢花盆頗精緻。江西會館中亦有花園,閉而不納。數園皆在總上,地勢狹隘,景不能舒,惟城内芙蓉園蓄花甚多,池塘廳事布置得宜,花圃界以竹籬,曲静而疏朗,壁間貼游人詩,皆不俗。主人蕭氏種花賣茶市廛之中,有此雅趣,亦殊可愛。飲泰珍堂,歸舟已將暮矣。芝生述援黔楚軍尚得手,無敗退之事。人言固難信也。

十六日,芝生來,約至天后宫早飯。僧人寄凡新得絳桃兩株,濃豔可愛。午間放舟,二鼓抵水陸洲。晝則日暖風和,夜則月明波静。開歲以來未有如此日之清美者也。天后宫一名建福寺,蓋倒福建兩字耳。寺側陶公山巨石二,以除夕下移丈許,年久脚鬆之故,而土人訝此爲怪,無足詫也。芝生言尚有萬氏花圃可觀,予笑謂留作再來遊耳。過文昌閣,泊舟登閣,眼界甚豁。閣旁岸華亭爲子美遺迹,又有明何文烈祠,瞻仰肅然。

十七日,移舟西湖港,入城,寓里仁巷天興公館。過訪子恒,方於宛園牆内闢地種花,坐小亭劇談片刻,知鄂生軍失利,尚駐黄平。晚十兄舜臣自廣西至,十餘年相别,兩房老人均已過去,歷數同祖已逝之人,相對泫然。晴。

十八日,晴。與十兄相對竟日,欲出門拜客,輒不果,久别難爲懷,傷貧尤難爲懷也。夜過貽珊談,悉近事,笑謂人之有文,如鳥之美羽,苟有可觀,吾終不能捨,漢魏百三家,豈能盡以純行律之也? 意城來。

十九日,早微雨,晚微晴。拜客,見何貞老,談極洽。子恒來。

二十日,晴。腹疾,苦於酬應,思歸。仲雲來。

二十一日,晴。梅臣招飲。静齋來。

二十二日,早大雷雨,旋晴。同十兄謁二嫂於小橋,歸途遇雨,從者衣盡濕,而輿中人無恙。天下甘苦悲歡之不同,大率類是,慨然久之。又湖黼堂諸君來,皆未晤。是夜雨達旦。

二十三日,陰。寒食節,人家上冢,爲客者獨不能也。何仁甫送十七省省志凡例來,予去年屬向黼堂家中借鈔者也。

二十四日,晴。十兄將歸粤西。作書寄江達川方伯、王定甫銀臺、趙心梅觀察。閲志例。

二十五日,晴。閲志例。

二十六日,陰,夜雨。率翹兒飲宛園,花事方盛,杜鵑一株尤嫣然可愛。周建武來。作家書。

二十七日,雨。楊蓬海恩壽來訪,言與子重爲文字交。

二十八日,天明後復晦,俄而風雨大作。蓬海遣人送子重翰册,燃燭乃可讀,不勝風雨雞鳴之感。

二十九日,微雨。同十兄、梅臣、李煦垣飲麓香亭。子恒來。

三十日,陰,晚微雨。

【同治八年三月】

三月初一日,陰。

初二日,陰。撰《志例瑣言》成。

初三日,陰,午微晴。飲宛園,同坐者意城、雲畡及周韓臣前輩。

初四日,雨。何貞丈來談吏治,甚自期許。宋人謂歐陽文忠長於文章,喜言政事,蓋不虚也。然貞丈爲四川學政,實有清名,後來使蜀諸公皆不能及。其劾蜀帥裕瑞及成都府俞某,亦有力量。

初五日,微雨,晚陰。辭志局。聞蘇賡堂年丈病免。夜微雨。

初六日,陰,午間大雨。讀《陽明年譜》畢。

初七日,雨。

初八日,雨。

初九日,陰,午後微晴。静齋來,伸遊山之約。

初十日,早,出大西門,駕長龍。長龍者,礮船也,自粤寇擾東南,長江置水師,卒定江南者,水師之力爲多。發端者,湖南也。初置倣粤船曰拖舡,更曰舢板,其大者曰長龍,又大者曰跨海。湖南水師凡四營,營二十餘船,參將陳海鵬程初治水師,故得假其舟以游。繞橘洲之尾入浹,溯流而上可五六里,登岸。東行里許爲自卑亭,登嶽麓山者自此始。又里許爲書院,書院在麓山之麓,咸豐中毁於粤寇,今中丞劉公輯而新之,規制頗爲宏廠。樟樹大數圍,相傳爲朱子所植。召伯之棠,子貢之檜,用志嚮往而已。院外爲赫爔臺,上有丐書福壽字,近百年矣,筆勢縱宕,類懷素書。臺右爲舞雩亭,左爲炊香亭,環以池水,風景最宜。月下自舞雩亭側逶迤而上可里許,有唐北海李邕所書嶽麓寺碑。再上里許爲愛晚亭,楓樹萬株,蕭然森立,有蔭暍之功而無幽翳之狀,泉聲湉湉,百鳥啁啾,秦瀛小峴有聯云:“無限夕陽千樹葉,四圍空畢一亭山。”足以形其勝概矣。更上二里許爲嶽麓寺,余行已困苦,小憩飲茶。乘籃輿上一里許爲響鼓嶺,踏山石有聲訇訇然,山泉所經,其中空耳。更上里許爲洞麓宫,俯瞰湘流，橘洲在水中，茂林修竹，晻映清波，城郭萬家，帆檣上下。同游諸君相與述粤寇犯湖南時事，蓋十餘年間而滄桑屢變，不必前望千古，後計萬年，而已愴然涕下矣。山頂平厰，有石曰"寄嶽雲"，樗叟與才九圍棋其上。循舊路還至書院，晚餐。復乘長龍，泝流過橘洲之上，順流至大西門，日已暮矣。是日大晴，歸寓而雨至。同人咸謂斯游有大幸。予笑謂諸君，試憶十餘年以來事，猶得今日之游，何莫非天幸哉？同游者爲湘鄉成梁道静、李百魁梅臣，湘陰郭崑燾樗叟、其子起虔子敬，昆明高本仁見山、其子〇〇，常州吴〇〇才九，漵浦舒〇〇，善化蕭〇〇及程初十二人。

初十日，雨。

十一日，雨。曾沅浦丈至，論志局事，函促筠丈。

十二日，雨。梅臣先歸。

十三日，晴。曾澄候丈招飲福建會館。

十四日，陰。訪静齋及羅研老，讀研老所撰《修志末議》及《藝文志序》，此老勤勤於放失舊聞，不可多得。

十五日，晴。研老招飲，已諾之，早起，病頭風，未至。買舟將行，沅老以筠丈書來，稍留俟之。意城、静齋、星槎至，久談，甚暢。星槎姓許，湖北人，往同避難唐縣，迄今十年矣。夜雨。

十六日，雨。

十七日，陰，夜雨。

十八日，早微雨。到沅丈處作函促筠丈。

十九日，微雨。十兄往鋭字營，是日起程。得張香濤學使書。

二十日。晴。筠丈入城往談局事，未能盡言，然不欲入也。君子歸潔其身而已，何多言乎？

二十一日，晴。是日爲先鳳卿公生日，久羈旅寓，不能歸祭，回思昔日率家人上壽時，一瞬間事耳，曷禁愴然？

二十二日至二十六日，劉中丞送經課卷來，請爲評閲。題爲《〈萃〉六二升九二皆言利用禴解》《黑水入南海説》《以雅以南説》，《〈春秋〉决獄考》《成王賜周公以天子之禮樂辨》《羊祜論》，"野航恰受兩三人"賦，以題爲韻；"唱籌量沙"，得軍字，五言八韻詩。五日均晴。盼艾兒甚切。

二十七日，陰轉北風矣。閲經課卷。（左賢、黄傳祁、李輔耀、孫宗

轂、范定儀、皮錫瑞)

二十八日,大雨如注。飲中丞署内又一村,林木幽邃,間以迴廊小亭,可以瞰江望嶽。席間及修志事,予力辭,權詞以入京對,中丞意未厭,則請予閲整年經課卷以餌之,意城又餌以益陽志,不知予之不爲此。因見志局多貪利之徒,度其必不可成故也。

二十九日,閲經課卷畢。得家信,庶母及予妾病。

三十日,雨。筠老復以志局見强,婉謝之。艾兒自信陽娶婦傅氏至。

【同治八年四月】

四月初一日,陰,微雨。登舟後,留書别筠老以去。

答張香濤書○久耳英聲,心儀已久。前歲唐鄂生遺書,稱公學業日進,迥邁儕輩,愈用畏慕。持節江漢,風規卓然。來書維郅治之本,原求育材之至計,遠倣湖洲教士之法,近則詁經精舍之規,此舉之豪,固屬僅見,而肫誠之心貫徹終始,則尤所深佩者。謬采虚聲,俾主講席,鼷鼠載車,鐘鼓驚鶋,自維謭薄,匪所當承,顧以執事造士之盛心,非常之特舉,虚懷隆禮,古道照人,若不祗承,深慚知己。伻來之日,湖南志局早已辭闕,方思赴召,及筠仙中丞到省,有以彭年進退爲志局留撤之言,韞齋中丞復挽留甚切,彭年原始要終,自度不能了此志事;堅辭退避,一應尊召,則有又顧之地之嫌,遂易請咨北上之詞,而翹翹車乘竟欲往,而畏我友朋矣。然中心藏之,何日忘之,非爲一己見愛之私,乃深服執事誨人不倦之誼。承示見商學規,竊以爲膏火之資,勿以考課爲升降,則不生其争利之心;課試文字,各就所習爲問答,則不啓其紛馳之念。分占之後使各登日記,以備稽查,則業日進;同占一門,使互相講究,以資砥礪,則德不孤。嚴其出入,勿令比匪,稽其勤惰,分别去留,庶使有所儆畏,不致荒嬉。然此皆束之有形之地,至於剖析微茫,歸諸大道,則視宗師之力行言論以爲趨嚮。執事誠心大力,行之期年,士之自好嚮學者根基得定,則將來成就,聽其自至。後之繼公者仍公之法,而無公此段真誠貫注其中,則今日之學海、詁經成事可覩,盡其在我君子之用心如是而已。彭年既忝葭莩,又蒙摯誼,自當尺素時通,藉資賞析。敝廬在湘縣鄉四十都萬寶坪之坳頭,如蒙賜書,寄至湘潭窑灣何永豐棧收存轉寄,或逕用官封遞湘鄉縣,託其交局仲專勇,均可遞到。秋間或遂北行,舟過鄂渚,定當維舟奉訪,暢聆高論,用啓塵蒙。能否從心,難以預料。承諭代覓湖南所刻書籍,殊少善本,先購得一十六種交來使帶呈。其《經世文編》《沅湘耆舊集》諸書,或現未刷印,或板存外郡,俟隨後覓寄。承賜關書及聘儀四十金、盤費四十金均交來使帶繳。道義之交,知我心曲,不以方命見責也。臨紙無任神馳。

初二日,陰。泊昭山下,作書寄江達川、周渭臣、郭意城、陳貽珊、洛君、唐蜀君。課兩兒試帖各一首。“風吹密雨罩青山”,予舟中偶得句也。

初三日,泊湘潭。晴。檢閱艾生近作,尚不荒疏,稍快。

初四日,晴。易舟,仍泊湘潭。是日南風暴發,壞一舟,幸未傷人。晤何芝生昆仲、李觀國。

初五日,開舟,過袁家河,大雨,雨止復行,泊八角亭。夜月色甚佳。

初六日,至湘鄉縣,泊王壯武公養暇處樓下。明日將舍舟陸行,胸膈不爽,以生莩薺治之,膻症始於此矣。於世無補,於學無成,豈遂悠然而逝乎?天之生才恐不如是,天果欲平治天下,亦不使我成此疾也。

初七日,自湘鄉陸行,十里三角塘,十里石獅港,二十里潭寺,四十里洋古塘宿。是夜大雨如注。

初八日,陰。出洋古塘,見山田被水,接連成河。其當街處,田塍衝塌者甚多,幸爲時尚早,尚可趕插秧苗耳。行至茶園山,誤入山徑,仍繞出灆草坪,抵家。

初九至十一日,晴。病(隔)[膈]未愈。

十二日,大雨。聞艾兒等舟泊牛皮洞,沖河水漲,急不能上。

十三日,雨。艾兒等舟上石頭埠,聞斷桅纜者數矣,危之。

十四日,微晴。艾兒夫婦抵家謁祖,一家團聚,至足樂也。

十五日,晴。

十六日,微雨。檢書畢。爲鄰人息争,不能了,愧甚。

十七日,微雨。課園丁種蔬。艾、翹兩兒始就學。

十八日,陰。過訪霞老。

十九日,陰,夜雨。講《大學》聖經一章畢。

二十日,早陰雨,午雷雨,南風至,遂晴。作小楷千餘字,十數年來久荒之事,偶見兩兒作書,輒爲之,殊可哂也。讀《大學傳》兩章。得朱銕翁書,以滑稽見規,藥石也,終身佩之。[1]

二十一日,早晴。觀園丁刈麥。康侯携洛君書至,言楚軍援黔,因三月十七攻克施秉,二十三日輕進敗挫,黄潤昌死之。午後大雷雨,屋無不漏,溜急反激而上,自瓦隙下也。

二十二日,大雨連宵,漣水甚漲。

二十三日,大雨。

二十四日,早,微雨,陰。作寄江達川、周渭臣、傅青餘、郭意城、黄子恒、唐鄂生、劉松生、陳洛君、何芝生各函。

二十五日,雨。課園丁作瓜架,種荷。讀《大學》明德、新民兩傳畢。

二十六日,大雨。塘溢牆崩,塘溢則魚走,牆崩則牛馬入家之災也。塘有缺,障以木焉,牆有缺,塞以樹焉,拔木而盗魚,撤樹而縱牛馬,君子傷之,風俗之媮也,是吾德之不足以化也。

【同治八年五月】

自四月二十七日至五月晦日,事冗心煩,闕而未記。五月雨水過多,河中壞船、岸上崩屋者甚衆。聞省城草場門城牆亦塌,湘潭則水溢正街,湘陰以下圍田蓋可知矣。五月二十一日爲鐵兒續娶朱鐵橋宗程之次女。

【同治八年六月】

六月初一日,晴。今年久雨,五月廿三日晡,時大雷穴地斷樹,硫磺氣四塞,陽氣略伸。自後時晴時雨。廿九日乃大晴。篋寶陳病,約醫治之。

初二日,晴。醫者不得病源,以藥試之。

初三日,晴。病者爲温邪,醫者不知,投以附子,幾死,急以六一散救之,夜服銀翹散而安。

初四日,晴。梅臣來,爲其友病,誤於醫藥,憂憤致疾,可敬也。

初五日,雨。遣醫者去。

初六日,雨。

初七日,雨。閱李勇毅尺牘。

---

① 整理者按:此日用朱筆書寫。

初八日,晴。

初九日,晴。

初十日,晴。烹魚飲紹酒於竹山。夜登陶樓,縱酒高歌。

十一日,晴。予生日,爲始祖妣傳忌日,十一世祖文瑞公生日。向來家祭,生日則具公服,忌日則素服,若遇先世生忌同日,則常服,不掛珠,蓋國制,於素服期内遇慶典有常服之例,故仿行之。今按生日之説,非古人所重,況於既没之後,不宜以慶生而減忌日之哀。嗣後遇生忌同日者,宜以忌日爲主,素服舉祭,不出門,不會客。

十二日,晴。

十三日至廿二日均晴,廿三日微雨,廿五六日晴,廿七日陰。是日登舟北上,月餘,檢點行李,兼家有病人,又事有拂意者,故闕而未記也。

(錢伊諾整理)

第二十四册　翔鵠録一(同治八年六月)

翔鵠録

予以咸豐癸丑奉侍歸黔,丙辰入晋,己未至燕,隨二親側,至足樂也。庚申,慈親見背。同治壬戌,嚴親遊蜀,予奉母喪以從。至秦遭亂,權葬母柩,間道之成都。癸亥,奉旨宣召,以母喪未葬,丐蜀督駱公乞假於朝。乙丑,嚴親起家觀察鳳邠。丙寅,卒於官。丁卯,奉二親喪之湘鄉營葬,遂定居焉。己巳二月,服除。六月,遵前旨,自湘北上。劉霞仙中丞有"忽聞天畔翔黄鵠,不復山中伴白鷗"之句,因取其語,題日記卷端。

予既定六月廿七日啓行,劉中丞方改葬,遣其二子至。李北岡、朱鐵橋、陳洛君、李梅臣先後至。予挾鐵橋、洛君、梅臣送予長沙,遂以是日登舟。長子國璸、三子國璪侍行。

六月廿八日,周雲衢、劉巨卿、劉東岩、朱霽甫送予舟畔。開舟行四十里,泊泥坡灣。漣水源流已詳《泛漣録》,此録不重書也。酷暑二十日。登舟,乃得陰雲。笑謂三君,吾輩固非熱客,天乃賜以清涼耳。

廿九日,早行陰涼,午後微日,然與三君歡笑偃仰,不知熱也。晚泊江口,登高岸,玩兩水合流之勢,致爲清曠。

三十日,五鼓,大雨。至巳時,始開舟。後時雨時止。行百里,泊湘鄉縣城下。是日立秋。

【同治八年七月】

七月初一日,早微雨,行百一十里,出湘河口,入于湘,水勢初長,居人駕小舟取流薪於巨浪之中,《説林》謂"利之所在,皆爲賁、諸",信哉!薄暮抵湘潭。同梅臣訪何芝生。

初二日,在湘潭,李梅臣邀遊芙蓉園,荷盛開,群花競放,較二月遊尤暢。日落始還舟,飲菜豆粥而卧。

梅臣邀同鐵橋、洛君、芝生餞别芙蓉園

園林幽邃倚潭城，挈榼提壺客興横。老屋三間半塘繞，軒窻四面百花縈。寫圖欲倩王摩詰，談夢誰爲石曼卿。(予笑謂芙蓉不可無主，諸君誰當先之乎？相視而笑。)北望茫茫塵土惡，故山慙愧是兹行。

和劉霞仙中丞贈行原韻

孤舟迢遞暮雲殘，世事關心早覺難。白日催人前路杳，青山笑我舊監寒。三年已盡枯魚索，廿載仍飄老鳳翰。遥望中原獨惆悵，洞庭秋水正漫漫。

别君一日勝三秋，況復長征道路悠。憶昔招邀共戎馬，知予心迹似閒鷗。時艱不覺離愁重，天外翻爲孤影憂。(贈詩有“天邊孤影曉星寒”之句。)遥寄和詩何日達，正逢摛藻詠牽牛。(寄書計七夕可到。)

初三日，芝生招飲建福寺，作家書並寄霞老書。熱甚，尚有南風可乘。

初四日，易舟。酷日當空，泊舟不動。病暑瀉。觀漁人網魚，買大魚食之，甚美，瀉加劇。戒之。

初五日，南風，半日達省城。泊小西門外。

初六日，入城拜客。在静齋處，約意城至，談援黔軍事，統將皆棄軍而歸，或還家，或入省，中丞不爲禁也。吾謂静齋，國家所恃以維持天下者，紀綱耳。紀綱不立，治軍治國無一而可。

初七日，入城拜客，至大生堂藥鋪吃麪。江幼陶觀察至，談粤西事，伏莽甚多，良民甚苦，紳士甚豪，大吏甚貪，每歲地丁不過十餘萬，釐税約四五十萬，藩司僅能司丁糧之數，而不能知釐税之數，並不能知各局辦釐之人。詢王、鄭諸前輩，則皆其鄉之端人，不與局事者也。

初八日，饮於宛園，遇申甫。晚申甫過舟，談至三鼓始去。洛君復設酒，月色迷茫，清風徐來，比席散，則將曉矣。三君知予行囊空空，爲籌假百金。

初九日，熱甚。夜間大風雨，予舟甚安。次早視鄰舟，則有壞者矣。放小舟訪申甫，不遇。

初十日，得西南風。鐵橋、梅臣、洛君三君登陸，予開舟行，黯然魂

銷,悽然涕下。行四十里至白沙洲,轉東北風,泊舟。望對岸叢林灣,山色頗清曠。李庭章觀察光燎來送。談黔事。黔軍最窮,每勇一名,給米一斤,僅足半日之食,則千勇僅得五百人,營哨官、百十長不能不占空額,則又須減,故黔軍三成即謂之將梁子。楚軍五十餘營,能戰者不及半,每營或發餉七成,或發對成,每米一石價至二十千,脚價尚在外。每勇一名月支銀不及三兩,是亦不足一月之食矣。蜀軍餉頗足,而米糧亦缺。又黔中大吏與之爲難,黔患恐未有已也。友人贈《乘槎筆記》,舟中閲之,殊失天朝使臣之體,芝岑謂其辱命,誠然!有鄙夫來餽贐,却之。

十一日,早晴,西風甚微,午間風息,酷熱。予告舟子恐有風暴。俄傾雷電交作,大雨如注,巨浪拍舷而過,急下錨。時許天開,乘東北風折戗而行。亥正,始泊青烟望,湘陰縣境也。湘水過長沙,受瀏陽水曰瀏河口,受甯鄉水曰靖港,受益陽水曰橋口,水面較闊矣。江清月近,繁星滿天,遠火熒熒,隱約相映。涼風徐至,爽健忘寢。詢之舟子,今日僅行五十里耳。讀《端伯傳師説》一卷,作小楷三百字。飢民泛舟而上者絡繹不絶,皆沔陽、公安諸邑來者。長沙放賑,僅賑本省破圍子之飢民。此輩無所得食,鄉間不免受累。孟子言施仁,必先曰發政。仁而無政,將以召亂也。

舟次青烟望却寄鐵橋、梅臣、洛君

扁舟渺渺浪重重,悵望江干興未慵。風挾迅雷驅熱氣,雲來平岸補奇峰。偶然得句兒能續,翻訝良游客不從。分得長沙半規月,青烟望裏照萍蹤。

健兒行

健兒身手捷如飛,結伴出營長不歸。將不在軍中,歸營何所依。將言我曾牒大府,我欲還家誰敢阻。健兒亦有妻與女,聞言淚如雨。或云軍中飢,棄甲不復疑。請看猿臂老元帥,今作長沙大賈兒。

十二日,晴。去青烟望十餘里,水分爲二,曰套河,曰灣河,灣河口受資水。環洲田園子幸未破,然積潦已深,收成僅三之一耳。飢民揚帆而上,一舟百數十人。此洲尚有打禾之聲,差堪破涕爲笑。早挂西北風,行四十餘里,至扁擔洃。北風愈長,遂泊舟,距湘陰縣城數里。遥望居屋鱗比,寶塔翼然。今日行圍子外,堤柳萬株,蟬聲斷續。行處、泊處,風景並勝。夜月有雲,不及昨宵之清朗矣。作小楷三百字,讀吕與叔、東見二先生語一卷。

湘陰舟中

萬柳陰中盪客舟，鳴蟬斷續動鄉愁。此時高卧陶樓上，鳥語蛙聲到枕頭。

夢侍名宦公側，天寒加衣，蒙垂詢夜來安寢否。比醒，兩兒猶哦詩鐙下也。詩以紀之

夢裏還家親在時，天寒啓笥索衣披。似憐游子夜無睡，囑咐諸孫爲解頤。

十三日，早挂帆，折戧至烏龍嘴。北風長，下錨，望湘陰縣城猶咫尺也，一片汪洋。舟人指水中柳樹曰：此皆圍子舊址。人民死亡，田廬漂没，西水方長，米價日昂，脱有亂民乘之湖南，可憂甚大。胸懷抑鬱，誦杜詩以宣之。作小楷四百字。夜月皎然，水光山色，塔影人聲，安南貢使三十船，張燈揚帆而過，皆足點綴風景。煮魚小飲，致足樂也。

飢民歎

洞庭千舸尾相續，舟中之人盡鳩鵠。自言湖北破江隄，凶歲無人爲移粟。相約湖南來就食，誰知亦變蛟龍室。請就湘陰一縣看，六十六圍存者七。去年立春不肯晴，大雨如注星月明。今年二月復晝晦，(二月二十八日事。)陽伏不出陰氣盈。池魚畏殃預相弔，堂燕不知恣歡笑。猶道民間陳穀多，豈識吾鄉無米糶。傳聞燕郊苦炎暵，下土耗斁民卒瘅。何不挹注使之平，俾南無水北無旱。嗚呼，天災流行何代無，要須人事相持扶。自古施仁先發政，散錢煮粥能活幾人乎！

十四日，卯刻，挂西北風，行四時之久，得二十里。北風長，波浪大，遂泊虞公廟。廟祀洞庭君，因湘君而及二妃，因二妃而及虞公，猶晋祠之祀邑姜，川主之祀二郎。俗流附會，不足怪也。

十五日，阻雨。讀《東見録·附録》一卷，作楷二百五十字。

中元阻雨

無數逃荒者，啼飢繞客舟。昔爲梁上燕，今逐水中鷗。況值雨風至，那堪兒女憂。桑田頓成海，對爾涕横流。

我在二親側，瞻依四十年。存時隨膝下，殁亦傍墳前。今日值佳節，人家皆祀先。孤兒獨漂泊，那禁淚潸然。

道逢安南貢使還國,時有詔粤師赴援

憶昔純皇定交趾,百年誠服到於兹。疆臣近以鄰爲壑,屬國方因貢乞師。一路豸冠天漢使,千秋銅柱伏波祠。朝廷有意寬諸將,薏苡明珠總不疑。

十六日,早仍雨,晚晴而風仍不順,不能開舟。作楷七百字,爲翹兒改時文一篇,讀君子無雜念慮之説,因憶程子稱君實苦思慮紛亂,有時中夜而作,達旦不寐,可謂良自苦。效之,頗有益。至君實所謂以中爲念之術,尚做不到;程子與心作主之説,則更不能也。

阻　風

前日南風不放舟,今日北風却是愁。風來未必隨人意,枉自紛紛起念頭。

出入幾重雲水身,堯夫方是任天真。破舟斷檝參禪悦,畢竟何曾去六塵。

十七日,早雨,晚晴。先得西南風,過磊石,轉東風。行二十餘里,望見銅瓶湖塔,如海上神山,可望而不可即。北風愈長,遂轉回磊石山旁之半升米澳泊舟。磊石山峙水中,上有白魚磯,塔下有銅瓶湖。塔於湖光萬頃中,有此點綴,亦佳。自虞公廟至磊石,計水程七十里。夜雨。

磊石書感

洞庭秋水遠連天,(劉長卿句。)鎖鑰全湖石一拳。幸有山遮能避浪,每逢風轉便回船。洪流築壩終難恃,(國初於磊石築壩,費帑十萬,未久即壞。)平地開河豈易穿。(近有爲長沙開河之議者,明及國初曾行之,與磊石築壩事相類。)多少飢軍停饋餫,却將無益耗金錢。

舟中雜感用少陵秋興八首韻

鸞鳳争栖翰墨林,冰霜一衲獨蕭森。東西處處留鴻迹,爾我紛紛笠鶴陰。銜石難填滄海恨,歸雲終抱出山心。天涯奔走空皮骨,誰向鄉關問藁砧。

峥嶸使節出褒斜,經野憂勞閲歲華。丹史有憑皆直筆,青山無恙誤歸槎。故人誼重延陵劍,變徵聲悲易水笳。此日心傷原上草,他年腸斷故園花。

誰言寸草報春暉,萬里歸喪力已微。湘浦頻揮斑竹淚,太行空

望白雲飛。孤兒負罪惟哀籲,聖主深恩未忍違。八載營邱纔返葬,昊蒼垂佑是家肥。

世事真如一局棋,卅年舊事更深悲。憶從幼穉論文日,每值池塘得句時。回首鴒原虛涕淚,壯懷馬革尚奔馳。漫誇四海皆兄弟,葛藟河滑不忍思。

蓬山更隔萬重山,夢影迷離咫尺間。暫把新愁歌楚些,不堪舊恨望燕關。十年錦瑟空悲語,故里金樽聊破顔。杜甫有兒號宗武,能吟差與古人班。

楚水黔山已白頭,西南天色不勝秋。是非蜀道兵戈遠,多少蠻鄉烟雨愁。待闢荆榛探穴虎,豈須羅網到沙鷗。近來頗識攻心策,將略還應數播州。

武惠江南第一功,都歸藝祖廟謨中。額間盡露封侯相,胯下偏多國士風。仁壽宫前金鏡朗,通明殿裏朵雲紅。於今南北車書一,好作堯衢擊壤翁。

未荒松菊徑逶迤,尚有蒲荷滿澤陂。儉食猶能供鶴俸,巢林應可借鷦枝。談瀛海客終虛幻,作柱中流難轉移。彩筆從今暫收拾,休教吐氣似虹垂。

十八日,北風甚厲。乘小舟登岸,望湖中波浪拍天,有聲洪然,大觀也。沿岸行視,三面皆水,一面通陸。(地名江家沖。)万頃汪洋中有此小結構,不獨便於泊船,風景亦殊可玩。沿湖皆有水師,此間獨鼓角聲炮,蓋其營官駐處也。以提鎮副將而領千把之職者甚多,多半賃屋携家。既分汛地,不得不然。然水師自此弛矣。(砲船輪流抽换,不令一船久泊一地,可免此弊;營官亦然。)作小楷六百字,改試帖一首。

十九日,北風未懈。大波山立,漁舟數十,撐突於洪浪之中,出没隱現,隨風顛倒。施網上游,復以長繩繫鴨羽,兩船持而驅魚,又以兩船收網。觀其使風弄濤,行所無事,習之熟也。因思古人之遇變而不失其正者,亦由胸中道理熟,不盡是天資過人也。酉刻,黑雲彌漫,中有紅光,頃刻而散。夜間北風愈大,空中如奔雷,如馳萬馬。鄰舟驚呼,而吾所乘舟恬然安之,載重也。故知人不可以不學。作楷三百字,讀謝顯道記憶平日語一卷。

觀打魚

三日北風未肯息，以風驅水水波急。前波未平後波至，前波不讓後波立。團如擁絮散作花，跳珠噴玉森飛瀓。冰山雪嶺半空倒，白鳥一躍茫無涯。萬馬驚雷破鴻洞，千舟收柁不敢動。忽看漁子無數來，撑突洪濤細如蠓。長繩繫羽百丈餘，兩船持之來驅魚。大網截流預設伏，揚帆左右防其疏。小魚漏網紛無數，大魚入網似奔赴。須臾一舉數百鱗，市客來遲嗟不遇。嗚呼！洞庭之險天下無，況是八月方平湖。出入滄溟毫不愕，技精於習誠非誣。此途萬變風波惡，能者當之自寬綽。眼前看取打魚人，請君早具匡時略。

二十日，吾母兄生日。追維往事，不寐達旦。風震船桅，雜以蟋蟀之聲，悽且厲矣。早間微雨，午刻風壯。一倒扒船失柁，觸岸將碎。急遣舟子駕划船往救，則已桅倒底穿矣。幸未傷人。方舟破時，有鄰港舟人乘危取物者，砲船竟坐視。事完乃遣兩卒治其事，如此則安用砲船爲也？作楷五百字，讀游定夫所録二先語第一卷。遇便船，寄家書。

先淑人生日寄示國瑾

幼共吾兄數生日，獨在慈闈愛景中。自從公父哀文伯，且喜康成得小同。（先藴山兄與先母同生日，先兄既逝，慈懷不怡，迨瑾兒之生，復與吾母同日，吾母於是遇生日方有喜色）。一日竟成三世慶，老來惟望少年雄。真儒力學遵遺訓，莫更蹉跎似爾翁。

二十一日，晴，風稍弱而未轉。作楷二百字，讀游録二先生語第二卷。日暮，雲霞爛熳，水光相映。難民舟連檣而上，沿岸舉火造飯，景象可畏。

磊石守風

苦遭連夜惡風波，日色纔臨天氣和。老去眼花書字大，睡餘腹稾得詩多。瓶中已罄淵明粟，枕上空横越石戈。久待南薰猶未至，扣舷擊檝奈愁何。

二十二日，晴。早得西風甚微。午間西南風頗利，過鹿角，欲停舟訪吴丈南屏，竟不得泊。未刻漸轉北風，折戧行，三鼓始泊南京港，計水程一百二十里。鹿角上有黄茅港，下有雷家湖，水大皆可泊船。扁山在南京港二十里，過東湖，以磊石始，以扁山終。西湖則君山、團山也。數山皆在水中。惟君山去岸最遠，居湖之中，故爲洞庭主山。其山麓周廣十六里,山徑幽曲,林木田廬之勝,亦與諸山之頑石有異。吴退庵建九江樓於其中,前歲南老邀遊,予以連喪未往。今又欲往不得,殊悵悵也。作楷六百字。

夜泛洞庭懷吴文南屏

晴波穩泛似輕鷗,正是葭蒼露白秋。風力微微飽帆腹,星光漸漸壓船頭。九江舊説幾人誤,萬古洪濤一筆收。獨有延陵老居士,湖山文字兩無儔(南老有《九江樓記》。)

王伯厚謂朱子九江爲洞庭之説,本於《水經》。按《水經》但有"沅水、澧水、資水合,東流注之","湘水從南來注之"之文,不必指《禹貢》九江以實之也。然《史記正義》以岳州巴陵爲東陵,則亦以九江爲洞庭矣。胡旦、晁説之、曾彦和皆主其説,又豈始自朱子哉?

二十三日,阻風。昨過湖,蠓子撲燈盈盞,几案皆滿,舟子謂是將發北風暴,夜半果然。早起,一鹽船觸石,呼救甚急。划船群集,將乘危劫奪。遣舟子救之,爲取出鹽二百餘包,禁斥划船,不使近前載空,而漏處見補之得全。詢是李次青所販之鹽也。遇息柯自京還,維舟話舊,不勝今昔之戚。出書畫共觀,贈鄧完白山人墨刻,屬題手卷,亦文字緣耳。(息柯論風報,報字,予謂暴字爲是[①],前人有作報者,指觀音之屬耳。)

遇息柯君山側,維舟夜話,出《春明憶舊圖》索題,詞意悽然,詩以慰之

南向湖南北向燕,今宵同泛洞庭船。好風送我來相訪,舊雨逢君亦是緣。屈指故交三五輩,追談往迹十餘年。(予始識君於圓通觀,時君與吟樵、小宋、松生同寓,皆癸卯同年也。後與子重締姻,盛稱君書畫之癖。今小宋官鄂,子重官京師,吟樵、松生在蜀,無復聚處之樂。)若論後會看前事,知復相遭何處天。

二十四日,守風。息柯邀飲,出漢碑數事,王蓬心畫册,是其七十三歲時所作,皆佳品。寬夫外舅所製竹軍持,上有銘詞,是其守辰州時所作,尤增我懷舊之感。談次及訪梅夫人,没已逾年,子重亦病,遠道無音信,聞喪多隔年,致足慨也。今日咯血,後胸轉暢適,鬱久耳。

二十五日,早起,風仍大。携兩兒行沙岸,過小南金港,登吕仙亭。

① 眉批:《始皇本紀》"風雨暴至"。

亭踞高阜，面君山樓，上可以眺遠。前臨大湖南京港，水繞其後，雞阿山有亭對峙，田廬林木，疏密相間，廳事亦軒敞潔净，不患囂雜。咸豐中毁於賊，道人李智勝募金重建者也。坐久雨至，呼肩輿登岳陽樓。樓高於吕仙亭，所望更遠。張文敏所書范《記》、何貞老所書竇聯，皆有可觀。而地基較狹，遊人飲啖幾同酒肆茶棚，不若吕仙亭之可耐久坐也。歸舟得息柯書，知已移舟君山。自南京港至岳州城，沿岸增竈，皆飢鵠絡繹而至，詢知監利潰堤，沔陽、天門、公安諸邑皆成澤國。嘉魚以賑不得法，衙署皆毁，吁！可畏哉。岳州四屬僅平江無水，巴陵約傷三之一，臨湘約傷三之二，華容則全被水矣。湖南既灾，加以湖北飢民，寄家於鄉，不能無慮。書此慨然。

遊吕仙亭贈松道人

坐對君山一點青，全收萬頃入疏櫺。道人手轉紅羊劫，（咸豐中亭毁於賊，道人重建。）故友心傷白社亭。（謂亡友毛丈西原。）無復聯吟追石鼎，誰將遺曲叩湘靈。世間但解尋三醉，（岳陽樓囂雜，不耐久坐。）我誦《離騷》意獨醒。

二十六日，行十里，過岳州府城。十五里城陵磯，爲臨湘縣屬。三十里白螺磯，爲監利縣屬。十里螺山，四十五里新堤，爲沔陽州屬。十五里鄧口，（一名倒口。）爲嘉魚縣屬。江水泛溢，村舍田園，悉被漂没。過螺山，欲訪王子壽同年，水勢過大，不能泊船。其山前螺洲已瀰漫不見，破隄之處，水聲甚宏，子壽住屋定被水矣。江溢無港汊，泊舟甚不易。鄧口本小河，與江連成一片。幸尚有蘆樹界畫，得避風浪，可泊。遥望巴陵、臨湘、嘉魚，山色清麗，城陵、楊林、白螺磯上水無風，亦險地也。今日北風，折戧而行，大水迅流，以逆風收船爲安也。輪船自上而下，過螺山，須臾不見。今日計當到武昌，信島夷之長技，中國得其長，則製之不難矣。

螺山懷王丈子壽以詩代柬兼寄吴丈南屏

曾向芳洲繫客船，重來惟見水洄洄。無邊大澤山猶在，有限人家壁亦穿。轉徙來歸待何日，挽回乏策只悲天。懸知驚浪愁聲裏，漆室哀吟又幾篇。

賤子栖皇走京國，慚無樸學似枝官。路長更值風波惡，宦拙寧論松桂寒。鹿角昨看雲縹緲，螺山今又浪瀰漫。我於二老多親切，偏是時艱會合難。

二十七日，行三十里鹿磯（陸谿）口，十五里龍口，二十里嘉魚洨，去嘉魚縣城十里,凡兩浹,水勢稍收束。出浹爲老灣,水仍浩漫。十里魚馬頭,人家皆在水中。二十五里小林浹,漢陽縣屬,有釐關,泊舟。遣視街市,惟數家已退出水外。逢兵船數十,詢是自晋撤還者。飢民雜以散勇,亂機見矣。今日風細波平,舟行甚穩。作楷五百字,閱《困學紀聞·考史》一卷,兩兒補昨日遊詩,亦有進境。

神鴉效石齋體

今去洞庭二百里,帆頭猶指洞庭烏。(洞庭相傳有神鴉,少陵詩所謂"迎棹舞神鴉"也。嘉魚舟中來集,舟子團飯遥擲,銜之而去。)豈因大水尚無岸,遂認長江都是湖。暫欲借汝作烏使,殷勤爲我問麻姑。海中揚塵待何日,盡變桑田吾乃娱。

少陵洞庭一詩,潘涫云:"元豐中有人得此詩,刻于洞庭湖,不載姓名,以示山谷,山谷曰,子美作也。今蜀本已收入。"録此俟考。

二十八日,風雨交作,無岸可泊。仍下錨巨浪中,作楷四百字,讀遺書一卷,釣魚有獲。

魚食(洞庭細魚化爲飛蟲,舟人呼魚食)

平湖寬似海,鱗影小於鍼。料得藏身易,應知樂水深。飛潛忽異性,變化果何心。笑爾仍魚食,争如老碧潯。

二十九日,早風雨未息,午間雨止。未刻風稍弱。申正開舟。酉正,至牌洲四十五里。詢土人,云牌洲數千户,不被水者數家耳。近年五被水,未有若今年之大者。民多就武昌、漢陽、嘉魚粥廠。牌爲嘉魚屬,其對岸則漢陽也。下錨水中,無岸可泊。大聲發於水上,亦可畏矣。夜雨。

題郭子美軍門思親釋甲圖

將軍根柢異時賢,報國心因母訓虔。纔建旌麾下吴會,旋提將鼓定幽燕。胸藏兵甲萬人敵,臂涅精忠兩字鐫。誰識汾陽勳業懋,一生知己是青蓮。

釋甲功成自古難,焉私許遂聖恩寬。黑頭早畫麒麟像,白髮仍承菽水歡。營柳風清兵氣靖,萱庭日永母輿安。廟堂正倚長城重,又見除書下紫鸞。

讀《困學紀聞》記南渡後事

呼渡河三骨未寒,臨安一局竟偏安。金牌終阻黄龍府,玉帶仍輸黑炭團。誰號牙郎專賣國,能攻僞學遂除官。議和議戰皆群小,始信知人自古難。

【同治八年八月】

八月初一日，細雨竟日。早間，開行三十里，至牛角尖，風勁浪高，船不可住。方下錨，仍起行返泊牌洲。遣奴赴人家市米，則皆居船及樓板上，云今日又方長水也。牌洲對岸爲新灘口，受沔陽湖水，故水尤闊。洲上水較淺，故可泊。然亦二丈餘，驗錨纜知之。雨密，閉艙板，不能看書作字，但聽風聲怒號，悶甚。病熱，結胸作痛，服辛涼之劑。

不寐

不寐緣何事，連江夜雨來。風喧高更急，浪吼勢如摧。身似閑鷗泛，心憂鳴雁哀。幾時得平土，一夜九腸迴。

初二日，驚濤巨風，終夜不寢。黎明，風稍静。甫閉目，而舟子開舟矣。四十五里東江腦，又四十五里金口，江陵之龍灣市，監利之分監所，公安、石首、澧州、安鄉之四水口，嘉魚之牌洲。東江腦向多盗賊，以其四通湖泊，易於匿迹也。近來處處有炮船，行旅稍釋戒心矣。金口依金山，上游紗帽山，皆有嗽鴻集於其上。山後爲楊馬湖，江流濁而湖水清。泊舟處亦有浪，街前被水，屋皆倒破。街後依山，尚無水。自離岳州，未見一寸乾土。今見金山，彌覺可愛。回憶癸丑遇唐丈子方於沌口，甲寅正月，公即投江殉節，於此慨然涕下。是日白露節。

金口追悼唐子方先生

毅魄森森上九霄，誓驅民劫掃氛妖。（上手詔公有“速救民劫，迅掃妖氛”之語。公在軍中大書二語於幟以自誓。）萇弘碧血終遺恨，（公殉節後，期年炯得公尸，嚙指滴血，取驗尸口鼻，血噴溢出，人謂公忠憤所鬱積。）正則《離騷》附大招。（彭年編公遺集，附《昭忠録》一卷。）猶記當年考方策，預籌未雨惜漂揺。（道光戊申大水，公稽故牘，得乾隆戊申事，預爲之備。）洪濤浩蕩英靈在，舊部關懷沴定消。

兩湖水利考略

湖南洞庭湖在岳州府西，澧州常德府東。其西爲天心湖、赤步湖、青草湖,湘江、資江、沅水、澧水俱匯焉。(《会典》)《禹貢》“九江孔殷”,謂沅、漸、元(當作無)、辰、(酉)叙、酉、澧、資、湘九水會合,匯爲洞庭一湖是也。今以郡縣志考之,辰、常、衡、永枝河會流於洞庭者,無慮數十水,而其會衆流而注之湖則有三焉,曰沅、湘、澧而已。(《湖南通志》。夏大觀《九江考》云:宋胡氏以洞庭爲九江,《禹貢》顯有明文,其曰“九江孔殷”,明繫於荆州貢賦之下,此一證也;導江之文曰“過九江,至於東陵”,東陵,今巴陵也,巴陵濱臨洞庭,此又一證也;又《楚地記》曰:“巴陵,瀟湘之淵,在九江之間”,而《水經》亦言“九江在長沙下雋西北”,參考互證,而九江之爲洞庭明矣。又云:“無水出牂柯且蘭,至無陽縣入沅。”名曰“無”,《説文》“無,本古舞字”,故無水或作舞水,又加作潕,又作潕,後人以無爲无,又以无譌元,究即《水經》所載之無水也。又云,朱子去無、澧而易以瀟、蒸,蔡氏不從。從曾彦和所定。)湖北大江,自四川東流入境,經宜昌府,合元度河、沙鎮溪、茅坪溪、香溪河、卷橋溪、梁邨河。又東南經荆州府,合清江、漢陽河、白水港、洋溪、瑪瑙河、沮河。一水南出曰虎渡河,又一水西南出曰華容河,俱入湖南境。大江亦入湖南境,折東北,復自湖南入境,經漢陽府,合沔陽湖,曰新灘口;又合赤野湖,曰沌口;又合斧頭湖、清甯湖而北,與漢水會,曰漢口;又合牛河,曰灄口;合武湖水,曰武口;又東南經黄州府、西南武昌府,東北合龍河、岐亭河及梁子湖,曰樊口;又合巴河、英山河、童子河、漳源河、陽辛河,折而東,又合古角河,接江西境。漢水自陕西東流入境,經鄖陽府,合曲遠河、陡河;又東南經襄陽府,合曾丹河、粉河、唐河、白河、蠻河、豐樂河;又經安陸府西,荆門州東,合樂鄉河,南出一水,通荆州諸湖;又經漢陽府南,通沔陽湖、赤野湖,合三台湖;又西合溳河,曰溳口;又合澴河而東,與大江會。(《會典》)

按,沅、無二水,皆出黔中。酉水出蜀,澧水出東,别之沱,亦出自蜀。湘水發源廣西,又雲南之南盤、赤水可渡。諸水入黔者,皆自黔入湖南,是湖南兼受滇黔蜀粤之水也。大江發源岷山,承蜀中諸水,又受自青海經云南之金沙江及打沖河諸水,自甘肅經四川入江之嘉陵諸水。漢水發源嶓冢,承漢南諸水。經過河南,又受河南諸水。是湖北既受湖南之水,兼受隴、秦、豫、滇、蜀及青海之水也。湖南之水合本省而爲省者五,湖北之水合本省而爲省者九,而青海不與焉。受水既多,爲利溥而爲害亦巨焉矣。

右水道

洞庭爲之壑，故衡、寶、永、辰、沅得免水患。惟常、武當沅江之下流，岳、澧值江湖之會合，長沙之益陽、湘陰，上接資、湘，下濱洞庭，故歲遭浸溺。（《湖南通志》）①

江水在瞿塘、灩澦間，爲諸山所束。屹崪盤薄，雷響而電激。既出峽口，始得展逸勢以前驅。夏秋一漲，頃刻千里，而經江陵、公安、石首、監利、華容間，自西而北、而東、而南，勢多迂迴。至岳陽，自西南復轉東北，迸流而下，故決害多在荆州夾江南北諸縣。（胡在恪《江陵隄防議》）夷陵而上，山阜夾岸，勢不能溢。武昌而下，江身始闊。（《湖北通志》）故患常在岳、澧、武、漢、荆、安、襄數府州。

漢水由大澤口分派入荆。夏秋汛漲，又上承荆門、當陽諸山之水，匯入長湖，下達潛、監，瀰漫無際。（《彭樹葵疏》）漢水自鍾祥以上，兩岸皆山，素無水患。自松滋、鍾祥以下，地勢平衍，土性鬆浮，軍民田廬非隄塍不能捍衛，非支河港汊不能宣洩。（汪志伊《籌辦水利疏》）

《三江總會隄防論》曰：江流至岳陽，與洞庭水合，其受害者，惟荆州一郡爲甚。漢流至漢陽，與大江水合，其受害者，郧、安、襄、漢四郡，而襄、安爲尤甚。九江合流入洞庭湖，沿匯八百里，經岳陽樓西南，出湖口，與江流合。其[受]害者，常武、岳陽二郡也。（《湖北通志》）

按，《湖北水利論》曰：蜀江之水，直下荆而北溢於漢、沔間。其奔突衝決，則湖北近南之地受之。楚南群庢之水匯於洞庭，至岳州北與江合。逆流灌湖，漫湧而上，則南北濱水之地均受之。夫兩省同受水害，則治水者非合兩省治之，其可得而治乎！

右水害

近年深山窮谷，石陵沙阜，莫不芟闢耕耨。然地脈既疏，則沙礫易

① 眉批：湘水合諸水謂之南水，沅澧合諸水入湘謂之西水。西水既漲，南水復至，先漲者蓄而不消，後至者壅而倒灌，則濱湖之民有其魚之歎矣。居民畏西水甚於南水也。

圮。故每雨則山谷泥沙,盡入江流。而江身之淺澁,諸湖之平湮,職此之故。(《湖南通志》)河身日高,則水勢日險,患日深。是以江漢不疏,終非底定之本。積淤不濬,終失利導之宜。(《張漢疏》)

乾暵之時,湖灘呈露,濱湖之民即於其中圍築埂岸,种植茭蘆。草生之處,即有灩泥淤積,不數年中,漸圖圍築成田,因致湖面被侵,港身日窄。(《莊文恪公集》)

洞庭一湖,爲川楚黔粤諸水匯宿之區,自應使湖面廣闊,旁無壅滯,方易於消納。乃湖民與水争地,常有衝決漫溢之憂。(《馬慧裕疏》)

穴口所以分大江之流,古有九穴十三口。江水分流於穴口,穴口注流於湖瀦,湖瀦洩流於枝河,枝河瀉入於江海。此古穴所以並開者,勢也。今日生齒漸盛,耕牧漸繁,湖瀦漸平,枝河漸湮,穴口故道皆爲廛舍畎畝。他如章卜等穴,故道無復舊迹矣。此今穴所以多塞者,亦勢也。虎渡注澧,同入洞庭,江南之溪水注之。郝穴流出漢口,與大江復合,江北之溪水注之。衆水會合,則流行不絶。注瀉有河,則水道不壅,此二穴所以獨存也。元大德間曾開六穴,郝穴、赤剥、楊林、采穴、調絃、小岳之故道並開矣。明初六穴復湮其五。今祇存郝穴,荆南人猶幸有虎渡、郝穴,可以分大江南北之勢。但二穴枝河中多淤塞,使復湮如諸穴,則荆南水患,其能免哉?(《湖北通志》)或謂荆州舊有九穴,今惟南岸虎渡口、調弦口二穴尚通,北岸郝穴等口皆塞。議開各穴口,以分江流,此不知今昔形勢之不同也。虎渡、調弦二口之水,所以入洞庭湖者,春初湖水不漲,湖低於江。江水若漲,則其分入湖也尚易。若至春夏間,洞庭湖水已漲,由岳州北注於江,則此二口之水入湖甚微緩矣。若湖漲而江不甚漲之時,則虎渡之水尚且倒漾而上至公安,安能分洩哉?余于丁丑立夏後,親至調弦,察其穴水平緩,竟有不流之勢矣。至于郝穴,則内低于外,更無可開之理。惟冬則内洩於外,尚便利耳。(阮元《揅經室集》)

漢水多泥沙,自古迁徙不常,均陽以上,山阜夾岸,不能泛溢。襄樊以下,天門以上,原隰平曠,故多遷徙。潛、沔之間,大半匯爲湖瀦。復合流至乾鎮驛中分,一由張池口出漢川,一由竹箭河出劉家橋。以故昔年安、襄一帶,雖遷徙而無大患者,由湖瀦爲之壑,三流爲之瀉也。明正德以來,潛沔湖瀦,漸淤爲平陸,上流日以壅滯。嘉靖初年,安陸石城故道,改徙沿江灣。二十六年,決荆門沙洋鎮。三十九年,決紅廟隄。四十五年,決襄陽老鶴隄,宜城故道,改徙鴉潼新河。而竹筒河復湮淺十餘里,下流又日湓阻,故水患多在荆、襄、安、陸、潛、沔間。(《湖北通志》)

大較隄防多在襄、安、常、武、荆、岳間,蓋古七澤,正其地也。漢唐以來,代苦水患。至宋爲荆南留屯之計,多將湖瀦開田,復沿江築隄以禦水。故七澤受水之地漸湮,三江流水之道漸狹而隘,其所築之隄防亦漸潰。(按,宋孟珙知江陵時,曾修三海八櫃以設險而瀦水,後豪右據以爲田。汪葉爲倅,力復之。是二人者,其所設施異於荆南留屯諸將矣。今欲復三海八櫃之舊,亦不可得,不獨七澤難復也。)元大德間,決公安竹林港,又決石首陳瓮港。明嘉靖庚申歲,三江水泛,沿江諸郡縣蕩没殆盡。舊隄防存者,十無二三。(《湖北通志》)順治癸巳,決萬城,郡東數百里,茫然巨浸,户遍逃亡。康熙癸卯秋,決周尹店。丙辰決郝穴。(《胡在恪議》)乾隆五十三年,大江北岸,萬城隄潰決二十二處。嘉慶七年,六節工、七節工又漫,潰八十餘丈。又嘉慶元年、九年,江陵、監利二縣屬並潛江、沔陽、南鄉,支河港汊多爲泥塞。積水在田,無路可出,如盛鉢盂。其大江南岸之松滋、石首、公安等縣,亦因隄塍潰決,間有積澇。至若漢水,自乾隆五十六年後,天門、沔陽、漢川等邑,隄垸即屢有漫潰。又自嘉慶以至十一年,上游則鍾祥,下游則沔陽、荆門、天門、沔、漢川,皆連年漫潰,沙隨水入,水緩沙停,港汊多淤,積水更易漫潰。其漢陽、應城、雲夢等縣,地處下游,亦溢注漫潰之患。(《汪志伊疏》)

按,治水如治病。治病必明所以受病之源,治水必明所以受害之故。厥故有七:曰古澤久廢也,穴口日塞也,江湖身日高也,此三者,事之無如何者也;曰枝港之淤也,隄防之薄也,圍垸之占水也,茭蘆之礙水也,此四者,事之不可緩者也。何謂無如何?曰古澤之廢也,故迹不盡可得也,縱使得之,而田廬存焉,墳墓存焉,可復改乎?穴口之塞也,故迹亦不盡可得也,縱使得之,而内水不能洩,外水且倒灌,又何益乎?江身之日高也,挑濬不能施,亦非犁船混江龍所能刷矣。然是三者,獨古澤之廢,誠無可如何。至穴口之已塞者不可開,獨不能使無更塞乎?江湖身之高者不可下,獨不能使無更高乎?是則無如何之中,猶有可爲者也。《周禮·地官》"以瀦蓄水,以防止水,以溝蕩水,以遂均水,以列舍水,以澮瀉水",約而言之,曰疏、曰堵、曰勿與水争地。與水以地,所以瀦水也;堵,所以止水也;疏,則溝遂列舍之法在其中矣。與水以地之法二,曰禁圍垸、禁茭蘆。疏之法一,曰濬枝港。堵之法一,曰固隄防。此四者,事之不可緩者也。

右明受水害之故

乾隆中,以江蘇巡撫莊有恭奏,敕將植蘆插簖有妨水道之處,嚴行查辦,不可少存姑息。有恭諭居民曰,湖水傳送之區,今被圍築侵佔,蘆墩草渚,歲積月增,以致來水則容蓄無所,去水則阻遏不行。一逢水潦之年,沃野平疇,普遭淹没。以一人一家自私自便之圖,而令通邑通鄉並受其害。現在分委人員,分往各處查督,各將種植茭蘆佔塞湖河之處,無論大河小港,已未報陞,限一月内,盡數剷除。所築圍埂,並行折毁,撈挖净盡。已陞糧額准予豁除,違者治罪。地保經胥庇匿者同罪,投託紳衿勢要者參革。(《皇朝經世文編》)

按,錢氏有言,農民之利于湖也,始則張捕魚蝦,決破隄岸而取魚蝦之利。繼則遍放茭蘆,以引沙土,而享茭蘆之利。既而沙土漸積,乃挑築成田,而享稼穡之利,雖閡水道不恤也。其宜禁也必矣。然一言禁,則將有謂爲擾民者。夫今之擾與水之害孰重,禁茭蘆與淹禾黍之害孰重,一家一鄉與通縣通府之害孰重,必有能辨之者矣。或又言,上流峻急,則下流民占爲蘆田者可十坍其五六,不待懲而自治,是醫者聽瘡之自潰自愈也。沙得蘆而愈積,水觸沙而旁趨,勢將日高且廣,庸有坍塌之理乎?

右論禁茭蘆

乾隆十三年,敕將湖河灘地,禁止侵佔。湖北巡撫彭樹葵疏言,三襄之水,性濁多沙,最易淤積。居民取利如鶩,始則于岸脚湖心,多方截流以成淤,繼則借水糧魚課,四圍築隄以成垸。在小民計圖謀生,惟恐不廣,而不知人與水争地爲利,水必與人争地爲殃。飭各州縣親行履勘,將現有之垸,造册存案。未有之垸,永禁私築。已潰之垸,不許修復。即一垸之内,亦不得再爲擴充。嘉慶七年,湖南巡撫馬慧裕疏言,湖南瀕湖十州縣,共官圍百五十五,民圍二百九十八,刨毁私圍六十七,存留私圍九十一。官圍係雍正間發帑修築,民圍係業民陸續圈築,奏准存留。其刨毁私圍,見俱洗刷殆盡,永禁修築。至存留各私圍,係此次歷勘長沙等九州縣,共續報私圍埂九十四處,内有湘陰縣錫江山私埂二道,華容縣馬家私垸一處,均有礙水道。先經勒令刨毁,不准修復。餘俱築自乾隆二十八年以前,未經列入應留應毁册内。見查各隄身,僅高一二尺及六七尺不等。每逢江湖灌漲,水高一二丈,此等數尺之隄,早已漫溢過頂,實不能與湖水争勢。數十年來,尚無阻抑泛溢之事,圍内業民水小藉以衛田種植,水大任其漫衍流行。歷久相安,自可毋庸勒令刨毁。應以現在隄埂長高丈尺爲限,示之準則。道光中,兩湖總督汪志伊疏言,江陵縣刁民私築①土壋十三處,並監利、沔陽二州縣境内刁民私築之土壋,均行折毁,俾無壅遏。又湖南巡撫楊錫鏰疏言,濱湖荒地,不許擅行築墾,以阻水路。已經垂諸令甲,但尚有無礙隙地,許民呈官勘明築墾之例。我國家重熙累洽,生齒日繁。沿湖隄垸,彌望無際,實無可以再行築隄墾田之處。今已成之垸,在民既獲其利,未便毁其成功。若再許隙地呈官築墾,在豪民惟規一己之利,捏詞朦混。倘無識之有司,不知總纜全湖形勢,遽徇其請,而上司亦一時疏忽,據詳批准,實貽壅水漫決之患。應請嗣後各屬湖濱荒地,永禁築隄墾田,使川、黔、粤、楚各省之水有所消納,不致泛溢,則年獲有秋,民食有濟。

　　按圍垸、茭蘆一事也,必分而言之,以圍垸之事重而禁難也。據《湖南通志》,每垸大者六七十里,小者亦二三十里。通以三十里計之,横三十里之垸,數百於湖濱容水之地,不已隘乎。自雍正間發帑修垸,至嘉慶中查辦時,湖南已增至四百六十餘垸。即以湘陰一邑論,乾隆二十二年修《通志》時,僅載十六垸,今之爲垸六十有六。一邑如此,他邑可知。湖南如此,湖北可知。夫湖田之利,非獨垸内之民利之也。湖田之稻,一歲再種,一熟則湖南足,再熟則湖南有餘粟。故一言禁垸,垸内之業主佃户争之,即非業主佃户無不争之。當其豐收之時,告以未然之水患,雖明知其必然而不肯聽。故從前查出,準其存留之私

① 整理者按:自"右論禁茭蘆"至"江陵縣刁民私築"爲一葉,原裝訂與下葉錯簡倒置(誤在"濱江水者……即冬春亦不能涸出"一段之後。)今乙正。

垸,實數也;其剷刨之私垸,則或公牘之飾詞,不盡實數,固辦事之通弊,亦人情所必至也。興大利,除大害,必有其時。今江湖並漲,圍垸十壞七八。水落之後,遣員速勘,凡礙水道之垸,申明舊禁,概不許其修復。在民間新被水害,則言之易曉。而既壞之垸,較未壞而刨剷者,其情亦易堪。乘勢待時,機不可失。置此不圖,將來一概興修,其爲水患,豈有涯哉!

右論禁圍垸

治水田者,築而爲圩,捍而爲圍,不患水之不入,而患水之不出;不患水之不足溉田,而患水之足以害田。古人所以於江之南北爲縱浦以通其流,又於浦之東西爲橫塘以通其勢,使田不受水,水有所歸。(《三吴水利略》)

濱江水者,江陵、監利二縣,並沔陽、潛江二州縣,南鄉積淹田畝,地極低窪。嘉慶五年,巡撫高杞奏開挖姚家河、黄土溝、柴林河等處,使水由豐口入江。但止能洩上游長湖、澤口二處,夏秋所進泛漲之水,所有各垸田積澇之水,即冬春亦不能涸出。汪志伊疏言,監利縣之福田寺地方,即古之水港口。今横堵一隄,丈量隄内杜婁廢垸,積水高於隄外白灩湖面水五尺二寸,宜開隄建石閘一座。又沔陽州所屬新隄,即古之茅江口,係前明大學士張居正因關其祖墳風水,築隄堵塞。今丈量新隄内河之水,高於外江水一丈二尺,宜開隄建石閘一座,並籌啓閉章程。每年十月,先開新隄[閘],次開福田閘,計可疏消積水六七尺。各垸田即可涸出十分之八九。每年三月,先閉福田閘,不以鄰垸爲壑。次閉新隄閘,不使江水倒灌。至姚家河以上之積水,欲由太馬河而達於閘,必須於鄭家廢垸中開小河一道以通之。其上下兩閘間之淤塞處所,亦應一律挑挖深通,俾水達洪湖,由新隄石閘入江,則江監潛沔數百垸積澇之田可期涸出,並將監利、沔陽民築私壋拆毁,俾無壅淤,其白鷺湖、柴林湖、豐口、土金口、土地港上下各淤淺,均行挑挖深通,俾長湖、澤口二處夏秋所進之水,一由簡家口咼都灣出青潭口入江,一由土峰口澄沱湖出沌口入江,則嗣後四邑之隄垸方免泛漲沖淹之大患。又言應疏之處,荆門州有十二處,並江陵縣私壋十三處,潛江縣有荆河、壋河、澤口三處,並謝家、長安等八剅,天門縣有牛蹄支河、縣河等處,沔陽州須開復陳公、永奠二閘,漢川有十處,漢陽縣有漳河口等處。以上河道,積淤或數里,或數十里,至百餘里不等。若不一律開疏,則去路不能通暢,隄塍仍虞壅潰。

按,支流之濬,凡以舒上流之急,殺正流之怒,實則順其就下之性而已。地有高低,流有迅緩,渠有淺深,勢有曲直。一邑而遠近不同,一水而今昔不同。非足迹其地,目擊其情,廣詢之田父野老而不輕惑於人言,遍稽之故籍輿圖而不拘泥於成法,無以盡地利之變而得蓄洩之宜。近年言治楚水者,莫詳於汪疏。其所陳應濬、應修之處,今日不必同,而可以類推也。昔宋曹叔遠守袁州,濬李渠,凡地形、水勢、高庳、廣狹、險易,並與江遠近迤邐曲折,纖微畢具。其某處用疏,某處用鑿,某處用堵,築某爲斗以蓄水,某爲溝以減水,悉預察而簿記之。明海瑞治河,布袍緩帶、冒雨衝風於荒郚野水之間。人存政舉,獨水利乎哉!

右論濬支港

江北之隄,自當陽以下之逍遥萬城,以至監利,不下四百餘里。而江陵之黄灘隄,在縣東南二十餘里,一決則江陵、潛江、監利、沔陽、荊門皆爲魚鱉。古時沙市有砥,突大江數十丈,捍蔽江水,而黄灘之怒稍殺。其後蕩焉無存,而水之向黄灘者,駭坍浪而相礧矣。漢水自五代時,高季興節度荊南,築隄由荊門緑麻山至潛江,延亘百三十餘里,於今之互爲垸隄者,總皆恃隄爲命。(胡在恪議)夾江南北諸縣,縣各沿岸爲隄。南岸自松滋至城陵磯,凡長亘六百餘里。北岸自當陽至茅埠,凡長亘七百餘里。(《湖北通志》)沿河大隄,南岸自松滋六百餘里,北岸自當陽七百餘里。漢隄、江隄,共幾三千里。(張漢疏)江水南岸之松滋、公安、石首等縣,雖間有積澇,設法疏消,尚易爲力。惟江陵萬城隄,頂沖危險處所及各縣沿江隄塍,必須加築堅固,以防江水之患。至若濱臨漢水者,自鍾祥以下,沿河皆賴隄塍保障。該縣地處下游,工多險要,潰口一開,如頂灌足,下游即全遭淹没。各隄多單薄低矮,一遇汎漲,在在可危。查該縣隄工一萬六千七百餘丈,除加築尹家廟十子埂,並中段修砌石駁岸、石裹頭挑水石壩,其餘當一律加高培厚。至于下游各州縣應堵之處,荊門州有十三處,潛江縣有三處,京山縣有一處,天門縣二處,漢川縣三處,雲夢縣五處,皆須修築完善。其沔陽州之西北鄉濱臨漢水,因天門、漢川支河歷年潰口,水向内灌,沖刷沿河隄身,所有應行修築之處,更甚他處。如潭灣垸等處,各號隄工缺口,計長一千二百餘丈,洗塌隄身,計長五千餘丈。若不修築堅厚,則天門、漢川、沔陽三州縣終不免漫潰淹浸之患。(汪志伊疏)

按,南郡大水,史不絶書。元人築隄不成,始爲開穴之計。明因穴口復湮,仍事築隄。國初特發帑金,築梐捍洲並沿江諸隄。至道光中,特詔以商捐之五十萬金,命湖廣總督汪志伊籌辦湖北水利。隄之低者高之,薄者厚之,雖不能盡除水患,而因時補救,亦不得已之至計也。江漢諸隄,長亘幾三千里,尺土不堅,千里爲壑。於是守土之臣,籌修隄之法、護隄之方,審水勢,察土宜,辨工之緩急以爲先後之次,章程亦云備矣,卒無救潰決之患。《傳》曰"神而明之,存乎其人",蓋不惟其人才智之長短,而視其人之用心。烏乎,豈易言哉!

右論固隄防

同治八年秋,自楚之京師,道岳州,泛江而下,湖南北大水,湖北尤甚。千里汪洋,居民田廬,悉歸巨浸。蠹然傷之。因考水道源流,與所以致害之故及前人救害之方。舟中携書少,又泊舟之所,居民大半逃亡,詢之不能詳也。遂題曰"略",而書其後曰:昔鍾祥、江陵、荆門、潛江四邑之請疏鐵牛關、獅子口古河也,汪公曰:"四邑或居上游,或處南岸,疏古河而漢北注,豈計横溢之爲京山,直注之爲天門,瀦聚之爲漢川,以及應城、雲夢諸邑乎!是不可行。"天門之請堵牛蹄支河也,汪公曰:"牛蹄河以分漢水之勢,天門之水由鍾祥隄決,不由牛蹄河。今塞之,漢水無從消納,大隄之潰必矣。冀省天門培修支河垸隄之費,而不念正河大隄壅決之害,是不可行。"是二説者,徇一鄉一邑之私見者也。微汪公孰能察之?馬公慧裕之論湖田也,謂隄身之高不過一二尺及六七尺,以當時長高丈尺爲之準則,永禁增築。楊公錫鏏之論湖田也,謂歲加厚三尺,高二尺,三歲則隄身高丈六七尺。由馬之説,是慮湖田之占水也。由楊之説,是慮湖水之灌田也。夫垸果無礙水道，則當捍水以救垸，垸有礙水道，則當毁垸以與湖，豈得無所區别哉？二公同撫湖南而先後異議又如此，吾因是歎一事之興，任事之人常少而議事之人常多也。或摭拾陳言，或道聽塗説，或蓄私心而曲爲附會，或挾意氣而漫啓争端。大抵囿於一方而不見全局，眩於近事而不及遠圖。然其言也，足以惑任事者之聽而奪其志。吾故曰：治水者，非合兩省治之不可，而非其人則亦孰能合兩省之議論而一之乎？抑尤有憂焉。水之就下，必有所歸。今以隄束水，非水之性也，開流瀉之，不足以容之也，古之七澤廢矣。異日江、漢二水之間，疑必有瀦而爲大澤者，是固天地自然之勢，非人之所能爲也。盡心民事者，亦爲其所能爲而已。八月初五日書於武昌舟次。

初三日，早晴守風，晚微雨。

賦得以准皆各其及即若（得平字）

各以詞相比，都因准取平。其皆推例及，即若選言精。左右微能事，規繩秉至誠。終看篇一意，類析義便清。半吐期期語，全多汲汲情。就今凡物論，稽古異文生。八字金鍼度，千秋鐵案成。試疏長律説，折獄證惟明。

鐵兒讀律，翹兒學試帖，戲拈此題示之。

初四日，夜雨達旦，又竟日雨，水勢有長無落。午間風暴。連日撰《兩湖水利考略》，今始脱藁。

金口寄家書

家人只道過湖難，誰料朝朝湖樣寬。行徧長江近千里，金山山上寸泥乾。

初五日，六十里至武昌。兩旁始見岸。抵鮎魚套，舟膠，三時始動。泊舟後，入城謁彭漁帆年丈。丈之孫端懷，吾壻也。近又爲國璪聘丈孫女。入城已晚，遂下榻雙舟。雙舟者，丈新構小齋也。

初六日，晴。命兩兒均來雙舟拜客。晤小宋方伯，談水灾事。謁丁心齋年丈，聞陳心泉同年自安徽調湖北，循吏也。走談兼訪張麓仙同年、周小蓉世丈。

初七日，晴。隨漁丈遊黄鶴樓，金碧輝映，迥逾舊觀，而規制與舊樓略殊。自咸豐二年武昌城陷，旋復旋失者二，至咸豐五年而武昌始定。至同治三年而粤寇滅，同治六年而捻迹平。樓於去年重建，今年始落成，可謂難矣。然登樓一望,沿山草棚小舟中皆飢民也,江水之泛溢未消也,慨然久之。晤袁蓮峰觀察泰華,廿餘年京都舊識,性豪爽,能捐田宅贍族人,可敬也。

初八日,晴。

初九日,過小宋,便酌,舊事新情,棖觸百端,卓然有心自立,不可及也。鍾雲卿都轉來。

初十日,過江,答雲卿,兼拜江漢關監督委員黄、吴兩君,爲長兒附舟事也。

十一日,雲卿來餽贐,書詞殷勤,受之。拜客。國瓆附輪舟往揚州。

十二日,爲翹兒納采於彭氏。小宋至,談治水事,意甚勤篤,慈惠之師也。阮宜昌至。夜雨。

十三日,飲貢院衡鑒堂,時借爲軍需局也。主人爲心泉、麓仙兩同年。張月卿、張貽珊至,皆乙巳同年。

十四日,熱甚,飲小宋署。小宋述遠堂中丞相留,屬代謝,不往也。

書予所撰《兩湖水利考略》中二事贈小宋係以詩

流民圖上鄭監門,康濟真能廣聖恩。更爲嗷鴻究安宅,治河三策細評論。

張貽山同年贈詩依韻奉和

曾賦陶潛《歸去來》,山中魚鳥樂相陪。廿年不揷塵中脚,重訪燕臺又一回。

屈指春明幾輩賢,升沈今昔總茫然。大鵬翻被蜩鳩笑,莊叟《逍遥》第一篇。

南船北馬姓名淪,何意江干遇故人。記得大羅同詠日,比看奏案是君身。(曾與君會榜名相連,覆試日並肩而坐。)人生難定是萍蹤,歧路無端兒女容。指點征夫向前去,雲山渺渺浪重重。

十五日,雨。漁丈先約登黄鶴樓玩月,客之欲以琴樽至者數輩,而雨適至。天下事不可預期,往往如此。

十六日,雨。本期今日成行,因雨未果。登黄鶴樓,蒼茫獨立。歸遊骨董鋪,觀字畫。袁蓮峰來。夜訪薛照南。

十七日,雨,大風。張仲穆來,香濤之兄也。丁心齋年丈來談所箸

《造化究源》[①]。

答何小宋書

昨詢訃狀款式，歸商之漁丈。夫之於妾，雖有家長之稱，而施之訃啓，言不雅馴，當依《禮經》、律圖稱夫字爲是。既無服，則夫字上不必加字，名下亦不必加“收淚”等字樣也。適子、衆子當依律圖書之，方於正室有别。其餘則照服制依尋常訃帖書之可也。

又答何小宋書

先承惠函，正以無書可查，未敢臆決。頃蒙擲交各書，因與漁丈檢閲《五禮通考》第十五卷第八葉，載汪堯峰從律之論，最爲精當。非天子不議禮，此條毋庸更議矣。第九葉載張文嘉《齊家寶要》，謂訃狀宜書袒免生或只書名亦可。查《律例》内袒免之制，係指五世祖以内族屬而言，至於六世祖以外族屬，不在袒免之列。今江浙之間，於無服之親，概從袒免，似覺誤會律意。按《律例》所云誤會律意者，指六世祖以外族屬，非指妻妾之近親也。依律文而不制服，通人情而爲袒免，似不爲過。又《寶要》所稱名下注“率男治喪”四字，今訃啓雖不經見，而禮意似屬周匝。至曾孫之爲適者，蒙適子適孫而來，應加適字，自不待言。弟與漁丈拙見如此，請更與通禮、律之意者酌之。又袒免者，據禮有五，曰高祖兄弟、曾祖從兄弟、祖再從兄弟、父之從兄弟、身之四從兄弟，皆指兄弟而言。其能通用於無服之妾與否，更乞詳考。如尚有疑，則不如《寶要》只書名之條爲較妥矣。

八月小癸酉，初一庚子，初二白露，(子。)十八秋分。(巳初。)初八，日出卯初二，日入酉正二。

九月大甲戌，初一己巳，初四寒露，(未。)十九霜降。(酉。)

十月小乙亥，己亥，初四立冬，(酉。)十九小雪。(未正。)

十一日大丙子，戊辰，初五大雪，(巳初。)二十冬至。(丑正。)

十二月小丁丑，戊戌，初四小寒，(戌初。)十九大寒。(午正。)

周公百歲酒。(齊軍門慎傳此方，云得之塞上周翁，服此四十年，壽踰百，翁家三代，服此酒無七十以下人。)

黄耆二兩，當歸一兩二錢，茯神二兩，黨參一兩，麥冬一兩，茯苓一

---

① 天頭批注：義盛長號住京城前門外小蔣家胡同。

兩,白术一兩,熟地一兩二錢,生地一兩二錢,肉桂六錢,五味八錢,棗皮一兩,川芎一兩,龜膠一兩,羌活八錢,防風一兩,枸杞一兩,廣皮一兩。十八味外加紅棗二斤,冰糖二斤,泡高粱燒酒二十斤,煮一柱香時,或埋土中■日更好。

卷末浮簽:

翔鵠

同治八年己巳六月廿八日至八月初三日

《兩湖水利考略》一篇,洋洋數千言,極爲詳盡。

此編記由湘鄉至武昌事。

翔鵠録(一)

起二月

迄八月

(李林芳整理)

第二十五册　翔鵠録二(同治八年八月)

翔鵠録卷二

八月十八日,發武昌,赴信陽。本自漢陽登陸,因江湖並漲,買小舟,由漢口後湖向西北行。湖之正西通連漢川[之蓮]子湖、天門之三臺湖,直達安陸,凡二百餘里。西北乃湖汊,今舟所過。又湖邊沙田,每至冬日涸出,居民種麥,春汛稍遲,可冀有秋,夏雨則瀰漫無際矣。二十里,過鳳凰山,漢陽縣之劉家嘴泊舟,對岸皆黄陂界。是日秋分。

[十九日]……雨。十里,黄花鬧。自漢口由灄口經雙店至羊店[①]爲馹路。由黄花鬧經楊家集至羊店爲小路。水涸時,舟至黄花鬧而止。以上小汊不通舟,兩岸皆民田也。遥望木蘭山,相傳木蘭冢在焉,恐不足據。三十里,楊家集。煙雨溟濛,山色樹影,俱在有無之中,畫家得此神韻者頗尠。余家■藏石谷《溪山風雨圖》及《西園天池圖》仿佛似之。雨勢未止,江水復長寸餘。飢民棚廠溼漏,殊可憫也。

木蘭山(《廣輿記》上[有木]蘭將軍冢)

投機市馬替爺征,俠氣原從至性生。東閣西林人縹緲,黄河黑水騎縱横。愧殺健兒埋白骨,名山猶借女郎名。史文紀事原多缺,樂府傳奇劇有情。

二十日,舍舟登陸,捆載畢,已日中矣。行二十里,雨至,宿和尚橋。

二十一日,雨,連宵竟日,和尚橋下小河水長五六尺,此番江湖又當■■數寸矣。聞山田有秋,穀價又長,農民頗相慶,不知二十里……十餘里,大山聳……

過熊孝感故居慨然有作

江漢人賢稱兩熊,兩熊遭際殊不同。一熊生當明運終,屯田辛

---

① 夾注:□口至楊店百里。

苦勤邊功。白簡誤自迂儒馮，遂令碧血哀萇宏。一熊羽翼仁皇躬，聖學敷陳覘棟隆。周文訪道懷謙沖，比之散宜與南宫。孝感良臣襄愍忠，兩熊定論千秋崇。惟我聖祖亶天聰，剖析大義規群工。薊遼之策聖所衷，至今凛凛生英風。遺疏之僞罰不容，名賢毋使惡聲蒙。兩端並■■其中，過惡揚善■鑑空。故繹聖訓傳無窮，以勵臣節開(聵)聵聾。

二十三日，陰。行泥淖中。三十里，楊港。又十五里，劉店，九峻去路旁僅四五里。河灘坡坨，差可入畫。讀《坎》卦，因檢《屯》《蒙》《需》《訟》《師》《比》《蹇》《解》《困》《井》《渙》《節》《既濟》《未濟》，玩坎險之義，頗有所得。

楊　港

■■水平谿，泥痕没马蹄。雨多黄果落，山近白雲低。■■■■■，■■■路迷。兒童知我誤，遥指柳條西。

二十四日，陰。行五里，渡雙河。此水發源九峻，兩源至此合流，故名■■■■河入漢。三十里，小河溪堰口。……澴■及澴陽縣蓋取諸此。源出三里城諸山，流經孝感城入漢。小河有城，四山多寨，皆亂後所築，今多傾圮。今日沙路行頗易。緣遺物劉店，遣僕歸取，故宿小河俟之。孝感人稱前令李、韓及吴大順三君之賢。李、韓皆死難，吴有膽略，守城卻賊，數有功。

孝感懷古

大賚不妨十日酺，施恩豈爲一人歡。如何藝祖龍興後，只把西湖酒禁寬。

南渡偏安機已兆，東湖九鼎瑞猶呈。沂公尚有天書奉，休論崇甯與蔡京。

穀貴兼逢大有秋，一年收抵兩年收。老農待價仍奢望，隔境成災懷共憂。知罪自關求牧計，遠猷端賴重臣籌。傳聞蜀米方狼戾，應效秦輸命汎舟。(時鄂乞糴於蜀。)

[二十五日]■■渡小河。三十里，郭店，入應山界。四十里，涉廣水……無高坡，又沙路無泥淖，得以暢行一站。蓋困極而亨之■。應山由應臺山得名。有吉山，古置吉陽縣，在其陽。應■■南吉北吉與孝感之東湖、西湖，天然■■■■■■漢東水環繞諸山之麓，淺則涉，水發則

渡。鎮店頗富。

八月十六雨中獨遊黄鶴樓（補作）

黄鶴歸來待幾時，紅羊劫過有餘悲。中秋已誤南樓月，（漁帆先生招邀勝友，沽酒携琴，爲中秋賞月之約，因雨未果。）片石難尋北海碑。（北海書“湧月”二字，亂後失所在，或言修城時誤砌牆中。）水則關心江又長，（沿江居民各置水則。）樓端極目雨尤奇。獨遊不盡蒼茫感，中澤哀鴻方仳離。

楊忠烈公（公應山人）

鬍子官，真忠臣。宫門五日坐，鬚髮白如銀。手奉明詔輔嗣君，大叫選侍移宫人。天子聞之再三歎，授公大官，御史中丞，公言感激皇帝恩。時有奄璫，口銜天憲倖至尊。臣司糾彈，曷敢逡巡，二十四罪當陛陳。舉朝咋舌，噤不出聲。白虹貫斗光熒熒，龍逢比干，千古齊名。鬍子官，真忠臣！

二十六日，晴。四十里，武勝關，爲豫楚交界。關■■■■■■信陽，山路不甚崎嶇。關南涉水六七道，水皆南流，人于漢。■山谿水當入淮河。凡兩山峽處謂之關，豫楚界若黄土、平靖■與武勝，皆險可守，古所稱三關者也。三十里，李家寨。■■■■■■使將二騎來迎。十五年契闊之情，懸望甚切，彼此同之。孝子店在武勝關南十里，舊名東旺郙。道光中，龍翰臣修撰督學湖北時，因鄉紳之請，請旌孝子孫鐸及妻劉氏於朝，復援竹谿縣以孝婦郭廖氏改三堰寨爲孝婦寨之案，改東旺郙爲孝子店。孫鐸者，農夫也。母足痿不能行，目又雙瞽。孝子事之三十餘年，寢興食溺，皆孝子背負。冬則温被，夏則負以乘涼。孝子家貧，爲人傭，得肉食未嘗先食。或家不舉火，則傭於鄰，乞盂飯歸以奉母，三十餘年如一日。妻劉亦能代孝子服勤。予聞之父老云，孝子所居曰孫家莊，去道旁東二里。予遥望再拜叩頭者三。嗚呼，孝子豈有奇行哉？惟其愛親之至，能竭其力耳，然而難矣。孝子年六十餘，同治七年卒。妻劉早死，有子一人，孫二人。

廿七日，晴。四十五里，東雙河，始出山。自武勝關北來之水，至東雙河始成川，歸於溮河。溮水源出湖北隨州黄土山，環抱州城，至羅山縣之李家店入淮。行數里，傅竹湘、朱子皋兩君來迓，青餘俟於紫林寺。歡然道故，議論風生，無異昔時。坐少頃，同行涉溮水入城，館於葵園。自東雙至信陽州城二十五里。葵園席間晤歐陽履初,舊友也。同治三年,貴州大定失守時,悞傳履初殉難,予與鄂生屢[redacted],今乃知未及於難也,不勝歡欣。談及子和死事,相與慨然。青丈談及穉璜劾中涓采辦事,居然古名臣風節,可敬也。惜尚不得其詳。

二十八日,晴。拜同寓諸君,青餘置酒相待。得汴城書,言太監安得海口稱銜命赴江南採辦,自津沽至德州,携有違制龍旗,沿途騷擾。經山東丁中丞訪獲,奏奉諭旨,八月初七日,即於山東省城東門外正法,中外同聲稱快。實我聖祖遺訓垂法盡善,而非兩宫之賢,皇上之明,又得中丞之敢言,亦孰能成此盛舉,以警宵小而消亂萌乎? 臣直主聖,邁漢唐而上之。席間諸君相與浮大白,稱中興盛事也。

二十九日,晴。同履初、竹湘、子高,率翹兒遊賢隱山。山在南門外浉河之陽三里,以祖士雅隱居得名。舊有寺,或云起於蕭梁時,無碑碣可考。王家相巡南汝光道時重修賢隱寺,碑文尚可讀。壁間題詠甚多,有路漁濱詩,是其刺信陽所題。山勢尚環抱,山半石洞,巖泉涓滴。回望諸山,嵐光掩映,田廬樹木,疏曠可喜。策驢流覽,歸來已薄暮矣。

【同治八年九月】

九月初一日,晴。作家書,自漢口義盛長號轉寄。

初二日,晴。假讀《東坡外集》有關《陶集》數事,録存采入注本。

東坡《書淵明〈述史章〉後》云:"淵明作《述史》九章,夷齊、箕子,蓋有感而云。去之五百餘載,吾猶知其義也。"《書淵明〈孟府君傳〉後》云:"陶淵明,孟嘉外孫,作嘉傳云:'或問聽妓絲不如竹,竹不如肉,何也? 漸近自然。'而今《晋書》乃云'漸近使之然',則是閭里少年鄙語。雖至細事,然足以見許敬宗等爲人。"《書淵明〈自祭文〉後》云:"舊説淵明不知音,蓄無弦琴以寄意,曰:'但得琴中趣,何勞弦上聲。'劉伯倫以一鍤自隨,死便埋我。予以謂伯倫非達者也,棺槨衣衾不害爲達,苟爲不然,死則已矣,何必更埋? 至於淵明,亦非忘琴者,五音六律不害爲忘琴,苟爲不然,無琴可也,豈獨弦乎? 以是知舊説之妄也。淵明自云'和以七弦',豈得不知音? 當是有琴而弊壞,不復更張,但撫弄以寄意,如此爲得其解。《自祭文》出妙語於纊息之餘,豈死生之流乎? 但恨其猶以生爲寓,以死爲真。嗟夫,生豈非真,死獨非寓乎?"《書〈陶淡傳〉》云:"《晋史·隱逸傳》:

‘陶淡字處静，大尉侃之孫也。父夏，以無行被廢。淡幼孤，好導養之術，謂仙道可祈年。五十六便服食絶穀，不娶。家累千金，僮客數百，淡了不營問。好讀《易》，善卜筮。於長沙臨湖山中結廬居之，養一白鹿以自隨。人有候之者，輒移渡澗水，莫得近。州舉秀才，淡遂逃羅縣埤山中，不知所終。’陶士行諸子皆凶暴，不獨夏也。而諸孫中乃有淡，曾孫中乃有潛。潛集中乃有仲德、敬通之流，皆隱約有行義，又皆貧困，何也？淡高逸如此，近類得道，與潛近親，而潛無一言及之，此又未喻也。戊寅九月七日閲《晋史》，偶録之以俟知者者，儋州城南記。”

初三日，晴。假青餘所繪《河南輿圖》，録其總序一首。

初四日，晴。就《河南圖》録自申至汴及自汴入燕道路，並所經諸水，存之以備途中考核。檢方志，前日所游賢隱山，本名賢首山。魏攻義陽，齊蕭衍救之上賢首山，即此也。祖士雅避難之山，今名士雅山，在州南六十里。是日寒露。

初五日，陰，夜微雨。青餘談養目之術，試之有效。

初六日，晴。作寄意城、曼叔、小薌諸君書。

初七日，天未明，聞芭蕉雨聲，曉則雨止。別青餘。行十八里河、雙井店、五紀屯，渡淮。淮自桐柏縣胎簪山發源，受大河以南，嵩、南召、泌陽、桐柏以東諸水，至三河尖出河南境古道，獨達於海，故爲四瀆之一，今則入河也。渡淮即常德關，去信陽五十里，中火。五紀、常德並磚寨。常德寨則捻匪擾申境時一夕成之。當時賊勢鴟張，可想見也。過常德行二十里，已昏黑，無住車店，乃夜行二十里，過明水橋，宿明港驛。今日山路崎嶇，予覆車兩次，幸未受傷。夜行甚恐。明港，小水入淮者也。信陽有子貢祠，此祀信陽宰也，當祀於■，而有司於明倫堂設木主祀之，非禮也。青餘始正之。

初八日，晴。過明橋、北橋、傅堡。四十里，新安店，中火，入確山界，渡吴砦河。河出泌陽縣截軍山，東北流經確山境，至汝陽之溱頭河入汝，淺處可涉。過吴砦河後，以大路泥濘，繞山坡行五十里，至確山縣。縣令戴君文海，皖人，吾華三兄舊識，託其雇車。餽食餽聽，皆未受。

初九日，晴。早起視確山店壁題句，有“詩骨似山秋更瘦，客愁如水夜來多”一聯，尚佳。確山在宋時因大小確山得名，漢爲朗陵。車子狡獪，翻覆數四，意在增價而無底止，不得不假官力制之，巳刻始行。八里，過吴桂河橋,此水合吴砦河入汝者。又十二里,古城,疑即漢朗陵故城也。又二十五里,駐馬店,今更名練江寨。練水有橋,水出確山縣之大樂山,北流至汝陽之十里鋪入汝。確山山多,雨至則衝刷成渠。明陳幼學爲令,開河溝一百八十九道,墾田八百餘頃。今水至則泛衝爲害,水退則民復填實種雜糧,司牧者不過而問焉。信確之交,道路率多坎窞,非盡地之不利,無興利之人耳。十里,界牌,與遂平分界,煙户頗衆。十里,關王寨。日已■,尋小店宿。月色如晝,遥知艾兒陶樓望月賞菊■念而翁矣。

九日確山道中[①]

我來不見費長房,笑把茱萸繫絳囊。(費長房河南人。)雞犬一時盡仙去,桓家猶自問災祥。故鄉種菊學陶潛,卻奉徵書北向燕。夢裏尋花花欲語,問君何事不歸田。

初十日,晴。二十里,渡小沙河。河水出泌陽之王家店諸山中,東北流經遂平縣城,南至上蔡縣之王橋受石羊河,入於汝。渡河即遂平縣,古房子國,後滅于楚。吴王闔閭之弟奔楚,封于此,故謂之吴房,縣城即漢吴房故縣。南關有吴房書院。遂平北十里,劉店。過石華河橋,水出玉山,出山東流,至王橋入小沙河。十里,郝庄。十里,入西平界蔡店,中火。蔡店多回民,有清真寺,有當鋪,居民皆甎屋,本富寨也。兵燹被焚,僅存甎壁而已。蔡店以北大路雖乾土,無新轍。繞小路經柿子莊,柿林千樹,綴若繁星,紅若火齊。過汝水橋,宿西平縣。汝水出西平之螺獅坑,東流經縣城南,至新蔡縣受■河水,至息縣之淮汝集入於淮。自蔡店至西平縣城三十里,古柏子國,唐李晟受封處也。

紀　事

刑人在君側,古訓所深忌。是以史傳中,謹嚴書宦寺。齊有漏師譏,晋懍守原議。禍烈於漢唐,殷鑒及明季。洪維仁皇帝,昭戒垂後嗣。列聖逮我皇,大孝能繼志。中涓或僭踰,驛騷至沇濟。疆吏請誅之,抗疏申祖制。疏入遂報可,天下稱盛事。我思卯金衰,謀洩隆常侍。子儀再造功,寵不如力士。大洪與三才,慷慨陳大義。所言卒不行,空灑憂時淚。孰若我聖朝,君臣同一氣。家法邁百王,舉動無軼思。明良庶事康,中興成郅治。

---

① 此詩被墨圍勾去。

十一日，晴。出西平，北行二里許，過洪河橋。兩岸隄身整固，防夏秋暴漲也。洪河出裕州杏山，東流經舞陽縣城南，至合水受雞山水，經西平縣城北，至五溝營受淤泥河水，又東南流經汝陽縣境，至新蔡縣之三岔河入于汝，所謂北澧也。過河，經觀音堂、李莊鋪，過淤泥河橋，北出半坡，入于洪河，廣不過三四丈也。九空橋大路積潦，可以駕舟，因繞小路至郭莊，中火。西平至此三十里，入郾[城]界矣。十五里，小林郈。又十里，漯河灣。今有寨名源匯寨，爲大沙河、下澧河合流處，水路交衝，一都會也。大沙河出魯山縣之没大嶺，至葉縣境受輝河水，東經郾城縣南漯河灣，合下澧河，又西經淮甯、西華、商水三縣交界之周家口，入于潁。下澧河出裕州之拐河鎮，東流至漯河灣，入大沙河。舶舟溯下澧而上，可至舞陽之九曲寨；溯大沙河而上，可至襄城縣漯河灣。過渡行五里，宿郾城縣遂平，尚望見確山縣諸山，過西平後，則天圍平野闊，不復見山影矣。入城市肉不得，居民云非令節，非會場，不殺豬也。儉樸如此，誠爲美俗。楚人雖窮鄉，無三里無肉鋪者，以此例之，恐奢極致禍也。

西平懷古

西平有一士，義俠當世雄。友死讎未報，仗劍剸其胸。聲名震天闕，命之輔青宫。商山有羽翼，口舌難爲功。帝前既抗疏，教胄以孝終。處人骨肉間，委曲陳吾衷。東漢尚節義，汝南名獨崇。斯人開厥先，千載生英風。

晋代長輿子，森若千丈松。偉哉棟梁器，舉世欽高風。奈何號錢癖，性嗇財獨豐。有司慎出内，冢宰酌其通。古來賢達人，不與斗筲同。乃有驕吝者，才美如周公。棄之不足觀，聖言吾所衷。

十二日，陰。郾城有隋召陵縣故城，即《春秋》“盟于召陵”也。舊隸開封府，後許州升爲直隸州，始改隸。出關，八里莊、王店，過土鑪河橋，水自襄城縣茨溝西流，至青龍潭入沙河。王店有隄。過橋又經沙埠口，入臨潁界小商橋，行三十五里，中火。小商橋下即潁水也。自登封縣之潁陽鎮東流，經禹州城北，又東經襄城縣之潁橋南流，經臨潁城南小商橋，又東經小窑，受流潁河水、大浪溝諸水，至時埠受大沙河水，流經周家口，又東南經睢甯、沈邱、項城交界之槐店，又經沈邱之信義郈，入安徽太和縣界，至正陽關入于淮。小商夾潁而寨，皆亂後置。中原無山可倚，不得不倚城寨。小商兩寨對峙，尤可憑也。潁北一寨署“楊將軍寨”，内有楊將軍祠。將軍名再興,賊曹成將也。岳飛破曹成,擒再興,奇其貌,釋之。紹興十年秋七月,飛敗兀术於郾城,兀术大憤,盡調所部龍虎大王及韓、常諸軍來逼,再興敗之。兀术又以十二萬人來戰,再興以三百騎遇之小商,萬弩齊發,比張憲援至,則再興戰死矣。焚其尸,得鏃二升。祠有明萬曆及國朝乾隆年間碑墓■祠。一里許,過小商,行二十五里,至臨潁縣宿。郾潁大路修治■旁溝,尚存古人畎澮之意。塵沙撲人,不似南方潔潤也。

楊統制祠

昔有楊無敵,先公死百年。金遼强寇逼,南北兩忠傳。盛氣吞龍虎,寒宵控矢弦。同讎臣子恨,鄂國淚潸然。

十三日,晴。五里河有小水入流潁河,十里鋪固廂有寨,署曰“潁谷遺封”。臨潁無山,安得有谷耶?又經駝灣鋪,至大石橋,今名石梁寨。三十五里,中火。石橋水自許州西煖泉來,流入流潁河。自石橋經草店、梨園、十里鋪,至許州東關三十里宿。許州土田沃衍,控制大河以南,爲適中之地。開封自河決後,積水不消,將成澤國。又居大隄之下,一旦有警,明季闖賊決隄之事,亦可慮也。河南省治當以移許州爲宜。但安土重遷,人情不便,需費甚巨,亦不易籌。盤庚遷殷,矢言籲衆,決大計良難慮始耳。早起風涼,紅塵不驚,予方有“夜來微雨塵先斂”之句。午後日烈風勁,則塵土漲天矣。平野風來,先有一綫勁風,或則磅礴而前,或則捲地而起,塵土隨之,螺旋如寶塔,莊子所謂“扶摇羊角而上”者,如江河之有正溜也。

晚發臨潁

旅館蕭森倏款扉,征夫促駕曉光微。夜來有雨塵先斂,天際無山樹作圍。露積尚多緣屋少,劫灰纔過覺人稀。潁川自古多良吏,莫遣殘黎失所依。

十四日,陰,微雨微霽,夜月甚朗。出許州,過流潁河橋。流潁河出密縣之大隗山,經長葛縣西南,又經許州城東北,過臨潁、郾城界,入于潁也。過橋經十里鋪,見高墳數冢,詢之市人,指其一曰:“此荀氏八龍墓。”問其餘,曰:“失傳。”出詞雅令可敬。又經灣店、斜店,至小召,共行三十五里,中火。又行三十五里,至郭店,渡洧水。又十五里,至洧川縣之朱曲宿。洧水出登封縣之大冶街,西流經密縣大塊集,又西經洧川縣城南,又西經扶溝縣城北，入賈魯河。駟路自小召正北，經石像鋪、董郵，逕從洧川城南過渡至縣城，乃至朱曲，較遠二十里。洧水通舟至新鄭止，不能上溯密縣也。

雜　説

養鷄者，欲其鬥也，則握之使健，是故伸頸而舒足，仰膝而拊脊。雖然，不可以不養也。飢則餒，飽則弛，瘠則弱，肥則脆，是故時其飲食，而伺其消長。夫養之無其節，而握之未盡其法，鷄猶不可以鬥也，而况於人乎？故言養兵者■養鷄。

鸚鵡、鴝鵒、秦吉了，鳥之能言者也。人之養是鳥也，經年而得其一言，則驚喜相告。夫人之相與接也，日千萬言，而不能重於鳥之一言，非以鳥之不多言乎？鳥之不言也，誘之而後言。然是鳥也，以言而籠，而失其山林之樂也。故觀鳥之言者，可以守身。觀養鳥使言者，可以用人。

十五日，早陰。自朱曲經老龍橋、王郵、栗林、馮郵，繞小道至尉氏縣，四十五里，中火。馮郵以北麥仁店大路，河決積水尚未消也。尉氏城外屋盡爲水所囓，城内亦被水。因在鄂時，小宋屬視其先德《重修學宫碑記》，忘其爲尉爲洧也，趨學宫視之，東西兩廡盡圮。東廡牆嵌《尉帖》諸石尚存，西廡諸石則在頹垣中矣。省修葺碑記，無何氏撰書者。中萬曆一碑及湯西涯一碑，文與字皆可觀。朱曲寨署“名賢故里”，是宋吕蒙正。尉氏學宫祀三賢祠，是戰國尉繚、漢蔡邕、晋阮籍也。自尉氏北經尚郵、蘆館、歇馬營、吕店、腰堡大路，經河水衝刷，多坑坎，車行頗不利。腰堡東北新衝成小河，驅車而過，馬蹪不能起，幸未翻溺水中。從者負予登渡舟，大雨旋至，冒雨行至朱仙鎮宿。衣被皆濕，天已昏黑矣，困憊殊甚。朱仙鎮爲宋以來著稱之所，自道光二十三年河決祥符，賈魯河淤，舟楫不通，商賈不便，加以頻年捻逆、水患，亦蕭索不堪矣。尉氏至此四十五里。詢土人，言尉氏去滎澤決口二百餘里，去年六月二十八日決，七月初二日水始至尉氏，足見初決時大溜尚未掣動，彼時廳員投水兵役皆散，無人搶堵，遂成大工。

十六日，出朱仙鎮，過賈魯河橋。河自滎澤、中牟來，經鎮中，至扶溝縣合洧水，又西南經西華縣城北，又西南流經周家口，入于潁。道光二十三年，祥符決口，賈魯河故道已淤，後經重濬，而沙性鬆浮，不久旋塞。惠濟河者,自中牟賈魯河上源分流,西經祥符縣宋門外,又西經陳留縣城北,又西經睢州城東南,又南經柘城縣東南,又西入安徽亳州界。賈魯、惠濟兩河,大約皆黄河漫水爲多。兩河不通,則積水不瀉。近李中丞疏惠濟河,汴城積水半消矣。而賈魯河未濬,南境水尚渟蓄。又惠濟亦患沙淤,非有歲修常款不可,此非能久恃者也。朱仙鎮爲四大鎮之一,當北宋都汴,轉漕於此。漢唐之灞橋,今之通州皆然。鎮有岳忠武廟,新築寨號"忠武寨"。自鎮至開封四十五里。入城寓山貨店三友堂,遊南書店街,觀宋槧《宋文鑑》,甚可愛,惜索昂值,太息置之,購零星數册而歸。昨日大雨,至夜不止,疑今日不能成行矣。五鼓後西北風大作,屋瓦皆震,迨曉而雨止,巳刻而日出矣。沙路得雨,潤堅而無塵,車行乃彌快也。夜月甚明,予因中秋無月,欲以九月望日補之,孰知望又無月,今乃得之。天下事無一可預期者,悟此皆省卻許多閒思慮矣。

和朱仙鎮壁間韻

但尋草屋便爲家,落落吾生尚有涯。大野風來涼沁骨,斷潢水驟漲齊車。雨晴終夕縈魂夢,去住由天莫喜嗟。此是英雄齎恨處,等閒休更話蟲沙。

十七日,晴。拜子和中丞,别十八年,談甚久,識力俱進。中丞告以尹杏農觀察時道及予,若深相知者。予屬中丞致聲,不往拜也。賡堂年丈爲予父執,不可不往,其他當引遊客之嫌。車中見龍亭下波光日色,擬詰朝往遊。遊書肆,得耿逸詩卷。

十八日,晴。賡丈、和老來。賡丈七十,猶健於飲啖談論,而貌加豐。言及出處之義,深相慰勉,告以入京師宜擇交。和老招飲,聊舉直隸人才,互相印證所見,無不合者,其取人以正可知。又言西事當求人才。又言河工宜歸地方,山東宜築河隄,故道不可復,皆經國遠猷也。馮生金甲來,蓮池書院舊徒,今爲候補知縣。午間往遊龍亭,蓋明周王府,國朝雍正年間,因其舊址修萬壽宫。吾鄉王公士俊巡撫河南時,撰《萬壽宫落成賦》,詞采修潔,書法亦勁秀,刻石嵌壁間。又有御製詩碑,皆關掌故。其馬慧裕所刊《五岳真形》一碑,無足觀也。院極宏敞,兩廊如朝房。高臺有雕龍石路,臺上亦極軒豁。閣中有雕龍御座,近因萬壽牌移祀,遂於閣上祀玉皇。周圍皆水,中修甬路,小有金焦之勝。水可駕小舟。考《廣輿記》,稱開封城西古有金明池,是積水由來已久,特河決開封後,賈魯、惠濟兩河俱湮,城中水無所洩,故雨多時龍亭院中可以方舟,而漫溢街衢,大爲民害。自惠濟河開,城中乃得平土而居也。夜不寐,讀書數紙,嚼龍眼數枚,胸胃之間稍覺舒潤,乃復寢。

十九日,晴。飲賡丈行館。賡丈向不請客,惟於鄭小山年丈破例,今又第二次破例也。談及往歲河工決口,有五六百萬者,有過千萬者,今年大工合龍,僅用百餘萬。積習,河督至工,酒席之費日五十金,賡丈裁去,並不設支應局,中飽者少,故合龍較速耳。座中李子衡觀察,揚州人,賡丈言其有學,和老言其通達,談次及京師文學之士,皆與往來,蓋亦雅士也。夜仍不寐,緣日來赴席,飲食不能如平常,胃氣爲之不安耳。本擬明日成行,因小宋調晋藩,馳書遮留,同爲太原之遊,既不能往,須作書詳以晋事告之,遂復少留。

二十日,晴。李子衡來,名汝鈞,庚子與華三兄同年,談次始知之。論詩文治體皆通達。蘇仲新來,賡丈世兄也。飲和老署。

答何小宋書

小宋尊兄同年,閣下九月二十日將自汴梁登車,子和中丞遞到手書,欣悉移藩山右,並有即赴新任之命。山右頻年吏治墮壞,朝廷擇賢而使,眷篤望隆,行當開府名邦,可爲國家蒼生賀也。自豫入晋,不識旆從何途之從?由懷慶入澤潞,肩輿可達,車騎難行。由河、陝入蒲、解,車雖可通,路卻迂遠,自不如循驛路至正定、獲鹿入平定,較爲直截。相招入晋,先人舊治,本所願遊,重以雅意殷拳,虚懷若谷,誼當遵約,更無可辭。惟旅舍既難久棲,又在此僅與和、賡兩老往來過久,亦啓外人窺伺。而展轉太行之間,已是隆冬嚴寒,莽莽風沙,賤體弱不能受。大兒在京,專候一見彭年,回鄂禀到。渠到鄂後,尚須乞假還湘,换次兒入京鄉試。家事部署前定,一經變計,諸多掣肘。仰承摯愛,欲往不能。竊維尊意謂彭年昔年隨宦,當有見聞,置之座隅,可資下問。維是離晋十載,情形不同。加以質本愚蒙,性復健忘,何足以備諮詢?僅就昔年庭訓所得,粗陳梗概。查晋省風俗儉樸,民氣安恬,地方尚未大受蹂躪,官場分際尚嚴,錢糧亦少拖欠,爲治較他省爲易。因其易也,故十數年間,賢者忽焉,不肖者恣焉。吏治之墮壞,民生之疾苦,亦有難言者矣。吏治之壞,約有三端:一曰虧空。從前山西錢糧年清年款,州縣交代,即有閒雜款項不清,無敢虧正供者。自王應昌之在臨汾,劉登雲之在平遥,虧挪正款,皆六七萬。彼時上司不能自潔,爲所挾持,令後任兑挪接收。此風一開,接踵而起。昔王雁汀先生撫晋時,一汾陽縣令虧正款盈萬,王公必欲寘之法,司道爲緩頰,王公曰:"吾非好刻者,顧國家捐例銀數屢減,捐一知縣而虧萬金,獲利倍矣。持之不嚴,何以警後?"山西州縣有錢糧至十萬之多者,本系肥缺。上司嚴正,則州縣少入私橐數分,即庫款正供無缺矣。至清釐雜款,雖屢經設局,不能清結,則積習使然。而巨款全在正供,不可一毫鬆動。此吏治之宜整飭,一也。二曰操守。晋省官貪,不外做壽、棹面兩途。做壽遍請行店邨寨,爲人所共見,稍有知識者,尚不敢爲。棹面則踪迹秘密,往往肆其貪狼。晋民雖嗇,於訟費卻又不吝。其平日鄉論,輒謂打官司花錢爲上策。故以魏獻子之賢,而梗陽之獄,尚難屬饜。此邦風氣,自古然矣。欲矯官貪,先清流品。正途未必無貪人,畢竟讀書,稍知理道,則廉耻畏懼之心,尚未盡泯。近日捐輸、軍營兩項,班次優而又優。晋省大弊,尤在候補班一項。凡入此班,固須勞績,而夤緣巧滑之徒,亦正不少。自有各色花樣,與候補班籌補,而正途永無到班之期。若不設法澄敘,何以清其源?至於隨事勸懲訓戒,使不貪者加免,貪者知所儆畏,則視乎上司之加意而已。此吏治之宜整飭,二也。三曰緝捕。關北之盗,多自外來。關南之盗,多出土著。外來者,回民較多,嚴行保甲,以清窩户,可期斂迹。土著之盗,則在官人役,亦所不免,不嚴捕役縱庇之誅,盗不可治。其要惟在地方官精神周到,無定法也。彭年所見,張石翁以星使過境,被竊洪洞矣;薛子新還陝,被劫北相矣;先君入蜀,被竊雲州行館矣;小薌廉訪代先君取書箱,被竊聞喜矣。官車如此,民間可知。涓涓不絶,將成江河。從前粤、捻之亂,始而盗竊,繼而打單劫寨,遂成叛逆,積漸然也。此數處州縣官,有久任十餘年者,或則衰庸,或專事酬應,其心不在地方,無怪其不能治盗。此吏治之宜整飭,三也。民間之疾苦,亦有數端。如遼、沁等處,則丁糧爲累。緣丁攤入地,當時尚未盡攤者。今丁既逃亡,而無著之糧不得不累及民間。先君與王公籌之經年,集有丁册,源流頗詳。未及辦而王已擢四川督去任,後遂無問及者。太、汾所屬,水利不脩,旱潦不能蓄洩,田地收成歉薄。職此之由,民間渠案或數十年不結。亦職此之故,先君權冀、甯時,曾經刊布條款。因係五日京兆,屬員見覆寥寥。此二事關民疾苦最大,而其事最難。世俗視之,以爲迂遠難行。念切民瘼者,姑存其説,待時而動可耳。晋地瘠磽,專以商賈爲業。其富商大賈,買賣皆在外省,本境商販爲利甚微,故抽釐所得無幾,而民間受累已多。先君昔與英中丞力争不得,乃改請只税大宗,出示曉諭,其關民間食用者,概不抽取。近聞釐金課則加密,不知確否。此處寬一分,則民受一分之賜。晋省錢糧幾三百萬,益以河東鹽課,用非不足。特京餉既巨,協餉捐撥繁多,必不得已,與其增釐,不如勸捐。晋省勸捐與他省異,除大户外,中下户可以不派。近來各省平靖,商賈通行,大户所入既豐,取之不爲太過。視釐税之病及貧民,則所謂利取其重而害取其輕也。至晋省之風俗,則《毛詩序》中"機巧計利",實係確論。利之所在,父子兄弟至不相顧。轉移風氣,是又在大君子德教矣。總之,民生之休戚,視州縣之賢否;州縣之趨嚮,視長官之勸懲。雨亭中丞雖未謀面,而其人廉介有力量,則謂翁申甫屢道及之。小薌通達謹慎,人極熱腸。皆君子人,可與共事。首郡俞信卿,明敏正派,亦難得者。閣下與數君子聚處一方,自然小人道消。晋事轉機,當在此時。前任永濟縣阮棻字蕢山者,其人學識皆優,先君初至山西,曾與書詢問地利,其兩次答書,皆瞭如指掌。凡言地形者,必得緣督之經,而後可循縫而理。蕢山於此似有微長,招置幕府,或派文案,不無裨益。又陽曲令高崇基者,前在壽陽,莫中丞因辦差將其撤任。時彭年單騎由直赴晋省親,每至邨市,居民聚論,如失慈母。先君爲英公言,始得解釋。夫不善事上官而能恤小民,此真循吏也。閣下於屬吏之賢且能者,奬之勸之,其不肖者,擇其聲名最劣,去一二人,法行自近,則通省官民曉然於上官志之所向,風氣爲之一變矣。屬吏幕友,廣爲諮訪,好問則裕,邇言必察,大智有餘,豈待彭年之饞言哉?敬呈此函,聊塞下問之意,惟照不宣。

二十一日,晴。閲《潛庵先生集》。李子衡言集中《困學録》蘇菊邨曾辯其僞,近賡老重刻全集,已削去之。賡老所集各本,無《乾坤兩卦解》,予所得本有此解而無奏疏。

二十二日,早晴晚陰。作家書,寄青餘書,覓車。

二十三日,晴。遊書肆,得《乾坤兩卦解》單行本,交子衡轉呈賡丈。又有《嵩談録》一卷,子衡言蘇菊邨亦以爲僞書,以中多薛文清語也。子和又招飲,辭之不可,談及吏治,以易事難説爲言。和老、衡兄皆盛稱劉子恕觀察名成忠者,精測筭,辦事結實,能耐勞苦。閱邸鈔。石襄臣少司空卒於官,特詔褒恤。此吾鄉老成典型也,遽聞凋喪,深用愴然。又聞馮魯川觀察志沂亦已早卒。人之云亡,吾道其衰,終夜爲之不寢。

二十四日,晴。李子衡來,以詩送行。因談及惠濟河之工,屢修而不成,則歸咎於河身高而城内低。子恕以勾股法測之,知其斷然可行,和老又力主之,河成而城内積水盡出。則又議以爲河難久恃而費爲虚糜,小人不樂成人之美,固如是哉。近議賈魯河,阻之者又百出矣。陸耕瑶大令名榮袓者,眉生之子也。眉生以丁未入翰林,轉御史,有直聲,没於毛侍郎軍營。予於同治元年在蓮池書院時,眉生過保定一見。予旋入成都,而眉生以是秋死矣。今見其嗣君,不勝懷舊之感。

二十五日,晴。出北門行四十五里沙路,至柳園口過黄河。和老遣戈什哈爲唤船,幸未留滯,然自午正三刻至未正一刻始渡。河面尚不甚寬,水深不盈丈,淺處乃僅二三尺耳。中多沙灘,牽挽繞越,不能逕渡也。昔趙雲松欲開兩河,一則現淤之南河;一則導古來曹、濮,開、滑、大名、東平北流故道,每五十年一换。當時有謂地勢北高南下,既已南徙,必難挽使北流者。雲松謂地勢高下,在東西不在南北。今自銅瓦廂決口以後,黄河經長垣、濮、范,至大清河入海,雲松之言驗矣。顧其所謂兩河五十年一换者,恐不可行。① 而現在黄流之漫溢,不可無隄以束之,使水歸槽而不至奪運河之流,則亦救時之要務也。不用河工官員兵役,只令督撫就近照管。雲松之言,甚有見於河工之縻費。今南河既裁,東河亦是贅設耳。過河至辛店五里,中火。又二十五里,封邱縣宿。毛玠爲封邱縣人物,以清正見稱,而既事曹瞞,有愧於高飛之鳥多矣。高飛鳥者,宋韓憑妻也,亦封邱人。

二十六日,晴。自封邱西北經衛輝、彰德入直隸磁州,由保定至京爲西道。經封邱東北,經直隸長垣,復至河南滑縣境,又經直隸開州入山東

① 眉批:此語不確。行至聊城,又詢之丁中丞始知之。事非親歷,固不可以輕談也。

冠城,由直隸河間府至京爲東道。車子貪頓飯之利,固請行東道,許之。三十里,鶴城鋪,以衛懿公養鶴得名。入長垣界。又三十里,長垣縣,中火,即春秋之蒲城也。咸豐辛酉十月,捻匪自谷口寨攻長垣縣城,武生王璧與其弟琨率鄉兵擊卻之。十二月初四日,捻悉衆自封邱來犯,璧、崑兄弟力戰,自朝至暮,不克,死之。亂定,鄉人思其功烈,樹碑道旁。軍興十餘年,忠義之士若此者,蓋不勝書矣。二十五里,丁欒集,爲滑縣屬境,居民較多。十里,韓家寨,先爲鐵鑪寨。嘉慶中,李文成謀叛,私鑄軍器於此。亂定,禁革鐵鑪,易今名。滑在河南爲大縣,李文成之亂,知縣强克捷發其謀,故同逆之林清等皆不及期而動,遂敗。然地雷攻克滑縣之後,粵逆用此術破我堅城屢矣。國之利器,不可以示人,信哉。十里,高平寨,宿,皆滑屬境。滑□本隸大名,後改入河南,隸衛輝。於是直隸西南之長垣、東明二邑,孤懸於兖、豫二省之間,雖犬牙相錯自古有之,究竟三省交會,盜賊出没,爲不易治也。自洛以西,百水皆會於滑,在滑西北境。今大路在滑東北,不見水道。

長垣道中

曉星寥落月中天,平野徐收萬頃煙。楓葉似花紅欲墮,麥苗如草碧無邊。居人初鮮兵戈阨,行路俄看兖豫連。檢點圖經問車子,茫然不省抱頭眠。

二十七日,早晴晚陰,有欲風霾之意。出高平二十五里,王五寨。又二十五里,關路口,中火。大路舊在兩門,因河水泛溢,改由關路口。詢之土人,去年以前,環郜六七里外皆水,鄉人以小舟往來。今所行大路,皆今年涸出者也。過關路口,二十五里,沙河寨,入直隸開州界。又二十五里,復關隄,古黄河岸也。《廣輿記》引《衛詩》"乘彼垝垣,以望復關",恐不足據。二里,入開州南門,出宿北關。開州舊日城壞不修,粵捻二賊北犯,又經河患,房屋圮者,今尚未盡修復。所築土城,亦窳薄不足守也。舊有澶淵城,萊公澶淵之役,亦不過以虚聲懾契丹。其實自汴至此纔三百里,譖者已有孤注一擲之議,足見宋君臣志氣之餒也。馬頰河故道在開州,其水經朝城至樂陵入海,今没於黄河矣。黄水漫時,城南莊田悉在水中,故隄外一望茫無房屋。去年水落,蓋因滎澤決口,分水勢也。今年滎澤決口雖塞,而黄水不漲,故亦無水患。若遇盛漲之年,無隄以束之,開、滑之間,仍不免泛濫矣。

二十八日,早陰晚晴。出開州。三十五里,忠順寨。八里,關帝廟。十里,巫塘,入清豐縣界。十里,清豐屬之六塘,中火。清豐自咸豐十一年捻匪來犯,知縣王公力戰陣亡,嗣後數被兵燹,今年又苦旱,館人自述其家死亡已數人矣,聞之慘然。二十里,入山東界。十里,觀城縣,土城卑小,不敵濬、滑一大寨。麥田無雨,多未降種。今年南方苦水,北方苦旱。汴城以南尚得豐收,河北郡縣不過中稔。直隸之大、順、廣,山東之東昌一帶,則多全未收者。二十里,王家莊,宿,亦觀屬境。

倦　遊

圖南知北遍天涯,不覺遊踪老鬢華。萬里黄沙風未静,千林紅葉日初斜。壯懷困似鹽車馬,詩思寒於古戍鴉。傍晚未知何處宿,孤邨遥指兩三家。

二十九日,陰霾竟日,風沙障目,望泰山不見,殊爲悵悵。出王家莊。二十四里,過朝城縣,商王畿地,唐武聖始名朝城,因春秋時齊桓公率諸侯朝周,會于此,故名。過朝城之十八里鋪,又十二里,至莘縣之十八里鋪,中火。過莘縣,三十五里,至聊城縣屬之沙鎮,宿。舊日東道本自長垣、東明、濮、范趨朝城,避黄河改今道也。歉收復未種麥,居民並柴草無之。幸種價尚不甚昂,以河南販糧足資接濟耳。

莘縣道中

居民歎飢饉,客子愁風沙。往日未曾識,一時相對嗟。人情類如此,天意茫無涯。但以所經歷,求之安得差。

三十日,五鼓微雨,行至砦門,賂之始開。四十五里,東昌府。遠望望嶽樓,矗立雲表,城垣整齊。跨運河築土城,風景既勝,而水陸交通,商賈輻輳,亦一都會也。山東運河本用濟、汶二水,及黄河自張秋一帶挾濟、汶二水以去,河北之運河遂涸。今夏導黄入運,黄水落槽而運河仍涸。黄水沙多,久恐淤運。又慮黄盛漲時,漫出運河隄外,非可久之策也。東關中火後,三十里,王家店,入茌平界。十五里,王家廟,西北風大作。此間自六月至今不雨,麥尚未種。今日雨不成陣,又被風吹散,幸陰雲未開,或尚可冀甘霖。不敢以道途畏雨,妄希晴霽,徒私一己也。十五里,茌平縣,宿。

聊城老人歌

聊城老人居河濱,自訴平生多苦辛。有子方爲戰場鬼,餘生又是荒年人。雨已過時難種麥,客來求火愧無薪。此時此地難爲計,他日他鄉何處身。

【同治八年十月】

十月初一日,昨夜尚有雨意,天明則日出矣。行五十里,至長清縣之潘店,中火。四十里,至齊河縣之焦家廟宿。長齊境内皆河溢淤灘之地,較肥,多已種麥。邨寨被水處,屋基升高,今年河水小,故水多不到處,盛漲則仍必被淹。無隄束河,河身日久又當淤高也。焦家廟邨外古廟已頽,有明萬曆、崇禎二碑,無足觀。自過西平後,不見山影,今日遥望泰山,因黄忠端公"五岳大遭逢"之句,不勝欣快。

晚發茌平

夜静狂飆息,天清驛路開。雲光扶日出,山色隔河來。咫尺皆仙境,沈淪多異才。馬周孤冢在,誰爲翦蒿萊。

宿焦家店夢還家

湘水清,河水濁。湘向東南河向北,到海終須相會和。似嫌到海會和遲,一夕夢魂飛渡之。南北相望幾千里,中隔洞庭漲秋水。我行不馬亦不船,忽然墮我五泉之山巔。僮僕驚呼主人至,所親先後走相視。孫女嬌癡牽我衣,笑問阿公何處歸。(楚俗呼祖爲公。)醒時卧席猶未煖,去來誰道關山遠。驅車直過黄河邊,仰視三星猶在天。

初二日,天明開車。東南諸山,上横黑雲,宛如層巒高聳,中有白雲界畫。已而光芒五色射出雲外;已而雲頂盡赤,金影瑣碎,雜出隙中;已而銅鉦漸止,一掃衆煙,諸山朗列,黑雲漸消,奇境倏忽變幻,殊不易見。欲爲詩紀之,而思筆不屬。行三十五里,過齊河縣城,渡黄河。本大清河故道,其水由東阿來,或以爲即漯水也。黄河入大清河後,始由地中,並小清河連而爲一。大橋衝壞,橋畔高墳古柏亦杳不知所在矣。過河至河北店中火。又四十里,宿濟南府城西關。入城拜丁稺璜中丞,别十四年,勳爵並崇而謙抑樸實如故,可敬也。

初三日,晴。早起觀趵突泉,源出王屋山,過濟南、歷城,出城之西北隅,突湧而上,跳珠翻雪,宛如海上三山。其牆側階下涓涓而流者,不知凡幾。《水經注》所謂"其泉上奮,水湧若輪"是也。泉出之處,環以方池,繚以迴廓,水屈曲而出寺後,歸於大清河。迴廓壁間皆嵌宋元以來題詠碑石,廳堂之前爲御碑亭,奉康乾兩朝天翰。康熙中,翠華三幸,而中奉御碑爲四十三年御製詩。康熙四十二年山左大旱,蠲歷年租糧幾七百萬,發帑百餘萬,特遣大臣四人賑飢。及次年而二麥豐收,於是聖心悦豫,賦詩紀事。濟南耆民亦刻石紀頌聖德,真不減《徵招》《角招》之詩也。宋曾南豐曾於此建亭款客,厥後屢有修葺,至我朝而極盛矣。後殿祀呂祖,爲元遺山所創。國朝李公少夢異人,字以對泉,及撫山左,見呂祖像,宛如夢中所見,始悟對泉之意,時祠已荒廢,因大修治。今道人祀李公於呂祠東廡。其事雖荒怪不足信,而名賢遺迹,亦風流韻事矣。飯後入城,拜孫著庭、趙著堂、車雨春,皆貴州癸卯同年,夏雲卿則順天癸卯同年,王春庭、陶申之皆親戚。遊大明湖。《水經注》"濼水之南爲大明湖,俯仰魚鳥遊翔,水木明瑟",即其地也。自鵲華橋登舟。鵲、華者,二山也,鵲在府城北,華不注在府城東北,橋因此得名。舟行葦中,至水中央爲歷下亭,少陵詩云"海右此亭古,濟南名士多",南豐構名士軒,即取杜句。金元以來,屢易其處。今亭址爲李滄溟所建,其爲杜老吟詠之舊址否,則不可知。要不出明湖之間,固不必鑿鑿求其地也。咸豐九年,鹺使陳弼夫景亮重葺,撰記頗典雅,何道州書亦勁秀。又道州自書所譔詩,小楷尤精。自歷亭而西北爲鐵公祠。祀明鐵忠定公,公故山東參政,精忠大節,照耀天地,乃明代無謚,至我朝始謚忠定。祠建於康熙中佛倫撫兖時,及佛公之孫阿林保重修鐵公祠,遂於旁建佛公祠。佛有聖祖賜書"水鏡堂"扁,蓋亦賢者。阿又於祠西修治亭廊,題曰"小滄浪"。祠内翁北平撰書碑記凡三,阮文達撰書碑記凡二,書與文皆可傳。其北爲北極廟,高可眺遠,廟中無可觀。東北爲匯泉寺,中有孫陽湖聯,篆勢甚超逸。匯泉之妙,全在看荷,冬無可觀。吴竹如聯云:"荷葉爲鄉,菰蘆作界;湖山寄興,魚鳥親人。"十六字頗盡湖中之勝。湖廣可五六里,信是佳境。元遺山謂濟南亭館極多,今則不盡然,居民稠密故也。晚飲中丞署,同坐者李、袁兩君。袁名方城,字穎才,在臺有直聲,翰林後輩也。談及黄、運兩河,中丞謂河隄兩岸皆民田,袤及千里,廢田非民所愿,發價又無此巨款,此黄之難也。運河爲黄所截,不治黄而治運,所謂不揣其本而齊其末,此運之難也。黄之泛溢,非復南河故道不可治。南河既不能復,則亦姑聽之而已。運道或逕由黄直下至利津入北運河,或多備小船,乘黄盛漲灌入運河時,剥載至臨清倉,然後水陸兼運抵通,亦暫救目前之計。其言似確有所見,録存以俟參考。

初四日,晴。雨春、著庭昆仲,著堂、春庭來。王子梅鵠,原名鴻,遣其子來,贈《先正讀書訣》及《顧祠歷亭詩刻》,並以所著詩集來質,匆遽未暇遍閲也。飲著庭署,與春庭、雨春、穎才同坐。散席已晚,宿春庭家。共道十餘年别後情事,相對淒然。少頃,雨春至,談至三鼓乃去。

初五日,晴。在春庭處早麵。出城登車,循舊路至河北店。往日之河北,謂小清河北也,今日爲河之南矣。中火後,渡河而北,水静無波,一葦可杭,不得謂河廣也。登岸繞齊河縣城東北隅逕出,西北至晏城驛宿,亦齊河屬境。自王營入京,有山路,有湖路。湖路自邳州、高唐、東阿、茌平、腰站至劉智廟。山路自泰安、齊河、德州,亦至劉智廟。黄河決後,湖路久廢,今所行是山路之平地也。

初六日,晴。二十五里,齊家寨,入禹城界。二十里,禹城縣城西南隅。又五里,禹城橋,中火。禹城在周爲祝國,武王封黄帝之後于祝,今齊河、長清皆其地也。漢爲祝阿,唐始名禹城。夏間水漲,故有橋,冬則涸。黄河決後,泛溢至禹城。十數年來,夏間自禹城橋乘舟至齊河。冬水雖退,而泥濘不利車行。今年大路始通,特河流偶涸耳。黄水雖溢,而冬可種麥,春可種(膏)[高]粱,小民亦頗利之。麥收於水未至以前,(膏)[高]粱收於水既退以後,(膏)[高]粱不畏水浸也。二十里,入平原界,又三十里,至平原之二十里鋪,宿。平原爲名都,自平原君以來,名宦人物,指不勝屈,而漢董、唐顔其最著者矣。

禹城道中

迤邐平原一望寬,兵戈水旱幾更端。黄河偶涸方成路,白露已收猶是寒。人似土摶風正惡,馬來嘶飲井都乾。登車虚抱澄清志,太息猶期策治安。

平原懷古

平原門下三千客,毛遂差殊十九人。若使時無魯連子,誰能談笑卻强秦。

北方學者江都相,排斥群言孔始尊。原道不曾稱董子,卻將楊與孟荀論。

不死禄山死希烈,見危亦有地與時。惟其義盡仁乃至,千載同心信國詩。(《文山集》有《過平原詩》。)

初七日,晴。五鼓行二十里,天明抵平原縣,繞西南隅,向西北行。二十五里,曲里寨,交德州界爲瑞興寨。二十五里,黄河沿,中火。明宣德中,河決德州,此其故道也。二十五里,經德州城西南隅。德州亦漢平原地,隋置德州。城内有董子祠,城外有蘇禄國王墓,匆匆不暇訪也。城西北二里許,渡運河。運河東昌以南,濟、汶二水既入於黄,德州以北則衛河及易、濡、洪、清漳、潞、太史、鬲津諸淀沽之水悉歸之。故自通州、天津、静海、滄、青、南皮、東光至德州,尚可通舟。二十五里,劉智廟,宿。劉智,晋人,劉寔之弟,字子房,少貧,負薪自給,官潁川守。管輅嘗曰:“與劉潁川語,使人神思清發。”史稱智高唐人,按今高唐去劉智廟僅百餘里,晋時高唐封域或已及此,未可知也。如仲舒廣川爲今景州,而德州、平原人物並載之。方志固多附會,亦以相距未遠,古時地界亦難確指界畫耳。元代吕思誠嘗行田至劉智社,民李愬其弟匿羊,思誠叱之退。有王青者,兄弟友愛,思誠造其家,取酒勸酬,懽如骨肉。李之兄弟各悔過,析居二十年,復還同爨。稱廟稱社,古今不同,而地以人重,由來久矣。到店已晚,往廟中尋碑,已昏黑,不可讀。廟南屬德州,廟北屬景州,爲直隸、山東交界之處。禹城以南被河患,不能修寨。入平原後,寨堡林立。黄河沿南長垣兩道西抵河東至海,李合肥築長圍困捻匪處也。

初八日,晴。四十里,經景州城,望廣川之臺,式條侯之墓。高伯恭之清直不貳,封隆之之經略奇謀,遐哉尚矣!明代德州河決,景州被水獨多,知州劉深開渠導入千頃洼,以免水患。今詢其處,驟不可得。三十里,至阜城屬之漫河,中火。二十里,阜城縣,繞東南隅北行。阜城又名沙邱,或以始皇東巡崩此也。地多斥鹵,出硝礆。沙河鋪一帶,沙礫之地,蓋瘠土矣。過阜城十五里,即交河界。又二十五里,至交河縣屬之富莊驛,宿。阜城爲衡、漳所經過,名胡盧河。交河因高河、滹沱河二水合流得名,河皆去大道遠。富莊驛在交河縣西四十里。

初九日,早晴,午後東北風作,陰雲漸起,似欲作雨。日暮轉西北風,夕陽倒射,少頃而月光如晝矣。早行出富莊驛,入獻縣界。二十四里,過滹沱河橋,十六里,過獻縣城。又十餘里,過高河橋,一名條河。二水即至交河境合流者也。自獻縣城至商家林三十里,中火。三十里,河間府城。府城南自去年滹沱河漫溢,積水未消,九月尚須乘舟。近日水涸,始培土成衢，窪處尚須繞越。河間爲九河故道，故唐謂之瀛洲，亦名瀛海，興辦畿輔水利，莫急於天、河二府也。過城至二十里鋪宿。往日王年丈巽守河間，其母以二月生日，先君集《易林》語爲聯贈之，聯云："春桃生花，拜謁王母；南山多祜，封居河間。"王丈書謝，謂"文章本天成，妙手偶得之"。因憶及，附録於此，亦楹聯佳話也。山東之東昌、直隸之河間，皆形勢之地。阜城以北漸見麥苗，獻、河之間年尚中稔。

初十日，晴。十里，崇安屯。十里，盧邱寨，入任邱界。十里，石門鎮，或以爲即子路止宿之石門也。"知其不可而爲之"，此語切中聖賢心事，故《魯論》紀之。儀封、晨門皆有心斯世，而屈於下位，固非蕢篠、接輿、沮、溺之徒矣。二十里，任邱縣，中火。四十里，鄚州，在漢爲鄚縣，在唐爲鄚州，今城址猶有存者。十五里，趙北口，鎮在水中，中築甬道，聯之以橋，所謂十二連橋也。《唐志》(莫)[鄚]州有九十九淀，北之淀即南之湖，諸水所瀦，水淺種葦，故水面雖闊，而舟行不覺其難，亦不能行大舟。每六七月，荷花盛開，舟則出入花間，車則遠望彼澤，予皆曾領其勝概。近日橋已朽壞，車馬有傾陷之虞，不及從前之欄柱整齊矣。任邱城中富潤于屋。鄚州每四日大會趙北口，尤水陸交衝之區，此大縣也。過趙北口五里，爲雄縣二十里鋪，宿雄縣南關。雄爲漢晋之易，唐爲歸義，五代始號雄州。按志稱境内有大小雄山，或以此得名耶？城外四望，實不見山也。

十一日，早渡清河。按輿圖，拒馬河自淶水、易州至新城受良鄉、房山諸水，又受定興水，流入雄縣。清苑河出完縣，經清苑、高陽至新安鄉，受安肅諸水來會，滹沱河受正定諸水，自安州來會，合而爲淀。自雄縣東經霸州至永清，合永定河，至天津入海。過渡後，行四十里至新城縣屬之孔家馬頭，中火。又行三十里，至沙河口，入固安界。又二十里，曲溝，宿。今日早晴，午間風勁甚寒，申間風息。連夜月明，此湖南鄉間所難得者。而塵積于面，寒冰在鬚，則湖南所無。薄暮見數雁南飛，瞬息入于天際，爲之黯然。别西山八年，今日車中又望見山影矣。

十二日，三十里，至固安宿。聞關禁甚嚴，小住一日，檢點行李。或勸以改箱爲包，此雖小事，亦欺朝廷，戒家人勿爲。訪李藻舟年丈、陳抱潛兄，皆未到。適曾相以查北河合龍至固安，余四伯父房師也。往謁，談述十餘年蹤迹及友朋存亡，相與慨然。晚間曾相徒步來旅館，談至三鼓始歸,真率如此,未多見也。是日晴,大風。

十三日,陰。行十里,渡桑乾河,即㶟水,俗名渾河,今名永定河,發源於山西渾源州,自直隸宣化府、保安州、宛平縣西南,又東南逕良鄉、固安、永清、東安、霸州,合玉帶河。其水夾泥沙與黄河同,而消長不時,唐人所以有"無定河"之名也。本年固安屬之北寺漫決,今甫合龍。十里,宛平屬榆垡,中火。五十里,黄邨,宿。壁間見咸豐庚申題詩,蓋亡友袁筍陔侍郎作也。

十四日,陰,寒甚。午刻入城,寓興勝寺。晤毛旭初尚書,承遣人代爲照料行李上務。鮑華潭侍郎來。過子重家晚飯。

十五日,陰雨,自子至巳乃止。雖不及種麥,而土膏得潤,明年春耕較易。午後遊廠肆,得《孔子七十子像贊》石刻四卷。過子重家,歸作書與丁稚璜中丞,遣其來使歸,並致書王春庭、孫著庭。是夜大風。

十六日,雨後大風,寒氣入骨。拜客,晤華潭、寶笙兩侍郎,根石大理,少冰刑部,李侯兵部,皆同年;苾園編修,貴州同鄉;雲泉吏部,湖南同鄉;薌溪侍御,同年。

十七日,晴。吴桐雲觀察以所著詩文集來贈,讀之甚奇快。訪其居,則同寺僅隔一牆,走談,信磊落英多之選也。華潭、寶笙招飲,同坐(寺)[者]李觀察明墀,丁未同年明壎弟也;宋侍御邦僡,癸卯同年;周大令潤蕃,荇農之子。晤周桂午編修。訪謝麐伯未遇。

十八日,晴。拜客。何地山學士來,未晤。潤宇招飲,同坐雨農、澐卿。

十九日,晴。何地山、毛旭初兩年丈招飲,同坐鄭大令,乙巳同年。此外則遠邨及年侄三人。荇農年丈來,未晤。

二十日,晴。塵擾數日,静坐一日以滌之。

二十一日,晴。投文銷假,拜座主賈筠堂師及陳小舫前輩,皆晤。弔石襄臣侍郎,輓聯云:"特詔資觀感,聖意高深,昔年海事方殷,志操如公真可敬;同坐共咨嗟,老成凋謝,幾載離悰未叙,緣慳恨我太來遲。"遇陳仲鸞丈、周雲谷司馬,皆舊交,追語往事,感慨係之。歸,得吴桐翁近作,亟挑燈讀之。

廿二日,晴。入城,循例謁兩掌院,值公出。晤唐子仙丈、馬雨農學士。出城至百儕年丈處,見其世兄。歸寓,知黄濟川内閣來。晤羅訏庭侍讀。

廿三日，晴。讀《易》。遊廠肆，老書賈猶多相識，款留茶飲，問訊蹤迹。出宋本書數種相示，宋槧《文選》後附《五臣異同》一卷，殊不多見也。楊芸陔給諫來。

二十四日，陰。望西山已有積雪。至老君地、貴州義地謁藴山兄墓，並亡室陶安人墓，以次及殤弟又齡、葆恒、殤侄桂生諸阡，王孝廉夢雄之墓，皆經修葺，去草砌甎。桐雲夜談甚痛快。

桐雲詩集叙

同治己巳冬十月，予應召至京師，寓興勝寺，夜聞叩門聲，急起，得桐雲詩文集讀之。其詞博以大，奇氣縱横紙上，詫以爲古之作者。又耳熟桐雲名已久，不知其同寺而居也。比曉蹤迹得相晤，落落數語而去，奇博如其文。逾數日，桐雲又出其《海上詩》一卷俾讀。讀竟，作而言曰：古所謂豪傑之士，視天下無不可爲之事，而其籌之也常豫，其慮之也必精。古之深於詩者亦然，山嶽之峻，江海之深，人情風俗之異，古今治亂得失之繁，以至昆蟲草木之細，稽諸載籍，驗諸目前，有不能知，則其學陋，而其爲詩也，必不能具天地萬物之理而觀其會通。至於地之所限，力之所屈，氣之所懾，知之所困，苟無危心深慮以達之，則富貴利達膠於其中，俗嗜瑣見錮於其外，亦孰能出其心之所得而爲人之所不爲者哉？是故籌豫而後博，慮精而後奇。學問之道與政相通，孔子曰："誦詩三百，授之以政，不達；雖多，亦奚以爲？"夫達固非豫且精者不能也，桐雲其近之矣。憶予昔官京師，相從質論文字，自吾楚益陽、道州、湘鄉、湘陰外，則上元、仁和、平定、河間、桂林、馬平、曲阜、代州、黟縣諸老，今存者五人，湘鄉方督畿輔，道州、湘陰、馬平、黟縣則各歸其鄉。追維文字讌游之樂，杳不可得。予方塊然獨處，幸得桐雲療予孤陋。而桐雲又將别予而去，予既傷夫友朋聚散之無常，且將拭目以觀桐雲之事功也，遂書以叙其詩。

二十五、六、七、八日，均晴。數日拜客，無可述。同鄉、同年尚不能識十分之二三也。

劉子重刑部傳朝鮮吴亦梅樞密語，出其興宣大院君李石坡像屬爲題贊

聖人之道，亘古常新。薄海内外，孰敢不遵？乃有異端，恣其邪

説。甚於佛老，淫於楊墨。朝鮮虎臣，惟大院君。總察庶政，有武有文。既靖其内，以禦其外。外侮不侵，内政斯艾。昔在敬仲，謂楚宜攘。彊彼齊國，匡我周王。矧大院君，功在衛道。肅瞻題詞，志予傾倒。

二十九日，晴。楊芸階給諫招飲，同坐皆丁未同年。

題桐雲《臺陽二景圖》

東溟接迹兩明賢，（謂鹿洲、石甫。）潤色皇猷到海邊。已冠漢廷《循吏傳》，（《漢書》循吏首推吴公。）更將奇績紀樓船。（時桐雲乘海舟至京。）

又題茶半香初圖

昔聞鄂渚清漕策，今讀閩鹽紀事書。頓使私家失中飽，俱爲天府富儲胥。齊籌禹筴資攘楚，魯峙芻茭待伐徐。横海他年勳績懋，辛勤應憶試茶初。

題魏神龜造象碑

同治庚午，得《邑子像》及此《神龜造像碑》，皆千餘年古刻。考魏孝明帝在位十二年，凡五改元，神龜二年改元正光，而碑猶題神龜三年，蓋尚未見改元詔書之故。魏太武不事胡神，凡塔廟之在境者，悉皆毁壞。獻文始惑佛法，至宣武造佛寺一萬三千。當時民間習染，故造象爲最多。觀魏業之隆替，可知佞佛無益。然摩挲古刻，間資考訂，借以適志怡情，亦賢者所不廢。此碑書法在當時不過鄉曲間書，未足爲工，而古拙意趣，今人摹之輒不能到，豈亦時爲之耶？

癸卯同年住址（長班鄭鈺住南横街東頭河陰溝内路東慶仁堂）

沈經笙侍郎（詳丁未）

馬雨農學士，（恩溥。）住化石橋

趙　　編修，（曾向。）住上斜街

錢湘吟少詹，（寶廉。）住珠巢街

張　　光禄，（澐卿。）住果子巷驢駒胡同

龔叔雨府丞，（自閎。）住府丞署

曹薌溪侍御，（詳丁未）

陳湘浦侍御，（夢蘭。）住蓮花寺内

朱玉圃侍御，（澄瀾。）住爛麵胡同南頭路東

宋惠人侍御,(邦僡。)住南横街西頭路北

梁　　吏部,(漢源。)住綿花上六条胡同

姚彦士户部,(覲元。)住大川淀

宋　　户部,(維燾。)住西柳樹井

黄　　户部,(陪昌。)住粉房琉璃街崇興寺

楊　　户部,(書香。)住椿樹下頭条胡同

戈最珊礼部,(尚志。)住粉房琉璃街北頭路西

徐李侯兵部,(鄴。)住老牆根

宣　　礼部,(德。)住延壽寺街炭兒胡同

貴鏡泉兵部,(成。)住東四牌樓本司胡同東頭路南

上官　礼部,(煜。)住南柳巷路東

余子春行部,(撰。)住南横街中間路南

敖　　刑部,(册賢。)住永光寺中街東夾道

秦臨士刑部,(賡彤。)住永光寺中街南路西

蔡研農工部,(同春。)住下斜街四眼井

方鏡湖工部,(騄。)住驢駒胡同

何　　觀察,(福咸。)住香爐營四条胡同

鍾　　觀察,(文。)住絨綫胡同

祁季聞世兄,(丹崖。)住順治門内拴馬橋

彭　　僕少,(祖賢。)住平則門小麻綫胡同

龐　　户部,(際咸。)住魏染胡同中間路西

陳　　工部,(廷芸。)住板章胡同同安館

鈕　　光署正,(承笈。)住香爐營二条胡同

年侄

潘内閣觀保,住北孝順胡同

嵩庶常,(申。)住弓弦胡同

金户部,(星榆。)住青廠

銘户部,(鍾。)住十錦花園

許户部,(炳材。)住繩匠胡同北口路西

王兵部,(恩錫。)住西江米巷

許兵部,(炳燾。)住同上

沈刑部,(晋。)住弓弦胡同崇宅
王工部,(恩沛。)住張相公廟
王工部,(禄書。)住石付馬大街西口外路北
曹工部,(鍾彝。)住西單牌樓二条胡同
盛主政,(昱。)住裱背胡同恒宅
福宗主政,(釗。)住東四牌樓六条胡同
宋刺史,(兆麟。)住舊簾子胡同
夏大令,(輔咸。)住炭兒胡同

(朱婷婷整理)

國家出版基金項目
NATIONAL PUBLICATION FOUNDATION

國家圖書館藏未刊稿叢書

·

日記編

主編

劉玉才　陳紅彦

黄陶樓先生日記（下）

（清）黄彭年　著
樊長遠等　整理

鳳凰出版社

第二十六册　同治八年十一月

附録國璪《過羊流》七律一首

不待沉碑自可傳，哲人墮淚已千年。先塋鑿空荒郊外，遺碣縱橫古寺前。餽藥漫勞青史議，（胡氏《讀史管見》疵議叔子餽陸抗藥事，乃苛論■。）平吴始憶老臣賢。三公折臂終何益，悵望■邱應愴然。（叔子求歸葬祖塋旁不得，賜近陵地，在洛陽。）

二十日。戴星而行，寒氣透骨。至浮邱。十八里■出，霜愈清，日愈朗。下車飲粥食油果，乃……土嶺二，小河六七。至敖陽，自新泰西遥望■■■立，詢土人，謂此爲青雲山，别指一小山曰敖■。吾意敖之山，見於《左史》申繻問名之對、范獻不■■慙，班班可考。當以最高一峯當之。店壁見■君伯藏感懷之作，追憶春明歌郎，詩■閑雅，序亦秀潔，類唐人駢文，真所謂"唱《黄河曲》，壁作旗亭；聽《紫雲回》，詩傳樂部"者矣。出敖陽街，見丁中丞積穀之示，洵爲備荒上策。縣令李君奉行頗力。登堡晚眺，溪流清洌，四山環繞，中間田原開朗，林屋參差，夕陽掩映，有雲林畫意。出敖陽二里許，即蒙陰縣界。

二十一日。五鼓行。月爲雲掩而可以辨色，無風不寒，殆將釀雨雪也。三十里，東住佛。六里，蒙陰縣。從前■■經過，斗城獲全，元次山詩"城小賊不屠"也。蒙山積■朗朗如玉，墨雲淡染，枯樹杈枒，頗悟畫境。竞■陟之，疲，■臾■而在蒙山之陽也。凡過土嶺二，石嶺二。自蒙陰行八九……崔莊焦墩，石嶺甚長。巨石如几，層叠如■……若雷，蹄鐵迸火。左右顛簸，如穀在箕。然以視■■平壽之間，猶爲坦夷。未經極難之境，則視稍■■者，已色沮神變。天下事大抵如此耳。二十里，垛莊。■■午間微霰，未能成雪。晚間細雨，朱子山觀察自濟南後予一日起程，兼程而■，今日相遇。予畏夜行之勞，故車子屢乞包程，未之許也。

二十二日。微雨初止，沈雲不開。土潤無塵，山高石滑。行二十七里，過土嶺二，石嶺一。至雙口，爲沂蘭交界。過石嶺，六里至艾峪湖，路稍平坦。十二里，至青駝，中火。去大路旁二里許，有青石卧地，形如橐駝，因此得名。行二十五里,涉東汶河,過大雲岩,高可遠眺。八里,月沂岩,石路盡矣。迤邐平原,胸懷頓豁。十里,伴城,宿。早間雲脚微明,因憶“無雨■■明,有雨中間亮”及“早看東南,晚看西北”“無雨■明,有雨天黑”之諺,決知今日無雨。薄暮銷■■開朗,夜間風起。子山來,談甚久。勉兒賦……“……追隨還似小兒癡,旅館親承色笑時。……山排日記,平生得失問心知。(庭訓命記逐日功過。)林容■■同疏淡,書理閒尋有信疑。料得池塘佳■■,拈毫也擬《白華》詩。(伯兄、季弟家居,仲兄自豫南歸,頗耽吟詠。)”

二十三日。西北風緊,星月皎然。少焉日出,則雲聚東南隅,仍曀曀其陰也。半城南十二里,地勢稍低,夏秋有水,謂之半城湖。又三十三里,涉沂水。沂水出沂山,經沂水縣東、沂州府城東,受郡中諸水,匯于駱馬湖。非魯沂……過沂州郡城,至南關,中火。郡以水名,邑以山名。蘭山在西南三十餘里,去城遠。詢館人,不能知,則指城外土埠實之。學者談考據,每多附會,大率類此。諸葛忠武、王右軍皆郡人,一則寓於南陽,顯於西蜀;一則寓於山陰,顯于吴會。古來賢達,固不盡域鄉里間。忠武語孟公威云:“丈夫遨遊,何必故鄉?”足以覿所志矣。四十五里,渡沂水,千林葉落,一水盈盈。扁舟徜徉,蕭瑟明曠。登岸覽眺,胸次豁然。入李家莊,宿。莊内煙户尚多,亦市集之所。數■山行,今得坦途。又值木落之時,空闊無際。■有數雁自北而南,歸計何遲,予懷滋盛■■人稀鳥少,荒瘠可知,出山時聞鳥聲,■……

頑雲蔽日緣何事,喜得西風■放晴。■■■山天更大,千林已晚水猶明。紛紛僕馬■■北,落落孤舟管送迎。歎息飛鴻歸計晚,尚■同伴數征程。

附録子山觀察和韻之作

憶從岱麓看山色,一路衝寒喜久晴。歸鳥宛如人意倦,凍雲尚帶夕陽明。吟詩好共圍鑪覓,問字誰曾載酒迎。郎署浮沈猶未已,迢迢鄂渚數前程。

子山再疊前韻見贈之作

幸識荆州今未晚,山行結伴喜冬晴。諫書褒賞驚儕輩,大局安危仗聖明。此去■如雲鶴逸,何時再見篠驂迎。卅年學養■能到,宦海茫茫莫問程。

二十四日。北風甚厲，疑將雨雪。比曉，行三十[里]……米莊。二莊皆在道旁里許。十八里至……十里鋪，中火。十里，過縣城。東南郭外五里■■■婦故里，有孝婦祠及于公祠。孝婦冢尚■■旁五里許。四十里，過曹郕重興集。至郯城屬之紅花埠，宿。過二里許，即江南境矣。埠外有沙河，源出莒州山中，受吕清河、砦裏河水，自沭陽■海，名曰沭河。埠前始可行舟，至海不過二百里，去海近，故風涼也。

郯城喜晴柬子山

平明並轡出荒莊，詩思蒼茫道路長。且喜雲開扶日上，漸於海近覺風涼。(紅花埠去海僅二百里，小河自沭陽入海。)問官誰識皇初事，治獄猶懷漢吏良。料得使君多惠政，他年郢鄂是桐鄉。

二十五日。冷月嚴霜，奇寒徹骨。三十里，至湯家店，食米漿油酥甚美。俯瞰麥田，皆成玉圃。仰觀枯樹，亦是瑶林。十五里，龍鬚溝。夏秋之間，山水驟發，衝刷成渠。冬令水涸，而低處泥淖猶深，前車陷焉。坎深岸陡，服馬不興。命其去服而加驂，推挽較易。車子不聽，乃引予車自溝旁■■■非扶持有人，亦不免顛覆之患矣。五……火。徘徊峒峿山下，遇小僧智光，述五華■■■不能遊。此山寨堡據地勢，有水泉。往年■■難常數萬人。過峒峿十七里小湖，乘騎而過。十八■小湖。三十里，五華橋，橋盡圮矣。夏秋過此，遇水漲，須過渡船■駱里湖，兩湖並溢，故多潦也。《左傳》:"吴子執鍾吾子，遂伐徐，防山以水[之]。"■在今宿遷峒峿山下。此道有水，由來久矣。十五里，順河集，宿。對河五里即宿遷縣城。■陽西下，眺望河干。忽焉興發，易舟而南。詢子山，亦買舟矣。連日唱和，殊有清興。

宿遷易舟南下疊前韻柬子山

圖南知北笑蒙莊，那管天涯路阻長。歸思忽如風勢急，詩懷更比月痕涼。連朝車馬心先倦，終老烟波計亦良。況有高朋數晨夕，相期鼓檝泛江鄉。

附録子山《紅花埠早發和郯城原韻》

雞聲未唱走康莊，遠道綿綿夜共長。月照寒林增皎潔，邨圍土寨倍淒涼。地隣豐沛思豪傑，人近淮徐漸秀良。行遍山程逢水驛，扁舟一棹是江鄉。

附録國璪作《放歌行》

人聲隱約墟烟裏,草樹接天雲貼水。■犬喧喧客不眠,買船欲向揚州矣。會須濯足東海頭,下視千仞淩滄州。更酌酒漿滿北斗,飽■■■蒲帆遊。朝隨丹鳳巢阿閣,暮共赤松采靈■。月夕時吹嶺上笙,風高還駕雲中鶴。鶴飛曾過泰山東,泰山峯頭多古松。安得種松千百樹,大松小松皆蟠龍。便築茅屋住松側,松氣森森百夫特。任教塵海波濤翻,未許迷茫眼中白。

廿六日。出順河集堡,登舟。東南風大,不能開舟。晚風息,始移泊宿遷關下。登堤遠眺,雲黑霞紅,鳧鷺飛集,忽一魚鷹出没波間。貪鷙之象,殊不韻也。遣送馬歸究。作書與穉翁,論進退之義,略云:"子山言公有引退之意,竊謂非宜。時事方艱,只此數人搘拄。若皆徜徉世外,宏濟更屬何人?不才如某,亦因無可借手,並非漫語清高。出都時,友朋贈言,多援陶徵士相例。此不知某,亦不知淵明。讀《群輔[録]》及《詠荆軻》詩,豈安於無用、果於忘世者哉?某於■志,向不勸其仕宦。故於某相某帥,責其不……■已裂也。於某尚書,戒其早退,欲其無裂名也。若公與少公子和小宋、石泉諸君,國之長城,緩急是賴,豈可輕言去者?"

廿七日。得西北風,而水淺不能暢行,篙撐十里,過亨濟閘,閘已廢,繞月河行。張帆十里,至小楊家店,轉東北風。縴行二十里,過滎流廢閘。十里,泊仰化集。集去岸三四里,尚隔六塘小河。陸路中火處入桃源界。

舟泊仰化得句,命璪兒足成之

行罷山亭問水亭,征帆一片入滄溟。波間泛泛鷗翻白,隄畔離離草尚青。久客厭問程遠近,舟人何事語丁甯。黄流遠徙淮流合,清濁無煩别渭涇。(黄濁淮清,黄流既徙,則皆是清流矣。)

附録國璪《仰化舟次書懷》七律一首

不聽洪濤激浪音,閒雲平水自蕭森。瀛洲風轉草猶緑,邨落烟横日漸沈。偶遇沙灘能滯舶,遥看倦鳥已歸林。家人此際金錢擲,豈識江南客子心。

廿八日。二十五里江家集。得順風,張帆二十五里。桃源■■岸爲重興集,陸路歇站。二十里頭堡,爲桃清交界。

十八里,雙隄閘,即鹽河閘也。六塘河口在仰化集北。六塘河、來安集、新舊鹽河、鹽河閘[redacted]較大，不復虞擱淺。頭堡以下，轉東南風，縴行摽艤。更初，始到楊家堡。堡去雙隄閘十二里，沿隄數百户，泊船數百隻，亦小碼頭。

再疊前韻答子山

釣臺欲訪子陵莊，龜筮何須問短長。粟海芥舟憑蕩漾，顔霜肌雪總清涼。無才端合遭時棄，似子羣推濟世良。仕隱殊途兩無礙，未應泛宅老江鄉。（來詩有“浮家泛宅”之語。）

仰化舟次得句，使國璪足成，就正子山，乃蒙惠詩獎借，用原韻奉答

郵筒賡唱短長亭，學海汪洋南北溟。嶽頂同看千丈雪，舟中時話一鐙青。推敲字已逢韓愈，子弟名方附范甯。詩律如君有宗派，不教泥滓混清涇。

附録子山《舟行即事屬國璪亭字韻》

當前玉樹立亭亭，何日蛟龍起海溟。風正時看帆影直，年豐喜見麥苗青。殘更柝遠煙波静，畫舫人歸婦子甯。（舟人家在[redacted]數里外，是[redacted]道還家。）聞説五湖原甚樂，幾時兵事息平涇。

附録國璪《疊韻和子山丈》

名士曾遊歷下亭，扶摇九萬徙南溟。敢同馬氏誇眉白，却向王郎歌眼青。緒論每從庭訓得，憂時長望域中甯。河干問答聯檣下，正似鳬鷖在渚涇。

二十九日。出楊家堡河灣處，張帆行，過壩落帆，凡十五里。過石壩五，至順興河口，昔年灌塘處也。三里，天妃廟。頭閘水已涸，板全撤，如行平水。二里，至二閘。適采辦曲阜聖廟木牌至，争道擊從人，傷面及足。又拾土塊擊船，窗櫺破折。予屬舟人勿與較，但抽跳板，勿使登舟而已。牌人散走，詢其督辦委員周堯者，黔人也，頗縱牌夫。在邵伯擊江南主司船，已傷人矣，仍不知改。與子山開譬再四，仍故。留一牌在[redacted]追牌上矣，仍不啓三閘。故事，前閘板下則後閘啓。閘官、河兵又與争論，始撤板。已二鼓矣。燃炬而下，停泊時往遊惠濟祠，觀魚骨，大可專車[redacted]亭。河帥麟慶所撰《鰷魚肋骨記》言：“黄河入海之處，時有巨魚出没，作浪吞舟，大爲民害。河帥禱於天后。颶風大作，風定浪息，巨魚横岸旁，長十有八丈，高四丈。老弁梅永瀾者梯而視之。目中積血盈眶。背有文曰‘鰷魚一千二百餘

年因食人過多',以下不可辨識。居民持刀割取脂肉,六七日始盡。潮復至,魚全體隨潮而去,僅餘肋骨一具。舁至河帥署取驗,因置之惠濟祠,而記其始末,以彰天后之靈。"此道光十五年事也。肋骨三十有六,僅見其一,大已如此,其力可知。然惡貫滿盈,終遭神殛。一千餘年之軀魄尚不能保,今人小有聲勢可憑,輒欲以力勝人而害之,其能久乎?子山同遊,相與嗟歎。是晚泊天妃口,下閘纔五里,去清江浦尚十五里。

三十日。繂纜行十五里。過閘,泊清江浦城外張家碼頭。清江爲清河縣治,向爲南河總督駐節之所。咸豐中,裁河督,併歸漕督,故漕督駐河督署。舊無城,吴仲宣尚書爲河帥時所建。張子青同年自漕帥調蘇撫,尚未啓程,相晤。詢以淮水爲害情形,言今日之淤黄河,往日淮流之故道也。黄水奪淮流之後,淮水匯而爲洪澤湖。湖高而黄低,故漕運有借淮刷黄之法。啓束清、禦黄兩壩,而糧船渡黄,淮亦隨黄入海。迨黄河日汙日高,■爲倒塘灌運之法,開河引湖水,然黄病而湖尚未病也。張河帥井啓壩瀉黄以救河隄,而湖身亦高,不惟湖病而淮亦病。楊河帥以增聽包慎伯之言,再啓壩瀉黄,而湖身愈高,則並倒灌之法不能行矣。淮水一半入江,一半入河。今入河之路既塞,湖身又不能容水。設遇盛漲之年,江水亦漲,淮不能入,則下游七州縣皆成澤國。湖之仁、義、禮、智、信五壩,每壩有一小河,當日即未能全挑,今僅存一河,不足以瀉水。水斷不能歸槽,欲挑河,則湖邊皆濫泥,不能成河。此淮水之害也。於是有爲淮復故道之説者。言之于黄河北徙之日,似爲有理。不知故道經黄河淤墊,比湖高二丈有餘,安得此巨款挑挖?即有此款,■挑土丈餘之後,即已見泉。淮水尚不能消,又增無數泉水消於河處,此必不能行之勢也。若以黄河之南隄爲北隄,就河外低處引之,勢雖可成而廢數百里民田、廬舍、墳墓,亦有難行之勢。子青又言,黄河北徙之後,河身又漸徙而南。初,徙河在張秋,今至張秋南五十里矣。又更南徙至分水龍王廟,流入駱馬湖,則山東諸湖皆廢,而山東之濟寧、江南之徐州又成澤國,淮北之鹽務亦不可復。聞此尤事之大可憂者也。子青常建議,欲山東築隄以障河流。蘇河帥、丁中丞意見不合,故及今尚未定議。事艱費鉅,築隄亦須廢民田廬墓,與就淤黄河隄旁引淮之事相類,故丁、蘇兩公亦難之耳。自古惟大難削平之後,可以爲非常之舉。湖北清漕,若非全省陷亂,雖胡文忠能必辦成乎?自河署歸時尚早,得東北風,張帆行三十里,至淮安府,泊淮西門對岸碑亭。鐵馬聲、舟聲與風水聲相應，徹夜無寐，旅思淒然。有童子號泣舟畔，詢之，姓張，宿遷人，其父操舟載石灰，水浸舟裂，父與叔及水手皆死。童子與母及幼弟在船尾，遇救得生。負其母以行，缺貲不得歸。遣人視其母及弟，果如所言，憫而助之。子山舟先行，今夜不知泊何處也。

【同治八年十二月】

十二月初一日。早間細雨侵衣。得東北風，張帆，俄轉正東風，帆脚尚可收風。十里，頭鋪。十里，二鋪，澗河來注。二十里，平河橋。市鎮約數百户，有小河一道，歸廣洋湖。午後轉東南風，天欲晴■。十里，涇河口。十里，黄浦口。二十里，寶應縣。皆有小河，東注廣洋湖。其西則白馬湖、寶應湖也。舟泊寶應城南接官廳下。聞隣舟簫聲，因憶癸丑歸黔，舟行萬山中，劉安人每於夜静吹簫，不勝追感。填詞一闋以寄意。

滿庭芳・寶應舟次聽簫有感

細雨斜風，扁舟河畔，無端撩亂心情。扣舷歌者，多半是吴聲。争似吹簫幽咽，和雲水、一樣淒清。漫懸擬，洞庭張樂，鼓瑟起湘靈。

更休提往日，鳳凰臺上，弄玉飛昇。記楚山重疊，潕水縱横。椎髻山妻伴我，閒按拍，夜景森森。今安在，新愁舊恨，此曲怕重聽。

初二日。早起，得西北風，張帆行二十里，劉家壩。二十里，氾水橋。風暴長，方食，船忽偏倚，童僕驚愕，篷索斷，船身遂正。重張帆兩三幅，俄頃二十里。至界首，風愈暴，不能行矣。泊小閘下。界首，高、寶交界處也。西面大湖，在寶謂之寶應湖，在高謂之高郵湖，在邵伯埭謂之邵伯湖，其實一湖也。界首以上，運河水西歸寶應湖。東有小河數道，皆歸廣洋湖。廣洋湖距河身稍遠，彌望皆葦蕩稻田。方平明開帆時，舟子色喜，謂今日當抵邵伯，不虞風之暴也。即船身偏側時，又豈料索斷而得安哉？順逆禍福，遲速之間，皆非人意計所能到。此淵明之委心任運，爲有合於樂天知命之旨也。史傳載古人履險如夷、神色不變之事甚多。此由平時學識堅定，故中有主宰，而中有主宰又不是付之不理。如舟子貪風利，惟恐帆之不高，則須令其落帆，可泊則須令早泊，人事有不可不盡者，豈可純聽諸天命？聖人言天命，特下一"知"字，知豈易言？不知又豈能順受？

學者于此體驗有得，方可學淵明之委心也。泊舟後登隄，望湖中巨浪拍天，羣鳧點綴，亦巨觀。界首河身灣曲，地勢又高，河淺且狹，天寒風勁，冰澌易合，大有凍河之慮。

附録國璪《舟行口號》

萬頃湖光蕩客心，隔隄遥聽暮濤沈。飛鳧泛泛波間影，旅雁迢迢塞外音。繞岸霜花如綴玉，满船冰柱似横琴。家山擬種梅千樹，待看歸時月上林。

初三日。狂飈竟夕，至曉稍衰，打冰而行。十里，看花洞。舟子已倦，又冰利如刃，船板甚薄，畏不敢行。食頃，礮船持篙張帆，民船尾之，河冰盡碎。十里，蘆茅灣。十里，馬棚灣。過此河溜漸大，不合凍矣。得西北風，張帆，三十里，過高郵州。城外湖水來滙，河流較闊。二十里，車邏壩。十里，泊露筋祠下，貞烈之操，流芳千古。祠祀河干，足起頑懦，非獨于陰教有益。

惠濟寺觀鰊魚骨

惠濟祠中魚肋骨，大可專車狀如笏。傳聞來自黄河濱，河濱本是蛟龍窟。蛟龍窟中嘘紫烟，巨浪排山高拍天。頑甲邪鱗弄精怪，張腮擺鬣流腥涎。腥涎昏昏失旦晝，小舟吞吞大舟覆。南河使者無奈何，静夜焚香禱天后。天后深居東海東，指揮龍伯驅長風。十萬軍聲夜潮上，巨魚墮地如雷轟。雷轟電掣勢泱漭，長十八丈高四丈。魚背鐫文曰鰊魚，千年靈物羅天網。天網恢恢豈有疏，況盈惡貫焉逃誅。使者貪天撰碑記，斬蛟驅鱷同欷歔。欷歔神力森可怖，蝄象鴟張尚乖忤。何不擒渠掃穴坐使寰海清，永息鰊波敬天怒。

意難忘·題翠微拾黛圖

一幅鸞箋，似層城遠隔，帷幕重延。魂銷金屋裏，夢醒翠微巔。思往事，惜華年，螺黛想娟娟。渾不管，畫眉深淺，愁上眉尖。

披圖我亦悽然。歎六親同運，百事由天。小星看又落，缺月幾時圓。山易倒，海難填。君病已纏綿。莫道是，多情誤我，我更情牽。

初四日。行十八里，昭關壩。十二里，邵伯埭。二十里，瓦窑灣。兩岸皆燒窑處。自露筋祠以下，隄時缺口，以通湖水。邵伯埭至瓦窑二十里，則惟東岸有隄而西岸無隄矣。二十里至揚州，泊鈔關下。方達甫來，十餘年不見，豪氣盡斂，殊可喜也。吴仲遠允徠来，竹言亞丈之子。

初五日。在揚州。訪莫子偲丈，已往金陵，晤其哲嗣仲武。同達甫、仲武遊書畫鋪，觀汪退谷册頁、吴不翁畫象題詞册頁、奚鐵生山水、鄒小山花卉，皆可觀。飲達甫寓齋。同坐湯禄名，字樂民，雨生將軍之子也。山水宗倪、黄，乾皴最有神韻。少年時繪人物，極工致，今目力少遜矣。談論亦頗閒雅。歸舟。周怡生同年之子來。晤陶棣香世兄，文節公之子。

初六日。達甫、仲武及吴、周兩君來送。達甫尤拳拳不忍别。午後始開舟。二十里，揚子橋。二十里，瓜洲口。千檣雲集，往來如織。舵尾倒流而過，不敢放楫，恐觸舟也。出口至大江，順流張帆。十二里，泊溪河口。欲速到武昌，擬附輪舟，且考究輪舟之利用何如。

初七日。遣人至旗昌行寫票。晚飯。登躉船。躉船者，停鎮江，凡客貨欲附輪舟，則先期入此，俟輪舟之至。緣輪舟上自漢口，下至上海，中間不能久泊也。夜半，"快也堅"船自上海至。上船後，寅正開行。比日出，已達金陵。日暮至大通，夜過安慶。

初八日。早過小孤山。小孤、大孤皆以特立江中、旁無岡埠得名，而相沿有小姑嫁彭郎之詞，傅會可笑。然彭雪琴侍郎克復小孤山後，"彭郎新取小姑回"之句則豐功雅詠，足以炳耀千秋，爲山靈增韻，亦天然巧合也。午後泊湖口，"快也堅"船過大，冬令水涸，不能上，過載江龍輪船。乘間偕臨川李蘭生司馬必昌、日本東芳居士守義並國璪同遊石鐘山，乘小舟縱蕩於狂風巨浪……遥■廬■。因憶戊申元日在湖口，彭小山丈同遊，今二十有三年矣。中間屢經兵燹，幸而海寓乂安。雪琴侍郎捐資修建，因巖架閣，闢地爲園。夕陽在山，不能遍歷。歸舟後蘭生賦詩紀事，依韻和之。蘭生詩畫皆秀健，談論亦通達。東芳粗解文字，所作五言古詩如"萬古一骸骨，隣家遞歌哭。空論或誤機，遲疑多失計"，七言絶句如"秋風昨夜吟魂冷，怕向江頭折柳枝"，皆可誦。連日筆談，殊不寂寞。(彭澤湖口兩城，皆較往日增廓，環山建雉，於守爲利。蓋亂後因賊所築而廣之。故形勢獨得■……)

舟次湖口率國璪同李蘭生司馬、日下東芳居士登石鐘山，奉蘭生賦詩紀事，依韻和之

萬里乘風偶泊船，高巖終古峙江天。海隣遠自三山外，遊迹遥追廿載前。豈料滄桑增客感,叨陪笠屐亦因緣。鐘聲夜半知何處,石竇迷茫起夕烟。(東坡夜半尋聲,當是夏秋盛漲、風水湊泊,今冬令水涸,石穴在山半矣。)

附録蘭生司馬原唱[1]

(劉毅超整理)

---

① 整理者按:以下缺。

第二十七册　遯庵日記(同治十年正月)

【扉頁浮簽】

《漁帆先生七十壽序》仿昌黎《送石處士序》體,亦有致。

遯庵日記(二)

同治十年辛未正月初一日至四月,時在武昌。三月至長沙,返湘鄉。

記文節(似係徐)不附肅順事,足備軼聞。

此册詞甚多,然蛀蝕不可讀。

中有兩聯宜載家乘。

遯庵日記卷二

【同治十年正月】

同治十年,歲在重光協洽,正月元日,瑞雪紛飛,豐年可卜,填詞一闋試筆,時在武昌。

五福降中天(辛未元旦吉語)

憶年年正月,萬國獻壽神京。占歲問洞天……

初二日,午……花逐白,小池欲冰。觀所藏東坡書《題吴道子畫佛詩册》、張文敏、劉文清書册,皆佳。朝鮮朴檢書齊齋《與張船山詩册》尤有韻致。陪漁丈晚飯歸。器之《除夕遊鶴樓紀事詩》,傑作也。

和漁丈《園中看雪》元韻

江樓獨立影伶俜,江草年年不斷青。(除日登黄鶴樓。)莫道浮生無住著,每逢佳處即園亭。(時以湘中不靖,方謀移居。)

圖南知北孰予甹,(《説文》:"使也。"《詩》"莫予荓蜂",《爾雅》"荓"作"甹"。)又值春光柳眼青。雪裏袁安休便卧,有人爲敲看花亭……

躨躨瞻四……留久。僦居近養園,邂逅得良友。綽約紅梅花,嫣然開笑口。城隅多名區,曳履相先後。除夕風物妍,良時安可負。登樓敞疏櫺,大笑忽拍手。我欲騎黄鶴,去叩天閶九。一謫魑魅官,再擊海童走。氛消蜃市虚,怪燭蛟宫吼。將爲鬼董狐,甯論功人狗。客言公醉矣,酩酊不須酒。賤子聞客言,帖耳長俯首。吁嗟東坡翁,老友山谷叟。竝以憂患多,皈依菩薩母。而論東都詩,無出二子右。君生同玉局,(君與東坡同生日。)聲名重山斗。我學慙涪翁,請益擬無咎。狂言忘日夕,愈覺交情厚。……

[論古韻寬嚴得失〇論古韻者,自亭林以前失之疏,自茂堂以後過於密。江慎修氏酌乎其中,而亦未爲盡善。亭]林規模已備,[中間營衛未立,小小越畔,時或有之,其考]據精確,則不可磨也。茂堂細筋入骨,分肌擘理,其分之、脂、支三部,能發前人所未發。餘所分者,求之古經,率多可據。其分配入聲,未極精審,不免千慮之失。然而分合周備,條理井然,可謂文而不煩,博而知要者矣。後之陽湖張氏、高郵王氏、曲阜孔氏、歙江氏諸子之學,皆博足以綜其蕃變,精足以定其指歸。要之,諸家愈分愈密,皆由茂堂精而求之,以極於無以復加之地。間尝取其書讀之,則張氏之分爲二十一部者,與高郵王氏略同。其依據《説文》,折衷經韻,使人觀形可以得聲之誤,復審音可以定形之譌,而於通轉流變之間,尤能言之盡意。蓋比近已來,言古韻之書,莫善乎是矣。[同時武進劉申甫氏]復有[《詩聲衍》之作,其全書未刻,不得見,觀其文集所載序論及標目部分,蓋亦竊取張氏之義而爲之者也。其論入聲同部異用及異部同用較諸家尤爲明備。覺段氏之精於《説文》,尤未見及。蓋於是而歎劉氏之書之爲至密而無憾也。皋文張氏有言:“凡言古韻者,分之嫌密,合之不嫌廣。惟分之密,其合之也脈絡分明,不至因一字而疑各韻可通,亦不至因各韻而疑一字之不可]通。”啓瑞不敏,[竊嘗服膺是言,故今之]集古韻[也,意主於]嚴;而其爲通説也,則較之顧氏而尚覺其寬。其分也,有所以可分之由;其合也,有所以得合之故。皆爲剖而明之,不敢拘前人成説,不敢執一己私見,亦曰參之古書以求其是,質之人心而求其安而已。

論平、上、去、入四聲不可缺一,及論古韻有某部闕某聲之誤〇平、上、去、入四聲,始於永明,而定於梁陳之世。當日沈約諸人,精通音律,製爲四聲,以括天下之字。蓋必有不可得而增,不可得而減者。今以《三百篇》驗之,平、上、去三聲多相通協,入聲輒多獨用。中惟上、去二音,所辨甚微,蓋其高下疾徐之間,亦如平聲之有陰陽也。而陰陽之分,如物之有表裏。上、去之辨,如音之有[節奏。表裏同是一物,]舉[其表而裏即在。節奏非是一聲,欲廢其一,則音不全,此陰平、陽平之部可以不立而上去二聲必不可得而併也。近之言古韻者,每謂某韻有平無上,或有上而無去入,或有去入而無平上,吾不知所謂無者特就古人所用之韻及《説文》諧聲之字驗之乎?抑將以四聲遞轉求之乎?如以四聲遞轉求之,則天下有聲無字者斷未有無字而竝無其聲者。試以等韻求之,可見也。(彦惟張氏曰:"冬部之字以今韻讀之,亦無上入聲也。"此言未解。慎修江氏曰:"凡等]韻所空之位,人以[爲有音無字。夫有音而未製字者有之,若無字,則非當此位屢]無字,則非未製字也,當是等則缺此位,猶琴之泛聲,當徽則鳴,不當徽則否,莫知其所以然也。"案此言亦未確。今試取江氏所列冬○宋沃等韻讀之,其無上聲之處皆未嘗無音也。以二合之字書之,則立見矣。而又未嘗混入東韻也。彼腫韻之湩字,昔人既已爲冬韻之上聲,而《説文》中讀若動,則又何歟?)如謂此字古不經見,或有此字而古未嘗用此爲聲,遂謂某部某聲理當廢絶,不知古人製字之時,原未嘗求其聲字俱備。且如未有四聲之時,則平聲皆可讀上,上聲皆可讀平,去、入聲皆可讀若平上,(如《離騷》中惡字、能字可舉爲例,類此者不可勝數。)而又何有平上而無去入、有去入而無平上之可言乎?以四聲較之,惟入聲音節促迫,疑古韻中自爲一類,其與平上去三聲通用者絶少。《説文》偏旁之字,亦多與三聲不合,又有偏旁之字,只有三聲而無入聲者,(此入聲無正紐之説。)又有得聲之字在此部,而其聲多轉他部[者(此入聲有旁紐之説。)故亭林]顧氏謂[古無入聲之説不爲無見。(入聲偏旁又多從去聲而轉,此段懋堂古無去聲之説所由來。)要而論之,以今音證古音,以古書證古韻,其所得者已十之七八,但言某部中古無某聲之字則可,謂某部中古無某聲則不可也。]

[論部分標目○舊之言古韻者,皆以《廣韻》標目,以其承習既久,人所易曉也。皋文張氏謂部中建首之字或改入他部(如尤字入

之部,咍庚字入陽唐之類。)亦何取其虛目而存之,故所著《諧聲]表》皆以《詩經》中[先出字建首],此[言與]鄙見大[合。尚未得]見張氏書時,頗以此立論。既得讀其書,後遂不欲與之雷同。因念諸家分部之説,言人人殊。江之弟一部非段之弟一部也,段之弟一部,又非孔、江、張之所謂弟一部也,其他皆如是。此不亦求之於古既不合,以示於今則難曉者乎?今故仍以《廣韻》標目,其兩韻合爲一部者,則取其先見者爲韻。先見者本音應入他部,乃取其次者名之。(如康取耕,尤取幽是也。)各韻之目,仍附於建首韻下,庶乎承學之士,不至迷於嚮方,而參考鈎稽,兼得瞭如指掌矣。(引諸家論説中有云某字應入某部者,其部分皆其所自立,各有不同,今皆以《廣韻》標目之字易之,庶省檢閱。)

論方音合韻轉聲○凡詩韻中有明知爲韻而齟齬不合者,如沖陰、諶終、[調同、造士]之類,顧氏、[江氏以爲方]音,或曰通用段借。段則以爲[合]韻。三[者之説,段爲近]理而未爲盡善。夫言方音者,無論聖人脩辭立教,何至於樂操土[音?即謂]方音可用,如《桑柔》以東韻慇,《小戎》以中韻驂,《雲漢》以蟲、宫、宗、躬韻臨。江氏以爲皆西周及秦之詩,當日關中固有此音矣。何以夫子傳《易》,[於]《屯》,於《比》,於《艮》,其用韻復與《詩》[合]。試思魯[地去關中千]有餘里,果其兩地相同,即不得[謂之]方音。此[固不待]辨而明矣。段氏分部最嚴,於古韻所不可通者,皆謂之合韻,不止於沖陰、諶終等也,而皆不至如顧氏、江氏之無説。且其合韻多以異平同入爲樞紐,即聲近相轉之例,於文字音韻之理,實能洞見本原。至於立説有未當者,則不宜以合韻加之古人。夫古人之韻吾既不得而見之矣,又安知何者之爲合耶?宜乎篤守亭林十部之學者,群起而議之也。夫合韻不外乎轉聲,轉聲不外乎雙聲。今人所謂雙聲,即漢人所謂聲相近也。凡聲近者皆可轉,而不近者不能焉。今試取《三百篇》之齟齬者而論之,有一不出於雙聲者否?段氏知此理而不肯以立言,顧樂爲合韻之説以自遁。夫言韻則有一定之限,故出此入彼,[人皆得以越]畔譏之;言聲則遞轉而無窮,即何必[以實系可轉之]音,而樂就乎渺不可知之韻。故今之言古韻者,言方音不如言合韻,言合韻[不如言]轉聲。轉聲之説自錢竹汀詹事發之。詹事《聲類》一書近罕流傳,故其説人多不省及,而實開字學、音學之奧窔。蒙之爲古韻也,實竊取其義焉,而尚不能廢段氏合韻之説,則以[今之分部太密],不得不爲是説以通之。實則今所謂合韻者,皆[古人通用]之韻。吾是以分之,則亦以是合之云尔。夫合韻者,吾之所得已也。若轉聲,則非吾之所得已也。

論《詩》以雙聲爲韻,《説文》以雙聲爲聲○《詩》之以雙聲爲韻者,《賓筵》四章,以呶韻僛,即轉呶之音如疑,呶、疑雙聲也。呶不與僛韻,而疑與僛韻矣。《谷風》三章,以怨韻萎,即怨之音如謂,怨、謂雙聲也。怨不與萎韻,而謂與萎韻矣。《桑柔》八章,以瞻韻相,即轉瞻之音如章,瞻、章雙聲也。瞻不與相韻,而章與相韻矣。推之群經諸子,用難韻之處,無不皆然。大抵古人作詩,兼用轉韻。試以時音譬之,如東、董、凍、濁,既是正韻,則登、等、嶝、德,即是轉韻。今人但知東、董、洞、獨可爲[一韻],而不知登與東,等與董,亦可爲韻,嶝、德與洞、獨亦可互通爲韻也。然古人用正韻之時多,而用轉韻之時少,即其可通轉[者亦]必有通轉之法,而今皆不可識矣。尚可考者,於許氏《説文》偏旁諧聲之字,往往得之。夫諧聲必取諸本韻,夫人而知之也。至有取諸轉聲者,小徐旁紐之説,略發其端緒。近日茂堂段氏注中屢言之,菉友王氏又於《説文釋例》中詳言之,而拘者猶未[之信]。試以數字明之,如曼,冒聲也,冒音如帽,又讀如墨,帽與墨皆曼雙聲。今必謂曼不與冒韻,當從又、冒,删聲字,則他處恐有不能盡删者矣。萑,隹聲也。萑,許書讀若和。而萑當讀如桓,桓與和雙聲也。今必謂此兩字當讀爲一韻,則未知當從萑入歌韻乎,抑從萑入寒韻乎?此兩文之異讀,[①]固不始於今日矣。推之敁從古雙聲。(近有謂從占聲者,其説非是。凡雙聲爲聲之字,較之疊韻,尤爲親切。以疊韻是旁行,其類較寬;雙聲爲直射,其法更密,此非深思不悟。)氼從八雙聲,叢從取雙聲,牡從土雙聲,莧從苜雙聲,斡從倝雙聲,汨從冥省雙聲,憲從害省雙聲,充從育省雙聲,怍從作省雙聲,神明變化之中,仍復條分縷析。又可證者,凡或體中所從之字,與小篆雙聲遞變,如暱本[日聲]也,而或從刃作昵,則刃與日雙

① 原書此處裝訂有誤。

聲矣。萉本肥聲也，而或從賁作蕡，則肥與賁雙聲矣。玭本比聲也，而《夏書》從賓作璸，則賓與比雙聲矣。[如此之]類不可勝言。又凡古今音韻之流變，皆由雙聲遞[轉]，無論叚借通用與夫習譌傳譌，及五方言語不齊，皆可於雙聲中求之。許書中有讀若、讀同之例，雖非盡三代以前之韻，亦非漢以後之音。其間以雙聲遞轉者，如姐本且聲也，而讀若[左]；棷本桌聲也，而讀若藪；舠本刀聲也，而讀若几；穖本糞聲也，而讀若靡，此亦可推尋其故者。凡漢儒解經，多通其音義以爲訓詁。鄭注《禮器》："撕之爲言芟也。"芟與撕爲雙聲，蓋芟之本音如殊，有楈之讀若芟者可證。而芟之轉音又如衫，有𩃬之讀若芟者可證。鄭注若用芟之轉音。[①] 則芟、撕疊韻，若用芟之本音，則芟、撕又爲雙聲，此亦如《儀禮·士虞禮注》以禫服之禫爲導，《考工記》瓬，先鄭讀爲甫，後鄭讀爲放，蓋因禫與導雙聲，甫與放雙聲，可通借互用也。然此豈惟鄭注，許君説解固恒有之。如八，别也；粵，于也；木，冒也；鼓，郭也；倢，佽也之類，開卷即是不假思索。又如打本丁聲也，而今讀荅上聲，則頂與打雙聲也。西本先音也，而今讀入齊韻，則西與先雙聲也。推之[喁、禺、]旗、斤，筓、开，風、凡之類，又無不皆然。昔者由本音而變爲轉韻，今也即可由轉韻而知其本音。且閩人讀舉如鬼，讀人如靈，舉、鬼，人、靈，[雙]聲也。秦人讀風如分，讀宗如租，風、分，宗、租亦雙聲也。凡南人入聲之字，今北人多轉爲去，由其所轉推之，固亦無不雙聲也。故知雙聲之爲用不窮，然後可以推古音之原本，可以識今音之流變，可以訂方音之譌誤。讀《詩》而不知雙聲可爲韻，將有本音而謂爲非本音者；《説文》而不知雙聲可爲聲，將有本聲而謂爲非本聲者，其誤豈小小哉！

論入聲四則〇凡入聲字用平聲旁紐，故凡有入聲之部，皆須轉音然後得入。儻有入聲在本部而與平[聲]爲正紐者，皆非其入聲字之正音也。（以今音讀之，如之、止、志、職爲正紐，則職當讀如摺。朱、主、住、蜀爲正紐，則蜀當讀如濯之類。又如之部之直，支部之益，以今音皆與本部平、上、去三聲正紐。以古音求之，則二字皆爲去聲，以入聲字於本部無正紐也。餘竝仿此。）學者於此求之，於入

---

① 按："固不始於今日"至"鄭注若用芟之轉音"爲一葉，原書裝訂與次葉倒乙。

聲字,思過半矣。

入聲,古所謂急語,又所謂短言。(竝見《公羊何氏解詁》。)蓋其字多由平聲,矢口而得。(如登爲得,州爲祝之類。即由上去轉者亦然,如趣之爲促,害之爲曷,惡惡度度之類,皆以兩字相切而成。)中間更無樞紐,不經過上、去二聲,即可由平得入。上、去二聲,由平聲長言詠歎,乃可悉其節[族,惟]入聲則不然。又凡平、上、去三聲,皆可相引而長。至入聲則戛然而止,此其急與短之義也。張氏《諧聲表》祖莊氏實琛之説,謂四聲有正紐,[有]反紐。正紐者,自平之入;反紐者,自入之平。凡入聲字反紐者爲韻,正紐者不爲韻。(其説曰:"如灰[之入]爲職,[蒸之入亦]爲職,皆正紐也。就職發聲,呼而平之,則職之平爲灰,故職不韻蒸與愚也。")以今音驗之,未能盡合。且入聲反紐果可自入之平,則入聲亦引而長之矣,而又何短與急之可言乎?張氏又言短言則不成詠歌,故必引而長之。果如其説,則顧氏以入聲通轉三聲,亦理之得者矣。而於入聲分配之故,仍未爲确也。凡四聲相配,惟平、上、去可謂之疊韻,而入即謂之雙聲。蓋平、上、去三聲之字,其形與聲皆相承而下,惟入聲字不然,故皆形在此而聲在彼者,爲其聲皆轉然後得,故謂之爲入。入者,言自乎此而入乎彼也。轉聲之字無常,故可以數韻之平而共此一韻。入聲之字、轉聲之字又無定,故以此部之偏旁攙入他部而不爲嫌也。(平、上、去之偏旁,有自甲之乙者,必爲轉聲。以此推之,入聲之爲雙聲益信。)入聲古與三聲通協者少,又其偏旁多不相蒙,故自來言古音者,每於此治絲而棼。然以轉聲之例求之,即當以聲爲主而形在所後。故今於所通用者,即謂爲某韻之入,而於偏旁建首之字,加一轉字以别之,竝以著某某韻之所在,以知其聲之所由來。若入聲之偏旁,有不[與]三聲相涉者,亦别而出之,以爲入聲偏旁。所專用之字,必古與三聲通協者,今乃合之。否則,别立一部,用高郵王氏例也。①

龍君啓瑞,字翰臣,廣西臨桂人,道光辛丑殿撰,官至江西布政使。究心聲韻之學,萃顧氏亭林以下之書,如姚氏《説文聲系》、張氏《説文諧

---

① 按:以上論聲韻各段抄自清龍啓瑞《古韻通説》,殘缺特甚,今據清同治六年刻本《古韻通説》校補。

聲譜》、苗氏《説文聲讀表》之屬，參互考證，間以己意析其所疑，著爲《音論》六篇。復排纂其考訂之語，譔《古韻通説》二十部，每部係以論贊。自謂言古韻者，於斯爲備。今録總論六篇，其二十部之論，擬别紙録存也。

初五日，積陰驟晴，應書《佳想安善帖》矣，而拂意不樂，鈔書遣懷而已。内熱，飲蘿葡梨汁而愈。

初六日，早鈔書數紙。午後訪友，晤籽三、鹿仙。過蛇山，至山頂稍憩，江波霽色，足以娱目騁懷。

初七日，早(信)[晴]，晚陰。遣人往信局詢國瑾來書不得，甚懸之也。鈔書十餘紙。過養園，談先人貧苦時事，兩家正同，相勖勵以寬厚焉。

初八日，晴。鈔書遣悶。鹿仙來談。嚴君荃雲自蜀至，見訪，談蜀事。夜偕端懷、國璪遊鐙市。

初九日，晴。月樵觀察來談挍刻書籍事。漁丈來談朱子《詩集傳》。過養園，觀所書鐙聯。羅僕以悍而酗酒，遣其持書先還湘鄉。目赤，未鈔書。

初十日，早晴晚陰。籽三來，言西事，金積堡已克，馬化龍降，左帥露布謂可百年無事。果爾，甚可快也。又言朝廷去一宵人，此尤可喜。今日病不能鈔書，作篆隸百餘字而已。

十一日，鈔書數紙。養園方張燈，爲鳥獸花木之形，就中春菘一種置菜圃内，尤酷似，有風致。正觀覽間，聞契老小星隕矣，爲之悵然。

十二日，晴。養園恐漁丈煩惱，招陪共語，歸已日夕。周小蓉觀察來，率真不異少年時，仕宦廿年，不染官氣，亦難得也。

二郎神慢(蜕叟方宴，元夕遽落，小星不殊，莊叟達觀，仍效老萊戲舞，作此慰之，用柳耆卿韻)

鶯花謝，正元夕，張燈瀟灑。料得是廣寒宫闕裏，群仙籙，姓名猶掛。天上人間都一樣，看火樹星橋初駕。待召還，姮娥去也，儘著光明傾瀉。(連夜月色甚佳。)　閒雅，芳園點綴，買春無價。問瓶中，剩宜年美酒，娱爰日二三姻亞。便少個添香侍者，有香伴相逢月下。任清夢寒梅，追歡穠李，消魂今夜。

十三日，晴。心泉招飲鹺署廳事後倚臙脂山。山半竹樹蕭疏，有屋數楹，曰石竹山房，正對蛇山。山房之右爲菜圃，循圃旁透迤登，山頂有臺，則晴川黄鶴，如在目前。俯瞰江流，帆檣如織。月下尤極清曠。同坐有汪君佩仙，同年名有恭之弟也。

十四日，晴。汪君佩仙來。午間招次女、從子雲閣共飯，羈旅中得家人小聚，亦足樂也。作書丐子和中丞轉促瑾兒來鄂。晚過養園，主人和詞絶妙。翹兒自言天君不能泰然，手足安放不能妥(貼)[帖]，解此則疾漸瘳矣，頗慰。

二郎神慢(再疊柳耆卿元韻)

蜕叟示我新搆，情見乎詞。予既夢井兩占，姬人方病，羈栖江畔，愁緒遍長，感觸之深，再拈前韻。

青春謝，有多少，風情揮灑。憶往日神仙新眷屬，焚香坐，水晶簾掛。問何事瑶池伴侣，便先後雙鸞飛駕。悵楚天如絲細雨，迸作淚珠傾瀉。(元夕雨。)　真雅，坡公翰墨，朝雲聲價。暗思量，小園桃李在，鎮日裏愁鬟低亞。歎世事浮漚逝水，只無計安排目下。況佳節重逢，歸期未卜，栖皇中夜。

十五日，雨。諺云："雲遮中秋夕，雨打上元燈。"詢之土人，則云去年中秋天晴月朗，俗占亦不皆驗也。漁丈置酒園中，燈光煙火，燦若白晝。漁丈述及守永昌時，郡宅群花元夕都放，獨牡丹含苞未吐。以酒酬之，即日花發，其大若盤，因爲燈詞紀之。七十老人，興會文章猶是春氣，固是壽徵，亦學養勝耳。

十六日，陰雨。病瀉，服六君子湯加椒薑重劑，一日夜，瀉乃止。

十七日，晴。作家書。端懷夜談。

十八日，晴。鈔書。小蓉來，贈其亡兄《丙山遺草》一卷。清才早世，如《詠水仙》"心清偏懶睡，夜静偶聞香"之句，可想見其胸次也。卷末有《雲谷題詞擬騷》一篇，悽惋可誦。小蓉談曲靖協副將何有保殺巡撫鄧公事，當時同在城内所目擊，畫面改裝，直是盗賊劫殺。有保爲某總督私人，及鄧公事作，某已出滇，乃諉爲巡撫徐之銘授意而劾之，亦非事實也。讀輞川詩"因愛果生病，從貪始覺貧"，及"生心坐有求"之句，謂足爲塵根中棒喝。而"因愛生病"一語，養生尤不可不知。愛而得之則縱欲，愛而不得則妄想，皆足以亡身。

十九日，朝陽臨窗，倏忽陰曀，俄而細雨霏微。器之來，往訪鹿仙，談皆洽。聞鄰家有倉頭自經，以鍋破爲主人所呵，償鍋又爲主人所呵，遂忿而輕生也。倉頭族人來喧呶竟夕，昨日盛氣以臨其下，今日不免悶氣矣。

昨惜百錢之鍋,今日轉須多錢矣。因告翹兒,居上必寬,非獨含養德性,亦可免禍也。遇事自省,學人固當如是。連日服六君子湯,浮熱微斂,夜卧竟得安眠,數月來所未有也。

二十日,早晴,旋陰雨。得瑾兒書,言河南中途多盜,又尉氏劫獄不利於行,期以正初起程。青餘來書,亦言前事。俞心如司馬來,養園示《楚北殉難建祠請謚疏》,唐子方先生與焉。公道■而漸伸,讀之甚快,又甚可悲也。附録存之,他日補入《昭忠録》,惜此疏不詳先生事迹耳。

附録《湖廣總督奏殉難諸臣建祠請謚疏》○奏爲查明湖北從前殉難文武各官紳籲懇天恩,准予省城合建一祠,並請勅部列入祀典以垂久遠而慰忠魂恭摺,仰祈聖鑒事。竊查昔年粵逆之亂,湖北本省外省主客各軍及地方官並出仕他省殉難最著者,爲湖廣總督吴文鎔、湖北巡撫陶恩培、湖北按察使瑞元、署黄州府事安陸府知府金雲門、浙江甯紹台道羅澤南、鄖陽鎮總兵王錦繡、貴州興義鎮總兵王國才、河南河北鎮總兵常禄、安徽布政使劉裕鈐、江蘇候補道温紹原、二品頂戴湖北按察使前護巡撫布政使唐樹義、漢陽府知府董振鐸、俞舜欽、道員用署武昌府事襄陽府知府兼護按察使多山、署江夏縣知縣繡麟、署漢陽營遊擊李信,共十六員,均蒙恩旨優恤,祀昭忠祠在案。玆據江夏縣在籍紳士曹澍鐘等以各該故員大義凛然,臨難不苟,[或]攖城固守,城陷捐軀;或禦敵沖鋒,敵强死節,皆係致身於國,有功於民,至今輿情愛慕,歷久不忘,請在省城内新興五鋪地方捐資合建一祠,歲時致祭,由湖北布政使張建基核明詳請具奏前來。臣覆查無異,相應仰懇天恩,准將吴文鎔等於湖北省城地方合建一祠,由地方官春秋致祭,並祈敕部列入祀典,俾垂久遠。再各該故員内,除吴文鎔等十員前已蒙恩賜謚,繡麟、李信二員職分較卑,未敢陳請外,其二品頂戴前湖北按察使唐樹義、道員兼護按察使署武昌府多山、漢陽府知府董振鐸、俞舜欽,從前未荷易名之典。揆其平日居官之廉潔,當時死節之慘烈,與金雲門等情事相同,可否籲乞加恩,一體賜謚之處,出自逾格鴻慈,謹會同湖北巡撫郭柏蔭恭摺具奏,伏乞聖鑒。(同治九年十二月十■日■。)

二十一日,雨。端懷來。漁丈題先名宦公爲國璪所畫佛手柑,序稱滇中産佛手,大者可作隱囊。蓋物産各有所宜,如湖南之東瓜可至百斤,直隸安肅之菘可至五六十斤,甘肅口外之蘿蔔,巨者一贏僅負兩枚。又牡丹多草本,而甘肅木本大樹,尤可異也。

二十二日,雨。過養園,看杏花。兩湖杏樹極少,此獨出簷外,嫣然開矣。緑萼梅一株,停僔相伴,殊有韻致。王子壽同年奉母喪,予寄輓聯云:"孝養豈有涯,方乞帝與齡,盛世慶百年人瑞;顯揚真不愧,看立身行道,令子爲一代儒宗。"蓋王子辭禄養親,屢徵不起,著述等身,流播海内,其母至九十七而卒,聯語皆紀實也。

二十三日,雨。撰楹聯云:"竝蒂春花都結實,傳家福果記前因。"跋云:"昔劉安人來歸,其年千葉碧桃一株開並蒂花,結實廿四隻。安人喜而圖之,顔所居曰'廿四竝蒂碧桃花館'。今諸兒長成授室,可以慰矣。傳家福果者,先名宦公畫佛手柑,取宋畫同音字例,題曰'福壽圖',以賜國璪者也。漁帆丈及契老爲書贊。同治辛未,國璪婚於彭氏,志此勖之。"又一聯云:"門對養園情話洽,書隨■篪古歡多。"亦雅切。此兩聯載之家乘,皆韻事也。

二十四日,雨,申酉間聞雷,漁丈謂陽氣宣洩,應得晴矣。彭年謂雨即陽氣,不待雷而洩,以此卜晴,恐未得也。鹿仙、月樵及何伯英三觀察招飲於紫藤仙館。伯英工詩,氣象深雅,君子人也。月樵言金華潘茂才序堂學極淹博。

漁帆先生七十壽文

漁帆先生仕於燕,遷於滇,税駕於長沙,歸老於鄂都。厥嗣契芝還自西蜀,乃闢居宅,治園亭,以奉先生。先生安之,命曰"養園"。時先生周甲之後,又將一紀。攬揆之日,親朋咸集,稱觥於養園。於是有起而祝者,曰:"世之得志於時者,贊綸扉,■■鉞,居則華屋數重,出則騶從塞路,可謂顯矣。然而抗塵容,走俗狀,乞骸骨而不許,畏簡書而不遑。至於《考槃》《碩人》,嘯歌自適,又或無一枝之可栖,出北門而興歎。孰若先生入而金馬■■,出而繡衣行部。及其抽簪紱,返故里,畫錦之堂,平泉■■,不足過焉。古所稱榮遇高閑難以兩致者,先生兼之,請以爲先生壽。"又有起而祝者,曰:"堂構播穫,守基所以翼肯也;黍稷車牛,孝養所以致慶也。故似續詠於《斯干》。甘旨備於《内則》,樂耳目而安寢處,貴有賢子孫焉。先生之適其志,實契芝之承其歡,請以爲先生壽。"維時彭年道出武昌,以年家子忝葮莩末，摳衣而進，揚觶而前，曰："褘矣哉，二客所陳，信足狀清舒之抱，表忠養之勤矣，然烏知本源之深、養志之大乎？夫天地之道，有虚而後有盈；大易之義，有損而後有益。聖賢明乎損益盈虚，與時偕行，而取舍之道得。故足乎内者，無所待於外；全乎天者，無所蘄於人。方先生之官滇也，大府倚之若左右手，遽投牒歸；及其起家佐籌滇軍也，與■■不合，拂衣遝去。其於■名去就之際，■灑然矣。不獨此也，林亭之趣，達士所娱；泉石之清，高人所契。先生昔守永昌，郡宅之勝，甲於滇中。避難長沙，買山奇麗。卒皆決然■■曾■慭■留■■■■■■樂，直寄焉而與爲適也。此其胸中豈但呑■■■不少芥蔕哉？夫非吾所有，一毫莫取，介者之操也。至舉分内固有之物而舍之，非明於大道者不能。先生行年七十，健步勝於少年，與文士唱酬，擘箋飛斝，殆無虚日，常自以爲文章有春氣。又爲《養園記》，有曰：'養心莫善於寡欲，養氣足配夫道義。'觀於兩言，先生之所以自養可知矣。契芝承顔學道，雖經險阻，不存怨尤。趨庭和詩，時率孫曾問字戲舞，可不謂能承親志而以善養者乎？客徒知有所取之爲養，而不知有所舍之爲養尤大也。"乃爲歌曰："養園有山，不可以巢。君子樂之，於焉逍遥。養園有水，不可以釣。君子樂之，其天浩浩。養園既啓，有客萃止。君子樂之，文酒是喜。曾孫之慶，寳卣之祥。君子樂之，乞用永康。"

二十五日，雨，入夜大風。■■不赦，雨乃■大。

南浦（養園梅花爲風雨所飄，主人作《慰花詞》，依韻和之）

這落落孤芳，肯隨風，飄入誰家庭院。正碧漲盈池，横斜照，疏影■■清淺，休■笛促。方驚起，香魂怨，便似曇花纔一現。未必匆匆，飛■■■。　　任他緑是紅非，料冰心不改，塵緣先斷。清夢了無尋蹤去，林下人來真幻。應憐冷艷，呼童掃取殘花片。莫作尋常桃李看，一縷情絲重綰。

後闋第九句有作六字者，存記俟考。

二十六日，雨。聞合肥於天津别建一城，爲總督駐兵之所，善策也。

二十七日，早、晚雨。是日爲翹兒婚禮告期，將以二月初九日成禮。媒氏爲心如司馬、小蓉觀察。方過禮時，雨止，幸不霑濕。

二十八日，晴。羅少邨太守自京師還，談述之際，爲之慨然。不思自强固可憂,輕於一試亦非策,安能老成謀國,一洒斯耻者乎?閱邸鈔,見毅勇侯《到兩江謝表》有“廣集衆思,力圖補過。勉竭桑榆之效,冀收尺寸之功”之語。又云:“凡[redacted]責望,衆情所[redacted],臣心所[redacted]自勉者,自揣精力更遜於前,能否隨事補救,尚無把握。”此老能畏清議,能知己過,是其學識不可及處。然必真能改過[redacted]於[redacted]無得罪於聖賢,始足以蓋前愆,吾將秉筆俟之。

二十九日,晴波不瀾,遠山如畫,同蛻叟出武勝門,揚檝渡江,登晴川閣,對黄鵠磯,望鸚鵡洲,背倚翼際,山臨平湖,千里蘼蕪,樹影歷歷。讀《螺州記》及明姚督學文,述地形,紀世亂,皆有關係之作。寺僧能圍棋,與談,尚不惡俗。出晴川閣,登翼際,緩步以上,愈高則所望愈遠。至山頂祖師殿小憩,殿後小窗坐玩湖光草色移時。下渡漢水,訪友漢鎮。晤李玉階觀察,知舒君文泉在武昌書局,廿年舊雨,歸亟訪之,則文泉方過予相左。

三十日,早晴。蛻叟過,談及城東諸勝,相率出忠孝門,東行十里,洪山小憩。考明周炳靈[redacted]賦[redacted]云:“洪山,古東山也。”自迎臨濟禪師[redacted]於隋之[redacted]塔其上,因亦名洪[redacted]名崇[redacted]萬壽寺,元《黄文獻公集》有《武昌大洪山崇甯萬壽寺碑記》。明時更名寶通寺,寺舊有塔,《湖北金石志》之《存佚考·洪山寺塔記》一條[redacted]俗[redacted]爲唐鄂公尉遲敬德建,至形諸篇什。陳大章《洪山四詠》亦[redacted]予向疑其誤,以爲寺建於宋末,不應[redacted]是塔也,得塔記足以證明矣。此山自鉢盂山北折而起,爲省城來脈,相其陰陽,觀其流泉,開朗環抱,誠爲佳地。以形勢論,俯瞰城中,有建瓴之勢,故咸豐中粤逆薄武昌,先趨洪山。官軍攻賊,亦先争洪山,羅忠節公至以身殉之,可知山谿之險也。亂後,寺壁盡爲焦土,舊壘猶存,忠魂如在,憑弔久之。又東行五里,至卓刀泉,《一統志》云在漢昭烈郊壇下,世傳漢壽亭侯行軍於此,卓刀得泉。明楚昭王蒐飲之,味甘洌,爲甃石,覆以亭,今在關帝廟中。按荆州亦有泉名卓刀,蓋人爲不朽之人,則凡所經過之地,皆傅會之。以傳人特患不[redacted]《夏縣志》稱:“泉色白香清,飲之不渴。”予與蛻叟[redacted]試之,信然。寺僧[redacted]署[redacted]室,日取水[redacted],寺中皆有調水符。予笑謂蛻叟:“調水符[redacted]子瞻獨傳,豈不亦以人傳耶?”日昃忽陰,輿人慮雨,遂循舊路歸。過洪[redacted]點綴[redacted]明。繞道東嶽寺,時以賑飢設粥廠鳩形[redacted]之惻然。過長春觀,登觀後雙鳳山[redacted]瞰會垣,遠江近湖,光景澂澈。道士留飯,歸至忠孝門,則已半掩矣。

【同治十年二月】

二月初一日,晴。集陶詩,得百餘聯。

初二日,晴。集陶詩,得五十三聯。飲少邨家,遇王君子章,名柏理,子壽同年之弟也。詢子壽,言花朝後當往荆州。恐彼時舟過螺山,不相值矣。同坐又有張君廉卿名裕釗者,武昌縣人,以孝廉官中書,能爲桐城派古文,將之金陵。予欲寄書子偲,訪之不遇。遇於席間,殊可欣也。

初三日,晴。集陶,得五十聯。飲俞心如家,同坐有漁丈。

初四日,晴。集陶,得三十餘聯。張廉卿[redacted]。

初五日,晴。飲馬玉如家,同坐有少邨、莘雲[redacted]。

初六日,晴。飲張[redacted],同坐[redacted]漁丈及范和生員外。和生名鳴龢,武昌縣人,香濤、鷺門兩學使皆其及門也。

初七日,晴。彭氏……

初八日,晴。文泉來,爲篆"靖樓"兩字。

初九日,晴。彭氏婦于歸,翹兒[redacted]狂,心甚憂之。漁丈言一天歡喜盡化愁城。

初十日,翹兒病體甚憊,懸心之至。

十一日,晴。翹兒漸清爽,新婦歸甯。予飲契芝,會親也。

十二日,晴。延姻親女客,使新婦及余女爲主人。翹兒得葉潤生醫治,稍愈。

十三日,晴。少荃相國來書,促赴直續修《畿輔通志》。

十四日,晴。同端懷及艾、翹兩兒登胭脂山,望江景。遊骨董鋪,索字畫觀,竟不可得。晚飲養園,亦會親也。徐慕韓大令名元杰來。

十五日,晴。答慕韓拜,詢知爲癸[redacted]邨來談,述文節公之始遷浙江[redacted]朝某尚書趨而[redacted]親[redacted]語在旁諸人,田吾與澹邨,數十年舊交也。文節愕然,尚書則自稱[redacted]某丰采猶似當日否? 文節[redacted]久耳。尚書始復應之曰諾。……得以中秋飲於其家。呼少邨出,語之曰:吾與而翁交熟[redacted]未生,汝孀甚念,汝中秋當相從過[redacted]邀文節,使五六返。辭以他故,則饋食使告曰:"此夫人手自烹飪。"不得已受之。是日，尚書乃饗肅中堂，别邀山東巡撫某及文節。文節不往，而山東巡撫遂爲肅門生矣。後數日，肅使人餽文節，不受。使者方出門而肅來送行，聞卻其餽，大怒而去。使者哀籲，謂再卻則主人必重其罪，文節不得已受之。抵浙未幾，肅書來，屬代售人參十五斤，每斤五百金。文節答書言獨受則力不能，分銷則無以對屬吏。參遂不至。又遺書以他故，屬代籌六千金，文節不答。方入覲時，又有兩侍郎者，文節同年也，日來談説，屢陳肅門之利。文節語之曰："君兄弟，名臣之裔[redacted]。"兩侍郎慙而退，後果以諂侍敗。連日晴[redacted]熱燥，今日大……

十六日，清明節，早起天陰，午後微雨至夜，作寄京書，交嚴萃雲大令……

十七日，晴。閲邸鈔……務張景青請各省捐輸，加廣學額[redacted]以限[redacted]請令各部堂官進署，不得於朝房畫[redacted]又醇郡王請振積習，以濟時局。朝廷漸多讜言矣。

十八日，晴。同蜕叟登臙脂山望江，循山徑遊花園，至學圃草堂少憩。主人慨然曰："好花不得善價，價貴者未必好花，蓋識者希矣。"余聞而悲之。歸食不托。使瑾兒携璪兒出城遊觀，以解其鬱。日暮走賀少邨移居，晤王若農，其人長於采辦，能耐勤苦，觀察宗滌老外孫也，談西事。恪靖降金積堡後，選馬化龍以下最悍者千八九百人，分隸諸營，一夕盡誅之。其老弱婦女萬餘人，送平涼安插。降回所繳銀二十餘萬，以十七萬充賞，餘作安插之費。此時僅餘河洲一股，易了辦矣。

十九日，晴。覓居宅，至斗箕營，宅後倚[redacted]暗，片帆不張，蓋觀音瀑也。過肆，得杜詩[redacted]圖章，朱藍兩筆……摺子數百字，端楷無譌誤，病似……

覓居宅在山上有感而作

羈泊江干日似[redacted]，[redacted]。[redacted]峰住，更吐愁雲遮滿天。

二十日，晴。誦杜詩。瀾生來，爲翹兒……

二十一日，晴。讀《法言》。頌莽，謬也；遵孟，知道之言也、擇焉可矣。過少邨，晤集古閣主人，談活字板。少邨因出合肥所印《硃批上諭》，精潔可寶。

二十二日，晴。養園牡丹盛開，邀飲，作竟日談。

二十三日,晴。過江覓船,歸飲黄鵠磯,招鶴亭、鹿仙來。

二十四日,晴。檢點行囊,過蜕叟、少郇取别。

二十五日,晴。登舟,順道訪劉蓉笙、司馬光鏞,安人族兄也。晚眺江干。夜誦《三國志》,稍得閒趣。

二十六日,日出遣力入城取普洱茶。得北風,張帆至江中。風長,落帆數葉,瞬息至沌口。風暴浪大,觸船頭微損■已入口,須臾泊定,陰雲漸起,而風不息■■■■■■遂弱矣。沌口通赤野湖,亦盜賊出没之區,舟……

二十七日,天明得西北風,冒雨……碧,山勢逶……十里東江腦,雨大稍憩。上水以西北風爲……上,需東風,且有需南風之處。沿沙洲……止縴行三十里,泊段家口。今日過梅炭洲,岸側破舟,昨日風暴所壞也。回憶沌口舟損時,不覺惕然。

二十八日,三十里漢陽屬之牌洲,四十五里嘉魚屬之小林洑。今日西南風,爲逆風,獨牌洲上下十數里向東南行,尚略掛帆角耳。雨餘霽色,風物暄妍,微波不瀾,縴行舒豫,看書臨帖,良足娱懷。午間見犬逐羊,出没波間,猛氣百倍,得將如此,何憂外侮哉!

牌 洲

麥苗抽穗菜花黄,曲岸回風處處香。卧久不知船已轉,誤疑朝旭是斜陽。

江干有犬逐羊,入于水,出没波間……直出直■蛟龍巢,■羊背囓……狗,兩岸俱爲壁上觀。策勳豈在……反間生,謂羊無罪犬可烹。主人聽讒言,犬去猶悲鳴。從此群羊戒心釋,飽飼中田新熟麥。

二十九日,早得東風,張帆四十里嘉魚洑,風漸微,二十里龍口。自金口來,始見數峰江上也。波光山色,樹影草痕,工畫者能狀之。鳥語人聲,艫摇鈴響,以及風水相遭,天然韻調,借以增春江之興趣者,則畫不能到,而文足以傳之,天下之妙,孰有如文者哉?縴行十五里,泊陸谿口對岸之寶塔洲,登岸遠眺,雲白山青,芳草千里,清風徐來,胸懷頓豁。夜西風起,舟動,卧不能安。(陸谿砲船尚勤。)[1]

三十日,質明得西北風,二十里鄧口,前年大水泊舟處,此時仰望,高

---

① 眉批:陸谿水師營譚參將《泊船禁賭》諸示尚曉事體,炮船更鼓亦甚分明。

坡約十餘丈。二十五里新堤……螺山，詢王子壽同年，■已往荆……樹，山勢■近而遠，或壁立江岸或……一段，山峻而闊。自沙岸至■■■中，若有平原萬頃……霧空濛，如此長卷傳神之筆，石谷、南田庶幾近之，近日無此手矣。連日遇飢民船自湖南回者頗多。

【同治十年三月】

三月初一日，早得北風，甚微，雖張帆仍撐篙縴纜以佐之。三十里城陵磯，釐卡驗船。十五里岳州府城。朝日清朗，山色迎人。午間風息，泊岳州，方擬爲岳陽樓、吕仙亭之遊，舟子告曰風至矣，遂開舟。震雷微雨，東北風，未刻過扁山。日晡時至高山望，夜過鹿角泊、老廟臺，計入湖七十五里。湖水未長，環沙洲行溝中，不畏風浪而虞淺擱。遥望君山，回顧巴陵諸山，皆遠隔數十里，而勢若甚近，中無屋椽障之也。過鹿角，遇酒船，詢吴南老消息不得，悵然。

三月初二日，得北風，四十五里……縣城南……水予前……矣。十五里青煙望，對岸爲樟……橋口，丁卯扶櫬歸，遇風暴於此。划船折斷，坐舟幾覆。家人驚懼欲泣，予急取杜詩朗誦，始安舟，亦入口。今過險處，猶心惕前事。十五里靖港，千檣雲集。惜長沙城外無此泊船處，致令貿易不廣。十五里清港，對岸爲彤關山。靖港以下，垸隄柳色；清港以上，春山煙翠，皆極佳勝。十五里荆子灣，對岸白沙洲。荆子灣諸山，石骨雄峙，濃翠如滴，須荆關寫之。若遇晴麗之時，則元人青緑山水也。午刻雨止，日出片時，使我得觀雨晴變换之狀，清快何極！十五里下泥港，十五里山沙磯。十五里泊長沙小西門柴馬頭，入城門已將閉矣。宿陳貽珊觀察家，詢知洛君已歸……談楚……遣人往……貽珊篤誼可感。

初四日，别貽珊，訪庭章不遇，還舟。微雨，北風。十里猴子石，如猿盤坐石臺上。十里枯石，水面較寬大，舟易淺。十里平台，十五里包爺廟，十五里昭山。自包爺廟遥望昭山，高峰秀聳，逶迤而下，層巒湧於遠近，衆壑異其陰晴。樹屋疏落，濃淡参差，雲影天光，澄波相映，而山色横亘其中，疑是石田蒼渾，衡山明麗，合成長卷，最爲巨觀。及至昭山，則衆山左環，沙岸右拖，帆檣偶現於曲渚，漁網時集乎澄潭，又一佳境也。《省志》稱諺云："昭潭無底橘洲浮。"橘洲無足，誰探其基？至謂昭潭沈釜出於洞庭，又孰沈而孰得一釜之微，證諸九泉之下，數百里之外？其爲悠謬,豈……昭謂……送行……市昔人常結營於此,因名道……故居也。十里鴨塘鋪,遥望梁子亭,山雨空濛。十二里江沙,宿濱漣水岸。舟行以見山爲佳,陸行以見水爲佳,人情好異,大抵如斯。道旁田水漸滿,秧苗已緑,間有插秧處矣。讀縣令麻君諸示,勸富户出糶,禁錢鋪小錢、毛銀、短陌,深切湘潭弊病,蓋留心民瘼者也。夜雨,聞子規聲,達旦不止,旅思淒然。

初六日,陰,早得東南風,疑將晴矣,復轉北風,仍有雨意。二十里人和橋,中火,小港入漣,橋圮重修,尚未落成,仍過渡船。十五里馬頭堡,入湘鄉界。十里新泥鋪。十三里銅錢灣,高閣臨江,遥望東臺,風景絶勝。七里湘鄉縣治,十里三角塘,五里……宿……雨也。

初七日,早大雨,雨止行,五里青草……主人屬書便面畢,晨餐而行。十里潭寺,易錢。沿漣岸行,二十里普安塘,十里獅子橋,十里瀫水,宿。潭寺、瀫水、楊果塘,皆沿岸市集之所,雖皆鄉鎮,然自湘軍起家者多豪侈,市人因緣謀利,銀錢流通,貨物亦廣,山海之珍,錯陳於閭里,北方城市或猶遜之。返本還樸,當在五十餘年後矣。早間山雨迷茫,午後晴嵐湧現,田水尚未盡滿,地勢高於湘潭,不患水而患旱也。過湘鄉縣治後,山路漸陡,田路漸狹,輿夫以陟降轉側爲苦,乘輿者若將隕於深澗,雨後尤難行。

初八日,黎明出瀫水,過■■雨。五里……飯雨……草……身可知,不知肩輿之難於……下輿步行,始免顛蹶。因念天下事若非曾經閲歷,則必求更事最多之人與之共謀,乃克有濟。而爲人謀者,又必見事通透,不可囿於一隅之見、已成之迹。反是,未有不誤事者也。抵家,兒女幼者俱增長矣,妾病亦愈,惟庶母劉宜人歿已半年。前歲出門,家事悉請宜人主持,不虞歸之不復見也。與家人共話别後情事,欣慨交心。見從子祖康,知庭章因其年幼送歸,而别遣武弁赴黔陽取舜臣兄柩,情誼尤可爲感。祖康甚曉事,頗有志爲石江公繼述,髫齡如此,果能力學不懈,成就未可量也。夜雨達旦。

初九日,大……

初十日,……復■過訪東岩昆仲,談而……夜又雷雨,田水深透,高塘亦可滿,穀價不至再長,人心可定。

十一日,早晚雨,午間雲墅、東岩來。

十二日,早雨午晴,緩步山前,鳥聲甚樂。山靈應笑我,何事苦奔馳。翫月竹林,蛙鳴蚓號,與田水聲相雜,殊有幽趣。

十三日,早微雨,午後晴。劭吾、雪梅、東岩來言團事,予未悉其本末,謝之。良甫來,言陳麗秋蘭賓習海事。

十四日,晴。伯固、康侯來,詢霞老近狀,甚慰。

十五日,晴。瑟庵先生莅學……

十六日,……

十八日,■■登天■臺……霞老談至夜分,叢篁風韻,月色出於林間,幽居之樂,宜其心閒身健也。

十九日,晴。還寓,熱極,齒痛增劇,遣鐵兒至朱鐵老家送誥軸,本欲親往,因病不果。致書約北岡梅臣。午間暴雨,兒輩不知能避否。

二十日,晴,午間微雨。鐵兒歸,言鐵老當以明日至予家。霞老録去年雪中見懷之作寄示。

二十一日,晴。爲先嚴生日。又鐵兒爲庶母劉蘊山兄請封軸始到,敬謹■■朱鐵■來……

二十二[日],……

二十……齒……

二十六日,晴。諸君散去。齒痛加劇,困卧不能起。平生好客,非此不歡,客至,則雖病猶能强之也。

二十七日,晴,悶熱,病。

二十八日,晴。天氣悶熱如故,吾病亦如故。瑟庵爲易方,連日服柴胡過多,汗躁傷陰,須進陰分藥也。先慈忌日,不能成禮,痛尤深矣。巨卿來。

二十九日,晴。伯固、施禮、雲衢、巨卿來,談甚暢,病亦漸瘥。晚涼,他處當有雨。遣兒輩隨諸……

【同治十年四月】

四月……以保……害,今荷贈言,敬當佩韋。此後幸能自完,皆出君子之賜,亦斷不敢脂韋隨俗,以貽友朋之羞也。

初五日,晴。

初六日,晴。齒疾漸愈,胸膈亦開。

初七日,雨。先運書箱入船。

初八日,早微雨,午晴。

初九日,晴。霞老以予將遠行,遣肩輿來迓。是日招巨卿、雲衢、東岩,陪瑟庵,以瑟庵辭館故也。午飯後始詣儒階莊,與霞老談至夜分,憂……

羅遵殿,字澹村,安徽宿松人。進士出身,即用知縣。官浙撫,殉難,謚壯節。《日記》廿二册誤文節。咸豐十年二月,杭州陷,仰藥死,詔予優恤。御史高延祜劾其不能禦賊,罷其恤典,疑即出於肅順嗾使。同治初元,詔允曾國藩之請,始追贈官,予世職,謚壯節[①]。

松家橋、(十里,雷王灘。)馬家濱、(十里。)花園險灘、(十里。)道堂山、(十里。)佛同橋、(十五里,龍潭灘。)楊家灘、(五里。)梅陵港、(十里。)天堂、(十里。)水桶底、(十里。)延清觀、(十里。)磨子石、(十里。)石郎堡、(十里。)牛轆洪、(十里。)星碧港、(十里,火石灘,險。)陳家塘、(十里。)梨頭嘴、(十里,■■■。)寺塘、(廿■。)瀔水、(卅里。)……楊……灣……

尚書别是一人。

浙江巡撫也,入朝飲。

陳孚恩,肅之走狗,革職。

兩侍郎者,杜受田之二子翰、翻也。[②]

(朱婷婷整理)

---

① 此段爲夾頁。

② 此四行爲夾頁,最末一行色甚淡。

第二十八册　遯庵日記(同治十年十月)

【扉頁浮簽】

遯庵日記卷四 起同治十年十月,迄翌年五月卅日。

《即園記》一篇,虛虛實實,氣象萬千。初見王樹枏,已識其文之不凡。

遯庵日記卷四

【同治十年十月】

同治十年孟冬,朔,早晴,午陰,晚北風大作,撼樹有聲,棲鴉數驚,旅人不寐,窗極震動,寒氣侵衾,殆欲雪矣。是日,讀《穀梁傳》數紙,看《通鑑》,作書致合肥,寄《修志采訪條款》。過蔚生來,虞卿子也,詢知虞卿、輯堂昆仲相繼淪喪,慨然久之。黄静老出示清河縣令王君書言:■■■■■■■■年卒於官,循吏亦能吏也。善人不■■可傷悼。城隍廟會買得高鐵嶺指畫、傅青主草書各一幀。保定會以十月,鄚州九月,祁州十一月,皆高賈雲集。今年水災,會亦減色。是日城隍出巡,日則儀從塞途,夜則張燈然炬,鹵簿之屬皆以鐙爲之。居民焚香膜拜,衣赭荷枷,甚至穿肘絜鑪,謂之肉香,名曰銷災,實則毁傷身體,不孝莫大。積習相沿,官莫能禁。清明中元及十月祀孤,一歲凡三出巡,耗民財亦過多。吾楚定湘王之會繁華雖較甚,然僅六月一出,又無夜遊,則費較省。陳■翁示陳荔秋禮部書,識時務之言也,亟録之。

附録陳荔秋禮部致陳作梅觀察書

一别經年,春間有人北來,説台從殫意河工,講求懇摯。侍思畿甸自滏水外,清河尚較他水爲善。唯來源仍雜而不旺,駸駸乎永定南蝕,滹沱北侵,淀泊既淤,下游又壅,恐天河以上,將來或有其魚之歎。然必通籌全局,乃有遠效。增庳去塞,年年枝枝節節爲之,究歸無補。想宏猷大略,必有勝算矣。侍去冬出都,由津抵滬,即入蘇省，上金陵。侯相囑到上機器局■■，此局經馮竹如、鄭玉軒料理日久，規■■■■■閩津局，常受洋匠挾制。然理數未究其本原，法度自難成其變化。用物仍需洋料，督率仍待洋人，彼吐棄者或誑我爲之。精要者則故爲靳之。抑且洋料之美惡、洋匠本領之高低，我固驟難區別。是以中國明於洋務若曾、李二相及丁雨生、黎召民、吴彤雲、馮竹如諸公，均謂非派人出洋肄習不可。但宜知器數源流，並一切兵機政令，亦須知彼知此，乃得折衝樽俎間也。侍於此件曾屢言之，並肯身任其事。乃五月■黎瓦特河至緬滇交界高巴摩地方，擬在■建行開路入雲南。此後水陸星羅碁布，包絡中土矣。法雖喪敗，聞其國尚有火船三百餘號，仍議設戰兵九十萬、守兵三十六萬，氣勢猶自可畏，布興西陲，日耳曼一帶，歸附者三十餘國。我中國所有産煤産鐄地區，均已測度，勒有成書。臺灣尤所措意。外此若荷、蒲、瑞連日本諸國，皆互相追逐。苟中國自强，則群相翕服，否則不免生心。刻下又聞有巴夏禮派來香港之信，此■■此爲中國患者屢矣。中國士大夫悻悻者妄思■■，泄泄者又愈趨愈下。徒欲自私自利，顧惜一己名位，不爲國家久遠計，杞人之憂，曷有極耶？天下大事，似須高掌遠蹠，合中外衡量斟酌，切實籌之，諒非沾沾目前所能有濟也。

初二日，早起風止雪落，趨石拱，登南樓，則已瑶林瓊宇矣。午刻雪止，微晴，甚寒。題書畫數事，讀《穀梁》宣公傳畢。

初三日，微晴，大風，奇寒。念被水災民風雨漂摇，棲身無地，不知凍死幾許，慨然傷之。讀《穀梁》，看■。

初四日，晴，風弱，微暖。得恕軒書，言天津水勢尚未大消，賑務已有頭緒。浙人胡光鏞者捐棉衣萬■，好善有同心，此語真不誣也。抱潛來談，適王卜湘楙春以四川知府入京引覲過此。得長女書，寡弱之情，思親之意，感念不寐。

初五日，晴。青餘書言，河南近染承平習氣，笙歌歡宴，到處皆然。今年予過金陵時，秦淮燈船極盛。畺吏亦爲夜遊，蘇州龍船復興，官眷出而觀戲。故予致小宋中丞書，有■■小■■■江燈之語，欲其矯而正之也。合肥在津■逐倡優，此有關於風氣，而浮薄妄加疵議，且艷稱金陵事以相繩。號爲老宿者，更援古事而曲爲之説。世風之下可知矣。青餘又言，邊名揭帖之風日盛一日，此則上官教督不能律身以先之也。讀《穀梁》，看《通鑑》。

初六日，晴。遣瑾兒謁陶外舅墓。陳松泉來，將之河南。同時有干予爲説客者，拒之不已，則叩頭，又拒之，乃去。士夫至此，廉耻之道絶矣。與松泉慨歎久之。抱潛來夜談。閲邸鈔，有跋扈語，不勝杞人之憂。續書《刁惠公碑》三條。

遵，《魏書》附《刁雍傳》。協，《晋書》有傳。暢，附協傳。遵兄弟唯肅名見正史，附雍傳。妻父高允，則魏名臣尤著者。據碑，整是遵子，而史附雍傳，以爲肅子，當是史誤。漢魏碑陰多列門生故吏，此整自志父墓，故記遵兄弟諸子，並各及其婦家官閥。當時南朝重門第，北朝亦相習之。就中惟纂妻父司馬楚之見《魏書》，餘皆漫漶不可識。

初七日，晴。錢召山來。[redacted]山西[redacted]浚所撰《勸修堡寨條議》示余，論事尚爲[redacted]，其中論儲糗糧一條内，富商囤積餘糧，飭堡長查報，以一半入倉，照米捐核獎，則斷不可行之事。流弊既多，且使富商畏而不復囤，是自絶糗糧也。不躬親其事而好爲空言，非徒無益。吏治、兵事大都以閲歷爲本。讀《穀梁》。松泉來談，夜分始去。

初八日，晴。

初九日，晴。湖北宋孝廉修平、月卿來。癸卯同年用中之子。

讀《穀梁》《通鑑》。

初十日，黎明聞叩門聲，披衣起，則竺雲丁君自京師至，將返湘也。留作竟日談，暢論古今，備陳京師士夫情狀，獨心折廖伯編修，述其疏中語云：時時以復仇雪耻爲心，念念以乘輿播遷爲辱。又云：勿以目前無事而謂可苟安，勿以大臣不言而謂爲無失。忠愛迫切之意溢於詞表。又言其律身之嚴，待友之厚，且時常道及予，若深慮予行己與人之稍差跌者。古誼誠心，不易得也。詢覲虞、心印，皆已出都。去年蕭寺同居，各星散矣。夜月皎然，同坐宛虹亭，鴉鵲數驚，清而不聒。竺雲言世上[redacted]等人，[redacted]本來沖虚無物次者，當此静境，萬慮皆[redacted]。至此而不能净，則不能知此味矣。予謂天性恬淡者不易覯，但具明識，知命之有定，不可强求，則心亦泰然。三鼓，還草堂坐話，四鼓就寢，五鼓皆醒，談至天曙，送出西關，視其登車而去。晴。

十一日,送竺雲去,而吟樵編修來。京華舊雨相率南歸,蓋京僚之貧甚於往日,風俗之奢亦甚往日。雖閉門獨處,而弔賀之費、公讌之費不能盡省。稍知自好,罕與外僚交接,則不能自存者多矣。尹生炳章,舊徒也,元孚先生之後,詢其家藏書籍,言其先世名嘉銓者,籍没之餘,所存無幾,爲之慨然。得合肥伯相書,論志局事,深以予言爲是,又言崇厚尚無歸期,法夷終思逞忿,分銘軍之半駐徐州以備非常,而遣曹克忠統其半,任西征,慮左師之老而賊愈猖也。讀《穀梁》,看《通鑑》。晴。

十二日,晴。病寒,服表劑。吟樵車還京師,借之使國瑾入都,省先兄藴山先生及予元妻陶安人之墓,並視子重之病。抱潛來談。

十三日,病寒未退,風鬱成熱,服清散之藥。读《穀梁》,看《通鑑》。考直隸水道。

十四日,某縣丞者,以貧■■奔競,嘗過予,謝絶之。縣丞遺予書,以所撰詩及雜文來,清才也。予答書云:"承賜讀大著,詞旨清麗,中如'我意憑天立脚堅'之句尤見生平風概,可勒作座右銘。願常守斯言,以道自重。"蓋規之耳。今日縣丞來,仍以前書之意告之。華潭中丞之山西,過訪,深以邊防爲慮。予曰:"與陝西接界,防兵爲虚設也。回逆不能至陝,乃越河而犯山西,無是理也。正北有歸綏兩城駐重兵,亦不須防。當以鍊兵爲主。"華老深以爲然。又以晋民涣散不相維繫,欲力行保甲,皆當務之急。惟歲入止三百餘萬,而出幾五百萬。曾、李二相以商總署,今尚未得消息。殆兹事體大,固有數存乎其間耶?中國疆域之廣,超越前代,統地■論,最爲富庶,外國莫不艷羡。而俄羅斯則已辟土數萬里,現與布魯斯交好,年内國王之后、世子皆曾親到布都,屯重兵於基發。注意固在印度,而氣燄亦足及西藏、伊犂。自得黑龍江北地後,東略甚殷,今年於庫頁島南又佔日本之砂格連島(日本之東,俄先佔有亞律森五島,又有古里利二十五島,爲互市處。)築炮臺,修火■,境界漸逼高麗矣。英人緣本國倫敦三島甚小,■■思圖■地方,反客爲主,所得如亚美利加北■■及澳大利亞,廣袤幾與中國等。五印度地尤爲肥美。他如亞非利加、新西蘭、非囊德、亞森之、三厄里那、馬達加斯加、亞丁、塞舌勒、亞密蘭、羅德黎給、毛里西、錫蘭島、加羅黎耶、蘇門答臘、婆羅州、葛拉巴、地間之屬,百數十處,更僕難數。我之屬國,如暹羅之新加坡、麻六甲、宋仔,安南之廣南灣、龍李,緬甸之大撓、桃歪、蒲盧棉、即堆、瀾滄江口、怒江口等處,皆有碼頭。去年由印度駛輪船溯■籌餉，大端則尚無把握。華老相約之意甚堅，未能議定。

十五日，連日晴和，昨夜北風，甚寒。早起陰沉，似有雪意，午間復晴。聞高陽已得雪三寸，相距百餘里，故天氣爲之小變。合肥書來。華老亦不相强，已薦吕庭芷編修自代。當事招陪，早晚兩讌，三鼓乃散，占困之九二矣。

十六日，晴。病。兩日未得看書，今日補訖。檢《潞水客談》《正定府志》。送作梅觀察。作梅方查滹沱河歸也。滹沱本會滏陽河下流爲子牙河，今年滏陽仍循舊道，而滹沱漫濫於正東。新藁之■入■河與滏别流，其廣幾五六十里，而議者欲築隄四■■以障之，且兩岸皆沙，掘數尺不見泥，築隄亦必不能固，其説不可行。■河性善改，惟每年於農隙時就淤處挖成河身以待之。此作梅之意與？亦非經久之策。

書建武十三年專拓本後

此甓得之泰山碧霞宫側，有“建武十三”四字，下一字已損，類是“年”字。按建武年號，正統及僭號凡七。西燕慕容忠、後魏北海王元顥，僭號皆不逾年而止，晋惠帝亦不逾年改元，晋元帝逾年而改，齊明帝四年而改，惟漢光武帝及後趙石虎僭號最久。然書勢不類漢人。考《水經注》引《從征記》：“泰山廟中有石勒建武十三年永貴侯張余上金馬一匹，高二尺餘，形製甚精，今亡。”據此，則後趙時泰山必有營建，故張余獻金馬以媚之。其以建武爲石勒，則道元偶誤也。泰山郡自晋永昌中爲石虎攻下，以時地考之，甓是後趙物無疑。甓形下方而上圓，類承柱之礎，缺其半。千餘年古物，考而存之，亦可見石虎當時土功亡國，不獨洛陽、長安二宫、華林苑與鄴城閣道長牆矣。

十七日，晴，風，冰欲堅矣。看《通鑑》兩本。静軒來談，竟日而去。

十八日，晴，風。讀《穀梁》《通鑑》。閲邸鈔。御史奇臣陳浙江鹽務府局之弊，謂運鹽到府，則故抑其價，使鹽行收鹽，鹽既入行，則又昂其價，使鹽行售鹽，鹽價之長落操之於局，百弊叢生。請仍照舊章，先課後鹽，通論也。

十九日，晴，風，至夜風始息。抱潛來談，二鼓去。獨至宛虹亭看月，萬籟俱寂，心境皎然，默記日間所看書，不覺遂至夜半。作《即園記》，比脱藁,天欲曙矣。

即園記

即園者,無園也。無園則何爲園之?惟其無園,無往而不園也。有人於此,以雕梁華屋,翡帷翠幬,不足適體而快意,於是疊石爲山,鑿地爲池,縱魚鳥植林木爲飾。搆山野之象,置之城闉之中,如飽梁肉而思嘉蔬,懷金玉而求書畫。此得志於時者之所爲,不可强也。

又有脱屣千乘,寢迹衡門,澗阿寤言,大澤教授,負薪行汲,不憚其勞,卧雪餐露,安飽自足。有山有水,可以釣遊。一草一花,自饒生意。隱居適志,賢者樂之,而亦有天幸焉。

若夫進不列於朝,退不安於里,移家避患,蓬轉萍飄,淵明賦乞食之詩,諸葛謀苟全之計,舟車爲室,坐席不温,亦云憊矣。豈暇圖園林之勝,爲耳目之娱哉?

然吾生西南荒徼,尝下洞庭,南浮江淮;東歷齊魯,税駕皇都,至于海濱;西循三秦,遠越黎雅;北出雁門,千有餘里。每隱几而卧,閉目而思,則泰華之尊嚴、相嶺之峻峷、小孤之特、飛雲之奇,與凡巖壑之幽、山石之巉巖靈怪,河之濁、江之清、湖之廣、海之浩瀚,與凡泉澗細流之明澈而浄涓,湘之竹、岱之松、蜀棧之柏,與凡梅嶺、桃塢、蘭谷、蓬湖卉木之繁、禽魚之衆,亘萬里、窮歲時、殫人力而不可致者,倏然陳吾眉睫之間,而又無子孫不守之虞、强有力者豪奪之慮。吾因是以遊吾心,不動如山,不竭如泉,勃然者萌達之機,翕然者翔泳之樂,吾因是以遊吾身,而後知君子所居而安、所樂而玩者,泊然莫知其處,茫然莫測其涯,而確然有其自得者在也,孰有大于斯園者乎?或者曰:是盗天地之藏而不以爲貪,致萬物之富而不以爲泰,是黠者之爲也,則予不能知矣。因書於無定雲居之即園,博觀者之粲然云爾。

二十日,晴,大風。得……未愈,費用浩繁,憂之。夜,抱潛來談,■■城州判孟■珙詞章之學吐屬極雅。

附録陳作梅觀察《滹沱改道築隄議》

○職道馳赴藁城查看,津商所議之牛辛莊築迎水壩及套隄各一道,以堵滹沱正流。又由藁城東北隅開挖舊淤河十五里,至陳邨,改入故道,歷晋州、東鹿、深州、武强,約二百二十里始入西河,與滏陽河合,名爲子牙河。又欲酌挑武强、武邑、衡水、獻縣、河間、大城、静海等處淤淺。在津商之意,因滏陽水源不旺,欲藉滹沱之水以濟運,濁流南徙,自能減文雄之水患而固大清河之藩籬。一舉而三善備,誠爲得策。然直省之官紳士庶皆不謂然,其故何耶?

自前督憲曾蒞直以來,議滹沱利害者不下數十萬言,而至今訖無定議。大約治上游者,主分治河入洨河,由趙州而達滏陽。然平山、獲鹿、欒城濬至趙州,一百七八十里,工費過鉅。瀕河之民占地已久,不愿改田爲河,必多方掣肘,不能借資民力,此治上游之難也。

治下游者,主河間、大城之間,開通子牙河,或在任邱、文雄之間開入大清河,以洩滹沱之尾閭,不知王■■一帶,地勢高於文雄,清河盛則外洩,子牙盛則内■■,利害亦相等也。若由文安别開一道入大清河,大清方苦永定之南侵,又加滹沱之北蝕,一清不敵二濁。清河淤則府河漸廢,非歲修挖濬,必難持久。此治下游之難也。

上下兩游皆不可治,惟有中治之一法,似爲近理。而上下僉稱滹沱從古無治法,當順水之性,以不治爲治,見於省府各志,其説甚備。

職道查得滹沱兩岸無隄束水,水漲則漫溢四出,寬十餘里至五六十里不等。水涸則麥收一熟,漫流一次,酌免丁徭,於小民並不爲苦。詢之土人,每當河流改道,輒有大黿率數百小黿,陸地行走,頃日聞地下水聲洶涌,陸地即陷成河形,故道遂淤爲平陸。① 自咸豐元年至同治六、七兩年,每二三年、五六年,正河沙高輒徙一次。咸豐元年、同治六七兩年,藁城已經三徙。本年聞無極、晋州、深澤、安平、饒陽等處皆有遷徙,大約正定以下,文安以上十數州縣皆滹沱縱横出没之區矣。

查照津商原議,悉心推勘,不挖陳邨引河,則正流無從南徙,不堵決口下流,則不能掣溜南趨。顧挖河尚有軌轍,築隄則竟無把握,何者?挖■■之土,■面■淤,略有膠泥,一尺以下■係浮沙。詢之土人,■挖深丈餘,但有沙水,並無堅土,雖取土攏坂加以秫稭,層層堅硪,堤埝仍浮於沙面。語云:"千金之隄,潰於蟻穴。"一有滲漏,必

① 整理者按:從"詢之土人"至"淤爲平陸"被圈去。

至潰防，而前功盡棄。前藁城姚令築隄攔水，費藁、束二縣之民力以鉅萬計，三年而功不成，此漏卮之可虞也。

查陳邨以上，應挖之十五里已■河形，原估深一丈，寬十丈，而現在滹沱正流深至丈餘，兩岸約高三四尺，引河須挖至一丈六七尺，乃能掣動正流。自陳村以下至晋州、束鹿、深州、武强二百餘里，雖略具河形，尚須加挑三四五尺不等，此項經費尚在原估四萬兩之外者也。

至牛辛莊應築隄工，原估高二丈，闊二丈，約計一里有奇。今夏滹沱漲發，約寬五六十里，水小之年，亦不下二三十里，豈四十丈之隄所能禁遏。此旁溢之可虞也。審如是，則隄不能築，隄不築，雖挖成引河，亦同歸於無用。

竊意治濁河與治清河不同，有疏法，無堵法。善治水者當順水之性，而不與水争地。惟有師禹疏九河之意，不築隄，不改道，就現在之河，責成州縣，各於農隙水涸時擇淺挑挖，更番迭濬，按户口之多寡分派地段，水漲則使遊波足以蕩漾，而無横決之虞，水落則■漫流■淺之處，逐漸濬治。由各該州縣察酌情形，估定丈■，禀明文道府，相機辦理，不求速效，而因勢利導，尚不致致靡費病民。

惟此次津商按引捐資，苦心營度，業已禀由運庫籌款墊辦，專爲疏通鹽運起見，可否就準撥之三萬兩，先行試辦。一面開陳邨之故道，隨築攔水壩一道，應由商人自行經理，不經官吏之手。伏秋二汛如果不泄不潰，再行加築套隄以圖經久。儻有窒礙難行之處，該商等臨時相機禀辦。仍請分飭沿河州縣妥爲彈壓，以符原案。

再查直省水利，上游苦其水少，故十年九旱；下游苦其沙多，一雨便成澤國。現在永定河身日高，南北皆有建瓴之勢。五大河併出，海河咽喉將有梗塞之虞。明春永定河決口不能不塞，大清河積淤不能不挖。不但無可籌之款，亦難得任事之人。以目前情形論之，似無餘力更及滹沱矣。據朱靖旬禀，奉諭飭查文安、大城一帶，添挖引河，能否得力，即乘舟往東淀，由台頭邨繞道入子牙河，溯流西南，約行十餘里，抵大城縣之壩台邨。下船周覽形勢，該邨緊靠子牙河西岸。西距千里隄，隄南折處約五六里，越隄西南又五六里，即係文安縣之趙家營，費、祝兩觀察建議開河洩水之處也。查壩台邨南,子牙河西岸,現■缺口一處,約十餘丈,水已停流。壩台邨西,導河岸西北,汪洋一片,水濁聲澌。詢問居民,稱本年七月間,文安窪水勢暴漲,猝不及防,由千里隄南折處灘裏地方漫決,直注隄内,東通子牙,北連東淀,將禾稼全行淹没。現在水勢消退,子牙隄岸高仰,決口處已不過水。東淀地勢較下,灘裏口門未杜,以致水猶浸灌等語。由壩台邨乘船十餘里至大城縣之王口鎮,沿路查探子牙河水勢,均在一丈三四尺,岸高水面四五尺。王口镇迤上亦復相同。遂由该镇引河溯流而上,水势漸西漸淺,至六七尺、四五尺不等。自逆莊、小長田等邨,直抵窪内,則又漸深至一丈七八尺暨兩丈内外。觀此可見文安窪爲地勢最下之處,非人力所能轉移。且水性至平,費、祝兩觀察前次所查乃天旱水涸之時,似不若今日較量水勢之爲確。果如所議,添挖引河二道,北得歸邨,地居王口鎮上游,固難得力,即自趙家營開挖,下達子牙,以目下水勢而論,誠恐淺則無益,深則倒灌,可憂。若由壩台西北直通東淀,遇滹沱盛漲,原可稍資宣洩,文邑猶可宣洩,大城必以鄰壑■争。況長隄界兩河之中,古人大有深意。今既穿隄■引廢棄良法,消水無幾,爲患滋甚各等語。職道查文安、大城一帶既據朱牧測量水勢,逐處勘明,挑挖引河,仍歸無益,而滹沱上游又勘無治法,則欲消文、大等處水患,惟有就現在滹沱漫溢之處,責成各州縣相機濬治,次第疏導五大河下游,歸併入海河之道。下流通利,則上流自治,非旦[夕]所能奏功者也。

二十一日,晴。看《通鑑》,讀《穀梁》。李虎峰中翰晋遊還京,來談,言太原知府昇泰之賢,又言今年會試所得士,如廖君壽豐、殷君如璋,皆賢。又言某編修爲内監繼子,宜默識之。

石真,夷姓也,出《通鑑》百八卷胡三省注(石真若留爲禿髮烏孤臣。)往年國琛得瓦,有"石真"字,磨治爲"研疑"二字,是觀名如玉真、紫真之類,今乃知其誤也。

二十二日,晴,北風。

二十三日,晴,午陰,入夜大雪。作梅携小宋書來,邀爲吴遊。予答書言:"吴遊於私計甚便,北方塵垢不如南方清闊,一便也;眷屬北來,路長費多,在吴則一水可達,二便也;眷屬即不來■,家書二四日可通,三便也;志局一開,求入者甚衆,不得入則群相詬病,吴幕無此囂擾,四便也;

志事繁碎，無益身心，幕中除商確公事，可以暇日流連文史，五便也；友朋之樂，文字之交，借書之易，六便也。有此六便，宜即携襆被行矣。而有不可者：志局之設本爲一人，而既已擬定條款，勢不可以中止，一也；條款既須分纂，繕校勢須擇人，司事者忽然遠去，煩言必興，二也；合肥素性闊略，此番致敬盡禮，迥異尋常，公卿不下士久矣，此番盛舉，不可不成之，三也；華潭相邀，不能往，四也。有是四者，故雖私計甚便，盛意極隆，竟賦翹翹之車乘矣。總之，一身作客，到處爲家，去就之間，衡之以義。"小宋之意甚勤，當於其過正定請作長夜談耳。

二十五日，早起，玉山瓊林，踏雪遊宛虹亭。午後，晴。瑾兒自京還，言先兄及亡室陶宜人墓皆完固，子重病未愈。

二十六日，早起，始知夜又大雪。抱潛、艮山携書畫來共賞。

李穀齋世倬爲陶韋齋畫《從姑山圖》，幽潤爽健，兼有其勝筆意，在雲林、千里之間。從姑山者，麻姑山之别峰也。有金檜門德瑛、蔣心餘士銓、彭南昌元瑞、蔡蘭圃以臺及趙古青(布衣。)寧静、帥■家■、李桂圃翊諸題詩詞。金，韋齋之師，蔣、彭、李皆其同■。時韋齋出宰廣靈，故蘭圃詩有西北巨鎮之語。《南昌百字令》詞云："麻姑老矣，有携來媵婢雲鬟，綽約擲半，漫勞纖指爪，未必神仙可託。築屋三間，藏書萬卷，除是山中樂。摩挱崖石，仙壇小字重拓，便爾拂去煙霞，挹來案牘。迴首驚猿鶴，畫裏仙山，疑近遠欲至，被風吹卻，滄嶺朝煙，雲溪夜雨，我夢都如昨。相期歸去，巖前添個屋角。"雅潔可誦。

龔半千山水卷子，氣韻深厚，中間一段巖谷重邃，茅屋在阿，叢竹迴環，殊有幽致。小松冠列，漸似泰岱，對松山枯柳數行，又不啻灞橋秋色也。半千自題句云："結茆當谷口，疑是子真家。琴曲開流水，杯中釀紫霞。遥峰隨月淡，高樹受風斜。知有往來客，門前麋鹿車。"

鄒小山一桂仿九龍山人卷子。小山以寫生得名，而山水用筆絶類石谷，亦自可傳。嘗見其圖黔中諸山册子，與此卷正是一副筆墨。點綴人物妙得神理。自題五古一首云："開卷拂雲煙，籬落疏近古。板橋接溝塍，林隙見衡宇。扁舟時一釣，衰柳尚能舞。隔岸蘆蕭蕭，絶壁對蓬户。齋磬晨集鴿，樵唱夕■■。遠■風送箏，孤亭石張羽。疑在兜率天，忽脱■■苦。縱壑赴大川，揚帆落江浦。啞啞棲樹鳥，鼕鼕戍樓鼓。座有倦遊人，見之發長憮。葉落思歸根，毋爲利名蠱。"

黄理廷燮山水册頁，摹北苑、遥父、巨然、叔明諸家，皆能得其仿佛。其自題摹巨然一册云："巨然與北苑齊名，結構渾成中别有佳■之氣，蓋内養者深，故無俗韻，非後人所能儗也。"觀此可知其瓣香所自矣。理廷一號墨梅，吾黔安平人，乾隆戊午解元，己未進士。此其官工部時爲王雨舟作也。

廿七日，晴。趙鋏源《九日登高詩册》有陳其年序，施、宋諸家詩。鋏源名文照，一字近齋，山東膠州人，康熙時翰林。膠州自法黄石後，鋏源才名足以相繼。此册名流勝迹，可以想見當時詞館人才之盛，因全録之。

陳維崧其年《九日黑窑廠登高詩序》○若夫赤車聘士，京都開碣石之宫；黄屋招賢，輦轂闢翹材之館。高冠長劍，結靷而至者三千；廣厦細旃，抵掌而談者十九。昭王臺畔，夙稱買駿之鄉；元禮門前，新有登龍之客。時則太史趙鋏源先生，天水名家，營邱望姓，金閨搜藻，玉尺量才。西園既文，舉■■尊。秉郭復當時置驛，則有敦牂紀歲、金虎司晨。■飈激于蕭林，灝景凝其素節。渾河一色，雲中之雙闕常紅；落葉三關，塞上之千峰忽紫。霜曦縞晝，耀橘柚之金穰；月魄澄宵，綴茱萸之綵纈。斯時也，稷下遊談之士，弭節高軿；梁園詞賦之賓，飄纓上國。文成騷辨，莫平楚客之心；景值尊鱸，易入吴人之夢。非無魯酒，甯便銷愁。不有燕歌，何能遣興。先生乃練兹時日，載蔌蘭肴，召我賓朋，爲斟桂醑。然而九衢車馬，誰爲汎菊之名區？三市塵䠟，不稱題餻之韻事。匪尋僻地，曷暢雅遊。于是長楊直去，竟得空臺；下杜斜臨，還逢古樹。水雲曠森，樹颯颯以吟風；沙嶼清蒼，葦蕭蕭而捲雪。爰乃幽人藉卉，上客攀條。乍敷衽以論心，或憑欄而送目。人逢高會，幾忘異地之關河；天放新晴，不送滿城之風雨。飛觥鬬斝，賢主既遒爾而成吟；拂素題箋，嘉賓亦斐然而嗣詠。詩分各體，人限二章。嗟乎！植南郡賦詩横槊，參佐風流；劉彭城戲馬高臺，賓徒慷慨。于今不再，自古空傳。黄花插鬢，徒添落帽之狂；白鴈横空，祇切悲秋之感。年年漉酒，惟存陶令之巾；歲歲尋花，惟作駱丞之序。僕也恭聆逸響，知紀勝之重逢；遥隔名筵，■■遊之有待。爲平原而買繡，千秋公子之絲；過燕市以登■，一卷大夫之賦。○膠州趙文照鋏源，戊午重九招集同人黑龍潭，分韻賦詩，得宇字。城南秋色佳，疎林間野墅。此地有潛龍，空潭深且巨。選勝近良晨，爽氣清大宇。菊開明日蒼，山晴昨夜雨。寒葉辭樹枝，長松雜鐘鼓。草堂陳薄筵，聯袂來舊侶。風雅推應劉,文藻盛鮑庾。濁酒深斟酌,嘉賓紗論緒。振衣上層臺,深思欲高舉。西眺萬山峰,翠黛飛庭户。北瞻九重闕,崔巍天尺五。雙眸清且寬,乾坤足仰俯。吹帽風先來,照人月又吐。以兹怡我神,放歌一延佇。清狂天地容,素心湖海聚。人事復如何,吾道慎相許。看花隨時樂,立言追往古。君子重交情,勿謂結爾汝。○又限秋字。○夕照空潭老樹秋,寒山一片正當樓。插萸隔日還相待,吹帽因風少自由。客裏花開新雨過,天邊雁度暮雲浮。論心盡是知名士,莫放深杯負勝遊。○雪苑李芳廣分得玉字。○高臺天宇清,■籟澄遠矚。市陌散秋光,黄花賣盈束。岸柳返未萎,留與御河緑。叢桂想空山,芙蓉開曉旭。一夕微雨晴,煙鬟翠如浴。新月燦瀛洲,萬户千門曲。霜露下無聲,玉泉碧浪■。追隨澗龍潭,潭冷魚龍促。蒼柏俯石甃,森陰平■■。亭牕納暮靄,宫闕望相屬。圜邱欝虬松,畦蔬縱横斸。主人盛文辭,聲華爛史局。琳瑯宜講筵,前席欣採録。與客臨高軒,雲嵐滴醽醁。延眺飛逸藻,天暝興未足。引卮顧群賓,爲君請刻燭。仙風振雲璈,瓦缶安可續。既醉日曛黄,山青人如玉。○又限秋字。○緇塵不到此高邱,放眼凌虚一上樓。近闕山連新月靄,抱城河帶落暉流。天風梵宇柏杉籟,夜雨潭龍菡萏秋。莫道登臨今日早,嵐煙爽氣霽當頭。○雨後青山靄未收,開窗紫翠到杯流。南郊松栝煙千頃,西苑芙蓉露幾洲。滿寺落英寒雁渚,半潭蘆葉老龍湫。日曛更向蓬萊望,玉殿金波月横鉤。○温陵黄虞稷俞部分得高字。○秋空净寥廓,秋氣寒槮蕭。白露下林薄,高風振柔條。兹辰邇重九,欣然得嘉招。策騎城南陬,崇詞出蓬蒿。翳然林木深,不雨風颾颾。平臺倚樹杪,曠望舒欝陶。嵯峨皇居壯,巉嶙西山高。秋晴景物鮮,沃壤誇神皋。果蓏落原實,委積輸地毛。四序屬歸藏,物候焉能逃。清潭一泓水,■曾不容刀。神物于此窟,變化理孰操。主人金閨彦,曠■解天弢。詞源溯星宿,文海翻波濤。盛會繼南皮,四座皆英髦。予飲縱未豪,甯復辭酕醄。醉餘振衣起,明日重題糕。○又得秋字。○已近重陽正好秋,登高同作帝城遊。煙開北極高雙闕,山拱西清滿一樓。古殿燈昏迷畫壁,澄潭龍卧老荒邱。欲憑醉眼尋鄉國,何處山川是蔣州。○即墨楊還吉六謙分得静字。○城隅淡秋陰,回曠落遐嶺。言循灌葦叢,來詣招提境。樹老腹半空,葉落人方静。磴道歷幽窒,雲氣生虚井。水黑有龍眠,淅淅衣裳冷。主人愛高秋,携手延清景。尊罍既瀟灑,談柄亦飛騁。酒酣登高臺,爽氣爲君領。西山忽頹波,積翠滿杯影。煙火百萬家,擾擾無與屏。旅思先黄花,何處日偏永。月出始言歸,空庭亂水荇。○又限秋字。○預惜重陽一日秋,黄花開處共登樓。雲深大澤盤龍氣,蘆匝孤邨隱釣舟。江漢欲清■豺亂,風塵莫問鷫鸘裘。天涯忽忽忘歸路,争待題糕紀勝遊。○孤亭遥對最高丘,景物争憐此地幽。紅葉迎霜藏古寺,白雲如水浸危樓。鴻聲晚落張華里,日色晴寒督亢秋。節序■驚頻到眼,海天東望有滄洲。○宛陵施閏章愚山分得秋字,次楊六謙韻。○長安雲物易爲秋,九日群登傍浦樓。雷雨此中生絶壑,蒹葭何處有孤舟。西山倒景當尊酒,大漠悲風試客裘。誰信少文懷五岳,良時偏卧不同遊(是日予偶病。)○莽蕩風煙接薊邱,蛟宫深處埜亭幽。鷗閒故狎筵前客,葉落遥■木末樓。舊日金臺荒草在,千年易水白雲秋。憑高詞賦吾何有,歸夢滄江杜若洲。○東吴宋實穎既庭分得愛字、堂字。○吾遊黑龍潭,遠望如翠黛。平疇半阡陌,高下何靉靆。入門蕭寺寂,車馬有人在。素心晨夕歡,何況樽酒對。論文兼求友,慷慨歷千載。酒酣步夕陽,老樹風霜耐。兀塞復盤欝,俯仰有餘態。蜿蜒出龍峰,巋然西山配。雲煙帶飛鳥,秋聲匪一概。登高有所思,古道期自愛。風塵陸海中,磊落獨我輩。○籬菊繽紛出財堂,滿城落葉近重陽。莫言江左龍山會,且醉金臺戲馬場。吾道百年惟用拙,宦情五十有何長。倚欄日暮雲露起,荀令風流一座香。○四海論心半艸堂,九秋風物共相羊。喜攀宣武門前柳,重舉平原公子觴。■■鬢絲空歲月,帝京宫闕自蒼涼。滇池鼓吹今■■,■角聲催月有霜。

廿八日,晴。

卄九日,晴。陳繹萱自京回,携麐伯編修書竝所贈詩,詞意肫篤。朝鮮李敬之鴻臚書,言春間美國兵船擾朝鮮邊界,雖不得逞,而官弁損失已多,深以西洋爲慮。

答麐伯見贈元韻

歸鴻先後向南翔,咫尺關河引領望。(君以去冬還湘,予今夏始至,則君已北行矣。)只有夢魂依社稷,不妨蹤迹判巖廊。衡量中外憂方大,涕泣艱危意可傷。聖主四聰期更遠,問君何術挽瀾狂。

【同治十年十一月】

十一月初一日,晴。飲恩雲峰觀察署。

書李鐵君徵士《倒影潭圖》後

《盤山志》:"龍潭有三。"洪昉《思龍潭詩》云:"净可鑒毛髮,怪疑鬼神鑿。空天倒影深,冷日潛光薄。神物言此幡,於今旱不涸。"似即倒景潭矣。以李《記》方向考之不合。僧智朴《天池記》云:"天池在西甘澗迤北,直上里許,縱横三丈餘,塊石而成,不假雕鑿。深不盈尺,其水不涸。南有小口,夏秋水溢,自口而出,活活有聲。"李《記》所稱蓋是天池也。袁中郎《與陶石蕢書》云:"夏月入盤山,東南無此奇觀。"劉洞《盤山記》云:"盤泉十里金沙,其底蓋石所潔也。魚魚影影,不可區,亦不可捉。澄水可鑒。深山中多有之。"吾以爲嘯歌適懷,亦不必泥指一壑。

無終古多隱者,田子泰尚矣。猶恨其爲曹瞞作嚮導。李孔昭字光四者,明亡入盤山,某中丞遣吏迹之,逢負薪者,問李進士,負薪者遥指其處,吏往則室空矣。訪之鄰叟,乃知向所見負薪即是也。相國某有薊門之役,訪光四不遇,賦詩而去。今相國已入貳臣傳,然後知光四之高節。徵士生當盛時,能捐棄一切,獨寐澗阿,觀其心無所累,知於光四有若合符節者,固不待遭亂而始見也。

初二日,晴。看《通鑑》。

初三日,晴。看《通鑑》。天氣始暖。寄家書百金。

初四日,晴。艮山約看書畫。達甫自揚州來,將入京也。

初五日,晴。看《通鑑》,擬志局采訪檄。

初六日,晴。看《通鑑》。是日合肥入城。閱邸鈔。李子和調閩督。錢調甫擢豫撫,孫省齋擢直藩,恩雲峰擢大順廣道。

初七日,晴。看《通鑑》。晤合肥,談志事。

初八日,晴。約但又湖農部、顔健侯刺史、景湘泉中翰及其同行之檀君厓、聶君焕小酌,諸君南歸過此休息,欲遊蓮池也。健侯以諸生從軍,保直隸州下獄,得釋,舉于鄉,今官四川。

初九日,晴。小宋中丞之約既不能赴,友朋拳拳之誼又不可已,相約於正定途次一談。合肥遣車相送,出西門橋,積雪未融,皓皓無際。回憶去年此時出京,風景仿佛似之。過橋應向西南,經小激、大激、郭孝子故里,達方順橋,是爲正路,而車誤向正西,則是趨完唐之路也。折而南過白草溝河橋,迂曲至方順橋中火,多行十餘里矣。白草溝河者,方順河之北支也。方順本名曲逆，今通名廣利渠，源出定縣伊祁山，自屯頭村入滿城縣爲方順河，分二支，北支即白草溝河，由通會閘東流逕陘陽驛、閻童舖，又逕清苑之大激店、東北流至城西南隅，入于府河。南支曰金綫河，自滿城縣境金綫閘東逕方順橋，又東逕河畐邨，又逕清苑縣羅侯邨、東北流逕石橋邨、糧河橋入于府河方順橋北。靳文襄公神道在焉。洪流爲災，緬懷遺烈，欲求陳黄生一流人物，固不可得，其所際之時■■可得也。西南行，過月牙橋，經■宏鋪，越完縣之高■鋪，復經滿城之十五計，入望都之十二里半鋪、十里鋪、五里鋪，過望都縣城，已晚，宿南關，道旁清流活活，嚴冬未凍，蓋泉水也。望都九龍泉，其源有九，今淤者一，乾者二。陳作梅觀察言望都泉修而引之，爲利甚廣，其於民用至便也。北人使水不及南人，信然。今日計程九十里，連誤行逾百里矣。

初十日，微晴。南行，雪漸消。經戚里店、十五里鋪、二十里鋪、固店古城鋪，三十里入定州界。清風店有清風泉，其流甚微，故圖經不載。又經唐城鋪，過清水河，州治東北黑龍、白龍二泉，流入唐河者也。冬令凍涸，踰而過之。又過唐河浮橋。唐河，古滱水，亦名温泉，水源出山西靈邱縣高足山，東南流經隘門入廣昌縣西南境，東南流經倒馬關入唐縣，故名唐河。經定州、望都至清苑縣張登，會于陽城河。唐河在唐縣穿渠種稻，尚有利於民。余昔避難于唐，欲就河畔買田而未果，遂入蜀也。同清風至定州城三十里中火。定州，古之中山，自來爲重鎮，城郭規模較保定爲大。雪浪石在州學，未暇往觀。西南行過孟良橋。孟良河一名嘉河，又名七里溝。受小清河水，經祁州界入豬龍河者也。三十里爲明月店，又五十里入新樂縣界，經土店出邨，二十五里至新樂城南，因浮橋未成，積潦阻塞南關，店皆歇業，復轉回北關宿。憶咸豐辛酉元日予單騎省先君於太原，宿此，亦值大雪，悠忽十餘年，風景不異，而吾親不可復見矣，不覺泣然。定州見楊生鼎曾題店壁詩云："菽水歡娱不厭貧。"緊我獨無，尤增感悼。

過新樂追悼虚谷

憶昔義臺挽過車，重來又是十年餘。雪花歷亂迷鴻爪，燈火凄涼走蠹魚。都市驚看存古硯，（予昔過新樂贈君，有文，竹垞篆也，去年於都肆見之，不勝愴惻。）孤兒幸守未刊書。（詩集未刊行。）天涯知己嗟零落，況是天涯少定居。

十一日,晴。出新樂東,南行過沙河浮橋,民間私橋也。通濟橋,即鮮虞古渡,沙部二水合流城南。冬春駕橋,其費工房斂之民間約錢肆百千,工房既蝕此錢,借口於水大而橋不成,民間於下游造橋,行旅往來阻而索費,陳觀察知其弊,捐百千爲之倡,使正定府率新樂縣治通濟橋。縣令草率將事仍不可行。書吏姦民視私橋爲利藪故耳。沙河源出山西繁峙縣,■自阜平、曲陽、行唐入新樂,受自行唐來之部河,東會滱、滋二水者也。過橋西行,經趙邨、湧泉溝、何家莊、東田邨、北青同集、筆頭、南[協神]、路橋邨、黨家莊,凡四十里入正定縣界。路橋邨者,滋■流入木刀溝者也。《唐書・地理志》"溝旁民有名木刀者",故名。十里至伏城驛,即新城鋪,中火。又經中咬邨、滋河故道。嘉慶六年,滋水經縣之西宿邨改入岔流,而故道遂成沙灘矣。又經北牛鋪、十里、五里二鋪,凡四十里,入正定府城,宿城北新建周公祠,祀前正定知縣周灝子純先生。子純咸豐中宰正定,值粵逆李開方、林鳳祥北犯,城守完備,賊知不可攻,引而東去。總督忌其能,假責營兵事,劾罷,士民冤之,及其歿也,爲請建祠,置守冢,且贍恤其家。子純誠良吏矣。朱邑桐鄉,孰謂民風不古若哉。年荒糧貴,草一斤至二十六錢。

過周公祠

屏障神京第一功,(賊自臨洺關入犯,連陷城池,畿輔震動,獨正定得完,賊鋒始稍挫。)卻將謗牘筭酬庸。(總督以公擅責營兵,劾罷,永不叙用。)萬民郊外攀轅泣,終古城隅祀廟崇。自信桐鄉有遺愛,久從茂叔坐春風。(公罷官後講學正定,從遊者衆。)當年恩錦今何在?三代猶存直道公。

十二日,晨起大霧。草木皆冰,《春秋》所謂"雨木冰"也。出南門,過滹沱河橋。滹沱一作惡池,又作虖它,源出山西繁峙泰戲山品字泉,自五臺入平山,合冶河、甘淘、綿蔓諸水入正定,其流始廣,合滏陽,其■■大。今年與滏陽別流,而其浩瀚横溢,爲常年所無。正定尚是上游,已不勝其泛濫矣。深處結橋,淺處仍須涉水。過橋後轉而西行,爲西路,高高下下,蓋已是山麓之餘勢。車行溝中,天寒,行人甚稀,兼霧氣瀰漫,問途不易,惟向西循轍而去,故大路趙陵鋪越過而不知,乃經柏林黨家莊而至獲鹿也。詗小宋中丞,已到,相見甚歡,各道別後事。小宋官達而學加進,廉介之操,非人所及,其於吏治清而能容,寬而有制,自言晋中情形始悉,而遽量移吴中，事雜人龐，深以不能治爲慮，以不得人相助爲憂，君子之用心也。言及某公，恐竟不能持清節，殊非意料所及。

十三日，陰寒，似有雪意。送小宋後，循舊路還正定，時尚早，往遊龍藏寺。大悲閣已將頽矣。覓拓工拓隋開皇、宋端拱兩碑，天寒墨凍，和黄酒、白芨拓之。隋碑尚可觀，宋碑石原本破碎，而拓紙遂裂作十數段。又購得三公山、封龍山、白石神君及鳳洞四碑，尚精好可玩。出城宿北關外。

十四日，早尚陰霧，午後微晴，伏城驛中火後，趨新樂城東八里五路■河■橋，遂東下，不經縣城，徑達明月店宿。詢定州秋■■災，沙唐、孟良、清河連成一片，收成僅二三分耳。伏城見楊種珊詩，明月店見路訪巖詩。過新樂，望見現龍山。

十五日，早暮陰霧，午放微晴，無風，故不甚寒也。行過定城北十里，驅車唐河橋。車覆，幸在堅冰，不濡泥耳。清風鎮中火。望都道旁泉清不凍，過十五計乃有微凘。方順橋宿。自正定而北，練軍、編布、墩鋪，行旅無盜賊之虞。望完縣諸山，不甚明，然頗有畫意。

十六日，五鼓起，微雪，天明雪止。日色隱於朝霧之中，至午乃得大霽。蓋陽之勝陰，若斯之難也。出方順橋，循大路，過大激店橋、小激店橋、五里鋪橋，皆白草溝河水也。過府河橋，入西關，抵蓮池。聞繹萱權順德府，抱潛接辦志局提調。是夜月色皎然。

十七日，晴。合肥來，言福建助賑米數萬石。又論江蘇情形，極爲透澈。抱潛來議開局事。晚過陶宅。

十八日，晴。擬《通志》凡例目録，交惺吾繕寫。楊文庵來索命而去。

十九日，晴。得莫子偲噩耗，愴然久之。吾鄉又失一文獻也。

二十日，晴。司道來定開局之期，往答拜，歸，則日暮矣。

二十一日，晴。以凡例目録交惠甫酌定。

二十二日，晴。開局筵宴，總督、司道、首府、縣提調爲主人，分纂、分校、分繕皆與，惟蔣友石刺史曰豫以憂居未與。

二十三日，早晴。午刻惠甫以書來，論例目頗精覈。晚大霧，夜半則北風起矣。

二十四日，雪寸餘。改例目。李愚溪赴臨渝，將過京師，託致薌溪、雨農書，並請其向文華堂購《一統志》。

書幕府山古叀後

莫君祥芝宰江甯,於幕府山頹墓中得古叀磚數十。予過金陵,莫君贈三叀,文曰"富且貴至萬世",又一面曰"富貴",皆間以錢形。莫君言佗叀有文曰"幕府"者,趙太守廷銘得一叀有文曰"赤烏三年"者,相傳周公瑾墓在幕府山,疑是吴時古墓中物。然幕府以王導知名,又不類也。吾疑是兩墓,非一時物,固不必强爲合併,亦不必定是周墓耳。

二十五日,晴。劉景韓來,薦繪圖之戴生清,字翊臣。

二十六日,晴。戴翊臣來。

二十七日,晴。

二十八日,晴。

二十九日,晴。夜大風。與抱潛、惠甫遊書市。

【同治十年十二月】

十二月初一日,晴。郭子美軍門來,以所置義莊乞文,談論英爽,乃崇尚本實名將也。

郭氏義莊記

同治十年春,湖北提督郭君松林奉母羅太夫人之教,稱父遺命,捐所治生産,田五千六百六十六畝有奇,歲入租穀凡六千三百七十四石。宅五區,歲入租錢凡一千七百緡,爲義莊,以贍族人。湖南巡撫劉崑聞於朝,天子嘉之,賜御書匾曰"誼篤宗支",以彰太夫人之賢。於是郭君感國恩,述先德,復爲規約,垂之家乘,凡三十有八事,大略自其十七世祖以下,子孫歲有養,嫁娶有資,死喪有賻,鰥寡孤獨病廢者有恤,子孫之孝弟、得科第者、婦女之節孝者有奬,修祠墓有費,爲義冢以葬、爲義學以教。而又慮田宅之他售也,爲之簿,納諸官府;而又慮飽暖之驕縱也,爲之罰,懸諸祠堂。立法以繩之,擇人而任之,其設心重以周,慮事精以密。是年冬十有二月,郭君入覲於朝,道經保陽,以告其鄉人黄彭年。彭年聞而歎曰:褘矣哉! 古未有性情不篤而能成勳業者也。方郭君之慷慨從戎也,其家先後死難者十有七人,弟芳鏡、芳鈐預焉。郭君亦屢瀕於危,而卒得全,可謂忠矣。其既平吴楚、肅清畿甸也,朝廷方嚮用勳臣,遽乞歸養。好事者爲繪《思親釋甲圖》歌詠其事，可謂孝矣。義莊之設，又本忠孝之意而推之者也。予觀往古，推財贍族常不乏人，獨范文正公所置義田迄今閲四代七百餘年，子孫猶世守之，何其澤之孔長歟！抑其性情有大過人者。設心處事，常不勝其厚，而後其所成就者大而且遠，故身爲名臣而法垂後裔，義田其一端也。郭君殆近之矣。郭君與予談論，慨然有遺世之意。其天資高曠，誠不難遺棄榮利。然時會方艱，國家倚宿將如長城，郭君勳業方未有艾，是烏可哉。因叙其事，爲當世勸，且以爲郭君勗也。翰林院編修黄彭年叙記。

初二日，晴。魏蔭亭觀察承樾來，其兄將侯刺史承柷，丁酉年丈也。

初三日，晴。作梅招飲，同坐蔭亭、冠卿兩觀察、調甫世丈。調翁言江南王恩照精算學，能通借一根法，至借三、借四，明年當來直隸。冠卿言劉子恕之弟亦通算。作梅言周君留一能畫圖者，技絶精，惜不知其姓名。

初四日，陰。夜大風。惠甫示山東匡援所箸書，至百餘種，老儒也。

初五日，陰。午後微晴，奇寒徹骨。小鋏招同局飲。

初六日，晴。作家書。

初七日，晴，夜大風，頃刻乃止。代合肥撰《義莊序》。

郭氏義莊條規序（代）

古者族人異宫而同財，有餘則歸之宗。子弟雖功德顯榮，蒙衣服裘衾車馬之賜，必獻其上，而後敢服用其次，不敢以貴富加於父兄宗族，而財則必均焉。迨宗法廢壞，風俗日偷。貴富者慮貧賤之覬覦，往往故疏其族人，豈獨無親親之意哉？抑其心固有所忍而不能捨也。夫人惟氣之盛者能捨人之所不能捨，而爲人之所不能爲。郭君子美從予轉戰南北，積功至提督，膺世爵，一旦稱母羅太夫人之命，盡捐田宅，置義莊，贍其族人，計金逾十萬。疉吏以聞。賜御書褒異，天下翕然稱之。予謂此非子美所難也。昔子美之從事兵間也，同族死者十有七人，弟芳鏡、芳鈴又死，子美赴湯蹈火，踔厲無前，卒殄强寇。夫人至冒天下之至危，捨其生而不顧，此其氣固已浩然而大，超然而靡涯，豈復計較家人生産作業者乎？顧是氣也，稟於生質之異，尤必加以閲歷，養以學問，精察乎尋常日用之故，辨析乎是非得失之交。其出之也，釐然有當於人心，而後其見於事也，可以經久而不壞。同治辛未,子美入覲,道保定,出《義莊條規》丐予爲序。所條三十八事,凡族中生養、死葬、嫁娶以及子弟從學、婦女守貞、鰥寡孤獨廢疾者,養贍之費既詳列而等殺之,又恐後人之盜售田宅與夫驕惰而喜訟也,事事而爲之防,條理精密,論者方諸范文正公之義田焉。予因歎子美之德之日進也。使由是究心天下利病、國家法制,其於萬事萬物皆如行軍之有部分、親親之有等差,外爲朝廷宣力,内以慰慈母教育之深心,其必更有進於今日者。予日望之於其行。書以爲敘。

初八日,晴。惠甫招食揚州麵。

初九日,晴。合肥來。恕軒來。

初十日,晴。夜半風起。過作翁署,索水道圖。

十一日,早起嚴寒,如欲雪,午晴。少石來。

十二至十五日,晴。十五日,飲蔣養吾家。同坐者魏觀察承樾、賈太守致恩、魏將侯年丈之弟賈,吾師相國之子也。

十六日,早雪,午晴。飲惠甫家,觀恭毅公遺像及所藏碑帖書畫。同坐抱潛及匡健堂援、丁聽彝紹基。健堂,膠州老儒,著書百餘種。聽彝,誦生年丈之子也,合肥稱其書味盎然,誠哉是言。今日良主嘉賓,古書舊畫,文讌之樂不可多得。

十七日,晴。青餘遣■送書箱至,擬令瑾兒往汴■■■瑾兒起程。

十九日,晴。改高陽送到事實册。

二十日,晴。試寫官所四人,備取六人。改高陽事實册。

二十一日,晴。合肥以金君安清《籌洋三策》見示,其縱論中記布魯斯事,略云布爲法制迨已百年,而君與臣卧薪嘗膽,忍辱含垢,先就國中之教化刑政一一整齊之,使通國民心感其上,如孝子順孫之於祖父。繼而法國定其兵制,只準六萬人布兵,乃三年一踐,更已精練者遣使歸農,使法人有所不覺。故二十年中,農盡爲兵。取釁之時,六十萬勝兵振臂一呼,俄傾而集,皆各自裹糧荷梃以從。其國君智勇深沈,視勾踐之破吴無異矣。其出師之日,昭告天地曰:非我之好興師累民也,法人日凌制我,不傾國以與之争,則後將虔劉我赤子無噍類矣。民聞之,皆垂涕,争爲敵愾。兵以義興,師直爲壯,其君主與將相平日所孚,格於黎民者深也。法人則恃强大溺宴安,人各一心,故屢戰屢敗,不久而法君被擒，直至都城塗炭、宗社邱墟而後已。《籌洋三策》者，戰、守、和也。戰守■■■波瀾實■和之一策而已。詳見答合肥書。

清河縣志序

太史公作《史記》，多采《左傳》《國語》《世本》《戰國策》，是志者，史所本也。《周禮》：邦國之志，小史掌之，四方之志，外史掌之。修史必據志，則修通志必據郡邑志明矣。明代極重志書，《文淵閣書目》收直隸舊志至一百三十有四部，新志至一百五十部，視各布政使志書特爲繁備，非以近畿之故歟？書目舊志中載《清河圖志》二册，新志僅書名，皆無卷數。康熙中，邑令盧士傑修志，稱初編五卷，後益爲十二卷，士傑又益爲十八卷。考明正統中楊士奇題本，言文淵閣書皆永樂十九年取自南京，當時清河已有新舊兩志，而盧志稱志創自嘉靖十三年邑令孟仲遴，更定於萬曆八年邑令向日紅，殆數典而忘矣。然就書目及盧志所載，有明一代，清河志已四修。乃我朝自康熙十九年重修之後，迄今一百九十年，制度之更、人物之盛、事變之煩，竟無續而紀之者。此錢啓文所以有流[官傳舍]、故籍[弁髦]之歎也。比者合肥相國延予[修《畿]輔通志》，[方檄]郡縣采訪事實，而權清河縣王君竹堂續志適成。王君任事之勇，於是可見。人存政舉，聖人之言，豈不信哉。王君丏其友問序於予，予喜夫采摭之有據也，爲考而識之。同治十年冬十有二月貴筑黄彭年叙。

二十三日，晴。沈潔齋刑部來，紫卿同年子也，年少能文，氣度深穩，紫卿有子矣。

二十四日，晴。任篠園太守來，官首府而留心獄訟好官也。

二十五日，晴。合肥招飲，同座潔齋、王重三暨倪豹岑刑部。豹岑别十年矣，談論時事，確有所見，直諒之性亦不可多得。

二十六日，晴。

二十七日，早微雪，午後晴。惠甫携精搨《鄭文公碑》來共賞。有老儒逢達官輒稱門生，可哂也。予官不達，而老儒亦以門生見投，尤可哂也。然其窮，可憫矣。

合肥相國五十壽叙

[少荃相國]弱冠登朝，以儒臣治兵，與湘鄉規復東南，[底定中原，]佐成中興之治。年未及艾而秉節鉞，登台輔，膺五等之封，海内

榮之,攬揆之日,遠近稱觴,頌功德者,不可殫述。彭年忝同歲生,同官翰林,相國知彭年又最深,尤不可已。乃進而言曰:宰相者以國爲壽,國以民爲壽,其命出於天,而其事存乎人者也。伊古人臣,勳德壽考莫如周之召公,自其壯盛爲西伯,巡行南國,迄於康王之世,幾五十年。其在成王時,年已老矣,周公稱其壽曰"天壽",又曰"天命",曰"天威",曰"天難"。諶天不可信,若以天之無私,怵惕而儆戒之者,其曰不以後人迷,則後人有迷者,君奭之責也;其曰明我俊民,則俊民有不明者,君奭之責也;其曰丕冒海隅,日出罔不率俾,則海隅有不率俾者,又君奭之責也。所以期召公者甚大而遠,而其稱許之詞不過曰知民德而已。召公平日之訏謨,亦不過曰疾敬德、畏民喦而已。嘗反復讀之,然後知國祚之所以延長者,在於順民心。相臣之所以扶持國祚者,在於廣德意。天之眷愛人主而欲延其祚也,[則爲之篤]生賢[臣],使之早達而予以壽考。後世人臣[之貴壽]者,史不絶書。至於在外最久,勳德又著,則不多見。獨宋韓琦年未三十,時人已稱韓公,晚年秉政,見重外國,宋之邊患少紓,東都賴以久治,韓公之力爲多。相國之早達與召公、韓公同,其封爵官太保、開府於燕與召公同,其見重外夷與韓公同。吾謂韓公際承平之餘,謀捍邊圉,事固較易,即召公當締造維艱之日,所處之地與所值之時,猶非極難也。若當大難初平,國家所倚賴、中外所翹首而企望,天既使之早出而任天下之重矣,其必予其壽考,而康我小民,以延國祚於無窮可知也。則君子所以順天之道,濟時之窮,垂聲名於不朽者,其爲量遠矣。是則所謂猷裕也。相國武功、吏治與畿輔澹災之政,人争道之。竊以爲相國之志事有重於此者。書以相質,不敢鞶帨其詞也。

二十八日,晴。病温。

書《鄭文公碑》後

《北史》《魏書》皆有《鄭羲傳》,取證悉合。惟史稱父曄不仕,而碑言曄以邊績拜建威將軍、汝陰太守,足證[兩史之]闕。至羲[以]宿有文業,而政闕廉清,謚曰"文[靈",而碑獨]稱"文公",子孫諱惡耳。包慎伯先生亟許此碑及《刁惠公碑》,謂北朝雙絶。余謂刁碑取姿已開唐風,不逮鄭碑也。惠老精於鑒古,當有定論。

二十九日,陰。改高陽所送采訪事實,有殊絶之行者,撮録於此。

記高陽兩孝子

李清泰,高陽人,世居縣之迎恩關。父鏞,增生,教書京師東北諸邑,患瘋疾出走,不知所之。清泰時年十二,兩弟幼,家貧,爲鄰傭以養母。弟稍長,教之生計。嘗磨麥至夜分不休。家稍裕,遂留弟奉母,獨出尋父,母驚泣止之曰:“汝父布衣,誰知名者。且以病狂走,安知存亡? 吾老矣,不欲汝遠遊也。”清泰泣曰:“父在,兒從之歸。儻不測,不能歸葬,何以子爲?”言已,伏不能起。母乃許之。身負榜文,往父授徒時常所往來之區,遍求不可得,遂出山海關,還,欲自畿甸越大河南下。是時,孝子名聞燕趙間。肅甯城南三十里某寺老僧寄書言,往年有客死,形狀類是。清泰往,僧言不獨貌似,客所[書格言數]十事故在寺壁也。清[泰]幼失學,苦不能辨,歸[家取父書]與同族生員李鈞往。將行,母曰:“父腦後骨大,啓棺驗,始可信。”比至,較之皆合囑,指血滴骨上透入,乃痛哭,易棺歸葬。時乾隆四十年也。邑中紳士聞者,欲舉孝行。清泰力辭,人益重之。事母數十年,未嘗拂其意。母病痰喘,輒爲按摩肩背,晨夕不倦。及母老侍疾,衣不解帶者三年。緣是不得治生產,家復落,不顧也。又體母心,迎養舅及從母,終其身。嘉慶十年四月,無疾終。二十一年,邑人上其事,大吏以聞,得旨旌表入祠。

楊玉相,亦高陽人,世居邑之李果莊。年甫六歲,父死,兄出亡,乞食供母,母不食,玉相泣曰:“家貧,兒當竭力,母無憂也。”稍長,販火石,得少利,以間歸,儲菽水之奉。玉相有從祖父,老無子,見玉相勤,且喜其孝,以爲己嗣,爲之娶婦,使迓其母就養。母李寡居三十餘年,年六十有一,以完節終,將葬。玉相泣曰:“母氏撫我艱苦備至,我不得終子職也。”于是舍妻屏子,結廬墓側,朝暮上食,事死如生,不飲酒,不茹葷,口不見齒,髮參參然覆其面,行路哀之。同治九年秋,河溢。十年夏,霪雨爲災,水及廬側終不去,[水亦竟不入]其廬,人謂誠感所至。邑之紳士齊玉麟、韓光緒、[李金城]以聞,縣令趙秉恒遣人造其廬,諭以禮制,使歸家復業。[玉相]年四十,秉恒書“純孝可風”一匾表其閭,復爲其母李詳請旌表,以慰其孝思云。

記高陽烈女

高陽王志和之女經姐，生員允升之侄也，端重寡言，年十八未字。同治七年，捻賊之亂，家人逃散，中途遇賊强劫之，大罵不屈，賊怒，連刃之，未死。允升至，奪賊刀，斃二賊，賊來益衆，允升戰死，母邊繼至，以身覆女。女大呼曰："兒聞烈女可殺不可辱，今日死志已決，母速走尋妹，勿戀兒也。"賊益怒，殺其母，女駡益厲。遂割女舌，焚之，尸焦灼僵立不仆。賊大驚異，始舍去。同里有自賊逸出者，言於志和，尋骨葬之。賊平，邑人以貞烈上聞。九年，得旨旌表，並其母與叔同時入祠。

記柏鄉五烈女

柏鄉吕鵬遠者，尚書吕兆熊之裔也。子等全早卒，婦黄氏早寡，不嫁，撫幼女，勤織紝，事翁姑以孝聞。咸豐叁年，粤匪之亂，城陷，鵬遠罵賊被害。黄氏奔救，負尸歸，且行且罵。賊怒，逐而獲之，剖其腹死。楊宏聲者，亦柏鄉望族也，城陷之時，其族三[女携手]投井死，獲尸，面色如生。同時又有生員楊夢麟之女謙姐，[年十五]，慮被辱，整衣投井死。

三十日，晴。檢點一年工夫，舟車之日耗其半，應酬人事又耗其半，實在用功爲時無幾。况心之出入無時，尤莫知其向乎。伯玉行年五十知四十九年之非，今日尚在非中也，能保明日之必是乎？過此而猶不求是，何日爲是？聖人不惑，吾不能也，况進於不惑者乎？

【同治十一年正月】

同治十一年，歲在玄默涒灘。正月丙戌朔，天氣晴和。早起祀先，敬懸名宦公小照，侍觀竟日，不啻趨庭時。計吾父之卒已七年矣，曷勝愴然。全家在鄂，瑾兒在豫，吾獨栖於燕，幸友朋之樂，文字之娱，足以解愁人耳。同局招晚飯，而抱濳忽感寒疾，予亦嫌内熱，飲涼劑乃卧。聞天津北門焚傷人。愚溪來自京師，言市人有擊傷洋人者，領事官盛氣以臨總理衙門，可忿也。

[redacted]晤子[redacted]，出示孝鳳文字。晤峰臣，言過京師[redacted]見翰林有奮拳向前輩者，衙門規矩蕩然矣。又聞吴超伯樞部以疫死。超伯名國術，安徽人，工書能文，己酉舉人，官兵部，入值軍機處，人品端方，不隨流

俗。予在京時與往還,去年僅一通書,驟聞噩耗,不勝慨歎。

初三日,早陰,午晴。晚共惠甫説鬼。

初四日,晴。爲合肥壽。合肥張樂於上下兩江會館,筵前見吴清卿太史,清挺之氣,卓犖不凡。

初五日,晴。仍聽劇飲酒,病矣。

初六日,大風。湖廣同鄉咸集於西關外義園,公事也。力疾而往,竟不能支。歸服藥,不愈。

初七日,晴。葉柏鄉來,爲處方治之,稍效而痰盛。咽乾,蓋桂枝過躁也。作家書第壹號,乞錢方伯郵寄。藻舟、爽亭來,爽亭言徐淮揚龍谿先生已故。

初八日,晴。作第貳號家書,竝銀貳百兩交子美軍門帶鄂。柏香來易方。王重老來視疾,遣其子子衡爲診脈。達甫來。

[redacted]總目。病漸瘳,而痰如故。楚英之任山西,早飯去[redacted]楊文庵丁内艱,書以唁之。是日及十三日,文武團拜招飲,皆辭。達甫去。

十一日,晴。存之來,爲商榷志例數處。

十二日,晴。約重三、静軒同存之晚飯。

記静海、新城兩孝子

余友方君存之,言静海縣人毛士者不見容於後母,爲父所逐,終身不娶,教授靈壽、大名間。著書甚多,而《春秋》説爲最精,大旨宗《公》《穀》,間采左氏及百家之言,其自爲説,則題太初子以别之。書成,絶粒而死,古之傷心人也。王君重三,言新城任孝子者,父爲隣馬氏所殺,孝子方襁褓,稍長,微聞人言,詢諸母,母泣告之。孝子亦泣,遂自名曰騎馬以自誓。先是,馬氏殺孝子父,以四月八日廟會,孝子母死,乃造利刃二,置懷袖間,會期伺馬於廟。自朝至日中不至,廟去所居二里許,歸蹤迹之,遇諸塗。一刺不中,再刺之,中腹。連刺二十有四,如其父被創之數。遂自首,論罪如律,遇赦得原。古之烈丈夫也。毛,乾隆朝人。任,道光朝人。一時聞兩孝子,皆奇行,因並記之。

十三日,晴。存之同游君智開來。游君字子岱,湖[redacted]安徽和州有聲,湘鄉督畿輔,調之來[redacted]灤州,實心實政,樸質人也。合肥來。

記灤州顧閟姐

顧閟姐者,灤州顧家莊農女也。年十四,字同邑李氏。父母惡其貧,改字諸周。婚有日矣,女遁而之李,遂合巹焉。知州游智開聞其事,召而訊之。女曰:“吾已許李矣,夫死猶不可嫁,况夫存乎?”問何以不告。女曰:“告則不得行吾志,是以逃也。”夫婦人從一,義也。俟父母命,禮也。閟姐不告,權也。行權以守義,鄉愚弱息動而合於聖人之道焉,非生質之善而能若是乎?智開賜錢二萬以旌之。

十四日,晴。天氣過煖,化凍泥濘。病愈,始出謝客。飲調余處。聞鄆城民埝決口,河水南徙,灌入沂山諸湖,浸浸有灌入里下河之勢。廷旨籌塞決甚急。又聞津郡去年臘月廿五日火,焚北門城樓。廿六日晡時,有星自西而東,滿天赤色。

十五日,風,微雪。存之來,作競日談。爽亭酉刻來,皆夜分始去。子岱期而不至。詢爽亭某觀察之■■,爽亭言論現在服官,才氣魄力皆近賢者,惟自信過深,他日重用,誤國與否則不能知也。爽亭又言,觀人最難,一種人各樣皆有,就其有者而觀之,足以遍投當時之好而不竭;一種人各樣皆無,就其無者而觀之,足以博取天下之譽而有餘,皆可畏之人也。其言絶妙,因並録之。儀丞召飲,未能終席。夜月朦朣,五鼓乃大朗澈。

十六日,晴。作梅招飲。

十七日,早雪,午晴。惠甫招飲。過存之談。

十八日,晴。奇寒。作梅來談。

十九日,晴。約同局晚飯,爲錢調翁撰《重濬洺河碑記》。

二十日,陰。約同鄉晚飯。陳松泉至。寄第三次家書及小宋書。

二十一日,早晴,午陰。爲作老題“勿忘勿助齋”額。又書夏峰語録三百言。有對予述求官之難者,子曰:譬如向人求物事,求者愈急,則與者愈吝愈驕,只索性不要,則驕吝無所施矣。若乞丐揮而不去,終未必得食也。其人更援孔孟爲詞,不答。

■題勿忘勿助齋額書後

■■者朱子所謂集義之節度,養氣之節目也。朱子又言,忘是不把做事,助長是作弄意思。又言勿忘則自然長,助長則速之。垂教示人,至爲真切。同年作梅先生取兩言顔所居,齒德高卲,自治之嚴猶如此。予愧未能,書畢汗下。

二十二日,晴。爲合肥撰《歌麻古韻考叙》,用亡友龍翰臣布政之説。

歌麻古韻考叙(代)

言古韻者,亭林以前失之疏,茂堂以後失之密。然所謂失之疏者,不過小有越畔,其考據之精確不可磨也。所謂失之密者,亦不過千慮之失,其分合之周備不可掩也。段氏於古韻之不可通者,皆謂之合韻,即聲近相轉之例,其立説未當,則不宜以合韻加之古人。夫古人之韻既不可得見,何者爲合宜?篤守亭林十部之説者群起而攻之矣。要之,合韻不外轉聲,轉聲不外雙聲。今人所謂雙聲,即漢人所謂聲相近。凡聲相近者皆可轉,而不近[者,不能以]歌麻而論。用今韻讀之,則歌麻亦較然[有别,歌]音近支而麻音近魚模也。歌韻中凡多爲禾吹皮离諸偏旁字,今多轉入支部;麻韻中凡家車叚亏華牙諸偏旁字,今宜歸魚模部。就歌麻兩韻較之,凡加沙麻聲之偏旁字多入歌韻,是麻又爲歌之轉聲,而麻不能自成爲部也。夫言韻則有一定之限,言聲則遞轉而無窮。故言古韻者,言方言不如言合韻,言合韻不如言轉聲。學者觀形以得聲之誤,審音以定形之譌,而於通轉流變之間,深求所以分合之故,則思過半矣。保山吴君樹聲郵寄所撰《歌麻古韻考》示予,蓋篤守亭林之説而不失者。予以爲茍觀其通,則成説不必盡泥,亦自不失古音也。乃書所見,以諗世之言古韻者。

二十三日,晴。丁樂山觀察來,言天津難民十一萬有餘,日須制錢二千餘緡。經費固難籌,而饑餓垂死之狀,實不忍揮之使去。仁者之言也。午間拜客,飲魏蔭庭寓,席間黄静老諷予舌鋒可畏。[爽亭]來談,謂予寒邪尚客肺經,而少陽火[redacted],則成重症,處方柴胡三錢,細辛一錢,黄芩、乾薑、五味、黨參、雲苓,一劑而痰利。

二十四日,晴。任純如來,持史君香岩所撰《樂亭縣志》稿本。香岩又借藏書四十種,篤學古誼,不多得也。

二十五日,陰,午後微晴。仍服爽亭所處方,病霍然矣。代合肥撰序一首。

詩小學叙(代)

予既序吴君所撰《歌麻古韻考》,復取其《詩小學》讀之,大旨用段氏雙聲疊韻之法,求之形聲,以得《詩》義。國朝以聲音文字説《詩》者,有顧氏亭林、惠氏周惕、戴氏震、陳氏啓源、錢氏坫,而茂堂於小學爲最精,其説《詩》時見於所注《説文解字》,不獨《毛詩小學》一書也。吴君推而衍之,立説不專主於毛,故直題曰《詩小學》云。予嘗謂古籍散亡,今之所存雖單詞隻義,當日必有依據。後人求左證而不得,則效康成改字,一弊也;不得本字之義而創獲他解,轉斥先儒爲望文生義,二弊也;經字異文或相通假,輒據異字肊斷時代,[三弊也]。是書於三者或未能盡除,要其實事求[是,因聲定]義,以義知聲,考索於古字、譌字、叚借字以知字形,而聲與義定焉。聲與義定,而字形亦無誤焉,固已援據浩博而鉤析至勤。又謂子家、雜家、讖緯各家皆在《詩》《書》之後,説經者穿鑿附會,甚或至於誣聖誣天。又謂讀《詩》者當於各詩中求其貞淫正變,勿泥於風雅頌之名,則大義微言時有所見,又不僅聲音文字之學矣。吴君篤學人也,故質言其書之得失以爲之敘。

二十六日,大風,寒甚。

二十七日,晴。夜夢川沸,魚鱉之屬悉浮水面。水中二洲,一洲人衆若聚而避水者;一洲有大黿,廣數十丈,黿首長丈餘,一人折之,黿動而水亦動,避水之人大譁。予亦驚覺。此夢甚奇,記之。

二十八日,晴。得合肥書,言河洲官軍潰退,回匪繞出洮水之南。甘事可慮。改定所撰李忠武、勇毅兩公家傳,質之合肥、溧陽兩公,皆與勇毅舊交也。予致合肥書,言生平老蠹魚孔中東尋題目作文字,而■■■■題目,可愧,尤可慨已。

[二十九日],■舒凍解。蔭亭來,出曾相公牘,言黄河自山東侯家集水勢南趨,徐海一帶已有災,現派程國熙、龐際雲、魏綸三道員堵順清河,挑舊黄河,冀以瀉水。綸先,蔭亭子也。

【同治十一年二月】

二月初一日,陰,大風。邸鈔:直隸總督開局重修《畿輔通志疏》:"竊維爲政之端,必稽方策;惟民所止,首重邦畿。《周官》'邦國之志,小史掌之',以別乎外史所掌四方之志。誠以近畿之地,治化宜先,故尤重其事也。溯查《畿輔通志》成於雍正年間,迄今百四十年。聖聖相承,典章明備。凡水道之遷改,輿地之并分,以及裁置官員、增減兵制,國家因時損益,既事例之煩興,士庶仰沐甄陶,亦人文之日盛,自應及時纂録,垂示將來。又舊志之中,體裁未備,如陵寢應當專紀而附入京師,河渠須考源流而瑣記枝節,藝文不詳書目僅列詩文,釋道本屬異端竟躋人物,若斯之類,踳駁殊多。至於河工、漕運、兵事、海防,皆屬大端,略而不記。闕者應補,譌者須訂。歷年既久,文獻難徵,若非詳慎考求,無以信今傳後。臣自去年履任,遇[有興除政]務,檢尋遠年卷宗輒多霉壞,稽之舊志則[紀述疏略],不足以備考查。思欲重修,因遇水災,未遑暇及。今幸仰蒙聖訓,辦理賑撫,漸次就緒,與司道等籌議于保定省城,設立總局,延請翰林院編修黄彭年總司其事,遴派樸學員紳襄同纂挍,移檄郡縣頒發采訪條款,分門别類,加意搜羅。凡官書所記,案牘尚存,以及故老傳聞,私家記述,採訪不厭其詳,編擇必極其慎,務使臣綱細目,秩然有條,酌古準今,堪資法式,庶幾官司從政,得所取裁,首善之區,益光聖治,以仰副我皇上體國經野之至意。至志局章程、需用經費,由臣督飭司道,隨時籌辦。所有設局重修《畿輔通志》緣由,理合恭折具奏,伏乞聖鑒。”向來奏修志書,摺内不列纂修之人,此疏予所擬,合肥增“延請”一語,推重之意恐不能稱也。陳作翁來,言定李虎峰内翰采訪順天事實。丁方鏞、季莘來,蓮池書院舊生徒也。

初二日,晴。

初三日,早陰,午晴。在錢調翁處晤余觀察思樞,合肥人,自黔查案來,談黔事甚悉。閲邸鈔,御史彝昌供認■■■■■■詔斥爲言官之敗類。

[初四日,閲邸]鈔,丁稺璜中丞以鄆城縣侯家林塞決,關係民生,運道必須駐工督辦,不候假滿,於正月初二日回任,即以是日出省。疏云:“臣以疲病之身,膺艱鉅之任,惟竭其心思才力之所能到。”勇哉! 天下之事須與健者謀之,彼以夤緣賄賂得大官者,本計原不爲辦事來也。小原招飲,同坐有繹萱及沈竹齋、陳鶴雲。竹齋畫爲戴文節入室弟子。鶴雲則子宣弟也。子宣能文,早逝,二十六年以前舊交。話及,悽然。聞滹沱凌汛驟漲,衝斷浮橋,沙、郜兩水亦然。瑾兒方隨青老在途,心甚念之。

初五日,晴。

初六日,晴。邵汴生中丞來,談次,尚未知西事之艱鉅也。走答,順過仲軒觀察,談制舉之學,自負甚高,獨折服其子,亦奇癖也。

初七日,晴。錢調甫將入覲,來取别,往送之。便過合肥,出觀方元仲觀察自秦來書,言左帥圖河州,而回逆時出,毁我浮橋,截我運道,糧不時至,前敵苦飢。總統傳先宗促攻賊巢,爲因糧之計,不克,死之。分統之楊士俊、王登勝皆重傷,[redacted]兩當、徽縣之間。左帥檄曹克忠率十營前[redacted]淮軍將士不相習,固未能拔營,陝防亦未可空虚也。合肥因論左帥自捻逆蕩平,移師還隴,軍勢方壯,陝西聚長武乞撫,而遽擊之,失機一;陝回被擊,走依馬化龍,馬化龍者,固嘗降於我軍,左帥此時當陳軍遣使,責其納叛,而先擊負固之河州,乃先攻金積堡,損兵折將,耗財經年而後拔,而軍威固先損矣,失機二;金積之克,非攻下,乃降之也,降而復誅,益堅叛回之志,失機三;部署未定,千里蘼蕪,驟然深入,失機四。現惟斂軍自保,專顧餉道,俟鋭氣復,方可更圖大舉。

初八日,晴。

書王琴航先生遺墨後

右王琴航先生家書三篇,官延建邵道時作。時粤匪自江西犯杉關,連陷光澤、邵武,先生在順昌,聞警馳入延平。延平去邵武僅百餘里,吏民先遁,公慮不可守,乃爲書與父母兄弟及子相訣,遣猶子用翺持歸,時咸豐七年三月十一日也。書中有云:"不可爲子,必求可以爲臣,或者高堂轉憂爲喜,曰是子不辱,亦[未可定。"嗚]虖,何其志之決而言之純,以至可哀也夫!夫人[未有不]能事親而能致身於其君者,亦未有不能定志於平日而能成仁於造次顛沛者。吾觀《事狀》稱先生天性之篤、自治之嚴,刺永春、守漳州治行之卓著,其昭大義、植綱常,固不待臨危而始見。即以見危之義而論,方作書時亦危極矣,而三書大旨惟言思親,又以不辱其身爲孝,書法尤純厚凝重,無急遽之意。《傳》曰:"求忠臣必於孝子之門。"又曰:"行前定則不疚。"豈不信歟?先生既入延平,士民還集,乃修戰守之備,卒與同官克兩城,解建甯圍,以勞卒於軍,不愧其言。予友方君存之携此册示予,蓋先生弟榕泉裝池者。方君曰,榕泉君子人也,所爲《事狀》宜可信,因掇而書其後。

初九日,晴。

初十日,晴。

十一日，大風，日曀。得鄂生書，寄柳公綽書《丞相祠堂碑記》拓本。端懷亦有書，尚在蜀也。

十二日，晴。合肥以書至，言得江南長江提督黄翼叔書，武英殿大學士、兩江總督、一等毅勇侯曾國藩卒於官。月之初四■■■■艱，國家失此梁棟，良可痛悼。予致書合肥，■■■勳業學問在本朝自是第一流人，其治天津教案一疏，日月之食，無損於明。顧與之相處最久、相知最深者，無如合肥，宜具疏請宣付史館。又繼之不得其人，則湖湘之亂可計日而待，亦大臣誼所當言也。

十三日，晴。合肥以心緒煩，不能閱卷，取昨日蓮池課生童卷屬爲挍閲。因約陳松泉、吴儀丞兩君同挍。凡保屬舉人生監卷四百餘本，外屬一百餘本，童生卷二百餘本，統八百餘本。題爲“仰而思之，夜以繼日”，詩題“緑柳纔黄半未勻”，得“黄”字。童生題爲“鼓瑟希鏗爾舍瑟”，詩題“漠南春色到滹沱”，得“南”字。合肥來夜談，亦以兩江替人爲亟，憂國之意形於詞色。

十四日，晴。閲卷。合肥送邸鈔，湘鄉特謚文正，追贈太傅，入祀賢良祠。夜，合肥復來，言文正謚係特賜，不由臣下撰擬，國朝七人而已。湘鄉得此異數，可以無憾。兩江以小宋暫權，它日即替人也。

十五日，晴。閲卷。

十六日，晴。閲卷。

[十七日，■風]，早陰，午晴。閲卷。

[十八日，■]風，陰，午晴。閲卷。

十九日，晴。擬諸卷甲乙。（内屬超等十，特等貳拾，壹等叁拾，附課六十，外屬半之。童上取十，次取十，又次取二十。予昔主講時，無外屬六十卷。劉公長佑督畿輔時所增也。）

二十日，晴。閲卷畢。

二十一日，晴。

二十二日，晴。料檢寫書事。

二十三日，晴。

二十四至三十日，連日纂《藝文略》經部，草稿粗就。

三十日，合肥將往天津，來取别。李虎峰舍人以志事自京師至，邀其便飯。

【同治十一年三月】

三月初一日，青餘率瑾兒夫婦自河南至。女孫智蓉年餘，已能呼公，可樂也。夜共青餘談，至三鼓始就寢，一睡天明，數月來無此佳境。是日早微雨。

初二日，同青餘談。天陰。李虎峰舍人來。

初三日，晴。送青餘起程入都。檢書。

初四日，晴。檢書。

初五日，晴。檢書。

初六日，晴。取《經義考》補入所撰《藝文略》經類。

[初七日，■]。校録《經義考》。

[初八日，■■]陰。校録《經義考》。

初九日，晴。《沿革表》成，十府六州，惟口北三廳舊志及《一統志》直隸統部内均不詳，檢查未得。

初十日，晴。從《一統志》牧廠察哈爾疆域内得三廳沿革，從《宣化府志》得本朝設廳年分，補《表》始成。編籬闢畦將種華。諸壽元來。

十一日，晴。籬成。得鄂中家書，皆無恙，稍慰。

十二日，晴。天熱，可衣袷矣。《郡縣建置沿革考》粗就，付鈔胥。

十三日，種花。至書肆，得《學源堂集》，《畿輔三志序説》在焉，足資考證。瑾兒耳瘡已愈，復腫痛，至泣下，僧人以符水治之，痛稍止。得雨農書，詢琦女姻事，作書答之，並寄劉氏爲阿姨執柯。孫瑞田來。

十四日，晴。春花怒發，鄉思轉深。作第五次家書，並寄湘鄉朱、周兩君書。丐作梅官封遞鄂。瑾疾稍愈。予困憊殊甚，夜稍健。讀《滄溟集》七律一卷。雨聲瀟瀟，從人皆寢，獨坐夜半，清氣■■。

十七日，晴。陳繹萱約爲詩會，集者小鍈、松泉、聽彝、賀君錫五，錢伊臣、甘卿昆仲，繹萱之子，猶子橘丞、煦萬，余與國瑾也。一人占數卷，糊名易書，兩人司校，國瑾皆第三，同一卷，橘丞皆第四，亦同一卷。凡同卷同取前列者，賀。繹萱豪飲，是日盡十數巨觥。

十八日，晴。得《口北三廳志》，改定《沿革表》。

十九日，早陰。午間同繹萱、沈念慈出南門，至西馬池，拜何願船同年墓。願船名秋濤，博聞彊識，爲諸生，究心訓詁、輿地之學，通籍後，官刑部主事，纂《律例根原》。李鍈梅師撫安徽，奏君自隨。李罷官，君仍歸刑部。以大臣薦,召對,勅進所著書言北方邊事者,賜名《朔方備乘》。庚申之變,書焚。上詢大臣,求副本,侍郎黄公宗漢因取副本重寫,將以進呈。未幾侍郎寓火,乃並副本焚之,書遂不傳。① 君在刑部先後逾二十年,未得實除。咸豐九年召見,始賜員外懋勤殿行走,而君遽丁母喪,旅居京師[redacted][饔]飧不繼。予辭蓮池書院,薦君自代。同治元年三月,[redacted]病熱卒,貧不能歸葬,今西馬池葬地,沈君心梅所置也。二子尚養於湘雲家中。烏虖!君之困阨,何乃至是,揮涕久之。是夜大雨。

二十日,早起,雨勢未歇,午後雨止。

廿一至廿九,晴,多大風。數日内僅得文二篇,附録。

湖廣義阡記(代曾文正公。時蔣養元觀察經理義阡事,屬追爲之,謂文正去直時曾議之也)

古者死徙無出鄉,故《周禮》大司徒冢人墓大夫所掌皆以族言,無以鄉言者。族師,四閭爲族,八閭爲職,此又就本鄉言之,非遠方之謂也。遠方歸葬者,營邱之返葬于周也,其言曰:"禮不忠其本。"是仁者之爲也。遠方客葬者,延陵之葬子嬴博也,其言曰:"骨肉復歸於土,魂氣則無不之也。"是達者之爲也。二者所見不同,非其力與時之有能有不能也。蜡氏骴禁之設,《月令》掩骼之文,其後世義冢所自昉乎?官實掌之。凡行人之死者,皆置楬焉,又非各鄉其鄉也。夫各鄉其鄉,似有畛域之分,惟其分也而復編焉,猶之《周禮》之令民有私地域,其情若私,而大公著焉矣。② 保定西郭外三里溝有湖廣義阡,道光中直[隸布政使]陸公建瀛始創而置之。爲地二十有五畝,爲屋七楹。其後咸豐中布政使陳公啓邁葺而新之,同治七年總督劉君長佑、布政使唐君訓方更擴而充之,除舊址爲屋,北向三楹,東西各二楹,工未竟而兩君先後去。予奉命督畿輔八年,鄉人以告,予輸金爲之倡。凡吾鄉之官遊於斯者,咸樂輸焉,乃屬蔣君春元、陳君慶滋董厥役,何君某、徐君某司其事。凡增屋二十楹,增地四十有五畝,界之以石,表之以樹,鄉官有祠,守者有贍,歲祀有資。本冢人以爵等爲度數之義,别服官者之區域焉。本墓大夫爲圖正位之義,

---

① 夾批:原書八十五卷,今所傳《北徼彙編》刻本僅書中之十一耳。

② 從"古者"至此皆被圈去。

區先後、别男女焉。本蜡氏書日月、懸衣服、任器之義,志死者之鄉貫、姓氏、年月焉。予考古者骴禁之設,即後世義冢所由,昉而掌之於官,至冢人墓大夫之掌,又皆以族言,無以鄉言者。今義阡之設,以古者族墓之法推之鄉人,以鄉人而兼古者官禁之法,法至良、意至美矣。使由是推而廣之,四方之人各鄉其鄉焉,羈旅安有暴露之虞,豈非古人相保相恤之至誼哉。顧以區區義阡,猶必積數十年之經畫而始底於成,吾於是益歎集事之難,而深望於來者之善其後矣。時予量移兩江,將戒行,乃書其顛末而爲之記。

[新城縣重]修聖廟碑記代

[新城文廟]創自有元,道光八年邑令周良卿擴而新之,迄今四十餘年,兩廡後殿既傾,櫺星門圜垣亦圮,邑令胡岳建議修復,會當遷去,某來攝縣事,始輸金爲之倡,謀諸父老,醵金不盈萬,鳩工庀材,以同治十年某月某日興事,某月某日落成。是年秋,霪雨浹旬,官舍私廬頹壞逾半,廟貌屹然,邑之人欽妥侑之得宜,而幸其謀之之豫也。工既竣,請某文以紀之。竊維士人所爲崇事聖人者,豈惟是殿廡之隆崇、歲時之祭享云爾哉,固將志聖人之志、學聖人之學也。夫聖人之道昭著於六經,經師之傳導源於北學。其在漢時,京氏言《易》,盧氏言《禮》,董氏言《春秋》,毛、韓言《詩》,至於隋唐,二劉、熊、李疏注於前,孔、賈諸儒正義於後,譬若淵海,宏納衆流,大矣廣矣。自是以來,二程、康節、元城、河間倡道於宋,文靖、子聲、伯修、敬仲傳業於元,迄於有明之孫、鹿,國初之顔、李,莫不敦崇大節,焜燿儒林。即以新城一邑而論,遠則道元之博、許茂之精,近則五公山人[懷文武之]才,抱忠孝之節,隱居樂道,確乎不移,[當時學徒]謚以文孝,健餘北學之編,屈一指焉。《傳》曰:“士希賢,賢希聖。”凡諸賢之言,莫非言聖人之言,凡諸賢之行,莫非行聖人之行,雖所造或有淺深之殊,要其歸則無古今之異。士之有志於聖人者,其亦知所興起乎。求之六經,驗之五倫,推之萬事,嚴義利之辨,大名教之防,於以紹鄉賢之遺徽,蘄至乎聖人之大道,則北學之興將於是乎在,庶幾吾夫子垂教來世之本意。《書》曰:“黍稷非馨,明德維馨。”某不敏,願與都人士共勖之也。

【同治十一年四月】

四月初一日，晴。孫省齋同年來，言志局所須《廿四史》《廣東通志》皆已帶到。蓮池得一畝泉水灌注，種藕二百卅五斤。同松泉、敬齋步出南門河干，至劉河間祠，麥苗肥潤，鳥聲甚歡，上閘觀漁，買魚苗一擔，蓄之池。王念航孝廉來，琴航之子也。

初二日，晴。大風。閲王晋卿優貢樹枬文，才雄氣盛，英年得此，殊未易才。得李虎峰書，言志局采訪事，詢[redacted]中屯居旗人應否采録。答云，旗人屯居者，服官並[redacted]之地，是朝廷不以地方居民待之也。[redacted]《八旗通志》不得入方志、一統志之列，旗人大一統之義也。畿輔舊志不列旗人，方志之例不敢僭也。王孝鳳大理家壁自秦還，朝過訪，出觀疏稿。

書郭蘭石先生臨《争坐帖》後

郭蘭石先生在嘉、道間書名重天下，當時所謂館閣體也。此本雖摹平原，仍是本家筆意，余外舅陶菉泉先生得之王夢香先生玥，王得之諶葆初先生厚光。册中有成蘭生先生世瑄跋，皆吾黔人。成跋中稱松泉先生者，徐御史培深也，道光中以直諫去官，亦吾黔人。郭嘗典試黔中，菉泉先生及成諶皆所取士，故尤重其書。予昔見心遠山房所藏名迹甚富，此册特鼎之一臠。三十年間遂都散失，昔人謂書畫爲過眼雲煙，信然。偶從恕軒齋中見此，率記前事。同治十一年　月貴筑黄彭年書，時在保定。

初三日，晴。亡妻忌日，國瑾修祭。自壬戌歿，歲復逢壬，十稔於兹。蓮池甑月猶日前事也。聞紀家胡同李氏門前掘地得石，往觀，高九尺，廣五尺，下豐而上鋭，凹凸多孔，狀頗[redacted]名葦子園，或當日園亭中物也。李居[redacted]當在百年前矣。合肥書來，寄畿輔[redacted]。毛小瞉世黼官山西通判，予表弟也，書來，道其母姑妹侄同治三年六月在綏來殉節事，久未得達部請恤，可傷也。小瞉寓陽曲炒米巷。王廣文肇晋樫泉來，琴航弟也，有學行，嘗撰《深澤縣志》，近謀刊毛一士所著《春秋》。方存之書來，寄所撰《懷刑歌》《勸民歌》《教士民條約》數紙，言召父老紳士數百人，仿鄉飲酒之意，使之代爲諭教，尚有古循良風，今之官場則以呆目之，其日斥爲官場江湖派。夫此等事，既斥爲惡派，則其所謂正經事者，乞憐公卿之門以求書函屬託鑽營各局差事，以便規利營私而已。其在地方，亦只邀結惡紳巧取於民,應酬節壽,善媚其上而已。滔滔皆是,天下烏得治乎?

初四日,晴。增文《藝文略》經類。

初五日,晴。早起,少石過談都城事,慨然久之。晚過少石便酌,同坐邵莘鄉太守增,談輿圖、金石暨中西算法,楚楚可聽。觀所繪黄河圖,開方計里,山形向背,極爲精緻。其論河身有已成■■■■土堅不能成漕,須以人力治之者,有須■■■■之者。大約謂奪淮之故道不可,復須就現在河身範水,使不南趨,否則灌入里下河,淮徐終有其魚之歎也。此事張子青任河帥時曾言之,丁穉璜謂東民不願,難以舉辦。

初六日,過莘鄉,携所藏《吴禪國山碑》歸,與《兩漢金石記》所載參挍。約同少石晚飯。

初七日,張振軒漕帥見過,索家乘,蓋素聞名宦治績耳。欲邀侑石南去,予答以志局不可少此人也。《藝文略》經類大致粗畢。榕泉夜談。

初八日,晴。温風始至,榕泉邀飲酒肆,同坐者博野蔣芳原孝廉樹培、定州王文泉孝廉顒,皆有學行人。得陶宣三書,言欲以一身兼祧兩房,外舅菉泉先生可以有後矣。宣三補陝西汧縣典史,得通判,在任候銓。芳原居博野之城東村,故蠡吾城之東也,在今城西北,故蠡吾城爲滹沱所嚙,徙今治。滹沱之害,榕泉身受之,文泉深憂之,而無術以治之。

[初九日,■■]榕泉、芳原飲,文泉不至。夜微雨。

[初十日],■真定所送輿圖,以所藏元延尺度之不合,不知計里開方也,致書使更繪。廣平按畝攤錢修志,批答不得以文字之役重累閭閻,已改由地方官捐辦。得合肥書,言心泉將以病歸,端人也,惜之。陳子敬亦請病假矣。日本已定約,今復遣員來商,其國專意效法西洋,凡船礮、機器、鐵道皆刻意精造,必爲中國之害,切近,甚于西洋也。又寄《籌海芻言》,崑山王學博陷於彼國,言海國事頗得要害,大旨亦謂學西洋之長技以制西洋,而深咎中國時文取士之汨没人才,至謂周孔之道不足以爲治。烏虖,何其言之悖哉! 大凡功利之徒,其言務盡多有此弊,然必不至妄詆周孔也。如王生者,苟任用之,亦何所不至哉。夜聽瑾月下鼓琴。

十一日,晴。池中荷葉如錢,遊魚逐隊行水面,皆可愛玩。局中招陪榕泉、文泉、繹萱。文泉、儀丞皆醉。

十二日,晴。拓小軒地數尺。

十三日至三十日,中間惟廿一日陰,廿二日雨,餘俱晴霽。蹇宣甫、高怡樓還黔、蜀。廿日過我,廿三日去。作書寄[redacted]諸君。日記闕,怠於自治也。閲邸鈔[redacted]陳言請廣孝勤政,崇儉黜奢,親君子,遠小人。奉詔褒答。通副王維珍《請益廣思以臻豫順疏》中有“先意承志,幾諫不違,孝思維則,宮庭始基”等語,上諭斥其任意揣測,信口妄言,交部嚴議。餘皆循例之事。數日内偶賦詩,録存之。

偶過鶴柴,得重三山長遺扇,題句還之

昨宵同話釣魚臺,留得清風扇子開。寄語先生莫惆悵,翻空鶴影會歸來(唐人詠扇詩,舞鶴翅翻空。)

孤鷺來集蓮池樹杪,同繹萱、侑石、汀鷖往觀口占

孤鷺應憐水滿池,閒情獨立最高枝。片雲來去原無定,鵲噪雅驚總不知。

蓮池口占即事

好風爲約半池萍,一鏡空明萬象靈。閒立橋頭談舊事,臨漪亭是再申亭。(方恪敏公以乾隆壬申督畿輔,於一畝、雞距兩泉外别濬一泉,名曰申泉,建申泉亭。今歲復值壬申,合肥、溧陽重治府河,泉源復旺,池乃得水。適符申爲先鄉廣淵重登之語。)

[redacted]得水盈池,一葉亭亭立鷺絲。(時有孤鷺來集[redacted]相與粲然。)借問風流髯太守,今朝啓閘可相宜。(髯爲保軍廳實司閘事,池方須水而閘遽啓,故叩之。)

題繹萱《河梁送别圖》次抱潛韻

青山舊盟吾不守,又不痛飲長安酒。偶然浪迹蓮花池,頗類梁園盛賓友。就中髯者陳先生,當時群推活國手。閒情擊鉢牛耳操,一舉千觴忘白首。如何方植召伯棠,便思歸種陶潛柳。人生蹤迹似浮雲,去住那須論速久。古來後來兩難見,惟有眼前休更負。請種池邊三百株,引得清風盈兩袖。(春間種柳之議未成。)

向大慈閣僧如晟覓金魚

聞道祇林祕化機,經年禪鉢飼魚肥。我無逸少《黄庭》字,也學籠鵝踏月歸。

昔日晋公曾乞鶴,東坡亦有换羊書。往來住著原無定,况是心空兩契如。

代松泉用抱潛韻題《河梁餞别圖》

甚矣吾家兩太守,一爲狂吟一耽酒。露坐科頭短[redacted],[redacted]遊鹿爲友。髯翁持來餞别[redacted],[redacted]在手。錢塘淋漓寫長篇,大字成行細[redacted]首。此才置之清廟明堂中,鏤牒記封文貫柳。不然亦當特節行九邊,胡爲池館周旋久。兩公聞言各大笑,此間置我殊不負。但恐延陵詩律嚴,請辨形聲徵好褎。(詩褎好爲韻,況有宵與幽同爲一聲乎。延陵以是律之爲已過矣。)

【同治十一年五月】

五月初一日,日有食之,九分强。凡日食在夜,或陰雨,則不見。早起陰雲,微雨,謂不見食,乃忽然晴霽,使人皆仰之。此天心之大公也。懸象示警,不肯假借,此天之仁愛人君也。日光射目,瞻仰患不真切,用眼鏡以濃墨塗之,視它物不見,而視日分數特明。得潘蓮舫學使書,爲與劉宅議婚事。周東屏同年來。

疊抱潛韻奉答並寄伯專黟縣

吾少治經惟墨守,黟縣研精許祭酒。錢塘更是人中豪,南城僦屋稱三友。世事浮雲變萬千,北馬南船各分手。總角論交未是奇,忽然[redacted]俱盈首。去年泛迹臨西沽,君已輕舟[redacted]柳。(西沽、楊柳青皆在津郡。)今年徜徉文史居,翦燭常坐談忘久。爲報皖江雙鯉來,遺我瓊篇似償負。(得伯專書並寄所撰文字。)恨不携君江之南,共入深山雲拂袖。

初二日,雨。池水清澈,遊鱗可數。

初三日,晴。聞閩浙總督李子和年丈將至,遣迓之。

初四日,晴。作書寄合肥,請函咨各省,索《通志》。

初五日,早晴。祭先後,拜同局。晚飲蕉簃。李子和尚書來。是日亥刻大風拔木,窗櫺震撼,雷雨交作。異常之災逾時,星光的皪矣。

初六日,起視籐架,蓬桿盡折,木壁傾倒,枯木拔起者三,吹折樹株枝榦無數,烏雅殞者三十有六,隕傷未死者三,雅鷇墮地者三,敬齋清理甚爲得法。少石贈荷花,函謝。讀邸鈔,御史李先生宏謨請勤召對。鈕君玉庚字瀾生來,同館後輩,和老之壻也。

[初七日],[redacted]浙諸人公請子和於浙江會館,邀作陪[redacted],二鼓始

歸。讀邸鈔,袁御史承業奏太監開設錢鋪、蓄養勝春奎戲班,上諭飭順天府、五城嚴禁。

初八日,積雨初晴,天氣涼適,水清荷出,風景頗佳。邀子和及其壻潤生、子彦奇飲於鶴柴。

贈子和

客裏逢君豈偶然,遊蹤追話廿年前。遥知此際朝天去,引領天邊月正圓。

初九日,晴。省齋諸君邀陪子和飲於上下兩江會館。歸,得青餘書,引對尚無日。

初十日,晴。閲邸鈔。奏事處傳旨,自初十日起,接遞引見。

十一日,晴。午間太熱,改州縣所送事實一二篇,輒仰卧,夜月皎然。抱潛自曹河携一鷺來,蓄之。繹萱談同治四年獻縣蝗起,獨馬善人田蝗不入焉。善人名獻圖,四十無子,夫婦力行善事,六十餘生二子,皆能文。鄉人慕其德,呼之曰善人云。

十二日,晴。早起,作翁出小園門渠見過,看荷,談次[redacted]局籌備志局,刻資三萬,發高生息。作[redacted]合肥。得雨農、青餘書,皆及琴友觳庭,[redacted]不通書,亦以爲言,殊可詫也。晚同小銕過少石。

十三日,晴。作翁送精毅營蘇提督元春報,黔中凱里革夷苗巢已破,逆首九姓及張臭迷、楊大六皆已就捦,苗疆肅清。蓮池水腐,滿注又傷荷葉,請作翁以水車出舊水,乃入新水。

十四日,晴。淮軍人來,車水競日,外坎高,築壩低,不得出。蔣觀察來,邀飲於湖廣義園,謝之。一則畏熱,一則謂墦間非飲宴之所也。予爲義阡撰聯,鄉官祠云:“有功德於民,聖代自應崇祀典;讀荆楚之記,歲時聊以展鄉情。”廳事云:“草色上燕山,遠客怕逢寒食節;川流通楚塞,何人不起故園情。”

十五日,晴。築壩齋外坎,竟日始畢。車水未滿而壩走蟄,成功之難如此。南池穴地得泉。

十六日,晴。加壩車水,壩決而止。

十七日,晴。王子范自京師歸黔過此,爲琴師致聲[redacted]感也。琴師志趣甚高,予不能助其登陟,心[redacted]談近日頗悉。

巧孝篇

晉人有寵其優者,以爲子。與之券,且戒其子曰:"汝以爲弟。"其子從之。晉人死,乃鳴諸官,奪券而逐之。燕人有昵外婦之子者,以爲子。將爲之入貲求仕,其子耻與爲昆弟,又慮人之訟其父也,争之不得,走告鄉人,而後語父。父慙且恚,自縊。論曰:晉人之子,僉壬之行也,而親稱順焉。燕人之子,志乎圣賢,終身憾焉矣。二子所遇,非人倫之奇變乎。《傳》曰:"孝子惟巧變,故父母安之。"巧者,誠之至也。

十八日,晴。子范來談,有欲奪侑石先生者,與作老商留之。

十九日,晴。作書寄雲南。子范來談。惠甫自趙州至,携所繪《畿輔全圖》,甚精。

二十日,晴。子范來。

二十一日,晴,午後微雨。

二十二日,早晴,晚雨片刻。聞西關外大雨,溝澮皆盈矣。

[二十三日],晴。

[二十四日],聞青餘至,迓之北關,談近事甚洽。出雨農、研君書。研君用高麗扇録詩孫詩八首,予前年出都後所作也。青餘亟言天子英明,群小屏斥,師傅得人,良爲可慶。

二十五、六兩日,晴。青餘、子范、孟平聚談。

二十七日,晴。送青餘至方順橋,中暑而返。抱潛以卧龍丹使嗃,得嚏乃蘇。

二十八日,晴。周君士澂,字孟輿,以惠甫來,索輿圖歸校。孟輿,弢甫之子也,所著有《續漢書郡國志考證》。

二十九日,晴。迓外姑陶宜人來居。

三十日,晴。

孫詒經,字子壽,浙江人,翰林院侍讀。

袁承業,字曉艇,山西人,御史。

李宏謨,字仲遠,河南人,御史。

(樊長遠整理)

第二十九册　遯庵日記(同治十一年六月)

遯庵日記卷五

【同治十一年六月】

同治十一年夏六月，朔，甲寅。遯翁在蓮池。是日晴。代合肥撰碑記一首。

重修府河碑記(代)

府河以保定郡治得名，本徐水合流■■■■沈水者，雞距諸泉也。宋時沿邊溏濼■■■■爲沈苑泊，縱廣數十里。洎徐水流固■■■■已狹，雞距泉塞而河流益衰。然志■■■■至滿而欲■■復出■爲諸(□□□□□□□□□□□)水江脈注■支分自奇邨至(□□□□□□□□)溉焉。自郡城東入於瀛，以達於淀(□□□□□)焉。昔方恪敏公之爲治也，得泉於一畝之■■■申。爰濬諸泉，自一畝外，曰五花，曰邊竇■■■釃釃爲渠而注諸河。遞建石閘，以時■■■■饗其利者，百有餘年。夫泉久則閉，河久則■■■田者，築壩河中，則泉穴益閉，行舟者築壩■■尾則河身益淤。故論治府河者，既不能復徐河之故瀆，當先防土壩之日增，而非濬泉以裕水之源，非建閘以節水之流，則利莫能興，而害亦終莫能去。予奉命來督是邦，下所司議，時溧■陳君鼐方官清河道，議以爲上遊主掘■■之以建閘，下遊主建閘，佐之以濬河，遣■■■朱靖旬、同知沈燮同、都司王德魁、知縣■■■王邦傑、牛昶煦、縣丞孔慶篤、郭東槐■■■相度，率徒役，具畚鍤，自一畝泉東至■■■■九十里有奇。先鑿諸泉，蕪者滌之，壅者■■■脈既通，乃[1]增建閘。上游閘三：曰■■閘，■■■曰■子營；下游閘四：曰蓮花橋，曰新橋，■■■，曰清河邨。興工於

① 下約缺十五字。

同治十年二月十九[redacted]於八月二十九日,凡用銀二萬六千九百七十[redacted]乃立章程,乃設閘夫,啓閉有時,私壩[redacted]是村疃有溉,米鹽商艘,往來無滯。邦人[redacted]予惟恪敏之記。申泉曰,事有修有慶,其修[redacted]人謀協也。當恪敏之治斯水也,歲在壬申,歲[redacted]再更。予適承其乏,揆諸申維光鄉廣淵重燈之語,若合符節。豈事果前定,抑人謀之攸同歟。予方欲假手群賢,以次治畿輔諸水也,豈[redacted]府河也哉。因書以爲記。

初二日,早晴。近因靈雨寺修閘,不能放水入池,[redacted]將竭之勢,深爲荷花慮。申刻大雨[redacted]中得水盈尺,可稱快事。

初三日,晴。閱邸鈔。貴州克復,清平、黄平[redacted]進勦,現自貴定以下之酉陽、羊老、清平[redacted]至施東鏷[redacted]驛路一律疏通[redacted]以予所撰碑記中沈水[redacted]否據《漢志》改作[redacted]《欽定水經》[redacted]篇應否從之。予答云:班《志》無沈水[redacted]縣有徐水,東至高陽入博,又有盧水,亦至高[redacted]之文。連徐水爲言,遂疑《水經》沈爲盧之[redacted],《一統志》清苑河即古盧水,盧水即沈水,蓋亦此[redacted]趙兩挍皆疑班志脱文,不主東原之説。《畿輔安瀾志》或謂是東原稿本,亦從《水經》舊文[redacted]以古今異名,傳聞異詞,不敢輒改耶。志乘之言,欲以尋源者甚多,如渝水至滿而洑,既不合班志之"渝水,水在地中流曰渝"之語,亦不詳所出,宜何從也?又《水經》滱水篇有云:"滱水之右盧水注之。"此云徐水與[redacted]水合,似是兩水,未敢逕指爲一。

初四日,晴。酷暑,無風。卧胡床,執作梅所著《易[義]》[redacted]困則閉目,醒則流覽,借消永晝。松泉[redacted]初度,賦七律八章,詞甚清麗,但藻繪[redacted]爲不稱耳。池中得菡萏數枝[redacted]得一枝。

初五日,晴。讀作梅《易義》。

初六日,晴。讀作梅《易義》。

初七日,晴。連日晴霽,池水涸,車水灌[redacted]易苦熱。

初八日,晴。讀陳《易》。鈔合肥《論船政疏》。

初九日,晴。同局諸君以予五十,欲爲[redacted]走一畝泉避之。酷暑未果,遂醵飲予[redacted]陳抱潛用勾山先生壽王南華詩韻[redacted]二章。去年在鄂,孫易成以是日生。

初十日,晴。閉門謝客,作老書聯,用耆英[redacted]司馬年最少事對康節行窩,極爲工切。丁未同年在直隸者七人,予最少也。

聞合肥大拜喜賦

正逢朝政清明日,鼎軸宣麻出帝宫。中國今方相司馬,北門久已借萊公。■■利弊籌思熟,萬里梯航咫尺通。獨■■才心最切,艱難宏濟幾人同。(來書■■■才■■■。)

十一日,晴。閉門謝客,于仲方還蜀,過■■■■内室同飲■■,繹萱以■抱潛■■■作大幅畫見貽,合肥贈畫■及黄忠端公畫《貞(心)[松]貫日圖》,書云:一以引大年,一■■■■節,用意良厚,賦詩謝之。時合肥■■■山,故詩中論及。

五十初度,合肥以石齋畫松見貽,疊前韻奉謝

圖書泉石從吾好,賓館當年屬■■。■草在山忘遠志,貞松貫日仰明公(李薊■■■《貞松貫日圖》■■。)縱談世局千秋變,(時疏論海事,謂爲千古未有之變局。)遥託斜川一棹通。(淵明五十有《遊斜川詩》。)忠節忠端兩無忝,(忠節■■仕忠端■仕歸皆成大節。)蘇仙舉贈意應同。(彭年成進士時,賡堂年丈以黄忠節公之畫册爲賀。)

十二日,早出謝客,歸讀陳《易·上經》畢。暮雨甚驟,池内水長,惜不久耳。

十三日,晴。仲方既行,自方順橋貽書,言其僕李■車中誤觸洋鎗,斃車夫,此過失殺也。客中■■爲寄貳拾金,遣差役王玉德。讀陳《易》。

十四日,晴。讀陳《易》。王文泉孝廉借呈■■■■。

十六日,晴。讀陳《易》。答欒亭史孝廉書■■。

十七日,晴。仲方■以費■入京■■■代其■■■橋旅店債■餘千。侑石以■■■■■持來。

十八日,晴。讀陳《易》。鮑華老寄《山西通志》。

十九日,晴。讀陳《易》。小園太守招飲鶴柴■■■同局諸君,李問渠大令實主人也。是日■■雨溝水有聲,頃刻半池車戽數日■■■也。薊州采訪極有條理,繪圖亦精。

二十日,連宵竟日陰雨溟濛,池水滿矣。■■來書,勸予冬間入都,援藏器待時之義答■。是日爲先兄忌日,二十有五年矣。

二十一日,晴。讀陳《易》。在聽彝處見侑石所作和抱潛韻七詩,美

才績學,吐屬逈非凡近。

二十二日,晴。讀陳《易》。姚生定基,字静庵,入都■■。

二十三日,晴。不甚熱。歐陽仲蓀暉,文忠公嫡■也,自東鹿修志還,四月往,六月歸,言志■■■竣事,豈非神手哉?仲蓀言東鹿有■■■八世同居,其治家極有法度,田業之中■■■田爲婚嫁田,爲恤寡田,其子弟十五以内■■■於蒙師,十■■授業於經■■■而■所成則學工商,而■業不在是焉。■■而教書作賈,得貲皆歸之公,其出入掌之一人,而■■■歲易其一。年五十無子則過繼,不得買■■■禁子弟不得入貲爲官。其前人立法■■後人守法嚴,是以能久。烏虖,豈易得哉。

二十四日,近得肅甯采訪册,考君子館遺迹,附■君子館專拓本四,有曰君子長生者。予以■■種荷嘉名巧合,慕漢人名館之義,用周子愛蓮之説,請侑石篆書"君子長生館"榜,陳作翁題識,同人議以荷花生日懸榜醵飲爲樂,以"新種竹都活,舊栽花更妍"爲韻。是日,余■種竹而席間大雨如注,池水頓增,炎威盡■爲可喜也。

荷生日同繹萱、抱潛、侑石、聽彝、嵩荃、儀■■■吾敬齋醵飲君子長館,兒國瑾侍■■"新種竹都活,舊栽花更妍"爲韻,分得[都字]

玉泉山邊扇子湖,秋波千頃紅雲■。■■杖策歸皇都,禾黍已長青■■。蓮池昔遊池水枯,廣■重墱靈泉輸。■■翩翩承露珠,美人一笑雙面朱。海田竟欲詢麻姑,千■■■原斯須。人生及時聊可娱,况有良朋皆顧■。(■■■人。)葛衣草屨來于于,髯公開抱試百壺。■杯已倒吾其逋,淋漓老雨喧菰蒲。凌風■■相歡呼,漢時亭館今已無。殘專篆勢空追■,眼看石碶宅兔狐。豈識連茹君子徒。名花■對塵慮驅,有酒莫待明朝沽。(雨髯儲酒且爲後約。)

二十五日,晴。甚涼爽。患痢,一藥而愈。得調甫中丞書,寄河南正續兩《志》,兼言商城一帶有伏莽蠢動,不難剿捕。讀陳《易》。

二十六日,晴。作翁招省齋方伯、楣蓀廉訪及同局諸君飲。君子長生館水滿,■香酒甘肴美,解衣縱談,無官場氣習,不易得也。抱潛談緗雲在銕■■■疏劾肅順派王大臣查訊時,自紀詩有"一時鳴鳳聲何盛,五夜聞雞夢不成"一聯,■■傳誦都下。

二十七日,晴。讀陳《易・下經》畢。李勺山吏部國楠改官直隸,分發來直■■■伯雨子已扶柩還皖。夜悶熱，蓋將雨也。

限韻詩成，聽彝謂諸作中獨缺近體，仍用都字韻，補二律

山池許借養吾愚，■史從容集館儒。偶向■■■約石，（君子長生館■■■地也俗呼■■■。）不妨結■擬匡廬。花因開晚纔■■，■不■人屢倒壺。（■繹萱。）詩律最嚴持寸銕，古音休更數華都。（抱潛■■■予謂■■轉，衆以爲然，華都爲韻見《毛詩》。）

自可巢松鶴，甯須問菌蛄。予情託芳草，古義證名儒。（■■■引周子《愛蓮説》相勸。）置館遥追漢，能書尚有虞。（謂侑石題榜。）故應留■■，何處訪元都。（侑石謂得好事者爲之圖更韻。）

二十八日，悶熱異常，至暮乃雨。

二十九日，連夜大雨如注。早起視池水已深，荷葉■水僅數寸，而雨勢未止，深爲君子憂也。

【同治十一年七月】

七月初一日，連日大雨，屋盡漏，夜無卧處，日無安■處。與作翁書，云君子已有滅頂之凶，然屈原汨羅，《離騷》可頌，青蓮、牛諸詩集猶傳，傷彼道有■存生氣，則仍謂之長生可也。又同作翁致書■■舅，約其來燕，共成志事。又作家書，匯銀貳■■，由淮軍鄂垣後路糧台兑交。留繹萱飲。

初二日，陰。聞城河與府河連爲一片，南關水■■■洋曹河水亦趨西關，入府河，文報不通。

初三日，微晴。水勢頓退，池中水■流而出，然東西皆高而池獨窪下，不能暢消也。

初四日，晴。始清理書籍，尚無濕損。

初五日，晴。檢書。少石來手談。天津水尚不甚■。

初六日，晴。得合肥書，謂予論出義之處精確■■。

初七日，晴。同抱潛、繹萱持螯把酒。梁編修[仲]衡，字湘南，昔年館課士也，來見，談甚暢。

初八日，晴。熱極。

初九日，早晴，晚陰。夜大雨連陣，恐又將長水■。作翁詢兩江會館祀鄉賢神主款式，予謂先賢先儒本以親授業、不親授業爲分，明崇禎議升宋儒程朱爲先賢,自亂其例矣。會館與聖廟不同,統稱鄉先賢,於義最當。惟閔子■■稱子而范文正公、朱文公獨詳列官職,或仿聖廟從祀諸子書名不書名之别與?則朱子已稱子■■謂稱謚不著官爲宜。作翁然吾言,又詢■■稱疑俗易稱神主何如?予謂天神地示應加神字,非人鬼所宜,若去神■■不成,又宜仿聖廟先賢某子之位之式。

初十日,早雨未息,晚晴。乃定作梅■。高陽令稟麥秀兩歧、馬■雙駒之瑞。批云:地■以時和年豐、人民安堵爲吉祥之象,今秋水暴發,高陽■■疊出,區區麥秀、馬駒未足爲瑞也。陳子■■道矣。

十一日,晴。聞永定河漫溢,不知確否。

十二日,晴。仲方同叔呈自京還蜀,見過。叔呈■■韋南平王紀功碑,又向鮑子年觀察乞得《國朝謚法考》兩册。

十三日,晴。祀先,焚楮幣,自始祖以下每歲書之,使子孫不忘遠祖考妣名氏也,旁及同族親戚、業師及奴僕之有功者,亦不忘之意。約于申■君飲福。

叔呈自京師還蜀,訪余蓮池,爲寫君子長生館■,

口占答謝並寄鄂生蜀中

笠屐飄然出上都,停車爲寫藕花圖。請君更問唐夫子,略似雁塘風景無。(■■也昔同莫君子偲、鄭君子尹觀荷塘畔,回首廿年矣。)

十四日,晴。

十五日,晴。熱甚。夜月皎然,同諸友散步,從人取燈燭置槎上。是日城隍出巡,出北門,仍入北門,以■■■水也。聞一縣令語云,此方百姓毋乃太刁,如此■■■■報螞蚱者(蝗也,北方謂之螞蚱。)有調之者曰,螞蚱或從高■■■來,不曾經水泡,故不死也。此種官直無心肝■■惺吾爲覓得鹿原老人詩翰一幅。鹿原者,閩人林佶字吉人,康熙五十一年進士,官中書。《四庫》稱其文法汪琬,詩師陳廷敬、王士禎,汪之《堯峰文鈔》、陳之《午亭文編》、王之《精華録》皆佶手書付雕,其書《堯峰文鈔》在鈍翁既没之後,世以此多之。予向得三書初印本,後失去,今予家所藏諸本皆模糊矣,覽此幅猶能識其筆意。

十六日,晴。錬兒今年三十,來書,以不能養親爲愧。予曰:以禄養,不如以善養。立身行道,果足■■親揚名,勝於五鼎之烹矣。祁子禾學使[redacted]阻水，自新城迂道保陽來訪，詢皖中[redacted]以伯敷、椒岑、毅甫對。吴仲翔刺史自黔[redacted]携九兄書來，[redacted]散四方，忽得片紙，悲喜交集。夜月朦朧，陰雲四起而悶熱，殆將雨也。

題冰檻銘[redacted]刻

元新安知縣劉得亨《冰檻銘》曰："玉潔冰清，[redacted]滌暑，望之凛然，清風萬古。"東平杜禹書，石[redacted]新安鄉州判署，抱潛昔寓新安見之，今爲志局[redacted]調，檄州判校官拓兩紙，予分得其一。檢《新安縣志》[redacted]載佚事志，得亨名見職官志。元知縣見志者三人，侯立德、普化及得亨。志稱其修静修書院，又稱禹以鄉[redacted]進士，來爲書院山長，慨然以重道崇儒爲己任，蓋師儒之表表者。志載劉杜事，並著至正十二年危素《静修書院記》，著十五年，此刻著十六年，官師皆久於其任，故能相與有成也。

跋麃孝禹碑

篆書兩行"河平三年六月丁亥平邑[redacted]里麃孝禹"十五字，碑首刻二鳥形。同治三年，揚州宫本昂、任城劉恩灜得[redacted]邑，是新出土者。九年秋，昆明畢星樓御史自山東還京[redacted]。予亟賞之。是年冬，予出京還湘，星樓遂以相贈。[redacted]在保定裝池，因記以示子孫。古刻、良朋，皆予性命也。麃姓不詳所出，漢魯王墓石人刻字，有漢故樂安太守麃大亭長者，吴山夫《金石文存》據鄭芷畦説，《山東省志》載魯恭王子孫皆葬樂安，遂謂麃姓爲恭王之後，恐未足信。[redacted]勅碑有故涿郡太守麃次公、故樂安相麃季公，皆魯[redacted]乃魯之名族也。

十七日，大雨，自卯至申。抱潛所居新補之屋大漏。予所[redacted]微有漏痕，尚未大也。合肥書來。清卿薦香濤同治志事，甚爲得人。

十八日，微晴。王榕泉先生書來，言刻毛士《春秋》事，合肥助銀貳百，溧陽助壹百。書中又言荆州水患，城不没者尺餘，西南關及近城郕莊皆衝刷無存，去深澤十二里之小張郕，千餘户僅存數十家。滹沱不治，深澤城終不能保，非分治入洨，則滹沱水勢亦終不能減耳。

書河平三年麃孝禹碑拓本後並寄畢星樓[redacted]京師

星樓先生今古賢，熏鑪抱甕人中仙。卷軸隨[redacted]接軫，大小二篆尤精研。春明昔日縱文讌，酒半[redacted]瓊瑶編。河平去今二千載,出土傳拓無幾年(同治[redacted]年[redacted]平邑。)麃公譜系紛考索,魯石韓碑爭後先([redacted]不知所出[redacted]故作注。)山左古稱金石海,君寶此拓長珍鍵。我時抽簪[redacted]楚,碎鄉分袂同黯然。一朝割愛枉持贈,窶人衣[redacted]憐。年來舟車遍南州,訪碑過眼空雲煙。感君[redacted]不忍釋,裝池崇壁常高懸。張生石鼓昌黎詩,[redacted]一聲星滿天。

十九日,微雨。延韓凌霄徵君(名沖,趙州大馬村人,舉孝廉方正。)[redacted]恭人膨脹。是日國瑾婦娠動,凌霄診方不愈,趙康侯來,一藥而安。作家書寄鄂。戴翊臣自易州還局。

二十日,陰。先慈生日,設祭。留繹萱、翊臣飲。

二十一日,晴。感寒。

二十二日,晴。寒疾加劇。

二十三日,陰。李苾園來。閲邸鈔。御史邊寶[redacted]奏,督臣呈進瑞麥,恐滋流弊,並陳直隸[redacted]患蝗災。合肥奏永定河決,自請議處[redacted]韓徵君爲予處方,一藥病減。

二十四日,晴。在[redacted]各家觀字畫,錢籜石竹林泉水、仙童江上人山水,有吴歷跋,皆佳品。疾未全愈,仍服韓徵君方。夜雨。

二十五日,晴。得用行書,言子重病,甚險。

二十六日,晴。唐雨田自湖北解京餉,携瓊兒書[redacted]。

二十七日,晴。筠谷來。

二十八日,晴。約筠谷、雨田晚酌。

二十九日,陰。夜微雨,惺吾携石庵臨《麻姑仙壇記》[redacted]。

三十日,早陰,午後晴。晚聞角聲,俗曰響城,駐防[redacted]人春秋日城上吹之,或曰以散馬瘟也。

【同治十一年八月】

八月初一日,晴,夜微雨。代擬兩江會館鄉賢祠聯:"周宋閲千年,學術昌明,先覺同歸大道;江淮流萬古,淵源授受,相期無負前修。"又聯云:"聖[redacted]得道統,傳見知聞知,開我東南文教;鄉人行飲酒,禮先進後進,依然鄒魯弦歌。"

初二日,子丑雨微,天明後時有簷溜,至申乃止。[redacted]不寐,夜起,煎水飲之,誦書一二卷,得趣[redacted]誦爲多。

初三日,晴。是日爲曾祖父及祖母生日、祖忌日。聞先君言,吾祖患噎膈經年,卒前一月,飲食大進,而精神日減,自知不起。初二日,呼家人具酒食,謂祖母曰:"離筵也。"若預知卒時者。是日范文正公生。兩江會館落成,招飲,予■■辭。夜誦《薩天錫詩集》,三鼓卧,竟至天曉,不易得也。

初四日,晴。賈人以畫來售,王麓臺山水大幅,不真。小册畫■■,亦尚不俗。歐聲振題絶句十首:"崩雲壓谷峰,奔流漱色噎。星塘尺幅中,奇險與目接。晴翠滿松關,濤聲撼虚壁。■僧盡日閉,無人叩禪寂。春水洞庭舟,春煙荆門樹。去去渺■波,故人在何處。紅樹接汀洲,白波浸江寺。天際黄鵠來,磯頭迓客至。空江出戍樓,煙塞連蜀楚。齊帆樹杪懸,忽■巴人語。紅葉江上邨,僧鐘度林缺。小艇破秋煙,絶勝春時節。孤月下包峰,停撓夜深■。■高隔西煙,■樹迷荒■。秋山浄如沐,空翠滴幽閣。一卷南華經,誰與談沖漠。家住碧溼灣,門前小艭■。打槳■■中,歸來泝明月。涼雨濕平岡,秋陰暗臨升。■■擬把門,楚天極遥矚。"聲振字五皆,一字虚舫,挑■■官直隸,書仿率更,詩亦雅秀,惜畫未稱。黄穀原畫册頗得三王筆意,餘畫册數事不足觀。穀原自題畫册七絶:"渺渺江天晚霽時,日光雲影半參差。倚巖齊閣松風裏,坐看山容變態奇。"尚有逸致。陳堅字銕門,畫花卉册中數蜨、兩蛙、一蜘蛛,極工。吴雲字水雲,山水■■■極工。若使兩册盡作人物蟲鳥,豈非精品? 人情吝所■■■所短,正如文士談兵、武夫好弄筆墨也。

初五日,晴。予性喜閒逸,懶出門,積久始爲人答拜,則皆已出省,可一噱也。亟賞穀原册,第一葉山樹蒼潤,高閣倚奇■面臨江水(詩已見前。)第二葉倣米、董,墨痕俱活,自題云:"昔在吴趨,見米襄陽臨董北苑《夏山圖》,略師其意。"第三葉危岫斷雲,扁舟茅屋,自題云:"倣黄鶴山樵筆意,於鄂渚廨次之看山讀畫樓。"皴法蒼勁,真不減黄鶴也。弟四葉倣曹雲西筆意,層巒疊巘,松際結廬,小亭翼然,可以卻暑。弟五葉倣趙松雪筆意,氣韻亦自肅穆,無子昂卑靡之狀。弟六葉喬柯修竹圖,老幹扶疏,新篁鮮秀,自題云:"擬柯丹邱法。"第七葉■林茅屋,近水遠山,皴染濃厚,自題云:"摹大癡老人■■■於梧竹山房。"第八葉溪山積雪圖,石骨峻峭,疏林■■■字點綴雪景,盛夏對之,不啻置身清涼山中也,圖題"辛卯八月寄奉蘇生觀察",蘇生者,王先生芑孫也。賈人索值甚昂,度不可得，録其大略如此。

初六日，陰。同松泉、惺吾持螯小飲。觀王蓬心畫堂幅，乹筆皴擦而不枯，危石深林，樓閣隱見，自題云："大癡道人方壺■■徑甚繁，而用筆甚簡，豪鋒所到有篆籀法，余於燕市■■之，爲大力者持去矣，今摹其大略。筆力纖弱，無一痕能入其■者，精進頭陀，殊未易爲也。乾隆丙申歲正月(篷)[蓬]心王宸畫。"(篷)[蓬]心■乾隆二十五年孝廉，官中書，丙申(是)[時]出守湖南，後年五■■。以予家所藏畫册勘對，畫入老境，署款字則用筆結構無毫髮差也。

初七日，晴。松泉還涿。作梅饋桃，直隸桃以深州産爲最佳，究不如京師董四墓桃也。

初八日，晴。病腹瀉。

初九日，晴。得作老和詩。

初十日，晴。省齋同年招飲。閲存之代合肥撰《■下江會館碑記》。

和作梅見答原韻

疇昔卧滄江，食壤甘蚓曲。閑業聊可親，登高倦遐矚。忽忽塵苵中，聞聲誤風鶴。故人遠遺書，招邀入上谷。及兹共賞析，恍若披霧宿。報我枉瓊琚，麗句燦霄轂。山池佳氣多，水清月可掬。灼灼紅芙蕖，朝來正芳馥。摘取供君書，何殊瓣香祝，更乞大手筆，淋漓書满幅。

吾生倏五十，雪霜侵鬢髭。先師有遺訓，假我學《易》時。濂溪圖太極，君子相與期。憂患豈能無，寡過當自持。韋編昔三絶，《繫詞》多古思。(君所見示注《易》，用《繫詞》之體，明寡過之義。)天道幽且遠，人事恒知之。夜誦幾至旦，少得良可怡。和詩愧風穆，難爲豳雅吹。

十一日，晴。得作老書，與省齋、楣蓀兩公各助錢百千，爲�董船守冢之費，合予百千已得四百千矣。繹萱又集其鄉人計歲得子息給守冢人，並■筵外，歲尚可餘數十千，積久可爲歸葬之費也。

十二日，晴。作時文一篇。見獵心喜，結習未忘，殊可哂也。[賈]人以鐵梅翁手卷來售，是其謫居吉林時所書■顔、褚、懷仁諸家，皆入妙。劉文清小幅行書，錢香樹大幅行書，皆佳，畫幅山水亦佳，署款清柱，不知其人。得家書，湘中大熟，穀石錢九百。

十三日，晴。得江雨棠書，湖北及大江南北皆大熟。

十四日，晴。視抱潛疾，未愈。月色大明，瑾兒言樓先得月，然池方受月，樓則已暗矣。早華先凋，理固如是，人自不悟耳。

十五日，晴，熱，欲絺葛。夜已生雲，月不如昨夕之■，殆欲雨矣。正月十五夜，月甚朦朣，五鼓明澈。予夜誦至五鼓，亦然。俗以元宵證中秋，不爽也。

十六日，早晚陰，午微晴，夜有雷聲。

十七日，黎明微雨。惠甫寄易州石刻十三種。

十八日，晴。約周孟輿及同局晚酌，繹萱、聽彝、惺吾、儀臣、翊臣皆連飲巨觥。繹萱尤豪，談笑歡洽。予略進數杯，則已醉矣。

十九日，晴。繹萱約同局飲，適錢君修伯自永年調天津，繹萱邀之。錢故有能聲，談次頗自負。昨日■遷安令韓仲韶則有儒生氣，詢之，乃王霞■■子也。夜不能寐，飲冷水，少安。五鼓聞雷聲，而星月皎然。

二十日，黎明微雨。飲冷水後，胸膈頗快利，睡卧兩時。同純如、繹萱看菊，每種摘一葉，書花名於上，歸而圖之，庶將來易於辨識也。

二十一日，晴。同繹萱出西門，西北行二十五里奇村，又七八里一畝泉，古名尚泉，方廣一畝，故又名一畝泉。渝水發源易州，至滿城■河村而伏，至一畝泉復出。舊有雞距泉，與一畝合流，至奇郵爲■村河。雞距已淹，乾隆中方恪敏公於其旁里許濬泉，曰申泉，即雞距之水也。一畝泉有龍母宫，臨■爲堂三楹，左則遠樹如幛，右則衆山列屏，就中數峰長劍倚天，北望平原，餘糧在野。滿城縣令賈君叔延置酒於堂，同坐者吴人羅仲雲、潘稚堂、趙小南、皖人王雲臺，酒罷别諸君，同繹萱更西北行八里，過滿城三里，循陵山麓北行七里，至抱陽山，山高可■六里，予與繹萱連步而上，繹萱體肥，須人扶掖，予數十武亦少憩，比至山半定慧寺，則困憊，非復■年時矣。夜色蒼茫，寒星滿天，借榻禪房，繹萱酣睡，予不得寐。夜半月出，北風凛冽，户不可啓，兀坐待旦，萬慮俱寐，迥隔塵凡矣。

二十二日，寺僧導予觀元豐中磨崖題名，出寺，觀宋人相公堂碑。相公謂張燕公也。燕公微時讀書此山，後人即其地建堂。又有金人一碑，循寺門而北，崖石壁立，出若屋簷。崖間嵌小碑十數，皆元明及國朝題詠。崖際冬青一株，自石穴出，或云石長包樹，僅餘一枝在外，是千百年古物也。■半一窩如盃盌，瑩滑無硺削痕而有光，好事者鐫“明珠■”三字於其上,静修詩所謂“珠從何處來,秀與天地生”也。崖下平廣數丈,長十餘丈,循磴道而上,至山巔華嚴庵,坐石■憩。寺僧摘院中石榴啖予,嚼破水精,清勝冰雪,瑶池碧桃不足羨矣。循山梁自亂石中擇步而下,入定慧寺後院觀龍潭,山洞甚多,滴水成池者數處。此洞較大,水清冽而甚寒。予在一畝飲泉兩瓢,此泉則煨茶乃敢飲。崖上亦有磨崖,書院中又有繼志庵碑,宋紹聖間崇儀使大總■邢仲良鑿庵於此,父子卒業,故名繼志。又有宋碑一通,漫漶不可讀。繹萱遍遊山半,至山顛,則不能復上矣。食■■山,循舊路還,至奇邨中火。過湖廣義園,入謁鄉宦祠■日秋祭也。到寓,家人言昨夜城中雨,而抱陽、奇邨皆無雨,幸免泥濘,益歎斯遊之幸。

二十二日,晴。

二十三日,早微雨。作梅來,言賑飢之法。午間劉觀察來。雨未久,雨止,出門謝客。得錢調翁書贈《經苑》十二函。

二十四日,得邵莘卿書,寄《吴禪國山碑》,並代購《金石萃編》。

二十五日,早雨,晚晴。

二十六日,晴。作書寄意城霞老,爲筠老家事。

二十七日,晴。新得《金石萃編》,寫書眉六十四册,不覺竟日。惠甫書來,索《金石文字》。侑石以所著《問奇堂詩文詞稿》俾■,奇才也。

二十八日,晴。换戴暖帽,偶有拂逆。静坐思古人懲忿之義,當日特下一懲字,何等警切。甯受人欺,不可欺人;甯可自責,不必責人。如是則忿庶可減損,久則消化矣。

二十九日,晴。作翁送來饒陽所繪河圖,鈔存與現繪總圖■證。

題詹氏日讀圖用張康侯律陶法

賢哉豈常譽,顔閔相與期。同物既無慮,高風始在兹。詩書敦夙好,山川無改時。且極今朝樂,千載非所知。

古時功名士,未忍言索居。相與觀所尚,時還讀我書。素心正如此,好風與之俱。寄意一言下,不樂復何如。

九月初一日,晴。撰《何願船墓表》。

清故蓮池書院院長刑部員外郎何君墓表

嗚呼!此吾故人何君願船墓也。同治元年,彭年自燕之蜀,君[代]爲蓮池書院院長。比入蜀,聞君喪。逾十年重來蓮池,始知君之旅葬於此。悲夫!君諱秋濤,願船其字,世居福建光澤福民坊。

祖長[敦],直隸博野縣知縣。考高華,國子監生。君少負異禀,過目成誦。[自]爲兒時,能舉天下府廳州縣名,數其四境所至。年二十,舉於鄉。逾年,試禮部爲貢士。又逾年,殿試,授刑部主事。益廣交遊,博覽傳記,學乃大進。道光中,京師言宋學者,則有倭文端公、曾文正公、何文貞公、吴侍郎廷棟、邵員外懿辰、丁郎中彦儔;言漢學者,則有何編修紹基、張州判穆、苗貢生夔及君鄉人陳御史慶鏞;言古文辭者,則有梅郎中曾亮、朱御史琦、王都御史拯、[馮]按察志沂。君專精漢學,而從諸公遊處,未嘗以門户標[異]。其於經史百家之辭、事物之理,考證鉤析,務窮其源委,較其異同,而要歸諸實用。刑部奉敕撰《律例根源》,多君手定。陳御史壇嘗得匿名書,例當毁,疑以質君,君言軍國重計宜上聞,援引故事,御史據以入告,其通識類此。咸豐三年,李侍郎嘉端巡撫安徽,奏辟君自隨。侍郎罷,君還京師,益究心經世之務。嘗謂俄羅斯地居北徼,與我朝邊卡相近,而諸家論述未有專書,乃采官私載籍,爲《北徼匯編》六卷,復增衍圖説,爲八十五卷。陳尚書孚恩言於上,命以草稿進,上覽而稱善,更命繕進,賜名《朔方備乘》。召見,晋君官員外郎、懋勤殿行走。庚申之變,書亡,上甚惜之。黄侍郎宗漢取副本,將繕寫重進,而侍郎居焚,而副本亦亡。君亦以憂去。君故貧,至是饔飧或不繼,而講誦不倦。彭年去蓮池,薦君自代。不虞君之奄逝也。君卒以同治元年六月四日,年四十有二。其門人生沈丙塀買地葬之保定西郭外西馬池村,其友河東道楊寶臣育其二子。十一年,彭年[與]布政使孫觀、按察使范梁、清河道陳鼐、君鄉人河間府知府陳崇砥、■■邱銘勳、知州沈枚,各輸錢爲置買守冢。竊傷君之博學能文、深識遠慮而窮困以終,遺稿散佚,百不存一,《備乘》一書乃至再毁於火,亦可云奇阨矣。懼後世之無傳也,爲之表其墓。①

初二日,晴。夜微雨,風起雨止。撰何氏三世封股記。

(樊長遠整理)

① 整理者按:殘缺字據《陶樓文鈔》卷七《刑部員外郎何君墓表》補。"年四十有二",《文鈔》作"年三十有九"。

第三十册　遯庵日記(同治十二年六月)

遯庵日記卷六

【同治十二年六月】

自去年病而神志瞶,迄今凡三百日缺而不記,今乃更記之。

同治十二年閏六月朔,孫省齋年丈、范楣孫廉訪來,因聞予長孫易成之殤也。少石亦然。■雨放晴而積雲不散,仍有雨意。得王遠書《石門銘》拓本,較《萃編》所載多十五字未損,審爲舊拓而末有不完,考而藏之。

同嵩佺、聽彝、稷孫過尋錫侯齋中,觀齊鎛鐘,錫侯以拓本見貽,竝惠方足二布,賦此奉酬,竝邀諸君同作

豐潤鼎銘吾未信,吉日癸巳文無證。(豐潤鼎,蘇齋疑之。"吉日癸巳",西雍《貞石考》亦疑非古刻。)京畿考古儔權輿,石鼓而外殊難並。

清苑城中横翠樓,寳氣上出干斗牛。聚觀乃是齊寳鎛,典重不異球與圖。

宣和四鎛今得五,(《宣和博古圖》載齊鎛鐘四。)齊鎛緣何出晋土。我疑賂器紀甗同,小編鐘磬紛無數。(鎛出汾陰河岸,小者數十,類編鐘。)

錫侯手拓齊鎛文,倒薤拳蚪篆刻真。隹王尊周義猶在,敬子中姜名具存。(文首曰"隹王五月初吉",與《宣和》所載鎛文同,又有曰"齊敬子乍子中姜寳鎛"凡數百言。)

古器多收似張籍,更有幣文曰安邑。化一金與化二金,持贈珍藏過雙璧。

昔者吾友嘗■言,人千里兮物千年。一時聚集良足樂,(劉子重比部語。)置身虞夏商周間。(舜禹皆都安邑。)昌黎作歌患才弱,■手篇章更强作。諸君大筆濡淋漓,少陵讁仙譬鯨鶴。

初二日,晴。池荷開四十餘朵,上月荷花生日詩補録於此。

癸酉荷花生日,同人重集君子長生館,分韻得雲字

引泉種芙蕖,終歲如耕耘。旱潦有時異,蓄洩亦已勤。值此良讌會,娟娟吐奇芬。出彼汙泥中,邈然不可群。光華映初日,灼爍鋪紅雲。勝集得新賞,一觴聊欣欣。

梁園盛賓友,一一鄒枚群。獻酬忘主客,班坐依韻分。搏拳競鬮令,摩壘張吾軍。談笑無厭期,明燭連斜曛。誰歟調玉軫,屋角來風薰。左右千琅玕,逸氣凌青雲。

人生無定在,亦如水與雲。雲散有時聚,水合還復分。客從遠方來,邂逅何殷勤。際兹風雨時,抗懷鸞鶴群。新歡雜舊感,不酒心先醺。

初三日,晴,夜大雨。

書《石門銘》後

此本較《金石萃編》所載多十餘字未損,(峭槃負擔一仞字,《萃編》皆缺。撫、綏、釋三字,《萃編》僅存偏旁。又"皆"字以下,"二"字以上,《萃編》僅存■淺及迴三字,餘皆缺。此本可識者尚有涣壑平崄周谷口等字。)其爲舊拓無疑,惜銘缺七十字,又缺書及鑿字人題款二行,又缺銘後磨崖一段,爲不完之本。癸酉在蓮池得,因考而識之。

初四日,早起雨,雲猶漬,少焉晴霽。沈子[宜]昆仲自蜀入都過此,見訪。得鄂生寄書,極快,談次,僕輩來,言溝水灌池甚急,稷縣閉閘塞隙,蓮幸無恙。已而街市水溢,襄夔趨而視之,則水自西門霖雨寺閘旁決口而出矣。

題劉文清公書真迹

文清中年書法端秀,晚乃進於渾樸。此卷效香光而本家筆意自在。滋圃者,莊侍郎有恭也。乾隆四年殿撰,二十三年撫湖北,二十七年始調江蘇,故卷中有"迢迢衣帶"語。從惺老假觀匝月,率題數語歸之。

題王蓬心先生畫卷

蓬心畫蒼古渾厚,而稍變家法,故能獨出冠時。晚年益老健,而喜用乾皴,或以過枯爲嫌。此卷作於甲寅年,已七十有四。蒼而加潤,尤難得也。

題羅雨峰畫册

雨峰師事冬心,盡得奧秘。冬心古逸,雨峰更饒婉潤,猶文之於沈,擅勝各殊,其可傳一也。此册雜卉皆娟秀,羅漢一軀尤精妙入元。雨峰貌鬼盡鬼趣,貌佛得佛理,固關詣力,亦由閲世深耳。惺老然予言否?

題董香光臨柳誠懸《清静經》册

華亭書追迹晋人,論者以取姿太甚少之,此何議焉?往在秦中,獲觀所書《樂志論》,筆法在平原、河東之間,正與此同。其書巨幅凡八,爲林穎叔方伯所得。今觀張文敏兩跋,足證往日賞鑒之不謬。張書亦極精,宜■老之珍若球璧也。

初五日,早晴。命瑾等演場景。韓惺齋來。

初六日,早晴。聞昨日城外之水大於初四日,特自決口出,未入城耳。高陽報水陡長八尺,瀦龍河新隄不知能保固否。趙王新開之河亦未知復汙否也。午後雨。得青餘書。

初七日,早起,微晴。午刻大雨。晚復晴。

題黄穀原畫卷(研農欲得惺齋硯,以穀原書爲質。容齋引破老晋卿■■州石事跋其後,蠅頭細楷,至爲精潔)

穀原詩畫容齋書,名迹韻事,無窮興趣。後之覽者當何如也。

初八日,晴。子宜欲行,急作書與鄂生子和,乞其帶京寄蜀。追遣信往,則云水長不能行矣。借閲奚鐵生畫蘭卷,筆勢伸縮,盡態極妍,卷尾自記云:"汪君未山喜寫蘭,凡風葉翻朵、露蕊半含,無不曲盡其態。近以畫旨索之於余,然不知余於蘭竹一派無所師承,雖縱[觀]前人如所南、松雪、丹邱、雪窗、覺隱、仲圭而下,即石田、衡山亦復間作,惟領其神趣而已,至檀園方得深取其奥,蓋亦倪迂所謂寫其胸中逸稟耳。若以法繩之,則去之遠矣。檀翁嘗題云:'墨肥苦無骨,險瘦神亦槁。縱筆傷婀娜,取態失蒼老。'數語頗可盡其解[矣]。燈窗坐雨,偶拈案頭紙卷隨意作此數種,以奉未山一哂。其余意法之下與否,則余亦不復知之矣。"筆意絶似《書譜》。

題蒙泉外史畫蘭卷

蒙泉外史蘭竹,久爲鑒賞者所珍。此卷跋尾,自言縱觀諸家,得力檀園,其述檀翁論畫數語,誠所謂能盡其解者。書勢摹孫過庭《書譜》,肥瘦縱蓄之間,與蘭竹同一意法也。

初九日,早微雨,午晴。送書畫卷册還惺齋。惺齋復以二册來。一爲石庵相國楷書《心經》,一爲沈文恪公楷書《蓮華經》。文恪書摹《華庭》,尤精絶。過少石,聞保定縣報決口,新開之趙王河亦決口。過子衡,言民力之困,水患之不能解,殊可憂。

初十日,早大雨,旋晴。已而復雨,如是者終日。子宜、叔眉冒雨而行。閲邸鈔,襄陽相國請告,不許。

十一日,晴。池水將竭,挹行潦注之。爲河間作請旌貞女稟帖,從唐鄂生請也。將寄繹萱商辦。

代河間府擬請旌貞女唐氏稟

爲貞女苦節可嘉,援案懇請奏旌,以維風化事。竊卑府訪聞所屬獻縣已故文童劉肇埈聘定之貞女唐氏,現年二十八歲,係貴州遵義府遵義縣人,原任湖北按察使唐樹義之女。自幼許字原任貴州貴陽府知府劉書年之次子肇埈爲妻。咸豐十一年,肇埈在籍病故,唐氏年方十六,在貴州本籍地方,一聞凶耗,徹夜痛哭,乘間仰藥,欲以身殉,爲其家人所覺,急救得生。自是毁容斷髮,縞素自持。唐氏之母哀其年幼,又慮其性烈,越十年,始微露奪志之意,唐氏痛哭以死自誓,母乃憐而許之。初因由黔赴直,道路梗阻,嗣後劉書年病故,妻及長子相繼而亡,夫家親屬無可依之人,是以尚居母家。查唐氏之父唐樹義,咸豐四年在湖北臬司任内殉難,仰蒙聖恩,予謚建祠。劉肇埈之嫡母沈氏係原署四川雅州府知府劉其年之繼室。同治八年,劉其年病故之後,沈氏自盡殉夫,曾經四川督憲奏蒙旌表,各在案。今唐氏以童年深明大義,矢志守貞。就母家而論,則父忠女節,先後争輝;就劉姓一門而論,則一烈一貞,允堪媲美。卑府恭閲邸鈔,近年以來,如直隸香河縣知縣謝學元之女謝氏、順天大興舉人李士襄之女李氏、又寄寓湖南善化縣浙江鎮海縣處士賀增壽之女賀氏、廣東修補道文星瑞之女文氏,均以夫亡守貞,經前督憲及山西、湖南、兩廣各督撫憲先後奏請旌表,並聲明不拘常例年限。在案。兹唐氏守貞與謝學元等之女事同一律,實屬志節皎然,堪以維持風教。卑府訪聞既確,理合援案稟明,仰懇憲恩,奏請敕部,准與旌表,庶貞潔得以闡揚,於風化大有裨益。所有訪聞請奏緣由,是否有當,伏乞憲鑒。

十二日,晴。讀《潛室札記》引陳惕龍先生聯云:"一生三事,一事收心,一事慎行,一事守口;一日三分,一分應物,一分静生,一分讀書。"極爲該括警切,録以自警。

十三日,雨。

十四日,早雨,晚晴。同局爲入場諸君薦魁,飲君子長生館。諸君射覆甚樂。

十五日,早微雨。是日立秋,聞車路不通,定計令瑾舟行。

十六日,早微雨。少石來,爲瑾等覓船。

十七日,本擬今日率國瑾同竹湘師弟公實登舟,而雨至,竟日夕不止。池荷得花百餘朵,盆中亦紅白競放。

十八日,昨夜雨達旦。起視池中,得水數寸,連日荷開極盛,方以枯竭爲憂,得此又可延年,不勝快幸。然念民田之潦、隄岸之可虞,又不勝其憂。午刻登舟開行,扇馬廟之上已日莫,泊舟。出下閘十數里,即行民田,不由正河。泊舟野際,茫無津涯,狂風震蕩,幸水不深、浪不大耳。

十九日,晴。得西南風,一日行二百里,泊蘇橋。經過西淀,水滿,安州、新安兩城宛在水中央,保定縣尚略有乾土耳。清河民埝破壞者多,有自埝内潰出者,又有自埝外横流倒灌而入者。遥視趙王河隄,尚無恙。張新口以下水又盛,漲至蘇家橋,訪之民人,謂十五日永定決、南四工決口,不知確否。老民言清河受永定、滹沱之害,今開盧僧、趙王兩河而中亭之汊河皆汙,非盡開不足瀉水,非多開海口以暢尾閭,水患終不能已也。聞今年海河尚能瀉水,故東淀之水較前年尚覺微減耳。苑家口橋圮,當修。魚價賤至十錢壹斤,前此未有也。扇馬廟至蘇橋始見未淹田禾,然亦僅矣。霸州田久荒,而按畝輸錢助修河,民聞不能無怨咨,河未成而水至,民不見其利,爲政之難如此。

二十日,得順風,行百八十里,抵天津,泊西大岸。蘇橋以下水勢浩蕩。左各莊隄決口已將合龍,進占尚多漂没。南北運、清河連成一片,故得從民田土圍越入衛河也。乘風破浪,舟行極快,亦時虞淺阻,緣無河槽耳。

二十一日,早移舟至茶市店,從叢冢上過。冢既浸壞,往來舟篙穿鑿,殊爲可慘。泊定後,恕軒來,予往合肥署中,歸,同飲河清館,所謂劉老季者是也,食其肴,皆欲吐,以紹酒解之,竹湘則竟吐矣。務虚名而受實禍,天下事大都如此。午弔幼荃於芥園,遇潘辛芝,自南來。

二十二日,爲瑾等料理换舟,聞河西務隄決,潞河水大溜急,上水而無縴,路難行。乞合肥派舢板送之,午刻開行,予移入節署。

二十三日,拜署中太湖趙密庵、趙伯元、江西彭子亭、嘉興景翰卿、江南朱亮甫。亮甫爲《治河議》,予曾録存,今見其人。晚合肥招飲,連夜共恕軒、子蓮、子梅、肖菊、冠英談甚洽。肖菊出觀《高貞碑》《隸篇》。作書寄瑾兒。

二十四日,早送子蓮、密庵登舟。看冠英所作時藝。同肖菊、恕軒、子梅遊書肆,觀洋人奇巧之器。許仲韜、盛杏孫、潘辛芝、丁樂山、馬松圃來。本不欲出酬應,來者紛如,瀕行一謝可耳。合肥送蕲州廪生熊方柏《算學論解》來,閱其《西法言勾股不能御三角論》,謂以直角論,直綫即股,横綫即勾,於横直兩端虚設一斜綫即弦;以鋭角論,斜綫即弦,横綫即勾,於鋭角斜綫之端設以虚垂綫直下即股;以鈍角論,斜綫亦弦,横綫亦勾,於斜綫與横綫相交處設一點,復自斜綫上作一平行綫,向一點作中垂綫,即股。凡加减遠近諸率,不能外儀器規矩測之,即不能外勾股法御之。舉一勾股,非必即三角;舉二勾股合之,虚其中合一之股綫,實能成三角。謂二勾股成一三角可,謂三角寓有二勾股亦可,謂勾股不能御三角則不可也。其《帶分寄母同數相消解》,謂《張邱建筭經》算法非乘除之爲難,而通分、約分之爲難,其法專詳帶分寄母之理,故加减乘除悉以同數相消爲準。如兩分母相乘,所約數内有與餘母同者,可徑以所得分子相加爲得數;如零分内有兩分母同,或兩分母乘出數與餘一分母同者,俱可依同分相减之例;如整數帶零分,與整數帶零分相乘,而零分分母或各不同,先用互乘齊其數,於後各以相同分母化整爲零,兩數相乘,再用同母數自乘除之。其《相餘之術》,有整數帶零分除整數法,有整數除整數帶零分法,有整數帶零分除零分,有零分除整數帶零分,以及整數帶零,零分除整數帶零分諸法,悉以帶分寄母御之,或將法實兩整數通爲零分,於法中加入分子除之,於實中加入分子以法除之。有志於算學者,於通分、約分、加减、乘除四法,不可不辨。其《中法天元四元正負開方大衍垛積與西法三角八綫六宗三要借根方連比例諸法統論》,謂舉一法而無不該者,惟中土之立天元、少廣著開方之法,方程别正負之用,立天元則融少廣方程而加精。凡他術所能馭者,立天元皆能馭之。他術所不能馭者,立天元獨能馭之。八綫之法,内有求十八等邊、十四等邊二術,用益實減實歸除,原其實即借根方,借根方即立天元。所謂立天元者,不惟加精於正負、開方二法。彼西士近有六宗三要諸術,每用益實歸除、減實歸除以求連比例諸率。苟知借根方本之立天元,覺六宗三要連比例諸法,亦本之立天元矣。天元而外,加以地元、人元、物元爲四元,亦詳正負開方諸術,而求體、求積,則在臨時審其爲和、爲較、爲廉、爲隅,故準立天元一以求邊,不惟與中法之垜積同,並與西法之三角同。垜積或用立方三之一,或用乘方三之一,而以因乘爲主。三角法或形内求中垂綫,或形外求中垂綫,而以勾股爲衡,惟立天元之量邊、量面、量體,或用實綫,或用虚綫,即中法垜積、西法三角之精藴。縱大衍作之僧一行,其法淵源於《易》象,實則一而二,二而一者也。方柏之學篤信中法,能得其通。合肥與書,使入都訪李壬叔善蘭證所學焉。

二十五日,雨竟日,夜分不止。合肥言得嚴渭老書,粤匪餘黨入安南者,踞其七省,前歲馮提督子材援安南者,實未能除之也。安南十六省,法國踞其三,粤匪踞其七。法國方招粤匪,圖並吞安南,日呼籲於粤撫而莫之能救,此邊患之可憂者也。至内地之梗化者尚有數邑。有生員踞山寨,巡撫遣官説降,生員迓之,與觀軍實,因謂委員曰:“招降誘我也,剿我則兵餉不繼,曷告巡撫使緩圖乎。”其黠傲如此。閲趙密庵時文,尚有天、崇、國初氣息。

廿六日,早起,雨息雲潰,巳午,始放晴,戌亥復大風雷雨。合肥貽洋人書十八種,東洋椅四。東洋制器美觀而不適用,不若西洋之巧也。聞仲韜説輪船中事,令人偃仰。閲秦中書,徐、宋兩軍進逼肅州,回人倮身披髮帶紙錢出城死戰,兩軍失利。左帥有親往督師之説。

廿七日,晴。合肥屬閲決科卷。出觀張廉卿書並所撰《金山江天寺記》,文氣疏勁,中段:“金山興廢之迹夥矣,以其名與地之著也。故曩者之廢,過者尤心惻焉。當粤賊盜據金陵,環吴之亹,如崩如沸,疇暇問斯寺之修復,而今乃克覩其成。若使盛衰興敗臧否成毁遞相嬗而古今成焉,雖窮人之智,莫之能違也。其間得失之數,善則成,否則虧,常以人事與天運交相會而乘於其機。及其善敗之既著,怳焉若出於慮表，而莫知其所由然。然莫不有端焉以漸而至乎其極也。蓋萬事萬物，無洪纖鉅細，靡不由是。若金山者，處江山之交而據東南之勝，其興若廢，乃尤與時之治亂相爲消息。以今日之既廢而復興，則由斯以往，欲興者之無或遽廢，固天實主其間，抑豈非人事之與有責哉?”一段尤有神味。

廿八日，晴。閱卷。合肥招飲，同坐楊見山太守峴、朱太守其昂及辛芝、杏孫。見山能詩，工書，往在蜀，鄧伯昭爲通姓字，相知將十載始相見。朱君以海舟致身辦海運，聞其與合肥論議，有材而習於海事。席散，與同寓諸君定諸卷甲乙，已夜分矣。

廿九日，早晴，午陰，夜大雷雨。宋芑軒過此，言省城大雨，蓮池尚不涸，而城外鬧壞矣。此間芥園廿六夜亦幾潰，幸駐勇以所存米二百五十石塞決。今夜大風，凡水已盈隄之處皆可慮，幸不久即息耳。得瑾兒自通來信，得順風，二十六日已抵通壩，稍慰。王大令嘉瑞來，字秋坪，黟縣人，伯敷弟子也。往日伯敷書來，稱其賢。秋坪與予書，詞采甚美，今始見之。肖菊嚮辛芝索觀所藏戴文節畫册：第一葉春湖煙雨圖，遠近波光，密樹如薺，山一角屋數椽，有人啓窗面湖，煙雨迷離，韻溢楮外。自題云：“南田往往有此其神趣。在趙令穰、江貫道之間。”第二葉緑柳低垂，晴波芳草，雙燕頡頏其間。自題云：“煙水瀰漫細柳新，蒲外見乳燕，雙雙掠草穿花，銜暮靄，莫誤歸程，怕有捲簾人待。鹿牀自度曲。”第三葉山巒重疊，古松數十株，一徑縈紆，意境深遠，氣韻蒼秀。自題云：“王叔明在陶氏嘉樹所作立軸松石之妙不可思議，略師其意一二，未易窺其奥也。”第四葉倣巨然山水，渾穆之氣，展卷情移。自題云：“虞伯生賜本有巨師大卷，不作危峰峭壁，惟陂陀出没，煙樹蒼茫而已。蓋從北苑霧景出而自立門徑者也。”文節印章皆精，而此葉“與江南徐河陽郭同名”及“何必見戴”兩印，語尤雋也。弟五葉城郭沙岸，煙柳模糊，帆影波光，若遠若近。自題云：“江城暮靄，鹿牀居士雨窻漫寫。”第六葉陂陀疏曠，孤鶴翹首於疏桐細竹、垂柳之間。自題云：“倪高士《鶴林圖》最爲世重，因倣其意爲此圖，名之曰《秋宵警露》。井東居士。”第七葉小陂三松，古衣冠人横琴其下，近水遠煙，一望無際。自題云：“何人松下一琴横，琴上松濤謖謖生。松響琴音都莫辨，天風海水不停聲。醇士偶擬王無我筆意。”第八葉雪山清穆，古樹小橋。自題云：“裹衾瑟縮度寒宵，忽聽飛霙撲綺寮。能否明朝梅萼破,安排蠟屐過溪橋。”又題云:“今歲酷熱困人,不親筆研者累月。入秋以來,池館涼適,疏簾清簟,凈几明窗,蓋一歲中不可多得之日也。隨意弄筆,遂成八版,畫成附識於後。”此文節咸豐戊午新秋爲辛芝作。順之前輩題其後云:“文節畫實爲南宗正傳,而其氣韻生動,則真所謂生而知之,不可學步者,尤妙。在每畫必有題句,寥寥數行,能使生動之中愈加生動。蓋公生平吐屬亦全以氣韻勝,故流露於筆墨而不自知也。鎮沙沈舍人韻初嘗刻公題畫,偶録一帙,語語精妙,絶去町畦,是册所題宜補録於後,亦吉光片羽之足珍者。”同日,辛芝又以所藏林文忠公與恭甫先生論振務書,屬予題跋。一日見兩名臣手迹,殊爲欣怪。又觀肖菊爲秦宜廷書壽屏,駢文清麗而寫老翁婆娑生動之致,酷肖其人,尤有韻也。

卅日,晴。夜大風雷雨,河水又長。署前水將平埝,漫水搶堵,幸得不決。小梅、恕軒飼我燒凫,精膳也。合肥、冠英贈路菜,亮生贈研君小照。

以紈扇乞肖菊畫菊,寄研君,綴以小詩

扁舟遥指水蓮莊,返棹翻嗟道阻長。料得停憂正延佇,海天愁思更茫茫。

幾時叢菊共浮觴,鶴影褷褷更遠翔,(予曾集《崔銘》字爲句贈研君云:元鶴翔遼吾得逸,黄華紀壽爾真仙。)爲恐秋風便抛擲,故將紈扇寫花黄。

【同治十二年七月】

七月初一日,合肥遣長龍送歸。早晴。八點鐘登舟,得東風,張帆,過天津關浮橋,始暢行。未刻大雨。泊片時,雨細復行,過擡頭,泊富貴營,計行百八里,順風逆水,行不得速也。去時在擡頭泊舟,賣魚民居去水尚數尺,今來,宛在水中央矣。聞人述京師衢巷積水之深,通州漂没之廣,江浙之旱,皆有岌岌之勢。聽榜人歌,衹攪我心耳。三鼓記此。風勢彌勁,雨聲亦未歇也。讀《秋錦山房外集》三卷,嘉興李良年武曾撰,皆尺牘也。其與竹垞書有云:“十兄才名見於時久矣。東西南州二十年,所至亦思菟裘娱老否乎?人生若涉大海,回頭便有實地。斂才歸道,此吾真菟裘也。”與務旃書有云:“此中有不昧處,視人世一切依戀,如沙蟲野馬,是乃别後進步,不敢自欺欺友。”皆閲歷有得之言。武曾簡札爲當時所重,非獨詞令之韻也。五鼓書此。風水激盪,蟋蟀哀鳴,視僕從舟子,則皆熟睡,心太平耳。

初二日,晴。天明放舟,得東南風,巳刻至霸州之蘇橋,風已微。至苑家口,去大桅,下梢樓。過橋,復樹桅,已轉西南風矣。有縴路處縴纜,否則撐篙至暮,達保定縣,蓋順風一時許三十里,而蘇橋以上則盡日亦僅三十里耳。泊保定城西岸。來時沿河所見土埝都在水下,蓋大清河老隄及新開蘆僧、趙王兩河之新隄無不潰決,連成一片,似海汪洋,郚镇民居皆同島嶼。曩所記蘇橋上下之稻田杳不知其所在矣。讀《莊子》。

初三日,晴。得東南風,瞬至張新口。河狹船衆,幾相觸。張新口以上決口掣溜前舟吸至口門横塞,予舟得揚帆而過,巳刻至趙北口,去桅過橋,未刻至新安,酉刻至安州,皆繞橋外至李家莊善馬廟,過橋二,過閘一,水勢汪洋,若行平野,則自趙北口至東安屯橋閘皆可不經哨官,張君以長龍吃水二尺,恐或淺阻,故仍由河身行,安州以下瀰漫不見隄埝,間有未没水中者,亦潰決無可縴行之路矣。去時水初長,魚逆而上,故賤。今來則魚甚少,決口多,魚亦散耳。泊善馬廟上,風大,蟋蟀有聲,而蚊雷收聲矣。饑鵠繞舟哀鳴,聽之心惻。讀《莊子》。

初四日,晴。放舟張家莊一帶,隔隄一片汪洋,如行高寶運河中,隔隄即湖水也。曠野不見土色,惟疏柳成行,立於水中,風景殊勝。舟人繞陳安屯橋,誤入淺處,背負牽挽,乃得歸河,仍由橋下過。自是循河不敢取捷直矣。申刻至劉河間祠畔,泊舟入城,途中謂蓮已定枯,往觀則荷葉滿池,菡萏數百枝,爲從來所未有,殊出意料之外,詢是同屬諸君醵錢塞決,少石與有力焉,快極。

初五日,晴。當事聞予至,皆來。

初六日,晴。拜客,竝送孫、范兩公子暨丁、沈諸生入京之行。得瑾書,言到京,已移小寓,惟貢院國子監皆有積水。

初七日,晴。得國瓚書,閏六月杪赴襄陽同知任,書言缺瘠,恐不能自存。予曰此好消息也。

初八日,晴。檢書,以書室太狹,稍擴之。

初九日,微雨。檢書。

初十日,陰。作家書,交周生帶京。檢書。

十一日,晴。書包紙鑼袱面。天氣盛熱,恐有雨。

十二日,早晴,午後傾盆大雨,不過片時,而水勢洶涌,穴蓮池東牆而入直注池中。屋中漫水數寸。東流甫定而西牆水入,閘不能閉,以土塞之,少頃閘水出西水門,石欄亦衝倒矣。幸賴人力護持,苟得無恙,然亦危哉。

十三日,晴。連日敬書包袱,簽面畢,定以十五焚化。

十四日,晴。午後陰,晚微雨。送鹿杏儕昆仲行。作書寄瑾,又寄襄陽家信。

十五日,晴。祀先。聞王重三先生丁母憂。

十六日,早起。出門,遇雨而返。是日清苑縣令陳君招客,已改期矣,雨止復集。聞江蘇巡撫之親兵謀弒巡撫,事覺伏法。果有其事,則人心壞於下,由紀綱廢於上也。

十七日,早,約少石、心梅共飯。少石出筱園書,謂予送考入都,宦情已動,非知我者也。我之不仕,非高尚其志,知其不可而止爾。晚飯子乾家,聞其與孫子乾議雲貴義園,事集費艱,故任事不易。是日訪張翰泉先生,不晤。聞聽彝病創漸瘥,慰甚。

十八日,晴。慶式如來,談甚洽。

十九日,晴。康穀孫來,言將起程入都。

二十日,五鼓。雨至天明止。吾母生日,若存,年七十有八。吾兄亦是日生日,若存,年五十有四。今距吾母歿十四年,距吾兄歿且三十六年矣。國瑾亦是日生,當時借以解吾母憂,今入都應試,亦望其得舉,以慰吾母也。

二十一日,晴。閱邸鈔,署熱河都統崇實奏疏録存,可與同治九年曾文正公奏疏對勘也(玆事頗關世變,後之覽者可無惑矣。)

●附録崇都統疏●爲拿獲妖術殺人匪徒,審係爲從加功按律辦理恭摺,奏祈聖鑒事。竊奴才查熱河郡垣地面寬闊,慮有外來匪徒溷迹滋事,屢屬承德府並飭捕盜各營弁及差役人等認真查緝,有犯必懲。嗣據署承德府奎昭稟,稱府役趙貴等查街至藍旗營地方,見旗人常喜與一人揪扭,聲稱伊子幼孩被此人迷拐刺傷,該犯即將常喜劃傷逃走。伊等趕上拿獲。據稱名喚張守才,並起獲鐮刀一把,呈解到府。隨委員驗明幼孩身受刃傷三處,傷口俱不見血,常喜右手亦被刃傷。是日又據捕盜把總張鑑、巡街委員候補縣丞裘履謙等禀,稱查至紅橋街,見有一人形迹可疑,上前盤獲,據稱唤王瀊臣,搜得鐮刀一把,孩帽一頂,解送到府。奴才當屬該府督飭讞局委員嚴刑審訊,隔别研究,嗣經承德府訊明録供詳報前來。據張守才供稱,向在運河一帶拉船度日,合一劉姓認識,時常見面,不知渠家住何處。十年八月間,劉姓告伊迷拐小孩,摘去心眼一付,可换銀五十兩,嘗給伊麵一小包,藥水一小瓶,藥煑鐮刀一把,小竹筒一個,筆管一枝,令伊把藥麵用筆管向小孩臉上一吹去,小孩即糊涂跟隨行走,帶到無人地方,用刀挖進心口,把心鈎出,再用手把眼皮掙開,套入小竹筒上一把,眼就掉出來,小孩也不流血、不啼哭,再把心眼用藥涂抹,天氣熱時,亦不臭爛,並給盤費五千文。伊隨到山東曹州府地方,如法挖取小兒心眼一付,携回交與劉姓,得銀五十兩。今年又想迷拐,行到牛闌山,會遇王瀊臣,彼此吐露真情,商量合夥出口迷拐,遂同行至熱河街菜園子地方,依法迷拐一小孩,屬王瀊臣在旁看人。正撳按倒地,見有人趕來,心慌,小孩又轉動,致劃傷小孩左臉膊等處,隨被來人把伊抓住。伊即用刀劃傷他手指逃跑,並棄去藥麵等件。王瀊臣亦逃,旋被官人拏獲送案等語。王瀊臣供十一年十月,伊在天津西門外遇見一人,説他姓李名瀰元,時常見面。一日,李瀰元告伊迷拐小孩,取一付心眼,可换幾十兩銀子,並給伊藥麵、火鐮、竹筒等件,令伊把藥麵裝在紅棗内給小孩吃,小孩就昏迷跟隨行走,帶到没人地方,把心摘出,用竹筒套取眼珠,均抹上藥水,自不臭爛,並給伊京錢五千文各散。伊即買紅棗幾個,裝藥麵帶在身旁,往天津以南,不記地方,如法摘取小兒心眼一付。嗣又至一地方,名牛頭莊,仍如法取小兒心眼一付,共携交李瀰元,得銀百餘兩,餘供與張守才同。奴才仍飭刑部司員再行覆審,犯供不移,案無遁飾。查該犯等所供三案,遠在隔省,一時斷難查明,而迷拐常喜之子則確鑿有據。查律載,採生折割人,注兼已殺及已傷言。是就現在一案判斷,已屬采生折割人無疑。惟是該犯固凶惡異常,然非有人授以藥麵,教以方法,伊等亦無此殺人之技。且非餌以重利,亦未樂於爲此。核其情罪,與採生折割人爲首尚屬有閒,第聽從用藥迷拐殺人,實屬爲從加功。張守才、王瀊臣均合依採生折割人爲從加功者,(斬)[按]律應斬立决。查挖取小兒心眼一事,耳聞無不髮指,目擊更屬痛心。現在熱河人心惶惶,萬民共憤,自應速正典型。如必待李溷元等緝獲到案,環定讞再行處決,則有需時日,萬一凶犯在監病斃■轉令倖逃顯戮,不足以彰國法而快人心。熱河向未頒■王命,奴才因此案情節比盜案尤重,謹倣照新章■同熱河道穆特布、署承德府知府奎照、刑部司員郭勒敏布、劉緒等,將張守才、王溵臣覆訊明確,即綁赴市曹,先行處決,以鎮人心而洩衆忿。除密咨直隸總督查緝李溷元等另行核辦,並將供招咨部外,理合專折具奏,伏乞皇上聖鑒。謹奏。

閱壽君所纂列女各傳,自周及宋較舊史增十九人,搜羅可謂宏富,爲商訂二事。

廿二日,晴。至慶式如寓答拜,則已行矣。因過翰泉■■借書常送遲,謝步常拜遲,迂生疏懶可發■也。翰泉談及外夷邪教流毒中土,有髮指眦裂之慨。旋過惺齋,遇夢樵,言朝陽騎馬賊,因及東三省之可憂,相與浩歎。聽彝送來吕心谷留贈其尊人曼叔《見素抱樸之齋詩存》一部,内有寄予一詩,予未得見也,今乃于集中見之。詩云:"之子如山嶽,胸中吐白云。散爲天下雨,收作御爐芸。獻賦懷新草,傳經溯舊聞。莫誇老柱下,豐鎬正思君。"撫簡增悲,安得起九原而共語也。得瑾自京來書,寄《李超墓志》《魏正光△年碑》,不著撰書人名氏,筆意已開唐風矣。又言在京見翁覃谿先生《杜詩附記自序》稿本凡二十册,全書端楷,删改處行書,蓋鈔成後重加者。每册後有"蘇齋"及"翁方綱"兩印,第一卷有"翁方綱""覃谿""蘇齋讀本"三印,又有門人李彦章、吴嵩、梁章鉅校讀款及印章。彦章款署乙亥九月,距今纔五十八年耳。卷首又有"葉■雨"印,蓋平安館書散佚者。賈人索值五百金,■度不能得,録其序文寄來,予取撰《藝文略》中,亟登之。

廿三日,晴。張慶自京還,言瑾等廿一録科。作書寄京。

廿四日,晴。讀邸鈔。聖主軫念畿輔災黎,特沛仁恩,於江南等省釐捐籌撥三四十萬賑濟。

廿五日,晴。鄒岱東來,贈隋大業、開皇兩碑,唐宋碑各一。

題沈文恪公書《妙法蓮華經》册

文恪由編修出爲大梁通薊道,左遷寧波同知,■見,復入翰林。此署康熙三年,正其復官侍讀時。聖祖重文恪書,凡御制碑版以及殿廷屏障,多出其手。每侍御書,下筆即指其弊,兼析其由。迨公子宗敬以編修入直,上命作大小行楷,猶憶前事,以諭李文貞公。然文恪巡大梁,誅巨盜,修學校,減供億,士民德之。官侍讀,應詔陳言,爭流人徙烏剌之議,聖祖改容納之。是其治行風節,又不僅以能書重也。

題劉文清公書《心經》册

往在蜀,見諸城書《心經》後自記云:"書此經已五百[餘]過。字經千寫,間架始定,篇經千寫,章法乃成。書此卷畢,■視猶不愜意。"款署辛巳,尚是中年也。是册乃老年書,功力可知矣。

廿六日,早晴。葉冠卿暨同鄉唐季偉太守來。方欲出門而大雨至,水未穴牆,而仍穿溝注於蓮池,蓋近池地皆虚空也。

廿七日,晴。

廿八日,晴。

廿九日,晴。閲邸鈔,浙江巡撫報旱災疏。

三十日,陰。得合肥書,言津郡南運堤決,予答書請籌入海之路。

【同治十二年八月】

八月初一日,陰。晚,次甥彭端懷自雲南至,言雲南雖報肅清,而斯民未出水火,將驕卒悍,官多屠沽賤類。群盜之餘望治,尚須時也。

初二日,晴。晚急雨,不甚大。共端懷談。

初三日,晴。送端懷入都。作書寄瑾。是晚,得瑾書,殊悵然。

初四日,晴。閲邸。雨農、清卿、香濤、廖伯得學差。

初五日,晴。爽亭來,談邵氏《讀易偶存》。

初六日,晴。閲邸鈔。湖南永順大水,城陷。

初七日,晴。夜雷雨。

初八日[1],五鼓尚雨,天明而晴。不知入場者遇雨否也。天漸寒,夜漸長,不寐之證將發,以書藥之,每夜校《莊子》十紙,旬日以來,似能不寐而静。

初九日,晴。早循池行,有荷生魚而入者,買兩尾■■■石烹而食

---

① 初八、初九兩日日記用朱筆書寫。

之。午間翰泉餽惠糖餅,絶佳。書■■江關帝廟芍藥再華,天津杏華再華,此■爲水傷耳。根之傷者木再華,見《漢書》,不足異也。又言臨榆海上來黄龍,缺一角,目無睛,口無下頦,此必鬥敗死龍,亦不足異也。臨榆鄉民分龍肉,縣令趙者得肋骨,粗若屋梁。夜半夢中得句,醒猶憶一聯,云:"未卜重泉何日下,最憐明月故人來。"足知近日心緒矣。

和翰泉秋感元韻

津海争稱去後思,秋雲何事異歸遲。■■歷歷胸中畫,霜雪侵侵鬢上絲。詩迹已成■■恨,清明贏得萬人知。■環中外傾心日,未許潮州老退之。

寥已吾懷百不思,何緣歸棹久羈遲。一拳■借栖衰翮,萬卷書如理亂絲。述異空增時局慮,論詩尚有故人知。罪言他日傳遺稿,應笑疏狂杜牧之。

初十日,晴。天朗氣清,想闈中得意疾書之樂■■■三十年如在目前也。

十一日,晴。重脩高芬閣落成,同局諸君置酒■■。招少石共飲。

翰泉見答,再疊前韻奉和,竝摘池中蓮子贈之

秋鴻咸有故鄉思,君已高飛我獨遲。叢勝樓前雲似幕,莫愁湖畔雨如絲。(時君將移家江甯。)未忘北關安危注,還論南華大小知。見説狂瀾今已倒,障川河日復東之。

瓊瑶請復耐人思,笑我才疏詩句遲。氣象久■輸彩筆,性情真許比朱絲。蒓羹返棹■初動,蓮子懷薌味可知。他日重刊長慶■,樂天還擬附微之。

十二日,陰。邸鈔。見順天鄉試《四書》(詩)[試]題,"回也其心三月不違仁""凡爲天下國家有九經""所以行之者一也""人有恒言,皆曰天下國家,天下之本在國,國之本在家,家之本在身",賦得"湖色宵涵萬象虚",得"涵"字。

十三日,晴。

十四日,晴。得薌溪書,有炊臼之戚。

十五日,晴。連宵月色甚佳,今夜尤極澄澈。■邀飲高芬閣,酒闌人散,獨步宛虹橋歸■。五鼓復升石蹬翫月,憶正月元宵月色亦佳,但天寒不能翫賞耳。

十六日,晴。壽君治具,同人復集高芬閣,肴品精美,談諧甚洽。翰泉復以詩至,同座傳觀。夜不成寐,因復和之,亦月色助詩情也。

三疊前韻和翰泉

作賦何能效左思,鍊都曾許十年遲。(予和詩[redacted]日始成[redacted]詩,有"好句吟成豈厭遲"之句)。卻因對酒披瓊藻,同訝裁[redacted]絲。湘浦椒蘭期共采,石頭風月料[redacted]知。[redacted]好去張公子,更得江山來助之。

罷兵妙論匪夷思(前日來書,有不能再和之語。)别出奇師覺已遲。屬對有如鶼比翼,(糟味藕絲一聯工切[redacted]中,[redacted]。)無窮真類繭抽絲。([redacted]靈絡繹繭抽絲,來詩中語。)書窺東觀慙先輩,文著《西銘》啓後知。悵望煙波尋釣舫,白駒還擬縶維之。

[十七日][redacted]月色不能前夜矣。聞西師[redacted]肅州,左帥馳赴前敵,壯哉此老,然亦危矣。

四疊前韻和翰泉

晝寢千般不繫思,閒雲病鶴意遲遲。忽傳鄭重兼金訊,中有繽紛五色絲。名大早聞孚世望,詩清何亦畏人知。(來書有勿令外人見之語。)宏才卓行都難竝,不待《唐書》表茂之。(《唐書》張茂之附《卓行傳》。)

三秋一日繫人思,何事重陽約轉遲。(來書約重陽見過。)高閣我方追貫輔,(高芬閣後貫輔萬卷樓。)隨園君定[redacted]袁絲。(隨園每自稱老袁絲。)送詩漸覺兒童慣,宴[redacted]偏令烏鵲知。(楣孫、廉訪問少石:"蓮池夜飲乎?"曰:"然。何以知之?"曰:"群鴉驚起飛鳴[redacted]"。)[redacted]可能隨意叩,花[redacted]之。

十八日,晴。昨五鼓起看月,今早又出城[redacted]泉外舅墓,感寒,頭痛,服小柴胡湯一劑。翰泉復以詩至,竟掛免戰牌矣。

【同治十二年九月】

九月十七日晴,自八月十九至此一月之久,缺而未記,中間校得《莊子》一部,作書序兩首,校刻作梅所著《學易》三卷,得與榕泉往還十數……

十八日,晴。得合肥書,言秘嚕國使臣請遣員往[redacted]有無欺凌中土人事。蓋中國本不欲與之通商,■别國有言其掠中國人而畜使之者,遂借此拒之也。總理衙門諉之通商大臣而呶嚕使臣纏擾不清。合肥還轅未能定期。

十九日,晴。得家書,知國瓚已於八月初四履襄陽同知任。此缺向有釐、鹽兩局,復改派委員,經管本缺,入款既微,而所駐樊城爲衝要之地,官吏往往借端斂錢,又承管隄工領款而不修築,以是爲應■之財。瓚到官便出示,與民相誓,謂妄取一錢……能自存。予語謹曰■■■■也,亟作書勉之,而戒以清貴能容,乃爲■■■道,吴清卿督學赴陜道,此談甚洽。

[二十]日,晴。襄夔生日,招飲於浙江會館,觀劇,至……

……右金石諸家及《湖南通志》■所詳矣。《湖南志》又有■臨海、永甯侯相■府君碑。臨海,郎之仲子也。可證■秦府君碑之譌。宋人撰《氏族大全》,於谷氏郡望出上谷,又《氏族箋釋》云係出夾谷氏,齊公子尾孫封于夾谷■■谷氏與此碑言■子封於秦谷因以爲氏者異。蓋譜牒之詞多出傅會,或不相侔。而翁元圻乃欲據此補《廣韻》谷字注之缺,亦殊多事。實庵以簽題偶誤,屬爲■■。因檢録舊聞,附記所見於此。

二十二日至十月三十日,皆晴。中間惟閲邸鈔。以修輯■明園奉……

……岱東大令携子産廟殘[碑]拓本■凡■石一■■者不霜京■■載傳■■可辨者"■■■官宣"五字,一"行"字,一可辨者"古清■"三字,一■■■皓高五字,一可辨者"萬"字,不可辨者三字,一■■"道等"二字,不可辨者四字。覃溪跋云:"嘉興黄思堂本誠宰河南新鄭,得鄭子産殘碑數片以歸。姚■齋上舍手拓其文以貼余。按是碑見於來梅岑■■考于司直《天下金石志》《河南通志》云祠建于唐……戊子輒……

【同治十二年九月】

鴉聲月色,念故鄉遠矣。江城吹笛,■■使寄,■■窻誰向親摘。春意江南未便,且付與,何郎詩■。■■瑟,清夢扶持,期約掛帆席。

香國。音信寂。悵死生不齊,故紙塵積。笑歌更泣,緑萼金尊定相憶。■■■■點■,忍記取,詞林瓊碧。待覓歲寒友也,幾人共■[①]。

初五日,晴。

……

初十日,閱邸鈔。禮部以新中舉……

荒謬。初係舉人斥革,主考罰俸……

吏部謂與例不符,乃檢舉主考……

全慶左都御史胡家至户部……

吏部侍郎童華皆鐫二級……

宗罷舉人文理之荒謬……

(樊長遠整理)

① 此詞爲《暗香》一闋,原稿詞題殘去。

第三十一册　遯庵日記(光緒元年九月)

遯庵日記卷(六)[七]

【光緒元年九月】

光緒元年九月，次子國瑾中順天鄉試舉人。書來，乞衣錢，予方有三兒國璪之戚，又兩月疫鬼爲厲，方驅之去，胸鬱不伸。至是始有生人之趣。遂買車之京師，將爲西山之遊，借攄憂思。以十九日啓行，將登車，而藻舟使來，促子强。子强已歸矣，作書答之。行二十里至曹河，小憩慈航寺，謁方恪敏祠。恪敏未遇時，嘗棲息寺中，■督畿輔多惠政，設留養局於寺旁。■祠祀於此。寺内有架松，不及肅王墳慈雲寺雙松之巨，而蟠根疏幹，森森有致，名臣風概，共不朽矣。曹河繞寺前，夏雨漲溢爲患。下游築埝，則上游水不得洩。清苑、安肅民互訟，幾成械門。岱東爲築土垻逼水歸府河，河道則去年合肥相國命練軍所濬也。水有所歸，民心始定。然土垻遇大水則潰決，不如石垻之可久，當事者宜更籌之。三十里，安肅縣，中火。三十里，固邨馹。斜陽紅葉，畫境可觀。三十里，白河，宿。歌妓填塞旅館，邑宰稱能治而不之禁，是亦俗吏。

二十日。黎明行，三里，涉白河，即拒馬之下游也。司津者牽車而過，水及車尾。夏秋盛漲，則小舟及筐，以多人舉之，頗爲險迷。七里，定興縣城。過鹿太公祠旁。今年鄉舉名學良者，其裔也。畿輔名賢之後，惟鹿氏科名鼎盛。予每見其族，勉以學行，無忝前人。二十五里，新城■之高碑店。廿[1]二十里，涿州屬之松林店，中火。憶庚申八月行至松林，突聞文宗翠華北狩。天佑國家，復有今日。謝編修疏時時以翠華北幸爲辱，念念以報仇雪耻爲心，忠讜之至。二十里，過涿州城。城南桓侯廟僅存萬曆三十三年知州郭逵所建碑。桓候井亦早湮矣。一里，拒馬河橋。

---

① 按："廿"字當衍。

九里，胡良河橋，明萬曆時建。二十里，燕谷店琉璃河橋，明嘉靖時建。張居正《記》稱琉璃橋一，費三十餘萬，拒馬、胡良橋二，僅費四分之一，然二橋僅各長三十餘丈，而琉璃河橋長數里，太岳所記未爲實録。拒馬河舍橋南徙，乾隆中于舊橋南移建新橋，延築石堤。舊橋頹廢者改葺，下爲涵洞，橋隄共長二百丈有奇，殆數倍於舊隄矣。御書"永濟橋"并御製《重建石橋碑記》，今皆在橋旁。十里，良鄉屬之竇店，宿。竇禹鈞本范陽人，店以是得名。或作豆者，訛也。朝望西山，不免煙塵之障，午後朗若列屏，晚嵐尤濃厚。琉璃橋上碧水青巒，左右輝映，帆檣林木倍極■疏。

二十一日。十五里，長楊邨。十五里，長興店，中火。十里，蘆溝橋。橋下爲桑乾河，源出山西大同之天池，伏流馬邑，自西山建瓴而下，環繞畿南。舊名無定河，仁廟更名永定。盧溝而上始有隄橋，建自金，至我朝增修壯麗，設關稽税。過橋爲拱極城，石景山同知、西路廳均駐於此。避石路，北繞土路，至彰儀門。石路二十里，土路則多七八里。一墓旁松數株，枝榦蟠曲，盤旋空際，殊有别趣。彰儀關吏阻遏，不使行，又不察視。詢問姓名、官職，口占答之云："停車坐待日西沈，關吏傳呼氣象森。問我官名兩成愧，四朝黄髮老詞林。"關吏錯愕而去。酉刻入城，至外舅劉氏居。見瑾兒，詢知出福建陳編修寶琛門下。閩中名士，其祖弼夫廉訪，予兄庚子同年，先名宧公舊識也。國瑾謁見後，編修出場中薦中兩批示之，知是崇侍郎綺所取中，兩批書法皆極精妙。編修言崇侍郎取中決之，殷侍郎乃定上二三場卷上。崇使粤人同考者決其爲誰，莫能知，及啓彌封知爲■子，乃争相推許。蓋中皿官卷僅十八人，粤東最多，故疑其爲粤人也。予入城，不携衣冠，小住一二日，即入西山。不欲見一客。堇腴、嵩佺適與瑾同行，知予至，即來談，至三鼓乃去。

二十二日。遊廠肆，無所見。置酒招堇腴、嵩佺、敔庭話舊。

二十三日，雨。堇腴諸君以予不得成行招飲。因遊龍泉寺，觀壽山石、十六尊者象、張雪鴻畫佛大軸、何貞老書、德研香畫、葉東鄉先生所刻碑記、船山詩、賓谷祀雨石刻。寺僧兆亭爲清遠第三傳弟子，予及見其後四代師弟，爲兆亭述之。出龍泉寺，至龍樹寺。寺中舊有樓，西牆無牖。顧南雅先生聯云："鱗想云而本無樹(今龍爪槐兩株是補種，嘉慶中古樹早枯，故云。)心原清净不看山。"往年與友登臨，頗不以聯語爲然。今心泉於樓西更建小樓，以朱椒堂先生書"朝山樓"額懸其上，登樓者乃得快挹朝爽。

二十四日。午刻出城,至盧溝已晚,因宿焉。晚眺橋上山色,河聲豁然開朗。夜卧臨波,水聲伏於枕下,數年未嘗此清味矣。盧溝風景爲京城八景之一,而行旅至此不能久駐,殊爲辜負。予往來數十過,未有如今日之從容領略也。

二十五日。平明過盧溝橋,爽氣迎人,河岸空曠。正西行五里,張各莊。十里,新莊。十里,灰廠,始入山峽。十里,石佛寺。山石鑿佛象甚多,無年月,蓋近代新鑿者。自此至寺門,盤道陡峻,覓土人引從,車路二里許,至萬壽寺。《長安客話》謂"灰廠入山,兩壁夾徑,行百折徑盡,始見山門也"。寺在唐曰慧聚。遼咸雍間,僧法均始闢戒壇,一名戒臺。明正統間改名萬壽寺。有萬曆間李太后所施銅鑪,高八尺餘。千佛閣前松枝蔚茂。活動松老幹凌霄,兩枝下垂,攀援可及,牽其一枝,則全松俱動,純廟御題所謂"牽動萬絲因一絲"也。一松斜倚,有仙人閒逸之態,純廟命曰"自在松"。一松横卧,蟠曲空際,寺中呼爲"卧龍松"。一株白皮,類銀杏,而釵股森然,凡十枝,一枝寄生,是俗所稱馬尾松,色獨深翠,寺中呼爲"鳳窩",因有九龍一鳳之名。戒臺在千佛閣後,道孚行實碑在焉。仰望最高一峰,則極樂洞也。登千佛閣遠望,尚嫌松枝遮蔽。寺僧引至鐘亭,用顯微鏡視京師白塔、玉泉諸山,郎然在目。俯瞰渾河,曲折如繪。上寺僧名性明者,(太原人。)熟悉内典,如數家珍,略解訓詁音切,年六十餘,緇衣中殊不多見。

二十六日。將爲潭柘寺之遊。晨起天陰雲合,而輿夫已舁肩輿至,遂行。西北下馬鞍山,逾嶺二,行亂石中八里,過六里溝。雨漸大,避雨道旁關帝廟,飲茶。雨愈大,度不可止。遂冒雨行四里,至潭柘,衣盡濕矣。雨中山色尤極幽潤。北方山少樹,得雨氣乃去荒枯之象。戒壇俯臨渾河,地勢高曠,潭柘則入山漸深,九峰環列,氣聚境幽,各極其勝。考《春明夢餘録》,寺在晋曰嘉福,在唐曰龍泉,聖祖始賜名岫雲禪寺。諺云"先有潭柘,後有幽州",蓋寺之最古者。舊《志》謂有古柘千章,今皆無矣。寺中銀杏一株,大數十圍,高十丈,其旁六株小者。據《欽定日下舊聞考》,一株生當聖祖臨幸時,二株生當高宗臨幸時。寺僧云文宗御極生一株,同治初復生連理二株,因呼爲帝王松,亦一奇也。大青、小青二蛇久逸,今逢會集,則寺僧取小蛇呼爲二青,以駭衆聽。金元時,殿角鴟吻久已無存，寺僧謂復得其一而配製成雙，語不足信。至古潭平而爲寺之說，尤荒怪矣。元妙嚴公主拜甎尚存。觀音堂四像，其一即妙嚴也。寺東有泉自石罅流出，昔人爲石渠，覆之以亭，名曰流杯亭，純廟賜名猗玗亭，蓋以其自竹徑中流也。御製詩篇、前朝碑刻俱載。《日下舊聞考》："金太康中經幢書尚完整，惜未得拓歸。"未刻雨止，飯罷，循舊路還宿戒壇。途中拾得木靈芝一具，不至有寶山空回之譏，快極。山中水泉甚少，居民皆蓄驢負水。潭柘泉清冽，惜從竹徑過，敗葉腐草，少失本味。雨中不得尋出泉處飲之，頗爲恨事。

二十七日，晴。下戒壇，回望山頂，雲氣猶瀰漫，如釜上氣。循舊路還，至盧溝中火。本擬自戒壇逕趨香山之靈光寺。聞板橋過車須用人輓，不如繞盧溝。雖少迂曲，較省事也。自盧溝東向正北行八里，衙門口。遥望一坡頂有缺處如洞者，向之而行。四里，芭蕉。四里，黄村。因南西門外有黄邨，土人遂呼爲北黄邨。黄邨之北有皇十四子園寢。望見坡頂缺處，乃山坳，非洞也。逾嶺至新莊，見碧雲、卧佛諸寺，相去不過十數里。問靈光寺，則已過矣。乃還車嶺南，循麓而西，行碎石中，復折而北。約計自黄邨至靈光寺不過八里。過長安寺，爲八大處之一，今已朽敗。靈光寺中，石壁之下，洞深約二丈，出泉，極清，飲之甚甘。道光中，寺僧鑿池養魚，金鯉有長尺許者。隱隱可見池下有大井，隆冬可藏魚。池環曲如半月，上有小亭，名曰翠隱。有小橋二。對石壁爲古塔，僅下一層可登。寺後有方亭，三面空闊，遠眺爲宜。有扁曰"挹爽延曦"，頗能寫其勝趣。考《日下舊聞》，有清涼、翠微兩寺，清涼已廢，翠微亦并入靈光寺矣。堇腴爽約不至。小亭見鍾琦書堇腴同遊戒壇潭柘聯語。夜坐閱性明所贈《六祖法寶壇經》。戒壇潭柘娑羅樹多，自嶺及麓，紅葉滿山，爲秋日極盛之境。偶然閉目，猶如置身千佛、觀音兩閣上也。讀碑，惟明碑可厭者最多，如張居正、謝遷記修橋修寺，皆稱頌内侍，恬不知耻，無怪靈光寺僧之頌蘇太監也。

二十八日。早起。瞻翠微山。尋翠微公主墓，或云在觀音堂下。翠微舊寺則僅餘壞垣半壁而已。清冷諸泉已失。今山下泉穴乃多，時帆方伯所鑿也。呼肩輿，出靈光，之東北，爲翠微右麓，有寺曰三山庵。有小軒東望，隱約見梅山，惜爲煙光所掩。額曰"建陽半幅精廬"，皇六子儀親王所書。三山庵上爲大悲寺，舊名隱寂寺，創建年代無考。僧慧燈者曾蒙聖祖召見暢春園，卓錫兹山，乃重新之，御賜今名。見王掞所撰碑記。寺中銀杏二株，大十餘圍，亦數百年物也。出大悲寺，循蹬道至山半，曰龍王堂，古之慧雲寺，又名龍泉寺。泉出山半，鑿池蓄之，爲龍口引泉，其聲淙淙。其上爲聽濤山館，館外爲聽泉小榭。老松當户，紅葉滿山，漱玉響琴，清超幽邃。秀楚翹先生《龍泉歌》云："我來翠微陟其巔，上有古刹名龍泉。松柏鬱鬱布濃蔭，千尺百尺森參天。蒼皮黛色四十圍，虬枝盤曲生風煙。四時不放日光入，盛暑不熱風泠然。誰鑿石罅瀉石髓，涓涓汩汩流清泉。蓄以方池承以石，跳珠戛玉鳴琴弦。汲來烹茶甘且洌，調羹炊黍味彌鮮。或曰飲之令人壽，揆之於理宜有焉。老我飲此嗜而貪，自夏徂春常流連。隆冬畏冷返廬舍，每思此水口流涎。輭紅十丈風怒吼，京師苦水鬻論斗。安能移此一勺泉，甘美芳馨潤衆口。"頗盡此泉之勝。楚翹以道光甲申致仕，棲息此寺，留題甚多。寺後卧游閣榜亦楚翹書也。閣中俯視平原，群山拱侍。莊邸聯云："羲皇高卧陶元亮，山水閒游宗少文。"自然典切，篆法亦清勁。自龍王堂循蹬道上里許，曰香界寺，舊名平坡寺。康熙中釋海岫重修，聖祖賜御撰碑記，賜名聖感。乾隆中又修，賜名香界。御製碑陰記有豐碑刻大悲菩薩自傳真象，聖祖御書"敬佛"兩大字在碑面。高閣可眺行宫，坐對萬頃平疇，尤開朗也。自香界穿深林，循蹬道而至山巔，則寶珠洞在焉。寺内有洞深廣丈餘，寺外崖石黑白相間，碎積如珠，緣是得名。洞中祀桂芳和尚，即海岫也。俗訛桂芳爲鬼王，殊可笑。洞上高閣，南望盧溝，如在咫尺，車馬可數。更南則渾河，岸闊沙明，如泛濫然。東南望京師，梅山隱隱，在煙霧中。東北望萬壽、玉泉諸山，昆明池水，塔立如筆，橋横似帶。登高望遠，霧氣日光，迷茫無際，未能盡攬其勝，殊爲恨事。出寶珠洞東北，自土路下。懸岩陡壁，下臨深澗。行至石道，爲香山往天台之道。若過一片石，逾嶺即見天台矣。舍石道，轉東南行。復向西南，回環山脊，至盧師山下證果寺。乃翠微之左麓也。盧師山以神僧得名。師隋末居此山，能馴二龍。祕魔崖是盧師宴坐處。崖下塑二童侍盧師象，乃大青、小青也。元時歲旱，道士持青蛇，曰盧師谷小青，謂龍也，禱之即雨。吕思誠惡其惑人，殺蛇，逐道士，雨亦隨至。事見《元史》。正俗傳之訛，除左道之惑，是貴有定識矣。今日環山而遊，不過十餘里。先自山麓仰視琳宫貝宇，如在雲端。後自山頂下觀，則如置身雲中，俯臨宫闕。其延緣而上也，紆旋叢樹中，拂袖披襟,無非仙氣。及盤旋而下也,蒼翠在目,如披畫圖,始覺游蹤太促,意致未舒。繼又喜應接不暇,機趣洋溢。歸至靈光,日已西下。卧榻上玩味山境,起而記之,他日可當卧游。

二十九日。復至東院小室,啓窗小坐,則南窗列岫之下,松翠竹青,北窗遥望平疇城闕,窗前皆雜蒔時花。如此勝景,在寺兩日始尋覽及之。看山如讀書,時有心得,惜不能久住細領略也。出寺向西北行,過善應寺,今名長安寺,寺已頽壞。寺僧尚卧未起,無可流覽。又西北行經黄村北,過玉田寺邨、郭邨、田邨、羊坊店,凡三十五里,入西便門,復至孫公園後園。

三十日。早約用伯及劉氏諸郎飲酒肆。晚,用伯置酒相招。游海王邨,得鼻煙而已。嵩佺來。

【光緒元年十月】

十月初一日。戒行矣,而車子遷延,日已暮,未得行。堇腴又拉飲酒肆,出所繪《儀孟園圖》索題。爲文壽楊鐵臣,頗未宕,不入俗眼。薌溪聞予來,見過,不值,因往訪之。

初二日。用伯、覲虞同至天甯寺,送菊贈研君。登塔射樓,憑眺久之。遂行。至長興店,中火。至良鄉已上鐙,遂止,宿旅店。頂棚窗紙均壞。居人言是解象貢差所作踐者。象差每過州縣,輒稱象病,索藥材,必遂所欲,延數日乃去。自委員至象奴,無不以爲利藪。吴文節督滇時,奏停象貢,以其無益於國而有損於民。今之督滇者,乃多方謀以獻諛。識趣之相去何其遠耶。

初三日。將至竇店,微向東行,入深林,至洪恩寺。寺爲明神宗時所建,前有戒臺,後有高閣,基址宏敞,工程甚鉅。聖祖嘗三至其地。寺僧三覺蒙召見,賜龍袍紫衣,尚存寺中。瞻三覺遺象,有宋文端公題贊,稱三覺俗家楚人,遍歷名山,來住斯寺,年一百一歲。蓋亦有覺行僧也。或云三覺爲楚藩後,明亡遯迹。壁懸王頊齡爲三覺書聯,瘦勁類史忠正書。明萬曆間碑文稱其地爲舊店,今呼爲竇,或音近而訛歟? 竇店中火。行至琉璃橋。觀恩惠寺,亦明萬曆間楊、趙諸璫所建。明人撰碑,稱頌内侍,率皆媚竈之詞,不可卒讀。坐橋亭下,山光層湧,水勢東流,萬頃良田,林屋錯落,橋下泊舟數十,有漁舟下網,風景致佳。熱甚,食柿子二枚,涼浸胸膈。行過涿州南,觀保清寺。寺旁爲舊行宫,故門前極宏厰,名木嘉蔬,奇賞心娱目。寺内曾經巡幸,規製亦壯,(假山猶存其半。)有純廟御書聯、果親王題額。壁懸板橋爲張真人書巨幅,用筆超逸,確是真迹。旁有許滇生師小跋,是師舊藏,以贈僧明寬者。今主持瑞亭是明寬弟子也。又有金書磁青紙《金剛經》,是萬藕舲尚書、勤少仲廉訪諸人所寫。師以乙巳年六十壽,於京城萬壽寺稱祝,令門下士各書《金剛經》一部捨諸寺中。此卷是江西丁酉拔貢門下士也。乙巳會試門下士則蕭殿撰師書,捨於萬壽寺。憶當時同門有譏佞佛者,予謂此官場火熱中清涼散也。翰皋頗然予言。偶觸舊事,輒附及之。是日宿松林店。

初四日。北河,中火。謁楊忠愍公祠。詢是左爵相過師時捐貲修葺。撰楹聯云:"此事先生真有膽,當年閣老竟何心。"當年閣老豈煩詰責,左蓋有寓意也。左廂壁間有黎樾喬丈題詩,署丙戌年。是其初與計偕北上所作。諫草亭已頹壞,東■亦不全。楊氏子孫在容城,此間一支守墓城南,數郫無差繇,以其錢爲歲修,楊氏歛錢而不修廟,地方官亦不過問。待先賢如此,何以風示士人、轉移風俗?賢有司當不其然。道光中,梁君寶書宰定興,修大路,兩旁開溝瀉水,以其土爲甬道,道旁植柳。今大路或瀦爲澤,居民種稻種荷,至所植柳則罕有存者。梁在當時尚有斥爲俗吏,以視今所稱賢吏何如耶?過白塔鋪,涉水,即雞爪河水。連日看山,皆值晴霽,朝爽夕嵐,各極其勝。今早微陰,山色在煙霧迷茫中,類米、董畫。午後則雲陰如墨,不復見山矣。是日宿安肅北關。詢官吏賢否,耆老笑而不答。怪哉。

楊箱筠先生七十壽序

光緒元年十月,予遊西山。窮戒壇、潭柘、翠微諸勝,飲清泠、龍池之泉。徜徉山中,憶吾友箱筠先生,將往訪之,畏京師酬錯之繁,抗塵走俗,非性所適也,驅車而返。又念先生今年政七十,舊交零落,知先生者莫如吾,不可以無言,於是爲文以壽之。屬思未就,假寐旅舍,恍惚與故人願船、少鶴共坐。少鶴謂予曰:"吾子欲爲箱筠壽,亦知箱筠之節概乎?昔在文皇,國步方艱。司農仰屋,始鑄鐵錢。倉鼠木蠹,積弊生焉。闢除衆論,爰剔群姦。時有凶人,方在朝列。蒙我聖聰,害民蠹國。箱筠嫉之,上書伏闕。廷臣治獄,上其手曰,'此爲天潢,名之何説?'箱筠抗聲,君前臣名。問誰指使,烈祖之靈。拍案痛哭,左右震驚。獄詞既成,帝鑒忠直。既薄其懲,俾遂初服。巨憝鋤誅,詔起廢職。觀察河東,使治鹽筴。名重崇獄,躬膺顯秩。勇退急流,慨然引疾。壽以千年,實惟峻節。”顧船曰:“君知其一,未知其二。夫忠者孝之推,勇者仁之發。實之所至,名乃歸焉。吾同里居,悉其家世。直道三黜,先聲是嗣。有棺久停,經營葬事。艱難百計,卒竟厥志。髫齡嗜書,縱覽百氏。究心算術,古訓是式。學深養至,氣乃至剛,以之治事,綜核精詳。以之立朝,大義克彰。君但知其節概之高,而不知其立行之有常也。”予閱二子之言,聳然而驚,豁然而悟。譬諸山焉,太行綿亘幾數千里,其高峻巍,其長逶迤。夙昔披圖,駭歎而已。及夫入山之深,陟山之巔,然後知山之嶄崒隆崇,磅礴而無極者,皆真氣之所鬱積而結盤,細至一草一木。峻極於萬仞,莫非斯氣之所充滿,故歷千秋、亘萬古而其峰屹然。吾於遊山之際,夢寐之間,得故人之言,而知先生之所以壽,將與名山同不朽焉。《詩》之頌戩穀也,曰“如岡如陵”,其是之謂乎?[1] 遂書寄先生,薪進一觴焉。

初五日。過曹河。重遊慈航寺。尋鷺鷥棲處,則已南歸矣。寒去暑來,水鳥皆然,不獨雁也。寺前流水環繞,風景絶佳。前謂宜築石壩,逼水入府河。細詢土人,曹河盛漲水勢過猛,非壩所能禦,且恐入府河爲害,不如每年八月築壩。府河得增水之利,既便行舟,曹岸得秋麥之收,居民亦便。夏漲則聽其漫決,以順水性。蓄洩之權在有司,隨時相度而已。入北門抵家。

初六日。謝客。聞省城反獄之案。

初七日。謝客。清釐半月文案。

初八日。得合肥相國、筠仙侍郎書,招爲津遊。

初九日,大風。得青餘書,言豫撫到後,豫藩尚須入覲。青餘北上爲期尚緩,小園則已交卸北上矣。

初十日,大風。連日清釐局友工課,簽記凡百餘事。培甫南歸,自請俞廉石司馬代爲捉刀評之。

---

① “其是之謂乎”下原有“章氏之言曰:壽文者,其體出於周官六祝之詞。因其人之質而施以文,則不得以非古而廢之也”一段,後删去。

十一日,風。遊廟會,得汪龍畫松。岱東招飲。城外風霾,不見西山。

十二日,晴和。晚爲培甫餞别。

十三日,瑾自京師歸,爲購《麻姑仙壇記》,殊非佳帖。

十四日。洋人貝若瑟爲購海圖,極精,以授局繪海圖,甚有益。翊臣摹洋人所繪《畿輔圖》,易西文以中華字,裝成,殊可觀。

十五日。早,省翁諸君來看帖,帖已藏矣,見帖篋而去。晚飲純如家,看菊。十三在惺齋寓看菊。惺齋以盆瓶勝,純如以菊勝。

十六日。方子謹入局,以工課授之。命廉石入局,則接辦培甫功課。得長女自黔寄書。

十七日。料理家事。授瑾兒。子梅爲借練軍炮船。

十八日。行九十里,泊安州。閲《中西譯語妙法》,尚易明了,苦不能記憶。

十九日。黎明開船,風雖不順,尚可縴行。巳刻則日曀而北風加厲,泊以待之。申正風力稍弱,復縴行,至新安,繞城而行。城上有樓,城角有亭有樹,下有大橋,出水丈餘,波光掩映,好畫圖也。新安以下爲西淀,非風不可行。遂泊城下,看《天文略論》。其書爲道光末年粤東洋醫館所刊,不著撰人姓名。論四十則,大旨言地球圓體自轉,日大於地,居中不行,地球與月十行星(五行之外增喴士打、嗯厘士、啤拉士、珠那、於咻瘖士諸小星,合地球爲十一行星)轉動,皆借日光,以成萬物。其論甚新而確。近時《談天》一書言之更詳,閲者删除書中天主耶穌之説,節取以補天文家之缺可也。許副將貴來,述其在長勝軍戰事。

二十日。兩點鐘開行,至七點鐘,僅十二里。後得斜風,甚微,張帆,佐以篙槳,夜盡乃抵蘇橋,泊焉。西淀殘荇敗荷尚有存者,十二橋夏■之佳可以想見也。閲《冶金録》三卷,美國阿發滿撰,英國傅蘭雅口譯,新陽趙元益筆述。上卷論範模造法,中卷論鎔鑄各事,下卷論各金雜質。西人製器之精奇,妙極矣。此卷所論乃考核物性、準度天時,以窮極夫人事。吾思上古聖人取諸《易》象,備物成器,以利天下,至《周官·考工》而百工備焉。聖人未嘗不以制器爲重也,故曰"形而上者謂之道,形而下者謂之器"。器取其適用而已。聖人非不能精也,不欲耗財力、疲心思,以縱耳目之欲,故奇技淫巧不鬻■■。今西洋之器大半奇淫,然中國嗜之。

是作奇淫者西人,而受其害者中國也。西洋之器足以禍中國,而其制器之理,聖人復起不能廢也。中國愛其器而不察其理,見其書則曰此鳥獸之語也,是樂受其禍,而不知禍之所自來也,不亦愚哉!

二十一日。泊虹橋,已三鼓矣。不能登岸。

二十二日。移居節署。使相言:朝廷將命出使日本,問願否?答言:不求往,亦不辭難。筠老出使英國,尚須少待。觀肖菊所藏《唐六如畫譜》。爲爽亭定其母楊太夫人五世同堂請旌稟稿。

二十三日。拜客。飲黎召民署。召民建議遣商賈貿易各國。遊肆中,得建瓷碗。馬格利,美國人,出觀洋鏡,皆外國山川、宫室、人物。

二十四日。往機器局晤獻克、桐生,留飲。同坐有卞午橋者,雲南景東廳同知。詢彭婿蹤迹,知其在滇尚能自立,現權雲南府南關同知,尚能盡職。晚使相招飲。

二十五日,大風。閱伯行及蔡子蕃時文。兩君用功甚勤,夜誦達旦。

二十六日,大風。河冰已合,决計陸行。讀筠老所撰《禮記鄭注質疑》一卷。

二十七日。作書寄嵩佺,言順屬采訪事。寄用伯,言姻事。使相約與英國公使威妥瑪共坐,議雲南案,不合。謂筠老須俟案結乃往。其人猛摯陰狡,然此案實我曲彼直,所持亦非無理,難以詞勝也。

二十八日。筠老入都,余亦還保定,同行至浦口,中火,分手。由津至保,南路由静海、大城、任邱、高陽,聞李官堡尚有積水。北路由浦口取道武清、定興、安肅。今日由津至浦口,三十五里,由浦口至武清屬之黄花店,四十里。避水繞道,約二十里。旅館甚寒。黄花店本名皇后店,音近而訛。店舊隸東安,遼時抑宫故地也。《東安志》,遼時以禁妃嬪之獲譴者,遼屢廢后居此,故名。店壁有字觀齋者題二絶句云:"宫衣猶染舊時香,日暮高樓引恨長。垂■幾回頻眺望,不堪昨夜夢昭陽。""離宫别館自迢迢,望斷君恩恨未消。多少如花盡灰土,空餘峻閣説前朝。"

二十九日。夜行三十里。始曉,又三十里,渡渾河,水深僅二尺,打冰而過。至永清屬之雙岩,中火。地勢空曠,疏林葉落,長河冰澌,凍鵲饑鷹,蕭瑟有致。渡口久應成梁,有司聽其遲延,縱令渡夫訛索,眼見藥材車一輛,索銀一兩,又增錢二千,議成而不即渡,蓋稍久又索飯錢耳。十二里,過永清城南。又三十三里,至固安屬之牛駝汛。汛商賈繁庶,鋪屋齊整,環以土堡,亦小都會也。

三十日。輿夫欲由新橋之白河,予欲取道白溝,强而後可。此道自永定河南四工决口,漫淹合龍後始涸。出馬莊黑龍口,尚有積水,乃迂道二十里季莊,十里古莊,二十里陶家營,中火。陶家營距王堂老家鄧莊僅八里,忽遽未暇造訪。十五里,繞四村。過乾河,是新浚之蘆僧河也。泥濘沙汙,車行不易。十五里,過白溝河橋。河冰未堅,尚有張帆舉網者,皆打冰爲之。三里,過小王營、拒馬河橋。拒馬自易涿流入容城,東王營地較窪下,故有橋,自康熙以來經數修矣。三十里,容城南關宿。緬想三賢,惜到已晚,不能謁祠。明季夏峰起於容城,而高陽、定興、祁州名賢相望,五百里德星聚其間,氣所鍾耶?人才方盛,而明祚已衰,國運、人才何兩不相涉耶?抑才之用不用使然耶?悲夫!

【光緒元年十一月】

十一月初一日。自容城行三十里至安肅北關,歸大道,中火後,乘騎入城。

初二日。拜客。清理積牘。

初三日。遣孫坤入都迓用伯。

初四日。小湘中丞來。廿年久别,話舊甚歡。知蕢山尚官■州,吉甫則乞骸居京師矣。

初五日。

初六日。得嵩荃書,知用伯將以初八啓程。

初七日。朱次山、惲(彦彬)兩星使來。次山之兄子山觀察庚午同上鄂州途中唱和甚多,今歸道山矣。南江招同局飲。

初八日,早微雪。當道招赴兩江館,陪湘筌同年。

(袁媛整理)

第三十二册　元甲録(光緒七年正月)

【扉頁浮簽】

元甲録

光緒七年辛巳正月

元甲

【元甲録】

【光緒七年正月】

辛巳元日甲子,此不易逢也。因題今年日記曰"元甲録"。

甲子。早起拜先。至書院聖人殿行禮。歸受家人賀。案上水仙初放一花,口占二十八字試筆。往會館祀兩湖先哲,循俗例賀歲歸。

元旦試筆

五色卿雲捧日華,春光分送到山家。喜占甲子逢元旦,第一仙人第一花。

乙丑。得合肥相國書,言李鐵梅師臘月歸道山。丁未殿試讀卷師也。問津書院山長,擬延幼樵侍讀,得人矣。得劉廉訪書,論時事,欲盡裁制兵以募勇,勇之餉則取之關外屯墾。議論闊大,而辦法不詳。岱東來談,所辦張家口外私墾升科及籌開辦察哈爾荒地,則分别畫界,收價升科,杜中飽、求實效,井井有條。

丙寅。本擬今日起程,自津入都,求車不得。與同局戲擲《漢官儀圖》。此戲本劉貢父所造,有書無圖。近人圖之,轉不如看骰檢書之易。然增訂數處,亦非有學人不能。

丁卯。行自保定至津,陸程分南北。南自高陽、任邱、大城、静海,北自安肅、容城、雄縣、霸州、武清之王慶沱,以達於津。[1] 聞當途多由南路。予北行,過曹河橋至安肅,中火。容城宿。南門外有萬曆中修城碑記,郭存謙撰,文筆不俗。碑上有夏峰先生名,疑捉刀人也。

安肅城北有巨冢焉,碑曰麟冢。明萬曆中,民家産牛有異,以圖考之,麟也。聞於官,給芻牧,死而葬。時知縣事張檝者,黔人也,爲之記。予覽而感焉,作《麟説》。

> 麟之於獸,猶鳳之於鳥、龍之於鱗、龜之於介,各長其類而已矣。倮蟲之百六十而人長焉,萬物之靈也。故又於人拔其萃而謂之聖人,聖亦長乎人而已矣。鳳不至而歎,麟見獲而嗟,傷與己同,詩人比興之義也。如曰麟爲聖人出也,萬曆之稗政過於魯哀,麟胡爲而生也?如曰稗政不足以致麟,遂疑所生之非麟,是咫聞而隅見也。聖人生而在上,道之通也;聖人生而在下,道之窮也。窮、通,時也,道無加損焉。故聖人者,盛世亦生,衰世亦生。麟胡不然?且夫聖者,人之至。人之有類也,猶鳥獸鱗介之有族也。忠之至,則臣之聖。孝之至,則子之聖。[2] 如必曰德無不備乃爲聖人,是伯夷不足於和、柳下惠不足於清,是麟而兼鳥與鱗介之長,則惡用四靈也?故曰麟者長乎獸而已矣,聖人者各長乎其類而已矣。如必曰今無麟焉、今無聖人焉,則是今之天無古之天也。不亦謬乎?

馬逸,適王雲臺自雄縣來,遣勇士爲予追得之。夜談,三鼓乃罷。縣尹羅君勤民,有頌聲。

戊[辰][3]。黎明行至雄縣,中火。霸州宿。宋楊延朗禦遼,開馬洞以通雄,鑿七十二井以衛城,築策城以屯峙,固形勢之地也。昔爲極邊,今爲腹地。邊地資溏濼以限戎馬,腹地苦漫溢而害田疇。時勢不同,利害亦各有在。近年尾閭不暢,淀身日高,每多水患。有巨紳牒請筑隄,實捍衛私産,以鄉隣爲壑。鄉人怨之,群相詬罵。自直隸多水,如此紳者蓋非一也。謂北人重私利、寡鄉情,則不盡然。或此數君别有肺腸耳。

---

① 眉批:容城經過白溝河、牛■汎、皇后店、浦口爲■路;霸州、王慶沱■■之中路。

② "則子之至"下原有"節之至,則婦人之聖"一句,後删去。

③ "辰"字原爲空格,當係避其父輔辰諱而未書,兹補足。下同。

明范文忠公像贊

文忠後嗣以圖像介予乞合肥題。擬此。

洋洋吴川,篤生賢哲。正學是崇,勵忠表節。始官銓部,拂衣抗璫。迨掌戎機,率師勤王。思陵相臣,數逾五十。及公之相,太原已失。贊樞兩月,明社爲墟。覽碑墮淚,補史有圖。聖清表忠,賜謚與祭。肅瞻遺容,懔懔生氣。

己巳。信安,中火。霸州,繁富之區也。王慶沱宿,亦武清昔日繁富之地。今爲水浸,夏秋不可行,冰堅始通車。偶與鄉人談及被災之苦,作歌擬寄子岱。

王慶沱歌寄游觀察

王慶沱,水中阿,昔年商賈競輻輳,今日居民愁坎坷。夏無麥,秋無禾,水深不通楫,水淺泥成窩。三十里近桑乾河,河身高,水平坡,回流偶溢田生波。我乘冰凍驅車過,爲民告哀作此歌。寄語賢使君,尾閭不洩將奈何,豈惟王慶沱。

庚午。由莊家橋北倉達天津,寓節署。始知相國有弟之喪。名鶴章,隨相國平寇,積功授甘涼,告歸侍養。今纔五十有六也。幕府多舊識年交,聚談甚樂。

輓鐵梅師聯

追蹤秦嶺,重步蓮池,後塵憶及門,纔逾卅載;

揚烈皖山,未竟草廬,經略憑教澤,已是千秋。

師掌教關中,重掌蓮池,予皆繼其後,亦一奇也。

輓李廉訪

兩昆督燕楚,爲國宣勞,早乞此身專侍養;

百戰紀旗常,象賢有嗣,何期大夢遽仙遊。

辛未。亮生、庭芷來。亮生出戴孝候書,言清卿撤邊防營務處,劉盛裕以其攬權納賄也。緣是與將軍齟齬遷怒。孝候言邊事書三上,不答。將軍與都護調唐仁廉奏,言清卿知,而實不知。蓋將以擠吴、戴耳。滿漢共事,衆人輿瓢,固早知其不協也。

壬申。庭芷招飲,同座亮生、摯甫、叔與。主客皆韻。叔與酒態可人。合肥言《海防圖》中"大沽口外攔港沙,平時水深二三尺"一語不確,極淺時亦六七尺也。"大遼河口"當改爲"營口"。摯甫《新城城圖》畫樹晝船,是立方法,非平方法也。寄書局中,改之。以俄圖請合肥交馬枚、叔與、俄領事校。

癸酉。諸來投柬者,皆往投一柬。肩輿羅織道途,如蟻如蛾,亦任風氣驅使而不自知也。緯笙、翰吉、亮生、桐生招飲名慶堂。叔耘贈《滌小齋制藝》,文不多而精,曾、李序跋推許極至,套板亦精緻。

偶成

咫尺神都接大瀛,北門鎖鑰寄非輕。百川匯澤歸滄海,萬國來航款帝京。信似潮來波頓起,捷於風送雷傳聲。如雲冠蓋紛難識,范老胸中猶有兵。

甲戌。行三十里,浦口,中火。二十五里,楊邨。二十五里,蔡邨,宿。入武清界。

乙亥。三十五里,河西務。十八里,安平。十八里,碼頭,中火。入通州界。二十五里,張家灣。三十里,余家衛,宿。去京僅二十五里。

丙子。入城。飯畢,即至琉璃廠、火神廟,書攤僅二,亦無舊本。珠寶則充盈,書畫次之。

丁丑。與香濤、幼樵、瑾兒同遊,鑒真有宋元卷頁二十事,雖不盡真迹,要皆佳品。晚飲香濤家,雲門至。

戊寅。復至廠肆。觀書畫,暮乃歸。

己卯。入城,弔李親家夫人之喪。

庚[辰]。復至塲肆。

辛巳。至老君地。歸至廠肆。

壬午。

致李中堂書

頃閱邸鈔,鬼蜮毒射,殊堪駭詫。若非日月之昭、雷霆之震,竟不知成何等世界矣。國子監阮君者,公門人也,言謗讟之興,出於二姚。彭年則謂市儈之流無此險毒,當由傾陷筠老未受懲創,又以小人之心度君子,妄謂新輔必左右之耳。此種狂猘不足介意,況已經天語昭示乎。聖人至公之斷,無所偏私。臣子感激之私,何能自已,想經疏謝矣。鄙意竊謂諭旨不能一無過失一層尤爲周至。篤棐之忱、匪躬之義,斷不因人言之過,有畏沮退避之心,亦必不因君知之深,弛靖共揚勵之志。任事本難避怨,亦豈能毫無過差。惟聖訓時加、廷臣攻短,則因以自警。事出萬全,爲國爲身,兩皆有益。姬公不避流言,諸葛一生謹慎,疏陳引咎,明哲純忠,何待迂儒讒言哉?抑更有進者。阮君之言雖不可信,而進退人才似宜以心術爲本。人心雖不易知,大約嗜利而鮮耻,則反覆而無常。其干進也,如蟻之慕羶,則意必如犬之反噬。我公用心若鑑,何物能逃。或緣治事需才,不免稍從寬大。然既洞燭其私,即不得不防其患。且既援之於前,恐不能制之於後。如筠老之所援,終受其害。今且波及於公,可爲深戒。

其一,歷叙文忠宦績、戰功。貞心清望,似在南京時。它人薦牘稿,非文忠手筆。

其二,與某京兆書。(書中言其人除京兆,不就。)

其三,與謝青坡書。

其四,與朱萬禧書。(拒其請,先容司成。)

其五,與吏部曹仲參書。

其六,賀陳益翁新撫臺書。

其七,與某大理書。

其八,放廢時與人書。

其九,與人書。論楚事,剿之難施,因撫之失事。(中朱書"古東"二字,墨書"有副奏"三字。有"天下事非無先識之患,正是任怨冒忌爲難"之語。)

其十,致書大略。似論承嗣謀産涉事,非公親筆。

其十一,録《煙霞小説》。(《高坡[異]纂》,常熟楊儀夢羽著[1]。)

其十二,祭先文一。

其十三,祭妹文。

批兵部郎中[redacted]揭帖。(論張獻忠受撫後,在襄陽買馬造船,宜防。)

與解石帆書。(時解因言事罷歸。書中有"幸公逢昭明,得免網羅,可安耕鑿,但家國蕩盡,骨肉摧殘"之語。)

(袁媛整理)

---

① 原文"異"字處爲空,當爲避諱,現據補。

第三十三册　海行日記(光緒八年五月)

海行日記

【光緒八年五月】

予自同治十年應合肥相國之聘，來居清苑之蓮池，修《畿輔通志》。光緒四年，兼主蓮池書院講席。八年正月，奉命分守安襄鄖荆道。《志》稿於四月告成，司道查驗畢，而書院創立學古堂事亦竣。五月乙未始自清苑啓程。

初十日，乙未。出清苑南門崧鎮，青方、伯剛、子良廉訪、府縣三營及楊西園軍門、志局諸君、書院生徒與親故相識咸送河干。十餘年相親，後會難，必人之愛我，我亦黯然。丁君聽彝、周君少伯、成君慈江、張君重齋、胡生月舫、張生衡齋、趙生君堅、王生晋卿、戴君翊臣買舟遠送，情尤可感。時方苦旱，河水淺渴，保定知府慕君往津，先告河廳閉閘，節節蓄水，舟至，待滿始啓，放至東安屯之下張家灣，已暮，泊舟岸，有平疇。與諸君布席，坐月下，更深始寢。

十一日，丙申。至安州以下，水漸闊矣，勞君玉初自津還，來會，晋卿分道之冀州書院。别兩君，開舟，過新安，入白洋淀。未至趙北口數里，風起。少白、聽彝諸君後，林子穎方爲任邱令，乘小舟來，談捕蝗事。

十二日，丁酉。同抵趙北口太平橋上十方院，今爲龍神祠，清河道視隄常爲行館。會史松園觀察以勘河他出，予與諸君得假以休息。朝循疊道，緩步出趙北鎮，乘小舟東遊清河口、趙王河口。日午歸飲寺中。晚遊疊道西。翊臣寫圖，予與諸君皆有詩，予别有《瓦濟遊記》，甚詳。

十三日，戊戌。諸君各寫詩圖卷上。子穎以捕蝗先去。予與諸君小坐始别。胡生含淚，予亦不知涕之何從也。舟發風順，至蘇橋泊，趙生舟亦至。

十四日，己亥。風利，行百八十里，抵津，日方午也。趙生送予至津。

朱生佑三、陳生述兹已先在。感三子意,賦詩謝之。三子亦各有詩。過朱亮生談。瑾書至。

十五日,庚子。在津。循例持手版謁張振軒制府,詢《志》事甚當行。留予飲,不樂也。辭行。復餽食。拜客歸,衣濕透矣。見計君惟翰論時事文字,識宏議偉,及相見,乃謹樸如恒人,可敬也。亮生來談,並交託辦瑣事。閲邸鈔,賨竹坡侍典試閩中。

十六日,辛丑。計君來。開舟至紫竹林,見黄花農通判,託搭輪船事。候豐順船未至。熱甚。亮生邀飲杏花邨。

十七日,壬寅。在紫竹林,小舟熱不可當,借招商局樓上避暑。花農備茶點精潔。歸遇雨,避理船廳中。雨止歸舟,暑氣散矣。

十八日,癸卯。亮生送蒸鴨,味濃美,三生同啖。亮生携計君《高麗通商論》《勳臣論》二篇,亦膾炙也。是日,豐順船至。

十九日,甲辰。上豐順輪舟,兩妾柩二、書箱八十、衣物亦數十事,皆花農及三生爲之經理照料,可感也。亮生同飯舟中,予亦與諸生别。遣送僕歸保定。寄家書。亥子之間,風暴。

二十日,乙巳。八點鐘開行,三時之久,始出大沽,河身曲折,又防淺阻故也。候潮至,過攔江沙,始得暢行。此門户險要,有事尚可扼守。或有爲疏暢海河議者,是爲洋人役而不爲中國計也。出大沽,正東行,夜半風大,從人有吐者。予尚能起。觀巨浪近岸,黄海稍遠,則水色清緑,浪花如雪,與月光相映,真畫不能到。簸蕩不得寐,然燭展誦計生《保小自强論》,蓋因越南事而作,可謂識時務之俊傑矣。

二十一日,丙午。日出風定,已過竹山矣。巳刻過之罘,泊煙台,起卸貨物,約四時之久始開行。之罘山勢雖佳,然煙台洋樓鱗比,險爲人據,望之增感。滇案之會如在目前,欷歔久之。出煙台北望,登、萊諸山,或遠或近,或斷或連,或疊阜重岡,或坡坨逶迤,或奇削壁立,或雄厚盤固,或如雉堞、如劍鋒。蒼赤黄緑,無色不備。白如積雪,粲然鮮明。時有茂林梯田。舟行相距不過十數里,若即若離,輪轉如飛。千里名山,一覽在目,生平見名人畫卷以千百計,未有若此之意愜關飛動者也。秦皇、漢武海上求僊,杳不可得。予遥見一山之巔有寺,苟能遺棄塵累,栖息於此,此即仙境矣。又見一人立海旁水中捕魚,此人此時遺世獨立,心空滄海,此即仙人矣。心爲形役,縱能長生不死,貴若政、徹,乃苦人耳。仙云乎哉！將至登州，天色已瞑，看山未竟記，俟他日重看。

海上雜詩

海氣蒼涼夏亦秋，高憑巨艦似登樓。萬重波影雙丸照，千里山光一覽收。(出煙台看登萊諸山。)機括誰教持主計，(船主用洋人。)迂儒猶自議邊籌。(讀惺伯《保小自强論》。)大餐房里如禪静，(大餐房與房艙隔，客不能到。)祇恐狂風捍欲嘔。

機聲隱隱似雷鳴，更有風聲激水聲。查客無心問牛斗，神山倏已過蓬瀛。人如鷗鳥來相伴，物類蜻蜓未識名。(一物出舟側，飛十數丈而没。身緑色，四翼如蜻蜓，長尺餘，詢之舟人，亦不識也。)到此始知天廣大，紛紛蠻觸漫相争。

舟如芥子海如杯，浩浩長風任所之。煙似黑蜺方下飲，(逆風而行，煙似長龍，延數十里。)濤翻白鳥欲高飛。祖龍已被求仙誤，流馬休誇藝事微。海客談瀛終縹緲，誰知無用是元機。

大餐房歌

短衣深目卷鬢郎，終日大餐烹牛羊。銀刀霍霍琉璃缸，滿酌蒲萄截玉舫。火食未熟腥血香，食椒飲冰别肺腸。吾生惟甘稻與粱，雜居共飲計亦良。黄蕉丹荔椰子漿，未到江南已遍嘗。

二十二日，丁未。入緑水洋，轉南，入黑水洋。水愈深則色愈沈，浪亦愈大。舟中多卧不能起，予尚健噉。晚復入緑水，正東是往東洋海道。

過黑水洋

看山昨日儘流連，黑水洋中浪拍天。海若應憐看山癖，層波堆作萬峰巔。

二十三日，戊申。五鼓立舵尾，候觀日出，見紅霞之升，不見金丸之躍，天已陰矣。至清水洋，風漸起，過茶山，入黄海，風益厲，若昨日黑水洋遇此風，不知浪高幾許矣。雨密，過崇明，隱約模糊，過吴淞口，望礮台，精整過於大沽，得地勢亦較之罘爲勝。至滬上，則道路、房屋、碼頭迥異中土，人心亦大異。傷哉！

海上雜詩

舸疾如飛未肯停，雲垂海立渺滄溟。自從博望星軺遠，無復孫恩戰血腥。韻協牙琴通妙悟，詩傳玉帶歎零汀。舟人忽報勾東近，遥指茶山一點青。

礮臺矗立吴淞外，沽口遥分南北洋。界闢三千誇铁绕，筹操十二固金湯。運機常恐忙中誤，慮患多於意外防。寄語乘桴休浪喜，取裁甯止一方强。

二十四日，己酉。在上海寄何小宋制府、林穎叔年丈書，促穎老到蓮池講席。致崧方伯函，言書院事。晤彭器之親家，豪氣如昔，屢經患難，才奇運阨，可歎也。是日雨。

二十五日，庚戌。訪莫善徵同年未遇。善徵來，知偲老夫人仙逝，仲武送葬還黔。鄭伯庚北遊，談及左相淮營事，楚岸派員與營與船，廷議未允，先已派定加票三百張，乃張力臣謀。老商票減值五千，新票約繳百餘萬，實則股分僅十餘萬，新票不售，既領而價不能繳，（黄幼憲云繳六十萬。）力臣逃矣。此老勳名恐損。老將至而耄及之，可慮。同器之至新載生洋行購洋鎗。飲器之家。是日陰。

二十六日，辛亥。在上海。器之來拜。邵觀察未晤。善徵招飲，出觀曾毅勇侯所寄《新出地球東西兩圖》，甚精。同坐南匯令顧君竹臣，談論不俗。啖荔支、枇杷，飽餐來，其夜歸，燈火通明，高樓歌管之聲徹於街市。今日海内第一繁華之區，聖人復起，不能使之返樸矣。

二十七日，壬子。李勉齡來談，取人宜寬，爲守兼優者，不可多得，各取所長可矣。又言存心作十分好官，必有辦不動、行不去之事，又恐失之操切，皆閱歷有得之言。善徵言不阿洋人而洋人極攝服之，能守法者，上海惟勉齡一人而已。程竹坡太守來，伯旉之弟也。詢及伯旉長子春浦方家居，次子平人，三子讀書頗佳。何子峨星使自日本歸，同寓，談時事，所慮甚遠且大，而切於事情。有用之材，不可多得。是日熱甚。晤徐雨之、張叔翁兩觀察，知招商局已代定船。

二十八日，癸丑。子峨以所箸《使東述略雜詠》見贈，叙事古健，詩亦不俗，足資傳。又贈倭刻三圖，亦精。善徵贈《張嘯山雜箸》《孫文恭遺書》，皆未見過之書。發行李，送税單、護照、船票、提貨單者絡繹不絶。一事而數單，數人更番疊至，趨利之巧，未有如上海者也。登舟後，器之來談，夜乃去。是日晴。

二十九日，甲寅，晴。寅初開輪，自黄浦江逆流而上，過通州、江陰，圌山在望。昔人以爲防江要地，實不足以控扼。江面寬而圌山遠，礮火不能及也。然江陰一帶山色清麗，草樹濃密，爲遊覽之勝。子正抵鎮，金、焦、北固均隱約見之。遥望江干,繁星錯落。蓋碼頭之候輪船者也。司事者恐黑夜卸貨有失,停輪未開。日間暑熱,得風而解。夜風細,熱甚,時時出艙乘涼,不得安寐。

【光緒八年六月】

六月朔,乙卯。輪舟卸載開行,金、焦、北固、甘露諸勝得以瞻眺。逾時過瓜州、儀徵,南望群山蔥翠。午正至金陵停輪,水漲風激,上下舟者殊險。金陵駐總督,宜有躉船以便上下,而久不設,殆因金陵未立碼頭,恐洋人緣爲口實歟?江干民房多浸水中,開化營亦進水,岸田淹没不可計矣。江南江北青山多,舟疾如飛,真有應接不暇之勢。傍晚見山前有塔,則已過采石磯,見太平府矣。同舟者炫彭侍郎。新建太白樓之勝。予曰:"太白樓以蕭尺木畫四大名山傳,今樓還舊觀,而畫壁既毁於賊,恐不復有此巨手。"少頃,過東西梁山,至蕪湖,停輪卸載,時已亥末。函告張樵野觀察,惜不能一談也。夜仍熱,出艙乘涼,久始得寢。同舟黄幼憲觀察,江西人,言論開朗。英國人漢口翻譯官周鷴,爲中國語言亦明白。

江上雜詩

千里衝濤道阻長,人家多在水中央。(時江水陡漲。)高林半出晴波上,小艇遥通住屋旁。海客無心論日月,(英人周鷴談日月各爲一球之説,謂日太熱,球中不生人物,月球深厚不得氣,亦有山水,無人物。)仙壇轉眼即滄桑。皖口山下隄猶固,南望悠悠鷗鷺鄉。(懷寧北岸有隄。)

初二日,丙[辰]。早起已過大通。黄幼憲下舟去矣。銅陵山峰鋭削,不異劍山,但蜀當孔道,故劍閼有銘,此則峭立助江景耳。水勢逾闊。懷寧北岸尚有隄防,南望則一片汪洋,直抵山麓。邨舍林木,多在水中。至安慶停輪,上下有搭船而無客貨。過大觀亭,水已直逼亭下,東流望江,均成澤國,小孤山獨峙江濱。今大水,山後亦可行。輪舟至此入江西界,山上營壘猶存,與昨見九伏洲諸壘皆彭、楊戰績最著之區。小孤上下,江隨山轉,輪舟行遲,恐觸礁也。過湖口已更深。憶昔時,乘白云,偕兒輩,每遇勝迹,輒停輪留覽,今乃不可得,悵然。是日微晴,有風,夜風息,乃熱。

江上雜詩

兩岸青山列畫屏,卅年身世尚飄零。每逢佳處思小住,奈有程期未敢停。渡口鷺絲飛片雪,江心螢火似流星。正須六月天池息,轉徙何勞南北溟。

初三日,丁巳。子刻停輪九江,丁冬邪許之聲震於耳,起觀江,色盲於目,熱結於心,不可耐,索冰水飲,遂得安眠。比曉,聞停輪,則過武穴,入楚界矣。過西塞山,今俗名道士洑。過廣濟至武昌縣。丁未訪張仲遠同年於此,仲遠方爲縣令,同出遊九曲山,有蘇子由《九曲亭記》,明人所書也。山下有寒溪寺,寺旁溪水清澈可愛。返縣署,仲遠置酒。其親眷皆能書畫,而綸英王夫人仿北碑作大字,尤古勁。次早别仲遠,泊黄司港,則朱伯韓丈携陳廣旉、懿叔兩君來聚會,邂逅之奇可謂盛矣。劫更紅羊,時閲三紀,諸先生或成大節,或以治行,或以文章,皆堪不朽,而予猶馳驅南北,困於舟輿,又可慨矣。武昌對岸,黄州停輪待客。少時開輪,過陽邏,望見黄鶴樓。申刻至漢口,招朱杏林來,託辦諸事。是夜宿輪船。

武昌感懷

憶昔張公子,同登九曲亭。壁間痕尚赤,溪畔草猶青(赤壁、寒溪寺皆古迹。)杯酒題詩卷,扁舟聚德星。年華閲三紀,餘劫影伶俜。

初四日,戊午。在漢口住朱永發絲行。拜慕養泉、唐鳳墀、慶紫臣、陳松譜。寄書箱、軍火於招商局,寄二妾柩於長壽庵。晤石敬臣。

初五日,己未。過武昌,拜司道府縣。見雲門。

初六日,庚申。謁巡撫,飭知赴任。拜客。

初七日,辛酉。拜客見客。登凌霄閣。

初八日,壬戌。上院。予自陳不受節壽陋規,撫院與藩司議籌公費司道宴予安徽會館。滋陽湖荷花風景大佳。竹湘來。

初九日,癸亥。雨。拜客、見客。

初十日,甲子。雨。

十一日,乙丑。與雲門、竹湘同出大東門,過長春觀、東岳廟,約十餘里至洪山寶通寺。過關帝廟卓刀泉,飲兩碗,還,復至寶通,登山巔。塔下有亭,俯瞰湖江,眼界空闊。日午飲亭上。比歸,月將上矣。六十初度,如此勝遊,良足樂也。

十二日,丙寅。李君輈來,談開河建閘,持論精卓。

十三日,丁卯。上院。同鄉招飲凌霄閣,未終席而巨官至,群出城候迎,何異催租人耶。

十四日,撫院招陪下中丞,食畢,至河干送行。同官招飲於安徽館,美景勝會,在酷暑衣冠中不能快適。遣書船先行。

十五日,己巳。辭行,雲門以遊記見示,真傑作也。晴。

十六日,庚午。竹湘畫塔院看江山寺、飲泉兩圖。與雲門共話至二鼓,忽方伯以中丞書留行,蓋欲令權糧道也。

十七日,辛未。巡撫檄權督糧道,遣人追書船。過舊令尹問政。雲門來。

十八日,壬申。連日晴。聞江水消寸許,各處崩隄,恐是掣入民田,非退水也。北旱南潦。憶及戊申、己酉東南大水,後粵盜遂起,蓋民窮財盡,必生變也。吁!可慮哉。作家書。

老馬一首

老馬被羈勒,伏櫪常悲嘶。主人愛馬憐馬飢,東棧豆空牽就西。深感主人惠,慚與駑馬齊。一朝皮骨委溝壑,千里誰知名駃騠。

放　歌

羅珍羞不如飲山泉,辱泥塗不如升山巔。長江浩浩蒼蒼天,一瞬滄桑六十年。

十九日,癸酉。晴,北風。慮激水潰垸圍。

二十日,甲戌。

二十[一]日,乙亥。接糧道印,别記。

王小蓮　蒯蔗農　慕養泉　惲
嚴薌生　蔡舜臣　慶　　　張
惲松雪　李篁仙(牙鼇)　胡聽泉　魏蔭堂(艮臣)之子
丁　　　王若農　江雨亭
武　　　小蓮

簡于次棠

名山咫尺,點綴寥寂。昨得佳客,已告山靈,有約當踐。從者即欲渡江,無妨艤舟以待。赤松、東方並皆勝侶,亦不可令其悵望。不知尊意如何?

(樊長遠整理)

第三十四册　光緒八年六月

【扉頁浮簽】

是數頁係在湖北糧道任内所記，其中多係公文收發及錢糧數目大綱。

六月二十一日，卯時，接湖北督糧道印，署事。撫部院札，發江陵等縣。光緒四、五、六、七等年漕糧正耗折價、水脚兑費銀兩，連批二十四張，單批二十四張。連批者，漕折正項報部，前半截存撫署，後半發道轉發州縣存案。單批者，不報部之款也。

又發雲夢縣批詳：

一　解隨漕正銀捌拾捌兩肆分五釐（連）；

一　隨徵耗銀玖兩陸錢伍釐（單）；

一　南項上忙驢脚正銀肆拾伍兩伍錢陸分三釐（連）；

一　隨徵耗銀伍兩壹分二釐（單。）

又札知照惲道調漢黄德道部覆作

藩司咨科場迴避條例

蘄水縣報起解光緒七年分漕糧半折銀兩，漕糧正耗隨徵水脚、隨米徵提兑費總共二千二百四十九兩三錢七分，又八年分隨漕正耗一千一百一十兩，均六月十五日起解，限六日程。

武昌衛申送軍政考核伍花格空白册。

育嬰堂報本年三月分内外堂乳婦姓名並各項銀錢數目。（外堂正號壹百玖拾陸名，新收嬰兒乳婦各貳拾名，介領老婦伍名，報夭六名；内堂乳婦弍拾捌名，新增壹名，共用錢叁百陸拾捌串零，存銀一百兩錢九百三十四串零，委員唐文治。）

蘄州、黄梅、蒲圻、武昌報晴雨糧價，江水漲發，應山報雨水調匀，豐熟，應山山國，不患潦也。

江夏縣報江水退一寸，連前共退四寸，連前共存長水四丈尺五寸。

前任惲移交:

一　咸字一百七十三號糧道關防

一　移造庫儲正雜各款銀兩數目清册(此册與庫廳呈開草單間有不符,應令粘簽申明)

一　移交應捐解正任交盤部飯銀八十兩(此項仍應存庫,俟便搭解,近已改由間款撥解,毋庸捐解)

一　移送鞘箍銀一百八十七兩五錢

一　移知公濟益官號存銀四千兩

一　移各書役卯册

一　移交水龍一乘

撫院札知七年催征出力人員准保,又札知茶道仍回牙釐總局。

二十二日　來文

前會布政使司録光緒捌年冬漕仍請折征照章采買運京,並奉催漕,現已分批起解。奉督批,候撫漕兩院查核批示,此案應由撫院主政也。

藩來咨委史致謨幫交代局,又荆州滿營支俸添裁事。

漕臺札催衛守備錢糧未完。

孝感縣稟,五月大雨,各水匯發,上流蛟水勢甚洶湧,濱臨湖河田地被淹,各垸積水無從宣洩。本月初九至十二等日,大雨如注,前水未消,山水復發,外江水滿,倒灌入境,漫及城根,驛路亦被淹斷往來文備船遞送,各垸潰漫,早稻概沈波底。(知縣朱希白)

枝江縣報,伍月下旬、陸月上旬川水陡漲,青夾、浰瀉、關瀰、埇壩、年角、福星、長樂等垸概行漫淹,其上下百里長林、泗收、義興、永興、長太、泰和、上和、東嘴、漫隄、澌洋等垸均浸灌十分之六七,永豐、冢子、太平、盈林等垸均内潰十分之五六。(知縣易光蓮)

江陵縣報無田被淹,塘堰水溢。

江漢關漢黄德道茶咨會交卸。

宜昌府報府屬晴雨合宜,咸甯、黄陂、沔陽州、孝感、潛江、江陵、安陸均報晴雨糧價。

庫大使申賫永豐庫存正雜銀兩數目清册。

撫憲札發江夏等州縣,光緒四、五等年隨漕耗羨單批一百二張。

又前詳請移查荆州滿營光緒九年家口確數，奉批候咨將軍，督批已咨將軍。

又前詳起解荆州滿營，本年秋季米折並津貼辦公銀兩，奉批候咨將軍。

又札知漕憲慶五月廿四接印。

督札發咨將軍公文，（即本年秋季滿餉。）由道給候補知縣聯均領解。

蒲圻縣張集慶稟，署縣廖賓逵移交社倉穀石穀色霉變。（每漕一石徵穀二石，約徵一萬數千石，折錢一萬餘串，僅積穀五千餘石，現收一千七百五十石，下餘之穀潮濕霉爛，攙以糠秕，不堪民食。其折錢之時竭盡脂膏，窮民已覺受累。今年正月至五月始陸續買穀，不過數月，已折蠹。若此皆由貪圖便宜，採買醜穀所致，未盤之先，群興疑謗，既盤之後，共抱不平。廖令請折價。）

江夏縣報，江水退二寸，連前共退六寸，連前尚存長水四丈尺三寸。

畫稿。

呈賚到任履歷，（督、撫、漕。）移知到任日期。（布、按、四道。）

札知到任日期。（十府、荆門州。）

諭庫使交盤銀八十兩寄庫。

移布政司札六衛漕憲到任日期。

飭發黄安縣隨淺驢南連單各批。

飭取蒲圻縣交代册。

二十三日

漕批：本衙門詳解七年輕賫銀兩赴部交納；又批：黄梅縣馬銘續完六年隨漕正耗免議。

黄州府申送黄安縣陳瑞瀾七年分徵解南漕隨驢等款正耗錢糧銀兩奏銷册。

黄梅縣袁鏞申解光緒七年南折正銀四百兩，耗銀四十四兩，驢脚正銀叁百兩，耗銀三十三兩，共七百七十七兩。批解一張。

江夏縣申解光緒七年分漕折銀壹千玖百伍拾兩，耗銀壹百九十五兩，水脚銀貳百貳拾伍兩，兑費銀陸百七十一兩，共三千〇四十伍兩。批解一張。

蒲圻縣張集慶詳解光緒八年分上忙隨漕正耗銀四百四十四兩，驢脚正耗銀壹百壹拾壹兩,共銀五百伍拾伍兩。解批一張。又撫憲批蒲圻詳稟起解日期。

撫批興國州李鞥詳報征收八年分隨漕淺船正銀壹千兩,又耗壹百壹拾兩。

撫憲札發光緒七年第四批京餉公文四角(都察院、户部、户科、江南道)委員(補用縣朱有寬,大挑知縣斯康。)

蘄水縣稟籌辦社倉積穀。

漢陽府申賫漢川本年自開徵起,截至伍月上旬止已征新賦錢糧解支數目。

興國州宋熙曾報到任。

武昌縣嚴福保奏報被淹情形。

崇陽縣會委員稟編查軍丁户口。

崇陽興國報晴雨糧價。

廿四日　堂期

收惲道移交部飯八十兩,江夏七年漕折銀三千四十五兩,蒲圻隨驢正耗銀五百五十五兩,黄梅七年驢脚南折正耗銀七百七十七兩。共收銀四千四百五十七兩。

武昌縣報西洋畈等處被淹情形。

蘄水縣多祺報北永二鄉、西壅洲等處被淹情形。

黄安縣陶大夏報到任。

黄州府稟蘄州算交代。

黄岡報晴雨糧價。

黄岡民王正龍等攔輿稟樊口一帶被水情形,候批。

撫院批興國州詳報八年分隨漕淺船正銀一千、耗銀一百一十兩。

漢川縣申送八年分新賦錢糧已徵未完清摺。

督院批藩司本道會委解七年第四批漕折京餉。

督院批蒲圻稟報八年分上忙隨驢正耗起解。

蒲圻縣張集慶請將前署縣廖令來縣清理倉穀,並委員會算交代。

二十五日

撫札會藩司委員赴蒲圻廖令公寓守提應解道庫銀兩。

撫札發武昌等縣六年單批二十三張。

撫批會藩司詳委解七年第四批漕折京餉。

督批蘄水稟報七八年分起解銀兩日期，撫批同。

督批本道詳報糧道庫存節年漕南水脚及折漕兑費銀兩移解善後局。

撫批發江夏等處三四五年分連批册一單批八十九。

招商局咨起運第四五兩次漕糧米石。

漢黄德道惲咨會到任日期。

漢黄德道奉札兼督江漢關。

隨州、宣恩、建始、來鳳、利川、恩施均報晴雨糧價、禾苗情形。

（樊長遠整理）

第三十五册　入秦記(光緒十一年六月)

【扉頁浮簽】

入秦記(起光緒十一年六月廿八日至八月十五日)

秦藩日記(起八月十六日至十月廿五日)

入秦記

予自湖北奉調陝西,五月入覲,六月八日請訓、陛辭,已買車矣,連旬澍雨,乃舍陸而舟。廿七自京赴通,石道崎嶇難行,竟日始達。水漲溢,覓舟不得,之旅店宿,遲明始登舟。侄孫伯香、何君幼源同行。兒瑾來送。

六月廿八日,巳刻遣瑾還京,開舟。河水泛溢,張家灣碼頭等處潰隄,高粱已結實,均在水中。舟行時穿田而過,夜泊河西務五時之久,已行兩站矣。是日暢晴,不甚熱。

廿九日,寅刻開舟,晴。午刻雨,距楊村僅八里,停舟片刻,雨止復行。酉初雨,泊西沽,雨止,行。酉正晴,泊沙子溝,津郡,非赴陝應經之路。作書告李相,請派舢船護送,薦何幼源、盧木齋。又作書與黄花農,取寄存行李與盛杏孫,屬將同文館《圖書集成》書票换他書,三書皆未存稿。木齋生長鄉曲,究心算學,氣局開展,矢志甚堅。彭年訪置算學書院作齋長,遂入泮,登賢書,薦授知縣,交北洋差遣,加以陶成可爲偉器。夜,合肥遣輿來迓,故人之誼不可卻,便服往談片刻。

【光緒十一年七月】

七月初一日,遣家丁雇舟往取行李,水急不得上。來訪者皆謝之。獨坐小舟,讀杜詩數十首。新晴,尚不酷熱,然炎光已逼人矣。

初二日,早晴。副舟至,飯畢開行。得東北風,瞬息至韓家樹,淤淺不能過,復折回入西河,循隄行至鋉頭地不遠泊,候舟子覓舟盤隄。是日僅行十八里耳。陸行遇雨,改水道又阻淺,蹭蹬已極。亦猶天氣忽晴忽雨,一日數變,非所逆料也。薄暮往來隄上,三水分流,緑波青樹,空曠無際,風景殊勝。韓家樹河水本淺,六七年前用機器挖泥,旋挖旋淤,築隄自抬頭迄韓家樹,綿亘數十里,隔滹沱,使不犯清河。於是大清河在中,滹沱、桑幹在左右,瀉流不入,清河得以暢流,涸出可耕之地,此其利也。然左右盛漲泛溢,清河仍不免淤墊,又築隄太多,横亘水道,水來不免越隄,水過不能暢消。直隸向來一水一麥,今則水患未除,麥收絶望,農民既病,商賈亦多不便,此其害也。利少害多,關心民瘼者宜何如哉?出都纔兩日,聞當軸有自相攻訐者,幸聖明在上寢其奏耳。

初三日,晴,西北風。自銕頭地覓舟,過載開行,已未正矣。三十里,至揚芬港,待後舟,少憩。行二十里,泊辛張碼頭。雲氣層疊,綿亘十餘里。晴光照射,取墨晶眼鏡觀之,高峰低阜,深若懸岩,似粉本而加墨染,其潔白處則龍眠畫雪,不事堆粉,但以水墨烘託法也,其黑色深淺則米家潑墨法也;離合起伏宛子久《溪山無盡圖》長卷,遠雲如畫壁,近雲則日光所射,四面可觀,如平地孤峰、花朵絮帽,詩人寫照之詞,非領略有得不能如此工似也。平生最喜看雲,墨鏡看雲之妙則新得之法,因記於此。燕翦掠波,鷗鷺鵜鶦,往來遊戲,頗助風景。菱芡緣生,葦蘆分蕩,蟹簖魚梁,鴨群如蟻,亦水鄉生計。

初四日,晴,東北風。十八里,勝滂,畿輔一大都會也。俗云南有蘇杭,北有勝滂,言其繁富,其實不能相比。或云爲女色言之,則尤謬矣。街衢四達,種荷甚多,頗有南方風景。迂道遊荷蕩,惜行路不能久延遍及,摘花葉蓮蓬數箇而返。三十五里,至蘇橋,老泉封文安縣主簿,實未至文安也。而橋以之名。蘇主簿祠額當是覃谿隸書,半傾圮,不及程善人祠輝煌,時會爲之耳。蘇橋上下柳已成行,景色極佳,於隄脚亦堅結有益,但舟行牽纜不便。四十里,至保定縣,候伯香舟,夜三鼓始至,遂泊焉。伯香舟舟子取捷入田中,有壩不得出,復回棹循舊路入正河,故遲到,仕宦中趨捷徑者可以戒矣。

初五日,晴,得東北風。出張青口,舍正河入白草窪。此地夏秋水漲,連大清、聖水、白溝諸河,接文、雄、保、霸、新城諸州縣界,盜賊出没之區。三十里,入清河,過十二連橋,即所謂瓦橋關也。九年夏,予自保定之官荆襄,蓮池諸人送我於此,流連竟日,遍遊荷蕩,繪圖賦詩紀事。今則同人星散,盛會難逢,荷花亦淹没矣。偶睹一二敗殘荷葉,感慨係之。過橋復入窪,繞新安,逕向西南,遥望安州城樓,駛至東安墩下,應入正河,水淺落,對面來一小舟,問河口小舟,紿之曰左,左乃陷淺水中,兩時久,始得出淺入河,過仙人橋,則已暮矣。泊焦家莊。今日風順,行百八十里,若非誤入迷津,則早到樊輿矣。

初六日,陰,微晴。舟抵南關,吴君蘭石來舟,朱太守敏齋,朱大令允卿候於小聖祠。入城,寓蓮池之奎畫樓。官場、書院舊相識皆來相訪。地是舊遊,人皆故侶,行衢巷間,父老競道姓名,互相指語,未免有情,誰能遣此?

初七日,陰。出西門,至四里營雲貴義園。寓清苑十二年,妾陳氏、汪氏、林氏相繼死,惟林葬於此。又孫男女殤者四冢。覓老婦劉氏使歲時焚紙錢,聊識不忘耳。入城,飯後遊書肆、骨董鋪。

初八日,晴。出東門,至焦家莊,謁外舅陶菉泉先生、外姑劉宜人墓,内兄弟惺吾、石生墓,咸在。外舅無孫,捐屋一所入雲貴義園,定歲時祭掃之資。入城拜客。景韓送酒食,飲於君子長生館。

初九日,早晴,午雷雨,夜星月皎然而雨,或曰此名天泣。是日立秋,瑾信至,予從兄嫂鍾孺人以六月逝。孺人端淑,自甲辰采臣從兄没於京,撫孤成立,子茀臻先死,僅遺兩孫,長者又死,現止一孫,年甫成童,聞之心惻。答瑾書,遣信還京。

初十日,晴,月色極佳。同局舊友招飲於君子長生館,酒闌人散,坐宛虹亭翫月,憶舊悽然。

十一日,早晴。午往各處辭行。歸寓,大雷雨自申至亥。奎樂山中丞來,詢鄂事,甚悉,尚是正派認真一路,惜病已憊。陶子方廉訪通達治體,亦正人。六幢亭中卧經幢一,是宋隆平中物,是張衡齋銓自城内古寺中訪得移來者。又破石臼一,四圍刻咒詞,有"天真破地獄"語;又刻一童子持蓮花;又刻佛像及花木紙錢之形;是王子函鍔自琉璃橋古寺中移來者,亦遼元物也。前在蓮池建六幢亭,皆遼金元三朝物,今得宋幢,尤增古色,擬爲記,增入亭中。

十二日,晴陰不定,午後微雨數點。出西門,謝送者,行多泥淖。五里,繞寡婦橋,斷橋横流而過,徐無山水也。二十五里,大吉店,有大吉水。十里,郭店,郭隗故里。十里,陘陽驛。十里,方順橋宿。方順本曲逆故地,易今名。有曲逆水,今名白草溝,河屬滿城,張君子安爲邑宰。勞君玉初宰完縣,戴君翊臣爲完典史,咸來款洽。故舊相逢,杯酒共話,不覺漏三下矣。張君治滿城,修復義學十八區,勞君輸千金購書教完士。武城弦歌,有學道者,意宜夫子之莞笑也。

十三日,早微雨,午晴。三十里,望都縣,九龍泉出城北,順大道北流,即天旱時亦多途潦,大雨之後更覺難行,城南則多乾土矣。三十里,清風店,中火。渡唐河,即滱水,出唐縣,故名。三十里,定州宿。訪王君文泉,談刻叢書事。

十四日,晴。三十里,明月店。二十五里,新樂縣,中火。出南門,渡沙河,源出山西五臺縣,流入大清河。縣令雷君云,前數日廣六七百丈,今僅十餘丈耳。行至河岸,河夫言昨、今兩日水稍漲。過渡,復徒涉尚十餘處。二十五里,又過木刀溝,河亦新漲,用舟渡。二十里,至正定之伏城驛宿。縣令恩君遣人供張,告以沿途皆自備,不欲煩擾,其家人亦頗解事,遂罷。今日甚熱,屢食瓜解渴。居人云,新定以南尚覺旱也。三鼓後急雨,蓋自西北而過東南,未久即止。

十五日,晴。四十五里,正定府城中火。府北皆沙灘,府西、南則良田矣。出南門,自二十里鋪渡滹沱往河南,爲南道;出西門二十五里,自柳林鋪渡河往山西,爲西道。二十里,趙陵鋪,以趙佗先人墓得名。小憩茶飲,行六里,熱甚,憩柳樹下。童子曰,六月得透雨,數年未見如此豐稔也。二十四里,獲鹿縣宿。縣令錢同甫予門生恕軒之兄,良山之子也,款洽殷勤。賀、許兩生在縣幕中,皆來。二鼓後大雨如注,雷電交作,天明未歇。

十六日,雨勢至午方歇,未申稍放晴。夜陰,五鼓月出,天明又陰。聞西關外河灘衝去屋數間,斃兩人。有從徵水衝下數屍,舉而過門者。井陘探馬至,言大石衝下頗礙車道,人畜則皆可行,西去雨較小。作家書,託同甫寄京。閲邸鈔,葉伯英補陜西巡撫,李菊圃署布政使。

十七日,早微雨,午後晴。同甫親往勘道,歸言重車難行,探馬之言不可信。乃定易車爲馱,作書寄恕軒、吴儀堂、樊雲門,得詩三首。晚步東郭,觀蓮華、鳳凰諸山,頗清曠。獲鹿爲入山首站,形勢在井陘,會集則在獲鹿。秦晋西來,燕趙東來,貨物起卸咸萃於此。直隸以獲鹿爲優缺,腴在商賈,不在農田也。

十八日,晴。入獲鹿城,出西門,涉鹿泉水。同甫及賀、許兩生候於十方院,即山西會館禪房,花木尚堪遊憩。別送者,出西郭,復涉水三,山行八里,郄家店。八里,下安村。八里,上安村,皆石山路,頗崎嶇。八里,白旺村,皆土山。白旺村有趙守將白面將軍碑。白面於史無徵,蓋相沿俗稱也。韓信破趙,守關將戰死,而史佚其名。李左車偷生降敵,徒以獻策不用,名載史册。論者爲左車幸乎?抑爲左車羞乎?祠後有將軍墓,明嘉靖中禱雨靈應,因而表彰,由重其節,故駭其靈耳。此山頗高,人呼東天門。八里,微水鋪,中火。渡水一,涉水二,沙水也。沿岸行路平坦。十五里,張郗。復渡水一,涉水二,郝西河也。十五里,至井陘,縣令張君叙與校官迓於東郊。校官姚堃,蓮池門人也。別兩君,越南郭十里,宿板橋。日未落間,步山坳觀山勢。井陘爲八陘之一,所謂"車不得方軌,騎不得成列",在縣東西,非今置縣城地。所謂背水隨處皆可浮涉,亦不必是死地。讀書勿泥古人語可也。

十九日,晴。出板橋,西行五里,長生口。五里,龍窩寺,山頂有龍洞,峰勢迴曲,亦如窩形,最爲勝境。祁文端師詩云:"龍窩古寺老龍眠,龍洞深藏別有天。但願興雲作霖雨,莫教餘怒漲平川。"詩作於己酉,蓋師赴隴勘獄時作也。十里,桃園,過此入山西界。五里,舊關村,嶺上題"北天門",舊日故關也。山勢高而狹,不如今關之雄峻。今關去舊關五里,疊嶂重巒,龍盤虎踞,真有萬夫莫開之勢。十里,槐水鋪,中火。十里,故驛鋪。五里,柏木井。八里,西天門,爲浮化山中之分水嶺,迤邐而上,不甚陡險。七里,柏井驛。出鎮口,山石愈奇,山峰愈峻,山路愈狹。青玉峽之幽潤,翠蛟潭之嶔崎,幾如山陰道上,應接不暇。十里橋頭宿。槐水鋪以上,柏井驛以下,皆因山曲而隘驟,雨水漲輒至山半,巖壁均題"小心山水,不可避雨",由來稱險。晉藩紹君多建石亭於高處,題曰:"避雨藏身",頗便徒步行客,而車轎仍無避法。安得大力鑿山於高處,開寬路各數十丈,使水至可驅而上耶?一路梯田、穴室精緻整齊。人力所至,何事不可成?但恐無人任其事耳。

二十日,晴。五里,岳家山。五里,石門鎮。兩山開陽,行河灘地,道旁龍王廟石壁聳峭,蒼潤如削,懸空若墜。上有古松盤兩壁間,逸趣横生。摩岩《齊天保六年造象記》,燕州釋仙書,字大盈寸。北朝書似此完好者不可多得,由僻在荒郤,搨者稀耳。又有天保四年造象數十字,方廣尺許。又周長壽三年碑,記此地在唐屬榆交,碑不盈尺,并搨一本。匆遽之間無好紙墨,聊備考證而已。又一造象,仰望不可搨。十里,西郊鋪。二十里,平定州。謝君熙,長沙人,方權州事,近於西郭,入城答拜。謝君爲治行館,卻之,以鄉誼受兩蔬菜而已。湧雲樓在州署最高處,予述元遺山詩"莫道州城如斗大,他州誰有湧雲樓"之句以詢謝君,謝君言登樓四眺,群山在目,可想其勝。中火後,五里,登黑煞嶺,即所稱"南天門"也。州西諸山,此爲高峻,諸峰羅列如兒孫,環繞如城垣,眼界空闊,雖未登湧雲樓,諒亦無以過之。關樓右小阜古松一株,霜皮鐵幹,大可合抱。左一石臺,上有樹陰,下怯千仞,亦於遊覽爲宜。逶迤而下,至義井五里,産煤山也。又南望約二三十里,諸山産銕,故土色皆黑。十里,平潭。山勢頗寬,溪水下注成川,平時處處可涉,遇山水暴漲,不利行程。張香濤尚書撫晋時,自平潭至石頭嘴費巨金築長堤,名"保安堤",又題曰"天橋",以鑿石成之,不假堆砌也。今年雨大,衝決數處,修補亦易,而州牧輒稱爲虚糜。此輩本不關心民瘼,所言利害,豈可信哉?六里,石頭嘴。四里,賽魚。十里,新興灘宿,平定州西界也。

廿一日,晴。出新興五里,坡頭涉灘,二三里有隄連側石驛,亦張巡撫所修。山石奇峭,如玉之潤,如刀之削;層累如疊書,懸空如墜雲;如虎張口,如鳥舒翼;不能窮其狀。五里,側石驛,地屬平定,而驛屬盂縣。盂縣距此九十里。館人持名帖來迓,謝卻之。過驛涉水愈多。十里,新店。道旁圓覺寺,元明古寺也。碑稱本晋大夫趙文子祠,而加趙衰以"藏山大王"之稱,較白面將軍尤荒怪矣。殿廊已圮,亦無住持。而院中牡丹六株,枝葉挺茂,高各六七尺,大可圍七八尺。玉簪兩株,花正開,大亦稱是。詢之土人,數十年物也。新店以上,瀑布飛雪鳴玉,連日見山泉,無如此地壯觀者。十里,張净鎮,有火石橋,芹泉水東流出其下。十里,芹泉驛,隸壽陽,中火。上坡行土嶺十里,七嶺汛。十里,壽陽城。陳君守中,字理臣,迎於東郭,談治迹,甚持正。談太原水災,謂六月廿六之水非盡汾溢,天柱山水下注衝開西門,小西門滿營有溺死者,學署水亦五尺,城外則皆伍波臣矣。七月十六水較前大三尺,省城地窪,現籌挖河引水出城,恐難消洩。陳又言,汾水伏流早入城内地下,三年前爲張香帥言之,果驗。今欲保全省城,當舉出碱之地棄之。聆其語,似確有所見,當再考之。出壽陽西郭十里,黄門。涉水六七道,徐河也,下流由榆次小河入於汾。自黄門陟山,又行土嶺十里,大樹煙。十里,清平鎮宿。壽陽東則七嶺,西則黄門,爲之障衛。有徐河、芹泉以流其悪,亦形勝之區也。在嶺上俯視梯田,茂密堅好,豐年之象。深谷中有孤立之土,圍不過數尺,高十數丈,茂草緣生而不圮,土性之堅可知。過新店,遇陝西解京餉委員同知繆君,小山編修之侄;巡檢遠君,河南人。繆、遠兩姓皆稀,遠姓尤不多見。夜,東方雲起,電掣深虚,又雨。

廿二日,晴,時有陰雲。涉灘、陟嶺,行二十五里,泰安驛。道旁有韓文公詩亭,詩云:"風光欲動别長安,及到邊城特地寒。不見園花兼巷柳,馬頭唯有月團圓。"蓋公奉使過驛題句也。陶文毅公爲晋藩時,有詩詠其事并刻亭中。又二十里,要羅鋪,出壽陽界。十里,石銕鎮,山産鐵,故名。東來至此出山,西來自此入山,車須换軸,遂止宿焉。石銕屬榆次,榆次爲晋中優缺,冬令皮貨暢行,官始獲利。有謀權此缺者,將冬而交卸,不獲利而反累焉。鄙夫患得,正未必盡得耳。

二十三日,早望西南雙虹,賦曰:"朝隮于西,崇朝其雨,其雨初興。"又賦:"其雨其雨,杲杲出日。"俄又賦:"曀曀其陰,虺虺其雷。"又賦:"益之以霢霂",傾刻之間陰晴屢變,蓋遠處有快雨也。行山陂逶迤而下,兩旁或土壁,或深谷。十里,北要。十里,南要。十里,傅村。五里,王胡,抵平地矣。此地距太原省城四十里,中丞長白剛公子諒、方伯張公蘭軒皆相識。方治水災,不欲擾之。不往,亦不遣人問訊。中火,見壁間題句甚多,無成句者,惟甘肅張幼溪題《太谷多狐仙廟有直扁曰"狐公祠"者》,句云:"寄言毛僊魂歸夜,莫認宗祠誤入門。"又云:"猫虎迎來田有賽,不妨禱祀聽斯民。"尚有思致,録之以見太谷風尚之悪。在山中聞車路未開,告者曰:"水退走徐溝,水漲繞太谷。"至王胡,詢諸驛人,曰徐溝可,乃發徐溝。二十里,員店。二十里,永康,居民較多,屋亦整齊。有錢店、當店,富庶之區也。入徐溝界,涉同戈河。十里,劉西村。十里,三遼。西水初退,泥濘難行。午間在王胡,微雨,劉西乃大雨。十里,入徐溝城,拜縣令賈君,欲問前途繞道事。賈君勘災未晤。至旅館宿。雷雨交作,俄而星月皎然,世事大率類此。

二十四日,早大霧,午晴。出徐溝西郭三里,郜店。三里,養真觀。四里,陶店。十里,堯城。五馬河水漲發,衝決驛路,中火。水稍退,傭夫扛車,横流而渡。兩空車落水,扶之登岸,盡渡始行。遇賈君同委員高君勘災回，聞縣屬被災十九邨，清源鄉被災三十二邨。清源由縣省入徐溝，設巡檢，仍有鄉學，錢糧由巡檢代催，歸縣收解，故勘災仍歸縣也。余謂災重之區非徒蠲緩，先當籌賑。賈君云已稟，奉批動倉穀矣。余意倉穀所濟無幾，徐、祁富户多，當保富籌濟，惜忽遽不能多談。徐溝平時甚得渠水之益，今年大水，渠盡淤平，若不開挖，將來每遇小水輒泛溢爲患，不獨失水利也。過決口後，輿人謂可暢行。十里，至羅邨，前驅者返告曰沙河水發矣，遂止宿。賦詩曰："侵晨披霧出，策馬過同戈。斷岸水流急，晴雲山意多。頻年嘗險阻，好景慰蹉跎。莫悵前程滯，荒邨即澗阿。太原無水患，汾晋忽横流。竟没城三版，誰輸粟萬舟？前知同濟伏，（壽陽令陳守中因太原省城西半地碱，謂汾水伏流將爲城患，三年前爲張香帥言之，以爲當遷滿營，不果行。）失計笑朝謀。東望河頻決，同關宵旰憂。"

二十五日，晴。出徐溝羅村即祁縣界。遣探，大路水深，不能過車，旁測自戴家莊達東左邨約十里，行水中四五里，僱數十人扶持，比過完，日已西矣。此水仍是五馬河漫水，非沙水。五馬出太谷之五馬山，沙河則出祁縣之紫鳳山也。再行十里，自王邨行渠岸小路棗林中，出塔邨，至沙河岸，涉水尚不甚深，車馱别由賈令大路，亦涉河矣。十二里，至祁縣宿。縣令馬君毓材來，舊識也。沈鏡秋年已七十四，廿餘年前舊交，方客馬君幕中，來談，夜深始去。是日僅行三十里，而從行諸人無不困憊。

二十六日，早晴，午微雨、陰，晚復晴。出祁縣二十五里，洪善邨，入平遥界。大路積水如河，車尚須繞道。二十五里，至平遥，中火。世交石香先生舊治，予八九歲隨吾父寓居數年，街市規模均能記憶，已五十餘年事矣，感慨係之。出城五里有周卿士尹吉甫碑，富人尹氏所立也。城中有祠，亦尹氏所立。不祖尹氏太師，而祖吉甫，足見人果流芳，不患無後，慎無爲赫赫之太師也。祁縣被災，東關爲重，餘僅十二三邨。平遥被災，西關爲重，餘則四十餘邨，皆山水。出平遥二十里界，界碑爲平、介分界處。十五里，張蘭鎮，介休屬地。詢邨屬被災，則汾水之漫溢也。平、介、祁、原四縣，多巨富。張蘭鎮彈丸之地，兑换銀錢、金珠之鋪至數十家，亦一都會矣。有售書畫者，得以縱觀，亦旅中快事。

二十七日，晴，陰雲雷聲，晚，雨數點。張蘭鎮至介休縣四十里，介休因介之推得名。城東三里有郭林宗墓，下輿拜之。祠前有三賢故里碑，謂介、郭及宋文彦國也。門前槐樹一株，題曰"漢槐"，蓋因有道先生附會耳。然槐大逾丈,圍圓約三丈許,寄生兩樹亦大可合抱,輪囷離奇,洵屬巨觀。祠中列鄭谷口、傅青主兩碑,蔡中郎所書則早泐矣,又有元明兩碑及國朝詩刻,忽忽流覽,不盡記憶。過城,縣令吴君出勘災,遣人供張,卻之去。出西郭,大路水未退,不可行,繞出山坡三里。十二里,東河,底行河灘,復上坡,行綿山之麓。五里,東觀中火。店狹,不足容車騎,食物亦稀貴,而老稺敦樸,視大道邊風氣爲勝。山行十五里,入靈石界錫鍋村。熱甚,解衣,少憩。道旁流泉其清若鏡,味甘如醴,飲之胸膈清涼,以杯授從人,使遍飲。下坡行河灘五里,静昇村。街道甚長,鋪店亦多,繁富之區也。三十里,經數邨落,行河灘,涉水數十道,實一水縈洄也。至縣城,祝君雲樵來,衡畦先生少子,予同年名祐之胞弟,其子掄望又與瑾乙亥同年。談縣境被災亦十餘邨,已報,又有水衝田地,擬請豁。因言前歲旱饑,傷人過衆。荒蕪田畝,實因人少不能盡開。有一邨六七十户,僅存二三户者。吴家邨向百餘户,僅存一户。予自徐、祁來,見村舍傾頽,人民稀少,如左莊本二三百户,今存八十餘户。土人云今年無收,糧價不昂。問其故,則曰食者少也。休養生息夫豈易哉?静昇邨亦有古槐,大亦數抱,然視郭墓之槐則兒孫矣。憶太原北十里道旁有唐槐,尚不如静昇之大,而生於當路,遂邀碑題入志乘,豈知隱於林壑,終其天年,不爲人知,亦不求人知,如静昇之槐尚不知凡幾也。

綿山懷古

重耳天所興,出亡終返國。嗤彼狐趙徒,貪以爲己力。論功賞從者,介推獨逃匿。身隱焉用文,一語千秋特。卓哉賢母偕,深閨著明識。綿田旌善人,志過意愴惻。胡云赭其山,母子死匍匐。是以求賢心,比於捕盗賊。野語先之誣,刻論亦滋惑。(壁間吕大溥詩意謂介推矯激過高,致累其母,殊爲刻論。)縣邑重其名,鄉人祀寒食。仰止高山前,過里應憑式。

文潞公故里

國以賢爲寶,榮懷由一人。彈劾先耆碩,正氣焉得伸?牽連及宫闈,立言尤不倫。聖人惡訐訕,天怒非無因。潞公進忠告,片語回陽春。謂介舉其職,納諫昭皇仁,休休如有容,大度真相臣。

郭有道碑

有道無愧色,中郎語自珍。如何附董卓,正似雄美新。奇氣鬱霜紅,作書如有神。真山既著録,蔡碑固當湮。

二十八日,早陰,午後微雨乍晴,夜雨成。出靈石西行。靈石因隋文帝開道得石有文而名。涉小水河五里,翠峰山在汾河岸。汾河自静樂經太、汾兩府境入縣界,流入霍州。近年開新河取直未成而漲趨舊河。恐治水未順其性之故。自翠峰逶邐而上至巔二十里,曰高壁關,亦曰白石嶺。淮陰侯墓在焉,故又名韓侯嶺。或言韓信使夏説擊趙經此,或言高祖從代還,適吕后殺信未央宫,函首送代,相遇於此,遂葬其首。乾隆中,張學洙撰廟碑,於此二説存而不論,其文可傳。此外碑刻詩文甚多。明吴文度、國朝伯菊溪、謝藴山詩甚佳。吴逢聖句云:"十年成敗一知己,七尺存亡兩婦人。"使事尤工。坐祠堂俯瞰諸峰,豁然開朗,山色梯田,頗似石谷長卷。下坡行二十里,過仁義橋。仁義河在其下,源出沁源,經此會石門溝諸河入汾。中火。上坡五里,紅崖,土色皆赤。五里,逍遥嶺。五里,老張灣,入霍州界。十五里,師莊。十里,周村。乾隆中,遼東葉九思爲州刺史,面霍太山造茶亭,資行人憩,覽風景殊勝,可稱韻事。五里,坡底下至平地。十里,至霍州,權州事水君來候車,至三鼓遣人迓之,不見,蓋宿半途旅店矣。韓信嶺東西山道九十里,亦張香帥所修,山坡溝路遇雨積水,隨處穿穴,使雨水洩入深谷,不至泥濘,往來甚便。但恐行人誤入避雨至墜谷中,似須隨處貼示曉諭。車自京至獲鹿换軸入山,至什貼换軸出山,至韓侯嶺又换軸入陝,行道殊多延滯。晋人喜長軸。在徐溝見陽曲牒,據紳士呈稱晋省舊日用軸四尺六寸,近來增至五尺有餘。每兩車相遇,閧行不便,多致争鬧,請通行飭禁,仍復四尺六寸舊製。今什貼所换尚是五尺,未能遵照禁令也。① 中鎮霍太山在州南二十里。

二十九日,夜雨達旦,簷溜如注,階前積水成渠。巳刻晴,候車至申刻始到,不復能行。

【光緒十一年八月】

八月初一日,早晴,晚陰。出霍州西郊,過汾水橋,行山坡路。二十里,辛置鎮。十里,紅坡,即霍山也。二十里,沿汾河岸行,過彘水橋,至

① 眉批:京師、保定三尺六寸,至獲鹿换五尺,至什貼换五尺二寸,山西省同,至韓侯嶺换四尺八寸,陝西省同。

趙城,即漢彘縣地。周穆王封造父於此,趙簡子舊治,故名趙城。縣令王君沚鏡來談,尚是讀書本色。詢地方情形,亦明白。中火後,聞車有折軸者,久之始至。軑先行,予隨之。二十里,王開鋪。五里,下閣老鋪,爲趙、洪交界。十五里,洪洞。大道多潦,肩輿可繞,車則無繞道。予乘輿行三時之久,日已夕矣,未能抵洪洞。會縣遣人持火來,戌刻始税駕。縣令石君向之,永綏廳人,湖南同鄉,導予入城,計前驅在南關外,尚有五里,不能進矣,遂止宿。霍山長坡雖無韓侯嶺之高,而陡坡碎石顛簸不堪。洪洞道窪田高,渠水漫溢,每防坎陷,計程八十餘里,長乃逾百。雨後行旅極爲艱苦。候至夜半,車至,則繞道行亂石中。車輪去其鐵,尤難行也。趙城西荷蕩稻田有南方風景,荷花尚多,不似深秋。

初二日,晴。石君送我洪洞南郊,指大橋曰,此鳴雷河山澗水也。汾水在其南。十五里,南樂鎮。十里,張林。五里,士師邨,爲皋陶故里,有祠。五里,韓村,有坊曰"羊生獅處",紀異也。十五里,天津鎮,爲洪洞四大寨之一,過此入臨汾縣界。沿汾岸十五里,高粱河橋,咸豐中,粤賊破平陽,官軍尾其後,敗之橋上。賊前隊已至趙城城外,聞返者至,乃竄黎城,出直隸,之臨洺關,而汾霍以東獲全。十里,平陽府城。縣令艾君鏡漪、太原鎮何君麓秋中衡、何君俊卿、城守耆君齡子餘。(耆君,祖大壽之裔。)艾君之子與國瑾同年,老吏也。何君,湖北同鄉。郡守福君往來未晤。平陽本駐提督,後省提督,以山西巡撫兼之,移太原,鎮於平陽,故仍太原之稱未改。平陽以平水得名。

初三,早陰,晚雨連宵。出平陽南門。往年南關爲市集之所,自逢兵燹,私廬、公舍蕩然無存。平陽兩經殘破,又遭大祲,城鄉房屋傾頹,鄉間尤甚,人民稀少。太、汾以西未有如平郡之甚者也。十里,堯廟,毀壞之後,工程過大,無款興修,僅有數楹,可行祀禮而已。城内倉聖祠亦傾圮,道旁王孝子碑倒撲,此則無需巨款,地方官紳之過也。十五里,閻邨,入襄陵縣界。十五里,趙曲,户口較繁。沿汾岸行二十里,史邨,襄陵設驛於此。中火,得瑄兒七月十一書,言十二自鄂起程;武峙東廉訪書,言鄂事。早行微雨,午後雨漸大,冒雨行石臺山,上下坡陡泥滑,步步有傾跌之虞。過文中子故里、古義士豫讓橋。豫讓橋三,此其故里。趙城有國士橋,其殺身處也。直隸趙州亦有國士橋,則傅會殊甚。豫讓不死范、中行氏而死知氏,此俠士氣概,專論施報,以云君臣之義,則未當。文中子當隋亂設教河汾,興唐名臣多出門下,斯文未喪,道在則然。欽遲久之。行二十里,蒙城驛宿。入曲沃界,憶壬戌春侍先公自燕入蜀經此,龍君皡臣方權曲沃,携襆被來卧談竟夕,距今二十五年。念我先人,惓懷故友,不禁泫然。道中有龍山風影牌坊,望見,蓋龍山也。土人呼爲澮口山,以澮口地地名之耳。史郇店壁有秦中女史黄素琴題一絶,云:"阿農心事與誰同,扇影團圞快晚風。最是無聊秋漸老,柳黄蘋白蓼花紅。"語句頗清,因録存之。

霍山石臺多何首烏,籐有自崖壁下垂數十丈者。霍平多酸棗、枸杞,道旁皆是緑珠紅豆,其實離離,大棗必成樹方結實。石臺山中有榦細如指而結實甚大且繁,倒垂山半者,此野生之棗,必崖内有巨根也。以爲藥餌,力當較厚。

壬戌侍先公自燕之蜀,道經蒙城,時龍君皡臣權曲沃令,携襆來作竟夕談,今日重過,鳧踪已渺,慨然有作

故人同話石臺山,廿五年如指顧間。觸我思親兼感舊,深宵風雨掩柴關。

初四日,連宵竟日陰雨不止,仍在蒙城。

蒙城阻雨

十日九滂沱,王程阻隔多。荒郵失昏曉,使節滯山河。主念時艱切,(召對,蒙諭時勢艱難。)臣思刼運過。秦關纔咫尺,晴意問如何。

聞人述太原水災,疊前韻

别出似江沱,横汾泛濫多。洪流方灌晋,衆派共趨河。飢饉憂彌切,綢繆雨又過。發棠誰爲請,仰屋計如何。

初五日,子刻雨息,巳後微晴,申復陰。行山谷。十里,辛店。大路泥滑,肩輿由小路升高原,既避塗潦,又得曠觀群山,心目爲之一豁。十里,高縣,有城,古高陽縣地,今爲高陽郵,仍延舊縣之稱。雨後坡路兩時餘,行二十里,輿夫困矣。中火。十五里,王官郵,迎面山光,蓋中條也。表聖固是高士,攸緒出乎汙泥之中,翛然遠舉,亦令百世下仰其清風矣。五里,郭馬。十里,侯馬驛。宿曲沃驛站也。

王　官

陟巘得平川,群山到眼前。草含前夜雨,鳥樂嫩晴天。已近王官谷,應斟隱士泉。浮生遊已倦,早晚罷歸田。

初六日,早晴,午後陰雲濃起,恐復有雨。早行,出侯馬驛,過澮水橋,澮水兩岸成田,河流一綫,"汾澮流惡"一語,當是就曲沃一邑而論,故以澮配汾言之。若全晋之水則大於澮者甚多也。十五里,金溝橋。五里,隘口。自隘口至金溝,深溝環繞,大路曲折委蛇,易於置守,金溝爲山澗匯注之區,雨輒成渠,行旅不便,明天啓中始建大橋,隘口亦有橋,能避最深之溝。水至,大道出兩壁間,積潦仍難消洩。隘口鎮樓僅存破基。鎮中一片荒蕪矣。五里,永安橋,爲晋新田故地。入聞喜界,漢分曲沃置桐鄉縣,即桐宫故地,後改聞喜。(因聞南粤破。)十里,牌坊鎮,因唐裴晋公、宋趙豐公兩坊得名。裴坊側有金大定中彭城劉若虚撰《裴氏族譜序》,邑人邱愿書,大有唐碑風味。惜豐碑在野,難於捶搨。五里聞店。十里,東鎮,中火。十里,馮家莊。十里,楊店。道旁小河,涑水也[①]。十里,至聞喜宿。縣令雷君,朝邑人,來談,甚質實。(觀其告示,取於民有定章,亦矯矯者。)

聞喜道中

平明出侯馬,咫尺漢疆分。(漢分曲沃置桐鄉縣。)樹杪棲紅果,山腰卧白雲。識途煩候騎,懷古誦碑文。忽念九原作,吾將誰與群。

初七日,早,陰晴未定,午始暢晴。出聞喜皆坦途,無山坡石子。但雨後積水膠泥,車行不暢。十里,宋店。十里,郭店。出郭店大石橋其下乾土,雨大漲發則有水。二十里,水頭鎮,中火。鎮屬夏縣,縣令盧君新故。安邑萬令兼攝。水頭者,涑水初入縣也。居民言涑水至北相不見。有河溉田甚廣,溝洫之力非不可興,若他水皆如此分疏灌溉,既得水利,又少水患。爲政在人,人存政舉,難與俗吏言也。中火後過涑水橋,有温公故里碑。詢其後,司馬、趙氏皆不如裴氏之盛。二十里,王范汛,村内蔡侯祠,祀漢龍亭侯蔡倫,始造紙者也。予昔過此有句云:"竹簡韋編太繁重,龍亭精製千秋珍。"前民利用,此之謂矣。村外有蔡侯墓,有溝名蔡倫溝,誌不忘耳。相近又有先賢杜康故里碑,因禹都安邑附會,禹惡旨酒

① 眉批:涑水出絳縣横嶺關,經縣南過夏縣入河。

而賢杜康，恐是酒人爲之。十里，北相驛，宿王范。[1] 北相皆安邑境，壁間見南蘭陵女史冰如老人乙酉歲暮由絳赴猗途次偶成二律，云：“極目曠千里，颸風捲白茅。寺寒僧曝日，樹密鳥聯巢。城郭別前渡，村壇附遠郊。雪泥回首處，離思萃雲坳。”“山川供逆旅，天地若忘情。斜日依人遠，孤城帶水横。車輕羸馬健，樹老勁枝撑。入望暝煙上，停驂計一程。”氣格頗蒼老。壁間和者甚衆，不能敵原唱也。

水頭壁間有潙濱漁隱撰《寧鄉楊清德孝子傳》，撮其大略。孝子寧鄉二都中六區人，嘗以竹筐肩其母行乞於市，凡母所需之物咸備。歲己卯，漁隱見而識之。其母聾且瘖，不能言，與之食，則先哺其母，食畢爲母靧面梳櫛。自言無兄弟、女兄弟，無妻，計事母則無食，出而求食則事母無人，不得已負母行乞，時已八九年矣。逾年，母卒，歸漁隱家謝，詢知其讀書識字，言之邑令涂鴻疇，鴻疇薦之提督黄少春，病不能從。後至伊吾，漁隱又薦之哈密廳婁紹豫。紹豫甚重之，而孝子病死。(時甲申三月，孝子年三十六。)軍中聞孝子死，醵金歸其喪，漁隱爲書告邑令，請達其事於朝，得旌二例。

書所見

旌麾纔過太行西，人物蕭條道路悽。廟圮僧逃塵已滿，田荒穀少價仍低。聖明軫念時艱重，撫字誰能下考題。何事司農苦箕斂，忻教棄擲等沙泥。

初八日，晴。出北相，即猗氏縣界。縣以猗頓致富得名，猶懷清臺之以巴寡婦清得名耳。三十里，牛杜鎮，少憩。十里，香落鎮。十里，祁任邨。二十里，樊橋，中火。或云樊橋即晋陽樊，以周與晋道里考之，或當是也。地屬臨晋，縣令李君木庵，蓮池書院門生，宦晋二十餘年矣，來謁，幾不相識。適館授餐，師生之誼，不能卻也。二十里，七級鎮。十二里，北埠頭鎮。宿荒邨茅店，購芻豆亦不可得。是日傍中條行，終日玩山，雄峻平遠，蒼古清麗，如一長卷，無美不備。雲氣初起，點綴山坳，已而横亘山半，極有畫意。及噴薄而出山頂，至天半，則雲峰之妙，不與山景相涉。

初九日，晴。出白埠，即永濟界。十里，高寺。十里，地藏庵，題額曰

---

[1] 眉批：王范汛南十里將軍廟正逢市集，牛馬甚多，觀其備牐咸有，足見年豐民和。

中九華，不解所謂，問之寺僧土人，亦不解。後伯香來，言山中有九華臺，乃知是中條之九華也。二十五里，遥望浮屠十三級矗立雲際，路人指曰其下四坡底也。去永濟縣城五里，中火。縣令劉君赴鄉查會，緣劉中丞禁賭甚嚴，鄉間集會聚賭皆無賴糾衆，武弁典巡，向食其規費，非縣令親到不能禁止也。杜太守來，天津人，談時事，甚通曉。十五里，韓陽鎮，有花。行十數家，糧食充牣，亦邑中繁富之區。三十五里，可河鎮，宿潼關廳。楊春田來，詢土人二賢祠所在，乘騎而往，徑仄盈尺，下臨深谷，盤旋可五六里，登首陽山，雷首之陽也。俯瞰大河，仰瞻華岳，潼關纔斗大，心目爲之一曠。入祠拜二賢墓，讀祠中諸碑，購隋唐宋元搨本各一種，不能盡搨也。歸店良久，伯香車始至，則避泥濘，繞入中條，在孟明橋中火，後至韓陽鎮歸大路，迂迴二十餘里，故稍遲。所見有大樹將軍故里碑。

山　行

須臾衆壑變陰晴，山色離奇畫理明。行盡中條更西笑，蒼龍玉女隔河迎。

又

青山長卧笑人忙，相對忘機趣亦長。鳥入柹林紅落果，馬行莎岸緑生香。每逢勝迹詩懷健，偶得和風午夢涼。日暮停驂何處宿，蕭蕭秋色大河旁。

初十日，晴。由可河行山坡約二十里，下坡即風陵渡。風后之陵，明時已隱，乾隆中復見。文鏡堂觀察、阜墨翁協戎及釐局地方文武相迓，延見答拜，入潼關，中火。潼關以潼水得名，本古桃林塞，去函谷百二十里，舊爲華陰縣地，設驛丞，又置潼津縣，復改驛丞，又改爲廳，屢經更定，慎疆圉也。廳西二里爲華陰界，東二里爲河南閿鄉縣界，所轄軍屯百餘邨，遇軍民相涉事，皆會地方州縣審勘，專司往來，驛站錢糧獄訟不多而供應甚繁。道員轄同州府，商州駐關，司榷税，協營守關，民物繁阜，倚山憑河，秦得百二，此其最著者矣。漢以後舍函谷而守潼關，形勢便然也。中火後行五里，華陰界。十里，弔橋。十里，泉店。十五里，華陰廟宿。路經華山之麓，山泉清冽，道旁開溝，涓涓細流環繞田隴。有瀦而成澤者，種荷植稻，稻成熟，荷已殘敗，葉中尚見一花，殊增旅興。① 大華之山削成

① 眉批：其下爲泥泉，水出靈谷，由小月溪金溝經橋下注于渭。

而四方經語摹寫精妙,至千尺幢、百尺峽、蒼龍玉女諸勝,則非登游不能盡其趣。讀《華山志》及吾友林穎叔方伯《游華山詩》,欣然神往,譬如讀書懷古,見古人琴夢之間耳。巡撫鹿公乞病北歸駐此,謁見讙談,君子人也。相近郡邑送公者雲集,皆來謁。新廉使酬應苦矣,倦且憊矣。人詢地方情形,各官職守默識於心,不暇縷記。嶽廟自古有之,乾隆中,巡撫畢沅奏動巨款修建,視岱廟尤壯麗,毁於回亂,未盡修復,規模尚在。

十一日,晴。五里過華陰縣城,城在華山之陰,城西南百里有華陽里,則周武王克商歸馬處也。出西門,經駐馬橋,《一統志》以華山之秀,行者于此攬轡駐望,故名。其下爲西河。太華山山層、雲秀二泉出谷西北流,循長城鋪,北注名王家河,經橋下名西河,又北而東爲清河,又東入于渭。十里,長城鋪。十里,新莊鋪。十里,敷水鋪。水出羅敷谷,流較巨,沙衝民田,經鎮東北入渭。相傳敷水爲竇建德城,《水經注》以爲周武王之告平城,皆未詳證據。縣令顔君建侯祖送于此。中火。十里,臺頭鋪,入華州界。十里,柳子鋪,以唐柳懷素能書得名,山勢綿亘,重起高峰,少華峰也。太華、少華,謂之二華,東西聯絡一山,並無異陘別甗。而太華雄峻,少華神秀,巨靈之擘,雖屬無稽,勝概之殊,固已各擅矣。崖巔瀑布如懸鏡,在萬仞之壁,尤屬奇觀。十里,羅汶鋪,以石如羅紋得名,汶當作紋。十里,華州城南宿。華州以山得名,本周棫林地,爲鄭舊封。東關外有郭汾陽祠,此邦名臣、名儒、醫士、仙人名迹甚多,不可勝紀。州牧趙君蕙洪與教佐、武弁皆來。

少華瀑布出峰頂,其明如鏡,口占記之:"飛泉如鏡掛峰巔,常溉峰頭玉井蓮。寄語蒼龍行雨罷,早從高嶺卜歸潛。"(華山有蒼龍嶺。)

十二日,晴。出華州西門,别在城文武。十里,石橋鋪,石隄峪水流至良侯郡北,名五港河,合赤隄峪水入沙澗,經橋下入渭。五里,西溪,《志》稱萬壑風煙,眺遊絶勝古今,慕杜司功子美之風,呼爲小曲江。唐宋人題詠甚衆。今止涓涓細流,非古之溪水可以競渡、可以駐大軍者矣。五里,白泉鋪,以水得名。二里,遇仙橋,以陳希夷得名。三里,郭市,隋廢華地,以其郭有市得名。十里,赤水鋪。自華州至赤水三十里,爲渭南交界處。赤水九源會流,經橋下,又北六里,入渭,即《山海經》竹山之大赤水也。入渭南界十五里,顔家溝,行山谿間,其外渭水環之,循岸僅客一人,較溝路爲捷。五里,出溝,即渭南東關,入城中火。自經回亂,人民尚稀,屋廬多未修復,荒涼之景,城内已然,不獨四鄉堡舍空虚。西行經十三里鋪。二里,良田坡。山行十五里,臨潼縣之靈口宿。唐天復元年十一月朔,汴軍陷同州,華州節度使遣判官李巨川送款,甲寅,汴軍駐靈口,乙卯,朱全忠知帝出鳳翔,乃回兵攻華州,大軍駐赤水,全忠以親兵駐西溪,遂襲取韓建。蓋自古形勝之區也。縣令林君望侯,遠邨同年之從弟,郭生鴻鼇,關中書院門人,館於臨潼,並來謁,叙及門諸君廿餘年事,欣慨交深。

渭南道中

稻黄棉白柹初紅,種麥人人説歲豐。生聚十年今又倍,不應城堡尚虚空。

十三日,晴。十里,戲河鎮。《水經注》:"戲水出驪山馮公谷,(今名鴻谷。)東北流,又北經驪戎城東,又北逕鴻門,又北逕戲亭東,又北分爲二水入于渭。"十里,新豐鎮。過鴻門堡。鬬智鬬力,劉項勝敗見於鴻門。留侯之智遇高祖而功成,范增之智遇項羽而疽發,以成敗論范張,吾不謂然。新豐有河,即市谷水也。十里,過西市,陰盤河水。又十里,過臨水,至臨潼縣城宿。臨潼以二水得名,或謂臨于潼水者,非也。城倚驪山,妲己笑而亡周,驪姬讒而敗晋,一山而兩傾國,亦宇内罕見之區也。華清舊宫已毁於賊,今新建環園,結構雖小,幽曲可怡。湯泉之水,《志》稱冬月白氣如蒸,夏不加熱,浸豆穀不熟,灌蔬畦則肥。入池沐浴,有硫磺氣。《志》又謂禽魚不入,則池水游魚往來可見,蓋生與相習,如火中有鼠,竈中有蟲,此不可以常論也。湯泉流至城西,即爲潼河。是日到館甚早,而同官來者甚衆,較行路爲勞。樊雲門方宰富平,來叙别蹤,詢其居官,尚能不負初心。

十四日,晴。方行而撫檄至署,布政使作答,始展軨,出臨潼西門,過潼水,十里,韓峪河,橋名清水,總督譚公撫秦時所建。溝水出韓峪,雨漲則隘。行十里,霸橋,即霸上。《水經注》:"霸水歷白鹿原,東歷霸川之西,故芷陽。"又云:"霸水北逕軹道,水上有橋,謂之霸橋。高帝入關、文帝備胡、漢室駐軍之所。"唐人則多别意詩情,以其去長安近,臨水景勝耳。未亂時蔣申甫前輩橋上刻集句聯云:"請君試問東流水,何事名爲情盡橋。"今已亡矣。省中官吏迎長官,向集於此。接見畢,中火。行十里,滻水橋。滻水在長安縣東北,流四十里入渭,漢時引水爲龍首渠,橋小於灞橋,風景亦不如灞上之開朗。十里,至西安東郭,權布政使曾君槐軒及同僚郊迎入城,謁撫帥葉公,拜同僚。

十五日,晴。中秋節,拜客。藩司幕友某二十餘年矣,老不治事,使其從子代。其從子又宦秦被劾者,頗干預補署事,辭之。訪定張君仲軒。

十六日,晴。接藩司印,視事。

初入長安感賦

廿年接武入西秦,兩世重來有夙因。父老猶談循吏事,儒生争識教書人。勞心撫字籌無策,滿目瘡痍語上陳。只恐析薪難負荷,負民負國負吾親。

(賈雪迪、董馥榮整理)

第三十六册　秦藩日記(光緒十一年八月)

秦藩日記

【光緒十一年八月】

奉調陝西按察使，陛辭出都，大雨時行。六月至八月始達臨潼驛館，得撫帥檄，權布政使，以李布政用清未至任也。十四入城，逾兩日視事，排日記之。

八月十六日，晴。暫權布政。曾君鉌遣經歷理問齎勑印文案至，謹設香案，望闕謝恩。祇領任事。

印曰：陝西西安等處承宣布政使司之印。

勅曰：勅陝西西安等處承宣布政使，玆以藩司重寄，特命爾駐札西安府，領袖諸司郡邑，首在約束衙門聽事官吏胥役，一遵法紀，毋致作弊生事，擾害官民。藩司本源既正，方可表率屬員，用修職業。該轄一切起錢糧，除照例蠲免外，其應徵實數，爾即檄行各府州縣，遵照通行事理，榜示曉諭，分限徵解，嚴禁加耗濫徵，重收私派，重治貪官汙吏，催科撫字，兩者並行。凡各屬解到錢糧，須親自驗兑，勿令吏胥上下其手，苦累小民。至於起解之時，選委廉幹官員管領，不得聽人營囑，循私害公。府州縣衛所有司官員及管屯等官，俱受爾司考成，核明分數，官評賢否，務秉虛公開報。所有裁缺都司塘鋪事務，歸爾管理。每鄉試屆期，屬爾提調科場事，務宜清理嶬密，使大典有光。一切職掌事宜，如撥給兵餉，開墾荒田，設局鼓鑄等項，須悉心查舉，必期法行盡善。年終將行過事件、收解過錢糧造册，開送巡撫衙，咨部察考。如遇大計年分，爾照例造册舉行，仍聽督撫節制。爾膺玆重任，須持廉秉公，正己率屬，使民生安遂，吏治清勤，斯爲稱職。如或貪黷乖張，苟且因循，病民蠹國，責有所歸，爾其慎之。故敕。

乾隆三十一年七月十七日

到任禮畢,同曾君謁撫帥。撫帥言四事,皆新案,留共曾君及權糧道張君岳年飲。

十七日,晴。飭吏檢《補署章程》《吏部則例》核署缺事。皖撫陳六舟中丞自甘肅入覲,過此,迎於郊。六舟官翰林講學,爲御史敢言,守曲靖有聲,亦矯矯者。

十八日,晴。祭庫神,閲西大庫。正款四,曰地丁,曰建曠,曰科舉地丁,曰旗標退回,皆正款,存銀二萬五千九百七十八兩九錢六分四釐。雜款二十有四,曰地牙當税,曰滿商筏畜税,曰鹽課,曰站雜夫馬工料,曰經費雜支,曰茶磨課,曰缺官並廪膳,曰各官閏俸,曰藥味,曰倒馬皮脏,曰貢院地租,曰灘租改折,曰民壯閏月,曰督糧道折征,曰鐵課,曰各官降罰俸,曰閿靈額協,曰憲書,曰咨追,曰舊牙帖,曰糯米折價,曰馬廠,曰滿營旗租,曰七山湖,皆雜款,存銀叁萬七千七百五十二兩六錢七分五釐。公款四十有八,曰耗羨,曰順直賑恤,曰科舉耗羨,曰扣存,曰各項減平,曰四分之一,曰裁減二成,曰陵地租,曰俸工,曰驛站,曰支應兵差並平餘,曰税脚價,曰候領營,曰暫寄,曰已開未支,曰新定米捐,曰善後經費,曰搭錢折扣,曰文職養廉,曰武職養廉,曰新立四分減平,曰一五節省,曰釐金,曰留外辦公,曰各員過贖,曰新鑄銅錢工本,曰罰款釐金,曰倒馬裁減三成,曰兵借糧價,曰支剩糧價,曰供驛節省,曰請留變價,曰籌賑餘剩,曰賑捐公費,曰城隍釐金,曰營田折租,曰交代虧空,曰順直水災部飯照費,曰三分留備,曰賑糧變價,曰海防新捐正項,曰新立善後四分減平,曰新牙帖,曰茶户捐輸,曰海防部飯照費,曰海防新捐六分局費,曰留備,曰土貨捐輸,曰官錢鋪餘剩錢易銀,皆公款,存銀六十一萬二千三百九十四兩九錢七分伍釐。又捐款存銀二萬五千九百三十九兩六錢四分七釐,生息款存銀二萬三千三百七十五兩七錢一釐,合正雜公款爲五大款,統存銀七十二萬五千四百四十一兩九錢六分七釐。又籌備待支公用款,存銀三萬四千五百一十六兩八錢三分三釐。此西庫之存數也。東大庫曰提併款,今陝甘總督譚任陜藩時辦竣。同治十三年以前奏銷報銷後,將庫儲一切不報部攤捐生息及已銷未支雜項等款,提收併爲一款存儲,以備緩急。光緒三四年旱災,司庫餉無來源,全數動用,於奏銷案内,挪借商民,銷七十萬七千四百六十八兩五分七釐零,節次奏銷,籌還銀六十四萬兩。(此即報部還商之款,其實原數存庫。)又光緒九年清查各項積餘詳明,收入銀一十萬八百八十七兩九錢五分六釐,二項共銀七十四萬八百八十七兩九錢五分六釐,内除原發各屬營運生息及彌補官票粥廠等項,動用銀十八萬九千八百一十六兩五錢二分三釐外,實存銀五十五萬一千七十一兩四錢三分三釐。(此係現在庫儲之數。)尚有未還銀六萬七千四百六十八兩五分七釐,上項銀兩係外存之項,不報部,惟詳院立案。又提併銅錢款,係前司王君將庫儲外寄不報部各項錢文提併,提併麩金款,係各前司移交石泉縣挑挖解司之項提併,統曰提併款。陝西去甘肅、新疆甚近,入款不豐,猝有水旱凶荒邊警,若無儲備,緩急難恃。提併款之不報部,爲地方計,非私也。曰外寄款,係節年寄存外款,向不報部之項,實存銀四萬九千三百九十五兩三錢五分七釐,亦按月報院。此東庫之存數也。以上兩庫,皆截至光緒十二年八月十五日爲止之數。

鄠令張鴻儒告養出缺在後,鈕令福嘉銷號鎮釐差在前,照章本應補委,而鈕令聞風競缺,殊於風氣有關,詳請照章給委,仍將鈕令記過,庶應委者得委,競缺者知戒。

撫帥招陪六舟中丞。

十九日,晴。連日接見府廳州縣將畢,佐雜總之人數太多,莫由考察也。稍定,當日見數員,詳詢本末,乃能略知一二耳。

公牘中見甘肅新疆巡撫劉錦棠奏請庫城、精河、喀喇巴爾噶遜糧員三缺裁汰,改設庫爾喀喇烏蘇撫民直隸廳同知一員,兼理事同知銜,並設分防驛糧巡檢一員,添設迪化縣一缺爲迪化府附郭首縣,飭部議,從之。

二十日,晴,晚微雨。逢五、十爲司道晋謁撫院之期,是日關白委署典史委員乞病,慰留,匯兑淮軍餉銀,皆尋常。石泉縣吕耀煒稟裁梅湖卡,飭釐局議。武功縣張世英稟水衝灘地六十餘頃,請豁免,云不忍以無糧之田致小民受追呼之苦,仁言也。部議必不准,宜先請緩潼商道,爲商州請豁。六月水災被沖田地亦當如此辦。

核庫收,十八日收銀六千五百一十一兩一錢七分,十九日收銀一萬一千三百六十三兩九錢二分二釐,二十三日收銀二萬七千九十一兩八錢七分八釐,開除支銀一千五百六十一兩二分九釐,實在銀七十六萬八千八百四十七兩九錢八釐。

二十一日,雨,晚雨大連宵。陳中丞行隨撫帥出城寄請聖安。

會臬司詳請，將安康縣舉人羅亨衢先行革去舉人查辦，以有糾衆把持得贓冒充職官諸劣迹也。又請將澄城縣捐貢生孫萬祥咨革衣頂，以母呈控不孝不友諸劣迹也。岐山武生劉占鰲經縣委稟，奉院批，革拿來司具控，押發鳳翔府覆訊，以所控縣令勒派諸款，亦不可不究也。

二十二日，早晚雨，逢二爲府廳州縣衙參之期。飭吏查近三年徵收地丁總數。

光緒九年分額，徵熟地地丁起運，總共銀一百一十三萬五百八十二兩九錢六釐，已徵完銀一百一十一萬一百四十一兩六錢九分二釐，未徵完銀二萬四百四十一兩二錢一分四釐。

光緒十年分額，徵熟地地丁起運，總共銀一百一十四萬九千六十六兩七錢四分四釐，已徵完銀一百一十二萬三千九百六十七兩九錢六分九釐，水災奉文蠲緩九百五兩四錢六分一釐，未徵完銀二萬四千一百九十三兩三錢一分四釐。

光緒十一年分額，徵熟地地丁起運，總共一百一十五萬五千八百八十七兩九錢六分八釐，已徵完銀一百一十二萬三千六百三十三兩一錢六釐，水災奉文蠲緩銀一千六百七十七兩七錢五分三釐，未徵完銀三萬五百七十七兩一錢九釐。

按《會典》，陝西額征地丁銀一百六十五萬八千七百兩，藩庫起運銀一百三十四萬四千五百四十八兩，存留銀二十六萬五千四百九十八兩，雜稅銀四萬六百二十三兩。自咸豐中，回、稔、粤各匪擾亂，人民傷損，田地荒蕪，賦額不能如舊。近年逐漸開墾，如九年、十年、十一年，每年熟地增銀一萬餘兩，其明驗也。同治初年，回亂初平，富平、渭南兩縣已能掃數。聞有徵及同姓並同姓之姻親並隔境者，時藩司極賞兩縣令之能，予謂此殘民以媚上也。今其人已亡矣，不仁之人，可與言治乎。

二十三日，雨，夜大雨。飭吏查三年墾荒總數。光緒九年，荒地應徵銀一十九萬九千六十七兩三錢四分四釐，十年新墾地徵銀一万一千五十六兩五錢四分一釐，十一年新墾地徵銀一萬四千三百八十四兩七錢四分八釐，尚存通省荒地應徵地丁銀一十七萬三千六百二十六兩二十六兩[1]五分五釐。

---

① “二十六兩”四字疑爲衍文。

又飭吏查近三年釐稅總數。光緒九年分,共收百貨釐金銀三十五萬四千四百四百[①]一十三兩八錢四釐,共收商畜牙當民屯等項雜稅共銀一萬六千八百五兩八錢三分九釐,十年分共收百貨釐金銀三十三萬八千四百一十一兩八錢八分七釐,共收商畜牙當民屯等項雜稅共銀二萬二千三百二十四兩一錢八分四釐。十一年分共收百貨釐金銀三十五萬八千二百三十二兩七錢四分三釐,共收商畜牙當民屯等項雜稅共銀二萬六千七百二十二兩五錢一分五釐。

奉撫院檄,光緒十年分陝省各屬荒熟地未完地丁正耗各款本色糧草等項三十二萬有奇,十二年八月初七日奉旨豁免,飭即刊刻,謄黄曉諭。

二十四日,早陰,晚雨。課吏候補州縣。每月撫院司道輪考候補縣,陳貽香司收掌,曰志學局,兼書院講書在内也。

讀律説

問:秦中自遭兵燹、荒年,至今元氣未復,丁户稀少,田廬荒穨,何以能使富庶?從前辦理營田,原欲招徠闢墾,定有年限,何以廿餘年之久未能了辦,果官吏奉行之不善歟?龍洞渠經前劉中丞勸諭之後,何時渠成?有無阻隔?此外水利應興修者安在?備荒莫如積穀勸輸,經理不得其人,則滋弊擾民,何以能使妥善?分儲、總儲,何以便於周轉接濟?營勇既裁,弭盜何法?釐税難撤,杜弊何方?凡民間疾苦,庶政利弊得失,應興應革之端,諸君在陝多年,知之應悉,問途已經,其各質實言之,毋爲膚詞高論,期於可行。

知縣陳丹書卷尚能通曉律意。

廿五日,陰。衙參:諭委釐局文案,司中既將釐幕裁撤,須真能辦文案者。諭某侍郎書言某令之賢,果賢耶,不以有書而疑其營求,其不賢耶,據實復書。諭任漢安鎮請每年多發餉,一關營中積穀,此事甘肅行,陝西宜若可行,但籌餉艱耳。諭委解淮軍餉,盤費例章之外,尚須津貼,查解甘餉舊章給發,由陝至甘肅千四百四百[②]里,至天津二千七百三十里,計程加倍,津貼亦倍之。(書吏承辦刊印謄黄,比校上次字數三倍,紙倍[③]亦倍給費。)

---

①② “四百”二字疑爲衍文。

③ 此“倍”字疑衍。

得國瑄自樊城來書,眷屬已初九開行至荆子關,但連日澍雨,恐山行亦不免阻滯。

廿六日,陰,夜見星。飭局開墾田大略。

督墾所辦理陜省平原各屬民荒地畝原荒暨已未開墾各數目

西、同、鳳、邠四府所屬平原、長安等二十五州縣共報,原荒地三萬三千五百六十九頃一十八畝八分九釐。内自光[緒]六年起,至現在止,各屬已墾地一萬二千四百二十三頃九十畝一分六釐一毫,約計未墾地二萬一千一百四十五頃二十八畝七分二釐九毫四絲。查上項民荒地畝,係陜省兵燹旱災之後,民間陸續拋荒,錢糧不能復額。自光緒六年起,由司飭墾。嗣因各屬勸辦不力,報墾寥寥。隨於光緒九年六月設局定章,督飭開墾,並因所荒多係瘠薄土地,議令無論土著客民,領墾荒地,止令於開種後扣足三年,照例升科,並准發給執照,永遠管業。三年以内,錢糧均免完納,並未議征租課。至開墾後,有陸續限滿升科者,由司責成各州縣升科。此外北山之延榆綏鄜四屬,地闊人稀,自軍興以後,較之平原更甚。飭令各就地方情形,另議辦理,均經先後詳請,奏咨在案。

營田所開各屬,原報營田地畝,節年已未開墾,並已未給契管業,並收過租糧租錢易銀解局動用實存數目

咸甯等二十五州縣,原額營田共地四千一百二頃二十七畝二分四釐,内除豁免河崩並撥給回民作墳塋田,共地四十一頃九十畝七分四釐。各屬營田實止各等共地四千六十頃三十六畝四分九釐。内節年各屬開墾過各等營田共地三千四百四十六頃一十四畝三釐。内節年各屬歸民管業各等營田共地二千六百五頃七十九畝一分七釐。實在各屬未歸民管業各等營田共熟地一千八百四十頃三十四畝八分六釐。又未墾各等營田共荒地六百一十四頃二十二畝四分五釐。

查招墾營田地畝章程,原定水田,初年免其交租,只納正糧,次年租糧並征。六年後合計所輸之租,上則水田每畝補足租麥五石,中則水田每畝補足租麥四石,下則水田每畝補足租麥三石,即准給契,歸民永遠管業。正糧均照例完納。係旱地,初年租糧俱免,次年租糧並征,六年後合計所輸之租,上則旱地每畝補足租麥三石,中則旱地每畝補租麥二石,下則旱地每畝補足租麥一石五斗,即准給契歸民,永遠管業,此先大夫原定章程。嗣因沃饒之地俱已領墾成熟,未墾荒地委因地瘠租重,不敷工本,乏人領。於光緒七年,照原章租石酌減三分之一。上則旱地每畝減作二石,中則旱地每畝減作一石三斗,下則旱地每畝減作一石。又因墾種仍不踴躍,於光緒十年,照原章租數減去一半,上則旱地每畝減作一石五斗,中則旱地每畝減作一石,下則旱地每畝減作七斗五升,正糧均照例完納。又汧陽、隴州、鳳翔三處,北山地畝,天寒地瘠,照章三年後租糧並徵,通計三年,上則每畝補足七斗五升,中則每畝補足六斗,下則每畝補足三斗,正糧均照例完納。以上各等地畝征收租課,自光緒六年秋季起,每租一斗,折銅錢一百文,由各州縣征收,易銀解局,由局彙解藩庫。其正糧銀,即係地丁,由各屬照例征收,統歸地丁解司,不由局中經管。

自同治四年起,至光緒六年止,咸甯等二十五州縣共完過營田京斗麥米穀三項租銀二十萬零五百一十二石三斗三升六合,内除各屬清查營田地畝、修倉、借給貧民籽種、出易未還、義學經費、平糶變價折價等項,共動用京斗麥米穀三項,租銀八萬五千五百四十四石六斗二升九合,又除旱災散賑,共動用京斗麥米穀三項租銀八萬九千六十七石六升,實在各屬存儲京斗租麥三萬四千一百三十九石一斗二升二合,粟穀一千七百六十石五斗二升五合。

自光緒六年秋季改收折色起,至十年止,各屬共收過營田折租,除由屬支銷外,實存制銅錢一十三萬三千六百三十五串六百八十八文。共易解過折租並沙租庫平銀八萬三千八百九十九兩五分一釐。内除節年解過藩庫庫平銀七萬六千七百九十兩三錢五分七釐外,止餘存本所折租沙租庫平銀一千九十六兩八錢八分一釐。自開辦起至光緒十年止,一切地畝糧石銀錢各數目,業經於上年造册報部。

光緒十一年,分各屬共收營田折租制銅錢二萬五十四串二百文。内除各屬支銷過書差口食外,實存制銅錢一萬八千八百三十二串三百三十七文,共按市估易解庫平銀一萬四千二百一十四兩三錢三分。又存十年底報銷内存銀一千九十六兩八錢八分一釐,二共銀一萬五千三百一十一兩二錢一分一釐。内除本年二月解過藩庫庫平銀一萬兩,又除十一年並十二年支過本所並預廣兩倉薪水口食外,實存外庫寄存庫平銀三千八百一兩九錢八分三釐。外庫寄庫平銀兩每月支銷在内,其本年折租各屬尚未報解。

廿七日,晴。飭查營田事務,因何久未辦完,並前後辦理情形及造具報銷難以符例各緣由。

局員開呈營田荒地，西、同、鳳、邠、乾五府州屬，共四千餘頃，於同治四年辦理招墾事宜。爾時軍務大勢雖平，而邊境餘匪及鄰省逆回尚未殄。五年至十年，其間逆回馬正剛、崔三等不時率衆出掠，由甘分股犯陝，自北山擾及平原各屬，此擊彼竄，來去無常，民心未安，地因旋墾旋棄，以致數年内墾地無幾，租課難征。迨十一年設立專局，督飭各屬招佃墾種，荒地始能漸闢，租課亦漸開征。奈兵燹之餘，民氣元氣未復，雖按年納租，議有定數，實難照額收完。節年積欠不少，正在催輸，間光緒三、四兩年，又值大旱，田地復多荒廢，租課一並停徵。至光緒五年，復設法招墾，並催完陳欠，隨時檄飭各州縣，趕緊徵解。又以大祲之後，民力維艱，所有租糧終難按年交足，是以遷延未了。此營田久未辦完之實在情形也。再查開辦營田事務，自同治四年起，由前鹽道憲黄主政，酌議章程，刊發照辦。六年改歸藩憲總理（先名宦公遺稟請交林穎叔方伯經理，有云勿循情面，勿事更張，有先見也。）八年統歸軍需局會辦，至十一年始委員設局，一切經費，仍由軍需局籌支。所有應辦事宜，遂由局裁奪，督飭各屬遵行。查地招墾征收租課及糧石存倉出易諸務，悉責令各州縣催租，係因民欠甚多，催督地方官速征速解而已。歷年局員雖屢更易，辦理均照舊章。至已墾之地，光緒三年以前，各佃完租，亦遂遵照原章，按畝征收。迨光緒五年，因旱災後，地方愈形凋敝，民力更覺難支，將未墾各地照原額酌減兩次，以恤窮黎。奈領墾後仍不能踴躍輸租，復於光緒六年改收折色，每京斗一石，折納制錢一千文，仍由各屬征收，以錢易銀，差解省局兑收匯總轉解。司庫委員書差薪水口食等項，即在所收折租銀内支銷，收解存支各數，按月開摺，具報在案。十年，歸併善後局，改爲營田所。除酌留經書勇丁外，一併裁減，現在本所暨預、廣兩倉，每月支銷約七十餘金，較從前諸從節省，此前後辦理營田之實在情形也。惟上年辦理報銷，查册造自同治四年起，至光緒十年止，徵存租糧項下均有動支，其中數目多未詳晰。如各屬修理倉厫，並省修理預備、廣備兩倉，並無工料細數，省城團練局大荔縣棲流所動支，每年冬賑製散窮民綿衣，以及咸、長二縣撥給三關義學、關中書院諸生租糧内，有應開花名並綿衣估價，亦未詳載。又興、漢、商三處，因兵、旱後，倉厫空虚，由他屬變賣租糧，將價銀撥交三府州買糧補倉，其銀糧出入價值，彼時未及詳記，以後無憑開造。即委員薪水口食等項,係酌量動支,均未照例,是以報銷册内於例多有不符,其故由於經手各員以爲地方公款辦地方公事,實支實用,不必瑣求,歷年既久,人事變更,現在辦理報銷,多無陳案可查,以致籠統開造,本所只得據各屬册報彙總達部,已於十一年冬造賫在案。

按,營田係先名宦公創辦,定有期限,繼事者增局費、增委員,視爲利藪,而大祲乘之,部書持之,遂無了辦之期矣。因是先世屬意之事,詳考記之。今諸弊已除,而善後不易,甚哉治事之難也。外間諸弊已去,而罅隙難於補苴,仍爲部書所持,當事欲周旋其間,予不然也。

廿八日,晴。陝安鎮請借餉一關,買穀儲備,通計十三旗,每年需二萬餘兩,通緑、滿諸營計之,則款更巨難籌。當事於朝貴鉅公下至部胥,皆欲動庫儲以餌之,予不能應也。是日,曾槐卿招飲於糧署之冠山堂,環廳事小池,池畔有小山可望終南,水清鱗見,草木華滋。酒罷,至西門答喇嘛拜,平疇數十畝,蕎麥初花,空曠鮮美,終南山色撲人眉宇。入城半月,眼界復爲一豁。

三十日,晴,午後陰。核庫存,廿六日收三千二百九十兩八錢九分九釐,支三萬六百九十一兩九錢四分三釐,廿九日收二萬四千三百九十六兩八錢八分九釐,支一千八百一十一兩五錢五分五釐,實在存銀七十六萬四千三十二兩一錢九分五釐。

【光緒十一年九月】

九月初一日,晴。聞國瑄等廿七已至荆紫關,過江口,入丹水矣。丹水出商於峽中,建旌而下,水大則難上,水小則淺。自關至龍駒寨,計程匪遥,約須七八日乃克登陸耳。

初二日,晴。官册成,寄菊圃。

司庫支旗、緑各營官兵俸餉數目(照十一年開)

西安滿營支銀叁拾肆萬肆千陸百肆拾肆兩伍錢柒釐,撫筆帖式支銀玖拾貳兩伍錢叁分六釐,撫標支銀叁千伍百捌拾玖兩肆錢叁柒釐,西安城守協共支銀壹千肆百叁兩伍錢貳分貳釐,固原提屬各營共支銀叁萬陸千玖百玖拾捌兩壹錢捌分,延綏鎮屬共支銀叁萬叁千肆百貳拾捌兩玖分二釐,延安營共支銀叁千伍百玖拾貳兩伍錢伍分玖釐,鄜州營共支銀玖百伍拾肆兩叁錢肆分貳釐,陝安鎮屬共支銀叁萬肆千柒百貳拾肆兩貳錢壹分捌釐,漢中鎮屬共支銀肆萬肆千貳百貳拾伍兩伍錢柒分玖釐,撫標城守兩營老兵等共支銀貳千玖拾叁兩伍錢捌分肆釐。以上共總支銀伍拾萬伍千壹百肆拾陸兩伍錢伍分陸釐。(内)滿營並筆帖式支銀叁拾肆萬肆千柒百叁拾柒兩肆分叁釐,緑營共支銀壹拾陸萬肆百玖兩伍錢壹分叁釐。

文職各官養廉公費並吏書口食,光緒十一年共支銀一十七萬四千二百六十兩。

陝西駐防各營旗弁勇數目及關月應支銀數

撫標中軍參將英林統領步隊五營,馬隊五十名,中營管帶參將方大元,左營管帶副將左成富,右營管帶副將戴正寬,副中營管帶劉廷貴,義精營管帶總兵董新元,每營弁勇五百一十九員名,月支銀一千六十七兩,五營每月共支銀五千三百三十五兩。

親兵馬隊五十三員名,遊擊陳端誼管帶,月支銀四百五兩。三營參遊守各官月支薪水銀一百四十五兩。洋鎗隊勇丁二百四十名,月支銀一百七十二兩。藍田護餉兵丁二百名,月支薪水銀一百二十八兩。教演洋水龍軍功石琳,月支薪水銀六兩。撫標馬步各營共月支銀六千一百九十一兩。

西安城守協標一營,弁勇五百二十二員名,副將胡得成統帶,月支銀一千一百三十八兩。又洋鎗隊勇丁六十名,月支銀四十兩。又防守四城津貼,月支銀三十八兩九錢四分二釐。共支銀一千二百一十六兩九錢四分二釐。

副將梁鴻盛管帶撫標歸併馬隊,弁勇二百三十二員名,月支銀二千五十兩五錢。

陝安鎮姚文廣統帶鎮威一營,弁勇五百一十九員名,月支銀一千三百五十四兩六錢。

漢中鎮任正時統帶練勇一營,弁勇四百一十六員名,月支銀一千一百九十九兩六錢。

延榆鎮巢瑞南統帶鎮中左右城守四營,中營遊擊余成龍管帶,左營遊擊王占勝管帶,右營遊擊慕寅管帶,城守營都司王守基管帶,每營弁勇五百一十二員名,月支銀一千五十八兩,四營共月支銀四千二百三十二兩。又運費銀五十兩。(光緒十一年四營運費月支銀一百兩,核減自本年四月起,月支四十兩。)共月支銀四千二百八十二兩。

仁勝舊部馬隊一起,弁勇一百一十三員名,守備黄萬發管帶,月支銀八百七十八兩一錢五分。

新馬隊一起,弁勇一百四十員名,副將陳明耀管帶,月支銀九百二十九兩二錢五分。

西林馬隊一起,弁勇一百七十一員名,知縣譚克家管帶,月支銀一千一百五十三兩三錢三分二釐。

參將王占鰲管帶商防官兵一百二十六員名,月支銀五百三十餘兩。

以上馬步各營共月支銀一萬九千七百八十五兩三錢七分四釐。滿年十二箇月,共支銀二十三萬七千四百二十四兩四錢八分八釐。此月支之數也。

延綏鎮巢瑞南統帶仁勝護衛親兵一旗,副將雷永清管帶弁勇三百五十七員名,關支銀一千八百九十五兩五錢。(原係營章關支銀二千七百五十一兩六錢五分,奉文裁減,自十二年正月起改支今數。)參將舒秀松代統仁勝四旗,中旗都司孫耀貴管帶,佐旗任鎮自帶,後旗舒秀松帶,護衛左旗副將蕭友耀管帶,左軍右旗參將侯有明管帶,每旗弁勇三百五十七員名,關支銀一千八百九十五兩五錢。五旗共關支銀九千四百七十七兩五錢。

撫標營務處統帶撫標新前一旗、仁勝兩旗。新前旗副將羅奇仁管帶,仁勝前旗都司李國益管帶,仁勝左軍後旗副將喻文林管帶,每旗弁勇三百五十七員名,每關支銀一千八百九十五兩五錢,三旗共關支銀五千六百八十六兩五錢。

仁勝右旗弁勇三百五十七員名,都司黄耀盛管帶,關支銀一千八百九十五兩五錢。

廣勝中旗弁勇三百五十七員名,都司黄朝綸管帶,關支銀一千八百九十五兩五錢。

總兵劉楚華統帶律武兩旗,律武中旗副將劉徵鳳管帶,律武前旗副將高萬祥管帶,每旗弁勇三百五十七員名,每關支銀一千八百九十五兩五錢,兩旗共關支銀三千七百九十一兩。

以上十三旗共每關支銀二萬四千六百四十一兩五錢,滿年九關共支發銀二十二萬一千七百七十三兩五錢。

此關支之數也。

按月發者謂之月支,四十日發者謂之關支,統計一年關月共約需銀四十五萬九千一百餘兩。

光緒十一年分額徵民存留俸工支解等項銀兩數目

陝省額徵民存留俸工額内額外廪膳祭祀孤貧等項銀九萬九千三百二十五兩六錢九分,内除未徵留支俸工等四千二百八十九兩七錢九釐,解司裁汰新增等項銀四十二兩六錢三分,徵完存留俸工等項銀九萬四千九百九十三兩三錢五分四釐,内應解司裁汰新增等項銀一千三百六十七兩一錢一分四釐,係報撥之項不支,外實止留支官役俸工等項銀九萬三千六百二十六兩二錢四分。又由司庫請領例支,並撥補不敷留支俸工等項銀一萬九千七百一十五兩八錢七分七釐。(二)共支銀一十一萬三千三百四十二兩一分七釐。

初三日,陰,夜微雨。西安太守來言,商州乞與龍駒寨釐局互調,答以地方爲重,若不勝任,則當撤參,無調局差之理。又言延安府因應試無人,請捐貲入籍開地一頃,准其考試,答云,此格於例地方權宜辦理,或有之,難以垂諸功令也。

初四日,晴。

初五日,晴。衙參。閲申滬報,我兵船勇入日本界,登岸,被殺傷數十人。俄人據有朝鮮之永興。皆邊事之可憂者。夜大雨。

初六日,晴。閑步東園,雨潤麥出,登望南山,粲然在目。夜月初上,坐竹軒,清風徐來,饒有佳趣。

核庫存,初三日收五百一十六兩三錢二分八釐,支一萬一百九十九兩一錢八分八釐,本日收二萬九千一百一十六兩五錢五分三釐,支二萬三千九百六十兩四錢六分八釐,實在存銀七十五萬九千五百五兩四錢二分一釐。

佐雜奉部覆准補缺者三人,向章署缺以一年爲期,詢之三人,二人以署者期滿對,檢官册,則所言皆妄。官場之難信類此。釐金,朝廷不得已之政也,而官視爲利藪,上官亦以爲調劑,有舍實缺而求釐差者。昨一釐差期滿(一年爲期。)當易人,予以初到不知孰賢,乃取勞績卷,查以釐收得獎者居前,各勞績居後,請大府定。其不在此單者,不得與也。

扶風請豁免水沖灘地,委員往勘,褒城亦然,兩縣皆令先辦緩徵,籌賑濟。褒城大道沖壞,飭籌修。

批城固縣稟黄家湃民人因堰費閧堂塞署飭漢中府查辦

該縣五門堰每年由首事興修,秋後稟官,酌派畝費,此章定自何年,曾否稟定有案,未據叙明。每年興修之費雖難預定,亦應分别大小,酌量數目,確定章程,隨時先期示諭,方昭妥協。本年山水激發,堤堰隨修隨衝,工程較鉅,自係實情,按畝派費,該佃户李芳潤等即嫌太多,亦應婉詞求減,何得咆哮頂撞,該縣將李芳潤拿獲,交房看管,復有不逞之徒,聚衆數百人,長驅赴縣,閧堂塞署,毁門毆差,實屬目無法紀。若不緝拿,訊明爲首之人,嚴行懲辦,不足以挽頽風。正核辦間,又據該縣稟報,黄家湃民人復行赴署,把持挾制,並有阻撓完糧等情,玩法已極。該縣平日之不洽輿情亦可概見。查該縣齊令業經另案撤省,已委黄令接署,在案。仰漢中府即催黄令趕緊赴任督飭,選差幹役訪查爲首滋事之人,該府一面將李芳潤等提府研訊,并查明齊令如何辦理不善,激成事端之處,分别嚴懲詳參,毋稍偏縱,以戢民氣而肅官箴。先將查辦情形稟候察奪。(初三日行。)

札委同知李修德勘華潼各峪水泉報詳

竊照陝省山泉最多,往往漲發,衝壞田廬,淹阻道路。欲去其病,莫如分殺水勢,引之爲渠,既可收灌溉之功,又可防泛濫之害。本署司東來,過二華之間,見流泉百道,間有引以灌田、種植荷葦者,亦有任其泛濫,爲居民行旅之病者,若使治之有法,利賴正自無窮。現經本署司札委候補同知李修德前赴潼關、華陰、華州、渭南、臨潼一帶,會同地方官,博訪周諮,將各峪山泉源流分合、各長若干里,按照地形高下,細加量度。何處可以灌田若干畝,何處本有舊渠,有無淤阻須加疏導之處,逐段查明,繪圖貼説,斟酌時地之宜,以爲興辦之法。稟覆核奪,毋許鈔録志書,苟且塞責,亦毋許擾累地方,致小民聞而生畏,轉於將來辦理有礙。除俟稟覆至日如何興辦情形隨時詳報外,所有委員查勘山泉渠道緣由,詳報察核。(初一日行。)

詳請將競缺之知縣記過示懲

本署司等復查各項聽差之員,向以到省銷差,更换輪委,隨時詳明。若有缺出,以奉院批之日,詳請委署,係指未經核定之員而言。若已經核定榜示,則應照榜輪委。所有鄠縣一缺,鈕令福嘉銷差在前,張令鴻儒告養出缺在後,業經照章,以鈕令委署矣。惟查鈕令於七月十七日交卸寶雞虢鎮釐局,距省數百里之遥,豈兩日所能趕到。該員於十九日在司稟到,旋即請假,直至二十六始行稟見上司,迹近聞缺奔競,無怪同僚物議滋生。本可詳請扣委,因念谿田奪牛,不爲已甚,但此等風氣,若不略示懲儆,誠恐紛紛效尤,應請將擬委之候補知縣鈕福嘉記大過一次,以示薄懲,俾衆知應委者照章自可得委,競缺者聞風亦當知戒。本署司等爲整飭官方起見,除另詳委署外,相應會詳,呈請憲台核奪。(八月廿六日行。)

初七日,晴。委知縣江佐清解海防餉一萬兩赴天津,今日起程。江令尚能詩,學爲古文,未明體例。告以讀姚氏《類纂》。興平送到志書《續志》一卷,專紀人物,縣令王君權所撰,古文老手也。詢黄小魯觀察,云王君由富平縣乞病,尚寓省城,當往訪也。得商州王參戎書,瑄等初六已過商州矣。潼商邊來函,有舉人二人,拔貢二人,携十箱過關,查五箱係雜貨京靴,因即扣留存庫。予答書云,士人代人帶貨,理當嚴斥,扣存充公,恐招谿田之議。

初八日,晴。成都將軍岐元過,隨將軍、巡撫出城,恭請聖安。詢河南途間路已乾,且紅塵飛揚矣。李冠英至,齎瑄來稟,重九可到。

通飭各屬出易義倉麥石

照得案奉前撫憲馮譽驥通飭各屬勸辦義倉,原定章程以小麥不耐存儲,限以三年爲期,一律出易。後概行换收稻粟二穀,並定以麥一石换穀一石八斗。嗣後奉前署院葉(今撫)案行,以各處麥穀價值參差不齊,若所换穀數貴於一麥之價,飭换難免觀望。今各屬各將本境麥穀價值比較,務令各穀價與麥價所值均平,核定每麥一石,秋後交穀一石幾斗。等因。其所以爲小民慮者,至周且切。自是各州縣稟請出易,均按照該處市價酌定收穀,多寡隨時辦理在案。本署司查陝省本年二麥收成歉薄,麥價甚昂,現在秋收豐稔,穀價甚賤,若仍比較麥穀價值,酌定收穀之數,小民未免偏枯,轉非前署院立法本意。兹本署司從中酌定本年出易義倉糧石,每小麥一石,仍照前定章程换穀一石八斗。其有本年穀收稍次地方,准其切實稟明,再酌減一二斗,總不得於一石六斗之數,再議減少。如此明定章程,庶辦理可期畫一,而出入並示均平。仍俟明歲體察情形,再行酌核辦理。合行札飭。札到,該廳州縣遵照先行曉諭,俟還倉時,務須親身赴倉,照料所收穀石,必須車净晾乾,不得以潮溼空秕充數,致干著賠,尤當嚴禁書斗人等,毋許藉端需索刁難,大干重究。凛遵。切切。

陝西自薦飢,懲前毖後,九十一廳州縣存儲京斗糧一百二萬四千八百二十三石,歷年出易糧二萬七千三百四十六石二斗零。今年麥歉穀豐,州縣請易糧,恐其因以爲利,爲之酌定值數倉庫之儲,一出一入,利歸中飽,而國與民均受其病,不獨倉糧一事也。

初九日,晴。瑄等奉先世神主,率眷屬至。

初十日,晴。查出冒領俸餉冒充職官之城守營營書胡敬芳、勇丁劉福堂、司差吴振鐸,交西安府嚴訊。鎮安縣湯銘新解殺死一家三命之劉全正,由臬司發西安府方寶華者,鎮安之大猾也,父子三人皆通會匪,横行鄉間。前令戴獲寶華,繫鐵桿三年,釋之,全正惡其害己,思報仇,乃挾手槍伏林間,擊其二子,斃,又使人約寶華至,擊之,亦斃,遂自首。按律,殺一家二命非死罪者,斬。全正無生理,然境内有强暴,官不能除,至使被害之民冒死罪以除之,亦可愧矣。華州有謀殺本夫案,獲姦夫鞫謀殺狀,不承,逸去。犯在獄三年矣,未報部。同官欲以旋獲旋逸聞,予曰,傳解遲延,公罪也,僞牒則私罪矣。權臬司疑予過刻,應曰,十餘日内牒上,意謂予將履臬司任,不與予事也。及歸檢案牘,則三水、華州皆曾通詳,乃依予言實報。

十一日,早小雨,旋晴。隨督軍巡撫出西門,送岐將軍赴蜀。故事,出城迎者,則出城送。歸,同曾懷清、張竹臣兩廉訪閲新修通濟渠,導引山峪泉水入城濠,舊渠淤廢二十餘年矣。鹿中丞始令營勇修濬,城東舊引東原龍首渠水,原崩,水洩,尚無修復之策也。行渠岸,清流湉湉,兩旁麥隴暢發,風景極佳。然天氣過暖,若再久晴,恐麥吐榦,則明年不復發生。邀劉生光蕡晚酌,談藝,甚樂。

十二日,晴,日入後雨連宵。華州修羅紋河,請撫帥派勇一營,限一月畢工。甘肅藩司咨查部撥新疆餉銀三十萬,短平四千二百有奇,咨部詰銀庫,庫稱元寶二十箇爲一千,原寶即是足平,陝甘督稱箇數不短而平數短,部不能決,行查按解省分當由陝西行查山西。鹿中丞據司詳奏,請豁免咸甯等處十年民欠錢糧草,未得旨報可。委漢中總卡釐税委員同知黄元龍,銜參諭之曰:釐卡出缺,吾初到不知孰賢,乃檢勞績諸員開單,中丞點出,以君由釐局得奬也。然吾聞君辦漢陰牙帖以迎合上官,病商得咎。今往漢中，毋蹈前轍。官場習氣，心向上用，不向下用。今日當差如此，異日臨民可想而知。君果欲邀上官獎許，何不先自潔清。試思漢中釐卡，同官羡爲美差。所謂美者何在，不過多得錢耳。此錢果應得者乎。局員如此，能禁家丁書差乎。果能不入私槖，嚴杜中飽，商賈樂出其途，收數必然增旺，上官定必加獎。若不能正本清源，專務留難，搜索苛罰，致滋事端，聲名既壞，恐不止一時記過，且有礙前程也。懔之。

十三日，雨，夜雨甚大。所居屋漏，山水漲發，恐有被災之區。

謝恩摺。奉批回。署理陝西布政使本任按察使臣黄彭年跪奏，爲恭報微臣到省署理藩篆日期，叩謝天恩，仰祈聖鑒事。竊臣由湖北調補陝西臬司，遵旨入覲，仰蒙召見二次，訓誨周詳，并諭以時事艱難，人才難得。跪聆之下，感悚莫名。遵於六月二十七日出都，八月十四日行抵陝西省城。撫臣葉伯英以新任藩司李用清尚未到省，委臣署理藩司印務。十六日准兼攝藩司，曾鉌委員將印信文卷齎送前來，當即恭設香案，望闕謝恩，祗領任事訖。伏念臣承乏鄂垣，值三年之報政，量移關輔，沐九陛之殊施，臬事未陳，藩條先領，每思天語，矢竭愚忠。臣愚以爲時事多艱，以保衛民生爲本；人才難得，以澄清吏治爲先。微臣壯歲隨任陝西，正回亂初平之際，迄今休養多年，無如瘡痍過甚。入關以來，目擊民間丁户，尚覺稀少，田廬未盡墾復，非十年之生聚，則教訓曷施，非百爾之清勤，則拊循誰寄。況欲臻富强而除貧寡，必先培元氣而去煩苛。臣惟有懔遵聖訓，一切用人理財，隨時禀商撫臣，悉心經理，斷不敢以暫時權篆稍懈仔肩。所有微臣感悚下忱，及接印日期，理合繕摺具陳。伏乞皇太后、皇上聖鑒。謹奏。軍機大臣奉旨：知道了。欽此。

十四日，雨。委知府馬紹訓查禁滷泊灘私鹽。滷泊灘始自唐大曆間，産生瑞鹽，利之所在，當時蒲富居民，即已據爲自然之利。灘地延亘東西，兩灘各長十餘里，屬蒲城縣，與富平連界，東灘專務開井取水澆晒，西灘則開井取水和土熬煎。山西以東灘小鹽浸及華州、渭南、潼關等處，直達商州、雒南。西灘之鍋底鹽，味鹹而佳，人多相尚，恐礙河東引地，商請委員查禁。當經司道會詳，稱滷泊灘東西綿長六七十里，周圍五十餘邨，俗强人衆，素鮮懷刑，地非五穀所宜，又無恒産可守。人一日不再食則饑，欲其棄天地自然之利，忍飢守法，似亦人情所難。夫法立不可更張，法窮亦不可不變，自昔即然。可否令潞商來灘收買，即運赴潞鹽行銷地面出售。在潞商將本求利,仍可珠還,在灘民以鹽易鈔,即得升合,此化私爲官之法,意至善也。鹿中丞據詳咨商,山西覆文乃大肆狂詆,仍令派員查禁。予謂當事,彼所持者成例,不如即與派員,再查明潞鹽滯銷不關灘鹽之故,徐爲後圖可耳。

十五日,晴,午陰。

核庫收支,初玖日,共收銀三千一百二十兩伍分二釐,支銀一千三百九兩一錢七分,十三日收銀一萬四千三百三十兩六錢五分八釐,支銀七百四十三兩五錢九分一釐,實存銀七十七萬四千九百三兩三錢七分。

衙參。請提款爲關中書院添置書籍。神木縣缺應輪委。借動義倉糧名應催還。城固齊令劾。蒲城張令稱糧係民徵,請免造徵信册,未能允行。

十六日,微晴。丁未同年馬君先登來,年八十四矣,精神强健,主講豐登書院。馬太守紹訓來論鹵泊灘事,予謂小民生計不可絶,潞鹽滯銷,不盡由灘鹽。然晋執禁私之議,難與争論。權衡輕重,在委員與地方官而已。蒲城張令來,亦以是告之。永壽令鄭君德樞來,言縣屬荒地不實不盡,紳士不出,以六老民搪塞,難於查辦。予曰,君不明分合之勢。

示錢生子楨

鹿泉如鹿洞,講學萃諸生。(賀、許兩生皆客縣署,來謁。)問字嘗携酒,(許生代尊甫治具款客。)停車或授經。竹林多逸致,(生叔恕軒與生先後肄業蓮池,常置高等。)蓮沼有餘清。它日經過便,相期業更精。①

用壁間方恪敏公獲鹿喜雨詩韻柬同甫大令兼示令郎子楨

潢潦阻前旌,隨車帶雨行。(出京後處處阻雨。)流膏潤禾黍,樂語遍鄉城。此日思波渥,來朝曙色迎。高山同仰止,携爾上蓬瀛。

獲鹿阻雨柬錢同甫大令

奉詔馳驅百二秦,鹿泉山下駐征輪。喜瞻龍宿慶多黍,卻恐胳肝累小民。妙迹長留先世澤,(尊甫艮山先生收藏最富。)賢聲齊頌宰官身。和詩久缺天教補,(君曾寄詩屬和未答。)中道羈遲亦有因。

---

① 眉批:經字出韻,古人近體詩亦間有之。

長安貴人

長安貴人乘高輿,騶從赫奕聲歡呼。有客戾止裘馬都,維縶不論識面無。清歌宛轉明燈爍,千金一擲酬私覿。他日相逢我戴笠,遮莫下車近前揖。

西施詠

西家有女絶世姿,送入吴宫聲四馳。東家有女似嫫母,效矉往往爲人嗤。美人卧病金屋冷,長舌作厲青蠅滋。掩鼻衪帝豈有定,東家狂笑西家悲。自古同居不同志,嫉妬何必皆蛾眉。

秦　聲

崑山弋陽今已稀,秦聲嗚嗚正當時。漁陽三撾衆仰泣,況聞擊木心更悲。君莫悲,酒闌城啓趨丹墀,響澈九霄人未知。

鄉圖含混者,利於合。欲精核者,利於分。君視村堡,孰無荒,孰有荒,孰少,孰多,先自無荒者查之,率鄉約保正,令指明此誰家地,而簿記之,次及少荒者,次及多荒者,約束書差,無使借口。不待遍及四鄉,而報熟者至矣。

請緩免蒲城等五縣陵租詳文

本署司遵查各屬陵租銀兩,荒旱後未能足額。曾經前司飭委候補知縣江永清會同該縣李令士愷等確切清查,除涇陽、興平二縣業已復額不計外,其蒲城、咸陽、富平、三原、宜川五縣已墾地畝,均已照常徵租。未墾地畝,實係荒蕪,無人認墾,歷年欠租,亦因佃户逃亡,無從催追等情,禀經嚴飭,上緊招種,並節次嚴催。嗣奉部咨,令自光緒十二年起,一律復額徵解,並將節年未完銀兩嚴催清解。等因。復經前司轉飭遵辦,各在案。兹據該蒲城縣張令榮升禀,據糧正趙寅娃等以陵租無出,懇乞詳豁,經該縣親詣查勘,實係地畝荒蕪,佃户逃亡。該縣從前被災較重,民間膏腴之地,亦多未墾(趙寅娃等呈内向來户口二十九萬餘丁,現只存男婦大小八萬餘丁,額地一萬六千八百餘頃,現只種地六千七百餘頃。)陵地多屬山坡磽瘠之區,委實無人認領,請將節年欠租概與寬免,並請自光緒十三年展限三年,勒令全數招墾,照章起租等情。本署司覆查該縣所禀,委係實在情形。伏思糧從地出,地賴人耕,核計該縣墾地人丁,均不及從前三分之一,陵地磽瘠,招墾更難。現既無人承領,與其徒事嚴催而仍無實濟,何如稍寬期限,而設法招徠,惟與現奉部咨定限不符。若不詳請分别,奏咨辦理,殊多窒礙,相應據情詳請察核可否,分别奏咨,准予展限三年,並將節年未完銀兩,概予豁免之處,批示遵行,實爲公便。再咸陽、富平、三原、宜川陵租情形,與該縣相同,應請一併彙案奏咨,合併聲明。

十七日,晴,晚陰,夜月皎然。查報災者十五屬,催勘報詳,其不成災之區,諭委員地方官查明應撫恤之户,或勸富户,或出官捐,或動用義倉,毋令一夫失所。閱宏道書院課卷,榜示給獎,復諭戒之。

諭宏道書院諸生知悉。三原縣解到書院九月分課卷,本司詳加校閱,如超等首卷之古健,次卷之深穩,不可多求。其餘佳作不免瑕瑜互見,而審題用意鍊格遣詞未合法者甚多。如此次“百姓足”四句,題語氣本重在上二句,下二句不過反言以證明之,又須扼重兩“與”字,“孰與”一折方有力量。諸卷解此意者不過數卷,審題不真,由於觀理不透,陳説利害,焉能深切著明耶。用意本於審題,選詞即由於用意。有原本徑術者,有包羅史事者,必須平日讀書,確有見地,然後一題到手,取精用宏,如深山茂林,材木不可勝用,自然充沛有餘。倘束書不觀,臨文取兔園册子,勦取詞句,是不求木於山而求木於零星小販,甚至盜竊朽株,其能適於用否耶。至於鍊格鍊調,前人名作,本皆相題成文,一題有一題語氣,此題格調焉能與彼題語氣相合。古人文章雖重摹擬,要必自出機杼,變化從心。若套調一如填詞,腔板縱佳,終難脗合。制藝代聖賢立言,求之於言,其本已淺。然平日讀四子書,果能將正文及朱注從實字究觀義理,虚字領略神情,細心體貼,下筆自當不同。試帖一門,即古人颺言之義。諸生多不講求格律,甚至平仄不調,此次謁錯至二十餘卷之多。書院中存有沈文忠督學時所刊《韻辨坿文》一書,四聲分别最清。何不時嘗披覽,免致動筆輒謁。凡此皆就課卷中所有病端,略爲指示。至於讀書之法,則古人言之已備。但將聖賢言語歸著到自己身心,則無論漢學、宋學,均屬真儒。或達或窮,無非善氣。否則文行相違,名實兩敗。縱使倖獲科名,致身通顯,奚足貴耶?義利之界,廉耻所關。雷同録舊至十五名,不過希圖朦混膏火獎賞。此等無耻之徒,諒爲諸生所不齒。本應飭令除名,又恐係借名應課者所爲。總之,人必自忘其廉耻而後謂他人之廉耻不足惜,次侯此語可爲箴銘。兹將雷同諸卷,另列榜後,該三原縣即會同監院查實,傳院訓飭,并示肄業諸生,引以爲戒。除取定名次榜示外,特行曉諭,其各勵志進修,毋忘本司勤勤誥誡之意。特諭。

十八日,陰。縣稟林學使入城,同曾君郊迎,候及上鐙,不至,蓋渭水方漲,不易渡耳。與懷清暢談,亦快。潼商道文鏡堂咨弔橋釐卡留難商賈。三河局賀丞稟辯諭總局調處。

批翰林院檢討張恩榮等呈。該紳等創立義塾,取朋友講習之義,爲根柢有用之學,專課經史雜體,力袪浮靡,以勵真材,並廣積捐貲,刊刻書籍,借資士人誦習,裨益良多。關學將興,不勝欽敬。胡紳勵廉等所捐銀兩,現議以一千兩校刊有用書籍,減價出售。餘銀二千兩,稟請發典生息,每年以一分爲率,約一年可得銀二百兩,核計四課膏火,有銀無絀。節省所留,仍作刻書津貼,籌畫甚善。本司以爲月息較年息稍豐,此等善舉,典商亦必樂從。但此款究應發於何典爲宜,不致拖欠,缺少息銀,何處於義塾較近,便於搰取,事期久遠,不厭精詳,候飭西安府從速妥議詳奪。至此項既係捐款,自免造册報銷,課啓存候並發。

十九日,早陰,午晴,夜小雨。

閲邸鈔。御史朱一新劾太監李連英。懿旨以其風聞不實,降補主事,並宣示非因宫監而加罪言官。主聖臣直,如朱君者,可謂鳳鳴朝陽。朝廷不加深譴,恐言路之阻塞也。嗚呼盛哉。

核庫收支。十六日共收銀二千四百四兩九錢一分七釐,共支銀三千一百二十九兩一錢七分。十九日共收銀一萬二千九百八十七兩六錢五分五釐,共支銀二萬四千一百四十八兩八錢六分。實在存銀七十六萬三千一十七兩九錢一分二釐。

二十日,雨。奉安先世神主。衙參。部章有人之缺委署不得過十分之一,本月同通州縣實缺在省者十二人,已逾數三人,因檄飭三人赴任。安寨同知遷泰陵員外郎,選員往代。高陵、涇陽争龍洞渠水,檄直隸州王兆慶、知縣樊繼英往勘。委知縣易潤芝領解京餉。

二十一日,雨。

二十二日,雨。中丞招司道陪學使。盩厔令劉大來呈鄉約。余信斃五命内有一家四命一案節略,凶殘已極。律有明條,治獄者欲出其死罪,殊非,駁斥之。詳請將孝廉方正、拔貢出身之徐錫瓛歸入正途委署。拔貢補缺與舉人同歸正途,而委署則孝廉方正之舉人出身者歸正途,拔貢出身者歸試用,此省章與部章不符也。因徐錫瓛之請,更議擬補汧陽典史一缺試用。典史何士杰到班,因年滿,未經甄别扣除,飭房書撿查年滿未經甄别之同通佐雜,至二十餘員之多。該員等在省候補多年,何至不諳定例,自誤補期。遂牌示在省各員,限十日内赴司稟請,驗看甄别。其出差署事各員,俟差竣卸任,告假各員聞信後,均令迅即來省趕辦,毋得自誤。此亦防書吏上下其手之一端也。中丞在藩司時,每年提奏銷費,且言年底炭敬亦出其中,鄙哉。予不許。未知後來者何如耳。

廿三日,微晴。王權字心如來,留飲,談甚洽。告歸,將去矣。

廿四日,晴。李菊圃計程將至。予當履臬司任,葺臬署東園,將招屬吏讀律。其中題曰有紀堂,丏懷清篆書。

書有紀堂扁後

予葺臬廨東園,招僚友讀律其中,以其居之對終南山也。顔曰"有紀堂"。朱子解《秦風》,謂紀爲山之廉角,堂爲寬平。《毛傳》釋紀爲基。愚謂以廉隅植其本而出以寬平,爲治之道,不外乎是。對終南而思治道,亦猶岳陽之興懷憂樂、舞雩之念及崇修云爾。丏懷清廉訪篆題並記其後,期與同志共勉焉。

廿五日,晴。林學使歸三原,贈以《萬卷樓書目》,並告以將爲關中書院籌款購書,學使欣然,將亦爲宏道書院籌購也。衙參。定檄鋭釗署安塞同知,飭定遠同知三水縣赴任,調鳳翔典史署咸甯典史。委員題河東包陝西鹽釐辦漫川釐金,潼商征不足額,飭每歲捐二千金以塞部文之苛責。咸甯易麥,求減穀數,此營田租麥,部議一麥二穀,非義倉之不報部者可比也。縣令請年終發賑麥多報以彌之,不許。又請移其短數於義倉,亦不許。然麥價實不敵二穀,又腐敗已甚,無術以變通之。部章之爲累,大率類此。預備倉漏,責典守者,至麥之腐敗,亦未有善策也。

廿六日,早晴,午陰。

核庫收支,二十三日收銀二萬二千三十七兩二錢七分七釐,支銀一千二百八十八兩四錢二分一釐。廿六日收銀四千八百五十八兩七錢五分二釐,支銀二千四百一十二兩四錢六釐。實在銀七十八萬六千二百一十三兩一錢一分一釐。

廿七日,陰。得武峙東廉訪書黄安案,席克勤已認供。此案席張氏被殺身死,席克勤裝點盜痕,以被盜拒傷身死具報。經知縣陶大夏勘驗,看出裝點情形,輒以屍子席登沅逆倫招解,種種不合,發武昌府審明,並非逆倫,平反,復委候補知府黄仁黼會訊,得席克勤謀殺實情,而恃無質證,時認時翻。武昌府王庭楨狡獪百端,巡撫復左右之,以致平反,而不能定案。予去鄂後,猶致書峙東言之,今得來書,即當詳奏,良足伸孀節之奇寃,懲凶徒之詭計也。

廿八日,沈陰,晚微雨。漢陝安道唐斐泉來談城固、定遠兩案,言塼坪汪丞、石泉趙令、署城固黄令、洋縣陳令皆賢。城固齊令、定遠松丞劣。松丞尤謬妄。

題霜紅龕墨迹册頁

北海、東海書並遒逸,北海尤妍潤。吴興學其姿態,而骨韻全非。青主此書胎息北海,而人以爲步趨吴興,是以鄭公之嫵媚,疑爲傅粉之何郎也。

廿九日,微雨。籌辦發窮民綿衣褲一千五百套。

詳賫延川縣被水沖壓地畝,共地一十六頃六十五畝,地丁正耗鹽課共銀二百四十九兩有奇,米二十三石有奇,請展緩三年,册結文。

查錢糧攸關正供,未便輕言蠲緩,而民瘼宜恤,又未便責完。無地空糧,惟據印委等會議,蠲緩三年,俟届滿,察看情形,能否修復,再行詳請辦理。本司悉心酌核前項頂衝地畝,應請自光緒十一年爲始,將應完銀糧一律蠲緩三年,以廣聖仁而紓民困。此三年内仍飭該縣不時查勘,如地畝稍涸復墾,即督令照舊升科,以重賦額。

委員張宏運報修西郭工竣,參將英林、都司劉廷貴往華州浚羅紋河,來辭。

【光緒十一年十月】

十月朔,雨。衙參。論一人而毁譽兩歧,又各有所據,予謂所據各一事耳,當合生平徐察之。招同列陪斐泉飲。

初二日,陰,夜雨。至湖廣會館拈香,同鄉留陪斐泉。泥深數尺,輿中時防顛仆。

初三日,陰。晚來城中增寒。遥望雲端,有積雪矣。得京師書,蓉生將以春初返浙,直聲震朝野,抽紱還鄉閭,卓哉斯人。

初四日,微晴。金將軍順靈柩至自伊犁,同中丞迓於西郊,殁於王事,奉旨靈柩過境,妥爲照料。[1] 聞其路費短絀,商於中丞,自釐金外銷項下提銀千兩,賻之,禮也。左文襄公祠成,將以七日舉祭,先期入主,同鄉謁拜,禮也。得李方伯九月廿八自平遥發書。

初五日,晴。以李方伯書示同官,屬首縣勿供帳,清矣。

爲關中書院籌添書籍詳文

爲書院籌添書籍以勸實學而勵真材事。竊惟人才由學術而成,學術以經史爲本。若非廣儲書籍,無以擴士子見聞。關中書院爲天下四大書院之一,自乾隆年間,前撫憲陳文恭公購書存儲,士子借以講習。但歷年久遠,如廿四史、欽定七經之類,多有殘缺。又爲學門逕各殊,存書亦嫌未備,士人有志嚮學,而藏書之家,祕不輕假,陸程艱運,販售亦稀。如欲渡而無舟,譬調飢而乏粟。仰蒙我憲台設立志學齋,派員講書,嗜學之儔聞風興起,若更增添書籍,使之肄業有資,當益奮興,多所成就。本司與署臬司等,公同籌畫,擬先將漢學、宋學、政事、文章各門有用必須之書,預爲購集,由司庫外銷釐金項下撥提銀壹千兩,另儲以備支發。如蒙批允,所有應購書目及遣員向何路購買,再行開單呈覽。至修理齋房,預備看書之所,應由署臬司本任督糧道曾鉌籌議,另詳辦理。所有書院籌款添購書籍緣由,理合具詳,恭候批示遵照。

初六日,早霧,午微晴,旋陰,夜纖雨。隨將軍巡撫同僚公祭金忠介公。予因麥難耐久藏,飭各屬義倉以麥易豆穀。洛川有積存十年差錢,令買豆穀存儲。今得縣令嚴恩,其來禀言,就西、同、乾、鳳而論,以爲豌豆耐久。然北山豌豆春種夏收,得時甚少,與西、同等屬春種夏收不同,是以不耐久存。如存數年,則先紅後黑,兼屬料類,非人常食之物。如遇荒年,未便救飢。粟穀較豌豆雖善,而近年春雨較少,得苗甚艱,收穀之家尤少,即買亦難多得。各色糧中,惟小麥秋種夏收,得四時之氣,最耐久儲。倘逢荒歉,最利民食。雖則連年歉收,採買尚可成數,莫若盡買小麥爲佳。此就地方情形而論云云。予思北山一帶,土寒風勁,物宜自與平原南山不同,不獨洛川一處爲然。若必令以易得可久之麥換難久之豆、難得之穀,匪惟辦理掣肘,亦恐於地方無益。咨請延榆道轉飭延、榆、綏、鄜各屬州縣,各就地方情形禀明,察核辦理,只期有益地方,不必拘執

---

① 眉批:金忠介公順,字和圃,伊犁將軍,歿於官。

成見也。[1]

初七日，晴。公祭左文襄公。祭畢，綵觴，歸已暮矣。鹽道吴少岷乞病。江君匯川署。

初八日，早晴，晚陰。唐斐泉來，談城固縣、定遠廳兩案。城固一案，則以差爲盜，衆供人證俱全，而差苗德不認，又無贜，未能定也。定遠一案，則控翁圖姦媳勒斃，前官驗明移交，後官改屍格，以媳自縊詳報。案關倫紀名節，亦未能遽定也。

初九日，陰，微雨。飭高令查應修街道，以省城泥濘，車轎均不能行耳。

初十日，晴。同官隨將軍、巡撫恭詣万壽宫朝賀。糧儲道先拜糾儀，湖北則以候補知府糾儀，省章不同。

十一日，陰。

通飭各府州嚴禁差役截糧私押並配犯私開小押當鋪等弊稿

爲通飭禁約事。照得差役假公濟私，擾害鄉民，以及私開小押，重利盤剥，久干例禁。本司蒞位以來，訪聞各屬差役，往往以截糧爲名，事後則數倍取償，以致小民變産傾家，飽其慾壑。其餘遇事生風，恐嚇磕詐，尤屬不一而足。更有發配軍流犯及不法之徒，開設小押當，乘急以賤價收當衣物，并折扣放債，重利盤剥，大爲閭閻之害。陝省疊遭兵燹，繼以旱災，憫此遺黎，何堪再受如此擾累。正在通飭查禁間，即據臨潼縣生員姚焕文以抽呑糧賦私拷等情上控劾該縣總役申平等一案到司，當經札委候補通判黄倅前往確查。去後旋據該委員等查訊稟覆，前來本司核閱所稟，該役申平藉口錢糧緊急，擅毆平民，并將糧差十排人等鎖繫嚇打，迫姚焕文之弟姚襄成被逼，轉懇開役小押當之，高姓代爲完納，每兩算錢七串文，每串竟以六分行息，且有三月後利仍作本，從新起息之説，聞之不勝髪指。該縣林令平日居官尚稱盡心民事，乃於此事竟無覺察，可見城狐社鼠，狼狽爲奸，最易矇蔽。其他稍涉大意者，更屬不堪設想。除將該令由府嚴行申飭，并將申平高姓分别從重懲辦外，合行札飭，札到該府

---

[1] 眉批：張竹臣廉訪自延榆來，詢之，據云：洛川近北山，其地多粟。北山雖寒，而麥性亦不耐久，仍以藏粟爲宜。因檢查延、榆、綏各屬義倉，藏粟爲多。即以洛川一邑而論，藏粟八千餘石，小麥僅一千餘石。嚴令所稟似是而非，蓋紳士欲圖銷麥者之詞。予已具稿檄北山州縣，聞言，亟毁之。

州,遵照來札事理,刻即轉飭所屬,一體知照。嗣後務須嚴束丁差,永革截糧名目,仍嚴禁私壓拷磕等弊,有犯即行從重懲治,不得稍涉迴護,轉自蹈狥隱庇縱之愆。竝禁止小押,已有者立時封閉,未有者不准私開。總之,在官能盡一分之心,民間即受一分之福。凡我同志,定能實力奉行,以期無忝厥職。倘有不知自愛,陽奉陰違,一經本司訪聞,或被告發,除將差役提省重辦,定將該牧令等指名詳參,勿謂言之不早也。凜之慎之!毋違!特札。

十二日,晴。立冬。祀先。委高令登桂查省城街道應修之處開單,需費太鉅,當緩圖。惟溝渠不通,亟宜疏濬。

十三日,晴。東園種菊,招客賞之,實自賞耳。民事方亟,偷閒遊賞,亦小過也。

十四日,晴。委志學齋兩縣令會校官查文廟從祀神牌。近年從祀先儒,未添牌位者三,可疑者四,崇聖祠缺牌位一,多出可疑一,誤書者三。擬先將應添應更者製繕,俟來年丁祭前演禮之日,一律更正。又查樂器係新製俱全,禮器則全缺不等。擬籌款補製。是日祀劉果敏公祠。果敏,名[典],[①]字克庵,以左文襄公薦爲陝西巡撫,尚廉正。秦撫稱二劉,然克庵不如霞仙也。

十五日,晴,夜微雨。衙參無事。山東司道函乞捐賑,當事謂可緩,惟促捐修鴈塔而已。

十六日,早陰。出城送金忠介公柩北歸,獨謁劉公祠。二十年前從先名宦公入秦,劉公招主關中書院講席。書云:道自判乎官師,交可聯乎群紀。固辭,不獲。同治丙寅,奉先公喪歸,公亦罷官返里。舟車與共,朝夕聚談,途中未嘗廢學。迨予辛未出就硯食,逾年,公賦騎箕。秦民懷惠,建祠於八仙庵中。庵有黄楊兩株,《詩舲集》中所謂"盤根據地兩黄楊",殆數百年物也。婉閔之黄楊如故,故人之遺廟空存,不禁感慨係之。午刻入城,則雨滂沱,路復泥濘矣。

十七日,早陰,午晴。得張仲軒書,辭不就臬署之聘,往留未晤。仲軒心術學術皆正,不獨精於申韓家言,予亟重之。

---

① 整理者按:"典"字原爲空格。

詳請修補文廟神牌禮器稿

本司等蒙憲台發下《文廟禮器樂舞圖譜》一書，當徑選派擬補鳳縣知縣朱子春、即用知縣陳貽香會同該學教官前赴文廟。按照書中所載從祀神牌位次，查明有無缺誤淩躐，應行更正。及禮樂各器，有無應行修補之處，稟請核辦。兹據稟稱，查過從祀各牌位，與刻本不盡符合，有刻本載近年從祀先儒未添牌位者，有刻本未載多出牌位者，有名字與刻本不符者，崇聖祠牌位亦有與刻本不符者。至禮樂各器數目，除樂器核對俱全外，所有禮器全缺不等，分晰開單前來。本司等查文廟祀典攸關，理宜明備。擬即派朱令、陳令再行詳細覆查，將應更正各神牌并修補禮器，趕緊勘估製造，限於明年正月，一律完竣恭儲。俟仲春丁祭以前演禮之日，會同該學教官，敬謹安置妥帖，以昭誠敬而肅禮儀。所有製造費用，俟該員等勘估後，稟由司庫核發，理合報明。

題蘇文公書默化堂匾（重刻置廳事）

默不能成，惡乎神明。化不能裁，惡乎推行。舉而措謂之事業，約而言本乎性情。大《易》垂訓，而蘇子書之，可以爲箴銘。

十八日，早霧，旋晴。同曾懷清廉訪至關中書院，懷清聞購書，慨然思建藏書及士人看書之所，邀往相度。此盛舉也。

委員謝維坤稟，西關渠水從潏河來，灌入城壕，雨多水旺，城之西南北三面壕水瀰漫，並由隄隙湧入民地，大路被淹，請啓城南丈八溝石閘，瀉入皁河，以分水勢而免泛漫。閘板極重，函請中丞飭營派人往啓之。

十九日，早陰，午晴。

核庫支，上月廿九日收銀一萬九千三百二兩三錢八釐，支銀一百四十二兩一錢五分一釐，十月初三日收銀五百五十一兩六錢五釐，支銀六千五百五十一兩六錢八分一釐，初六日收銀一百九十二兩二錢一分九釐，支銀七萬七千三百五十四兩三錢三釐。初九日收銀五千五百二十兩八錢九分八釐，支銀三萬五百八十五兩七錢八分七釐。十三日收銀五百二十三兩九錢九分六釐，支銀一萬八千四百九十六兩八分五釐。十六日收銀二萬五千五百八十四兩八錢五分，支銀一萬二千四百八十一兩九錢八分八釐。十九日收銀二萬三千二百二十八兩六錢九分三釐，支銀二萬八千一百七十兩三錢三分，收支相抵，實存六十八萬七千三百三十五兩三錢五分八釐。

武功縣永安邨、鄭村渡等處被水沖淹屯更地六十六頃二十餘畝,沙土壅積,秋禾一律失望,一時實難修復。知縣張世英請將本年正完銀二百一兩五錢零,糧一百一十二石六斗有奇先行豁免,並請緩征數年,察看能否修復,再行覈辦。其已完錢、錢糧,照例劃出流抵,以示體恤。被災各户,由該縣倡捐賑濟,毋庸另籌,辦理妥協。張令平日盡心民事,即此可見。

耀州請於里局存餘項下動用加增書院膏火不敷之項,由州捐廉,允之。

二十日,晴。長安令禀被水衝淹麥苗地方。余曰,例無冬災,報部必駁,籌撫恤耳。耀州災,亦擬發義倉粟賑焉。張仲軒不就臬席,函乞薦藩席。予先以其辭臬席重之,今以其乞藩席鄙之。另延訂萬君成齋。

二十一日,晴。本年報水災、雹災共十六處,大概情形已請中丞具奏,惟部文以省城委員,不免遲延。責令本管道府州勘驗,並令即開被災地畝花名,勘者不敢率開,僅到五處,尚有十一處未到。部文欲速,反致遲滯。公事輕改舊章,往往有此弊。

議復遵辦民欠徵信册詳

爲遵旨核議會詳請奏事。光緒十二年正月十一日奉憲台抄案,本年正月初四日,准兵部火票遞到户部咨,陝西司業呈准北檔房傳付,本部具奏議覆御史劉恩溥清釐民欠一摺,附片二件,并擬章程十條,又具奏整頓正供錢糧一摺,奉上諭一道,相應先行恭録諭旨,飛咨陝西巡撫,欽遵可也。等因到本部院。准此,查整頓正供錢糧,事關重大,允宜欽遵諭旨,實心辦理,以期正供日有起色,合就行知。爲此,仰司官吏查照咨文,内奉諭旨事理,欽遵移行各屬,遵照定限,一律舉辦,由司議詳,核咨毋違,計粘單一紙,内開:准北檔房傳付,内稱:本部具奏議覆御史劉恩溥清釐民欠一摺,附片二件,并擬章程十條,各樣銀錢糧草完欠徵信册式五本,繕具清單黄册,恭呈御覽。又具奏整頓正供錢糧一摺,於十二月二十一日奉上諭,户部奏正供錢糧缺額過多,釐剔官吏經徵積弊,又核對民欠,請頒徵信册,并擬章程册式呈覽,及立蠲緩徵信册各摺片,錢糧爲國家正供,小民俱有天良,無不争先輸納。其偶有抗欠者,不過千百之一二,全在封疆大吏督撫、藩司、糧道認真考核,力杜官吏中飽之弊。上不虧短國課,下不朘削民生。户部綜理度支,通權出入,自以清釐正賦爲國用之大經。現據詳細查明正雜各項賦税，每年短徵在一千一百萬兩以外，推原其故，報荒不實、報災不確、揑完作欠、徵存不解、交代宕延，以上五弊，屢經該部陳奏通行。各直省錮習成風，因循怠玩，錢糧弊竇，愈積愈深。若不嚴申禁令，痛除宿弊，年復一年，伊於何底。近年各省短徵之數，據奏以安徽及江蘇之江甯爲最多，蘇州、江西次之，河南又次之。其餘各省，除四川全完外，均虧缺一二分不等。此次該部摺内，既指出致弊之由，復縷陳除弊之法，著各該督撫查照該部所籌辦法各節，嚴飭所屬，逐一整頓。實心實力，期在必行。用人理財爲疆吏專責，果能政事脩明，財用不患不足。儻以簿書爲故事，視誥誡爲具文，經徵錢糧仍前弊混，該管上司，相率狥庇，即著該部將督撫、藩司、糧道指名嚴参，决不姑容。其揑作民欠一節，蚩蚩愚民氓莫可控訴，允宜定一簡便之法，俾民間共知共曉。該部所擬民欠及蠲緩徵信各册，立法已爲詳備。然有治法，賴有治人。若循頒發之名，無稽查之實，則一紙文書，仍無實濟。著各直省督撫飭令該管道府州縣分散徵信册，必須設法確付鄉閭，勿令稍有隔閡。仍不時下鄉按册抽查。總期與民相親，不憚煩瑣，庶窮簷百姓報上之忱，纖悉必達。一切侵挪影射之弊，不難盡行革除。我朝政崇寬大，大兵大役從未加賦於民，自錢糧收不足數，不得已而榷貨收釐。物價增昂，民用不裕，朝廷念切痌瘝，豈忍迫以追呼，致失愛民如傷之隱。現在清釐錢糧，專杜貪吏侵欺之弊，毫不擾累閭閻。儻有不肖州縣，巧立名目，藉端苛斂，或刁劣紳士，造言煽惑，包攬把持，均著執法嚴懲，以挽澆風而裕正課。但得錢糧漸次足額，釐金即可量減酌裁，與民休息，是爲殷盼。至每年因災蠲緩，一經督撫奏到，無不立沛恩施。而所叙災區蠲緩各節，前後套搭，動輒牽混，適開胥吏舞弊之端。嗣後各省奏請蠲緩，務將各屬銀米等項，分縣開單。俟降旨允准後，即照開單數目，刊刻謄黄，遍行曉諭，庶使識字農夫一覽了然。應蠲應緩，絲毫無混。用副體恤民艱，實事求是之至意。餘均照該部所議，行將此通諭知之，單册併發，欽此。現由本檔房刷印奏稿章程式册多分，按照各省官員員數，每省再多備二十分，相應傳付各省司，即赴北檔房承領具稿行文，各省督撫務於文册到日，即日頒發所轄藩臬運司道府州縣場衛，及凡有經徵督徵錢糧衙門，一體閲看，遵照辦理，併由各省督撫，欽遵諭旨，期在必行。通飭各屬，即於光緒十二年下忙截數之日，一律舉辦徵信册，各按章程册式辦理，勿得遲延、遺漏、舛錯。所頒册式,如有未能詳細明白之處,由各該省督撫各就地方徵收情形,將册式酌量更改,限於十二年四月内咨部,議覆照行,無得遲延,致悮下忙截數舉辦日期。至整頓正供錢糧,各省督撫尤宜欽遵諭旨,實力整頓,以期正供日有起色,毋得聽憑屬員一面之詞,空言搪塞,毫無實濟。仰答朝廷諄諄告誡之至意。惟現在奏稿尚未刷印完竣,各司處先將上諭具奏行知各省,隨後將册式奏稿,飛咨各省,遵照辦理。等因,傳付前來。相應先行恭録諭旨,飛咨陝西巡撫,欽遵可也。又於本年二月初四日,奉准户部頒發徵信册式。各等因。奉此,遵將奉發原奏及徵信册本,移送臬司五道及通行本省府廳州縣,一體遵辦。并飭册内如有必須變通之處,各就地方徵收情形,切實稟覆。在案。嗣據各屬陸續具稟前來,當以所稟情形,未能畫一,復經本司道等札飭西安府督同咸、長二縣妥議去後,兹據西安府督同咸、長二縣詳稱,伏讀户部原奏及徵信册底本,用意縝密,詞旨嚴切,於杜絶官吏中飽之中寓體恤窮簷輸將之意,法至良,意至美也。惟令出期在必行,實事亦宜求是。若爲期過促,即不免敷衍了事。查徵信一册,重在核實民欠。陝西魚鱗册,久已廢弛不行,在州縣者名爲徵存簿,其糧名,每一户數人之糧繫於一人名下,或相傳數代,則孫仍祖名,或轉售多家,則甲承乙姓。寇、旱以後,户口流亡。其地或爲本族開種,或爲村人轉佃,展轉轇轕,最難清釐。今欲核實民欠,非責成紳耆里長户首人等,將現在花户一律查造真正的名,以地從人,以糧從地,再核之州縣征存簿原名銀數,由總合分,由分合總,一一校對無訛,庶可開卷了然,方足以知民欠確數。但該户首等所執私簿,父祖相傳,倚爲性命。一旦令舉而還之官,其黠者無難作僞以相朦,其愚者更恐焚毁而滅迹,甚至造言生事,枝節横生,尤在各地方官,各就地方情形,操縱得宜,清理得法,征存成而征信亦成矣。惟事既繁難,情同創始,似非稍寬時日,難期核實。查征收錢糧定例,雖限十二月底全完,陝省民風質樸,一遇開徵,上中户均知維正之供,不敢拖延。其下户及無力之家,往往遲至次年新糧開徵,始行完納,而本色糧名交納尤遲。若遽以年底截數,一面造册,一面帶徵,則所造之册與所欠之數,定難符合。若隨時改注,不但不勝其煩,且恐易滋弊混,轉非大部立法本意。再四籌思,惟有懇請將應造徵信册籍以陝西五月奏銷期限爲斷,於四月底截數,七月底造齊,十月底發交,年底彙奏。俾期詳慎而昭核實。但各州縣必須上緊查辦,不得因此稍存懈怠，致干重咎。如此稍爲變通，似於國賦民生兩有俾益。至部議報荒不實、報災不確、招完作欠、徵存不解、交代延宕五弊，查陝省荒地未能盡闢之由，前已詳呈，現奉新章，飭令逐年考核，課其殿最，擬將客户認墾，一律編入保甲，認真稽查，不准已墾復逃。遇事只分曲直，不分客土。儻得年豐屢慶，該客民樂土重遷，荒地自可日闢，正供亦可徐復矣。至水旱偏災，無歲不有。一經禀報，從前由司委員會勘，一面移行道府密查結轉，上下相維，無從招報。陝省兵燹年久，加以普旱，地瘠民貧，非十年生聚，十年教養，未易言復。故民欠帶徵，僅及一年，向無遲緩帶徵之事。節年酌量地方情形，或蠲或緩，一經奏奉恩旨，即行刊刻謄黄，轉發道府直隸州，遍行張貼。以衆目共覩之事，州縣雖愚，斷不敢以完作欠，自蹈法網。至徵存不解、交代延宕，自十年奉到新章後，交代依限結報，不准飾詞延宕。一年之徵存，必於奏銷前催提掃數，一任之徵存，必於交卸時責令解清，不准開報存庫。目前五弊實無，但法久玩生，仍宜杜漸防微，庶定章永遠奉行，不致有初鮮終矣。等情。到司。據本司道等復查，徵信一册，嚴懲墨吏，惠錫窮黎，洵爲爲政要圖。況已奏奉俞旨，通飭舉辦，事在必行，固不得因其難而延擱因循，尤不得因其難而草率粉飾。惟該府縣等所禀查辦核實徵存簿爲難情形，亦非虚語，可否准如所請，以陝西奏銷爲斷，四月底截數，七月底造齊，十月底發交，年底彙奏，即以光緒十二年下忙截數之日爲始，由本司道等嚴切督催，一律造辦，勤奮者給以獎勵，怠慢者即予以撤參，俾昭詳慎而期核實之處，相應詳請憲台察核俯賜，分别奏咨，核覆飭遵。再造辦徵信册，需用活字版及匠役工食紙墨，一切工費，目下殊難懸定，應俟届時樽節支用，及動用何款，隨時據實報部核銷，合併聲明。爲此具呈，伏乞照詳施行。

二十二日，晴。作書寄合肥相國及天津司道運售書局提調繆太守彝，由局刻書目中擇有用必需之書，爲關中書院購之，以銀九百兩交解餉易令潤芝帶往。

上李傅相書

權理藩條，倏届兩月，清理稍有頭緒，庫款有羸無絀，貧家度日，足可支持。惟署中文卷，紛如亂絲，概不粘卷。每查一件，書吏只交一篇，督責嚴密，不免前後遺漏。若認真彙辦，案卷繁多，非數月不能集事。只好告李菊老爲之。今年豐登而被水，被亦不下二十處，勘不成災。爲籌撫恤久荒陵地,爲乞免租。凡近年迎合部章虐民之政,俱爲設法調劑。辦不完之處,亦俟菊老爲之。官無貪酷浮詐,而患疲惰。差役之擾民,則與鄂不殊。此臬司分内事,回任後應須整頓。兹懇者,陝西不乏人才,而書籍太少,士子局於見聞。現擬籌款購書,自關中書院始,因思書籍鬌集、購覓較便之處,莫若津局。兹屬解京餉委員易令潤芝便道赴津,將開明應購書目,在局核算,交價領書,請諭局員現有之書,發交委員帶回。局中現無之書,收價帶購存局,函知陝省往領。價值如有加增不敷之處,亦由局示知補交。此事已由中丞咨呈冰案,謹再函達。彭年昔在襄,亦購鹿門書院二萬卷。彼間水程較易,不似此間作枯窘題。欲到處如蓮池書籍學規,非仗恢宏大力,難以有濟,不勝喟然。

二十三日,晴。

核庫支。本日收銀壹萬四千伍百肆拾八兩九錢二分九釐,支銀肆千六百一十三兩二錢九分八釐。實存銀六十九萬七千二百七十兩九錢八分九釐,計任内共收二十五萬一千四百八十兩四錢四分六釐,共支銀二十七萬九千六百五十一兩三錢四分四釐,合舊管七十二萬五千四百四四[1]十一兩九錢六分七釐,並新收數,開除支數,實在庫存六十九萬七千二百七十錢九錢八分九釐,此西庫出入之數也。其籌備待支及東庫不動之數,不在此内。

廿四日,晴。辦移交西安府,謁新藩於臨潼。歸言過儉,同城皆以爲過,予曰:儉,美德也。俗尚華靡,謂奢爲美,儉不必固,而以爲失中,無李公清儉,吾慙不能及,敢以爲過哉。

廿五日,陰。出東郊,迎菊圃方伯。歸,料理交代事件。晚,新令尹來問政,悉以告之。是日奉巡撫札飭,交卸署任印務,赴按察司本任。

九折類羊腸,崎嶇不易行。谷深風力殺,灘急水聲涼。霍太原中鎮,汾陰重省方。誰言仙可致,祠禱竟荒唐。

(李林芳整理)

① "四"字疑衍。

第三十七册　默化堂日記(光緒十二年十月)

默化堂日记卷一

予至秦即居臬廨榷藩，兩月未嘗聽音聲，樹坐分緑窗也。臬廨東隙地葺以爲園，題曰“蒼葭”。園中有屋數楹，以其向終南山，題曰“有紀堂”，招僚屬讀律其中，申廉角寬平之義焉。廨西廳事茂林修竹，境頗清幽，爲予治文書之所。維繹古聖刑期無刑之意，取蘇文忠公書“默化堂”匾重刻，懸之堂中以自勖勵。逐日見聞言行，約略記之。

光緒十二年十月二十六日寅時，遣布政使司經歷賫藩司敕印文案送交署布政使李君，旋經署按察使曾君遣經歷齎送臬司敕印文案來，謹望闕謝恩，任事。是日雨。

印曰：“陜西等處提刑按察使兼管驛傳事印”(道光五年十二月造，道字七百十三號)

敕曰：敕陜西西安等處提刑按察使司按察使兼管驛務。兹以陜西重地，獄訟繁劇，特命爾駐札西安府，管理西安、鳳翔、漢中、延安、榆林、同州六府並直隸興安、邠、乾、綏德、鄜、商六州，屬刑名，察吏、安民、明刑、肅政，惟爾之任，爾須整勵憲綱、振揚風紀，首在約束衙門官吏，使之恪遵法度，無致作弊生事、擾害官民，持己清正剛方，乃可表率屬員，修舉職業。凡糾察官邪、拿問貪酷、禁詰强暴、平讞獄情，悉屬職掌。應管官員，俱宜詳加考核，激濁揚清，務盡虚公，有裨懲勸。所開治績，必以勸農積粟、戢盜安民、簡訟省刑、潔己除蠹爲最。各要紀明實事，無得浮飾虚文。所屬地方刑名，皆爾審鞫，務在昭豁枉抑、懲治奸宄，察理積案滯獄，禁止舞文濫刑。凡地方重大獄案，須參詳平反，使情法兼得，曲直較然。民謂不冤，斯稱明允。所屬官員有貪殘不職，應提問者，先行提問；應參處者，轉報督撫參處。爾仍聽督撫節制。年終將行過事迹開送該撫,咨部察考。敕中開載未盡事宜,皆照新定章程施行。爾受兹委任,須正己率屬、端本澄源,以稱厥職。如或貪黷因循、官方不肅、獄訟冤抑、刑政失平,責有所歸,爾其慎之。故敕。

敕命

乾隆四十五年六月初二日

之寶

御製按察司箴

臬事汝司,民命國脈。念切祥刑,懲一警百。振挈紀綱,剔除惡逆。聽訟勤明,沉冤立釋。獄不稽留,平反保赤。法律聿修,憲度日闢。封章勿遲,慎理郵驛。盡職殫誠,九有沐澤。

嘉慶二十年六月

御製明慎用刑説

道德齊禮,聖王垂教之本意也。齊之以刑,聖王不得已之苦心也。代天子民者,君也。爲人君,止於仁,止之義。蓋言一切用人行政,除暴去殘,皆仁心所流露也。君爲衆父,億兆皆吾赤子,豈不欲其生而必欲置之絶地哉?誠以良莠不同,干名背義、作奸犯科之徒,非刑不能齊之耳。而用刑之大者,不外乎明慎。明者,知其事之原委,察其情之真僞,兩造既備,虚衷聽斷。如日之明,不遺幽暗。犯法者甘心認罪,受害者了無嗔怨。此明之功效也。慎者胞與爲懷,豈可任其殘賊?哀矜勿喜,一死不能復生。一字無虚,始可定案,片言不實,勿厭重推。總欲吾心毫無疑竇,則情真法協,如衡之平,焉有輕重倒置。此慎之功效也。我朝立法,至爲詳備。凡一罪囚,必經數次覆勘,始定爰書。在官者皆得預議。至於情實重犯,尚候勾到。有一綫可寬者,改入可緩。視前代設鎮撫司習用非刑、草菅人命者,真天淵之隔矣。人心日流日下,犯法者多,案牘紛繁,詐僞百出,問刑有司,憚於聽訟,漸至潦草隨意,不能虚衷延納、反覆推求,遂令奸詭者漏網、懦弱者罹罪、健訟者逞刁、覆盆者難雪,皆不能明慎之所致也。朝審爲恤刑大典,誠兼聽並觀,盡美盡善之良法。在京則大學士、九卿、科道,在直省則督撫、藩臬、司道,公同會議,雖古之明目達聰,何以踰此哉?奈奉行已久,視爲泛常,旅進旅退,無聲無臭，靦顔謂毫無冤抑，罪當情真。聞有一二敢言之臣，以從緩改寔、加重辦理爲認真，益增秋肅之氣，反失春生之旨。所謂北轅適越，相去益遠矣。夫明生於公，公則無私，無私始能明。慎由於勤，勤則不怠，不怠斯能慎。嗚呼！凡百有位，皆以明慎爲用，公勤爲體，庶幾辟以正，辟以馴，至於刑期無刑，鼓太和之元氣，臻斯世於大同，遇可言之時，行有爲之績，予一人實有厚望焉。

嘉慶戊辰孟夏

謹案，睿廟御製箴、説兩篇，皆與純廟敕書之旨相發明。故前按察使臣恭録，懸之二堂，用資警省。又聖祖西巡，賜按察使臣何煺"清慎勤"額。當時司道皆同，此同寅所宜共相勉勵者也。

二十七日，晴。

批：西安府稟請平反商州民人孔馨秋姤姦謀殺李義章身死事，後嚇逼王明益等棄屍滅迹一案。據禀及供摺均悉。查此案原辦情節，種種支離，該府現訊供詞尚屬確切，儻毫無疑竇，自可照轉平反。惟查案内，血被係孔馨春之物，據稱先係來往過客夜晚租蓋後，係郭棟兒用以禦寒。被上手印血迹不知來歷等情。該府查驗，血迹色雖紫黯，而五指排列明顯，並不模糊。查血被既係過客租蓋在先，郭棟兒禦寒在後，且血迹手印明顯，一經差役楊彦等蓋用，即能看視分明。如謂係過客租蓋時污染，豈有郭棟兒在後屢次蓋用竟未看見之理？如謂係郭棟兒所污，則血從何來？且血迹手印明顯，斷非擦抹情形。如無裝點弊端，即係另有别故，尚須究問來歷。此案該州訪聞，死係無名男子。差役楊彦等從何聞知死者係販賣花綫客人，亦應確究。又該差楊彦輕信浮詞，輒向郭棟兒拷打逼供，幾至陷人重辟，情節較重，該府僅擬責革枷號一個月，亦覺輕縱。礙難遽轉，仰即查照。現批各節，再行督同局員悉心訊究，務得確情。案無疑竇，方爲允協。此繳供摺存。

二十八日，晴。中丞招陪張廉訪、李方伯。中丞自述在直隸劾績，輒招予爲證。予時作客，實不能盡知官事也。飭吏將各屬命、盜、竊各案分别開單注明年月，以備查考。西安府發審各案未結及議詳未覆者，分别開單，催辦各屬。案由西安府禀請發回及本司發回者，亦分别開單催審。

二十九日，晴。公牘中部議暫停新疆遣犯一事。緣新疆巡撫請以陝甘、山西、四川、直隸、山東、河南七省軍流人犯發往助屯,即古者徙民實邊之意。部議允之。嗣陝甘督奏人犯紛至,州縣兵無多,犯人恃衆逞强,不服管束,有毆斃營兵之事,毆差脱逃至五十餘起之多。請暫停止改發。故部議允其暫停也。核宜君命案與初詳不符,前司發審,西安府仍以原詳上,駁之。

三十日,晴。

直隸州王兆慶、知縣樊繼英查成邨鐵眼稟覆。略言宋元以前之渠代遠年淹,誌書亦略叙大概。明始開廣惠渠,仍引涇水,與今之龍洞迥殊。國朝雍、乾間,三原高陵始與涇陽争水,逮嘉、道,迄今百餘年。三原卷宗頗可參證。惟從前受水日期、灌田時刻屢次更變。自乾隆五年臨潼退水不用後,始以涇醴三高四將一月日期時刻按地分水,至今猶遵守不變。水老、利夫,各有專司。各邨花户,另有時刻。輪流灌溉,籌畫周密公平。後雖屢次争水,查辦議論多而成功少者,總因源頭水小,無論如何调停,而高陵渠遠地高,終難沾灌溉之大利也。某等住三限閘,九日放水試驗。上自龍洞渠源,下至三高渠盡之處,節節履謹。就現在諸弊言之,各斗地畝多寡不同,而計時受水灌田,二年方能一周。即王屋斗地居上游,渠高地低,得水較易,亦二十一二箇月方能一周。及放水試驗後,又參以乾隆年間所定各斗分水時刻,安設鐵眼,大小高低,知前人極費苦心,力求公允。鐵眼之爲害似屬甚小,而沼渠斗口滲漏及高陵磨子橋一帶地勢高仰諸弊之爲害甚大。以現在情形而論,鐵眼斗似可從緩更换。宜飭令涇陽界内各斗先將坑坎填平,滲漏堵筑,閘口齊用鐵縫木板。並令高陵將磨子橋上下加倍挑深,自磨子橋迤東,相度疏濬。自高陵之水自能直抵城垣左近,不致阻礙。問大斗灌田多寡,民言曰:灌百畝上下,夏月水涸之時半之。白公斗水老言:兩時約灌地三十畝。鐵眼斗耆老言:一日約灌地八九畝。染渠斗水利夫言:兩時半約灌地三十餘畝。店西斗、成聖斗門子云:壹晝夜約灌地百餘畝。大約皆一時可灌拾畝有奇。

開鐵眼斗試驗。過堂游泮時刻,午正二刻開斗,丑正二刻水至縣署池内,計路十里,水程須七時,灌足縣池須三時,約計一日餘二時。又查鐵眼長流斗高陵誤稱十八日有餘。今查過堂游泮及水程用去四日,染長渠又去兩日。鐵眼斗分水僅四日零玖時。開染渠斗試驗時刻,一時可灌地拾畝零柒分。開鐵眼斗試驗時刻,一時可灌地一畝二分。用縮小壹寸三分新製鐵眼試驗時刻,一時可灌地四分六釐。試此鐵眼時,先設離地高一尺,鐵眼之水始則滿眼流出,繼則半眼流出,蓋水低眼高,鐵板較厚,且大渠水勢直注,分此旁流之力也。又將鐵眼安設與舊鐵高低同,再爲試,灌則始終滿眼流出,及流入枝渠則較舊鐵眼之水前趨之勢紆緩,過水痕亦低二寸,蓋水小則流注必遲,流遲則浸耗必多。成邨里二十一頃有餘之地更形不足。恐二年亦不能一周。倘值夏月水涸之時,必致半眼之水亦不能得。將何以折服成邨百姓之心乎?

涇邑肆拾肆斗皆在上游,多有滲漏之弊。數十斗之滲漏弊大乎?壹鐵眼之用水弊大乎?況又有沙泥之淤、水閘之廢、坑坎之多、渠道之高仰。兩者相衡,孰緩孰急,孰重孰輕,自可立辨。

此案院批府訊,予謂查實始可訊,故委員往查。今既查實,當先修渠而後斷案也。

【光緒十二年十一月】

十一月初一日,詳緝捕不力之郃陽、興平、盩厔、武功、醴泉各縣令分別記過,以近日竊案多也。是日晴。

初二日,陰,傍晚微雨。夜治秋審文書。先是十月内奉刑部釘封朝審勾決犯人咨文,是月萬壽停刑,前署司密存移交,過朔日乃扃門召吏治辦。今年秋審入情實者二十人,未勾者一人。

初三日,早晚陰,午晴。遣員差齎釘封文書分投。

初四日,陰。定保甲章程。出西門查城河浸水兩坑,約地六七畝,隔大道又淹約十餘畝。雖涸而土仍濕,不復可種旱糧。若於堤缺處築埝兩道,可障泛溢之水。至堤下浸水,仍不能防。居民願改爲水田,種稻與蓮,亦助城隅風景。至西關查放糧,貧民雖多,尚無鵠面鴻嗚之狀。查城局委員,則皆不在。查粥廠,北廠粥甘醲,用西門水煮,故佳。南廠亦可食。惟東廠粥鹹,且不甚稠,委員謂東門居民皆食鹹水,妄語也。東南水有不甚鹹者,水夫貪利朦混耳。斥之。

初五日,陰,午微晴。衙參:論龍洞渠鹵泊灘兩事。龍洞已定,遣樊令繼英估工,藩垣吝於籌款。予曰:此事關係民生,譬如人家子弟有疾,能惜醫藥之資乎?西安府薦一人入讞局。予曰:此人曾以二千金購堅木器具於漢上以媚長官,可用乎?是皆不能已於言者也。

予署藩司時,檄候補知府馬紹訓查滷泊灘禁私鹽事,因山西河東借口滷泊灘及花馬池私鹽充斥,謂鹽引滯銷,由於陝之緝私不力也。紹訓至蒲,約河東委員程長祜赴東西灘履勘,詳訊土人,乃知滷泊灘其名甚鉅,其實所産無多。以全勢論之,東西號稱五六十里,其實東灘不過四五里,灘腹三十餘里,悉屬荒草。西灘不過十里,灘尾歧出里餘,狀若蟹鉗,其中盡生荒草。除腹與尾,計之兩灘,約得地十餘里而止。此十餘里中,自李唐至今,開採至今,又有無數荒坑,滷乾鹽竭,其實在産鹽者不過數里而已。今查得東灘四旁種麥,中爲滷地,其法因地鑿池,環池築畦,間有積水,深四五寸,居民皆曰是硝非鹽,且謂此灘硝居什九、鹽居什一。硝鹽之辨,鹽在畦面,硝在水中,鹽惟盛夏炎蒸,滷潮上泛,可於畦面掃二斗,俗名白石鹹,其餘各月則采硝而已。紹訓與程長祜手自探取,果如所言。硝之售路十倍於鹽,陝之涇原、豫之靈寶,産皮之地非此不成。律令禁鹽,不聞禁硝。硝爲皮工之至要,皮爲釐税之大宗。若一併查封,似亦於餉源有礙,似宜分別。除産硝聽其采售外,産鹽則認真封禁。此東灘要係曬硝並非曬鹽之實情也。復查西灘介蒲、富之間,其地蒲多富少,履行兩日,黄沙白草,不見一人。相其坑井,多係舊荒,閱其棚竈,時有新拆,並無鍋鹽盆薪炭及實在私熬確據。傳詢附近鄉約,僉云此灘煎户大都來自南山,澆土埋鍋,約有七八十口。其鹽黄縹,號曰鍋鈀,本地罕消,仍赴南山售賣。近因兩縣嚴禁,塞井夷竈,都已遠颺。至謂附近居民取滷回家私煎私賣,荒邨廢堡,間或有之,若著名鄉鎮,人煙稠密,公然熬者實所未聞。蓋馱運既艱,巡防可畏,熬鹽之時,煙濃火熾,四鄰靡不震驚。既熬之後,白土成堆,堡内安能存積。惟官來則亟毁,官去則復興,此等情形,亦所難免。此西灘嚴禁並無私熬之實情也。除去東灘之硝、西灘之荒,就目前之實數證夙昔之傳聞,實不過十之一二。更有不可解者。此灘歷年示禁,實亦未斷根株。差使妨官不當。自今日始乃查三河口總局賬簿,陝岸鹽引有盈無絀,本年未届年終,尚難預計。總計九、十兩年各銷至一千四五百名,較原額溢出二三百名。十一年號稱滯銷,乃竟銷至一千六百三十餘名,較十年更多數十名。即此官引暢消,足見灘私減少,然歸獄此灘者,危論切論每多過當之詞。其説約有數端。鍋鈀鹽不行本地,專貿南山。向來興、漢兩府爲花鹽引地,自乾隆年間按丁攤課,花鹽遂少行商,兩郡人民詎能淡食?又山澗水寒,其人多瘦,惟此鹽足以已之，是以西灘常有客民私煎。蓋以給日用則取代花綱，以愈寒凝則視同藥料，禁而未絶，職此之由，其説一。陝西大祲以後，户口大減於前，而鹽額反加於舊，此理本不可解。以商州一屬言之，額銷僅二十一名，而歷年銷至五六百名，推求其故，皆云商雒之鹽兼灌興漢之地，故能溢額，若此而興漢則灘私出没處也。是潞商之争，非争分内之岸，乃争旁溢之區，其説二。潞鹽之初來也，秤足鹽乾，民皆樂購。近來官運多出西場，成色甚低，本雜硝板，自晋入陝，船户車夫摻和尤多，又其甚者浸之以水，官鹽愈劣，私鹽遂乘間而行，其説三。東灘之白不鹹，味苦而澀，購者絶少。近有河東奸販私運小鹽，色味較勝，潛伏渭河一帶，減價奪官。十年冬，高陵獲李額娃有案可據，潞商不察，盡藉口於灘私。事等下流之歸，地爲衆射之的，以告者過，亶其然乎？其説四。紹訓又查出潞商行鹽每名連課釐、脚價並規費大宗，共需銀三百三十五兩，成本過重則鹽價愈昂，官價增則私愈便，潞鹽之滯銷不在灘私而在鹽政，理固昭然也。

初六日，晴。先名宦公忌日。吾父之卒二十年矣。小子重來拜吾父神牌於西安府學名宦祠育嬰堂，欣然以喜。回憶侍疾鹺署，扶柩歸湘舊事，愴然以悲。敬念先德遺愛在民，繼武維艱，悚然以懼。謝客閉關，悄然追思，而上官以公事召，不得不往。官之奪人性情如此，良可哀也。

初七日，陰，晚微雪，夜微雨。查夜至東城保甲局，委員、差勇俱不整齊，諭總局傳知各局奉札之後，查再疏怠，決不寬貸。

初八日，陰。會保甲員紳於張文毅公祠。文毅公吾師也。先拜吾師，乃分班見員紳，申明保衛地方、禁民爲非之意。

初九日，黎明微雨，至晚。核定保甲章程，示禁竊盜賭博。諭兩縣及總局，禁竊自窩户始，禁賭自衙門始。諭理事同知君：衙門窩賭，君知之乎？應曰：不敢。予曰：既往不咎，再犯必懲，君其戒之。

司道會詳冬三月認真稽查省城保甲章程

一　委員查夜，宜均勞逸也。城内向設東西南北四路分局，每局正班總查一員，四段佐職四員，幫查佐職二員。時交冬令，宵小易生，冬臘正三個月，各委員均須上段巡查，以靖閭閻。兹議定每路四段，以兩段併一段，共作二段，飭該段佐、委二員間夜輪流巡查兩段之地，以均勞逸，其幫查二員，亦令其在於所管兩段内幫同巡查。

一　委員應責其查緝竊賊，而差役須足用也。查向來每段委員僅帶差役一名,勢難緝捕。兹議飭令咸、長二縣,每路派役十名,又由營每局派勇十名,均住局内,每夜委員上段,各帶數名,無論僻街冷巷,認真稽巡,嚴密緝捕,如能捕獲得犯,確係正賊,隨時帶赴分局,由總查委員訊,所供單呈送總局暨臬司衙門酌核辦理。其各街鄉保、路役、守栅、更夫均准該段委員稽查管束,倘有遠離坊所、供役懈怠,隨時查明,酌責戒懲。其勇丁倘不遵約束,趨使不力,不許擅責,稟明總委送回本營,改派民間。如有打架争鬥情事,只許彈壓,均不許擅自責斥。

一　竊案宜隨時報明,定予功過也。各路既已添派差勇,責成委員緝捕,應將某日某家被竊、是否委員捕獲,均令登時赴總局暨臬司衙門報明。另由總局刊發空字報單,五日一報,一月總報。單内將某日某段某案委員某人注明。若五日内並無被竊之家,亦令注明並無竊案字樣,具報總局臬司,按月綜覈一次。倘一月内竊案多至三起,委員皆能捕獲,詳請記功;皆未捕獲,予以記過。若次月竊案仍多,亦未捕獲,或有匿案而不報,是爲漫不經心、玩視公事,立即詳撤,改委幹員接查。倘本段之案未獲而獲他段之案,准其作抵,免予記過撤委。其被竊案件日期地址,札飭咸、長二縣按月開報總局臬司,以備稽考。

一　分局總查委員應責成查察也。向章各段佐委均由總委查其勤惰,隨時稟請撤换,日久視爲具文。兹議令總委不許容徇,認真查核,並飭該總委不時酌帶差勇夜出督巡。其所管正佐委員,有因巡緝懈怠及匿竊不報致被撤差者,總委即屬失查,詳請記過。

一　委員宜酌加薪水也。向章各局正委按月市錢三十串,佐委員暨幫查各十五串。寒夜辛勞,應量爲加增。兹議冬臘正三個月正佐幫查委員每員各加薪水市錢十串,由藩司移知差後局照數給領,其餘月分仍照向章發給,不得概予加增。

一　四關宜一體認真也。四關向有委員住關專查,前年裁併城門委員内以一員兼查。兹議仍于城門委員内派定佐職一員,住關稽查,以專責成。冬臘正三月每月仍加增薪水市錢十串,以昭一律。住關應用炭燭房租亦在該城公費内提。每局現派勇丁十名,本局只留用八名,撥二名隨同該委員住關辦公。其竊案日期功過情形仍令正委稽查具報,均照城内四路章程辦理。

一　賭博宜嚴加查禁也。禁賭所以靖盜源,即所以安良善。查省城内或戲場,或僻地,明目張膽,公然聚賭,實屬罔知法紀。除由臬司出示嚴禁,並責成各局委員查拏懲辦外,不時仍自行密查,以期此風盡絶。至於衙署公所地方,有敢違禁犯賭者,查覺一律嚴拏,懲處不貸。

一　窩囤宜嚴捕懲治也。外來匪徒誘拐人家婦女幼孩販賣漁利,大爲閭閻之害,必應嚴辦。但竊賊必有窩家,拐帶必有囤户。省城人煙稠密,尤易藏奸。除由臬司示禁外,仍責成各局委員密訪嚴拏,並城門委員於此等婦女幼孩入城,察其行迹可疑者留心盤詰,務使有犯必獲。

勸民息訟示諭

爲勸導事,恭照光緒八年九月初十日内閣奉上諭,刑部奏接受京控呈詞,酌量分别辦理一摺。前據湖南巡撫卞寶第奏,京控咨交案件事涉細微,本無冤屈重情,未在本省控告,亦慮問官迴獲,即發該管道就近親提審擬。該部查議,卞寶第所奏各情係爲矜恤無辜免受拖累起見,即著照卞寶第所擬辦理,並通行各省一體辦理。至各省京控案件,實因州縣官聽斷不公,案情重大,冤苦莫伸,情急來京呈訴,自應照例准理。其有以口角微嫌及一切細故,圖牽累捏情妄控者,一經發交本省傳提人證,輾轉滋累,是徒使刁狡者得遂其傾陷之計,良民受害不可勝言。著都察院步軍統領衙門嗣後遇有京控案件,務將原告原呈詳細審察。如控詞瑣屑,情詞支離,並未在本省督撫衙門控過,即予駁斥,不准接收,並著各省督撫,於京控交審之案,督同臬司巡道虚衷研鞫,務得確情,實則立予平反,虚亦照例坐罪,不准以事出有因及懷疑誤控等詞曲爲遷就,以儆刁健而安善良。欽此。本司竊念民俗好訟,豈盡無良?法網誤罹,情殊可憫。本司兼湖北臬司任内刊有勸民息訟示諭,無非就習俗人情詳加體察,剖明利害,以勸我民。苦口良言,各宜静聽。今將勸民各條開示於左:

勸我民休錯計。户婚、田土、口角、錢債一切細故,宜先投公正族鄰調處,調處不下,必不得已纔去告狀。州縣官少有一隙之明,必能爲你伸理。你卻聽訟棍主唆,不是上控,就是京控。始慮盤費不數,繼想藉此網利,遂將原情大加裝點,砌列多人,挾制牽連,擇肥而噬,助資者除名,拂意者增入,或指爲要證,或指爲知情。一紙文書下縣,差役四路提人,我民因此受累者不少。殊不知上控案件,無不認真推求,豈能任你朦混。審出實情,必要重究。至於京控案件,發回即要收管。一天不結案,地方官不敢開釋,如同犯人一般受苦。等到結案,多則一年,少亦數月,你縱訛有些錢文,你家下資産早已弄得乾乾浄浄。從前凡事出有因,懷疑誤控,尚准減等發落,此刻連這都不准了。是定要追出真情、寔究虚坐的。你看那打京控的人,也有不等案結先已拖斃的,也有情節較重問罪充發的,也有回家窮苦難度,因與大衆結下冤讎,無人照管凍餓而死的。你細細想想,慘也不慘,值也不值?

勸我民要忍氣。俗言忍得一時忿,一世無煩悶。此言最有道理。那件官事不由氣忿而起,當時若肯忍一忍讓一讓,就過去了。省卻後來許多事端。

勸我民莫輕聽。有等無聊無業棍徒,專以唆訟爲生,見人微有嫌隙,他便興風作浪,極力慫恿。你在氣頭上,聽了他言,就往這衙門一狀,那衙門一狀去告,他卻勾串書差從中取利,直鬧得你家破人亡還是不得結局。那時他的錢已到手,不管閒事,你也莫法。

勸我民須惜財。想你們窮苦人憑著氣力度日,一錢一米不是容易得來。倘打官事,進城要盤川,歇家要房飯,茶鋪會差房,酒館請干證,作狀謝代書,遞呈要戳記。差要鞋襪,吏要紙筆,門簽有費,鋪堂有禮。入卡清班,喊冤住轎,掌刑之軍牢,吆堂之門子,以及吵批察卷、帶紙傳詞、領繳狀結,種種名目,非錢不可,就是清官也難一概禁絶。可憐你們誤了生涯,損了家當,輸贏要吃虧。若不打官事,也不得上這當了。

勸我民毋輕生。愚蠢人每因小忿,輒赴人家門首自盡,或主使貧窮男婦服毒潑賴,並捏造情節誣控請驗,以爲可以訛索多錢,可以破人家産。殊不知輕生圖詐,例不問抵,未必能得多錢。官來相驗,嚴禁差擾,未必能破人家,徒然斷送自己性命。至聽從服毒之人,更是不值。無論訛詐不行即或得有些須,你也死了。錢落他手,豈肯給與你家?九泉有知,急也罔然,悔也罔然。

勸我民休逞强。家族有不平的事,只可請人調處,切勿自充能幹,出頭告狀。此種健訟的人,那風勵官府最見不得,要顯本事,反受羞辱,有甚麽好處?

勸生監莫替人做呈詞。各衙門都設有代書,何必你費心?那人一時氣忿,只顧打官事,不顧身家性命,到後來,官事不了,家産已盡,反怨是你們主唆。試思得了人錢,説冤枉話陷害他人,莫説官府訪聞定要重辦,天理昭彰定有顯報。就是僥倖發達,聲名早壞,人都看不起的。寒士謀生之計也多,何苦走這條窄路。

勸紳耆。紳無論大小,總是一鄉之望。耆年的人,閱歷既多,見識必遠,説句話,人家都肯聽的。遇鄉閭有事,勸導他們大事化小,小事化無。這便是德行,便是陰騭。若是偏袒包庇,甚或出入衙門串通書差,把持官事,被人控告,終要取禍。這是何苦來呢。

以上各條,願你們大家牢牢記著,切勿當了不要緊的閑言。嗣後地方細故,鄉黨、紳耆、家族人等,隨時秉公調處,就將我勸的話詳細開導他們,總期息事,勿興訟端,不受牽連,不怕煩擾。種田的種田,做生意的做生意,讀書的讀書,各安各的本分。一家人也省得擔憂受怕,有多少好處。倘你們不聽,受了拖累,一紙入官,九牛難拔,豈不遲了。嗟嗟我民,毋負我意。切切。特諭。

初十日,晴。衙參:論對調之員。所謂才長者,訪聞實有嗜好。所謂才短者,談次實見樸誠。因歎知人之難。督撫寄耳目於人,一人而臧否互異,言者又各有所據。非隨事精察,平心審定,未易允協。訪聞臨潼有差役釀命匿報之事,密委員察之。是日爲子國璪生日,子婦彭率孫致祭。璪之死十三年矣,老懷棖觸不怡。

陝省刑獄較簡而官不讀律,亂後幕亦少佳者。書吏貧不能自存,州縣獄辭多失當,可憂。

西安府稟請將委審漢中府招解略陽縣民人胡㒯致傷胞兄胡魁跌坡身死一案,發回該府就近提訊明確,妥擬另招解勘。查原勘,該處山脚坡上有路一條,坡下亂石叢雜。自路至坡下,量高四丈八尺,其險峻可知。已死胡魁,未向該犯胡㒯毆打之先,係彼此迎面撞遇。該犯並未爭鬬,似非勢迫者可比。何以胡魁舍止道而不立,必欲站於路邊低塄之下?豈以爲滚跌地步者然,抑尚未毆人而先留自死之路耶？其不可解者一也。該犯退靠石岩，胡魁站立路邊壂下，其間尚隔一路。無論如何窄狹，胡魁係用手揪住該犯胸襟，勢有上下高低之别，何以竟能拾獲岩上石塊，又能毆傷該犯右肩甲？其不可解者二也。該犯負痛掙跑，胡魁尚揪住其胸襟未放，縱使脚被石滑，人向前撲，衡之以情，應撲在該犯身中，何以該犯在前既未被其拉跌，又復安然無恙，竟至碰傷胡魁顖門相連偏右，是何情理？其不可解者三也。況路邊壂下既能站立，自必壂非陡壂，智愚皆知。查胡魁倒地後，係滚落坡下，與從高壂側身跌下只傷半邊者不同。且以衣衫單薄之身滚入亂石叢雜之地，受傷之處當及週身，何以磕傷右太陽穴、右眉梢、右腮頰、上唇吻之外，盡屬完膚？其不可解者四也。他如原驗顖門相連偏左及左額角等處均塡石傷一處，檢查原供，本係格傷，現供又稱爲碰傷，任犯混瀆，未免自相矛盾。其不可解者五也。該犯供稱，胡魁將伊先年分受磨房霸佔收租，固屬强豪者事之所有，第該犯既念同胞，隱忍未較，胡魁亦當自知愧悔，況管業獲利已數年矣，何以被水沖壞又欲該犯修補，甚至行凶毆打，有是理乎？人之無良，恐亦不至如此之甚。其不可解者六也。該犯如果並非有心干犯，當胡魁生氣斥駡卸下背籠撲毆之時，事尚從容，儘可轉身走避，何得謂走避不及，必須退靠石岩以待胡魁揪住胸襟、拾石毆傷，始行負痛掙跑，以致胡魁碰跌身死，豈事後既有掙跑之地，而事先獨無逃生之路耶？其不可解者七也。該犯因胡魁身死，慮恐到官問罪，自應密而勿宣，何以向伊子胡狗娃告知，始行逃避，獨不慮因此敗露乎？至胡狗娃既經伊父囑勿聲張，當胡劉氏前往查問，並無嚇逼情形。如果自問無慚，有何言色慌張？有何不能隱瞞？即行寔告，揆情度理，尤難保無幫毆情事。其不可解者八也。又隴州解李碎旦子一案，因覆訊與初供迥殊，詳情更正，案以初供爲憑。今初供謀殺，改爲鬥殺，而供詞又有近於謀者難以率准，發西安府審，期無枉縱。

十一日，晴。飭吏將年内應詳請奏咨之件先行開單，次第趕辦。飭吏將歷年辦過成案及部文通行條例按年編目，以備查考。接見城關委員，命查夜分班分段，以專責成。西關獲拐犯，本夫逃婦並獲，南街獲賭，賞之。

十二日，晴。與涂劭村論陝西四患，曰回民，曰會匪，曰散勇，曰客民。客民則兼會匪、散勇而有之，盜賭拐囮是其慣技。盜賭患在一時，拐囮敗壞風俗，爲患尤遠。今日蒲城客民呈墾隨地畝歸里甲，是土强客弱也。余批地方官妥爲安置，務使土客相安。富平客民在西安府呈請客民自立三甲，此事涂令（官俊）任内以客附土，各歸各甲，而王令（權）允客民三甲之請，樊令（增祥）繼之以爲不可，仍令復涂任之舊。客民不欲，故有是請。余言富平袤延四百餘里，豈三甲長所能理。每甲長擁百餘里，恐成尾大不掉之勢，且傳案催科不易，是不可行。惟以新令翻前令之案，恐難協服，宜委員往諭導之。善後局有稿，藩司欲後書行，予不可，曰：此政體也。若保甲是臬司主政，予則先書行矣。閲邸鈔：卞寶第奏湖南候補知縣江良醇，醇字應行敬避，擬改名良純。奉旨：醇字並非應行敬避字樣，禮不避嫌名。曾文正於咸豐初彈奏諸臣改儀注爲儀節，皆恭而無禮者也。

十三日，陰。中丞有禱於慈恩寺，將新之，檄糧儲曾君董其役，於是布政李君約曾君共輪貲。曾君將往勘，不樂也。予曰：“是奚足哉？吾與君遊耳。”乃約晨往。出城南十里曲江池北，則觀察黄君、刺史張君、縣令孫君先在。故慈恩寺本隋無漏寺故地，唐高宗立名雁塔者，《天竺記》達親國有伽藍穿石山作塔五層，最下一層作雁形。此仿其意。岑嘉州詩“七層摩蒼穹”，章八元詩“十層突兀在虚空，四十門開面面風”。今塔實七層，唐塔亦無四十門，岑詩是也。唐進士既捷題名，今僅存明以來碑，唐題名碑皆亡矣。褚河南所書《聖教序》寶光如鑑，蓋摩搨久，墨精入石。塔門吴畫尚有存者。唐塔既毁於宋，明萬曆重修塔前殿廊，則國朝總制鄂海修建，回亂灰燼，故中丞欲新之。登塔二層，值陰霾，一無所見。誦嘉州“萬古青濛濛”之句而下。荒草中諸碑林立，有漁洋城南十詩碑，程兆麟跋，曹鑑任書，皆漁洋弟子也。出慈恩寺西行二里許，過興善寺。此寺創於晋，盛於隋，居僧徒至二十餘萬，今亦隘矣。又五六里爲薦福寺，有塔十三層，俗呼爲小雁塔。觀唐斷碑，又金明昌二年大鐘。志稱出自河畔，聲聞數里，移送寺中者也。寺僧煮茗劇談，將暮始返。則案頭文書數百事，累累几案間，燃燭判發，漏三下矣。喟然曰，曾君之不樂者，檄勘也，而可樂者，遊也。然昨日晴麗，今忽陰霾。遊之興方滋，遊之意未愜。可樂之中，有不樂者存焉。夫因境以爲樂，則其樂有涯。若吾心之所自樂，雖簿書叢委，達士以爲苦者，吾不廢吾樂也。擲筆，酣卧。

十四日,晴。陝西輪委以七缺爲一輪,先行榜示。雖非爲地擇人之法,而可杜爲人擇缺之私。方伯以當事屬意改章,既畏上官,又畏公論。予無以應之。告之以正而已。

十五日,晴。衙參歸。臨潼民婦武楊氏以其夫武永科被差邱林等毆斃來。臨潼令禀亦至,則謂是因病身死。函致西安府,取高陵驗尸禀來勘。臨潼差風至此,縣令尚欲袒護。官之無良,民之不幸,不才慚愧欲死矣。得國瑾書,寄漳州海魚腸,謂當依鯗魚肚法食之,又海茄亦海葠之類,而味視海葠爲清。

十六日,晴。摘民間易犯律例曉示。子産鑄刑書,叔向非之,然有耻且格。化難驟幾,先蘄民免,亦不得已之苦衷也。

爲曉諭事。照得本司恭膺簡命,陳臬關中。凡有玩法之徒,必應繩之以法,惟念爾等愚民,罔知律例,其所行所爲有明犯刑書而習焉不察者,本司不忍不教而誅。今將民間易犯之事,採擇律例,開列於後,俾爾等共見共聞,咸知警惕,勉爲善良,庶幾法立不犯,本司有厚望焉。

一　子孫駡祖父母、父母及妻妾駡夫之祖父母、父母者,絞。(須親告乃坐。)毆者、斬殺者皆凌遲處死。　子孫違犯祖父母、父母教令及奉養有缺者,杖一百。　子孫不孝致父母自盡,如有觸忤干犯情節,擬斬。如僅違犯教令,擬絞。　子孫盜賣祖遺祀産至五十畝者,發邊遠充軍。　祖父母、父母在,子孫則立户籍分異財産者,杖一百。(其父母許令分析者聽。)　有喪之家必須依禮安喪,若惑於風水及託故停柩在家經年暴露不葬者,杖八十。將父母尸身裝點傷痕圖賴他人,無論金刃、手足、他物成傷者,俱斬立決。　故殺妾及子孫、侄、侄孫與子孫之婦圖賴他人者,無論圖賴係凡人及尊長親屬,俱發附近充軍。(溺女照故殺子孫律。)姑非禮故殺子婦,杖一百,流二千里,收贖;謀殺子婦之案,如婦僅止出言頂撞,輒蓄意謀殺,改發駐防給官兵爲奴;非理凌虐十五歲以下童養媳,故殺殘忍,照律擬罪,酌予監禁三年。　期親尊長因争弟侄財産,及平素讎隙不睦有意執持凶器故殺弟侄,年在十一歲以上者,尊長擬絞監候;年在十歲以下者,尊長擬斬監候。

一　弟妹駡同胞兄姊者,杖一百;毆者,杖九十,徒二年;半傷者,杖一百,徒三年;折傷者,流三千里;刃傷者、絞死者,斬。　　卑幼罵本宗兄姊,緦麻,笞五十;小功,杖六十;大功,杖七十;尊屬各加一等。　　毆本宗兄姊,緦麻,杖一百;小功,杖六十,徒一年;大功,杖七十,徒一年半;尊屬各加一等。折傷以上各通加凡鬥一等。篤疾、絞死者,斬。

一　罵人者笞一十,相罵者各笞一十。　　毆人論傷輕重治罪,傷至篤疾者,杖一百,流三千里。　　鬥毆殺人者,絞。故殺者,斬。　　同謀共毆人致死,下手傷重者絞,餘以輕重論罪。原謀杖一百,流三千里。　　謀殺人,造意者斬,爲從加功者絞,不加功者杖一百,流三千里。　　因事用强,毆打威逼人致死,有致命重傷者,發近邊充軍。

一　婦女有犯毆差鬨堂,罪至軍流以上,實發駐防爲奴。　　因事與婦女口角,穢語折辱以致本婦輕生及致其夫自盡者,絞。　　謀占資財,貪圖聘禮,期功卑幼用强搶賣伯叔母姑等尊屬者,擬斬監候。　　孀婦自願守志母家,夫家搶奪强嫁者,各照服制定擬,重至杖一百,徒三年。孀婦因而自盡,亦照服制定擬,重至絞候。

一　男女談婚受聘而再許他人,未成者杖七十,已成婚者杖八十,女歸前夫。男家悔婚同。　　女家悔盟另許,男家不告官司强搶者,照强姦律減二等。其告官斷歸前夫而女家與後夫奪回者,照搶奪律杖一百,徒三年。　　買休賣休,本夫本婦及買休人,各杖一百。婦人離異歸宗。

一　毆受業師者,加凡人二等,死者斬。　　生員不守學規,好訟多事者,斥革,按律發落,不准納贖。　　文武生員、鄉紳及一切土豪勢惡、無賴棍徒,如有倚杖衣頂及勢力武斷鄉曲,或憑空詐賴,逞凶横行,欺壓平民,將人毆打致死者,擬斬監候。　　生員代人拉幫作證,審屬虚誣,地方官立行詳革衣頂,照教唆詞訟本罪上加一等治罪;計贓重於本罪者,以枉法從重論;其訊明事屬有因並非捏詞妄證者,亦將該生嚴加戒飭,倘罔知悛改,復蹈前轍,教官查明再犯案,據申詳學政黜革。　　胥役匿名揭告本管官,如所告得實,仍照律擬絞監候。

一　異姓人歃血訂盟、焚表結拜弟兄者,照謀叛未行律。爲首者擬絞,爲從減一等。　刁民假地方公事强行出頭,逼勒平民,閧堂塞署,逞凶毆官,爲首者斬決,梟示。爲從分則擬以斬、絞。　刁徒直入衙門,挾制官吏者,發近邊充軍。　投貼隱匿姓名文書告言人罪者,絞。　刁徒無端肇釁、平空訛詐、欺壓鄉愚,致被詐之人因而自盡者,擬絞監候。　凶惡棍徒屢次生事行凶,無故擾害良人者,發極邊足四千里安置。　豪勢之人强奪良家妻女,姦占爲妻妾者,絞。　挾仇放火燒人房屋,未傷人,爲首者斬,爲從發近邊充軍。若圖財挾仇,故燒空地間房場園柴草等物,首犯枷號兩個月,杖一百,流三千里。　匪徒佩帶凶器刀械,挾詐逞凶,罪止枷杖者,於枷杖後鎖繫鐵桿一年,或潛逃、逞凶拒捕,罪應徒者,鎖繫巨石五年。倘始終怙惡,照光棍例嚴辦。　匪徒結夥三人以上,挾詐逞凶,但有一人持械傷人,不分首從,發極邊充軍。　凶徒好鬥生事,見他人鬥毆,與己毫無干涉,輒敢約夥尋釁,遷怒於其父母,毒毆致斃者,照光棍例治罪。(光棍爲首者立決,爲從者絞監候。)其本身與人鬥毆,仍尋釁報復,而遷怒於其父母,毒毆致斃者,擬斬監候。　凶徒因事忿争,執持腰刀、鐵鎗、弓箭並銅鐵簡、劍、鞭、鉞、斧、扒頭、流星骨朵、麥穗等項凶器及庫刀、梭鏢、騙雞尾、黄鱔尾、鯽魚背、海蚌等,刀、樸刀、順刀並凡非民間常用之刀,但傷人者,俱發近邊充軍。　因争鬥擅將鳥鎗竹銃施放殺人者,以故殺論。傷人者發雲貴、兩廣煙瘴少輕地方充軍。　私造鳥鎗者杖一百,枷號兩個月。私藏者杖九十,枷號一個月。　私藏洋鎗照私藏鳥鎗例治罪,不准藉端搜拿滋累。

一　竊盗計贓科罪。贓滿一百二十兩以上,絞。盗田野穀麥菜果,計贓准竊盗論。　用計詐僞欺瞞官私以取財物者,計贓准竊盗論。若冒認及誆賺局騙,拐帶人財物者,亦計贓准竊盗論。(如描寫錢帖及假捏契據之類。)　白晝搶奪人財物者,杖一百,徒三年。計贓重者,加竊盗罪二等。傷人者斬。　强盗得財,不分首從,皆斬。　船户店家圖財害命,爲行旅,照强盗得財,不分首從,皆斬,爲首加梟示。　父兄不能禁約子弟爲盗者,杖一百;知情分贓,杖一百,流三千里。　强盗窩主造意,身雖不行,但分贓者,斬。若不同行又不分贓者,杖一百,流三千里。共謀者,行而不分贓,及分贜而不行,皆斬。　　竊盜窩主造意,身雖不行但分贜者,爲首論,若不行又不分贜者,爲從論。　　用藥及一切邪術迷拐幼小子女,將起意爲首及下手用藥迷人並迷拐爲從已至二次,及首先傳授藥方之犯均照强盜律,擬斬立決。其餘爲從,均發新疆給官兵爲奴。

積匪猾賊爲害地方,審實改發極邊煙瘴充軍。　　凡店家、船户、脚夫、車夫,有行竊商民及糾合匪類竊贜朋分者,除計贜照常人科斷外,仍各枷號兩個月。　　父兄不能禁約其子弟爲竊盜者,笞四十。

誣良爲竊,拷打致死者,擬斬監候。

一　軍民和姦者,各枷號一個月,杖一百。强姦者,絞;未成者,杖一百,流三千里。　　姦幼女十二歲以下者,雖和同强論。

輪姦婦女已成,爲首者斬,爲從同姦者絞。　　調姦圖姦未成,分别情罪輕重,枷號杖責。　　親屬相姦,從重治罪。　　縱容子孫女婦通姦者,杖九十,抑勒杖一百。　　誘拐婦女,爲首者絞,爲從擬流。如係和誘知情,爲首擬軍,爲從及被誘人減等滿徒。　　兄亡收嫂,弟亡收弟婦,男女各絞。

一　誣告人笞罪者,加所誣罪二等。誣人流徒杖罪者,加所誣罪三等。誣人死罪已決者,反坐;未決者,杖流加徒。　　屍親藉屍捏詞控告,按誣告律科斷。如刁悍之徒藉命打搶者,照搶奪治罪。

軍民詞訟,皆須自下而上陳告,若越本管官司輒赴上司申訴者,笞五十。　　教唆詞訟及爲人作詞狀增減情罪,誣告人者,與犯人同罪。受財者,計贜以枉法從重論。　　積慣訟棍串通胥吏,播弄鄉愚,恐嚇詐財,發極邊煙瘴充軍。　　軍民人等,干己詞訟,若不行親賫並隱下壯丁,故令老幼殘疾婦女家人抱賫奏訴者,俱立案不行,仍提本身或壯丁問罪。

一　將已典賣與人、田宅朦朧重複典賣者,以所得價錢計贜准竊盜論。　　田房税契若業户混交匪人代投,致被假印誆騙者,杖八十。

一　私放錢債及典當財物,每月取利並不得過三分,年月雖多,不過一本一利。違者笞四十,以餘利計贜,重者坐贜論罪。其負欠私債,違約不還者,五兩以上違三月,笞一十,每月加一等。追本利給主。若豪勢之人不告官司,以私債强奪人孳畜産業者,杖八十。

估價過本利者,計餘物坐贓論。　　私鑄砂殼銅錢數至十千以上,爲首及匠人俱擬斬候。房主鄰佑總甲十家長知而不首,杖一百,徒三年。　　用銅鐵錫鉛藥造假銀或騙人行使,爲首者枷號兩個月,杖一百,發煙瘴地方,爲從及知情買使者,枷號兩個月,流三千里,至配,杖一百。

一　賭博不分兵民,俱枷號兩個月,杖一百。　　開場誘引賭博,經旬累月,聚案無賴,放頭者初犯杖一百,徒三年,再犯,杖一百,流三千里。　　造賣賭具者,發邊遠充軍。　　無籍之徒及生、監、衙役、兵丁窩頓流娼土妓,引誘局騙,及得受窩頓娼妓財物,挺身架護者,照窩賭例治罪。如係偶然存留,枷號三個月,杖一百;其窩頓月日經久者,杖一百,徒三年;再犯,杖一百,流三千里。鄰保知情容隱者,杖八十。　　縱容妻妾與人通姦,杖九十。　　白晝兇酒在街撒潑、毆打平人、强奪財物者,從重治罪。　　宰殺耕牛,私開圈店及販賣宰殺之人,初犯枷號兩個月,再犯,發附近充軍。

一　詐爲察院布政司、按察司、府州縣及其餘衙門文書,誆騙科斂財物者,發近邊充軍。　　僞造諸衙門印信,止圖誆騙財物者,爲數多者,俱斬監候。爲從杖一百,流三千里。　　詐充各衙門差役假以差遣體訪事情、緝捕盜賊爲由,妄拿平人,嚇取財物,擾害軍民,犯該徒罪者,枷號一個月,發近邊充軍。　　指稱内外大小官員名頭並各衙門打點使用名色誆騙財物,計贓,犯該徒罪以上者,俱不分首從,發近邊充軍,情重枷號發遣。　　蠹役嚇詐,致斃人命,不論贓數多寡、已未入手,擬絞立決。拷打致死,擬斬立決。　　各衙門書吏差役舞文作弊,藉案生事擾民,俱照平人加一等治罪。　　捕役並防守礮卡或緝盜汛兵及營兵爲盜,均照律擬斬立決。如捕役兵丁起意,爲首斬決梟示,爲從擬斬決。　　縣總里書犯贓,照衙役犯贓擬罪。　　保正長、牌頭如豪横之徒藉名武斷,該管官嚴查究革,從重治罪。

一　妄布邪言,書寫張貼,煽惑人心,爲首者斬立決,爲從者皆斬監候。若造讖緯、妖書、妖言,傳惑人者,改發回城給大小伯克及能管束之回子爲奴。至狂妄之徒因事造言捏成歌曲沿街唱和,及以鄙俚褻嫚之詞刊刻傳播者,坐以不應重罪。　　遊手好閒,不務本業之流,自號教師,演弄拳棒教人,及投師學習,並輪叉舞棍,遍遊街市,射利惑民者,禁止不遵,一經拿獲,將本犯杖一百,流三千里,隨同學習者杖一百,徒三年。

以上各條,爾紳民人等,務各互相傳誦,父戒子,兄勉弟,咸知遵守,不爲縲絏中人,方不負本司訓戒之至意。倘有刁徒藉此恐嚇愚民,查出定行從重,嚴懲不貸。特示。

十七日,早陰,夜無月,而光如晝。

秦中兵燹饑荒之後,田未盡墾,招徠不易,以牛具籽種不易籌也。方患牛少,而愚民以冬令牛閒豢養需費,輒多出賣。今年殺一牛,明年即少耕五十畝。回民喜食牛,日事屠殺,禁之過嚴,恐差役借端衔民生事,又啓漢回之釁。因諭城門委員,城内無田可耕,不准牽牛入城。

札西安府提審臨潼縣差役釀命

札西安府知悉,案據臨潼縣民婦武楊氏以革差拷斃草菅人命等情呈控差役田貴、邱林等到司。據此查來呈詞,稱伊夫武永科去歲充當張北里什排正,銀早已完清。今歲係族人武永德接充,與伊夫無干。十月初八日,惡差田貴私派革差邱林將武永德支逃,鎖去伊夫,至十九日送回。伊夫口中流血,週身有傷,不能言語,大小便血,延至二十五日,因傷殞命。該氏赴縣喊告,遭差田貴、王昌税、二劉姓等拉出大門,引至王代書處寫狀。口稱伊夫病故,情實威逼。十一月初二日,經高陵縣勘驗,伊夫口中流血,左脅致命傷一處,左右腿膝下前面俱係重傷五處,左右後臀荅傷二處,有驗過傷單可證等情。查來呈,於因何起釁,未據叙明。武永科於十月初八日被邱林拉去,至十九日送回,中間十餘日之久,如何淩虐,何以送回之時即不能言語,殊不明晰。正委員提案發府審訊,開即據臨潼縣禀報到司。據稱,此案業經禀由該府札委高陵縣厲令驗明武永科屍身,面色黄,兩眼睛斜,口歪,左肋左膝左臁脈左右臀均有木器傷痕,係受傷後因病身死。填格取結,移交該縣審訊。糧差邱林供無拷打威逼情事,武永科係在袁忠孝家得病,回家身死等情。核與控情迥殊。查武永科屍身既經驗明受傷多處,並無實在患病情形,何得以眼斜口歪?稱係受傷後因病身死,顯係豫爲庇縱地步。臨潼差役,久已著名蠹惡。本司在藩司任内久經,因案訪查,通飭嚴禁,並據該縣什排人等迭次控告，批府提訊究辦，乃該縣林令平日既不能嚴加約束，及至差役斃人命，又不研究確情，據實具禀，迨經高陵縣驗明傷痕，復任其狡供欺飾，輒行據以禀報，大屬昏瞶糊塗，亟應委員訪查確情，將案提省，訊究明確，照例參辦，以肅官箴而除衙蠹。除原呈批示由司委員前往該縣確切訪查，提案來省外，合行抄詞札飭，札到該府查照來札事理。俟委員將案提省，刻即提訊差役邱林等，因何起釁，如何拷打武永科致斃，務得確情。札取原驗格結據實通詳，以憑核辦。至高陵厲令相驗武永科屍傷，稱係受傷後因病身死，又不訊取確供，據實通詳。是否有心庇縱，見好同寅？亦即據實詳覆，以憑核參。毋得瞻徇率延，同于未便。切切。此札。

此十月中事，本月初曾懷清觀察爲予言，予密檄知縣樊繼英往查，得實未發。十五，屍親呈控，方欲飭府提訊，而林令禀亦至。是欲爲差諱，置民命於不顧矣。因檄通判李聰提案詳發西安府訊。

委員桂興等禀，囤户雷義，甫經具結自新，又囤販郭耿氏，派差往拿，並起出郭耿氏及前往詐索之路差馬義。堂訊，將雷義、馬義重責，郭耿氏交其母耿王氏領回。全案仍發長安縣擬辦。

方伯過談。前日改章之件，中丞已允，正辦。凡事上官以正告之，無不從者。特患告者先有私，或語過激，則不免扞格耳。方伯又言，北山驛費不可不發。過而能改，君子人也。

通飭訪拿各衙門人役在外籍端滋事照例懲辦詳

爲詳明事。照得各衙門承差人等不過用以承辦公事，聽候差遣而已。乃狡猾之徒蠹惡成性，往往狐假虎威，藉端恫喝，大則蔑官玩法，小亦欺壓鄉愚，訛詐横行，弊端百出。本司到任以來，正擬通飭各屬，訪拿重辦。兹據西安府呈閱高陵縣禀，稱訪聞該縣誘拐金小女子案内，人犯楊得清有在本司衙門充當掛名承差之事，當向該犯究詰。據稱先年向本司衙門應役巨差，花錢數十串，謀一差名，並不應役。該差送給紅大紗燈一副，上書按察司經制頭班字樣，在家則懸掛門首，出外則携帶夜行等情。據此，本司隨檢查各班差役卯册，並無楊得清之名。復傳集各班承差人等逐一訊究，僉稱與楊得清並不認識，亦無得受錢文爲之掛名及致送紅燈情弊，各班有小燈籠，書寫按察司某班之樣，亦祗豫備夜間當差之用，下班回家不敢携帶懸掛等語。查該差等所供係屬一面之詞，難保非恃無質證狡供欺飾，殊難憑信。楊得清既有本司差役送與燈籠在鄉懸掛，是其平日勾結衙蠹，倚勢作威，種種不法情形，概可想見。必須切實根究，從嚴懲辦。現在楊得清遠在高陵，且係該縣拐逃金小女子案内人犯。正案尚未審結，一時難以提省審訊，應飭該縣嚴審該犯，賫緣掛名係何年月日之事，在鄉如何横行，司差係何姓名，得賄若干，以便質明併究。因思各衙門承辦公事，傳審值堂，額設差役諸人，斷不能廢而不用，而此輩恃衙門爲護符，藉供役以作弊。如催提各屬公事，則詐取使費；鎖拿經承，如經手上控呈詞，則恐嚇多方，無端索賄。然此奉差皆有定處，未能遠離，約束稍嚴，稽查尚易。及至差滿更替回鄉，本官之耳目難周，若輩更肆行無忌，招摇撞騙，擅作威福，唆訟詐財，武斷鄉曲，而且妄許掛名入卯，籠羅痞棍爲爪牙。在奸徒亦假託冒名，樂爲惡差作羽翼，互相勾結，狼狽爲奸，遇事生風，無惡不作。無論鄉曲愚民，受其凌辱，不敢控訴，即庸懦州縣，亦以爲上司衙役，遇事無不寬縱徇情。間有稍知振作之員，又未免存投鼠忌器之心，終甘緘默，以致惡蠹猖狂，竟無破案之日。今高陵縣既係如此，恐他處亦難保必無。本司差役既有此風，更恐各衙門亦在所不免。似應通飭各屬一律訪拿。擬請嗣後，無論何衙門承差舍人人等，如有奉差出外，藉端詐索及下班回鄉自稱上司衙差，懸掛燈籠，倚勢恐嚇鄉愚，挾制官長者，無論是否真正差役及假託冒名，地方官一經訪聞，或被告發，照例從重懲辦。並令於奉文後即行出示曉諭，俾衆周知。儻以爲上司衙門人役，有意庇縱，一經發覺，定將該員撤参，絶不寬貸。似此聲明通飭，庶各牧令，不致姑息養奸，而差風或可稍戢矣。本司爲整頓衙蠹起見，是否有當，相應具詳。

十八日，晴。西安府來，予言案情必真確。州縣處分係公罪，僅可從寬，不寬則互相迴護掩飾，真者不可得也。方伯來，欲退一人。予言此要地，必先關白，不關白則疑忌沮格從此而生。因歎末流之世，持正者必兼鄉願，乃能有濟。葡圃大笑曰："孟子拒楊墨，天下遂無楊墨；惡鄉願，至今天下皆鄉願。"予曰："今之小人不屑爲鄉願，今之君子欲不爲鄉願而不得，時勢使然。安得君子而居高位、握事權，挽此頽俗哉?"是夜月明如晝，獨步蒼葭園，遥望南山，隱約湧現，還憶家山，慨然欲返。

十九日，晴。閲邸鈔。軍機大臣議明年正月皇上親政，皇太后訓政，酌復舊制條款謁陵，大祀圜丘，均奉特旨親詣行禮，臨雍、耕耤、經筵、御筵，恭候特旨中祀，群祀照舊制。題請聖節、元旦、長至、傳臚諸大典照舊制。題請召見、引見皇太后訓政升座暫設紗屏爲障。中外臣工安摺照現式預備，奏摺亦照現式書寫。各衙門驗看、驗放人員照舊制帶領引見，考試由皇上欽命題目，摺奏請硃批武殿試。親閲考試，屆時請旨。勾到事宜照現章。奉皇太后懿旨。依議。

（曹菁菁整理）

第三十八册　默化堂日記(光緒十二年十一月)

【扉頁浮簽】

光緒十二年

默化堂日記(二)

十一月二十至十二月卅日

默化堂日記卷二

光緒十二年十一月二十日,晴。衙參。論臨潼案,予曰:“民命爲重。”論大荔義倉,縣令請原捐之富紳領换,予曰:“可行。”論武弁稟訐,予曰:“撤任候訊。”論呈請掘窖金詞,予曰:“駁斥。”言不必盡行,據理斷之而已。昨日堂訊見非刑一事,立命毁之,因通飭勿用。

爲通飭嚴禁非刑事。照得問刑衙門所用刑具,例有一定制度,如任意增減,即屬非刑。而非刑之禁,吏議綦嚴,所以示矜恤而重人命也。兹本司於升堂審案之時,見階下設有木板櫈一具,櫈面大小數孔,上繫繩索。詢之皂隸人等,始知爲戒飭時,將犯人之手用繩捆縛櫈上,以便撲責,由來已久,不知起於何年等語。查生員遇有過愆,應行戒飭,例準會同教官撲責,是戒飭本屬輕刑,原本古人撲作教刑之意,不在例禁之列。惟一經用櫈綑縛,則繩索拉勒,非特致受刑人血氣不能流通,足損指節,且手置櫈上,下面著實責打,必至損骨。輕則致成殘廢,重即足以戕生。是極輕之刑,一經增置,竟成殘酷之具,殊失用法本意。即干私設之條,遂令立將木櫈當堂毁壞,以後不得再置。惟是本司衙門爲刑名總匯,戒責既設木櫈,則各屬問刑衙門勢必紛紛效尤,所在多有。或謂戒飭一刑,不在禁例,往往於詞訟輕罪人犯,動輒任意喝責,累百盈千,是雖無板櫈綑縛,已足致廢傷生。況承審命盗等案,犯供不承,總當平心静氣,詰訊研求,若妄用好漢椿、天平架、棒捶擊踝種種非刑,雖三木之下不患無供,而鍛煉之獄何堪自信。且非刑之禁,功令森嚴,縱使吏議能逃,亦恐報施不爽。亟應通飭示禁,以期共存惻隱,刑法得平,合行札飭。札到該府州,并即轉飭所屬,以後凡有應行戒飭人犯,毋得再用木櫈網手,濫行撲責。如審理案件,亦不得濫用一切非刑,致干參處。其各勉爲良吏,毋尚嚴酷。是爲至要。切切。

書吏疲怠,爲定章,以字數多寡爲程。極多者,畫稿、送簽不得過四日,檄監印官察核。

渭南生員党錫印控糧差。問:"汝有糧乎?"曰:"有糧銀四兩。""已完乎?"曰:"完。"然則所控他人糧,所謂事不干己也,擲呈不收。問:"能文乎? 吾將試汝。"命《四書》題曰"君子思不出其位",詩題曰"卧碑"。蓋教之也。文粗明順,詩未作。因諭之曰:"汝如不干外事,專心誦讀,可望有成。若思出其位,習爲刀筆,禍將至。且汝之不作《卧碑詩》,非不守卧碑之意乎? 抑真才盡不能成詩乎?"錫印之納卷也,仍以原呈夾入卷中,且言差李英索錢五萬。予曰:"有之,何不先以是具控? 足知不實,吾不榜示,爲秀才留體面,何不自愛?"與錢千遣之去,仍檄渭南縣約束差役。

二十一日,晴。查西廠三廠煮粥,而西廠放米回民也。回民入中國數千年,而婚姻不通、飲食不同,故漢回不洽。秦中回亂既平,勢稍衰矣,而其教不可易,其俗不能更,遠則百年,近則數十年,其禍將復起乎? 曾懷老以江口主簿林崑請更釐局稟,圖見商,作書止之。

致曾懷清觀察書

林簿文筆明健,圖亦詳,使閲者一覽較然,美才也。已照鈔存。若以治事論,則議論似闊,規畫甚小。即以江口極盛時計,亦止萬金。變法而僅得萬金,不如守舊,況銷路日窄,未必確有把握乎。梅河撤議未定,今欲併江口兩局費,設三巡卡,未知能否足用。若添派兵勇,其費益鉅。茶鎮歸併石泉,便商,宜若可行。然茶鎮爲石泉、西鄉兩邑扼要之區,亦不能不置巡卡。利不百不變法,此雖小事,亦宜合全局籌之。或於新口、火峪口兩處添巡,飭就近各局派差勇往巡,以防繞漏,公謂何如?

廿二日,晴。讀王羲之《與殷浩書》,"虚己求賢,當與有識共之,不可復令忠允之言常屈於當權",可爲求賢聽言之法。《遺謝安書》,"江左平日揚州一良刺史便足統之,況以群才而更不理,正由爲法不一,牽制者衆”，思簡而易從，便足以保守成業，深得爲治之本。徐闇公謂逸少豈文章之士，可謂知言。徐邈《與范甯書》，“謂勸導以實不以文”，又言“不可使小吏爲耳目，豈有善人君子而干非其事，多所告白者乎”，“自古以來欲爲左右耳目者，無非小人，皆先因小忠而成其大不忠，先藉小信而成其大不信，遂使君子道消，小人輿尸”。爲上官者，各宜録一通於座右也。

廿三日，晴。同州當鋪不戒於火，大荔縣依定例賠償一半。飭有當帖者取錢已兩日矣，奸民嗾衆集府署，援蒲城當鋪千錢增七百故事爲例。知府來，予曰：“君宜亟歸縣執定例，君導以鄉情。當鋪東家，富民也，增之可。”方伯亦如是諭之。臨事遠避，無定識而有巧心，不可用也。

廿四日，晴。定平反商州差役孔罄秋私拷平民誣人謀殺重情案。

札隴州汧陽縣、三水縣、長武縣知悉。案據鳳翔府以隴東、平涼、華亭、涇州交界匪徒聚衆等情稟，由善後局送司查閲。查來稟内稱，該府於本月二十日子刻接甘肅平涼府錫守函稱，聞隴東、平涼、華亭、涇州交界一帶，聚有匪徒四五十人，攔路逞凶，持械劫搶，風聞巢穴在華亭境内。昨據涇州文武各官密稟，本管道衙門請示查辦，現正據實申訴大府，調東營旗前往捉拏。惟華亭與陜西隴州地方毗連，誠恐搜捕逃竄，用特函連，即行隴州約會防營，加意嚴堵等語，即經該府函致隴州防營，并札飭隴州嚴加防範，并因鳳、汧交界之柳林鋪地方，係通甘大道，已由該府轉商駐郡防營，飭令防勇嚴密稽查等情。據此，查三水、汧陽、長武、隴州各州縣均與甘肅各處毗連，誠恐該匪等被拏勢迫，難免各處逃竄，潛入陜境藏匿。亟應札飭一體防範緝拏，除分飭外，合亟限行札飭。札到該州縣，刻即查照來札事理，移會營員不動聲色，一體防範嚴緝，毋稍疏虞，亦毋致地方驚擾，致干重咎。切切。此札。

廿五日，早微晴，午陰。駁同州府申詳朝邑縣民婦王周氏等擅殺挾嫌、謀殺伊夫王效績傷而未死之常保定身死一案。此案常保定有無行竊情事，毫無實據，難保非王效績誣竊逼認。至挾嫌謀殺各情，據稱亦係常保定身前自認。查常保定身受多傷，即不當時身死，恐不能向常志繪細述前情。如果屬實，鄉約報案時自必敘明，何以報稱不知挾何仇恨，含混其詞。且查尸母常馬氏報案，聲稱伊子被王效績、王太安等共毆殞命，後又稱係王周氏與王安太毆砍，王效績並未動手，更恐有賄串頂替情弊，飭再悉心研訊。予始至陝西,即聞王效績手刃常保定,抗不到案,朝邑知縣張培之畏勢走省城乞緩,乃詭坐其妻王周氏擅殺,得以收贖銷案。予諭新令余文蔚曰:孟子言不得罪於巨室,非謂曲庇巨室也。殺人者不抵罪,尚有王章乎?故同州牘至,予適履任,遂駁之。

廿六日,早微晴,晚陰。得序初峙東書論鄂事。序初以十一月初八發鄂之粤,聞十五吴清卿已授粤東撫,蓋序初調滇撫矣。中丞召兩司,事非臬司職,結舌而已,色厲内荏,患得患失。聖言如畫工之精,且有畫筆不能到處,非有所見,亦不知其言之妙也。

廿七日,冬至令節。隨將軍、巡撫朝賀於萬壽宫。禮成,往巡撫署,賀首府縣揖司道於官廳。首府論及臨潼案,予言昨又有控差役吊拷者,已發君訊。因言彭年奉職無狀,上負國家,下負百姓。差役虐民,縣不能治,是縣殺之,府不能治,是府殺之,司又不能治,則是司殺之矣。天子設官,豈令魚肉斯民乎?彭年慚愧欲死。方伯愕眙良久,乃召首府曰:此案須問。首府曰:昨奉批觀臨潼令後效,似不可。方伯乃曰:吾無成見。遂散。

廿八日,晴。中丞召兩司議事,明者雖有私,不敢背公,闇者告以公,終隔於私,故明可與直言,而闇難與決事,幸明者之在上,猶可以措枉也。

平反商州案詳

查此案既經該府督同局員委查督訊,并無李義章其人,手印、血踪顯明,亦不模糊,委非沾染。而現訊各供又係懷疑主使拷打、教唆、混扳所致。核案衡情,是孔罄秋並非此案正凶,毫無疑義。既據李牧等訪聞檢舉,該府等訊擬具禀,應如所擬,准其平反,分别釋放懲辦,另緝正凶,以免枉縱。此案孔罄秋訊係誣認,并無妬奸謀殺情事,其與王党氏通姦,亦係本夫王明益貪利縱容,自應按例問擬。王明益、王党氏均係誣認。王明益亦無聽從棄尸滅迹情事,亦應按例科斷。孔罄秋、王明益、王党氏均合依縱容妻妾與人通姦,本夫、姦夫、姦婦各杖九十,孔罄秋折責發落,王党氏係犯姦之婦,照例的決,離異歸宗。王明益仍在本家門首枷號一個月,滿日折責發落。孔罄春并不查明無名男子及被上血迹來歷,輒因孔罄秋素與王党氏通姦,疑孔罄秋妬姦串通郭棟兒等謀殺情事,主使拷打教唆,郭棟兒並不力辯,亦因孔罄秋本與王党氏通姦,亦即隨口混扳,幾至陷人重辟，均屬藐法。姑念孔馨春疑出有因，郭棟兒扳由被拷，案未成招，均無挾嫌受賄、有心誣陷情事，孔馨春、郭棟兒均請從重，分别枷責發落。差役楊彦、劉慶、劉瑞、白甲、田升、彭元奉票訪查，因郭棟兒被上沾有手印、血迹，隨訪查孔馨秋向與王党氏通姦，并聞得無名男子係販賣花綫客人，復至王明益家，搜獲顔色花綫九綹、白布包袱一件，疑有圖財謀命情事。將孔馨秋帶州驗訊，雖訪聞失實，尚無挾嫌有心妄拏情弊，惟楊彦一經孔馨春主使追問，輒用鞭杆向郭棟兒拷打，情殊可惡，應請責革，發交咸甯縣監禁二年，滿日再行釋放，以示懲儆。劉慶、劉瑞、白甲、田升、彭元聽從附和，並不禁阻，均屬膽大，應請從重分别責革，南幅詳訊係誣認，並無聽從棄尸滅迹情事，孔憲正上控得實，均請免議。其已死無名男子究係何時被何人因何致死，手印、血被從何而來，應飭該州另行訪緝正凶，確查究辦，庶期昭雪而免漏網。該前署州秦牧毓麒、現任李牧素未能察出主使拷打教唆混扳情弊，固屬不合，惟既據訪聞檢舉，可否將前署州秦牧毓麒酌予記大過一次，現任李牧素酌予記過一次，以示薄懲之處，伏候憲裁。

予凡平反案，均令原訊之員隨同更正，非見好也。不如是，則原訊官迴護處分，必堅持發審，委員亦恐開罪同寅，不敢深問，而一誤不可回矣，辦事權宜，不得不爾。

廿九日，陰。農田盼雪方殷，連日濃陰而屯膏不降，聞京師已於初四得雪四寸矣。西安府來議定留壩案，發回隴州。案發鳳翔府皆以前後不符，需集訊也。定遠平反案，原審准其隨同更正，如其固執，亦不必强更，隨案附參可耳。涇州、華亭有回匪，檄隴州長武、汧陽、三水嚴防。

【光緒十一年十二月】

十二月初一日，早陰。廟香後衙參，有言臨潼得力差役不過數人，一綑打盡，此後公事難辦者，予言官與民相親，無不可辦之事，何必定借虎狼。今言者但爲差役，恐百姓疾苦無由上達。中丞曰：差不可不辦。議設壇祈雪。

初二日，晴，方壇禱而陰雲倏斂，杲杲日出。哈密回子親王沙木胡索特年班入朝過境，遣丁持帖郊迎、伴送，武員送勘合及例支口分、應用夫馬單來,派知縣守備各一員護送出境。長武令報,涇州、華亭回匪聞官軍至,遁去。

初三日,晴。回王來,應對進退中節,通事傳語,因趕年班不能久留,往答送之。菊圃來告,唐鄂生中丞奉旨免勾,發往雲南效力贖罪。鄂生入獄,天下冤之,湘陰、合肥、平遠皆疏救。時兵事方棘,言者蜂起,上意震怒不可測,而鄂生躬自引咎,在獄讀書不輟,學日益進。予覯見時省之獄中,予心滋戚而鄂生夷然,深服其養之純、識之定。冬至決囚,予心惴惴然,意天祐忠良,列聖之靈,聖心必轉,今果得釋。同日釋者皆發新疆,而鄂生尚蒙恩效用,又足見聖鑒之精,功罪分明,是非獨一人之慶,國家之福也。菊圃曰:"吾無他長,惟好善人。"今日之走相告,亦好善之至誠矣。

初四日,晴。黄小魯來,爲《有紀堂集》聯云:"天下蒼生待霖雨,終南佳氣入樓臺。"甚雅切,倩李雲生大令書以爲學律諸君勖。

初五日,晴。衙參。

初六日,陰。方伯復邀衙參,關白除補事,尚公允。奉到報到臬司任批摺。

> 奏爲恭報微臣交卸藩篆并赴臬司本任日期叩謝天恩仰祈聖鑒事。竊臣於光緒十二年八月十六日接署陝西藩司印務,當經恭摺奏報在案。兹奉撫臣葉伯英行知,飭赴臬司本任,遵於十月二十六日交卸署篆,移送署布政使李用清接收,即於是日准署按察使督糧道曾鉌,將印信、文卷移交前來,臣當即恭設香案,望闕叩頭,祇領任事。伏念臣猥以菲材,荷蒙恩遇,權藩兩月,建樹毫無。值田荒人少之餘,則勤求生計,慮棍蠹盜竊之擾,則重在詰奸。臬司職當察吏明刑,而察吏莫如尚廉,明刑先宜學律,臣惟有督飭屬員以廉隅相砥礪,以讀律爲課程,凡地方應禁應辦之事,稟承督撫臣認真整頓,不敢稍避怨勞,冀有裨於時艱,庶仰酬夫高厚。所有微臣交卸藩篆,接任臬篆日期,理合恭摺報明,叩謝天恩,伏乞皇太后、皇上聖鑒。謹奏。軍機大臣奉旨:"知道了。欽此。"

初七日,晴。隨中丞祈雪於城隍廟。廟基甚廣,市屋鱗接如川字形。春間回禄,第二層殿廂均毁,惟正殿以後尚完,修復費鉅,須合通省之力爲之,尚未能興辦也。

初八日,晴。平利報殺死一家四命、傷二命,尚未得爲首主謀、殺人正凶。知縣劉杰不能嚴緝,禀詞含糊,委同知趙鑑往查。

初九日,晴。壇祈三日,尚無雪意。神木縣已於十一月十三日得雪矣。孔罄秋案,院駁復訊。

初十日,陰,飛霙欲降,未成。衙參。

十一日,晨起雪降。過曾懷清,邀菊圃圍爐,炙羊肉。食頃,談徵信册并糧道減收折色事。東關送咸寧縣差楊四搶賣孀婦事,訊大概,發西安府。北路保甲送路役逼姦民婦事,枷責發落。陝西差風,痛懲未艾,省垣如此,外縣可知。得瑾及吴蘭石、何幼源書,寄存保定書箱送到。

十二日,晴。覺堂來談,有退志,慰留之。與友人書,論兩司之職,只知仰承上意,必不能通達下情,有損於民生,斷無益於國計。

十三日,晴。隨中丞赴城隍廟,謝降。乾州、盩厔民訴差役家丁私押索賄,委員往訊。膚施又報殺死一家三命之案。數月以來,一家數命者屢見,民情獷悍,何以化之?是有司之罪也,自咎且自愧。

十四日,晴。任副將自興安來,言平利劉、童皆匪,劉清泰父子有五虎之目,劉令用劉清泰爲保正,欲以制群匪。清泰抑童姓特甚,而所行恣肆,領牙帖一紙,輒遍及諸行户苛斂横索,童姓乘衆怒殺之,故童春荷諸人投首之日,鄉民燃爆竹送之,非劾劉令不可治斯獄也。

十五日,陰,有雪意。衙參。請以趙鑑代劉令,主者曰緩之。

毋不敬齋記

小魯述“毋不敬”“毋自欺”兩言,屬題齋額。予惟《易》言“君子敬以直内”,直者不欺之謂也,《大學》以毋欺釋誠意,而申之曰慎獨其嚴,《中庸》言至誠,而始終曰戒慎恐懼、敬信篤恭。誠者天之道,敬則所以立誠,人之道也。然則朱子之主敬與温公之主誠,豈有異哉。三百、三千,蔽以“毋不敬”一言,而不欺之旨寓其中,請與小魯共證斯旨。

小魯又屬書袁金溪先生題江漢書院楹聯:“須參透義利關,方能講學;要識得忠孝字,纔是讀書。”按此聯本鹿洞學規之旨,予每誦陸子《白鹿洞講義》,歎朱、陸皆是要人參透此關。即忠孝大節,亦非此關先透不可,講學家不當認作細事。小魯屬爲重録,殆朱子所謂“舊學商量加邃密”者,欣然書之。

十六日,大雪。同鄉集劉忠壯公祠。奉刑部釘封公文,刑人於市。

富平縣樊增祥論客民立甲不便禀

前據平縣客頭侯萬發等以立甲杜弊上控一案,疊經本府札飭,查明禀覆,并委員會訊在案,并於十一月二十九日復奉本府轉奉藩憲及糧憲批示,并發下原詞各一紙,均以該客頭一面之詞,未可遽信,特飭卑職秉公妥議,務使土客相安。各等因,到縣。奉此,伏查客頭侯萬發等於本年二月請立客民甲版,所有聯保輪查經催糧賦各事宜,悉不與土著相干。經前任王令批准,於東西北三鄉客民聚處之地,分立三甲,未及舉行。而卑職到任,復經該客頭等禀,催立甲前來,卑職熟察情形,諸多窒礙。蓋王令當日早懷退志,無暇致詳。始則曲徇所請以苟悦衆心,繼而心知其難,故延不舉辦,不然王令於二月批准,於七月卸事,若非實有窒礙,何至遷延半年之久,茫無頭緒乎。卑職以公辦公,不敢一誤再誤,是以疊次諭飭,准其清丈過割,不准立甲自專。該客頭等不遂所求,遽行上控。玆奉前因,請陳其略。查《保甲章程》第一條,凡客民墾某處之地,即在某處承糧,按照煙户編入各里册之尾,仍由該里土著牌保約束立法,誠盡善也。今該客頭等顯分畛域,不受鉗制,自成一隊,違背定章,不可者一。富平向分四十里,里各有魁,復析爲四百甲,甲各有首,凡以經催糧賦,有條而不紊也,今七百餘家之客民混然雜處,於四百甲之内而立爲三甲,是客甲一當土著之甲百,客甲長一當土著之甲長百而猶不止也。使聽其散處,則統率難周,使萃一方,則隱憂更大,不可者二。富平荒祲以後,地廣人稀,一堡之中,或主七而客三,或主二而客一,是以編連保甲,無論何里何村,莫不主先客後,魚鱗雁序,相附相銜。今若各自爲政,則一村之客或僅一二人,何以資守助,一牌之客或隔十數里,何以便稽查。其平時各懷異心,臨難復相救,一旦客民有警,主户漠然,是欲自便其私,必致身受其害,不可者三。大部飭造徵信册,圖甲村堡朗若列眉,今若於向來里甲之中别標名目,混填一册,膠葛不清,大部不知其由,定干駁詰,不可者四。富平客民男婦大小約五千人,所墾之地約千餘頃,今之請立甲者,尚不及其半耳。若俯遂所求,則相率效尤,不知其幾,是客甲之外,又有客甲,一邑之内,豆剖瓜分,聽客所爲,伊於胡底,不可者五。不特此也,陝西一省何處無荒,何處無客,一皆恪守定章,罔敢違異,若自卑縣開端創立新甲,通省效尤,率以富平爲例,誠恐主客相角,勢成水火,患不下於回民擅立名號,各聚黨徒,迹且鄰於會匪。《易》曰:“履霜堅冰至,防其漸也。”不可者六。今列憲不即批准,本已洞燭其情,特恐其中實有枉抑,故令秉公查辦。卑職以爲土客之安否,惟在官之持平,不在客之立異,官如偏袒,立甲何益?若土客相争,從公訊斷,即不立甲,何害焉?該客頭等控稱土著把持,卑職偏聽,不知土著不但不敢阻撓,而且樂於别白,何也?客民之注籍者約五千人,其輾轉牽引,倏去倏來者,正不知凡幾,刁搶姦拐盜竊之案盡出此曹,一經差緝,則牌保牽連,鄰右拖累,又或棄地潛逃,大糧無著,則該管之甲長與絶地户之近支接墾分賠,深爲苦惱。故另立客甲,各不相關,乃土著禱祀,求之而不得者。獨卑職以爲主客之情宜和不宜乖,其名宜同不宜異,務使閭里混處,顯成牽制之形,門户無分,陰寓調和之意,主與客始而鄰里,繼而婚姻,秦楚之情漸通,雀鼠之争不作,似弭紛争、培元氣之一端也。至所控顛倒科則、强奪客地、勒催糧銀等情,影響支離,莫能指實。及情見理屈,則引虞道生爲證,查虞道生所領荒地尚未升科,别由張生才説合,佃種王恒兒熟地十四畝,抗不納糧,經地主控告,中管質明,斷結輸納。在案。該客頭等引彼證此,捏飾顯然,應無庸惟據聯名疊控,至再至三,幾疑民欲必從,衆情難拂。不知分甲立户,乃侯萬發等數人之私言,非闔邑客民之公言也。此次本府委趙丞會同查辦,傳集各客頭分别研訊,審得侯萬發於光緒九年春自竹山來富,充當客頭,前後所轄至七百餘户。凡外來領地者,先詣客頭報名,由客頭安置停妥,禀請撥地,每登記一名,索錢一二串不等,安插一户,定例取錢三百文,皆歸客頭私橐。竹山貢生華公平者,向在蒲城訓蒙,去臘侯萬發招至富平以爲謀主,始創立甲之説,惑誘愚民。兩人狼狽爲奸,駈蛩相倚,麕聚移山廟内,以編造客甲册籍爲名,總約牌頭,自行署置,客頭李鴻賓弗與同惡,則禀請除名矣。牌頭姜正文以捐案控,則徑自斥革矣,左蠻右觸,儼然蝸國之君,暮四朝三,悉聽狙公之令。凡渭南北河等處之客及一切買地佃地者,概行招誘,混入鄖人領墾荒地之内,仍按畝派錢,供其食用,計每畝出錢一文,共斂得數十千,有收錢之姜正文、汪觀仁等可證。直至卑職到任,侯萬發以主賣孀婦趙孔氏一案,被責管押,而移山廟之黨始散。當其斂錢造册,本以立甲過賦爲詞,及卑職不准立甲,則按畝派費爲無名,而所署牌約爲無用,於是每户復派錢二百以爲訟費,使其黨何成才奔控省垣,必欲得請而止,此即該客頭等前後具控所由來也。伏念墾荒各客户尚未納糧,即已屢經苛派,是客民受累,乃客頭累之,受欺亦客頭欺之,於土著無與也。向使許其立甲,一屆升科年限盡聽客頭所爲,甲長不問其完欠,里書不知其等則,糧差不識其門巷,一或過問,則曰土著欺我,此中流弊,何可勝言。故侯萬發、華公平等注意在此,而卑職堅持勿許者亦在此也。卑職深知客頭無良,花户可念,亟思正其經界,覈彼糧名,故於八月間諭飭書役、客頭等清地過糧,以免刁民藉口。此次復與趙丞會同開導,准其按户按畝逐清釐,各頭等俯首無詞,悉已允服。詎訊結後,復有客民二十餘人,聯名具禀,要求立甲,聲稱不准不甘,且有鉅禍,危言恫喝,詞氣猖狂,當與趙丞按名唤訊,則來者不過十人,問有何冤抑,則曰無之,亦并不知甲版爲何物,立甲爲何事。但稱侯客頭教我而已。復訊侯、華二人,盡服其罪,并於華公平身畔搜出呈底二十餘紙,凡客民前後争控,盡該生一人所爲。似此簧鼓愚民、挾制官長、主持訟事、違誖憲章,以區區兩蟻蝨而敢於署置頭目,號召群小,幸而承平無事,此輩誠無能爲,若稍值荒歉,人心浮動,則探丸揭竿之亂,未必非此曹也。卑職與趙丞研訊明確,將侯萬發、華公平戒責管押,其餘訊係牽引而來,並不知禀中書寫何事,諭令回家安業。一面出示曉諭,除去佃買各業立有租賣約據勿庸清查外,其客民領墾之地一概清丈過糧,立甲一層,應無庸議。前任告示作爲廢紙,所攤訟費錢文已出者,姑免追回,未出者不容收討。此後土著如有欺凌情事,准客民指名控究,客頭再有苛派情事,準花户指名控究,群情帖服,罔有違言。惟丈地不能無費,各該客民等均願醵錢,應由卑職從實核計,取足口食而止。俟妥擬定規後,再行禀聞。侯萬發擬革去客頭,枷號三月。華公平擬移取年貌,詳請咨革,仍遞籍管束,以爲惑衆害民、抗官健訟者戒。所有此次奉批查辦客民立甲一案,於糧賦保甲均有窒礙,乃審實該客頭等欺誘愚民,斂錢興訟,擬分别懲儆,並爲客户清地過糧,以防弊害。各缘由,理合禀請大人鑒核示遵。

十七日,快雪時晴,登有紀堂,望終南積雪,月光中猶隱約可見,清光凉氣,不復此身之在塵濁中也。蜣蜋團糞,忽化爲蟬,則飲露高鳴,吾愧此蟲矣。

致覺堂書

昨將楊得清等供招細看,支離之處甚多。如金彦增係金允禮之父,身爲家長,據供體弱多病,少管家事,此案並非該犯主使,拷問毆打糾搶,殊難憑信。金允禮於陽得林等無不砍打,甚至糾搶,謂於楊運開並無毆辱逼迫情形,亦難憑信。且金允禮等明係拆房搶奪,乃謂恐家具器皿遺失,搬出暫存,然則何必糾衆拆房,此種情形尤爲可惡,亦聽狡展敘入,是問官有意開脱也。金允禮砍取鞭桿時有何慌忙,何致將斧頭放在車上,如果屬實,自係忙時偶放車上忘未取下,何以一問董得魁,説楊得清可惡,該犯即順取斧頭,明係有意携帶,此段供情尤覺支離。至董得魁於此事無涉,何以金允禮告知,即憑空抱忿,幫綑幫砍,其中必另有别情。詹老三一犯,金允禮何以憑空將其叫去吊拷,亦必有故。楊得林於陳啓智與伊父茶喝時,謂不必與喝,他父吞服洋煙,不得好的,是明知父已服毒,並不解救,情罪較重,且恐有慫恿别情。總之,此案該縣似意在開脱金允禮等圖掩從前誤入楊得清等之失,以致任犯狡供。試思金允禮等疑指逞忿,砍毆楊得春等成廢,又致釀人命,又糾衆搶奪拆房,凶惡可恨至此,即楊得清等實係罪人猶且不可,况爲無罪之人乎。似須認真究辦,以期持平。屬令固不得迴護,前訊黄倅亦不可稍事遷就。至熊自德買人孀媳認作己女,轉賣囮販,顯然應作另案辦理。

十八日,晴。

十九日,晴。連日清釐案牘,他無暇及。

廿日,陰。封印。兒輩從市上得明汪文毅公《贈京營屠範之序》,忠憤之氣,溢出紙上,因檢本傳敬書紙尾,爲詩記之。

書汪文毅公手卷後

長安市上光燭天,劍氣出土珠出淵。破紙堆中忽驚詫,乃是忠臣遺墨今流傳。忠臣者誰汪檢討,思陵初元致身早。政事文章兩絶倫,縣令起家作師保。序贈京營屠範之,縱談軍事多危詞。想當遼薊窮兵日,正是東宫進講時。深防外患關門鎖,内憂豈料興閭左。

任奄裁驛盜方滋,加兵刮餉人逾瘴。揭竿數十火初然,燎原不滅明社遷。剿撫兩端俱失計,四十八相繫誰愆。就中長卿最叵測,擠排善類含沙蜮。群盜如毛四海窮,閣臣笑語無憂色。降臣流寇逼都城,爲問平時誤國人。不重朝廷重門户,此時狂喙向誰伸?(《文毅傳》中語。)先生死忠婦死義,我讀遺文記其事。此篇足補《明史》遺,所珍豈獨在文字。

廿一日,晴,夜陰。

廿二日,雪。赴院,論鎮安劉佺正獄。故事,封印後,巡撫遍拜司道,司道答拜,聯情也。

小魯以《王黄州小畜集》見餉,酬以鄉味豆絲,口占奉謝

元之曾賦冷淘詩,鄭飽元飢不自知。果腹快心欣兩覭,閑披玉笈飫銀絲。

安康縣報孝子陳希士因父陳宗武病目失明,謂肝能療親,於本年十一月初一日沐浴焚香告天,剖腹三寸許,割肝二片和藥以進,父目復明,請旌。

廿三日,早晚雪,午微晴。

批三原縣詳生員常修省案

查常培�受其亡友高蓮舫寄存銀兩金鐲爲之營運獲利,事隔多年,無人知悉。常培筠竟於高蓮舫妻子故後,向其嗣子高天香開單交代,甚屬明於大義。其不以現銀歸還,而僅交借票,固屬不合,惟興訟到縣,常培筠願與高天香赴川討要,該縣自應准如所請,或令出具限狀,自行赴川收銀歸償,方爲正辦,何得謂其居心搪抵,冀圖拖延,輒將常培筠看管,復勒傳其子常省修進交,殊不思常培筠既有身家,何慮其拖延搪抵。可以在川出借之銀而責令由陝歸結,有承借銀兩之世德合而責令經手人清償辦理,殊屬失當。至來詳所稱,該縣斷令世德合所提借常名下銀兩及常名下他號出放可靠之銀,合常、高二姓原存銀兩分數均勻,擬認撥抵,以昭平允等語,究係如何均勻攤認撥,聲叙亦不明晰。仰西安府轉飭該縣,刻即查照現批辦理,毋再押追,致滋拖累。

廿四日,早晚雪,午微晴。蒲城武生劉○○以抗傳毆差詳革,復以武生與差互相拉扭致差受傷,詳請開復。予曰,此事雖細,然武生刁風不可長,駁之。

批雒南史黑女被辱殉烈案

札商州知悉,案據該州招解雒南縣民女史黑女被客民屈毓璽調姦未成,於寢息後聞知夫家查問,追忿自縊身死一案人文到司。據此,本司查此案衅起因姦釀命,死者面有抓傷,顯有强姦情事,乃屢經駁訊,現據詳仍稱該犯調姦史黑女未成,服禮寢息,史黑女因事後被母斥説,追忿自縊身死。查該犯向史黑女拉手調戲,許錢引誘,如一經史黑女哭喊,即心生畏懼,立時即可遠逃,何以史榮壽等聞聲趕至,該犯尚未逃跑。時在傍晚,又在村後無人之處,該犯調戲引誘其計已窮,乃史黑女業經哭喊,仍不畏懼遠逃,謂無强姦情事,已屬難信。至史黑女被該犯調姦,事出意料之外,並非由史黑女輕佻以致招辱。況史黑女回家之後,即欲輕生,經勸始息,是其激烈之性,已爲其母所知,即曲爲排解,尚恐其短見忽萌,何肯以夫家聞知終身須受言語,如何做人之言向其斥説,以速其死?更恐無此情理。且查該犯前在讞局供稱,伊路遇史黑女,起意調戲,用左手將其右手拉住,用右手向其臉上摸了兩下,史黑女躲避,致指甲抓傷臉面,該犯復向引誘,史黑女更加哭喊,經史榮壽等趕往,將該犯毆傷,抬店醫治二十日。史榮壽等復向不依,經史彦蛟等勸處賠禮,未允,傍晚時史黑女自縊身死等情,是該犯讞局供詞仍屬狡避。儻史黑女非該犯抓傷,何肯自認,如其事已寢息,何不供明。據此供情,該犯已罪應繯首,特因犯供與原訊不符,史黑女又被該犯抓傷,謂無强姦情事,仍屬難信,發回確審,以期得實。乃該縣並不研究確情,治以應得之罪,輒行迴護原詳,意存開脱,殊失持平之道。至所取尸親供結,儻案情確實,辦理已屬不合,況斷非實情,乃欲捏結取信,尤屬荒謬妄爲。總之,此案死者被辱戕生,情殊可慘,犯供支離扭捏,疑竇多端,若含糊定讞,不特無以儆謡惡而慰貞魂,亦必有干駁詰。除來詳存卷,人犯另發外,合行札飭,札到該州,查照來札事理,刻即轉飭該縣,一俟遞解該犯屈毓璽到縣,即行提集人證,照依指駁情節再行悉心研訊,務得確切真情,作速妥擬,另招解勘。史黑女如應請旌,亦即查照例案申請,毋稍輕縱遲延。

廿五日,早尚微雪,晚晴。長武獲馬二,又名馬榮綬,回回劇盜也。

涇川、華亭回衆拒官兵索之，請正法以絶其望。武功縣請將盜犟廣添、王逢玉、李長青、王馮青、劉金龍、董克讓、王奎七犯照章正法。甘肅涇州回黨已竄崇興縣，賞購匪首未得。川、興、平報獲回盜惠大漠。

廿六日，晴。方伯邀衙參，細事必請示，瑣矣。然中丞官秦久，習於吏事，每爲處斷，常得要領，亦幸。而方伯惴惴然，奉命唯謹，否則逞其偏見，何所不至。

廿七日，晴，夜微陰。方伯復邀衙參，昨日所議之事，今見長官，則前議又廢，方伯有交議之件，頗有患失之意。

廿八日，雪。逢五、十爲衙參之日。封印後，公事少，中丞諭止衙參，故事也。自廿五連四謁名爲止而轉煩，實則無甚要公事。得合肥相國書，廿一日諭旨，方伯已邀恩故留，即馳告之，可以歡喜度歲矣。

廿九日，微雪，午微晴，夜乃大雪。各屬文到甚多，連日書到判行，手腕欲脱。然夜必看書以收放心，《聖學入門書》言學者當於夢寐見工夫，余則無睡不夢，無夢不奇，行年六十有四而工夫不純如此，良可愧哉。

三十日，雪勢未已，咸、長兩縣報雪六寸餘，合計近來得雪幾兩尺。來牟貽我，三農無不慶慰矣。長武報甘肅靈川、平涼皆獲回匪各數名，餘黨聞挐四散。

宗恒齋《律例歌訣》序

予昔陳臬鄂中，設學律館，課僚屬讀律，先以句讀，而入門則不限一途，或校勘異文，或剖析疑義，或博綜成案，或圖以明之，或表以别之，或爲歌訣以便記憶，各有成書。其爲歌訣者四人，宗君恒齋其一也。恒齋所爲歌訣既精簡，又摘《律例要》附歌後，使人一覽而明，尤便初學。予慫恿付刊，刊成，走書來告，乞敘其端。予惟經言記問之學，不足以爲人師，然欲知新必由温故，學不止於記問，無不始於記問者，讀律何獨不然。華嶽之高，滄海之廣，記其程則嶽可登，海可涉。律之有四百三十六，例之有千八百七十五，猶夫嶽之高、海之廣也。每門而區之，逐條而析之，猶海、嶽之有程也。諧其聲使成文，屬其詞使相比，歌訣之作，何異古籍之有文言哉。抑猶有説焉。律例者，文也，所以用律例者，意也，習其文不通其意，譬猶醫書之有《湯頭歌訣》，皆古人之良方也，持以治病而不效，歸咎於方之不良，其可乎？是又在醫之善學者矣。書以塞恒齋之請，且以告世之讀是書者。光緒十二年冬十有二月,貴筑黄彭年書於陜西按察使廨之有紀堂。

會飭府廳州縣延請院長宜加慎重

照得《禮記》云,化民成俗,必由於學。《周禮》云,師以賢得民。書院者,一邑觀型之地,院長尤諸生取法之宗也。師道立則薰其德者多善良,師道不立則染其習者多敗類。世俗每以此席爲應酬之資,不甚精擇,不知其關係地方風氣爲甚巨也。即如鴉片流毒,學校中人亦多傳染,省城書院經院長新定規則,屏斥從嚴,因思各府廳州縣書院亦當一律整肅。假使院長先有煙霞之癖,安能責生徒以冰玉之清?相率效尤,作何底止。又如賭博干訟,皆屬例禁之條,有一於斯,即難以身作則。查陝省聘訂院長,多在中秋前後,本司道公同酌議各屬書院,責成各該地方官留心訪察,凡院長學望素隆,師教道尊者,必須優加敬禮。其或立身不端,沾染嗜好,即行諷令自辭。至聘訂院長時,由該地方官豫先報明並無吃食鴉片等情,并遵照本道前札,每年院長在館,必須扣足十個月脩金,按月致送,如有延不到館及離館在一個月以外,即行報明另延,不得瞻徇人情,致干查究。各該地方官尤當躬自檢束,毋蹈前非,庶期官師相規,用作士林模楷。本司道爲擇師資以端士習起見,合行通飭該府廳州縣一體遵照毋違。切切。特札。

惲道生,改名向,字本初,以字行,號香山。

山水學董、巨,晚乃專筆倪、黄,著有《畫旨》。

山水直幅。

懸千溜於平岡,森萬而不彫,此宋人秋冬之際小賦也。學宋元人畫意,覺清明之氣於鬱紆芊緑中層見疊出。即古人不能自言,余代爲言之,遂使孫叔敖衣冠,非淳于髡不能使人無辯,而非楚王之不疑,即死者反生,亦神氣不屬耳。虎丘脱缽坐雨,於是乎書。香山惲向壽平《仿文待詔〈三秋圖〉》。

桂　雁來紅　芙蓉

文待詔《三秋圖》,余曾在吴門借橅,戊辰重九偶爲追倣,氣象雖近而神趣或遠矣。東園惲格。

(杜萌整理)

第三十九册　默化堂日記(光緒十三年正月)

【扉頁浮簽】

默化堂日記(三,闕第一、五、六)

光緒十三年一月初一至三月廿九日

時任陜西按察使。

默化堂日記卷三

【光緒十三年一月】

光緒十三年正月初一日,風從艮地起,主人壽年豐;瑞雪繽紛,明人有《天賜時玉》之賦,連歲兆慶,尤不可多得。午後暢晴,陽和光明之氣,殆爲皇上親政發也。五鼓赴萬壽宫,隨將軍、巡撫朝賀,禮畢,分廟拈香。司道以下咸集巡撫署慶賀,同謁將軍,分道拜同城官,相約到門投刺,後不再往,省繁文也。然已憊矣。

初二日,早雪,晚陰。藩司以明日往涇陽勘龍洞渠,予往省之,告以鳳翔有騎馬賊雲梯扒城之案,已遣縣令王策範密查,俟還報乃發。昨日拜同城未畢,補之。

初三日,陰,早微飛雪花。國忌,臬司公事無吉祥語,來文無甚要緊,均於是日拆封。查夜有戲賭者,釋之。

報明開學律館詳文

爲詳明事。竊維《律例》一書爲治獄之圭臬,實教化之本源,是以講讀律令,聖訓煌煌,用昭勸懲。本月入陝以來,竊見憲台孜孜求治,案無巨細,批牘不厭精詳,奏當務期周妥,欽佩實深。本司忝陳臬事,刑名是所專司。前因《律例》卷帙浩繁,民難盡曉,當情易犯。《條例》摘録簡明各條刊布示諭,惟慮奸民犯法之易,尤慮在官明法之難。近日批閲各屬案件,時有情罪不符,擬斷未協,批示另審,或至再三接見僚屬,細心考察,長於聽斷,尚不乏人,熟習《律例》實難其選。良由科甲正途，素工舉業；軍營保舉，身在行間；申韓家言，本非所習。報捐遵例，此道尤未經心。及至入官以後，奉差委者奔走不遑，講應酬者酒食徵逐，以爲補署得缺，自有幕友可憑，不知延請幕友，不過經理案牘，遇事商量。至於自理詞訟，訊取犯供，則事須躬親，責無旁貸。況案情百出，詐僞多端，審斷殊難以預籌。是非取決於俄頃，若非《律例》早熟於胸中，則臨事而書役欺蒙，訟師愚弄，詰問不關緊要，虛實必至混淆。兩造不服，結案無期，輕重未分，難免枉縱。是欲講求吏治，非留心《律例》不可。夫律文簡要，例義精嚴，六部各以類分，八字具有深意。六臟之名目各别，五刑之加減不同。服制本乎《禮經》，贖刑稽諸《舜典》。斷獄爲決囚之機要，名例乃全部之總綱。此外酌理準情，定制懸禁，凡適重適輕之故，多因時因地之宜。頭緒似紛，久習方知其要領；略觀似易，細繹而别具精微。苟未能融會貫通，則差之毫釐，謬以千里矣。本司前在鄂垣，設學律館，與僚屬講求《律例》三年之久，成就頗多。合逢憲台整飭官方，仍擬課以《律例》，謹議規條，擇期舉辦。一曰開律館。本司署内東偏有隙地間房，略加修葺，顔曰學律館，凡館中器用、茶點、人役、工食，皆由本司捐辦，不支經費，派提調一員領其事。此係學者自求有益，提調各員均無庸籌給薪資。一曰儲書籍。本司由湖北書局購求《大清律例彙輯便覽》一百部及有關吏治之書，凡在省候補丞倅州縣入館者，俱準領取。從前憲台購置課吏局書籍尚存西安府署，亦擬開單備文飭取入館，以備各員觀覽。一曰定期會。公所既立，即宜酌定日期，俾各員聚會講論，以廣切磋而資觀感。現派候補知縣陳丹書爲提調，擇於正月二十三日開館，願學者先期報明具領律書，是日到館。嗣後每月以初三、十三、二十三等日爲期，到者於名册内本名下親書“到”字交呈。十日内所點《律例》，提調受而鈐用圖章，呈之本司加用圖章。下旬批發給領。一曰立課程。讀律之法不一，或考律例根源，或稽成案辦法，或校勘各本譌字，或剖析疑義異同，或列爲表圖，或編爲歌訣，各就性之所近及心得之處習之，不必盡同。而勾點句讀則無論學之淺深，皆不可廢，且實有可徵。應令各員將逐日所點自某卷某門某條起至某處止標明，十日内共點若干卷頁、校若干字、纂輯疑義若干條，開列清單，同書交呈。本司閱後各加印記,以備查考。如一二月不加批點,無故延不到局,即將律書追繳,以爲玩怠者戒。凡此規則,簡便易行。苟課讀之有恒,自相觀而盡善。本司於每年終將各員功課勤惰、得力淺深分别考察,擇其尤者開單呈明憲台,咨送藩司,以備任使。抑本司尤有請者。律文固貴乎精研,聽斷必資乎閲歷。查發審局正副幫審學習各員,向由西安府稟司派委。嗣後學律各員,本司擇其堪資造就者隨時派入讞局,作爲隨同學習,聽該府分派。幫同某員遇有派案之時,即隨同觀審。俟學習推補正副幫審缺出,選擇作爲學習。自此次詳定之後,除從前曾在讞局及曾任實缺人員外,未入學律館者,概不派入發審。如此仕學相兼,亦磨練人材之一道。至現任人員,《律例》尤爲當務之急,如有願學者,應令自備《律例》,每月時點過起止並所纂輯疑義開報,或俟因公進省,或專差呈送批閲。其佐雜微員有志讀律者,亦准送閲,惟不領書入局,以示限制。本司爲察吏明刑起見,所有擬開學律館緣由,是否有當,相應詳呈憲台批示遵行。

初四日,陰,早微雪。查夜東局未到,予記過。

初五日,微雪。

初六日,陰,夜有星。訪小魯於文明精舍。

初七日,陰,夜微雪。菊老勘龍洞渠回,聞其入山,直詣閘口,登高陟險,步履健捷。壯哉遊乎。

初八日,陰。自初五奉刑部釘封三案,七犯因在花衣齋戒期内,今日始發西安府。明日爲不停刑之日,又是强盜,故正月亦處决也。

初九日,早雪盈寸,午晴,仍雪。《詩》曰:“雨雪瀌瀌,見晛曰消。”夜有星。閒步有紀堂,今年猶未見南山也。鳳翔諱盜,會藩司詳撤任留緝,然代者嗜好甚深,恐一蟹不如一蟹耳。正月五日,京師謂之破五,九日黔俗謂之上九,皆祀先祭不欲疏之意。

初十日,晴,星月皎然,仍未見南山。通禮立春之日迎春東郊,外間多以先立春日行迎春禮,今年正月十二日立春,因十一日爲國忌,遂於今日舉行。立春在正月朔後,芒神執策當牛腹。牛頭赤色,視年干丁。身黑色,視年支亥。腹色黄,視年納音土。角、耳、尾色白,視立春日干庚。脛色黑,視立春日支子。蹄色黄,視立春日納音土。年陰,口開、尾右麾。芒神少,視年支。(季)[系]衣、帶色,視日支:衣色黄,剋支;帶色青,支生。鞭用苧,視日支。方向、顔色、前後,各有定式。

雪融,泥濘。道逢翻車,折軸者三。五鼓後天復陰。

十一日,陰,夜有月,五更復陰。留壩廳稟去年淫雨爲災,前任稟無庸再籌賑濟。其實留壩每年只收一季,即使雨澤應時,窮民亦無所獲食。幸只二千餘丁,擬請籌二三千銀辦春賑。此不可不從其請者,當與方伯商之。

得人書,言某向稱清正,而行部鼓樂、輿衛供張,視他人加豐,早起行廚以蓮子進,飭改燕窩,他物稱是。某向時用人最少,出則俱備有門包二十四金,有跟班八金,不乘肩輿而乘車,以示儉也,尚有車價錢十千,車夫八千,又有轎頭銀二兩。某公則云自備供張費,或云皆其下所爲也。從人需索猶諉不知,輿衛飲食則身自享之,何其瞶瞶至此。禮云:"清明在躬,志氣如神。"爲上者不能正本清源,省躬勵志,徒矯激以邀時譽,譽不可得而毁且加甚。吾輩當引爲切戒,故記之。

十二日,早大雪。立春。衙參:論部駁善後局各條,有宜申覆者,有宜遵行者,惟以購存倉穀抵發滿餉則斷不可行。存糧原以備不虞,陝西全省存麥粟百萬,若如前者薦飢,或有意外之事,尚恐不足支持,今以抵放,耗穀多而省銀少,急需之時糧價湧貴,有銀亦無處購糧。此必當剴切爲部中言之。

十三日,陰。同官團拜,歸已上鐙。公事紛集牘盈案,家人以來朝判閲請,予曰:"牘不可留,留則積壓之漸也。"然燭判發,夜已闌矣。陝西差繇煩重,先公在鳳翔時欲議裁減,以兵事方殷未果。後朝邑相國條奏,前巡撫邊公遵議,章程行之已久,官民稱便。乾州牧欲奪屬邑之費入己,上官以州牧者政府某戚也,莫肯駁斥,局稿議允,予簽改之,今録於後。此事雖細,然漸不可開也。

為遵批核議詳覆事。案奉憲台批,據乾州稟,查明流差照章支銷兵差,實不敷用,懇持十一年多支之數作正開銷,並請以後計程從寬定額,請示遵辦一案。稟由,奉批。此案前據具稟到院,當經前部院,因該州里局從前歷年收支餘款甚鉅,上年支銷過額批局轉飭吊賬核算究追,並將因何未遵新章緣由稟覆,在案。兹據稟稱,該州局賬自十一年正月起至四月底止,先已造報各里尾欠差錢一百四十餘串,均已收清存儲。其十一年以前陸續收支存餘款項,現傳舊紳督飭,逐年覈算清楚,再行分别有無虧短,著落追還。至上年支銷逾額一層,該州查明從前定章時,聲明軍差等項毗連醴泉,仿照醴泉支數酌量定議。該局紳等當因情形不同,呈請該州轉禀,有案。現因供支年滿,用數稍增,確查根由,委因醴泉西至乾州,路僅四十里,一日便可往還,由乾州北運永壽計程九十里,加以軍火餉裝四項徑送邠州加程七十里,合計往返程途至少亦須五日。路途遠近不同,車價多寡互異,雖四項軍差由乾送邠與邠州徑送乾州事同一律,而邠州並無東運軍火餉裝等差,是以醴泉、邠州遵辦尚敷,該州獨形不足,所有長支之項若責令賠繳,恐自後逐年認賠,貽累實無底止。懇請將十一年多支之數准其作正開銷,以後計程從寬定額等情。本部院查核所禀各節,該州支應軍差情形與醴泉、邠州稍異。原定錢不敷支銷,尚屬實情,應否准其在於餘錢内開銷及自後如何斟酌定議,官民均無苦累之處,仰善後局核議詳奪飭遵繳。等因。奉此,並據乾州以前事逕禀到局,查差徭定章,該州運送軍火餉裝四項車價年支錢二千六百串文,流差車馬津貼年准支錢一千八百串文,與邠州、醴泉錢數相等,差使亦復相同,上下各站均敷應用。該州似不致獨有短絀。兹照禀賫供支各差清册核算,内照章應支之學台主考大差及軍火餉裝四項即由乾州徑送邠州,僅共用錢二千五百三十餘串,照定章准支之數尚有盈餘。兹該州將差應支及本省有夫勇營借用各車悉由差徭項下支給,遂致中有不敷短由濫用,礙難再事加增。至永壽界分無多,前經至再酌減,年共攤錢八千八百餘串。前憲台邊猶恐民力不支,復在釐金項下提撥銀二萬兩,發商生息,以補差徭之不足。計該縣年收差徭利息共有銅錢一萬一千五百餘串,照章支差綽有餘裕,並無由乾州津貼車輛之議。兹該州仍照前督憲在同治八年定章辦理,與新章殊出兩歧。現在關隴肅清,轉運無多,官民既無苦累,局紳亦不致有藉口。至本省勇營有長夫運脚者轉運軍裝等項及催餉採買借名等差,如何借用車馬,應照章由各統領營官先於印文内注明數目字,報本局,在於餉内扣還,或由州縣自向該營請領,不得如前需索濫應。乾州去歲浮支之項,應請在於該州津貼款内如數彌補事多流差應支之款,該州亦不得再以過鉅爲口實。緣奉批飭所有遵照核議緣由,是否允協,相應詳請憲台察核批示,以便分飭遵照。

十四日，晴。湘陰王君毓菜字寶卿，陝西同知，未到省，奉調往甘肅，過此，以詩來謁。方伯來商驛站造册及補署事。閱漢陰保甲册，保長管地太廣，恐成尾大不掉之勢，流弊可慮。由保甲局飭興、漢兩府議覆。

札興安、漢中府知悉，案據漢陰廳通判趙倅鴻業申報，遍查過該廳保甲户口清册及辦理情形一案到局。據此，本局覆查該廳四面皆山，地方遼闊，南通蜀道，北連楚疆，相距四百餘里，東西相距亦百餘里，重崗疊嶺，煙户畸零，而造册以一保長統屬各保正至數千丁之多，稽查斷不能用，聲勢則未免甚大。匪徒争相趨附，良民被其魚肉，在所不免。且查南山各屬辦理保甲，似此情形者甚多。若不嚴飭妥辦，誠恐相率效尤，何以靖盜賊而安閭閻。合亟札飭到該府遵照來札事理，刻即轉飭所屬各廳州縣應如何分其勢而責其成，飭令體察地方情形，妥爲議覆。總以因地制宜變通辦理，切勿使良法美意轉滋流弊爲要。切毋違。

新年新霽始見終南山

祥霙初降日呈暉，開歲隨班款帝扉。羃歷連朝同豹隱，光華復旦正龍飛。（十五日親政朝賀。）樓臺喜見含佳氣，鈞軸何曾轉化機。願祝重離能久照，艱難長念小民依。

十五日，晴。五鼓趨萬壽宫朝賀。民間懸燈，有魚龍曼衍之戲。故事，城守營兩縣支帳於鼓樓彈壓，凡三夕。

十六日，晴。是日月食，申正一刻八分初虧，酉初二刻四分食甚，酉正二刻十四分復圓。素服，於大堂擊鼓救護，復圓，易補服掛珠。三次行禮，皆九叩禮也。無府縣隨護而用僧道，則陝西相沿之陋習也。正行禮間，有呼訴者，王聘李女，李欲另嫁，冉教王以搶親，又率衆阻王，劫女歸，始終搆隙者，冉也。捕得發讞，如此巨案而查街委員不知，斥之。

十七日，晴。南山對我粲然笑，如此清涼能幾時。

十八日，晴。部送知縣，方伯考試，文理不通，來商會詳請參，此應辦之事。是日湖廣同鄉團拜。

十九日，晴。懷清以清糧告示來商。陝西清徭之後，民力已舒，惟道糧浮收過重，嘉、道中道員入款至三十萬，回亂後尚十四五萬，近來又減，亦不下十萬。幕友、委員、家丁、差役、里長、什排無不從中染指。陝人之官京師者倡爲折色之議，梗塞不行，謂是民間不願折色，其實完糧之户不論折色、本色,但使稍爲輕減,無不樂從。懷清遣員赴鄉曉諭,示以一定價值,折色、本色聽民自便。白米已交納將完,復遍諭各邑鄉民輸納粟米,中飽之弊裁去不少,亦便民之大政。廉而能惠,可敬也。

廿日,陰。檄武功縣將强盜鞏廣添等七名,不分首從,照章就地正法。不能養、不能教,陷罪罔民,良可愧也。

重刻《明刑管見録》序

道光中,長白蘇完呢瓜爾佳氏穆翰虎臣與其兄韻庭先後官熱河,治獄有聲。虎臣述在官閲歷所得與韻庭之言,凡二十九篇,題曰《明刑管見録》,贛、皖、鄂皆有傳刻。彭年來秦,復刻以貽學律諸君。叙曰:律例,法之一定者也;獄訟,情之萬變者也。執一定之法,治萬變之情,則折獄尚焉。《易》之《豐》《旅》皆以刑、獄對舉互言,而《賁·象》則曰:"明庶政,無敢折獄。"若折獄之難,百倍於庶政者,懔懔乎其慎之也。《周官》小司寇以五聽求民情,而都鄉遂之士莫不曰聽,曰察,曰辨。《吕刑》曰簡孚,曰審克,而申之曰何監、何懲。《康誥》曰明慎,曰紹聞,而申之曰敷求、别求。誠以折獄之難,不在口才之辯給,不恃勢力之威嚴,尤不宜逞私智、執成心以違道而干譽。必視前人所已行者而規其則,必求前人所已言者而審其端。譬猶問途於已經之人、學藝於居工之肆,於是獄訟之來,要其始終,覩其情僞,於貨則爲攘、爲竊,於土田則爲奪、爲侵,於人則爲誘、爲姦、爲傷、爲殺,釁郤何由,鬼從何辨,眚終何别,過故何分,約何以議,張心何以疾狠,蠢愚失誤何以見原,敗常亂俗何以不宥,服何以上下,權何以重輕,單辭何以明清,兩辭何以中聽,言何以擇,辭何以差,何以爲孚、爲成,何以爲疑、爲反。蓋情之萬變者,不可勝窮,而恃吾心之虚,以啓吾心之明,則操之有據,而學之可至者也。虎臣此編,言雖淺近,事理分明,學者讀律之餘,時瀏覽焉,則以律例爲治獄之本,而此編爲折獄入門之資,庶乎其不參差。原書有評,本列上方,今並稍爲增删,采入分注,略使整齊,取便觀覽。光緒十三年正月貴筑黄彭年叙於陜西按察使廨之有紀堂。

廿一日,晴。開印,值國忌,公服謝恩,拜印,退堂後,仍素服。秋審舊事三十八起,人犯三十九名;新事提省會勘三十八起,人犯三十九名;免解由道勘審三十三起,人犯三十五名;内服制情實一起,人犯一名;常犯情實十一起,人犯十四名;内有緩決一名,緩決五十九起,人犯五十九;共七十一起,人犯七十四名。總共新舊壹百壹拾叁名。陝西截至二月初十日止,如有續到部文,再行增入服實。乾州王連貴一犯,係刃傷胞兄王連軫,入實核其案情,則王連軫之死由王連貴之妻王康氏被王連軫穢語偷養野漢,經王連貴盤詰激怒,走向王連軫吵鬧,通令交出野漢何人,王連軫因而自盡,王康氏又已提訊病故,王連貴似尚可原,尚須詳考例案,酌核擬辦。

廿二日,晴。奉到親政賀摺批回。

廿三日,晴。得大兒璸自徽州、次兒瑾自京家信,俱平安。新年始得書,誌喜也。

廿四日,晴。秦丞禀孔罄秋案,札飭再覆。

廿五日,晴。衙参:論部文不能盡遵事。

廿六日,晴。録囚有訴獄官與丁役陵虐索贓逾貫,往商方伯,不答。遂委員提案,至晚,西安府詳参文亦至。

廿七日,晴。晤方伯於官廳,自知昨日之失,謂予言未清,但無撓吾法。吾不難引咎也。

廿八日,晴。閱邸鈔。諭以户部不能規復鑄錢舊制,擲還原摺,交部嚴議。方伯以臨潼署令丁憂,欲使高陵厲令往。予曰:"有案未結。"欲使林令復任,予曰:"縱差殺民,民怨深,不可。"欲以林易首令,予曰:"首令,諸邑之冠也。縱差殺民而優以首邑,是賞昏酷也。"方伯引咎,乃更商其他。

廿九日,晴。連日晴霽而不見南山。同藩司謁中丞,以藍田安令署臨潼,林令往署,安令(遺缺)黄鵠補城固,焦雲龍補富平,皆得人。

三十日,晴。第七孫生,吉日維午,命曰"駟成",小名曰"馬官"。

【光緒十三年二月】

二月初一日,陰。廟香後,衙参關白。鎮安劉恮怔殺方寶華一家三命案,擬凌遲、緣坐。至盩厔余信等殺苟姓一家五命案,府擬未協,擬飭再訊。同知趙鑑查平利黄春荷等殺劉姓一家四命案,主謀凶手已得。又膚施楊令解陳元海殺李丕玉父子一家三命案,訊無幫工,尚未可信。陝西民情樸厚而過於强悍,非嚴辦無以懲凶殘,僅刑罰不足以化凶殘也。

初二日,陰。隨班祀文昌。天神乎?人鬼乎?待考。賭博爲盜竊之由,故嚴禁之。然小民易禁,營棍遊痞難禁。官幕之不自愛,亦入其中。予明示飭拏,賭魁雖遁而餘人不散。縣丞況守誠爲緝獲十一人,交長安縣治之。方伯亟賞況縣丞,欲獎勵,亦善舉也。

初三日,陰。連日欲雨未成,然寒氣侵人甚矣。得瑾家信,寄厚成孫詩文字,皆有進境。試家塾詩題曰"千里駒",戲擬一首。

賦得千里駒(得駒字,五言八韻)

千里稱良馬,初生已自殊。志應同老驥,家喜得名駒。本以龍爲種,真如鳳有雛。兼圻開道路,峻品出騊駼。今夕歌空谷,他年料識塗。九方誠善相,八駿合呈圖。程早通畿甸,情羞戀豆芻。雁行齊努力,按轡步天衢。

初四日,晴。隨班祀西嶽,封内山川歲時修祀,禮也。西安府來商榷諸案。午後陰雪,南山倏見,積雪猶滿山陰。

初五日,晴。衙參後同出城,至魯齋書院,黄小魯觀察講學處也。拜賀復齋明經。昔年在劉霞軒中丞處一見,學宗朱子,不爲科舉之學,設教三原,從遊者衆,秦中大吏皆尊禮之,從民望也。是日設講座,復齋講《大學》《西銘》《小學叙》頗能貫通,而推本於立志,爲學者勸。菊圃亦講《大學》一章,誦經注抑揚有聲。逼予講書,予拙於口舌,不能應。小魯又請予出題,强應之。又逼予講題,詰曲不能出口,可愧也。

初六日,陰。閲秋審册。劉九一名原擬罪無出入而名例未切合,故緩實難定,罪疑惟輕,遂擬緩。閲諸員看點《律例》。

初七日,陰,微雪。接見僚屬,斥條陳擾民者。上官行政,不能無偏,屬員貢諛,不啻因風縱火,民不聊生矣。予從旁撲之,未必能滅,庶稍減烈焰耳。核秋審册,王連貴刃傷胞兄竟不能入緩。

初八日,陰。邀賀復齋觀文廟演禮。禮器之殘缺者已補造,樂舞亦中節。兩廡牌位之誤書失次者,曾差知縣朱子春、陳貽香更正,尚有未察出,如方正學先生名誤作"儒"字,恐此外猶有訛,祭後當再檢之。

初九日,微晴。隨班祭文廟,彭年分獻西配。聞復齋率生徒演鄉飲酒禮,知者美之,不知者笑之。有欲以私賄助瘠缺屬吏者,無論不能遍給,亦非體也。孟子曰:"惠而不知爲政"。

初十日,陰。分祭壇廟,彭年分得五嶽廟。五嶽,天子之祀也。周、漢、唐舊都，故應有祠，然非地方官所得祭，習焉不察，乃謂有其舉之莫敢廢，非禮也。是夜雨。

十一日，雨，午後止。閱諸牧令所點《律例》七十本畢，内李雲生《考律例源流》一篇，博綜經注、史志、《三通》、諸子及目録諸家之言，采擇精審，博而不煩，簡而不遺，校正《佩觿》之事亦有精義，是儒者讀律，非僅申韓家言也。此外亦多能用心者。宋熙春旬日之間點《律例》並三層附載小字共百余萬言，可謂神勇，然太多太速，有譌誤，至無文義處亦輕率點過，因批戒勸，恐阻其邁往之氣，又欲啓其慎密之心也。

十二日，陰。四鼓赴文昌廟。雨後泥濘，時防傾跌。隨班致祭畢，獨出南門，祭終南山神祠、封内山川，禮也。作書寄天津書局，因所購書已到二百十九種，其未到者，命解餉委員便道往取也。保甲委員連獲窩竊賭犯，賞之。午刻晴。

十三日，陰。隨班祭關聖帝君壯繆，在明尚稱侯，我朝尊之曰聖、曰帝，各省靈迹昭著，奏乞表章。咸豐中，特旨列入中祀，欽頒樂章佾舞，尊崇極矣。前朝以太公、留侯爲武廟，今以帝君爲武廟，又幾與文宣並。雖曰忠義之氣，古之忠義獨一人乎？吾觀史册，伍子胥、項羽、蔣子文遞相崇祀，或興或廢，莫不有時運焉。人鬼一理，無足怪也。是日，蜜食與生梨同啗，遂至腹泄不支。方伯來，議計典事，强起應之。

十四日，晴。病愈。南山顧我粲然笑，不改仙人冰雪姿。

十五日，晴。廟香畢，訪懷清歸。趙丞鑑自平利提案回，來謁。罪人斯得，可期成讞。述山行雪深數尺，馬死僕傷，趙君亦病足不良於行。

十五日，晴。祀太白山祠。中丞主祭，予與藩司分獻左右太白山神。關中諸山，莫奇於太華，莫長於終南，莫峻於太白山。在郿縣南，即《禹貢》惇物山，洞池最多，所謂“三十六洞天”，尤著者大太白池、二太白池、三太白池，一曰大阿福、二阿福、三阿福。諸池水下山由赤谷分三派，一爲洪溝河，一爲教坊河，一爲清湫河，入渭。宋紹聖封濟遠公，又進惠濟王。元世又析封三王，曰普濟，曰惠民，曰靈應。西安舊有太白廟，乾隆五年總督尹繼善奏請列入祀典，三十九年巡撫畢沅禱雨得應，奏請特加封號昭靈普潤福應王，頒御製詩一章，泐石廟中。今歲時舉祀，禮也。夜微雨。

十六日，晴。關中書院院長柏子俊先生入城，往見，禮也。復齋、焕堂、子俊皆一邦之彦,學者師之,必有興起。

十八日[1],晴。閱學律館七十貳本畢。李嘉績、程壎校勘闡發,均好學深思,心知其意,非苟爲鈔胥者。

十九日,陰。同藩司往院白訟事。

二十日,晴。衙參:陝西寶陝局鼓鑄久停,譚文卿制軍撫陝時試辦,因虧折過甚,旋復停止,近奉特旨,飭各省開鑪,農部因而獲咎,不得不催舉辦。陝西鑪局雖有舊規,采銅實非易事。南山所産既屬無多,收買廢銅亦復無幾。中丞屬予致書湖北,詢滇運餘銅及洋銅價、價值運脚。

二十一日,晴。樊川之勝,爲城南第一。昔居關中,值回亂,去年重來,困於簿書,屢欲往遊,未果。蚤起,邀馮曉卿、夏芝樓,携兒國瑄、從孫振桂,出南門,嚮南行,過八里邨,大小雁塔並峙,左右草長麥肥,青連阡陌,風和日暖。又南行十里,過韋曲,途人指高原曰,循原而東即樊川矣。又行五六里始至。高坡有祠,方建亭其上,闍闍之聲澈於道左,則杜子美祠也。入祠拜謁,憑欄而眺,終南山爲霧所隔,猶隱約見積雪。樊川自大小峪來,縈迴若帶,其旁多稻田,尚未插秧,而水光日光交相掩映,麥田錯出,帶鋤負耒、牽牛驅犢者,往來其間。祠對南山,屏少陵,几神禾,左華嚴,右勳蔭,誠神皋之奥區,有江南之勝趣。祠内古槐枝曲下垂,形若龍爪。古柏四時有花,相傳爲唐時物。牡丹數十本。時花新樹,臺畦成列。其旁爲牛頭寺,有唐乾符六年《陀羅尼經》石幢,高可六尺。考《志》,祠本在牛頭寺南里許,毁於火。嘉慶中巡撫方維甸改建于寺東,與寺相屬,回亂復毁。予友林君壽圖官布政時輸貲重修,閩謝章鋌爲之記。今中丞葉公復丹漆之,建亭其旁,工猶未畢也。日午飯罷,迂道大雁塔而歸。夜三鼓,北廣濟街不戒於火,同城文武官皆至,救熄,傷二人,未死。城中井深汲艱,驟難得水,雖有水龍,未甚得力。

二十二日,晴,晚陰,夜微雨。中丞、司道率關中書院肄業諸生詣院長,受業行送學禮,先拜先聖與院長,行賓主交拜禮,諸生以次拜官師,頗整肅。

二十三日,晴。司道公請院長,敬師禮也。書院學規久弛,或一人占屋數間,招集蒙童,或借書院爲護符,包攬詞訟,或吸鴉片,群聚賭博,或

① 整理者按:十七日原缺。

晝夜遊蕩,不歸號舍,徐圖整飭,聞子俊將至,自院移出已數十人,先聲所樹,整理非難也。以京津及省城三原所購書二百餘部,司道備文移送書院。

二十四日,陰。召省城四局委員、紳耆會於保甲局,籌禦火之策,因見廿一救火水龍已到而得水甚艱,亡羊補牢,未爲晚也。懷清善爲説,紳耆皆樂從。雒南史黑女因客民屈毓璽調姦自盡,黑女面有傷,類强姦者。縣詳謂是摸傷,又删去傷痕不叙,恐貞烈之女抱忿輕生,竟無抵償,而淫凶漏網,尤關風化。檄山陽令沈啓黔往治斯獄。啓黔,秋帆同年之子。秋帆在黔著循績,而啓黔治山陽頗有父風,或不致枉不能伸也。閲秋審册,新案七十九起,入實者十四人。

示各坊鋪户籌備救火水桶

爲勸諭事。照得省城地面户密人稠,回禄之災難期永息,雖由疎虞之所致,寔亦救應之未周。本局現奉撫憲面諭,妥籌善策,防患未然。查陜省土厚井深,取水不易,救應之法以設立太平水桶爲第一。爲此諭仰商民等知悉。爾等宜念房屋貨財,經營匪易,居安思患,觸目警心,各宜一體恪遵,勿得自懷觀望。兹將籌備各條開列於後。

計　開

一　所設水桶,不可大小任意,必須高及五尺,徑及三尺,須將現設桶之寬大者量作定式,以廣儲蓄而資挹注。

一　鋪户大小不同,上等之家,一家設一桶,中等者,兩三家合一桶,無力者,五六家合一桶,須將蓄水功課均匀派定,書於桶上,無井之家,亦須酌出人力。

一　設桶之處,須當有井之家門前,取水較便。

一　桶旁培一土塿,或作相連木櫈,高及桶之一半,以便挹取之時總賸半桶,仍不費力,或將桶底入地尺餘,俾桶口稍低,取水尤便。

一　桶須有蓋,平時鍵以小銕鎖,以免污穢。設桶一處,另製四小桶,放置大桶蓋上,用繩連屬,俾免遺失,臨時取運,不致倉皇缺乏。

一　平時注水,責成牌頭經管員紳稽查。

一　委員勸辦時,須將有井之家密記一册,以便用水之際登門催水。

一　桶既設齊,須定轉輸挹注之法,假如廣濟街外有警,救火之人,自能由東西兩邊取水,而東之東、西之西、南廣濟街之南,由遠及近,遞相輸水,一桶倒一桶,一家供一家,門外桶中之水既經轉輸,門内即將井水提出,傾注桶内,以期用之不竭。若工夫稍久,總西南北三門之水,皆可遞轉,至用水之處,水既應手,撲救自易爲功。

一　所有鋪户,各置小鑼一面,一經火起,自近處先敲,頃刻逾傳逾遠,所有鑼聲到處,皆宜輸水,自遠而近,火勢既熄,則近處之鑼每敲兩下,頃刻傳至遠處,即不必供水矣。次早各將桶刷净,滿儲清水,鎖閉如初。

一　各段員紳,一聞鑼聲,即各赴本段,傳鑼催水,不必齊赴起火處當差,以收寔效,其平日查街,亦應隨時加意,催令桶中添水,並責成各坊段十家牌頭,督飭各户,桶儲務滿,勿令虛設。

一　大街鋪户,多有樓房,近聞頗有燒炕燃燼於樓上者,通夜不熄,試思樓房皆係木板,且距椽桶甚近,安可置火其間,殊非自衛閭閻之道,嗣後應令一律禁止。

札山陽縣沈令啓黔知悉,案查前據雒南縣由州招解客民屈毓璽調姦史黑女未成,於寢息後聞夫家查問,追忿自縊身死一案,到司。經前司以案情支離,發委西安府審,因犯供與原招不符,稟請發回,商州訊因犯供與委審歧異,稟請發回該縣就近質訊。嗣據該縣覆審,由州招解到司,復經本司以犯供仍有未確,逐層指駁,發回該縣再行悉心研訊確情,作速妥擬另招解勘去後。兹據該縣稟稱:敬稟者,案奉本州轉奉憲台札開,案據卑縣招解民女史黑女被客民屈毓璽調姦未成,於寢息後聞知夫家查問,追忿自縊身死一案,以案情未確,發回覆審,另招解勘,等因,到縣。奉此,仰見憲慮周到,卑職何敢稍存規避回護。原詳不爲虛衷推鞫遷就草率,遵即提集人證,照依指駁情節悉心研訊,非特屈毓璽堅不承認强姦,呼天搶地,矢口稱冤,即屍親史彦重等僉供前情不諱,並極力代爲剖辯,甘願具結存案。卑職深恐若輩罔識義忿,受賄扶同捏飾,風化攸關,誠如憲諭諄諄,無以儆淫惡而慰貞魂。前月底因赴鄉查禁罌粟,曾改裝易服,復在於該處附近鄰佑密查暗訪,父老士民相傳調姦無異,始知案情尚覺確鑿。至該犯前在讞局供及因摸史黑女臉面致指甲抓傷一層，卑職疊爲考究，詰以如無强姦實迹，何肯自認摸傷，顯係狡展避就，隨據稱係畏刑混認，刻下任令三木相加，再不承招。伏查審理案件，固不可捨有隙之供彌縫開脱，亦未便以莫須有之事鍛煉成招。是此案屈毓璽既無强姦證據，屍親又已詳細供明，似可爰書定案，無慮輕縱。第所礙者，史黑女臉面抓傷，卑職於相驗通禀時亦以迹近强姦預防生出疑竇，始欲節刪，繼思山内居民刁狡成性，假使他日藉傷誣賴上控，一經查出，姑無論隱諱欺瞞之咎自難稍辭，更恐轉成粉飾，故出人罪，大干例議。是以照實填報。兹竟以此臉傷難昭信讞，致屢上煩憲廑，不勝悚惶之至。然念案已迭次嚴審，反覆推敲，智窮力竭，現亦實無可研求矣。例限早逾，再四思維，惟有仰懇恩憲，俯賜密委賢員下縣，詳細訪查，或强或調，自然昭彰，庶案可期定結，不致久懸。並可否將史黑女臉面抓傷刪除，以歸簡浄而昭核實。等情。據此，查此案衅起因姦時在傍晚，又在曠野無人之地，死者面受抓傷，顯有强姦情事，乃該縣並不研究確情，治該犯以應得之罪。先則謂史黑女被該犯調姦時自行抓傷臉面，後又謂係被母斥説自行抓傷，任意變幻供詞，曲爲淫凶開脱。迨經屢次駁審，又經讞局訊據，該犯承認因摸臉抓傷，死因調姦氣忿等情，飭令確訊，仍不肯究詰真情。其始取具屍親供結，以實人犯狡避之供，今復禀請刪去抓傷遷就該縣開脱之案。似此承讞，尚復成何事體。審辦案件，倘該犯情實有可原，原不必過求深刻。今此案驗明有據之傷，豈能任意刪改。一經遷就，案情必至支離。況似此淫凶，論情無可憫恤，若復曲爲開脱，使貞烈之女抱忿輕生，竟無抵償，殊非持平之道。查該令前經本司檄委，會訊該縣民人劉元林上控周虎兒等毆傷伊兄劉沅財身死懇請開檢一案，此時計未差竣，應即就近訪查確訊，期得真情。除禀批示外，合行札委，札到該令查照來札事理，刻即調查縣卷，就近訪查，提集犯證人等到案，虚衷推鞫，務得確情，據實禀覆，察奪移交蕭令，迅速按例擬解，既不必拘泥本司批札，亦不得迴護該縣原詳，務須秉公審辦，以期生死兩無含冤而已。是爲至要。切切。此札。

行　山陽縣沈令　　札委該令查訊雒南縣客民屈毓璽一案另招解勘由

光緒十三年二月　　日

二十五日,晴。衙參:論户部撥商借款倉粟留以備荒不可撥抵兵餉,善後局議覆部文指裁諸款分别能裁不能裁詳請咨覆。

二十六日,晴。

二十七日,隨將軍、巡撫赴萬壽宫迎皇上親政詔書。詔至,跪迎。詔過,起。捧詔官捧詔自中門入,文武各官自左右門入。詔陳正殿,各官行三跪九叩禮。讀詔官滿漢二員,先讀滿文,次讀漢文。宣詔畢,謝恩,行三跪九叩禮。退,釋朝服,各散。延榆綏道馬君相如字襄甫至,同館後輩也。

二十八日,陰。隨巡撫至太白廟恭懸御書匾額。去年鄠縣、武功、長安諸縣皆以祈雨爲請,巡撫奉御書後以墨本歸太白山,省城及各邑皆鉤摹懸掛。是夜微雨。

二十九日,雨。雲門至,代鈔《朝邑志》一卷,此《志》明韓五泉撰,與《武功志》並稱簡要,然文獻不備,非《志》體也。

三十日,晴。有向屬吏言失信於民亦可者,援"國無倖民"爲詞,謂不可施惠,恐是以私見讀古人書,故不自知其行事、立言之謬也。吾儕聞之,可以自警。

【光緒十三年三月】

三月初一日,晴。蒼葭園編籬蒔花頗有佳趣。夜起賦詩,甫脱稿,僕夫來,告輿已備矣。行香,衙參,至薇垣公讌馬觀察。歸已日晡,聽訟。至夜始閲公牘,三鼓矣,不覺倦。

蒼葭園四詠示學律諸君

去　草

淹留鵠山下,承乏來西秦。官舍鞠茂草,呼童翦荆榛。慨思周任言,惡去善者伸。吾心似山谿,開塞豈無因。

蒔　花

柏垣秋氣多,蒔花養春意。灌溉須及時,向陽先得地。愛花盼花開,惜花恐花萎。殷勤爲護持,此理通於治。

編　籬

吾愛蒼蒼葭,霜氣猶未澹。編爲幾籬落,上下隨坡坎。聊以示範圍,亦不礙觀覽。隨時補其罅,豈畏羝羊撼。

疊　石

終南隱朝霧,突兀起庭中。高峻不可及,廉角將毋同。我乏補天術,應借他山攻。諸君勤砥礪,霖雨望方隆。

初二日,晴。

初三日,晴。得安徽家書,有從兄之妻之喪。

初四日,陰霾。

初五日,早陰,午微晴。

初六日,微晴,大風,夜雨。

初七日,雨約二三寸,新種樹可活矣。

初八日,雨止,風作,甚寒。

初九日,晴。天氣澄清,南山在望,峰如積玉,始知山中降雪也。連日閲學律館書七十二本,總核秋審新案七十九起,精力尚能支持。惟客來不盡有事,殊嫌攪擾耳。沈子克來。

初十日,晴。衙參:委員報獲職官私造假銀,發西安府訊治。各屬報雨牒,絡繹盈案,臬司公牘多愁苦之詞,見此使人心氣愉暢。

十一日,大風。予創議爲關中書院置書。懷清修藏書看書齋房既成,苦無經久之費,書院舊有志學齋,前馮展雲中丞所立也,經費頗裕而課只時文,所定讀經之法亦徒爲時文取材,非真能課以實學也。就其經費更定學規,由中丞檄行。

重定志學齋學規

一　院長修金二百四十兩,按三節致送。

一　監院二員,酌定每員薪水銀三十兩,每年共銀六十兩,按三節支領。

一　委員二員,酌留一員專司志學齋應辦公事,會同監院率齋長清理書籍及收存書板,兼課吏局事務。每年薪水銀八十兩,按季支領。

一　設齋長二名,司收發書籍、經理日記課程,每月給膏火薪資銀伍兩,冬三月月給煤炭銀壹兩,留一名在齋度歲,給銀肆兩,每年共銀一百三十兩,按月給領。

一　舊給門斗銀二十兩,責成不專,難期得力,應裁。今定由院長擇學書門斗中勤慎者,學書一名,門斗二名,專供志學役使,每名月給銀一兩,每年共銀三十六兩,按月給發。

一　設茶鑪,供齋長、看書人茶飲(欲飲茶者自赴茶房取茶。)茶夫一名,工食對半錢肆千。幫工一名,錢二千(茶夫自雇。)均不管飯食。煤炭、水、茶葉、鐙油,共錢柒千,每月約銀四兩(以銀易錢,有餘存公。)每年銀四十八兩,按半月一發。

一　院長傳見指授諸生請謁質疑,毋庸拘定日期,舊設講期之費,今裁。

一　院長批發日記,擬定名次,毋庸分别等第,二月至十一月每月獎賞銀捌拾兩,以伍拾兩爲志學齋諸生獎賞,三十兩爲書院正課諸生看書交日記者獎賞,有無多寡,悉由院長臨時酌定。其不在書院課内好學求益願來看書者,須先報名查實,再給領看呈交日記,一體批閱,毋庸給獎。每年銀八百兩。

一　嚮年經費壹千伍百兩,今定各項用費一千三百九十四兩,尚餘銀一百零陸兩,爲閏年添補經費及每月刊刻日記、課藝、刷印課程等單紙張之用。

一　課士以行爲先,院長所定學規切中士子弊病,各宜謹遵,不得違犯。

一　齋房前進藏書,後進條案、排坐,毋得飲酒、遺火、擁擠、喧譁,亦不准於看書之所會客,致滋煩擾。

一　舊存新購書籍,就現有者由院長擇善書派令票寫書籤,(第一行某部某書若干卷,二行第幾函某卷至某卷,三行標寫子目,爲此則易於檢查。)交齋長分别部居,裝廚編目。(續購之書隨時增入。)其書目繕寫三分,一存院長,一存糧道,一交齋長。齋長住齋,有事兩人輪换,不得同時外出,諸生取書籍者隨時填單發給,不得故延。辰刻發,酉刻收。填單封鎖,每十日將收發書單彙訂成册,以備查考。諸生出齋時,必須將書交清,不得携書至所住房内。書上不許動筆批點,小心擱放,以防水濕墨污。所看之書未畢,只許夾簽,不許折角翻書,勿用重力,致損篇葉。每届年終,委員、監院、齋長公同清理一次。齋中書籍,無論官紳,概不出借。有欲查書者,自就齋檢鈔。至舊存書板,開册存儲,或有斷損,或須刷印,均由委員、監院稟明糧道,妥爲經理。

一　看書之法:曰校勘,或一事而紀載各殊,或一書而前後互異,以及諸本之譌誤衍脱,須爲證明;曰纂録,或節取一書精要,或兼采群籍參稽,非徒鈔胥,自有經緯;曰疑義,言考據者必衷於義理而考據始精,言義理者必加以考據而義理始確。欲求精確,先在虚心。書須博觀,尤貴專一。如治經者,一經未畢,不得更治他經。治事者,一事未終,不得更治他事。參證可羅衆説,專治要只一端。逐日分别條記,十日匯爲一編。課程單内只列幾條數目,呈諸院長批閲。院長指示,敬謹聽受,如有疑難,静候查考。學問之道無窮,或持門户之見,以相牴牾,或引偏僻之書,以相詰難,皆學人之病,諸生戒之。

一　文有一日短長,好學者已得門徑,甄别偶遺,殊爲可惜,今擬每年年終院長將齋長應换、應留及諸生學術最優者開列十名,交糧道存記。如甄别未取,酌准應課看書。

十二日,晴。薇垣來商計典舉劾,欲舉偏端私見劾聲名最好之員。予曰:大計以弊群吏之治,就一人而論,當考其三年之績,就通省而論,當考群吏之績,不得以一事定也。薇曰:非如此不可。予又曰:典者常也,當以常法行之。若爲一事而發,自有隨時詳參之法。又不可。予乃曰:如此不敢隨同畫諾。則又曰:請中丞示。曰:中丞未必允行,即允,吾亦不畫諾。乃止。

十三日,晴。至巡撫署,候升堂,同司道參堂入座,訊囚劉怔悻[①],恭請王命,凌遲處死。隨王命出,監視行刑。此囚殺方寶華一家三命。寶華,鄉里惡人也。治獄者欲以擅殺論。予謂寶華罪不至死,悻怔殺由私仇,近日一家數命之案疊見,非重典不能示警,遂論如律。薇垣約衙參,陳大計舉劾。

十四日,晴。感時疾,乞假。

十五日,晴。因病得閒,殊不惡。作書寄瞿賡甫,乞代購《律例》五十部、洋水龍一架。

十六日,晴。小愈。閲秋審册,院幕所改多未協,雖無關實緩,而勘

① 此處應爲"悻怔"。

語出入,恐致部駁。函告中丞,乞更。

十七日,早,晴。過院銷假。訪懷清談。絳桃一株,灼灼可愛。歸卧片刻,雷電作而雨不大,遠處當有遺雨。

十八日,晴。携印過藩司會印。閲學律館書。

十九日,晴。

二十日,晴。寄皖書,助喪費。巡撫計典封門。

廿一日,晴。先名官公生日,溯降生之年迄今九十年,棄養二十一年矣。育嬰堂祠有祭紳主之,小子官斯土,不敢往,設祭於家。

廿二日,晴。巡撫既發計典摺,司道入白事。既退,巡撫復召兩司議事。巡撫戒藩司毋以已戚名上乞委署,杜逢迎也。藩司不予某以調缺,慎選擇也。節取分觀,各有佳處。

廿三日,晴。出東郊,爲壇,祀先農。巡撫主祭,將軍、藩司以下隨之。耕耤,巡撫秉耒,西安府播種,咸甯縣執箱;藩、臬兩道秉耒,知縣播種,佐貳官執箱;府縣秉耒,佐貳官、農官播種,執箱。皆九推,耕畢,謝恩。滿漢文武官皆行禮而不耕耤。歸,過魯齋書院稍憩。藩司復邀銜參,以羅忠節公之子羅兆升補孝義同知,官人之中寓恤忠之意,是舉也善。

得錢松壺爲張味石畫《矮屋圖》,與葭園風景相似,
即借以圖吾園

數椽小屋對群巒,何異千間廣廈寬。官舍本來如傳舍,借圖聊當雪泥看。

廿四日,陰。録囚。甘肅臬司方幼銘赴任過此。

廿五日,早晴,晚陰,夜微雨。

廿六日,早陰,午晴。杜子祠、慈恩寺工程告竣,同官聚而落之。予貪看山色,黎明先往,雨後山光明净,白雲起於山半,雲外山尖,不啻蓬壺方丈。已而雲氣上升,如披絮帽。於漸近則看山愈真。巖壑層疊,梯田上下,歷歷在目。過韋曲,緣少陵原入樊川,則秧水方滋,麥已抽穗。入杜子祠,懷清亦至,牡丹正開,唐槐、古柏間别具幽香醲艷。出所携錢松壺畫卷共觀,各出壺檯劇談爲快。少頃,江海帆、李覺堂諸君至,俄而隴間峰上人來聚觀,則中丞至矣。拜杜子讀古碑。飯畢,同至慈恩寺勘工。歸已日晡。菊圃持罌粟之禁甚急,慮田間有未盡翻犁者,託詞未往,其實只四區已拔除。失此勝遊,頗爲惜之。以不見爲禁已行,猶是俗吏之所爲也。

廿七日,陰,晚微晴。司道讌隴臬於冠山堂。夜雨。

廿八日,雨,大風,寒甚。是日爲先太淑人忌日,杯圈不飲二十有八年矣。陝西秋審過堂嚮以是日舉行,不敢以私廢公也。録囚本哀矜之事,京朝勾到臨以素服,而外省因參堂,皆補服掛珠。予既逢家忌,又從衆行,此非禮之禮,良用疚心。歸署,素服謝客,思以補過。奴僕有不軌於正者,逐之。洵陽縣牒報孝子楊鴻春母馬經年患腮漏,春禱於神,願以身代,母愈,遂取錐自刺其腮。今年正月,母患心痛,春又禱於神,剖腹割肝,母食之,痛頓止,春創亦漸愈。里人稱其孝,乞爲請旌於朝。今歲安康、洵陽兩孝事同,孰謂南山風俗不美哉。

廿九日,晴。同城文武以秋讞過堂日,會飲於臬署,非禮也。然沿習已久,不能遽革。予適有家忌,因請改遲一日。知其非義而不能速已,愧對古賢,亦不獨一事。

同人集杜子祠紀事

朝朝簿書赴期會,看山兩眼被遮蓋。昨宵微雨洗塵氛,半日偷閒出郊外。關門纔啓萬山來,如舊相識顏爲開。雲海茫茫數峰出,又如仙人招我遊蓬萊。蓬萊雖遠樊川近,杜子祠前酌清醖。堪笑桑麻幾畝田,先生謾言此生自斷天休問。富貴華開各鬥新,(祠多牡丹五色咸備。)柏林常占四時春。(柏樹四時著花,土人呼四季柏。)千歲老槐乃神物,巖栖谷隱依詩人。(古槐蟠曲,《志》云是唐時物。)勛蔭原頭發高詠,弔曲當年亦豪姓。至今惟有少陵村,詩句江山互輝映。歸來車馬尚成行,原陘高低度夕陽。采得農歌入新唱,大麥抽穗小麥長。

(樊長遠整理)

第四十册　默化堂日記(光緒十三年四月)

【扉頁浮簽】
紀陝臬任内事
默化堂日記 四
光緒十三年四月初一至閏四月廿九日

默化堂日記卷四

【光緒十三年四月】

光緒十有三年夏四月初一日,晴。行香,衙參,論各屬差徭。前因兵差、流差相混,流弊甚深,累民太甚。光緒十年,釐定收支,各款從新整頓,於裁減浮費外,仍留盈餘,以備荒年。免派差徭之再積有餘,買穀存倉,誠以前遭荒旱,居民流亡甚慘,綢繆未雨,思患預防。乃各屬無關緊要之事,動以差徭贏餘爲請,又冀將流差混入里局,局紳藉官之貪婪,從而浮冒,互相朦蔽,弊竇日深,若不力加整頓,盈餘又成虚設。議由善後局飭將差餘現存錢穀據實報明,以後遇有新舊交替,照章核算。明確仿照倉庫錢糧正款辦理,將里局存款另列,交代專報造册結報。此款不清,或逾限不報,即倉庫正雜無虧,亦即從嚴參辦。後任如通融接收,查出,令出結之員賠繳。如此明定章程,庶流弊可竇,遇有水旱偏災,鄉民不至流爲餓殍。

初二日,晴。課試關中書院諸生,收正課卷三百四十餘,投考卷九十餘。正課者巡撫甄别所取,投考則每月取録,下月附入正課。《四書》題"正己而不求於人"。此題朱注無解,講家以"不陵""不援"謂不求人。"順己""庇己",固是不願外之意。鄭注引《論語》"君子求諸己,小人求諸人"爲訓。按《論語注疏》訓"求"爲"責",與"躬自厚而薄責於人則遠怨"之旨合。諸卷中無用古訓者。詩題"舍己從人",得"人"字。

初三日,晴。得蒯蔗農布政覆書。寶武局所購洋銅,有鈔銅、錠銅、天和山銅、立里山銅各種，價每百斤自銀十兩零至十一兩零不等。菊圃出所詢户部購洋銅價，亦不過九兩至十一兩零。而直隸則十二三兩，山西則十五兩。鉛價户部購自天津者，每百斤銀四兩五錢，而此間每斤錢百數十文。自上海至漢口，每百斤運脚銀三錢五分零，自漢口至龍駒寨船價、龍駒寨至西安騾價，統共合計銅六四、鉛三六，連運脚每鑄錢壹千共費銀六錢二分零。陝西鎮安山産銅，鍊三次，提净銅合鉛，算鑄錢一千，本銀七錢八分零，購洋銅核計每百千省銀一錢六分。吾意洋銅可購，山銅宜采，並行不悖，方無乏銅停鑪之患。山西開自津運晋脚價銀五兩，以車載斤數合車價，浮開三四兩，合所購銅價每百斤浮出銀七兩，甚無官之漁利也。

初四日，晴。延正途牧令閲課卷。

初五日，晴。衙參，有妄對者，巡撫斥之，同官之耻也。而被斥者靦然事上加恭。予言子弟事父兄如此可謂孝恭矣。懷清面責予非，謂將以多言賈禍。直諒之友益予非淺，翼日當叩頭謝之。

初六日，晴。中丞奉詔閲兵，先往潼關同州，明日啓節，司道咸謁見，關白請命，禮也。

初七日，晴。文武送中丞於東郊，請調隴州會訊重案。三水今八水逼城，夏汛恐陷，請委邠州勘估，勸輸修理。

初八日，晴。司道公讌鳳邠鹽法道顧君於江海帆觀察寓齋。顧君名肇熙，字緝庭。吴清卿督防吉林，奏調授東邊道，緣事去任，復銓今官，精練吏事，常刻《入幕須知》，學治者取法焉。

初九日，晴。謝懷清直言。賀緝庭履任。集四子書聯曰："一未能焉，五弗措也；三必自反，兩如之何。"丐懷清書懸座隅以自警。

初十日，晴。中丞公出，遇衙參日，猶集官廳議公事。

十一日，雨。山西知縣吴桓之來，柳堂先生之子也。河南知縣郭炳新來巴州，余禮部文焕蔚卿之弟子也。蔚卿養親不仕，篤信好學，相見於巴州劉中丞幕中，别於廣元，廿四年矣。詢其精力猶强，子姓學有成就，爲之欣慰。

題高且園指頭畫

飛泉掛壁，兩人坐觀

飛泉一縷出荒陬，萬里終歸江海流。莫待它時論清濁，閒情先與證源頭。

秋葵小鳥,生動有致

疏枝微彈集輕禽,響觸金鈴意不禁。斜睨小蟲防食葉,殷勤同是護花心。

山角樹蔭,小兒牽牛有强挽之意,戲代牛言

老牛穿鼻被童欺,我欲耕田爾欲嬉。盼到斜陽馱背上,一枝短笛任横吹。

老翁隱甕而卧,旁一甕、一壺、一杓、一奚

一甕盛酒一甕空,醉憑空甕卧庭中。醒時壺杓自斟酌,童子何勞涸乃公。

鍾馗擊鬼

妙絶兩峰鬼趣圖,東坡説鬼情堪娱。終南進士何多事,捉鬼反被鬼揶揄。

山坡無樹屋,雄雞獨跱,作長鳴之狀

蚤起孳孳各自營,夜來魂夢也難清。山中幸與塵囂隔,報曉一聲天宇明。

秋山行旅

圖中一客似還鄉,問客因何策騎忙。爲向龍駒(山名)最高處,鞭頭遥指是湖湘。

柳陰泛鴨

鴨知水暖柳如絲,正是湖南草緑時。萬疊雲山阻歸興,何人重詠《采薇》詩。

指頭生活且園擅長。朱崙瀚酷似其舅。後此惟觀生閣頗得指法,吴僧效之,則流入惡派矣。

十二日,雨。園中種柳百餘株,皆已回甘,得雨復生,吐葉者三十餘株。石臼瓦甕,種荷亦浮小葉,補池放水,(賣)[買]魚百餘頭蓄之,觀其圉圉洋洋之狀,一腔生意。

十三日,晴。雨後新晴,暄妍可愛。登阜望南山,不見。天氣尚寒,雨意未歇,麥正揚華,農田盼澤,又畏陰霾。如此雨暘時若,各償所願,不易得也。成都將軍岐四川總督劉請以陝西荒地移駐防屯田,緣駐防生齒日繁,同治中,將軍崇厚即有卻海耕田之議。予時在藩司幕,亟贊成之,而不果行。前年撥補金陵駐防，所遣無幾。今爲此奏，亦不得已之計。惟體察秦中情形，難於舉辦，中丞飭善後局議局員擬稿，叙述未明，予爲易之。

善後局司道議成都駐防來陝墾荒詳

遵查陝省自遭兵燹旱荒以來，各屬報荒者計共三萬三仟餘頃。自光緒六年設法招徠，至上年冬間，除先後報墾外，實荒者尚有二萬餘頃之多。如果駐防閑散，可以屯田，誠於國計民生兩有裨益。惟體察情形，驟難興辦，約其數端，敢敬陳之。陝省膏腴之地皆在渭河南北，報荒者多在北山内外瘠地，其中稍有沃土，先經本地農民墾開，次則客民擇種，所餘大半皆磽磽、砂石、窪下、陂陀，用力彌艱，收成彌歉。偶遇雨澤，愆期領種者，往往舍業而逃，熟而復荒者有之。西安駐防從未聞有承攬佃耕之事。今以成都丁壯，令其舍樂土而適荒邨，授以秦人不種之田，無益生計，其難一也。荒地分散數十州縣，每邨或數畝，或數十畝，零落不成片，如土著之民生齒日繁，各就田業，近處尚可次第墾種，旗民則向皆聚族而居，驟使零星散住，友助無資，統帶之員，既恐難於兼顧，遇有旗民交涉事件，亦豈能設立理事多員，其難二也。陝省鄉民，半皆穴居野處，即有邨莊廬舍，被賊焚毁無存。近年木料、甎瓦及工匠價值，百物昂貴。若令起蓋房屋，需費浩繁，加以市鎮寥寥，民間日用所需，如葱、醬、油、鹽，亦須購自數十里外。此等情形，不獨他省民人不願託業，即省南各屬貧户亦多觀望不前，誠恐旗丁未必樂於從事，其難三也。竊惟四民之中，農爲最苦。兵歲兩荒之後，秦地尤覺艱難。以素不習耕之人，置生計窘迫之地，一切耕牛農器、川資住房，陝省無力代籌，仍須取資於蜀。耗不貲之費，耕下則之田，固屬情所難安，亦慮得不償失。陝省雖急於墾荒，又何敢累及鄰省旗丁，致令播遷失所云云。

十四日，晴。

上葉中丞書

蒙諭斟酌局稿，繕呈俟核，有無更改，再飭局員辦詳。紫陽照章之案，衛令請毋庸委員覆審，似須照章飭委。奇守稟漢陰巫際學一案，入會是實，而姦佔拒捕，核與搶劫重情不同，鎖縶巨石，似足示懲，乞酌。秧田須水，麥正揚華，透雨旋晴，有百穀順成之象。福星所至,民頌和豐,憲懷必深欣慰也。

與萬成齋書

承教哀矜審慎,君子盡心。惟再四斟酌,謂蕭添才等與死者無仇,則余信亦未嘗有仇。謂蕭添才等只知爲殺搶奪之罪人,則苟定瑋搶奪,並未在場,案犯共知之。其爲致死滅口同謀加功似無疑義,即情實必勾,而死者五人,抵者四人,亦適相當。

十五日,陰,午微晴,然天氣甚涼,有雨意。廟香,集撫官廳,返署。控訴者十一起,擲還呈詞者四,皆無情而聽唆者也。

上葉中丞書

頃由李守交到盩厔一案勘指,本司閱后,以蕭添才等照同謀加功,擬絞,將來應入情實。函詢有無屈抑。李守覆稱,疊訊供詞,蕭添才與余信同謀,歷歷如繪,從輕,只辦聽從謀斃苟定瑋一人。實得情法之平,所擬各罪似均允協。謹將所開勘語呈閱,俟酌定發下,再令具詳。此案若與膚施陳元海一案同時請奏即可。一面出示勸諭,一面將鎮安已辦、平利未辦兩案,一併叙入,聲明秦俗强悍,照例重懲,出示曉諭,挽回風氣之處,附片奏明,似爲妥協。興安奇守稟平利劉令拿獲川省遊民段仕桐及鮑少爺即鮑祖耀一案,業據奇守將鮑祖耀開釋。段仕桐曾經犯案,逃逸就獲,交劉令帶回。並稱劉令辦理乖方等語。本司查鮑祖耀稱係鮑爵帥之侄,保舉道員毫無憑據,采訪銀礦亦無公文,輒敢携帶兵丁。並據姚鎮函稱,帶有巡捕、戈什、轎夫二十餘人,用曾經犯案之段仕桐作爲前站,實屬膽大妄爲。南山會匪充斥此等行逕,若不查拿,匪徒假冒横行,將不可止。是劉令拿原不錯。惟此等案件,理應通禀,候憲臺批示,或遞迴原籍,或留候咨查訊辦,方爲妥慎。劉令誤在輕率刑訊,該守稱其遇事張皇,誠所不免。而該守率將鮑祖耀開釋,敷衍了事,亦長刁徒假冒撞騙之風。奇守劉令厥咎惟均,應請憲臺並加嚴飭。至劉令恐其貽誤地方。平利一案,定擬時謹當會同藩司詳請憲示。

十六日,雨。課吏三十五員,題有備論、備災、備匪、備邊,須就秦中近日情形未盡事宜詳悉言之。

十七日,昨夜雨,連宵達旦,侵晨雨漬雲濕,午始放晴。柳條吐葉者共五十九株矣,南山粲然猶披絮帽,風景甚佳。

十八日,晴。閲課吏卷。

十九日,晴。市面銀色低潮,皆私開銀爐所致,檄兩縣整頓。

札咸寧、長安兩縣設立公估行查禁銀爐偷減銀色

照得紋銀爲國寶攸關,流通行使,原以便民。自應傾鎔足色,不許少有偷減。乃陝省商賈近年所用銀兩率多低潮,强以九八成銀謂爲足色,混行使用。究其弊所由作,則曰街市通用之銀如此。查由官收發銀兩,皆係足紋足色。其短色之弊,多由一二奸民,既無身家,亦無成本,妄思牟利,開設銀爐,包攬鋪商銀兩,名爲傾鎔,輒任意攙和銅鐵鉛錫,傾爲短色之銀。工火之外,妄行取利。其始尚知畏法,攙和尚少,繼則貪心愈熾,攙和愈多。迨作弊既甚,慮恐發覺,則關閉潛逃,復改易字號,另於他處開設,依然作弊。而奸商利析錙銖,往往明知故犯,收獲紋銀,兑取低潮錁錠,藉取蠅頭,所以銀色之壞,日甚一日。其行用之法,則遇有兑取銀兩者,爲數稍多,即詭稱本鋪刻無現銀,爲之書條撥兑,及往取用,則又以低銀搪塞,取銀人必不肯收,又爲轉撥他鋪,愈撥愈遠,愈兑愈低,至有終日奔馳而銀難入手者。其人如欲兑回原處,則勢甚煩難。即再行撥兑,亦到處皆然,勢不得已,只可勉收減色之銀。在本地商人就近貿易,此來彼往,以銀易銀,即成色低潮,尚不覺其虧累。若買賣外省之貨,付以低銀,勢必增長價值,以顧其賠色之本。來源既貴,物價必騰,是凡用物之人,無不暗受銀色之累也。又如百姓完納錢糧,往年若干錢可買足色銀一兩,近年若干錢只買短色銀一兩,其交官上庫時,勢不能不買足色之銀,則正供之外,復增消耗,是納賦鄉民亦暗受銀色之累也。又如以銀易錢,照現時估值,足色紋銀一兩,應换錢三千二百數十文;如成色不足,則每銀一兩須少换錢百餘文、數十文不等。在窮家小户,幾亡一日飲食之需。即富户大商,亦不免積微成巨之害。是無論窮、富、民、商,又無不受銀色之累也,況愈用愈低,日久之流弊更有不堪設想者。陝省爲四達之區,地稱陸海,物産富饒,商賈雲集,居人輻湊,若任此鬼蜮之輩混用短色之銀,寔於商賈民生爲害非淺,亟應設法整頓,以肅市廛。查上海漢口地方,皆設有公估局,估看銀色,以杜奸徒作僞之弊,立法甚善,似可仿照辦理。合行札飭,札到該縣,刻即會同長安、咸寧縣查照來札事理,剴切出示曉諭,令

鋪商人等妥籌公議,限以一月之内,務將街市行用銀兩,一律改用足色,不准再以低潮短色之銀濫行使用。如有在鋪取銀之人,即鋪内偶無現銀,書條撥兑,至多不得過三家,倘再輾轉撥兑,仍以低色之銀兑給,查出定行究懲。或仿照上海、漢口成法,令各商籌集經費,公舉妥人,報明兩縣,設立公估局,估看銀色,定章示罰。凡商賈交易及以錢兑銀之人,務先看明銀色,然後過手。如以低潮銀色混行使用,彼此争執,即將原銀送交公估局,當面看視,公平估色,將行用短色銀兩之人,照章示罰,如敢不服,即行稟官究辦,治以應得之罪。至傾銀爐院,此尤弊之所在,應由該二縣查明現在開設字號家數,或查其確有身家成本者,令其互相結保,准其仍舊開設。如同行不肯保者,即行勒令關閉,或責成鋪商頭人稽查,應由該二縣體察情形,妥籌辦理。其傾鎔銀錠以後,務令鏨明字號、年月,查有攙和銅鐵、短色諸弊,即行拿案懲辦。後有開設歇業,亦令到官報明,不准私自開閉,以清弊源。如此辦理,庶於恤商、便民,兩有裨益。該二縣爲親民之官,均平物價,清理市廛,皆分所應爲,慎勿忽視爲要。仍將遵辦情形稟明,查考切速。此札。

二十日,晴。閱學律館書五十二本畢。

二十一日,晴。中丞自同州還轅,同官隨將軍迓於東郊,復至撫署。事上之禮如是,而一日不能復理公事。秉燭判事畢,又因誤食玫瑰花餅腹瀉,困憊殊甚,不能成寐。取《元子》閲,有詩四首。

讀元次山集

雪霜作衣裘,日月化豺虎。草木有宗親,(梁)[粱]肉成糞土。一息即千秋,天地爲鑕斧。元子觀時化,哀思良獨苦。孰知難世心,憤激發狂語。

猛虎利爪牙,力又信於人。食人不多見,常見虎皮陳。用力力易盡,用智智則神。力一而智百,勇者忘其身。

吴王夜方讌,鴟鶚鳴樹端。謂其鳴不祥,惡之使人彈。子胥故譎諫,鳥與人參觀。有口皆能鳴,左右陳誣讕。能令人主怒,又令人主歡。願王除此妖,社稷方可安。

汎舟彭蠡澤,白日照平湖。魚蝦細可數,曠覽良情娱。陰雲起東方,狂飆震天衢。輪旋倏箕簸,俯嚱神昏如。世事豈有常,安樂生憂虞。知幾早收帆，庶保千金軀。

二十二日，晴。

二十三日，晴。同鄉致祭劉公霞仙祠堂，公生日也。

二十四日，陰。中丞閱滿營兵，司道參堂，禮也。八旗滿蒙漢馬戰兵七千名，步戰兵七百名，炮手、弓匠、鐵匠共三百三十名，養育兵一千名，將軍一員，副都統二員，協領、佐領、參領、防禦驍騎校，遞相管束。官兵馬二萬二仟八百匹，歲支糧餉草料銀四十餘萬，今閱馬步隊走陣箭槍，不過略觀大意。

二十五日，子丑時雨，至天明止。仍閱滿營鳥鎗打把，中把在八成上下。有所謂小過堂者一人，執旗率五小兒，各執小鎗環進，裝藥、然繩、點放，甚捷，未必足以禦敵，以供觀覽遊戲則有餘。

代葉中丞擬片稿

再，陝省民風向稱樸厚，而偏於强悍，則地氣使然。加以招徠之客民錯居雜處，甘省安置之回民時相往來，習俗漸不如前。若非董勸兼施，難冀挽回風氣。臣以爲，懲惡所以勸善，弼教必先明刑。受任以來，督飭屬員，於命盜案件，講求整頓，迭經拿獲搶劫重犯，簽會各匪，照章訊明，就地懲辦，匪徒頗知警畏，盜賊漸已潛蹤。惟人命重案，如鎮安之劉恮恠、膚施之陳元海二案，均殺死一家三命，盩厔之佘信一案，係殺死一家四命，尚有未經辦結之平利童春荷一案，亦係殺死一家四命。此等人犯，性極凶殘，近年層見疊出，實爲地方風俗之憂。懲其既往，尤宜禁於未然。除將各犯另案奏明，恭請王命，照例處以極刑、用昭炯戒外，臣現經申明定例，出示曉喻鄉里，使咸知法令之森嚴，潛消其氣質之强暴，以期挽頹俗而靖閭閻。理合附片陳明。

廿六日，子時雨，至戌時止。藩司咨奉禮部牒稱，欽天監題丁亥年七月初一日丙時朔日食。粘單内開：陝西西安府日食，五分五十秒；初虧，午正三刻八分；食甚，未初二刻十一分；復圓，未正一刻十分。屆時遵照一體救護。

廿七日，晴。四營來告，明日中丞大閱。閱課吏局書三十本，計典參員有訐告者，援道光中諭旨斥之。

廿八日，晴。中丞閱城守撫標四營。先演陣，次演技藝，次演洋鎗隊,次打把。教場在西湖沿,即東坡詩中西湖故址,城隅尚存勺水。滿營教場則明秦藩府地,園石猶有存者。

廿九日,晴。録囚。余信初不畫供。問:“有冤乎?”不言。使委員訊之,則自知罪重,欲求全尸也。或曰:“此囚獄情已確,姑諾其請,使畫供,何如?”予曰:“死囚不可欺也。”諭以法不可寬,恩出自朝廷,非執法之官所能擅,即俯首畫。未畫以前,惡其凶殘,覺一人償五命,不足蔽辜。既畫以後,則憫其就死,爲之惻然。

跋《紅苗》《黑番圖》拓本

西安城南慈恩寺壁嵌兩碑,一爲《紅苗效順圖》,一爲《黑番投誠圖》,不著名氏。考之,皆滿洲温都公鄂海事也。紅苗效順,在康熙五十一年,公爲湖廣總督;黑番投誠,在五十二年,公爲四川、陝西總督。五十七年,修慈恩寺,圖蓋刻於是時。《國史》載公疏言,紅苗恃强滋事,遣總兵張國貞、知縣遲煓、通判黄樹宣布德威,於是毛都塘五十二寨、盤塘寓八十三寨並籍户口至武昌納款。詔曰:鎮筸生苗,自古未嘗嚮化。鄂海招撫紅苗,輸誠削髮,安插得所。宜從容化導,教以禮義。甘肅洮岷邊外大山生番歸順。詔問洮岷邊外,向無生番,疑是外藩王、貝勒、貝子、公,台納糧之人,以投順爲美名。公疏言,大山在洮州東,近土司界,非蒙古進番人。又疏言四川建昌涼山番目阿木哨率屬歸順二事。並見公本傳。恭繹兩次詔書,或恐邊臣之飾詞,或戒疆吏以善教,遠猷深慮,圣謨洋洋。維我仁皇帝戡三藩、定朔漠,功德隆備,亘古爲昭,蕞爾番苗投順,不足以狀如天之大,故述聖武者略而不書。且當時師武臣力,紀旗常而圖麟閣,如温都猶非其最著者也。由今以思,嗚呼盛矣。謹拓二本裝池,考而藏之。時光緒十三年四月。

三十日,晴。中丞閱四營抬鎗、鳥鎗技勇,日出而往,日入而歸,不過伺候參堂耳。王生嘉裕來,蓮生之孫,累世通家。爲致書鄂生,故家子弟不肯力學,專欲捐納營幹。風氣之壞,比比皆是,亦可憂也。

題明汪文毅公贈京營屠範之序墨迹手卷

長安市上光燭天,劍氣出土珠出淵。破紙堆中忽驚訝,乃是忠臣遺墨今流傳。忠臣者誰汪簡討,思陵初元致身早。政事文章兩絶倫,縣令起家作師保。序贈京營屠範之,縱談軍事多危詞,想當遼薊窮兵日，正是東宫進講時。深防外患關門鎖，内憂豈料興閭左。任奄裁驛禍初胎，增兵加餉人逾瘴。揭竿數十如火然，燎原不絶明社遷。剿撫兩端俱失計，四十八相緊誰懲。就中長卿最叵測，擠排善類含沙蜮。舉盜如毛四海窮，閣臣笑語無憂色。降臣流寇逼都城，爲問平時誤國人。不重朝廷重門户，此時狂喙向誰伸。先生死忠婦死義，我讀遺文考其事。此篇足補《明史》遺，可珍豈獨在文字。

批降調汧陽縣焦思善稟

恭查道光三十年七月奉上諭，各省被劾人員於本案之外，摭拾别項款迹，砌詞聳聽，顯係懷挾私仇，藉圖復報。嗣後内外問刑衙門，著照定例，立案不行，仍分别治罪，以杜挾制。等因，欽此。該員本届大計，係以性情浮滑，毫無實際劾參，輒敢牽涉案外之事，率行具稟，實屬冒昧。既據逕稟撫憲、藩司，仍候院藩司批示。

【光緒十三年閏四月】

閏四月朔。行文昌廟香，在城東。復至城西，觀中丞閲撫標馬隊。士强馬壯，方圓交衝，控縱如法。尤佳者，以數十騎鳥鎗結爲小陣，諸隊環攻，又以長矛鳥槍對敵，互相衝擊，整齊嫻熟。又新前旗步隊所操，亦實係打仗所用，非花法也。勇營勝於緑營多矣。司道參堂自此止。中丞移至箭道閲槍箭，司道不復往。有遲回者，予笑語之曰："公等誚某嗜漢學，今得一解。《論語》'事君盡禮，人以爲諂也'二句，'禮''諂'二字乃刻本互譌也。"一笑而散。歸署，攔輿訴呈甚多，審收之。閲公事畢，至後園看南山，不及教場眼界之闊。得瞿賡甫書，寄武昌開鑄奏詳章程各稿，與同僚共觀。

初二日，晴。閲各屬報，十六七雨，西南較大，東北至同州已微，北山則無雨矣。

夏夜有作

有蛩能嚙人，有蚤方跳梁。輪蝨恣猛噬，雷蚊聲更張。衆口嘬孱肌，鐙燭熠無光。堅卧矢一忍，久焉情若忘。惟忍至於忘，憂患不能傷。

初三日，雨。

致游子岱書

子岱先生閣下,沈令炘過秦,具述垂念之殷。適張令■轂自京還,入蜀,遂屬代致鄙忱,并告以陜省近狀,想達左右。兹懇者,陜西南山州縣,地瘠民貧,山險路雜,匪徒出没其間,殊爲可慮。且界連川隴,必須交界州縣互相擒捕,方能得力。昨者甯羌州報獲鄰境吴姓五犯,當飭解赴廣元。並飭各州縣遇事會商,無分畛域。兹准漢中鎮咨以訪聞匪徒六七十人,在漢屬城固縣鴨兒池會場八里之大安寺住紮,並携帶軍火。匪首劉旗牌聞拿先逃,僅將看守軍火之餘匪戴云貴等十名捕獲,起出空報密藏軍火各械。等由。當即會同李菊圃方伯,札飭漢中府嚴究獲犯並予酌定懸賞銀數,密拿逃匪。旋據該府禀報,會同漢中鎮督同南鄭、城固二縣,續獲逸犯馮老五等,並拿獲該匪首劉旗牌之妻妾陳氏、蔡氏,并匪犯包穀、麵趙等。該匪膽敢糾黨持械,將匪婦劉蔡氏一名、匪犯包穀、麵趙等二名奪去,拒傷團首,實屬愍不畏法。又據禀稱,匪首劉旗牌業經逃入川境,誠恐接壤地方,此拿彼竄,自應照會協緝。除另備公牘外,菊圃方伯屬令將所有懸賞銀兩鈔呈一紙,敬祈俯賜札飭各屬照數懸賞,一有獲犯,即當如數解呈,冰案飭發。菊老清正,於先生心儀已久,兹屬代致佩慕之忱。兩賢神交,固不待不才介紹其間也。

初四日,晴。與懷清各捐銀壹仟貳佰伍拾兩,檄西安府採買性能耐久之粟穀豌豆,存儲備荒。現值年穀順成,穀價頗賤,有備無患,圖匱於豐,乃爲政之常經,實方今之急務。聞菊圃亦輪貲五千,得穀尚不能及萬石也。

初五日,早晴,午後微雨,入夜斷續相間。同薇垣赴院,請劾侵虧釐金之委員。

答魯澤生通判

此書刑部僅有鈔本,此本不知何處刻,似至道光年間止。全書以年代中分門類,敝齋所存乃皖中聚珍板,吴竹莊方伯重編,以門類中分年代,續以咸同兩次修改新例附《督捕則例》。體例雖變,實一書也。皖刻逐條原委類聚,便於尋檢,且多近事,自較適用。此書若完全,亦可存。

初六日,早有晴意,午後微雨,入夜廉纖。

初七日,早微雨,陰雲竟日,不見南山。是日,中丞恭請王命,臬司同中軍監視,陵遲重犯陳元海行刑。

初八日,晴。中丞有期喪,同官往唁,諭北山閲兵暫緩。聞期喪不與朝會,以妻喪爲重,他不得比。同官有附和者,不敢質言。退乃檢《會典》,凡京師致齋,陪祀官有期服者,一年不與,不專指妻喪,但不知外省主祭官何如耳。[①] 吉林馬隊自伊犁撤回,在省逗留,沿街擺列賭攤。長安令保甲委員來告予曰,毋遽捕,但促其行耳。居數日,無行意,賭攤益多,捕恐生變。予乘輿過,佯爲未見。至盡處一攤,乃召問曰:"是吉林馬隊乎?"曰:"然。"問管帶官,不答,遂舍之,而札咸長兩縣促起程。查管帶官職名,謂將詳兩院,咨吉林將軍,請參。管帶官懼,提隊行,今日午俱出城矣。緝本城賭棍八人,治之。覆試關中書院高材生。

初九日,晴。藍田令報商州秋審情實,重犯中途脱逃,應詳請劾參,已具稿矣。旋報獲犯,犯當立決,解差仍擬徒。佥差不慎之,知縣爲之邀免,乃更易稿。劉焕堂來。

會飭慎擇書院院長通飭稿

照得《禮記》云:"化民成俗,必由於學。"《周禮》云:"師以賢得民。"書院者,一邑觀型之地,院長尤諸生取法之宗。師道立,則薰其德者多善良。師道不立,則染其習者多敗類。世俗每以此席爲酬應之資,不甚精擇,不知其關係地方風氣爲甚巨也。即如鴉片流毒,學校中人亦多傳染。省城書院經院長新定規則,屏斥從嚴,因思各府廳州縣書院亦當一律整肅。假使院長有煙霞之僻,安能責生徒以冰玉之清。前撫憲邊奏禁罌粟一摺,奉硃批:"士子如有嗜好者,分别示懲,毋稍寬假。書院掌院並應查汰沾染嗜好之人,以清源本。欽此。"熠熠聖訓,曷敢不遵。本司道查吸食鴉片及賭博、干訟皆屬例禁之條,有一於斯,即難以身作則。陝省聘訂院長,多在中秋前後。本司道公同酌議各屬書院,責成各該地方官留心訪察,凡院長學望素隆,師嚴道尊者,必須優加敬禮。其或束身不端,沾染嗜好,即行諷令自辭。其或束躬不端,至聘訂院長時,由該地方官預行報明,並

① 眉批:查得《禮部則例》,期服給假一月,不與朝祭兩個月,此嘉慶二十五年定例也。

無吸食鴉片等情，方准關聘。每年院長在館必須扣足十個月，修金按月致送，不得長支。如有延不到館及離館在兩個月以外，即行報明另延，不得瞻徇人情，致干查究。各該地方官亦宜躬自檢束，毋蹈前非，庶期官師相規，用作士林模楷。本司道爲擇師資以端士習起見，合行通飭，各該府廳州縣一體遂照，毋違。切切。特札。

初十日，晴，晚陰，夜雨數點而已。平反商南一案。先是，商南縣余光興家被竊拒捕，由營拿獲韓宗文、朱三沅、金志明、李福林、張世隆、王道成、楊福才，青山營文守備刑訊，作盜案成招。知縣毛艮貞會訊，移交後任張守嶠，由商州招解到省。予以韓宗文既是竊犯，而行李乃携有《禮記》《爾雅》，疑之，發西安府復審，則承認爲盜拒捕傷人，無異詞。毛艮貞告西安府李楹，言案情不確，函詢商州李素，復書亦言可疑。李楹謂案既可疑，則作竊案辦，合罪疑惟輕之意。余曰："果冤，則釋之。豈有誣好人作竊賊之理耶？"細鞫，則韓宗文教書，朱三(元)[沅]、金志明、張世隆、王道成皆剃頭、駕船、小貿、拉船營生。李福林充淅川廳差役，熊古彪爲趙家川營革兵，皆被青山營妄拿，刑訊成招，實非正賊也。現既由府平反，毛令等准其隨同更正。青山營守備文輝祥雖有捕盜之責，究無刑訊之權，但因捕獲咎，恐武營畏事，緝捕鬆動，擬詳請寬其既往，並通飭嗣後武營緝捕、文員訊供，各遵定章，毋再輕率從事。此案若非再三研鞫，則韓宗文等照章就地正法，豈非奇冤？思之汗下。

十一日，晴，午間甚熱，夜雷電驟雨，即止。閱律書五十八本畢。

十二日，晴。浚井三，始得泉。

十三日，晴。司道集默化堂，魏文甫觀察初到，公讌，省例也。

十四日，晴。薇垣約赴院白公事，因中丞期服假内止衙参耳。薇垣出説帖稿相示，語侵柏垣，若不省者。讚曰："大文章！惜某令不稱耳。"李令昀珩自京師迂道天津，所購書未到。江海帆餽柳花，出新疆，浸茶，頗清香。

十五日，晴，午後陰，風清而熱不解，寒暑表已至九十餘度。十四日中丞恭請王命，委臬司中軍將罪應凌遲之余信押赴市曹，監視行刑。今日詳報補記。中丞已止衙参，司道行廟香後，仍赴院。免院，禮也。今上院，恭，吾從衆。書畢一笑。今日芒種。四川城口廳龍某者，武斷横行，私設公堂，私刑拷打，爲害一方。塼坪連界，控經關移城口，即傳龍某解塼坪，逃，再獲，解興安，又逃城口，獲其子，解至川陝交界，忽出數十人，口稱陝人，奪龍某之子去。龍某遂竄據山寨，負隅抗拒。川督牒陝撫會拿。會薇垣函達漢中鎮道，請其預籌邊界，懸賞會緝，由五百里。

蘇柳堂記

予既於廳東隙地開館學律，來者日衆，狹不能容，復於館西營堂一、營齋二。既成，顔堂曰“蘇柳”，齋曰“敬”、曰“直”。或問“蘇”。曰：周公《立政》言官人，獨於司寇舉蘇公以實之，且以庶獄爲孺子戒，言勿誤者再三，是蘇公必能無誤者也。何以無誤？曰敬。問“柳”。曰：阨窮不怨、遺佚不憫。孔子稱降志辱身，孟子稱聖之和。及考其爲士師，則若志未嘗降也。不一於和也，曰直。何謂敬？曰：不敬於居，則簡出塞聽；不敬於時，則悮期違約；不敬於使，則遺暴縱貪；不敬於聽，則飾情淆僞；不敬於斷，則輕信寡權；不敬於治，則自用徇人；不敬於文，則漫事留牘。此七者，獄之所由煩也。何謂“直”？曰：心不直，則爲黨爲偏；辭不直，則或枝或游；貌不直，則上手下手。此三者，獄之所由枉也。君子既懼其枉，又惡其煩也，故敬則不急，不急則不煩，直則無私，無私則無枉。欲法蘇公，則曰式敬爾由獄；欲法柳下，則曰直道而事人。遂書以爲記。

敬齋銘

中則不偏，敬則不懈，庶獄勿誤，宅心宜戒。

直齋銘

聖之和者，乃以直名。不同不流，匪絞匪争。

十六日，陰。召僚屬閲宏道、味經兩書院課藝。訪聞三原生員曹玉麟訟唆，委員拿交西安府。又訪聞四川人魏占亭聚黨二百餘人，往來川陝之城口、塼坪、平利交界地方，此拿彼竄，擾害平民。會藩司咨漢中鎮道購拿。

札發吏治書通飭

照得本司恭膺簡命，移臬是邦，仰蒙聖訓，時事艱難，人才難得。到任後，詳請開館學律。除在省候補官員外，現任官員或於公暇批點《律例》，亦准寄省評閲。誠以治事貴有成憲可遵，人才必由歷練而出。《律例》一書，廣大精密，兼綜條貫，苟其講求有素，固可仕學相資。此外凡有關吏治之書，皆足用爲官箴之助。兹刊有長白穆翰所撰《明刑管見録》並先大夫代前直隸督憲撰《勸諭牧令文》二種,印裝成帙,以貽同官。竊以爲庶政莫先於折獄,弼教尤貴於明刑,《立政》一書於庶獄"勿誤"言之再三,聖人猶且懔以爲戒,何況吾儕,敢不兢兢自惕乎?居官之人,論其本心,誰肯使百姓冤屈?但或性偏於嫉惡,則恐有被冤之人;情切於救生,又慮有含冤之鬼。欲求人鬼之無冤,惟在聽詞之審慎。至於綜理百端,勤求民瘼,全在隨時隨事無怠無荒。天下者,州縣之積也,州縣治則天下安,無謂職守一隅,無關大局。今之州縣,當古大國之諸侯。古諸侯有卿、大夫、士分治,猶慮不給。今舉而責之一人之身,可不慎乎?方兹時勢艱難,惟望諸牧令共相惕厲,固民心以消内患。内患果消,則雖有敵國外患,而邦本既固,即可紓聖主宵旰之憂。是又區區之心,願與同官共勖者也。切切。特札。

十七日,陰,早微雨。接見僚屬。咸寧令白民女被殺,凶手投井不死,井中有樹根,乃以褌帶繫而自經,此事甚奇。

十八日,陰,早微晴。咸、長兩令將入場試童生來,白公估局已有成議。閱學律館律書三十三本。

十九日,早陰,有雨點,午後風起雲散,南山朗見,晴光灼然。菊圃談及新疆劉爵帥得假,爲可憂;譚制軍因錫將軍病篤、劉爵帥告歸,毅然力疾銷假,以維大局,爲可敬。緝庭言屠御史仁守疏陳六事,有杜倖門、停工作、戒遊觀諸條。自朱御史一新改官之後,言者喪氣,噤若寒蟬,此舉可謂朝陽鳴鳳。閱《律例》廿本。書院高材生交到言志詩十一卷,薛、寇兩生最佳。

二十日,晴。閱學律館書畢。

通飭緝匪札

爲嚴拿匪犯,整頓地方事。照得南山州縣,界連川楚,地僻山深,各省無業遊民麕聚其間,結黨要朋,群推强者爲首,紅籤則公然劫奪,忌憚毫無,黑籤則鼠竊狗偷,訛詐拐騙,甚至冒充官員,隨帶多人,假稱幹辦公事。如近日,城固、南鄭拿私藏軍火,拒捕毆差;平利拿獲假冒職官各等犯及糾夥搶劫仇殺各案。業經批飭嚴辦。在案。因思此等匪徒,此拿彼竄,行止無常,所到之處,必有窩户。而窩户惟開場聚賭、開燈吸煙,匪徒最易群集。南山界連三省,固昔年老林聚匪之區。若不預爲掃除,則伏莽愈多,燎原可慮。治匪之法,不外寓團練於保甲之中,緣若輩聚則爲匪,散則爲民。鄉民比閭而居,若者爲從,若者爲首,若者新附籖黨,若者舊日渠魁,平日知之必悉。不過慮其報復,又恐兵役護持,相率隱忍不言,如果聯絡一心,守望相助,遇大盜則會團兜擒,遇小竊則鄉民捆送。文武衙門毫無庇縱,賢有司復隨時親至鄉閭,訪查開導,使鄉民不慮後患,則匪徒自然膽寒。至於選擇公正紳耆,約束約保,務期事無流弊,令在必行,是又在賢有司之措置得宜也。北山及平原各州縣,情形雖或不同,而思患預防,均宜一律整頓。今將擬禁各條刊刻簡明告示,期於民間易曉,共知保衛稽查。合行札飭。札到該令、丞、牧、倅,即將發來告示於通衢市鎮城門張貼曉示,認真照辦,由城及鄉,由近及遠。若使姦民皆知畏法,即可化莠爲良,仍將文到日期張貼處所及遵辦緣由稟報查考。

二十一日,陰,夜微雨,午間蒸熱。在默化堂作字,差覺清涼。連日出門,返署,投呈者甚少,鄉間農忙,春收又豐耳。往年畝收六七斗,今畝獲石五六斗,兩倍之利,外邑亦均豐收,洵爲難逢之歲。

二十二日,連日陰晴不定,間雨數點,而熱不解。春麥既曬,秋苗始升,盼雨甚切。

二十三日,晴。四川學使高編修賡思字熙亭,過境。編修值内廷,例請聖安。中丞方持服,編修又未以内廷行走來告,遂未舉行。

二十四日,晴。熙亭來談,自言究心陸王之學,又言今日吏治士風皆不古,若由失其本心,探本之論。同日有欲中傷人而以刃授我者,此亦講學而失其本心也。作寄鄂書。

二十五日,晴。伊犁領隊大臣崇勳過境,係翰林後輩,由副憲罷官,復由侍衛放領隊。閲同官王令所看《律》。

批同官王令光烈稟

兩次郵寄所閲《律例》兩本,本司詳加校閲,句讀明晰,校正《集成》本譌脱凡二十三字,隨筆填改,未經籖出十二字,均屬的當。讀律者往往因一二字之譌、句讀之錯,意義迥殊,引用時不免滋惑。該令公餘之恪,尚能究心如此,深合仕優則學之義。来禀造福難,造孽易,又云《律例》茫然,議擬失當,無心之過已多,等語,足見敬刑、成德、多懼之忱。本司前次刊發《明刑管見録》,《勸諭牧令文》二書,於居官之方、用刑之意大略具備。兹再發錢文端公《省刑箴》墨刻一張,懸之座隅,日夕省覽,惻隱之心,隨事觸發,則吾民受福多矣。勉爲循良,毋負訓誡。

二十六日,晴。過堂十案。近日清理舊案,陸續堂訊,俱少翻異。前官遷延拖累,固屬有過,然一經定案,則將加罪,故曾子以哀矜勿喜爲戒也。

二十七日,陰。固原提督雷正震綰自吉林奉詔撤防,率所部馬部各營還甘肅,俟總督籌餉分布,過境,隨將軍、巡撫出東郊,恭請聖安。是日堂期,接見屬吏數十員,尚有不能盡識者,記性、眼力俱遜老輩多矣。塼坪廳通判王琴心,鄰省關傳重犯入境,被劫去,不報,劾之并請飭戒沿邊州縣。延長縣知縣王鎔經領馬價而不買馬,劾之,并擬飭戒有驛州縣。

二十八日,微雨竟日,入土不及五分。農民盼雨以種秋糧,殊苦乾燥。

二十九日,微晴,然雲氣已散,南山分明,無雨意矣。閲學律館書十四本。核十二年驛站報銷册,只録總數存之,分册太煩,不能遍記。

光緒十二年,分所屬額征及協站兑留兵餉銀,内除撤歸臨站及折征、缺額與夫各案蠲免、裁充兵餉外,實留並新增驛用共銀一十伍萬四千六百一十一兩八釐,内除荒地未征銀四千八十九兩二錢五分二釐外,止寔征留銀一十伍萬五百二十一兩七錢五分六釐。

光緒十二年,分原額西、延、鳳、漢、榆、同、興七府,商、邠、乾、鄜、綏五州,額徵及協濟站支兑留兵餉供驛,寔征共銀二十六萬一千七百一十二兩六分一釐。内除撤歸臨站及折徵、申報災傷並殺傷、瘟亡、丁免各案蠲免銀兩外,寔留銀一十伍萬四千四百七十六兩七錢二分八釐;内於題明邊塘並敬陳管見等事二案内撥協邊塘夫馬工料銀一萬四千九百一十七兩三錢,止留銀一十三萬九千五百五十九兩四錢二分八釐;内於飛咨並沿邊口外等事二案内調撥解甘及議裁夫馬工料銀七千二百七十五兩四錢二分八釐;内於詳情改設府治並馹馬逓額無期等事二案内扣留大荔、南鄭二縣添設夫馬工料等項銀五百七十九兩六錢二分,止裁銀六千六百九十五兩八錢八釐;内除高陵縣在於河水沖坍地畝事案内豁免銀三兩一錢七分八釐;又除朝邑縣在於奏聞及遵旨議奏並欽奉上諭事各案内因被水沖坍沙壓地畝豁免共銀四十二兩三釐;又除朝邑縣在於據情等事案内豁免銀一十一兩八分八釐,止寔裁銀六千六百三十九兩五錢三分九釐,止留銀一十三萬二千八百六十三兩六錢二分;又於敬陳管見案内裁汰揁夫工食銀六千二百八十四兩一錢六分八釐;内於詳請改設府治等事案内扣留大荔縣添設揁夫工食銀一百二十七兩七錢五分七釐,止裁銀六千一百五十六兩四錢一分一釐;内除興平、華陰、高陵三縣在於報明被水並河水沖坍地畝及奏聞等事各案内豁免共銀三百一十八兩九錢三分九釐,又除盩厔縣在於欽奉恩詔事案内豁免銀四錢三分八釐,又除盩厔縣在於據情等事案内豁免銀二十一兩三錢八分二釐;内除郿縣在於遵批等事案内豁免銀六錢九分一釐九毫五絲六忽二微一纖七塵七渺二漠二洙九涯,止寔裁銀五千八佰一十四兩九錢六分一釐,止留銀一十二萬六千七百七兩二錢九釐;又於請更府縣之統攝等事案内新增葭州府谷保安安塞等州縣夫馬工料等項銀五百三十二兩,二項共銀一十二萬七千二百三十九兩二錢九釐;於遵旨議奏事案内撥協留垻廳所揁夫工食銀八百六十四兩,内仍在各本縣馹站内撥協銀八百三十八兩八錢外,不敷銀二十五兩二錢;在於裁汰留壩廳驛丞俸薪銀,内撥給共該馹用銀一十二萬七千二百六十四兩四錢九釐;内於抽撥馹馬以均勞逸事案内撥協沖途夫馬工料等項銀四千六十三兩九錢一分六釐,止留銀一十二萬三千二百兩四錢九分三釐;内於奏請等事,案内議裁改撥僻遞夫馬工料銀五百七兩六錢二分五釐,寔留銀一十二萬二千六百九十二兩八錢六分八釐;又於奏請等事案内改設夫馬工料銀五百七兩六錢二分五釐,止寔留銀一十二萬三千三百兩四錢九分三釐;又於抽撥馹馬以均勞逸等事案内領協濟夫馬工料銀四千六十三兩九錢一分六釐,二共馹馬用銀一十二萬七千二百六十四兩四錢九釐;内於酌改棧内馹遞等事案内抽撥沔縣順政馹夫馬工料銀二百二十五兩七錢六分四釐,止寔留銀一十二萬七千三十八兩六錢四分五釐,并前項撥協邊塘解甘,議裁夫馬工料,裁汰揁夫工食,撥協留壩廳所揁夫工食及抽撥馹馬,并奏請酌改棧内驛遞等事,各案内改撥夫馬工料等項,共應徵銀一十五萬四千六百一十一兩八釐;内除荒地未徵撥協邊塘夫馬銀一千七百二十兩九分,未徵協濟夫馬銀三佰八十七兩二錢,未徵留支夫馬銀一千二百二十三兩二錢七分,未徵裁解甘夫馬揁夫工料銀七百五十八兩六錢九分二釐外,止實徵銀一十伍萬五百二十一兩七錢五分六釐。

馬價捌兩,倒馬價銀減叁成,准倒十分之二,倒馬皮臟變價。

驢易馬,無馬者以兩驢代一馬。

馬壹匹日食陸分。

夫壹名日食叁分。

站夫、健夫無定數。

修理藥油銀。

每銀壹兩折實銀柒錢五分。

夫役工料折錢二千,草折一千五百。

額徵遞馬損夫驢頭銀。新增夫馬工料銀。開除協站兑留兵餉銀。各案蠲免。裁充兵餉銀。荒地未徵銀。實留驛用銀。無額徵或不足由地丁項下撥浮剩銀。

(李燕暉整理)

第四十一册　默化堂日記(光緒十三年五月)

默化堂日記卷五

【光緒十三年五月】

五月初一日,晴。

行文廟香,赴院。返署,攔輿呈無情者斥之,收二紙。閱學律館所點《律例》六十本。聞卞頌帥被糾,君子道消,可畏哉。

初二日,晴。熱甚,寒暑表過九十度。温風揚塵,殊增煩鬱。雷震初、吕清溪、趙琴生諸父老招陪雷偉堂軍門於灌園。灌園者,在城西北隅,錢鶴年故居,今歸王諧善司馬。昔年林丈穎叔曾招飲於此。池館林木如昔,而故人遠隔天涯,不勝懷舊之感。是日夏至。

初三日,雨,約入土三寸。雲氣猶濆。

夏至喜雨柬同官

晴霽連朝麥盡收,桑田連駕種桑稠。(時方興辦蠶桑。)鶉躔正值端陽節,(今年逢閏,夏至在端午前。)龍見欣覘大有秋。(北方以麥爲小秋,黍稷爲大秋。)每向庭前觀礎潤,忽然雲氣起山頭。吾皇親政天心順,玉燭時調四海謳。(各省皆雨雪應時。)

又

角黍家家互贈貽,官清此事亦無之。(十餘年陝西饋節之儀盡革。)我來破例無長物,一幅蠻箋喜雨詩。

初四日,陰,午微晴。南山分明,層疊如繪,少頃即模糊矣。

初五日,晴。行文廟香,赴院,賀端陽俗節,不在三大節之内,朝廷無賀而官場有賀。

初六日,微雨。隨巡撫出東郊,送雷帥西行。故事,客官過境,出城迎者則出城送。憶乙丑雷軍叛國,涇州周顯臣報至,劉霞仙中丞急招予共商。予爲作書,喻以國家待武臣之厚,援叛臣反正蒙恩,復用舊事,反復闢啓。中丞爲奏乞恩旨後,僅誅提督雷恒、胡大奎、李福泰三人,而復正綰原官。近觀行軍,頗有紀律,論事亦略知大體矣。小魯言,前年北調過此時甚憚朝廷,今來又不如前,則在廷諸臣貪其贈貽,爲所輕耳。

初七日,晴。

參平利縣知縣劉杰詳

爲詳請示懲事。案查前據平利縣劉令杰禀報該縣民人凶徒童善何糾黨致斃劉清汰父子一家四命,并砍劉清海等受傷一案,到司。當經本司以此案情節重大,該縣辦理草率,禀報含糊,難保非由該縣措置不當,致釀重案。詳奉憲臺批飭,札委候補同知趙鑑前往該縣,會同劉令提犯研訊確情,填格録供通報,并令委員將全案犯證人等並縣卷小心押解來省,查明劉令有無措置不當致釀重案情事,禀覆核辦。嗣據該縣訊供詳報并委員查訊明確,開摺具禀,將犯證人等縣卷押解來省,當經發委西安府督同局員審辦去後,旋據該府以犯供支離,殊難憑信,禀請飭拿從犯羅化禮等,並提縣差鄔雲及要證人等來省質訊。隨即札飭劉令迅速拿解,并屢次嚴催,在案。查此案縣卷及委員查覆各禀,該犯童善何與死者劉清汰,平素均不安分,劉清汰且屢次被人呈控,有案。童善何在該縣充當五保團總,劉清汰亦充當該縣龍硐河保正,彼此挾有舊嫌,互毆成傷,經該處紳糧調和了事。似此情形,劉令近在咫尺,並非不知,自應隨時嚴加約束,免致滋事。乃前因委員勸辦牙帖,復任劉清汰領山貨行牙帖一張,抽取百貨行用較及錙銖,雖微物亦在所不免,且於煙土、私鹽抽收尤重,劉令又不追繳牙帖,立予革除,以致衆怨沸騰,商販側目。迨後,該處紳糧黄策等公舉童善何充當五保總約,劉清汰不允蓋戳,復以嫉害難防等情赴縣具禀,並牽控鹽客羅通濼、民人陳生科有主謀殺害等情。其時童善何亦以勘察兩懇等詞禀詰劉清汰父子多抽行用、派工吞費種種情弊到縣,事關兩造控訐。劉令如果秉公辦理,自應差傳原、被、證佐人等到案質訊明確,分别應寔究辦,庶可消患於未萌。乃劉令因童善何素不安分,輒予嚴批申斥,批内並有免唤被告,專將童善何、羅通濼、陳生科三人簽拘懲辦之語,旋即簽派差役將童善何鎖拿,致被匪黨中途劫奪,並致童善何遷怒報復,糾黨殺斃劉清汰父子四命。是此案寔由劉令偏護劉清汰相激而成,已屬措置不當,及至釀成大案,劉令又不能及時將緊要犯證拿獲,訊取確供,據寔稟辦,乃遲至二十餘日之久,仍復隱匿前情,含糊具稟,並於另稟藉口童萶何黨羽大言挾制,並不即時簽差嚴拿要犯,一任童萶何等自行投首。設非委員前往,則要犯羅通滐勢必任其遠颺,尤屬庸闒無能,辦事顢頇。至案經提省訊辦,犯供支離,讞局稟請札提犯證質訊,不特所提之羅化禮等七名爲案内緊要從犯,即紀國棟等亦屬案内緊要人證,且縣差鄔雲從前童萶何等在縣具呈曾摺爲鳴鑼督團及下手殺人之犯,尤關緊要,必須迅速拿解,以期質訊明確,重案早結。乃自本司札飭拿解之後,復經屢次嚴札催提,並諭令讞局委員耑函催促,不啻三令五申,迄今三月有餘,該令既不將犯證解省,亦無隻字稟覆。視文札若弁髦,更屬藐玩已極。覆查該縣地處南山,民情刁悍,詞訟繁多,該令辦事似此荒謬,誠恐偏執任性,别釀事端。且本司衙門爲刑名總匯,凡招解發審案件,如情節支離,犯供狡展,均應行提人證,查取供詞,以憑質訊。似此玩視公事之員,若不示以懲儆,不特此案訊結無期,更恐各屬效尤,多滋貽誤。除再嚴飭該縣,將札提犯證人等迅速解省質訊詳辦外,所有平利縣知縣劉杰應如何示懲之處,相應具詳,呈請憲臺批示。

初八日,雨。閲學律館律書。

通飭恤囚札

照得囹圄重地,防範不可不嚴,體恤尤不可不至。近見各屬稟報。監斃囚犯月常數起,雖疾病生死各有時命,或亦照料尚有未周。無論輕罪人犯瘐死堪憐,即斬絞重犯,死罪由其自作,監斃則非其罪也。有獄、管獄各官無不知慎重獄囚,仁愛之心亦人人共有,但恐精神照察偶疏,則司囚糧者或有短發,加以層層剋扣,日食不能充饑。獄中穢惡,無人掃除,因而熏蒸傳染,及至得病,醫生漫不經意,藥食又不以時,往往因而致斃。現在天氣炎熱,尤慮疫氣流傳。合行札飭。札到各該州、廳、縣,有獄各官即轉飭管獄官並該牧、倅、丞、令所派管監人役,每日所發囚糧務須足數,無得克減糧食,無論粗細,務須潔凈熟煮,管獄官能隨時抽查親嘗,獄囚尤霑寔惠。院落房屋,勤加掃除。夏月多備柏枝、艾枝、蒼朮、大黄等件,焚之以辟獄氣,辟瘟、解暑之藥亦宜製備。獄中置大桶或大缸,滿注清水,隨時更換,可收穢氣,亦備不虞。以上各件,皆獄中應辦之事,亦最易疏忽之事,萬不可存罪人不足惜之見,稍涉大意,是亦哀矜庶獄之一端也。仍將文到日期遵辦情形稟報。

初九日,雨。前次得雨。秋禾播種,復得連朝霢霂,澤占下尺。豐兆已成。蒼葭園中亦有"新種竹都活"之詠。閲律書四十七本畢。小魯以和詩來,共飯而去。菊老課桑歸,言雨後有人耕緑野,交相慶慰。

初十日,陰,晚晴。斜日在林,嵐光如抹,山腰雲卧,古寺聳峙巖邊,高出雲表。閒步小園,督園丁墾種菜畦,汲灌竹隴。作寄友書,直攄胸臆。偶來嘉客,風月清談。俄奚來抱公牘數百事,揮汗判畢,誦黄仲則詩曰:"以時携事至,太不近人情。"

十一日,晴。子正驟雨狂風,不片刻而止,雞鳴而日出矣。尚不甚熱,作字千餘。

十二日,陰,微雨。清軍廳軍役擅牽民間牲畜,製造火藥謞索,出示禁止。

十三日,陰。午晴,甚熱。夜月皎然,清風徐來,暑氣全散,月中隱隱見南山上多白雲,知將雨矣。是日,祀關帝,俗以爲成仁之日也,祀典因之。約孝感余小軒、浙人毛子静、陝西張暐、李象枰、李忻,皆門人也,簿書之暇,偶爲文讌,亦可樂也。

十四日,陰,夜大雨。庭有積水,屋多漏痕,幸未壞書籍耳。子正後,雨止月出矣。

札高陵縣

案查前據該縣稟報民人吴蔚文雜貨煙鋪内被賊劫去錢帖、衣物、煙土並拒傷事主盜犯逃逸一案,到司。當經批飭,懸賞購綫,選差幹捕勒,限嚴緝此案,贓盜務獲,究報在案。兹本司查閲善後局公文,内據統帶撫標馬隊並新前旗梁協鎮及新前旗營官龍軍門稟稱,先後拿獲洪振祥、徐正元等九名,是否該縣吴蔚文雜貨煙鋪被劫、拒傷事主正賊,業經解交該縣審訊,等因。查盜賊憑贓訊供貴確,果屬真盜,罪不容誅;若是誤拿,情殊可憫。從前大荔、商南誤拿各案犯,拖累多年方得省釋,已有無辜瘐斃之人。故本司於三原一案,委員往訊,寔非正犯,立即分别開釋。此案務須趕緊切寔研究,訊有端倪,即行根追,毋任狡展;若係平民,則早爲開釋,勿使含冤羈禁,是爲至要。爲此札仰該縣,刻即遵照審辦,毋違。切速,此札。

十五日,早晴,午雨,晚陰,夜月,五鼓後微雨。是日行廟香後,衙參,公事甚簡略。談現辦案件,分札汧陽、漢陰訪拿訟師,札盩厔、鄠縣訪拿土棍,又札朝邑縣,爲閻乃玨發也,稿存。

札朝邑縣

照得保甲團練原以保衛閭閻,官借紳之德望以通民情,紳借官之權力以一心志,法至良,意至善也。該縣名都要地,士風尚氣重廉,《志》書所稱,洵非虚美。歷年辦理地方事件,規模之善,甲於全秦。風聞近來風氣稍不如前,誠恐日久弊生,若不豫爲防範,則前人之籌畫以利民者,遵行不善,轉致爲害於民。查向來各省團練流弊,其初不過一二少年高興多事,而地方刁劣之徒依附倣效,往往交結黨羽,把持地方,甚至投遞書函,出入衙署,干説公事,不恤人言,在鄉則私設公堂,妄加刑責,種種不法,與前人立法之意顯然相違。似此情形,該縣恐亦不免。爲此札飭。札到該令,即出示曉諭閤邑團保人等,於地方官飭辦事件,務各辦所應辦,切勿爲所不當爲。官長固當廉正自持,紳耆亦當束修自好,守前人之善法,即以成一邑之純風。儻有交結匪徒、把持官府、私設查訊等事,或由舉發,或經訪聞,本司執法之官,斷不能曲爲寬貸。該縣亦隨時稽查勸導,務期弊端盡絶,上理可臻。毋違。特札。

方伯日率州縣,黎明出郊看桑。有自桑田歸者,或問所從來,答曰:"匪兕匪虎,率彼曠野。"或問所事,答曰:"看草。"蓋以桑未出土也。雅謔似晋人,可入《世説新語》。或集《詩》云:"税於桑田,伊誰云從。邱中有李,期我乎桑中。朝夕從事,自西徂東。何有何亡,靡所與同。"聊記之以供談笑。

十六日,陰,時霏雨點,晚雨一陣。簷溜溝澌之聲盈耳矣。乾州報,十二日,舊永壽等邨山水驟發陡長餘,淹斃人民二十一名、雷營兵丁一名,沖壞田屋牲畜。長武縣報,十四日,亭口黑水河陡長高三丈餘,寬三十餘里,丞籌撫恤災黎、疏通驛路。鄜州靖邊報,閏四月僅得微雨。蒲城則五月初旬雨水亦少。

十七日,晴。咸陽令來言陵差事。親政,遣祭歷代帝王陵寢,陝西例遣副都統致祭。在都統爲美差,在地方爲大累。自徭役定章後,州縣有預籌此款者,有未籌備者。乾隆以來,文武成康四陵,咸陽任其二,盩、鄠各任其一。今盩、鄠欲盡委之咸陽,以陵皆在咸陽也。咸陽令欲援舊例争之。四陵統須千數百金,合醴泉、高陵、同州計之,不下三四千金。閲晴雨報,榆林、安塞、延長閏月皆缺雨。

十八日,晴。熱甚。漢中府稟簽會匪之盛,誅不勝誅,請依竊犯刺面之例,三犯擬絞。閲邸鈔。總理各國衙門會議,御史算學取士疏,請鄉試無論滿合貝皿,報明習算者,每二十名取中一名。會試仍舊。中式後,點用差使均少優異,以備出使遊歷之用。略云:臣等維造士取才之法,貴與時爲變通。溯查同治五六年,總理衙門奏請推廣招考算學人員,又仿照粤省同文館定章,三年學成後,八旗人作爲繙繹生員,准其繙繹鄉試兼文鄉試。漢人作爲監生,准其鄉試,皆充補繙繹官,均經再奏。奉諭旨允准。原冀誘掖奬勸,開以進身之途,使之日起有功。至鄉會試取士,向有成法,難於率議更張,故道光中兩廣總督臣祁𡎴奏廣奇材異能五科,内有製器通算一門。咸豐初年,御史王茂蔭亦曾言之。同治九年,閩浙督臣英桂奏開算學科,先後部議,皆以格於成例中止。特是九數居六藝之一,《周禮》以之興賢能,明算列六科之中,唐制以之程選舉。我朝欽定《數理精藴》《儀象考成》諸書,尤爲萬世學算之準繩。故定制於國子監,額設算學,肄蒙漢各若干人,分年教授。是天生算法,本學人所當童而習之者。竊以列聖開物成務,睿謨深遠,採西洋之巧算,入中法之精微。以制器而論,則御製天體、赤道諸儀,既已邁古爍今,即下至行軍火器之利,亦嘗俯採西法。康熙中,每遇征討之役,命欽天監官南懷仁、湯若望造礮隨軍,此其明證。而世人或目算學爲西學,殆未之深察也。即以西學而論,其人材半出於格致書院,以理法擴其聰明,亦半出於水師練船,以閲歷堅其瞻識,而不恃考校一日之短長以進退之。三角八綫、幾何代數,誠爲西學根本。然西學以測算始,實非以測算止。故近年南北洋船政各處設立製造管駕武備水師學堂,擇其藝成者入練船學習,拔其尤者,充補水師員弁,以期造就人材,有裨實用。良以西藝亦非算術一端可盡,而從事於數算者,未可遂謂之練習洋務也。惟查製造各學,未嘗不探源於算術,誠有如該御史所稱,名目雖繁,權輿於此者,欲盡取西學之所長,殆必以算學爲先導,但使選舉有法,亦可資激勸而廣招徠。

十九日,早晴,晚雨。黎蒓齋星使庶昌至。蒓齋以諸生上書言事稱旨,授知縣,交曾文正委用,官吴江縣,洊擢道員,出使日本,丁母憂,歸黔,服除,入都復命。讌之有紀堂。菊老、懷清、緝庭先後至。不速之客談瀛洲之勝,殊可樂也。

二十日,早雨,午晴。緝庭招陪蒓齋。

二十一日,晴,熱甚。懷清招陪蒓齋生冠山堂。風雨交作,池清石潤,煩囂頓袪。

二十二日,陰,午間微雨。秋苗初發,望晴霽。

二十三日,雨。是日爲元妻陶淑人忌日,距卒時四十一年矣。示學律館伏日停課,七月三日各赴館交書。淳化報水發方里,鎮窑居低者灌入淹死二十一人,田原禾稼無傷。乾州牧來決楊篤娃獄。得延長、膚施報,祈禱得雨,北山無恙矣。

二十四日,雨。祖蒓齋於河南會館。池館之勝,甲於郡城。潼關廳報廿二日黄河陡長丈餘,咸陽縣報渭水漲發,皆停渡。

二十五日,雨。衙參,請緝巴姓武員、陳姓幕友,靖澆風也。患腹疾,更衣不止,卧榻不安。

二十六日,晴。腹疾未已,謝客。懷清見過,以柬謝之。

致懷清啓

浮瓜沈李,炙膾烹鮮,兩美並陳,二豎斯作。忽河魚之致疾,由山飬之貪饞。高軒過此,有如長吉吟成;返棹翩然,恐令子猷興盡。笑更衣之不已,欲倒屣而無從。敢憑縑素,借博軒渠。如有裹言,請頒簡翰。

二十七日,早晴,晚大雨,恐近山近河有患潦者。

廿八日,晴。直隸州州同、州判四人會稟,謂直隸州之佐貳猶同知、通判之佐貳,知府向用正途,不准捐納,品概本異乎雜職。《會典》相見之儀,直隸州佐貳見督撫司道與知縣同,雜職官見直隸州佐貳與知縣同。制科用人例用知縣,而次用直隸州佐貳,次用教職,又次用雜職十三項。是直隸州佐貳附於知縣之後,不在雜職之中,請與同通州縣一律差委,抑或另列一班,不在雜職十三項之内。其言頗近理。

二十九日,晴。懷清來,出所藏蔡君謨臨《書譜》共觀,但賞其精妙,不能定真贋。予意只論其字之佳否,不問其人。如《古詩十九首》,或謂是枚乘作，即非乘作，而《十九首》之可傳，不以乘爲輕重也。懷清頷之。同列中有託爲朱子之學，文其貪諂之迹者。予曰："孫北海受闖賊僞職，著書表章朱子。至紀文達公始揭其姦。小人文過，何足以玷古賢。"寶雞報汧、渭並漲，小舟不能渡。涇陽報涇水陡發，高丈餘，衝開拒涇閘石土，渠水如故，惟泥淤一二尺耳。

三十日，晴。薇垣既聽某觀察之譖斥某太守，又欲調太守隸之。予謂非政體，必爾會稿不敢判行，乃改調。又庇一西人，不肯調。無往而不謬，無往而非私，大事争之，小事不能不遷就也。邠、乾煤窑刁民謂有關風水，動輒用雞毛傳帖，聚衆阻止，借以訛索。孫萬春稟請嚴禁，防患未然，已會藩司示禁矣。因思藩司往往以細事用羽檄，漢中緣此至民驚惶，又將使誰禁之也。

【光緒十三年六月】

六月初一日，晴。行關帝廟香，衙參。宫農山屬書陳勾山先生聯云："但留餘地能容我，各有來因莫羨人。"予謂下句義理平正，上句則有激而云。君子隨遇而安，與物無與，容人之量，豈待人容哉。夜東南有電，熱甚。

初二日，晴。任協戎談紅水溝附會畢公太白山禱雨事，如聽傳奇。焦雨田述安康周萬昌案，吕輝煒改傷供，發西安府更正。

宫農山以黄癭瓢三絶册子見示姤賦

吾家舊有癭瓢書，未見癭瓢自寫詩。又有癭瓢畫花果，未見癭瓢山水奇。此册詩書畫三絶，誰家失弓君得之。君家黄山側，來自黄山厓。黄山靈怪靡不有，何如此册光陸離。題罷還君笑相語，似鍊三黄勿使衆草迷。（用《悟真篇》語。）

初三日，晴。予至太白廟，見廟旁有空院，詢之，曰畢公祠也。披草萊入，祠宇頽敗。正室停數匱，聞神主則移寄太白享殿中，因捐俸錢，委縣丞嵇丞詮督工修葺，落成。查畢秋帆先生自陝西巡撫調河南，遷湖廣總督，卒之時已罣吏議，故飾終之典蔑如。此祠蓋當日紳民私建，府縣皆無祀典明文，因邀先生鄉人公祭，將來即歸吴人仕秦者料理可也。乾隆中，如裘文達與先生皆稱好士，而先生表章古籍，興墜舉廢，尤有功於藝林。論者刻以繩之，多見其不知量矣。

祭畢秋帆先生文

維光緒十三年六月丁亥朔,越六日壬辰,陝西按察使黄彭年、鳳邠鹽法道顧肇熙、西安協副將任廷貴等,謹以特牲清酌致祭於前陝西巡撫原任湖廣總督畢公秋帆先生之靈曰:商巖求説,典學攸聞,周嶽生甫,古訓是式。惟經書爲道義淵海,故儒臣關世運盛衰。先生禀靈巖之秀氣,降好雨之星精,廷對掄元,圻兼作督,勳業載名臣之傳,文章爲學古之宗。昔撫西秦,曾開東閣。徵文考獻,綴華玉以成編;才子經生,譬精金之入冶。百世興起,萬口争傳。洪維我聖祖道綜百王,我高宗館開四庫,論學則李、熊、湯、陸,博文則徐、紀、彭、王,莫不寘之周行,光兹大道。而宏獎風流,表章群籍,後有阮氏,前則畢公。定論允昭,餘風未泯。固非徒《齊東野語》,競誇禱自靈奇;研北遺編,頻記鎮洋軼事也已。彭年等或返踪宦轍,或敬式鄉閭,仰止高山,切景行之。素願葺兹祠宇,冀靈爽之來馨。尚饗。

是日,司道隨中丞出北門,緣西郭至南郊,觀桑也。桑苗不及寸,不可見,見禾苗甚茂,渠水入濠甚旺。登南城,近水遠山,風日清麗,壯游也。

初四日,晴。熱不可耐。

即　事

連朝澍雨放晴天,寂寞衙齋静似禪。驛路文稀應阻水,訟庭人少半趨田。時從高樹來風響,偶枕殘書得晝眠。卻怪浮雲無定著,黑漫漫又蔽峰巔。

初五日,晴。衙參,論放糧節餉事。歸,受民詞,有控官吏不法者。作畫、題畫以消暑。

朝中措(題改七薌《萬玉圖》)

年年庾嶺報先開,彈壓萬花來。潔白天生似玉,仙姿不染塵埃。

冰霜風雪任交摧,點筆豔陽回。萬樹萬家春遍,依然處士豐裁。

初六日,晴。未刻大雨,一陣雨過即晴,熱仍未解。早致祭畢公祠,江蘇會者二十人。

札佛坪廳

據代理該廳鉌事胡丞面稱,該廳野豬爲害,攫取羊芋、噬食包穀,並有咬傷人口之事,殘暴甚於虎狼。居民謡傳以爲神物,不敢轟擊,相率避入北山。聞之殊堪痛恨。爲此札飭。札到該廳,迅即出示曉諭軍民人等,惟當並力除害,不可輕易遷移。有能擊殺野豬一隻,割取左耳、全尾赴該廳呈交者,立即賞給銅製錢五千。此項錢交本司捐發,先由該廳墊付。仍將耳尾收存,彙報本司,查考給領可也。

咨保甲局

各關捐置水桶,已有成數,而城外向無水龍,尚多未便。本司署中舊存水龍業經修整完好,水龍一架,須用十餘人,惟東關住有勇丁,可供驅使,應即發給。爲此,移交貴局,煩轉咨督查道黄,飭住關委員赴局領回,督飭勇丁練習,以備應用,並飭委員勇役不准向行店私派一文,致滋擾累。

據西局總查委員稟稱,江埠街、二府街、教場門、曹家巷等處柵欄損壞,亟應修理,當飭估計共需土木工料錢一百三十五千文,現由本司捐給,送存貴局,希即發交委員收領,飭令趕將柵欄修理,務堅固,以資防範。

初七日,晴。見新疆來書,言吉林官兵本爲伊犁之蠹,馬匹全無,軍械亦敝,不能擊賊,動輒抗官,月耗餉二萬有奇,金忠介歿後,始議遣撤。錫帥擬仿舊章,每兵給銀百二十兩。劉毅帥慮有浮領,傳各起官兵按應存實造册,共需銀八十餘萬。毅帥大駭,遂借巡邊,夜出伊犁,中途奏以遣撤之事委之將軍。錫帥乃移營勇餉遣吉林兵,幸無變故。來書論新疆事甚多,有一條論劉帥添設道府廳之議。謂伊犁兵燹之餘,漢民寥寥無幾。現之所謂漢民非遠來商人即近遣假勇,外則有滿洲、索倫、錫伯、察哈爾、額魯特、沙畢納爾,各滿蒙人,又有漢回、纏回、哈薩克、布魯特、土爾扈特、老介夷等,種類不一,最易滋事。邊地只在兵多,不在官多,多一官則多一經費,况在旗民則有領隊、佐領等官,漢民則有撫民同知,旗漢交涉則有理事同知,訓兵理民之官,不可謂不備矣。若再添道府廳縣,不獨内無可管之事,抑且外無可治之民,十羊九牧之議,在所難免,改弦更張,終鄰務廣。此論亦頗中劉帥之失。

初八日,陰,日中雨。張念慈師劬河南知府解餉入甘,歸而見訪,饋臙盤殮,地主之誼。念慈言涇湯怡立芳以予曾訪拿,欲爲遊説也。予曰,立芳有才能,本賈人,頗知書,漢宋學皆識門户,以此爲官紳所重,然亦假勢力協制富人。兵歲兩荒之際,資以辦地方事,立芳亦因以致富。此人如遇事變,或當駕馭用之。今方休養生息,立芳若在家,必不能安居,而吾民煩苦矣。聞其客金陵,甚善。如來歸,仍當擒治。念慈唯唯而退。

初九日,早微雨,午陰,夜大雨。是日,隨將軍、巡撫送都統長春於東郊。都統奉命祭歷代帝王陵也。故事,陝西祭典,禮部以將軍、巡撫左右兩翼,都統名進硃筆圈出。禮部備香吊,兵部咨發,其費出自里民局。在民以爲苦,在都統則如久旱之逢甘雨也。

初十日,晴。早尚微雨。魏文甫以賀生日詩來,口占謝之。衙參,請撤保甲局委員之諱竊者。委查縣丞之擅受者。委訊命案之正凶、盜案之爲首不確者。

生日口占

周甲於今又五年,仕非名世隱非賢。評量史目無歸著,虛度曾無一可傳。

肇悦虚勞妙語宣,(以詩文爲壽者皆謝卻之。)亭林生日論猶存。吾生别有傷心處,不比閒愁付酒尊。

十一日,晴。國璪以是日亡,予心戚焉,禁斷家人稱祝,惟拜祭祖先而已。農山以《惠山會茶圖》屬題,文衡山畫《蔡羽九逵記》,又衡山、九逵及湯珍、子重、王寵、履吉、王守、履約,各録《紀遊詩》十數首,皆與蒲澗先生者。先生姓鄭,名于漢,閩人,官長洲教官,掌教武進書院,家毘陵,衡山出其門下,是遊爲東道主。邀飲白氏園,故各書遊詩贈之。卷首"惠山會茶"四字,蒲澗書也。

十二日,早微雨,晚陰。貴州按察使馬君佩瑶,字玉山,過此,能吏也。

跋《十三行帖》

趙孟頫跋《十三行帖》,云王獻之《洛神賦》,紹興間搜訪得九行一百七十六字,米友仁定爲真迹。其後,賈似道續得四行七十六字,以九行裝於前,四行裝於後。元時,陳顥以遺孟頫。《寶刻類編》所稱"洛神賦十三行"是也。《宣和書譜》所收硬黄紙書柳公權跋云:"子敬好寫《洛神》,人間合有數本。"是原本在唐時已不一。自宋迄今,更不知刻本凡幾。其最著者,賈似道碧玉本,孫退谷、唐荆川、孫文介三家藏本。荆川、文介兩本刊於元。晏齋又有越州石氏、長洲章氏以及乾嘉時杭州玉工重鐫碧玉本,今亦不可多得。而《汝帖》《大觀》所刻從"之郁"字起皆不完,或即似道所得之本。至臨本翻刻,更難悉數矣。此本以紙墨視之,必數十年前物,類是碧玉本重鐫。覃谿謂"指潛淵而","而"字右彎過滑,"姚"字女旁雖圓,不古勁。此本亦有其失,而字畫秀逸,規矩具在。欲求大令用筆,並進窺右軍筆妙,唯在臨池穎悟,奚必宋本始可珍耶? 奉伯以爲何如。

十三日,晴。是夜腹疾大作。

十四日,晴。無風,煩冤特甚。腹疾未愈。

同人公讌馬按察佩瑶冠山堂,病不能與,柬之以詩

東來瞻紫氣,高會冠山堂。徑草迎車緑,池荷入酒香。吾鄉黔首盼,使者白眉良。獨抱河魚疾,長吟引領望。

十五日,晴。是日月食,丑正三刻二分初虧,寅正初刻三分月入地平,初刻十分帶食,五十五秒食甚,卯初刻五分在地平下復圓。在署行救護禮畢,廟香,衙參。論案甚多,尚皆得情。歸受狀,有斷罪不近情理之縣令,當察之。

十六日,晴。魏文甫以新派木瓜溝釐卡差,意怏怏,述前派此差某觀察啓事句云:"木瓜投我,誰推納之溝中。香草懷人,尚行吟乎澤畔。"怨而不怒,詞令雅飭。方伯約上院留一良吏,撤一劣員,尚是正辦,酷暑奔走不厭也。

議請嚴辦匪黨詳

爲遵批議詳事。案奉督憲批,據漢中府稟,匪風難戢,擬將鎖繫遞籍餘黨,分别刺字,以示區别而嚴懲創,請示遵辦。稟由奉批,陝省匪風以南山爲熾,而南山尤以漢郡爲最。該府請將餘黨分别刺字,是否可行? 仰陝西按察司核議詳覆。飭遵。仰候撫部院批示繳,等因。又奉撫憲批,據稟已悉。查南山匪徒充斥,紅黑簽匪及哥老會匪名目不一,黨羽極多,獲案既難盡辦,省釋又難期自新,自宜分别刺字,以示區别而便稽查。定例,陝省匪徒携刀綹竊,應擬徒杖枷號,繫帶鐵桿石墩,期滿省釋者,雖有仍行刺字,有犯加重之文。然近來各屬既未遵辦,且簽會各匪如何分别輕重,初犯再犯酌量刺字亦未詳載。該府現於舊例之外,稍示變通,詳議刺字之法,尚爲嚴懲匪黨起見,是否可行,仰按察司詳核例章,妥爲議覆。飭遵。仍候督部堂批示。繳等因。奉此。查此案前據該府併稟到司,正核辦間,適奉前因。遵查紅黑簽匪以川省爲最多,哥老會匪以兩湖爲最盛。近年各省匪徒勾誘結拜,煽惑滋事,又幾於無處不然。陝省南山興、漢兩府及商州所屬,處處與川、隴、楚、豫各省地方犬牙相錯,向爲匪徒出没之區,而且山深林密,路逕紛歧,歷年雖整頓保甲團練,飭地方官會營查拿懲辦,而此拿彼竄,隨處潛藏,訖未盡絶根株。其平原各屬及北山一帶,又因連年招墾荒地,各省客民紛至沓來,且新疆軍務肅清,各營遣撤,告假勇丁往來不絶,其中難免匪徒溷迹。而南山五方雜處,民情浮動,尤易爲匪徒誘惑,是以莠民之多,更復甲於通省。查紅黑簽匪名目由來已久,其始不過佩帶刀械,三五成群,掏摸綹竊。在白晝爲紅簽手,夜間爲黑簽手,尚不至爲大害。自軍興以來,散勇遊民隨處麕聚,往往私立山堂口號,結拜訂盟,會匪之風遂以日熾,而簽匪遂有與會匪勾結者,亦有既爲簽匪復爲會匪者,彼此效尤,無惡不作。其宰雞滴血,鑽橋飲酒,傳授口訣,綽號排行,竟與會匪無二。其公然剽奪,報仇殺人,倡亂謀逆,亦與會匪行逕無殊。兹查該府所稟,該匪等平日結黨連群,遊行無定,小則綹竊丢包,大則劫財傷主,估訛財物,姦佔婦女,習以爲常。差役往拿,紛然獸散,并有逞凶抗拒之時。如同類相仇,則糾衆稱戈,儼同臨敵。如衆匪忤意,則割筋斷掌,斃以亂刀。每遇會集場期,糾結動以百計。鄉民畏其黨與衆多,慮其尋仇報復,受害若不甚鉅,即多隱忍不言。約保人等希圖無事,不與爲難,甚至送給錢米,令其他去。種種凶横,允屬實在情形。此所以該匪等益鳴得意,愈肆横行也。現當各省軍務肅清,海内承平,陝西年穀屢豐,地方無事,該等竄匿山澤,勾誘貧民,隨在滋擾,尚不過意在得財,爲苟延旦夕之計,已屬大干法紀,爲害地方。誠恐勾誘愈久,黨與日多,難保不造謀倡亂,支蔓難圖。昔年粤匪之變,黔省之亂,往事可徵。且近年川省大竹、大邑二縣,攻城焚掠,起事皆由簽匪,閩、浙、湘、粤等省會匪又屢謀肆逆,幸皆先事破獲。陝省居天下上游,南北二山又爲關中屏蔽,豈容此等醜類潛藏混迹,致貽地方之憂。亟應設法嚴拿重辦,以期消患未萌。現據該府稟稱,此等匪類拿獲訊寔,不過誅其首要數人,其餘鎖繫羈押,限滿釋放,故態復萌,拿獲覆訊,供詞無不狡展,是否著名積匪,從前他處曾否犯案,往往無從究詰。稟請以後拿獲各匪,除罪在不赦外,均於右面深刺"會匪""簽匪"字樣,再犯不宥。其有實係遊蕩未久又未犯過别案,尚可望其自新者,分别於右小臂刺字,再犯刺面,三犯不宥等語,自係爲懲辦匪徒,使知畏懼起見,事屬可行。抑本司更有請者。查光緒七年,奉准刑部奏定章程,各省盜案如實係土匪、馬賊、會匪、游勇,案情重大,并情同叛逆之犯,暫准就地正法。等因,遵奉在案。至會匪、簽匪起意,糾夥結拜,爲害地方,歷年陝省拿獲,雖均援照前奉章程懲辦,第部章語係渾括,若非分别明定專條辦理,終鮮依據,且非懸以厲禁,嚴懲怙惡,不足以鋤頑梗而儆愚蒙。至爲從罪不至死,情節較輕,被誘、被脅爲從之犯,歷年亦因無定章,或照例擬以軍流,或酌量鎖繫鐵桿石墩,或枷杖遞籍管束,辦理殊不畫一。大罪擬軍流之犯,均須解往他處安置,不特非就地懲辦,不能使衆目共睹,咸知儆懼,且近來該匪等蔓延各省,彼此消息暗通,多相聯絡,其解審發配,長途轉解,劫奪免脱,在在堪虞。即使到配安置,地方官防範稍疏,仍不免在配誘惑,到處滋擾,殊無以消其桀驁之氣,轉生其玩法之心。查定例,閩粵各省不法匪徒潛謀糾結,復興天地會名目搶劫拒捕者,首犯與曾經糾人及情願入夥希圖搶劫之犯,俱擬斬立決。又咸豐五年,陝省奏定章程,嗣後拿獲刀匪、辮匪,其罪犯軍流,均於應得本罪上加一等定擬,至罪應擬徒之犯,毋庸解配,在籍以大鏈鎖繫巨石五年,罪應擬杖者鎖繫巨石三年,限滿果能悔罪自新,或有親族保領,地方官查實,隨時開釋,儻釋放後復犯,即鎖繫巨石,不拘限期,各等語。今陝省會匪、簽匪種種凶暴情形,核與從前粵、閩等省天地會匪徒糾邀勾結、爲害地方情形正復相類,且前奉部章,會匪等項情同叛逆,原許就地正法。本司悉心酌議,擬請嗣後陝省簽匪、會匪起意爲首糾結入夥至數十百人之多,情同叛逆,及搶劫拒捕,互相仇殺,搶奪、姦拐婦女,暨令夥黨在外丢包訛詐,坐地分贓,並爲從曾經糾約多人,情願入夥,希圖搶劫之犯,該州縣拿獲訊明録供,稟由憲台、督憲查核案情,批飭該管道府提訊,或派委道府大員前往訊明,果係供證確鑿,罪惡昭著,即行就地正法,傳首犯事地方,懸桿示衆,仍照奏定章程,半年彙奏一次。其甫經起意糾結人數無多,又僅止繈竊,並無搶劫等項重情,首、從各犯及被誘脅入夥各犯俱按其所犯情罪,分别以大鏈鎖繫巨石,罪應軍流者鎖繫不拘年限。如原犯軍罪鎖繫已過十年以外、流罪已過八年以外,察其果能悔罪自新,并未滋事,又有地方公正紳耆親族人等保領者,所具切結,准其釋放。如不能改悔,又無紳耆人等保領,即永遠鎖繫。其罪應擬徒者,鎖繫巨石五年,罪應枷杖者,鎖繫巨石三年,限滿有親族保領,亦准釋放。以上鎖繫各犯均於案結時右面分别深刺"簽匪""會匪"字樣。其實係遊蕩未久,尚可望其自新者,酌於右小臂刺字。若釋放復敢結黨滋事,或於鎖繫限内潛逃,是真甘心爲匪,怙惡不悛。原犯軍流者,拿獲即行正法。原犯徒罪以下罪名較輕,亦未便遽置死地,拿獲遞加鎖繫二年,并刺明"再犯"字樣。如再不知改悔,仍復勾結爲害,三犯拿獲,即行正法。地方官每辦一案,仍報明查核,按季彙報。如此嚴定科條,庶匪徒知所忌憚,消患未萌,良善亦獲安全矣。所有遵批核議緣由,是否有當,相因詳請憲台鑒核會奏,實爲公便。除呈明督撫憲外,爲此具呈,伏乞照詳施行。

議請嚴辦窩團詳

爲詳請具奏事。竊維陝省近年以來盜風甚熾,搶奪婦女殺人之案亦復層見疊出。光緒十年,經前撫憲邊將情重盜案及平空搶奪婦女已成、殺傷事主各犯,奏明暫准就地正法,等因,遵奉在案。在當時嚴定獻章程,原期大烈民畏,或可漸息澆風。乃自定章以後,歷年拿獲各犯均經照章懲辦,而强暴并未洗心,地方仍不安靖。且失事之後,往往賊遁贓消,日久無獲。查陝省搶劫匪徒,惟各處告假遣撤勇丁、甘肅安插回衆,多有馬匹,其持械連騎,到處劫奪,得手之後,瞬息遠颺,頗與山東等處馬賊相似。此外則鄰省種地客户、本地無業遊民居多。該匪等既無馬匹,又鮮栖止之處,如劫得財物,必須僻處收藏,如搶獲婦女,更難掩人耳目。若非有勾引容留之人,何至地方常有失事案件,破獲爲難?蓋緣有等盜賊窩主皆係地方無賴之徒,平日或潛匿市場,或住居偏僻,交結匪類,來往容留,代爲探聽封厚之家,暗通消息,作綫引導,劫得財物,坐地分贓,當時則爲之收藏,事後復爲之消賣,及至事發,早已支令遠颺。又有興販囤户,房屋極爲幽僻,甚至開挖窑窖,行蹤詭秘,夥黨衆多,凡匪徒誘搶婦女,交與藏頓,强者則關禁哄誘,弱者則恐嚇欺凌,務使婦女親屬無從探聽尋覓,迨至日久事冷,非販往他處嫁賣,即用强逼勒賣姦,種種不法,實屬罪不容誅。在匪徒窩頓爲巢穴,窩頓藉匪類爲爪牙,朋謀勾結,狼狽爲奸,大爲地方之害。本司以爲,整頓地方,以嚴辦盗匪爲先。而欲清匪源,以重懲窩頓爲要。查律載,强盗窩主造意,身雖不行但分贓者,斬。又例載,夥衆開窑誘取婦人女子藏匿勒賣,事發,爲首照光棍擬斬立决。又窩隱川販,果有指引綑拐藏匿遞賣確據者,審實,照開窑爲首,例同川販首犯,皆斬立决。各等語。是窩主頓户,律例本有嚴辦之條。惟陝省盗案及搶奪婦女、殺人均經照章就地懲辦,其窩家頓户,核與搶劫之犯事異情同。且查湖北、山西各省近年奏定章程,窩家頓户均請照章懲辦。陝省與該二省壤地相接,風氣亦復相同,似應一律辦理,以示懲創。擬請嗣後强盗窩户造意分贓及頓户興販誘取婦女藏匿勒賣爲首之犯,州縣拿獲,訊供禀報,即遵照歷定章程,批飭解歸該管道府覆訊,或派員前往會審,果係供證確鑿,罪無可疑,即行就地正法。俟届半年,彙案奏報。如數年後其風稍息,再行一律歸復舊制辦理。本司爲清盗源、靖地方起見,是否有當,相應詳請憲台鑒核會奏,除呈明督憲外,爲此具呈,伏乞照詳施行。

十七日,晴。未刻大風,雲起復散,雖未得雨,而煩酷暑去矣。萸郚、海帆、文甫三觀察因得差委來拜。始中丞欲委三人差,方伯不欲,爲節省經費,此正論也,乃衙參後即至萸郚寓,言爲籌得差,萸郚甚感,比入謝,而中丞述前日衙參争論之詞,則與走告之詞迥異。内沮其議,外市其恩,且候補官三人,獨告萸郚,非以其叔在内廷耶?此則非君子之行矣。

十八日,早晴,午大雨。咸、長兩縣禀十三日公估局開市,其章程尚妥,録存之。局禀看出減成色銀貳百兩,飭傳銀樓嚴究,如不供出交令傾銷之人,即將銀樓封閉,枷號示衆。立法之始,不得不嚴也。

咸長二縣會議設立公估局條規

一　設公估局,便民即所以便商。不惟銀色不至低雜,即錢法亦因之整頓。國計民所關甚鉅,不得妄議、阻撓,希圖自利,致干未便。

一　局中掌事由錢行公舉,輪充值日,估看銀色,用兩縣官銀匠輪流值日。值日之人,頃刻不准離局,饔飧自備。局中不立大食。局中家具由錢行攤錢公製。至籌給銀匠口食錢,市錢二百串,亦由錢行公攤,止准捐攤一次,不再加捐。

一　局中看銀,必實係足色者方准用戳鏨記。公戳用“公估局”三字,私戳用值日看銀匠姓名并各僚私記,以備辨識。凡色不足者,不准用戳。儻局匠故意高下其手,色足者刁難不即用戳,色不足者徇情混同用戳,一經查出,或被告發,定嚴懲,革役追贓。如有假造公估局戳記者,查拿究治。

一　局中看銀須要十分留心,如有挖孔貫鉛痕迹,自能指明擲還,不爲用戳。若用戳後,或見有此弊與用戳之人無干,若用戳匠人恃爲無干或串通故作此弊,是謂有意玩法,查明盡法懲治。

一　局中看銀用戳應酬小費以作局中房價之需,兹明定章程遵照,不得彼此争執。看銀一百兩,准費銅錢二十文,不足一百兩者,并示區别。凡一兩至十兩者,每兩銅錢一文,不足一兩者,每塊件一文,自十一兩至十五兩皆十二文,自十六兩至二十兩皆十四文,自二十一兩至二十五兩皆十五文,自二十六兩至三十兩皆十六文,自三十一兩至三十五兩皆十七文,自三十六兩至四十兩皆十八文,自四十一兩至四十五兩皆十九文,自四十六兩至五十兩皆二十文,自六十一兩至一百兩皆二十文。推之一千兩二百銅錢,一萬銀二千銅錢,胥是此矣。看銀鏨戳者亦不得多索分毫。來局用戳者,亦不得少給分毫。俱各遵照。

一　局中看銀,止論足色,不論漕口,儻各輪值掌局之人私賄銀匠,將該錢行低銀串通用戳影混者,查出低銀,惟該局是問。

一　既立公估局後,色足有戳記爲官銀,無戳爲私銀。若客商惜費圖便,私相授受,遇有雜僞,自貽伊戚,告案俱不准理。

一　局中每日看銀若干,得費若干,立簿登明。每十日摺報兩縣稽查,不得遺漏揑飾。

一　既立公估局,頃鎔、估看、用戳合爲一事,又不准居寄勒索,則就官爐頃熔者自多,私爐不禁自除。然猶恐有不肖奸商偷立私爐,攙成低銀者。准該局查寔,禀案訊明,嚴懲示罰。如該局藉端訛詐,亦不寬恕。

一 不安本分之徒,無故到局吵鬧滋事,暨本局人等妄爲生端,准分别拿案嚴責,均枷號局門外示衆。

十九日,卯刻立秋,晴雨相間,涼風習習。涂劭卿來,以雲門將接長安印,交代承審案件也。

酷 暑

古稱酷吏如酷暑,此非故作驚人語。暑氣雖嚴尚可逃,吏虐下民誰敢忤。虐我民兮何不仁,雷霆震兮風伯怒。東方呼起泰山雲,浄掃炎威降時雨。

二十日,早起微雨。衙參後即放晴矣。是日爲先藴山兄忌日。兄以戊戌年卒,迄今五十年矣。國璸承祀,遠在徽州。憶去年謁兄墓於京師,星紀又周,一觴遥奠,終鮮傷懷,不堪回首。

長兄忌日

我初識文字,兄已馳名場。朝奉孝端訓,暮聯蘇軾牀。一朝羽翮摧,鳴雁淒斷行。(兄丁酉鄉試後得疾,戊戌年卒。)吾母慶同生,此日翻憂傷。有孫更同日,乃得娱高堂。(兄與吾母同七月廿日生,自兄殁後,吾母生日輒悲泣,後國瑾生復同日,乃敢稱慶。)倏忽五十年,風木增悲腸。翻疑夜臺樂,吾兄能事亡。繼嗣方佐郡,(予子國璸承兄嗣。)兒女都善良。遥望鳳城西,灑涕陳椒漿。

二十一日,晴。關中書院有不率教者,院長亦逞刁,予謂懷清當酌中持平。

題文衡山《惠山茶會圖七賢三絶》卷子

農山示我《惠山茶會圖》,前有七賢今兩吴。(謂瀹齋、清卿兩中丞。)當時甫田主壇坫,群賢濟濟同遊娱。詩情畫意盡天趣,落筆甯論細與麤。[①] 九逵才調頗殊衆,苛論何意來長蘆。(竹垞深詆九逵,論亦未公。)雅宜二仲比軾轍,心折六一爲之徒。子重子朋亦師弟,邛陵几杖相持扶。同過白氏園,先集鄭公廬。甘露茅山各攬勝,歸舟齊向晋陵趨。名士名山快星聚,分寫詩卷來合符。蒲澗標題書瘦硬,七襄組織如編珠。此會古難得,此寶世間無。延陵鑒别有真識,

---

① 眉批:以麤細論文畫,終屬皮相。

謗傷早屏群兒愚。（淪齋跋中事）

二十二日，晴。懷清、緝庭來，皆言書院事。吾已函招劉焕堂來居間矣。文甫來辭，往木瓜溝里局。委員四出，州縣不勝擾，竟不能止，可愧也。

二十三日，晴。公讌兩淮運司福雨亭於薇署。倭文端之子也，明白妥當，尚有父風。暑日宴客，亦酷虐之政。

題宫農山《叱馭圖》

貫董不以武功著，褒鄂不以文事傳。古人得一已千載，況是二者才俱全。昔我入關中，崎嶇雜腥膻。鬼蜮在左狐狸右，蝮蛇在後豺狼前。延安太守獨挺出，風雲叱咤氣萬千。天馬絶行迹，香象騰飛煙。五路發奇策，萬弩張鳴弦。投筆戎軒正歔歷，卷懷十載棲林泉。神龍隱現杳難測，初潛利見殊天淵。迴車叱馭各有道，陽遵易地宜皆然。乾坤及今思轉旋，内舒民氣外防邊。經文緯武求名賢，願君先著祖生鞭。

二十四日，晴。招劉焕堂，使約柏山長還書院。

題雅宜山人草書《養生論》

山人讀書石湖二十年，手寫經書，皆一再過，即工力可知。至草法之精妙，則前人論之詳矣。

二十五日，晴。酷熱，夜尤甚。李大令查大荔縣丞魯惟勤被控各款得實，與薇垣商議上書中丞，請撤參。

題葉挺生《課耕圖》

自從西域定諸羌，互市交鄰又朔方。籌筆曾參帷幄計，屯田未覺鬢毛霜。傳聞塞上仍飛檄，底事山中覓舊莊。故吏到門誰得見，騎驢湖上意徜徉。

憶昔衡門賦樂飢，除書何意到湘湄。提將官里一無用，來自田間百不知。有客寄書詢治略，故山招隱笑歸遲。多君圖寫明農意，正是急流勇退時。

二十六日，晴。隨將軍、巡撫至萬壽宫，朝賀。

皇上萬壽本二十八日，因在齋戒期内，朝賀移前。派縣丞況守誠至咸寧屬之新筑鎮拿賭，獲十五人，判鄉約廟僧店家四人枷號，餘笞責，俟花衣期過賫釋。委員梁鳴鳳會臨潼縣禀征糧之弊。豪强者有全收短納之弊,懦弱者有玩户抗欠之弊,奸巧狡猾者有視催比鬆緊酌完分數之弊。此弊之在單總者也。書差串通,捏完作欠,糧鋪壓擱,包納不完,種種之弊端,難以枚舉。今喻民以歷年包納之受累,現在九折之省錢,或完本色,亦聽自便,民皆欣然樂從。積弊皆包藏於荒地、河地、民欠三者之內。荒地、河地既未清丈,今雖清查,亦難核實,而民欠則不難究其根原,以上所陳,皆民欠之弊也。

二十七日,晴,連日晝夜皆熱,不得喘息。園中種黍,望雨抽穗,可知鄉農盼澤之殷矣。長安連出命盜案,皆獲犯。盜犯行李中有飄布十餘張,可知近日高、涇、陽、鄠縣盜案皆會匪所爲。擬請中丞除山口、渡口舊有防兵駐巡外,如豐峪、祥峪、子午、大義諸峪,渡口如渭橋上漲,大涇鎮、馬神廟諸處皆飭防營駐扎梭巡,此治標也。若治本,則力行保甲。今城中辦而鄉中不辦,非治也。

二十八日,晴。

題江海帆《西陲指掌圖》

誰歟投筆來從戎,手摹内府輿圖工。上稽聖制追熙隆,西越天山起隴東。或庋高閣彝鼎崇,寒儒不見如瞽矇。江郎繼者爲世雄,酇侯圖籍收關中。聚米指畫矍鑠翁,周知地利論戰攻。行省創議仁和龔,逾六十年圖厥功。受降城筑重譯通,幡然持節臨崤潼。馳兵城外其道窮,請固邦本開天聰。讒言敢以質之公。

二十九日,晴。

寒暑表過百度,熱不可耐。閱學律館書三十七本,心有所寄,則忘其苦。入暮,東北風作,電光灼灼,雖星斗滿天,暑氣已解。袒卧中庭,比醒已四鼓,入室亦不覺熱矣。

(李燕暉整理)

第四十二册　默化堂日記(光緒十三年七月)

默化堂日記卷六

(鈐朱文長方印"緗成所守/先世手澤"、白文方印"黄氏/家藏")

【光緒十三年七月】

七月初一日,晴,日有食之,西安府日食五分五十五杪。初虧,午正三刻八分;食甚,未初初刻十一分;復圓,未正一刻十分。早行關帝廟香。衙參:論開博坪銅山,請派兵彈壓。因長安盜案,請派防營巡山峪口。渭水各渡歸救護。先素服,後吉服,如禮。

初二日,早起,陰雲,微雨。巳刻日出,午未甚熱,至九十六度。酉刻東北風涼。告府縣明日祈雨,秋禾盼澤孔殷矣。中丞課關中書院,司道咸集,公事畢,小坐志學齋,尚有見獵心喜之意。

初三日,學律館歇伙,今日到館交書僅四十五本。正途人員多出查里民,局差委也。釐金局李君小雲來,言詳請咨部之件忽簽,變法不易,政令不信,不知所從。臨潼令安君守和、署安康令宋維翰來告以勤於聽訟則班館不至多押人,應辦之事,須權輕重緩急爲之,否則善政亦病民。檄州縣訪拏會匪張鐵梅。檄商州商南縣以河南李官橋多盜,防其竄匿境内。詳請奏參逗留滋事之旗弁巴彦佈比匪之候補都司田朝明。得西北風,陰雲滿天,風大而雨不降,至夜而星見矣。是日,府縣祈雨。

初四日,陰,未刻微晴,雨數點,屯膏不降。是日過堂十案,死罪立決四,惟一夫簽緩決,三立決中有法無可貸而情實可憫者,輕罰中有例無可加而情殊可惡者,且有同罪而新章分别未清,遂致一照新章、一依舊例,輕重兩歧者。

初五日,時陰時晴,偶見雨點三兩而已。府縣祈禱三日,屯膏未降。告某君以近拘大荔差,本案情節甚微,爲糧道方遣委整頓糧務,恐其把持,須辦有頭緒始放歸也。各衙門公事須互相維持,乃和衷之義,蓋以諷某君云。

初六日,司道率府縣隨巡撫禱雨城隍廟。城門委員稟吉林馬隊參領奎成帶已故參領年常阿靈柩入城,不服盤查。予曰:不服盤查,罪也。入城非其罪也。品官例得入城,參領在行間與任所無異。夜四鼓,委員李令士珍來告,巴彦布雜吉林馬隊中入城,擬會營縣往拏。予告以相機。是日陰多晴少,雨數點。

初七日,仍禱雨。李士珍竟獲巴彦布來,委西安府訊。是日時見雨點而不能成雨。

跋聽濤軒報恩帖

笛甫能文工書,世其家學,委質小吏,嗜學不倦。嘗集古今法帖裝數巨册,題曰《報恩帖》,用彰荻畫之訓。予考前人著述,後人成之,若遷史之稱太史公者無論矣,近如王氏之《廣雅疏證》亦父作而子續成之,又如孫氏之《過庭録》及王氏之《經義述聞》,保定尹氏、遵義鄭氏之《母教録》。彼其立身制行,爲學爲治,卓然不朽而歸美前人,謂皆稟諸義方慈訓,固宜著之簡册,垂示後人。至如侯氏之《萱幃香譜》,則並器用之微、製作之細,亦備紀而縷述之。何哉?仁人孝子之用心,無一時一事而忘其親。有如是之篤者,觀此册而母德之賢、孝思之不匱,使人起敬。至原刻舊拓之可珍,則笛甫自記詳之。丁亥七月八日,祈雨得雨,欣然題記。

初八日,連日陰雲,藴釀至丑刻而雨成矣。喜而不寐,題高笛甫《報恩帖》畢,天欲曙。奴進食,食畢仍禱於城隍廟,以未霑足也。山陽縣災,沖壞民田七百餘畝,屋五六十間,斃牛一頭,人民無恙。飭候賑撫,縣令沈君甚賢,能安輯之。

初九日,陰。聞醴泉、扶風、鎮安一帶均得透雨。帶吉林馬隊歸伍之玉山來,索巴彦佈,武人無禮,峻拒之。

初十日,陰,晚雨。衙參:李覺堂卓薦入委方矩門,其正權西安府事。先公宦秦時,矩門宰南鄭有聲,廿餘年令聞不已,賢者也。

十一日,連宵達旦,日中雨止,驗之,得二寸餘。邠州稟,州屬煤井已百餘年,回亂停開,平定後,劉姓復理舊業。適逢歲旱,謡言開井所致。雞毛傳帖,倏聚千人。州牧會營彈壓、封井,乃散。事已數年,劉姓欲復開井,訛言又起,具禀請示。予批云:雞毛傳檄已經示禁。煤爲民生日用所需,向無禁止採煤之例。開井致旱説本無稽,該州往日封禁係屬權宜之計,嗣後應否准開,隨時察看情形,妥爲籌酌。閲學律館律書畢。

十二日,陰晴相間。南山見雨氣息。執土豪占人妻者,枷之。

十三日,陰。隨巡撫謝降於城隍及太白祠。方伯使觀唐斐泉觀察書所呈示禁罌粟四事,有舉發三家免罪之條。予曰:爲政不探其本,致亂之道也。煙之害在人身,攻訐之害在人心,出一令而壞人心風俗,宜急止之。方伯不聽。

跋漢碑五額册(漢車尉陳、卜君之頌、中牟魯君、廣平侯闕、司農公)

此册漢碑五額,金石諸書多未見,《思古齋雙鈎漢碑篆額》載廣平侯、卜君、司農公三額篆法及筆損處俱同,廣平侯闕亦少"吴公"二字,惟"廣"字上多一點,所據本或先於此。至標題廣平侯殿則思古之誤,非據本有異同也。此本舊藏蔡友石先生家,有王繆雨先生印記,較葉氏平安館藏本少魏公闕一額,見東卿先生跋。道光中收藏之富,兩家爲最,今皆散佚。友石子小石往年陳臬關中,農山於秦得之。黄彭年觀,因題。

十四日,晴,連日西風,尚有雨意。今午雨數點,旋轉東風,雲盡散,山色分明,雨愈杳矣。冀鄂皆東風致雨,秦獨西風,地氣然也。吉林馬隊入民家傷人,委員李令擒之,以卒還領兵官,使自治,餘人送咸寧縣辦理,尚爲得法。馬隊前後三起,約數百人,逗留城中,時虞生事。今日西安府訊巴彦布案,輒敢向府署門前滋鬧。東省馬隊向稱勁旅,近則禦敵不足,滋事有餘,治之不得其人故耳。閲邸鈔。權粤西撫《薦舉賢員疏》、翁尚書《表章儒臣孝行疏》,皆近今罕見之作。

翁疏云:爲已故儒臣孝行可風,請列入國史《孝友傳》,以彰至行,恭摺,仰祈聖鑒事。竊維朝廷制治,以孝爲先,人臣致身,資於事父,此天地之常經,古今之通義也。伏見故國子監司業治麟生有至性,其學術以宋儒尹焞爲宗,律己教人,鞭辟近裏。同治初年,該員之父景廉任伊犁參贊,旋統兵剿賊。其時該故員年僅二十,匹馬出關,往來省視。比長,承侍左右,色養無違。景廉之疾篤也,不欲人侍側。該故員屏息户外,聽於無聲,有呼則敬唯,有所苦則抑搔扶持,終夕徘徊風露中,履迹重沓,倦則倚簷柱以息。四十餘日,用是成憂勞羸困之疾。其父既殤,該故員病已深矣。既葬,越小祥,鹽酪不入於口,醫者以豕肉汁進,謂得此可脂膏五臟。該故員屏而不飲。臣見其骨瘦柴立,亦援古人居喪有疾之禮諄諄勸諭。該員憫默涕泣而已。苫塊之中,編次其父遺稿,一字之誤反覆審定,至於嘔血數碗。死之夕,遺書猶在旁也。臣等以爲魯襄亡而子野毁,不見絶於《春秋》,此聖人教孝之微意。然則僅死於毁,歷代史策猶且褒揚之,況該故員蒸蒸之孝徵於平時,孚於輿論,衆著於宗族、師友之間者乎?我朝功令,孝子有旌閭之典,國史列傳特立《孝友》一門。光緒四年,蘇太道馮焌光以孝行可嘉,准予立傳。臣等竊惟太學爲教化所出之地,該故員事親盡孝,無愧人師。臣等誼屬同官,見聞確實。合無仰懇天恩,特降諭旨,准將前國子監司業治麟列入國史《孝友傳》,仍由館臣咨行該旗,查取事實清册,以備纂輯,用以風勵天下。臣等謹合詞恭折具陳,奉旨俞允。

此疏不惟事迹可傳,文亦近古,故録存。

十五日,晴。衙參:乾州乞假修墓。前月謡候補某謀乾州,有紾臂而奪之意,今果其人也。可歎。不能不咎第一座。不能歸咎首座也,可憐。遣員密查東關諸弊。

十六日,晴。遣兩縣勘龍首渠。

題宫農山《西園覓句圖》(園在延安府署)

威名追李廣,賢知有馮君。上郡古循績,西園吾夙聞。拯飢書得請,卻敵氣空群。誰識《卷阿》意?遊歌志不紛。

十七日,微雨。接見僚屬未畢而方伯至。

題陳涉江山水册(陳丹衷,字旻昭,江寧人,崇禎癸未進士,登第後請纓自效,授御史,召苗兵未遂志而明亡,自號清江道人)

翠螺山畔萬株松,(近)静聽濤聲望遠峰。每展畫圖如舊歷,一生遊興比人濃。(翠螺山在采石後,萬松森立,登寺樓遠眺九華,如在目前,圖景似之。)

閑依高樹坐,風動不關情。對此一溪水,在山猶自清。

不知三徑白雲封,老屋書聲接寺鐘。似有仙人來下聽,倒懸崖際樹如龍。

茅屋倚高峰,寒雲沍百重。鐘聲何處響,遥指一柯松。

人家深樹隱,雲氣半山横。料得幽棲者,關心驗雨晴(時祈雨得雨。)

佛巖頗似廣元道(蜀棧千佛岩似此景。)畫筆直追王晋卿。(嘗見藍藻臨王晋卿畫,亦用皴擦渲染,不如此之渾厚。)石骨崚嶒雲氣定,不施勾勒妙生成。

山翠四圍如聚幄,飛泉百道各成谿。三谿橋畔曾延佇,閒看高人伴鶴棲。(往年過沅州三溪橋,土人言山阿有居士夜半高吟,匆匆不及訪,睹此圖猶棖觸予懷不置。畫法仿許道寧,其源出於李成。)

陶潛宅裏松猶在,豈識人間有永初。(册中題己丑。)不用倪、文尋法乳,拈毫時覺性情攄。(倪、文皆善畫松,清閟疏逸,停雲蒼潤,其挺特則一。此幀停雲筆意爲多。)

十八日,雨。吉林馬隊協領玉恒率領催八人謁中丞,索巴彦佈,出言無狀,中丞斥責,遣西安協與中衡促之行。

十九日,雨。玉恒率所部馬隊行,不敢問巴彦布事矣。統領副都統順彝至。方伯來商劾貪吏某,議之。

廿日,雨。是日爲吾母誕日,先兄同是日生、卒,後吾母常不怡。子瑾亦以是日生,字之曰再同,吾母憂乃解。衙參:方伯以疾請假,論公事少,閒事多。歸家致祭,已午刻矣。順都統來,尚老成曉事。因往拜餽飱,專使戢其衆不多事而已。瑾書至,寄孫厚成文一篇、篆楷各一紙,皆大進,撤案上石假山一座獎之。閲學律館書。

以厚成文字質懷清,蒙贈詩勖奬,依元均奉謝,並寄示厚成。

鸞篝璀瑑墨華香,從此傳家富錦緗。巽語宛爲先路導,老懷猶憶少年場。漫誇到溉延三世,卻擬何公厚二唐。大匠裁成應勉副,安排來歲去觀光。

廿一日,早、晚雨,午間微晴。是日得瑾書。傅青餘親家卒於湘,弱冠交遊,僅鄂生、青餘存,今又弱一个。吾父當日祭王夢湘先生文云:“平昔知交,隕如秋葉,至君而盡,腸回氣結。”吾於青餘亦有秋葉將盡之感矣。

廿二日,雨。湯榮乞假歸娶,冒雨而行。觀奴輩懷歸之急,增予鄉思。夜大雨。

廿三日,雨。赴院掣籤,兩缺同時並出,則掣籤。籤兩筩,一書缺分,一書次第。藩司掣缺,臬司掣次。拆封巡撫秉筆書之。簽製始於明季,至今日而益密,防弊之意周而任賢之意失矣。夜雨不止。

廿四日,早雨,晚止。連日夜雨,斷續相間,渭河斷渡,禾苗綿花亦亟盼晴。晚雨止後見星,謂當開霽,乃半夜滂沱,居屋盡漏。前日之憂旱者,恐又將憂潦矣。處決二盜,洵陽人。

廿五日,早雨。衙參:懷清出盩厔令稟糧事,堅持舊日積弊,以爲舊章必使權歸糧店,里差請無名姓之收糧票。或謂其愚,或謂其戇。予則謂貪利膽大,此而不劾,良法安能行乎?午後放晴,入夜星月皎然。

廿六日,晴。祭傅君青餘於直齋,爲位而哭,禮也。

祭傅按察文

維光緒十有三年,歲次强圉大淵獻,七月乙亥,黄彭年聞執友前河南按察使青餘先生之喪,越六日辛巳,爲位而哭,辭曰:

三百九十,甲子予數,壯歲知交,晨星三五。矧君與予,弱齡共處。予父之師,實君之祖。予子之婦,實君之女。累世通家,同志爲侶。憶咸豐初,粤寇方滋,予劾孱帥,君條便宜,予棄官歸,君留京師。通籍釋褐,謁座主時,策賊渡河,必氾水湄,偵至果驗,薦君才奇,詔往豫州,始受上知。是時河南,紛馳羽檄,燕師北來,皖軍東擊,主客後先,相持如敵。君居其間,使同休戚。河北既清,汴城著績,南陽一麾,豸衣數歷,固始餘孽,穢瑕蕩滌,柏垣課勤,奸宄屏息。是時河南,饑饉洊臻,野無青草,塗多死人,有司惜費,膏澤久屯,恐緩征斂,匿不以聞。君進忠告,正論難伸,乃急沾恤,出廪指囷,丁糶戊濟,施惠維均。是時河南,更持節使,嗜僞喜讒,惡直多忌。君既左遷,浩然歸志,卜居湘麋,招集文士,遊覽唱酬,山仁水知,喜怒不形,隱顯一致。綜君宦績,閱三十年;心勤百政,手持一編;孔庭學裔,經濟爲先;古韻類表,顧段精研,著書盈笥。君殊漠然,謂此糟粕,别有可傳。君倦而歸,予老而出,中谷遇艱,停雲心逸,遺招隱書,啓澹勤(君齋名)室。謂予歸來,蓄疑得質。子瑾馳書,告君寢疾。嗚呼哀哉,其信然耶?昌黎有言,吾又何嗟!幽明匪隔,秦楚非遐,九原可作,冥會無遮。嗚呼哀哉!尚饗!

廿七日,晴,晚微雨。

札委查寶雞縣里局馬錢名目

案查岐山、寶雞二縣詳報,會審寶雞縣民人趙跟跟等上控惡差凌虐,連斃兩命一案。内稱寶雞縣于差錢之外,有派收馬錢情事。當奉撫憲批飭鳳翔府查訊禀覆,兹據該府禀稱,該縣爲入陝首站,南距鳳縣二百餘里,不通車路,更换騾馱,每將寶邑支差騾馬打越過站,竟有打至川省打箭爐一帶,經年累月,牲畜騾夫渺無下落。該縣紳民公議,失騾馬一頭賠銀五十兩,不在差錢之列。前雖奉文裁革,而民間苦累不堪,是以遇差過境,有打越過站者,局紳禀官,每糧一石派錢八十文至一百二十文不等,籍此津貼,不假官吏之手,等情到司。當經本司以該縣馬錢究竟糧一石派錢若干,如何支銷,曾否禀請立咨藩司善後局查覆。兹准查明。該縣並未禀明有案咨覆到司。查車馬打越過站,本屬大路州縣惡習,惟從前屢經通飭嚴禁,如再打越,准其隨時禀揭,該縣何以並不遵辦?且各屬里局差錢不准借公用名目再行攤派,亦經通飭。而該縣馬錢名目又早經裁革,何得復私自添派?此等事關重大,又何以並不請示立案再行遵辦?况打越過站,不過偶然之事,即騾馬倒斃量亦爲數無多,今以來禀取派錢數與該縣糧數計之,每年所派不下二三千串,即償還馬價何至用至數千串之多?且該府來禀,於該縣歷年派收動用各確數均未詳細查明備細聲叙,更恐浮冒侵吞,在所難免。現當整頓差繇之際,未便稍事含糊,亟應委查,以期水落石出。除全案業已提省審辦外,合行札委札到該員,刻即束裝起程,前往寶雞縣確切訪查,訊究該縣馬錢奉文裁革之後,復行征收究竟起於何年何任,是否歷年派征,每年征收若干、用過若干、尚存若干,是否出於局紳之意,何人主持經理,有無借端苛斂分肥等弊,務得確情,據實禀覆。如局紳人等有應訊之處,亦即提解來省,聽候訊辦。事關差繇,該員務當認真查,倘迴護同寅,扶同揑飾,將來一經查出,即一並嚴参不貸,慎無代人受過,是爲切要。切切。此札。

廿八日,陰,微雨。

札設立自新所

爲設立自新所先行試辦事。照得懲惡乃所以勸善,而舊染必期於自新。本司到任以來,遵辦保甲,遇有不法之徒,無不嚴緝重辦。凡顯干律條情節較重者,均各照例科罪。其初犯情節較輕者,亦即斟酌,枷責示懲。但此等犯人,或由父兄失教,或由家道貧寒,素無執業,以致無從覓食,迫而爲非。往往壹釋之後,仍復犯案。固由素性之難馴,或亦教養之未至。即如犯竊刺字,例有初犯、再犯、三犯之文,每次罪名加重,論其怙惡之意,罪無可寬,原其疊犯之由,情殊可憫。若不教以謀生之計,終難啓其自新之機。本司前在鄂臬任内,省城設有遷善局,察犯人之尚堪教育者,令其入局,給與口食,招僱工匠教以手藝,學成之後,每人酌給本錢數百文,令其工作出售,積有餘貲,方令保出,計三年内保出之人均無重犯竊案者。若輩非盡無良,既有本事,又有本錢,誰肯甘爲匪類?擬即仿照鄂局舉行,擇定清軍同知舊署空院一區,應行修理完固,製辦應用器具,酌派委員薪資,招募更夫、書役、工食川及人犯口分,亟須定立章程,預防流弊。爲此,札飭咸寧、長安兩縣悉心妥議。試辦之初,一切用費均由本司捐備,先發銀壹百兩。該令等即便趕緊籌議開辦毋延。

廿九日,雨連宵。

禁買空賣空示

爲申明例禁嚴切曉諭事。照得開設錢鋪原爲兑换銀錢,與民方便,而賣空買空、賭賽輸贏,大干例禁。查例載姦民賣空買空,設局誘人賽市價長落,其賣空者照用計詐欺騙人財物律,計贓,准竊盗論罪,止杖一百、流三千里。買空之犯照爲從律減一等。兹訪聞省垣城關有錢店人等於每日黎明聚集三晋會館,以公議市估爲名,設局賣空買空,盈千累萬,憑一紙書,毫無銀錢過付,名曰“買乾彩”,按月日照市價長落結算輸贏,雖託名生意,實屬詐欺局騙,情同竊盗。各行店居民人等被其誘惑,因此虧本歇業,更有倒騙潛逃、蕩産破家甚至逼索斃命,種種弊害,貽累無窮。本應即拿懲辦,姑念爾等無知,相習已久,不忍不教而誅,合先申例嚴禁,以安市廛而挽惡習。爲此示,仰商民人等知悉,自示之後各自愛惜。凡兑换銀錢,務在店中。實賣實買,毋得仍蹈前轍,自干咎戾。倘有不遵,或照常聚集,或移易地方,仍前賣空買空詐欺局騙,一經查拿,或因案告發,定照例從嚴懲辦,決不姑寬。各宜懔遵毋違。特示。

札知縣顧曾烜修理文廟神牌(此八月所作文)

照得文廟從祀各神位,理宜遵照部文,敬謹書寫位置。上年因查各神牌多繕寫譌錯,位次淩躐之處,曾經派員會同該學教官敬謹修理在案。現經本司道恭勘,仍有字畫譌誤,如"孺"字譌爲"儒"字之類,稱謂參差,有名上不書諱字者,有姓下添寫子字者,位次前後亦間有淩躐,亟宜更正。查即用知縣顧曾烜素精考訂,堪以派委。札到,該令即赴府學,會同該學教官將文廟前後殿兩廡各神牌詳加考覈,所有應行更正、修理繕寫、另行奉安之處,開具清單,稟候核示,辦理毋違。

致善後局劉翰青太守

七盤嶺議裁減,北山又議增添,兩事並論,鑿枘相妨。北山防勇善後例支,專言之可也。因七盤嶺牽連及之,則轉爲枝葉。乞酌。

【光緒十三年八月】

八月初一日,早雨,至未刻晴。銜參:論鎮安盜犯應照章就地正法。院批:待質。查罪應立決之犯例,無待質明文,如日久他犯無獲,難於核辦。然院批已下,擬請由司勒限緝餘匪,限滿無獲,即由縣稟請示辦,此補救之法也。某觀察多方婪賍,助紂爲虐,官民怨憤而不敢言,予廉得實請改調差使,去其所據窟穴,亦不爲已甚之意爾。春秋祭祀,大典也,中丞出巡,檄司道主祭。予曰:文昌、關帝,在祀典爲大祭,將軍及文武咸在臬司主祭,而藩司陪祭,非禮也,請改藩司。閱學律館書。

初二日,晴。至文廟演禮。祭器款識皆"雍正十二年太保公年捐製",年羹堯也。書官而不書名,其誕妄可見。殘缺者皆去年檄陳貽香補製,亂後無能範古銅器之匠,以白金爲之,又苟簡甚矣。讀兩廡神主,尚不免譌字、躐次,擬派員重修。晚微雨。

初三日,恭祭文廟。藩司主祭,予分獻東配。禮成,觀於碑林。中丞將北閱,來辭行,使人觀渭水,恐不易渡也。晚霽,見南山。俄頃復翳,晴亦難必。

初四日,五鼓出西門,祀神祇壇,雲、風、雷、雨、山、川、城隍之神也。故事:巡撫祀社稷壇,則藩司祀神祇。今藩司代巡撫,故予以臬司主祭也。出城時夜行泥中,又多沖窞。禮畢,候天明始歸,兩旁蘪粟結實,爲豐多之象。入城又雨,司道同送中丞行,則改期初八矣。夜雨達旦。

致樊雲門

馬筱香來自三原,述劉令治優伶買良家子弟酷打教戲一案,供出教坊在省城城隍廟。劉令差拿到案,凡省釋十餘人,皆至三原演戲者耳,一幼伶供教師酷虐百端,已見死四人矣。教師尚未到案,仍寓教坊,君治境也,宜密訪擒治之。勿洩,恐其遁也。

致顧晴谷

評閲二薛卷,甚精。兹又交一卷,考證尚詳,送請再加評校。秦中非無好學深思之士,惜不得老師宿儒爲之教授,俾識門徑耳。

初五日,晝夜雨不止,屋漏牆傾,書無安置處。河水漲溢,聞渭水分流處淺可以涉,有師徒二人試歸,方涉汊流而水暴長,前不得渡,後不得退,相抱而死。土人得其屍,猶抱持不解,可悲也。詹聯杰言:過咸陽渡渭,有舟載綿花車,被水沖去。恐一二日漲難全消。

初六日,雨止,午微晴,晚雲猶重,北風,恐難暢晴。一日之内,長安斬決者一、照章正法者二,留壩照章者二。無恒心而陷邪僻,失教久矣,良用愧懼。長安令保甲局委查拿戲班教師,已赴三原,訪班内幼童凡二三十人,有父兄送班學戲者,有拐賣者,予惟禁拐賣,至父兄送入者,禁之恐生别故,當徐治之。聞伊犁兵變。

初七日,朔雨常半月,今日酉刻秋分節,忽陰忽晴,冀得轉霽,而酉刻微雨復降,恐難驟占暘若矣。衙參多談往事,聞大農有斂財之方,無守財之力,非社稷臣裴延齡之流也。咸陽報渭水漲發停渡。中丞又改十二啓行。

初八日,霢霂連宵。祀五嶽廟,按察使主祭,知府四人分獻。此省章,非禮也。天子祀五嶽,西安之有五嶽廟久矣,廟莫敢毁,禮不可祀,置守焉可矣。或問:子奚爲主祭?曰:非予所得廢也。質明返署,雨大。伊犁防兵因索餉,乘將軍錫瑱病作亂,凡三營,殺營官,逃入與俄交界地方。

初九日,昨夜雨較前夜爲大,自卯及酉簷溜之聲不絶,牆頹屋漏,幾無坐卧處,治事之所僅一几案無漏痕。戌刻,雨始漸息。

題畫荷

蕭瑟秋風合閉關,夫渠不似舊斑斕。留得老夫一枝筆,長教君子在人間。

關中湖廣會館紀略叙

古者萬二千五百家爲鄉，今統湖廣南北兩布政使之地，廣袤數千里，户數百萬，而謂之鄉，可乎？鄉者，向也，取衆向之義。在楚則各自爲鄉，在秦則合爲一鄉，故謂之同鄉。同鄉之有會館，猶古者鄉之有社也。歲時聚集，酒食以合其歡，音樂以諧其意，猶古者鄉人飲酒也。遠祀濂溪，近則左劉諸公祠堂，猶古者鄉先生殁而祭於社也。懼死之無歸也，爲置義園；懼費之不繼也，爲置莊屋。田地有契，經費有簿，定期會以防瀆擾，立章程以肅矩模。視古者鄉大夫之政教禁令，庸有異乎？同人紀其略，使予申其旨。予惟聚鄉人之散處者而會合之，居異地，類故鄉焉，情也。舉鄉人之聚會者而齊一之，達今情，準古制焉，禮也。合乎情，準乎禮，而衆向之義明矣。是爲叙。

初十日，陰，微晴，漸轉西風，或可望霽，南山猶隱約雲際也。祭文昌帝君。斗星則天神也，梓潼則地示也，張仲則人鬼也，惡子則尤荒謬矣，吾何信。中丞改十七日行。入夜，簷滴又響。閱學律館書畢。

十一日，雨聲達旦，間以倒牆之聲。自卯至戌，簷溜不息，街市之水内注，庭院如池，屋無乾地，垣傾數十丈，幸無傷人。聞城中有傷人畜者。

諭保甲委員

久雨不止，牆屋傾頽。小康貿民易謀栖止，至無力窮民，則僅屋一二間者，一經倒塌，即無處安身，情殊可憫。總局即傳諭四局委員，密查所管地段，如有此等家無所歸之户，即令移入廟宇，暫行寄居。仍飭趕緊租屋遷移，無許久占。東路如五嶽廟，西關如太白二郎廟，南路如玉女觀，北路如五台等處，皆能容住多人。委員親自查明曉諭，毋令差役滋生弊端。

十二日，昨夜亥刻雨止，而簷滴屋漏不止，已浸透耳。四鼓，月出層雲之中，朝望南山，朗然在列，猶曀不見日。祀西嶽廟。歸録囚，係鎗斃胞兄又加刃者，翻異重招。論其弑兄之慘，法不容誅；觀其刑招之慘，亦堪矜憫。且不弟之人出於庠序，又官之耻也。同日，有謀殺本夫案，七年未結，臬門不旬日而得其情，可以爲能。酉刻，又微雨。

顧曾烜查文廟殿廡各神位開繕清單内，如正殿正位，遵《會典》應碧地金書，誤用朱地。又按《會典》：正位高二尺三寸七分，闊四寸，厚七分，座高四寸，闊七寸，厚三寸；配位高一尺五寸，闊三寸二分，厚六分，座高四寸,闊六寸,厚二寸八分;哲位高一尺,闊二寸六分,厚五分,座高二寸六分,闊四寸,厚二寸;賢位與哲位同;儒位高一尺三寸四分,闊二寸三分,厚四分,座高二寸三分,闊四寸,厚二寸。正位碧地金書,以下朱地金書,後殿各位同。現設各位均不如式,賢位與儒位高厚一律。然沿譌百年,未敢率議修改,兹開出兩廡亟應修改者:

東廡賢位

先賢漆雕諱徒父

先賢漆雕諱哆

現設神位位次漆雕徒父在漆雕哆下。

先賢公良諱孺

現脱"諱"字。

先賢公肩諱定

現脱"諱"字。按《史記》"肩"作"堅",相承已久,應仍舊不改。

先賢罕公諱黑

現脱"諱"字。

先賢左人諱郢

現脱"諱"字。

先賢鄭諱國

按《史記正義》,"鄭國"當作"薛邦","鄭"乃"薛"之譌,作"國"者,《史記》避高祖諱也,沿譌已久,應仍其舊。

先賢廉諱潔

《史記》"潔"作"絜",應仍不改。

先賢叔仲諱會

先賢步叔諱乘

先賢樂正諱克

先賢周諱敦頤

四神牌現均脱"諱"字。

先賢邵諱雍

現增"子"字。

西廡賢位

先賢澹臺諱滅明

現脱"明"字。

先賢公冶諱長

現脱"諱"字。

先賢顔諱辛

《史記》"辛"作"幸",應仍不改。

先賢石作諱蜀

"石作"複姓,現書"諱作蜀",誤。

先賢奚容諱蒧

現脱"諱"字。

先賢勾井諱疆

現脱"諱"字。

先賢公祖諱勾兹

現脱"諱"字。

先賢顔諱之僕

現脱"諱"字。

先賢公都子

按公都子諱彧,世鮮知者,應仍舊。

東廡儒位

先儒孔諱安國

現誤作"先賢"。

先儒鄭康成

現作"鄭諱康成",誤。按鄭氏諱係敬避之字,康成是其字,應書"鄭字康成"。

先儒真諱德秀

現脱"諱"字。

先儒方諱孝孺

現誤作"儒"。

先賢羅諱欽順

現誤作"舜"。

先儒張諱履祥

舊在陸隴其前,今誤在張伯行下。

西廡儒位

先儒穀梁諱赤

現誤作“先賢”。

先儒高堂生

現設神牌作“高諱堂生”,誤。漢時儒者皆號曰生,如伏生、轅固生之類。《後漢書》作高堂伯,《索隱》以爲生之字也。生又字伯平,則伯或爲其名,嫌於無據,應依《索隱》,書“高堂字伯”。

先儒杜諱子春

現脱“諱”字。

先儒胡諱安國

現誤作“先賢”。

後殿東配位

先賢孔氏諱孟皮

舊在顔無繇上,今誤在下。

先賢孔氏諱鯉

舊在顔無繇下,今誤在上。

西配位

先賢孟孫氏諱激

現神牌脱“孫”字。

東廡儒位

先儒周諱輔成(以下五位均應加氏字以别之。)

先儒蔡諱元定

西廡儒位

先儒張諱迪

先儒朱諱松

十三日,早霧,午刻暢晴。録囚飭保甲局查各段倒塌房屋有無壓斃人畜,開單報查。

通飭廳州縣札

本司查閲案牘,戳傷之案有傷口,長僅三分及一二分,深或抵骨,或一二分,笞責或一二百板,似皆不至隕命,乃或越一二日,或越七八日身死。心疑其故。又聞有人被小兒用烤焦饃皮擦破眼胞,睡熱炕後傷發而斃。因檢醫書,内載一人自刎滚地,傷口血湧,縛其手足,令卧涼地,枕墊其首,傷口漸合,敷藥而愈。又《鐵扇散方》云,敷藥後,以扇搧之,不必包裹生熱。又有傷者忌卧熱處,夏宜涼地,冬忌火烘之語。蓋火熱均能生風,傷口微破,一遇熱氣,風即由之而入,此至理也。陝西民間多睡熱炕,北山一帶冬夏無不燒炕者,有傷之人或受炕火之毒,往往戕命而不自知,亟應通飭曉諭,是亦保全民命之一端。合行札飭。札到,該廳州縣速行出示曉諭,凡驗有金刃傷及受杖笞傷並碰擦破皮傷者,均宜切記勿令貪睡熱炕,以防傷風殞命。能保全一受傷之人,即可暗消一起命案。該地方官務宜留意,不可以此言爲瑣細置之。切切。特札。

十四日,早霧,午晴。是日祀關聖帝君,舞用八佾兼文德武功之舞,視吾孔子廟有加焉,前代推崇蔣帝,未若斯之盛也。查城内倒塌民房六百八十二間,壓死三人,壓傷三人,衙署廟宇及倒牆尚不在内,四關倒房亦百七十餘間,郭牆崩塌共二百餘丈,諸河水並漲。若從此晴定,秋禾尚可望收,再雨則麥不能種,災象成矣!吾固疑乖氣之將致戾也,閔民之極貧者,出錢二百千賙之,何濟於事!兩縣監獄盡傾,以告司,出内者不顧,然爲上官修衙署,則不吝,此某相所謂勝臣十倍之人材也。可慨也夫。

十五日,陰,早雨未成,午微露晴光而已,傍晚微雨,雲氣甚濃,深慮陰霖麥難播種,忽然雲破月來,不覺狂喜。

中秋雨餘見月有懷

初晴又見雨如絲,寒露愁愆種麥期。忽聽兒童開笑口,月來雲破已多時。秋分過了又中秋,只有天邊桂子稠。(秦中無桂樹。)千里懷人人更遠,不堪回首武昌樓。(武峙東新自漢上解組歸田。)

十六日,陰晴不定,三鼓月上,五鼓又雨聲淅瀝矣。有報竊銀七百餘兩,指賊一人,係同寓一屋者。分兩甚重,非一人所能携,店主又未見其携重而出,疑之。命委員拘訊,已夜半矣,大約被竊是真,贓無如許之多,恐同寓終有别情。俟緝賊始可得真情。吉林馬隊來借款,方伯問:“與之乎?”曰:“與之便。”

十七日,雨勢滂沱。謂府縣設壇祈晴,故事先府縣。予曰民事亟矣,定明朝司道咸往。已而日出,府縣請止,方伯不可。畏天變,憂民憂,理當如是。東關委員續報,窑内壓死一人。

十八日,晴。查城内民房倒塌内極貧之民八十餘家,分别撫恤。壓斃傷人口之家,錢五千文;孤寡無依、棲身無所、居孀子幼三項,錢叁千文;小貿手藝、傭工、貧户三項,錢二千文。共發錢二百一十五千文。飭委再查四關。漢中守禀,七月以來,晴無幾日,成熟之禾登場無計,冒雨搶收,究多霉爛長芽,山中包谷、洋芋大半清空。稔熟之年變成歉歲,恐陸續報災不至。漢郡又禀,辦劉旗牌黨羽,就地正法者五人,鎖擊巨石五年、三年、二年、一年者共十五名,待質留作眼綫者一人,省釋四人。

十九日,晴。司道赴院送行。論釐金兩道並抽不便,詳請咨部。咸寧令告灞水老隄南決,被淹八村二百餘户。長安令言沿灃水報災已十一處矣。

二十日,晴。送中丞於西郊。平反中部冤獄。蘭老虎者,里中大猾也,里民被其害者甚衆。誣族人蘭吉時爲盜而奪之田,復時時困苦之,吉時不能堪,約同被害者寘諸死而自首。中部前令已録供報,聞後令乃盡去老虎凶暴狀,以謀殺論吉時及爲從二人皆斬,吉時當立決從者,亦情實。予檄讞局覆訊得實,則擅殺罪人爲首者絞緩,從僅流徒耳。命原問官隨同更正。寬官之處分,實所以全民命,否則後有誤擬者,必固執以避罪,而平反益難矣。

二十一日,陰,日中微晴片刻,夜見數星。倏忽復曀。陰雲甚重,深慮雨淋。得吴儀堂軍門書,言漢鎮方患水災,復遭火患,一月之間已見四次。七月十四日夜半,大碼頭河畔茶館失慎,延燒八十餘家,北風猛烈,殃及河舟,解纜避火,火遂隨之過漢陽,南岸嘴一帶地方盡成焦土,約焚八百餘家,傷人數千,河中船數百隻,誠巨災也。峙東得請歸田,十三始登舟未發,亦罹此阨,幸人口獲全,行李悉付一炬,舊交故治爲之不怡。駐藏大臣昇君竹坪自北來,談及英國欲向藏中通商,亦難辦事。閲邸鈔:粤西巡撫授沈秉成,李君鑑堂護撫三年,厥功甚偉,未獲真除。

二十二日,早起雲起未收,巳午間則大晴矣。保甲委員報南關無極貧户。西東北三關應賑共發錢壹百零五千文,鄉間被災則飭兩縣速勘。閲學律館律書畢。

二十三日,晴。

跋盧校《儀禮注疏》

卷端校字均入《儀禮注疏詳校》中,《詳校》成於乾隆六十年乙卯,即就卷端校語挑録更加考證。時紹弓先生年七十有九矣。五十餘年始成一書,精勤不倦之誠,歷歷如繪。亟向小魯借臨一過,聊爲殘年振衰起懦云爾。

二十四日,晴。出西門,視通濟渠隄崩塌處,兼視郭牆。畢公祠秋祭後,司道公讌昇大臣於冠山堂。歸已日落矣。從子茆森來。

跋《周櫟園詩翰》

筆卓如錐如不著紙,詩亦然,此運斤成風技也。觀卷中寄吴冠五詩云:"六十年真至,誰能保令名? 詩書拚一擲,勋業竟何成。對客喪人色,惟君有義聲。山中不忘我,默爲數陰晴。"玩其詞意,隱恨與梅邨同,虞山、芝麓非其儔矣。

跋鄒衣白三絶册葉

衣白在明爲都憲,乙酉後隱居,自稱"老逸"。詩書畫皆超淡,而内含特立不撓之概,殆逸民之不降不辱者。丙午庚戌,與虞山同登甲乙榜,虞山文名最盛而志節遜之,亦猶文留之同爲狀頭爾。士之自立,豈以科目爲輕重哉。

廿五日,晴。中丞出,猶衙參期會也。咸寧勘災回言無庸給賑,臨潼禀勘災捐廉先賑。一吝一惠,仁不仁之分可見。李香園來書,言武昌通省飭辦保甲,頗認真。水災甚廣,請截漕開捐以資賑濟。皆要政也。

廿六日,晴。課吏,凡丞倅牧令之需次者皆得與,題"以義爲利論""遇災而懼説"。

廿七日,晴,入夜陰雲沈沈,微雨未成。與僚屬論義利之辨,有起而問曰:"公之此論,戒貪也。苞苴之來,咸知其貪。如上官所居廨壞,使屬吏修治,已無出財,可謂廉乎?"予曰:"官廨以官錢治之,宜也。吝己貲而求之屬吏,貪也。"又問曰:"今有廉吏而出此,宜何如?"或從旁撓之曰:"是固以受焉敗名。"予笑而不答。

廿八日,陰晴相間,雲氣未散。榆林令揭教官騷擾驛站,實則已發之文撤回而已。今拆閲,謂文未封口,此妄也。文劾武生賭博,謂得縣移,而今謂並無移學之文,此可疑也。縣已緝賭而謂並未究出同賭之人,又不言武生果賭與否,尤可疑也。竊疑賭案是實,而縣賄縱於前,學科索於後,兩不相謀,遂有此揭牒。榆林道查之,高陵令治獄任性,判語不近情理。檄西安府察之。是日,約趙乾生中元、譚西屏麐、毛子齡鳳梧、子静鳳清昆弟、宫農山爾鐸、樊雲門增祥、萬成齋光大同飲於默化堂。以王漁洋先生生日,陳翁覃谿所摹《秋林讀書圖》,漁洋圖文點畫,翁圖則張水屋摹也。《脞録》前後詩記,皆覃谿細字書,凡數千文,精品也。予因出所藏書畫三十餘事。乾生出卷册五,宋夏珪長卷山水極精;李龍眠畫應真像,雖不敢定爲真迹,亦非近人所能作。西屏出手卷四,中燕文貴《漁樂圖》、方方壺山水皆元畫之最佳者。趙孟頫《留牘圖》則農山譏其畫牘太大,予笑曰:"去官時牘已長矣。"雲門出册四,二錢最勝。二錢者,杜玉魚也。二册皆以精潔勝。子静出所拓古器文,爲皮幣加璧之形。農山所藏鄒衣白《周櫟園詩翰》二册故在余案上,亦出共賞。古歡滿堂,今情同(徑)[往]在蜀、在鄂、在燕,皆有此樂,不逾時而人事變遷矣。聚散無常,及時行樂。簿書鞅掌中,偷閒一日,尤不易得也。

廿九日,陰。病甚憊。昨日太樂,今日小棘,消長之機,君子慎焉。

卅日,陰,大風。病未愈,强起。闌東南兩關郭牆崩塌處,麥苗已長寸許,可慰也。夜雨達旦,正中谷艱難之日;二豎來攻,值滿城風雨之時。百憂莫解。

(朱婷婷整理)

第四十三册　默化堂日記(光緒十三年九月)

【扉頁浮簽】

默化堂日記七

九月初一日至十二月廿九日

默化堂日記卷七

【光緒十三年九月】

九月初一日,平明雨息雲漬。行廟香。西望已開朗矣。集南院官廳,極贊臨潼安令勘災捐賑,且告矩門轉飭所屬,毋諱言災。返署,得中丞書,亦言灞隄南決所淹八村民舍傾頹,當與急賑,於是當事者以賑爲亟亟矣。中丞又言,三原清丈費金萬計,數年之久,成效毫無,屬當事臨渭丈量之議且宜從緩。是言也,秦民受其福。午暢晴。

初二日,晴。課關中書院諸生題,"若民則無恒產,因無恒心,苟無恒心,放辟邪侈,無不爲已,及陷於罪,然後從而刑之,是罔民也。焉有仁人在位,罔民而可爲也";詩題作"德心逸日休",得"心"字。封門後同院長柏子俊坐志學齋,談論甚洽。飯畢,命監院每卷鈐小印。出過藩署,遇懷清。歸而緝廷至,比送客,日已暮矣。聞人述時事,不勝杞人之憂。

初三日,晴。

初四日,晴,夜雨達旦。

初五日,早起,雨息雲漬,俄而西方雲散,午間杲杲日出矣。南山届連楚蜀,簽匪、會匪充斥其間,予督緝嚴則遁入平原。張廷梅又號鐵梅者,匪魁也,潛入會垣蹤迹之南郭店中遁去,不數月而遍延十數州縣,涇陽、高陵、長安盜案皆其主謀,而身不與行劫事。予與統防營之梁副將藎臣商遣黠者入其黨,因從瞿金山訪其分駐各州縣碼頭匪首管事人,所謂"大哥、老三、老五"者,得六十三人姓名住址,且言張廷梅更名廷甲及涇陽盜案之譚榮階與其黨皆以鬥狠羈雒南獄中,乃檄雒南令逮之,復約藎臣及咸寧、長安兩令定期往捕,其臨潼、渭南、華州、高陵、大荔、潼關諸州縣則飛函飭同時捕捉,瞿金山及鄉約充匪首者已先假他事隸繫,防其洩也。

初六日,晴。閱同官令王光烈所點《律例》九册,校改八百字,誤者不過數字,可謂勤矣。王令來。因姦婦主謀使姦夫及姦婦之父同殺本夫而姦婦不親與其事,事發,狡不肯承,經府局研鞫,案始定。

初七日,晴。召牧令正途十二人,閱關中、宏道兩書院課卷。長安令還。咸屬會匪已獲七人,此兩令親行所得,其稍遠遣差役往傳者,則皆遁矣。差之不可靠如此。

初八日,晴。核平利一家四命案未協,飭讞局覆訊。入夜,星月皎然,五鼓則雲陰矣。懷清送柬求友齋課卷,擇其佳者略助膏火,檢第七及十二兩卷不見,以爲遺失,備筆資請其另鈔,今送還筆資,謂是考生先已取去,並取第七卷爲證。予答書云:原卷幸存,但發鈔時究未檢清,以致滋惑。古人隨事精察,當不如是也,謹當銘戒。

初九日,陰。秦中菊少細種,種植亦不得法,枝葉高下,不能完美,别其色,辨其葉,亦不下四十餘樣,園中所植任其横斜,甚有逸致,廳事則購集各種三百盆,壘成山形。淵明愛重九之名,鐵山現大千之界,招要同輩共賞名花,流連竟日。然燭判事,仍不使案有留牘也。

初十日,早陰,午晴。夜月,望見南山。衙参:閲河南來書,言八月十三日上南廳石橋河隄南決汴梁西南,去城二十里,一片汪洋,中牟、洧川、尉氏宛在水中央,河勢南趨黑堈口,渡已乾渴,柳園口亦僅尺餘,大有復淮徐故道之意,但不知由洪澤湖,或逕灌里下河。此關天下大局,陝西近憂,則鄂、豫饑民遍野,恐有奸民乘之,則亂不可遏也。

十一日,晴。方伯以河南水災,慮饑民入境,土匪乘之起事,所慮是也。欲復十二連城以守南原,則非策也。予以乾州劫餉,永壽盜案,西邊不靖,劉將楚華又調署漢中,慮西防無人,欲請以任鎮正時代之,方伯意見相同,而不敢上,予慫恿之,乃以二事會銜具禀。讌諸紳,議保甲冬賑。

十二日,晴。晡時微雨。咸陽捕獲會匪三名,與前獲咸寧、長安會匪均發西安府審訊。梁藎臣又報獲臨潼十三村會匪四名。

十三日,晴。讌三營將官,議省城冬防事。是日爲繼室劉淑人生日,兒能自立,女已適人,孫男女存者十五人,淑人今年正六十,使其生存,樂可知也。得瞿賡甫書。《律例》伍拾部，四月發自鄂，今始帶到。

十四日，晴。黑龍江馬隊自伊犂撤回，過此，沿街擺列賭攤，遊民從之者二三百人，委員李士珍請拿，予曰："差少，毆差則決裂矣。"城守任君往擒二人。予曰："此客兵也，姑還使自治，仍嚴察之，再犯擒之，則解黑龍江矣。"帶兵之副都統伊積斯精始懼。初，蒲渭之間訛言六日渭南、孝義鎮，九日蒲城亂將作，客民棄家遁，土人惑之，徙者相接，梁副將來告，遣馬隊住，假言清道，過期民皆安堵，擒造言之王茂盛[1]、王一章，獲所散紅布、紅紙單。令西安府窮治之。

十五日，晴。聞黄河南趨至周家口入淮，逕衡里下河，江南財賦之區，號稱小湖廣，出米最多，閩廣資以接濟，今成澤國。河水入江，爲患尤巨，又人民被害太多，恐飢寒迫而爲盜，奸人乘之，大局不堪設想，未知謀國者何以弭此大患也。

十六日，晴。約柏子蓤、劉焕堂兩院長，李工部岳瑞，皆秦彦也。

十七日，早晴，午陰，夜雨達旦。潼關廳禀獲會匪。劾乾州城内衙署被劫盜案，永壽亦有盜案，犯已獲矣。定兩書院課甲乙。

十八日，晴。閲學律館書三十五本。

十九日，某來看菊，索飲，因約李卯生翰林、宫農山太守、侯韻軒、樊雲門兩大令，燒燭對花，清談半日。客去，治文書，已漏下三鼓矣。

二十日，晴。衙參。歸收十餘呈，有訐告者，有已定罪圖翻者，有州縣延擱者，有差役索賄不傳緝者，有隱情未達者，惟朝邑一呈稱其壻某爲良民，鄉約紳衿誣以作賊窩主，坐地分贓，縣令勒使繳贓，某賣田繳畢，紳約又誣所繳仍由竊來，縣令復逮某，笞二百死，又緝其父追贓云云。予叱曰："汝壻果良民，鄉約誣之，紳衿誣之，縣令又誣之，有是理乎？果無贓，汝壻肯繳乎？笞二百不致死，死其適然也。縣令果非刑斃，人敢復追其家屬乎？死者有父在，汝不得爲屍親。"擲其呈，則大哭。予曰："此膚受之愬也。"不理。卯生以賞菊七律四首來，清才也。

答李卯生賞菊山詩啓

文書紛集，正苦塵勞，華翰頻來，如親風雅。昨者樽開北海，坐對南山，淵明之籬菊芳妍，太白之筆花璀璨。由來韻事傳自詞人，佳

---

[1] 整理者按：下衍"王茂盛"三字。

作雅懷,斯之謂矣。敬謝。

廿一日,晴。派辦冬賑委員。

廿二日,晴。同方伯、糧道、西安府、咸寧縣勘龍首渠,出東門三里,會於金花落,麥田萬頃,旭日初升。東南行五里許,爲白楊寨,已見故渠,即杜陵原也。循渠行,原上土人指對岸高原則灞陵原也。五里月登高,道頗崎嶇,下輿行。五里馬登控,小憩於興聖寺。寺毁於回亂,僅存三穴,院中卧尼法澄碑尚完好,惟書人名字斷損,考志書,是嗣彭王志暕書。又經幢斷爲二,均不蔽風雨,擬舁至城中。懷清備午餐,餐畢又行數里,至常家灣,在原上俯視滻水並渠身,因溯斯渠之興廢,察地形之高下,而後知渠之難復也。考龍首渠出龍首,原大峪水三支之東一支也,自龍渠村經傳江村引駕回任村堡,與珍珠泉合流,至雷家灣子入庫河,復從留空伏流滻河,由王家溝築隄經杜家坡、秦家溝、王家碥、馬登空、月登高,轉而西流過冰窖,歸入城壕。此當年渠道,計長一百二十里。十里置水夫。同治初,因湮廢已久,復由滻河中之趙家灣築灞引水,由杜陵塬旁舊龍渠下開濬新渠,計長七八里,仍由月登高故渠,計長六七里,流入城壕,未久亦廢。遊擊劉廷貴、知縣王鴻儒議,謂修新渠不特引滻,更有五泉入渠,且自趙家灣受水,渠與河平,引水甚易,今按舊渠之廢,由龍首原崩也,原崩水落,或低五六丈,或低二三丈,必激而行之,使水在山,山有起伏,遇低斷處則爲土,硬如橋形,夾水使行橋上,豈能經久?是規復舊渠已難。新渠自趙家灣起,雖稱水與渠平,亦必爲壩遏滻,始能入渠,一遇漲發,則全功盡棄,且歲修勞費,無有已時,此不能修者一也。逼水上原之後,原岸壁立,又係砂土碎石,一有穿漏,則原下田屋悉被沖刷,此不可修者二也。近龍首原處,引水灌田,其利尚溥,即下游近滻岸,民間自開小溝灌田者亦多,若引滻入渠,民溝失利而渠水不能灌田,逕達城壕,壕水之利益有限,此不必修者三也。滻水夾沙,溜身東西無定,渠壩修成而溜身東徙,不能入口,尤爲無益。議略定,乃由山礁還,山礁者,去東門二十里,入湯峪之大路也。

廿三日,雨。閲四月覆試關中書院諸生,考論頗有能窮經知古人義法者,亦有能究心而未得門徑,詳爲指示,冀樸學之興起也。

諭關中書院覆試諸生

諭上次課覆試十一名,薛秉辰、丁士哲、雷振林、雷登門、岳峙、徐懷璋、薛德齡、寇卓、李毓祥、李樂善、舒受益等各繳到詩篇,或以意勝,或以格勝,或以才勝,均有可取,各酬書扇一柄、家刻一分、隋碑二分。續交到考論卷六本,公餘校閲,薛秉辰考《尚書》句讀四十三事,於《尚書》今古文分晰最清,援引故書以證句讀異同,簡當不煩,叙述有法。惟解"褻在王廷"句,"褻""率"雖雙聲而取義迥别,《考誤》"褻""率"聲近爲解。"乃其速由"句,釋"由"字由訓"自"、訓"從"、訓"用",或與"猶"同,無以"由"爲"訧"者,"尤"同"訧",《書》"報以庶尤",《詩》"許人尤之",本字作"訧",且"訧""尤"在《廣韻》十八尤,"由""猶"在三蕭,音亦各别,《考誤》以"由"同"訧"二事。沿江、孫兩家之誤。解"割申勸"當引《緇衣》注"割之言蓋"之文,義較明顯。餘均妥愜,洵爲説經鏗鏗,足徵績學。小學論以窮經、窮理兩言括兩説之要,於所以不可偏廢之故,疏通證明,足破漢宋門户之見。獎銀五兩。雷登門考二十四事,薛德齡考十八事,就孔《傳》《正義》、蔡《傳》疏析甚明,小學論俱平正。寇卓考三十二事,條舉異同,加以論定,未免有臆斷之處:如"誕告"誤"亶告","馬端臨"誤"瑞臨",或是筆誤;至以"廣雅"爲"廣韻","小爾雅"爲"爾雅",則並書名亦誤;又云《説文》因字下引《廣雅》云云,則叔重在漢時安能見魏張揖之書;又《説文》引經不過略舉一語爲證,並不徧引經文,考中每多增出;又如考中稱《説文》"正"字、"悳"字、"冒"字、"裕"字、"用"字、"向"字、"命"字、"就"字所引諸文,許氏原本並無,蓋近人推釋形聲之詞也。學者治經,剌取諸説,當檢查原書,悉心比校,展轉稗販,貽誤非淺,此卷疏失最多,然肯如此用心,亦不易得,小學論亦能暢發。雷、薛、寇三卷均各獎銀三兩。丁士哲小學論切實簡要,考十三事,雖數證單薄,而叙述甚明,獎銀二兩。徐懷璋小學論尚明晳,考不合體式,亦獎銀一兩。本司簿書少暇,不憚與諸生斤斤講論,無非欲諸生功取其專、事求其實、識期其通而已,其各勉旃。各卷俱存備采。特諭。

廿四日,早起,雨息雲瀆,午乃放晴,南山猶隱。檢西、同、鳳、邠、乾五府州查勘水利委員稟牘彙成一册,再以志書參考存之。

廿五日,陰晴相間,未見南山。司道赴院,聞有詔塞黄河決口,部議銀六百萬,先由户部發帑二百萬,其四百萬由各省應解京餉、協餉改撥,歸河南巡撫、東河總督督辦。

廿六日，晴。會藩司、糧道勘灞堰決口。先是，咸寧縣禀縣界灞滻分流，因連月浹旬雨多漲發，致將舊隄沖壞數處，淹没田地，倒壞屋宇四十餘邨，予函達中丞報書賑恤。至是水涸，因往勘，估議修。出東門，東北行，至滻橋，過昭忠祠，祀同治五年冬張總愚之亂湘蜀諸軍敗於滻橋陣亡將士者也。蕭總兵德揚、楊提督德勝爲舊識，洪君輝堂則是戰死，事尤烈，下輿拜之。又東行至灞橋，去城二十里。先循灞堰，南直抵灞陵原下，視決口六處，又自灞橋兩岸，視決口三處，皆舊堰，今年新築之堰無恙，而土壩已崩，溜亦略改，當徙壩禦之。勘畢，還行館小憩。行館及縣丞署皆頹，約計工程需數千緡。歸，日已西傾矣。

廿七日，晴。

廿八日，晴。華州知州會委員禀，倉糧雖於清查，緣師旅饑饉之後，逃亡過多，有族人另居村外，知某人丁絶而權且種地承糧者，有親戚知某人丁絶而代爲種地認糧者，有地易數主不得過割而糧名不改者，按籍而稽，村名丁名俱不相符。今悉爲之更正，曉諭民間本折聽便，又設立總旗，俾零星小户不至因數分之糧奔馳守候，皆遵糧道所定新章。

廿九日，晴。興平知縣會委員禀，查勘得青化坊、武家寨、楊守堡、花王堡、千佛寺、張阜寨、東楊村、西楊村、馬家堡、于家堡，各村堡附臨渭河，每歲夏秋水漲，沖刷民田，惟青化坊、武家寨、楊守、杜家四處爲渭水南黑河斜注入渭之處。八月間陰雨連旬，二水並漲，沖坍民屯更地三十四頃五十七畝有奇，張家寨續沖民屯更地七十七畝有奇，杜家堡盡沖陷入河，楊家堡亦沖陷過半，共刷去房屋二百三十五間，成災甚重，亟須賑恤，蠲緩錢糧。至水沖沙壓，例準豁除，而部書需索，每報必駁，所須部費往往數十倍於田價，故官以報部爲畏途，而民納無地之糧。民力不足，官或墊完，官累既重，仍取償於民間，此亦陝西之大弊也。王晉卿選四川青神縣令，過此淹留，約雲門共談。

【光緒十三年十月】

十月初一日，晴。潼關廳同繆雯言得閿鄉令書，黄河於八月十三日由鄭州楊橋決口，沖刷河隄，三四百丈大溜趨東南，濫漫五六十里或七八十里，直沖中牟、尉氏、扶溝、西華、商水、周口入淮，至安徽潁州、阜陽、太和、霍邱、壽州、鳳台、懷遠、鳳陽府、盱眙,入江蘇睢寧、桃源,過洪澤湖,至清河分而爲二,一由揚州、高寶、常州、昭文、通州,一由淮安府東入海。廷議塞決口、賑饑民、撥巨款,不知何時能挽此既倒之狂瀾也。

初二日,晴。中丞自綏德來書,榆谿河兩隄沖刷殆盡,固由水勢異常,亦從前修理未善之故。雄石峽西山原可築水,張竹晨等於中築一石磯,逼之西流,並於西山脚下鑿一洞,使水從此出,免致氾濫,此舉甚妙,惟堤身均沙與柴,又在河心極下之區,水從草地而來,出洞處收束愈緊,其力愈大,何能抵禦,此不能經久之實在情形也。現與道府商籌,西岸本有沙嶺,無庸築堤,東岸只修隄一道,上接九邊城舊址,下抵老河堤,至南門城角不過六百餘丈,業已出險,較之張竹晨等工程大爲節省,且可經久。芹河出口亦修新隄二百餘丈,東面民渠尚可修復,西面即修成亦不能過河,可作罷論。統計石料、柴柳、木樁各物,除前發千金外,尚短五百餘金,堤工仍借資操營兵力。河南閿鄉令倪德齡禀,刻下懷慶、武陟,沁河決口沖湮衛輝、滑、濬等縣,尚未堵塞平敷。

初三日,晴。乾州禀扶風所獲盜供劫乾州城署案,扶風未禀,檄使訊報。商州報所獲盜,有高陵、鎮安劫案中人,兼有會匪,檄使州訊,毋庸分解,以防疏失。近來盜案頗多,涇州、高陵、長安、乾州、永壽、商州、商南、鎮安均破獲,惟同官一案尚在踧緝。

初四日,陰。召書院前列十二人覆試,題曰:"默化堂看碑賞菊",不拘詩賦體韻,又《〈論語〉〈周易〉句讀異同考》,不限時日交卷,誘諸生以窮經也。

初五日,微雨。會於南院,聞中丞明日入城。陝西差繇自里民局設,積弊一清,行之年久,不免復有小耗,要在隨時釐剔而已。近日委員四出,官紳苦之,委查永壽局,縣令萬春禀云,查兵差等項過境,無名之費甚多,如傳單寫自行發價而給價甚微,又有傳單寫運送軍裝車馬由去弁自行發價,而用車數十兩,僅給錢數千,既已給其並未擾局印領,又不便入賬報銷,此特言其大者。地方官之流差酒席額支已不敷用,且驛馬歸署内喂養,留支不足,每年賠千餘串,東挪西借,百孔千瘡,而永壽地祇五里,進款只有此數,將以何項賠之。在憲台深居銓閣,厘繫在民之脂膏,而委員目覩情形,不能不統籌全局,竊思財不天降,不出之官即出之民,將來樸者交卸,虧空累累,至查抄監追而後已,黠者巧取閭閻以彌其缺,縱發覺後按法懲治,而民已不堪命,是今日累官之政,將來均累民之政也。如昔年潼關請減差錢,後來兵車絡繹,官無錢賠而簡書火迫,遂將民間騾馬牛驢併拿候差,有候至數月之久者,比兵來不適於用、小民又以重價僱車應之,廢時失業、敗産傾家、始悔請減之非,然已晚矣。居今日而論,里局亦首判公私而已,如其私也,遵章尚且不可,如其公也,違章亦似可原,倘憲台不事懲羹吹虀,恐官紳不能裕,終難永遠遵守云云。其言至爲剴切,而聚歛苛刻之徒不顧也。

初六日,陰。將軍以下迓中丞於北郊。

初七日,微晴。衙參。中丞述北山情形甚悉。聞額玉如都轉至,亟往訪之。謁左文襄祠。

初八日,陰晴相間。讌玉如於薇署,出所著《鐵路論》二篇,煌煌大文,然此事與世運爲盛衰,非空言所能遏阻也。中丞來議人才事,據所見對。

初九日,晴。中丞與兩司論公事畢,出朝右書,言禁煙苗不利,中丞因言只宜行之以漸,守之以恒。方伯意不懌,入官廳,欷歔辯論,繼之以泣,蓋生平所挾以取名者,其此一端也。日出而往,日入而歸,枵腹以聽詭論,亦宦埸苦境。然苛政如虎,吾不能救餓,一日猶難,況使民終年餓乎? 可慨。

初十日,晴。奉禮部札:行欽天監具題光緒十三年丁亥十二月十七日己亥望月食,各該衙門,一體救護。粘單内開:陝西西安府月食十六分四十八秒,初虧寅正二刻十一分,食既卯初二刻十一分,食甚卯正二刻一分,月分地平,卯正三刻七分,帶食十四分三十八秒,生光辰初一刻六分,在地平下,復圓辰正一刻六分,在地平下。是日五鼓隨將軍、巡撫恭詣萬壽宫朝賀,撫院免衙參。

十一日,晴。宫農山以所藏雅宜山人自書《遊包山集》小楷册頁來觀,詩宗庾、鮑,楷法純是《黄庭》筆意,吾輩求精絜初刻不可得,得見名人手迹,識其用筆之妙,則雖稍遜之帖,但觀其間架,以名迹筆意參之,不啻見初寫《黄庭》也。張棨,字柯亭,畫册亦能手,不詳其人。樊雲門所藏王夢樓臨諸家書册,的是真迹,楊龍友畫山水,董香光題,好事者多貲少識,既得此册,聞人言文敏書無元覃,畫無其昌,以爲贋也,減價轉售,而雲門得之,殊堪一噱。兒瑄愛雅宜書,臨摹一本,予命署臨款,勿使異日流傳亂真。

十二日,晴。閲邸鈔。兩江督撫會奏黄河匯淮東注,江北、淮南宜分守舊工亟籌分洩一疏云:八月十四日河南鄭州黄河漫溢,水悉入淮,臣盧士杰接到電音即轉電各處,遣弁分探水勢,臣裕禄派候補黄祖絡、吴修數查看各工相機佈置,亦飭淮揚道將湖各工擇要加築,臣崧駿聞信即飭司道查明水勢,籌備撫恤。臣國荃二十二日行抵揚州,接臣李鴻章電傳寄諭,從緩北上,查看各工,二十七日到清江浦。適臣盧士杰接到東河督臣諮送奏稿,内稱鄭州漫口漸次奪溜,正河下游斷流,口門刷開三百餘丈,深一丈七尺等語,因在浦連日面商。黄河全溜既已入淮,一旦湍流驟注洪澤一湖,既非黄河故道,又無入海正途,其患何堪設想。查洪澤湖爲淮水尾閭,淮、揚兩府又洪澤湖之下游,每年淮水長發,湖隄吃重,淮揚亦岌岌可危,今以湍悍之黄河匯注東下,危險百倍於尋常。黄水入淮,所行皆淮之舊路,即當以防淮之法防之,現在臨湖壩埽、槽土子堰及裏運河東清等壩,臣士杰飭該管道廳趕緊修築。其高寶一帶情形尤重,該處東西兩隄雖已擇要修整,惟平時可緩之工,今已變爲至急,亦經札飭隄工局司道加意增培,以防氾濫,此修守舊工之大概情形也。查治水不外宣防二策,而宣之爲用尤多,洪湖出路本有二處,一由東清壩而連清江,一由禮字河而趨高寶諸湖,然皆由運河入江,倘宣泄不及,則遞啓高郵各壩由下河逶迤入海,惟是入江,既患頂托入海,又恐港窄,今者大患特至,不能不於湖之上游多籌出路,二條分支宣泄,庶幾下游之患稍輕,數千萬人之身家性命尚可保全。據徐州道段喆博採群議,稱桃源縣有成子河一道南接洪湖,北至舊黄河,又北爲空地,又北爲中運河,若就成子河大加挑挖通於舊黄河,再於空地接挑河身,使之直達中運河,兩岸各築隄一道,即可引所漫之水由楊莊舊黄河至雲梯關入海,此洪湖上面新闢一去路也。臣等現已議定,即派段喆辦理,一面勘估,一面興工,以爲分洩大溜之計。又署淮揚海道劉鍾靈廣集衆論,稱清河縣境内有碎石河一道,西接湖濱之張福口引河,東達舊黄河,同治七年前漕臣張之萬曾挑濬以分湖水,若將碎石河大加挑挖,亦可引所漫之水出楊莊舊黄河至雲梯關入海,此洪湖下面新闢一去路也。臣等現亦議定即派劉鐘靈、徐文達辦理,一面勘估,一面興工,爲急救目前之策,一俟兩河辦有頭緒,即須堵閉,順清河使湖水不至闌入運口以順其東出楊莊之勢,臣等非不知舊黄河底高於湖面,挑挖甚難,工費甚鉅,中運河來源太多,修守吃重,祇以求減黄淮合流之盛漲,以保里下河數千萬之民生,不得不竭盡人謀,力圖興辦。數日之内詳考形勢,測量高下,詢之老於河務之紳士耆舊,僉謂舍此別無辦法。臣等是以定議,但使人力可施,即行毅然興辦,此別籌分洩黄淮合去路之大概情形也。至於修守舊工,費已甚鉅,而别籌分洩,用款更多,祇以事機甚迫,淮南北千餘里民間之性命室家,所關甚大,正宜趁此九、十、十一三個月内晝夜趕辦,速引全洩之路,不敢拘泥成規,往返周折遷延時日,致誤事機。臣等一面會奏,一面在於江蘇司局各庫無論何款提撥銀二十萬兩,並在於江寧司局各庫無論何款提撥銀十五萬兩,以應修隄挖河之急。至於勘估、要工、繪圖、帖説、籌備經費以竟河工,設法撫恤、安置災黎,勸導官紳、商民殷實之户捐助河工賑款,臣等隨時奏明,次第辦理。詔從其請。

十三日,晴。圓通者滑,堅僻者固,皆不足與言政。索易斷,馬易逸,況以朽索御六馬乎?律例章程,善用之,則轡銜也,不善用之,則朽索也。不經世變,不知書言之切至。或教我以言餂人以術要人,其黠者乎?抑愚者乎?皆由患得患失一念而出,是鄙夫耳。

十四日,早晴,晚陰。謁劉果敏公祠。得李梅臣書,欲移劉霞仙先生祠於湖廣會館之旁,以果敏與高忠莊祠皆在館側也。霞仙自有千古,不以一祠增重,又豈必依傍會館始有祭享乎?梅臣又言當爲霞老請謚,此亦格於廷旨。吾有志焉,而非可言之人、可言之時也。

十五日,廟香,衙參。近日所收呈詞總兵趙連科控方子禾姦拐謀財害命,監生童驊控委員趙鑑,庶常周爰諏控教官黄時中造誣,皆妖言也。政教不明,縉紳之流習爲詭訐,悉批斥嚴究。是日陰。

十六日,陰,午微雨數點。邸報,河南巡撫倪文蔚《水災工賑疏》略云,鄭州漫口奪溜横行,分三道灌入賈魯河,東過朱仙鎮,西南經尉氏,又東會溜河,南注周家口,經扶溝、西華、商水、淮甯、項城、沈邱各縣入於淮河,合流至皖北,東趨洪澤湖,是其大端也。其氾濫旁及若開封屬之鄢陵、杞縣、通許,陳州屬之太康,歸德屬之鹿邑各縣,水深三四尺及六七尺不等,房屋間有倒塌,淹斃人口尚不甚多,惟大溜經行之地,水深有至一二丈者,房屋、人口現在無從查悉。鄭州雖爲災區,起首僅東北兩鄉,祥符則西南兩鄉被災均重,其餘若西偏之許州、汝寧府各屬,東偏歸德府屬之睢州等處,黄水均未淹及,現在粥廠均已添設,就食難民,每處約有一二萬人及數千人不等，近日尚有增添。瞬屆冬令，多設席棚，廣備棉衣，以資禦寒。其中老弱婦女尚可一飽無求，精壯男丁歸耕無期，麕聚一處，日久必生他志，一經匪徒煽誘，即恐滋生事端，故欲設法安置，莫如以工代賑，現在挑築殘隄，開挖引河，均須僱募民夫，迨至大工興辦，需工更多，與其臨時號召散夫，何如招此長夫各歸棚頭督率，便於稽查。臣現擬招募精壯災民在距工次百里以内者，先挑二千五六百人，編以營制，俾以工作，名之曰“工賑營”，平時既可歸視室家，口糧所餘兼可補粥賑之不足。將來大工告竣，遣歸較易。臣仍飭督率之武員於此項民夫勤謍格外加以體恤，仰副朝廷惠育黎之至意。詔允其請。按中丞此疏籌劃周至，然吾聞賑局尚未普設，而州縣購稭料多不發價，攤派鄉民，勒令自行運送到工，其送至工次者，委員、差役復索費不收，民間未被災之區，其疾首蹙額殆不減於災民，中丞或未之知也。

十七日，濃陰，至子正後則月出之光儼如白晝。坐菊坡片時，人聲寂然，烏鵲繞樓，境曠心清，不知身之尚在塵世也。

十八日，晴。司道讌劉總兵楚華於冠山堂，屬以漢中、興安兩郡會簽各匪自川楚來，麕聚爲患，應嚴緝重治，劉君謂當會道府籌之。

十九日，晴。閲邸鈔。李秉衡疏廣西添設太平歸順兵備道一員，以太平府全境暨上思州小鎮安通判歸順隸之，上思州拔歸太平府屬，升歸順州爲直隸州，小鎮安改爲鎮邊縣，屬於歸順州，並添設道庫大使一員，經管關税瑣務。巡撫率司道府縣致祭於城隍廟，落成也。

廿日，陰。衙參，論興平水災。予輸貳百金助之，此有益於吾民也。河南賑捐亦輸壹百金，此救災恤鄰之誼，杯水車薪，未必有益，且聞豫賑辦未盡善，惠亦未必及民也。

廿一日，沈陰，微雨，天寒，如欲雪。閲學律館律書五十本，同宫農山訊趙連科控案。

廿二日，晴。善後局送閲山陽令沈啓黔禀，十月十五日會匪首犯張廷梅，即張鐵梅，就擒。此賊入平原不過半年，安置碼頭延十餘州縣，劫案迭出，涇陽、高陵、長安、商州獲盜皆供張廷梅主謀，身不上盜而暗中佈置，千里響應，實爲秦川隱患，懸賞購緝，先治其碼頭匪黨，今得渠魁，平陽郡縣從此或少綏靖乎？方伯言人謂吾兩人不和，應之曰：和而不同，同則小人矣。

廿三日,晴。聞人述河南採料苛政,爲之慨然。是日大雪節。

廿四日,晴。彭頌田福孫選秦安令,乞假回籍,自江南赴任過此,汪錫齡芑山自安徽解甘肅餉銀過此,約以杯酌。汪言河入淮後水未出槽,惟入淮小水,水口倒灌,不免受災。彭言河溜分入淮水各小口,其行甚緩。江南由電得信甚速,所辦循守舊工、籌闢新路宣防二策均收實效,水可至之處,居民早已遷移,受災亦不甚重,此國家之福,生民之幸。東南疆臣實賢於豫撫也。

廿五日,晴。衙參。争論執法之官不能不據律例辦事耳。

札興平縣爲捐助賑款事(廿日行)

查該縣九月間渭、黑二水異常氾漲,據委員朱令繼芳會同該縣查明,青化坊武家寨、楊守、杜家等堡沖坍民屯更地三十四頃五十七畝有奇,張家寨被沖民屯更地七十七畝有奇,杜家堡係全行沖陷入河,楊家堡亦沖陷過半,刷去安架廈房二百三十五間。值此節届隆冬,災黎棚棲野處,啼饑號寒,深堪憫惻,除由該縣核發義倉粟穀並藩司籌款酌賑外,本司捐庫平足銀貳百兩助賑,交委員王牧帶至興平縣交郭令散放。合行札發。札到該令,即查明被沖田屋災户分别極貧、次貧,將捐發銀兩均匀散給,仍將領銀人户開摺呈報,以備查考。切切。特札。

廿六日,晴。夜夢西方火起,急呼家丁問所焚街道,覺而家丁侍側曰夢也,遂起巡夜。先至東局,次至南局,方與委員語,吏來報,琉璃廟火至,廟則聞火在城外,遥望火光恍夢中所見,亦一奇也。城閉不得出,坐西局遣吏詢之,火滅乃返,五鼓矣。計焚屋九間,皆鋪民,非貧户。

廿七日,濃陰,祁寒,山中定已雪矣。梁藎臣協戎呈所獲張廷梅指甲及影布板片書函。藎營兵獲犯而歸諸山陽,縣令據爲已獲,而營兵遂携所得諸物呈諸協戎也。方伯謂山陽冒功,欲專賞營兵,予謂方君渠門曰:五人各得項羽一體,高帝皆侯之,可以爲例。同官皆笑。

廿八日,雪。訊趙連科控案。

丁亥仲冬廿八日大雪贈曾懷清

朝命分憂出華省,兵虞乏餉重儲胥。豈知吏是食苗鼠,遂使民如賦芧狙。三輔懽聲同日動,百年弊政一朝除。使君信有回天力,瑞雪新占雲物書。

廿九日,天明雪止,除化積地尚三寸餘,晚晴。望南山積雪,畫家不能到也。連日訊趙控案,呈出方子禾筆,據姦情已確,拐非無因,特謀財斃命别是一人耳。

三十日,晴。復訊趙控案,閲律書。

【光緒十三年十一月】

十一月初一日,晴。廟香,衙參。賑粥開廠已報明者八千二百有奇,尚有續增人口,東南北三局嘗粥,北局最佳,東局亦可,南局之粥微鹹,水不甚好,粥又太清,令總委傳諭之。返署受呈詞,已日晡矣,始得早餐。判文書畢,三鼓。

初二日,晴。閲學律館書。李華亭赴肅州鎮過此,予昔同劉霞仙中丞往大渡河,華亭在唐澤波軍中,予召至前,語曰:"汝讀書否?"顧謂中丞:"此健兒,有英氣,他日名位出澤波上。"又顧華亭曰:"善自愛。"今相見述往事,予不甚記憶。華亭又言:"自聆予與霞老言,不復做壞事。少時殺人放火,蓋比匪所致耳。"聞義能徙,頗似晋周孝侯。

初三日,晴。方榘門來,論令將其子交出歸案。父之於子,育之以仁,斷之以義,裂名犯法,雖慈父不能庇也。邀李華亭飲,談甚快。得顧銅井詠雪詩。作家書。

初四日,陰,有釀雪之意。得家書。京師錢法未定,商賈把持,銀一兩易錢自十四五千至七八千不等,有錢票、現錢、票現錢之分,現錢中又有大錢、制錢之分。錢市不齊,物價亦因之無定,放債、還債更多膠葛。日用既艱,稱貸更不易,告助者紛紛,無以應之,則口舌蜂起,誰司度支乃瞶瞶若此。小人之使爲國家,菑害並至,菑降自天,害則人謀之不臧也。此小人方自命爲君子,其徒黨從而效之,不獨京師市廛受其害。可憂也夫。

初五日,陰。衙參,論賑款。不仁者恡之,予復捐咸寧、長安各銀百兩,彼惛不知,猶召屬吏呶呶不休也。大荔稟獲匪,山陽稟訊張廷梅供未定,不知實據已爲馬勇所得耳。兩日頗寒,遠處疑有雪。

初六日,晴。先君祭日,自丙寅迄今二十二年矣。學宫名宦祠無生忌日祀禮,育嬰堂祠有祭紳主之,不敢參也。家祭謝客,治獄仍不敢停,有刑責者使委員刑之。

初七日,晴。録囚。有姦夫姦婦同謀殺本夫者,姦婦承招而姦夫翻異,責之讞局承審,同官獄姦夫與婦翁謀殺本夫,原訊姦婦主媒,讞局犯供翻異,謂姦婦實不知謀殺情事,予謂尚有可疑數端,須調同官令共鞫。姦婦不知情而故入之,不可也。姦婦知情而輕縱之,亦非也。尚須詳細審實。

初八日,晴。五鼓朝賀,天明赴院,歸祭先。

禁僧尼男女混雜示

照得僧尼雖係出家,男女亦當有别,乃竟恃在方外,互相往來,不知嫌耻。近日僧人被殺尼庵,實所罕見。並聞各僧尼庵寺帖請齋會,男女混雜,若不嚴禁,將爲風俗之憂。爲此特申禁諭,嗣後叢林傳戒,僧尼不准同日,不准認作同戒弟兄,不准僧道潛入尼庵,亦不准尼入僧道寺觀,延請齋會不准男女混雜。責成保甲稽查,倘有不遵,拿責驅逐,鄉約地保容隱不報,責懲不貸。特示。

初九日,晴。

初十日,晴。衙參。趙孚民來,言樊雲門丁母憂,失此臂助,歎息久之。李秀花者,咸寧北鄉草店村人,李吉兆之女也,幼字池底郀貢生田永治之孫田金元,七月金元病没,吉兆匿不令女知,女微聞其事,請曰:"金元死,有母在,守志養姑。當赴喪。"不許。踰三月,女慮吉兆有他意,乃潛製孝履往夫家,吉兆追而返之,加箠擊焉,女飲藥未絶,救之得生。柏君景韓奔告咸寧令,令以告予。予曰:"秀花之死靡他,貞也。思養姑,孝也。吉兆不從其請,田氏貧也。賙其貧,表其貞,成其孝,是在官。"乃輸錢五十緡,糧儲曾君、方伯李君各百緡,鳳邠顧君五十緡,使令送秀花歸田氏。

十一日,晴。自新所成,命藩經歷田祖培延匠、招書差、治織帶之器,咸備,往視,定十九日開辦。樊雲門成服,往奠。

十二日,晴。閲學律館書五十本。

跋《快雨堂怡情帖》

籤題"翰墨怡情",夢樓先生所自署也。先生書出東海、北海,参以蘇、黄筆意,遂自成一家。此臨唐人五種中,巨川《告身》《縉雲》二帖尤勝,所謂"本家筆法近自然"也。

十三日,晴。得白雲老人張怡畫,録方望溪《白雲先生傳》於上方。

白雲，明末高士，隱居攝山，真有遯世無悶之操。畫仿倪迂，其銷聲匿迹殆又過之。書畫罕傳於世，吉光片羽，殊可寶貴。閱十年不結之案，偶得窾隙，檄西安府訊之。

題白雲先生畫幅（録方望溪《白雲先生傳》，復書小詩志快）

老人遁迹白雲間，只有白雲時往還。（畫贈周吉，亦號白雲。）卻道山中少薇蕨，聊充翦韭畫溪山。（自題：山中無以爲款，寫此以當翦韭。）

兩甕隨身下及泉，著書惟恐姓名傳。（《傳》言先生著經説、述論史事數百卷，製兩巨甕盛之，曰：吾以盡吾年耳，死則隨棺下窆矣。）一縑偶仿倪迂筆，有似潛鱗出九淵。

輓樊太夫人聯云：封崇極品，嗣著賢聲，更頻年疊報添孫備福，自然含笑遊；迎養西來，扶喪東去，在大孝唯知奉母同官，興歎盍■難。

十四日，晴。汪國勳權富平，喜也。張鵬翼權榆林，安之。李脩德權葭州，不樂。人情大抵皆然，哀哉。至東廠，散粥已罄。

題萬曆三才詩畫册（楊龍友畫，董香光題，陳眉公跋）

萬曆三才相伯仲，就中龍友節尤奇。有如翠篠陵千尺，不似尋常桃李姿。

書字書名强區别，世間誰是好真龍。（傖父得此册以爲董畫，人以"書無玄宰，畫無其昌"之語紿之，遂減價轉售，殊堪噴飯。）天機愛畫饒精識，珍付裝池錦裹重。

玉女峰前雲水光，胸藏丘壑筆生芒。（龍友自題，偶作此册，不勝玉女峰前之想。）老夫解遊不解畫，空有千山樸我腸。

十五日，晴。廟香，衙參。擬劾一加糧濫刑貪墨之吏，中丞不可，予不與争論，唯曰：查實辦上來耳。毛子林以所輯元楊文憲遺文來質，李雲生復以書來，予病其太略，命瑄檢群書考證，兩月餘，裒輯成書，兒知嚮學，喜而爲之叙。

《元楊文憲公遺集》叙

李君雲生權汧陽，訪得元楊文憲公所撰《于先生碑》，搨遺其友毛君子林，子林因採遺文爲考，質之予，簿書期會，不遑及也。付諸家塾，使檢群書考證，久之兒瑄以所得詩百十七首、文十二篇依《四庫目録》載明宋廷佐所編遺稿書式，次爲二卷，文憲所撰《山陵雜記》

别爲一卷,又採諸書所紀碑傳詩文事實列之卷首,纂輯世系、年譜附之卷末,未知能復遺稿舊觀否,而文憲生平、學術、行誼大略具矣。考文憲在元初與許文正、楊文康恭懿齊名,博學敦行,當時稱關西夫子,雖在金屢試不第,至元始受知於太宗,固金之倉典書舉人,嘗参乾、恒二州軍事者也。馮文定録文憲於《關學編》中,而同時高陵有雷禧者,《志》稱其高不仕之節,雖魯齋猶陰畏讓之,乃遺而不録,非以文之有顯有不顯歟?然則文憲之集亦考文獻者所宜徵矣。嘉兩君之好古,勉兒曹以進學,於是乎言。

十六日,晴,天寒。南山隱約可見。留懷清、緝亭食炙羊,夜譚。田秀花事中變,惜哉。

十七日,晴。接見府廳州縣八十餘員,無不識者矣。期年之久,乃能及此,佐雜微員則尚不能識其半也。

十八日,晴。咸陽縣嚴令前權寶雞,有私加錢糧,私派馬錢,違例用刑,差役釀命並改移月日,暗使書吏冒名頂替,經控告稟揭,有案。屢請撤參,中丞不允。此等徇私小人忝在高位,殊爲可歎。檄西安府嚴治之。

十九日,晴。在巡撫署宴廓爾喀貢使,正使一名,噶箕熱拉畢噶爾瑪熱納,副使薩爾達爾一的熱克漫拉蘇畢達爾,大頭人八名,小頭人六名,隨帶兵十九名,跟役十名,其進呈貢物重二千六百六十五斤,隨帶行李重至三萬七千七百餘斤,在川用夫八百餘名,護送委員有被迫自盡者。入陜供應稍減,每站猶費銀數百兩之多,州縣稟請巡撫參奏,然非柔遠之道也。考廓爾喀自康熙中始通中國,乾隆中經貝子福康安、海蘭察率師討平之後,始遣使入貢,道光中洋人犯順,國王表請由該國進兵,實我西域屏藩也。近年印度爲英所有,侵及廓境,有洋兵駐紮,該貢使由諱言之。我中國藩屬暹羅附入島夷,朝鮮懾於俄日,越南屬法,緬甸歸殷,惟廓爾喀尚稱效順,羈縻撫馭,有不得不從權者,俗吏安知大計哉。今日自新所開辦,詳文章程另録[1]。

廿日,晴。衙參。有争所不必争者,有必當争而斷不能争者,無識有私,皆社稷生民之憂也。

廿一日,晴。得合肥相國書,十四日奉旨以彭年補授江蘇布政使。

---

① 整理者按:章程在卷末。

地大物博,素稱難治,兼以黄流南注,時會艱難,鄭口尚未興工,合龍無期,春汛一至,淮揚一帶不堪設想,菲材承乏其間,聞命不勝悚懼。

廿二日,晴。賀者在門,悚惕在心,方伯幾欲淚下,謂此後恐不聞直言也。予與秦官民相得,年餘以來,情形方熟,遽將捨去,曷勝悵然。

廿三日,晴。

廿四日,晴。讞局鞫張鐵梅得實。秦中去此會匪頭目,其黨或當解散,閭閻稍安。然官吏若不嚴緝,徒事姑息,亦難保無事也。

廿五日,晴。衙參。以檄西安府訊吴正勳稿呈閲,此獄延及十年,案牘山積,反覆推尋,始得窾竅,治獄殊不易。

爲顧皞民題南雅先生畫梅

鐵石心腸似廣平,當年抗疏入承明。(道光初元先生官侍講,疏陳聖學、聖治之要。召見,問:"堯舜何可及?"對曰:"心堯舜之心,行堯舜之事,即是堯舜。"上首肯。見先生手稿。)賦才畫筆間評騭,都共梅花一樣清。

使君讀畫忽懷鄉,花事迷茫雪意涼。我向洞庭山畔去,爲憑驛寄一枝芳。

廿六日,晴。中丞出觀子和河督書。潰口已刷至五百餘丈,裹頭並非正對中間,又起灘沙,繞越合口須七百餘丈,約須稭料一萬八千墥,每墥約五十車,現在已有三千墥,須積存至九千墥始能開工,日以千車計,一月僅能得六百墥,未易集事。是日在皞民署中公讌甘肅安肅道張君其濬,曾隨周侍郎定越南邊界,談保勝邊事頗悉。

廿七日,晴。聞懷清擢陝臬,駕輕就熟,於地方有益,今年力除糧署積弊,繼之者殊難其人,聞是儀曹錫君光也。

廿八日,早陰,近日天氣太煖,聞桃杏有著花者,麥苗太長則春收減色,農田方盼雪澤,午後復晴。譚君西屏贈詩。

廿九日,陰,似有釀雪之意,未能成霰。檢點書箱,已一百五十餘號,居讀則恨少,行李則嫌多,陸程殊覺爲累。

【光緒十三年十二月】

十二月初一日,早晚陰,午晴。中丞以雪屯不降,諭府縣祈雪。廟香,衙參。呈張鐵梅供詞,議具稟請正法,並爲梁副將請酌獎。飲顧皞民署中,觀王、潘合璧書畫、南雅書聯,又諸名家畫幅,以徐昭法所畫銅井諸山及無名氏《石湖圖》爲最勝。

初二日,陰,已見微雪。詳參咸陽縣嚴令。

初三日,丑時雪,至午乃止,除融化在地者,尚三寸餘。中丞召予與藩司糧道,宣示部文奉到諭旨:議以陝安道權臬司,孫萸郇權陝安道,以顧緝庭權糧儲,黄小魯權鹽法道。

初四日,晴。奉行知,恭設香案,望闕謝恩。换頂戴,祀先,謁長官,拜同僚,夜分始歸。

初五日,晴。衙參。方伯與中丞論事未協,以去就争之,實争所不必争也。予戒方伯云:吾輩辦事不患苟同而患立異,争之端不可輕發,發則必當,吾但堅持,彼非昏謬,徐當自轉,若有關係之件,始終不悟,乃可以去就争耳。且君子自反之義,亦未可自信、自用也。

初六日,晴。懷清招飲。

初七日,陰。司道隨巡撫謝降雪於城隍廟。隴州報初二得雪,東來州縣皆初三午前止,潼關、大荔、朝邑則至初三夜皆四五寸。自西南而東北,可以悟天地之氣運行有次。聞皖、鄂不得雨雪,窮民有聚而生事者。河南夏邑因派料聚衆抗官,吁! 可慮也。

跋王雅宜楷書《遊包山詩》册頁

柳摹王書《度人經》,最勝舊拓,不可得。得見雅宜此册,河東心正之喻、右軍筆陣之圖,並參精諦。《遊包山詩》見集中,間有異同,或刊集時改也。

初八日,陰。林仲昭學使入城,拜摺謝恩,請覲。

初九日,司道薦孫萸郇於冠山堂,兼約仲昭。予述杜工部祠堂之勝,仲昭有餘羨焉,因定十一日往遊。

初十日,濃陰欲雪。衙參。唐鄂生與某書,前奏聘東洋礦師現已到宜,上水遲滯,計冬月望後方入滇境,擬於冬月初即赴昭通、東川、曲靖三府,貴州威寧一帶,相度開辦銅鉛各廠,俟有成效,西南兩迤再以次推行。大致商本商辦,官不與聞,每廠委員只備彈壓保護,不發底本,以杜虧欠。此外紳民所開子廠一例見銅發價,不折不扣,不留難,又寬給通商銅成數,使有餘利,如此所在盡人皆肯開辦,子廠多,銅自廣矣。大抵雲南向來辦法專利,於上法網又密,其實半歸中飽。軍興後,庫帑既絀,民復凋敝,外省富商大賈以無餘利且有後慮,裹足不來,而承辦之人仍復因緣爲奸,所以辦理十餘年毫無起色。今舉山澤之利溥之於民,一切簡易,不爲繁苛,嚴剔中飽,務便民生,成效遲早固難逆料,似辦法尚不大謬。

十一日,陰。邀仲昭出城。大霧瀰漫。至杜少陵祠。少頃,懷清、小魯至,緝庭遲遲始來,則先遊雁塔矣。唐槐古柏,經霧不鮮,似亦有黯然魂銷之意。飯畢,未刻始登勳蔭原,天色漸開,俯瞰平川,南望諸原,仍未見終南也。過雁塔小憩,入城已上鐙初矣。判牘至三鼓乃寢。

十二日,微雪。閉錢鋪一家。

十三日,微雪,入土即化,雲氣濃,天甚寒,遠處必有大雪。續閉錢鋪一家。有鋪中本已虧,多出錢帖,閉門逃騙者;有匪徒造言取錢,擁擠關閉者;並有鋪本未虧而自造謡言,俟擁擠彈壓,希圖減錢漁利者。種種不一。諭兩縣保甲委員分别治之。

十四日,微晴,復陰,釀雪未成。錢店續閉四家,市人惶惑,恐匪徒乘機滋事,函請城守營會同兩縣保甲委員彈壓,巡夜加嚴。榆林託令訐告,藩欲參劾,吾請查。

十五日,微晴,復陰,夜月朦朧。廟香,衙參。請中丞速誅會首張鐵梅,以戢匪黨之志。

十六日,雪。祀劉忠壯公祠。賀顧緝庭權糧道、黄小魯權鹽道、張鐵梅伏誅。

爲顧姓谷書去奥渫齋額,係之以銘

去幽就明,去辱就榮,固由學懋,亦遇時清。士秉經義,官司刑名,攸資董勸,是經是程。告爾後生,式兹老成。

十七日,雪約三四寸,午後微晴。夜閲公牘,則十三日邠、乾、盩、鄠雪甚大,北山州縣亦報初三得雪矣。是日救護,今年月三食矣。

十八日,晴,終南積雪粲然鮮明,夜有月。

諭關中書院諸生

本司秋間覆試高材諸生,交到詩賦十二卷,或寄意超遠,或詞采裔呈,其稍次者,亦均可觀覽。王履豫、薛秉辰各奬銀四兩。丁士哲、法林泰各奬銀三兩。雷登門、袁效、林邦建、吕景防、王燦林、王壽岳、李樂善、葉祖根各奬銀二兩。以上十二名並各贈聯一副,書二種,法帖二分。經考僅交一卷,亦不合體式,不及待矣。本司蒞任以來,簿書少暇,僅於月課偶與諸生討論,不獲盡窺諸生之長,一一爲之指示門徑,遽遷官以去。然秦中,吾父舊治,關中書院,吾舊遊之所,不能忘也。今撫憲及諸當事爲諸生置書,所以待諸生者甚厚,屬望於諸生者至大且遠,諸生之自待宜何如哉?夫學問之道,不外博約兩言,博必學於文,約必歸諸禮,聞有博而不能約者矣,未有約不由於博者也。本司行矣,他日聞諸生中博學敦行,或講學以明道,或行義以救時,卓然有聲而可傳於後,是則本司所深盼者,諸生勉旃。

十九日,晴。擇學律館可用可造就人才開單詳院,其能聽斷者發讞局。

廿日,晴。是日封印。故事,開印自下而上,封印則自上而下。巳刻,群官集南院,俟封印畢,歸署。封印則已亭午矣。

二十一日,晴。檢點几案間文字,不覺竟日。

二十二日,晴。錢店恐擁擠,請兵役彈壓。奸商又借兵役之勢以欺吾民,短陌自數十,又摻雜小錢,莫敢誰何。委員往查,有不服者。予行街市,過錢店,停輿抽查,始各照常交易。

二十三日,晴。立春。同僚招飲音聲樹軒。返署而方伯旋至,促予劾某令,答以將去任,且令有詞,方伯意不懌。移居蘇柳堂,以正室歸權柏增唐君。

廿四日,晴。聞唐斐泉至,迓於西門,則自南門入,趨而遇諸南門尾,至行館見之。歸而斐泉亦至,言漢中近少盗案,以緝會匪嚴,故遠去。諸紳飲我於灌園。得南陽太守濮君青士書。趙連科妾鄭病死,非謀斃也。

廿五日,晴。衙參。歸,約顧姓谷、袁鶴洲、毛子林、子静、趙琴生、萬成齋、譚西屏、宫農山小集蘇柳堂。皡民聞予有客,饋食二器,予答書用畫蟹箋紙,謂聊當屠門之嚼,四座啞然。琴生、農山、西屏、成齋各携書畫。西屏所藏張大風册最精,又明人書畫便面與農山所藏便面册子皆精品。琴生藏《趙氏族譜畫像》皆宋賢,勸琴生勾摹刻石。子静携宋槧書兩册、古劍一枚。其他書畫數十種,皆有可觀。古歡滿堂,今情同徑。冠蓋風塵中獲此佳會,不啻登仙矣。西屏、成齋、鶴洲詩先成。

廿六日,同官讌斐泉於集園,洗塵也。是日晴,夜陰不見星月。閲邸鈔,京師得雪。

爲中丞擬解散匪黨與以自新告示

照得本部院前以陜省簽會各匪到處勾誘放飄,結黨滋事,大爲人心風俗之憂。當經奏定嚴辦章程,通飭各屬一體嚴拿究治,重則立予處斬,輕亦索繫鐵桿,國法森嚴,不容寬貸。嗣因訪有外省會匪頭目張廷梅潛入陜境,放飄勾結情事,由藩、臬兩司密商,行營通飭各屬,將該匪首拿獲解省,發交西安府研審,明確照章稟請就地正法。在案。惟查該匪首供詞,據稱放出飄布有九百餘張之多,誠恐愚民無知,受其煽惑,被誘被脅者已屬不少,且陜省爲四達之區,南北二山向爲匪徒逋逃淵藪,況外來種地客民、告假營勇往來不絶,亦恐不免匪類溷迹其間。在該匪平日以刀兵疫癘爲詞造言恐嚇,或稱患難相顧,濟困扶危,誘令結拜會盟,無非意在索錢,而愚民妄謂身家可以保全,希圖日後周濟,誤墮術中。及至已爲會中之人,無非教以搶劫之事,鄰里受其累害,視若仇讎,迨捕獲到官,則殺戮隨加,後悔何及。本部院仰體朝廷好生之德,不憚苦口告誡,願爾等各知省悟,從此自新。合行出示曉諭。爲此示,仰軍民人等知悉。自此次示諭之後,凡從前曾經入會之人,限三個月内一律自行投首,將所得飄布等項憑據,有團練地方即交團首,無團練地方交給鄉約保正,准其自首免罪。該團練鄉保人等問知出首人姓名,即將所得飄布等項赴地方官投報,到案即將出首人姓名造册存記,以後遇有詞訟案件,不准再行牽控從前爲匪字樣,如有刁徒妄行呈控,除不與審理外,仍行酌量懲處。至爾等入會之人,如有後復犯或不依限投首,是真有心爲匪,怙惡不悛。張廷梅前轍不遠,三尺具在,决不再爲寬假也。各宜凛遵毋違,特示。

廿七日,晴。午刻遣經歷司獄奉敕書、印信、文卷移交署按察使,赴院稟知交卸,復用新銜手版。稟見則中丞以客禮待之矣。

廿八日,早陰,午晴。

澹香齋詩草叙

大興王楷堂先生《澹香齋詩草》二卷,《詠史詩》一卷,《一字題詩》一卷,《試帖詩》一卷,卷面有先生題籤,蓋手定寫本。魯君澤生得之秦中,欲爲刊行,乞叙於予。予考嘉慶中先生監督太平倉,剔諸弊,杖社人,有聲一時。其官京師,與芷灣、梅修、覺生諸先生相友善。嘗著論以爲詩通乎兵,法者紀律,氣者金鼓,精采者鎧仗,至於隨方布陳,奇正相生,峙若丘山,流如江漢,則本乎主將之一心。今觀集中詩皆法嚴氣盛,精采異常。其古近體則如李廣用兵,縱横投之,無不如意;其試帖諸作,則程不識之壁壘森嚴也。又宦轍所至,紀述特詳,地理亦多考證。鐵東旅館題壁詩,朝鮮人見之,輙録以去,如雞林市人之責《香山集》。予少讀先生試帖,意必長於古者。昔修《畿輔志》,訪求遺集不可得,今從澤生得觀,中多可采入《志》書者,惜當時不及見也。

廿九日,晴,風甚大而不寒,天欲雪也。

跋蘇齋書册

蘇齋先生書宗歐、虞而祖王,故考訂金石,於《聖教》《蘭亭》兩叙、《廟堂碑》《化度》《醴泉》《皇甫明公》諸帖題跋尤夥。集中《化度寺碑跋》已數見,而予家藏舊拓及《化度碑圖》所題文字,集中尚多未載。去年從李伯雄見先生自書《蘭亭考》,亦刊本所遺。此册自述考《樂毅論》諸本,列爲表圖,於諸本始末得失辨之精確,似是跋江都吴本之作,復爲嘉之書之,則爲先生自訂存稿無疑。今《復初齋集》亦無此篇,蓋李氏刊集時散佚多矣。每思鈔輯彙刻,懷清廉訪得此相示,因鈔而返之。

三十日,昨日風大,入夜雲起,子時大雪,至午乃止。早至赴院,正敗鱗殘甲滿天飛也。雪止日出,祁寒乃至。此雪於麥有益,惜風大且勁,高田盡吹去,低田則被澤矣。得賡甫書,湖北已獲祥霙。香濤寄千金,恤謝麐伯家,擬爲生息。

題蘆雁巨幅(款署傳山,録前人詞一闋)

畫蘆雁者,前有黄要叔,後有邊頤公,妙絶今古矣。此幅畫雁則飛鳴宿食,盡態極妍。畫蘆則筆力奇縱,其横出一枝,似與可畫竹,東坡學之不能到也。霜紅龕題舊詞不類,然書尚佳,亦無傷畫局,猶讀《古詩十九首》,奚必定其果枚乘作否耶?

爲設立保甲自新所先行試辦擬章詳請

示遵事。竊維懲惡乃所以勸善,而舊染必期於自新。本司到任以來,遵辦保甲,遇有不法之徒,無不嚴緝懲辦。除顯干律條,情節較重者,均飭照例核辦外,其情節較輕者,即隨時枷責示懲。惟思若輩致罪之由，或因父兄失教，家道貧寒，既無恒産，又無執業，以至迫而爲非，甚且責釋之後仍復犯案，固由素性之難馴，抑亦教養之未至，應即代籌謀生之計，庶可啓其自新之機。本司前在鄂臬任内，省城設有遷善局，察看犯人有堪教育者，令其入局，給與口食，招僱工匠，教以手藝，學成之後每人酌給本錢數百文，令其工作出售，積有餘貲，方令保出，計三年内保出之人從無復犯者。鄂垣辦理既有成效，陝省亦宜仿照試行。當經本司擇定清軍同知舊署空院一區，捐發紋銀一百兩，飭令咸、長兩縣修理完固，旋即派委候補藩經歷田祖培領費製辦應用器具，並招募更夫、書役去後，兹據禀稱，修理製辦完竣，擬即酌定十九日開局。除詳擬章程，另摺開呈外，理合詳請憲台鑒核，批示祇遵。再此局試辦之初，一切薪資、工食、口分經費均由本司籌給，不支公項，俟辦有頭緒，再行詳請通飭各屬，各就地方情形仿照辦理，總期斯民遷善遠辜，以副憲台恫瘝之至意。合併聲明，爲此具詳。伏乞照詳施行。

計呈章程一紙。

謹將設立保甲自新所章程七條開摺恭呈憲鑒。須至摺者，計開：

一　置所屋。現擇清軍同知舊署空院一區，修理完整，共屋十四間。院内上三大間，内一間，住學藝人，外二間，爲做工之地。西廈屋三間，一間爲置物住人之所，二間住藝師及巡更差役。圍牆一道，中設栅門，門外西廈屋三間，一間設廚竈，住宿廚夫，一間爲廁屋，一間住宿書辦。栅門對面三間爲委員辦公之所。院門之外向東圍牆一道，中設大門，有屋二間，爲兩縣派差看守之地。將來籌有經費，再行擇基建立所屋，以期久遠。

一　專責成。所内委員由司於候補中遴選札委，經理所務，凡奉發學藝之人，該委即按名查點，登號注明到所日期，發交藝師，飭令學習。按月造具四柱清册，並開造所費細册，呈司查核。給發該委辦理，勤慎酌量請獎，如怠忽從事亦干記過撤差。所内藝師必須技藝精良，性情安静，方可令其入所教習。書役等亦須妥實之人。如藝師教藝不勤，及書差人等不遵約束，責成委員更换。所内器用務令愛惜，不准任意毁壞，均由委員經理。

一　定所費。委員薪水每月京錢三十千文。書辦一名,工食京錢六千文。差役三名,工食京錢四千五百文。藝師一名,給京錢八千文。廚夫一名,給京錢三千文。藝師、廚夫均由所給食。至學藝人每名日給熟食麥麵蒸饝一觔四兩,小米粥兩碗,鹽菜酌給,均由委員飭令廚夫給食開册,呈請給領,如廚夫有剋扣減少以及不熟等弊,該委查知即行責逐更換。其院牆外由咸、長兩縣各派差役二名,輪流聽差,局中不給口食,夜間給與燈油。

一　稽勤惰。凡發交學藝之人,到所後即令隨同學習,限以時日,學成後給銅錢五百文爲本。每日酌定成活若干,如懶惰不勤於習練,以及不能如數交工,由委員責斥,若屢訓不悛,即呈候懲治,至若輩所做之成活,按日呈繳委員發賣,除本計利,積有銅錢三五千文,即隨册呈請取保,令其自去謀生。

一　申約束。院内以栅爲界,不許擅自出入,派差守視。每日飯食、茶水由差傳送。如有親屬探問,只許在隔栅接談,不准進内。一切信函由看役回明委員,閱後方許送給本人。至學藝人有不守規矩,不遵約束,逞凶、吵嚷、打架,隨時由委員分别責斥,屢訓不改,稟司懲辦。

一　示矜恤。凡學藝人同教藝者,夏則分給蕉扇一柄,冬則合給炭火一二盆以便工作,均由委員按時發給,册報請領。如有偶患疾病,委員查驗,輕則延醫給藥,重則稟司,交縣取保醫調,病痊送所照常習藝。

一　均勞逸。差役三名,以二名晚間同學藝人居住,以防打架及另生事端,以一名在院巡更,輪流值夜,每夜縣中所派差役,内撥一名與本所差役互爲巡更,兩人往來,庶不有誤。

（張曉天整理）

第四十四册　入吴記(光緒十四年正月)

【扉頁浮簽】

入吴記

光緒十四年正月至三月初六,由陝經晋赴津,入吴記。

[入吴記]

【光緒十四年正月】

彭年奉命備藩江蘇,去年臘月初三日,部文至秦,即具摺謝恩請覲,廿七日交卸臬篆,候批摺回日啓行。

光緒十四年正月元日,雪後雲陰,似有三白續降之意,來牟率育,可預慶也。故事,元旦百官齊集萬壽宫慶賀,予雖遷江蘇,未行,例宜往行禮,以省綱當在本省藩司之上,未便且省,例只實缺入班,故惟在署中望闕叩頭,伸誠敬之心。祭先,謁賀上官、同寅,日已夕矣。

初二日,微晴,望南山猶隱霧也。同官餞予與曾君懷清於中州會館。長安池館之勝,惟灌園及此。灌園爲王氏别業,中州館則袁文誠公轉餉時所營也。

初三日,陰。爲懷清餞别。陳書畫數事以資談論。得瞿賡甫書,鄂中仲冬三日得雪,皖、贛亦歌同雲,春麥可澤,民心定則大局安,國家之福也。入夜,雪風甚厲。

初四日,自子至午,雨雪紛紛,同鄉餞我於湖廣會館。

初五日,晴。宫農山、張仲軒、萬成齋,毛子林、子静昆仲,譚西屏飲我於趙乾生家。乾生出家藏書畫,農山、西屏佐之,凡數十百事,美不勝收。就中黄忠端公與文明夫人合璧書卷,尤爲難得。乾生收羅古碑六十事,内有秦、隋各一石,餘皆唐石,長安城中小碑林也。上鐙入席,飲饌皆古彝器,入錫盌盛之,閒情古歡,談論不許及時事,真可稱雅集矣。

初六日,晴。隱隱見南山積雪,賀元旦請安摺奉批回,請覲摺同日奉硃批"著來見,欽此"。

陞江蘇藩司謝恩摺

爲恭摺叩謝天恩,仰祈聖鑒事。竊臣於光緒十三年十二月初三日奉撫臣葉伯英行知,光緒十三年十一月十四日内閣奉上諭,江蘇布政使著黄彭年補授,欽此。當即恭設香案,望闕叩頭謝恩訖。伏念臣詞垣乞假,特詔起家,承乏鄂垣,量移關輔,藩條權綰,臬事旋陳,荷稠疊之殊施,愧涓埃之未報。兹復仰承恩命,畀領蘇藩。查江蘇素稱地大物博,藩司責在理財、用人,現值黄水南趨,沿淮不免被災,蘇境亦需籌濟,如臣檮昧,懼弗克勝,惟有仰懇聖恩,准臣進京陛見,面聆訓誨,俾有遵循,庶幾仰答高厚鴻慈於萬一。所有微臣感激下忱,謹繕摺叩謝天恩,伏乞皇太后、皇上聖鑒訓示遵行,謹奏。光緒十四年正月初六日奉硃批:"著來見,欽此。"

初七日,陰。是日國忌,未便赴院。

初八日,晴。同曾廉訪赴院稟,知奉批摺進京事,中丞告以陝西近辦事件,備召對時面奏,謹識之。是日同官團拜,予遂居客位矣。

初九日,晴。望見南山,猶隱約也。辭行。

初十日,微晴。送曾廉訪於東郊。入城,復拜客辭行畢。晚劉焕堂來。

十一日,晴。子俊、焕堂兩監院共飯關中書院。

十二日,晴。早至學宫名宦祠及育嬰堂先名宦公神牌前叩辭。來陝西年餘,黽勉從事,幸爲士民所許,未貽我先人羞,稍稍自慰。依戀先人舊治,又當遠離,則愴然以悲。湖廣同鄉團拜,江蘇同官公讌。雲貴同鄉招飲於灌園,二鼓始歸,酬應雖煩,尚不覺困憊。

十三日,晴。中丞來話别,方伯餞别,歸乃憊甚。寄香園、峙東書。

贈萬成齋

群紀論交卅六年,聲名端不似時賢。贈詩未答情難遣,擬賦淮南《招隱》篇。(時有南歸之志。)

十四日,晴。檢點行囊既畢,兀坐空齋,惘惘如有所失。菊圃、皡民、小魯不約而至,小魯携西屏所繪《青門送别圖》,題記凡十七人,不在此册者尚數十事。人之愛我愈多,我之内疚愈切矣。斐泉饋食,因留諸君共飯。驪駒在門,離筵不樂。皡民歸後,復遣人貽鼻煙一壺,情長乃爾。雲門來訂後約。

謝皞民贈鼻煙啓

朗澈冰壺,常懷雅抱,珍如玉檢,載誦華章,許占同臭之蘭,更贈將離之草。餘芬鼻觀,比管敬仲之三薰;願爇心香,祝曾南豐於一瓣。肅箋鳴謝,戴德維馨。

十五日,晴。午刻出東郊,中丞以下文武祖送,門徒送者尤多。十里,滻橋。十里,灞橋,本古人惜别之區,楊柳依依,牽愁無限,别送者行,不自知其身之憊也。廿里,穴口鎮,由此直達零口,不經臨潼,路較捷,非王程也。十里,至縣城,送者尚數十人。成齋、西屏共飯。月色如銀,命伯香導遊池館,予笑謂兩君,池館地勝,月明則天事,好友則人事,此會亦不多得。同行者白香及孟師竹殿薰。

十六日,晴。别送者行,過臨潼縣城,二十里,新豐市。二十里,零口,中火。三十里,渭南縣。三十里,赤水宿。陶宣三來送。張生世英使者來,作書答之。遇顧君祖香之弟、舒庭之壻,吾兒丙子、乙亥同年也。野田見鷺群,有頭烏,而眼及嘴距皆赤,而翼亦外白而裹丹,飛亦不與白鷺爲侣,殆朱鷺之類歟?

十七日,晴,晚大風。黎明别顧君。升輿假寐,比醒,則行三十里,至華州城矣。州牧遣人邀留,未住,以時尚早也。二十里,至柳子鋪,中火,立田間望少華,層巒疊峰,中有積雪,較輿中看山爲勝,太華尚遠,爲塵霧所蔽。二十里,敷水鋪,華陰令樊君候其界内,至此得見,所謂削成而四方者,較少華乃更雄奇,隔年看山如舊書,不厭百回讀。三十里,過華陰縣,五里,華陰廟宿。王諮善、王子衛、黄石臣來。予謂石臣,時際艱難,賴友朋匡助,江蘇用人理財皆難措手,有所見宜以相告。本擬休息兩日,爲華山之遊,合肥李公郵寄所得電,奉旨迅赴新任,毋庸來京請訓,詔書敦促,不敢復事閒遊。又念友朋寄書,非奉公牘,亦不敢遽爾改道。中途難住,籌思再四,惟有前進,俟奉明文再改道赴津附輪,以期便捷耳。敷水橋甃有鐵戟長六七尺、圍徑尺,七星劍長約五尺,皆用鐵索繫橋上,當是鎮橋辟水怪之物,或因竇建德城在敷水附會,亦猶琉璃橋鐵鎗附會王彦章也。

驪山月夜,與成齋、西屏談次,得句輿中,足成之

月夜良朋談往事,偶從炎漢溯周秦。送徒竟起高皇帝,傾國偏

饒兩婦人。回紇吐蕃誰召寇，華清池館又重新。温泉未冷山如故，千古興亡迹已陳。

十八日，狂風至曉，微雨隨之，繼而飛雪，風息，雨雪亦止。雨中行，十里，泉店。十里，吊橋。五里，入潼關廳界。右河左山，風景特勝。五里，入廳城宿，拜道協廳及同郡之來送者。廳城據形勢之勝，而要道乃在南原。往歲張樂行自豫入秦由大溝，髮逆由引駕衛襲渭南，亦由南原竄出，不皆經關城也。余與李方伯議南原置守，請於中丞，撥兵百名，十二連城尚有舊壘可尋，復屬潼關廳履勘，王咨善言南原路徑紛歧，人家則甚純樸，無大貧大富，新年入其境，婦穉嬉嬉，幾如桃花源也。

十九日，早陰晚晴。出潼關，文武送河畔，兩世服官，秦民愛之。予自少至老，出入關門者四，睠懷斯土，何日忘之。過河即山西界，經鳳形山由徑升原，經風陵旁，亦可扼守之區。晋之隘，秦之敵也。王咨善治具，款送於可河，地主之誼，亦乙未世交耳。中火後，過雷首山，即中條山。三十里，韓陽鎮。二十里，望見蒲州府城東北普救寺浮圖，趨四坡底宿，使白香同師竹往普救寺，録明張佳胤碑記歸。記浮圖創自隋唐，嘉靖乙卯冬地震傾圮，佳胤典郡重建，白香抱斷幢來，尚存楷書元國書各百餘字，蓋至元年間修廟時立石。

山行早發

二華迢迢送客歸，平林侵曉策征騑。月移樹杪冰輪轉，雪積山腰玉帶圍。生聚卅年田未辟，巡行經歲訟方稀。蒼龍嶺上興雲雨，我欲騎之款帝扉。

廿日，早陰，霏微細雨，濕衣不見，午刻止。自坡底行溝道中。二十里，吕芝。十里，地藏庵。十里，高寺。十里，白埠，中火。十二里，七級鎮。二十里，樊橋。臨晋令遣人邀留，卻之。二十里，至猗氏之祁任宿。祁氏爲晋巨族，地以人名，而祁、任兩姓今俱亡矣。過樊橋後，清流汩汩。過小石橋，循堰旁行里許，有草橋，二人立其上，可以入畫。召而問焉，曰："此涑水也。"往者水氾濫，下流遂竭，去年疏導，爲堰束之，始復其舊。除淹沖之害，興灌溉之利。又見各邨建豐備倉，勸行保甲，劉中丞勵精圖治，略見一斑。

廿一日，陰，晚雲散星見。出祁任十里香落鎮，十里，牛杜鎮，天始明。三十里，至猗氏之北相鎮，鎮有相氏宗祠，亦地以人名也。中火。後十里，將軍廟。前年過此，正值會期，市人聚集，未暇導所祀將軍何人。今重過入廟，觀碑文皆俚雜。一碑云“將軍者誰？《春秋》有名，和聖胞兄”，是直以爲盜跖矣，鄙而且謬。地方官當毁碑，更祀古忠烈如關岳諸神。介休前有縣令毁祆神祠，祀關帝，釐正祀典，亦有關風化之事也。十里，過蔡倫溝，爲王范汛。廿里，過涑水橋，夕陽流水，空闊無邊，惜風沙不能久立。過橋即夏縣之水頭鎮，宿。問土人：“爾夏縣官何如？”對曰：“初問案，似明白，多幾案，則原被告亦辨不清矣。”爲民父母者，聞之足以爲戒，勿謂民愚可欺也。作書寄保定，託雇船寄京，召瑾至津相見。

二十二日。子時風静月明，寅刻帶月而行，清朗無匹。輿中仰卧，比醒，天方明，已行三十里，至宋店矣。十里，過聞喜縣城，館人邀於路，去之，循涑水行里許。十里，馮家莊，馮家莊大道久廢，行者皆繞楊店。肩輿誤入鹹灘，（地名川口邨。）居民掘溝如井田，引水浸田晾鹹，跬步難行，肩輿扶持而過，一車隨陷，他車解驂助之，始得出坎。土人云此灘不可乾，道光廿六年、光緒初年兩次乾涸，皆大旱。十里，東鎮中火。十里，問店。十里，蘭陽鎮，裴瑄牌樓在蘭陽鎮南之裴柏邨。十里，隘口鎮，隘口在晋爲曲沃新田，在漢爲朱邑桐鄉，爲漢武改聞喜縣處，迴環迂曲，上臨高山，下逼深坎，誠形勢險要之地也。十里，義橋，入曲沃界。十里，過澮水橋，至侯馬宿。道中貿易之車，鹹、鐵、煤皆自晋入秦，藥材、紙張則自秦入晋，油則自河南入晋，煙則秦晋異裝互運。

廿三日，早陰不寒，午晴，山頂雲猶未散。出侯馬西行，十里，小賀邨，舊年經王官，蓋雨後繞道也。二十里，高陽邨。三里，高縣鎮，城小而完，行山溝中，車不得方軌，騎不得成列，户口亦殷實，可守之地。十里，辛店。十里，蒙城依橋山，山徑與高縣鎮同，而城堡户口次之，如置守則高縣爲堂室，蒙邨其門户也。前歲阻雨蒙城，幾至絶糧，雨止趲行，一步一蹉跌。今來景象大異，詢土人，云上年豐收，冬令得雪四五寸，麥秋有望。晋麥不如秦麥之肥，地多鹹鹵耳。中火。出蒙城即太平縣界，義士橋牌樓焕然一新，縣令朱君所修。二十里，周邨，入襄陵縣界，過雞鳴山，始見汾水。巢父洗耳，吾輩當洗面洗心，愧對古人。循汾岸行又二十里，過鄧曲，至趙曲宿。地多以曲名，邨寨多在山阿耳。汲綆長至三百四十丈，水深如此。

出雞鳴山,行汾水岸

出谷得平川,遥看麥隴連。山明疑有雪,樹遠欲粘天。驛騎紛來往,歸禽或後先。年年汾水岸,洗耳愧前賢。

晋山興寶藏,籌策計臣多。巨浸無舟楫,(汾水不能行舟。)荒沙走駱駝。奇贏操勝算,水陸總殊科。漢使求鹽鐵,賢良論若何?

高陽村

豈是高陽裔,村氓古趣多。睦雍唐族姓,表裏晋山河。白石詩空詠,紅羊刼甫過。田疇知本計,誰嗣又聞歌?

廿四日,晴。出趙曲,廿里,西南營鄢里郵,入臨汾縣界。十里,堯廟郵。十里,平陽府城。十里,高河,勝帥擊李開方、林鳳翔於此,賊遂東北行,而霍、汾獲全,是有功於山西也。晋人但議勝帥之驕恣,而忘其大功,亦不平之論。十五里,天津鎮,洪洞屬地,中火。十里,陽曲鎮。十里,士師郵。拜皋陶祠,予爲刑官五年,時懔明刑弼教之訓,刻明慎堂畫象,以皋陶爲宗,故虔拜祠下,申素志焉。祠建自元,有明及本朝重修諸碑,嘉靖中潘選所撰碑文詞義精純,正德中韓文所撰碑記文體宏闊,李廉所撰禮器碑記銘詞簡老,皆可傳誦。韓碑是邑人許鳳翔書,逼真平原,方恪敏公題詩亦有法度,餘無可觀。道光中重修祠宇之洪洞知縣繆炯則官至浙江按察使,城陷殉節者也。十三里,至洪洞縣之南關宿。

廿五日,晴,午後大風。由洪洞縣南關過大石橋,二里許,至南門,未啓,呼之不應,予問車何往,輿夫曰:"繞道。"問肩輿獨不可繞乎?輿夫固欲呼門。詢土人,别有小南門,不往。予曰:"姑至小南門,不啓再繞道,何如?"怒之始行,至則小南門已啓,愚人好自用如此。至北門,日出猶閉關,縣令之怠亦於此可見。俟啓門出。十里,安樂汛,道旁清流涓涓,予前歲雨後經此,躑躅泥塗,昏黑不辨,縣令石君遣人持火來,始得入城,今思之猶心悸,石君之惠可感也。五里,小灣,土人梯山而居,以粉塗向南牆壁,遠望如積雪在山,田皆有溝,泉清土潤。五里,上陡坡,爲上玘落郵,行坡上。五里,王開鋪,已爲墟矣。五里,王家寨,王開南自上玘落北至王家寨,東自霍山迤邐而下,西抵汾水平岡。十里,郵鋪,數十水泉流通,田土肥潤,此形家所謂水龍木節,其大穴南結洪洞,北結趙城,若求葬地,則小灣一帶必有佳城也。五里,趙城縣,中火。過縣城,經彘水橋,造父舊封,厲王遺迹,而得名乃以趙氏,何歟?沿汾岸行,二十里,紅坡,大風揚塵,入谷後風力不勁,亦不見汾水矣。十里,紅坡。十里,新置鎮。二十里,過大石橋,蓋山水入汾之處,汾水在其南。至霍州城,方君龍光權州事,有惠政,州民立碑頌之,予途中不與地方官相聞,今車夫名魏羅鍋者病斃,例須呈官,驗明掩埋,方君來,乃存之侄孫和甫也。己未一遇於姚吉甫家,卅年矣。相與話舊,三鼓乃去。

霍　山

九折類羊腸,崎嶇不易行。谷深風力殺,灘急水聲涼。霍泰原中鎮,汾陰重省方。誰云仙可致,祠禱近荒唐。

前詩意有未盡,更申言之。

洪崖登寶籙,(霍山有紅巖,人因謂爲洪崖。)姑射想冰姿。(姑射山去大道不遠,香會甚盛。)本自寓言耳,無端時附之。吴人多畏鬼,漢主遍祈祠。不有昌黎伯,誰能正論持?

廿六日,晴。自霍州行十里,坡底郵。上坡五里,周郵。十里,師莊。十五里,老張灣,入靈石界,中火。五里,逍遥嶺。五里,紅崖。二十里,過仁義河橋,至仁義鎮宿。今日僅行半站,休息半日,整治輪軸。且魏羅鍋死,須覓禦者。

霍山道中

升崖入谷往來忙,野景猶堪慰客腸。萬頃梯田排遠嶂,千間窟室各成鄉。山枯草似僧頭秃,樹倒枝如猿臂長。更有紅崖數拳石,斑斕五色鬥晴光。(紅巖土色皆赤,深坑經日光照灼,五色斑斕,尤爲可愛。)

廿七日,晴。白石嶺北面坡陡而少大坡,南面則有大坡三,北面十里已至平地,南面則高二十里,轎須加縴,車須加套,乃命車夫解驂互助,轎夫之下班者幫拉四時之久,乃得盡升嶺上。嶺南五里曰郭家溝,有關帝廟,後殿祀關帝之父母,塑象兩旁侍女數十人進食獻樂,所持食品、樂器皆極工巧,然非古制,亦非典禮。坐白石嶺巔韓侯祠外,負暄待車换軸,使白香、師竹録祠中張學洙所撰碑記及詩之佳者,遂在祠中火。下坡行二十里,至靈石縣南關,祝雲樵迎於道左,入縣城答拜。出北門,則雲樵闢館以待,遣人持名帖謝之而行,雲樵追送,下輿阻之,始返。雲樵於年交篤矣。出北關,循汾岸十五里,張家峪。十里,吴家墳。五里,兩渡鎮,宿。前年因雨水繞道,未過兩渡也。

旅舍

高壁迢遥阻客程，旅廬局促夢難成。破盆撥火煨茶飲，斷杵敲門當柝聲。壯士聞雞中夜舞，圉人秣馬詰朝行。解驂共把艱難濟，只有青山不世情。

白石嶺

高壁上干雲，燕秦路各分。炊煙出巖聚，鈴語隔坡聞。鳥度千層坂，(驛騎馳峻阪，捷如飛鳥。)牛亡九十群。(晋患牛疾，行數日不見一牛，牛骨隨處拋棄。)年豐人尚少，猶喜課耕勤。

廿八日，晴。出兩渡，循汾岸，汾水漸小，蓋徐、祁、平、介諸邑山泉皆至兩渡會而入汾也。三十里，出靈石界，山漸遠，汾亦不在道旁矣。義棠鎮爲介休西界，堡牆齊整，鋪户尚多。二十里，至介休縣西關，中火。五里，三馬鋪，式有道先生墓，古槐輪囷，如相識耆舊矣。十五里，義安鎮。五里，三川鎮，輿夫使車繞道而自由大道，大道積水甚多，三川鎮街内已成窪，肩輿幾墜。五里，過太平橋，斥鹵之區，蓬蒿滿目。五里，南辛武，則乾土矣。五里，張蘭鎮宿。鎮中骨董店，使白香、師竹物色之，殊少佳者。前年由介休城外避泥濘，繞入綿山麓之東觀，由静昇邨而出靈石，故未經兩渡。介休城西靈雨園僅存牌樓，有亭一，智井數十，蓋園廢而爲菜圃，老圃掘井以灌畦，今瀦而成蕩，井廢而圃亦廢。若廣植荷葦，民收其利，亦可助風景也。

廿九日，蚤起濃陰，七點鐘時微晴，巳刻則雲散而日朗，午未間乃悶熱，塵氛坌起。出張蘭鎮，三十里，平遥縣，兒時釣遊之處，每過則感慨係之。出平遥，廿五里，洪善邨，中火。三十里，祁縣，宿。前歲水沖大路，至今尚有積潦，地亦礆滷，祁縣以昭餘祁之藪得名，今山水氾濫而昭餘祁轉無水，或古今形勢改異，或所指之地不確也。縣令馬君因事撤任，尚未交卸，遣人饋餐，舊相識，受之。沈鏡秋來，七十五矣，尚健，談半日，至二鼓乃去。

三十日，陰。二十里，賈令鎮。十里，羅邨，入徐溝界。前年遇水發，汪洋一片，今大道猶泥濘。五里堯城，古帝堯始封之城也。十五里，高花鎮，中火。十三里，過徐溝縣城。出東門二里許，過同戈水橋。十里，柳溪。五里，橙橋，徐溝、太原、榆次三縣交界，入榆次界爲郝村。五里，小河橋。十五里，永康鎮，宿。永康去榆次縣城、太原府城皆三十里。作書寄毛小轂表弟，告以簡書敦促，不能赴太原。

【光緒十四年二月】

二月初一日，晴。午后雲曀無風，而塵殊不可耐。出永康，十里，趙泉莊。十里，南谷。十五里，郭橋鎮。十里，王胡，中火。肩輿入山加縴，五里，西傅郫，行谷中逶里而上，尚無陡峻之坡。十里，傅家岩。十里，白油店。五里，三岔口。五里，石鐵鎮，車於此换軸，行李亦須緊束，以防顛簸，遂止宿。所詢地名不盡與《入秦記》合，或視墩鋪標題，或檢書籍，或詢土人，隨時記之，未暇深考。什貼户口近二千，車嬴駝及發貨店百二十餘家，大鎮也，未設官。縣令間一至稽查彈壓，收落地及車嬴税，税以冬間皮貨爲大宗，榆次爲美缺，往年事上官亦最豐，皆取給於冬税。咸豐中有某令以重金謀得補是缺，供給經年，至十月而遭母喪，虧空數萬金，遂鬱鬱以死，可以爲營謀者戒，亦可見當日吏治之壞。榆次西瓜三白者最佳，每年充貢取未熟者解京，若已熟者易壞，故貢瓜色味皆遜，其實畿輔三白瓜尤美，不必定出榆次也。縣令辦貢瓜饋上官，解費交費每年需賠累三千金，亦以冬税彌補。

什貼鎮

勞勞千騎數征程，(鎮中歇店百二十餘家之多。)人到山中易轍行。(車至此换軸。)若補圖經搜晋乘，多緣石鐵得佳名。(什貼字於義無取，吾意當作石鐵，因土産得名。)

三白嘉瓜供御筵，豈因一騎荔支鮮。寒冬幸有披裘客，挹注争來納税錢。(三白西瓜充貢，縣令約費三千金，於冬季皮貨税取償。)

初二日，晴。早起紅霞出，嶺塵静不驚。十里，要羅鎮，入壽陽界。二十里，泰安驛。回憶昔年侍奉往來，宿此者數矣，曷禁惘然。上下長坡間有石路。二十里，清平，中火。十里，大樹煙，越土嶺，涉灘水。十里，黄門。十里，壽陽縣城。過清平，至壽陽，涉水六七，或過小橋，皆山泉，匯爲童子河，入徐溝小河者也。黄門横兩山之間，爲雉堞，中爲關門，兩旁鳶飛魚躍，雲影天光。大字徑六七尺，結構緊峭，雖經圬者勾抹，而精采不減，可稱巨觀。縣中方試文童，東門外鋪户整齊繁富，亦要區也。五里，吴家坡。五里，丁家莊。五里，土西嶺，嶺上宿。坡長而不陡，閑步隴畝間，俯瞰諸峰梯田，至一麥場，極平坦潔净。俄炊煙出於場畔，蓋下有窑居者。“房上種田房下住”,此昔人詠山居詩也,西北多有之。小河冰凍未全開,殘雪猶凝玉作堆。嶺上高松送濤響,柳黄莎緑報春來。壽陽城外曰童子河,清平山下曰白馬河,皆山泉之注小河者。

初三日,晴。出土西嶺,五里,芹泉驛。十里,張净鎮。天始明。十里,新店。十里,測石驛,屬盂縣。五里,坡頭。五里,平定州之新興灘,中火。芹泉、測石兩驛,山泉極多,夏秋過此,噴珠鳴玉。今春冰初津,而山陰泉流結冰猶未盡釋,如懸玉鏡、垂瑶佩。又桃梨諸樹寄生之草,盤結成團,有一樹多至十數圍者。冬令樹葉盡脱,此草獨青,土人或呼爲花絲,或呼爲靈芝,皆山中可玩之景。出新興,十里,賽魚。四里,石頭嘴。六里,平潭。或行沙灘,或行保安堤。十里,義井。五里,升黑煞嶺,曰南天門,師竹騎驢來,登閣俯眺,意境豁然。下坡,五里,經平定州城,無歇店,復行沙灘。二十里,至西郊鋪,宿。

登黑煞嶺,師竹騎驢至,率成小詩

策蹇天門路,行收好景隨。揮鞭千磴上,憑閣萬山卑。將種騎原慣,文壇譽早馳。許多驢背客,獨數孟家詩。

初四日,陰。午霏雨點,晚西北晴,南方雲氣猶黑,夜不見星。出西郊鋪,東行十里,天曙至石門鎮。入寺觀磨崖、齊碑,石壁有達官新鐫大字。天下名山既被僧占,又被達官玷,山靈有知,亦悲歎而已。五里,岳家山。五里,橋頭。十里,柏井驛。七里,西天門,即浮化山之分水嶺也。三里,柏木井。十里,槐樹林鋪,中火。五里,固關,晋地而直隸借以安營,置協鎮焉。環山而居者多協標兵。五里,固驛鋪。五里,舊固關,曰北天門,過此出山西界,入直隸井陘縣桃園界。十里,龍窩寺,山勢環曲,團聚如固關,而不及固關之雄大,舊關又不如新關之緊湊。昔人設營審於形勢,咸豐中晋撫懲於粤逆之亂,考《春秋》齊人戍郼邵之地,仿固關借地安營之制,請於垣曲交界之河南濟源縣借地安營,皆善談形勢者也。數日遇小車百餘輛,一車推輓三人,從之者數人,結隊而行,詢之,皆山東人,車中皆行李,各携風箱一具,間携鳥鎗,云是赴晋墾田打鐵,皆是壯年,無女眷,地方官所當稽察也。井陘令言君家駒,邵莘卿之甥,舊識也。因事至鄉,相遇談片刻。五里長生店,五里板橋宿。言君饋餐,受之。

板橋口占

詩書畫有鄭濰水,雜記曾披余澹心。名士名山一般好,板橋人迹尚堪尋。

初五日，夜半風起雲散，星光爛然。曉行十里，入井陘縣城。答言君拜，言君已出東門。城外泜水環繞，居民引水爲磑，開溝灌田，溝皆有小橋。城内不能行車，頗有南方風景。出東門，過泜水，陟井陘臺，别言君。十五里，白張村。五里，横口，市集之所。五里，廣陽。五里，白石長岡。自白張郵皆行泜西岸，遥望東岸諸峰，近水遠山，俱屬有情。過長岡，涉泜東岸，本有木橋，土人壞之，小船不能抵岸，水淺處尚須涉水，土人潛掘坎水中，人馬陷入則索抬車負人之費，凡渡口皆有此弊，視地方官留心查禁否耳。過渡陷一車，因記之。翻坡五里，涉小水，曰微水村，中火。八里，升白石嶺，所謂東天門也。山上皆白石，頗陡峻，别有土路繞過，故嶺無轍迹。八里，上安郵，亦長坡，入獲鹿縣界矣。八里，下安郵。八里，郄家莊。三里，土門鎮。崇山峻嶺，忽然開豁，井陘、獲鹿均於隴畔種樹，大府功令也。五里，宿獲鹿東關，錢君同甫調淶水，戴君冠英奉調未至，代理者高君。入縣拜同甫，弔及門恕軒之喪，同甫弟也。

出土門鎮

將履康衢路更難，（長岡俗稱閻王碥，路最難行。）經過危險始爲安。離山漸遠結邨大，種樹成行得蔭寬。（大府有種樹之令。）人飲鹿泉皆上壽，迹如鴻雪總迷漫。天門咫尺曾登叩，往復平陂一例看。

初六日，晴。出獲鹿東行，回顧群峰，今將入海，它日重來相訪耳。山行屢日如窮理窟，愈入愈深，驟至平原，則一旦豁然貫通之象。三十里，趙陵鋪。二十里，至正定縣南之十里鋪，中火，避縣城之供張也。夏秋過渡則晋由西門，豫由南門，冬令水涸，惟南門一處搭橋，故晋來亦繞由南路。鋪臨水次，立夏則拆橋，或不待拆而衝去。滹沱水性湍急，陡漲則悍不可禦，前人以爲天之驕子，訖無善治之法。飯罷，過橋三，行沙灘十里，蕭生德驊來迓。入城訪廉甫，則患痰飲肝氣，形容瘦減，暢談片刻，意氣猶壯。德驊，廉甫之七郎也，英年績學，甚不易得，顧屢試不售，今歲甚望其脱穎也。别蕭君，出北門，行沙灘，至二十里鋪，皆不毛之地，過此則良田矣。二十里，至伏城驛，即新城鋪宿。

正定道中

纔轉山埡過小橋，平原騁望正迢遥。日光照野龍鱗動，風伯驅塵羊角揺。覆壟方欣占麥熟，離鄉猶自歎蓬飄。（飢民甚多。）滹沱小水稱驕子，況是襄陵感帝堯。（時鄭工方興。）

初七日，晴。出伏城驛，北行二十里，過木刀溝橋。二十里，過沙河橋，繞新樂縣城，至五里鋪歸大道。二十里，至定州之明月店，中火。二十五里，過定州西關，訪王君文泉，談刻《畿輔叢書》事。十年之久，校刻已八十餘種，《畿南文獻》，此老足以當之，贈予已殺青裝池十一種。見孟生及張君菊坪，皆爲王君校書者。别王君，行二十五里，宿清風店。遣僕張斌先行詢何幼源雇船，則因合肥相國赴津，船已盡去矣。

初八日，風霾曀日。四鼓出清風店，卧籃輿中，比曉已至望都。遥望徐無諸山，近臨九龍泉，曉日初升，紅霞照灼，俄而風勁沙起矣。縣令趙君迎送郊外，别之。北行三十里，至方順橋。滿城令張君子安，同鄉年家子也，置酒款予。筵罷，行十五里，陘陽驛。十里，郭店。十五里，大吉店，小憩。十五里，小吉店，何幼源、成慈江、宋教諭來迓。十里，寡婦橋。五里，西關，朱太守敏齋、朱令允卿候於皇館。入城，陶子貞廉訪來談江浙糧漕事，謂曾文正公減漕明定折價，而左文襄減糧實折而名不折，此浙不如蘇也。諸弊皆去，其一尚存，紳包漕也，此蘇與浙同之。同鄉門人來者不息，三鼓始就寢。

初九日，晴。拜客，松峻峰方伯曾官江安糧道，談江南北事甚悉，謂蘇松紳士包漕，其弊難除，惟去其太甚，或尚可辦，鹽金中飽甚多，得人則可增課。子貞廉訪談積案之弊，劉景韓談河務不疏導下流而曲防上游爲治河大病，皆閲歷有得之言。見吴甸侯，謂説實話、做實事即是真經濟，不必論才調，其言切要。故交門生來者甚衆，不悉記，惟崔楝以所撰日記相貿。幼源送《乾坤正氣集選鈔》，是新刻成者，不可不記。

初十日，晴。峻峰、子貞、景韓、俊軒招飲，鄰封司道相交之禮也。景韓率同鄉創建雲貴會館，創建易，歲修難，可謂好事。予適過此，輸助百金，家有數棺葬義園，亦不可無此點綴。既輸黔滇，則湖廣同鄉亦難漠然，並輸百金，鄉愿作事如此，不覺自笑。

十一日，晴。瑾率厚成至，船已覓定。遊書肆。

十二日，陰。辭行，率國瑾、厚成登舟。白香、師竹别一舟，又敝船一，則從人居焉。天已晚，泊小聖廟側。

十三日，子刻微雨雪，卯止。開行至焦家莊，謁陶菉泉外舅墓。行十里，下閘。十里，仙人橋。十里，蓮花橋。二十里，東安屯。二十里，養馬廟。二十里，安州。三十里，新安。是日早陰午晴，夜月色水光，得順風張帆，淀中遇淺，繞泊苟各莊堤下。計行一百八十里。

和厚成舟中即事原韻

河聲嶽色歸行橐，更挹龍泉一畝微。（府河源出一畝泉、合龍泉諸水。）三世聯吟攄彩筆，十年脩史壯皇畿。（昔寓蓮池修《畿輔通志》。）數程偶共兒孫語，卷幔頻看星斗稀。帆疾忽驚鷗鷺起，不防清露溼征衣。

十四日，晴，順風至揚芬巷，風轉，遂泊舟。從人眠熟，衣被皆焚，急呼撲滅，危哉！計行百七十里。

十五日，晴。到津，謁合肥相國。虹橋易鐵可行車。（通高署前鐵橋不能。）

十六日，晴。拜客，合肥治酒招予及國瑾、厚成，謂三世同席，可稱奇會。厚成賦詩云："入夜華鐙燦九枝，輕裘緩帶轉威儀。貔貅隊仗依鈐閣，龍馬精神照酒卮。大父行尊欣並健，通家例古得相隨。眉山世感張忠定，竊擬斜川補一詩。"

十七日，陰。移泊紫竹林，候輪舟。至武備學堂觀學生讀書，演鎗隊登演武廳臺，觀鎗礮規度架式及放氣球。鐵房電詢瞿賡甫觀察，眷屬尚未抵鄂。局中漢教習陳少琴，琴山師子也。

十八日，風霾。沈品蓮方伯，吕庭芷、潘駿文兩觀察招遊機器局，沈、潘方領局事，吕則領水師學堂也。機器局二十七廠僅觀三廠，前年遊廠略記大概，欲求各器圖説則尚無全書。機器本無一定形製，其法則氣機發軔，氣機必以化學三書盡之。乘輪車，行小鐵路，路短，故車用人挽之，不用火也。飯罷歸，風益厲，行甬道上，肩輿吹欲墮者數矣。

十九日，晴，風猶未息。是日本風報之期也。

二十日，晴。豐順輪船至，午刻上輪船，住大餐房。

廿一日，晴。遣國瑾率厚成還京師。巳前開行，未正至大沽口，内河紆曲，輪行稍遲，一時不能及六十里也。停輪候潮。申初二刻潮至，中正甚漲，酉初開輪，出口迷茫無際，惟海鷗傍舟爲侣。

廿二日。卯刻日出東山之上，已至青州境矣。巳初一刻抵煙臺，舟人停輪載貨，申正二刻始開。登州諸山歷歷在目。新南陞輪船先開一時許，及暮已越過之。豐順新易機器，故較速也。

補録和厚成舟中即事疊前韻

舟内猶懸舊題識,成牛誤筆事原徽。(舟中懸予書,後幅紙爲墨污,因畫山石,十五年前所作。)璽書敦促趨吴會,我馬聯翩入帝畿。池館淒涼春夢杳,知交零落曙星稀。(昔年課士蓮池,門徒數百,今來僅見數人,池館亦荒敗矣。)眼前景物聊堪喻,風在輕帆月在衣。

舟發紫竹林

丹霄綸始降,紫竹纜初開。柁轉濤翻雪,輪旋響發雷。龍鱗隨岸動,鷗羽破煙來。天險皇畿護,横沙萬馬回。(輪船以馬力千百匹計,攔江沙非潮長不能過。)

煙　臺

憶昔之罘島,雲屯萬國航。(昔合肥傅相奉命與英使威駝馬訂約於此,各國公使咸在。)西夷尊漢使,東海陋秦皇。期守將軍約,謀兼敵國長。有人陳本計,言語妙君房。

黄水洋

水中央色正中央,諏吉應占日道黄。通理有人方正位,梯航萬國盡來王。

緑水洋

天容海色共澄清,地號青州舊有名。心似春波應更遠,東風吹草滿蓬瀛。

黑水洋

煙長儼下黑龍飲,(煙筒出煙長亘天半,儼如黑龍。)浪闊非關烏鰂濆。若悟深沉應墨守,那須更溯雍梁遥。

廿三日。子刻風起浪湧,卯刻已過青山。午初入黑水洋,申正出黑水入緑水,浪稍平,從者病,莫能興,惟白香强起共飯,約計夜半可入江南洋面。

海浪歌(師竹、白香畏風,戲爲《海浪歌》調之,使强起和焉。)

滬行喜南風,沽行喜北風。南風愈大浪愈湧,輪船破浪行天空。緑洋黑洋浪花白,散作千山萬山雪。船頭擘浪兩翼飛,紋似盤雲聲裂帛。浪高十丈落船頭,船上流同分水溝。風簸雷鳴人盡𡁹,雌伏相對如楚囚。舵師運機馬力足,穩似乘車與住屋。風來順逆行有常,何事畏人形瑟縮。

廿四日。子刻風起,寅初雨。巳初抵茶山,煙霧瀰漫,略見山影,水色清,不過二三丈深。約巳正三刻隱見吴淞岸,午正一刻進口,過礮臺旁,未正至上海,泊金栗園馬頭。旋登天后宫行館,見龔仰蘧、吴廣庵、沈子梅三觀察。(招商尚有馬肩叔、陳發南兩觀察。)聶仲芳郎中、松江守恩詩農、海防劉丞乙笙、上海令裴浩亭、金山令夏午亭及發審、會審、籌防、捕盜、保甲、製造、釐卡、貨捐、布捐、綢捐、海運、招商、輪船、電報、文報各項委員,江蘇候補之能者大半在此間。夜尚微雨。

廿五日,拜客。至製造機器,觀極大機器,津局僅造鎗冒火藥,此局能造毛瑟、林明敦諸鎗,並一百八十磅大後鏜礮,二千餘斤之物,數小兒能轉移上下之,數尺厚之鐵能頃刻穿孔,靈妙不可思議。仰蘧、浩亭招飲徐氏别業,聞吴廣庵觀察藏漢印千餘事,惜未得索觀也。得國瑄電信,昨已至漢候船。

是日晴。在津尚無春意,不過數日,此間已萬紫千紅矣。南北地氣不同如此。

廿六日,晴。同官邀遊官廟,明潘氏舊園,水石極勝,因國忌辭之。復祖送天后宫,酉刻始登鈞和兵船,將往金陵,管帶孫君告曰:“過吴淞有沙狼山之麓,不可夜行。”詰朝始發。

廿七日,晴。黎明開行,潮上得順風。不一時,已過吴淞。西行過寶山縣城,在江邊,又西石港,又西白茅沙,輪船夜行至此必停輪待曙,恐堅沙壞舟也。北岸爲通州狼山,南岸爲福山,對峙江干,形勢扼要,故設兩鎮,但江面太闊,礮恐不及,近年籌防不於此築礮台,白茅沙以東,船行近南岸,以西船行近北岸,沙性有時遷徙耳。過狼山,又西過青龍山,江面緊束,礮台或在山腰,或在山足,星羅棋布。有礮臺船,即洋人蚊子船之類。山後設防營以資接應,對岸土礮台列營壘以爲聲援,布置有法。是日值長江水師李軍門巡閲抵岸,各礮台升旗舉礮,山厓對岸隊伍排列營哨,礮船環集於軍門之舟,如臨大敵,予因得寓目,略知其意。江陰縣城在山後,舟中僅望見城外塔寺。又西行百餘里,天已暝,亥正停輪,計行六百餘里。

廿八日,平明開行,兩岸遠近山色蔥翠,江南江北青山多,舟人不能一一指名。卯正抵鎮江,金焦、北固、甘露之勝環峙鐵甕城邊,惜輪舟不能久停一登眺耳。十年前與及門方達甫同宿焦山,其人已古。昨閲《申報》,劉伯固以暴疾卒於福建,亦吾徒也。攬勝之餘,頓增懷舊之感。山麓皆有礮台,防敵不足,飾觀而已。又西爲瓜洲口,入揚州之路,旁有鹽河,僅通小舟。午正抵金陵輪船碼頭,望見江孚,輪船俄傾停輪。國瑄將家屬附江孚來,過船數語,江孚開往上海,予亦乘民船自下關入。二十里,行兩時許,始至西門外接官廳橋下。府廳州縣來者十餘人,江甯府李君廷簫舊識,揚州府陳君卿雲癸卯同年,督糧同知祝君赫亦丁未年誼,江甯縣陶君在鈞爲子縝學使從弟,詢知子縝五子,長次學有成,餘亦能讀書。李君梅臣來。

廿九日,晴。謁總督宫保曾公,方患病,延入内堂,談逾晷,神明不衰,飲啖如故,病在皮膚,不足憂也。拜將軍、都統,都統老矣,將軍豐紳公掀髯談笑,意氣甚壯,是翁矍鑠,猶堪立功勳也。織造未見。候補中惟張笛帆、李次雲有世交,餘多不相識。在省者尚三十餘人,拜客至四點鐘,餓且憊,返舟見數客。梅臣來夜談,贈燕窩,故人也,受之。

【光緒十四年三月】

三月初一日,晴。隨班謁總督畢,拜客。出水西門,遊華巖寺,觀莫愁湖,樓中懸莫愁、中山王及曾文正三像,美人勝迹、賭棋韻事與賢相流風鼎足而三。湖内植荷,仙坪方伯方鳩工建亭水次,夏日賞荷,景致佳也。返舟少憩,仙坪方伯同劉、馬兩觀察招飲,談及華巖寺建閣將以奉曾文正公,甚爲得宜。梅臣來,聞某有禽獸之行,而黨援廣且固,予笑而不答。督家丁薦人,未收索門包,未與。

初二日,晴。謁總督,循舊規,三謁畢,遂辭。督言:“吾凡事率由舊章。蘇有巡撫,吾不甚預其事,惟官多情不能上達,吾爲函達,亦在天理人情之内。”又言:“吾不事參劾。”觀公之意,蓋專於寬也,予因略陳數語,謂屬員能乞公作書,情不可謂不達也,其不達者皆不能見上官,而言情似尤可憫;參劾誠不宜過,但得罪於百姓,宜何如?公乃言:“是亦不能容。”辭出,拜客。歸舟而疾作,欲吐不得,幸得洞瀉,穢滓盡出。困卧兩時,仍强起,赴同鄉柬招,不能舉杯箸,勉作周旋,亦宦途中苦境。梅臣來,言不合例事,卻之。

初三日,晴。别送者,開舟至下關,拜同鄉凌觀察,未晤。登鈞和兵輪船,未刻過鎮江,停輪片刻,都統鍾君、太守福君、權丹徒令王君遣人賫帖來。四山風景玩索不盡。輪已開，行過江陰已晚，亥刻停輪，至通州界矣。

初四日，陰，早霧。過茅沙，不敢放行。江永後至，乃尾其後。過通州，風起霧始散，微見晴光。寶山縣城倚江隱約，米家畫筆不能盡其致也。過吴淞礮台，升旗鳴礮。敵船如由海入江，礮台相距仍遠，或言對岸盡鐵板沙，恐不然，予蓋親見輪舟自對岸入也。未刻到上海，僱坐舟，借小輪船拖。廳、州、縣來謁，予告浩亭請達諸觀察登岸，轉勞枉顧，即不往矣。酉刻開行，出洋涇塝（舟人呼爲運糧河。）入吴淞江，戌刻停輪，過吴淞釐卡江海關，坐舟，江南所謂蒲鞋頭，榜曰“待月舲”。出上海即大雨，夜大風。觀洋人造紙、自來水諸廠，皆極玲瓏。織布局爲中國人所建，歷二十年更數主，尚未有成。

出洋涇磅入吴淞江

市舶遥通萬國程，邇來海客競談瀛。千間盡是凌虚閣，四照真爲不夜城。忍使勾東付甌脱，仰看極北拱神京。吴淞江畔聊延佇，尚有邨町叱犢耕。

舟中書所見

麥苗抽穗菜花黄，穀雨初過春日長。家住水南田在北，划船早晚送牛忙。（鄉民罕畜水牛。）

初五日，早微雨，風起雨止。寅正開行，巳刻行近崑山縣城，河水較淺，輪舟難行，遂入澱山湖。湖長三十里，遠樹作圍，草緑水清，洲岸間有人家，風景殊勝，遠望崑山塔寺尤堪入畫，過湖則天平諸山歷歷在目。午刻抵長橋，府縣來迓，入葑門，謁中丞，拜同官。天已暮，衙署未空，借寓湖南會館。

初六日，晴。接印視事。以後别爲《蘇藩日記》。

過崑山口占

崑山一點碧於螺，遥映長湖萬頃波。熙甫文章峻林嶽，亭林經術沛江河。由來地本因人重，豈謂山能比水多。海氣蒼涼悲往事，草廬先識論防倭。

常州屬土客不安。

積穀有弊。

（張曉天整理）

第四十五册　蘇藩日記(光緒十四年三月)

【扉頁浮簽】

蘇藩日記一　光緒十四年三月初六日至七月三十

蘇藩日記卷一

陳臬秦川，徙官吴會，具疏請覲，奉詔北行。既抵樊輿，璽書敦促，乃自海道附輪舟而南。季春五日，言至蘇州。越日受事，隨筆記之。

光緒十四年三月初六日，晴。卯刻，權布政使福裕移送印信文卷，印文曰"江南蘇松常鎮太等處承宣布政使司印"，敕書則亂後未經重頒也。考國初江南分左、右兩布政使，並駐金陵。順治十八年，分右布政駐蘇州，轄江寧、蘇、松、常、鎮五府，康熙五年，並轄淮、揚、徐三府州；而左布政駐金陵，轄安、徽、甯、池、太、廬、鳳、滁、和、廣七府三州。康熙六年，並停左、右之名，分爲上江、下江。迨安徽分省，别設布政，而江甯及淮、揚、徐四府，通、海兩直隸州，改隸江甯布政使。太倉升爲直隸州，与蘇、松、常、鎮並隸江蘇布政使，轄境不廣而財賦繁盛。自遭粤逆之亂，元氣已傷，湘鄉、合肥兩公奏減丁漕，始得蘇息。然官紳利其利，小民未必樂其樂。值此民窮財盡，黄水南趨，禍患之來，難以預料。望闕謝恩，悚惶萬狀。謁中丞，拜同官，若涉大川，罔知攸濟，同舟互警，所深望也。是日，收到公文數百起之多，皆前任收而未書到者，吏言積稿未判者，類是。

初七日，早陰，午晴。拜同官及巨紳，謁中丞。晚閲積牘，定延幕賓周筱霞，溧陽人，在藩署二十餘年，聲名尚好。周善夫，浙江人。向日，幕有本地人，與書吏相通，頗滋物議，故皆延外鄉人。

初八日，陰。循故事，謁中丞三日，旋至庫，祭庫神，啓永盈庫。驗前任移交存庫銀五十萬五千六百一十七兩六錢八分五釐，洋二千九百三十元三角五分，錢二千四百六十九串三百二十九文，錢存錢鋪，以銀抵押。

是日收銀六千一十四兩七錢九分四釐。

初九日,雨。麥田盼澤,正及時也。是日移居布政司署,在城昇平橋西北,本明王文恪公三槐堂舊第也。蘇州舊無司署,順治十八年,巡撫都御史朱國治題設江蘇布政使,暫駐蘇松道署。康熙元年,五府守令共議購王氏宅而新之。咸豐三年,粤逆陷蘇州,僞王李侍賢據司署。故收復後,官舍焚毁,惟此署獨完。署西有園,則民居空地亂後收入者。[①] 閱公事,有去年十一月來文尚未判者。是日拜發《恭報接印日期謝恩摺》。

初十日,晴。三、八爲兩司衙期,五、十爲巡撫衙期。衙參,無甚要件,有釐金、水利數事。與總局商之,奉巡撫檄,督辦善後、牙釐、水利諸局。善後、釐金兩局皆朱竹石觀察主政,其人名賢之後,辦事認真,官場不便,毁譽參(辦)[半],中丞知其賢;水利則臬司主政,藩司監戒,視成而已。初至情形未熟,徐考察之。

十一日,陰,夜半大雷雨。諭總捕同知,使傳諭保甲委員,認真稽查,考核功過,毋得視爲具文。

十二日,陰,午間微晴。拜客,至李眉生家網師園舊址。

十三日,陰。任筱園中丞奉母喪返葬於宜興,中丞、司道公送於河干。昨日燥熱,今日涼。

十四日,陰。同寅公讌於滄浪亭,亭在長洲縣郡學東南。《石林詩話》云:"錢氏廣陵王元璙别圃也。"宋蘇舜欽得之,作亭曰"滄浪"。後爲章惇家所有。紹興後歸韓蕲王,故俗呼"韓王園"。明爲浮圖文瑛大雲庵,見《歸震川文集》。國朝宋牧仲先生巡撫江蘇,葺治爲遊燕之所,公諸士民,潘次耕作賦美之。亂後重葺,水石之勝,甲於一郡。又有五百名賢祠,萃古今吴會高賢、寓公、名宦,繪象題贊,勒石壁間,尤動人高山仰止之思。去亭半里許,爲中州三賢祠,祀湯文正公、張清恪公及牧仲。湯之正、張之清,誠不可及;即牧仲之儒雅,亦何可多得也。

十五日,微晴,午雨。謁廟。衙參,論撥餉事。釐局請撥礮船,斟酌與之。常熟縣缺開單,請總督主政。吏呈佐雜委署缺單,多注久未來轅

---

① 眉批:《府志》怡老園在西城橋。王文恪公致政歸,喜居山墅,子尚寶卿廷喆仿山中景物爲園以娱之。旁枕夏駕湖,臨流築室,雉堞環其前。又蕉隱在吴趨坊,申紘祚所築,今其地爲布政使署。

扣委者,予悉令牌示傳見。晚飲中丞署,同坐者少希廉訪、馬禹兩觀察。祀衙神(財帛司),爲梁伯鸞,殊可怪。詢吏,云梁芷林任内所定。

十六日,陰。傳見同知十員。華君鼎元,字文珊,呈所著《津門徵獻詩》,採摭頗富,惜予修《畿輔志》時未得見也。陰雨連日,霉溼中人易成疾病。

十七日,陰雨。傳見同知八員、直隸州四員。魏彦字盤仲,默深年丈之子。吴恒善治獄,吏材也。汪耕虞觀察送閲《黄河决口圖》。口門中間,去年長灘三處。正月初四,水長四尺,灘已衝没。正月初六開工,進占三十丈。七、八、九三月續進占六十丈。初八日,西壩所進之占衝去一丈五尺,傷工人十餘名。各料俱齊,惟秫稭尚短七八千垜。山東、直隸、安徽分路放價採辦,河北崔鎮承辦東壩引河,估費百萬。西壩旁另築桃水壩,遏上流大溜,使紓赴引河。星使月支公費銀二千兩,隨員月支二百兩,每日所進供給約銀百餘兩。李、成兩帥公費稍減,開歸道月支一千兩,道府百兩,同通州縣六十兩,佐雜三十兩,武職相仿。工賑營三千名,每名三兩,又須文武約五六百員。現購西洋小銕路運土,安設電綫,自汴城達於濟甯。徼天之幸,得以合龍,則社稷蒼生之幸。江淮實先受其福,否則里下河一帶不堪設想。傍晚放晴,而溼氣薰蒸,人殊不快。

十八日,陰。傳見通判九員。武進金令因會審小羊子盜案,委員訊贓證不確,金令欲遂定案。予謂罪名出入甚大,以監候待質,另緝正盜爲是。核原存庫銀五十萬五千六百一十七兩六錢八分五釐。初八日收銀六千一十四兩七錢九分四釐,十三日收銀二萬五千四百七十四兩八錢六分九釐,(錢三百千另核。)十八日收銀一萬六千一百二兩四錢四釐,(洋一百元八角二分八釐另核。)三期共收銀四萬七千五百九十二兩六分七釐。初八日放銀二兩六錢一分二釐,十三日放銀二萬四千五百七十三兩九錢三分一釐,(錢五百九十一串另核。)十八日放銀一萬七千二百九十二兩九錢七分,三期共放銀四萬一千八百六十九兩五錢一分三釐。收放相抵,連前共存庫銀五十一萬一千三百四十兩二錢三分九釐。戌亥之間,雷電作,雨興而電息。

十九日,細雨達旦。傳見通判九員、知州一員。陳榮由知府改同通,四十餘年老吏。陳汝梅,粤人,頗悉海事。趙廷寀少年,到最後,坐猶欠伸,戒之,語多遁飾。問在寓作何事,初言習正、隸、篆書,觀史事,暇則看閒書。問何書,曰《聊齋》。予曰:"富貴人家子女壞於看閒書者,多以其蕩心志,使人無忌憚、無羞惡,可以無所不至也。眼前《四書》開卷有益,何等有味,何必看淫冶之詞? 且既作官,即應看經濟有用之書,不於候補時講求,臨事豈能猝辦? 難道做官不想做事,專靠求書信、託人情謀差謀缺耶?"木瀆釐委陳令德喆來,詢靈巖及鄧尉香雪海風景,神往久之。近日蠶絲利厚,種梅者多改植桑。何遜詩興稍減,乖崖善政,不待教而民興矣。夜微雨。

二十日,陰。是日换戴涼帽,而天氣尚寒,不能去綿。衙參,論釐局還司墊貴州催餉奏銷提前諸事,呈佐雜四缺單。夜微雨而熱。

廿一日,早仍霏微細雨,未申暢晴而寒,晚乃大雨。是日課吏。故事:州縣同通,撫、藩、臬輪課;佐雜,藩司月課。易笏山任内改爲藩、臬輪課,由釐局提款,解司存儲,俟月課按名次高下放錢,所以恤吏之窮也。本月輪考扃門面試,分廿一、二兩日。本日報名者六十四員,到四十八員。試題《黜奢崇儉論》《問吴中利弊興革事宜策》,作一題者聽,不能文者寫履歷。各員於本名旁自注所能,如經學、史學、筭學、圖學、天文、輿地、治水、明農、知兵、製器,以及辦理公牘書啓之類,備隨時傳見考驗。不注者聽。予坐堂,俟受卷畢乃退,鎗替之弊除,有數卷可觀。

廿二日,早雨,晚晴,夜有星而寒。是日續課吏,題《恭儉無僞論》,次題仍舊論興革事宜。有明暢者,不問其夙搆與否,期廣見聞,以備采擇耳。

廿三日,陰,微雨,寒,重綿猶瑟縮也。傳見知縣十員。保甲、諸總巡咸在,告以煙館、賭博必禁,先開單,諭使别尋生理,不忍不教而誅也。中丞召,爲解錢進京事。

廿四日,陰。傳見知縣十員。諭褚令成憲,改過局犯人應教以手藝,使有謀生之路,方能改過自新。令查明何項物件易於工作、銷售、製器,延師經理工課。妥議章,並與朱竹石觀察商籌經費。

廿五日,晴。少希來商致函甯藩論解錢入京事。謁中丞,言四事。一改過局教藝;一停派清查經費;一將存記未經到省人員領解京京餉各員撤銷,嗣後解餉均用候補廳州縣;一典息一分減八釐,被紳董議覆時加"周年"二字,未經指駁,以至各項善舉經費不敷,應設法。尚衣文貢三招飲,座中索款,告以庫儲支絀。陰雨旬餘,春寒料峭。得晴稍煖,夜雨又作。

廿六日,早晴,晚雨。傳見知縣十員。張笛帆自金陵來,約黎爾民、李景卿兩觀[察]相陪,飲貞白堂。

廿七日,雨。傳見知縣十員。閱電報,李菊圃、李憲之兩方伯,荆宜施道廣敏,肇陽羅道孔憲珏,開歸陳許道鞠捷昌皆内召。

廿八日,微雨。先母左太夫人忌日。距吾母之喪二十有九年矣。閉門謝賓,率家人上食二品,祭器用八,何如逮吾母之存,啜菽飲水,盡其歡乎?哀哉!核庫儲,廿三收銀一萬八千一百七十八兩九錢八分八釐,又收銀六百六十九兩六錢八分二釐;廿八日收銀三萬七千五百五十七兩二分三釐,又收銀六萬一千三百八十四兩四錢五分二釐,又收銀二百四十三兩五分三釐;連前共收銀一十六萬五千六百二十五兩二錢六分六釐,洋一百元八角二分八釐,錢六百串文。廿三日放銀一萬三千七百四十四兩九錢六分九釐,廿八日放銀二萬八千一百八十兩九錢二分八釐,連前共放銀八萬三千七百九十五兩四錢一分,錢五百九十一串文。收放相抵,連前實在存庫銀五十八萬七千四百四十七兩五錢四分一釐。(錢、洋不記。)

廿九日,微雨,微晴。傳見知縣十員。閱電報,蕭韶授江西布政,陶廉授陝西布政,兩君皆端人,認真公事,可謂得人。代蕭者爲王大春,代陶者爲周。

三十日,晴。閱各屬報晴雨禾苗情形。麥正揚花,久雨不免傷損;蠶正二眠,天過寒冷,桑葉不乾,頗妨飼蠶。傳見知縣十員。

【光緒十四年四月】

四月初一日。廟香,衙參。晴。

初二日,晴。傳見州、縣六員,州同、州判四員,是謂大班;其府經、縣丞謂之中班;從、未謂之小班。各就在省者傳見,出差、告假者不與。

初三日,晴。接見府、廳、州、縣百餘員,尚未能盡識也。核庫儲,本日堂期收銀十一萬一千二十二兩六錢七分,連前共收銀二十七萬六千六百四十七兩九錢三分六釐。放銀三萬一千一百一十五兩三錢四分九釐,錢四百八十串文,連前共放銀一十一萬四千九百一十兩七錢五分九釐,錢一千七十一串文。收放相抵,連前實存銀六十六萬七千三百五十四兩八錢六分二釐。(錢、洋不記。)是日延强賡廷、文小坡、諸遲菊、錢仲仙小集,皆文士。

初四日,晴。是日常雩,百官齊集先農壇,禮也。湖北、陜西此禮皆廢。課正誼書院,送題,不點名。

初五日。衙參,秋審録囚。鄂、秦蟒服參堂,失哀矜之意,臬廨治酒招客,尤非禮也,吴則無之。是日微雨,夜乃沛然。

初六日,天明雨息,午乃放晴。傳見佐雜十員。委解京餉、南河公費。楊藕舫自臺灣來,言臺産不甚多,生番以威力脅降,未服其心,旋撫旋畔,難以持久。閲邸鈔。閻敬銘疏,稱李嘉樂、李用清爲天下藩司之最,德椿、葉伯英年終密考,顛倒是非。諭斥敬銘私見,原摺擲還。正誼書院交卷,經文題《三江既入,震澤底定》《鼓無當於五聲,五聲弗得不和;水無當於五色,五色弗得不彰;學無當於五官,五官弗得不治》。本試經解,科場年歲改經文。古學題《五百名賢畫象賦》,以"景行維賢,克念作聖"爲韻;《示儉示禮論》;"賦得蠶月條桑",得蠶字。共交卷三百餘本。

初七日,晴。傳見佐雜十員。趙惠甫來,未至,先以詩。十餘年闊别,邀其下榻。得存之赴,以三(百)[月]廿日亡矣,當爲位哭之。

初八日,晴。核庫儲,是日堂期收銀二萬三千八十九兩七錢六分四釐,錢三百串,連前共收銀二十九萬九千七百三十七兩七錢。(錢、洋不記。)放銀八萬一千六百一十五兩九錢三釐,連前共放銀一十九萬六千六百二十六兩六錢六分二釐。收放相抵,實存庫銀六十萬八千七百二十八兩七錢二分三釐。

初九日,晴。傳見佐雜十員。午間熱甚,欲衣葛。

初十日,陰。衙參,免穿外褂。晚微雨,夜乃大雨,奇寒,欲衣綿衣。惠甫談數日,以求治不可太急,微露風裁,使其自化爲要,至言也。别去,爲秋後之約。

十一日,雨息,而寒氣愈重,重綿猶不足禦寒。前此蠶方二眠,天寒尚不大傷。今當上箔之時,恐絲減色。吴越絲爲大宗,出洋全仗絲、茶兩項收回紋銀,國計民生所關甚鉅。是日同官公讌於拙政園。數日前有鑲金演戲於此者,畏予,不敢邀往。請中峰,不允。尚衣一流人,固不足責也。是日傳見佐雜十員。夜病不能興。①

十二日,晴。傳見佐雜十員。書吏有婪索者,發元和縣治之,至改過局。擇建委員司事教師之地。

十三日,晴。課吏,應課同通、州、縣凡三十八人。題《先勞勿施論》《土客相安經久之策》。地方利弊,無論在官在民,應興應革,可見施行,及不能遽行而不可不知者,詳悉言之,三日後封投。核庫儲,是日堂期收銀四萬二千五百一十五兩一錢七分一釐,連前共收銀三十四萬二千二百五十二兩八錢七分一釐。放銀二萬一千八百八十一兩六錢四分二釐,連前共放銀二十一萬八千五百八兩三錢四釐。收放相抵,實在存庫銀六十二萬九千三百六十二兩二錢五分二釐。(錢、洋不記。)吴仲遠來,姻也。

十四日,晴。有盜艘過閶門外尾之入太湖,已報案數家矣。飭三縣保甲、水巡嚴查水販、臺基,爲其傷敗風俗太甚也。傳見佐雜十員。公讌。

十五日,晴。廟香。衙參,商覆江甯函言鑄錢事。

十六日,晴。傳見佐雜十員。治書吏之舞弊者。

十七日,晴。傳見佐雜十員。斥知縣之鑽營者。

十八日,晴。諭總巡禁婦女入戲園聽戲。核庫儲,是日堂期收銀四萬五千一百九十七兩八錢三分三釐,連前共收銀三十八萬七千四百五十兩七錢四釐。放銀三萬八千七百六十六兩四錢三分七釐,連前共放銀二十五萬七千二百七十四兩七錢四分一釐。收放相抵,實在存庫銀六十三萬五千七百九十三兩六錢四分八釐。(錢、洋不記。)張壽雲來,總角交也。

十九日,晴。傳見佐雜十員。約壽雲、仲遠飲於即園。

二十日,晴。衙參,論典息過減則善舉廢,交代過寬則虧空多。裁空名之差使以節經費,定改過之局章以化莠頑,皆見施行。

二十一日,晴。朝鮮進士表壯鶴遺所書對聯,贈以八番。復以書來告資斧匱乏,並遺屏四幅,謂是口銜筆所書。予再贈八番,且告之曰:"以

① 眉批:拙政園在婁、齊二門之間。嘉靖中,御史王獻臣因大弘寺廢地營别墅,以自託潘岳"拙者之爲政也"。園更徐、陳、蔣、查、吴諸姓,又爲將軍府道署、僞王府,今爲八旗奉直會館。

口銜管,必手廢始然。若臂指無恙,强以口代,是爲有意出奇,徒以駭俗。書之傳否,不在是也。”傳見佐雜十員。巡撫檄廿四日臨庫盤驗,例也。

廿二日,晴。傳見佐雜十員。丹陽淩令來辦清丈,已得六七成,清出熟田數十畝而民不擾,能吏也。惟民田溢而屯田少,不肯還衛,爲非宜耳。見中丞,論積穀存錢本息不宜提省事。

廿三日,陰。連日晴霽,衣葛猶汗,一朝陰曀,輒思衣綿。寒暖無常,民多痁疾,地氣溼也。是日課吏,五月輪課佐雜因端陽節提前,示體恤也。題爲《好惡必察論》,應試者七十人。核庫儲,是日堂期收銀六萬八千二百二十六兩一錢三分七釐,連前共收銀四十五萬五千六百七十六兩八錢四分一釐。放銀四萬二千二百九十兩四錢八分七釐,連前共放銀二十九萬九千五百六十五兩二錢二分八釐。收放相抵,實存庫銀六十六萬一千七百二十九兩二錢九分八釐。(錢、洋不記。)夜雨。

廿四日,晴。續課吏,題爲《凡事豫則立論》。(應試七十人。)

廿五日,晴。衙參,論鄭工合龍難期。江北被水可慮,預籌賑救之法,因及積穀之弊。同里釐局委員工於搜括,總辦獎之,予惡之。宜興縣令以隔湖多盜,請礮船巡察。中丞言:“太湖,營汛地也。”予言:“曷商之水師?”

廿六日,晴。傳見佐雜十員。昭文令請畝捐挑梅里、滸浦兩河,從之。夜大雨。

廿七日,陰。過吴紳大根,訪辦賑之策。黎爾民招飲於網師園。宋廉訪宗元故居,後歸太倉瞿氏,彭啓豐、錢大昕、褚廷璋皆有文記之,亦名園也。今歸李梅生廉訪家。梅生云亡,僅餘好園而已。士大夫飲讌於此,可以爲戒。夜雨。

廿八日,雨。核庫儲,是日堂期收銀十一萬三千三百八兩一錢二分,連前共收銀五十六萬八千九百八十四兩九錢六分一釐。放銀四萬九千二百兩三錢六分三釐,連前共放銀三十四萬八千七百六十五兩五錢九分一釐。收放相抵,實存庫銀七十二萬五千八百三十七兩五分五釐。(錢、洋不記。)

廿九日,陰。園丁以時近霉天,新得雨澤,急爲種樹,而驕陽將出,恐難得活。傳見佐雜十員。

三十日,晴。傳見佐雜十員。

【光緒十四年五月】

五月初一日,晴。廟香,衙參,論鄭工合龍難期。伏汛黄水下注,新開諸河未能消漲,里下河一帶不堪設想。蘇屬雖無水患,惟預備賑飢,亦非易事。只有分縣安插,先儘積穀轉息之錢支用。又論州縣修塔等事,不當派米捐。又論徵信册費外銷。又論善後局銷款。

初二日,晴。傳見佐雜十員。汪耕虞來言,鄭工不能合龍,高陽電言尚須三百萬金保固已做去工。龔養蘧函商蘇、松、太廳州縣官勿調簾,勢難照辦。

初三日,晴。約幕賓飲於濟舫。午間炎熱極矣,夜乃雷雨。核庫儲,是日堂期收銀三萬三千一十二兩六錢三分九釐,連前共收銀六十萬一千九百九十七兩六錢。放銀七萬三千六百六十三兩八錢二分七釐,連前共放銀四十二萬二千四百二十九兩四錢一分八釐。收放相抵,實存庫銀六十八萬五千一百八十五兩八錢六分七釐。(錢、洋不記。)

初四日,早陰,午微晴,夜大雨。傳見佐雜十員。李秋亭、嚴佑之來,皆以行善得名。李至道員,又兼洋務矣。

初五日,雨。自院賀端陽還,祀先以角黎,俗節亦薦時之意也。幕友吏率多還家過節,公事簡至。客來亦不求見。徜徉即園,課園丁種草,所謂"借得浮生半日閒"也。

初六日,陰,微雨。覆試正誼書院,取在前列諸生於即園,題爲《濟舫觀荷》《古石軒讀碑》。二題或併作一題,或分作,無論叙、記、詩、賦,不拘體韻,寫卷亦不拘篆、隸、行、草,即和擬作,亦不必定用元韵。吴中利弊,應興應革,能見諸施行,及不能遽行而不可不知者,詳悉言之。毋摭浮詞,毋存私見,封固,隨卷投交。是日設筵款諸生,使監院治賓。即席有作,諸生皆和,亦文章樂事。

即園課士

使宅曾開五畝園,流風餘韻到今存。(布政使廨爲明王文恪公故宅五畝園,見集中。)諸君名位期元宰,自古經綸重本原。惟有守身能濟世,(文恪字濟之,又字守谿。)莫將試事當空言。三吴本是人文藪,應恤時艱念國恩。

濟舫觀荷

夏駕湖湮茂草稠,當年怡老亦名流。只餘一曲泉如勺,尚有三間屋似舟。(尚寶爲文恪築怡老園,枕夏駕湖。亂後湖荒園廢,存屋三楹,題曰“濟舫”,種荷池中。)牆外行人應共見,花中君子好爲傳。菊黄梅白隨時種,生意常教四序周。

古石軒讀碑

老夫平昔嗜文章,箋注蟲魚細校量。南北舟車多宦迹,隋唐碑碣是行囊。暫營小屋居奇石,坐對新花發古香。同志若教增著録,歸途應詡鬱林裝。(隋吴嚴志,見《寰宇訪碑續録》;唐法澄塔銘,見《關中金石記》;唐顯聖寺幢,見《雍州金石記》;隋李則志、元普救寺幢,未見著録。近從虎丘得舊專,有武丘山字,亦魏時物也。)

端陽後一日,集試群彦,時雨方來,欣然有作,使監院傳示屬和

見獵方知結習多,政餘文史共編摩。高材半是千人傑,雅集剛逢五日過。乍聽荷喧欣雨到,還將蒲酒慶時和。作霖有兆宜師古,良弼終須道不頗。

初七日,陰,午微晴。蘇松總兵黄景山來,留飲。文武聯交,邊事乃治。傳見佐雜十員,二未到。

初八日,陰,午晴。陳少希廉訪將還鎮江,飲同官於拙政園,離筵也。銕甕城邊,見迎竹馬,姑蘇臺畔,忽唱驪駒。助已乏於他山,歌將興於中谷。予情曷已,感慨係之。是日堂期收銀五萬三千二百十一兩八錢四分五釐,連前共收銀六十五萬五千二百九兩四錢四分五釐。放銀七萬七千二百三十六兩七錢八分六釐。收放相抵,實在存庫六十六萬一千一百六十兩九錢二分六釐。

初九日,陰,夜見星月。昨日即園種竹,望雨無異秧田也。傳見佐雜十員,一未到。

陳少希還常鎮道

閩嶠黔陬萬里程,何期促席話平生。滄浪亭畔驪駒唱,銕甕城邊竹馬迎。助借他山猶有望,歌興中谷不勝情。遥知千億窮黎淚,拯溺療飢待此行。

初十日,陰。衙參。常熟昭文請米捐石五錢修方塔,謂塔建於宋時,關地方風水,不可廢。予謂不可派累閭閻。又請中丞諭首府中軍禁馳馬者入其馬。又請撤釐局委員之怠不治事而任用非人者。餘皆尋常公事。

十一日,陰。檄常州府察金匱縣。

十二日,陰。傳見佐雜十員。汪、韓、方三觀察爲少希祖筵,予爲作陪。少希欲假歸,予謂其端人,不可不留。中峰亦然。夜雨。

十三日,大雨不久,秧水猶未足。李景卿言吴松工程初派編夫累民,因改攤征被水利之十一州縣。按畝攤錢,甚公也。今改用積穀款,各邑不同,有按畝、按兩、(地丁銀兩。)按石(漕運米石。)之殊。有少征至萬餘石者,有多征至三萬餘石者。多者必求減成,多者減而少者亦不肯不減,則集費難矣。不如攤征便。予曰:“累民乎?”景卿曰:“烏得無累! 然以地方之財,興地方之利,雖累亦樂從。”予曰:“辦攤征,即停積穀,以紓民力。”論遂定。核庫儲,是日堂期收銀二萬四千二百四十七兩二錢九分二釐,連前共收銀六十七萬九千四百五十六兩七錢七釐。放銀一萬五千七百二十三兩三錢五分一釐,連前共放銀五十一萬五千三百八十九兩三錢五分五釐。收放相抵,實存庫銀六十六萬九千六百八十四兩八錢三分七釐。(錢、洋不記。)

十四日,陰,微晴,夜大雨。傳見佐雜十員。朱竹石、沈〇〇餞陳少希。竹石談某觀察事,殊堪一噱。甚矣立身之難、利口之可畏也。改釐局通飭委員稿,示戒也。

十五日,昨宵雨至五鼓止。廟香。衙参歸,午間復大雨。夜月光朦朧。

十六日,早陰,午雨,晚晴。林表霽色可愛,種竹當活。傳見佐雜十員。

十七日,晴。傳見佐雜十員。有於履歷中訴不得補缺者,查未到班。前以妄稟見斥者數矣,擲還履歷,使改繕,乃見之。諭曰:“汝捐官到省三十年,又捐過班,迄不得補。無怪汝之負屈也。然捐例屢更,新班壓舊班,未幾而新班已舊,每班得利數人耳。汝豈不知。毋輕具稟,無益於補缺,且並差使不可得矣。”聊記於此,以見部臣籌國以捐愚人之謬。按察張君屺堂至城,已三鼓矣。

十八日,晴。拜屺堂,未晤。屺堂來,朱、黎、李、蔡四道餞少希,因邀屺堂,有足恭者。核庫儲,堂期收銀一萬二百四十二兩六錢一分四釐,連前共收銀六十八萬九千六百九十九兩三錢二分一釐。放銀六萬三千一百七兩三錢六釐,連前共放銀五十七萬八千四百九十六兩八錢六分一釐。收放相抵，實在存庫銀六十一萬六千八百二十兩一錢四分五釐。(錢、洋不記。)

十九日，黎明微雨，午晴。所謂"熟梅天氣半晴陰"也。日暮，霞光亘天，樹屋如赭。夜月色尚佳，蚊聲如雷。傳見佐雜十員。有丁艱主簿妄禀，交首府查辦。屺堂出電信，鄭工合龍可冀。

二十日，早陰，午晴。中丞止衙參，讌新、舊兩按察於即園。得合肥五月十三書。鄭工僅剩十餘丈，必能合龍。江北無水灾，江蘇即免辦賑濟，大有慶也。得夏文宿書，言浙江情形甚悉。

廿一日，陰，午間微晴。從九王桂樨以所纂《主敬六字訣》《希顔録》及其叔父王錫祜所纂《艾道成先生希聖録集證》三書來質。抗心希古，篤信善道，雜職中希見有此人也。吴教授履剛和予詩雖未工，亦耄而好學，與談松郡諸屬事，亦平正不妄。中峰招陪，兩臬論鄉紳欲請專祠事。夜雨。

廿二日，夜雨達旦，益之以霢霂，入夜又雨。屺堂招陪少希。

題《京口三山圖》，即送少希觀察還鎮

金帶韓公玉局蘇，景行千載有同符。潤州若繪名賢象，也似三山入畫圖。

如此江山休捨去，鴻飛争盼我公來。政書好續文忠後，(謂林文忠公，君鄉人也。)莫便棲遲般若臺。(時乞歸未得。)

廿三日，早陰，午晴，夜大雨。常州生員王申錫三女畢王氏、楊王氏、趙王氏茹苦守節，予書"同胞三節"匾額，給銀叁拾兩制匾。檄常州府飭武進、陽湖兩縣取結遺册具詳請旌。送陳少希行。核庫儲，是日堂期收銀四萬三千二百三十八兩八分五釐，連前共收銀七十三萬二千九百三十七兩四錢六釐。放銀三萬六百六十六兩七錢八分二釐，連前共放銀六十萬九千一百六十三兩六錢四分三釐。收放相抵，實存庫銀六十二萬九千三百九十一兩四錢四分八釐。(銀、錢不記。①)

廿四日，早雨，午微晴，夜又大雨。聞江甯尚求雨。

廿五日，早雨，晚陰，夜微雨。衙參，論司庫借款淮南生息事。告屺堂保甲章程。昨閲公牘，常州報雨寸餘，崇明亦缺雨。鎮屬地勢較高，更

① 按：此處當係筆誤，當依前作"錢、洋不記"。

嫌水不能(裁)[栽]秧。此數日澍潤千里,常有時和歲豐之象。趙伯藏來。十九年前京師相見,好古,能詩畫。今官江西知府,往杭省親,過此來謁。

廿六日,早陰,午晴,夜有星。招伯藏飲於即園,贈《武林掌故叢編》。

廿七日,晴。節近小暑,出霉天。

廿八日,晴。小暑節。俗諺:"小暑一聲雷,黄霉倒轉來。"言是日不可以雨也。謁中丞,言簾差事,雖矢公心,亦不能不小有遷就。見牧令丞倅八十餘員。予嘗謂衙參期會疲神無益,欲變通之,勢有難行。核庫儲,是日堂期收銀六萬三千六百三十五兩四錢五分二釐,連前共收銀七十九萬六千五百七十二兩八錢五分八釐。放銀二萬二千三百七十三兩六錢二分,連前共放銀六十三萬一千五百三十七兩二錢六分三釐。收放相抵,實存庫銀六十七萬六百五十三兩二錢八分。(錢、洋不記。)

二十九日,連日暢晴。荷池葉茂,菡萏見矣。苦熱無風,夜不能寐。命正誼書院開報院存書籍,僅《十三經注疏》《資治通鑑》各一部,及零星數部,不足以資博覽,擬籌款購集。

【光緒十四年六月】

六月初一日,廟香,衙參,言籌款購書及疏濬省城河道事。嵩武軍餉不足,庫存僅蘇城釐局解到二千,由司庫籌墊二千,共四千兩,由匯票寄去。前月嵩武已有譁潰事,不得不顧大局也。酷日炎蒸,無風,熱不可耐,唯調息静坐爲宜。而蚊雷成陣,坐卧皆不能安。改過局開辦。

初二日,晴。招廖穀似廉訪、田海籌鎮軍飲。朱竹石至,因留共坐即園。午後熱甚,客亦散矣。

初三日,晴。核庫儲,是日收銀四萬三千七百八十三兩三錢七分六釐,連前共收八十四萬一千五百五十六兩二錢三分四釐。放銀二萬二千三百七十三兩六錢二分,連前共放銀六十三萬一千五百三十七兩二錢六分三釐。收放相抵,實在存庫銀六十七萬六百五十三兩二錢八分。(錢、洋未記。)籌院派摺差經費。課紫陽書院。

初四日,熱不成寐。早赴院,則竹石及錢、唐兩觀察在焉。唐初到省。錢字君硯,湘靈侍郎之弟,權常鎮通海回,在蘇廿餘年,與竹石皆稱持正能事。

初五日,晴。得風,熱稍減。聞電傳鄭工走占,西壩尤甚,水勢陡長,合龍無把握,心甚憂之。

初六日,晴。邀僚屬正途十四人閲紫陽書院課文。簾差諸君咸在,藉以觀衡鑒之識何如耳。許星臺方伯書來,詢徵信册事。檢牘答之。部以奏銷册覈徵信,外間即據奏銷辦徵信册,其官墊不列奏銷者悉去之,是教人作僞也。以作僞爲徵信,部臣籌國大率如此,可慨也夫。聞部儲已空,内庫僅四百萬。三海工程未了,鄭工合龍難期,勢必出於借洋債矣。

初七日,晴,微雨兩番未成,西北雲興,而東南風遏之,隱隱雷聲,聞西鄉得雨一陣。定交代章程四條,刊入省例。

初八日,晴,風微。至夜風息而蚤興,熱氣復蒸,不能安枕。核庫儲,本日堂期收銀一萬五千三百七兩七錢六分六釐,連前共收銀八十五萬六千六百六十四兩。放銀一萬四千一百四十八兩六錢二分二釐,連前共放銀七十萬四千五百二十七兩六分五釐。收放相抵,實在存庫銀六十五萬七千九百五十四兩六錢二分。

初九日,晴,有風。聞北方隱隱雷聲,蓋鄉間有得雨處。本日電傳:初六日奉上諭,户部奏稽查雲南運銅各員期滿請旨更换一摺。雲南辦解八起,頭批京銅現據咨報起程,此後續辦銅斤,次第運解。前派沿途經經理各員期滿,該部查例案,將經過之四川、湖北、江蘇、直隸等省藩臬開單請旨更换。四川著派崧蕃,湖北著派蒯德標,江蘇著派黄彭年,直隸著派松椿。即責成各該員,嚴飭各道府及沿途地方文武員弁認真稽催趕,護送前進。如有無故逗遛及盜賣短少等弊,詳報該督撫嚴行參辦。沿途應需水脚照料之處,即由派出之員詳咨。前途督撫及水師提督調遣,仍著自奉旨之日起,以三年爲限,均責成此次所派之員一體經理。遇有升調事故,即由接任之員遵辦,期滿再行更换。欽此。彭年乙酉在鄂臬任内曾派此差,未滿而遷陝臬。此差責成似重,事權不屬,解員之盜賣無從稽查,即逗遛催促,亦置若罔聞也。

初十日,晴。衙參,論委縣代理事。欲守部章,府縣百計撓之;欲擇妥員,亦不由己。小事也,争之力,則慮後之多争也。陳松泉來。作宦十餘年,尚是讀書本色,贈惠泉水十餘甕,卻之。明珠薏苡之謗,不能不防,松泉尚未知此耳。

十一日,晴。生日,爲第三兒亡日,能禁家人舉賀,不能禁官場不來,惟閉關謝之而已。來不能不往,炎日拜客,苦境也。電報,初八日京師得透雨,可喜;地震之可憂可懼,則無敢言者矣。至正誼書院,觀可以藏書處,規模殊隘,言於中丞,議建樓於可園。

十二日,晴。西方有雲起,北方有雷,而東南風,不雨。

十三日,晴。中丞決科於試院。司道往候升座,參堂而已。中丞以下皆衣冠補服,敬其事也。諸生皆便服,或短衣,甚有袒襲裸裎者。予逐一誥誡,無知者輒喧笑,亦尚有慙懼之色。士風之靡慢,蓋上失其教久矣。核庫儲,堂期收銀二萬三千五百三十兩一錢七分五釐,連前共收銀八十八萬三百九十四兩一錢七分五釐。放銀二萬三百一兩三錢七分四釐,連前共放銀七十二萬四千八百二十八兩四錢三分九釐。(錢、洋未記。)

十四日。早至獅子寺吊任畹鄉。吴江人,仕皖,官至蕪湖道權按察使。緣事罷官,調皖差遣,没於差次。平日政聲卓著,以死勤事,可敬也。早晴,午後雷雨一陣,雖未霑足,暑氣爲之少減。

十五日。廟香,衙參後唁韓古農觀察妻喪於寶積寺。雨雲未散,旭日將興,雲現奇峰,有起伏重疊之形、蒼翠赤黄之色,乘輿如行群山中,不知其在城市也。少頃風起,遂瀰没矣。午間東北風作,驟雨,不久夕陽明滅,雲氣猶湧上。聞鄭工第四十六占起,走十餘占,不獨東壩不固,西壩亦難穩立,可憂之甚。有冒故人子來謁者,斥之。

十六日,兩日連雨,今晴,尚不甚熱。招陸君懋宗雲生、吴君仁傑望雲、費君延釐雲舫、陸君潤庠鳳石飲於即園,皆翰林後輩也。望雲方主講正誼書院,不可無此一局,亦敬師之道。朱竹石來,商書院建藏書樓事。聞在位有占屬吏妻者,屬吏同宗同爲之屬,亦竊其子婦。事覺,民間大譁,謂是報應。夫天有顯報,民有公論,而國法不能及焉。小人道長,是誰之過歟?

十七日,晴。劉令有光自金陵來,携所得初八日河工電報"溜急走占停工防險"八字。又聞江北苦旱,間有蝗蝻。若蓋藏早空,伏秋汛至,鳩鵠盈野,何以待之。

十八日,晴。莫善徵來,爲訊盜案。適文小坡在,遂留晚餐。核庫儲,堂期收銀一萬五千二百四十四兩二錢五釐,連前共收銀八十九萬五千六百三十八兩三錢八分。放銀一萬七千六百二十三兩九錢三分二釐，連前共放銀七十四萬二千四百五十二兩三錢七分一釐。收放相抵，實存庫銀六十五萬八千八百三兩六錢九分四釐。(錢、洋不記。)

十九日，晴。陳星午自閩來，繹萱之子也。復閱初三日課試卷，閱卷諸人多半送簾差者。此次超等第一乃是原看被勒之卷。以諸人作簾官，恐不免屈抑人才也。科場伊邇，照舊獎加增。其雷同録舊，則揭出斥之。

二十日，微晴，悶熱。亥正雨，子初止，星月皎然。是日衙參，論三縣到任交代事，飭催丹徒到任。諭曰："不到則退，不能曲徇也。"書院儲書具詳，禁買空賣空。是日爲長兄蘊山先生忌日。

廿一日，早陰，午得陣雨，而熱不改，晚晴。

喜陳星午見過，兼懷煦萬

憶昔蓮池文史局，汝翁豪飲復多情。行蹤已慨殊潛見，契闊何堪説死生。異地逢君談往事，故人有子盼成名。阿戎孝行聲方藉，(橘丞之子刲臂療親，都人嘖嘖稱道。)歸慰而家老弟兄。

廿二日，晴。電傳懿旨："皇上於明年正月二十四日舉行大婚，二月初三日歸政。"垂簾三十年，削平禍亂，以致中興，豐功偉烈，亘古所無。既致太平，慨然歸政，未有過於我皇太后者也。

廿三日，晴。五更祭火神，祀炎帝，九叩。它省有祀祝融者，二跪六叩首，不能畫一也。巡撫適病，命彭年主祭。核庫儲，堂期收銀二萬七千三百九十七兩五錢九分二釐，連前共收銀九十二萬七千三百九十七兩五錢九分二釐。放銀一萬八千四百四十八兩九分二釐。連前共放銀七十六萬九白兩四錢六分三釐。實在存庫銀六十六萬七千七百五十三兩一錢九分四釐。熱甚，寒暑表至九十餘度。夜不能寢，扇不停揮。鎮江所屬皆報祈雨，蘇、太低下，雨尚足用，然稍高之田亦盼澤矣。檄查各屬義社學。

廿四日，陰晴無定。謁中丞，白委缺事。有欲探消息者，以他語混之。居今之世，固不能終日危言也。蟬鳴高樹，黄雀環伺之，蟬不知也。俄而聲厲且急創矣，而微吟不止，卒死於雀。蟬亡於高鳴，翠亡於美羽。密札總捕拿臺基、賭棍，皆倚官役爲奸者也。

廿五日。天明雲陰重沍，殷殷雷聲，俄而雲散虹垂，斜陽挂樹間矣。程序東呈義學單，有城外而無城内，不知其旨安在。

廿六日。五鼓恭詣萬壽宫,行慶賀禮。返署,有攔輿者,不收。總捕捕臺基、賭棍至,發蘇州府,花衣期内不即訊也。題周善夫三卷。[①]

廿七日,晴。福建主考黄通政過境,出城隨巡撫跪請聖安,禮也。檄長洲縣捕逐娼家,以其勾引良家子女,爲惡太甚耳。牌示委權華亭縣、丹陽縣,華亭尚公,丹陽則總督之私,巡撫不能違也。

廿八日,晴。連日北風,雖雨澤未降,而酷熱稍蘇。家人兒子輩多瘧疾,蓋地卑多溼,寒熱不時,遠來不服水土,尤易染此疾耳。核庫儲,堂期收銀一萬二千三百八十六兩七錢八分,連前共收銀九十三萬五千四百二十二兩七錢五分二釐。放銀一萬五千兩四錢七分九釐,連前共放銀七十七萬五千九百兩九錢四分二釐。收放相抵,實在存庫銀六十六萬五千一百三十九兩四錢九分五釐。(錢、洋不記。)捕娼户趙大,爲其陷良家女也。

廿九日,陰霾竟日,至夜半而雨始成,三日北風矣。

卅日,自寅刻霢霂霏微,至申而止。雨細而久,農田滋潤,尚望續降甘霖也。是日立秋,諺云:“秋前北風雨,秋後北風晴。農家望晴雨,於此卜收成。”晚坐即園,倏變東風,雲馳而西。下層黑雲,雨雲也。下層雲破而上層黄雲見,已而復陰,固知雨不甚大矣。爲吴教授書府學至善堂額。

【光緒十四年七月】

七月初一日,陰,北風,微晴頃刻。銜參,言織造撥款,補州縣缺,已奉部文,宜飭到任。其奏銷未畢者宜緩,守備欠款應參。購書撥款,獎勸書院諸生,有云:“博文則以載道爲宗,備它日楝樑之選;約禮則以崇儉爲本,挽末流侈靡之風。”治吴用緩,章鈺之言也。

初二日,陰,午後得雨一陣。前日雨久而太細,今日雨稍大而不久,尚未霑足。丹陽、丹徒皆得小雨,尚在禱祈。患腹疾,不見客。

初三日,陰,午間雨數點。連日雨意甚濃,被風吹散。吴楚之間,旱象將成。皖北合肥劉文煦作亂,雖已伏誅,山東嵩武軍之譁潰兩營亦皆收輯,而河南工賑營已撤,衆聚不散,鄭工不合,飢民無歸,若使年穀不登,就食無所,事變之來,逆覩而知。土木之工,訖不能止,大臣泄沓貪

① 下空兩個半葉。

訾,其賢者亦不免徇私沽譽,求一真爲國爲民、矢心無他者,不可得也。杞憂何能已耶！劉康侯自福建入都,來住一日。才氣穎出,霞仙有子矣。核庫儲,是日堂期收銀三萬四千八十兩三錢四分,連前共收銀九十七萬五百七十七兩四錢七分一釐。放銀三千一百九十八兩六錢五分三釐,連前共放銀七十七萬九千九十九兩五錢九分五釐。收放相抵,實在存庫銀六十九萬七千九十五兩五錢六分一釐。(錢、洋不記。)

初四日,暢晴。轉東南風,一時恐難致雨。寒暑表復至八十七度。腹疾未愈。

初五日,早晴,晚陰。見雨數點,風大,不得成雨。衙參,論數事,皆循例。蘇城三節會最爲繁盛,婦女出遊,官紳挾妓相從,燈船無數。出示嚴禁婦女,罪坐夫男,僧道枷號示衆,船户則將船鋸截。並請中丞諭各衙門,毋得奉神赴會。緣吴人信鬼,各署皆有廟。如藩署之財帛司、臬署之糾察司、撫署織造、糧道署之城隍,無署不有廟,即無神不出遊。昨日書吏呈舊案,請照行。有云本署財帛司隨同院署城隍,會同臬署糾察司,前赴厲壇督祭,若亦有憲綱者,大可笑也。先禁官署,次及民間,爲政之體,固當如是。王生皆陞星聯自陜西奉檄來吴購銅鉛、書籍。購銅鉛爲鑄錢也。洋銅方居奇,陜産足用,不必購;購鉛,陜方乏鉛也。購書爲運售書籍,以便士子也。運書甚難,當徐籌之。得雲門書,病不能即來。

初六日,晴,風。

初七日,晴,風。聞田禾有吹倒者。

初八日,晴。府、縣默禱於城隍廟者三日,風愈大,雲起輒散,雨不得成,明日當設壇矣。

核庫儲,堂期收銀三萬六千五百一十六兩五錢六分一釐,連前共收銀一百萬七千九十四兩三分二釐。放銀三萬七千九百五十五兩二錢二分五釐,連前共放銀八十一萬七千五十四兩八錢二(二)[分]。收放相抵,實存庫銀六十九萬五千六百五十六兩八錢九分七釐。(錢、洋不記。)

初九日,晴。雲起,經風吹散,月華。坐即園,聞絡緯聲,其鳴甚哀,恐甘霖未能即沛也,愁極。孫男女患痁疾者三人,治之未愈。謁中丞,言數事,皆照行。檄震澤縣、常州府拿賭棍。

初十日,風愈大,時晴時陰,欲雨不得,屯膏之象。檄常、靖、徒、陽、江陰五縣修補圩堤,預防秋汛衝決。

十一日,風。檄常州府訪拿賭棍,並千總之受陋規者。

十二日,禱於風神。告文曰:“維光緒十有四年七月辛亥朔越十二日壬戌,江蘇布政使黄彭年,謹焚敬告於風伯之神,曰:維神涵大玄之中精,爲吾民阜財而解愠,故動萬物之功,同於日晅而雨潤。胡熱風駭飈之不息,將助旱魃而致吾民之重困?陽烏之仁兮,倏閟其光。山川之靈兮,雲起其旁。風伯驅雲兮,散之四方。雨不得成兮,天不降康。維天鑒吴民之孑遺,故頻年賜之以豐稔。今淑氣之方交,忽蘊隆之太甚。豈春秋朔望之馨香,神亨之而不省?謂政事之有缺,或出令之失常,理降災於使者,不宜使百姓罹其殃。昔昌黎之訴訟,云風伯之是尤。我不敢效兮,惟以誠求。請息威而沛澤兮,膏我田疇。謹告。”是日轉西北風,而杲杲出日,尚無雨意。課佐雜,題《“欲速則不達”與“敏則有功”兩義異同解》,擬飭州縣察舉善良、訪拿匪類札。

十三日,晴,無風,亦無雨意。課佐雜,題《“彰善癉惡”與“隱惡揚善”兩義同異解》,擬飭州縣勤聽斷以省拖累札。核庫儲,堂期收銀一萬八千八百九十六兩八錢二分六釐,連前共收銀一百二萬五千九百九十兩八錢五分八釐。放銀一萬二千三百五十一兩二錢四分六釐,連前共放銀七十萬二千二百二兩四錢七分八釐。收放相抵,實在存庫銀七十萬二千二百二兩四錢七分七釐。閲邸鈔,以鄭工走占停工罪河臣,李鶴年與成孚均發軍台,李尚書鴻藻與撫臣倪文蔚褫職。

十四日,禱雨於滄浪亭。檄三縣逐妖人汪姓者,皖人也,假相術妄言禍福,書符祝,文武官爲所惑,故逐之。月色甚明,登城西望,光福山外電光灼然,太湖當有雨矣。

即　事

問夜何其到曉分,滄浪亭側瓣香薰。誠祈南畝知時雨,盼起東山觸石雲。宅揆未咨唐四岳,負薪空憶漢將軍。蒼茫天意誰能識,燥物温風斷續聞。

消息無勞證《易》詮,亦知天運有推遷。江流萬里時時曲,月印千潭箇箇圓。未必鳶魚都悟道,卻看雞犬也成仙。大椿朝菌終何異,淡泊相遭總漠然。

十五日,五鼓聞簷溜聲,及明而雨止。行廟香後,仍禱於滄浪亭。途中望朝陽紅光四射,池塘水赤如血,陽氣方亢。已而雲陰,已而雲散日出,蓋亢晴久,陰氣驟不能凝耳。夜半風雷,陣雨淋漓一時許。新陽紳董控積穀收捐,官不發典,擬檄新令查覆。

十六日。早起掘土驗雨,二寸有餘。仍禱於滄浪亭,設壇,以三日爲期,得雨猶禱。官事有文無實,大率類此。

十七日。是日國忌,未謝降。接丹陽、丹徒、常熟禀,報水泉枯竭,禾苗黄萎,即得透雨,亦不濟矣。疾病甚多,得雨宜可救也。

十八日,謝降,然雨實未足也。謁中丞,論數事。丹徒薛星輝延不到任,記過嚴催。江蘇官吏但計缺之肥瘠、出入多寡之時日,罕以地方民生爲念者。核庫儲,堂期收銀九千五百九十二兩二錢九分八釐,連前共收銀一百三萬五千五百八十三兩一錢五分六釐。放銀二千二百六十五兩六分七釐,連前共放銀八十三萬一千六百七十一兩一錢三分三釐。收放相抵,實存庫銀七十萬九千五百二十九兩七錢八釐。查出書吏蒙混領銀,由前司不察,故此次援案請領也,懲之。新陽積穀存不發典,顯有情弊,各縣恐皆不免,擬題息錢。

十九日,晴。

廿日,晴。

廿一日,晴。

廿二日,晴。各屬紛紛禀報久晴不雨,田坼禾乾。低區戽救,亦多損傷之處。

廿三日,晴。核庫儲,堂期收銀一萬七千一百八十五兩,連前共收銀一百五萬二千七百六十八兩三錢七分四釐。放銀三萬九千一百一十三兩一錢一分九釐,連前共放銀八十七萬七百八十四兩二錢五分二釐。收放相抵,實在存庫銀六十八萬七千六百一兩六錢八釐。(錢、洋不記。)

廿四日,晴。禱雨於滄浪亭。中丞屬撰祭文:"維光緒十四年七月辛亥朔越二十有四日甲戌,江蘇巡撫崧駿、布政使黄彭年、按察使某恭率僚屬,致祭於雲師、雨師、風伯、雷霆、山川、城隍、龍王之神,曰:維此三吴,財賦之區,天所鍾育,國賴轉輸。喪亂既平,旱潦無虞,十有餘歲,民氣方蘇。自春及夏,好雨知時,六月徂暑,秏斁隨之。狂飈震蕩,赫赫丹曦,雲散不聚,膏屯益遲。高丘稷穗,倏萎而黄,低區戽救,亦損且傷。寸雨杯水,無補常暘,小民曰愁,奔禱靡遑。使者撫吴,養民其職,俯慙無政,以裕民食。天神地示,帝之輔翊,捍患禦災,翳神之力。神有其力,胡靳不施?吴民事神,罔有不祗。膺號享祀,使民愁疲,豈神之力,而忍出斯?敢叩龍潭,冀速神駕,滋我土膏,生我禾稼。如癢得蘇,如罪逢赦,吴民其康,遍雨天下。尚饗!”中丞曰:“此實情也。”吴清卿卸粤撫,赴河帥,來將母,一日即行,可謂勤於王事矣。

廿五日,晴。禱雨。送清卿於西郊。

廿六日,禱雨三日,而驕陽益厲。

廿七日,晴。遣總捕同知王恩晋往太湖白龍潭請水,不應。議遣蘇州府魁元往光福山迎銅佛。銅造象不知何時出水中,林文忠公撫蘇時(鑄)[禱]雨有靈,爲請御書匾額。是日,按察使張君屺堂以時疫暴卒。昨日同禱雨,同出城,不知其將死也。夜至臬署,屬三縣料理後事,取印存庫。

廿八日。迎銅佛,祀滄浪亭。從中丞步禱,天陰似欲雨者。聞支硎山側陣雨,不能久且遍也。詳報按察使病故,請督撫奏請簡放並委署,先由司委蘇州府代拆代行。核庫儲,堂期收銀一萬九千九百四十六兩八錢九分七釐,連前共收銀一百七萬二千七百十五兩二錢七分一釐。放銀三萬四千八百二兩八錢八分五釐,連前共放銀九十萬五千五百八十七兩一錢三分七釐。收放相抵,實在存庫銀六十七萬二千七百四十五兩八錢一分九釐。(錢、洋不記。)上書中丞,請依《春秋繁露·求雨篇》及《鄴侯家傳》開浚井泉,疏治城河,以救旱止疫。

廿九日,陰。勤雨不得,閑步園中,荷之華池之竭矣。飭三縣浚井,總捕清道,委知府周蓮會府、廳、縣治省河,由司與善後局籌款。

(張曉天整理)

第四十六册　蘇藩日記(光緒十四年八月)

【扉頁浮簽】

蘇藩日記二　光緒十四年八月初一至九月初七

蘇藩日記卷二

【光緒十四年八月】

光緒十四年八月初一日,廟香,禱雨三日矣。日色微紅,陰雲漸散,夜已見星。檄各府廳州縣清理庶獄、恤罪囚、禁停葬、(瘞)[瘗]枯骨諸政,勤修省,以逕和甘。定按日傳見候補人員。

初二日,得雨二寸,仍未深透,疫猶戚行。

初三日,晴。病不能興。夜强起判事,不欲使案有留牘。核庫儲,堂期收銀二萬四千六百四十六兩一釐,連前共收銀一百九萬七千三百六十一兩三錢五分二釐;放銀五千二百一十六兩八錢九分二釐,連前共放銀九十一萬八百四兩二分九釐。收放相抵,實存庫銀六十九萬二千一百七十五兩八釐。(錢、洋不記。)

初四日,晴。觀音廢銅耳,迎之,以慰民望。既得激雨,即當送還光福。五鼓祀文昌後,即隨中丞往滄浪送觀音。兩神皆烏有先生,而禮行九叩,可笑亦可慨。

初五日,晴。是日,中丞免衙参,病夫亦得休息。

初六日,陰。午間微晴而雲氣仍厚,似有雨意。屯膏不降,誰之過歟?猛省增愧。

初七日,陰。隨中丞祭火神。各省禮節不同:鄂秦行六叩禮,當是祝融;江蘇當是炎帝,故九叩歟?

初八日,早微晴。上丁之日,釋奠於先聖先師。大成殿臭氣逼人,詢是蝙蝠糞堆積。每届丁祭之先,始啓户掃除,非馨香潔齋之意。修舞生衣冠破壞,形同乞人,不知舞節,非齋明盛服之義。詢兩廡神位有無錯誤失次,無敢應者。當委員清理。江南爲聲明文物之邦,不意文廟書院遠遜他省,官紳皆不留心,以致如此。核庫儲,堂期收銀四萬五千一百八十八兩二錢一分二釐,連前共收銀一百一十四萬二千五百四十九兩五錢六分四釐;放銀三萬四千七百五十二兩六錢一分,連前共放銀九十四萬五錢五百五十六兩二錢三分九釐。收放相抵,實存庫銀七十萬二千六百一十兩六錢一分。(錢、洋不記。)陰雲醞釀,至亥刻雨降。

初九日,連陰。出盤門過河,祀神祇壇。中丞出閶門,祀社稷壇。署按察使田君質亭至,迓諸河畔。亥刻,雨。

初十日,自昨日亥刻雨,連宵達旦,至午刻雨息,雲猶漬,夜乃見星。衙參,言驗災籌賑事。

十一日,晴。祀天后以庚日。本日逢庚,因國忌改明日。

十二日,曉霧,午晴。隨巡撫祀天后。

十三日,晴,熱甚。同官緣故事讌新臬使於滄浪亭。時宋湖州長史蘇公祠成,詩以落之。

宋蘇長史祠落成,用歐陽公《滄浪亭詩》元均

滄浪壁間嵌石墨,子美書别源叔篇。讀罷名賢拜遺象,祠宇重尋蹤杳然。一祠興廢等閒事,天運往復如循環。憶昔吴閶競繁盛,士女雜沓景物妍。虎阜獅林游賞遍,步碕偶亦聽荷喧。夜半鐘聲猶未歇,蘇臺麋鹿驚烽煙。桑田已復海波靖,勝迹再踐前生緣。轉輪擬叩香山老,韻類如逢至局仙。竊喜園亭亦有主,感懷陳迹興無邊。記事碑題宋牧仲,補書榜額文甫田。(舊榜文待詔書已亡,屬俞蔭甫編修補之。)長史謫居聊自適,有石礫确波淪漣。早歲文名噪天聖,晚節煙波娱釣船。都官結鄰數晨夕,創建甯論吴越錢。餘子碌碌不足比,章蔡齷齪尤堪憐。地靈本自因人傑,靈均卜居還問天。鳴鳳在岡麟在野,遯世不拔龍潛淵。九夷欲居有同調(與韓持國書中語。)杜門謝客常安眠。文章事業本一例,追溯有宋多歷年。更分一丘潑韓五,湖上滄浪宜並傳。(亭爲章惇所得,後歸韓蘄王,舊有韓祠。)

核庫儲,堂期收銀四萬一千九百六十八兩九錢一分七釐,連前共收銀一百一十八萬四千五百一十八兩四錢八分一釐;放銀一十二萬八千九百三十七兩七分九釐,連前共放銀一百七萬四千四百九十三兩七錢一分八釐。收放相抵,實存庫銀六十一萬五千六百四十二兩四錢四分八釐。

(錢、洋不記。)

十四日,子時起微雨,寅刻止,足以解熱,不足以膏禾黍。從中丞祭關帝。檄各屬查收成,分數成災不成災。

十五日,陰,午間雨數點,城中亦有獲陣雨者。夜雲起,無月。是日,書吏乞假,幕友回家過節,公事無多,得半日閒,作家書。

中　秋

歲歲中秋望月明,今緣祈雨盼雲生。已經白露兼旬過,猶禱蒼穹萬寶成。觀象不知星斗轉,護田惟聽水車聲。(農民戽水救田,晝夜不息。)司農飛電方徵餉,誰識閭閻困苦情。

十六日,晴。謁中丞,言備災事。兩院會奏截河運漕米備賑,安徽爲重,江寧、淮陽、徐次之,江蘇僅鎮江府。詳復輪委,雖不能爲地擇人,略杜爲人擇缺之弊,不敢謂盡善也。

十七日,晴。傳見各員,有申飭者,有勉勵者,然欲集衆思、廣忠益,則以有過告予者殊少,殆誠未至也。

十八日,晴。核庫儲,堂期收銀一萬三千二百三十兩四錢二分,連前共收銀一百一十九萬七千七百四十八兩九銀一釐;放銀五千七百四十九兩五錢四釐,連前共放銀一百八萬二百四十三兩二錢二分二釐。收放相抵,實存庫六十二萬三千一百二十三兩三錢六分四釐。(錢、洋未記。)費小亭來言川沙沙田事。

十九日,晴。上海商人畢玉謝因倒帳在押,朦保改名,捐巡檢,來司投到,訪聞,飭上海縣查復。捐例既開,仕途之濫極矣。聞閶門内妓館林立,風俗之壞亦極矣,飭總捕查拿驅逐。

廿日,晴。衙參:飭三縣五總巡查城内可以開井之處,開浚井泉。閱武進縣禀旱象,溝澮皆涸,各邑多似此者。川竭,殊可慮也。

廿一日,晴。嘉定、太倉、青浦先告豐,近亦告歉。遣員查勘靖江積穀,收用存數可疑。聞紳董於縣署幕丁有費,委員訪察。新陽兩令以所收糧票抵數而携現銀以去,勒令留於新陽,俟交清方許當差。謁中丞,言記過之員委缺應扣,海運有聲名甚劣之員宜停委。

廿二日,陰,亥刻雨。陶子方赴陜,約來蘇城,而竟不至。聞竹石有退志,此任勞怨之君子也,丐中丞留之。

廿三日,昨亥刻雨,子正猶未息,比予睡醒,則蟲鳴唧唧,起視,已寅刻,月出星明矣。核庫儲,堂期收銀一萬四千六百一十七兩七錢九分五釐,連前共收銀一百二十一萬二千三百六十六兩六錢九分六釐;放銀一萬八十九兩八錢三釐,連前共放銀一百九萬三百三十三兩二分五釐。收放相抵,實存庫銀六十二萬七千六百五十一兩三錢五分六釐。(錢、洋未記。)

廿四日,晴。

廿五日,晴。衙參:與首府縣論開井事。元和擬開十井,長流十九,吴縣三十。予意尚欲多開。三縣所陳工價頗昂,予於署中先開一井,示以工值,乃議減價。予曰:“減價而井之丈尺工料偷減,是減與不減同,在得人耳。如某紳自言其子不可派,十必乾没其一,今長湖仍派其子,何耶?”曰:“他人恐尚不止一成。”官事之弊如此。吴中善堂亦大率類此。

廿六日,晴。吴、潘兩紳來,請派書院收租委員從,從之,委員期與紳合也。

廿七日,晴。拜訪雷明經浚,字甘谿,治許氏之學,段茂堂先生再傳弟子也。年七十餘,沖養和粹,齒德俱尊。曹孝廉元弼字叔彦,專精三禮,博聞强識,循循然有儒者氣象。葉孝廉昌熾字鞠裳,博學能文,訓詁、金石尤所深究。丁員外士涵字永之,未晤,聞是陳鱣(堂)弟子,閉户窮經。是數子者,皆蘇州學人。又聞甘谿稱費君念慈好學,葉君稱王君福清(茀卿,名頌蔚。)好學,皆未得見。葉君又稱章、胡兩生皆正誼書院高材生。

廿八日,晴。雷先生、曹、葉兩君來。曹君談學問、治道皆有根柢。聞顧緝庭扶母喪至,訪之河畔,不得。歸,使人問諸葉君,則已登陸居永善堂矣。

核庫儲,堂期收銀二萬一千二百五十一兩一錢七釐,連前共收銀一百二十三萬三千六[百]一十七(錢)[兩]八錢三釐;放銀四萬八千三百一十六兩八錢四分,連前共放銀一百一十三萬八千六百四十九兩八錢六分五釐。收放相抵,實存庫銀六十萬五百八十五兩六錢二分三釐。(錢、洋未記。)飲浚城河諸文武。

廿九日,晴。衙參。唁緝庭。旬餘間有陰雲,作雨不成。節過秋分,得雨亦於禾苗無濟,但農民先稻望麥,若土乾,麥種不降,其憂方大耳。聞京師海軍捐外又有所謂廠捐者,皆特旨班。廠捐者,興隆木廠也。飲中丞署,陪田臬、黄道。

【光緒十四年九月】

九月初一日，晴。廟香。衙參。拜客趙君堅、蔣良昆仲，皆蓮池故人之子。

初二日，晴。曉卿試歸，文甚佳。

初三日，陰，晚微雨。早至院，言派查積穀事。歸，得常州府稟，因委員奉釐局飭辦洋單半税，落地設局，先未出示，商情疑惑，奸商乘而賄使無賴罷市，打局滋鬧府署，至將大堂擠壞，旋經紳董調停，已於初二日開市。當經白中丞，此事辦法有三：一緝亂首，一示必辦洋單，一撤委員。核庫儲，堂期收銀五萬五千四百九十三兩八錢七釐，連前共收銀一百二十八萬九千一百一十一兩六錢一分；放銀二千三百九十兩三錢八分一釐，連前共放銀一百一十四萬一千四十兩二錢四分六釐。收放相抵，實在存庫銀六十五萬三千六百八十九兩四分九釐。(錢、洋未記。)

初四日，昨夜雨，達旦乃止，惜雨細，入土僅寸餘。陰雲竟日，仍望續沛甘霖。午，同治庭飲耕虞宅，丹桂一株甚香，雖不及留園，聞木犀香處亦馚馥滿庭院也。

初五日，盼雨方殷，天明日出。晚雖霏微數點，不能成雨也。衙參：前以佐雜中有别名在滬貿易騙債在押，取保逃省聽差者，檄上海縣訪查事實，擬詳請咨革，先飭蘇州府傳訊。刑部彭君稷初以其父申甫先生所著《易》注及稷初所爲古文並《守及編》來質，博聞强識，好學深思之士也。君堅來。

初六日，晴。中丞召爲鄭工籌借，江蘇借十萬兩。從九畢以塄者，本名畢玉洲，貿易上海，改名朦捐，爲狡兔三窟之計，倒鋪騙債，被控在押，取保潛逃，來省當差，訪聞後檄上海縣查覆屬實，無論騙案是否情真，即此行蹤詭祕已屬不堪，詳請咨部斥革。捐紛頻開，仕途之蕪雜極矣。金生子昌以場作來質，經生説書之法，恐非肉眼所識。

初七日，晴。爾民招饮於滄浪亭，往後得屋五楹，以爲韓蘄王祠，所費不多，而古迹都復，飭委員亟辦。告中丞太湖當浚，已轉屬居太湖之柳紳先勘明繪圖，當親往查看。閱邸鈔：陝西巡撫葉伯英卒，以張煦代之。

(朱婷婷整理)

第四十七册　紫泥日記(光緒十五年七月)

【扉頁浮簽】

紫泥日記

光緒十五年七月二十五日起

此記關於科場掌故,可傳誦。

紫泥日記

【光緒十五年七月】

"監臨"字始見《漢書・朱博傳》。唐制,天下選人試時,長吏親自監臨,此考試監臨之始,未設專官也。國朝初沿明制,令巡按、御史監臨。康熙二年,裁撤巡按,以巡撫爲之。乾隆十七年,諭改用藩臬。十八年,江蘇、安徽仍用巡撫。五十八年,各省改派布政使會同提鎮試畢,巡撫覆試。五十九年,停止覆試,仍用巡撫監臨。江蘇、安徽輪流監臨,此舊例也。予以光緒十五年奉命護理江蘇巡撫,詔開恩科,輪值監臨,先期往金陵。唐人詩云:"紫泥盈手發天書。"監臨例用紫筆,故借以題册。

七月二十四日,始發吴閶,過寶帶橋,别送者,始得暢行,輪舟拖帶甚速。一時許,至鍋底店,兩傍荷蕩,清風送香。少頃,至吴家磅,已入崑山界,遥望一點青山,即縣城也。至陸家港,爲青浦界。黄渡爲青浦、嘉定交界。去青浦三十五里,去嘉定四五十里。皆種綿花、芝麻,喜晴,農民不甚盼雨。自省至此百二十里,因須勘河,停輪。李君景卿同行。

赴金陵監臨鄉試,始發吴門

吴中自古萃英才,喜值昌期慶榜開。行省遥移星使節,(故事,蘇、皖兩撫輪值監臨。)廉泉欣酌雨花臺。(監臨例供雨花臺泉水。)良金不待披沙揀,(蘇屬決科佳卷甚衆。)抱璞終因獻玉來。聖主求賢心更切,欲儲楨榦翦蒿萊。(時奉詔整頓科場。)

平明冠蓋出吴閶,漸遠囂塵入水鄉。預卜三秋禾稻熟,(萬頃江田，禾苗蒽茂可愛。）遥聞十里芰荷香。（鍋灘上下十餘里皆荷蕩。）波摇但見魚鱗動，輪轉方知馬力强。（輪舟拖帶。）茶罷倚窗清睡足，纔過細雨又斜陽。

二十五日，邀景卿同行，按圖指勘應修之處。周太僕廟及野鷄墩各處，皆極淤淺，重舟待潮而行。新閘以下，原議蘇松道承修，已三分之二，缺費而止。仰蘧觀察欲乞水利局竟其工，諾之。冬間始能興辦也。文武各官來舟次，比至金栗園碼頭，已遍見矣。沅帥遣測海兵船來迓，因告仰蘧，不復登陸。聞翁尚書、邵中丞皆在上海，亦謝不往。景卿還蘇，樊雲門來，與王鹿峰太守、林仲伊大令同登測海舟，至吴淞口泊。自黄渡至龍王渡以上，青、嘉兩邑相錯，以下皆嘉定界。界浜以下，則皆上海界。行七十六里，至吴淞口，三十里。

二十六(里)[日]，發吴淞，至瀏河港，七十里。瀏河亦入海要口，今尚暢流。至白茆沙，六十里。中間沙灘頗礙行舟，洋人以浮桶誌之。上水至吴淞，下水至徐六鎮。夜輒停泊，雖輪舟不敢輕駛。自白茆至大沙，百一十里。過寶山、通州境，百一十里。至江陰，百五十里。至三江營，夜半矣。

二十七日，平明過鎮江府金、焦兩山，雜以礮聲旗色，文武有駛舟來者，不能及輪舟也。午刻風暴。抵下關，易小輪舟。一時許，始抵水西門外。文武官相迓，於官廳略叙。入城，至察院行臺，易冠服，謁總督。儀節用督撫相見禮，而手版稱謂從本任布政使。

勘吴淞江，至上海登測海兵船，泊吴淞口

水勢寬深待測量，徐行勘丈未應忙。道逢東海探驪客，（有還山東鄉試者。）地是南朝射雉場。（野雞墩，南朝射雉之場，墩上、下尤淤淺。）市舶每乘潮上下，停橈空望海汪洋。頻年修濬勞輸助，誰念民依計久長。

百國千航萃海濱，衣冠蹌濟勝城闉。偶循故事争相迓，未得過從亦有因。（文武來迓，以關防，未得登陸答拜。）北海遠來天下老，（翁尚書假還過此，未得晋謁。）西山猶憶舊遊人。（雲門自秦來，停舟待之。）遥知今夜吴淞月，照澈江南萬景新。

二十八日，在金陵察院。

二十九曰，在金陵察[院]。故事，貢院分中、東、西三路，點名以礮聲爲號,往往中路先畢鳴礮,東、西兩路聞聲而至,輒至擁擠。或議東、西易以鐘、鼓。予謂鐘聲微,鼓聲更微,不如礮聲及遠。人聲嘈雜之中,恐難辨别。驟改舊章,恐士子不自咎其聽之不明,轉咎改章之不善,不如仍舊。惟各路先點畢者暫停,必俟三路同完,始行舉礮,則聽者不致有誤。東、西路人数較多,則增案分點,以期迅速。

【光緒十五年八月】

八月初一日,腹疾,謝客。作家書,遣摺弁還蘇。

初二日,青浦諸生乞攤分賓興餘款。予謂諸生念切觀光,當志其大者,不當較量錙銖,批縣學會經董核議。是日考試,聘調簾員。安徽十六員,江寧各十二員,共四十人,各給聘字銀牌一面。四書題《得天下英才而教育之》《君子有三樂,而王天下不與存焉》。詩題“會送夔龍集鳳池”得“池”字。王令齊海病篤,未能完卷。此老手也,惜哉!

考試簾員書示

大政親裁正闢門,南邦黎獻古風存。再三諄諭宜遵守,(時奉諭整頓科場。)四十賢人共討論。(上江十六員,下江廿四員。)鵬鶚高低衡鑑準,夔龍集送禮文繁。(是日詩題用杜句。)煎茶試院同欣賞,丹桂盈庭月滿軒。

聘　牌[①]

分校求賢及四方,(國初,分校聘鄰省舉貢,方舟以貢生充河南分校。)不施符檄意深長。銀牌珍共賓筵爵,(賓興鹿鳴筵宴,各給銀杯。)聘幣名存告朔羊。外式渾圓如月樣,中嵌文字焕天章。將軍揖客猶增重,(闈中見長官如校官,長揖不屈膝,猶有能行之者。)髦士莪莪詠奉璋。

初三日,同監試、提調、司道府縣各官察勘貢院,謂之踹場。自内簾衡鑑堂、房考、監試、收掌、刻匠各院,外簾至公堂及監臨、提調、監試各院供給及收卷、謄録、對讀、彌封各所並號舍與水池咸皆周覽。步行約三里許,尚無倦意。歸治公事畢,卧後乃覺困乏。投和詩者甚多。

---

① 按:“聘牌”二字在眉批,意當有《聘牌》詩,補作在八月二十六日,兹移録於此。

踊　場

憶踏名場五十年,(庚子初應鄉試。)曾操寸管矮簷前。星移舊事如春夢,霓詠今番集衆仙。似到月宫遊已遍,偶思江水引來便。(水池水管引江水入場,梅中丞所製。)推恩更把孤寒庇,廣厦還應廣萬千。(號數逾二萬,人數常溢,惜限於地,不能增設。)

初四日,公讌於莫愁湖,將軍、都統、皖蘇兩學使、司道均至,沅帥以有疾未與。湖以盧家莫愁得名,明中山王賭棋得之,許仙屏方伯就湖建閣,祀曾文正公。對翠微,望石頭,俯檻觀荷,開窗見塔,亦江南之勝境也。

莫愁湖

偉績誇稱兩代英,名湖難掩女兒名。佳人價比江山重,好色情於富貴輕。白菡紅蕖爭水立,翠微丹嶂遠天横。興來笑問鴟夷子,何似成連海上聲。

猝聞王令星槎歿於廉官公所,使鹿峰太守經紀其喪。予與同官集賻三百元,許仙屏方伯由供給所給銀二百兩,令其子初十日扶柩,附輪歸籍,詩以弔之

悽誦淵明自挽詞,(自撰挽聯,語甚悲切。)猶聞强起和予詩。真除三度成虚幻,泡影一官常數奇。(在皖兩次補缺,兩丁内外艱,今補丹陽,皆未到任。)老驥空群仍伏櫪,春蠶下箔尚餘絲。麥舟幸有同寅助,素旐輕舟歸未遲。

初五日。上江發出試卷七千六百零二卷,下江一萬一百九十二卷,總共一萬七千九白餘卷。今年人數較少,士子在街市亦俱安静。提調、監試報考驗、謄録,俱憑批首點人數,長、元、吴三縣賓興費,向章每名十元,恩科五元,屬藩司另籌,每名增二元,外邑不能一律加增也。是日,奉廷寄遣弁齎摺奏事,並報入闈。

初六日,同主考入闈。[①] 提調、監試先至公所(在江寧府署。)差帖請總督、兩學政,均蟒袍補服。次請主考,主考行裝。各官跪請聖安,入獻茶,叙坐,更朝衣。出,望闕謝恩,筵宴。(康熙十四年停止入場宴,二十一年題准入場、出場筵宴照舊例行。)酒三巡,起送主考,總督、學政辭還

① 按:自八月初六日入闈至八月二十七日出闈,皆朱筆書寫。

署,監臨俟闈中執事各官盡行,乃乘明輿抵貢院,更蟒衣,祀龍門,乃入與主考叙茶,送入内簾。内監試、收掌隨入。監臨坐至公堂,擇考簾所取最優者十八人,送入内簾。復擇精明强幹者八人,謄録、彌封各四,以二所事尤繁重也。其十四人,掣籤、外收掌二人,對讀四人,受卷八人。佐雜委員由提調分派。事定,查各官行李畢,入,封門。是日盛熱,得雨乃涼。

入　闈

簇擁雙星下紫鑾,臣僚同叩聖躬安。煌煌鉅典恩波闊,(廣額。)秩秩賓筵禮數寬。持節徐看千仗出,(監臨最後起行。)明輿須使萬人觀。仰維當陛求賢詔,力果心精早夜殫。(奉諭整頓科場,有"心精力果"之訓。)

煎茶閒話白門秋,遥指光芒射斗牛。文萃英奇來海岱,(兩主司皆山左人,明人有《海岱英奇集》。)班聯學士似瀛洲。(十八房。)諸曹盡是琳琅選,上國憑將杞梓收。鎖院沈沈深夜月,莫隨王粲賦登樓。(四隅瞭望,樓外民居相對,向爲照影、傳題之所,入闈即飭封閉。)

衡鑑堂[①](主司與同考官在堂閱卷,内監試監之)

濟濟蹌蹌聚一堂,儒生報國在文章。虹橋日進三千卷,(每日進卷以三千爲率,飛虹橋在内簾門。)寶鑑分懸十八房。(明十八房分經,乾隆中,統試五經十八房,仍舊。前届以試卷逾二萬,諮增兩房。部議未允,而展出榜日期。)貢舉人才唐陸贄,(唐、宋知貢舉,即主司考試。今與監臨同例,不許干預閲文。)挽回風尚宋歐陽。桂枝崑玉如相賞,錐穎於今正處囊。

至公堂(監臨率提調、監試辦公之所)

地處中央稱至公,居然漸被到西東。文場巡徼忘昏曉,矮屋謳吟共雨風。部勒有同軍令肅,關防未許姓名通。我思帝德如天大,願闢明堂達四聰。

---

① 眉批:"衡鑑堂、至公堂、内外簾。詠四所:收掌、彌封、謄録、對讀。"按:意爲另有《衡鑑堂》等詩數首未録。補作在此册卷末,兹移録於此。

内外簾(《玉海》:"寶元中,詔省試設簾於都堂之中,楹施帟幕於東西偏,以限内外舉子。進質疑義,毋令近簾,以防其私。"此名簾之始。《宋史·選舉志》:"淳熙四年,命省試簾外同姓、異姓親若門客,亦依簾内官避法。"内、外簾之分,自宋已然。)

内外關坊只隔簾,古人立法等蒲鞭。盈階草色猶侵座,深院鑪香欲告天。鳳羽高翔朝日上,蝦鬚不捲晚風前。經過咫尺森然斷,衆論誰將可否專。(王半山詳定試卷詩,有"簾垂咫尺斷經過"及"衆論勢難專可否"之句。)

初七日。上江收卷七千五百九十四,下江收卷一萬五十五,統計一萬七千六百四十九。上江官生三十六,下江官生四十九,旗生七十九。點號軍及各項人役畢,傳五所並幫辦、受卷各員分手用坐號戳,先舁坐號戳桶至堂,每字戳爲一串,計二萬六百號。今年人數少,應餘二千餘號。每串去十分之一爲廁號,其餘均和亂。然後舁卷箱,簽分十六處。每處一員二吏,員檢戳,吏印卷,不過兩時之久而畢。其官、旗生均於狀元新號内另檢字號編列,均另立號簿。用過印戳,另包封儲,俟二三場印用事竣,進頭場題紙,進供給。初八日係頭場點名,不開内簾門。是日午後,先進内簾供應。凡進供給,務使内外人役隔絶,以杜傳遞、送信諸弊。

印卷(印坐號也)

印似飛鴻印雪泥,還如鳳字向門題。(號口皆大書某字。)棋枰著子原多路,井野分廬有定栖。萬姓貫開江上下,千文編就號東西。(用《千字文》編號,去帝王及不祥字。)誰從矮屋舒虹筆,頓使聲名霄漢齊。

初八日,三鼓發頭點,至公堂擊鼓,明遠樓奏樂,大門外擊鼓陞礮。二點、三點如之。二礮開東角門,進兩日供應。次日正場不開門也。協同點名,司道暨江寧、太平兩府及稽查彈壓官至自東角門入,乃舉三礮,開大門,陞龍門公座。各官謁畢,内提調、監試、點名道府分東西坐。三路點名、搜檢、領卷。點畢,各官辭出,封門。凡一萬七千柒百九十六人,自丑初至申初,魚貫而入,無送考擁擠之弊,故速也。飭號官催士子歸號,獲形迹可疑一人,枷示明遠樓下。封號,少憩。三鼓啓内簾門,出題紙,坐至公堂,傳號官頒每人一紙,每號貼一紙,每號官别與十紙,防更易,仍繳還。

點名(“青”“齊”兩均,用進退格)

夢裏驚聞舉礮聲,紛趨三路聚群星。(三路點名以礮爲號,林文忠遺法。)龍門未許閒人入,(送考不准入頭門。)魚貫曾無越次行。(點名擁擠,由送考者混入頭門,人多所致,一由每府點畢補點。本届送考者止於栅欄以外。點名不到者,統歸點完後補點,故午後即點竣。)千里迢遥如負笈,一堂授受似傳經。(自荷考籃領卷。)雲程從此扶搖上,更有鴻臚與唱名。

封門(補作)[①]

四門穆穆正掄才,鎖鑰周巡日幾回。便擬泥封千里固,不妨言路一時開。閉關豈有深謀在,擊柝如防暴客來。人似群星滿霄漢,天閽未啓且徘徊。

歸 號

正是龍門躍鯉時,登門翻訝路多歧。偶然桑下住三日,且向林間棲一枝。虎穴風生聞遠嘯,鳳巢雲起應昌期。莫嫌矮屋規模狹,廊廟經綸此肇基。

散題目紙(《容齋隨筆》:“大中祥符元年,試禮部進士,内出《清明象天賦》等題,仍録題解摹印以示之。”題目紙由來久矣。頭場題目大字,詩題下注及添注、塗改、格式、韻字俱小字。二場惟無詩題下注及韻字,有《春秋》題下小字,餘同。三場題字小於頭二場。皆鈐主考、監臨、提調、監試關防。)

書題天老蕊宫來,列炬傳呼鎖院開。紫墨標鈐如錦綺,(主考關防用墨,監臨、監試、提調用紫。)篇章分析似條枚。豈同溝水流紅葉,合有文章賽碧瑰。片紙投來驚夢醒,手持彩筆上蓬萊。

何須更請試他題,四子唐詩刻並齊。(《四書》題“君子有三畏”一節,“明乎郊社之禮”二句,“天子適諸侯”至“巡所守也”。詩題:“江涵秋影雁初飛”,得“秋”字。)字辨焉烏看細大,紙如飛蝶向東西。

① 按:眉批“封門”二字,意爲另有“封門”詩一首未録。補作在八月二十日,兹移録於此。

書詞洞達胸懸鏡,筆畫分明爪印泥。萬蘊千牌人共取,是誰精思闢町畦。

初九日,國忌。定紅號百捌拾字,印二場卷,查號過戳。有父視子病,不得歸本號者,原情從輕,扶出。有混入小貿者,交江寧府。有混入號中,一自稱織匠誤入,一無卷,有光緒十一年卷票,均飭候開門交江寧府訊究。此次考生極爲安静,歷科所未有也。

散　飯

帝爲粒民隆鼎養,授餐典禮起文場。厨官已飭千倉供,大府先將一勺嘗。(每擔飯過甬道,取嘗之,皆可食。)白粲紅鮮齊入詠,吐經茹史自成章。應思天下飢由己,推食從兹飯不忘。

初十日。是日,成廟聖誕,補服如儀。啓内簾門,送供應,進二場題紙,受卷官集至公堂收卷,上江東,下江西,旗卷亦附於西。晝牌夜燈,投卷給籤,開門放牌。司道來會於頭門,以查出可疑諸人交江寧府。候至四鼓,尚有不能完者七人,扶出之。犯規及不完卷者,貼例從寬。尚百餘人未蓋戳,卷扣不發謄,仍命提調、監試示諭。

放　牌

升堂濟濟士如雲,卷帙真同雨葉紛。蠶已吐絲應下箔,馬因解轡欲空群。有奴代負登科具,(市考具者,門前書"登科必用"四字帖。)遇友先談得意文。一笑投籤還奪錦,棄繻堪擬漢終軍。

詠四所①

收卷所(八員。頭場,各所官無事,可令幫同收卷。二、三場,則派佐雜助之,但必印收卷官銜名。)

江分上下士争趨,座列東西各異區。欲使衆材歸大匠,不教滄海有遺珠。八條三約規無越,百束千箱數盡符。(百卷一束,千卷一箱。)底事仙人遭貶謫,向隅猶自泣窮途。(貼例從寬,尚百餘人。)

彌封所(四員。彌封後,另編紅號,由監臨選定若干字,以百卷爲一號,内場無從知爲某府某縣。)

古稱得士必知名,翻覺糊名待士輕。書盡緘縢如秘笈,機防漏

---

① 按:眉批"詠四所",另有"詠四所"之詩未録。此四詩在八月十一日之下,兹移録於此。

洩類籌兵。旁求似以枚爲卜,摸索偏誇暗裏精。蘇子也曾章李誤,紅題百八要分明。(新定紅號百八十字。)

謄録所(四員。本年上江謄録七百二十六名,下江七百八十名。十七日,補進二百十七名。)

碑篆傳摹慮失真,却嫌真迹易書頻。脱遺每恨文多誤,潦倒休矜草入神。影刻故書依宋本,寫經妙手效唐人。共期一字無差異,朱墨相輝識苦辛。(諭謄録佳者給賞。)

對讀所(四員,補派幫辦。對讀向用藍筆,順治十四年改用黄筆,十六年改用紫筆。今對卷用黄筆,其文移册檔仍用紫。本年對讀書農三百八十二名。彌封、謄録由監臨選派,而對讀掣籤。其實對讀關係亦重,必須得人,且兩員分司上、下江,恐難周到,宜改爲選派,並於佐雜中生員出身者,選派二員幫辦。)

校讐文字擬經師,對勘真如落葉披。燭本過書燕郢誤,朴緣同韻鄭周疑。念持似誦西方偈,添減難依南宋詞。笙磬音諧黄卷好,(對讀用黄筆。)朱衣點額向伊誰?(外收掌二員。)

十一日,國忌,各官司皆素服。是日發點。舉礮點名,與頭場同,惟不奏樂。未刻點竣,進供給畢,封門,查號,過戳。連日大熱,夜雨乃解。頭場收卷畢,分官、民、旗三項。旗爲一束,其餘分上、下江,每十本一包,百本一束,送提調登簿,挂發外收掌,送彌封所封完,轉解謄録所。約須明日始能發謄,十三始能進内簾。示諭謄録所,謄卷佳且速者賞,違者懲責。

十二日,四鼓啓内簾門,發五經題紙,如頭場。經題《剛柔者,晝夜之象也》《遍于群神》《其蔌維何,維筍及蒲》《晋侯伐鄭(宣公十有四年)》《命大師陳詩以觀民風》。印三場坐號。查號,有亂號五人,扶出。戌刻,開内簾門,進卷九百本。較往年早一日,委員得力也。卷編紅號後,悉皆參和,但分上、下、旗、官,並不分府縣。前日沛縣、銅山諸生呈,稱兩縣少中,由進卷遲,蓋誤聽懸揣之詞。

進　卷[1](對讀訖,送外收掌。請開内簾門,送入,内收掌受之,分爲十八起。内監試掣籤、分送。)

---

① 按:眉批"進卷"二字,意爲另有"進卷"詩一首未録。補作在八月十六日,兹移録於此。

葫蘆依様畫初成,不論妍媸態共呈。卷有萬千依次進,藝分十四待人評。王盧休更論前後,(不分府州先後。)求李無從識姓名。海底珊瑚憑釣取,不知誰是百人英?(約計人數,百卷中一。)

十三日,純廟聖誕,補服如儀。開内簾門,進三場題紙。進内簾次日供應,如頭場。天明收卷、放牌,蜂擁而出幾二千人,嫌其太速。三鼓尚有不交卷者,又嫌其遲。偶取數卷閲之,則炳炳麟麟、詞采茂美,信此地之多材也。收卷畢,送彌封發謄。違式貼出僅五拾餘人。同雲門觀書畫,作家書。雲門以吾家忠端詩卷見示,自題云:

不過爲涪翁斂其砂礫,因效其體書後

東堂墨妙涪翁詩,趙宋朱明驚兩奇。疏證明誠仍問業,昌黎喜得樊宗師。

十四日,午刻點名畢,封門。天氣過暖,號未能遽封。封後即查號,諸生便之。行法亦不能不察人情,但不使作弊耳。昨日進卷二千七百本,今日進卷二千八百本。四鼓,開内簾門,發策題,經學、史學、《説文》、碑刻、編集(均淺近,易完卷。)

題紫筆荷花

彩鳳西翔墮紫霞,輕風吹送入誰家?碧琉璃水黄羅霧,擁出雙雙解語花。

瑞霞晴麗彩雲開,紫帔仙人跨鶴來。延佇多時如有待,輕摇緑沼泛紅酣。

書雲門所藏錢松壺畫《輞川圖》後

予性好遊,足迹半天下。遇佳山水,訪其園林,攬其勝概,輒流連而不忍去。平居閉目静坐,思所歷之勝,以自娱悦。其不能至者,玩昔人紀遊之作,觀其圖畫,亦往往有得焉。輞川,固秦之名區也。自摩詰形諸詠歌,裴迪爲之和,好事者爲之志且爲之圖,今古稱勝焉。予往來晋蜀,必過秦川,欲遊不果。同治中,隨侍在秦二年,以侍奉未能遠離,又不果。光緒中,宦秦又二年,可以遊矣,而拘於官,又不果。及遷官吴會,瀕行,決計獨往,而阻於雪。雪霽而璽書敦促,就道盂城、竹嶺、鹿柴、欹湖諸勝,終不得一至。今宦吴又兩年矣,曾不能放棹支筇、石湖、天平、洞庭、靈巖、支型諸山水間,以遊目而騁懷。

夫山水者,天地之精氣也。人得其精氣,足以益聰明、增志慮。以之治學則學愈純,以之治事則事罔不舉。登高能賦,古人所尚。唐之白,宋之歐、蘇,政事之美與文章並傳於世。彼何嘗廢遊,又何嘗廢事哉?

今之居官者,偶事遊眺,則僚友來規,疵議並起,甚且操白簡而隨其後。夫局促於官廨,疲困於奔馳,日與庸夫、俗吏相周旋,不有山水之精英以盪滌其瑕穢,而啓發其志氣,亦何怪胸中齷齪猥鄙而不足以集事也?予觀松壺輞川之圖而有感焉。是圖舊有刻本,不足以傳。松壺畫宗衡山,鮮明幽秀,各極其致。予獲觀此圖,不啻置身藍田華子岡矣。圖中文杏館多畫杏華,不免爲考據家所訾,於畫局無傷。雲門深閏論畫,其韙予言否?

十五日,外簾各官相賀中秋節,俗例也。開内簾門,進卷三千。定例:十六場竣,放牌。本日完卷者甚多,乞開門。相沿已久,不能禁也,無關弊竇,則姑仍之。阮文達句云:"出門一笑看西湖,月满東浙潮來時。"浙闈已然,不獨江蘇矣。酌定委員、書吏勞績,飭内供給所給賞。子刻同雲門看月華,不易覯之境也。

詠監臨院桂

人人攀桂盼登瀛,催得花開趁月明。老樹霜侵寒有韻,中庭露冷濕無聲。捲簾香氣紛來撲,入卷秋光分外清。此際西莊同玩賞,孫枝應放一枝榮。

詠監臨院竹

何年種竹倚脩廊,風景蕭疏雨意涼。蔽日未容攄萬葉,凌雲應許用三梁。高如國號無雙士,清待人題有斐堂。先後筍生同軾轍,讓人頭地是歐陽。

中秋試院看月華

鵲飛蟾起月如銀,華彩相宣景更新。五色雲開圓有暈,三台星朗凈無塵。清光早已懸冰鑑,輕縷休教絆玉輪。待得泥金來報曉,桂花香裏引杯頻。

十六日。進内簾卷三千。三鼓尚有未完卷。偶取一卷閱之,亦短篇空策。速固草率,遲亦未必精工。料有佳卷,惜無暇多閱也。(貼出二十四名,從寬者數百。)

詠三場[①]

第一場(試《四書》詩題)

防弊無如作弊精,《四書》試士擬題行。百僚數奏詞多異,八股文章法未更。(康熙七年,仍以八股文章取士。後來屢有陳奏,部皆議駁。)洪邁名言著皇慶,(宋洪邁有"諸經皆兼《大學》《論語》《中庸》《孟子》一義"之議,與朱子《貢舉私議》同。當時未上,天下誦之。元皇慶三年,始著令第一場《大學》《論語》《中庸》《孟子》内設問,用朱子《章句集注》。)半山遺製變成弘。(王安石《四書》文,尚是經論體裁。八股之法,明成化、弘治始備。)唐人帖體今尤貴,翰苑從兹早樹聲。(乾隆己卯,二場經文之外,試五言八韻唐律一首,四十九年,改於頭場。先是,頭場《四書》外,經義四道,迨經義改二場,故頭場增詩。)

第二場(試《五經》各一題,始乾隆五十八年)

《五經正義》古相承,(孔穎達疏《易》《書》《詩》《禮記》《春秋左傳》,謂之《五經正義》。"五經"之名,由來久矣。)大小隨時有減增。(《禮記》《周禮》爲大經,《易》《書》《詩》爲小經,以卷多寡論也。宋以後,試士或一經,或三經,或五經,外增加《周禮》《儀禮》《孝經》、二《傳》。)專業人宜精所習,兼通帝亦奬殊能。(經義分房,每經五題,本沿明舊。康熙中,莊令輿、俞長策俱作五經,御史以聞,特詔授爲舉人。)本因表判浮文去,(國初舊制,第二場試論、詔、誥、表、判。)何意空疏巧弊興?致用要須崇樸學,莫隨俗士盼三升。

第三場(試策五道)

秀才策試比賢良,肇舉曾開第一場。(康熙二年,試士分爲二場,第一場試策五道。七年,仍用八股文章,復三場之制。)時務文應追賈董,俳優體勿效齊梁。(策用四六干例禁。)題分五類門猶隘,(道光中,祁竹軒制府請定爲五門發題。部議士子所宜切究不止數條,考官拘定,恐啓揣擬勦襲之弊。)字限千文卷並長,(明制,時務策限千字,有給長卷者,足救近日草率之病。)勇氣再衰三更

---

① 按:眉批"詠三場"三字,意爲另有"詠三場"詩未録,補作在八月三十日,兹移録於此。

竭,誰能滿引快騰驤?(三場五問,自康熙七年後二百餘年,未經更改。)

十七日,收卷。號官稽查彈壓,各官均銷差。進卷三千六百五十五本,上江共民卷七千三百十九、官卷三十六,頭場已畢。下江尚未完八百餘本。

詠五色筆

墨筆(主司用。元皇慶二年,定考校官用墨筆批點。明舊制,考試官均用藍筆,後改主司用墨。)

衆俊争趨翰墨場,卻將程墨定文章。(古稱墨義,明文有《擬程》《擬墨》之作,後僅題墨字,不成語矣。)偏旁字擬金壺考,長短才憑玉尺量。草對罰應防飲汁,(北齊秀才草對,書有濫列者,飲墨汁一升。)花生夢亦有奇光。黑頭誰是三公貴,下筆真教士氣揚。

紫筆(監臨、提調、内外監試五所官均用。)

九天新降紫泥書,秉節權移使者車。風送薇垣花款款,(自藩署啓程。)星臨棘苑屋渠渠。敢希魚袋承恩重,新奉鸞章莅事初。遥仰禁城思奮筆,自將忠悃達丹除。

藍筆(同考官用,内收掌同。)

心清本似蔚藍天,厚德還同種玉田。豈但詞頭分顯晦,不殊人面辨媸妍。淡如拖水微波動,濃擬垂珠滴露圓。綱得良材青更勝,後生可畏過前賢。

朱筆(謄録生用。明制,謄對、受卷均用紅筆。)

五色迷離燭影寒,眼明方信奪朱難。點頭人近衣猶在,鈔手書成硯未乾。開卷未應看作碧,入鑪休使賦疑丹。(黄滔《登第覆試》詩"疑丹再入鑪"。)雍門古調誰能賞,疏越弦音各自彈。

黄筆(對讀書農用。)

何須月旦漫雌黄,句讀分明點畫忙。好處每從初寫得,貼來無異舊文詳。(宋時,貼黄皆録正文於别紙貼卷後,今仍之。)中含通理多精妙,字有模糊待審量。請看宣麻張榜日,榮紆青紫綰金章。

十八日。進下江民卷八百四十五本、官卷四十七、旗卷七十七。連前,共民卷九千五百四十五、官四十七、旗七十七。下江頭場卷亦畢。頭場上、下江民卷一萬六千八百六十六卷,官、旗共百六十,統民、官、旗一萬七千零二十四卷。續進上江二場卷五百本。本日僅進一千三百餘本,緣截清頭場,開繕二場,須躭擱數時也。二鼓,同雲門、鹿峰、仲伊登明遠樓看月。東望鍾山,龍蟠虎踞,數萬坐號如井字排列,壯觀也。

十九日。進二場卷二千,上、下江各一千。又進下江五百,上江八百,今日共進三千三百本。

登明遠樓看月

萬景俱澄月色明,高樓縹緲俯滄瀛。看山尚説興王迹,角藝如聞戰士聲。庾亮一隅猶遣興,元龍百尺自豪情。有人滇海遥相憶,閲世還應賦更生。(唐鄂生中丞戊午四川闈中有《對月見懷》之作,迄今三十餘年矣。予去年病後,自號更生。)

二十日。進卷一千七百,又進卷二千。是日爲總督曾宫保生日。剛中丞昨日來甯,聞將往蘇。九月初六日接印。摺弁自京回,言齊河一帶尚不能陸行,解京餉委員須繞道。

二十一日。進卷二千二百本,(上七百,下千五。)又進卷一千七百本。(上七百,下一千。)得龍鎮殿楊守獲梟匪四名,交臬司審辦。

奉贈主試李小硯鴻臚、曹竹民殿撰,即以誌别(雲代)

雙持玉節出京華,來泛秦淮八月槎。九奏笙簧資客禮,(《釋名》:鴻臚者大,以禮陳叙於賓客。)满城桃李狀元花。山東臺閣多名相,(兩主司皆山東人。)江左衣冠有舊家。我欲扁舟還茂苑,回看天半起朱霞。

壽曾太保(雲代)[①]

手詔東山起謝安,金陵形勝自龍蟠。留都舊立尚書省,五等仍兼保傅官。九殿酬功頒玉節,四夷拱手奉珠槃。翰林制誥黄扉業,祇當公家故物看。(公從孫重伯新入詞林。)

幕府山頭夙有緣,馮君大小代籌邊。歸除結綺臨春地,坐嘯清風朗月天。(公中秋後生日。)賓從才俱堪令僕,偏裨官亦致貂蟬。秦淮士女無奢望,坐鎮江東一百年。

三朝恩眷倚長城,龍膊當年事可驚。被甲艱難三百戰,背嵬忠義八千兵。身臨黑水遼陽固,手散黄金澤潞平。服玉仙人諸劫過,

① 眉批:不録。

瑶房金闕自長生。

愧説人同丙子生,春明難忘弟兄情。(昔在都下因文正公識荆。)文章昔已師前輩,政術今猶奬老成。偶以煎茶陪杖履,尚堪磨石紀勳名。何時一櫂湘江去,卧聽調元致太平。

廿二日。進卷二千,又進一千八百三十三。上江二場,共官民卷七千二百三十三本,已畢。下江尚少一千餘。

懷文小坡舍人

達道何須問菀枯,此君天趣與人殊。少陵作客常依武,李膺知名黜自蘇。(小坡言:某公爲主司,欲得小坡。揭曉失之,引以爲恨。)芝石夢題巖畔字,(夢境繪圖。)《蘭亭》珍勝夜光珠。(藏臨《蘭亭》蠅頭書四石,常語人曰:吾家之寶也。)每逢月下銜杯際,話到玄機妙入無。

廿三日。進下江二場民卷一千三百八十一,官十六,旗七十四,連前下江民、官、旗卷九千五百零一,下江二場亦畢。二場統上、下江,民、官、旗,共進卷一萬六千七百三十四本,較頭場少一百三十二。又進上江卷一千。是日,得電奉諭旨。

水筧(舟載江水,場外爲巨池蓄之,以西洋馬口鐵爲筒汲引,如竹筧之製。筒筒相接,依簷傍壁,榦别枝分,屈曲如龍蛇。置缸處,筒開小孔瀉水,隨時啓閉。稍遠,别以小筒承之。頃刻間,内外簾、院所、號舍缸皆滿注,省千夫之勞費,供數萬人之飲啜。此梅公啓照官江寧布政時所製也。聞浙闈亦撫浙所製。)

誰言江水遠迢迢,挹注均霑雨露饒。牆畔引流如截竹,簷前激溜似横簫。龍蛇蜿蜒經千曲,河漢光明下九霄。罍溉祇今思泂酌,萬人歡飲渴俱消。

雨花臺泉(場中皆飲江水,主司、監臨用泉。)

空花似雨散諸天,山上雲連山下泉。取向層臺同石供,(雨花臺文石可供几研。)擔來試院共茶煎。調符頗似申軍律,濯筆猶堪署錦聯。(索書者甚衆。)自有源頭來萬斛,閒吟時吐句如仙。

廿四日。進三場卷二千九百,(上江九百,下江二千。)續進一千七百。(上九百,下八百。)是日摺弁回,上月廿四所進摺片,均奉批答。咨旗生中三名，不廣額。上、下江官卷各二名。

八月二十四雨，因憶初七、十二兩日得雨，
及夜半點名時皆霽，喜而有作

雨澤常虞聖主恩，士農交慶兩皆宜（晚稻盼雨，闈場畏雨。）山川醖釀爲霖意，日月光華久照時。緑野有人歌既渥，青雲得路喜相隨。經綸攸濟資賢佐，鴻漸天逵待羽儀。

二十五日，雨。次進三場卷五千二百。（上江一千九，下江二千三。）是晚，又進卷千五百。（下江一千，上江五百。）合計第三場已九千六百卷。

秋雨卧病口占

夢裏如聞二竪言，抗塵何術避煩喧。尚無檄到令頭愈，未負暄時已背温。嚏出豈因風有曀，嗽聲直至月將昏。藜牀竹杖猶支拄，邪氣相侵正氣存。

龔半千山水長卷，先名宦公己丑監試晋闈，紫筆題記，
三十年矣，展讀惋然，敬紀以詩

東南兩嶽岱與衡，文度兩峰圖畫精。烏目山人更奇特，廬山真面軒豁呈。畫卷琳瑯满行橐，紛排几案開官閣。樊侯健筆爲標題，山鬼歡呼畫師樂。囊中巨卷有半千，不名一山與一泉。卷長三丈高二尺，千里萬里茫無邊。石骨犖确樹枝密，如書篆籀摅椽筆。兩山空處即川流，不著墨痕真氣出。樊侯斂手不肯書，云是先公舊日儲。己年監試三十載，紫泥重寫後先車。憶昔趨庭常論畫，龔羅王趙分宗派。龔年最後畫中豪，濡筆淋漓人意快。論畫兒童今老夫，摩按手澤重嗟吁。只道承顔著書好，誰知銜索魚先枯。

二十六日。進卷二千四百本，（下江千五，上江九百。）又二千八百本，（上江一千三，下江一千五。）約計明日進三場卷，可以掃數。監臨例出闈，回署辦事。開内簾門，請兩主考相見，辭行。出拜提調、監試。遣帖辭大小各官。

二十七日。進卷，上江七百十三，下江一百五十三。連前，上江共解官、民硃卷七千二百十三本，下江共解官、旗、民卷九千肆百六十一本，總共第叁場一萬六千六百七十四本，較二場少三十。咨請主司，定出榜日期。主司定九月二十五日。進卷已畢，循例出闈。至總督、將軍及同寅處辭行，仙坪談最久。返察院行署,包封月摺稿至。尚須辦摺,明日未能早行也。夜起作詩。

出闈

秋風容易忽兼旬,暫輟茶香更抗塵。金帖待看懸榜日,(將出闈牒,主司定出榜日期。)玉真先放寫經人。(謄録事竣。)鹿鳴未宴銀杯送,魚鑰初開錦仗陳。拜疏擬言風尚美,士聞詔下總遵循。

有贈印章者,誤刻"己巳翰林",賦以解嘲

丁未如何己巳鐫,十科已是念三年。篆書體本多譌繆,行輩稱應易後前。(翰林最重前後輩。)誤筆有徵連亥字,("三豖"爲"己亥"之譌。)紀時猶喜在庚先。年家若道予生晚,館丈相呼倒置便。(前後輩統稱年家,七科以上,後輩自稱晚生,前輩呼後輩爲館丈。)

二十八日。疏陳出闈、還蘇日期,又五摺五片奏,又題本二十七事拜發。啓行已午刻矣。將軍以下各官候送,於皇華館別之。登舟出下關,始用輪舟拖帶。申正開行,戌刻過鎮江,入徒陽運河口泊,凡行百九十里。測海兵船不能入口,駛向上海,雲門附其舟去。

始發金陵,雲門同行

有客相携向水濱,秣陵秋色尚如春。道逢風雨皆詩意,(是日微雨。)夜話江天見性真。南北山多遊興減,往來舟上簡書頻。難忘結習耽文字,叢桂勾留有夙因。

夜過鎮江

夜過名山似夢中,金焦甘露峙西東。三峰圖畫開燈看,兩寺鐘聲隔岸通。四十二年懷往事,(戊申過此,維舟登陟。)一千餘載溯高風。羹牆如見琴如晤,仰止深情自古同。

二十九日。天明開行,二十里樂舞鎮,十五里新豐鎮。兩岸壁立,土易崩墜填淤,議者謂剷平岸頂無出土之地,若購地積土,其費不貲。十五里張官渡,入丹陽縣界。此時水深一丈一二尺,係江潮倒灌。過石羊,至七里廟。又過王家橋、四閘口、馬橋口,至丹陽城,凡二十里。七里廟、西灣、東崖、馬橋口尤易淤塞。繞城過開泰橋、龍船灣、迎春橋、寶塔灣、七里橋、青陽浦、聖野庵、雞莊邨,至陵口,凡二十里。水深或一丈,或八九尺。青浦灣僅七尺,若至冬涸,水不過一二尺矣。徒陽河之受病,一則江潮挾沙而來,水落沙停,一則岸土崩塞,旋浚旋汙,職此之由。

然河圩至此,冬令行旅不便,急須修治。計張官渡至陵口四十餘里,岸陡處出土維艱,工長費鉅。十里吕城,有巡檢,亦繁雜之區。二十里奔牛鎮,則常州釐局扼要之卡也。四十里常州府城,府縣言西門外亦多淺,冬令輕舟可過,重舟難行。三十里戚里堰,十里黄陵鎮,十里五馬鎮,十里陸社鎮,十里石塘灣,二十里皋橋,地通太湖,梟匪出没之區也。十里無錫縣,泊黄埠墩下,已三鼓矣。

丹陽懷張公國樑

丹陽古郡昔興戎,蜀將洸洸扼險功。(謂向忠武。)摘指爲攀孱帥轍,(時某帥自常熟先遁,士庶攀留材官,輒斷其指。)剖心争表藎臣忠。(事後,有言公不死者。紳民申訴,昭雪。)莫敉檔木一朝盡,(金陵大營先潰。)伍子波濤萬古雄。論定千秋隆祀享,至今橋下起英風。

黄埠墩

鐵甕城邊巀嶪山,何人移過石塘灣?(又名小金山。)湖光遠接疑居島,慧嶺相依似守關。(遊慧山,必由墩下易小舟入港。)城闕参差紅樹外,樓臺縹緲碧雲間。蓬萊近擬名方丈,(墩本圓象,上有高樹,遠望若蓬萊。兵燹後,爲礮毁。重修以石,砌作方形,上下皆屋宇,乏天然之致矣。)爲話滄桑似轉環。

三十日。四十五里望亭,二十里滸墅關,十里楓橋,十里閶門,五里胥門。文武相迓,略談别後事。入蘇州府城,謁剛中丞,定九月初二日交卸巡撫事。

監臨事畢,還抵蘇州

三旬六日看江回,五郡星羅亦壯哉。海國縱横盟約在,(道經滬上。)河流深淺畫圖開。(便道勘吴淞江、徒陽運河。)田間稻熟豐年樂,日下雲書作賦才。聞道可園增舍廣,(學古堂增建齋舍落成。)好携佳士詠蘇臺。

(張曉天整理)

第四十八册　蘇藩續記(光緒十五年九月)

【扉頁浮簽】

蘇藩續記

光緒十五年九月初一至十一月十一

蘇藩續記

【光緒十五年九月】

予自戊子三月履蘇藩任,爲日記兩卷,九月因病而輟,十二月奉護理江蘇巡撫之命,己丑正月二日到官,病軀治劇,公牘之外,未遑他及。七月赴金陵監臨鄉試,成《紫泥日記》一卷,得詩五十首,自覺心力稍强。八月晦日還至吴中,將以九月二日卸巡撫事,三日回布政使任,乃續爲日記。①

光緒十五年九月初一日,料理移交撫篆事。巡撫爲剛子良毅,廉介有風節,志尚高邁,力追古賢,不易得也。署藩司爲劉公樹堂,與剛公皆直隸舊識,亦端人。電傳七月二十四日京師天壇祈年殿災,詔飭修省,外臣懔懔,惟盡心民事以承天戒而慰宸廑,不敢怠遑也。

初二日。派蘇州府中軍送印,赴院賀任,拜署藩臬。往可園閲新修齋房,延錢穀幕友周善夫。刑名一席,周小霞已老病,其子不能繼,尚未延定。

初三日。接藩司印。前署司劉移交存庫銀一百三萬四千六百四十八兩五錢二分三釐,内洋五萬三千五百一十元三角八分六釐,錢七千七百三十六串五百二十九文,報部者三十八萬三千五百一十一兩八錢八分七釐,錢六千三百六十四串二百文,報院者六十五萬一千一百三十六兩

---

① 眉批處有"監臨字始見……輪流堅臨"數行,與第 47 册《紫泥日記》文同,玆不録。

六錢三分六釐，洋五萬三千五百十元三角八分六釐，錢一千三百七十二串三百二十九文。溧陽報中秋新陽、靖江、常熟均六分，近日雨多可慮。正值秋成，亟望晴霽，浙因雨多患潦矣。嘉定、川沙、靖江禀修浚河道，因有賑餘之款，各存希冀，不知原奏係爲經河幹流之用，其餘支河小港仍令照章就地籌辦，而各縣輒稱其河爲幹河，不知在縣爲幹，在通省即爲支，賑餘有限，不能遍給，轉誤大工也。

初四日。拜發移交巡撫印信日期並藩司到任謝恩兩摺。赴院定丹陽縣補闕。

初五日。赴院，五、十爲衙參之期，而新撫履任衙門三日，到藩司任，又衙門三日，皆蟒衣，蜉蝣之羽，衣裳楚楚，“彼期之子，不稱其服”，吾耻之。連雨不止，恐變豐爲儉，變喜爲愁，命府縣設壇祈晴。足拇指創痛殊甚。

初六日。王壬秋先生見訪，神交數十年始相見也。萬君仲桓寄隸書四箴，殊可寶貴。竹石來談近事，相對欷歔。祈晴不得，可憂。足創加劇。

初七日。中丞來，告以將乞假。雨仍不止。摺弁回送批摺至院存案。厚成寄闈作，差可，十五齡童子能爲此，亦可喜。中丞言，旗人有寡婦紡績撫孤子成立，已取筆帖式，傭書養母，一日爲人書賣契，不知其盜賣也，涉訟牽連拘押禮房，兩日而斃。又言李四者以得罪坊役，加以綽號，目爲匪徒，遂瘐死獄中。因此慮州縣班館押人之不可不察。

初八日。淫雨晝夜不止，簷溜如激，城外河水長尺餘，常熟報河水陡長，低田受淹。足創，乞假。與童州倅商，如果成災，則餘款備賑不能修濬河道，水勢太旺亦不能興工也。

核庫儲，舊存銀一百三萬四千六百四十八兩五錢二分三釐，内洋五萬三千五百一十元三角八分六釐，錢七千七百三十六串五千五百二十九文。初六日開庫，收銀三萬一百五十三兩八錢三分九釐，初八日堂期收銀六萬一千八百四十八兩五錢六分三釐，錢三百串文，放銀一萬一千四百二十一兩四錢四分四釐，收放相抵，實存庫銀一百一十一萬五千二百二十九兩四錢七分四釐，洋五萬三千五百一十元三角八分六釐，錢八千三十六串五百二十九文。

初九日。雨淫路滑，不能登高，僅携兒孫上詠雪樓。東北風起，層雲漸開,隱約見光福山矣。午間轉東風,又雨,夜二鼓星月隱現於雲中,或可望晴霽也。趙君堅來,聞惠甫病。閱學治館書十二本,陶甄論宗嗣一條原本《禮經》,參以例案,準諸人情,最爲通達。華德森問律例數條,亦有悟之處。

重九有感

變喜爲愁事渺茫,滿城風雨近重陽。(舊句。)孟嘉落帽情多忤,邠老催租句未忘。郭外有山銜霧出,雲中馳月帶星忙。明朝或可邀晴霽,晚稻收成冀小康。

初十日。奉中丞煌煌兩札,禁門包,禁押席,蘇州本無此弊也。城内增修栅欄二百餘道,約須二千串,修更屋九十餘,約須二三百串,此暫時之費,僱更夫九十餘名,歲約需二千串,此長久之費。中丞意欲派之鋪户,蘇省無此辦法也。予以足疾續假。景韓來述,當徐籌之。周子迪呈徒陽河水丈尺,謂浚河不過費三萬餘串。凌令則謂前年即周守承修,深處不過淘及三尺,僅圖省費,終難經久。周守又言徒陽河無三年不修之工。李景卿觀察来商水利局事。閱學治館書十二本。

蟋蟀吟(重陽後一日作)

夜卧不成寐,蟋蟀鳴階前。聲尖似針刺,使我心憂煎。去年當此日,吾病身撲顛。手足類風淫,舌强難語言。一藥幸得蘇,五日起告痊。久旱已成災,賑貸無一錢。乞糴鄰有惠,勸輸金更捐。吁嗟此孑遺,幸不溝壑填。吾有更生樂,民亦除屯邅。今年雨暘時,禾黍方芊綿。于役金陵還,歡聲騰陌阡。何期近重陽,旬餘風雨連。稻熟不得收,低區漸成川。郡縣來告歉,文牒相後先。旱年繼以潦,悠悠呼蒼天。我躬德實薄,民命殊可憐。惟盼天放晴,庶以紓倒懸。

十一日。周蓮禀,略言自鎮江大閘至陵口計長一百二十八里,全恃江水爲源,夏秋潮汐八九尺,春冬祇二三尺,或數寸不等,岸高土鬆,浚深又防隨時崩卸,無一勞永逸之法。每年一小修,六年一大修,此徒陽經費之所由定。自河運停,則徒陽益墊,大閘至丹徒口三十里積淤尤速,冬令河心畢露,此段係屬要工,惟賴有丹徒口行船,進出較便,察看形勢,可以緩挑。現查腹内要工由張官渡至陵口四十里,擇段興修,水涸後須浚深四五尺,面寬五六丈,寬三丈,約計大修一次,經費甚鉅。此段之淤塞不專在停沙,而病在練湖,湖水溢則衝隄入河,故治河兼宜治湖,引湖水由四閘宣洩,則無崩隄塞河之患。入秋以來,湖水盛漲,舟楫儘可通行,一交冬令水涸,每至擁塞不堪,應否籌款修濬。予謂張官渡至陵口固當擇要興挑,由丹徒口至張官渡及常州西門外河身,冬令水涸,約深若干尺寸,能否無礙舟行,既經疏浚,須使上下游一律通暢,有無應挑之處,應即查勘。練湖之開,防水之害,能收水之利否?上練湖已涸成田,下練湖溉田無多,難於集費,但向章如係就地籌款,如何津貼,並即妥籌。湖北榜發,錢生葆青兄弟獲雋。貴州榜發,譚序初之子緒得亞魁。

晴霽,夜見星月。三鼓後仍雨達旦。

十二日。常熟縣書院與文會爭沙灘地,(慶瀔洲壽興沙灘。)飭勘訊。飭催青浦縣城工。詢松江府,言泖湖、澱湖均通暢。棉花早者已收,晚者均壞。稻田在湖邊,低區水深一二尺,穗浮水面,用草束之,恐倒也。有淹過穗者,紛紛搶割,云粒不堪食,惟作酒與糖,再次則飼畜耳。平疇尚無恙,然再雨則壞矣。青浦請開蒲匯塘河。嘉定由各圖殷户認當夫束,遞年輪雇糧差,赴縣領串,散之各户,由糧差按户催收,按卯繳縣櫃,與自封投櫃無異,行之已數百年,其所以無弊者,糧差之進退由於夫束,不由縣差也。

夜雨達旦,又將連陰,一暴之功不能敵淫雨之勢,念之悚。

詠《易》龍虎二象

龍性無分見與潛,緣何上下失天淵。但占无咎非龍志,疑是重剛得有偏。

虎嘯風從劇有神,每因文炳見天真。志行愬愬占終吉,位當由來不咥人。

十三日。雨連宵不止,城河已拍岸盈隄,湖畔可知。聞湖北、江甯亦苦雨。電傳京師,名經無相知者。小坡書告壬秋携家遊湖,令人健羨。景月汀自京師來,談河運可以照常辦十萬,擬辦南糧,不向江北設立水次,避江安河運爭端,恐鳌金須減收也。景卿來商水利局委員,告凌令設壇祈晴,禁屠宰。青浦稟界連七邑,汊港紛歧,左控澱湖,前經泖水,北倚吴淞江,舊時吴淞暢流,青居衝要,迨江塞浦通,上、南爲要,邑中巨浸,澱湖之外,厥惟泖湖爲婁縣、元和、吴江及浙省嘉興交錯之所。澱湖之源自太湖分流折入縣境,北會趙屯浦,東會大盈浦,又東會顧會浦,又東會崧子浦,又東會盤龍浦,凡五大浦流入上海縣境之宋家橋,與黄浦會,流出吴淞口,東北入于海,曰爛路,曰横港,曰清水港,曰沙田港,曰漕文港,皆宣洩澱之水以入黄浦者也。又大徵塘,曰小徵塘,又引浙西之水直注黄浦者也。吴淞江爲太湖下游宣洩尾閭,關係江浙兩省水利,幹河暢流,支河自可逐漸疏濬。青浦目前者曰蒲匯塘,係上、婁、青三邑境轄,曰蟠龍江,係上、嘉、青三邑境轄,移會同時並舉。此外内河支港淤塞者尚多,必先挑大河使暢行無滯,始可順流而下,否則内深外淺,仍有壅塞之虞。現在吴淞江既議開挑,應先將相爲表裏淤塞最甚各河分别緩急,次第興挑。單開蒲匯塘與上海、婁縣毗連,已請挑;蟠龍江與上海、嘉定毗連,請挑。小蒸市河東至周頭港,北通曹文港,曹文港南至戴家衛,潮水漲落,泥淤應挑。沈涇塘南至楊家塘,北至周涇橋,内通辰山港,西至横浦塘,東至知也橋斜路港,通八曲港,均淤,應浚。九浦橋、里港橋與吴淞相爲表裏,應浚。華潮浦、淮浦、赤雁浦、陳童港四河自吴淞發源,金社浦、周涇、朱市浦、辰山塘、陳坊橋、深方橋、通胡羅兜、白鶴港、市河、青龍港、通波塘、常家橋港、王家邨港、吴淞江北四大涇、朱家墳橋、陳涇岸港、下牆灣港均出吴淞江,以上各河均俟吴淞江工竣開挑。

核庫儲,存數列前,本日堂期收銀二萬八千六百六十二兩三錢七釐,洋二百五十三元八角四分八釐,連前共收銀一十二萬六百六十四兩七錢二釐,洋二百五十三元,錢三百串文,放銀九萬一百六兩四分一釐,連前共放銀一十萬一千五百二十七兩四錢八分五釐,收放相抵,實存庫銀一百五萬三千七百八十五兩七錢四分,洋五萬三千七百六十四元二角三分四釐,錢八千三十六串五百二十九文。

十四日。驗貢品紙、黑糖食之屬。貢品所值無多,而裝潢數倍,吴縣承辦,侵漁倍之,差費及宫門使費又倍之,官事大抵如此。然任上作貢禮有常經,不能因噎廢食也。

璸誇烏聊山木之勝率成二絶

齊雲靈構似飛雲,(吾鄉飛雲洞靈奇無匹,聞齊雲山似之。)地近黄山脈絡分。名迹自來宜冷宦,可能作賦補皋文。(茗柯有《遊黄山賦》,未道齊雲之勝。)

十寺門前萬樹梅,掛帆歸日應全開。(太平十寺,漸江卓錫處,梅花萬株,其手植也。)而翁亦有探梅興,安得雙梟任往回。(往在黄鵠山種梅三百株,近於即園亦種數十本,以視十寺萬樹則遜矣。)

十五日。設壇祈晴。予足疾未痊,家人請毋出,予謂此民事也,力疾往,起跪觸瘡痂復發。是日午微晴,後微雨,夜乃大雨。中丞論某令某令賢,予對某誠賢正也,某也才,不正也,中丞顧而言他。某令有請於司庫,中丞曰:"是不可不與。"予曰:"非例也。"中丞不答,予再陳之。中丞笑曰:"不過爲此談,豈能如此批乎?"遂止。

趙惠甫以尊公先生遊泰山畫卷屬題久之,披卷尾則舊有題句在,因舉後來遊山考碑事記之

昔我登泰山,訪碑證前聞。没字原有字,手搨携示君。君時在蓮池,邀我誦清芬。一去東海隅,嶽觀深入雲。重尋得兩字,搨寄殊殷勤。我思唐宋間,封禪嘗云云。此書類虞褚,露立成斷紋。觀者弗深考,紀載徒紛紜。實事倘求是,一一勞區分。若非好事人,安知碑有文。

十六日。祈晴,以足疾復發未往。是日早微晴,午後陽光灼灼,倏轉東風,晚乃大雨。月汀來商海運委員,談次及吴令。予謂其子不肖,父子不相及也,仍委總運。河運只辦十萬,定派潘守,以資熟手。上海一案控三年無聞,限五日結,五日而竟不結,不如其少緩也。月課正誼書院廳州縣。

瓊自徽州來省,予官有程期,不獲久留,詩以慰勉

四年不見兩旬歡,各有離懷强自寬。守約莫隨時變易,認真方識事艱難。先人遺訓應無忝,古哲名言要細觀。好爵虚靡非鶴意,相期鳴和到雲端。

十七日,陰,午晴,夜月色甚佳。聞月汀言,將迎銅觀音於光福山。吴人好鬼,遇水旱輒迎觀音,設壇祈禱,從民望也。偶驗則相傳以爲靈應,不驗則借小晴小雨送之還山,每至省城撤壇之後,必請留數日,僧得香資,滿載而歸。去年兩僧交鬨争利,亦可覘風尚也。

銅觀音

恒雨恒暘未應時,聊迎銅佛慰民咨。不因范蠡鑄金事,誰識干將躍冶奇。算畢占星原有好,鳥蟲感氣也前知。誠祈總爲蒼生計,略勝焚巫一念慈。

十八日,晴,月色皎然。蘇州府吴縣往請觀音。雲門書來。得香帥電招,令赴粤。器之由鄂至上海。十七、十八佐班月課。

核庫儲,存數見前,本日堂期收銀二萬二千一百九十三兩六錢八分五釐,錢一十四串三百八文,連前共收銀一十四萬二千八百五十八兩三錢八分七釐,洋二百五十三元八角四分八釐,錢三百一十四串三百八文。放銀三千六十八兩六錢五分二釐,洋二百五十三元八角四分八釐,錢一十四串三百八文,連前共放銀一十萬四千五百九十六兩一錢三分七釐,洋二百五十三元八角四分八釐,錢一十四串三百八文,收放相抵,實存庫銀一百七萬二千九百一十兩七錢七分三釐,洋五萬三千五百一十元三角八分六釐,錢八千三十六串五百二十九文。

十九日,觀音未至,陰,既至,雨。巡撫獨跪迎河岸,至壇,司道乃隨班步禱。大雨。予以足疾未與。晚景韓、壬秋、小坡同坐濟舫晚飯,談及時事,皆愀然有憂色。吴廣庵來,言中丞欲以比較盈餘一成充賞,使委員勿再中飽。廣庵謂不奏明不可,奏明必部駁。竹石言以光緒十三四年爲最多之數,比較有贏一成充賞,部必不駁。聞鐵路因予不借洋債之説,黄漱蘭繼之,可以暫緩。鐵兒行。

二十日。連宵達旦澍雨,竟日簷溜之聲不絶,河水平岸,低田被淹,高區亦以水不得下,宛在水中央。浙水甚大,以蘇、松爲下游,此時即獲晴霽,受災之處已不少矣。

廿一日。雨止,微曦,陰雲未散,夜亦月出,旋陰。各屬禀報被淹情形,常、鎮略減於蘇、松、太。沅帥書來,江北亦雨多,有礙收割,然較之蘇屬則勝矣。

夜　坐

夜坐無聊繞室行,城頭更轉到天明。破雲來月蟾蜍動,久雨微晴蟋蟀鳴。早稻在田芽盡出,(吴人收穫不即入室。)晚禾浸水粒難成。去年苦旱今年潦,爲問何方濟衆生。

廿二日,早晴,晚陰,又益之以霢霂。月汀來,談河海運事,言當事頗自悔躁率,又傷竹石之去,思爲留行。毛君小轂來,吾母黨也。兩日情話,欣慨同深。

小轂表弟自楚之晋,浮海北上,迂道吴門,母黨情親,暫聚旋别,欣慨交集,情見乎辤

吾母與若母,同氣本連枝。若父與吾父,文字相友師。若父主吾家,几杖曾追隨。吾父秦晋遊,若父黑水涯。回紇揭竿起,雍州靡

子遺。彈丸嚴守禦，力竭先死綏。城破闔門殉，馬革無裹屍。有子幸逸出，亂定之西陲。遺骸不可得，招魂湘湄[①]。此事逾廿年，賤子方聞知。大節炳霄漢，公論如蓍龜。詔書有贈恤，鄉里爲刊碑。君爲忠臣子，吾亦循吏兒。垂老始相見，情話無幾時。明發各有懷，勉君還自持。

二十三日。陰雲密布，天氣不寒，晚仍小雨，夜乃漸大。上中丞書，一言河工緩辦，一言積穀備提，一言約收分數須先片陳多雨情形。李篔亭來牘，言布置緝私浦東四大口及各口頗爲周密，又遣人喻梟匪，給以路費，限廿日散歸，頗得要領。

核庫儲，存數見前，本日堂期收銀一萬四千六百二兩六錢五分二釐，錢三百串文，連前共收一十五萬七千四百六十一兩三分九釐，洋二百五十三元八角四分八釐，錢六百一十四串三百八文，放銀一萬六千二百三十四兩二分四釐，連前共放銀一十二萬八百三十兩一錢六分一釐，洋二百五十三元八角四分八釐，錢一十四串三百八文，收放相抵，實在存庫銀一百七萬一千二百七十九兩四錢一釐，洋五萬三千五百一十元三角八分六釐，錢八千三百三十六串五百二十九文。

二十四日。時雨時止，尚無晴意，災象成矣。朱竹石將告野，留之不得，見幾勇退，此才可惜。

二十五日。足創未愈，强起銜參，災象將成，不能不出而議事。先請奏明約收分數，州縣所報不足爲，須俟飭府縣勘到，再定錢漕成數，分別應否賑濟、籌備賑款，有謂禁米價遏糶者，其言不可從。是日微露曦光，旋霏細雨，陰不閉，陽不開。金陵揭曉，章鈺中第六，學古堂共中四人，程伯臾之子壽保亦中，可喜也。

二十六日。杲杲出日，而鬱熱異常，潮溼汗甎石矣。西北晴，恐不穩，斜陽方墜，雲氣起西方，中有電光，未幾而雲散雷鳴，大雨旋至。小轂言雷震氣通，或從此晴霽，未可知也。鐵兒書言廿四日過鎮江。晚稻得晴尚可半收，遼餉甚急，而釐税所入祇有此，予護院時疏乞稍寬，部議持之堅、限之迫，不得已將以狙公賦芧之法應之，非本懷也。

二十七日。昨夜雷雨之後，若截然而止，則陽氣達矣。五鼓復小雨，

---

① 整理者按：此爲五言詩，本句缺一字。

天明稍息，仍不放晅，小雨霏微，夜復雨雹，陰陽相薄，陽恐不勝，危哉。聞常州府屬芙蓉圩爲陽湖、無錫、江陰三縣屬境，圩破被淹，人民死者百計，不知確否，使蘇州府寄函常州府查詢。宜荆紳呈亦有湖水氾濫，客民被淹，無立錐地之語，吾其魚乎？悚懼深矣。小坡以《孛鹿謡》來，監門之哭，無術以應，尤爲可愧。

二十八日。陰雨竟日，陽不能達，西北風氣，天氣甚寒而雨不能止。有議用積穀者，議往皖、贛買米者，議減錢漕者，而巡漕者亟亟於河運，果爲國計乎？開銷多耳。夜雨甚大，災象將成，聞浙江搶米鋪、米船，拆衙署之事見矣。

核庫儲，存款見前，是日堂期收銀九千九百八十二兩七分，連前共收銀一十六萬七千四百四十三兩一錢九釐，洋二百五十三元八角四分八釐，錢六百一十四串三百八文，放銀三千三百八十八兩四錢四分，連前共放銀一十二萬四千二百一十八兩七錢七釐，洋二百五十三元八角四分八釐，錢五百三十九串三百八文，收放相抵，實在存庫銀一百七萬九千二百六十八兩二分五釐，洋五萬三千五百一十元三角八分七釐，錢七千八百一十一串五百二十九文。同日又收銀一千三百九十五兩。

二十九日，雨。統計一月晴二日，微露晴光者四，餘皆陰雨，聞雷者一，雹者一。浙水下注，海潮上湧，江水頂託，有長無消，一片汪洋，禾穗已如鏡中之花。去年旱災尚有低區收穫，今則高低均被淹浸，功敗垂成，一年所費工本已鉅，田不涸出不能種麥，明年春收無望，歲暮飢寒，弱者死亡，强者爲盜，是守土者之責也。求牧與芻而不得，則反諸其人乎？壬秋詩來，較小坡詩尤痛切，讀之增慨。

【光緒十五年十月】

十月初一日。衙參，中丞行廟香回。有正後營革勇百餘攔輿訴冤，輿夫狂奔而入，遽掩頭門，中丞使中軍治之。釁由接帶之營官革除時少給二日口糧，而咎前營官未爲明察也。是日微雨，俗云不怕初一雨，只要初二晴，十月爲陽節，過霜降，或者其將霽乎？毛小轂行。

初二日。早起日出，其光熊熊，吏民相慶，日暮而陰雲復合，夜微雨矣。陽不能申，災定成矣。悠悠蒼天，奈之何哉？府廳州縣傳見自今日始。

初三日。堂期僅入地丁三千兩，餉將絀，危哉。雨不止，晚乃大雨。聞江震，南匯有吃大户者，南匯尚能彈壓。

核庫儲，存數見前，收銀四千一百一十二兩一錢九分三釐，連前共收銀一十七萬二千九百五十兩三錢二釐，洋二百五十三元八角四分八釐，錢六百一十四串三百八文，放銀六萬七千七十五兩八錢九分二釐，連前共放銀一十九萬一千二百九十四兩四錢九分九釐，洋二百五十三元八角四分八釐，錢五百三十九串三百八文，收放相抵，實在存庫銀一百一萬六千三百四兩三錢二分六釐，洋五萬三千五百一十元三角八分六釐，錢七千八百一十一串五百九十二文。

初四日。夜聞簷溜不絶，平明視池水長五六寸，此浸水耳。河水定長尺餘，城内已有積水浸溢街道之處，復斷續淋漓竟日，入夜乃息。約壬秋、小坡、松泉共話濟舫，屋漏床濕，擇乾處坐。菊山較去年增高。未得日晅，寒花減色。松泉談養花之術，予笑曰：吾愛花，但求富有如小兒攫瓜果，但思滿懷盈袖堆積几案而已。壬秋大笑。

初五日，天放晴霽，氣象一新，真覺冬日可愛。衙參，論人才，間有與中丞不合，予直陳不以爲牾。又告予幕賓有物議，予言其致謗之由，且言其當加考察。中丞又言不肖之員利於大吏不合，得以行私，有向吾議公者必以告，勿藏於心，公有所聞者亦然。此開誠布公之言也。語未畢，景韓勃然怒形於色，手揮謾語，不知何因，中丞解慰。既退，景韓問人曰：壽老疑吾譖乎？或告予，予曰：不患得失奚畏譖，不逆億奚疑？

初六日。晴光煦煦，天轉西北風，霜降水落之候。城外誌水椿已落五寸矣，低區已淹者不可復救。擬委員勘商，先檄各州縣舉紳耆之有品望者以聞，救災以恤民爲先，爲政以得人爲本也。幼農還鎮江，竹石歸省墓，往送之，便道過壬秋，遇暴公於座，尚無有靦之狀，予心恕之。

初七日，晴。連晴三日，城外水退數寸，而吴江來告浙水下注，告災者紛紛。電詢各處米價，將遣員買米。請兩帥奏免關税釐金以廣招徠。遣委員分赴各邑，分别被災輕重，以定蠲緩減徵，其災區則平糶借當，散錢煮粥，動積穀，籌勸輸，禁强掠，訪諸耆老，責成州縣。

初八日，晴。謁中丞，商賑務，撤常州廳委官員之不肖者，進一賢員使司文案。趙惠甫寄宗湘文《開白茆沙瀉水議》。

核庫儲，存數見前，收銀三萬二千一百五十五兩七錢六分三釐，連前共收銀二十萬五千一百六兩六分五釐,洋二百五十三元八角四分八釐,錢六百一十四串三百八文,放銀一萬七千二百一十一兩一錢八分七釐,連前共放銀二十萬八千五百五兩六錢八分六釐,洋二百五十三元八角四分八釐,錢五百三十九串三百八文,收放相抵,實在存庫銀一百三萬一千二百四十八兩九錢二釐,洋五萬三千五百一十元三角八分六釐,錢七千八百一十一串五百二十九文。

曲轅老人示舟中書所見詩,依均奉答

地分吴越水相連,湖水入注同浩然。已撥沉霾見晴旭,猶聞積潦滿高田。文忠遺疏堪師法,鄭俠陳圖在眼前。飢溺敢忘同患竟,衹愁無力佛仔肩。

初九日,晴。水未退。委員密查,晚稻有收,但減成耳。

初十日。黎明赴萬壽宫,隨同巡撫行慶賀禮。赴院,商錢漕賑撫事。上書沅帥,乞撥江寧存款買米。

十一日,陰,午微晴。分遣委員赴各州縣商辦大略,以收穫七八成、五六成、三四成不等,已收、減收不等,其全未收者有素豐、極貧、次貧不等,分别蠲、減、緩征。國計民生,兩者兼顧,如須賑濟,則酌提積穀,濟以紳富捐輸,延請公正紳耆主持其事,或平糶,或借當,或賑粥,或散錢,因地制宜,不拘一律。有聚衆强借强當,搜刮米店,阻截米船者,則官治之。遣員往安徽、江北買米。請奏免釐税。景韓來,言武員有不法事,非我所及知也。

十二日,陰。河水退一尺,不雨乃佳。費君延釐來,言紳籌賑濟事,斥屬員之營幹者。

十三日,陰,午微雨。丹徒王令來,言不宜遣委員,恐啓刁民鬧漕之風。民不信官,官復以術愚之,雖從其請,吾心歉然,吾顔赧然,然官場莫不以王令爲賢也。當事舉動繆妄,商諸月汀,忠告而善導之。(庫款見下。)

十四日。五鼓起,視月色如銀,天明而銅烏上矣。謂中丞曰:吾職分内知無不言,吾職分所不及,言之近於攬權,然事關大局,不言恐誤,公能無疑乎? 中丞曰:無之。乃言曰:治軍貴知部分而已,勇之與兵也,水之與陸也,易將則不相習,不相習則下輕其上,督標之與撫標也,侵官則不受命,不聽命則客忤其主,且知人不易,自用則小,公其圖之。

十五日，晴。水仍未退，誌水樁去岸尚一尺一寸。吴祭酒來，言災狀，聞之悽然。遣委員分赴州縣災重處携銀急賑。

十六日，晴。電傳恩諭：賞銀五萬，由藩庫撥給。皇太后賞節省銀五萬，浙江與江蘇同。深宫德意，浩蕩皇仁，守土者莫展一籌，上煩聖慮，惟有盡心擘畫，用濟艱難。

十七日，晴。謁中丞，陳振濟事，宜請派錢道寶傳總司其事。

十八日，晴。代中丞擬覆疏。詢保甲委員郭沛霖承緝逾貫竊案，以内賊對。予曰："内亦賊也。"以力不足對。予曰："與爾購錢充賞之資，十日不獲，撤委。"

核庫儲，十三日堂期收銀三萬八百六十兩八錢六分三釐，錢三百串文，十八日堂期收銀三萬九千五十五兩四錢一分五釐，錢一十四串三百八文，連前共收銀二十七萬五千二十二兩三錢四分五釐，洋二百五十三元，錢九百二十八串六百一十六文，十三日放銀五萬三千五百九十兩五錢四分八釐，十八日放銀一萬三千三百二十四兩五錢五分三釐，錢十四串三百八文，連前共放銀二十七萬五千四百二十兩七錢八分七釐，洋二百五十三元八角四分八釐，錢五百五十三串六百一十六文，收放相抵，實在存庫銀一百三萬四千二百五十兩八分六釐，洋五萬三千五百一十元三角八分六釐，錢八千一百一十一串五百二十九文。

十九日，晴。聞正前營逃走一空，恐其散處爲亂，命委員加意巡查。昨夜有數十人挾刃往見營官，營官匿不出，約今日往，勇竟不往，黠哉！營官者，龍殿揚也。

二十日，晴。衙參，以正前營事，且告李鎮新燕使招勇之壯健者入緝私營，此調停計也。曾道衡遊擊直陳端末，極言龍殿揚之不可用，請命幫帶陳開富招潰勇還營。事定矣，偉哉曾道衡也！

二十一日。聞竹石來，往訪，問浙江辦賑之法，惟買米充漕，則吾所不能也。連日晤諸紳，談災賑事。

二十二日。遣委往太湖查賑，同知老不治事也。訪君硯，商賑事。遣視水，則落二寸許。

二十三日，晴。有遣差弁入都造作語言者，或以告予，請召弁斥之，予笑而不答。

核庫儲，存數見前，是日堂期收銀二萬七千兩七錢二分七釐，錢三百串,連前共收銀三十萬二千二十三兩七分二釐,錢一千二百二十八串一十六文,洋二百五十三元八角四分八釐,放銀三萬二千一百六十五兩九錢八分二釐,連前共放銀三十萬七千五百八十六兩七錢三分九釐,錢五百五十三串六百一十六文,洋二百五十三元八角四分八釐,收放相抵,實存庫銀一百二萬九千八十四兩八錢五分六釐,洋五萬三千五百一十元三角八釐,錢八千四百一十一串五百二十九文。

二十四日。王壬秋來辭,因辦賑久未往訪,不知其遂行也。乃約文小坡、諸遲菊、葉臨公、謝鍾英夜談,極歡。而告壬秋致聲郭筠老,不復作書,相見不遠。

二十五日。衙參,中丞定明日發摺,予輸二千金,中丞繼之,糧道亦輸二千金,臬司缺瘠,爲減一千。同景韓拜諸紳,將延以辦賑也。至湖南會館爲壬秋送行。途遇小坡,携小奚擔行具,將送壬秋爲慧泉山之遊,身如猿鶴,恣其所之,可羨。

二十六日。司、道、府、縣會於即園,謀賑也,吴編修大衡、謝大令家福亦來。飭首府縣會紳設局。

二十七日。語竹石曰:"去年賑易,實也,今主者務虚文;去年用人,擇也,今言者争援引。議者稱吾爲砥柱,而狂瀾莫挽,吾甚愧。"

二十八日。讀諭旨,責藩臬奏事。近日督撫中或貪黷不法,或恣意妄行,聖明洞見之矣。然責之藩臬,慲者憚而不敢發,發而不中則扞格掣肘,欲求引退而不得,而督撫之不法妄行如故也,夫何益哉?

核庫儲,存數見前,本日堂期收銀四萬七千四百六十八兩四錢,洋十元,連前共收銀三十四萬九千四百九十一兩四錢七分二釐,洋二百六十三元八角四分八釐,錢一千二百二十八串一十六文,放銀八千九十六兩六分四釐,連前共放銀三十一萬五千六百八十二兩八錢三釐,洋二百五十三元八角四分八釐,錢五百五十三串六百一十六文,收放相抵,實存庫銀一百六萬八千四百五十七兩一錢九分二釐,洋五萬三千五百二十元三角八分六釐,錢八千四百一十一串五百二十九文。

二十九日。聞景卿繳札,訪之果疾,與商開白茆、蘊藻兩河以洩水,白茆須錢二萬九千餘串,當於賑餘款内以工代賑,蘊藻鉅款擬借吴淞江積存款内動用,來年攤徵還款,事急費絀,不得不設法通融也。甘甫來索借款,不能應矣。城外河水去岸一尺五寸。

三十日。新陽禀今年無須冬賑,與初報不符,官欲收漕,紳欲收租,且義倉虧萬六千石,予嚴檄追繳,謂賑濟先放義倉,或因此阻賑乎?是不可不察。

【光緒十五年十一月】

十一月初一日,微晴,天熱,恐將作雨。與程序東書,云今年雨敗垂成之功,晴收晚救之效,皆意料所不及,然今年辦賑難於去年,紳電張皇,高位震恐,如治病者不能按脈切理,因得句云:"撫字有心勞且拙,相師無術瞽成狂。"

初二日,早晴,微雨數點,晚陰。賀景韓娶婦。紳來謁者多咎擅電之人,予曰善人實爲之。或曰今之所謂善人,古之所謂民賊也,假行善之名爲仕宦捷徑,交通督撫,煽惑鄉愚,一善堂而納四海之廣,操取與之權,此夷狄之法,聖人所必誅者。

初三日。陰而燥熱,冬行春令,民多疫癘,且撈穀下水,寒氣相侵,尤恐致病。吴學士來,亟言脩圩之利,予曰:"圩可以蓄水,可以禦水,然平時爲之,業食佃力,今業佃俱困,一難也;野無乾土,二難也。"吴曰:"千載一時,因利乘便。何謂千載一時?曰恩賑十萬,以工代賑。"予曰:"以工代賑,工賑兩誤。老弱婦女不能赴工,去工遠者不能赴工,則賑誤。名之曰賑工,不能察則工誤。且恩施通省,災重於三縣者甚多,分及三縣,所得幾何?三縣遍築,非數十萬不辦,鉅款難籌。"吴語塞,徐又言:"義倉積穀,地方款項皆可動用。"予曰:"此當與諸紳府縣議之,初五開局,君携以來。"蓋開局延紳未及學士故耳。

核庫收,存數見前,是日堂期收銀一萬四千九百三十三兩五錢九分九釐,連前共收銀三十六萬五千二百七十二兩八分七釐,洋二百六十三元八角四分八釐,錢一千二百二十八串六百一十六文,放銀四萬二千一百七十兩六錢九分,連前共放銀三十五萬二千一百七十兩六錢九分,洋二百五十三元八角四分八釐,錢五百五十三串六百一十六文,收放相抵,實在存庫銀一百四萬二千六十七兩一錢一分七釐,洋五萬三千五百二十元三角八分六釐,錢八千四百一十一串五百二十九文。

初四日,丑刻起風,卯雨,午晴,申雪,皆爲時甚暫,亥刻星見,一日之中數變,政令不常之兆也。閱邸鈔,右庶子崇文以劾大學士張之萬革職。

初五日,晴。大會官紳於玄妙觀,開籌賑局也。議論多不切事理,惟屬諸紳查户口、定分數而已。

初六日。先名宦忌日,丁卯至今二十三年,距降誕之年九十二歲,音容永隔,閉户瞿思。先公遺言:汝負虚名,薦者必衆,毋輕出,仕途荆棘,僚友皆刀劍在心,不能成事反負國。今出而蒙恩居位,每懷遺訓,輒用惴惴。籌賑局照會紳士五人,皆以有事爲榮,非實心辦事,吴紳援之,不能不從其請。詳劾誆騙之同知,上海縣緩頰未應。江蘇不患無米,而淺見者固請買米,今客米擁至,皖江米價轉昂於蘇,乃飭派往買米之員在鎮江少購。是日早起,尚有晴意,登臺西望,不復見山。俄而細雨,傍晚聞簷溜有聲,深恐再成湮潦。委員開白茆,詳提三萬元備用。太倉劉河口開閘,南匯開涵洞以洩水,省城河水去岸尚止一尺六寸,今日雨,恐又少漲。

初七日,子刻雨竟日,河水又長一寸。吴學士以未入賑局,呶呶不休。楊守錫麒自新陽回,言周市十二圖,新陽北鄉最低之區,民在水中割稻,今冬尚不大窘,惟積水不消,難於種麥,來年春夏爲日方長,定須接濟。其東西兩鄉地勢較高,尚爲有收。周令懦則有之,尚非置民瘼於不顧者。

初八日,晴。

核庫儲,存數見前,是堂期收銀二萬五千九百三十兩九錢九分六釐,連前共收銀四十萬一千五百一十四兩(五百一十四兩)二錢三分三釐,洋二百六十三元八角四分八釐,錢一千二百二十八串(六百)一十六文,放銀九千三百四十六兩二錢七分一釐,連前共放銀三十六萬七千一百九十九兩七錢六分四釐,洋二百五十三元八角四分八釐,錢五百五十三串六百一十六文,實在存庫銀一百六萬八千九百六十二兩九錢九分二釐,洋五萬三千五百二十元三角八分六釐,錢八千四百一十一串五百二十九文。

初九日,晴。薛叔耘將使於英法,來取别。李質廷言緝獲私鹽四十餘船,鹽數十萬斤,人皆資遣,辦理得宜。聞浦東龍王廟爲東幫梟徒聚集之所,請質(亭)[廷]飭領哨治之,並檄上海、南匯、奉賢、金山、寶山諸縣會緝。

初十日。新陽、崑山禀災狀,前後不符,斥之。李景卿往治賑濟。電傳,初九日奉上諭,賞給頭品頂戴,無功受賞,欲辭不能,受恩愈深,圖報不易。

紀　恩

邊防鄭重聖心殫,轉餉微勞懋賞寬。林際烏驚頭已白,雲中鶴下頂猶丹。籌思國計慚無補,貪得天功總未安。莫道敏中耐官職,受恩逾重報恩難。

十一日,廣西當事函索蘇局刻書。《會典》館咨繪《江蘇輿圖》。

(張曉天整理)

第四十九册　遊山記(光緒十六年八月)

【扉頁浮簽】

遊山記

光緒十六年八月

遊山記

光緒十六年八月卸蘇藩任,游鄧尉、常熟之作。

遊山記

【光緒十六年八月】

光緒十六年八月[①],奉諭自蘇藩量移楚北,九月初五日交卸。宦吴三年,未得一日游觀之樂,今將去矣,好水好山不可不領取其趣。乃買舟,於六日放棹,挾趙惠甫之次郎君和偕行,先往常熟。出胥門西北行,以齊門陸墓水淺,繞由運河,遥望鄧尉、支硎諸峯,歷歷在目。十里,楓橋。二十里,滸墅,舊日税關也。二十里,望亭,西望諸山,皆太湖之障,無錫轄境。自望亭轉東北,十五里,爲野長涇。十里,吴塔司,入常熟縣,過吴塔,始望見虞山。二十里,抵常熟城西南,泊。君和歸,君堅來,惠甫遣迓,謝不往。常、昭兩縣尹來謁,以未携冠服,卻不見。

和君和元韻

秋風蓴菜思千里,白露蒹葭水一方。自是仙人能脱網,傳聞豎子尚居盲。遨遊好赴雲山約,洞酌難酬士女漿。暫别江東諸父老,更尋耆舊問襄陽。

虞山舟中雜詩

山色蒼蒼塔影遥,好風相送過楓橋。兩岸兒童呼稻熟,嘗新滿碗漲弓腰。

---

① 眉批:除"諭"字抬寫外,餘均應低二格。

滸墅纔過又望亭，輕橈轉入野長涇。牛羊欲下漁舟晚，草色波光一抹青。

行來吴塔何無塔，人道從前塔已亡。頗似彭山本平衍，漫將高冢當高岡。

虞山本以仲雍名，善體親心讓弟昆。史策流傳詞害意，文身斷髮恐非情。

初七日。晨起，君堅遣人迓於途。入西門，過言子墓，有廟，峯頂有亭，其西則仲雍墓也。兩縣共一城，環嶺爲垣，粉堞如帶，界破山色。出北門，則君堅、君和已候於道側，因行。五里至興福寺，寺臨破龍澗，亦名鬥龍淵。宋龔明之記曰，高僧有龍，與僧鬥不勝，破山而去。今俗呼破山，指山間有洞，附會之耳。寺中救虎閣，亦高僧事，阮文達題榜，可以望遠。五里，連珠洞。有寺。洞中出泉，僧詭稱飲之令人壽，香火遂盛。今久不雨，泉亦枯竭。笑謂二趙云："寒山空有寺，古洞已無泉。"寺外平臺望見狼山，其下一綫白者，大江也。陟九里坡，界圍萬松，無風自響。自磴道下望，萬頃江田，視江水則較明矣。其上爲三峯禪林，康熙中三峯禪師卓錫之所。聞思閣亦可望江，有禪龕精雅，予坐數三百息。縣尹遣人送食，笑謂二趙："此王刺史白衣人也。"遂留飯。僧藥龕出所藏書畫十數事，内石田、元照、蓬心畫，子昂、香光書，均可觀。張道浚墨竹十幅，題句並注。出三峯寺，陟山頂，松氣香峻。回望大江横亘，行舟隱約。江北諸山，歷歷在目。轉而西下，則連崑山諸湖皆入覽矣。祖師殿外，白石壁立，如人工砌成，坐石上俯瞰尚湖。尚湖者，常熟之西湖也，其東爲昆承湖。太公避紂，居東海之濱，或者其垂綸處歟？故名曰尚湖。湖濱皆良田，溝港貫穿，田高於水四五尺，水旱無憂。遠望木瀆、靈岩，近則齊女墓在焉。拂水岩者，山水下注，石激而拂，晴久則乾。再西曰劍門，兩岩並峙，若合若離，如劍州之劍門。山上爲小劍，下爲大劍。明嘉靖人題"劍門"兩大字，磨崖深刻，殊不足觀。此山石皆方塊，如疊萬卷書，如壘萬仞牆，潔白如玉。路仄而陡，下視欲墜，第一奇境也。下陡坡至平陸，維摩院在道旁，未往。因沿河至翁氏園看石。有兩石，高約二丈，廣僅三尺，仄處二尺。一石有百餘孔，可云瘦透；一石有縐紋而玲瓏遜之，皆佳品也。入城至趙氏静園，環水爲亭館，貫以長虹，蘇城諸園無此勝境。惠甫養疴其中，頗自娱。適置酒相留，出書畫數事賞玩，各道近狀。惠甫挽留信宿,二人衰老,後會不可知,予亦應之。三鼓始別。一日之間,名山、老友、好書畫攟至沓來,數年無此樂也,不可不記。

言子墓

界山入城中,賢冢仰高巘。言念君子模,愛人以爲本。小人使學道,斯言旨尤遠。弦歌易茶肆,薄俗何時返。

興福寺

常詩米帖阮公題,(壁嵌米芾書常建詩,救虎閣匾阮文達公所書。)救虎騰龍事莫稽。門外雙幢年代遠,間勘石墨等量鐫。(門有乾符咸通經幢。)

連珠洞

寒山空有寺,古洞已無泉。獨愛平臺上,看江意豁然。

三峯禪林

萬松叢裡著閒身,高閣禪龕暫息塵。書畫娱心窗几净,江湖滿目鳥魚親。尚輸康樂遊山興,忽有王宏送酒人。行到峯頭應更轉,無端識得去來因。

山行感興

山色湖光相映發,良田水旱總無憂。老夫於此興不淺,掉頭便作逍遥遊。買田陽羡長公券,放棹晴湖少行舟。兩願得償吾意足,何必更去營菟裘。

劍門山

陡絶西川勝,移來東海隅。倚天雙劍立,開道萬靈趨。地勢雄江左,波光照尚湖。誠心能破石,一綫達雲衢。

静園别趙惠甫[①]

初八日。循望亭舊路鼓輪而歸,泊胥門外。以書招李景卿、文小坡未至,而偵邏投刺者紛至,懼其囂擾,遂先行艤舟木瀆。遊端園,錢端溪先生照故園也。有樓曰菜花。窗對靈巖,羣山羅列,中皆良田,可以觀稼,菜花時尤燦麗耳。解纜至青龍山下,已晚,遂止。半夜聞艪聲,景卿至,小坡未來。

---

① 整理者按,以下空七行,有目無詩。

初九日。晨餐畢，已至光福里，弔鄧尉山，同景卿登峯。東北行至司徒廟，土人謂之柏因社，以廟有古柏數株，所稱清奇古怪者也。就中惟號怪者，僅存枯皮横卧，高六七尺，根榦槎枒，上挺小株，枝葉尚茂。餘在西北方皆常見之物，特吴地少見耳。出廟南行五六里，至元墓山，與鄧尉本一山。相傳東晋青州刺史郁泰元葬此，故名元墓。明僧萬峯居焉，又名萬峯山。聖恩寺，康、乾兩聖駐蹕之所，有沸珠泉。《志》稱山有八景，不及遍訪。就還元閣小憩，則望見太湖一角，正對漁洋山，即新城取以自號者也。遇易碩甫携一僧往遊漁洋，談片刻去。故人之子隔數千里遊迹相逢，真可謂萍蹤矣。寺藏古鐘，伯寅尚書定爲春秋小邾子牼，證積古齋誤"邾"爲"周"。祖庚尚書韙之，拓本有題記。攈摭古物，愛不忍捨，此江南第一吉金也。飯畢遊石壁，即彈山之麓，如逾山往，不過五六里，輿夫憚其險，老人不能步，失此奇觀。仍紆司徒廟而西昇山，有石臺，轉而東望，則洞庭諸山悉陷溺於湖，汪洋浩瀚，莫知其際。石壁奇峭，四周大可數畝，仿佛金陵城外宏濟寺。壁間稍平處爲題名人鐫刻殆遍，挾其貲力，汙穢名山，殊可憎哉。精舍飲茶，還至舟中，月已上矣。

初十日。晨餐。同景卿登岸，循蹬道而北，至靈岩山麓。遥望山巔，有石如老人箕坐，曰壽星石。拾级而上，山半小憩。縣丞王某、刺史周煦山亦至，因與同遊，不之拒也。再上琴臺，石有如牛如馬者，擬而象之，不足異也。與人言小坡常以中秋至此賞月，殊有雅興。再上愈陡，至山頂。從前琳宇法宫毁於兵燹，寶塔猶存。《志》稱靈岩高三百六十丈，拔奇挺秀，若不與衆山伍，而衆山之高高下下，或斷或連，一覽了然。東望太湖，南望穹窿，眼界空闊。石可爲硯，賈人各據山開採。慕天顔爲布政使，始贖歸禁止，亦保護名勝之意。西北行，亂石中即吴王宫西施臺故迹。傾國傾城，美人真難再得矣。天平山相距只十里，下陡坡即望見。自巔至麓，石筍林立，下至平地，迂迴山徑。昔有履安者結廬其間，曰無隱庵，徐俟齋爲之題記，蓋明季逸民也。乾隆中，涵虚者亦有道行，厥後庵漸頹敗。其徒鹿苑欲振興而不得，圓寂時語寂山，寂山卒新其寺，匪獨護持彼教，且使忠迹不至就湮，其爲功也大矣。寂山年七十餘，語言類有道者，可敬也。初至庵門，小橋深樹，已有幽静之趣。緣岩構屋，幽而不暗，敞而不囂。石刻書畫皆近人作而無俗筆。登靈岩之高峻，不可無無隱庵之邃雅，斯遊中之妙趣，如文章之起伏矣。寺西循天平山麓仰望，石或如獸、或如鳥、如劍、如几、如堵、如臺、如人立卧。有二石相倚,如喬梓俯仰之狀。有傖父篆書"萬笏朝天",字大逾丈,筆勢頑劣,白圭之玷,山靈之羞。五里抵高義園,宋范文正公義莊也,祖塋在焉。聖祖、高宗駕臨,賜復題曰"高義"。義莊規則,石刻流傳,好義士夫競相倣傚,亦有名爲義莊,以收時譽、邀褒獎,而貲財出入仍自專之者,不得因一二鄙夫,謂非風俗之美也。園後地廣林密,門前池上石橋十有三折,宛若長虹,方擬登陟,而飯罷日落,不及攬白峪、挹清泉矣。迂道支硎,支道林故迹邈矣難尋,衡山竹塢亦茫不知何在,而山石歷落,竹樹繁茂,隱居爲宜。返至木瀆,携月登舟。開行十五六里,南入石湖,一輪在空,岸闊無際,清風徐至,微波不興。笑謂景卿:"安得長居此清涼世界乎!"還舟行,東行十五里,至胥門,與景卿各返其居。漏已三下,倚枕而卧,魂夢猶往來青山緑水間也。

柏因社

銅井誰題香雪海,石樓空倚蔚藍天。森森黛色寒山裏,落落芳蹤野寺前。聊比四人笑相視,何妨九日白重聯。清奇古怪猶皮相,芝采來尋皓首緣。

還元閣望漁洋山

郝元鄧尉迹俱陳,還借梅花爲寫真。何事漁洋名最遠,好山端合住詩人。

小邾子鐘

誰將積古證羣經,名著《春秋》字象形。江左吉金推第一,三千年物鎮山靈。

石壁望洞庭山

山輿拋卻樹支吾,操杖還須侍者扶。壁立千尋蹲怪石,波摇萬頃接平湖。峯頭出水小於粟,帆影横空泛似鳧。携得洞庭秋色返,要將詩景判荆吴。

無隱庵贈寂山上人

逸民身不辱,遁迹入空門。林木有名節,盤阿獨寤言。禪燈傳未遠,證果識根源。寂寂房櫳静,猶多古意存。

十一至十三。辭行相識須面譚。遊山不覺勞乏,拜客輒形困憊。餞筵均經辭謝,惟朱竹石同官兩司,深資其助,辭不獲已。十四日飲其家,歸遂疲乏不可支。猿鶴之性，置之樊籠，宜乎其不堪也。日來以詩文送別者甚衆，胡君傳、趙君烈文語多規益，而趙君持論通明，用意尤摯，謹當書紳。是日眷屬先行。

十五日。同官送我於胥門，有遠送者。吴望雲祭酒自震澤扁舟來別，謂宦此三年，士民知感。其一二不識者，不足計較。所惜去速，吴淞江修濬恐未得法耳。别送者，東行至周莊。陶煦字子春者，周莊人也，著《租覈》及《周莊志》兩書，號爲精博。而《租覈》言吴中租重之弊，予采其言，欲行之而不果。欲一見子春而不能，愧負深矣。又東過澱山，至即湖，湖水湛清，空闊無際。其二泖在松江城。九峯之勝，未得放舟其下，亦猶遡迴伊人而道阻且長也。又東過五庫，經龍王廟，節節皆有湖蕩，即黄浦江也。又東至閔行，去上海尚七十里。地不甚大，而古寺高閣獨跨湖邊。皓月光明，漁舟錯落，風景特勝。下水至此停舟，待潮退順流而下。浦東爲鹽梟出没之所，閔行一區私梟、賭棍、烟館林立，麕聚約將千人，上海則以萬計，治之綦難。眷屬各舟至此會泊。

十六日。黎明開行，巳正抵上海縣城東十六鋪官碼頭。由蘇至滬，順吴淞江而下曰江路，入黄浦江曰湖路。商旅因吴淞有縴路，多出其途。湖路則非有小輪船拖帶，專待順風始能開舟。滬上各官聞予至，多相迓於新閘，而予從虹口逕趨東門泊定，喜無客至。復乘小輪往虹口觀紡紗、織布兩局。紡紗機器自出花至成紗，凡十二道而成，造屋機器銀二十八萬兩。織布機器自出花至成布，凡十(十)八道而成，造屋機器銀已四十餘萬兩。因購紗壹包，花旗斜紋及英國布各一匹，並各索章程一册，以湖北方興辦，取作式也。歸舟已日晡，客紛至，三鼓始罷。

十七日，拜客、會客。金陵遣龍驤兵船來。

十八日，擬上輪船而風大，不能移舟。客來不斷。

十九日。登龍驤，太狹，礮重而機器小，常行尚不靈利，何能用之戰陣？巳正開行，丑正泊江陰。僅行一百八十里，計一時行二十二里有奇。

二十日。巳初開輪，酉正抵三江營礮臺，計四箇半時，行百二十里。江陰江面闊，礮臺不甚得力，然江南門户資以固守。三江營即圌山，石壁崚嶒，横截江面，兩峯對擊，礮子可及，自古以爲要隘。此而不守，則長江之險失其半矣。子初抵鎮江，計兩箇半時，行八十里。卯正抵金陵，計三箇半時，行一百八十里。鎮江焦山、甘露、金山鼎峙，夾江爲炮台，以衛郡城。金陵礮台以衛省城,若阨長江,則不若圖山關也。[①]

游琴臺記[②]

光緒甲申之夏,局迹鄂山,煩鬱不怡。周子伯晋相與話西山之儁游,券月湖之密賞,興矚飛逸,中心藏之。先日駛雨,湔除溷暑。陳子邁盦來,約觀乎琴臺,朝爽未過,連輿命駕,遂乃度平湖之門,繞大别之麓。巖岬草氣,已扇午熏。野塘藕花,高出人影。清風忽來,澄波可鑒。水木明瑟,荷香到門。陂池繚曲,柳陰在水。爰憩平臺,舍輿而步。紅薇翠柏,掩映軒礖。乃開清襟,支畫檻。東嶺雲上,北窻涼多。全湖杳藹,散入烟林。小艇伊雅,輕於水鳥。漢皋樓壁,微辨乎粉點;滄浪亭阯,遥盪乎翠漪。暑蟬鳴於樹間,沈鱗泳於水次。憑闌倚徙,益發遐暢;雅談縱横,頓忘炎曜。吹茗折餅,飲歗樂已!夫以琴臺者,在漢陽之北。得平林之逸景,環石隄之清流。泓然一湖,動溶平遠。明霞緑波,旦夕新鮮。連畝近阡,煙水冥妙。名區可翫,真景宛在。然視昔之華榭連坐,冶游輻湊,興替之故,不無感慨。方志謂伯牙鼓琴,即在此地。流衍千古,會心不遠。懿彼一丘,實具二美。昔人之言,良移我情。余與陳子同居浙水,西泠鑑曲,溪壑明媚。登斯臺也,又動歸思。話故鄉之湖山,款寒溪之琴屐。南有喬木,可以休息,亦足以閬靈蹤、寓勝概已。况乎林亭曠望,岩泉周歷。昔時學者,毋廢息遊,玆際朱曦曜晷,宜居高明。幸偕雅好,欣然散眺。縱沖襃于俗表,留神契于清軫。俯仰之交,忽焉今古。志在流水,素心共之。

望　雨

一時紀勤雨,千里遍祈霖。未有興雲意,徒爲恤緯吟。看梅遊客興,種麥老農心。南北須調劑,呼天爲招斟。(時畿輔積水未消。)

小舟夜坐

淺水扁舟泊,徐看月出林。山河寒有影,鐘漏響俱沈。漂泊無常處,艱危獨在心。偶然思指使,童僕睡魔深。

---

① 整理者按,此葉以下十葉空白。

② 整理者按,《游琴臺記》一篇爲硃格散葉一葉,夾於此處。此葉右上角粘有紅色方簽,上書“敬求鈞削”。

舟過牛渚望鵲起磯滿山紅葉

當年戰血草猶殷,捉月清狂付等閒。安得畫如虹谷子,夕陽紅葉寫秋山。

(劉毅超整理)

第五十册　下荆南日記(光緒十六年十一月)

下荆南日記①

予以十一月初六日卸署督糧道印。初十日,[買]舟,携瓆、瑄兩兒,約春谷、勁臣同■■■化黑龍集緝盜。譌言四起,襄陽、穀城居民遷避,文武鎮撫初定,予因募健勇往襄、穀,礮船二從焉。

初十日。登舟後,同官、親友來送。日已暮,未開。

十一日。過漢鎮,拜客,託唐鳳墀代鹿門書院購書。歸舟,朱曉嵐來。

十二日,晴。得順風,日中昃始過蔡店,左子寅督礮船於此。風利不得泊,遣弁往問訊。暮泊小江口,計行八十里,上水之難也。小江口仍漢陽轄境。子寅遣舢板送行。

十三日,冬至。是日爲聖祖忌辰,京師國恤停止慶賀,而仍進表,遇忌日則改於次日進表。在省時,議以十四赴萬壽宫,蟒衣補服,掛■■■■,禮也。黎明開舟,三十里至新溝,過此即漢川界。七十里泊漢川。薛君傳祁,同年曉帆之子也,爲漢川宰,來見,明於大體,關心民瘼。薛氏昆弟皆多智能,又叔耘其尤著者也。漢川地勢過低,漢水倒灌而入。從前有新溝口及上流一■■■,積水亦瀉,今皆汙塞。薛君議疏新溝口,以界屬漢陽,會勘不易,乃議濬上游一口,又以歲飢民力不逮而止。予謂薛君,漢川所謂民瘼莫大於此,終以勸辦爲亟。釐局委員劉令葆源來,字芝坪,有庚子甲時年誼,人亦明爽。聞其辦釐,所至之處,收數輒增,操守尚好。

十四日。五鼓開行,七十里洋子口。自漢川縣至此,陸行僅七里三

---

① 整理者按:此册記黄彭年卸任湖北署督糧道往任湖北按察使途中之事,時爲光緒八年。

分，水路紆曲乃十倍，無論何風，皆不能盡順，惟風細縴行，爲上水之利。又三十里三條灘泊，仍漢川界。春谷乘艑子已前進矣。

十五日。曉月未落，流雲在天。縴行紆徐，三十里麥芒嘴，入沔陽界。礮舟來迎，詢爲曾雨生總戎所轄。買魚得巨鱗，漁人指隄缺口，曰："此彭家■，以五百千賄馬姓所決也。"問州官李，曰："尚清正。"問前官黄，則摇首曰："非鄉人所敢言。"二十里馬家州，四十里桃林鎮，亦一都會也。礮船哨官周榮陞來，年六十矣。分駐三舟，一調修隄，僅兩舟上下梭巡，不敷應用。釐局委員陳令彥綬字少覃，慶覃先生之子也。話舊事，知張壽雲學博奉諱，其子鼎臣已登丙子賢書矣。沔陽土物以綿爲大宗，今年水淹十之七，又決隄械鬥，風鶴頻驚，釐税大減。李玉生方修子貝淵工程，開柴林河，遣人餽飧，受之。春谷舟同泊。

十六日。十五里沱潛河，沔陽、天門交界處。五里波江，十里馬楊灘，十五里彭氏河，皆以居民族姓得名。蓋隄外多是湖地，汙平築垸，始占地者即以爲名也。十五里泊横口。馬楊灘、横口兩礮船哨官來，皆長沙人。晚約春谷過舟商到任事。

十七日。五鼓行，月光皎然，霜凝隄上，如照積雪，而天氣不寒。三十里至嶽口，天門令邵伯棠來謁。詢以地方情形，應對明悉。予曰："人言君押人過多。"伯棠曰："户婚、田土案易結，盜竊不能放，姦拐案關提追繳，非數月不能結，是以不得不押。"予曰："我聞人議君，必以告；君聞議我者，亦毋隱。互相勉勵，庶幾無害百姓。"同來者縣丞徐芳，字古芬，亦尚曉事；釐局黄令世崇，湘人，能古文。拜曾雨生協戎，伉爽喜任事，近以沙陽盜劫被斥，頗不快。言葉家洲劫漁舟女子事，牒前道未復，須到任查明。乘礮船視決口，水檔八十五丈，已出水者六十六丈，尚有十九丈未合。皆以小舟載沙填塞，緣塼石不易辦，土性又浮，故專用沙，究恐堤根易受刷蟄也。舟載之外，民夫筐挑，婦孺皆往，工以代賑，爲計良善。天門已被灾緩征，而鍾隄分派隄費，天門應繳五千。此款多是安陸府與劣紳分肥，俟與李守潤玖商之。三十里黑牛渡，有亭翼然。五里泊異姓灘。灘有潰堤，安陸府委從九覃育仁督修。紳民黄銘章等呈，稱漫口工程須壹萬餘串之多。經邵令挪借壹千串，并收畝費辦理工程，已得八分，尚欠土夫千五百餘串。停工待費，乞由省撥欠二千串。查省城地丁漕粮，緩征甚多。釐税減色，而部撥軍餉及開河放賑爲費甚鉅，藩粮■釐九庫無不支絀,礙難請撥,仍應就地■■籌款。覃育仁,黔人,尚明白,嫌滑。

十八日。順風開帆,十里張吉灘,入潛江境。縣令梁湘帆來,楚材之佳者,治獄明,緝姦得力,操守亦好。言潛江隄決數處,實監、沔之上游李牧所開柴林河,是瀉潛江灌入之積水,潛隄不修,則自頂倒灌,開河無益。請款開工,未知上憲能準否也。三十里澤口,梁君别去。主簿范應鈞,贛人,年七十餘,尚强健。典史李光華,蜀人,戒勿生事。巡檢蕭國禧,在襄陽聽差,來潛提京控案。詢以歸期,言月内可以提到。佐雜出差漁利,不可聽其久在外也。三十里泗港古河,久汙。十里葉家灘,五里長樂院泊。

十九日。順風揚帆而不能疾,灘多易淺也。二十五里多寶灣,京山屬地。縣令沈君星標至,言派鍾工費二千,徵收委之縣丞,僅得數百千。又言張壁口隄爲天潛保障,道光中籌鉅款修石磯,禦水自移張壁口。歲修畝費協濟鍾工,石磯崩蹋無存,若不亟修,隄身受水撞激,恐致■決。紳民議築月隄,估需七八千串,一時未能興[辦]。■十里沙洋,荆門屬,在漢水西,其東岸則京山屬。途中見決口數處,均已修復。紅沙石既不堅,又斜鋪,不用灰膠,亦不經刷。土人但圖省目前之費,不慮日後之灾,狃於積習,牢不可破。京山每收錢糧,輒赴水師借兵彈壓,民風之悍如此,無怪姦拐盜賊之多矣。沙陽盤隄有小河可達江陵,後港口岸次於沙洋,石灰橋又次於後港,水路鎮集繁盛之區,釐收行貨,故水灾雖重,而釐捐尚不大減,約計歲收錢十餘萬緡。厲君祥官辦釐來謁,會辦之陳令現不在局。荆州營麻遊府以會哨過此,得語。陸君承祖遣礮舟來護行。自沙陽以上,灘愈多,溜愈急,舟挽更艱。恐遲,議改由陸程。團練劉某來,率團衆列河干,團勇三十,團丁數百,犒以豕酒。州同王廷選,河南舉人。

二十日。陸行,兩兒同吕、石二君仍以舟上,予乘肩輿,從者騎。十五里溝中小憩。十五里楊家集,茶尖。居民不多,無讀書者。十五里王陵港,鄉間小市場,有士人教書,不好訟。近村無寫户,不患賊盜。今年■■歉收,米糧尚稔,有熙熙自得之意,勉以■■,亦能領受,此鄉不易得也。十五里孫家集宿。自沙陽至此,岡阜相連,兩旁窪地,亦無水患。路不平,有仄處,有灣曲處。鄉間輿人不慣四人肩輿,老者力頹,壯者烟癮,十步九顛,落地者數矣。館人語予曰:“過此入坦途。”聞之欣然。

二十一日。丑刻起行,風勁月黑,上下灣環,陟降艱苦。至麻城鋪,爲鍾祥屬地。有水自鍾邑來,建閘啓閉。閘下衝刷坑坎,駕一木爲橋。

下輿步行,空輿以十數人舉之始過。水潴成蕩,灌田頗多。十五里過五里三坡。坡不甚陡,石山之戴土者。山隙有泉,聚而爲塘。坡中土田甚饒。行岡上,北風愈厲,輿頂幾吹墮。土人指龍會山曰:"東寶山,西寶塔,其中即州治矣。"二十里過龍會,至州城。山有平路通荆襄。山皆青石,有玲瓏多孔可供園林點綴者。鳳鳴閣碑猶在,而閣址不見矣。刺史恒君公出未還。過州宅,見木籠枷二人,詢是劫盜。近來盜風既熾,而解費甚鉅。州縣不得已爲此法置之死,亦上■之過也。見■■湯君,蜀人;學正周君,鍾祥人;訓導魏君,■■應城人;守備楊君,竹山人。中火後,風稍弱而雨雪,遂止宿。聞獻之將歸,亦思留此一談。荆門州城書院膏火尚豐,生三十二名,童四十名,附課百名。城内有五義學,沙洋、後港、建陽、石灰窑尚有四書院,均延山長課士。佳士陳、汪兩生,尚無著名刁劣,亦無績學老宿。監犯十六名,卞百餘人,皆刀痞囤户姦拐之案。其户婚、田土之案,皆隨到隨結,其不能結者,亦取切實保人,不羈押。兩學吏目之言如此。

二十二日。丑刻起。獻之來談地方事甚悉。聞書院風景甚佳,泉水尤清冽,惜未得遊也。寅正發,二十里天始明。又十五里南橋河,水清可見底,不能行舟。二十五里石橋驛,中火。二十里樂鄉關,唐陳子昂嘗旅居於此。關南有閣,關北有橋,山澗成河,石磷磷羅列水中,如鏡含山影。二十里火石鋪,以火石得名。十里斑竹鋪,行高岡上,俯視邨落,多以叢竹環繞。左望龍會諸山,右視南漳小河,如在畫中行,致足樂矣。十里■■驛,鍾祥■■■君同麗■巡撫……談……土,夜深始去。

二十三日。行二十二里快活嶺。此地多盜,海七麻子盜殺過客一案,誤誅開歇店人一名,尚有爲從二名,擬斬監候,亦冤,已不能伸理矣。過八里岡,入宜地界。過漳河渡,水自南漳縣來,至倒口入漢。新店中火。知縣舒善慶、千總劉來。過金家鋪、朝陽觀、鯉魚橋,三十里入縣城,宿縣署。典史謝超來,以聲名劣,儆之。兩學來,詢士習,雖乏俊材,尚無著名劣生。與舒君談宜城風俗,以田家集一帶爲盜藪。到任月餘,尚思切實辦事,調閲胡元美京控卷宗,亦添砌圖牽累者。宜城之南有宋玉冢。

二十四日。行三十里小河塘,稍憩。又二十里歐家廟。襄縣令梅冠林、次山衛千總趙鳴鶴、翥山守備高玉華來。中火後,四十五里入城,行河灘地,麥已普種。有水則行山路,輿人言頗崎嶇。城外風景頗佳,迎者載塗,應接不暇,未能流覽。入城後,見同城官,尚未能詳識也。

二十五日。

拜…………正法■有益得……亦了■矣餘■■獲再辦■■有黃……放……供出,已請輝山兄查訪■團示即發……片者繳片自新,誅不勝誅,只好嚴緝魁■,解散脅從。弟本擬望日啓程,因封印在邇,京控須遣釋者多,未能遽出,擬請吴儀翁今年出■■,俟開篆後緊要之時,再行定期前往。■■■■借穀一層,已函達兩院。但此事斷難行之,公……只可密飭團紳,斟酌妥辦。否則窮民太多,倉穀有限,■■■難支持善舉,反生事端,亦不可不……

……聞……治放賣圖片或■■房舒文……家■住……杜……奉請閣下迅即密拿辦■毋任漏網。……消息,致令遠颺。又聞貴境蘧家灣、楊■■一帶均有劫案,亦望先行查復,嚴緝首夥懲辦。冬令會哨乃係定章,值此宵小易■■時,似未可安坐衙齋。嗣後祈隨時整飭,以……閣下學識,弟所深佩,遇事進規,想不嫌其直戇。且形之公牘,諸多未便,故先函陳■。

……事或可資臂助……力先■擾又細■■均處置得當■任得……自……閣下與傅君妥籌之績■一層,既經書……貸貧民,又稱書捐未交,何不就已書■令其於二月青黄不接之時酌成出借,即於秋間由借户歸倉。乃欲動借府倉,不知府倉曾奉■憲札飭,不可輕動,非禀奉院批不可。是否足■倉穀一事已經舉辦,抑或别有挪移情事,務望事事踏實辦理,不可怠忽搪塞。弟■擬望日啓行,因封篆在邇,京控案件急……請吴軍門今年内出……篆後再周歷各寨,較■……妥協,仙人渡隸■■治,有黄■書,係放……均共係渠引■請即密拿……西垣……種係向書局乞得……部已請招商局代購。此間籌款艱難,故弟■■講席騰出修■購書……到後恐不能待,須儘數■去不定,兄此……書箱,歸院後製櫃封鎖(櫃須三層安門。)設立齋長,■管預備諸生看書房屋、棹櫈、茶水。弟在蓮池辦有章程,載《萬卷樓書目》卷首。送閱,請酌■■議。立齋長後,即將書五箱先行送交經管。■君培植後進,必能能妥籌也。

……道黔南世族儒素家……甘衡門之隱。本年正月渥荷殊恩,簡放斯缺,■■任重,懼不克地■利弊……行……採,不執一己之見,不聽細人之言,事皆親裁……請託盡行拒絶,陋規一概革除。藏獲悉■■之輩,幕友皆端方之人,並無親族子弟干預公事。即本道長子,曾任此間地方多年,現經遵例■■,亦不與官紳往來。本道前曾數次過境,風土■■,■知梗概。誠恐不法之徒,詭託素識,或以親■爲名,譸張爲幻。此等流弊,亦當預防。除嚴密訪■,飭屬拿辦外,合行出示曉諭,爲此示,仰……軍民人等,一體知悉。如有假……僕在外招摇影射指名■■情事,■即捆■■轅以憑瀆法■辦,即……亦何足惜,並許扭送,决不姑寬……所惑,致被牽連■宜……等一安……道唐協和淮湖北臬……宜城縣文童王澤沛遣■王■佐京控,彭體道■■■使王寶貴等■傷伊……鎗……房屋牲畜,控縣■差不拘……情一案。職道……任陝西西安鎮總兵,前在陝西撫■中軍,■■任内與職道先父原任陝西鹽法鳳邠道,係屬同官。先是,職道奉飭赴任,道經宜城,該■遣人持名帖相迎,職道亦遣人持名帖相答。迨■襄陽後,查知該紳有被王澤沛京控案件。該紳屢次來寓,均拒絶未見。職道此行,係在沙■■改由陸路行走,家屬船隻在後。該紳輒……父門生,遣人赴舟次朦送禮……禮物璧還,仍給所遣人■錢一千文。是該■不知遠嫌,已可■見。職道……復不知遠嫌,欲使秉公訊斷,原……訊辦不足以折服兩……抄……收……縣收啓……大人俯賜查核,將……等一案提省委員審辦……信讞而杜翻控……爲公便。

……密拿匪徒,外示鎮静……下已商請儀堂軍門帶隊周巡,並致書南■■道府縣一體會緝,開……時斟酌奉聞,鄙意查■■盜,總須不……犯必懲,不在鋪張揚厲,告密者紛紛而來,正盗轉聞風而遁,閭閻反爲之不安。祈便中回明兩院,前函請留南漳朱令,即因其遇事整飭,■毫不張遑也。古人云:“公生明,廉生威。”地方官果盡能革除病民之政,民間自然畏服。如朱令者,亟宜設法令其足以自給,可以一意辦公■場或可觀,感朱令録呈春間禀稿,單……方伯既面許設法,務望……陳南漳錢糧聞歸書吏糧■包征包解,該令■改自征自解,查書役……亦係■辦襄■各屬,每兩……才力亦辦得到,該令懇……行……

致梅次山大令

頃……管之蔣國楠因檢■■縣京控案……該監生主唆等情,足以送押。年■篤疾,須屬守者善視,但不可令与打官司人同在一處,免其生事。又須斷其往來,此亦輭辦訟師之一法。

……此等匪徒並非真能結義,亦非實在匪首,多係賤■■圖片增價賣出,妄稱他處……持……爲其所惑,既受圖片即……黨挾持飲酒……不測。本道蒞任伊始,深憫愚民無知,悞罹法網,特開自新之路,不究既往之愆。如有買得圖片者,統限於光緒九年正月以内出具,實止誤買圖片,并未聽從爲匪,嗣後改過自新,不敢再買,切結。檢同圖片送交團首,案旬彙繳該管州縣,分别銷毁,存案。均聽交團管束,自謀生理。倘敢違延,或再買圖片,甚或轉賣,引誘他人入會,定即拿案■■■懲辦。本道法外施仁,苦心勸導,……再誤,特示。

再,被惑愚民■■呈繳圖片,自■之後……得以曾經入會稽首匪類,牽……君千里回思,如在目……能再,比聞荆山■缺,意疑公棟標題,然黄鵠■頭須留仙迹,總覽全■■勝……其勝槩也。衡山之石較勝於……激波寫照雙峰……减色,良可欣慰。自抵襄郡,才拙事紛,前■峙老,屬塵君聽。兩旬以來,誅兩匪首,錮一訟師,稍戢奸人軼志。籌賑代之法,以甦飢寒;赦被惑之民,以散匪黨。遇事料檢,粗有頭緒。官吏情性,或剛或柔,因事因人,隨時戒勸。非甚不肖,不敢以聞於上官之前。俾中才得以自■,■■愚志,未知能否有成。我公教愛何以益……院議設齋長,迄今未定。……尚存署中,此間籌款之■,即此一端已可■■。承惠洋鎗子藥,約……春尚擬續請。又緑營中索……其歡心或可備文領……襄爲感。

致武峙東

兩……堂是頃奉手知星使■臨雙峰寫照……色,偶用擦筆,正自無妨。欣慰奚似。■■■高懸車之節,視鯫生垂暮折腰勝萬萬矣。襄事以静鎮之,誅兩匪首,錮一訟師,籌賑貸,赦愚惑,冀使奸民知畏,愚民得安,官之剛者防其過,柔者起其靡,泰甚者則思去之。盡心力之所能至,其不能至,則引咎引■,鄙志如此而已。公乃奬譽過情,愧甚愧甚……具規畫良多,到此未……索居多過,尚乞勿以……遠而遺，感甚。

……與革除何，尚不蒙見……慙也。歲云暮矣，每念州邑在押之人不得歸■度歲，其有罪者由於……其……不得釋，則吾輩所……也，仁人當早憫……弟之諄託，京控審限綦嚴，弟不欲委員差催提，慮其滋擾。公當亦互相體恤，早賜差解也。

……照得襄陽府屬各州……竄留外來痞匪遊勇肆行劫奪，燒殺掠賣■■滋擾，鄉民受害已深……各……懲而各處搶案仍復層見■出。推原其故，皆……官平日教養無方，稽查不力，團練、保甲■爲具文，並不認真舉行所致。查前升道方在襄迭次飭辦團防，著有成效。其一切舊規，尚有可循。亟應嚴加整頓，以資捍衛。除檄行襄阳府暨札行各州縣遵辦外，合行出示曉諭。爲此示，仰紳商軍民等，查明從前團首■在，如有事故，迅即選舉公正老成、衆所信……人充當，報官諭辦。惟團……輔而行，挨户■牌稽查■痞匪無處容■，庶盜風可戢，閭里……團紳經理就地略籌……肥己，遇有盜警集……者重……官查照舊章……妥爲斟酌，列條示過。總期簡便易行。爾等■須趕辦，毋得玩忽自……各……

柬張實君

實君先生足下：履任月餘，迄少暇刻，欲一從容話舊，領略教言而不可得。歲晚務閒，天賜晴雪，春麥可望。閭閻有……台端準已正於習家也。小……轉邀令壻星■兄奉陪，勿■爲幸。

……燕山上塵左右。比來……蓋勞。法人分保越南，能否始終如約，中■是否吃虧，想■胸有■■迅……快，但其人於總理亦有■長，可惜太不自■■■時事方艱，八方難得，去者誠不肖，來者未必皆賢，此則視氣運爲吉凶矣。職道上月初十自鄂開舟，沿途察看潰口隄工，廿六抵襄接篆。襄郡本盜賊淵藪，訟獄繁多。今年秋禾歉收，民窮思亂。官吏始則怠弛貪擾，繼復聞徭中性黠者又希冀建功，殺人見好。職道以靜鎮之。受事迄今二十餘日，緝■■匪首，誅之；訪一訟棍，錮之；……勘一劣員，撤之。籌賑■以甦飢寒，赦■惑以散匪黨。所■朗……掣肘，凡有所請，無不允行……外家僅用■人，皆……另示清訟良法如書……當做行，展閱未竟而申報■開粤藩之信，■■民慶，恐燕民不免怨■■……起民驚，鎮之以靜。誅匪首，

[錮]訟師,舉廉吏■■■籌賑貸,赦脅從,大府推誠,次第與辦。廿餘日後,漸就帖然。但地方太窮,人才太乏,驟有意外,恐菲薄不足以了辦耳。知關雅念,并以附聞。

……窮……無過,不去辦不了之事……關垂念,謹以附陳。

……費均已裁革,對使……再客氣,下游潰淹太廣,民生凋瘵,隄工■屬緊要,窮黎亦須體■,斟……在抱,想必有權宜■。吾輩作官恤……至於官常應酬,大可從略。

覆鍾祥熊殿臣大令

弟處陋規均經裁革,已交來使帶繳,嗣後勿再客氣。年節吟詞亦可從略。惟地方公事,時以■■■拘,箋素行艸可耳。

……聞於兩憲,甚爲推……示聚沙築隄,遇水則流,遇風則散,不可持■,已遵照函致曾鎮、邵令,必須……取土並多下樁石,潛江蒙撥一萬串,已……而兩隄須六萬餘緡,民力恐尚難繼,襄河正流潰白洑口一處,現修未竣。梁令請巨款修築之隄,則襄河支流所謂東西荆河也。自同治八年吴家改口潰決之後,奸民嚴……伏誅,柳令正笏創舍改口築潭隄之議,事在光緒六年。而襄水仍直沖河潭,於是東西荆河昔爲襄水支流者,今遂同正流矣。襄河東西流,荆河則南北流。所謂北岸潰口,即東荆河之梅■嘴及黄家榨、魯士灘、朱家剅、楊馬……所謂南岸潰口,即周家■、柴家剅及西荆河之謝家剅、滿洲渡等處,皆……而襄水入荆則由二江■馬灘而入,連年……有如本年夏■汛之……存……發仰見公忠遠慮國……襄、穀、光各邑現雖稍靖,而伏莽仍多,現飭■甲清查穀城,因方令已將交卸,恐呼應……州判傅德潤前往幫辦,請飭石令速赴新任,以期得力。州縣營汛約期,會哨外吴儀堂軍門督馬步出巡。其緊要郵集,馬隊常川駐巡,又抽撥步隊分途梭織,宵小自當斂迹。惟據吴軍門、丁遊擊、梅令等巡哨回,述及襄陽西北界連光穀一帶,鄉民掘草根而食,豆麥苗互相盜取,與各該令禀情(情)[形]相同,幾有朝不保夕之勢。蓋地瘠民貧,生齒日衆,向年冬季均恃棉花、芝麻所入購糧,今年兩項無收,頓致顛困。……若不急爲籌濟,預絶其非心,誠恐窮而生變,非法律所能禁止。前禀請出借倉穀,尚未奉到鈞答。現擬正初即令梅令趣交界處……會……稽察團甲中,密記極貧户……須穀若干,責令團……加息還……露……襄邑社倉約……五千餘石……光化二千餘石,已屬■■。穀城則書有捐數,顆粒未收。……計算不能不借府倉積穀。查府倉之穀,曾奉前督憲批,不準輕動,原以備禦非常。職道竊思非常之變,與其補救於事後,不如弭患於未然。發穀不過數千,可消無窮隱患。況名之曰借,歲豐仍可歸還。據實陳明,定然允準。仍祈迅賜鈞諭,接奉後即一面具禀、一面飭發,至用穀多少、辦理條款,届時詳細縷陳。應用員紳薪水、夫役飯食,預爲籌畫,絲毫不容擾累民間,以副兩憲勤求民隱之至意。又查襄屬弊政,皆積習相沿,深根固蒂,稽查驟難透悉,拔除……言即所稱善政如蠶桑局……不過爲預防四成局開銷而設……本署先與洗……如候審經費月領銀三十餘兩而■候……聞釐局月支錢二百三十八千,向不開報其中。委員有在樊貿易而充縣中查城者,名實太不相副。職道前請增領錢共三百串,現擬自明年正月爲始,應裁汰者悉與裁汰,將候審經費專爲候審,所委員薪水、差役飯食及候審人養贍不敷,則以釐局所領錢添補。書院增齋長二名、齋夫一名。薪工之資,屬紳未能設法,亦由釐項發給。或有委員出差應給津貼,實用實銷,半年開報一次。年終核計釐項,倘有贏餘,無論多寡,統作窮員炭貲、善堂公費。至候審房屋,現擇道署東隙地修建,工款約須千金。爲數太鉅,擬禀請率屬捐集,候函示遵辦。承密諭,察看襄陽梅令,前禀業經縷陳,現在指示鞭勵……隨■查考,果於地方未……回護,南漳朱令裁革……期滿……整頓方有起色,若驟……擬請憲恩,再……朱令裁用度不足,該令將出入之數……呈,曾蒙許■津貼,又南漳錢糧向由書吏、糧店包徵包解。該令擬禀明自徵自解,照鄰邑錢糧數目酌減,奪書吏、糧店中飽,津貼縣官而民亦受其利。度朱令才力尚辦得到,已兩次函請藩司代陳。諒蒙鑒允。前次詳請批革,監生蔣國楠係積年訟棍,近因……京■於訊葉文元京控案時,李大朋、吴兆清、余正豐及■犯王才皆供該監生唆訟,而……該監生坐堂■■等情■,即傳……弟文惠同一……兩目被人挖瞎……案内有該監生……之事,■係果報。供……懲辦,仍可收贖……仍然……唆訟漁利,爲……請斥革……師主■■最難訪獲,訪……羈管或亦輭辦……之一……至不■■之徒,積案既多,不得不聽州縣便宜處置,但時防其酷濫耳。穀城保康續獲任四判官,係著名匪黨。均州營獲,李德,混名李二千歲,係徐升道訪拿未獲之犯,尚未解到,俟訊的確,即從嚴懲辦,以警刁頑。所有近斟酌地方情形,縷悉上陳,以慰憲注。未盡事宜,料理有緒,陸續再達。

上涂朗軒制……

接奉賜諭並批……稟,聚沙築隄誠難持久,■憲見亦相同。當經■寄■■,並轉達曾鎮,必須照向章遠處取土,多石椿■。潛江蒙撥壹萬串,已屬不貲。而兩岸估工須六萬餘緡,民力尚恐難繼。事關田賦民命,兩憲公忠,定必竭力籌發,國與民實受其福。襄、穀、光各邑,現雖稍靖,而伏莽仍多,現飭團甲清查。穀城有交替之信,恐呼應不靈,派傅州判德潤前往幫辦。請飭催石令速赴新任,以重職守。州縣營汛約期,會哨外吴提督督馬步出巡。其緊要郵集,馬隊常川駐巡。又抽撥步隊往來梭織,宵小近頗斂迹。惟據吴提督、丁蕭兩遊擊、梅令等巡哨回,述及襄邑北鄉連光、穀界鄉民掘草根而食,豆麥苗互相盜取,與各官紳所言情形相同,幾有朝不保夕之勢。蓋地瘠民貧,生齒日衆,向年[冬]令,均恃棉花、芝蔴■■購糧。本年麥既歉收,棉花、芝蔴兩項盡皆無收,頓致顛困。此鄉本習剽劫,[若不]急爲籌齊,[預絶其非心,誠恐]窮而生變(官場亦有……告窮……似非仁人之言……)[非法律所]能禁止。前次稟請出借倉穀,尚未奉到[鈞]諭。現擬正初即飭梅令赴交界[處],[會]同鍾、■兩令及■■州判■■派徐人瀘帶同城紳總查,於稽查團甲中密[記]極貧户口若干,分别大小口,每團共須穀若干,責令團首殷實之户具領散借,不敢輕言放賑,恐隣邨隣邑援照求賑,難以博濟。至秋間還倉,應否減息,及實在力不能還,必須酌免之處,彼時再請憲示,此時均不敢露。又查前卷,出借倉穀,府倉預擬糧價,還倉收錢。新穀價賤,官紳獲利,而窮民吃虧過甚,至今憤怨未平。此次放借,擬令借穀還穀不得作價。若蒙大人加以諭飭,更可杜此輩貪心。襄邑社倉五千餘石,分四鄉,各鄉所捐分存各鄉,連城中五倉,北鄉借濟,南倉萬不能動。東西或一半,連中、北倉約計僅得三千石。光邑存二千餘石,尚■■能否全動,穀邑則■捐已久,顆粒未收,擬令捐■出借二户還倉不知能■辦否。通盤■畫,不能不借府倉積穀。查府[倉]

之穀，曾奉[前督憲批，不準]輕動，原以備禦非常。職道竊思非常[之變，與其補]救於事後，不如弭患於未然。[發]穀不過[數]千石，可消無窮隱患。況名[之]曰借，歲豐仍可歸還，[據]實[陳]明，定邀允準。仍祈迅賜鈞諭，接奉後即一面具禀，一面飭發，以足敷仲春一月爲率。至用穀多少、辦理條款，擬議縷陳。應用員紳夫役薪資口分，預爲籌給，絲毫不許擾累民間，以副勤求民隱、思患預防之意。道屬弊政，皆積習相沿，根深固蔕（如鍾工隄費、襄邑路差之類。）稽查驟難透徹，拔除更不易言。即所稱善政，蠶桑、種樹、織紬之類，當時大半爲預防四成釐捐有事開銷而設。如種樹成本僅錢百千、銀六十四兩，能種幾何（高守備就成本課種却極認真）？襄道籌款太難，欲成前任之美，循名核實，亦非旦夕所能設施，惟就本署先與洗滌，借資觀感。如候審公費，月領銀三十餘兩，而京控待■之人道之款……■方公事甚多，歲入■儉，若不處處核實■出■■必至公事廢擱，明知衆怨所歸，亦不敢避。候審所房屋連委員、差[役]及候審人……估須千金，……道署旁……省地價……爲……批示，率屬捐集，候覆諭遵行。撫憲■密詢梅令，職道前禀業經[縷陳]，現在[指]示勉勵，該令尚■■怠弛，容與均州馬牧隨時察看。人多中才，■■規過，公牘之外，各皆隨事匡正。如果實在不能勝任，斷不迴護，以貽誤地方。南漳朱令裁革賣票，才守皆優，一年期滿，整頓方有起色，若使驟易生手，恐致盡棄前功。擬乞憲恩，再留署任。至朱令陋規既裁，用度不足，該令將出入之數開陳藩司，曾蒙撫憲許籌津貼。又南漳錢糧向由書辦、糧店包徵包解。朱令擬禀明自徵自解，照隣邑錢數酌減，奪書吏、糧店中飽津貼辦公，而民亦受其利。度朱令官聲、才力均辦得到。曾兩次函致藩司，並將朱令原禀寄閲，諒已上塵鈞聽。前次詳請批革監生蔣國楠係積年訟棍，因■光彬，京控赴……葉文元京控案時，吴[兆清]、余正豐■■■等均供文元係蔣國楠唆[訟]，獲犯王才並……蔣國楠家坐■■供當即傳……文元之弟文惠同住一店，■■顯然，……年七十餘，兩目早被挖瞎……中有……報也……定擬，而年老篤疾，收贖後仍然口授狀■■■漁利，爲害鄉里。職道意安襄健訟，多由訟師主唆，最難訪獲。訪獲後，惟有飭縣羈管，俾與其黨隔絶，或亦輭辦訟師之一法。至不逞之徒積案既多,不得不聽州縣便宜處置,但時訪濫酷耳。穀城保康報獲任四判官,係著名匪黨。均州營獲李德,混名李二千歲,係徐升道訪拿未獲之犯,尚未解到,俟訊的實,即從嚴擬辦,以警刁頑。所有近日斟酌地方情形,縷悉上陳,以慰憲廑。

寄國瑾諭帖

前日諭字號無言[redacted]由驛遞合肥,轉寄京師,不[redacted]何時可到漢鎮……汝[redacted]收到矣。得汝十月十六日來信,大覺簽掣[redacted]未言及。所言近事,已於中報略悉。時事方艱,人才難得,宵小雖退,正士不前,中外情形,大都一致。運實爲之,不可强也。繩庵入臺,先清壺内,此爲第一高著。然大頭戲尚唱得熱鬧,何不驅逐?廣雅洞見一方,而駐笏看山,恐亦未能健步登臨。之江重闢小園,安得有佳致。郭□州不主用兵,遂失朝望。然揆時度勢,迺修備之時,非用武之時。半年未得片紙,不知何以建言,亦不敢輕下論斷。江漢之間,六安茶究是正味。商賢亦中材,惟素餐者目不識丁,初字作刀,傳爲笑柄。依附朝右,病魔從事,無敢毁傷。武人稍有英氣,不敵壽平。吾自到襄,覺同城[redacted]氣,其實疲敝已[redacted],不過視鄂垣……官尚俱相信,同城亦德吾言,但示[redacted]而已。中飽之弊,官紳上下莫不有之。吾先……節壽門包約裁[redacted]千餘金。武……百金,近復清出候[redacted]約四百金。釐局[redacted]約三千串,悉與核實,歸……應歸公不應裁……事公款,然尚不免支絀。至侵入之款,府署[redacted]清釐。向狸鼠口中奪食,奪來不甚濟事,而搜察甚難,若將此輩熏掘,又慮其發狂,毁壞器具,總須由漸而緊。地方辦事,非錢不行,作抗窘題,又須立綱發明,自出手眼。非深於時文者,不知小題難於大題。汝輩侈談經世,尚是統論,非細鍼密縷也。前函告初政大概,兹録寄上督撫三書,可知要領。道員權輕,事事須度可行者乃敢言。言一事不行,以後一事不能辦矣。嗟嗟,使吾任天下事,豈讓胡文忠哉,曾文正吾犹節取之而已。道之不行,吾固知之久矣。居此一二年,使後世知儒生不爲無用,還吾廬,讀吾書,料理《陶集校注》,徜徉[redacted],[redacted]往而不自適,廿[redacted]以來晴雪得宜……任動……閭閻有熙熙之象,想留任……至鄉間[redacted]劫,則不[redacted]遽絶,亦積習太深,又與河南[redacted]隣之故,然……

復■定游觀察子□□

自别鈞麾,倏經■■,■奉賜牘,如親教言。邸報■獲見■奏安……謂我公宏略偉節,正宜封圻歔歷,表式■■。■■宣坊,未足展其驥足。時局方艱,衆情翹望,非獨知交盼祝也。〇〇去夏抵鄂,糧席暫權,逐隊隨班,如豕在圈。年前抵襄,正值謡起民驚,年飢盜起。吏治骫壞,臨事張皇。黠者復張大其詞,希冀建樹,若有大兵事將起。接篆後,示以静鎮,誅匪首,散脅惑,籌賑貸,禁告密,劾貪劣,舉賢能。月餘以來,邀天之幸,晴雪應時,春麥有望,民情安帖。正月元日爆竹之聲,四野相聞矣。近乃緝訟師,頒禁令,整頓書院、義學,次第料理。廢者舉之,惰者策之。籌款既艱,積習已久,非二三年不能扳政。因憶我公每至一處■■起衰,功效立■,是何神勇……陋規盡革,公費尚不至十分棘手■■■特有不能暢順之處,則不佞才智之絀……書耳。道遠致書頗艱,惟珍……己行,聞其精力……道之幸也。癸未正月。

■蘄水陳藍洲書

君向蘄州,我之襄郡,離情■■,■夜在心。承惠尺書,具諗初政,扶持良懦,勉勵賢豪,默與轉移,弊惟去太。儒術吏治,卓有本原。官盡如斯,何難上理。弟之所處,風氣稍殊,適值年荒,民驚盜起,不得不微示風厲,先治其標。匪首既誅,解散脅惑,舉廉去劣,籌賑救飢。月餘以來,幸獲安輯。道屬弊政,積久根深,善舉雖多,核實則病端立見。正如虚人得證,猛劑難施,亦惟用君默與轉移之法。但略加一二,去毒之昌,則所患差異之故耳。君書至佳,若賜書,不拘行草,便可寶藏。何迺紅帖楷書,吝於揮翰?宜勿再施。春寒,伏惟起居佳勝。不盡。

復代理竹山趙子……

伻來奉書,知……所謂處囊脱穎,當■設施。承賜例……代理■■■也。以爲暫而稍存諉卸,官■■■弛吏,一日弊生,民之受苦,何止一日?願君之勉之也。以爲暫而百計搜羅,如昌黎之好學,貪多務得,細大不捐,此近日官場惡習,願君之戒之也。得以肥己,因爲可愧;得以與人,如臺局之轉輸,尤屬不值。上官苟自知廉耻,斷不以此見責生嫌。願君之破此俗例,勿以藉口也。叨在鄉誼,直言奉告,勿以爲鴞音可耳。

海客喧呼紫竹林,輕裝小舸入清[redacted]。[redacted]漕千帆集,誤作漁翁款靄聲。

潮白河源出萬山,不逢盛漲亦潺湲。置材莫笑堂坳淺,御壩於今鷗鷺閒。

帆轉如環回望空,灣灣流水趁清風。疏枝矗立坡高處,來去頻頻看九松。

乘風泛月過香河,清氣偏能却病魔。爲語故人好施設,重來應許聽弦歌。

稟督憲涂

頃得潛江梁令來稟,言撥穀不敷,[redacted]撥萬五千石等語。現在省城不惟[redacted],即銀錢亦難籌,此巨款想憲台必定批駁。惟去年水灾,潛、沔最重。本司浮漢而下,惟過潛界,艤舟之處,皆有哀鴻環集小舟乞食,亦繞坐舟,前後不斷。瑣尾流離之狀,與他縣迥殊。梁令所稱飢民聞風來歸者數十萬人,殆非虚語。初六過澤口,梁令本在彼相候,適因飢民環署,與同城汛官、典史馳回彈壓。岌岌之象,尤屬可虞。沔邑有賑,又有開河建閘,以工代賑。潛邑灾同,而賑工均不及十分之一。愚氓無知,妄生希冀。潛邑奸民尤衆,難保不借端煽動。似尚須略爲點綴,以慰民心。查襄陽府倉存穀約三萬石,若借撥二千,令秋收後歸[redacted],似尚可行。但安陸尚存數千石,[redacted]口。或安陸再酌撥一千,此三千之數[redacted]能周,而民知壓念之殷,益感還定之[redacted]。延至麥熟,潛雖未種無收,而鄰邑亦可乞貸。本司親見飢鵠情狀,理合上陳。伏[redacted]處已稟明。

致石少山

兩奉手書,當即肅復,諒經察覽。聞[redacted]若爲送别,殊可不必。若謁新官[redacted]方有無要件。現值撫綏吃緊,或俟麥熟時未始不可。有言從者常憩息聚源典當,清風亮節,夫豈有他? 而愚氓宵小,不免妄生議論。雖曰避嫌之事賢者不爲,而居官究以引嫌爲要。閣下志識定力,尚宜兼聽並觀,深思熟慮,使人無可瑕疵,辦事自更順手。愚直之言,伏冀采納。吾輩同官,宜互規戒,弟有過失,亦望相聞。

復穀城石少山大令書

仟來奉書,具諗巡行鄉鎮,禁[redacted]勞攄慮,貧富相濟,官紳同[redacted]己飢,良可欽佩。張家集齊紳籌濟至鉅,不獨貴境賴其相周,即襄、光毗連人户當亦無分畛域,緣相近無他富户,不得不資其兼濟也。龍王集、薛家集、竹林橋諸處,秋收尤歉,已由梅、鍾兩君通籌。兩邑各有社穀,辦理得法,可資周轉。延至麥熟,吾民其出水火矣。舊日團練規模尚存。二劉就擒,自當嚴辦;程、周兩訟師,亦不可縱。訟師罪僅流徒,逃歸仍害鄉里,莫如永遠禁錮,使不得售其伎倆。民間受福,正不在拘拘例文也。弟廿四,交卸道篆,初二日舟發,兩院行知有接印任事之語,或俟秋審事畢,始能北行。[redacted]友案查明後,希即見示。緣[redacted]以見委,恐詢及耳。

稟督憲涂

接奉賜諭,以職道倖進一階,仰蒙[redacted]譽,[redacted]有益加勉慎,少酬國恩,借報知[redacted]。[襄、光、]穀三縣清查情形,業經稟報。既飭社穀陸續放借,民情安帖。續獲土匪羅士貢,穀城有案,已發石令訊明,就地懲辦,用昭炯戒。任四判官確查實係賭匪,並未入會同謀,係因隨同團訊往拿任向善,被其仇扳,亦解回穀,飭石令查辦。賭匪、會匪罪名輕重懸殊,固不可失之輕縱,亦不可失之周内。均州營報獲之李二千碎,則途次已伏冥誅矣。鄖陽承守稟揭鄖西謝令勸捐學田辦理失當之處,謝令咎無可辭。全命案是病是謀,兩造控詞各執,府縣互相揭告,控詞牽及府幕,非委員重檢屍傷,提省審辦,未易了結。非縣失出,則府失入,是非不明,必有一枉。故不[敢]輕下斷語,亦不敢爲之調停。通[稟通詳],難逃憲鑒也。潛江等處間有吃大户[搶掠]之事。盜賊起於飢寒,非僅嚴刑所能禁止。幸賴憲慈,動撥隄款,借可以工代賑。近日天氣轉明,麥收有望,地方當從此帖然。[至防]守應須整飭之處,俟回省詳細面陳。盛[道都文已]奉祈知,而兩司部文未到。蓋藩司告病,應由勳司轉付選司,部中多一周折,故行文稍遲耳。職道遵諭,俟唐道接署交卸,即起程進省,具摺謝恩請覲,均請示辦理。監利朱令沿途察訪,再所稟聞。

稟撫憲彭

接奉鈞函,猥以倖進一階,藻詞過飾,並蒙手■,指示周詳。惟有益加勉慎,上酬■■,■借答知己。襄、光、穀三縣清查情形,業經稟報。現在村寨陸續稟請給領社穀,飭縣委紳,妥爲散放。續獲土匪羅士貢,穀城有案,已發石令查訊,就地懲辦,用昭炯戒。任四判官實係賭匪,並未入會同謀,因隨同團訊往拿任向善,被其仇扳,亦解回穀,飭石令查實。賭匪、會匪罪名輕重懸殊,固不可失之輕縱,亦不可失之周内,辦理務期平允。均州營報獲之李二千碎,則途中已伏冥誅矣。鄖陽承守稟鄖西謝令辦捐學田失當,謝令咎無可辭,至命案是病是謀,兩造控詞各執,府縣互相揭告,控詞牽及府幕,非委員重加檢驗,提省研鞫,未易了結。非縣失出,則府失入,是非不明,必有一枉。故不敢輕下斷[語,亦不敢]爲之調停。通稟通詳,難逃憲鑒也。潛江等處間有吃大户搶掠之事,盜[賊起]於飢寒,非僅嚴刑所能禁止。幸賴仁慈,動撥堤款,借可以工代賑。近日天氣晴和,春秋有望,地方當從此帖[然]。至防守應須整頓之處,俟回省詳[細面陳]盛道部文已奉祈知,而兩司部文未到。蓋藩司告病,應由勛司轉付選司,部中多一周折,故行文稍遲耳。職道[遵]諭,俟唐道接署交篆後,即行起行進省,一切請示照辦。又承詢裴比部别號,職道不知,查係丁未同年。裴名季芳,哲嗣並非乙未世誼,合併稟聞。

稟涂朗軒制■■■亭書

新正疊奉鈞答,仰……民精心美意撫■諭致函邵令……經久,正與……同。旋得邵令復函,辨之甚力,■■親辦往事爲証。職道終未信心,仍屬多加椿石,以期穩獲。沔、潛潰口,民力正窮,仰荷憲斷主持,不堅執官督民修之説,誠爲仁心遠見。彼局於舊習不知變通者,未計隄完之後,田涸賦增,於國計爲有益耳。撫憲又詢唐道襄陽、南漳對調之議。查朱令才守令襄陽有餘,梅令非但才遜,守亦稍遜。朱令現辦南漳錢糧,政爲自徵自解,開徵吃緊之際,未便更動。將來襄陽路差之弊,非朱令不能整治。蓋路差既承緝案,又兼徵糧。縣中糧書僅守空册,事權偏重,劣紳痞匪皆出其門,陰與盜通,縣令幾不能制。朱令漳糧辦動,移以治襄,責成力除此弊。■■徵糧之權,自無■制之術。百年……令頗見■■■■,尚須上官監查策勵……刁健甚於襄陽，恐不能勝任，但其心地慈[redacted]愛[redacted]缺，實屬相宜。兩憲垂厪，不敢不以直對。鄖陽[redacted]尚未相見，就公牘與所訪聞，房山彭令未甚開展，尚屬結實。[redacted]守[redacted]相能，將來恐須量移。鄖西謝令廉潔有[redacted]，[redacted]見事未能通達。保康許令緝捕勤能，聽斷亦明，罰款不甚允協。其餘均屬平妥承守，勤於公事，而所任幕友聲名爲累。本擬面告，承守未來，緩當告之。職道新正示禁八事，如生監爲人作狀、兵役私刑拷打、關差違例科罰、鄉民坐堂結會、告狀牽控無辜、婦女不遣抱告，以及囤販人口輕生圖賴，皆安襄一帶積習最重。關差一層，惟襄陽府關爲害最甚。樊鎮人人抱怨，船商裹足不前，他處尚無此也。又刊刻示諭，勸民息訟，恭呈憲覽。鹿門書院購書增課，擬定規條，尚易爲力。義學則先就襄陽城中整頓，次及四鄉，次及外府州縣，須次第料理。如襄郡原有七十二區，襄陽一縣二十六區，本不爲少。無如學田迷失，存款侵虧，即郡城四學修金各四十[redacted]，竟爲門斗書差侵蝕其半。官亦視爲銜[redacted]例，不復禁查，廢弛已久。今從猫鼠口中奪食，事細而難，故不能同時並舉，徒事虛文[redacted]。[redacted]委員徐令赴鄉稽查，二月初可畢，即可徐[redacted]，尚屬易辦。光化、穀城鍾、石兩令皆能斟酌妥貼，惟光化來鄂州逃荒[redacted]衆，即此可見河南吏治。道府縣中，唯[redacted]盡心民事耳。[redacted]禀問塘報，正月十二日奉旨補授湖北按察使。職道初學操刀，叠膺寵命，悚愧難名。幸依宇下，仍可禀承壹是應否，俟交卸到省，再行具摺謝恩，伏冀訓示。再鹿門書院以官兼師源，冀騰出修金爲購書籍。今當去任，所購書籍由職道捐送，已延張石君先生，名轍華，嘉魚舉人，以軍功保擢知府，品學俱優。曾在胡文忠、劉霞仙中丞幕，曾任襄陽校官，故流寓於此。年六十餘，文章行誼，士林佩服，咸無異詞。惟不謁官府，間有嫌其拘板者。即此可見其守道之堅、立品之峻。職道知之二十餘年，去年曾經回明由道擇延，故敢逕行送關。

設立齋長諭

照得鹿門書院……設立齋長，查有生員[redacted]德澍、楊楷品學俱……月初一[redacted]院將所定收發書籍、稽察住齋各事，宜按照條規經理，事屬經始，不可艸率遷就。

整頓鹿門書院[書籍條規][1]

爲書院籌添書籍、設[立齋長],定擬條規,以資鼓勵[事]。照得荆襄名勝,[古稱多才。耆]舊之傳,萃[美於]前;文藪家鈔,遞衍於後。今之[視昔,大]較不殊。夫人才由學術而興,學術以經史爲本,而藏書之家祕不輕假,寒素之士有質無資,美質雖多,局於聞見,欲廣造就,宜先置書。本道以官兼師,節省脩金,購覓書籍,置齋設長。俾有專司嚮學之倫,許就鈔閱,數年之後,必有大雅宏達之群出其中矣。規則宜嚴,乃能經久。今擬定如右。

一　設齋長二人。每歲畢課,院長舉學行優者四人交道。酌派二人,其二人存記,以備更替。若本年經理得宜者,亦可酌留。齋長每月各給薪水錢六千,又共給紙筆錢一千,備開單訂簿之費,又給錢肆千,備雇齋夫及燈油茶水之費。齋長之職,掌收發書籍、登記號簿,凡[購書則記書]名、卷數、本[數,著]書人時代、姓名,分别[部居。凡]書人則記姓名、書名、卷第。辰發酉收,[入柜封鎖。凡住院生童]安分與否,齋長得稽察之。[朔望則偕住院生童],隨院長、監院詣先聖位前[行三跪九叩]禮,歲終則隨監[院]、首士查點書籍,[封固以俟交替]。

一　齋長二人均應住院,否則[輪流]。一人住院,其不住院之日亦須天明到院,夜静散歸,有事兩人輪换,不得同時外出。諸生取書籍者,隨時記簿發給,不得故延。酉刻收書,填單記簿,封鎖書櫃。每十日開單,送院長查考。諸生出院時,必須交清,不得携書出院。院存書籍,無論官紳,概不出借,有須查閲,各自赴院閲鈔。凡看書人,均不準於書上動筆批點,小心擱放,以防水濕墨汙。所看之書未畢,只許夾簽,不許折角。翻書時勿用力,致損篇葉。

一　設看書房條案,排坐,毋得擁擠喧譁。院中只供茶水,不許飲酒。親友相訪,出外酬接,不得於看書之所會客,致滋煩擾。

一　書須博覽,尤貴[精專。如看一經],不(防)[妨][取他書]引證。但此一經未畢,不得[遽及他]書。初看之時,或纂録,或校勘,間有疑義,[博考旁稽,引申]論著,編爲日記。每日將所看何書、

[1] 整理者按:殘缺字據《陶樓文輯》卷二補。

[起止共幾頁、疑義共]若干條簿記備查。十日一交,齋[長收存,送]院長閲看,每月榜示一次。如有剿[録前人經説、札記]之類,希[冀朦]混,是謂自欺,查出後屏斥。

一　每逢課期,戴帽應名,扃門考試。雷同録舊,查出除名。如有酗酒賭博、游蕩不歸、吸食鴉片者,均不準住院。有涉訟者,無論原被曲直,亦概令出院。

一　讀書之法,考事宜詳,析理宜精,博約相資,未可遽分門户而從入。途徑各有不同,看書者宜知此意,則言博者不失之紛歧,言約者不失之固陋。

一　本道朔望祭廟宣諭畢,赴書院,率生童拜先聖後,生童欲謁見質疑者,三四人一班,相見時自道姓名,無須手版。不許單見,不許至道署謁見。初見行禮,平時長揖。無論年節喜慶,均不致賀。

一　願入院看書者,[無論甄别取否],向齋長[報明],俟朔望本道至院帶見。[其甄名未]取者,准其看書、日記功課,仍不應官[齋課]試,以杜[希冀]。齋長則無論取否,俱一律應[課]。

一　每年終,院長將生[童中常考]優等前列及看書已得門逕者,開[十名交監院,呈道]存記。次[年如]甄别未取,亦准應課,以資造就。

上合肥相國書

開篆得……報書……寄到虞督書■誠如尊論,老成之……覺子……長老。職道家書訓飭有"不治内而務外,不揣本而齊末"之語,正與卓見相符。中國政事,不能實在,任事者當事事求實,談治者心宜放平,眼宜放低,膽宜放小,方能切實可行。過爲高論,無當也。疏乞歸葬,有正、二月再降之諭。邊情國勢倚重於公,知不以避謗乞退。中外人心所係,亦皆不願我公歸也。職道涖襄兩月,粗舉大綱,剔弊釐奸,尚須次第勘辦。迺讀正月十二日閣鈔,誤蒙擢授鄂臬,受恩愈重,圖報愈難。接署實任未知何人。舊政告新,期於勿廢。襄陽界連豫境,南陽守鞠子聯尚有實心,而事權不屬。餘則以盜爲土産,必不可治。豫不得人,襄■無甯居,■■■臬較尊就不■親理庶政……中不……端矣。就私計而論……摺謝恩。迎■北上,困窘甚於在保……何以爲■大■國璝迴避……便至皖禀到班次,例應即補……何如,則不可知耳。■再文人相輕……經禀……聞志書■■達於政府■■■憂不懼,但惜規模已備,壞於俗子小生耳。凡事素位而行,即現在襄郡諸政,亦難保後來人不議論。

整頓義塾[條規][①]

爲整頓義學[事。照得襄]陽義學甚廣,日久廢弛,積弊已[深,亟宜整頓。今]先就[縣城各]義學擬定條規,其鄉鎮各[義學]稍緩,再次第清理所有。現擬各條開示於後。

一　每年書院甄别,投考生童中有年逾三十,願就義學館地者,先於卷面注"願就教義學教讀"字樣。甄别發榜後,將願就者挑出,訪詢平日品行,再行考試榜示,儘取在前者延請,如有事故出缺,挨次擇延。次年甄别榜出,則儘新定前列延請,每年一换。如有功課十分認真,曾經查學記功五次者,亦准酌留。

一　學生所讀書、所寫倣本,均標月日。道、府、縣每月不拘時日,赴學抽查,背書熟、句讀清、稍知講解、字畫端正者,學生酌[獎紙]筆,塾師記[功]。如查有遊蕩[曠功及酗]酒、[賭博]、吸食[鴉片]等事,立即辭退。

一　塾師以立品[爲先。官署節壽]送禮、掛號等事,概行革除。[官府查學後],亦毋庸赴署謝步。[倘]有[號房、門斗人]等向索使費,許[查]學時面禀,立[予責懲]。

一　束脩。城内四學由府[經管,每]節按照應得之數,於節前十日查學時帶往面交。如府不(不)[得]暇,即交道縣帶往。應俱墨領,亦即面呈,以杜丁書人等勒捐尅扣之弊。其六一義塾向由紳董經理者,束脩令紳董面交,取墨領交道存案。

一　義塾只准塾師居住,不准出租,亦不許借住。差役及搆訟之人,其從前租住者,概令搬出。如有塾師不去,由縣驅逐。

復陶定甫書

仟來奉書,祗悉■■■■■凡調順常■鼇局向稱……節清■■必脂膏不潤,師母意取……不以華膴爲歡也。仲春吉日,爲師母夫人八秩誕期。萊舞承顔,賓僚咸集。門下士遠羈職守,不獲躋堂,謹

---

① 整理者按:殘缺字據《陶樓文輯》卷二補。

具壽聯，藉申敬意。來示欲分清俸，誼所當然。惟兄以垂暮之年，荷蒙殊遇，義不敢辭。才無可任，區區介節，不敢有玷師門。公費歸公，陋規盡革，衙齋寒儉，有甚於蓮池作客之時。實係俸無可分，惟此清之一字，与老弟互相鍼砭，即所以答吾師之知己矣。

八座太夫人誕逢八秩

千般如意事喜進千觴

復山西冀甯左觀察……

另示晋中近日……悉。香濤中丞公忠弼■規模宏遠而……以來■■■風，略加整飭，官場不便私圖■■中國見輕外夷，皆由官貪，以至國民俱困。欲求自强，非如香濤者十數人數歷中外，不可得而治也。孰殺誰嗣，久始見真。閣下深明治原，相助爲理，晋政自必整齊可觀。鑑堂亦認真辦事，而才略過人，平陽一郡可無憂矣。〇〇去年冬月始抵襄陽，正值年飢盜起，官吏倉皇。示以静鎮，捕誅匪首，解散脅惑，籌賑救飢，月餘始定。舉廉去貪，所惜道員權輕，不能盡去病民之吏，但懲尤使知警耳。陋規盡裁，上官爲略籌公費，尚不至窘手。新年始能布禁令，經理庶政。今日利不待興，但能去弊即是大利，然而難矣。

（張曉天整理）

第五十一册　陶樓書畫題跋

陶樓書畫題跋

襄成敬藏(印:襄成所守先世手澤)

遯庵日記序

遯翁年二十舉於鄉,又二年成進士,又二年入翰林,又六年告歸,越十有七年奉召入都,是爲同治八年。在官期年,復告歸。于朱子之在宋也,召則未嘗不往來,來則未嘗不去,遯翁蓋心儀之。顧朱子立朝不過數十日,而遯翁期年,是久速之不同也。朱子欲有所言,筮之而止,遯翁不筮而言,言而見從,是語默之不同也。而同歸於遯,同者其志,不同者其時也,故效朱子之號"遯翁",歸而顔其居曰"遯庵",以見志。日記以得假出京之日始。第四孫襄成謹録(戊寅九月)

大父光禄公日記都四十七册,自道光丁未年起,中間屢有作輟,而以光緒庚寅《游山記》爲之殿。蓋是歲秋冬之際,移任湖北,受事未幾,旋謝賓客矣。舊藏長沙寓,次辛壬鼎革之變,長沙亂亟,書畫多見損毁,伯母傅太夫人挈劫餘避海上。洎濟甫弟殞於京師,亶心兄饑驅走遼瀋,傅太夫人旋亦殂謝,舊物存亡,遂益無從問。己巳,襄成自贛至滬,濟甫弟婦舉殘破書簏數具相屬,其時迫於生事,憧憧衢市,赴期會,扃閉斗室,不遑檢點。壬申冬,奉調舊京,乃携此敝篋相與俱北,治事之暇,漸得啓視,殘編斷帙,委積零亂,鼠蠹傷毁,有不復可辨識者。先人手澤,藞落至此,可愧也已。於是次第釐别,逐加檢點。陳君蒓仲夙相知,憂閔其狼狽,助之參閲。此區區數十册,乃獲百一之存,用爲世寶,至足感念。日記雖廑得四十餘册,而時歷四朝,於先人出處之節,以暨朝章掌故之紀述,略可考識,星移斗易,緬溯百年,彌足珍矣。至其中己丑之歲以護撫監臨江南鄉試,有《紫泥日記》之作，當時本有專刊，兹則手稿幸存，爰並諸遲鞠先生校定原本，併補綴存之。時乙亥秋仲，記於舊京城西之毋近名齋。

襄成手寫（鈐白文方印"黄襄成君緯甫"）

【浮簽】陶樓稾鈔。（是册所録，皆曾大父在恒月川督部幕府時代撰文字，大父自跋有"編入全集後"之語，蓋已經整理者。手澤所存，敬裝存之。）

記五詠堂畫册

林子穎大令穗，梁茝林中丞章鉅外孫也，出觀《五詠堂畫册》，紀修復五詠堂事也。桂林獨秀峰下舊有顔延年讀書巖，宋孫覽於巖旁築五詠堂，并刻五君詠於石，歲久頹廢無考。道光十九年，中丞始創復之，并刻黄文節公書五君詠真迹置堂壁，紀以二律，云："咫尺名山鎮日看，三年此會始憑欄。凌空拔地千尋起，終古擎天一柱安。（用唐張固詩句。）賢守遺編無剩墨，雄藩舊館尚流丹。（前明地入靖藩邸中。）月池尚是當年水，照我塵容沁骨寒。""雅材新意忽峥嶸，昔日堂皇不日成。數仞恰當希聖地，（巖畔有孔子象。）千秋如聽讀書聲。鐫華喜得涪翁字，剔蘚齊珍孟簡名。（山中題名以唐孟簡題名爲最古。）且爲南荒拓詩境，驂鸞真到小蓬瀛。（李芸甫水部秉綬新得倪文貞書'小蓬瀛'三字勒石。）"一時和者甚衆。爲圖者有吴家懋世綸、陳瑃、陳鑅（桂舫）、李秉綬（芸甫）、侯坤元、陳鼎、陳敬祺、田豫（石友）、章文梅、張維屏（南山）、葉夢叔、張深、羅辰（星橋）、羅女杏初。杏初早寡，以傭畫自給，亦工詩也。張騏及室錢守璞（蓮因）兩畫如一稿，而著色、水墨不同。中丞謂蓮因畫於獨秀峰神理獨肖也。張深（茶農）自粤東寫寄，中丞謂茶農本名手，故能於空際傳神也。王玉璋（鶴月）亦自粤東寫寄者，中丞謂畫學大癡，雖於現景未符，而筆意則斯册之冠也。馬秉良，總司工作者也，脱稿最後，故前後左右位置井如也。此册中丞以貽其女壽笙，子穎之母也。女史丁善儀題册後云："獨秀峰前客夢清，寫來畫册當傳神。羡君傳膳歸寧日，五詠堂還戲彩亭。"

《韻府群玉》二十卷

每葉十行，行十六字。前有翰林滕賓玉霄序、姚雲江村序，趙孟頫子昂題，陰竹埜倦翁、陰復春幼達、陰勁弦時遇自序。姚序至大庚戊,陰竹埜序大德丁未,復春序延祐改元。字類元刻,而中多俗體書,蓋當時坊刻,非陰氏元本。

《大學中庸或問》

大字或二十二,或二十三,小字亦參差,每半葉十一行。《中庸》卷末有"戊午孟冬新賢堂新刊"字,前有康熙三十六年溧陽狄億題贈河南冉永光叙語。序末、卷首均有狄氏印章,甚精。惟序稱此書爲宋刻善本,而《中庸》卷末明署《四書大全》,則實明代刻本,且有圈抹,尤爲明代陋習。狄固博雅君子,不應失考至此。

郝雪海先生詩話壽册

第一葉《長松立鶴圖》。疏翠虬枝,女蘿環綴,孤鶴翹立,水石明秀。款"吴門高簡",印曰"高簡"。

當年鳴鳳在高岡,殿上何人敢抗行。名振江南摇海岳,身歸塞北帶風霜。上書豈願談多中,攬轡應知氣轉揚。聞道君才輕仲父,肯教言利似弘羊。　　狂瀾東倒竟難支,砥柱驚傳此一時。借劍久知驅虎豹,下車安用問狐狸。直臣尚喜身無恙,男子真爲世所奇。多少蒼生都着眼,一觴甯訝老梅遲。莆陽余懷草。印曰"余懷之印",曰"廣露"。①

第二葉《澄江徹底圖》。兩岸草樹溟濛,寺樓、民舍,遥艤數舟,水静不瀾,波心珠點,頗盡澄澈之致。款"李遠條寫",印曰"遠條",曰"茉公"。

使君持斧下燕城,人識當年白馬生。擊賊尚思獬豸觸,歸朝重聽鳳凰鳴。歲寒松柏千尋直,日照干將百鍊精。試讀大夫《鹽鐵論》,遠看美績繼西京。長洲尤侗。印曰"看雲",曰"尤侗之印",曰"悔菴"。②

第三葉《中流砥柱》。江中孤嶼,梵宇緣麓,高塔淩雲,對岸柳色疏黄,清波掩映,似金山風景。款"松陵顧樵",印曰"顧樵"。

諫草初焚拜主恩,賜環一騎入金門。臣心敢謂言多驗,天語頻

① 眉批:余懷字澹心,别號鬘持,莆田人。流寓建康,所著有《板橋雜記》《味外軒詩集》。(《文獻徵存録》)

② 眉批:尤侗字同人,又字展成,號悔庵,一號艮齋,晚自號西堂老人。世祖覽其《西堂雜俎》,稱曰:"真才子。"康熙己未,舉鴻博,官至侍講。

勞意正温。明月竹西知勁節，秋風榆外老盤根。遥知淮海星臨處，子駿當年未足論。　　蘭臺重入見韓公，一代争傳抗疏雄。苜蓿峰前看射虎，茱萸灣畔避乘驄。江山真使文章老，雕鶚能教燕雀空。從此陽春歌漸遠，一時隋柳向東風。陽羨陳維崧。印曰“迦陵”，曰“陳印維崧”，曰“其年”。①

第四葉《濯足萬里》。江波浩渺，一老人坐岸石濯足，意概超雄。款“查士標畫意”，印曰“士標”。

曝腹高風近可攀，直教姓字御屏看。久知雕鶚空江海，重向雲霄振羽翰。心挹滄波千里净，人逢秋月二分寒。好將畫鶴傳清要，北斗遥瞻夜未闌。　　絳節初開入漢關，直聲烏府敢躋攀。危言可作千年史，故國今看六代山。烽火幾能忘赤羽，酒杯曾未老朱顔。風清淮水生平志，李絢由來伯仲間。吴郡宋實穎拜稿。印曰“宋印實穎”，曰“既庭”。

第五葉《清風壁立》。懸岩瀑布，叢卉深林，筆意仿荆關肅穆之氣，使人閲之生敬。款“武林張乣”，印曰“張乣”，曰“燕孫”。

玉節嶙峋出帝畿，一時清望肅旌旗。已看時雨隨車沛，不待秋霜落簡飛。財賦東南煩名畫，吏民淮海仰風徽。即今甸服澄清日，吾邑卿雲護繡衣。　　龍文劍佩倚崆峒，萬里威名在蜀中。勇士舊知温御史，遠人新識李端公。魚鹽暫借觀風地，社稷猶懸捧日功。獨有冰心堪報國，狂瀾一砥見孤忠。吕潛。印曰“嘯樹軒”，曰“吕潛”。

第六葉《振衣千仞》。山足松林泉瀑，極疏曠之致。山半白雲瀰漫。巍然一峰，高出雲表，人立其上，俯視遠近峰巒，羅列如兒孫也。款“天都吴偲”，印曰“仲友”。

殿中曾識廟謨强，淮海新承繡斧光。鯁直向來推汲黯，（淮南所憚惟黯，取古今事頗相符也。）威嚴誰不避張綱。東南正值軍需急，鹽鐵方須雅論詳。聞道九重深眷注，依然鳴鳳在朝陽。渭北孫枝蔚

① 眉批：陳維崧以薦舉鴻博，官檢討，已入《國史・文苑傳》。

具草。印曰“孫印枝蔚”,曰“豹人”。[1]

第七葉《三台聳峙》。筆法尚老,微乏餘韻。款“韓張”,印曰“爲韓氏”。

一道冰霜入玉關,幾年持節賜瑶環。重歸已褫奸雄魄,獨對仍開聖主顔。自信臣心終似水,敢言人望已如山。江淮狐兔爭相避,猶幸先生鬢未斑。　　忠臣姓字徹楓宸,應是崧高誕岳神。厝火早知當曲突,調羹何意得埋輪。長松有節心原古,屈佚無私道自伸。此日不須頻獻壽,高名應已歷千春。夜郎越闓拜草。印曰“越印闓”,曰“子虚”。

第八葉《秋空皓月》。老屋空山,疏林紅葉,小橋流水,翠篠短籬,皓月中天,一编自適。款“程式燧畫”,印曰“程璲”,曰“佩玉”。

批鱗海内直聲聞,柱史霜稜肅惠文。久寢淮南因汲黯,共推漢殿有朱雲。澄清邗水濤千尺,皎潔揚州月二分。方喜星軺天上至,遍看斗野瑞氤氲。　　鹽梅不數富强功,特試和羹帝眷崇。煮海動酬筵畔虎,埋輪威避道旁驄。才高白雪千人上,化轉黄鍾一氣中。所幸江淮依壽域,得瞻旌節共兒童。瀨江彭桂。印曰“彭桂私印”,曰“爰琴”。

第九葉《古柏凌霜》。古幹千尋,参天黛色,山泉皴染,皆逼真宋人。款“鍾山吴宏”,印曰“吴宏”。

鷹隼摩空振羽翰,半生臣節歷艱難。兵戈曾犯豺狼道,霜雪重簪獬豸冠。河北威名陵日迴,淮南冰鏡照人寒。知公夙抱澄清志,敢以尋常筦計看。　　只此魚鹽仲父書,大麓火急仰軍儲。最憐白草靡風後,重覩烏臺執法初。估客望塵迎繡斧,行人滿路避襜車。由來按部先風俗,劉晏勛名照細如。汪懋麟拜撰。印曰“蛟門圖書”,曰“汪懋麟印”。[2]

第十葉《八峰瘦削》。矗立霄漢,雲氣往復,瀑布飛流。蟠屈數松,叙細如髮,而勁氣逸姿,颯爽無比。題“巋然八柱擬擎天,彷佛仙

---

① 眉批:孫枝蔚字豹人,三原人,以布衣舉鴻博,以老病辭,不許,授司經局正字,非其志也。

② 眉批:汪懋麟字季角,號鮫門,江都人。康熙丁未進士,官中書,舉鴻博,以未終服辭,乃授焉。入史館充總修,有詩文集二十卷。

人掌上蓮。松繞慶雲標碧漢，泉連膏雨下蒼煙”。吴陵李頫。印曰“李頫”。

驄馬風行不待鞭，一時推轂有群賢。天門折檻三千牘，雪窖餐氊二十年。人用直言窜及此，天留名世豈徒然。東南物力徵輸困，何計籌邊得萬全。　　鹽鐵何須用鉅儒，單車纔到駭群狙。奕逢劫著思先手，涉立中流倚大壺。吾道久知存諫草，君恩原自念樵蘇。後先多難雲泥隔，霄漢誰憐意未殊。　　水嬉散後歎飛鴻，喜聽鳴騶下九重。豪傑格君惟正學，文章匡世有清風。知公百折心偏壯，笑我重來事不同。今日捧觴隨父老，六橋還憶月明中。　　猶記來看雪水雲，碧瀾堂上坐斜曛。因投湖海難除氣，共論江山得助文。十載客從天際别，一家人向路歧分。偶歸舊里逢衣繡，爲報叢狐避使君。小詩敬呈雪翁老祖臺先生，吴綺具草。印曰“吴綺”。

中山清望

後學黄彭年敬題

（鈐“雪海郝浴”印）

右詩畫册十葉，末葉款署“雪翁”。作者皆康熙朝人。審詩中語，知爲定州郝雪海先生家物。畫幀標題皆著先生節概，詩中亦贊美抗疏事爲多，又言清淮，言鹽鐵，言捧觴獻壽，故知是雪海巡視兩淮鹽課時壽言也。雪海以順治八年巡按四川，九年疏劾平西，爲所中傷，流尚陽堡。康熙十四年以魏蔚州薦，復原官。十六年巡鹽兩淮，是年雪海五十有五歲。册中作詩之澹心、悔庵、其年、既庭、豹人、蛟門、園次皆昭昭在人耳目。吕潜見《畫徵録》《笠亭詩話》，越闓見《貴州通志》，彭桂見《鶴徵録》，作畫之遠度、樵水、梅壑、澹游、箕山，均見《畫史匯傳》。惟李遠條、張䭾、吴偲、韓張、程式燧五人無考。二十人中，如其年之駢文、蛟門之經學、子虛之潔行，固皆不朽盛業，而孔昭、梅壑以故國遺民，隱居不仕，豹人雖舉鴻博而以老辭，强授司經局銜，卒亦不就，高風亮節，尤卓然可傳。雪海自抗疏被謫後，荷戈邊塞垂二十年，讀《易》、賦詩，志不少挫，卒邀聖鑒，克竟厥施，忠直之誠，照耀寰宇，宜一時名流相與推重，寫圖賦詩，皆紀事實，非談詞也。蛟門詩寓規勉，古誼尤可欽焉。周君席儒、少白昆仲得此册示予，予爲審定，念册前後應有序跋，歲久脱去，乃爲補題卷端曰“中山清望”。“中山”者,雪海以地名其詩文集,“清望”則取孔昭“一時清望肅旌旗”句也。同日吴君棠湖爲予購得雪海印章,並印卷上,以誌欣遇。時光緒七年十月,少白、棠湖皆與予同修《畿輔通志》,先正英靈或相感召,乃有此耶! 貴筑黄彭年謹識於保定蓮花池之鳳鳴書屋。

九日黑窑廠登高詩册

第一葉　陳維崧序,四六小楷。款:“呈鐵源老先生,陽羡晚陳維崧具草。”印曰“迦陵”,曰“陳印維崧”,曰“其年”。

第二葉　吉州李振裕,[①]五古限韻得草字,七律得秋字。印曰“家在口郵白石凍厂邊”,曰“李振裕印”,曰“醒石圖書”。

第三葉　宋實穎,[②]五古一首得愛字,七律二首得堂字。款:“九月八日鐵翁先生招集黑龍潭登高,戊午冬十月東吴晚學宋實穎書於長安客舍之得樹軒。”印曰“宋印實穎”,曰“既庭”,曰“讀書堂”。

第四葉　雪苑李芳廣,五古一得玉字,七律二得秋字。印曰“學書不成學畫”,曰“耕心田”,曰“方廣私印”。

第五葉　温陵黄虞稷,五古得高字,七律得秋字,印曰“黄印虞稷”,曰“俞邰”。

第六葉　即墨楊還吉,[③]五古得静字,七律得秋字。正書,有晋人筆意。印曰“楊還吉印”,曰“六謙氏”,曰“味道樓”。宛陵施閏章七律,款署:“戊午重九鐵源先招集諸公黑龍潭分得秋字,次楊六謙韻二首。”印曰“採藥翁”,曰“施閏章印”,曰“講學鄒魯之間”。是日愚山有病未至,有“良時偏卧不同遊”之句。

第七葉　趙文煚,[④]五古又七律限秋字。款:“近齋主人趙文煚草。”印曰“趙文煚印”,曰“鐵源”。末有乾隆甲午新月法坤宏跋,冷

① 眉批:振裕,江西吉水人,康熙六年丁未進士。

② 眉批:既庭,江蘇長洲人,順治辛卯舉人,興化教諭。(《江南通志》)

③ 眉批:還吉,字六謙,即墨貢生,有《味道樓集》。施愚山《楊生詩序》:“生志潔而行芳,才茂而筆盛,其鄉皆稱之,而不肯就童子試,縣令張君琛折柬召之,彊而後出。余爲補諸生。”陳超雷《楊玠墓誌》:“祖還吉,學行著聞,薦博學鴻詞。”

④ 眉批:文煚,字玉藻,號鐵源,膠州人,康熙庚戌進士,官侍講,有《粤遊草》。汪蛟門稱其詩蒼涼閒肆,不屑屑於雕琢,一往如洪濤直瀉,渾浩自得。

艾西文煒書，皆鐵源姻家子弟，時此册猶在鐵源孫中輔家也，故艾西題外簽曰“家藏什襲”。

册中七人皆見《鶴徵録》。詩有署戊午紀年者，康熙己未廷試鴻博，戊午方被徵在都。鐵源時官翰林，招邀諸徵君高會，分韻賦詩，極一時之盛。法坤宏見《文獻徵存録》，爲黄石曾孫，黄石亦在徵中者也。前數年某經歷携此册示予，今經歷下世未久，二子方綰符州邑，不知何緣流入市間，爲少白所得，是不惟趙氏子孫不能守，度藏家亦流徙靡定。雲煙過眼，誠非虚語，而披覽詞翰，想見昔年文物之盛，亦足寄遐思也。偶綴數語，仍歸之少白。

賈人以尊求售，高工部營造尺九寸四分，口徑七寸二分，底徑五寸，腹足皆饕餮文，腹四楞，每楞曲直文五，足四楞，每楞曲直文四。重庫平一百二十二兩。篆在口内，釋曰：“隹王三月初吉辛卯，旃叔襲福于刊宫，益貝十朋，用作□祖癸寶尊彝，其萬年，子孫永寶用享。”可識者三十五字，其一字鏥揜不可辨，信古物也。索值太昂，拓一本而返之。

沈子梅得《史記正義》百三十卷，前載《論例》《謚法解》，與諸本同，無序及《三皇本紀》，蓋脱去也。第〇〇卷至〇〇卷缺，以〇〇本補之，又脱〇〇葉〇〇補。每半葉十行，目録九行，與王本同，每行大小字皆二十一，數與王本異。以金陵本校勘記證之，譌脱與諸本同，間有勝柯本、王本處。末署“安成郡彭寅翁栞於崇道精舍”，不著年月。考吴寶鼎二年置安成郡，晋宋齊梁陳五朝因之，在今江西吉安府安福縣，今吉安屬縣多在安成郡屬地。彭爲著姓，宋有彭瑜，明有彭勖、彭簪、彭時，寅翁蓋其族也。錢大昕云：“宋人地志多書郡名。”書中“恒”字、“匡”字避諱，而“頊”字不避，據此可定爲北宋本。然既避“匡”字而“玄”字、“胤”字不避，“桓”字又或避或不避，宋時禁避甚嚴，必不如此疏失，蓋元人影宋刻往往有之。瑾來書，言以翠巖精舍例之，亦疑元影宋本也。

（杜萌整理）

第五十二册　兩乙編

兩乙編

先曾王父於道光十五年乙未科、先王父於道光二十五年乙巳科先後成進士，而伯曾祖斗南公亦乙巳科。伯叔侄同榜，一時傳爲佳話。是册蓋記兩科同榜諸公姓字者，先王父署編首曰《兩乙編》云。

襄成謹記

兩乙編壹卷

道光十五年乙未科會試

張景星　粲亭，行二，浙江嵊縣人，庶吉士，改知縣。

彭藴章　詠莪，行一，江蘇長洲人，工部主事。

蕭　淦　水亭，行十二，江西高安人，即用知縣。

姜申璠　海珊，行二，順天大興人，即用陝西。

沈衍慶　槐鄉，行二，安徽石埭人，即用江西。

孫銘恩　蘭檢，行二，江蘇通州人，庶吉士，編修。

李漢章　倬齋，行一，湖南平江人，即用改教。

趙德轍　静山，行二，山西解州人，即用湖北。

春　熙　介軒，行一，廂藍旗滿洲人，庶吉士，改刑部主事。

范中行　復占，行一，山東海豐人，即用江西。

劉建韶　聞石，行六，福建長樂人，即用陝西。

徐夔典　石林，行一，浙江仁和人，庶吉士，改户部主事。

羅遵殿　澹村，行四，安徽宿松人，即用直隸。

劉　繹　詹巖，行一，江西永豐人，狀元，修撰。

許夢蘭　雲浦，行一，河南魯山人，即用直隸。

李　浩　海觀，行一，雲南景東人，即用甘肅。

王嘉麟　金澤，行二，山東費縣人，即用江西。

陳廷揚　小坡，行一，湖北蘄州人，即用四川。
田　秫　漱六，行二，山西陽城人，歸班。
方培之　少牧，行一，浙江仁和人，禮部主事。
鄭存紵　小谷，行二十七，廣西象州人，刑部主事。
駱奎祺　蓮橋，行四，浙江蕭山人，即用四川。
張廷選　午橋，行二，甘肅狄道人，庶吉士。
黄家聲　振夫，行四，江蘇上元人，即用雲南。
謙　福　小榆，行四，廂黄旗蒙古人，户部主事。
伊鏗額　希甫，行二，廂紅旗蒙古人，即用直隸。
廖朝翼　扶九，行一，四川滎縣人，庶吉士，改知縣。
蘇廷魁　賡唐，行一，廣東高要人，庶吉士，編修。
張姚錫　月舟，行一，浙江仁和人，即用山西。
周　顎　子儼，行四，貴州貴筑人，兵部主事。
周恩綬　艾衫，行八，江蘇丹徒人，庶吉士，編修。
陳椿冠　喬雲，行二十七，江西新城人，即用陝西。
李維醇　醴泉，行一，順天大興人，刑部主事。
魏文翰　綸閣，行一，河南鄭州人，即用湖北。
王仲選　山甫，行二，廂白旗白衣漢軍人，即用四川。
王會極　翊樞，行一，山西靈石人，即用改教。
孔傳藤　馥園，行三，山東海州人，即用安徽。
李貞木　訥庵，行一，浙江秀水人，即用山西。
陳世镕　雪鑪，行一，安徽懷寧人，即用甘肅。
任　荃　月坡，行三，浙江慈溪人，即用廣東。
蕭秀棠　子珊，行一，四川墊江人，即用河南。
劉誠倬　稺筠，行二，湖北黄陂人，即用歸郎中原班。
陳祚康　福林，行一，福建閩縣人，即用河南。
汪紹曾　東牧，行六，順天大興人，即用湖北。
德稜額　笛舟，行五，廂白旗滿洲人。
歐陽時　敏齋，行三，湖南新化人，即用湖北。
瑞　徵　保堂，行二，正白旗蒙古人，庶吉士。
陳慶偕　古歡，行十三，浙江會稽人，刑部主事。

李　柏　新甫,行二,奉天廣寧人,即用河南。
王義樟　蓑生,行十三,福建閩縣人,即用陝西。
陳寶禾　子嘉,行二,浙江錢塘人,庶吉士,編修。
張錦帆　湘舟,行二,河南襄城人,户部主事。
張維模　雪湄,行二,山東蓬萊人,即用江西。
賈　瑜　叔玉,行二,山西曲陽人,庶吉士,編修。
陳彦泳　珊山,行一,浙江山陰人,即用河南。
葉名琛　崑臣,行一,湖北漢陽人,庶吉士,編修。
李訓釗　漪亭,行一,江西臨川人,刑部主事。
何咸亨　交山,行一,江蘇婁縣人,即用四川。
楊　銜　叔水,行七,順天涿州人,即用山西。
武凌雲　寅齋,行一,安徽來安人,禮部主事。
丁守存　竹溪,行一,山東日照人,户部主事。
陸敦庸　寸雲,行一,廣東南海人,歸班。
陳玉麒　仁趾,行二,湖北黄安人,即用直隸。
錢炘和　香士,行三,雲南昆明人,即用四川。
李　登　仙舟,行二,山西交城人,即用江蘇。
陳　堃　竇山,行一,四川閬縣人,庶吉士,編修。
張士蘭　心園,行一,貴州普安人,歸班。
朱　琦　蓮甫,行一,廣西臨桂人,庶吉士,編修。
杜　詹　紫垣,行十,直隸灤州人,即用湖北。
何慶元　漱石,行一,湖南桂陽人,庶吉士。
吉　祥　履庵,行一,廂藍旗滿洲人,户部主事。
易炳晃　暘谷,行一,江西分宜人,即用直隸。
沈雲驤　霞軒,行四,江蘇荆溪人,即用陝西。
順　安　静齋,行四,正紅旗蒙古人,歸班。
葉　琚　伯華,行七,安徽桐城人,庶吉士,編修。
黄銘先　西園,行五,河南商城人,庶吉士,檢討。
陳　鏞　香伯,行二,浙江錢塘人,即用甘肅。
隋藏朱　赤城,行八,山東樂安人,户部主事。
高殿臣　黼堂,行一,廂黄旗漢軍人,即用四川。

高希賢　勉齋,行六,甘肅安化人,歸班。
周頤昌　午橋,湖南寧鄉人,歸班。
羅惇衍　椒生,行一,廣東順德人,庶吉士,編修。
高熊夢　續占,行一,直隸南皮人,户部主事。
錫　祉　子受,行二,内務府正白旗滿洲人,庶吉士,編修。
祁爾誠　祝崖,行一,山西鳳臺人,即用改歸知州原班。
周貽纓　宜園,行八,廣西臨桂人,即用山西。
徐奏鈞　棠孫,行一,江西金溪人,即用湖北。
沈　鵬　秋漁,行五,河南祥符人,兵部員外郎即用。
吕賢基　鶴田,行一,安徽旌德人,庶吉士,編修。
許乃釗　信臣,行七,浙江錢塘人,庶吉士,編修。
劉銘本　西園,行一,湖北漢陽人,即用河南
劉源濬　曉川,行二,順天永清人,庶吉士,編修。
喻增高　鳳岡,行一,江西萍鄉人,庶吉士,編修。
高　溥　城南,行二,四川灌縣人,歸班。
汪覲光　穆堂,行三,江蘇甘泉人,户部主事,告降知縣。
丁寶綸　徽生,行一,雲南石屏人,户部主事。
葉朝采　小鞫,行一,浙江錢塘人,即用四川。
景　霖　星橋,行二,正白旗滿洲人,庶吉士,檢討。
王毓濂　味蓮,行四,貴州貴陽人,即用湖北。
戴澤長　鏡夫,行六,河南光山人,即用直隸。
黄宗漢　壽臣,行六,福建晋江人,庶吉士,改工部主事。
崇杞林　有堂,行二,安徽天長人,庶吉士,改知縣。
丁芳蘭　春畹,行一,江西新建人,即用河南。
費蔭樟　小琳,行一,直隸天津人,户部主事。
桂　彬　德山,行一,廂白旗蒙古人。
侯熒光　星合,行一,河南禹州人,即用直隸。
張　芾　小浦,行四,陝西涇陽人,傳臚庶吉士,編修。
蔣德馨　心香,行一,江蘇長洲人,工部主事。
張觀藜　芸閣,行五,山西平定人,歸班。
何鳴章　文舫,行二,福建侯官人,即用湖南。

金　濂　讓水,行一,浙江仁和人,庶吉士。
莫蒼榮　戢門,行三,廣東陽春人,即用直隸。
劉廷檢　豫生,行五,順天通州人,户部主事。
張元杰　英甫,行一,山東館陶人,即用直隸。
范棨坊　方湖,行一,河南河内人,即用陝西。
莊志謙　牧亭,行一,福建惠安人,兵部主事。
周振之　仲甫,行二,湖南益陽人,即用河南。
陶慶增　尹孚,行二,江蘇吴縣人,庶吉士,編修。
劉克邁　訓圃,行一,江西廬陵人,即用直隸。
左乾春　麗生,行四,廣西臨桂人,即用直隸。
慶　瑞　鶴田,行二,廂白旗漢軍人,分部主事改歸中書。
胡廷槐　蔚堂,行二,雲南晋寧人,即用湖南。
葉爲珪　桐卿,行一,湖北圻水人,即用湖南。
春　輅　式之,行二,廂兰旗滿洲人,庶吉士,改主事户部。
張積勳　宋山,行五,江西鉛山人,即用山東。
張裕南　謙堂,行一,河南上蔡人,歸班。
林映棠　化南,行一,四川奉節人,吏部主事。
王以潔　廉泉,行一,直隸衡水人,即用山東。
陳汝銓　鑑堂,行二,浙江金華人,即用四川。
李佐賢　竹朋,行二,山東利津人,庶吉士,編修。
張雲藻　槐卿,行一,江蘇儀徵人,庶吉士。
張　籛　雨香,行一,直隸磁州人,即用陝西。
蔡　燮　鼎臣,行四,江西德化人,吏部主事。
林春溶　蘇門,行五,福建閩縣人,即用安徽。
許虎拜　覲廷,行五,河南靈寶人,即用四川。
李懷庚　夢徵,行三,陝西朝邑人,即用甘肅。
余春榮(改照)　郁溪,行五,廣西融縣人,庶吉士,改主事户部。
嚴文瀚　少瀛,行一,順天大興人,吏部主事。
秦淳熙　介庵,行四,江蘇六合人,庶吉士,改知縣。
王武曾　珊樵,行七,山東福山人,即用浙江。
彭崧毓　于蕃,行一,湖北江夏人,庶吉士,改知縣。

周應祖　嘯峰，行二，江西南豐人，即用陝西。
楊三珠　蘭士，行一，湖南涉縣人，户部主事。
涂文光　芝厓，行二，順天大興人，即用甘肅。
程錫蕃　庶之，行一，安徽全椒人，工部主事。
李　謨　虞臣，行一，湖南長沙人，即用山東。
祥　慶　雲樵，行三，覺羅正兰旗人，即用四川。
毛鴻順　少溪，行二，河南武陟人，即用湖北。
沈　湘　春帆，行二，浙江海寧人，即用山東。
李鍾泰　春塢，行二，雲(安)[南]思安人，即用山東。
喬晋芳　心農，行四，山西聞喜人，探花，編修。
長　喆　思亭，行三，正白旗漢軍人，即用山東。
李大融　融堂，行二，貴州石阡人，即用甘肅。
徐有孚　小槎，行五，順天宛平人，归班。
江泰來　季安，行三，安徽旌德人，庶吉士，檢討。
王青熙　心潭，行一，山東清平人，即用江西。
王　恂　忱九，行一，四川内江人，即用安徽。
黄廷範　子山，行六，江蘇甘泉人，即用山西。
單興詩　藻林，行二，廣東連州人，户部主事。
張鳴岐　翽儀，行一，福建閩清人，歸班。
陳　鏕　鐵庵，行一，順天大興人，即用山東。
胡超龍　雲谷，行四，廣西馬平人，刑部主事。
劉夢熊　翔渭，行一，河南虞城人，即用直隸。
何丙勳　保如，行四，浙江山陰人，即用陝西
戚維禮　履伯，行一，甘肅靖遠人，庶吉士，改主事工部。
黄守訓　敬山，行二，江西南城人，刑部主事。
王思引　躍齋，行一，湖北黄岡人，即用直隸。
銘　岳　東屏，行一，正白旗漢軍人，即用江西。
倪應觀　仲明，行四，雲南昆明人，户部主事。
閻慶元　春亭，行一，山西榆次人，即用甘肅。
朱龍光　雲門，行一，江蘇丹徒人，刑部主事。
張　鑅　振之，行一，直隸南皮人，庶吉士，編修。

葉承昌　菊山,行一,福建閔縣人,即用貴州。
徐樹楠　讓木,行一,江西奉新人,即用四川。
陳　績　石舫,行二,雲南昆明人,户部主事。
余士瑮　菊農,行二,安徽鳳臺人,即用浙江。
馬德昭　名園,行一,廣西全州人,即用浙江。
楊亶華　華林,行二,直隸晋州人,即用廣東。
伍輔祥　翰屏,行四,四川綦江人,工部主事。
舒　文　質夫,行一,正紅旗滿洲人,庶吉士,編修。
陶恩培　問雲,行三,浙江會稽人,庶吉士,編修。
顔于鎬　作周,行十三,江蘇丹徒人,即用山西。
徐資乾　健堂,行一,河南光州人,庶吉士,改主事禮部。
黄松年　封五,行二,福建永福人,即用山東。
辛本棨　梁輈,行二,山東蓬萊人,即用雲南。
畢　至　春亭,行一,湖北蘄水人,工部主事。
趙紹武　雲軒,行四,甘肅正寧人,即用陝西。
趙振祚　芝舫,行一,順天宛平人,庶吉士,編修。
袁甲三　午橋,行二,河南項城人,禮部主事。
德　俊　克齋,行六,廂黄旗蒙古人,即用甘肅。
李國榛　濟堂,行四,安徽太湖人,吏部主事。
朱思敬　壹齋,行一,江西浮梁人,即用山西。
曾世儀　鴻階,行四,湖北黄岡人,即用直隸。
張元鈞　鋭齋,行一,貴州黔西人,即用安徽。
袁　溥　幼泉,行三,山東惠民人,庶吉士,改主事禮部。
何曾筠　小晴,行一,浙江蕭山人,即用直隸。
賈仲山　崧生,行六,山東歷城人,兵部主事。
王希旦　晋笙,行二,江蘇吴縣人,即用湖南。
龍元僖　蘭簃,行一,廣東順德人,庶吉士,編修。
馬宗閔　闇如,行一,直隸盧龍人,歸班。
周若棠　化南,行一,奉天承德人,即用直隸。
蔣霨遠　濂生,行四,廂藍旗漢軍,户部郎中即用。
齊秉震　雨辰,行一,江蘇上元人,即用安徽。

馬　照　露堂,行一,雲南昆明人,歸班。
陳金鑑　鏞臺,行三,浙江新昌人,即用山西。
吴式芬　誦孫,行六,山東海豐人,庶吉士,編修。
陳鶴年　露坪,行一,直隸南宫人,庶吉士,改主事歸部。
古　韻　又希,行三,湖北江夏人,即用直隸。
郭超凡　小袁,行七,貴州貴筑人,歸班。
陳昆玉　問山,行三,江蘇上元人,即用山西。
吴逢甲　曉芙,行四,安徽桐城人,即用山西。
吴德清　湛溪,行一,貴州威甯人,刑部主事。
徐鋅庚　鳳樓,行一,江西豐城人,即用四川。
郭望安　米山,行一,福建嘉義人,即用湖北。
宋嘉玉　丹厓,行一,廣東鶴山人,即用直隸。
張　緒　謹齋,行九,陝西郃陽人,刑部主事。
何裕承　小笠,行十一,河南祥符人,庶吉士,編修。
何鍾蘭　湘洲,行一,四川慶符人,即用安徽。
曹　笏　石樵,行四,江西南昌人,即用直隸。
王家勳　苹墅,行一,湖南新化人,吏部主事。
邱建猷　迪甫,行二,廣東大埔人,庶吉士,檢討。
錢文偉　蘭臺,行一,江蘇通州人,即用雲南。
李景椿　莊園,行五,雲南建水人,即用山西。
陳貽樞　翼堂,行六,福建侯官人,即用河南。
金謂鏐　貢三,行一,湖北京山人,即用四川。
馬秀儒　藝林,行一,山東安丘人,即用安徽。
周秉讓　六謙,行六,廣西上林人,即用江西。
陳錫麟　秉初,行一,江西新淦人,即用湖南。
樊爵五　文洲,行四,山西壽陽人,即用河南。
陶　汶　察甫,行一,安徽天長人,工部主事。
王　堃　芷汀,行三,順天宛平人,歸班。
吴淳一　心田,行三,江西廬陵人,即用安徽。
鄭敦謹　小珊,行三,湖南長沙人,庶吉士,改主事刑部。
張　堂　薌林,行一,山東安丘人,即用四川。

錢世瑞　榆皋,行一,浙江嵊縣人,即用河南。

郭永錫　蘭軒,行一,山西介休人,即用浙江。

宋子昌　壽甫,行一,安徽望江人,户部主事。

劉德鈞　雨軒,行一,湖北孝感人,刑部主事。

上官懋本　蓉湖,行一,福建光澤人,刑部主事。

胡應泰　懷芷,行七,順天大興人,編修庶吉士。

方　俊　伯雄,行一,江蘇上元人,庶吉士。

陳兆桂　丹圃,行三,湖北應城人,歸班。

鄧　烜　旭亭,行一,江西新建人,即用陝西。

王　政　績堂,行一,湖南善化人,即用山東。

曹聯桂　馨山,行一,江西新建人,榜眼,編修。

杜　翻　筠巢,行二,山東濱州人,庶吉士,編修。

孫玉麒　花嶼,行一,福建浦城人,即用直隸。

劉嘉嗣　以興,行一,安徽定遠人,即用河南。

姚近寶　韜庵,行一,浙江錢塘人,刑部主事。

張敬修　雨農,行五,湖南善化人,即用山東。

周人龍　春泉,行一,湖北漢陽人,即用山西。

韓　綬　荇漪,行十,陝西涇陽人,刑部主事即用。

孫翹江　蘭皋,行四,貴州黄平人,歸班。

王介福　備卿,行三,山東費縣人,歸班。

何桂清　雲鵬,行一,雲南昆明人,庶吉士,編修。

陳　壇　晴宇,行一,河南商丘人,庶吉士,編修。

劉建庚　西堂,行五,福建長樂人,即用廣東。

梁　熙　篠樓,行四,四川仁壽人,刑部主事。

覃肇邦　耕溪,行三,廣西容縣人,歸班。

胡禮箴　雪門,行二,河南光山人,即用湖南。

李登瀛　仙洲,行五,廣西永淳人,歸班。

喬松年　健侯,行一,山西徐溝人,主事工部。

高　遠　鏡洲,行十二,福建侯官人,歸班。

黃[1]

張　銓　翼南，行一，山東利津人，刑部主事。

張　燿　星浦，行四，雲南昆明人，户部主事。

李道融　景洛，行四，河南夏邑人，即用浙江。

邵桂芳　詵一，行一，甘肅甯州人，歸班。

饒應坤　載初，行一，廣東嘉應人，户部主事。

宗室

英　淳　琴南，行一，廂藍旗人，庶吉士，改主事刑部。

英　綬　若卿，行一，工部主事。

英　繼　鐵峰，行二，廂藍旗人，宗人府主事。

道光二十五年乙巳科會試（已故者名下加·）

蔣超伯　叔起，行三，江蘇江都人，主事刑部。

李國棠　憩亭，行九，安徽太湖人，庶吉士。

沈丙瑩　菁士，行二，浙江歸安人，主事刑部。

呂式古　小潭，行二，直隸大興人，即用陝西。

黃恩霨　竹泉，行一，山東甯陽人，即用四川。

徐元勳　傳山，行三，浙江海寧人，庶吉士，編修。

周　劼　獻臣，行三，江西彭澤人，即用河南。

胡瑞瀾　篠泉，行二，湖北江夏人，庶吉士，編修。

成　福　五齋，行七，廂黃旗滿洲人，即用安徽。

梁汝弼　直卿，行五，廣東三水人，即用湖南。

薛　湘　衡瞻，行三，江蘇無錫人，歸班。

陳德銓　定齋，行二，福建閩縣人，即用廣東。

李義得　介人，行二，四川墊江人，即用改教。

朱德溎　春帆，行二，廣西博白人，即用山西。

童福承　起山，行十，直隸大興人，庶吉士，編修。

---

① 以下原空。當爲黃輔辰，即黃彭年之父。

梁經先　義初,行三,陝西三原人,主事工部。

冷嘉植　梅生,行二,湖北雲夢人,即用江蘇。

繆嘉穀　心如,行一,江蘇吴縣人,主事工部。

周輯瑞　覲甫,行一,湖南善化人,主事吏部。

沈錫慶　鷺卿,行三,江蘇通州人,庶吉士,編修。

劉鴻恩　位卿,行一,河南尉氏人,主事。

張觀鈞　貽山,行二,山西渾源人,主事吏部。

徐時樑　子舟,行十四,浙江鄞縣人,主事刑部。

王萬齡　嵩三,行二,直隸涿州人,即用江西。

黄[①]

張大觀　樹卿,行一七,安徽銅陵人,即用江西。

楊本厚　立齋,行一,雲南昆明人,即用直隸。

李聯秀　季瑩,行七,江西臨川人,庶吉士,編修。

恩　隆　柳庵,行一,正白旗滿洲人,主事刑部。

徐　鼒　彝舟,行三,江蘇六合人,庶吉士,檢討。

文　起　觀潮,行二,正藍旗漢軍人,主事工部。

陳其晟　曦谷,行一,廣東香山人,即用四川。

王殿麒　臚雲,行一,山東費縣人,即用廣西。

柏　春　東甹,行一,正黄旗蒙古人,主事兵部。

毛袒熙　煦初,行一,河南武陟人,庶吉士,檢討。

裘望洙　淑齋,行一,浙江富陽人,主事户部。

劉伯塤　詩橋,行一,直隸永清人,即用廣西。

何廷謙　地山,行一,安徽定遠人,庶吉士,編修。

文　祥　雲溪,行二,正紅旗滿洲人,主事工部。

蕭玉銓　庚生,行一,江西萍鄉人,庶吉士,編修。

何　栻　廉昉,行二,江蘇江陰人,主事吏部。

杜　滋　潤之,行一,陝西榆林人,即用安徽。

郭印瑚　賓林,行二,山東滕縣人,即用四川。

---

① 以下原空。當爲黄彭年。

胡啓文　隨季，行七，河南汝陽人，即用直隸。
沈　墉　星垣，行二，直隸大興人，即用河南。
鄭東華　春圃，行一，湖北沔陽人，即用四川。
金鶴清　翰皋，行三，浙江桐鄉人，榜眼，編修。
華廷傑　椎雲，行四，江西崇仁人，即用廣東。
袁芳瑛　伯芻，行十七，湖南湘潭人，庶吉士，編修。
蔡世佑　吉堂，行十三，四川酉陽人，即用江蘇。
李鶴年　子和，行二，奉天義州人，庶吉士，編修。
馮　栻　曉滄，行四，直隸大興人，主事刑部。
朱國賓　雁坪，行一，雲南大姚人，即用湖南。
郭志融　濰舡，行五，廣東清遠人，即用四川。
吴昌壽　少村，行一，浙江嘉興人，即用廣東。
陳廣德　懋亭，行一，江蘇興化人，主事户部。
岳雲衢　天階，行二，陝西藍田人，庶吉士，改主事。
彦　昌　雲溪，行四，正黄旗滿洲人，庶吉士，檢討。
章光斗　星槎，行一，江西南城人，庶吉士。
張兆棟　伯隆，行一，山東濰縣人，主事刑部。
周士炳　蓮史，行十四，浙江桐鄉人，庶吉士，編修。
許鳳翔　仞千，行三，安徽廬江人，即用福建。
包　煒　含章，行一，直隸河間人，庶吉士，檢討。
馮　琛　芝馨，行三，河南武陟人，庶吉士，編修。
宋維屏　建侯，行一，廣東花縣人，即用安徽。
閻海林　潤東，行一，山西解州人，即用湖南。
陳敬簡　可亭，行四，四川合州人，主事兵部。
文　穎　魯齋，行一，正兰旗漢軍人，即用山東。
張秉堃　子敏，行一，貴州貴陽人，即用四川。
徐德周　愛泉，行一，江西龍南人，庶吉士，改主事户部。
丁士元　鶴卿，行二，浙江錢塘人，庶吉士，改兵部主事。
朱　枬　友梗，行二，江蘇高郵人，主事户部。
鄭之鍾　西園，行一，直隸豐潤人，即用雲南。
李　珣　琴山，行二，雲南蒙自人，即用江西。

劉書年　仙石,行四,直隸獻縣人,庶吉士,編修。
周壽昌　荇農,行一,湖南長沙人,庶吉士,編修。
林英奇(改壽圖)　穎叔,行一,福建閩縣人,主事工部。
周仁壽　鏡瞻,行二,湖北宜城人,即用福建。
趙炳塋　崧原,行二,陝西渭南人,主事改歸中書原班。
王書勳　小沂,行一,浙江長興人,即用安徽。
鄭奎齡　壁西,行九,江西德化人,即用山西。
李仁元　資齋,行一,河南濟源人,中書改知縣。
林之望　遠村,行一,安徽懷遠人,庶吉士,編修。
趙東曙　雲橋,行七,直隸易州人,即用雲南。
貢　璜　荆山,行一,浙江湯陰人,庶吉士,編修。
王榮第　甲文,行五,山東樂陵人,庶吉士,編修。
曹　驊　吉雲,行一,江蘇上海人,庶吉士,編修。
馮拱宸　仲慈,行二,雲南昆明人,即用貴州。
李夢周　惺園,行三,河南盧氏人,即用山西,編修。
吕　銓　移村,行一,浙江錢塘人,即用廣東。
仲孫樊　博山,行一,江蘇吴江人,庶吉士。
瞿績凝　契笙,行一,直隸宛平人,即用福建。
郭椿壽　静山,行一,山西安邑人,庶吉士。
黄士元　吉人,行二,四川珙縣人,即用陝西。
程培禮　夢香,行三,江西宜黄人,即用山西。
蔡式鈺　質全,行一,甘肅武威人,歸班。
謝謙亨　吉六,行一,福建長泰人,主事刑部。
李廷楷　竹生,行六,浙江山陰人,即用江西。
潘　桂　小山,行一,安徽穎上人,主事禮部。
孟培楨　壽林,行二,湖北江陵人,庶吉士,編修。
閻敬銘　丹初,行五,陝西朝邑人,庶吉士,改主事户部。
皁　保　蔭方,行一,鑲黄旗滿洲人,庶吉士,編修。
潘遵祁　順之,行一,江蘇吴縣人,庶吉士,編修。
謝蘭省　渠閣,行三,廣東英德人,即用直隸。
黄廷綬　蒨園,行一,浙江仁和人,庶吉士,編修。

吴　冠　義伸，行一，江西鄱陽人，即用湖南。
林廷選　舜俞，行二，廣西貴縣人，主事刑部。
胡　澐　心泉，行一，直隸大興人，主事户部。
于醇儒　叔修，行三，山東平度人，即用江西。
黄汝梅　鐵厓，行一，山西平定人，即用浙江。
張敏行　勉齋，行一，甘肅隴西人，即用福建。
夏家泰　階平，行八，湖南善化人，主事吏部。
姚寶銘　藍坡，行四，福建閩縣人，即用四川。
王憲成　蓉洲，行二，江蘇常熟人，主事刑部。
張守岱　奉山，行二，山東海豐人，庶吉士，編修。
羅嘉福　訏庭，行一，直隸大興人，庶吉士，編修。
黄文奎　星曹，行二，江西都昌人，即用山西。
彭甲寅（改嘉寅）　春園，行一，河南許州人，歸班。
顧鴻達　義吉，行一，浙江蕭山人，即用江蘇。
杜受履　心蘭，行十一，山東濱州人，即用廣西。
路　璜　漁濱，行二，貴州畢節人，即用河南。
裕　豐　雪趺，行一，正黄旗内務府漢軍，主事户部。
朱慶芬　斐園，行三，廣西博白人，主事刑部。
韓一松　子貞，行一，直隸宛平人，即用四川。
何桂芬　新甫，行四，江蘇上元人，庶吉士，編修。
蔣志章　璞山，行一，江西鉛山人，庶吉士，編修。
黄光周　覲庭，行一，福建閩縣人，即用廣東。
張正椿　友楡，行一，四川奉節人，庶吉士，編修。
禹建鈞　仲甫，行四，山東樂陵人，即用河南。
衛東陽　曉園，行一，山西陽城人，即用直隸。
張　和　禮堂，行一，甘肅河州人，即用直隸。
吕序程　秋塍，行一，河南羅山人，庶吉士，編修。
鍾榮光　麒皋，行一，江西長寧人，即用湖北。
劉榮琪　崑圃，行二，廣東陽春人，主事工部。
劉興桓　九甫，行九，湖北沔陽人，即用湖南。
張燦斗　星樞，行一，雲南昆明人，歸班。

朱鳳標　楡軒,行一,浙江會稽人,即用四川。

李朝儀　藻舟,行五,貴州貴筑人,即用直隸。

周　坊　界溪,行三,山東萊陽人,歸班。

徐嵩生　申甫,行二,河南祥符人,庶吉士,檢討。

任秩五　序亭,行二,山西太原人,即用江蘇。

陳泰初　見田,行一,直隸大興人,庶吉士。

鍾啓峋　伯平,行一,江西興國人,傳臚,庶吉士,編修。

李際昌　光熾,行二,廣西靈川人,即用直隸。

黃廷瓚　士岱,行一,湖南長沙人,即用江蘇。

姚體儼　敬儀,行一,山東鉅野人,即用。

高長紳　篙漁,行一,陝西米脂人,即用江蘇。

鄭錫瀛　惕庵,行一,直隸大興人,主事吏部。

黃開泰　瑞庵,行一,福建詔安人,即用直隸。

尚慶潮　學川,行一,河南羅山人,主事刑部。

吴福年　竹巖,行一,浙江錢塘人,探花,編修。

潘毓瑞　錫五,行二,山西滎河人,即用江西。

張鍾彦　仲昇,行二,廣東瓊州人,即用河南。

高貢齡　次封,行二,山東利津人,主事户部。

陳光前　篠峰,行一,陝西商州人,即用河南。

孫培金　心穀,行一,江蘇甘泉人,即用陝西。

高會嘉　樹人,行一,江西彭澤人,即用福建。

陳介祺　壽卿,行一,山東濰縣人,庶吉士,編修。

葉人杰　雋齋,行三,河南光州人,主事吏部。

黃輔相　斗南,行四,貴州貴筑人,即用廣西。

世　昌　竹君,行一,廂黃旗内務府滿洲人,即用浙江。

孟傳金　臚卿,行一,直隸高陽人,主事禮部。

施瓊芳　昭德,行五,福建台灣人,即用江蘇。

任殿選　青甫,行一,湖北蒲圻人,即用浙江。

王者韶　鳳諾,行二,山東濟陽人,即用湖南。

蕭錦忠　史樓,行一,湖南茶陵人,狀元,修撰。

申逢吉　慶餘,行一,河南林縣人,即用福建。

陳　崑　友松，行五，四川開縣人，即用直隸。
顧　駿　珩圃，行三，直隸宛平人，即用廣東。
容文明　賁園，行一，廣東南海人，主事刑部。
郎應宿　薇垣，行一，雲南呈貢人，主事禮部。
馬玉堂（改寶書）　子緗，行一，陝西澄城人，即用四川。
梁學海　匯川，行四，山西汾陽人。
陳應台　輔三，行一，廣西荔浦人，即用四川。
張　璐　子佩，行一，江蘇常熟人，户部主事。
李國梓　未文，行五，安徽太湖人，主事户部。
羅寶森　味園，行二，浙江上虞人，庶吉士，改刑部主事。
奎　章　雲台，行二，廂兰旗蒙古人，庶吉士，檢討，休致。
趙潤芳　雨樵，行一，江西奉新人，即用湖南。
曹炳燮　鉄香，行二，江蘇宜興人，庶吉士，改主事工部。
祝　祐　仲申，行七，河南固始人，即用湖北。
李毓珍　懷瑾，行二，山西崞縣人。
沈炳垣　紫卿，行一，浙江海鹽人，庶吉士，編修。
池劍波　秋如，行二，福建閩縣人，即用江西。
王種湝　香海，行一，山東福山人，即用甘肅。
惲世臨　次山，行五，直隸大興人，庶吉士，改主事吏部。
謝邦鑑　吉人，行二，湖南湘鄉人，即用江蘇。
林澤芳　芝園，行二，廣東順德人，即用。
封毓璋　特達，行五，陝西鳳翔人，即用甘肅。
李維著　鏡余，行七，雲南昆明人，即用浙江。
廖宗文　少峰，行一，廣西靈川人。
朱㑭侯　秬泉，行一，安徽涇縣人，即用浙江。
張凱嵩　月卿，行二，湖北江夏人，即用廣東。
敖彤臣　珥卿，行一，四川滎昌人，即用浙江。
董炳章　寅生，行二，貴州修文人，即用四川。
陳汝峰　對山，行一，江西金溪人，即用福建。
宋炳文　烺齋，行一，奉天吉林人，歸班，改教。
楊　翰　海琴，行一，直隸宛平人，庶吉士，編修。

密雲路　得軒,行一,山東蘭山人,即用浙江。

耿灼然　明齋,行一,河南襄城人,即用雲南。

左　熿　瑶圃,行一,湖北雲夢人,庶吉士,編修。

李重華　素園,行一,山西武鄉人,即用甘肅。

莫廷蕃　堯蓂,行一,廣東南海人,即用江西。

孫鼎臣　芝房,行一,湖南善化人,庶吉士,编修。

趙桂芳　篠珊,行二,陜西鳳翔人,即用安徽。

車汝震　雨春,行四,貴州貴陽人,即用直隸。

邵啓元　佑人,行九,福建閩縣人,即用安徽。

唐守道　子中,行一,廣西靈川人,即用江蘇。

劉體中　光庭,行三,雲南昆玉人,即用直隸。

李成芳　甫森,行二,四川巴縣人,即用,改教。

豐　安　静川,行一,正白旗内務府漢軍人,即用廣西。

姚玉田　藍生,行三,安徽懷遠人,即用直隸。

宗室

崇　光　華巖,行二,鑲兰旗人,主事宗人府。

定　綸　錫之,行四,鑲藍旗人,主事宗人府。

各書籍貫年歲字某行幾

薛秉辰　長安縣舉人,年三十五歲,字壽萱,行一。

丁士哲　咸寧縣優貢,年三十二歲,字保卿,行二。

雷登門　長安縣舉人,年二十八歲,字幼初,行二。

王履豫　長安縣舉人,年四十歲,字幼超,行一。

袁效安　長安縣廩生,年三十七歲,字雪亭,行三。

王壽岳　長安縣廩生,年二十六歲,字子衡,行二。

李樂善　咸寧縣舉人,年二十九歲,字季脩,行三。

葉祖根　永壽縣增生,年三十二歲,字寶森,行一。

林邦建　興安縣府學增生,年二十歲,字裕堂,行一。

吕景防　咸寧縣學廩生,年三十九歲,字子範,行五。

法林泰　正藍旗舉人,年二十九歲,字禮臣,行四。

王燦林　郃陽縣舉人,年四十六歲,字葆華,行一。(劉肇夏卷係燦林作)

(朱婷婷整理)

第五十三册

勞光泰以此書被劾，後在湖北帶潮勇，勇船應賊，徐、張兩觀察死之。詔捕光泰未獲。

上兩江總督書

頃以漢岸乏鹽，價貴，每觔賣足錢六十八文，又不肯多賣，民間洶洶食淡，數十年未經見之事。奉宫太傅湖廣督部堂札委，會同中軍都司駱永忠，捧令箭赴九江，催趲應到漢岸鹽船，以濟民食。已催到船三十八隻，鹽價隨減八文，仍需六十文，而六月以前，價衹四十餘文，即湖上前年，亦不過五十餘文，現價尚覺病民。光泰原辦南北鹽引水程，並督銷緝私，今又奉委趲運，親到九江，目擊諸弊，例得上陳，非越職而言也。且務在新章必行，又非可以阻撓論也。謹案新章始行，事情有不可者四，自病者三，可挽者二，條列如左。裁浮費、輕成本二條，意美法良，能以簡便行之，必有實效。在楚官吏方速銷舊鹽以待新章，乃自六月後，舊鹽將盡，新鹽不來，即有已緬未運，改歸新章十餘萬引，揚州又復多方駁難，以致楚鹽日貴，迫於乏食。此其不可者一也。揚州告示大稱商情踴躍，其實四月開局，衹有包支數舊商，以詭名分認十萬引，官員派認三萬引，自是數月，未聞有一新商，亦未聞續認一引。即既認之引，亦經數月延擱，至今尚未緬鹽。此其不可者二也。新商觀望，復檄舊商，又恐舊商不遵，行文楚西兩岸，以商等欠項，飭將存河存倉之鹽，每引繳銀六兩，其已認新鹽者免繳，於是各商認新，旋復行文停繳，[1]惟汪福茂一商，既停復追，辦理紛歧，全以權力爲束縛。此其不可者三也。楚省引岸，向在漢口，經千數百年，所以不分在湖南者，以湖南產油米煤木，均船載漢口，易錢回鹽，本省各郡亦均有土貨，到漢岸交易，故分岸不便，專

---

① 眉批：此陸公所深惡處，中其病根。

岸乃便。[1] 且江南需楚煤銅鐵油米，均僱回空鹽船，價既廉而事兩便。今移岸九江，鹽船無回空之利，江南有買貴之害。[2] 又九江素非口岸，泊船不多，上游水販，須在漢口僱載，往返曲折，拖延日月，貴價病民，目前可覩，此其不可者四也。而所謂自病者何？鹽商船户，最善夾私，今楚省官吏不能查驗，而自九江以上，商販携照自往自來，適便其夾私之用。且楚省銷數，旺在秋冬，今自六月後，鹽船未到，漸缺銷額，近日雖稍來，而私鹽又難查禁，冬季亦必缺銷。所謂自病者，此其一。新章善處在減價敵私，乃辦理糾纏，新商裹足，只有十數舊商，又半屬疲癃，汪福茂一商尤甚，因上兑稍遲，輒將已運舊鹽一萬餘引，扣留九江，委員押賣充餉。衆商見之股慄，新鹽亦怕綑運。現九江運到新鹽，只三千餘引，舊鹽數萬引，不足兩月之銷。到鹽既少，其價日增，不惟不足以敵私，反以招私。所謂自病者，此其二。查新章内載楚鹽成本每觔二十八九文，今省價每觔尚六十文，子過於母，以一年楚省銷數，約略五十萬引計之，應溢子息銀四百餘萬兩。子息之銀，利歸何人？以爲利歸於商，而商情又未見踴躍。人之多言，亦可謂也。所謂自病者，此其三。雖然，猶望新章之必行也。倘不行而又改商，民更不堪，故挽之宜亟也。《易》曰："易簡而天下之理得矣。"竊謂專行裁浮費、輕成本二條，其一切新舊名色，皆裁去使簡便，仍委員在九江口，會同湖北委員稽查夾私。其商人運鹽，或住九江，或住漢岸，仍依原摺，悉聽其便。住九江者，每觔准賣錢三十四文，漢口每觔准賣錢四十文，以及遠郡不得過四十五文。蓋新章既加三分之一，減價當亦如之，故舊時岸價六十文者，新鹽當減作四十文，況浮費既裁，宜減之又減。不盡減者，所以厚利恤商，而又不能不予以限制。其舊鹽改新已换給照者，價當一律從新，毋使楚人怨駡。新鹽價貴，如此鹽價既足以敵私，而商運往返三月之間，可得數分之利。其所領執照，到岸即呈地方官驗明蓋印塗銷，發回商販自繳，以杜弊端。仍禁吏役需索，商民洵皆受益，何患新章

---

① 眉批：此楚北商欲專利耳。

② 眉批：陸欲移岸九江，正以楚督不能畫一，故移岸屬境，事權便利，而商民不便則不暇顧。

不行,何慮私鹽充灌?故只合同辦,不必視楚如秦越。所謂可挽一也。凡舊商須知其力量能任與不能任,初改新章,由包振興、支允祥二商所稟,包商最富,號四百餘萬,支商百餘萬,應令以壹半辦新,包商可領三十萬引,支商領八萬引,其餘各商均量力辦,任輕而事易行。今商情未洽,輕重倒置,雖衆商已認六十萬引,可敷本年下忙錢糧,然疲商勉强完庫,無力買場,新鹽不能速運速銷,明年錢糧又將何出?故權力能暫不能久,若量資以授,使其易從,舊商必忻,新商漸至。所謂可挽二也。光泰於古人興利除弊之書,亦頗博稽遍覽,知現行新章,大醇而小疵,而行之始事有未盡合宜,又以未得遲速暢行爲可惜,故敢有所獻,用贊萬全。

楚鹽移岸再論

或曰以劉晏著論,據引經史,造意微眇,而覽者未盡知也,故勿論移岸,祇論鹽價。移岸而鹽價賤,則是移岸爲有益也。移岸而鹽價貴,則是移岸爲無益也。而論鹽價必先論成本,或成本在六十,而移岸未能不六十,是移岸猶爲多事也。若成本尚足三十,而移岸遂至於六十,是移岸反爲大害也。明知其大害,而移岸已成,不可轉也。是執構之流也,無可與言也。既知大害,而移岸初試,尚可轉也,是執虚之心也,有可與言也。凡進言者,皆欲其執虚也,執虚則移岸之爲害可告之。然不俟告也,察鹽價之貴賤甚於告也。凡進言者,不欲其執拗也,執拗則移岸之爲害必諱之,然而無庸諱也,核鹽價之貴賤不能諱也。或有爲移岸者解曰:舊鹽六十,今價亦只陸十,未嘗增也,非以移岸而始六十也。即有爲移岸者駁曰:今價六十,成本尚未至三十,竟倍增也,非籍移岸不能六十也。故不移岸,價必不貴也。聚千百數十船於最近,彼此争賣,安能貴也?移岸價必不賤也。繫千數百十船於最遠,彼此相持,安能賤也?不能賤而或不止於六十,前八月絶鹽昂價,有明驗也。不能貴而或不足於四十,前五月争賣跌價,亦有明驗也。是故欲鹽價之不貴,則莫如不移岸,倘移之已定,則莫如限鹽價。省中鹽價應予四十,不四十無以恤商,恤商正安本岸之民,又省中鹽價止准其四十,過四十即以病民,病民當罪移岸之商。如是移岸可也,其終亦必復岸也。故曰勿論移岸,祇論鹽價。

楚鹽移岸論

淮南鹽政，主議楚岸移九江，所謂知其一不知其不二也。昔劉晏理淮南鹽榷，向歲入緡錢六十萬，晏什倍之，至歲入千二百萬。其法聚鹽偏壤，以伺其貴而取其利，即今移岸九江之説也。所謂知其一是也。雖然，晏所操平準法也，而又自守廉，用人智，能得商賈歡，故常操萬物之低昂。時京師鹽貴，晏轉淮南鹽濟之，甚迅速，商民皆喜。所辦類如此。非聚鹽一處，以俟短販之自來，短販不來，民食淡，病矣。所謂不知其二也。且民果能長食淡以病乎？鄰省私販，來甚便也，價甚賤也，川私至宜昌府，一觔成本錢十五文，直至武昌省，成本二十文，潞私由河南十家店川路至省河，成本三十三文，按此地曹孟德嘗造戰艦率水師下武昌爲赤壁之戰。川路非小，又自江南來者，或官船，或民船，或鹽船，或糧船，夾私恒多，故省河緝私，尤重於邊卡。今新鹽成本每觔價錢二十八九文，已有告示遍貼曉諭，遠近皆知，乃復遠屯其鹽，使之昂價，民之桀而黠者，安肯食淡以取病，故緝私較難。所謂不知又其二又此類也。如必移岸九江，當先令商運鹽以實邊隅，減價敵私，徐於九江繫聚大船，不使遠走一步，以伺中間之價貴，加此可以獲重利，然民怨矣。所謂不知其二又此類也。《易》曰："致天下之民，聚天下之貨，交易而退，各得其所。"惟漢口得之。劉晏斂財已異是，今更與晏異，徒以利商而病民，無益於下，有損於上，不惟不知其二，併其一而亦不知。其究也，移岸之商亦必不利。《書》曰："若乘舟，汝弗濟，臭厥載。"此之謂也。

移岸甚於整輪論

或謂楚岸鹽政壞於整輪，因以移岸救之，非通論也。整輪非善政，亦非虐政，而可以爲虐政，可以爲善政。若移岸衹以爲虐政，不能爲善政，以商情之錯出也，於是整輪，以商本之易折也，於是整輪。整輪則奸商不得售其詐，而其弊有扳價之事。整輪則小商不能兼其利，而其弊有守候之苦。扳價之事起於商，猶未甚也。有婪吏乘之，持大商而擠小商，狎奸商而啖弱商，遂成合縱締交之勢。守候之苦在於商，無可解也。有廉吏處之，恤小商而禮大商，範奸商而扶弱商，並有井田封建之遺，以合縱締交爲整輪，是以病民也。有其貴斷無甚賤，而頭會箕斂之毒結，以井田封建爲整輪，不足病民也。無甚賤亦無甚貴,而常平糓糶之法行,惟廉吏少而婪吏恒多。故散輪宜而整輪不宜。今議散輪,復議移岸,是廉吏之整輪併去,而婪吏之整輪獨成。整輪以婪吏而酷,移岸非婪吏而亦酷,故岸不移則鹽在城下,雖整輪抜價,不至倍蓰,是病(不猶)[猶不]病。整輪有婪吏而凶,移岸無婪吏而亦凶,故岸既移,則鹽在遠方,雖散輪平價,已須轉運,是不病而病。況鹽在遠則倍蓰加價,鞭短不及制之,是移岸祇以遂奸商貪忍之性。且鹽在遠,則轉運不時,風勢并足阻之。是移岸頻以起省民食淡之虞。凡移岸則舊岸皆荒業也,以近城之處而有荒業,荒涼之境足以爲災。凡移岸則舊岸皆游民也,以近城之處而有游民,游墮之情易於爲盜,爲移岸之故而災因以生。官鹽去而私鹽來,其爲災在於蔑法,爲移岸之故而盜從以起。官販微而私販聚,其爲盜必至梟强。是故婪吏整輪,不過微分其利,移岸則便於夾私,可以厚集其利,而人不得知。至舊岸爲被災,彼不顧矣。即婪吏之整輪,不能禁絶其鹽,移岸則易於居奇,可以截斷其鹽,而人不及責,至舊岸爲盜,彼亦不顧矣。整輪之弊戔戔若彼,移岸之弊乃章章若此,移岸甚於整輪,洵不易之論也。

陸建瀛總督兩江,鋭意仿陶文毅,故於漕鹽不憚變更。光泰此數篇亦非真能公忠體國,恐移岸則楚失利,官吏無從侵潤,又商人樂於仍舊,故發此論,意在逢迎楚督,取悦商人,不虞以此見劾也。然其出詞狡獪,利弊洞然,時中兩江督之失,故深惡之。陽虎之言,孟子取焉。鈔存篋笥,異日考訂鹽法,亦不可略此段公案也。咸豐丙辰七月晦日成都旅館展閲率記。

内閣志(常熟席吴鏊寶箴)

鏊退居里中,日無事,追憶服官綸扉時所見所知者爲《内閣志》,竊附於不賢者識小之列,于國典記載不爲臚陳,俟後之君子參而考焉。

内閣在午門内,太和門外,自午門循牆而東,升太和門東廊之南頭下乃抵焉。後户斜直文華殿,出東華門可三百步許,自後户直北可六七百步至景運門,即乾清門之右掖門也。于禁廷最爲密邇,外曹百司無故不得輒入,違者重辟論。今堂户之上懸金書扁具載此令,世祖時建云。(此言内閣衙門。京城九門:周四十里,南正陽,南左崇文,南右宣武,北之東安定,北之西德勝,東之北東直,東之南朝陽,西之北西直,西之南阜城。皇城七門:周十八里零,南永定,左左安,左右安,東廣渠,西廣寧,東隅東便,西隅西便。内五門:太和、東華、景運、乾清、隆宗。)

其設官則有大學士、學士、侍讀學士、中書舍人、典籍,明獨有大學士及兩房舍人餘官。本朝設大學士與學士,並滿漢分設,學士參用蒙古員,大學士則否。侍讀學士、侍讀向無漢員,雍正初始設漢侍讀,後又設掌副本漢舍人。自大學士下合百餘員,官職滋繁於前矣。(此言内閣官制。)

大學士所居曰堂,舍人所居曰房,典籍所居曰廳,其外又有滿洲堂、蒙古堂,侍讀學士至舍人咸居之,而侍讀之分領各房者,多與舍人接席治事焉。(此言舍人所居之房,而先言大學士之堂,尚尊也。)

大學士堂上南嚮坐,虚其中,敬至尊也。滿左漢右,學士東西嚮坐,亦滿左漢右。侍讀學士升堂,大學士爲起,或不。侍讀以下侍立問對,與學士則皆對揖。(此言大學士、學士坐嚮之儀。)

侍讀學士異於學士者,不得堂上坐耳,于大學士不爲屬,侍讀以下爲屬,然其稱謂爲師生,不似外曹之堂司也。外曹惟禮部與内閣爲近。(此言侍讀學士。)

明重首揆,次輔幾不敢與齒。本朝閣臣少所差别,在國典則有押班一人,屬之滿大學士,餘次序之先後皆請旨定之,其私相稱謂則先入者爲前輩,後入者爲後輩。學士以下于其儕輩皆然。有後入而官少尊者,其執禮如故。(如舍人爲侍讀。)然唯漢人能習之。

明大學士秩五品,有遷尚書職者,其列銜主尚書而以大學士爲兼官,尚書尊故也。加孤卿則序銜又先之。其後閣臣班位竟列六部上,然本秩如故。雍正中始定大學士秩一品,雖不加公、孤,尊莫與抗,而尚書爲其兼官。蓋其來已久,不謂之真宰相,得乎?(此言大學士品秩之尊。)

大學士缺,吏部列名以請,惟六尚書、一都御史而已。有由内大臣及外總督等官拜者,乃出特旨,不在開列内,又有遥授外臣而不入閣者,亦繫正員,非若漢以左丞相、唐以平章事寵武臣者比。其外又有額外大學士、協辦大學士,額外得缺輒即真,協辦有終不得者,皆一時用人之權宜,非常例也。(此言大學士缺有開列,有特旨,有遥拜,其外又有額外缺,協辦缺。)

凡大學士初命入閣,是日内閣翰林院並先集午門内,及門兩典籍引而入,升東廊階,悉從升至閣。若滿大學士先坐滿洲堂,受滿侍讀以下謁。漢大學士則不抵閣之内,閣學士迎于階上,堂揖就坐。侍讀學士升堂揖,其餘以次升揖,皆三。于侍讀學士離坐答,餘皆立答,半揖或舉手答。翰詹開坊以上官升堂揖,亦離坐答,送不出堂户。編檢以下,庭下揖,亦答,半揖。故事:大學士由翰林起家者,先于翰林院受任,院有堂,惟大學士坐此,是以相沿有中堂之稱。然近來多逕赴閣中矣。(此大學士入閣禮節。[①])

彭年按:近來大學士無論由翰林起家或不,皆先于翰林院受任,學士以下官先集清祕堂,俟大學士大堂受任畢,迎入,皆升堂揖,立答,揖坐,學士同坐,送迎不出清祕堂門。廳官則執稿侍立,無先集午門及升堂揖、庭揖之分,亦無逕赴閣中之事。或《志》所考未詳,抑官之昧於掌故耶?官各有守,内閣在内廷,故先集午門。翰林署在外,而伺候午門,當時果有此,臺諫必有彈章,不應舉朝默然。是《志》妄也。

大學士于軍國事無所不統,(詳載《會典》,兹不載。)其實每日所治事則閣本也。本有二:曰部本,在京部院進者;曰通本,外文武大臣及奉使員具本,送通政使轉上者。票擬皆舍人按故事爲之。大學士晨入晝可否,然少所更定,閲已,次閲絲綸簿,又次閲章奏文書,日亭午蔑不出矣。(大學士事無不統,其每日所治惟以閲本爲事。)

大學士佐天子理機務,得不時召見,其治事未嘗不在閣。雍正中以邊事設軍需房于隆崇門外,(後又謂之軍機房。)時則有馬公、張公、蔣公三大學士參領軍機,(馬公之後有鄂公。)常居中候伺,日一再見,遂不至閣。惟駕在西苑,蔣公間日至,其後又以起草覆奏寄字外省與夫閣務有特建者,皆自内主之,舍人在閣書寫,出入多稽滯,乃設直房于軍機房之旁,擇滿侍讀以下數人,漢侍讀一人,舍人二人入直,專治内事,其入直者,亦不復至閣。至乾隆初,邊事息,軍機房不廢。由是大學士以下有内外廷之判矣。(大學士之治事也在閣,或有邊事、或待召見,則在軍機房,此大學士以下所

① 眉批:"禮節"原本作"儀作",注:"今章奏改作禮節,避今上嫌名也。"

以有内外廷之判也。)

大學士之在内者,始由内廷供奉,其後以與軍機,益有名,然亦未嘗至所謂軍機房者,往往晨朝坐乾清門外板屋中,少頃或徑入,百僚趨而稟事,懼弗逮,既召見,有事出,輒入。(其居止或在南書房,或内直房,唯西苑則在軍機房。)食于大官日兩餐,退以申爲期。人咸知爲天子所尤倚任也。(其在内廷供奉者,或在南書房,或内直房,惟西苑則在軍機房。)

凡辦本之次,舍人閲已,先書草簽,侍讀詳看,大學士審定之。舍人以所草登于籍,謂之草簽簿,隨書■簽,以奏本紙爲之。其式縱可七寸許,横視其字多寡。滿漢文具一幅上,滿文左行,漢文右行,中填日月、某部某督撫某事,紙背列舍人書簽者姓名,乃送滿票簽房,夾置于本而加檢視之,而加整齊之。凡今日所辦,明日上滿舍人捧至宫門,送紅本上,檢閲遞進。(批紅處在乾清門内,不設專官,謂之紅本上云。)御覽畢,復交紅本,上依簽朱書于本尾。滿舍人候本發,接出至閣,漢學士乃朱書於本面,字極大,蓋本内墨迹書之無礙,交漢票簽房登于籍,謂之絲綸簿。其簽封貯之,然後以本分類發科,科抄發部。計一本之進,經數十手,而其事甫畢,其縝密詳慎如此。(辦本次第。)

凡票擬,吏、兵部遷除本,其簽式,上空姓名,下書補授某官,姓名皆御筆朱書填之,此用人詳審之道,而臣下之得被選擢者亦榮矣。(吏、兵部遷除,本姓名皆由御筆。)

凡用京闈考官及勾決刑部囚,其本皆密封至閣,開勾決本尤防漏洩,候勾到後,丁内補繕票簽,惟與其事二三人知之。(考官及決囚,其本皆密封。)

凡本内兩擬簽上曰雙簽,御覽用其一,則中破其一;以閣簽爲未允,御筆改、或令大學士改,曰改簽;待改不輒定本,不以期下,曰留中本。積四五件或十數件,天子爲之御門集槐棘平議以決焉。(雙簽、改簽、留中本。)

留中本積歲終時則不及御門,並于百司封篆前一日下其所改簽。大學士受旨而出,在乾清門視草。舍人挾紙筆以從,俟進御,更定輒書之,或大學士口授,書以疾速不誤爲工。是日發本往往晝漏盡矣。(留中本歲終下。)

凡不進本日有三:聖祖忌日、孔子誕日、佛誕日。其外綴朝日亦止不進。(不進本日。)

明閣務之壞由於内監之批紅,輔臣票擬後,拱手待决。今之紅本,上與漢學士所掌,即其職也。學士大臣知自愛重,紅本上無專員,取他官五品以下充之,其委寄既非閹寺比,而所進票擬又無不至上前者,是以悚息無敢玩法焉。(紅本上一職即明之批紅。)

學士、侍讀學士、侍讀、典籍之設皆視翰林院,特其執掌異耳。滿學士御門讀本,侍讀學士總閱翻譯,侍讀領諸舍人事,典籍掌史籍及奉行文書,有印篆至閣中,章奏如名號、謚法之上請,皆其所擬也。(内閣諸臣各有執掌。)

凡進御之本,必滿漢文兼通本,獨有漢文,故翻譯房則主譯文,滿本房則主繕寫,又有所改本者,譯文未善則改之,計每日進御累數十件,矻矻辦理,常懼不及,謹國制故也。(凡執掌不詳列。以上三條並牽連言之。)

舍人之侍直,有日直,有夜直,有西苑之直,有扈從之直。凡日直者入,夜直者始退,夜直者亦然。可四五人數,員多則更三番,少僅二番。夜直例用俸淺者十人更直。駕在宫則二人直,赴西苑則一人直。西苑之直以二人併直五晝夜,接直者至乃退。扈從之直,若巡行祭陵,舍人一人從,其車馬之費,合而資給焉。(以上特言漢員數,滿員又不同。夜直票簽房,本房並有日直,不甚更番。凡各房可數十許人,苑直更番並侍讀往,扈從職掌亦多於漢員。)

閣中自票擬所降旨外,王言之不以時下者曰諭。唐虞之咨嗟命官、周漢之詔誥具焉,今通謂之上諭。詔惟大事用之。誥爲錫命五品以上之辭,其五品以下曰敕。雍正中開館編集七年以前上諭,時已積十餘裘,綸綍之富,古無與比。(王言之不以時下者,有諭旨,有詔,有誥,有敕。)

批答與票擬,事同一律,今特用于内外臣之摺奏。凡摺奏直達于上,不由閣批示,悉出御筆。交部議者或否,其交部之摺則自閣轉授焉。(批答出自御筆,交部之摺則自閣出。)

凡摺奏之交部議者,慮不以時覆,則庶政有稽。雍正初,設稽察房,立期會以督責之。凡期會之寬迫,視其職閒冗與移牒遠近,令月具籍送閣,候稽核,閣臣劾其玩于月之上旬以聞焉。(部議不以時覆内閣,因設稽察房。)

閣員既日直禁廷，凡陪祀坐班及護日月食諸典禮悉不與，亦所以慎重王言也。（閣員不與典禮事。）

舍人例得與制科試，自雍正癸丑後連三四科殿試，多登一甲者，至一甲中有二人，科名爲最盛矣。（舍人得與制科試。）

機務之煩，無如雍正中。世宗念閣臣勞，于八年封篆日有白金之賜，張公二萬兩，馬、蔣二公各萬兩，後又錫以世爵，恩至渥矣。又山海關進羨金三千兩，特命一賜閣員。于是自學士以下，靡不分霑。真恤下之曠典也。（閣員邀額外之恩。）

雪波詞鈔（蘇汝謙虚谷）

瑞鶴仙（荔波軍次和少鶴見贈原韻，計自去秋抵此度歲，又旬日矣。）

峭寒簾外雨。作（去聲）幾日輕陰，狼藉香土。春愁黯如許。對石鱗駕井，獻花嬌舞。零紈斷袴，甚江山、俊遊非故。便匆匆，旛勝年華，換了露書星羽。　　拚誤。峰明芋火。洞隱桃花，舊期誰赴。湘弦恨撫，云渺渺，雁横浦。倩東風，逗引試燈消息，準備玉關輕度。待明朝、陌上垂楊，玉鞭贈與。（時與君同有所待。）

王少鶴曰：便是江南斷腸句，此中自有慧業，成佛固當靈運前也。

又（梁君德隅招同少鶴夜集姚氏小樓，少鶴疊用前韻，復和此解。）

翦燈深夜雨。話舊日西窗，依然鄉土。平生素心許。又荒雞枕畔，劍花寒舞。黄驄繡袴，耐塵沙、玉顔猶故。任消磨，盾鼻東風獵獵，夜鳴雕羽。　　疑誤。烽邊鶴怒，角外猨啼，故岑空赴。危欄漫撫，愁浩森，問前浦。怪家山，一樣登樓蕭瑟，忍説王郎前度。但依依、城上棲烏，倦懷訴與。

長相思（同少鶴作）

東澗鳴，西澗鳴，夜夜潺湲直到明。斷腸風雨聲。風一程，雨一程，分付青驄緩緩行，亂峰江上横。

齊天樂

夢回殘角春江口，今宵那人何處。亂後驚魂，愁餘病骨，怎耐孤篷淒楚。寒篝暗語，更點滴青菰，懨懨悶雨。訴盡迴腸，夜潮不管自來去。　　恳知還過舊浦。獻花時事改，紅裍無數。燕子樓空，駕鷲石冷,長恨歡盟無據。風流怎苦,使釃酒樊川,醉情非故。片玦潸痕,幾時重遞與。

王少鶴曰:聲文並美,以似蜕巖,有過無不及矣。

望江南

南園柳,禁得許多愁,樹樹荒煙迷舊壘,絲絲涼雨暗行舟,腸斷又登樓。

又

思往事,只似夢中過。打鴨池塘愁攪睡,調鶯庭院醉聞歌,懊惱是情多。

探春慢(桂林解圍,喜少鶴歸自陽朔)

過巷驄疑,窺簾燕熟,一笑尊前無恙。斷角悲春,新燐話劫,猶自驚魂風漾。便解雙鞬卧,把今夜愁魔安放。起來還弄吴鉤,荒雞無數催唱。　　遮莫夢中惝恍,指檻外教看,舊時屏嶂。草暗尋鶯,花深歎鶴,一半驚弦先蕩。杳杳殘烽影,又愁入戍樓冷望。(時賊竄興安。)倦柳心情,還山何事惆悵。

喜遷鶯

曙窗啼鴃,唤紙帳夢迷,一鉤斜月。故國花飛,西樓人去,殘角夜寒吹徹。已自多愁多病,那更傷春傷别。恁煩惱,問橋南垂柳,黄鸝能説。　　淒咽,音信絶。愁倚緑樽,更弄當時玦。板蕩殘魂,間關舊約,恨積亂雲千疊。幾度擔驚受怕,怎易而今抛撇。暗思忖,便前緣盡也,迴腸空結。

王少鶴曰:"擔驚受怕"四字稍俗。

高陽臺(送王少鶴從征湖南)

鼓角移軍,旌幢照野,曉風吹起塵城鴉。半晌還山,誰知原是天涯。王孫草没題橋字,擁征輪,一片清笳。問南園,柳色依依,多少飛花。　　江潭有客逢摇落。歎鄉關蕭瑟,庾信年華。故壘煙迷,飄零燕子誰家。山人縱解思猨鶴,攪亂雲,一片蟲沙。待從君,覓取封侯,倚劍悲嗟。

王少鶴曰:比似草窗《送君衡》作何減。

南歌子

悶倚金樽凹,慵持錦瑟彈。即今相見不成歡,何況明朝相憶路漫漫。　　閒夜情無那，尋春興已闌。桃花含笑李花酸，只是一天風雨爲誰寒。

王少鶴曰：渾脱瀏灕居然二主，更不必爲北宋。

祝英臺近（湖上）

數榆錢，量荇帶，湖上舊期阻。糁徑花飛，紅淚點苔礎。怎教巴得春來，風風雨雨，空做盡、一天淒楚。　　黯凝竚，長記芍藥欄邊，依依送行語。别後相思，曾寄燕來否。憎他醉里花驄，湖樓經慣。驀重到、黄鸝啼處。

王少鶴曰："黄鸝"兩字陽平，此處音節未妥。

蝶戀花（枕上聞雁聲，戲括舊句有作）

永夜角聲悲自語，十二樓中，明月知愁處。誰把鈿箏移玉柱，雁聲遠過瀟湘去。　　回雁峰高高莫度，何況前途，兵氣昏如霧。還説蒼梧江上路，鷓鴣更欲留人住。

百字令（臨源感事）

亂烏城郭，又吹出、蔡女胡笳幽怨。斷粉遺鈿收拾罷，淚濕紅巾都遍。萬里橋邊，三生石上，贏得重相見。玉簫明月，夢中猶自聲唤。　　長記玉李門前，花開依舊，只是朱顔變。寄與鸞箋無限恨，憔悴還羞郎面。燕疑殘春，鶯偷好語，此際成淒戀。涴紅粘甃，曉風何事吹散。

浪淘沙

青鳥啄紅巾，煙靄冥冥，幾番將息報飛瓊。聞道碧桃花下宴，明月調笙。　　紫玉裂無聲，着甚閒情，樽前兀自鬥輕盈。夜夢不離丹頂鶴，珠樹層城。

又

風雨閉重門，夢撼花鈴，傷春無奈託春酲。門外亂紅春不管，都付啼鶯。　　天遠一含情，萬里橋横，人間幽恨只難平。惟有相思江上淚，流到東瀛。

前調（戲柬子賓）

臨鏡曉妝慵，撲面飛紅，惱人無賴是東風。滿地閒愁吹不去，粘住游蜂。　　往事憶惺忪，響屧廊空。浣溪香散石苔濃。昨夜茫茫湖水上，又夢吴宫。

菩薩蠻

孤檠守定愁人老,錦雞不放青天曉。悄起立回廊,月斜人影長。漏遲風轉急,漸覺春寒逼。花露濕衣重,繡屏鸚睡濃。

慶春澤(題何夫人《梅神吟館詩草》並柬翰臣學士)

錦字張機,銀鉤寫韻。春風香茗才華。羅綬雙銜,同心人似秦嘉。蓬萊合著神仙伴,掞天香,閬苑奇葩。料花時,繡筆聯吟,笑倚烏紗。　　雞鳴唤醒朝天夢,甚鹿門酖隱,留戀煙霞。眼底家山,驚心戍鼓城笳。五湖可待相料理,恨匆匆,漁火平沙。("平沙兩岸雪,漁火半江星",集中傑句也。)算樓前,幾樹垂楊,未是天涯。

摸魚子(歸故山)

歎飄零十年書劍,無端荒了三徑。斜陽牧笛羌村晚,迤邐杜陵歸興。山外影。剛轉過寒雲,一角柴門近。鄉音聞訊,有父老殷勤,牆頭遞酒,殘燭夜深秉。　　還山夢。一霎荒雞唤醒,角聲無數驚枕。男兒未了封侯願,歸計何能作(去聲)準。閑自忖,算贏得朱顔,未老頻看鏡。微吟攬鬢。試尋訪當年,毿毿巖桂,遲(去聲)爾賦《招隱》。

王少鶴曰:仍是中聲,故非後村一流所能混入筆端。

慶春澤(村居守歲)

梅老尋鄰,椒香覓井,山中風雪歸人。餽歲田家,驚心儺鼓黄昏。燈前携手憐兒女,坐更闌,笑語柴門。判通宵,婪尾流連,幾度深樽。　　年年此夕張燈宴,有歌鍾紫陌,飛蓋紅塵。甚得匆匆,邨笳堠火淒清。無多晷刻饒輕擲。抱寒戈,穩睡何能。算朝來,户外東風,猶是殷勤。

鷓鴣天(郊行)

叱犢聲中布穀鳥,青山影裏看人耕。桐花滿地斑斑雨,閑踏春風信馬行。　　纔幾日,過清明,新煙散裊緑楊村。流鶯一晌偎人住,柳外金梭織未成。

高陽台(送孫琴西同年由翰林出守安慶)

五馬朝天,雙熊擁路,雁程千里悠悠。拄笏經年,西山不管離愁。蓬萊一覽遊仙夢,怕華胥,誤了封侯。最銷魂。露冷金莖,雲斂瓊樓。　　從今對酒相思處,有皖公明月,常掛眉頭。衣上京塵,挪揄頻送行轎。清霜瘦盡長亭柳，只難忘，漢殿風流。問宫槐，多少昏鴉，睡穩長秋。

淮南子

原道訓

鏡水之與形接也，不設智故，而方圓曲直弗能逃也。

夫臨江而釣，曠日而不能盈羅，雖有鉤箴芒距、微綸芳餌，加之以詹何、娟嬛之數，猶不能與網罟争得也。射者扜烏號之弓，彎綦衛之箭，重之羿、逢蒙子之巧，以要飛鳥，猶不能與羅者競多。何則？以所持之小也。

夫釋大道而任小數，無以異於使蟹捕鼠，蟾蠩捕蚤。

革堅則兵利，城成則衝生。

以湯沃沸，亂乃逾甚。

鞭噬狗，策蹄馬，而欲教之，雖伊尹、造父弗能化。欲害之心亡於中，則飢虎可尾，何況狗馬之類乎？

箠策繁用，非御馬之術。

離朱之明，察箴末於百步之外，不能見淵中之魚；師曠之聰，合八風之調，而不能聽十里之外。

任一人之能，不足以治三畝之宅。

夫萍樹根於水，木樹根於土，鳥排虚而飛，獸蹠實而走，蛟龍水居，虎豹山處，天地之性也。兩木相摩而然，金火相守而流，員者常轉，窾者常浮，自然之勢也。（員，輪丸之屬。窾，空也，舟船之屬。）

夫徙樹者，失其陰陽之性，則莫不枯槁。

井魚不可與語大，夏蟲不可與語寒。

善遊者溺，善騎者墮，各以其所好，反自爲禍。

兵强則滅，木强則折，革固則裂，齒堅於舌而先之敝。

先者則後者之弓矢質的也，猶錞之與刃，刃犯難而錞無患者，何也？以其託於後位也。

無形者，物之大祖也。無音者，聲之大宗也。其子爲光，其孫爲水，皆生於無形乎。

其全也，純兮若樸；其散也，混兮若濁。濁而徐清，沖而徐盈。澹兮其若深淵,泛兮其若浮雲。若無而有,若亡而存。萬物之總,皆閱一孔;百事之根,皆出一門。其動無形,變化若神,其行無迹,常後而先。

人大怒破陰,大喜墜陽。薄氣發瘖,驚怖爲狂。憂悲多恚,病乃成積。好憎繁多,禍乃相隨。

如響之與景,若背風而馳,若有所誘慕,若有所喪,若有所亡。

内不開於中而强學問者,不入於耳而不著於心,此何以異於聾者之歌也,效人爲之而無以自樂也,聲出於口則越而散矣。

不得於心而有經天下之氣,是猶無耳而欲調鐘鼓,無目而欲喜文章也。

烏之啞啞,鵲之唶唶,豈嘗寒暑燥濕變其聲哉。

夫舉天下萬物,蚑蟯貞蟲,蠉動蚑作,皆知其所喜憎利害者,何也?以其性之在焉而不離也。

貴虚者以豪末爲宅。

今夫狂者不能避水火之難而越溝之險者,豈無形神志氣哉?然而用之異也。

天下時有盲妄自失之患,此膏燭之類也。火愈燃而消愈亟。

俶真訓

藏舟於壑,藏山於澤,人謂之固矣。雖然,夜半有力負而趨,寐者不知,猶有所遁。若藏天下於天下,則無所遁其形矣。

譬若夢爲鳥而飛於天,夢爲魚而没於淵,方其夢也,不知其夢也,覺而後知其夢也。今將有大覺,然後知今此之爲大夢也。始吾未生之時,焉知生之樂也,今吾未死,又焉知死之不樂也。昔公牛哀,轉病也,七日化爲虎,其兄掩户而入覘之,則虎搏而殺之。是故文章成獸,爪牙移易,志與心變,神與形化。方其爲虎也,不知其嘗爲人也,方其爲人,不知其且爲虎也,二者代謝舛馳,各樂成其形,狡猾鈍惛,是亦無端,孰知其所萌。

夫水嚮冬則凝而爲冰,冰迎春則泮而爲水,冰水移易於前後,若周圓而趨,孰暇知其所苦樂乎。

罷馬之死也,剥之若槁;狡狗之死也,割之猶濡。傷死者其鬼嬈,時既者其神漠。

魚相忘於江湖,人相忘于道術。

得一之道，千枝萬葉。

以道爲竿，以法爲綸，禮義爲鉤，仁義爲餌，投之於江，(海)[浮]之於海，萬物紛紛，孰非其有。

以利害爲塵垢，以死生爲晝夜。

譬若鍾山之玉，炊以鑪炭，三日三夜，而色澤不變，則至德天地之精也。

毁譽之於己，猶蚊寅之一過也。貴賤之於身也，猶條風之時麗也。

槐榆與橘柚，合而爲兄弟，有苗與三危，通爲一家。

猶蓋之無一橑，而輪之無一輻，有之可以備數，無之未有害於用也。

今夫冶工之鑄器，金踴躍於鑪中，必有波溢而播棄者。

譬若周雲之蘢蓯，遼巢彭濞而爲雨，沈溺萬物，而不與爲濕焉。

夫善射者有儀表之度，如工匠有規矩之數，此皆所得以至於妙。然而奚仲不能爲逢蒙，造父不能爲伯樂者，是曰諭於一曲，而不通於萬方之際也。

今以涅染緇，則黑於涅，以藍染青，則青於藍。涅非緇也，青非藍也，兹雖遇其母，而無能復化已。

夫秋毫之末，淪於無間，而復歸於大矣。蘆苻之厚，通於無壂，而復反於敦龐。

夫疾風教木而不能拔毛髮，雲臺之高墮者折脊碎腦，而蟁寅適足以翺翔。

百圍之木，斬而爲犧尊，鏤之以剞劂，雜之以青黄，華藻鎛鮮，龍蛇虎豹，曲成文章，然其斷在溝中，壹比犧尊溝中之斷，則醜美有間矣，然而失木性則鈞也。

凍者假兼衣於春，而暍者望冷風於秋。

夫梣木色青翳，而蠃瘉蝸睆，此皆治目之藥也。人無故求此物，必有蔽其明者。

夫牛蹏之涔，無尺之鯉，塊阜之山，無丈之材，所以然者何也？皆其營宇狹小而不能容巨大也。

視天下之間，猶飛羽浮芥也。

水之性真清，而土汩之；人性安静，而嗜欲亂之。

人莫鑑於流沫，而鑑于止水者，以其静也。莫窺形於生鐵，而窺於明鏡者,以覩其易也。夫唯易且静,形物之性也。

鑑明者,塵垢弗能薶。神清者,嗜欲弗能亂。

夫夏日之不被裘者,非愛之也,燠有餘於身也。冬日之不用翣者,非簡之也,清有餘於適也。

蜂蠆螫指而神不能憺,蚉寅噆膚而知不能平。夫憂患之來攖人心也,非直蜂蠆之螫毒,而蚉寅之慘怛也,而欲静漠虚無,奈之何哉。

目察秋毫之末,耳不聞雷霆之聲;耳調玉石之聲,目不見太山之高。何則?小有所志,而大有所忘也。

今夫樹木者,灌以瀿水,疇以肥壤,一人養之,十人拔之,則必無餘枿矣,又況與一國同伐之哉!(枿孽同。)

今盆水在庭,清之終日,未能見眉睫。濁之不過一撓,而不能察方圓。人神易濁而難清,猶盆水之類也。

夫鳥飛千仞之上,獸走叢薄之中,禍猶及之,又況編户齊民乎。

夫歷陽之都,一夕反而爲湖,勇力聖知與罷怯不肖者同命。巫山之上,順風縱火,膏夏紫芝與蕭艾俱死。故河魚不得明目,稺稼不得育時,其所生者然也。

身蹈于濁世之中,而責道之不行也,是猶兩絆騏驥而求其致千里也。置猨檻中,則與豚同,非不巧捷也,無所肆其能也。

是故性遭命而後能行,命得性而後能明。烏號之弓,溪子之弩,不能無弦而射,越舲蜀艇,不能無水而浮。今矰繳機而在上,網罟張而在下,雖欲翱翔,其勢焉得。

天文訓

墬形訓

時則訓

以上三篇皆實紀,無譬喻之詞。

覽冥訓

位賤尚菒,權輕飛羽。

夫死生同域,不可脅陵。勇武一人,爲三軍雄。彼直求名耳,而能自要者,尚猶若此,又況夫宫天地,懷萬物而友造化,含和至直,偶于人形,觀九鑽一,知之所不知,而心未嘗死者乎。

使俗人不得其君形者而效其容,必爲人笑。故蒲且子之連鳥於百仞之上，而詹何之鶩魚於大淵之中，此皆得清净之道，太浩之和也。

東風至而酒湛溢，蠶咡絲而商弦絶，或感之也。畫隨灰而月運闕，鯨魚死而彗星出，或動之也。

故山雲草莽，水雲魚鱗，旱雲煙火，涔雲波水，各象其形類所以感之。夫陽燧取火於日，方諸取露於月，天地之間，巧歷不能舉其數，手徵忽怳，不能覽其光。然以掌握之中，引類於太極之上，而水火可立致者，陰陽同氣相動也。

以冬鑠膠，以夏造冰。

譬如隋侯之珠，和氏之璧，得之者富，失之者貧，得失之度，深微窈冥，難以知論，不可以辯説也。

今夫地黄主屬骨，而甘草主生肉之藥也。以其屬骨，責其生肉，以其生肉，論其屬骨，是猶王孫綽之欲倍偏枯之藥，而欲以生殊死之人，亦可謂失論矣。若夫以火能焦木也，因使銷金，則道行矣。若以慈石之能連鐵也，而求其引瓦，則難矣。物固不可以輕重論矣。

燧之取火於日，慈石之引鐵，蟹之敗漆，葵之鄉日，雖有明智，弗能然也。（然，明也。）

嶢山崩而薄落之水涸。區冶生而淳鉤之劍成。

夫道之與德，若韋之與革，遠之則邇，近之則遠。不得其道，若觀鯈魚，故聖若鏡，不將不迎，應而不藏，故萬化而無傷。

今夫調弦者叩宫宫應，彈角角動，此同聲相和者也。夫有改調一弦，其于五音無所比，鼓之而二十五弦皆應，此未始異於聲而音之君已形也。故通於太和者，惛於純醉而甘卧以游其中，而不知其所由至也。純温以淪，純悶以終，若未始出其宗，是謂大通。今夫赤螭青虯之游冀州也，天清地定，毒獸不作，飛鳥不駭，入榛薄，食薦梅，噆味含甘，步不出頃畝之區，而蛇鱓輕之，以爲不能與之争於江海之中。若乃至於元雲之素朝，陰陽交争，降扶風，雜凍雨，扶摇而登之，威動天地，聲震海内，蛇鱓著泥百仞之中，熊羆匍匐丘山磛岩，虎豹襲穴而不敢咆，猨狖顛蹶而失木枝，又况直蛇鱓之類乎！鳳皇之翔至德也，雷霆不作，風雨不興，川谷不澹，草木不摇，而燕雀佼之，以爲不能與之争於宇宙之間。還至其曾逝萬仞之上，翱翔四海之外，過昆侖之疏圃，飲砥柱之湍瀨，邅回蒙汜之渚，尚羊冀州之際，徑躡都廣，入日抑節，羽翼弱水，暮宿風穴，當此之時，鴻鵠鶬鸖，莫不憚驚伏竄，注喙江裔，又況直燕雀之類乎！此明於小動之迹，而不知大節之所由者也。昔者王良、造父之御也，上車攝轡，馬爲整齊而斂諧，投足調均，勞逸若一，心怡氣和，體便輕畢，安勞樂進，馳騖若滅，左右若鞭，周旋若環，世皆以爲巧，然未見其貴者也。若夫鉗且、大丙之御，除轡銜，去鞭棄策，車莫動而自舉焉，馬莫使而自走也，日行月動，星耀而玄運，電奔而鬼騰，進退屈伸，不見朕垠，故不招指，不咄叱，過歸雁於碣石，軼鶤雞於姑餘，騁若飛，騖若絶，縱矢躡風，追猋歸忽，朝發榑桑，日入落棠，此假服用而能以成其用者也，非慮思之察，手爪之巧也，嗜欲形於胸中，而精神逾於六馬，此以弗御御之者也。

《周書》曰："掩雉不得，更順其風。"

抱薪而救火，鑿竇而出水。

夫井植生梓而不容甕，溝植生條而不容舟，不過三月必死，所以然者何也？皆狂生而無其本者也。河九折注於海而流不絶者，昆侖之輸也，潦水不泄，瀇瀁極望，旬月不雨，則涸而枯。澤受瀷而無源者，譬若羿請不死之藥於西王母，姮娥竊以奔月，悵然有喪，無以續之。何則？不知不死之藥所由生也。是故乞火不若取燧，寄汲不若鑿井。

精神訓

以天爲父，以地爲母，陰陽爲綱，四時爲紀。

譬猶本之與末也，從本引之，千枝萬葉，莫不隨也。

耳目者日月也，血氣者風雨也。日中有踆烏，而月中有蟾蜍。日月失其行，薄蝕無光；風雨失其行，州國受殃。

君　德

周武王受丹書

敬勝怠者吉，怠勝敬者滅。義勝欲者從，欲勝義者凶。凡事弗强則枉，弗敬則不正。枉者滅廢，敬者萬世。

孔子論博

君子不博，爲其有二乘，爲行惡道也，惡惡道不能甚，則其好善道亦不能甚，好善道不能甚，則百姓之親之也亦不能甚。

鮑叔論仁義文武

凡爲不善遍於物不自知者，無天禍必有人害，天處甚高，其聽甚下。

楚惠王吞蛭
吴起論在德不在險
吴起振武侯之過

楚莊王謀事而當，群臣莫能逮，朝而有憂色，曰：吾聞之諸侯自擇師者王，自擇友者伯，足己而群臣莫之若者亡，吾國其幾於亡矣。

匡衡疏戒妃匹勸經學威儀之則

陛下秉至孝，哀傷思慕，不絶於心，未有遊虞弋射之宴，誠隆於慎終追遠，無窮已也。竊願陛下雖聖性得之，猶復加聖心焉。《詩》云："煢煢在疚。"言成王喪畢思慕，意氣未能平也。蓋所以就文、武之業，崇大化之本也。臣又聞之師曰：妃匹之際，生民之始，萬物之原。婚姻之禮正，然後品物遂而天命全。孔子論《詩》以《關雎》爲始，言太上者民之父母，后夫人之行不侔乎天地，則無以奉神靈之統而理萬物之宜。故《詩》曰："窈窕淑女，君子好仇。"言能致其貞淑，不貳其操，情欲之感，無介乎容儀，宴私之意，不形於動静，夫然後可以配至尊而爲宗廟主。此綱紀之首，王化之端也。自上世已來，三代興廢，未有不由此者也。願陛下詳覽得失盛衰之效，以定大基，采有德，戒聲色，近嚴敬，遠技能。竊見聖德純茂，專精《詩》《書》，好樂無厭。臣衡材駑，無以輔相善義，宣揚德音。臣聞《六經》者，聖人所以統天地之心，著善惡之歸，明吉凶之分，通人道之正，使不悖於本性者也。故審六藝之指，則天人之理可得而和，草木昆蟲可得而育，此永永不易之道也。及《論語》《孝經》，聖人言行之要，宜究其意。臣又聞聖王之自爲動静周旋，奉天承親，臨朝享臣，物有節文，以章人倫。蓋敛翼祗栗，事天之容也；温恭敬遜，承親之禮也；正躬嚴恪，臨衆之儀也；嘉惠和悦，饗下之顔也。舉錯動作，物遵其儀，故形爲仁義，動爲法則。孔子曰："德義可尊，容止可觀，進退可度，以臨其民，是以其民畏而愛之，則而象之。"《大雅》云："敬慎威儀，惟民之則。"諸侯正月朝覲天子，天子惟道德昭穆穆以視之，又觀以禮樂，享醴乃歸。故萬國莫不獲賜祉福,蒙化而成俗。今正月初幸路寢,臨朝賀,置酒以饗萬方。《傳》曰:“君子慎始。”願陛下留神動静之節,使群下得望盛德休光,以立基楨,天下幸甚!

鄧禹論定天下

方今海内淆亂,人思明君,猶赤子之慕慈母,古之興者在德厚薄,不以大小也。

马援論公孫述邊幅光武大度

天下雌雄未定,公孫不吐哺走迎國士,與圖成敗,反修邊幅,如偶人形,何足久稽天下士乎? 子陽井底蛙耳。天下反覆盗名字者不可勝數,今見陛下恢廓大度,同符高祖,乃知帝王自有真也。

爰延論桓帝爲漢中主

尚書令陳蕃任事則治,中常侍黄門與政則亂。是以知陛下可與爲善,可與爲非。

蓋勳言靈帝講武平樂觀爲黷武

先王耀德不觀兵,今寇在遠而兵近陳,不足昭果毅,衹黷武耳。

費待諫先主稱尊號

纠合士衆將以討賊,今大敵未克,而先自立,恐人心疑惑。

鍾繇華歆王朗三不欺對

臣以爲君任德,則臣感義而不忍欺;君任察,則臣畏覺而不能欺;君任刑,則臣畏罪而不敢欺。任德感義與夫導德齊禮、有恥且格,等趨者也,任察畏罪與夫導政齊刑、免而無耻,同歸者也。優劣之際,在於權衡,非徒低昂之差,乃鈞銖之覺也。且前志稱仁者安仁,智者利仁,畏罪者强仁。校其仁者,功則無以殊,核其爲仁者,則不得不異。安仁者,性善也;利仁者,力行者也;强仁者,不得已者也。三仁相比,則安仁優矣。然則三臣之不欺雖同，所以不欺異矣。

王坦之表請孝武帝奉事太后委任謝安桓沖

人君之道，以孝敬爲本。臨御四海，以委任爲貴。天聽雖聰，不啓不廣；群情雖忠，不引不盡。宜數引侍臣，詢求讜言。平易之世，有道之主猶當戒懼，日昃不倦，況今艱難理盡，慮經安危，祖宗之基，繫之陛下，不可不精心務道，以申先帝堯舜之風，不可不敬脩至德，以保宣元天地之祚。

後周于謹論治道在納諫守信賞罰言行

帝訪治道於謹，謹對曰："木從繩則正，后從諫則聖，明王虚心納諫，以知得失，天下乃安。"又曰："去食去兵，信不可去，願陛下守信勿失。"又曰："有功必賞，有罪必罰，則爲善者日進，爲惡者日止。"又曰："言行者立身之基，願陛下三思而言，九慮而行，勿使有過。天子之過，若日月之食，人莫不知。願陛下慎之。"

長孫平諫隋文帝誅邴紹

有人告大都督邴紹非毁朝廷，上怒，將斬之。尚書長孫平諫曰："川澤納污，所以成其深，山岳藏疾，所以就其大。臣不勝至願，願陛下宏山海之量，茂寬裕之德。鄙諺曰：'不癡不聾，未堪作大家翁。'此言雖小，可以喻大。邴紹之言，不應聞奏，陛下又復誅之。臣恐百代之後，有虧聖德。"上於是赦紹。因敕群臣，誹謗之罪，勿復以聞。

唐太宗不欲詐道訓俗

貞觀初，有上書請去佞者。太宗詔曰："卿知佞者誰耶？"對曰："請陛下佯怒，以試群臣，順情阿旨則佞人。"帝謂封德彝曰："流水清濁，在其源也。君者，政源，人庶猶水，君自爲詐，欲臣下行直，是猶源濁而望水清，理不可得。朕常以魏武多詭詐，深鄙其爲人。此豈可堪爲教令？"謂上書人曰："朕欲使大信行於天下，不欲以詐道訓俗。卿言雖善，朕所不取。"

太宗與侍臣論周秦祚運修短

周既克殷,務宏仁義。秦既得志,專行詐力。非但取之有異,抑亦守之不同。祚之修短,意在兹乎。

太宗論正身

謂侍臣曰:“爲君之道,必須先存百姓,若損百姓奉其身,猶割股以啖腹,腹飽而身斃。若安天下,必須先正其身,未有身正而影曲,上理而下亂者。朕每思傷其身者不在外物,皆由嗜欲以成其禍。若耽嗜滋味,玩悦聲色,所欲既多,所損亦大。既妨政事,又擾生人。且復出一非理之言,百姓爲之解體。怨讟既作,離叛亦興。朕每思此,不敢縱逸。”魏徵對曰:“古者聖哲之主,皆近取諸身,故能遠體諸物。昔楚聘詹何,問其理國之要,詹何對以修身之術。楚王又問理國何如。詹何曰:‘未聞身理而國亂者。陛下所明,實同古義。’”

太宗論謙懼

謂侍臣曰:“人言作天子則得自尊崇,無所畏懼,朕則以爲正合自守謙恭,常懷畏懼。昔舜戒禹曰:‘汝惟不矜,天下莫與汝争能。汝惟不伐,天下莫與汝争功。’又《易》曰:‘人道惡盈而好謙。’凡爲天子,若惟自尊崇,不守謙恭,在身倘有不是之事,誰肯犯顔諫奏?朕每出一言,行一事,上必畏皇天,下懼群臣。天高聽卑,何得不畏?群公卿士,皆見瞻仰,何得不懼?以此思之,但知常謙常懼,猶恐不稱天(下)[心]及百姓意也。”魏徵曰:“古人云:‘靡不有初,鮮克有終。’願陛下守此常謙常懼之道,日慎一日,則宗社永固,無傾覆矣。”

太宗論桀紂

謂侍臣曰:“桀、紂,帝王也,以匹夫比之,則以爲辱。顔、閔,匹夫也,以帝王比之,則以爲榮。朕每以爲鑒戒。”魏徵對曰:“臣聞魯哀公謂孔子曰:‘人有好忘者,移宅乃忘其妻。’孔子曰:‘又有好忘甚於此者,桀、紂乃忘其身。’愿陛下每以此爲慮。”

太宗論隋煬帝

謂侍臣曰："言語者，君子之樞機，況是萬乘之主，出言有失，虧損至大。隋煬帝初幸甘泉宫，泉石稱意，而怪無螢火，敕云：'捉取多少於宫中照夜。'所司遽遣數千人採拾，送五百轝於宫側。小事尚爾，况大事乎？"魏徵對曰："人君若有虧失，如日月之蝕，人皆見之，實如陛下所戒慎。"又謂侍臣曰："朕觀隋主文集，博物有才，亦知悦堯舜之風，惡桀紂之行，然而行事即與言相違，何也？"魏徵對曰："自古稱人主之善，在有君人之量，能任使人，知者爲之謀，勇者爲之戰，雖聰明聖哲，以黈纊冕旒垂耳目。隋主雖有俊才，無人君之量，恃才驕物，所以至於滅亡。"太宗曰："然。昔漢武征役不息，户口減半，中途能改，傳祚子孫。向使隋主早寤，亦不至於滅亡也。"

魏徵論齊主天元

太宗謂魏徵曰："頃讀周齊史，末代亡國之君，爲惡何相類也？齊主深好奢侈，所有府庫，用之略盡，乃至關市無不税斂。朕常謂此猶如饞人自食其肉，肉盡必死。人君賦斂不已，百姓既斃，其君亦亡。齊主即是也。然天元、齊主，若爲優劣？"徵對曰："二主亡國雖同，其行則别。齊主懊弱，政出多門，國無綱紀，遂至亡滅。天元性凶而强，威福在已，亡國之事，皆在其身。以此論之，齊主爲劣。"

魏徵論齊文宣

太宗謂侍臣曰："齊文宣何如人？"魏徵對曰："非常顛狂，然與人争道理，自知短屈，即能從之。臣聞齊時魏愷，先任青州長史，嘗使梁還，除光州長史，不就。楊遵彦奏之，文宣帝大怒，召而責之。愷曰：'臣先任青州大藩長史，今有使勞，更無罪過，反授小州，所以不就。'乃顧謂遵彦曰：'此漢有理。'因令捨之。"太宗曰："往者盧祖尚不肯受官，朕遂殺之。宣帝雖顛狂，尚能容止，此事朕不如也。祖尚不受處分，雖失臣禮，朕即殺之，大是傷急。一死不可再生，悔所無及，宜復其官蔭。"

魏徵請行德仁

太宗問魏徵曰："積德、累仁、豐功、厚利四者，朕皆庶幾自勉。人苦不能自見,不知朕之所行何等優劣?”徵曰:“德、仁、功、利,陛下兼而行之,然則内平禍亂,外除戎狄,是陛下之功,安諸黎元,各有生業,是陛下之利。由此言之,功利居多,惟德與仁,願陛下自彊不息,必可致也。”

太宗不忘庶政能念舊功[①]

(杜萌整理)

① 按:以下爲空白葉。

《國家圖書館藏未刊稿叢書》總目

日記編

書札編

金石題跋編

國家圖書館未刊石刻題跋輯録　盧芳玉 整理

小蓬萊閣金石目　(清)黄　易 著　盧芳玉 整理

題贊手卷編

明渤海孫氏積善堂題贊手卷　田曉春 整理

中法漢學研究所編

燕京傳薪録

——中法漢學研究所未刊稿研究　孫　俊　程天舒　林世田等編著

著作編

周易注疏校勘記(全二册)　(清)阮　元 總纂

讀相臺五經隨筆(全二册)　(清)周廣業 著

經義述聞(全九册)　(清)王引之 著

經義考異　(清)方　邁 著

國語解訂譌(外三種)

國語解訂譌　(清)孔繼涵、孔廣栻 輯校

白虎通義校稿　(清)吴　騫 輯

古小學書鉤沈　(清)陳　鱣 輯

聲系　(清)陳　鱣 著

説文解字考異(全五册)　(清)姚文田 輯

四庫全書表注(全二册)　(清)李文田 著

登樓雜記(全三册)　(清)錢　泳 著

蛾術編(全十册)　(清)王鳴盛 著

籀鄦簃雜著(全三册)　(清)王仁俊 著